贵州新文学大系

1990—2019

GUIZHOUXINWENXUEDAXI

中篇小说卷

第三卷

2012—2015

贵州省作家协会／编

贵州出版集团
贵州人民出版社

图书在版编目（CIP）数据

贵州新文学大系. 1990—2019. 中篇小说卷. 第三卷, 2012—2015 / 贵州省作家协会编. -- 贵阳：贵州人民出版社, 2022.12

ISBN 978-7-221-17578-6

Ⅰ. ①贵… Ⅱ. ①贵… Ⅲ. ①中国文学－当代文学－作品综合集－贵州②中篇小说－小说集－中国－当代 Ⅳ. ①I218.73

中国版本图书馆CIP数据核字(2022)第250652号

书　　名　贵州新文学大系1990—2019 · 中篇小说卷 · 第三卷（2012—2015）
丛 书 名　贵州新文学大系1990—2019
编　　者　贵州省作家协会

出 版 人　朱文迅
统　　筹　黄　冰
责任编辑　欧杨雅兰
装帧设计　王丹丽
出版发行　贵州出版集团贵州人民出版社
社　　址　贵州省贵阳市观山湖区中天会展城会展东路SOHO办公区
　　　　　贵州出版集团大楼（邮编：550081）
印　　刷　深圳市新联美术印刷有限公司
开　　本　787 mm × 1092 mm　1/16
字　　数　820千字
印　　张　41
版　　次　2022年12月第1版
印　　次　2022年12月第1次印刷
书　　号　ISBN 978-7-221-17578-6
定　　价　88.00元

本书获2019年贵州省出版传媒事业发展专项资金资助

概　述

中国新文学已经走过了百年历程，贵州新文学的脚步亦步亦趋，漫长的一个世纪的确需要回眸和展望。前辈已经编辑出版了《贵州新文学大系：1919—1989》。本书是1990年至2019年贵州新文学中篇小说的巡礼，完成贵州新文学中篇小说三十年的回眸。《贵州新文学大系1990—2019·中篇小说卷》选编的基本原则是作品在国内核心刊物上发表或获得省级以上奖项的，并且具有较高质量和一定影响力的，能够代表贵州这三十年来的中篇小说创作成就的作品。

“60后”作家欧阳黔森、冉正万、谢挺、王华、戴冰等厚积薄发，“70后”作家肖江虹、肖勤等异军突起，“80后”“90后”作家曹永、李晁、蒋在等迎头赶上，形成了贵州中篇小说创作的立体方阵。

欧阳黔森是这一时期贵州中篇小说创作上硕果累累的作家，他在21世纪初就进入中篇小说创作的丰收期，连续在《十月》上发表了中篇小说《穿山岁月》《白多黑少》《水晶山谷》《八棵苞谷》《莽昆仑》等作品，几乎成了《十月》的“专栏作家”；又在《青年文学》和《山花》上分别发表了《非逃时间》和《村长唐三草》，并被《新华文摘》《小说选刊》《小说精选》转载，在国内形成了较大影响。欧阳黔森的中篇小说，地质队的故事是其中重要的题材之一。《穿山岁月》写地质队员钻山林宿，在野地寻找矿物样本的生活，小说故事情节并不明显，而更多地注重人物塑造。在作者笔下的地质队员形象，鲜活生动，性格独特，具有浓厚的生活气息。野外生活清苦而寂寞，但这些小人物甘之如饴，他们常能以粗鲁的玩笑、对爱情的憧憬等来找到情感宣泄的突破口，进而对生活充满热情。小说结尾处写道：“我很骄傲在我的生命里有一段搞野外地质工作的岁月。”可以说，这不单是小说叙述者“我”的自白，也道出了作者的心声。搞野外地质工作的经历不但让欧阳黔森接触到各色人物，丰富了他日后创作的人物素材，而且还让他亲近自然和底层，培养了他对自然的热爱和对生活苦难的包容，形成了他理想主义和浪漫主义的风格。《莽昆仑》其实是《穿山岁月》的延续，只是人物活动的场景更艰苦，而理想主义和浪漫主义的精神更加高扬。小说的主人公因为从事艰苦的野外地质工作，长期不能和自己的孩子生活在一起，探家时遭遇了孩子叫“叔叔”的伤心，下决心离开地质队。“李子抬起头说，考博是改变现状的途径。我说，正确。于是，在第二年我们同时成了博士生，再过两年后，我们取得了博士学位。拿到博士学位后，我们也没再提改变什么。我们原本骨子里就爱好这一行，不上山还憋得心慌。这不我们又不断地接项目，不断地每年出野外。”当他们有机会脱离艰苦的野外环境时，还是选择了留下。其实小说中“喊山”的细节更能表现这些长年在野外为国家找矿的地质人的铁骨柔肠：“李子双掌呈喇叭状围着嘴喊，李——朱——砂，生——日——快——乐！在李子喊第二遍的时候，我们一行五人一起应声喊了起来。对李子女儿的祝福，第一句应该是属于李子的，第二句、第三句才是我们这些伯伯叔叔们的。在我们一连喊了十个来回的时候，大家都一屁股坐在地上喘气。”值得注意的是，在这些张扬理想主义和浪漫主义的小说中，欧阳黔森的生态意识开始萌发，小说借主人公石头博士之口说出了作者的忧思：“人类的现代化文明是以破坏自然为代价的。你看这现在的冰川已经要萎缩到雪山的顶峰了，总有一天，雪山都会变成黑山。”

当然，欧阳黔森中篇小说的题材内容也是丰富多样的。《白多黑少》写商场风云和人生世相，并讲述了转业军人萧子北与杜鹃红的畸形恋爱；而《非逃时间》写官场百态和人情冷暖。到《水晶山谷》《八棵苞谷》时，欧阳黔森开始有意识地关注生态，关注人的生存环境。曾经作为地质工作者的欧阳黔森对地理、环境等本身就有着敏感的认识，很早就认识到矿产开发等活动对自然的影响和破坏，所以，欧阳黔森的作品里始终包蕴着生态文学的因子。只不过，到《水晶山谷》和《八棵苞谷》时，这种生态意识被进一步强化了。《水晶山谷》鞭挞了过度的矿产开采对水晶山谷造成的毁灭性破坏，呼吁人们让大自然保持原本的面貌，让大自然的神秘和美丽得以延续。小说中的七色谷，原来是没有名字的峡谷，山谷里有很多闪亮的、五彩缤纷形态各异的石头，这个美丽的地方也是恋人相恋的爱情谷，作为梦幻和美好的象征。直到勘探队的到来，在带来现代文明和为峡谷命名的同时，也给七色谷带来了严重的破坏。田茂林原本是一个质朴向上的文学青年，他爱七色谷的奇峰异石，逢人就讲七色谷，因此还遭受旁人嘲笑。七色谷也是他与心爱女子相爱的见证，他一心只想通过努力挣足彩礼钱娶到梨花。但在了解七色谷的商业价值后，田茂林的欲望开始膨胀，他亲手把七色谷的奇石送到城里老板手里，并带领人前去开采，以期获得更大利润。最终，田茂林也随着美丽的七色谷一同消失了，成为无人知晓的秘密。正如文中作者对李王集团过度开采的批判："李王只为大自然保守了五年的秘密，他需要靠出卖大自然的秘密来获取人类最肮脏又最喜爱的金钱。金钱也许可以换来他想要的很多东西，可无论他多有钱，他是买不回大自然的秘密了。"《八棵苞谷》通过描写石漠化山区人民的生存困境，展示了人们顺应自然、改变生存困境的重要性。《八棵苞谷》中通过三崽道出石漠化土地难以种植农作物的原因，山上泥土稀少，多半依托在石头皱纹里，逢雨水天气，更是令泥皮逐渐减少，加重了土地的石漠化程度。此外，人为的破坏也是加速石漠化进程的重要因素。欧阳黔森向我们揭示了在贵州独特的喀斯特地貌的影响下，在石漠化严重的地区，由于缺乏技术支持以及人口没有得到有效控制，导致生态失衡，越垦越荒，越荒越穷的现状。但在技术扶贫开发、易地搬迁的帮助下，通过生态治理改变了白鹰村贫穷落后的面貌，使人们奔向小康生活。

冉正万是中篇小说这一创作领域的实力派作家，他在1998年的《人民文学》头条上发表了中篇小说《奔命》，引起了文坛的关注。他的《大哥》《宝宝废废》是两篇人物刻画很用心的小说。《大哥》看是在写乡间刁民的奸猾，为了得到更多的移民安置费，大哥和村民们一样种树，但魔高一尺、道高一丈，上面规定：果树不足三米高不算，茶树不足一米高也不算。算计落空后大哥又来扩房子（因为新修来不及了，必须是两年以前修的才算），想方设法巴结移民局下来调查的人，种种机关算尽，最终结果是一无所获。从这时起，大哥就认定政府欠他三万元（他扩出房子的面积该补偿的钱），走上了上访告状之路，且每况愈下，令人揪心。细读这个作品，叙述人的语调游离不定，对年轻时候的大哥的崇拜、对故土难离的理解，好似在批判大哥，实则又充满忧伤。小说结尾意味深长，"我"经常会接到家乡打来报告大哥近况的电话，"每次接到这样的电话，晚上都会做噩梦。醒来时，我老想起一句歌词，歌名和歌唱者的我记不得了，但我记得里面的一句：'大哥、大哥，你好吗？'每当想起这一句，我的鼻子都发酸，眼泪都想滚出来。我的确害怕老家打来的电话，但如果真有什么悲剧发生，我也无可奈何。这种无可奈何像慢性病，死不了人，但你不知道自己在迎接什么。小时候，当某个男孩的脸上出现粉刺，奶奶就叫他仰望星空，一旦看到一颗流星坠落，奶奶赶紧用衣襟擦他脸上的粉刺。说这样一擦粉刺就会像流星一样消失。可现在，没有人来告诉我们，应该望着哪儿，怎样才能擦掉心头恼人的疙瘩"。《宝宝废废》对人性的挖掘更加深刻，被主人视为宝宝的废废是一条狗，却是主人陈副市长如影随形的一条不一般的狗。作者先是大肆渲染废废带给人的不适与困扰，让人误以为陈副市长必定也是一个狗官。副秘书长李鲜因女儿受废废惊吓致病，愤而喂废废以催情药引发疯狗事件直接致其死亡后，却发现因失去废废垮掉的陈副市长一向刚正不阿，李鲜懊悔莫及。正如作者在创作谈中所言："宝宝废废的迷失，是它不知道生活有很多面，它只熟悉跟随主人那一面的简单，当另外一面摆在面前时，它一错再错，别无选择，最终死无葬身之地。陈副市长的迷失，是他的高傲和狭隘，这种高傲和狭隘貌似强大，其实很脆弱。李鲜的迷失，是他隐秘的不纯动机，种什么因，结什么果，怪不得别人。王秘书看似明白一些，但他必定会迷失在未来的官场中”。这两部小说有一种内在的逻辑性，由此可以看出作者对人性思考的深度。《唤醒》以明月的寻找和大爷爷柴启物的等待两条线索建构故事，突出老一辈人的坚定信仰。柴启物作为红色火种，历经坎坷，遭受冷遇，被当作特务逮捕打伤致残也没有令他屈服，暴露党的秘密。也因组织的纪律规定，不允许与身份不明的人结婚，导致柴启物只能以默默守候的方式陪伴明月，但他也毫无怨言。即便革命成功了，但在无人带着信物来唤醒之前，他依然继续潜藏在偏刀水镇，长达六十余年。明月在偏刀水镇则是一个独特的存在，“她就像一棵栽错位置的树，周边没有一棵树和她相像。她更像飘浮在山头上的白云，看上去很近，其实很远。”明月来到偏刀水镇只为寻找当年给她留下手枪的男子，她的一生都在寻找和等待，明月的经历构成了小说中的一抹亮色，增添了文本的唯美色彩。可以说《唤醒》讲述的是一个关于等待的故事，并在等待中参悟人生，看透现实。

王华是这一时期创作上颇丰的作家。《伍百的鹅卵石》《天上没有云朵》《后坡是片柏树林》《在天上种玉米》《挽留爱情》《紫色泥偶》《向日葵》等作品的发表，充分显示出王华的创作实力。《伍百的鹅卵石》（又名《马琳的夏天》），作者将目光聚焦于常被人们忽视的脑瘫患者，以马琳想毒杀镇长丈夫为悬念，引出她与脑瘫儿伍百饱含温情的故事，显示了人性的善良。伍百自出生起就患上先天性脑瘫，父母去世后无人照管，从此过上风餐露宿的孤独生活。马琳的到来改变了伍百生活轨迹，伍百同时也影响了马琳的生活和思想。文中通过脑瘫患者的苦难生活，向我们揭示在社会中藏着许多不为人知的阴暗面，身处其中的人们孤独、无助、痛苦，类似等待被解救的伍百。《伍百的鹅卵石》彰显出王华的人道主义关怀。她的《天上没有云朵》延续了其一贯的叙述风格，以孩童的视角，在看似轻松的叙述中，揭示了苦难生活中的深重的悲剧性。因为极度干旱，黑溪村的庄稼眼看就要颗粒无收，人们面临饥饿和死亡的威胁，“我”的母亲不得不以“献身”的方式去换取灌溉水源，暂时为全村人的庄稼争得了生机。后来雨水如愿而降，人们顺利渡过难关，而就在全村人喜迎丰收的时候，母亲却因难忍声名的羞辱而选择自缢身亡。最终，父亲在悲愤中纵火烧死村长，而不到七岁的“我”也由此成为了孤儿。王华从来不擅长那种带泪的控诉，她习惯以孩童率真无邪的视角去看世界，甚至有意无意把语言写得俏皮、跳跃，可是即使如此，也难以掩盖她笔下那种挥之不去的感伤氛围。王华这种孩童式的叙述，不带修饰和忌讳，原原本本地反映生活本相，却恰恰把生活中的苦难展现得淋漓尽致。

《后坡是片柏树林》与《天上没有云朵》有许多相似之处：都是以孩童的视角叙

述了“我”父母亲的故事，都关注艰苦自然条件下人的生存困境，都直逼苦难和死亡。2009年王华的《后坡是片柏树林》在《人民文学》发表，这是一篇饱含家园忧思的小说。小说主人公泉子不愿进城打工，而一心想在后坡种上柏树，恢复曾经那一片柏树林，让干枯的井重新流出甘甜的井水。然而这一行动，并不能得到村民们的理解。即使是青壮年劳动力都进城务工，坡地抛荒多年，老者们依然死守着土地只能用来种粮的老规矩，千方百计阻止泉子种树。后来，泉子冲破重重阻挠，在后坡种上了五万棵柏树。就在泉子终于肯安心进城务工为孩子挣取学费时，五万棵柏树苗还是难逃乡邻们的蓄意毁坏，而泉子自身也在一次意外中丧生他乡。妻子柳风为了了却丈夫的遗愿，继续与镇领导和村民们周旋，终于让后坡又重新种上了柏树。泉子夫妇栽种柏树，不是为了经济利益，他们只是单纯地想让枯井重现水源，其实这蕴含了一种朴素的生态意识。而泉子夫妇为柏树林所付出的沉重代价，正影射了人们为恢复生态环境所要付出的艰辛。城镇化的狂飙引发了“搬家”的风潮，《在天上种玉米》讲的就是一个“搬家”的故事。搬家让农民离乡背井，失去土地，失去安身立命的“根”。城市无地可种，失去家园的村民，男的外出打工，女的无事可做在家打麻将，整天鸡飞狗跳矛盾不断。王红旗突发奇想，要发扬“农业学大寨”的精神，要走无地“造地”的路子，刨土盖屋顶，在屋顶上种玉米，让村子上空浮着一片绿，在阳光下，就像魔术师悬浮在空中的一块块绿色的魔毯。这并不是一个童话，而是一个失去家园之痛的荒诞寓言。从关注人到关注人类家园，王华的生态意识逐渐增强。生态文学作家不仅具有开阔的思路和视野，而且具有高度的历史责任感，不仅要洞察到生态危机困扰人类的严重局势，而且要为人类能够最终诗意地栖居在大地上寻找出路。虽然不能简单地把王华视为生态文学作家，但是无论从哪种意义上说，王华都称得上是一个具有生态意识的作家。她的这些小说反映内心深藏的具有本质意义的痛苦，正在诠释人类存在的现实困境和精神困境。

谢挺是中篇小说的实力派作家，他的《陷入》《沙城之恋》聚焦都市生活。《陷入》写主人公“我”在昏迷七年之后醒来时所面对的人事变迁。把人物置于特殊化环境之中，通过人与环境的龃龉、冲突，带出人物性格和人生世态，这是谢挺所擅长的。《陷入》正是一个典型的“谢挺式”创作。作者把“我”放置在“时间停摆七年”这样一个戏剧化的环境之中，以此展现“我”重新融入社会时所面临的亲情、友情、爱情和事业时的种种问题。《沙城之恋》属于相对游离其创作风格的一类作品。它完全以现实主义的笔法，平铺直叙了都市青年林飞与王岚之间偶然、短暂而又炙热的恋爱过程。尽管小说情节算不上新颖，但它依然给人以美的享受和启示。即使都市生活纷乱复杂，但依然有王岚这样洁身自爱、兢兢业业去奋斗的年轻女性；尽管现代爱情多变而脆弱，王岚和林飞却仍坚持着对爱情的向往。这对匆匆相遇的青年最终没能走到一起，他们的爱情甚至只维持了短暂的几天，但这丝毫不影响他们感情的纯粹。他们自然而然相聚，又自然而然分开，这种对于爱情的从容大度是足以叫人动容的。

戴冰是这一时期中篇小说创作领域的先锋作家，即循着现代主义创作路子，心神游于奇异的幻境。但到创作《名单》和《橡胶女人案》时，戴冰仿佛回归了现实主义创作，故事重新变成了小说的外在形貌，精心设置的情节和细节支撑着完整的故事。《名单》的主人公李小光的老婆陈芳因心脏病突发去世，年仅三十三岁，李小光在收拾陈芳遗物时发现一个记录了一百二十一人的名单。“名单上的人李小光说他只认识大约三分之一……他们的共同之处是年纪都不超过四十岁，而且……都是男人，由此可以判定，另外那不认识的三分之二也全都是男性，年纪也可能都不超过四十岁……名单差不多有十二页纸，人名与人名之间，上下左右的距离都拉得很开，留出来的空白处密密麻麻地画满了各式各样细小而精致的符号，几乎把每个姓名围得水泄不通”，李小光决心一定要查出真相。从此，涉及的人都面临困境，李小光最终也住进了精神病院，而真相并未浮出水面。《橡胶女人案》中的橡胶女人是外出务工的吴秋梅从外面带回来的，吴秋梅利用她卖淫赚钱，从此小县城生活被打乱，连中学生李开桃、张小钢也不能幸免。最终导致了报案抓人。“整个县城立即开了锅似的沸腾起来，数百居民自发聚集到城关派出所门外……人人激愤，都说小城自有记载以来，还从没出现过如此下作不要脸面的人和事，可见世风日下，已是到了骇人听闻的地步，如不狠狠惩治几个以儆效尤，往后还不知会闹出何等不堪设想的丑事来呢。”事后有人统计过，整个事件前前后后牵涉到的人员达三十余人，工农商学都有，其中年龄最大的六十九岁，最小的还不满十六岁，最小的就是李开桃和张小钢。“李开桃在所有涉案人员中案情最为复杂，复杂就复杂在谁也说不清他进了后半间之后到底对橡胶女人做了什么还是没做什么。”围绕着对他的处理争论不休，最后还是公安局局长说了一句那不过是个十五六岁的高一学生……制止了争论。汤局长提出对李开桃一是不再追究其法律责任，二是建议学校开除其学籍，但仍允许在原班级旁听，一段时间后如果表现良好，可以考虑重新恢复学籍。教育局的林局长却极力反对，他说开除学籍之后又让他旁听不行，他老实了你就得给他恢复学籍，那最后还不就是个不了了之的结局？结果是林局长虽然勉强接受了汤局长的意见，却提出了另外两点新建议：一是允许李开桃旁听的决定不能与开除其学籍的决定同时执行，先开除，半个月后再考虑旁听；二是开除李开桃的决定不能只在县一中内部宣读一下就算了事，而是要郑重其事大张旗鼓地进行，要把处理李开桃的影响扩展到全县教育系统和社会上去。随之而来的一连串事件，直至把李开桃逼疯。生活荒诞如此，正可见出戴冰貌似现实主义的回归，实则正是为了托衬那茫茫一片的巨大空虚。《张琼与埃玛·宗兹》充分体现出作者的才情和编织故事的能力，其创作本着从内心体验出发的原则。正如戴冰在创作谈中所说的：“从本质上说，任何深入的写作都注定只能是一种孤独的表达。是所有个体的、孤独的表达在不同维度上描述着我们这个公共的世界。"《张琼与埃玛·宗兹》不仅仅是一个讲述改编戏剧的故事，文本中还蕴含多重故事，可以从多个角度进行解读，表达不同个体体验下的不同故事，每个人都是故事的参与者和制作者。比如"我"在把博尔赫斯小说改编为剧本时，是在虚拟中重新建构一个新的故事，"我"与张琼和在高铁上遇到的长得漂亮又暗淡无光的女人，构成了"我"在现实生活中的故事。而导演马玲想要制作一个关于女人的故事，她执着于对剧本演出精益求精的把握，因专家学者、观众、导演、编剧等人不同的经验和体验产生分歧，剧本排演进程多次停滞不前。张琼则是一个具有神秘色彩的黑车司机，闺蜜遭遇的人生经历借她的口陈述出来，二者非此即彼亦幻亦真的关系，与张琼的体验构成了模糊不清的故事。编剧、导演、观众，共同构成故事的旁观者和参与者，使文中的重重故事陷入巨大的虚无和荒诞之中。

张麟的《爱意荒凉》以亦秋的婚恋悲剧为线索，展现了女性幽谧的内心情感和都市爱情的脆弱无力。亦秋与景昆青梅竹马长大，自然而然步入婚姻，又孕育了一个可爱的儿子。亦秋早已放弃自己的教师事业，全心扑进相夫教子的生活，然而就在她沉浸于这种美满幸福之时，丈夫突然提出离婚。家庭主妇亦秋不单在爱情上输给了独立的事业女性卓伶，而且连五岁的儿子以及原本维护她的公婆都最终站上了新的战线。孑然一身的亦秋度过了最初的颓废期，重新投入社会生活。亦秋尝试着与昔日的追求者田桑重新接触，功成名就的田桑的确让她找回了一些爱恋的感觉，然而她发现，她根本承担不了卓伶那样的角色，于是很快从这种感情游戏中全身而退。亦秋最终躲避至一个偏僻的乡村小学，在那里找到了内心的宁静。亦秋骨子里有着知识分子的清高孤傲，所以她学不会像世俗家庭妇女那样的纠缠、报复，她唯一能做的是黯然放手，然后找个僻静的角落独自舔舐伤口。亦秋性格里的这种隐忍、懦弱，正好加深了整个作品的感伤氛围。正如小说结尾处写到的——"这个城市不出产爱情"，作者由亦秋一人的婚恋悲剧，影射了城市生活的纷乱和冷漠。

姚辉的《黑蚁传》两条线索并行，塑造三个主体角色，讲述人与蚁的双重世界。"我"（蚂蚁）、"瘸腿老蚂蚁""画梦师"（老蚂蚁）构成蚁类世界的主要角色。蚁群中的每个蚂蚁在现实生活中都能找到对应的角色，由此构成一个秩序井然的蚁类世界。"画梦师"（老蚂蚁）是事件的设计者，而"瘸腿老蚂蚁"是亲历者，"我"（蚂蚁）则想成为梦的整理者。后来出现的"三种人影"作为蚂蚁害怕的力量，见证了蚁群梦境的坍塌。"画梦师"监视并干涉所有蚂蚁的梦，在寿终正寝之际，也不忘让"我"（蚂蚁）为他寻找一片没有梦境的巢穴。但在阴差阳错下，蚁群在筑梦和寻找新巢穴的过程中，由万千蚂蚁汇集而成的蚁巢，成为了人类世界开发改造工程中的"风水宝地"。这个充满魔幻和呓语的寓言体文本，引起读者的无限遐想。《银子岩》中没有突出的故事情节，作者以碎片化的方式讲述银子岩的变迁，以及人们在这里的日常生活。"我"、夏亦良、老许、许不疾都是故事的讲述者。“窝棚图”“望前街”“风铃”“木剑”“白马”等片段，构成了文本的主体内容，作者以跳跃式的表达方式，充满哲思韵味的语言将故事娓娓道来。其中，孙眼镜托孤一事，在算计的背后也藏着感人的故事，他在临终之际，对欺骗赵大黑吃药十余年表示愧疚，但从归还这几年的药费以及所开药方都是有益于患者来看，也体现了孙眼镜的医者仁心。

“70后”作家肖江虹是贵州中篇小说创作非常突出的作家。他更多地关注现代化背景下诗意乡村的变迁，民俗的衰落。《百鸟朝凤》是为肖江虹赢得颇多声誉的代表作之一，它沉郁、感伤，具有史诗气质，很好地体现了肖江虹小说的艺术风格。《百鸟朝凤》是一部以贵州乡村特有的丧葬文化唢呐队为切入点书写的诗意乡村挽歌。它作为一首丧葬曲，是大哀之乐，非德高者弗能受也，而且吹奏这首曲子的人也必须是有德之人，唢呐队一代弟子中只传一个。小说开篇就介绍了这支曲子的神圣和高贵，然而，就是这样一支高贵的曲子，最后也没能摆脱沦为街头乞讨之歌的遭遇。《百鸟朝凤》不仅是唱给消逝的唢呐文化的一首哀歌，也是写给所有乡村民俗文化的一曲绝唱。在肖江虹笔下，唢呐不仅是艺术，它也是对生命的尊重，更代表了人们对生活的虔诚之心。唢呐的隐退暗示了一种古老生活方式的没落，也影射了一个时代的逝去。《百鸟朝凤》曾被改编为同名电影，获得过全国“五个一工程”奖、金鸡奖。遗憾的是，故事的核心——唢呐，被肆意篡改为了陕西的唢呐。《蛊镇》与《百鸟朝凤》的题材虽然有所不同，然而它们都反映了现代化进程下人们与古老生活方式的艰难诀别。《蛊镇》以蛊师下蛊为题材，塑造了细崽这样一个非同常人的孩童形象，因此整个作品充满了神秘意味。尽管作者写着一个怪力乱神的故事，而他所要表达的主题思想却是真实的。老蛊师王昌林下了一辈子蛊，他只用蛊救人，绝不藏害人之心，而他物色传人的标准也是忠厚本分。只不过，在现代商品经济大潮冲击下，蛊镇青壮年们宁愿进城打工，也不愿守在土地上，更别说学制蛊。治病救人的神秘蛊术已经无力去抓住人们的信仰，它将随着王昌林等老一辈人的逝世而彻底消失，蛊镇当然也再不能成其为蛊镇。

《悬棺》与《傩面》在民俗上继续深入开掘，构成肖江虹的民俗系列。《悬棺》着力展现“万物有灵”，重构人与自然的新秩序，展示生命的坚韧与美妙。作者并非只为借民俗来表现边远地带人们原始的生存方式，以奇异的风俗民情博人眼球，而是挖掘民俗背后潜藏的深层意蕴。以“悬棺”为代表的民俗展现了世代沿袭的丧葬文化，表现人们“重死轻生”的生死观念，以及突显先辈在面对困苦生活时所具有的坦荡情怀。正如肖江红在创作谈中说：“我记录这些消逝和即将消逝的风物，不是吟唱挽歌，而是想努力把曾经打动我们的乡村诗意记录下来，让读者能看到祖先们在遥远的过去曾经拥有的伟大的想象力和诚挚的包容心。”由此可见，作者在进步与落后、文明与愚昧间思索生命与存在的关系。《傩面》从黔中偏僻小村傩村入笔，展示傩戏的魅力。傩村的人们，即使是耄耋老人，平素近乎白痴，分不清辈分，会误将孙辈当作自己的爹爹；太阳出来的时候，他们花白脑袋低垂晒太阳，口水长流。可一旦套上傩戏面具，这些近乎白痴的老人就像换了一个人似的，唱词精准到位，傩戏魅力由此可见。秦安顺是傩村雕刻傩戏面具的传人，并且是傩村的引路灵童，会唱各种傩戏，颇受傩村男女老少的青睐。虽然他七十多岁了，但眼明心亮，亲手雕刻的各种傩面深受外界推崇。颜素容是傩村的晚辈，外出打工染上不齿疾病回村等死，希望秦安顺给自己唱个延寿傩。小说运用魔幻手法，通过秦安顺戴上伏羲傩面回溯时光，再现自己父母的相识、相爱及婚后生活场景，这些先人的往生与颜素容的回村生活相融合，将往生与现实合二为一，达到珍视生命而又溢出现世的艺术效果。肖江虹在贵州民俗小说的创作上独树一帜，叙述内容与叙述语言、情感语调完美融合，在为诗意乡村唱挽歌的同时，也对今日乡村的何去何从充满忧思。该小说荣获第七届鲁迅文学奖“中篇文学奖”实至名归。

肖勤是中篇小说创作上比较活跃的作家，2010年至2013年，她在《人民文学》《十月》等刊物上发表了《暖》《云上》《金宝》《我叫玛丽莲》《上善》《灯台》《在重庆》等作品。肖勤是个善于讲故事的作家，她的作品总是娓娓道来，有一股叫人不得不动容的感染力。肖勤的作品题材是丰富的，但她最擅长的还是刻画女性内心世界。《暖》写留守儿童小等的故事，这纯粹是一个现实主义题材作品，而在肖勤的特殊笔调下，它与现实又保持着一定的距离。主人公小等对亲情的渴望、对孤独的恐惧以及她对世事人情的懵懂和纯真，都被作者表现得恰到好处。最有深意的是小说结尾处——小等在懵懵懂懂中试图去接上被雷电劈断的电线，她把电线冒出的火花幻想成焰火礼花绽放时的温暖。小等始终在等待着亲情之“暖”，然而等待她的结局却令人唏嘘不已。

《金宝》也是一个现实主义题材作品。少年金宝因情患痴，又经历了凶杀案审讯，精神上出现了严重问题。金宝父亲以此责难当地派出所，通过上访、要泼等各种方式索要赔偿金。《云上》《上善》写都市女性的恋爱与婚姻生活，虽然故事情节有些老套，但它所表达的主题意蕴却是深刻的。尽管都市爱情多变而脆弱，尽管人事复杂难测，但还是有人虔诚地为友情付出、为爱情翘首。善意、理解和包容始终是人们内心里蕴藏的最可贵的东西。把“善”昭示给读者，这大概是肖勤《上善》的最大成绩。《灯台》是最能代表肖勤创作风格的作品之一。它描写的是现代职业女性的工作和家庭生活，反映了女性幽秘的内心世界，然而它又与现实保持着一段距离，像是在叙述一个传奇，显得亦真亦幻。灯台是单位的处级干部，不折不扣的女强人，灯台的故事原本也稀疏平常，不过是婚姻失败和仕途升迁等。然而作者却独具匠心为灯台设置了一个有着传奇色彩的出身——大学任教的父亲与作为他学生的小姨产生了爱情，生下灯台，之后为了保护家族声誉，小姨嫁与他人，灯台被“母亲”抱回家抚养。这个故事让读者很容易联想到霍达《穆斯林的葬礼》。身世的复杂和传奇丰富了灯台这个人物的性格。灯台坚强干练，缺乏女性的柔情，甚至显出一些冷漠，而事实上她内心里是脆弱的，对亲情、爱情充满了既渴望又抗拒的矛盾心理。灯台这个人物虽然是传奇的，而她身上所折射出来的女性世界却是真实和具有普遍意义的。肖勤的中短篇小说集《丹砂》获第十届少数民族文学创作骏马奖，也是对她在中篇小说创作上的肯定。

值得一提的是老作家戴绍康笔耕不辍，他的《塬上风》写的是甘家塬人因为生活所迫，在农闲时节组织剧团，到外地演出糊口，祖祖辈辈甘家塬人都是沿着这条既定路线行走着。作者笔下所写的是乡野剧团，而演出所得不过是“一盒冷饭，一撮红薯”，按常理说，这是极其清苦的生计，可是作者笔下却不露半点凄苦，相反的，他把这种营生写得美好而高尚，充满诗一般的韵味。在作者的构画中，甘家塬剧团女子貌美、男子俊俏，他们技艺不俗，引得沿途百姓热情追捧，收获无限风光，更为重要的是甘家塬剧团众人享受这种生活，他们热爱艺术，沿途经历各种风流韵事，留下许多供人传颂的故事。甘家塬祖辈们便以迁徙唱演为生，到了现代，虽然伴着电子摇滚乐，年轻一辈的甘家塬人依然走在演戏卖唱的路途上。这是一条古老而悠长的路，它没有尽头，更像是轮回一样，而在轮回中又有新变。作品这种类似传奇的写法，大大消解了现实中的苦难，而多出一种有容乃大的气度。

“80后”作家曹永、李晁、钟华华这一时期创作成绩显著。曹永创作颇丰，《愤怒的村庄》《不能说的秘密》《地界》《红骨髓》展示了曹永的创作实力。曹永的关注点在乡土，在曹永的笔下，生命的确总是显得“薄如蝉翼”。《愤怒的村庄》主人公曹树根在经历了儿子猝死、妻子自缢身亡之后，因为一时之恨，失手杀死了村民马不换。似乎在随随便便之间，一个生命就走向了终结，它们显得轻而贱，像一个玩笑一样。曹永以其不动声色的笔调，把这种生活苦难表现得触目惊心。《不能说的秘密》讲述了一个荒诞的故事。曹胜利是一个游手好闲，嗜赌成性之人，除此之外，他还经常殴打媳妇马冬晴。马冬晴被恶霸村长曹树林强奸，曹胜利为妻报仇未果，竟利用这个“不能说的秘密”得到一千五百元的补偿费，马冬晴本来打算入手一辆二手牛车，不料被丈夫输光，她在心灰意冷之下远走县城。曹胜利在去县城寻找妻子的过程中，历经坎坷之后追悔莫及，并看见了妻子走向他人轿车的一幕。《地界》中同样塑造了像曹胜利一样的人物，王金贵是一个只会在家里横的懦弱男人，好吃懒做，只会打骂妻子。当得知土地被胡桑家侵占时，虽怒火中烧，但也无计可施，李雪英通过把自己“种在”胡家侵占的土地中的方式划分地界。结局令人唏嘘不已，文中既表现了农民与土地难以割舍的关系，同时也把农村妇女在家庭中的屈辱地位表现得淋漓尽致，并以此揭露乡村陋习。《红骨髓》是一篇表现人生悲剧的小说，在作者客观冷静的叙述背后，发出了对明天和意外谁先到来的诘问。小说结局表达了意外无可挽救，明天不会到来的残酷现实，人在命运面前无能为力，只能陷入无尽的悲痛中。马线本以为嫁给如意郎君，从此过上幸福生活，但现实却是弟弟小马张突然患上白血病，需要她引产进行骨髓移植，打掉好不容易怀上的双胞胎，面对这样的两难选择，给两个家庭都带来了毁灭性打击。即便马线选择引产，但最终还是未能挽救弟弟，三条生命的逝去，构成文中最大的荒凉感。

李晁的关注点是小镇生活，《孤独鸽》《来日无痕》呈现出的创作实力不容小觑。《孤独鸽》充分体现出李晁对叙事的把控，采用第一人称叙述，从少年"我"的视角出发，目睹母亲偷情出轨的整个过程。但在东窗事发时，面对邻居们的嘲笑和质疑，出于对母亲的维护，我不得不撒谎证明母亲的清白。作者把少年的失望、迷惘、无可言说的孤独都投射在对鸽子的描写上，小白鸽成为主人公倾诉的对象，表达了少年对大人世界的困惑之感。作品表面上是写鸽子无所皈依的孤独与流浪，实则表现人孤独的内心世界。

钟华华的《河边》《还魂记》写得低回忧伤，《河边》中父亲不顾母亲的哀求，外出修铁路，从此一个幸福的家庭就被跟踪、监视、猜忌取代，母亲伤害了女儿，儿子仇视母亲。女儿遭强暴，最终被迫嫁给强暴者为妻。好不容易女儿的女儿出世，生命有了新的盼头，结果更大的灾难接踵而至，苦难看不到尽头。《还魂记》中通过亡魂"我"窥探人间丑态，并以悲剧结尾。"我"的大儿子李闯利欲熏心，巴结镇长，阿谀奉承，不惜利用妹妹获得拆迁赔偿。但镇长和他的交易好比螳螂捕蝉、黄雀在后，李闯最终竹篮打水一场空，还导致大哥李铁在掘坟时中毒身亡的悲剧。

综上所述，这一时期是贵州中篇小说创作领域的丰收期，不仅题材宽广，创作手法丰富，而且作家梯队有序，后劲强势。"50后"作家没有辍笔，"60后"作家担纲重任，"70后""80后"作家奋起直追，形成了值得期待的未来。

（执笔人：谢廷秋、颜水生）

目录

2012

001　宝宝废废 / 冉正万

024　河边 / 钟华华

048　村长唐三草 / 欧阳黔森

2013

073　灯台 / 肖勤

108　一生涕泪 / 罗漠

127　蛊镇 / 肖江虹

173　天地玄黄 / 肖江虹

223　在重庆 / 肖勤

253　案情 / 张贤春

271　看不见的母亲 / 西篱

311　向日葵 / 王华

2014

345　渡河 / 韦昌国

370　月亮山之歌 / 赵朝龙

423　悬棺 / 肖江虹

470　地界 / 曹永

493 纵火者 / 钟华华
519 百姓歌谣 / 赵朝龙

2015

550 上面有人 / 孟学祥
581 还魂记 / 钟华华
608 红骨髓 / 曹永

2012年

冉正万

宝宝废废

第一次听见“废废”这个名字，李鲜还以为是“狒狒”。有一次听见一个母亲叫自己的孩子小废废，才知道废废是宝贝的意思。这个母亲可能觉得自己的孩子太顽皮了，太可爱了，用正面的字眼去描述已经够不着了，于是反其道而行之。就像有人把孩子叫狗狗、叫笨笨、叫屁屁。还有人叫自己的孩子“小烦包”，都是同样的道理吧。

废废是一条狗，鼠灰色杂毛，体型超大，和成年狒狒差不多。在李鲜的印象中，狒狒总是满脸怒气，为争夺配偶和食物而怒气冲天。他的印象来源于电视节目《动物世界》。

废废不同，废废一身霸气，不是凶，而是拒人千里之外，不与凡人来往的尊贵相。这个印象，是李鲜经过了很长一段时间慢慢总结出来的。对废废的第一印象，他觉得它被宠坏了，没有狗德，也没有狗相。

当时，组织部准备调李鲜到市政府当副秘书长。正式调动文件还没下来，分管文教卫的副市长陈家鼎来新吉学院出席实验大楼奠基仪式，李鲜作为新吉学院办公室副主任和即将到市政府工作的人，院长派他去学院门口迎接陈副市长。换在平时，李鲜是不会去的，因为轮不到他。市委副书记、副市长以上由主任或院领导亲自迎接，他们之下的副处级、科局级才由李鲜出面。现在他要调走了，而且是陈副市长点名要的人，李鲜因此没有推辞，荣幸地接受了这个任务。

新吉学院原先叫兴吉师专，几年前改名扩建成新吉学院。破破烂烂的师专变成一所综合性大学，原先的地盘不够用，搬到新区后，地盘扩大了十倍，基建搞了三年，还地广人稀。虽然新吉学院在普通二本中在全国名列三百名以外，但行政级别和市委、市政府相同，都是正厅级。同级别的领导人莅临，接与不接，是要认真对待的，过头了不行，怠慢了更不行。

从学院办公楼到大门口两公里路程，又在下雨，为了表示自己的诚意和敬意，李鲜没要车，他觉得陈副市长不是那种讲排场的人，他也想和陈副市长更亲近一点，亲口向他说一声谢谢，谢谢他点名将他调到市政府。他举着伞站在雨中，欣然地接受着纷飞的细雨从天而降。欣然没有填满他的心，有种快乐无人分享的遗憾。不过，这点遗憾与快乐相比，就像一盏电灯的光明与日月之光相比，是不可相提并论的。

获知将调市政府那天，李鲜想和妻子庆贺一下。妻子泼了一瓢冷水：

"市政府有什么好，全是当官的。新吉学院哪里不好？想当主任可以继续当，不想当你可以当教授，你评副教授已经三年了，马上就可以评教授了。"

李鲜说："好多人想去市政府，花血本跑了几年都没实现哪。我一次也没跑过，甚至也没想过。"

"这倒也是，不过，难道有什么了不起吗？"

"没什么了不起，确实没有。"

妻子泼完冷水，却又立即给父母打电话：你们的女婿要到市政府去工作了。语气中洋溢着李鲜听着很舒服的得意。

李鲜承认妻子的冷水泼得好，但他就是抑制不住兴奋，快乐是抑制不住的。他本想幽默一下，如果市政府的处级相当于军队的团长，新吉学院的处级就相当于儿童团团长。自己调到市政府，是从儿童团到了正规军，副处级，也就是副团长，性质是不一样的。怕这话传出遭人误解，便及时咽了下去。

李鲜在雨中站了二十分钟，陈副市长的车来了。李鲜急忙横下伞，不顾雨淋头，连连打手势，以免市长的车飙过去。

车停下后，李鲜告诉司机小林，自己是来接陈副市长的。他没看见陈副市长，雨雾加上轿车深色太阳膜，车中光景完全被挡住了。他正要拉后车门上去，司机小林急忙叫住他：这边这边，前面前面。

李鲜上车后，看见陈副市长坐在后排，和他的狗在一起。他没见过陈副市长的狗，也没想到，他会带着狗来新吉学院。

所有的狗坐着都比站着高，废废个头本身就大，坐着比陈副市长高出好大一截，它的头已经顶到车棚了，前爪搭在椅子靠背上，身子像一根结实的原木，褐色的眼睛有种散漫和无畏。

李鲜说，陈市长，我是院办的小李，李鲜，欢迎您来新吉学院指导工作，高书记和罗院长他们在办公楼前恭候您。

他的声音很不自然，那么大一条狗坐在自己身后，自己脖子紧靠它巨大的嘴筒子，他掌握不了也调控不好自己的声音。

在此之前，他没和陈副市长单独交流过，他怕陈副市长对他的相貌印象不深。本想说几句既得体又显水平的话，可一上车，刚才想到的话没跟他上车，像蝴蝶一样飞走了，以至出口的话干巴巴的，既僵硬又虚弱。

“废废，和客人打个招呼。”陈副市长说。

废废汪汪叫了两声，声音非常洪亮，李鲜感觉炸耳。

司机小林说，它在向你问好，它的声音越大，说明它对你越热情。李鲜忙回敬道：“你好、你好。”

李鲜还是想把事先准备的感谢的话说出来，废废的腿突然从靠背后面伸出来，一条腿悬在半空，另一条腿撑在靠背上。李鲜不知所措，既害怕自己因为恐慌而失去风度，又担心废废不待见陌生人。

“和它握手呀，废废的手都伸出来了。”陈副市长说。

李鲜觉得市长在指责他对狗不热情，他打个哈哈。

“对不起，对不起。”

两个对不起，向市长和他的狗同时道了歉。李鲜当办公室事副主任三年了，练就了给自己找台阶下的哈哈。

他半转身伸出右手，废废把爪子缩了回去。

“你要用左手，男左女右。”陈副市长说。

李鲜红着脸，左手勉强反伸过去，像接后座的人递来的东西一样。废废把爪子放在他手心，李鲜象征性地摇了摇。狗爪子是冰凉的，脚掌软软的。

“你好，欢迎你来新吉学院。”

李鲜说完感觉不妥，但废废汪汪两声，像听懂了一样回应着。

废废收回爪子，陈副市长拍着狗的侧腹表扬道：“真乖，废废真乖。”

李鲜刚松了口气，废废又来了。它把嘴筒子从后面伸过来放在他的肩上，脖子舒服地搭在靠背椅的肩部。李鲜比刚才更紧张。他在心里求饶：

“狗狗，乖狗狗。”

司机小林善解人意地叫他不要怕，“废废纯善得很。”他叫李鲜挠狗的下巴，“它最喜欢别人挠这个部位。”小林腾出一只手给李鲜作示范。李鲜不敢，他怕溜须不成反伤其指。

废废眨眼睛，扇耳朵，耸鼻，李鲜都能感觉到。它的每一个细微动作，对李鲜都是一种血淋淋的威胁。

李鲜尽量保持不动，不敢明里拒绝，也不敢过分亲近，硬撅撅地坐着。他非常担心它突然给他一口，咬他的脸，咬他的脖子。

汽车被什么东西颠了一下，李鲜双肩一耸，废废的嘴也跟着跳了一下，他的头碰着废废的嘴筒子了。李鲜险些尖叫。他担心废废把这理解成进攻，理解成挑衅，小腹突然一紧，生殖器突然一松，小便淌了出来。他拼命忍，把还没流出来的尿憋了回去。但裤裆已经浸湿了，湿热感很明显。他稍感庆幸的是今天多穿了一条棉毛裤，现在只能期望它兜住淌出来的尿液，不要让它浸到坐垫上。

废废抬起头，看了看前方。李鲜高兴地想，谢天谢地，它终于放开了。哪知废废只把头抬了短短一瞬，又将嘴筒子放下来。李鲜在心里埋怨道：

“天啦，你有完没完！”

刚才这一幕惊心动魄，但毕竟过去了。他沮丧地调整了一下，尽量让废废感到舒服。他闻到一股烂蘑菇的香味，他不清楚这是狗的气味，还是自己过度紧张，导致血脉偾张，鼻孔里的毛细血管充血的缘故。

“废废昨天洗澡了吗？”陈副市长问。

“洗了，我和小王给他洗的。”小林说。

李鲜感到耳朵嗡嗡响，废废的嘴筒上的胡须不时在他脸上扫一下，痒痒的，他想挠一下又不敢。它不会乱咬人的，但我还是怕它。他苦笑着在心里说。虽然是在心里说，也有种讨好的意思，不禁想起契诃夫的《变色龙》，觉得契诃夫太不理解那位叫奥什么的警官了。

从陈副市长与司机小林的闲聊中，李鲜得知陈副市长早上六点半就去遛狗，遛到上班时间，司机直接从公园门口把他和狗接上车。如果陈副市长出差，另有什么人代劳，有时是司机小林，有时不是。司机小林对这条狗的了解几乎让李鲜感到嫉妒，他连它每天拉几次大便，大便的分量、颜色、形状都很清楚。陈副市长能从大便的分量、颜色和形状，判断废废的饮食是否正常。他们谈论这些时，不像在讨论一条狗及其粪便，而是在讨论一个严谨的科学问题。掐头去尾只听中间一段，会让人肃然起敬。

李鲜想参与进去，但又不敢，他没养过狗，对狗一无所知，他难受到了极点，却又必须把这份难受隐藏起来，因为要极力隐藏难受，他怕自己一开口就会冒出不得体的话来。废废把头搭在他的肩膀上后，舒服地眯上眼睛，但李鲜看不见，只能听见它的呼吸，闻着它呼出的热气，忍受着它嘴筒的胡须在他脸上蹭来蹭去，同时还要小心不让自己的头发碰到它的眼睛。

“新吉学院变化不大呀。”司机小林说。

李鲜心想，没有钱，怎么可能变化。

“风吹草低见牛羊啊。”

陈副市长说。李鲜仍然接不上话。他不知道陈副市长是在吟诗，还是看见了什么想起了这句诗。

轿车停下来后，李鲜没敢乱动，等废废主动把头缩回去后，他才活动了一下身体，强忍住别扭下车。给陈副市长开门已经来不及了，他双腿发软，下车后站得住就已经很不错了。他回头看了一下，坐垫上没有任何湿痕，顿时有劫后余生的幸福。

我不要这种幸福，他想。但他分明感到，这真是一种难得的幸福。

会议结束后，陈副市长留下吃饭。离开时，院长、书记、副院长、副书记、院长助理、院办主任都去送陈副市长。院领导坐自己的车，剩下的人由李鲜安排车。汽车没开出多远，李鲜一下明白“风吹草低见牛羊”的意思，原来规划中的音乐学院一带，野草茂密，草丛里有十几只羊，是附近村民放养的。李鲜刚想清楚这是村民的羊，就已经到校门口了。他有点惊讶，怎么这么快？刚才坐陈副市长的车，怎么坐了那么久？他感到惊讶的还有另外一件事，他躲到办公室换裤子时，以为湿了好大一片，脱下来才发现只湿了巴掌那么大一块。

要把新吉学院建好，资金缺口三个亿，陈副市长在刚才发言中说，他将和市委、市政府有关领导研究这个问题，在他任期内，一定要把这个问题解决好落实好，请新吉学院全体师生员工放心。

陈副市长的话获得长久掌声。

李鲜没有鼓掌，他假装手里拿着东西不方便。他手里的确拿着东西，是他给陈副市长写的讲话稿。陈副市长讲话时，他注意看，有哪些没按他写的讲，以便下次改进。除了一些不重要的虚词、连词，陈副市长没有改动一个字。关于资金这段话是脱开稿子讲的，这不是李鲜可以事先写上去的内容。

李鲜不想鼓掌，是不想为一个带着狗来开会的人鼓掌。他听见掌声，觉得有点刺耳，有点莫名其妙的心寒，事后又想，自己心胸太狭窄太小气了，这算得了什么？心胸太小极不利于官场，对自己不仅有些失望，甚至感到担忧。

李鲜调到市政府后，主要负责接待、会场布置等后勤工作。这些事都有助手，只有一项，必须由他一个人独立完成，这就是给陈副市长写讲话稿。

李鲜从新吉学院调到市政府，凭的是硬本事。除了陈副市长到新吉学院参加实验大楼奠基仪式的讲话稿，在此之前，他给陈副市长写过三次讲话稿。一次是半年前“新吉市教育系统如何就国学热在教学、教研中正确引导和运用问题研讨会”上的讲话，一次是新吉市举行的“全省工艺美术发展与创新论坛”，第三次是“全国‘十二五’期间市级综合院校发展论坛”的讲话稿。

接触过陈副市长的人都知道，除了那些可以称呼他“家鼎同志”或“家鼎市长”的人，他给人的感觉是水平高、脾气大。在此之前，陈副市长无论在哪里开会讲话，都没把秘书或主办方提供的讲话稿讲完过，好点的用用里面的小标题或某些数据，差点的扫一眼就丢到一边。陈副市长古文功底深，有几次，他在会上直言不讳地批评给他的讲话稿文理不通，不堪卒读，简直是小学生水平，搞得会议主办者十分不安，写讲话稿的人更是无地自容。

只有李鲜写的讲话稿合他的心意，也正是因为这三个讲话稿，使这个从不以权谋私的副市长带着一点点私心将李鲜调到了市政府。新吉学院副主任和市政府副秘书长级别一样，属于平级调动。不同的是大学是事业单位，市政府是行政单位，编制不一样。大学是学术机构，市政府是施政机关，权柄不一样。李鲜看重的正是这个。

从正式调入那天起，陈副市长的所有讲话稿都由李鲜一个人包办。有人羡慕，有人嫉妒，有人长出一口气，有人不以为意。李鲜和陈副市长一样，对他人的议论不闻不问，仿佛与己无关。其实有时愤怒，有时得意，有时委屈，有时暗想等着瞧。

陈副市长平时阴沉威严，对人态度冷淡，不贪图名闻利养，该他办的事，他能办到的事，他从不张扬，不声不响地办，办好了也不多说什么。对这位性格特别的副市长，政府办的人在私下议论时，最喜欢议论两个问题，一是他靠什么当上副市长，二是他的家庭情况，他到底是单身，还是有妻子儿女。对第一个问题，有人说他靠的是能力，他当副市长之前是省经济和信息化委员会电力协调处主任，负责全省电力协调。面对电力部门的骄横，用电大户的狡猾，他以强硬和雷厉风行著称。有人说靠的是他的同学，一位中央政治局常委。但他何时与这位常委做过同学，人们也说不清。对于副市长的家庭，大家知道的更少，他家人没到新吉市来过，陈副市长本人从不提及。

李鲜不愿参与议论，他对这些事知之甚少，同时也不感兴趣。别人议论时，他说得最多的是发自内心的、对陈副市长的佩服，佩服他的办事风格和文字功底。李鲜的话引来两种反应，一是善意地提醒他，“你和他在一起工作的时间还不长，时间长了就知道了。”意思是李鲜还没吃过苦头。另外一些人则以理解的口气说，他是陈副市长调来的，他崇拜他是正常的，你们不要这样说人家嘛。

后一种说法隐含着不屑。在这里工作的人，他们只使用他们才能听懂的一套语言。说过了，你感觉那些话很平淡，你以为什么也没说，其实该说的话已经说完了。

“你在说谁呢？”

“你觉得我在说谁我就在说谁。”

即使激烈争执时，他们也只用这种隔靴搔痒的语言来对攻。这和那些用方言俚语进行五花八门的诬陷甚至血亲相奸的猥亵式骂法截然不同，这种文绉绉的政治家式的骂法，可以让那些最会骂街的人感到沮丧然后糊里糊涂地败下阵来。

李鲜明白，有些话是对的，他对陈副市长确实佩服，但并不代表他喜欢他。要是陈副市长没养那条狗，情况也许会有所不同。

同事们对陈副市长的怨言，也和这条狗有关。陈副市长对大家不冷不热，对废废却完全相反。他对它是那么关爱，那么体贴，废废有时像他的上级，有时像他的儿子，有时像他的情人，虽然它是一条公狗。他把所有热情都给它了，以至没有热情可以给人。

整个办公大楼，除了市长办公室，废废来去自如。它像检查工作一样，突然撞进来，闻一闻、嗅一嗅，然后大摇大摆地离去。它不是来找吃的，每顿饭都吃得饱饱的，而且吃得好，它不馋。有人见它进来，怀着对陈副市长的敬重，忙把事先准备好的火腿肠给它，废废有时勉为其难地吃一点，有时候看都不看一眼。那副不耐烦的样子就像在说：现在谁还吃这种东西呀，大傻瓜。

大概因为血统高贵，或者它深知，自己作为陈副市长的狗，保持这种高贵是必须的。尽管废废不是公务员，但整个大楼里的公务员都知道，废废是一条有政治地位的狗。因为这种政治眼光，他们对待它不得不小心翼翼。但是，作为一条狗，就会有咬人的危险。再高贵，它也是一条狗，狗性是不会泯灭的。

大家防范着，像与气量狭窄，疑心病又重的同事相处一样，说话声、举手投足、眼神都力求自然，以免引起废废不必要的反应。可越是这样，越是不自然，就像从停在银行外面的运钞车旁经过一样，尽量不朝持枪者看，东西掉了也不敢猛然弯腰去捡。好像这是一种尊严，其实是怀着某种隐忧，以免保镖把你当成抢劫者。

有人自以为聪明，见到废废就“嘬嘬嘬”唤它，向它示好。“嘬嘬”是模仿狗吃东西的声音。只有乡下人才这样唤狗，出此下策的人大多是乡村俊杰，凭考试成绩摆脱了乡村。虽然从中学起就不像农村人了，但一遇到马羊鸡犬，就会原形毕露。从小在城里长大的人不一样，他们也怕，但他们敢“废废、废废”地叫。废废有时回头看一眼，有时低头沉思一般继续懒洋洋地走着。无论怎么叫，它从没摇过尾巴，仿佛这是一场玄妙的打赌，它就是不想让这些人赢。

废废不随地大小便，大小便一定要上厕所。它分不清男女厕所，只要是厕所就行，它不识字，仅凭气味判断。这样一来，男同胞会因为和它同时解手而感到好笑，它跷起一条腿的样子像在玩杂耍。女同胞则会因为突然撞见又不敢吼出来而连连拍打胸脯。如果事先知道，她们再急也宁愿忍，让它先用，等它用完了，离开了，再去用，或者干脆去另外一层楼解决。

作为一条狗，废废的自尊心和理解力都是超群的。有一次它钻到市长办公室，被市长不客气地呵斥了一顿，从此一路过市长办公室就把尾巴夹得紧紧的，望都不朝那扇门望一眼。

陈副市长的秘书小王，大家当面叫他王秘书，背后叫他王狗童。陈副市长工作忙，加上不是所有场合都可以带上废废，因此需要一个人专门负责废废的饮食与卫生。营养要丰富，一日三餐不能重复，两天洗一次澡。如果去了脏兮兮的地方，就得一天洗一次。王秘书第一次写的讲话稿被陈副市长否定后，再也不叫他写了，他成了专职狗童。

不过倒也自由，他和废废在一起的时间，远远比他待在办公室里的时间多。

李鲜一开始就决定少管废废，他怕管多了，也像小王一样，被人叫作狗童。但一点不管也不行，因为和陈副市长在一起时，只有说狗，说废废，陈副市长才会和他说话，否则他会像老僧入定一样，表情木然，喜怒哀乐都没有。搞得你即使想和他聊聊家常，也不敢贸然开口。陈副市长五十六岁了，只有这一届了，时间一到，他和废废都会从市政府消失。李鲜提醒自己，对废废和陈副市长的怪癖一定要忍耐，反正忍两年就过去了，其他同事已经忍了三年了，自己比他们幸运多了。

每到年底和每到年初，会议都很多，李鲜因此最忙。十月中旬，全省“以信息化带动工业化”会议在新吉市召开，李鲜和其他几个副秘书长提前一个星期就进入紧张的筹备中，周末都没回家，晚上就住在办公室。

李鲜的妻子是中学老师，这天带着女儿来见李鲜，女儿参加钢琴比赛获奖了。她参加的那个钢琴班，只要会一段简单的旋律就能获奖，比赛是艺术学校自己举办的，多发奖状是为了鼓励孩子们，同时也是为了笼络家长。李鲜的女儿一进办公楼，就双手捧着奖状，甩开妈妈跑上楼去找爸爸。李鲜的妻子在后面笑吟吟地叫她慢点。

在二楼与三楼之间的转角处，李鲜的女儿站住了。废废在三楼的楼道口，虎视眈眈地看着她。其实它并不凶，它看见李鲜的女儿后，终于看见一个可以和它玩的人来了，高兴地跑了下来。李鲜的女儿却被吓坏了，恐惧地叫着妈妈。废废故意顶了她一下，把她撞倒在地，然后叼起奖状，大摇大摆地调头跑开了。李鲜的妻子赶到时，女儿仍然躺在地上，因为惊吓过度休克过去。

李鲜妻子撕心裂肺的尖叫声传遍整幢大楼，甚至整个新吉市。任何人听见这种声音，都会条件反射，不是耳朵一颤，就是头皮发麻。

李鲜和妻子把女儿送到医院，女儿苏醒过来后，连续两次出现癫痫似呕吐。

李鲜向秘书长请假，同时请他转告市长，自己不能工作的原因。秘书长给了他一天时间，孩子除了受惊吓，并没别的问题，废废又没咬她。李鲜自己也是这样说的。他请秘书长转告市长的话，既包含了委屈，同时也是一种指责，陈副市长让废废出入办公楼是很不妥当的，他希望市长批评一下陈副市长。

第二天下午，李鲜来上班了，与会代表报到，他不来不行。作为分管后勤接待的副秘书长，他必须知道其他地州市的领导和企业界代表吃住行的具体安排，有无考虑不周的地方。

正式会议开了一天，参观一天。

送走最后一位参会者后，李鲜回到了家。早上妻子给他发短信，女儿出院了。

妻子说，女儿没再出现那种呕吐现象，但医生说，很难保证她今后不再复发。妻子说，陈副市长到医院道过歉了，除了医疗费，还另外给了一笔“营养费”。

李鲜这几天都没生气，在熟人眼里比平时更和颜悦色。但妻子说到“营养费”，他一下爆发了，他突然间火冒三丈。

“你收他这钱干什么？你怎么这么爱钱！”

妻子不知道他为什么发火，她回敬道：“把我女儿吓成这样，我怎么不收？他是你的领导，不是我的领导，你怕他，我不怕他，给多少我都敢收。”

李鲜觉得自己不应该冲妻子吼，但他不知道该冲谁吼。

他一个人到公园瞎逛，爬到半山，碰到王秘书在遛狗，他真想卡住废废的脖子，掐死他。对小王恭敬的问候，他爱理不理。分开后，他不怀好意地叫他王狗童。他从来没有这么叫过他。这时他明白了，他不想要陈副市长的“营养费”，是因为他想报复废废，报复到什么程度他没想，反正是要它吃苦头。

接下来又是三个会，有两个需要陈副市长出席并讲话。李鲜写讲话稿时，怎么也做不到像平时一样顺畅，心里像塞了一团乱草。陈副市长第一次没说什么，照李鲜写的讲话稿干巴巴地宣读了一遍。第二次，他一开始就丢开讲话稿，只用了李鲜写的小标题。

“你写什么狗屁东西！”

会后，陈副市长满脸怒容问李鲜，他气得嘴唇发抖，满脸皱巴巴的。

李鲜想反驳，你的狗把我女儿吓成那样，我哪有心思写讲话稿。

他忍住了，红着脸，转身走开了。女儿出院一星期过后，又发生过两次癫痫式呕吐。妻子把女儿带到广州医院贵阳分院检查，医生说，女儿有癫痫病，但无法确定是本来就有，还是过度惊吓的后遗症。妻子几次要找陈副市长理论，都被李鲜拦下了。

李鲜只有一个想法，让废废吃苦头，最好是叫它不敢再进政府办公楼。有一次，废废一进来他就关上门，然后他像市长一样，狠狠训斥，“打死你！你这狗东西！”这天陈副市长没来，出差了，是王秘书把它带来的。废废莫名其妙地看着李鲜，一点也不怕，就像他知道他是副秘书长，根本就不够资格训它。李鲜心想，只有在别的地方，自己的训斥才会起作用，在政府大楼里，显然是不行的，因为他不敢把嗓门彻底放开。

这次训斥后，他给陈副市长写的讲话稿有所好转，陈副市长说，如果我不再开会不再讲话，你给别人写也没意思。李鲜把这话理解成，陈副市长是器重他的，过几年他退休了，李鲜也将失去用武之地，因此现在应该好好干。

元旦前夕，秘书长说几个月来大家都很辛苦，请示市长后，同意让大家去下面一个新开发的温泉景区，泡泡温泉，打打麻将，好好休息两天。愿意带家属的，都把家属带上。

李鲜回家和妻子说了，妻子不愿去。因为陈副市长要去，她怕女儿看见废废后发癫痫。李鲜觉得有道理，妻子不去，他也不想去。于是和秘书长说，他有事，不去了。

下面的人很热情，派人专门到市里面来接“领导同志们”。得知李鲜不去，下面的人怎么也不答应，说他们经常来麻烦他，现在应该给他们一个还礼的机会。李鲜负责后勤接待，确实给他们提供过不少方便。最后连秘书长也劝他去，去吧，就两天，有什么事回来再说。李鲜推脱不掉，只好答应去。

陈副市长没坐他的专车，他和大家一起坐中巴，一辆丰田考斯特。不过，他不是为了与大家同乐，而是不喜欢讲排场，他喜欢节俭。这与其说是品德，不如说是因为性格。他的生活一向如此。秘书长想用专车，见陈副市长这样，也只好叫司机把车放回去。

王秘书带着废废上车时，李鲜刚到。废废上车后，坐到陈副市长旁边，自然而然。大家也都知道陈副市长旁边的位置是废废的，谁也不会去坐。狗的坐相与人不同，人后仰，狗前倾。陈副市长为了废废的安全，挑了第二排的座位，以便废废把双腿搭在前排靠背上。

王秘书把废废安顿好后，坐到最后一排。刚坐下，陈副市长就回头对他说：“你回去吧。”王秘书顿时面红耳赤，他以为他可以一起去。他的尴尬大家都看出来了，但没人吭声，没人说一句挽救的话。

“上都上来了，一起去吧。”

李鲜说。他想这有什么，是去玩，又不是去开会，多一个人有什么不可以的。

陈副市长再次命令王秘书：“你下去。”

他的声音不大，但和车外寒风中的不锈钢圆柱钢管一样冰凉。不同的是，不锈钢圆柱的冰凉是刺眼的，提醒你它本来就冰凉。陈副市长的声音是刺耳的，你要细细去想才会觉得冰凉。

王秘书在众人同情的目光中，难受地下车了。他从旁边走过时，每个人都担心地想，他不会走极端吧？如果走极端，他有很多种走法，扑上去给陈副市长两耳光，然后扬长而去。也可以下车后找个水深点的地方跳下去。他们希望他采用第一种，虽然他们知道他决不会采用第一种。

李鲜越想越气，气得浑身发抖。倒不完全是陈副市长驳了他的面子，更多的是想不通，他为什么要这样对待小王。小王被大家叫作狗童，已经够侮辱他、够轻视他的了，他在你眼里，怎么就不如一条狗呢？小王不去，废废也不应该去。

李鲜的脸色被秘书长看出来了，他给李鲜发了条短信：只安排了副处以上。

李鲜一看，还真是，车上全是副处以上，其他工作人员一个也没来。并且没有一个人带家属。

他很不客气地回了一条：废废也是副处？没看见你下文呀。

秘书长回了一个笑脸，为李鲜的幽默。

李鲜不是说着玩，而是真想不通，难道这条狗也是副处，如果是，那么车上的副处都是狗。如果自己真是一条狗，他要做的第一件事，就是跳过去，和废废咬一架。

紧张气氛没过多久就松懈下来了，秘书长带头讲了一个笑话，其他的接着讲，越讲越黄，越来越不好笑，但笑声越来越夸张，越来越响亮。李鲜知道秘书长的用心，不屑地想，一帮软蛋！

在温泉玩了两天，李鲜没有感觉到好玩。妻子带女儿去岳母家，岳母邻居有一条狗，女儿以前并不怕它，但这次一见到它就发癫痫。李鲜的心情更加沉重和烦闷，恨自己没坚持住，应该说不来就不来，不来什么事也没有，眼不见心不烦。

陈副市长泡温泉时把废废带进去，管理温泉的服务员坚决抗议，他担心狗下去后，别的客人就不进去了。秘书长和下面的接待方忙里忙外，一方面强调这是谁谁的狗，同时在卫生间给废废洗了个澡，然后再带进去。

服务员抗议时，陈副市长没有争辩，满脸无奈，像暂时不准拿玩具的小孩。当秘书长他们安排好，把废废带到他所在的热水池，他像母亲见到晚归的儿子一样，搂住废废，抚慰着，慈爱之情溢于言表。废废很喜欢泡温泉，它在水里翻滚，给大家捡拖鞋，逗得同行者哈哈大笑。陈副市长的话也比平时多得多，朗诵古诗，高声唱意大利文的《我的太阳》。废废和陈副市长都这么高兴，大家也高兴，尤其是接待他们的人，他们更高兴。

李鲜尽量不和这帮人在一起，他怎么也笑不起来，对他们怎么看也看不顺眼。

在和秘书长闲聊时，秘书长告诉他，这次本来连打字员都安排了的，政府办自己买单。可下面的人知道后非常热情，一定要全程陪同，并且专门划拨了一笔招待费。市长知道后，认为这样一来下面的负担太重了，临时决定只让副处以上去，其他人就不去了。为了给下面的人一点点回报，市长叫陈副市长一起来。所以说，陈副市长不完全是来玩的，虽然他来了也就是玩。陈副市长坚决让小王回去，也是这个原因。市长想得这么周到自己却不来，是因为他在这里当过书记，有意回避。

李鲜心有所想，但他想了半天，还是骂了一句：操。

市政府三个副秘书长，李鲜排名第三，但秘书长和他关系最好。这就像俄罗斯之于中国和越南。秘书长说，那两个副秘书长都在活动，想到下面去任副县长。他们要想提拔成正处，去下面“锻炼”是一条最好的管道。

从温泉回来后，忙碌的工作又开始了。李鲜见王秘书遛狗时开心的样子，感到恨铁不成钢，心里很恼火。虽然他知道小王是通过公务员考试进来的，他的工作是不能由自己选择的，组织上安排他干什么他就得干什么。但李鲜始终觉得王秘书没志气，可怜又可悲。

春节过后，李鲜被抽调到计生委协助计生工作。因为春节过后，好多在外地打工的计划外怀孕的孕妇，会在这段时间躲回老家来生孩子。这些孕妇很聪明，她们拖到孕期七八个月后才回来，这时候流产很麻烦，大多数情况只能让她们把孩子生下来。她们一生完孩子就溜了，把孩子留给老人带，罚款也没处要。

李鲜作为市政府副秘书长，只参与领导小组工作，具体的事不用出面。虽然计生工作难做，但对李鲜他们来说，其实非常轻松。他不做具体工作，协调配合相关部门执法就行了。基层干部和孕妇们斗智斗勇的故事报上来，比电视台搞的娱乐节目还精彩。计生部门要求他参加，是因为他代表市政府，他们在工作中有什么问题，出了什么岔子，就是联合执法，而不会只由计生部门独自受过。追查当中的故事说时好笑，其实很悬，计划外超生政策不允许，但生与不生，是人命关天的大事。孩子生下来是活的，就不敢把他怎么样，得让他活下来。他来到了人间，就是一个该来的人，哪里也不能去。孕妇在产床上，遇到大出血，还不能不管。

计生委主任私下说，干上这工作，肯定是作了八辈子的孽。一生都干这个，把今后八辈子的孽也作了。

领导小组还有公、检、法的人，都是从事情比较少的部门抽调来的。事情比较少，权力就比较小，利益也少。因此领导小组是个逍遥小组，喜欢玩。参加过一次后就成了麻友，今后还会联络。加上在单位不得意，在一起说些自我解嘲的俏皮话，彼此温暖，感觉很融洽。

但李鲜不同，他并没因此轻松多少。抽调时间是三个月，原以为可以好好放松一下，但陈副市长不时问他好久回去，有重要的讲话稿照样叫他写，写好了叫小王来拿。李鲜有时觉得自豪，有时觉得烦恼。

在和小王的接触中，他理解小王没有离开的原因。小王给陈副市长当秘书没多久，父亲病重住院，陈副市长知道后，毫无不犹豫就拿了两万块钱，救了他父亲一命。小王说他一辈子也不会忘记，他永远感激。

李鲜一听说两万，简直有点嫉妒。陈副市长给他女儿的“营养费”是一千。不过，他站在陈副市长的立场上，一下就想通了，小王的父亲是重病，那是救命。自己的女儿不过是被惊吓了一下，慢慢会好的。至少在陈副市长看来，不是那么严重。

“要不要告诉他，自己的女儿已经患上癫痫，自己花了三万还没治好？”

这个想法萦绕了几天，终究放弃了。

王秘书说，陈副市长搞笑得很，经常找不到手机，经常只穿一只袜子就去上班，有好几次把衣服都穿反了。

“最搞笑的是他老是忘记拉裤子拉链，别人都不敢提醒他，只有我敢。”小王自豪地说。

李鲜没发现过陈副市长的拉链问题，只知道他怕冷，别人穿一件时他穿三件。冬天穿七八件，他的衣服没有冬夏之分，名副其实的混搭。

陈副市长和废废都喜欢吃猪肝，或许是废废喜欢，他也喜欢上了。他平时很少去菜市，没时间，也不会买菜。有一次路过菜市，心血来潮买了块猪肝，拿回家后就忘了，出差一个星期回来，屋子里奇臭无比，他的屋子本来就有怪味，第一天没管，第二天实在住不下去了，叫小王去收拾。小王以为是死老鼠，和陈副市长一起找了半天才知道是他放在鞋柜上的猪肝。

李鲜觉得，陈副市长眼里没有别人，也没有自己，他应该做的事情，做得很尽心很卖力，不该做的事情，他像盲人一样连看都看不见。他不是故意的，天性如此。要说缺点，主要是没情趣，不懂人情世故。对这样的人真是无法。

李鲜因此觉得没必要说女儿的事。息事宁人是软弱，也是美德。

但他不能放弃的，是对废废的怨恨和厌恶。陈副市长的行为有小王解释，有他的性格和地位作解释。废废没有，废废就是一条狗，并且是一条堕落的狗，一条没有自知之明的狗。

废废一如既往，经常把来市政府办事的人吓得魂不守舍，在卫生间把胆小的女同事吓得尿不出尿来，把讨厌它的人引出满腔怨怼。

李鲜宁愿一直在计生领导小组工作下去，陈副市长的讲话稿照样写，只要不进办公楼，不见到废废就行。他和女儿一样，见到废废就有种不舒服的条件反射，就像见到宿世仇人一样。但不回来工作不行，计生工作领导小组到四月份就要解散了。

领导小组解散之前，计生办给大家发了一套计生用品，感谢大家对计生工作的支持。

"春天来了，动物们都发情了。"

这句话是《动物世界》的主持人说的。计生委办公室何主任给大家发东西时，引用了这句话，适时地引发哄堂大笑。

何主任说，这些东西他们年年都发，但这次是最贵的，这一套近千元。计生领导小组的人，不管男女，每人一份。

豪华礼品袋里除了避孕套和避孕膜，还有"新蚁力神""十八春""植物伟哥""曼敦"等等壮阳或消炎药品，壮阳药的数量是避孕药具的十倍。

李鲜说，发这些东西干什么呢，这不是叫人多生孩子吗?

何主任说，保健品，这是保健品。

从公安局抽调来的老大姐说，谁会用这些东西生孩子呀，用了这些东西就不能要孩子啦，你想想啊。

李鲜觉得也是，用了催情壮阳的药，谁知道会生下什么样的孩子。

老大姐半开玩笑说，何主任，谢谢啊，我替我老公谢谢你。

她的话引发一片笑声。

“你自己就不感谢吗，你老公难道和别人用它们？”

有人故意问。

老大姐一本正经地回答，是的，我也谢谢何主任。你们知道吗，我老公呀，我干别的工作他都不支持，听说抽调到计生组，他是最支持的啦。

大家又是一阵笑。

老大姐被抽调过六次了，自称老计生。

李鲜没把“计生用品”拿回家，他把它们放在办公室，准备转送给谁，或者干脆悄悄丢掉。他觉得自己和妻子还年轻，用不着这些东西。自从女儿患上癫痫，他就没心情做那种事了。

刚开始，他没想到废废。有一天，在一起讲笑话时又讲到这些计生用品，其中有一款，据说明书宣称，吃上一粒可以管一个星期，因此绝不可以多吃。有人问老大姐是不是真的。老大姐说，是不是真的要你们自己用了才知道呀，那是给男人用的，问我，我永远不可能知道嘛，我只用几分钟，用不着一个星期。

老大姐没笑，其他人已经笑得东倒西歪。

这些人都笑够了，老大姐又说，其实她没让她老公吃，老公肾不好，不能吃这样的药。

“那你给谁了？”

“这是秘密。”

大家因此谈到这些药的副作用，有人说，偶尔用一下没事，用多了肯定不好，用多了伤肾。说者无心，李鲜记住了。

当他回到办公室，废废一头拱进来时，这句话再次冒出来。他知道废废不乱吃东西，但喜欢吃猪肝。他买了块卤猪肝，把大家谈论的吃一粒就管一个星期的东西夹在里面，不是一粒，而是八粒。他把整整一板药全部抠出来夹在猪肝里面。

是午休时间，没人知道他在办公室，也没人知道废废吃了什么东西。

药物在废废体内一个小时后就发作了。

废废冲出市政府，见到狗就扑上去。它并非没有交配经验，但现在不是经验，而是药物在发挥作用，没有厮磨，没有逗引，没有请求，也不管对方性别，不管对方个头大小，现在它能看见的，只有这些同类的屁股，其他地方一概看不见。在这种情况下，没有一条狗会答应，不答应它就咬，用武力强行对方就范。武力只有针对人才会起作用，动物之间，武力是本能，谁也不会放弃。这些狗咬得赢就咬，咬不赢就跑。废废红肿发硬的生殖器影响了它的奔跑，它一个也追不上。

下午四点钟，废废已经皮肉横飞，但它感觉不到疼，它只感到必须把肚子里那团火释放出来。废废的肾现在是一个药囊，盛满了它的祖先从未吃过的药丸。它自己的工具，本身还能给人壮阳呢，现在成了原子弹，正在毁灭它所见所知的小宇宙。

那些跟着主人在一起的狗被侵犯后，用不着自己行动，主人就是保护神，这些人行侠仗义一般，把废废往死里打。他们不知道这是陈副市长的狗。不过，如果知道，说不定废废会吃更大的亏。他们会把它当成官员，当成政府，当成腐败分子，会群起而攻之。

好在大街上找不到砖头石块，找不到棍棒，打它的人起了打死它的心，却找不到打死它的工具，只好一边骂，一边用分量不够的东西砸它。有位女士没别的东西，只有一袋苹果，她把一袋苹果掷完了也没把废废赶走，急得她大喊救命。废废像瞎子一样围着她的狗寻找突破口，小狗的屁股太低了，废废无法把自己那个东西对准得救之门，它扑过去时锉下后腿，却一次次把生殖器杵在坚硬的水泥地上。小狗主人以为废废要咬死她的小狗狗。“波比、波比，快到妈妈这里来呀。”叫波比的小狗并不紧张，它没看出废废的意图，也不知道主人为啥这么紧张。女人从电器修理店抢来一把雨伞，她把它当作盾牌和长矛，杨门女将一般大吼一声，端着雨伞向废废杀过去。废废没有躲避，它想绕过雨伞寻找小波比。小波比在杨门女将的护卫下，一会跑到主人身后，一会从伞下好奇地露出脑袋。杨门女将且战且退，退到修理店，在她的哀求声中，修理店一个小学徒将焊枪点燃，废废的头一伸过来，就被蓝色火焰烧得冒出一股青烟。废废痛苦地嚎叫着后退，它的左眼被烧瞎了。

废废昏昏沉沉，体力大不如前，但后胯那一根东西像烧红的铁棍，体内像装了发动机，促使它勇往直前，身体虽然疲惫，但停不下来。真正的疯狗会夹起尾巴，废废因为胯下难受，尾巴一直高高地翘起。但没人去分别这一点，他们只知道，这条狗疯得好笑。

王秘书找到废废时，被废废的伤吓住了。他在别人的指责声中，没有辩解的机会。“你怎么养这样的狗呀？”“你怎么不管好它呀？”他向废废跑过去，抱住废废脖子，想把它拖回家。没料到废废恼怒之下，狠狠咬了他一口。

“天啦，这狗连主人都咬。”

街上的人惊呼。

“啊呀，流血了，快去医院包扎。”

“伤口是小事，打狂犬疫苗才是大事，不打疫苗人也会发疯的，人发起疯来，也会像狗一样咬人。”

废废跑远了，王秘书还在后面追赶，对好心人劝告充耳不闻。他耐心地劝告废废，

“废废听话，废废你乖，废废快跟我回家。”

废废奔跑的速度不如其他狗，但比王秘书快多了，很快就摆脱了王秘书慈父般的纠缠。到了另外一条街，街上的人不知道它是“疯狗”，它见到一条腊肠狗，这是一条成年母狗。如果废废耐心缠绵一下，也许有机会。但狗的主人不允许，他飞脚踢废废。废废不客气地咬了他一口。废废的行动再次让人误解，所有人一口咬定，它就是一条疯狗。它确实处于半疯状态，但它无法证明它是吃了催情药的疯狗，而不是带狂犬病毒的疯狗。

虽然“打死它”“打死那条疯狂”的声音不绝于耳，但再也没人敢阻拦它了。

王秘书给陈副市长打电话，给所有他认为应该打电话的人都打了电话。他说他不知道怎么办，他一个人没法把废废弄回去。

下午四点半，110接到报警电话，报警电话称，有条疯狗在街上横冲直撞，什么都不怕，见到人、见到猫、见到狗、见到汽车都追，都咬。

同一时间，新吉不少网友的微博、播客、QQ群、MSN都有这条狗的新闻。有一半照片是网友用手机拍摄的，另外一些照片则是从其他网络下载转发的。很快，外地的网友转载了它们，当他们得知这是副市长的狗时，顿时有种早知如此的不平和愤怒。

秘书长接到王秘书的电话后，第一件事就是警告他，千万不要说这是陈副市长的狗，有人问，就说是你自己养的。但是，网友的力量是无穷的，网上已经传开了，这是市长家的狗。市长夫人着急地问市长怎么办，她从来没养过狗，要不要上电视辟谣？市长了解情况后果断地说，不用管它。

陈副市长接到电话后立即到街上找废废，他没叫车，也没打的，他从一条街走到另一条街，别人怎么指，他就怎么走。有人觉得他有点面熟，但又说不出来在哪里见过他。

与此同时，网友的讨论已经离开了狗，上升到腐败、特权、人权。市委书记知道后，要求市长赶快澄清，不能让一条疯狗影响政府的形象。市长解释清楚了，说不是他的狗，他从没养过狗。书记说，不是你的狗你也要管，你不能掉以轻心，不能让一件小事成为动乱的导火索，这几年群体事件频发，我们不能让别有用心的人趁机作乱。市长立马表示，派出警力寻找疯狗，找到后立即处死，处死过程要电视台跟拍，以便公之于众。

有关部门接到市委、市政府的命令后立即行动，但直到晚上十二点也没找到疯狗。搜狗队准备收兵，市长说不行，必须继续搜索，直到找到疯狗为止。他怕停止搜索后，出现意想不到的情况，自乱阵脚。市长强调，今晚上我也不睡，我在办公室等你们的消息。

李鲜回家后就知道废废疯了，排名在他之前的副秘书长发了个网址给他，叫他快看。当他看到网友的评论时，他感到深深恐惧，感到非常后悔，不知这事如何才能收场。

他给妻子发了个短信，说要加班，然后到街上找废废去了。他觉得只有尽快找到它，才能控制住事态往坏的方面发展。

晚上十一点，他碰到陈副市长，陈副市长落魄的样子吓了他一跳。他连叫了他几声，陈副市长才停下来。

“我在找废废。”陈副市长说。

李鲜说：“我也在找，你回去休息吧，我找到了给你电话。”

陈副市长说：“我从这头走，你往那头走，这样容易找到。”

李鲜说：“好吧。你先吃点东西吧。我去给你买瓶水。”

李鲜买了两个面包两瓶水，陈副市长只要水，没要面包。

他说：“我吃不下。”

李鲜看出来了，陈副市长不找到废废，是不会回去的。他苍老孤独的样子让李鲜无地自容。他恍然觉得他就是自己的父亲，病入膏肓行将就木的父亲，无限慈悲但非常固执的父亲，李鲜觉得自己的眼泪就要流出来了。

李鲜一直找到天亮，精疲力竭时，只要想到这是自己一手造成的，他就不敢偷懒，只能像革命者一样继续往前，去别的街道寻找。只有找到废废，把它交给陈副市长，自己才能稍感轻松。他还不知道市委书记已经下达了处死废废的命令。

李鲜听见陈副市长像父亲呼喊儿子一样呼喊：废废、废废。他自己也想喊，但怎么也喊不出来，如鲠在喉。

天亮后，李鲜在街边吃了点东西，准备回家休息。整个城市都被他找遍了，他估计废废已经跑出城了。他没给陈副市长打电话，他希望他回去休息，但他知道，如果他不想回去休息，自己的劝说是不会起作用的。他决定先回家休息一下，再去郊外寻找。

刚到家，王秘书来电话说，废废找到了，但已经死了。

发现废废的人是环卫处的汽车司机，他清早把垃圾运到郊区填埋场，看见两条狗正在交配，他通过昨晚上电视播放的影像，认出其中之一正是那条疯狗。他立即打电话报警，110赶到后，开枪把两条狗都打死了。住在填埋场附近的几个拾荒者由衷地感叹道，他们昨天下午七点钟就看到这两条狗黏在一起，没想到今天早上还没分开。

“废废现在在哪里？”李鲜问。

“在西贡塘垃圾填埋场。”王秘书说。

“我马上来。”李鲜说。

“你不用来了，我和小林已经把它装上车了。”王秘书说。

“你们要把它弄到哪里去？”李鲜问。

"带回家呀，带回陈副市长家。"王秘书说。

"陈副市长呢？"

"他在家。"

李鲜赶到陈副市长家，王秘书和小林还没到。他犹豫着，要不要告诉陈副市长，他给废废吃了夹催情药的猪肝。陈副市长失神落魄，头发像一团乱草。李鲜担心他承受不住，坐在一起却又尴尬。王秘书和小林回来后，这种尴尬才消除。尴尬刚消除，悔恨又来了。王秘书和小林在郊区一个洗车场把废废身上的血迹清洗干净了。小林悄悄告诉李鲜，废废和那条狗死了也黏在一起，他和王秘书费了半天劲才把它们分开。

进屋后，王秘书和小林把废废平放在沙发前面的小毯子上。这毯子是废废平时睡觉用的，现在成了它的灵床。

陈副市长拿来一张干毛巾给废废擦狗毛，它死了，不再有体温，毛发上的水因此很难弄干。陈副市长擦着擦着，眼泪滚了出来，最后把毛巾蒙在脸上，突突突地发出一连串奇怪的声音，李鲜见他幅度很大地摇头，才知道突突突的是哭声。王秘书蹲下去拍他的背，帮他把堵在胸腔里的气放出来。他放开毛巾，呜的一声哭起来。王秘书也哭了，他难过地呼唤着，"废废，废废呀。"李鲜把陈副市长扶到沙发上，陈副市长放声大哭。他无比悲伤，无比绝望，肝肠寸断，痛彻心扉。

李鲜心想，自己和废废换一下就好了：自己身中两弹躺在地上，废废站在一旁不知如何是好。他觉得死虽然可怕，但没有后悔和内疚难受，活着比死掉更难受。不过，倒下的真要是自己，陈副市长和小王是不会哭的，哭得死去活来的只有自己的亲人。这么一想，突然觉得心酸，眼泪恰逢其时，滚了出来。

半个月后，陈副市长调走了，调到省文化厅任副厅长。他在文化厅分管社会文化处和对外文化联络处，这两个处的处长很能干，他们很少找他。陈副厅长经常站在窗前，望着某处虚空，一望就是半天，思绪飞到不为人知的地方，回过神来，身体突然一松，瞬间老去了许多。

李鲜也想调走，但他不敢提出申请，一是无论调到哪里，内心的疚责不可能因环境换了就烟消云散。二是有一天碰到组织部部长，部长告诉他，陈副市长离开时，向书记和市长郑重推荐了李鲜，说李鲜有才，人品也不错，这样的年轻同志应该重用。部长拍了拍他的肩，叫他好好干。

李鲜听了很不是滋味，陈副市长的推荐很有分量，因为他的推荐不含人情，纯粹是为了工作。这份纯粹换成别人，无疑是最好的助推器。但在李鲜这里，却是一贴让良心生疼的膏药。

现在无论调到哪个单位，别人都会认为这和陈副市长的推荐有关。即使别人不说，自己也无法将两者分清。当初从新吉学院调到市政府，院领导在欢送宴上说，陈副市长对新吉学院本来就支持，现在李鲜又到了陈副市长身边工作，我们今后请示汇报更方便了。李鲜说，我请求院领导仍然把小李当新吉的一员，有用得着的地方尽管吩咐，小李绝不找托词，我要是干不下去，还希望领导允许我回来呀，哈哈。

这个哈哈当时打得多轻松，现在想起来就多么沉重。说是可以回去，其实是回不去的，嫁出来的姑娘泼出来的水。

他想了几天，决定哪里也不去。

在一次座谈会上，陈副市长说，有德无才的人爱才，无德有才的人嫉才，有德有才的人用才，无德无才的人毁才。

李鲜当时对照了一番，心想自己绝不是无德无才的人，但不也敢说有德有才，他觉得自己应该是德有一点才也有一点。

现在，他不敢这么想了。

陈副市长的推荐已经传开了，现在市委、市政府的人都知道。有嫉妒、有羡慕、有不平。调到新的单位，新单位的人将来也会知道，同样会有嫉妒、有羡慕、有不平。每条舌头翻耕一次，他不平静的心田就会千疮百孔。

李鲜和女儿一样，现在也怕见到狗，不管什么样的狗，他一见到它们，就会想起废废，想起陈副市长。他不仅感到后悔，他还感到羞愧。有一天他和女儿在公园看一排哈哈镜，站在这些天知道如何制造出来的镜子前，几乎没有人不哈哈大笑。李鲜的女儿也笑。李鲜看着镜子里扭曲的李鲜，感到有些别扭，当他看到自己硕大的脑袋时，顿时浑身冒汗。在刹那间，他仿佛看到了自己的灵魂。女儿照了一遍还要去照一遍，其他人也来回照了好几回。李鲜不愿照第二遍，他在离镜子远远的地方心虚地等着女儿。

对废废的死，市政府办公楼这边的人谈论起来，有种幸灾乐祸的快意，他们对它的厌恶和李鲜差不多。他们说，陈副市长养的不是狗，他养的是儿子。他对废废的热情和关爱，从没给过任何一个人。废废死了，他们不会感到心痛，他们只有高兴。陈副市长调文化厅当副厅长，他们深知这是中国官场能上不能下的原则，并不值得同情，组织上对他的宽大让他们再次认识到，职务越高，出局的可能性越小。一般处级、科级犯同样的错误，是不会保留职务的。

不过，他们所说的错误，叫失误更准确。

废废死后第三天，全省优秀青年教师表彰大会在新吉召开，陈副市长讲话时，讲到一半，突然放下讲稿放声大哭。面前三支麦克风，哭声被放大N倍，连会场外面的人都听见了。陈副市长的鼻涕和口水都哭出来了，相貌非常难看。他们说，天啦，那些死爹死娘的人哭得都没有这么伤心。他的声音昂扬，有钢声。他们认为他败坏了新吉市的形象，身为副市长，说哭就哭，而且还是为一条狗，这也太丢人了。

李鲜当时在场，他向身边的人打手势，叫他们不要动，请求他们不要大惊小怪。他和另外一位工作人员把陈副市长送走了。现在有人把这事当故事讲，一边讲一边哈哈大笑，李鲜浑身不自在。他们谈论的是陈副市长，但承受难堪的却是他李鲜。

陈副市长在办公室也哭过，李鲜有事去他办公室，看见他的眼泡还是湿的。他的头发白得快，才几天时间，就白了一半。李鲜几次想道歉，想一吐为快，告诉他废废是自己弄死的，是自己把它送上了绝路。可站在陈副市长面前，他什么也不敢说。

有人说，废废发疯在街上奔跑时，开始见到狗它想上，最后见到人它也想上，尤其是衣着漂亮的女人。

李鲜知道，这绝不可能，但这样的编排同样让他感到难堪。

李鲜不敢向陈副市长道歉，对其他人，他同样说不出口。妻子对他失魂落魄的样子感到不满，他不解释，她一句无关紧要的话就有可能惹得他火冒三丈。发完火就知道自己不对，但他不想解释，只能生自己的气。

李鲜想找一条和废废同样品种的狗给陈副市长送去，如果可能，最好毛色和个头大体一致。他想，狗这东西，不一定要从小狗养成，只要多给他骨头，多和它相处，时间一长，感情自然会产生。他请小王帮忙，因为自己对狗的习性和分类一窍不通。

陈副市长调走才一个月，王秘书就到下面任职去了，职务是县文体广电局副局长。他下去后很少回来，李鲜给他打过两次电话，他没有像李鲜希望的那样积极响应，而是像一个没有主见的青年农民一样说，我不晓得能不能找到，恐怕不好办咯。李鲜说，你在县里面找，我在市里面找，县里面那么多狗，市里面也有那么多狗，我不相信找不到，只要能找到，我就把他买下来。他的意思是无论多少钱，他一个人出，不要小王分担。当他找到一条多少有点像废废的狗，他立即用手机拍照发给小王，让小王看看，是不是可以用它代替废废。小王的短信每次都毕恭毕敬地加以否认，李鲜很无奈，但信心并没因此减少。他觉得只有让又一条狗和陈副市长在一起，他心头的疚责才会减轻。

王秘书任职的县是个少数民族自治县，县里面有意将丰富的少数民族风俗习惯和迥异于汉族地区的建筑作为旅游项目加以开发。这些项目又正好契合省非物质文化遗产办公室正在进行的全省非物质遗产大调查。有一天，小王送由文化厅、省电视台、省作家协会组织的“非遗”专家组回城，李鲜好不容易逮住机会和王秘书见了一面。他感觉小王对寻找废废的替身很不热情，他决定对他从思想上加以引导。没料到，小王朝另外一个方向，把他带到他从未思考过的境地。

“李秘书长，我劝你不要再找了。你没发现吗？废废是一条和陈副市长长得很像的狗，你要找一条长得像废废的狗不难，可要找到一条长得像陈副市长的狗就太难了。有一次陈副市长和废废去散步，下雨了，我去接他们。在公园门口，我看见陈副市长缓缓走来，尾随其后的废废和他迈着相同的步子。你知道吗？很多人的双腿不一样长，不仔细观察是看不出来的。陈副市长的左腿比右腿长，他走路时有点向右歪斜。废废走路时居然也向右一歪一歪地。我不知道它是在学陈副市长呢，还是它本来就这样。陈副市长把衣服罩在头上遮雨，只露出一张脸。他把黑色的小背心脱给废废，把废废的头包得严严实实。我同时看见这两张罩着衣服的脸，我知道他们一个是人，一个是狗，但真的，他们长得太像了，他们俩看起来是那么和谐，酷似一对兄弟组合。从那以后，我越看，越觉得他们长得像。我没把我的发现告诉任何人，是怕别人拿这事取笑他们。现在，秘书长你一心想找一个废废的替身，我觉得是不可能的事情。”

李鲜发现小王变了，语气和神采都不再是那个“王狗童”了，文体广电局副局长，这个职务虽然不高，但这个职务带给他的某些东西已经体现出来了。

“我知道没有完全替代废废的狗，我是觉得，陈厅长现在比较轻闲，我前不久去看他了，感觉他很孤单。他没别的爱好，不打麻将，不看电视，也不喜欢运动，如果养一条狗，有个伴，这样也许好些。”

小王固执地摇了摇头。

“李秘书长，李哥，你有这片好心，我很感动，不过我觉得真的没必要。这次和专家们一起搞‘非遗’调查，我学到了一个词，叫‘断心’。你没去过流长吧？”李鲜点了点头。“在流长乡腰岩村，村里有种乐器叫口弦。现在，能演奏口弦的人已经很少了。这种叫口弦的东西只有十公分长，一公分宽，铜的。像一把袖珍宝剑，宝剑的中间截出一片舌簧。演奏时把口弦放在嘴唇上，一手拿弦，一手拨舌簧。这么个小小的玩意，又是用口腔作共鸣箱，声音小得像默默蚊。大白天演奏，必须把耳朵凑近演奏的人，才能听见口弦的声音。只有在月光下，在夜深人静的树林里，口弦的声音才听得真切。为我们演奏的大姐每演奏一段，都会难为情地说，断心得很啦。口弦发出的声音不是音乐，是在用口弦‘说话’。姑娘们谈情说爱，不好意思直接说出来的话，可以用口弦说出来。大姐说断心得很，是因为她演奏的曲谱叫‘断心谱’，是和他们那个民族的悲惨命运有关的。大概现在的生活也不大如意，她演奏时不免触景生情，因此感到难过，感到断心。我们觉得‘断心’这个词新鲜，好玩。一路上，大家有意无意地引用这个词，逗得其他人哈哈大笑。我觉得，大家之所以这么高兴，是没有遇到真正断心的事。断心和伤心不同，断心是折断，是粉碎，有些事情一旦发生，不去管它，慢慢也就淡忘了，可再去触碰它，确实是让人断心的。”

李鲜明白小王的意思，他看见泪花在小王的眼眶里打转，不仅为小王对陈副市长的忠诚和深情所感动，他几乎就要说出废废的死和他有关，他为此也感到断心。但官场的复杂与锤炼，一闪念间便决定打住。他问小王：

“有没有别的办法让陈副市长分一下心？就这样下去，我真是很担心。”

“你知道我和陈厅长的关系，我要是能想出办法，早就去想了！”

就像在为自己辩白似的，小王加重了语气，以便让这平常不过的话也生出一种力量，一种无奈却又真诚的力量。

李鲜承认小王说的是真话，但他很不满意，他不想听无用的话，他今天这么急切地跑来和他见面，是希望和他齐心协力，把废废的死产生的后遗症治好。后遗症这几个字冒出来时，他觉得这是陈副市长的后遗症，继而发现自己也患上了后遗症。他对小王所产生的不满，是他发现小王并没有像他预料的那样，也有类似的后遗症。这让他嫉妒，他的不满正是来源于嫉妒，而不是小王的无奈和遗憾。

李鲜带着莫名其妙的报复心理，对小王说：“你知道吗？他们曾经叫你王狗童。”

小王冷冷地说：“我知道。”

两人都不想再坐下去了，但就像一台戏一样，就这么分手是不完整的，是大家都做不到的。喝了点水，闲扯与废废、与陈副市长无关的话题，难受的见面总算可以结束了。

和小王分手后，他给小王发了条短信：对不起，我最近一直情绪不佳。小王回复：秘书长注意休息。李鲜看完后将其删掉了。

回家后，他的脸色依然难看。妻子在看电视，张了他一眼，懒得理他。李鲜看了看熟睡的女儿，退到客厅，哑着声音对妻子说：“对不起，我最近情绪很不好。”她没理他。他在卧室里给她发了个短信：对不起，真的很对不起。他没收到回复，她看电视时是不大管手机的，他想。

他去洗澡。往头上抹完洗发液，他看见手上全是头发，平时也爱脱头发，但从来没脱过这么多。他把手上的头发冲洗干净，怀着对结果不要那么坏的期待，五根手指像耙子一样，从额头梳到脑后，梳得又轻又慢，但放下手，指叉间的头发多得像石板缝里的乱草。他不敢梳了，把头伸到蓬头下面，让水把洗发液冲干净，不敢用手去碰头发。他感觉它们像刚栽到土里的幼苗，太松了。

我应该说出真相，我应该道歉，他想。他们或许会对我另眼相看，或许不，即使不另眼相看，也会在关键时刻落下口实，官场是多么险恶啊，那么何必承认？他想。可不说出来，心里背上沉重的负担，身体会背叛意志，意志会反过来惩罚身体，他想。逃避不是办法，扛又扛不住，他想。

这时妻子在外面大声喊他的名字：水满出来了，你在搞什么名堂！她连喊两声才把他喊醒。果然，卫生间积满了水，他的双脚泡在水里面。他无意中看到下水口一堆头发，他惊呆了，他确信自己的头发全掉光了。

他像水牢中的囚犯一样，犁着水走过去，又踩着水倒回来。虽然仅仅是掉头发，但他此时和所有突然知道患了绝症的人一样，既觉得老天不公，又觉得自己怎么就如此不幸。

他倒回来是为了关蓬头。水线产生的声音消失了，脑子里的嗡嗡声却越来越大。

妻子又喊了一声，带着责备和不解，还有隐隐的担忧。

拉开门，他看见妻子杵着拖把，像准备叉腰骂架的农妇。

他委屈地看着妻子，像生病的孩子眼巴巴地看着母亲。

妻子先是一愣，继而看见他发亮的脑袋，顶上的头发掉光了，只有四面悬崖上还有一些，它们呈马蹄形枷住了他仿佛变大了的脑袋。

“哈哈哈哈。”

妻子的笑声响亮，他觉得非常刺耳。

“李鲜，你怎么了？”

他满脸苦楚，对妻子又恨又失望。

妻子忍不住再次扑哧一声，但立即刹住了，她关切地问：

“你的头发怎么全掉光了呀？”

他没说话，后退一步，准备用毛巾擦掉身上的水。妻子看到下水口的头发后，终于和他站在了一条战线上。

“我的天，你是不是生病了？你这是什么病呀？你可别吓我呀。”

但李鲜并不满意，妻子的笑声已经刺伤他了。但另一种更强烈的不满和这个不满交织在一起，那就是从现在开始，自己心底最深处的不安已经暴露到光天化日之下了，无论走到哪里，别人只要一看见他的秃顶，就知道他这是自作自受。妻子继续以关心的眼光看着他，看着他呈锯齿形、还没最后成形的秃顶，知道他此时非常脆弱，她把所能表现的同情和关心全部挤到脸上，她的同情既真诚又夸张。

“你不要急，我们明天一早就去医院。”

他看了她一眼，他的目光让她害怕，就像他或许会在半夜掐死她，虽然他最想掐死的那个人是他自己。

（原载《作品》2012年第2期；《中篇小说选刊》增刊·2013年第1期转载）

2012年

钟华华

河　边

一

沉鱼发生那场意外事件后，贵贵暗下决心，要一辈子保护她。

两人从村里走过，人们纷纷跳出来，像群鬼一样在背后说着沉鱼的坏话。那些话，难听得令贵贵面红耳赤，恨不得扒开条地缝儿钻进去。贵贵捏着拳头，心里气鼓鼓的，他真想冲上去，把那些多嘴舌们打得鼻青脸肿。可当他看见沉鱼面对人们的耻笑，总是一脸呆里呆气的样子，他的心立即被瓦解得支离破碎。

沉鱼走哪儿，他跟哪儿。村子里有些人啧啧不已，对贵贵的做法表示赞赏。可更多的人，却笑骂说："贵贵呀贵贵，你又不是你姐的跟屁虫，你成天跟着一个傻丫头顶屁用！你倒是管管你姆妈呀，要不然哪天被河对面的罗圈腿拐跑了，你哭都来不及！"

贵贵不屑地睃了多嘴舌们一眼，气咻咻地说："爱谁谁跟谁谁！她的事与我无关！"多嘴舌们立即像贪食的鸭子，被噎住了。她们伸长脖子，一个个被贵贵呛得无话可说，只有大眼鼓小眼的份儿。

姆妈叫芦花。可从很多年前起，贵贵就再也没有叫她一声姆妈了。他像村里的男人一样，只喊她芦花。芦花也知道，别看贵贵小小年纪，可心里记着恨。而这恨，与她打沉鱼有关。

沉鱼朝河边走去。自从芦花把她打伤后，她就喜欢上了河边。贵贵跟在她身后，也朝河边走去。

等躲开人群，贵贵小声嘀咕说，"姐，别人骂你，你该吱一声。"话语里，包含着埋怨，也有心疼。可走在前面的沉鱼，仍旧痴痴地愣着头，脸上总像锁了团烟，口水也拉得老长。

贵贵发现，也就在不经意间，沉鱼渐渐长大了，出落得相当标致。按村里人的说法，简直和姆妈芦花做姑娘时一个模样。

贵贵跟在沉鱼身后，像她的一个影子。见沉鱼不吱声，贵贵急了，上前两步喊了声：“姐——”。沉鱼这才止住步子，扭过头，瞅了贵贵一眼。贵贵看见，沉鱼的眼神，像一只扑闪的灯。几乎听见“嗖”的一声，眼神就熄灭了，沉重的叹息随即从空中飘来。

贵贵心里气鼓鼓的。他恨姆妈，像仇人一样恨着。他恨了好些年。就从姆妈一巴掌把沉鱼打倒在灶台边缘，磕出血的那刻起，他心里一直记着。那仇恨像沉鱼额角的那缕血，在夜里越流越黑，越流越触目惊心。

那个春上的一天，天气暖烘烘的。整个躲雨镇上，李子花铺天盖地，就连河面上，也浮满了花瓣儿。有缕微风吹来，后檐沟的李子花，甚至飘上了床头。一家人都懒洋洋的。特别是芦花，满脸堆着喜气，像刚过门的媳妇。她浑身上下收拾得干干净净，就连贵贵看见姆妈的身段，也觉得很美，动人心魄。

村里的男人，表面上赞美，暗地里却咬牙切齿，妒忌爸爸得要命。贵贵爸爸呢，也成天挂着笑，哼小调的歌声，几乎没断过。躲雨镇的闲人，都说贵贵爸爸过的是神仙日子，不知是哪世修来的福。

可没过几天，镇上突然宣布，从很远的一座城市，将要修条铁路到另一座城市，而村子所在的躲雨镇是必经之地。这可乐坏了村子里的男人。男人们兴奋不已，发誓一定要在修铁路的工程上，大发一笔横财。

贵贵清楚记得，爸爸把这个消息告诉姆妈芦花时，姆妈芦花的脸色唰地变了。她有点像头愤怒的小兽。她死死盯着爸爸火秋，半天没说一句话，然后扭头就出门下河去了。后来很多日子里，贵贵发现姆妈不高兴了，总喜欢去河边。

第二天清晨，屋外面的小路上，外村男人们的呼喊声一遍遍传来。声嘶力竭，又像是去赴死般雄心勃勃。

姆妈躲在灶房里，抵着门，轻轻抽泣。

爸爸火秋显得很坚决，他咬着牙，狠狠踢了几下灶房的门。

姆妈芦花偏不开，说：“你啥时归家？！”

爸爸说：“把铁路修到躲雨镇，我就再不出远门了！”他说完，猛地一个转身，把包裹一下甩到了肩上。这时，贵贵看见姆妈芦花冲了出来，她像个即将被抛弃的孩子，扯着爸爸衣角，恳求说：“贵贵他爸，你能不能不走？家里有田有地，春种就能秋收，挣那几个破钱，还要天天担风险呢！”

贵贵和沉鱼正睡在床上。爸爸甩掉了姆妈的手，走进屋来。见男人不松口，姆妈又赌气似的，钻进灶房把门死死抵住了。爸爸是来向姐弟俩道别。爸爸摸了摸贵贵的脸，对他说：“家里就剩你是男的了，你可得给我看好你姐！”然后她轻声喊了沉鱼一句，沉鱼立即翻身下床，随爸爸到了后檐沟。

爸爸火秋半蹲着，对沉鱼说话。贵贵支起身子，听见爸爸开口说，“沉鱼，你是姐，你可得给我留心点你姆妈……”没等沉鱼答话，他就扭头大步朝屋外走去。爸爸刚走一会儿，贵贵就听见姆妈拉开了门。贵贵和沉鱼也紧接着爬起来，只见姆妈像匹脱缰的野马，飞快地冲了出去。

其实，对贵贵和沉鱼来说，爸爸火秋离开家，他们更自由开心了。爸爸在家时，他虎一眼，姐弟俩都会吓得尿尿。

二

爸爸是清晨走的。傍晚时分，姆妈就开始去河边张望了。她口里说是去洗衣或洗菜，其实她是朝爸爸去的方向眺望。从那时起，姆妈去河边，沉鱼就悄悄跟上去。那段时间，两人像中了魔咒似的。

夜里，贵贵问沉鱼，“你成天跟踪姆妈，是不是因为爸爸担心她找男人？”沉鱼在被子下，狠狠蹬了他一脚。以往，姐弟俩睡一个枕头。可不知从何时起，沉鱼主动要求睡到了床的另一头。沉鱼压低声音说，“贵贵，你心眼真坏，她可是姆妈呢，爸爸是担心她有个三长两短！”

“她才不会呢，那么年轻貌美，才舍不得自己呢。”贵贵有些不服气，他始终觉得，从那天爸爸的眼神和话语里，爸爸说的，正是贵贵心里想的那层意思。

“贵贵，可别乱说姆妈，女人的心思，只有女人才懂，你们男人懂个屁！”沉鱼又警告她。

从小，贵贵怕沉鱼，可也喜欢她。沉鱼在村子里，算最懂事的姑娘了。贵贵记得，沉鱼小小年纪开始，就在家里做饭了。那时，她像个管家婆似的，偶尔炒了个腊肉什么的可口的好菜，她总是像捂个宝贝似的，藏在贵贵够不着的地方，一直要等爸爸和姆妈回家，才肯摆出来吃。

贵贵有些不服气。他也觉得，男人的心思，只有男人才懂。他想从被子里钻到另一头，和沉鱼理论到底。可他刚把头缩进被子里，就听见隔壁的姆妈叹息了一声。贵贵从没见过姆妈那副样子。自从爸爸走后，她像丢了魂似的。眼神不对劲，口吻不对劲，脸上的颜色也像霜打过。贵贵心里知道，这种时刻，是最不该惹她的。要是惹了她，她就会愤怒得像头牲口。

与沉鱼朝夕相处中，贵贵从沉鱼身上，就深有体会。

别看沉鱼一副安静的样子，要是把她惹急了，惹毛了，她可以咬你两口。贵贵觉得，自己对男人和对女人的理解天分，远比沉鱼高得多。

沉鱼教训他时，他虽然有些不屑，可从小沉鱼就一直心疼他，都差点把他疼化了。所以，他心里爱惜着姐姐沉鱼，特别是她那口吻，那身影，那神态，都叫他时时入迷。

爸爸火秋走后头两年，经常往家里捎来音讯。有时打电话在躲雨镇上，让姆妈和姐弟俩去接。那年头，电话是个稀罕物，接电话也要两元一次。

姆妈拿着电话，总问贵贵爸爸什么时候回家。贵贵记得爸爸总说铁路快修到躲雨镇了。姆妈不信，爸爸火秋就叫她听电话里开山放炮的声音。姆妈还是不信，爸爸就叫沉鱼听，也叫贵贵听。

果然，电话里炮声轰鸣，感觉就在躲雨镇不远处传来。

每次，就只是接电话，家里也要花不少钱。所以，爸爸很少打来。

爸爸不回来，姆妈就照例天天去河边。不知又过了多久，爸爸电话就更少了，少得连贵贵也数得清次数。日子一拉长，味道就变淡。贵贵发现，姆妈芦花渐渐变了。先前温顺的，村里人人夸赞的姆妈，一下子变得脾气暴躁。

早些时候，姆妈喜欢把贵贵和沉鱼收拾得干干净净，自己也收拾得干干净净。贵贵记得，那时，姆妈喜欢把乌黑的秀发挽紧，一圈圈盘在脑后，然后别上一只漂亮的发卡。她几缕飘落的头发，也被紧紧抿在耳根后面。

姆妈芦花那时从村子里走过，总是惊起一缕风。

贵贵记得，要是爸爸不在身边，男人们就会纷纷把头从漆黑的屋子里伸出来，舌头伸得像狗的一样长，还流着哈喇子。姆妈芦花就像是一朵花，飘忽着，旋转着，声音和软，眼神似灯，把村子暗无天日的岁月点缀得有滋有味。要是爸爸走在身边，她白皙的脸上总泛着一点点红晕，天天都像个新娘子。害得村里的二流子眼气不已，笑着骂爸爸火秋说："火秋，狗日的哪世修来的福，你看你芦花那水色，那身段……啧啧！"

"还生过两个娃呢！那两个娃，也是眉清目秀，一副副美人胚子！"有人不解气，还拉沉鱼和贵贵一块儿说。贵贵偶尔偷听到，常常心里美气得要死。

"狗日的火秋！你过的真是神仙日子！"人们几乎是愤愤不平地骂了一句。只见爸爸拧拧眉，睃一眼，大家立即变成了缩头乌龟。

贵贵的爸爸在村里很有霸气，人们羡慕他，可也佩服他。

可爸爸火秋偏偏不过神仙般的日子，他偏偏要去修那条破铁路。

姆妈芦花一下子就变了，她眼神迷离，头发也乱了，每天清晨，不像以往那样仔细打扮。她只是胡乱扎一把，丢把草似的把头发丢到脑后，就走田串地去了。特别是每天傍晚，她从河边回来，总是一副失魂落魄的样子。回到家里，她看沉鱼和贵贵谁不顺心，就是一顿痛骂。

三

贵贵觉得，一切事件的根源，就出自爸爸修的那条破铁路。

沉鱼每天都去跟踪芦花。她前脚走，沉鱼后脚就跟了上去。田里全是庄稼。沉鱼稍显矮小的身子，正好躲过姆妈芦花的视线。

好几次，贵贵都劝沉鱼，“别跟着姆妈了，大人间的事，孩子最好别插手。再说，你一个丫头片子，插手顶个屁用！”

沉鱼却一脸倔强地说，“当初爸爸交代过，我得看紧点姆妈，要是姆妈出点什么意外，爸爸肯定会打断我的腿！”

沉鱼说得一脸认真。贵贵知道，姐姐沉鱼做事从小就较真。再阻拦，她会跟你急。要是她急起来，一张白皙的脸涨得通红，像喝醉了酒似的，说不定，还要像条小狗似的咬你两口。

贵贵目睹过沉鱼打村里的二流子疤子脸。疤子脸不仅喜欢偷鸡摸狗，还喜欢捉弄村里的姑娘。稍不留神，他的爪子就会在姑娘们刚开始发育的身子上摸几把。

有次疤子脸手痒痒得慌，伸手摸了沉鱼一把。沉鱼那时刚刚开始发育不久，就已经出落得一枝花了。她在村子里人见人爱，老婆子小媳妇们都感叹，往后看，沉鱼简直比姆妈芦花还要强，活脱脱喜得死人。

那次疤子脸就挨了沉鱼几耳光。疤子脸年纪比沉鱼大，个子瘦得像根竹竿。因为小时顽皮，他姆妈抱着他跌进火塘里烧过，脸上有几块猩红的伤疤，所以村里人都叫他疤子脸。

那次，贵贵看见沉鱼气得满脸通红，她几乎是跳起来，伸手朝疤子脸抽过去。贵贵听见几声鞭炮爆炸般的声音响过后，疤子脸捂住嘴，“哎哟！哎哟哟！”直叫唤起来，紧接着，他的嘴角还渗出了鲜血。

疤子脸气急败坏，骂起来，“狗日的沉鱼，奶奶的等着吧，我疤子脸哪天不收拾得你吐血，我不是人养的！”沉鱼见势又扬了扬手，疤子脸慌忙跑掉了。

村里大人和孩子，总算见识了沉鱼的厉害。那次后，尽管疤子脸怀恨在心，可他也不敢动沉鱼一根指头。

贵贵这才见识了沉鱼安静的外表下，那些血脉其实像汹涌的河流，除非给她找个缺口，否则她一个丫头，可以溅你一身血。所以贵贵觉得，关于别跟踪姆妈的事，劝也是白劝。

沉鱼像只猫一样，弯着腰跟在姆妈芦花身后。贵贵无所事事，也只好悄悄跟在沉鱼身后。三个人，一个大人和两个孩子，在傍晚来临时，不断走向河边。那段时间，三人像中了魔咒似的，总是在半夜时分，才弄得一身露水，蹑手蹑脚回到家里。

叫人绝望的是，不知过了多久，就像贵贵猜想的那样，流言猛地从河边传来。不仅仅是流言。其实就在贵贵跟踪沉鱼，沉鱼跟踪姆妈芦花的日子，那些流言在贵贵和沉鱼眼皮底下，简直快成了铁板钉钉的事实。

一天夜里，天上布满了斗大的一团团白云。白云下的躲雨镇，闷热得像烧热的大铁锅。贵贵看见姆妈芦花照例端着洗衣盆出了门。她对着满肚子心事的沉鱼说了句："鱼呀，你可看好家，姆妈去河里洗衣服！别跟来，要是跟来，可打断你的腿！"

可姆妈芦花前脚刚走，沉鱼后脚就跟了出去。斗大的白云下，月光像面粉一样洒到沉鱼发亮的额头上。贵贵把沉鱼的眉毛也看得清清楚楚。沉鱼紧抿着小嘴，不顾贵贵的劝阻，一脸倔强。

沉鱼也照例对贵贵说了那句话，要是贵贵跟上去，她也要打断贵贵的腿。沉鱼不顾姆妈的威胁，跟了出去。贵贵也不顾沉鱼的警告，踩上了她的影子。沉鱼猫着腰，她好看的身子显得十分灵活。田里全是墨绿色的庄稼，月光打在庄稼上，又被反射回天上去了，偶尔掉到地上一些，根本暴露不了跟踪芦花的孩子的身影。

等翻过一根又一根田埂，贵贵总算看见了穿过一片片庄稼地的姆妈。她上了发白的小路。小路白天被太阳晒得发硬。夜里的月光很稠，把小路铺得极平整。姆妈芦花走在上面，身影被贵贵看得一清二楚。

贵贵看见姆妈芦花走得慌里慌张，时不时还左顾右看。

贵贵心里也慌起来。当他看见河对面很远的月亮地里，有个一歪一跛的影子走过来时，他觉得自己担心的事终究发生了。沉鱼就在贵贵身前不远，贵贵看见她也发现了姆妈的秘密。沉鱼紧紧捂住嘴巴，躲在一蓬庄稼下。沉鱼做贼似的扭头，一副要给姆妈放哨的样子。贵贵赶紧蹲下身子。

河对面那个人，总算被姐弟俩看清了，他就是河对面，打米房的老板罗圈腿。他因为脚不好使，才没加入修铁路的队伍。再说，他家里开着打米房，成天只需打米机轰轰响一通，就不愁没钱花了。

贵贵看清了一切，就觉得更没劲。姆妈芦花找男人了，是他最不想看到的一切。关键是，姆妈芦花找了个像罗圈腿这样的男人，真是丢尽了他的脸。他觉得没趣。再说，自己哪怕提着小命冲上去阻止，已经无济于事。因为看姆妈那副焦急的样子，贵贵像个先知一样，觉得他们已经不只好上一天两天了。

想通了这些，贵贵远远丢下还像个贼一样蹲在庄稼下的沉鱼，气咻咻回了家。

因为跑了很多路，回来又想了很多关于大人的事，他累极了，眼皮像粘了胶水，一合就着了。不知过了多久。他就听到后檐沟里，传来姆妈芦花和姐姐沉鱼争执的声音。他忙侧着耳朵，发现两人在后檐沟里争论着什么，就连两人喘粗气的声音也听得一清二楚。

看来，姆妈是怕丢人，把沉鱼拉到了后檐沟。只听沉鱼小心地说："姆妈，你不该做那些事！再说，罗圈腿那人……！”

“姆妈什么也没做，你一个丫头，懂个屁呀懂！”

沉鱼又说了：“姆妈，我懂，你心里难受，可往后我们怎么过？”

稍许沉寂后，姆妈芦花突然暴发了，她几乎是咆哮着：“闭嘴！你给我闭嘴！谁叫你跟踪我了？我打断你的腿！”

这时，贵贵听见姆妈芦花的声音变了，带了哭腔。她的咆哮，惊动了桉树林里那群黑色的鸟儿。鸟儿叫起来，叽叽喳喳。姆妈芦花似乎有些怕了，她猛地用什么东西抽了沉鱼的腿一下。贵贵惊了一跳，感到有道裂痕像在自己腿上蔓延开来。他慌忙跳下床，就看见姆妈芦花把姐姐沉鱼拖进了屋子。一向温顺的姆妈芦花，一下子变得很可怕。

她几乎是拧着沉鱼的衣领，就像个男人一样，把沉鱼拧了进来。

沉鱼挣扎着，她一张脸吓得铁青，清秀的头发散布在脸上，贵贵看不清她的眼神。但他感觉得到，沉鱼一脸倔强地对抗着姆妈芦花。贵贵脚上发虚，他心里喊着：“别和她对着干了！她着了魔，发了疯，你要倒大霉的！”

这时，姆妈芦花颤抖着问了：“你，你都看见了些什么？”

沉鱼不答话，死死咬着嘴唇。只有那双闪亮的大眼睛，从清秀的头发间射过来一道凛然的目光。她死死瞅着姆妈芦花。姆妈芦花也瞅着她。两人你不让我，我不让你，简直像两只争草窝窝斗红了眼的小母鸡。

贵贵听见姆妈芦花又绝望地问：“鱼呀，你到底看见了什么？”

只听沉鱼轻轻地说：“姆妈，我真不该看见那些……”

四

第二天下午，关于姆妈芦花的流言，像瘟疫一样传播开来。

村子里的多嘴舌们纷纷跑到贵贵家房前屋后。有的吐口水，有的洒狗血。疤子脸带着一帮小混混，趁火打劫。他甚至指使罗圈腿又聋又哑的儿子聋子，站在屋后的田坎上，朝贵贵家房顶上扔石头。

聋子甩得很卖力，“咣——咣当！”巨大的声音，夹杂着人们的口水，还有喷洒的狗血，铺天盖地而来。

贵贵，沉鱼，还有姆妈芦花，根本不敢出门。母子三个抱着头，躲在屋子里，像几头可怜的牲口，可怜巴巴地等天黑下来。只要天黑下来，就可以暂时掩盖一切伤痛和难堪。

几乎是在绝望的等待中，黑暗终于来临了。天空像撒了张巨大无比的黑网，一下子包住了整座村子。仿佛过了很久，吐口水和喷洒狗血的人们累了，骂声消逝后，鼾声四起，像天上滚过一阵阵雷。

疤子脸和那帮小混混，甩石头也甩得有气无力。

屋顶上变得千疮百孔。好在不是雨季，要是在雨季，一家人在夜里肯定会变成落汤鸡。倒是月光，像泼水银一样，漆黑的屋里溅得到处都是。姆妈芦花，茶饭不思。她不吃饭，沉鱼和贵贵就休想吃上一口。

贵贵觉得，要是自己胆敢去端碗，以芦花现在的处境，她肯定会冲上去，一把打掉他手中的碗。尽管贵贵饿得直吞口水，他还是忍了。为了抗拒饥饿，他努力地想着是谁泄露了姆妈的秘密。他绞尽脑汁，可百思不得其解。

一整夜，姆妈芦花的头发像把稻草，被月光涂得七零八落。她眼神很绝望，她咬着嘴唇，几乎咬出了血。她死命瞅瞅沉鱼，又瞅瞅贵贵。她喘着粗气，胸口一上一下。看那副样子，凭经验，贵贵知道，家里的审判又要开始了。

不知是几更时分，反正月亮已经到了屋顶的正中央。一道强烈的，雪白的月光打进了屋子，跌落在屋子空地上，像舞台上打出的一团圆形白光一样刺目。沉鱼正好坐在那团雪白的光影里，她脸上稚嫩的，柔得像蚕丝般的绒毛，也根根数得清楚。

姆妈芦花把身子挪到了阴暗里。屋子里没有一点响动，甚至月光流过瓦口的那种嗞嗞声，沙沙声，贵贵都可以听得一清二楚。月光似乎刺痛了沉鱼的皮肤或是双眼。她想挪动身子，躲到阴暗地里，可芦花偏不让。她低低说了声："别动，就那儿，你给姆妈说清楚，说不清楚，不许睡觉！"

贵贵觉得，温顺的姆妈像受了什么刺激，一下子变得不可思议。她毫不让步，而且朝沉鱼步步紧逼。

贵贵努力想了想，开了口："我知道，这事与疤子脸……"还没说完，姆妈芦花恶狠狠地止住了他。"没叫你开口，你会变哑巴？"姆妈那眼神，像两把刀子，一副跃跃欲试要扑向贵贵心窝的样子，叫人绝望胆寒。

"说吧！是谁告诉别人的？"姆妈芦花在黑暗里说。贵贵几乎看不见她询问的样子，更别说沉鱼了。她在绚丽的月光里，看姆妈芦花，不过是看眼前一块无形而诡异的黑幕。倒是贵贵和姆妈芦花，把沉鱼看得真真切切。

时间停顿了好一会儿，空气似乎凝固了。姆妈芦花的那声询问，贵贵感觉还停在空中，像一道闪电，又像一条可恶的蛇，横摆在那儿，无论如何要沉鱼把它吞掉，然后吐出刺和骨架来。这真是件揪心的事情。沉鱼愣怔了好久，就在姆妈芦花忍不住要问第二遍时，她终于回答了。

"总之，不是弟弟贵贵……"

沉鱼说完，眼里像铺满了霜花，她甚至勇敢地抬头看了姆妈芦花一眼。

就在一眨眼的工夫，贵贵看见姆妈从黑暗里扑了出来，她几乎是无声地叫着，也许是因为绝望，没有叫出声来。贵贵看见姆妈芦花哭起来了。她边哭边把沉鱼拽起来。她拉扯着沉鱼，把沉鱼拽到了炉灶边。姆妈芦花想让沉鱼靠在灶头上，她好盯着她继续询问，可沉鱼咬着牙不说话。贵贵看见姆妈抱着沉鱼的肩膀，像在大庙里摇一支上上签一样卖命。

贵贵赶紧跟过去，想阻止姆妈。就在猛然间，沉鱼就被姆妈芦花一把推倒了，她的额角，重重地磕到了灶台边上。贵贵第一次看见沉鱼的血，像条蛇，溜了出来，一直淌到他的光脚板下……

五

沉鱼脑子的毛病，就是那次落下的。

每次看见沉鱼像木偶一样在面前晃来晃去，贵贵心里像被捅过刀子般隐隐作痛。他恨透了姆妈。他几乎不正眼瞧姆妈一眼，即便要喊一声，他也直呼其名，就像村里的男人一样，叫她芦花。他偶尔还会对姆妈芦花咬牙切齿。

好几次夜里，芦花叫沉鱼挨着她睡，沉鱼不干，死死抵住门框。芦花气恼了，又扬手作势要打。贵贵从床上爬起来，会立即喝住她。其实芦花也不会真打。就那次把沉鱼打伤后，她心里的伤口越来越深。只要看见沉鱼痴痴呆呆的样子，她就止不住深深低下头，然后一副泪水涟涟的样子。

贵贵发现，姆妈芦花脸上的笑容，从此消失了。她像中了谁的魔法似的，一张脸老阴沉着，不是哭，就是无声叹息。她的头发像把干草，身上的衣服也常常扣错扣子。村子里有红白喜事，她几乎不凑热闹，也不扎进人堆了。

好些时候，贵贵拉着沉鱼去村里吃酒，芦花反而跟在了姐弟俩身后。那样子，像贵贵是家里的大人，带着两个姐姐出门似的。

村子里的多嘴舌们，见贵贵拉着沉鱼，屁股后还跟着个芦花，她们立即笑掉了大牙。母子三人，常常站在不被人注意的角落里，悄悄送了礼，胡乱扒几口饭，就灰溜溜回了家。每次，酒席上的小麻羊肉汤和刀尖肉，贵贵也没吃满意。可人们总对着芦花和姐弟俩，不是翻白眼，就是像被鬼掐般吃吃大笑，贵贵只好赌气拉着沉鱼，飞也似的跑回家。

村里的流言，就像一场场偏东雨不断袭来。那段日子，苦闷又绵长。贵贵成天掐着指头，数着，骂着，恨着姆妈芦花。可恨也没有用。该过的日子，一天天还得要从你身体里流走，你用鞭子抽，用棍子打，也赶不开。终于，连绵的大雨光临了躲雨镇。

一时间，河里满了，满得似乎要抵上天了。田地里水汪汪一片，不知连到了哪儿。漫长的雨，总算把人们的胸膛填满了，噎得人们甚至打起饱嗝来，多嘴舌们才渐渐忘记了那些流言。

流言渐去，空气却变得越来越闷，三人在家里，几乎没有话可说。贵贵发现，每当天黑下来，芦花总在床上翻来覆去。不一会儿，她就会翻身爬起来，悄悄出门，朝河边走去。开始，贵贵会气冲冲爬起来，站在门口阻止她。

“你住手吧，家都快被口水冲跑了，你还偏要去干那些好事？”

贵贵咬着牙，死死盯着芦花，他的话语里，带着愤恨，也充满了哭腔。夜里的躲雨镇，总是被月光铺得像流满了水银。芦花一身疲惫的样子，心头的无名的焦虑折磨得她形影消瘦。散乱的头发，扑到她脸上，月光从天上洒下来，她在忽明忽暗的光影里，眼神躲闪。

她几乎是低低地，吼了一声：“贵贵，闪开！”

贵贵恍惚觉得，自己就是刚从姆妈芦花那声低吼里出世，然后渐渐壮大的。他感到那声音脆弱，却威严，也势不可挡。他脚板一阵阵发麻，然后那麻劲儿直窜心窝。他的身子一下子就软了，他让开道儿，只见芦花像只落荒而逃的牲口，心乱如麻地朝河边跑去。

沉鱼脑子落下毛病后，就不必担心她了。此刻，她像只猫，蜷在床上睡得呼呼作响。简直跟好端端时的沉鱼判若两人。不知从何时起，贵贵觉得自己肩上一下重了许多。他觉得，家里的好多事，好多人，他都得管管。要是不管管，他成天都会觉得心上像有把无形的爪子，在不断挠他。

贵贵喜欢做梦的毛病又犯了，好多回梦里，他总是梦见罗圈腿和疤子脸。他梦见河对面的罗圈腿，不断蹚过河来，把坐在岸边的姆妈芦花，朝他的磨房里拖。

姆妈芦花挣扎着，两人就在河水里打起来。在那种时刻，他总是心急如焚，想去拖芦花，可脚下总动不了。恍惚间，姆妈芦花挣脱了罗圈腿的魔爪，却跌进了水里。贵贵挣脱脚底下的魔力，把姆妈捞出水面时，却发现她变成了一只水淋淋的稻草人……

贵贵被惊醒过来，眨眼间，他又会沉沉睡去，很快又会梦见疤子脸，疤子脸咬牙切齿，一脸坏笑，不断抽着沉鱼耳光，那种“叭！叭！”作响的耳光，甚至比放鞭炮还响亮。

天亮时，贵贵总算惊醒过来，他控制不住自己，失魂落魄地朝河边跑去。每次去，他都看见芦花坐在河水边上，像尊石头一样，竟然在打瞌睡。第二天，姆妈芦花又会发疯般地干活。

他和沉鱼，一下子成了吃闲饭的。看着石头一样孤独的芦花，贵贵心里又可怜起她来。可有什么没办法呢？她把沉鱼脑子打出了问题，这是一辈子的债……

躲雨镇的夏天闷热漫长。时光像一团发酵的面，被拉长到无穷无尽。村子里的大人们无精打采，在屋里呼呼大睡。只有一群半大的孩子，在村子里像群狗一样上蹿下跳。

六

贵贵没想到，疤子脸这挨刀杀的，还记着沉鱼那几耳光。

贵贵原本性格内向孤独，自从疤子脸和沉鱼闹翻后，他几乎不同疤子脸搭话。要是在村子里走路，撞到跟前了，他也要把头别到一边。疤子脸比贵贵大，每次碰见他，都会“嗨！”叫一声。可贵贵倔着头，理也不理。疤子脸是个神通人物，村子里没事的混混，都被他拢到了一块儿，成天干些偷鸡摸狗的事。

就连河对面最有钱的罗圈腿家的聋子，也被疤子脸用哄鸟儿下树的本领，哄得团团转。那聋子，从小就是哑巴，俗话说，十聋九哑，他果然又聋又哑。就为生了个聋子哑巴，罗圈腿年轻时，总和聋子姆妈小算盘打架。后来在小算盘的主张下，开了个打米房。没想到，真是时来运转，日子很快就肥得流油。

从那时起，罗圈腿再百般瞧不上小算盘，也对小算盘刮目相看了。那时，贵贵才屁大点孩子，他就听村里人嘀咕过，罗圈腿找人向姆妈芦花提过亲，可姆妈芦花一点心也没动过。后来，姆妈嫁给了爸爸火秋，爸爸火秋那脾性，罗圈腿就是愁肠百结，朝思暮想，也只能在夜里，捂着被子苦巴巴想。

再说自己天生就是罗圈腿，能讨上小算盘这样脑子转、嘴皮子快的已经是天大的福分了。虽说聋子生得又聋又哑，的确是件丢人现眼的事，可罗圈腿转念一想，小算盘好脚好手，一点毛病也没有，聋子的缺憾只能解释为与他的遗传有关。只要那样想，罗圈腿心里的结就解开了，心也就舒畅了。到后来，他简直疼聋子，像疼个宝。

那天中午时分，疤子脸突然窜到了后檐沟。

贵贵和沉鱼刚啃完嫩苞谷，正准备睡午觉。贵贵迷糊间，听见窗口有只猫叫，仔细一听，又像是鸟叫。他刚爬起来，就看见疤子脸神秘兮兮朝他眨眼。疤子脸因为跌进过火塘，长相难看，但他的眼睛真会说话，睫毛长得忽闪忽闪。贵贵听村里的大人说过，睫毛长的男人心狠。可光凭感觉，你真看不出疤子脸眼神里究竟藏了些什么凶险。

在疤子脸身后，总跟着一脸笑眯眯的聋子，他简直是疤子脸的跟屁虫。因为芦花的事，贵贵心底同聋子爹结了仇，所以他把聋子也列入了仇恨对象。可聋子每次碰见他，总是笑眯眯的样子，他根本恨不起来。

那时，猛烈的青春发育，已经把疤子脸弄得神魂颠倒了。他总是出入躲雨镇上的录像馆。贵贵亲眼看见，他甚至下手摸过去河边洗衣的小修女。贵贵家对面，就是躲雨镇上最大的教堂，里面住了三两个修女。每当黄昏时分，那些修女就会趁着暮色去河边淘衣。疤子脸常常尾随其后，然后在她们胸前摸两把。

疤子脸在后檐沟喊他：“贵贵！贵贵！”

沉鱼翻了个身，她睡着了，口水哈喇子拉得老长，还伸了条腿，压到了贵贵腰上。

贵贵又气又好笑，嘴里还嘀咕了句，“死丫头，不要脸！”然后把她的腿搁到了一边。

疤子脸喊得急切又热烈，眼珠子却从窗口探过来，在沉鱼身上瞄来瞄去。贵贵不耐烦地应了声，“干啥？”声音里满是火药味儿。可天气太热了，加上自己也贪玩，聋子把头伸进来，那笑眯眯的样子，让他心里一下清澈了。

疤子脸说，“出来呀，天大的好事呢，哄你我当你的儿！”

见疤子说得恳切，简直像条摇尾巴的小狗。贵贵爬起来走到了后檐沟。姆妈去山坡干活去了。她疯了似的，常常累得头昏眼花。贵贵知道她心里苦，她只有折磨自己的身体，让心头的疼痛减轻些。所以每次她出门，不管他爱理不理，总叮嘱他，“贵贵，别出门，太阳猛，就在家看着姐姐沉鱼。”

贵贵来到后檐沟，疤子脸低声告诉他，他偷了家里的钱，要约贵贵去躲雨镇喝米酒看电影。那可是贵贵最稀罕的乐趣。可贵贵对疤子脸有仇。他佯装不屑地说：“有什么稀罕的？不去！”

疤子脸一脸堆笑，说：“贵贵，我满村瞧了一下，就只看得起你了，给哥们一个面子吧，我们看完电影，还可以喝米酒呢，四阿婆的米酒，甜得透你的心呢！”疤子脸一说，聋子也听懂了似的，伸着舌头舔着干裂的嘴唇。

贵贵跟在疤子脸身后，三个人打闹着朝躲雨镇跑去。因为是偷的钱，三个人显得很小心，个个神经都紧绷绷的。尤其是贵贵，好些年没喝上米酒了，看电影更是很遥远的事。自从露天电影被镇上的录像馆淘汰后，他就再也没有看过。想起来后悔，那天他被录像和米酒弄得迷迷糊糊……

录像馆里，贵贵第一次看见了赤身裸体的男女。录像馆里黑压压的，全是人头。人们像群呆鸟，只举着脑袋，盯着荧屏，眼珠子都快掉了出来。贵贵正在发育，看着屏上的男女，喝醉酒似的抱在一起啃着，还梦中痛苦似的呻吟。贵贵面红耳赤，可他又忍不住不看。密麻了的人群里，竟然还有男人搂着姑娘，也看得入神。疤子脸是个老手，他在人缝中，不断朝贵贵挤眉弄眼，然后他又躲在聋子后面伸手去摸姑娘们的屁股。因为男人看得太投入，姑娘扭过身，却只见聋子一脸茫然的样子，她们往往朝聋子脸上啐一口，骂一句，“日你妈呀！”又扭过着去，生怕错过了最诱人的场景。

第一次看这样的录像，贵贵心里羞得不行，他想跑，可录像馆的门死死关着，里面黑洞洞的，像有无数双大手死死拉住他，他的脚根本别想动……走出录像馆时，面对灼人的太阳，贵贵两眼发黑。他在头重脚轻的状态下，又被疤子脸拉去四阿婆的摊子上，招待他喝了两碗米酒，三人才勾肩搭背回了家……

贵贵跌跌撞撞回到家里，倒头便睡。他万万没想到，可恶的疤子脸还记着沉鱼的仇。已是傍晚时分，挨刀杀的疤子脸趁贵贵酒醉，把沉鱼哄到了桉树林里，然后怂恿满脸通红的聋子骑到了沉鱼身上……

七

贵贵揣着石头，夜里找疤子脸打了一架。一架打下来，自己头缝了几针，还磕掉了两颗门牙。芦花也跑过河去，同聋子姆妈小算盘打了一架，被揪掉了几缕头发。芦花是天亮时分回来的，身上湿透了，人像打摆子一样颤抖着。她一句话也没有，只是对着床上歪躺着的沉鱼偷偷抹眼泪。

家里一下子垮了。芦花茶饭不思，家里一点生活的气息也荡然无存。芦花总是把头抵在沉鱼的脚边，像只痛苦的牲畜。好几次，贵贵想安慰她，可眼前总浮现出沉鱼额角的鲜血。而桉树林里不可想象的那一幕，更令贵贵绝望不已。他只好自己动手，给沉鱼和芦花做饭。

那段时间，家里的门槛几乎被踏断了。

疤子脸爸爸三天两头往家里跑。疤子脸爸爸是村上的干部，他每次来，总提着蜂蜜或是几包糖。后来，罗圈腿也来了。每次，沉鱼都躲在角落里，贵贵就陪她躲在角落里。哪怕有点风吹草动，沉鱼都会吓得嘴唇铁青，浑身发抖。

看见沉鱼那副可怜巴巴的样子，“这可是自己的亲姐姐呐！她受了欺辱，她无能为力，还与我贵贵有关！”贵贵心里朝自己喊，然后他痛苦地用力抓自己的头发。每当那个时候，沉鱼就会小心翼翼地，抬起她大而胆怯的双眼，朝贵贵喊：“贵贵——”那声音里，满是委屈无奈……

那天中午，两个男人就在外面的屋子里坐着，他们低着头，瞄着姆妈芦花。

“要是你们丫头，你们该怎么办？”姆妈芦花首先开了口。“你们说哪，说哪！”她像疯了一样，朝着男人咆哮。

罗圈腿吐了口口水，说：“芦花，事儿都发生了，打也没用，杀也没用！”

“为什么不能打杀？贵贵他爸留下的杀猪刀，钢火好得很！”

贵贵看见，疤子脸爸爸呼地站了起来：“告也没用！一个是又聋又哑，一个是傻丫头，发生那丢人现眼的事儿，别拿到桌面上去了！”说着，他猛地吸了口烟，然后把烟屁股砸到地上，两三团火星在空中翻了几个跟斗。

“再说，芦花，你可得想清楚，沉鱼的脑子是被谁弄坏的……”再往下，他就不说了，拿着一双冷冷的眼睛，死盯住芦花。贵贵也惊了一跳，他万万没想到疤子脸爸爸竟然这么厉害。他甚至可以说，“要不是贵贵喝醉了酒……那么，难道也要让贵贵负责任？”贵贵心里想，他立即吓了一跳。

贵贵再瞧芦花的脸时，她眼里刚才燃得正旺的火苗儿，几乎“呼”一声，水浇般立即就灭了，连点影子也没有。这时，罗圈腿也站了起来，“要不，那个什么，芦花，干脆就随孩子的，按支书的说法，把事儿定了，你丫头脑子成那样了，再说我聋子也高大，小算盘也答应绝不亏待她……"

贵贵隐约听懂了些什么，可他不敢确定。只听芦花站起来，冲着两个男人喊，"滚！给我滚出去！挨刀杀的！"

罗圈腿立即跳了出门。倒是疤子脸爸爸，一动不动，站了好一会儿，才慢吞吞地说："芦花，好好想想吧，就这么定了！"他的语气里全是坚决，不可一世的样子。贵贵心想，要是爸爸在，他肯定会冲上去，对着他傲慢的脸就是一拳！可爸爸多年没有音讯了，是死是活，谁也不知道。除非那条铁路，朝躲雨镇修来，才会有爸爸的消息。

"那条可恶的铁路！"贵贵咬着牙，在心底里骂了一声。很快，两个男人就走出了屋子。两人站在屋角商量了几句什么，罗圈腿就点头哈腰地下了坡坎，朝河对面走去。

八

面团一样发酵的日子，又被拉长了许久。

自从桉树林事件发生后，家里一下子垮了。芦花成天黑青着脸，像个鬼一样在家里走来走去。沉鱼呢，像截木头，杵在灶台前待半天，又杵在坝坎上待半天。

等村子里的多嘴舌们念叨够了，芦花也成多嘴舌了。她看谁都不顺眼，一会儿，她冲沉鱼喊，"死丫头，你要死呀，杵在那儿，像尊神似的！你要死死了好呀！死了老娘眼不见心不烦！"沉鱼似乎听懂了些什么，她微微仰起脸，愣了愣神，一副要哭不哭的样子。芦花又可怜起她来，只好冲贵贵说，"有本事，去找你爸呀！把你爸给你找回来！死也要把他给你找回来！"

贵贵知道，芦花那样喊叫，完全是白喊。开始顶过几回嘴后，就觉得和她一般见识，没有任何意义，干脆懒得理她。她爱怎么骂怎么骂，她爱怎么吼怎么吼，他就是咬紧牙关，哪怕撬开他的嘴，他也不会吐出一个字。

等村子里的流言平静后，芦花又喜欢上河边了。傍晚时分，她把家里收拾完毕，就朝河边走去。家里没几件衣服，她总是翻来翻去洗，简直快把衣服洗烂了。芦花朝河边走后不久，沉鱼就会跟上去。不知怎么回事，她也喜欢上了河边。

沉鱼一走，贵贵只好跟上去。桉树林里的意外事件，一直揪着他的心。姐姐沉鱼要是有个什么闪失，他可没法向出门修铁路的爸爸交代。虽然爸爸现在杳无音讯。但爸爸那种人，说不定某一天，会突然像个鬼一样冒到贵贵跟前也说不定。

姐弟俩从村子里走过，人们纷纷闪出一条道来。沉鱼在前面走，贵贵低着头，不敢正眼瞧人们一眼。他知道，只要他抬头，迎接他的，将是人们两排铁板一样坚硬的面孔和冷冰冰的目光。他只好紧跟着姐姐沉鱼，踩着她的影子，一步步朝河边走去。只要到了河边，人就少了，贵贵心里就会好受些。

躲雨镇的秋霜每年都很浓烈。清晨时分，秋霜像撒了层厚厚的盐。这样的日子来临，村子里的多嘴舌们就会哑言噤声。

随着日子越拉越长，人们连说话的力气也没有了。

沉鱼也到了待嫁的年纪。

芦花最终没有摆脱疤子脸爸爸的安排。这年春天里，芦花突然拿定主意，要带着贵贵和沉鱼在山坡种棉花。贵贵也快成大人了，虽然说话恶里恶气，可总能帮忙干不少活儿。女人天生的劳苦命，别看沉鱼脑子不好使，可干起活来，手脚快得很。春天种上棉籽，夏天棉花就绽开了。

村子里的人，两个一胖一瘦的多嘴舌女人，已经在背后小声议论，只听胖子开口说："哟，芦花要嫁丫头了！种了不少棉呢！"旁边锄草的瘦子接了嘴："真是造孽，好端端一个美人胚子，脑子却坏了，嫁给聋子，可亏待了丫头！"

胖子怒气冲冲叹了一声："有什么办法？自己造的孽，只有自己赎罪！"

沉寂了一会儿，瘦子在庄稼地里直了直腰，睖了贵贵家的棉花地一眼："种那么多棉，是想给沉鱼多做些被子，罪都犯下了，怕一辈子也没法补了！"

贵贵在山坡上，听得咬牙切齿。他决心阻止芦花，哪怕他一辈子守着姐姐沉鱼，他也不愿意她活生生去遭那份死罪。

夏天的时候，棉花果然丰收了。

尽管贵贵心里恨着芦花，可棉花开得太喜人，在山坡地上白晃晃成坡成片，他还是主动跟着芦花采摘。再怎么见不得人，可总是喜事。芦花在棉花地里，脸也好看了许多，汗水打湿了她的头发，她不断把头发捋上去，紧紧抿在耳背后面。她老了很多，可当初的模样，还留了些许影子。

她双手不停地摘，从后面超上来，走到了姐弟俩中间。贵贵斜了她一眼，她开口说话了："鱼呀，姆妈把你嫁了，没啥好给的，给几床好棉被，你盖着它，只要想着姆妈就好了。"旁边是棉花枝扫在沉鱼身上的"嗖嗖"声。见沉鱼不说话，她又直了直腰，对贵贵说："臭小子，可别恨我！是祸躲不过，得认！"

贵贵不吱声，芦花抬头斜了他一眼。他不知怎么的，扯着嘴角动了动。就在不经意间，他看见姆妈的目光闪了一下，然后，她又飞快地低头，去摘那些开得又白又灿烂的棉朵。

天地间几乎没有一点声音，山风从耳旁吹过，天空空旷得很。芦花很快摘到了前头，不久，她又从另一边的后面赶了上来。贵贵暗自吃惊，姆妈芦花的手灵巧得惊人，简直是他的两倍。

见贵贵还不吱声，芦花又说："那天教堂里的神父来村子里洗礼，我给神父说了，我有罪……"说着，她很快瞅了贵贵一眼，又立即像小姑娘似的低下头摘棉花。就在那一瞬间，贵贵像被姆妈芦花的目光刺了一下，他眼泪差点掉了下来。

神父那天来村子里做洗礼，他也去了。神父给他洗礼时，对他说，心里有仇的孩子，死后进不了天堂。神父用柏香丫，朝贵贵头上洒完圣水后，捧着他的脸，对着他的眼睛说："孩子，你眼里有仇，你得努力洗洗……"那晚回到家，他努力想了很久，又回想了爸爸走后发生的一切。天亮时分，他才想清了些许眉目，他心头锁着的一道门，总算打开了一点，然后透出了一缕缕亮光。

就像刚才，姆妈芦花眼里的亮光，刺得他打了个激灵。他想对姆妈芦花说些什么，可他一想到姆妈芦花打沉鱼的那个夜晚，还有后来桉树林里发生的事件，他就再也不能原谅姆妈。当然，他也不能原谅自己。

收割完棉花，芦花又请弹花匠做了几床棉被，秋天很快就到了。芦花又拉着沉鱼和贵贵，去躲雨镇上做衣服。芦花为沉鱼选中了水红色的，碧绿色的，小碎花的几匹布料……木偶一样发呆的沉鱼，似乎意识到了什么，她极不情愿地试衣试鞋。

贵贵斜眼瞧着芦花和沉鱼的举动，心里有股说不出的滋味。芦花要给贵贵添新衣和蓝网鞋，贵贵不肯，对芦花说："别瞎操心了！"

芦花一下子愣住了，她抬头，不好意思地盯了贵贵一眼，她的眼里闪烁不定。"贵贵，你姐要出嫁了，你得穿件新衣把她送过河。"芦花说的时候，声音很低，有点乞求的意思。

"不要以为买两件破衣裳，我贵贵就不记恨了！我宁愿沉鱼不嫁，一辈子不嫁！我一辈子保护她，不像有些人，自己想赎罪，一心想把她像泼盆水一样泼出去！"

心里仇恨的火苗儿还是又燃了起来。那些话，一字字一串串，像几梭子弹，射进芦花心窝。她立即脸色刷白，汗珠子也冒了出来。沉鱼快出嫁了，嫁的竟然是聋子，想起因为上了疤子脸的圈套，自己喝醉酒，才发生了桉树林里的意外事件，贵贵觉得受到了羞辱似的难受。

他气冲冲扒开汹涌的赶集人流，一口气跑回了家。

九

铁路一直没修到躲雨镇来。

那些男人和出门时的豪言壮语，像变成了泛黄的日历，村子里偶尔才有人会去翻阅并想起。可就在不经意间，当初那些年纪轻轻的男人，一个个像老者一样在村里冒了出来。回来的男人，多是弯腰驼背，不是这儿折了，就是那儿伤了，有的还少了胳膊和腿。原来，回家的，都是些伤残后的无用之人。

芦花进村去，挨个儿问他们贵贵爸爸的消息。他们总摇着头，拿一双遥远的目光看着芦花，显然对芦花的变化感到万分惊讶。他们每个人的嘴巴里，像螃蟹冒泡泡一样，总是吐出三个字，“不知道”。后来，她问到了别村的几个老者，老者才告诉芦花，铁路改道了，修着去了另一个方向。

当时，别村的人告诉了姆妈芦花真相后，她只骂了一句“挨刀杀的，要不回来，就永远也别回来！”她骂完，松开被她摇得骨头都快散架的老者，失魂落魄地回到家里。回到家，当天晚上，她就向贵贵和沉鱼宣布，当然主要是向贵贵宣布，“尽快把沉鱼嫁了。”她那样子，疯了似的，脸色铁青，口水星子乱溅。

深秋的夜，有些冷。月亮还是夜夜光顾村子。月光从屋顶的窟窿泻下来，洒在地上像透着寒意的霜。贵贵睡在床上，沉鱼就在另一头。好些天来，自从新棉被和新衣布置在房屋里后，她就总是瑟瑟发抖。

贵贵轻声问她：“姐呀，你知道芦花要把你怎么不？”

床那头没有声音，沉鱼的身子只是翻了一下，就看清她的脸了。要是沉鱼不说话，那张脸，你根本看不出她脑子被打坏了。贵贵见她不吱声，又说：“是河对面的聋子呢，那个桉树林里的聋子……”贵贵话音未落，他就感觉到了床那头沉鱼像打摆子一样抖动。

好一会儿，贵贵才听见沉鱼“呵——”似笑非笑地叹了一声。月光照亮的脸上，贵贵看见几颗清泪滚了下来，打在席子上扑扑作响。

贵贵睡不着，他看着屋顶。除了几束月光，其余的全是黑暗。他死死瞅住那几束光，他感到了无尽的压迫感。黑夜像大海般沉重，猛然压在了他身上似的。一向倔强的贵贵，感到自己有些无能为力。

好几次贵贵想不通了，又向疤子脸寻过仇。贵贵年纪小些，身子又瘦又矮，疤子脸总是居高临下看着他。疤子脸的爸爸更高大，也居高临下看着他。好几次，他火气冲天想跳上去，哪怕是吐几下口水，骂几句也好。可那对父子像会气功一样，身子周围藏了巨大无比的力量，瞬间就把他的怒气压了回来，直接压进了他的肚子，逼得他也只好忍气吞声。

不久，贵贵再去找疤子脸时，人不见了。疤子脸爸爸直接告诉贵贵，他太混蛋，已经把他赶出去挣钱去了。贵贵只好泄了气，灰溜溜走了。

贵贵也趁着夜色，蹚过河去，打过几次聋子的耳光。可顶个屁用，聋子被他打了，哭也哭不出来。再说，他不会说，一张脸扯得比猴子屁股还难看。很快，小算盘的嘴巴像机关枪，把他哄了出来。倒是罗圈腿，抱着头，只是眼巴巴瞅着他，总是说，“贵贵，沉鱼嫁过来，我保证让她过上好日子！”

沉鱼是在秋天嫁过河的。贵贵心里在滴血，可还是穿着芦花置办的一身新衣，同村里的其他送亲队伍一起，把沉鱼送过了河。因为发生过见不得人的事，启程的时辰，选择了个暮色浓稠的黄昏。芦花还给河对面打招呼，唢呐手也不许请，只找了村里几个实心的老汉和小媳妇，就把沉鱼打发出了门。

送亲的队伍走后，芦花也跟到了河边。

贵贵把沉鱼送到婆家，随即做贼似的悄悄往回撤，这也是姆妈芦花的安排。贵贵走到河边，并没有直接穿过几道山坡回到村里，他看见姆妈芦花像个夜游神，不断在远处的一个河湾里徘徊。夜色像墨粉，把芦花整个人包裹了一般，贵贵努力睁大双眼，只能看见一个模糊的身影晃来晃去。

就为沉鱼的事，贵贵觉得自己一辈子也不能原谅姆妈芦花。现在她又在那儿走来走去，一副魂不守舍的样子。贵贵一下子又联想起那些过去很久的流言……河湾对面的上游，很远的一片树林里，就是罗圈腿家，现在也是沉鱼家。贵贵见芦花不时朝那儿瞄着，他心里的火苗儿立即腾了起来。

他猫着腰，沿着河岸的草坡，慢慢朝芦花靠过去，心里想，要是姆妈芦花死不悔改，他今晚就要当面撕破她的脸。

河边几个村里的灯火，陆续熄灭了。夜越来越深沉，就连河水流淌的声音，也像睡着了。河湾里，零零落落有些稻草垛。贵贵躲在草垛背后，看见芦花一遍遍朝对面瞄着。不知过了多久，他简直是小睡了一会儿。也许是天快亮了吧，远山偶尔响起了几声早起的狗叫。贵贵睁眼看见芦花，正坐在不远处的一块大石上，像只灰色的受伤的大鸟，她一遍一遍，重复着朝河里甩着小石头。

就在贵贵愣神间，猛然看见河对面一歪一斜着，走来一个急匆匆的身影。贵贵心都提到嗓子眼了，看来当初他的预想，一定没有错。

“可恶的姆妈芦花，你居然背着爸爸，干这种伤天害理的事儿。”贵贵心里喊叫起来，热血一下子扫开了冰冷的空气。

果然是罗圈腿，他来到河边，想挽裤子下河。正当贵贵以为姆妈芦花会迎上去时，只见她弯腰捡起一个硕大的卵石扔了过去。巨大的水花，就在罗圈腿跟前绽开，扑了他一身。只听芦花说：“罗圈腿，你给我站住！”

“芦花，我有话过河跟你说。”罗圈腿摊开手，一脸委屈的样子。

“隔着河说，不许过河，过了河，我打断你的腿！”河这边的姆妈芦花站了起来，一脸认真的样子。贵贵看见河风带起了她几缕头发，他一下子觉得，就在不知不觉间，姆妈芦花，就在他的眼皮和仇恨下，渐渐老了。

“芦花，就当面说几句热心话，就几句……”他话音刚落，只见姆妈芦花手里的石头，接二连三甩了出去，河对面的岸边，很快就湿淋淋像下过一场大雨。

“罗圈腿，给我听着，那些陈芝麻烂谷子的事，从今往后，别提了。你罗圈腿别做癞皮狗，你没动得了我一根指头，我芦花清清白白，这是我给贵贵和他爸最好的交代……我芦花千好万好，可一错成千古恨，把沉鱼脑子打出了问题，才叫你家聋子得逞了，不是我芦花软弱，我是想让她也清清白白，如果你还算个男人，就给我滚回去，给我好生待我丫头，要是我丫头有个三长两短，我家里的杀猪刀钢火还在，就不信我芦花削不掉你脑袋……”

四下里死寂一般，只听见芦花说话的声音，一句句敲打着糨糊一般的河面。那些话，在贵贵听来，打得河面咚咚直响。

话音刚落，只见罗圈腿的黑影猛地摔了个跟头，掉进了河里。罗圈腿从河里挣扎着爬起来，抹了把脸上的河水说，“芦花，你有骨气，可火秋那臭小子，连个音信也……”

“这不关你屁事，哪怕他就是死了，我芦花也一辈子等着他！要是他的铁路一辈子修不到躲雨镇，我就一辈子等他！”

芦花的话音刚落，贵贵就看见对岸罗圈腿那个模糊的黑影，扭头就走了。这时，有些不知名的小鸟，正在一阵阵欢叫。

十

日子又回归了平静。村子里，不断有生死，也有人不断走出家门挣钱，然后不知去向。猛烈的青春发育，让贵贵说话低沉沉的，像天空滚过闷雷。虽然知道姆妈芦花的一切真相后，贵贵还是很少和她说话。

村子里空荡荡的，就连狗也没了几只，家里就更不必说。

沉鱼在的时候，有个伴儿，沉鱼出嫁了，他就只能成天面对姆妈芦花那张日渐枯萎的脸。姆妈芦花照样傍晚时分去河边。人们偶尔会议论一下她的异常举动，但因为很多年过去了，多嘴舌们居然连一丝把柄也没抓住。她们只好闭了嘴，再说，该老的老了，该病的也病了，她们几乎对世界一下子没了兴趣。

芦花在夜里哭过几次，他都听见了。

那哭声抽抽噎噎，委屈得很，像秋天屋檐上的雨水，那般有气无力。

后半夜，贵贵就会听见姆妈芦花起床，然后像梦游一样走向河边。自从做过沉鱼的跟屁虫后，他又当起了姆妈芦花的跟屁虫。只要姆妈芦花起床，他就会准时惊醒，然后糊里糊涂，跟着她来到河边。

几乎是在梦游的状态下，他总是会碰见沉鱼，也在河对面走来走去。芦花就在河这边同沉鱼唠话，沉鱼偶尔会应几声，可总像小孩子胡言乱语。贵贵听见芦花问沉鱼：“鱼呀，聋子对你可好？”

河那边答道：“嘻嘻，他教我骑马马呢。”

芦花问：“鱼呀，吃些个啥呢？姆妈可夜夜揪心着你。”

沉鱼歪着头，愣了一下，扯着嘴说，“哦，哦，不哭，不哭，嘻嘻，嘻嘻。”沉鱼边说，边朝背上看，背上其实背着个背篓。

沉鱼朝上游走，芦花就在这边，也往上游走。沉鱼往下游走，芦花立即扭转身。有时，沉鱼裤子也不挽，想走过河来，芦花就会像当初甩石头打罗圈腿一样，发起怒来，河面绽起的水花，把沉鱼吓了回去。

不一会儿，贵贵就会看见河对面走来两个人——罗圈腿父子。两人在芦花的怒视下，乖乖把沉鱼朝家里哄。这时，芦花又会警告两人说，“要是我丫头有个三长两短，我家里的杀猪刀钢火好着呢！”两人立即吓得屁滚尿流。

贵贵不像当初跟踪芦花那样，夜里偷偷去河边了。只要芦花夜里出门，他就会跟上去。贵贵觉得，姆妈芦花的眼神告诉他，她心底的绝望正摧枯拉朽般袭来。贵贵有些担心，所以，只要芦花出门，他心里再泼烦，也会不由自主跟上去。芦花也不躲他，他就让他跟在身后，就像他不存在一样。

春天的一个深夜，贵贵跟着芦花到河边，沉鱼也来了。这次，贵贵发现了异常，他看见沉鱼身体发胖了，脸上也有了喜色。贵贵止不住兴奋地对芦花说：“看来，罗圈腿家待姐不错，脸上都长肉了呢。”芦花却头也不回，打断了他：“那是你姐有喜了呢，我的鱼呀，可要遭一回罪了……”贵贵知道，芦花说的遭罪，是生孩子。

那次后，姆妈芦花三天两头就会朝河对面跑，她不断给沉鱼送去鸡蛋和面条。有时，地里早熟了几个番茄，舍不得吃，忙不迭就送了过去。她天天夜里去河边，沉鱼也会到河边。她脑子出了问题，去河边游荡倒成了一个正当的理由，罗圈腿家谁也阻止不了她。

可每次，贵贵都百思不得其解，姆妈芦花，总不让她走过河。贵贵想，也许是芦花怕水惊了她，怕她着凉。贵贵又想，也许是芦花从自己的命运里，看透了些什么人生奥秘。似乎走过河来，就会遇上什么居心叵测的凶险。有时，贵贵想得脑袋发麻，神经也紊乱不堪。他想问芦花，可又无从下口。

贵贵记得有一回梦里，他梦见爸爸火秋拉着姆妈芦花，要去一个很遥远的村子。那是芦花老家的村子。可姆妈芦花死死抱住河边的一棵榕树，死也不肯朝那遥远的村子走。可爸爸火秋，使出了吃奶的力，芦花就咬着嘴唇，死死抱住那棵巨大的榕树。直到姆妈芦花把那棵榕树连根拔起，爸爸火秋也没有把她拖走……

那真是一个奇怪的梦，贵贵想不透彻。再说，躲雨镇里好些年间就对命运没了探索的兴趣，连算命先生也不喜欢光顾这镇子了，贵贵不知到哪儿去破解这个离奇的梦境。他只好在夜里回味，并试图再次进入梦境，把那个梦圆满的梦出来，可每次他都无功而返。

好多天里，他被折磨得头疼欲裂。他心里暗自吼叫：“这命中注定是一个残缺的梦，所有的外力，都无法进入和破解！”

来年夏天，沉鱼生了，是个丫头。河流两边，增添了不少喜气。

芦花吩咐贵贵送鸡蛋过河。贵贵去了，看见小丫头长得特别可爱，皮肤白嫩嫩的，那眼珠子，黑色水晶般。贵贵从小丫头脸上，又看到了姐姐沉鱼的模样。

生活恍若同一个奇怪的梦，远去了很久，眨眼间又回来了。贵贵也欣喜不已。姆妈芦花的精神状态也好了许多，她开始像当初那样，喜欢打扮了，她又把头发，挽到脑后，然后翻出了那支发卡，紧紧地把头发卡住。这样，她的脸就大起来，脸色也丰富起来。可细心的贵贵发现，芦花脸上的皱纹，像湖面上吹过一阵风时的样子。

十一

秋天起霜的时候，家家都开始去河边洗水黄菜。水黄菜是躲雨镇上的一道美味。春上把脆嫩的青菜砍下来，挂在屋子外面阴干。青菜脱了水，就会慢慢变得像烟叶一样金黄。

等青菜风干得烟叶一样金黄了，就把金黄的菜叶背到河边，放脚踩，用手搓。等洗得干干净净，再背回家，撒上盐，装进烧制的坛子里腌渍。腌上十天半月，水黄菜就做好了。随意取几根，洗掉了盐，剁成小段，放到猪油飘香的开水里，然后煮几条黄花鱼，或是几块土豆片，就成躲雨镇一道上好的菜。

沉鱼生下丫头后，芦花简直被喜昏了头脑。沉鱼坐完月子，一天清晨，芦花就吩咐贵贵，去接沉鱼过河洗水黄菜。芦花唠叨说："今年的水黄菜，真是贱透了，家里堆也堆不完。"芦花的话语里，满是日子掏空后又渐渐被填满的喜悦之情。

"真要让她过河来？"贵贵莫名其妙撂下一句。他撂下这句，连自己也捂住了嘴巴。

"可以过河了，她罪都遭过了，河再宽再急也没事了。"姆妈芦花像想起了什么远古的事儿，嘴上在说，可眼睛却瞟出去老远。

黄昏时分，沉鱼用篓背着丫头，聋子背着水黄菜，在村子里人们妒忌不已的啧啧声中，到河边洗水黄菜了。别看聋子又聋又哑，可干活是把好手。干菜太多，天又渐渐黑了。聋子把干菜一捆捆摁进河水里，放脚踩。干菜捆太大，被摁下去后，又很快浮上来，聋子一个人根本踩不过来，沉鱼只好去帮他。

小两口在河边上，欢快地踩着水黄菜，小丫头就在背篓里牙牙学语。聋子踩一会儿，就会用嘴去逗一下小丫头。聋子不会说，可他会对小丫头做鬼脸。他在黄昏中心满意足。很久没见笑容的沉鱼，初次当姆妈，脸上也带着红晕，哦哦朝背上的小丫头叫着。

身边的河水渐渐暗了下来，鱼也在水面上打起了白肚。就在不经意间，沉鱼感觉脚板底下溜圆的卵石一滑，几棵被水泡发涨的水黄菜飘了起来，水流太急，很快就要漂走……

沉鱼下意识地，弯下腰，伸手去捞那几棵诡异的水黄菜，没想到，背篓里的小丫头一个跟头就栽进了河心里。沉鱼愣怔了一下，猛然意识到了什么，她忙跳进河心里，准备把小丫头捞起来。聋子也发现出了事故，一下子扑进了河水里。

这时，天已经黑了，沉鱼放声大哭。湍急的河水冲跑了她，她呛了几口水，好一会儿，她才凭本能，挣扎着，抓住贵贵时常梦见的河边那棵大榕树伸进水里的一条树根，爬了起来。

爬起来的沉鱼，发现小丫头没了，男人聋子也没了，她立即放声大哭……

等贵贵听见呼喊，和芦花打着柏香皮火把跑到河边时，一切都晚了。只见沉鱼像从水里钻出来一般，呆呆地坐在河边，自言自语地喊着。

“河把孩吃了，那可是我的孩呢……”

天亮时分，聋子的尸体在两里外的一个回水沱里找到了。可小丫头，像被水鬼牵似的，杳无踪迹。

后来的所有岁月里，只要那些过往历历在目，贵贵就会埋怨自己。要是有他在，小丫头和聋子都不会有事。每每这时，他身体里那股无形的、绝望的血液又涌上心头。面对黑暗夜中的河，还有岸边痴痴呆呆的沉鱼和疯子似的芦花，贵贵无奈得只有抬头去看天上。

天上的星群被淹没了，只剩下黑暗和一缕缕呜呜咆哮的冷风。

贵贵也恨芦花，千不该万不该，不该把沉鱼请过河，更不该让她在黄昏时分去洗水黄菜。多年来的经验教训，让贵贵觉得，黄昏时分去河边，本身就是一个错误的决定。再加上让一个脑子有毛病的姑娘和一个又聋又哑的男人，背着个不谙世事的小丫头去洗水黄菜，更是一个天大的错误。可一切都无济于事，时光像流水一样，不可能因为河边人的痛苦挽留而停一丝脚步。

躲雨镇上，铁路修来的消息，像一个天大的谎言，越去越远。

倒是另一个令人振奋的消息，像场瘟疫一样，不胫而走，很快就传遍了村子。这个消息让人们简直如惶惶度日：躲雨镇很快要修大型水电站，贵贵家所在的村子，罗圈腿家所在的村子，以及周边的许多村庄，全都会变成一片汪洋。而村子里由来已久的人们，将变得流离失所……

聋子的葬礼刚过，芦花就蹚过河去，把沉鱼接回了家。小算盘又同芦花打了一架。先是骂，骂遍了祖宗八代，小算盘那张机关枪的嘴，把世间能骂的，都骂遍了。芦花骂不过，她先伸了手，两人就在罗圈腿家打了起来。

贵贵也去了。罗圈腿就坐在屋檐下，呆呆地抽着纸烟，冷冷地看着两个女人，一高一矮，一美一丑，在坝子里打得昏天黑地。

贵贵也抱着手，靠着罗圈腿家门柱，像旁人耍猴戏一样看得入神。小算盘丢了聋子，哭得呼天抢地，她被芦花骑在身下，扼住脖子，一张丑脸涨得酱紫。芦花被小算盘抓住头发，小算盘几乎是蹦跳着身子，狠狠地抽着芦花的耳光。两人都被打出了血。

沉鱼见两人扭打一起，她面无表情地走向河边，嘴里还是念叨着：“河吃孩呢，河吃孩呢。”

最后，贵贵看戏看得不耐烦了，他猛地站到坝子中央，大喝了一声：“住手！”小算盘和芦花才气咻咻地从地上爬了起来。贵贵死命瞅了瞅屋檐下的罗圈腿，恶狠狠地说：“你一个大男人，是不是该发个话？”

罗圈腿吐出烟屁股，又用脚死死碾碎了它，然后一字一顿地说，“互不相欠了吧，自己的屁股自己擦！”说完，他就像对陌生人似的，走进屋去，砰一声，把门关了。很快，他懦弱的哭声，就像黄牛叫一样，从窗口里飘了出来。

十二

冬天的时候，镇上不断下来工作组，催促村里的人测量房屋和土地，然后签搬迁赔偿协议。贵贵家是村子里最后签字的一批，许多人得了赔偿款，一步一回头地离开了村子。至于他们的家在何方，连他们自己也不知道。

逼迫贵贵家签字的那些日子，工作组来了若干次，夜夜围着芦花。他们把笔和纸递到她跟前，她正眼也不瞧一下。上面给工作组下了死命令，要是拆迁户不签字，他们连工作也保不住。

他们软硬兼施，可芦花总是那句话，“男人不在家呐，再等些日子看看……”

工作组的人都觉得遇上疯子了。就连贵贵，也觉得姆妈芦花变得神经兮兮，一副快疯掉的样子。

就在躲雨镇工作组快绝望的时候，有天夜里，芦花带着贵贵，还有沉鱼，找到了工作组，她主动画了押，摁了红手印。她也让贵贵和沉鱼，画了押并摁了红手印。姐弟俩摁手印时，姆妈芦花自言自语地说：“要是他回来，找不到家，可别怪我，沉鱼和贵贵可以作证！”

一架板车，就把家里值钱的东西装下了。

芦花在前面拉车，沉鱼和贵贵就在后面推着朝河边走去。贵贵知道，只有过了河，才可能在河对面，修水库规划的线外找到空地修房。

到了河滩，天地一下子就宽了，贵贵心头也如释重负。秋天的河滩里，贵贵从没注意过有多美。经过整个夏季洪水的冲洗过后，河滩上布满了五颜六色的卵石。

很多村庄，都在搬迁。像当初第一批来建村子的人们一样，大家把家什装在一辆辆板车上。条件好点的，可以开来卡车，装满粮食和衣物。条件差的，甚至只能用背篓背。场面像是发生了骚乱或是战争，也像是天上掉下来另一个星球，把地上的村子猛一下砸成了马蜂窝般乱哄哄。

人们甚至没有一声道别，有的沿着河道朝下游，有的开车过河，有的沿着河道朝上游，有的甚至朝村子后面的桉树林里，纷纷逃命般，开始了重建家园的旅程。

贵贵家选择了过河。

这是芦花决定的。

贵贵还没到决定大事的年纪。他即使曾经有多么恨姆妈芦花，可他也只能跟在芦花身后。他想想自己，又觉得稚嫩可笑，更别说沉鱼了。

好在，芦花的想法和贵贵不谋而合。贵贵就是想一家人赶紧蹚过这条河，丢掉那个魔鬼诅咒过般的村子。

就在贵贵愣怔间，沉鱼在河滩上跑起来。因为人和车都要朝下游走一段，找一个水缓的路段才能过河。板车自己也能走，所以沉鱼可以放开手。

板车走得吱吱呀呀，像唱一首欢快的歌。沉鱼似乎意识到了什么。此时，正是第一缕阳光从天边泻下的时候，河滩上被涂得金光一片。就连不远处大教堂的巨大瓦顶上，也显得金碧辉煌。

河滩里，到处是五颜六色的美丽的鹅卵石。

沉鱼像是冥冥中受到了什么暗示，或是她痴呆的心境里，传来了什么喜讯。她哇哇大叫着，像个孩子，扑向那些美丽的鹅卵石。贵贵扶着车，注视着一向沉默的沉鱼，还有比沉鱼更沉默的美丽的鹅卵石。他感到会有什么奇迹发生。

很快沉鱼跌倒了，她却不肯爬起来。她侧着耳朵，贴在那些五彩的鹅卵石上，倾听一下，又倾听一下。很快，她突然大叫起来："火车，火车！咣当！咣当！"

贵贵看见，姆妈芦花几乎在沉鱼叫喊的同时，丢下了车把子，扑了过去，也像个孩子，把耳朵贴到鹅卵石上，她皱了皱眉头，很快也像沉鱼一样大叫起来："贵贵，快来听呀，火车的声音，咣，咣，咣！"贵贵俯下身去，果然，一片五彩的鹅卵石里，全是火车开过的声音，由远及近，咣，咣，咣，很有节奏，势不可挡地，从地心深处传来。

清晨的第一缕阳光猛地扫到了河滩上。板车也像受到了什么暗示，缓缓移动起来。贵贵生怕板车掉进河里，忙替姆妈芦花把车靠到了他时常梦见的那棵大榕树身上。这时，温暖夺目的阳光，把躲雨镇罩得如梦中仙境。而仙境里四处逃亡的人们，像一群群水中美丽的鱼儿。

贵贵眯起眼睛，打量着这个从未见过的美丽清晨。他看到，阳光扫到沉鱼和姆妈芦花的脸上。那两张孩童般的脸和娇嫩的朝阳一起，融成了一幅美丽的油画，姐姐沉鱼和姆妈芦花，简直像两个依偎在一起的好姐妹。

心深处，"咣当——咣当——咣当——"，声音猛然如春雷响动。

（原载《福建文学》2012年第9期；《小说选刊》2012年第10期转载；
获贵州省首届专业文艺奖三等奖）

2012年

欧阳黔森

村长唐三草

唐三草并非他的真名，叫的人多了，也便成了名。

唐三草叫唐万财的时候，不但没有什么财，反而穷得叮当响。本来有人想叫他叮当响的，却没有叫开。有人说，别哪壶不开你提哪壶，人家万财叫万财也就只是个良好的愿望。虽然说家里有时只剩下空锅空碗空盆的，可人家人穷志不穷，每年到青黄不接，乡里发救济粮，他也不好意思去领，相当有志气的嘛！这样的人，说什么也不能侮辱了人家。这样，叮当响才没有取代了唐万财。他继续叫唐万财。

唐万财当民办教师的时候，家里已不再穷得叮当响，至少解决了温饱问题。也许是叫唐万财的缘故，与他相识相伴的人，总会被万财、万财这个良好的愿望所提醒。时时提醒就不得不让人时时沮丧。首先，当然是他老婆再也受不了“只是一个良好愿望”的折磨，离家出山打工去了。开头还有几封信来，后来几年没了信息，再后来就干脆离了婚。

离了婚的那一年，桃花村的小学已撤销，合并到了竹菁乡中心小学。唐万财由于书教得好，转正成了一名公办老师，工资也高出了许多，当然离那个良好的愿望还比较远。

一年后中心小学来了一批女老师，也是陆续从合并的学校转来的。这批女老师中单身的也不少，这时唐万财在学校资历也不算浅了，还当了班主任，再加上他为人的口碑也不错，大家就说，你看万财，你一个人也不容易，现在正是好时机，就再找一个吧！

唐万财说，不行。

大家说，为什么？

唐万财说，兔子不吃窝边草。

又过了一年，他的前妻回来了，大家猜测肯定是城里的男人抛弃了她。也不见她带着一男半女回来，带的只有一点钱，可能也不多，也就是在娘家的老屋基旁搭起了一间房，也算是有了一个窝。

大家见两人都单身，就有人劝万财说，破镜重圆也是好事。

唐万财说，好马不吃回头草。

大家的良好愿望也只好作罢。

再过了一年，唐万财的那些女同事们基本都不再单身了，大家就笑他说，你看，叫你早下手你不干，这回好了，看你找谁去?

唐万财说，天涯何处无芳草。

一天，大家闲来无事，谈起了这几年的唐万财，这一谈不要紧，要紧的是唐三草这个名字从此诞生了，并永久地取代了唐万财。

桃花村地处乌蒙山脉腹地，山多是这里的主要特征，出门就是山，翻过山还是山，山的那边也是山。感叹一句就是“怎一个山字了得；惊回首，离天三尺三”。再叹息一句就是你山、我山、他山，万山都一个样——满山石头难见土。

石头多，耕地少，人还不少，这就是桃花村难摘贫困村帽子最要命的地方。这也是为什么唐万财的父母，要给儿子取那么一个有着良好愿望的名字。

人们常说，无巧不成书，唐万财叫唐万财的时候，这个良好的愿望，确实只能是一个愿望。到了唐万财叫唐三草的时候，这个良好的愿望还真是雨后见彩虹了。

这个彩虹不仅仅是唐三草见到了，桃花村的人都见到了。当然，彩虹的出现，不是一刹那的事，它有一个逐渐形成的过程，这个过程在桃花村亦然。

首先，一条公路翻山越岭来到了桃花村，后是家家通了电，再后来适合种地的地方被就地取材用石头围起了梯田，那叫固土保田，阻止水土流失，不适合播种的地方种上相宜的植物，那叫退耕还林，控制石漠化。再再后来自家生产的粮食自家吃，不交公粮不交税，再再再后来，你来扶贫，他来科技下乡的，桃花村要不脱贫困村的帽子还真难。

桃花村摘掉贫困村帽子的时候，唐三草已担任村委会主任五年了，他是逐渐形成彩虹的参与者和见证人。

村委会主任，在比较发达的地区，肯定是有人抢着当。但在桃花村这个穷山恶水之地，五年以前是没有人愿意当的。这村委会主任在村民眼里，就是一个费力不讨好的差事。前几年每月工资才一百二十元，虽然后来增加到了四百元，仍然是个苦差事，谁也不愿意干。要是谁被提名为候选人了，这人必定到处骂娘，最终的目的是骂掉这个提名候选人。

桃花村的支书是个退伍军人，在部队就是个老党员了，也是个实在人。乡里领导找他谈话，他二话没说，只是说，罢了，支书我就继续干，可谁来干村主任?

乡领导说，村委会主任是村民直选的，你们推荐不出候选人，咋个办？你这个支书还得去做做工作嘛！

支书说，我做了，太难了。你们是知道的，上次你们要找个支书，找了那么久也没找着个愿意干的，找到我，我也只好做自己的工作，我是个党员，也只好带这个头了。

乡领导说，这样吧！村委会这一揽子事，你先代理着，我给你一个志愿者大学生来协助你行不行。

支书说，就是报上说的那种大学生村官吧，来一个当然好，可眼下这个村主任咋办，我代个十天半月的还成，代久了可不成，我自家的活路谁干，我家的地荒了，我一大家子人喝西北风呀！

乡领导说，要致富，靠支书。这是人民群众发自内心的呼声和对党的基层组织的信任嘛！我看桃花村的人对你这个支书也是信任的嘛！你是个带头人，可不能消极哟！你呀不仅要干好自家的活路，还要带领大家脱贫致富。

支书说，我知道这个理，可我们桃花村的条件，你们也是知道的，反正这个村主任的问题，请求组织上尽早解决。

乡领导说，你这个同志，不是告诉你了村委会主任是要你们桃花村的村民自己选出来的才行嘛！不可能别村的人来竞选你们的村主任吧！你好好思考思考，看谁合适，再费心多做做思想工作嘛！桃花村三百八十一户，两千多号人口，我就不信了，找不出个村主任候选人来。

支书说，那你找，我实在是找不到。

乡领导说，你你你什么态度，你别惹我冒火。

支书说，你什么你，你冒烟都是那么多。

乡领导说，你少来这一套，想激怒我没那么容易，我知道你的心思，这支书你是早不想干了，不过我告诉你，只要你还是个党员，这心思就得灭掉，想不干了？门都没有。

支书说，我没想激怒你，你也是为了工作，为了我们桃花村好！这点我明白。不是我想为难领导，我们桃花村的困难你不是不知道，老的老、少的少，青壮年大多出山打工去了，剩下的人……

乡领导和村领导这冒着烟火的谈话，正呛人的时候，唐三草走了进来说，这村主任我来当。

乡领导一下子有点蒙，说你去当？

支书一下子笑开了花，说你来当？

唐三草说，你笑哪样？亏你还笑得出。

支书说，见到你老弟我不笑，莫非我还哭呀！

唐三草说，闲话少说，我来解决你们的问题，我来当村主任。我家祖祖辈辈都是桃花村的人，我太熟悉了。

乡领导和村支书异口同声说，真的吗？

唐三草说，不是蒸（真）的，莫非是煮的？

乡领导一下子紧握了唐三草的手直摇晃，说三草同志，不，万财同志有志气，觉悟高，现在农村大有可为嘛！你回村务农，这件事要在全乡好好宣传宣传，我们的基层太需要你这样的人了。

支书摸了摸唐三草的额头，说，兄弟，你没病吧！

唐三草说，你才有病。

支书说，你有一千多工资吧！

唐三草说，是。

支书说，你知道村主任的补贴吧！

唐三草说，知道，一百二十元。

支书说，你有病，还是我有病，一目了然嘛！

乡领导急忙接着支书的话说，我看你这个同志才有病，三草同志正常。说着盯着支书直摇头，又说，你是有心病，你怕什么？桃花村是偏僻了点，是贫困了点，现在国家不是正在加大扶贫力度吗？我相信，有三草同志这样有文化又有经验的人，与你搭班子，在不久的将来，一定会摘掉贫困村的帽子。

支书也有点蒙了，这看起来不可能的事，一下子成真的了，还真有点晕人，他收敛了笑容严肃地望着唐三草说，你真的回村了？

唐三草大手一挥，这不是开玩笑的，当真回去。

乡领导拍了拍支书的肩说，下一步，就是你做好广大村民的工作，必须让唐万财同志顺利当选。

支书说，不用做工作，就能当选。他一回去，那一帮人不欢呼雀跃才怪。

乡领导正苦于桃花村没人愿意当村主任，好不容易来了个自告奋勇的，千万不能黄了。见支书的话味道不好，有些急了，他以批评的口吻说，你这话什么意思？咹！

没等支书接话，唐三草接了，他说我知道，因为有人当了，他们不用当了，高兴。

乡领导拍了拍唐三草的肩说，知道就好！你们桃花村呀是个老大难了，困难是有的，希望也是有的，唐万财同志，你真是个好同志。

唐三草说，是不是好同志，走着看。不过，我已习惯被人叫唐三草了。

乡领导哈哈大笑，好！好一个唐三草！

唐三草回村务农的消息，一下子在竹菁乡境内炸了窝似的，一时沸沸扬扬。

有人说，唐三草真的“草”了。这一带说“草了”就是傻了的意思。其依据主要是说，拿着一千多块钱不要了，去端一百多块钱的碗，总而言之，这样的情况，就是城里人说的傻×，乡下说的草鸡。

又有人说，唐三草是因为暗恋某个女老师又得不到，成“花痴”了。其依据主要是说，唐三草有过女人，而又五年时间没女人了，没病也会憋出病来，这些年也不见他犯事调戏妇女，也不见他沾花惹草的，这是典型的心理生理有病，要不然就是为情所困太深，乱了心智。

又又有人说，乡领导大哥家的女儿一直想进学校教书，设了一个局，让唐三草这个草鸡子上当了。

说的太多，真是五花八门加天方夜谭，推测的依据像飞毛毛雨一样飘，像数水牛毛一样多，反正没有一条是有着正面影响的。

唐三草就是带着这样多的负面影响顺利地在桃花村选举成功的，而且是全票当选。不能不说印证了支书的那句话，真是全村欢呼雀跃呀！

投票的那天，乡里很重视，党委、政府、人大的领导同志都来了，由此创造了三个前所未有。一是这是竹菁乡村这一级换届前所未有的阵容。二是全村在家的年满十八岁的群众都参加了投票，发出三百八十一张选票，收回三百八十一张选票，赞成票三百八十一，弃权票零，反对票零，这一结果也是桃花村前所未有的。再一个前所未有就是候选人唐三草自己投了自己一票。

前二个前所未有，大家有目共睹，的确不易，这样的阵容不易，符合投票资格的选民不少一个更不易，可这第三个前所未有是大家没预料到的，大家最好的结果预测最多是三百八十张赞成票，三百八十张票在大家眼里就是满票。桃花村的村主任没有自己投自己一票的，要投也是弃权票或是反对票，这是前村主任自己说出来的。无记名投票，前村主任自己不说，大家也不可能知道，因为选前村主任时，弃权票有十张，反对票有一张，这样的结果无法有效判断前村主任的说法。但有一个判断是很明白的，就是前村主任的态度，这态度的意思更明白，就是说，是你们要选我的，别对我希望太多，我也是没办法勉为其难才当的。

那几个特别欢呼雀跃的人，欢呼雀跃地对唐三草说，三草，你自己投了自己一票。

唐三草说，当然，我自己都不信自己，还指望别人信呀！

那几个欢呼雀跃的人嘻嘻哈哈地说，你相信你自己，我们更相信你。说完又欢呼雀跃地走了。

这几个欢呼雀跃的人是桃花村发生村主任候选人危机后，支书好说歹说从山外劝回了他认为能干村主任候选人的人。这几个人本不愿回来，支书说，你们还是党员吧！村里现在这个样子，你们不能太自私了吧！把我一个人丢在这里，这么多年了，你们要再不回来商议商议，我就来了。这几个人一听这话才急了，勉强回村来。

前几年，他们几个出山的时候，是与支书有口头协议的。当时，谁都想出山去打工，老支书说，我老了，我们村就你们几个文化高一点，见的世面多一点，你们想到山外去，我不反对，可你们得留一个下来接替我吧！

大家七嘴八舌、花言巧语，最后简而言之地对现在的支书说，你在部队当过班长，我们上中学时你也是班长，谁都可以出山，班长不能走，老支书干的这活，你最适合，这山头你不守，谁也守不了。最后说，不行，你先当着，下回我们回来接替你。

这也算是个口头承诺。

他们的班长就这样当了支书，一干就是五年了。看来他还要一直当下去。

与他同届的村主任一到五年，说什么也不干了，说老母卧病在床要钱，儿子读书也要钱，他伸出双手给乡领导和支书说，要么放我走，我自己找钱去，要么你们给我钱。

支书和乡领导当然不能解决这个问题，由此才发生了换届候选人危机。

那几个回来商议的人，人是回来了，他们也只当是回来看看家，根本不诚心与支书商量接任村主任的事，更把那个口头承诺忘到了九天云外。

支书苦口婆心、语重心长也没用，酒没少喝，饭没少吃，反正说东道西就是解决不了问题。把个支书愁得苦上眉梢，这不，才跑到乡领导处诉苦，才诉出来了一个唐三草。

那几个欢呼雀跃的人，当然又是欢呼雀跃地出山了。出山之前请支书和新任村主任唐三草喝了顿酒。趁着酒兴也说了点诚恳的话。他们说，支书呀！你难，村长呀！你也难，我们在外也难。然后眼泪汪汪地说，来！为难干杯！

支书苦笑着一仰脖子喝了。

唐三草把酒碗摔了个底朝天，括弧，桃花村的碗多为摔不碎的，俗称洋瓷碗。解释一下，这洋瓷碗，绝不是为桃花村人喝酒爱摔碗而现世的，实在是它经久耐用还不怕人摔，再括弧，无论是大人还是小孩。

唐三草当然知道这碗摔不碎，要不他也不会摔。但，摔不碎他也得摔，他摔的是一种态度。在碗因为他的力量而翻滚于地时，他嘴里也摔出了一句掷地有声的话：老子从不为难喝酒。说完摔门而去。

门被拉开又被摔回了，注定是要被弹开的，皎洁的月光第一时间抢了进来，刚飘上人眉头，却又钻进了心头。也许月亮它真的会惹祸，这不，屋里乒乒乓乓一声接着一声地摔开了，当然没有碗破碎的声音，也没有叹息和埋怨的声音，只有酒香弥漫开来。

这时候，沉默，它才是金。

第二天，支书送了送那几个来时欢呼雀跃走时却不再那么高兴的人。看来月亮惹的祸也有它的两面性，同样都是摔，摔出的心却不一样。

唐三草坚决不送。

支书说，都是一起长大的朋友，不是同学就是战友的，拉不下这个脸嘛！

唐三草说，脸是拿来人红的，你给他们脸，他们给你脸了吗？他们就知道欺负你这个知道脸红的人。三东瓜，不是我说你，你看你早他妈的成丝瓜了，还这点给脸那点给脸的，你在部队上那点血性还在不在？好！你是支书，我满足你爱给脸，你也是最后的底线，这以后，村里的那些难事，你就唱红脸，我来唱黑脸，我这是怕“者不来”，来者不拒。你去告诉这帮不守承诺的家伙，要我送他们没门，回来，老子十里相迎。

支书深知唐三草那秉性，也不劝了，独自送人去了。

唐三草从小就想当兵，他与支书同年生，只是小了月份。他俩从小学一直读完高中，谁不了解谁呢？他们一个是急性子，一个是慢性子。高中毕业那年，桃花村的七个高中生都没能升学，本来最有希望的是唐三草，却因为数学、英语拉下了分，才落了榜。三东瓜（乳名）支书应征入伍，唐三草那时叫唐万财却改变了当解放军的理想选择了教书。

理由很简单，桃花村小学唯一的老师又跑了。他说，没有了老师怎么行？我就是这个小学毕业的，总不能让我的小兄弟、小姐妹们每天跑几十里地到乡里读书吧！这很不现实，现实的是我来解决这个问题。

唐三草就是这样的人，他是一个善于解决现实问题的人。

在他家穷得叮当响的时候，出现了一个大问题，这个问题很现实，要么他回家务农，要么他继续读书上高中。

最后，他如愿地继续读书了，只是他家唯一的那头猪不在了。

那头猪是他母亲眼里的心头肉，盼望着过年杀个猪，过一个有油有肉的好年，就这点希望，却被他的现实问题给灭了。

自从扶贫队把一头十多斤重的小猪送到了他家，母亲就把小猪当宝贝似的，猪一哼哼唧唧，母亲苍白的脸上就泛起了红晕和笑靥。他父母亲是很勤劳的人，说再难也要把猪养大。那时候，人都不够吃，每年到青黄不接时，还要靠国家救济。不知扶贫队谁出的点子，向每家免费发小猪，小猪长大成了肥猪，不就改变村民生活质量吗？这个愿望是好的，可要成为现实却是不那么好实现的。

在桃花村养个猪确实是个难事，那时候也没有什么专门卖猪饲料的，有也没人买，再说更不肯拿钱买，要想把小猪变成大猪，只有一个办法，那就是勤劳。这勤劳的代价就是专门有一个人其他事不干了，满山遍野打猪草，然后切碎煮烂喂猪那个日渐长大的胃。

据扶贫队事后调研说，在桃花村一共发放了三百二十一头猪仔，成活并养成大猪的只有一百零二头，病死的有十五头；养到半大百十斤重的猪约一百三十头，其余的猪，头天发到村民手里，第二天不是被转手卖了就是杀来吃掉了。当时的村支书、村主任很难堪，扶贫队也难堪，扶贫队的总结说，这样的扶贫办法值得研究，从试点的成果来看，不易推广，但也积累了不少经验，成绩也是显著的，在这样的山区，生产了约十五吨肉，不容易呀！

唐家养的那头猪长到二百斤的时候，儿子唐万财回来对母亲说，我知道，这猪在过年的时候肯定能长到三百斤，但是，过年，年年都过，而我这读高中的事，过了这次，恐怕就过了。

他母亲听罢，二话没多说，只说今晚叫你爹杀猪，明天乡里正好赶集。说完，母亲就出门去了。

望着母亲瘦小的背影，他的泪水一下子盈满了眼眶。他知道，母亲一定到后山哭去了。

在他读完高中后，又出现了一个大问题，是当兵去呢还是去教书？他想当兵吧，自己不愁吃不愁穿了，可就是把部队给的那点补贴全部寄回来，也帮不了家里多少忙。再说，自己就是决定当兵也未必能入伍。教书至少有三点好处：一是有工资助家用，二是课余时间还可以干家里的农活，三是比较有把握，还算干了件好事。

这件事之所以成为好事又比较有把握，它的前提就是村里小学的老师又跑了。他来补上了，当然就是好事了。这老师跑得真是时候，早不跑、晚不跑，就等着桃花村在乡中学毕业了七个高中生，才跑。这也算是还有点良心吧！桃花村小学陆续跑了无数个老师，有些招呼也不打一个，学生一早翻山越岭地赶来上课，老师没了。这个老师是在即将开学的时候跑的，确实算是有点良心的了，他知道，七个高中生中，总有一个来接替他。

在唐三草当爹又当妈的时候，大问题又来了一个。孩子他妈要与他离婚。他看着孩子他妈那双毫无表情的眼睛，抚摸着哭哭啼啼的孩子的头说，天要下雨，娘要嫁人，你哭也白哭。说完，他将孩子一把提上肩扛着就走。孩子他妈毕竟是个女人也是个母亲，下意识地追了几步，终于也哭了起来。

孩子听见了妈哭，说，爹！妈哭了。

他并不回头，厉声说，干的事都不知脸红，还有脸哭？他妈的这是黄鼠狼哭鸡。

事后，有人说他傻，说，她说离婚就离婚呀！你不签字，她能把你咋的？她那野男人，只要敢来我们村一步，就叫他有来无回。

唐三草，那时候的唐万财眼睛一横说，这又不是鬼子进村，搞什么地道战。去去去一边去，别没事找事干。

那人说，夫妻一场，就这样算了，你太便宜她了。

他翻了一下白眼说，她人心都不是我的了，我留着她身子干什么？她的身子都给了别人，我还在她心里干什么？男子汉当断不断，必有后患。话又说回来，她那个野男人要是敢与她一起来了，老子说她还找了个像样的男人，老子说不定还招待他们一顿酒喝。看来，这家伙也不是什么好东西，自己不敢来，叫一个女人来与我较劲，小看老子了，老子决不和一个女人较劲。她爱干什么就干什么？这次算她运气好！遇上了老子这样的男人，还有婚离，下次你看她，哪还有离婚的机会，直接被这种男人弃掉。哼！一个没有胆量的男人，就是一个不敢负责任的人，一个没有诚信的女人，就是一个水性杨花的人，最终是没有人要的。这个问题，不是我的问题，是她的问题。我的问题不是问题，不就是当爹又当妈吗？反正老子早习惯了，再继续当一下也没什么大不了的，老子又不是当不下来。她的问题，就是我说的那些问题，她是解决不了的，走着看，有她哭得惨的时候。

那人说，她的这些问题，如果真要像你说的那结果，你就应该给她说清问题的严重性嘛！女人嘛！头发长见识短，你们也毕竟夫妻一场，提醒提醒她嘛！

他说，这是提醒得了的问题吗？这个问题就是一堆狗屎，她不去吃，她咋个知道狗屎的味道呢？

唐三草，那时的唐万财老婆不讲诚信。

那时候唐万财是村小学的民办教师，不能出去打工，当然他要像以前那些老师一样跑了也就跑了，谁也不能把他怎么样，可他不是这样的人。

那时候正是村里外出打工的高峰时期，好像谁家没有人出山打工就是不热爱劳动。当然这个判断的前提是桃花村人多地少，人均不到四分田，显然只种那么点田地的话，确实就是浪费劳动力，这就是报上说的劳动力过剩。村支书村主任当然不能让一大群后生们，一天游手好闲惹是生非，于是号召青壮年们外出打工就成了顺理成章的事。

不出山的人肯定被视为不爱劳动的人。这就有了唐万财和老婆的抉择。抉择的结果是孩子他妈出山打工，孩子他爹在家当妈又当爹。说好了，等孩子他妈有了钱就回来一家人在一起侍奉老人。不想钱没找回来，人也不回来了。

这事过后，大家以为这对唐万财打击会很大，其实不然，从唐万财的状态来看，确实也没看出什么受打击后的痕迹来。这件事的风波和问题，在唐万财的一句总结声中算是了结了。唐万财说，她的问题，我的问题，两个问题在一起就是更大的问题。这个大问题现实的就是必须清醒地分开它们，否则后患无穷。

事实证明，后来唐万财前老婆的问题果然如他所言。他本人的问题也如他所言，问题不大；又当爹又当妈的问题，没有问题，因为孩子正一天天茁壮成长；再婚的问题，是个问题，他也不急于解决这个问题，在这个问题中，还得了一个令他愿意被人叫的名字——唐三草，也算是件乐事。

这一次，唐三草解决了一个大问题，就是桃花村村委会主任的问题，这个问题太大了。唐三草以前解决的问题基本上属于解决了与他自己相关的问题，这一次大不一样了，桃花村村主任这个问题不是闹着玩的，这个问题的关键是如何与支书一起带领广大村民脱贫致富，并最终摘掉贫困村的帽子。

事实证明唐三草就是一个善于解决现实问题的人。这也是他这一任五年村主任，之所以能摘掉贫困村帽子的关键所在。当然，摘掉贫困村帽子这个功劳，不能全算在唐三草身上，唐三草显然比谁都充分地明白了这一点。

他对村民们总是这样说，如果没有国家加大扶贫力度，以及中央和地方对农村基层工作的高度重视，哪有我们的今天？仅仅靠支书和我唐三草是远远不行的，就是有十个支书二十个唐三草也没用。他一拍支书的肩对群众说，没有你们，就没有了我们，但是，没有我们，也有你们。是你们改变了桃花村，走到哪点，我和支书都要这么说。你们知道不，这是为什么？我来告诉你们，那是因为科学发展叫你们东，你们最后都没有敢西，这才有了今天啊！

他这样一说，支书那总想找机会找他撒撒气的念头没了，群众也谅解了他平日里的那些霸气。

唐三草由此赢得了村民们的尊敬，大家更喜欢叫他村长。每当有人喊他村长的时候，只要支书也在，他就会亲昵地拍着支书的肩说，长在这里，长在这里啊！别不讲规矩，你们实在不愿叫我三草，叫主任也行。

支书说，三草，人家叫你一声村长，就村长嘛！何必较真呢？

唐三草说，村不带长，要有长的话，就是你支书，你是我们党支部的班长嘛！你是我领导，领导怎么说，我们就怎么干。

支书笑了起来，说，三草，你哪点都好！就是嘴巴太油了点，村里的事都是两委商量着办的嘛！我们之间哪里存在我领导你，你领导我的嘛！

唐三草接口说，这叫党政团结如一人，任何难事无问题嘛！

乡领导来村里时，唐三草也先是把支书推在前面，乡领导感叹地说，要是我们乡的村支书、村主任都像你们这样团结，就不愁我们的工作抓不上去呀！本来乡领导是来批评唐三草的，见到这样的情况也就是表扬为主了。给领导的印象是，唐三草同志做事虽有些欠妥，但毕竟也是为了把工作干好。

桃花村的问题实在太多，可以想象，从贫困村到不是贫困村，要解决多少问题呀！桃花村脱贫后，县里领导来到桃花村也说，农村的基层组织工作是最大的问题，这个问题干不好，就会动摇社会和谐的基石，只要解决好这个问题，这就是国泰民安啊！

那次县领导来到桃花村，是带了自治州报、自治州电视台记者同来的，说是要好好宣传一下唐三草。

唐三草对记者们说，我不会讲话，也讲不好。我给大家讲个故事吧！他讲，从前桃花村没有桃树，五年前有个好心人说，桃花村怎么能没有桃树呢？他说，你看你们村前那条山谷悬崖峭壁的，很漂亮，下面的沙砾地种粮食肯定不行，要都种上桃树多好呀。既可以治理了水土流失，又能美化环境，又使桃花村能名副其实。我一听，好是好，可那一片地少说也有一千多亩，又是集体的荒地，谁愿意去种嘛！好心人说，集体的地，集体种嘛！集体受益嘛！我说，真种上了，我们村的人不吃饭了，天天吃桃子也吃不完，好心人说，你笨呀！谁叫你们天天吃了，主要是别人吃，增加村民的收入。我说我们村不通公路，卖给谁呀！好心人说，公路很快就会有的，等公路通了再种就来不及了。我说，我们没有桃树苗，也没种过桃树呀！好心人说，这出工出力，把沙土围起来不让它再流失的问题，你解决，这树苗和技术问题我来解决。这才有了我们今天这个桃花盛开的地方啊！去年雨水足阳光好我们村的桃丰收了。仅这一项我们村人均收入一千二百五十三元。说完，他手一指远山的悬崖壁上，你们看。

记者们一看，悬崖壁上闪耀着三个鲜红的大字——桃花谷。这三字足足有篮球场大，蔚为壮观。

这满谷的桃花本来就令人愉悦，这再一看到雄伟的桃花谷三个大字，就不仅仅是愉悦，简直就是兴奋了。

记者们确实太兴奋了，有的忙着拍照，有的忙着问唐三草，你是怎么做到的。那悬崖这么高，字又这么大，实在令记者惊讶不已。

唐三草不再说话，只是朴实地用手指了指心。这时候唐三草知道，沉默是金。

聪明的唐三草，终于等到了回过神来的记者问故事的结尾，好心人是谁？

唐三草不说话，愉悦地用手指了指，正在瞭望桃花的县领导。记者们终于离开了他，一起向领导奔走。

领导离开桃花谷的时候说，桃花村、桃花谷、还差一个桃花节，指示明年要策划好，办好。让这个节日为乡村旅游加力，要让桃花村在不久的将来，成为远近闻名的小康村。

县乡领导走后，支书心情沉重，现在脱贫了，又有了新目标，要把桃花村变成小康村，他觉得任重而道远，很多工作也不尽如人意，麻烦事一大堆。唐三草也觉得任重而道远，他对支书说，三东瓜，你别急，事情要一样一样地解决嘛！心急吃不得热汤圆。

支书听唐三草叫他乳名三东瓜的时候，总觉得比叫他支书的时候要踏实些。这时候，支书也便不叫唐三草了，他说，万财呀！正想语重心长地谈一谈。

唐三草那快嘴一下堵住了支书的后话。他说，别万财、万财的，我听着别扭。我才给孩子找了个妈，结束了我又当爹又当妈的活，这活我是不想再干了的，累死人了。

支书说，咋个能扯到你老婆那里去了呢？

唐三草说，你不知道孩子他亲妈咋跑的，不就是我叫万财，他妈的那时候我偏偏穷得叮当响嘛！

支书说，你老婆梨花不是这样的人。再说你早就不叮当响了，你现在可是我们村最有钱的人。她疯了才跑。

唐三草叹了口气说，叫万财的时候没钱，老婆跑了我想得通，叫三草的时候慢慢有钱了，老婆一天到晚就威胁我说，不管谁叫你万财，你只应一声，我就走人。

支书笑了起来说，你呀！我还不了解你，你虽不肯原谅桂花，与她复婚，其实也念旧的，你是一个心狠不起来的人。桂花一个人也可怜，只要有事你也没少帮她。她每次找到你帮忙，万财、万财地喊你，你老婆梨花不急才怪。

唐三草说，算了，这些旧事不说了。

支书说，再说一个旧问题，我一直就没想得太明白，当年你咋个敢那么坚决回村的，当时我还以为你疯了。

唐三草说，事实证明我疯了吗？

支书沉吟片刻说，确实没疯。我说的不是疯不疯的问题，问题是你那个疯狂的举动，在大家看来确实有点疯，你好不容易铁饭碗到手了，又撒手不端了，回来端泥饭碗。

唐三草说，这就是我的过人之处了。

支书说，你谦虚点行不行。

唐三草说，我还不谦虚呀！什么时候我没把你抬出来说事。

支书说，别以为我傻，我告诉你，你的那些谦虚，看起来确实像谦虚，其实是骄傲，不，是骄狂，别以为我不知道。你说我是班长，我还真是班长，顾全大局是班长必须做的。

唐三草说，扯远了，扯远了，就说这铁饭碗、泥饭碗的事。当时我是端了铁饭碗了，可端得心里并不踏实，你想，我一个高中毕业生，在中心小学能转正，也算是对我水平的肯定。可那时学校来的人最差的都是师范专科学校毕业的，好的还有师范大学本科的。我英语不好，学历又低，职称也上不去。我一寻思，得走人。你想，当时乡领导说的那句话，就是现在农村大有可为，这句话看起来像套话，其实不然。你看看上面对农村的那重视程度，这就是大有可为呀！正好大家都愿出山，我这时候进山，这不是聪明过人嘛！谁说我回来端泥饭碗，证明他笨。我有地有山的，我怕什么？事实证明，我们现在端的是钢饭碗了吧！你看吧！现在上上下下都在帮扶我们，只要我们把这地这山给弄好了，就能给子孙留下一个金饭碗。

支书说，你狗日的就是比我强，说得老子心里亮堂堂。

唐三草说，强将手下无弱兵嘛！

支书说，又谦虚了不是，你这种谦虚以后少来点。

唐三草说，行！该骄傲的时候，不说谦虚。今天我两兄弟喝几碗如何。

支书说，好！去我那点，正好多聊一聊。

唐三草说，把你那个军师也叫来。

支书说，当然。这小子点子多。

唐三草说的军师就是大学生村官，这村官有文化见识广点子多，可村民觉得他戴个眼镜文绉绉的没胡子就心里不踏实。这是因为村里有句歇后语叫嘴上无毛，办事不牢。唐三草常摸着他一下巴的长须对村民们说，人家不远千里来到桃花村，是来帮助我们的，没有胡子，不是毛病，估计有大文化的人都这样。这样的人是好人，是一个纯粹的人，是一个脱离了低级趣味的人，就像白求恩同志。看着大学生村官有些不自然了，他又补充说，当然，他不是外国人。

大家都愉快地笑了起来。

唐三草严肃地说，笑什么？没有礼貌。以后，他说什么，我都要听。你们就更要听。

唐三草这样说了也没用，村民们还是习惯听村长唐三草的。支书说咋个办？唐三草说，不急，他还不熟悉他们，时间长了就好了。他呀！理论水平高，实践经验差了点，我们与他刚好互补。

唐三草和支书在支书家开的农家乐小餐馆刚喝开，村官也就来了。

见村官一进来，唐三草说，来，先喝一碗。

村官说，上过当，不敢喝。这个酒下喉容易，到了肚子里烧死个人，上次喝了一碗醉了三天。

唐三草说，耶！说话有点桃花村的味道了，看来你小子有戏，快智勇双全了。你只要听我的，多醉个几次就不醉了，你嘴巴上的毛就长出来啦！酒养胡子你信不信。

村官说，你再喝一碗我就信。

唐三草说，赌我是吧！使计让我醉是吧！我还真有实力将计就计。说完一仰脖子咕咚咕咚那碗酒就没了。他放下碗说，这酒替你喝的，你不喝了可以，说总可以吧！就说我们村咋个奔小康，支书要听，我也要听。

村官操着半乡半土的桃花村腔，拉开了话匣子。他从计划生育谈到人口控制，从石漠化谈到生态建设，从开发扶贫谈到科学发展。

唐三草说，你小子水平硬是高，乡长都没你会说，我都有点听晕了，你说的这些问题我们一样一样地解决。

村官说，能快则快。

唐三草说，能快你慢找打，不能快你非要快找死。这个理我知道。你说我们村现实的问题最当紧的是哪样？又咋个办就行。

村官说，美丽，但却极度贫瘠，这是石漠化地貌的特征。我们村就地处石漠化严重地区，在科学家眼里，石漠化的蔓延甚至比沙漠化更可怕。联合国教科文组织把这一类地区列为不适合人类居住的地方。

支书说，不要讲普通话，你一讲这种话，就像念报告。

唐三草说，你就简而言之吧！

村官说，简洁地说，就是加大花椒种植面积，我粗略算了一下，可达一千亩。只要我们推广好了，绝对不比桃子的收入差。

支书说，一千亩，你放卫星还是放原子弹。不说我们村没一千亩地，就是有，你要他们不种粮食了，改种花椒绝对不可能。各家都把自家那点地看成命根子，上次推广杂交玉米，费了老鼻子劲了，还有人说，是你们叫种的，要是歉收，你们就得赔。

村官说，我不是说可耕地。是荒山。我们村耕地少荒山多，这是劣势，我们可以化劣势为优势。我们的荒山石漠化严重，剩下那点土又薄又瘦，花椒这种东西，你给点土它就长，又耐旱，是治理石漠化适宜的植物之一，这东西下抓金上抓银的……

唐三草说，说得好！抓住了土，不让它流失，就是抓住了金子，它的果实能卖到二十多一斤，这就是抓住了银子，去年我带头种了三亩多，可惜没几个人跟。

支书说，是有点难度，听农技师说，要三年才结果。要这些家伙三年后才见钱，推广难度不小。

唐三草说，我看主要是钱的问题。

村官说，现在国家加大了石漠化治理，还有乌江上游生态保护治理项目，只要我们愿意大干，争取资金是没有问题的。这就是化劣势为优势。

唐三草说，好你个村官，硬是比我这个村长有水平，你可不要学有的人，下来半年一年的就跑了啊！扎根农村，是你们来的誓言，失言的人就算不是坏人，但绝不是一个高尚的人。我看你就是一个好树苗，要不了几年就是一棵参天大树，当了我们乡长也难说。

唐三草判断正确，三年后村官真的当了副乡长。那时候，花椒种植面积也刚好达到一千亩了。那时候桃花节也年年在桃花谷举办，报上说这是乡村生态旅游，桃花村百分之五十的家庭办起了农家乐，还组织了村演出队，专门为游客又唱山歌，又跳舞，这就是记者报道的住在农家、吃在农家、乐在农家了。那时候在外打工的青壮年陆续回村，不再出山了，当年欢呼雀跃唐三草当村主任候选人的那几人也回来了。唐三草没有食言，果然十里相迎。

唐三草粗略统计了一下回村的人，达到了百分之六十左右。原村官现在的副乡长知道这个统计数字后，二话没说，急忙忙赶赴桃花村，要找唐三草喝酒。

此时，他早已锻炼出来了，能喝三碗米酒了，胡子也长了出来。可他从不留胡子，总是刮得干干净净。唐三草每次见到副乡长，也没把他当领导，对他还是个村官的态度。唐三草说，我说酒养胡子嘛！不能刮了。副乡长说，刮了精神。唐三草说，你现在是乡长了，没胡子不像话，不能让人说嘴上无毛，办事不牢。原村官副乡长也不生气，他反击唐三草说，你胡子长，你说你这几年干了多少没胡子的事。

副乡长这样说，虽是戏说，却也的确。这三年来，唐三草干了有胡子很牢靠的事不少，可干了没胡子不牢靠的事也不少。最典型的一次是他把村民罗小贵喝进了县医院，差点出了人命。罗小贵的亲戚围住乡政府讨说法，几天都不散。书记、乡长没办法，还叫人提供水和饭，说是昏倒一个在乡政府门口，影响太坏。

最后，解铃还需系铃人，当然是唐三草没让这个坏影响扩大。他一上去就骂开了，说老子干的事，你们凭什么到乡政府来撒野，根本没把老子放在眼里，都给老子回去，要撒野到老子家去。不回去是不是，好！老子先回去，一个小时见不到你们，老子就到你们家去。说完，拔腿就回村了。你别说，他这一招还真管用，还真各自回家去了。

这事虽然解决了，书记、乡长觉得总是个事，商量了一下，叫副书记带队到了桃花村。唐三草见副书记一行五人到了，他诚恳地说，你们是我们桃花村的亲人啦，你们在下面就帮扶我们，在上面还心系我们，真是千言万语说不尽，汇成一句话，唱支山歌给党听。说完，他一挥手上来了一群青年人，又是唱歌又是跳舞的，把领导准备开的座谈会变成了歌舞会。

这一开唱，一群群的群众也来了，看来一时半会结束不了。支书沉不住气了，中途把唐三草拉出了人堆堆说，三草，你这是搞哪样？人家领导可不是来干这个的。

唐三草说，我知道，说是座谈其实是来批评我们的。

支书说，知道？你还这样干，领导会不高兴的。

唐三草说，不高兴，他现在也要高兴。

支书说，你以为唱几首歌，跳个舞，领导就会高兴？你太幼稚了吧！

唐三草一拍支书说，喊你一声哥，你就不幼稚了？他一指那些围观的村民说，我告诉你，只要他们在，领导能不高兴？这叫与民同乐你懂不懂。

支书一把拉住唐三草说，别慌走，我还有说。

唐三草说，这又不是开支部会，你还要总结一下，再说也来不及了，现实最要紧的是我们要赶快回到领导身边同乐，我们在这里，他们在那里，时间一长，领导就要真不高兴了。说完拉起支书就走，一边走还一边说，你不要发愁嘛！要有点乐观主义精神嘛！你不要怕嘛！领导不是神，更不是鬼，领导也是人嘛！走，先高兴一下再说。

高兴完了，不愉快的座谈会还是要开的，范围不大，主要是两委委员。有了刚才的与民同乐，这个会的气氛就好多了。至少领导的开场话，没有垮着脸说，眉目之间还透示着舒展。首先，领导肯定了“村两委”在支书和主任的带领下所取得的成绩，然后讲不足之处和今后工作的重点，以及几点希望、几点要求。完了，领导示意大家都说说，说是这样说，眼睛却盯着支书看。

支书看着唐三草说，三草，你先说说。

唐三草说，支书就是谦虚，好嘛！我就先来汇报汇报。说得不好不对的，大家批评指正。唐三草讲春耕，讲秋收，讲退耕还林、讲保水护土，讲招商引资，讲科技扶贫……

他话匣子一打开，没完没了，语速又快声音又大，这是他一贯的作风，这样的情况下谁要插话，非大喝一声不行。“村两委”的人早习惯了他，谁也不会憋了吃奶的气力在这种时候一声断喝像惊雷似的打断他。乡领导不会这样，当然也不会与唐三草比声音大，他连挥了三次手，才阻止了唐三草的“又快又大”。领导说，这些我都知道了，这里就不要再重复了，你说点我不知道的行不行。

唐三草说，领导，哪有您不知道的，我们桃花村能摘掉贫困村的帽子，都是在领导的正确领导下和指挥下实现的嘛！

领导说，唐三草同志，你少给我来这一套，想糊弄我是不是。

唐三草说，是是是，不敢、不敢。我们村人口多，可真正能领会政策的人不多，就是文化不够用，素质就参差不齐嘛！比如上次乌江上游生态治理的款到了，我们也三番五次地讲明了，这与扶贫项目款不一样，最后还有人不明白……

唐三草，领导提高了声音。他手一挥说，这些我知道，你说罗小贵是怎么回事。

唐三草说，哦！你说罗小贵呀！这小子太不像话，公路从他家门前过，就过嘛！他家猪圈只有一个，过几天人家来施工，一看，咋多了一个猪圈，他说要人家给赔偿，每平方三万元，还说都是地，凭什么城里要赔这样多，我地上的房子就只赔偿这点钱。不给就耍横。还带着几人到处上访，幸亏这是个别现象，要不真丢我们村人的脸。

领导说，过程我知道，说你咋结的果。

唐三草说，上次他爬上乡政府三楼要跳，是我把他领回家的。他这是无理取闹嘛！

领导大声说，唐三草，这我知道，你说结果。

唐三草说，结果，他家撤了非法建筑，没有太影响施工。

领导生气了，敲着桌子说，唐三草同志，你还以为你立功了是不是，我早就告诉过你们，做工作要讲方式方法，这样的人要多引导、多教育。

唐三草说，用过了，没用。

没用？你就蛮干呀！你说，罗小贵咋个胃出血住院了。

唐三草说，他带着几个人扬言说要烧村委会的房子，我去挡住了他说，你先烧了我，他不敢。我说，兄弟你瞎闹个屡，有这点时间喝酒去，结果他高了。哭着喊着承认错误，说，三哥你咋说，我咋办。我说，好！喝！今天你喝死了，老子陪你走。他说，好。

听到这里，大家忍不住轰地一声笑了起来。

领导忍住了笑，严肃地说，乡长很重视这件事，做了重要批示。他说基层两委是基石，你们的工作做好了，才有和谐稳定的局面。对方式方法要认真调研，不能掉以轻心，不要穷的时候没什么事，富裕了反而什么事都出来。我这次来，一是调研，二是要批评唐三草同志的方式方法，万一出了人命，事情就出大了。

唐三草说，是很险，了解的说是喝死的，不了解的可能说我害死他的。

领导说，你知道险呀！你还这样干，这正是我今天来批评你的地方。你知道了险，也算我今天没白来。要牢记以人为本呀！

唐三草说，领导放心，我这叫晓之以理动之以情，他才感动的嘛！

领导说，你又来了，我还以为你认识到错误了。

唐三草说，认识到了。他那酒量我知道，从小就喝起的。要不我也不敢冒险出此下策，我的胃不是胃呀！都是人肉长的。

领导说，又表功了是不是。好！好！没出事就好！要不你唐三草负不起这个责任。

唐三草说，是是是。

副书记临走之前，把唐三草拉到一边说，你说实话，罗小贵咋个就听你话去喝酒的。

唐三草说，他这种耍无赖的人，我见多了，从小我就烦他，这家伙不知脸红，这钱他也敢要。我要不是村主任，老子一拳过去保证早解决问题了。他一耍横你们就给脸，当然我不是说乡里不对，但这无疑助长了他耍横。

领导说，闲话少说，你就说你们咋个喝起来的。

他折腾了那么久，耍了这么久的无赖，你以为他不累呀！给个台阶他还不下来呀！

领导摇头说，没有那么简单吧！要是给个台阶就下，我还要问你？

唐三草说，现实的问题是公路必须过，这涉及桃花村两千多人的利益，绝大多数人是向着我的，我怕哪样。

副书记说，你不怕是一回事，他要无理耍横又是一回事，他不喝酒，你的不怕也没用，你还没说实话。

唐三草说，复杂了点，这样说吧！是枕头风。我给我老婆吹风，我老婆给他老婆带风，他老婆又给他吹风。如此三番五次地，他也就横不下去了。

领导说，怎么吹的？

唐三草说八个字，一硬，二软，三吓，四情。所以他最后那一横，在我一声兄弟中就横不下去了。我老婆把风咋个带的，他老婆又把这风咋个吹给他的，我也说不清楚了，反正她们女人吹风的本事，比我们男人强。

领导说，罗小贵的那几个亲戚咋个整的。

唐三草说，罗小贵理亏，不敢找我要钱，就叫他们干这种无理取闹的事。不就是多要几个钱，我给了。不过，讲清楚，我这是为了乡政府不麻烦才忍气吞声的，依我的脾气，我还要他罗小贵赔偿人家施工时间的经济损失。对这种耍无赖的人，不能太客气。

领导说，唉！稳定和谐是大局嘛！

唐三草说，对这种人太客气，恐怕与您良好的愿望相反吧！

领导严肃地说，唐三草同志，看来你还没认识到你的错误，你想干好工作是值得肯定的，你的方式方法是错误的，不是讲了嘛！对这样的事要多引导多教育。

唐三草说，我也讲了，这种人没法教育。一个人不知脸红，不，是不要脸到了这个地步，要我教育。就只有一个办法，以其人之道还治其人之身。

见唐三草要牛脾气了，领导很生气地走了。

唐三草心里也憋了气，朝着背影对身边的支书唠唠叨叨地说，为了大家的事，我个人掏了钱，不表扬就罢了，还这样批评我，哼！有本事他下次瞎闹你们，别来找我。

领导回去也没把唐三草怎么样，也谅解了他，虽惹了麻烦，毕竟是为了广大村民的利益。

这次是原村官副乡长第一次主动要找唐三草喝酒，在这之前他们已喝过两次大酒，在桃花村喝大酒就是要一醉方休。那两次一醉方休都是唐三草找他喝的。

他俩第一次喝大酒是在琅琅的读书声中一醉方休的。

那天是竹箐乡中心小学桃花村教学点开学的日子。这真是一个值得他们醉一场的日子呀！桃花村原来有小学，后来合并到了乡中心小学，桃花村的孩子们上学难的问题一直是唐三草的心病。

桃花村有五个村民组，分散居住在几十座山的凹凹里，有的散户，三三两两住在半山上，唐三草要开个村民组扩大会，也得花一天时间通知，才能凑齐了。就以村委会所在地为中心，最远的要走两小时山路才能到村委会。成年人都难，那些孩子们更难。这还讲的是桃花村如果有小学，虽难一点，孩子们毕竟可以克服，山里的孩子嘛，克服这样的困难也不算太难。可是要到乡中心小学就更难了，中心小学是可以住校的，原本以为可以解决远的问题，可实际上也只是个良好的愿望，有些条件差一点的家庭，干脆不读书了，特别是女娃娃失学更严重，每年村委会都要花大量的时间来解决这个问题。这还不仅是村委会在考评中不合格扣奖金的问题，关键是完不成义务教育任务，县里追乡镇的责任，乡镇就追“村两委”的责任。

这件事搞得支书、唐三草疲于奔命不说，每月那二百六十块的绩效工资硬是没拿到过。唐三草常调侃说，拿的是四百块钱的工资，干的不是四百块钱的活。

村官当副乡长离开桃花村的时候问唐三草，说，三草村长，你还有什么说的。

唐三草说，你是我们村在乡里最大的领导了，我有一个请求。村官说，不说了，我知道你的请求，这个请求也是我和你的梦想，我们一起实现它。

唐三草的这个梦想，是在花椒丰收的时候说出来的。那时候大家都沉浸在喜悦当中，因为桃花村这年的人均收入可能突破五千元大关。在这样欠发达的山区，农村脱贫的标准是人均收入二千三百元。从桃花村脱贫后的短短三年就将人均收入翻了一番还多，怎能叫人不愉悦呢？那时候唐三草和村官坐在山坡上，望着满山的花椒林。村官抓起一把土说，这金子不再流失了，又摘了一簇花椒果实说，金子长出银子了。

唐三草说，是呀！真没想到。

村官说，咋个没想到，种下它的时候，我就知道必然有今天的结果。

唐三草说，我说的是村里老人们说的，你看原来这满山光溜溜的石头，石缝缝、石凹凹残留的那点泥，又薄又瘦。庄稼人看着心痛使不上力呀！我们村人多耕地少，常为贫穷而争吵。无论为了什么事，吵急了就说，除非那山上的石头能开花。这不，谁也没想到这石头还真开了花。

村官说，什么叫因地制宜，什么叫科学发展，什么叫可持续性经济。这就是。

唐三草说，村官，你说，我们村致富了，我们不再为贫穷吵闹了，是不是领导们讲的和谐了呢？

村官说，不，不完全是，至少我这样认为。

唐三草说，那你的和谐标准是哪样呢？

村官说，我的认识可能有些片面，但我始终梦想我们的村庄有着这样的情景：在村庄晨雾的弥漫中有孩子们琅琅的读书声，在田间耕作的黄昏后有一对对夫妻愉悦地回家，在月亮升起来的时候，在小院子里，有爷爷奶奶、爸爸妈妈和孩子，一家人围在小桌上温馨地吃饭。

村官像在吟咏一首大地抒情诗，听着听着，唐三草热泪盈眶，他说，你说到我心坎里去了。现实的问题要一个一个解决，我们去实现第一个梦想吧！把桃花村小学要回来。

村官说，好！我们共同努力。

唐三草说，实现了，我们大喝一场，不醉不归。

他俩第二次喝大酒，是在唐三草主动辞去村主任，支书又带来乡里同意他辞职消息的时候一醉方休的。

唐三草要辞职，在桃花村无疑是一响惊雷。有的人说，这是真的吗？有的人说，假的哟。于是有的人实名写请愿书要保，有的人写匿名举报信要告。一时桃花村沸沸扬扬。

辞职的起因是吴老三被结扎了。简而言之，就是吴老三作为一个男人，他那东西虽然不影响播种，但能生根发芽的种子没了。就算他老婆的肚子像黑土一样肥沃，对吴老三来讲，没用了。

计划生育是基本国策，谁都知道。在桃花村宣传这个国策，不能说不普及，大家都知道，人人都明白人口控制的重要性。

唐三草曾用最朴素最浅显易懂的道理说明过这事的重要性，是取得了大家一致点头同意的。他说，听老人说，我们村早的时候只有三百多人时，不愁吃穿，到了一千多人的时候，我们砍树拓荒增地，最后怎么样了，山上的石头多了树没了，树没了山上土也快没了。到了两千多人的时候，山荒了，地薄了，人多地少我们咋个不穷嘛！你们想一想，原来你张家分了十亩田，生了三个儿子，儿子成人了变成了三家，十亩分三份，一家三亩。这三家分别又再生出三家来，再一分，就一家一亩田了。你们都是庄稼人，这个理不懂呀！大家说，懂。

确实大多数人是懂的，有些懂了却做不懂的事。超生的现象层出不穷。有的人是认为人多力量大要多生，有的人是因为重男轻女要生。对付计划生育干部的办法他们有的是，一些村民成双成对出山打工，回来时，钱没带多少，娃娃没少带，甚至有带两个、三个的。有的生了儿子，就不再当超生游击队了，生了姑娘的，一有机会又跑了。搞得一帮乡镇村计划生育干部焦头烂额，叫苦连天。你总不能把这些人捆绑起来吧！

唐三草说，这些人太自私太没良心，这是恶性循环，不但害了自家也给社会造成极大的负担，人不是狗，既然生下来就得管，不能饿坏了，这要饿坏了，这就成了桃花村天大的事，到了入学年纪还要有书读，他们有这样的爹妈，真他妈的不知咋个说了。留下老人干重活，留下娃儿没爹没娘的，说得好听点叫留守老人、留守儿童，要说不好听点，还真说不出口。

吴老三就是这样的人。他一连生了三个姑娘了。是桃花村计划生育工作的重点对象。这次两口子偷偷摸摸又带回来了一个两岁的女儿，村人口主任第一时间来报告了支书和村主任唐三草。支书一听急了，说赶紧去。唐三草拦住支书说，你是支书，村里的事，说好了的，黑脸我来唱！

支书说，三草，注意方式方法别蛮干。

唐三草说，我知道，这小子没把姑娘抛弃掉，还送回家来，证明他还是一个人。是人就有办法，我不会蛮干的，放心。

唐三草垮着脸走进了吴老三家。吴老三正想走，却被唐三草堵个正着，见唐三草进来，吴老三自知理亏赔着笑说，村长来了。

唐三草见他老婆不在，判断出他老婆已走了，可能约好在哪点集中。两口子又要跑。唐三草假装不知道，他拍了拍吴老三的肩说，兄弟，我不来，你又不去我那点。

吴老三点头哈腰地说，我正想着要去，你就来了。

唐三草说，你这点花花肠子，我还不知道呀！你自已说吧！咋个办？

吴老三说，村长对我家这么好！我爹我妈都给我说了。不生了，再生就对不起人民对不起党了。

唐三草说，真有这个觉悟了？

吴老三看了一眼人口主任说，真的。你不是常常教育我嘛！生男生女都一样，我真的是想通了。

人口主任上前一步说，村长，你可不能轻信……

唐三草用手势止住人口主任说，我知道你急，这次考评又要不达标了，这不仅要影响我们村，还会影响到乡。但是这次我信老三。老三这次亲口对我说的，他想到了，你也听见了的，我不信就是不信老三也是个男人。

吴老三说，对对对，村长说得对。男人说话算数。

人口主任说，我不信他，到时候他又说他女人不同意。

唐三草说，老三，你说，你家是男人说了算，还是女人。

吴老三说，当然是我说了算。

唐三草说，老三，我们有五年没见面了吧！今天难得一见，总得喝一场酒吧！还是十年前我们大喝了一场，那时候你嫂子跑了，你来安慰我，你狗日的酒量比我大，搞得我烂醉。今天，哥陪你喝几碗，你狗日的手下留情啊！别把老子整醉了。事多得很，喝完酒你我兄弟该干哪样干哪样去。

吴老三说，好嘛！你们坐，我杀鸡去。

唐三草说，留着你的鸡下蛋，给你几个娃儿补补身子，你看一个个瘦巴巴的，你不心痛，我这当伯伯的还心痛哩。我请你，到村口农家乐餐馆吃，你我兄弟乐一乐。

这酒从中午一直喝到晚上，他们一边喝酒一边说话，效果非常好，唐三草语重心长、苦口婆心，吴老三是感激涕零，发誓不再干害人害己的事了，还坚决要求明天就做结扎手术。唐三草说不信时，吴老三还坚决地写下了悔改书，并坚决要求结扎。最后的结果是吴老三烂醉。

唐三草把吴老大舅子喊来说，你姐夫想通了，坚决要求结扎，你送到医院去吧！

舅子开始还不想去，人口主任说，反正总要结扎一个，要不就是你姐。这是自愿的，又没人捆他去。不信你问你姐夫。

舅子扶起姐夫问是不是这情况。吴老三还骂了舅子说，我不来这一刀，让你姐来呀！

舅子信了，第二天在医院吴老三醒了，也没说什么，可能还沉浸在他的豪言壮语中，做完了还对舅子说，不痛嘛！这么点小伤，早知道让你姐来。说起老婆才想起老婆，他说，你姐回家了没。舅子说，在家准备煮鸡给你吃。

三天后，吴老三后悔了，又不好去找唐三草闹腾，毕竟是自己承诺的事。他给老婆说，狗日的三草，中了他的招，老子有口还说不出。他让我吴家绝了后，这个仇一定要报。

几天后，县乡政府各级部门都到了举报信，列举了很多唐三草的罪名，无非就是贪污啦！以权谋私啦！乱搞女人啦！等等。总而言之，唐三草就是一个恶霸。然后在竹箐乡内谣言四起，一传十，十传百，传到最后，唐三草就是个恶人，吴老三是受害者。这成了一个故事，这个故事的起头是吴老三编的，又由吴老三的朋友改编后传播开的，后来这个故事编到最后，编得连吴老三自己也不认得了。他本来只是想报复一下唐三草，这回好了，他骑虎难下了。

桃花村是风平浪静的，谣言是从这出，不见得就能进，桃花村的人，当然知道唐三草是什么样的人，吴老三又是什么样的人。当然还是有人从外面把这个故事听了回来的，有人说，村长你能忍，我们忍不住，揍这狗日的一顿。他良心给狗吃了。

唐三草说，谁也不准动，这不是帮我，是害我。理在我处，他没什么理，我急什么？

唐三草不急，有人急了，几百人围在了乡政府门口讨说法。其实就是吴老三的朋友是主要起事者，其余的大多是来赶集的。吴老三的朋友找了几个同伴在乡场上一闹，再加上这故事大家又听过，于是乡政府被围，不过事态还没有发展到不可控制，毕竟看热闹的多。

书记、乡长在县里开会，接到电话就往回赶。副书记和村官副乡长就在附近的乡下，一听这事还得了，赶紧回来解决。无论怎样说，这些人就是不离开。

副书记和村官副乡长都知道事态的严重性，如不尽快解决，后患无穷。两人在乡政府门口的台阶上，正着急的时候，唐三草走了上来，对大家说，我就是桃花村村主任唐三草。

带头的人说，你就是唐三草，你还敢出来。说完又对副书记和副乡长说，你们只要宣布撤销了这个无恶不作的贪官，我们就走人。

唐三草朗声说，不要为难他们，有什么事冲我来，再说，他们也撤不了我，我是桃花村全体村民选出来的。

带头的人扭头高喊，看见没有，这种人还恶得很。打他。说完就想冲上来打人。

副书记、村官副乡长一看，知道一开打就收不住，赶紧走上前拦住带头人，那人一看副书记、副乡长毕竟有点心虚，挥舞着拳头说，撤了他，今天就算了事。

唐三草拨开副书记、副乡长大喝一声，你是什么人？

唐三草的声音是出了名的洪亮，竟然让吵吵嚷嚷的场面安静了下来。这片刻的宁静，也许只是在场的人为了弄清一句你是什么人而下意识地停顿，这停顿无疑就给了唐三草机会，聪明的唐三草当然不会浪费这片刻的宁静，错过了这片宁静，可能今天就很难控制局面。他深吸了一口气，大声喊，这里有没有桃花村的人。有就站出来，只要有一个桃花村的人说我是无恶不作的人，打死我，我皱一下眉头就不是个男人。

那时候唐三草气势相当了得，这一了得让他又得到了可贵的宁静，他一指带头的人说，我不认识他，他不是桃花村的人。我敢于承认我是唐三草，他敢告诉你们，他是哪个吗？

那带头的人，本来心里就没什么底，无非是想借不明真相的人把事闹大。目的就是让唐三草下台。见情况有点不利，有些急了，见唐三草的逼问，一时不知所措，他我我我的，确实不知咋个答。

唐三草当然是乘胜追击，他怒吼一声，说，你是哪个？

那带头人哪里敢说他是谁？吴老三给他钱的时候，也只是说，你咋个搞我不管，反正让唐三草下台就行。千万不要暴露，也不牵扯到我呀！

见唐三草那狠劲，他软了，一边离开还一边说，凭什么告诉你！

唐三草说，想走，这地方是菜园门呀！你想走就走啊！说完拔腿欲追，被村官副乡长一把抱住。

围观的一看无趣，也就一哄而散。

事件戏剧一样出现，又戏剧一样消失。

书记、乡长赶到时，人也散光了。

事件平息了，不等于这事就了啦！书记立刻召集在场的汇报情况，唐三草先把前因后果讲述了一遍，最后说，吴老三这个长期的老大难问题终于解决了，我个人受点委屈也不算什么。

书记一拍桌子说，唐三草同志，你这是在表功，还是在检讨？你的问题一会再说。说完指了指副书记和村官副乡长说，你们说说。两人也分别汇报了事件的经过，最后都认为应该慎重地作为群体事件上报县里。在最后言语当中都为唐三草讲了点好话。

唐三草认为书记听完汇报，不表扬，至少不会批评了。可书记一说话，他的泪水夺眶而出。

书记说，唐三草同志要认认真真写一份深刻的书面检讨，三天内必须交。你本人暂时不要离开桃花村，随时接受组织调查事情真相。

三天后，唐三草写了一万字的检讨书，还附了一份辞职报告，送到了乡里。他本人没去，是叫人代送的。

村官副乡长和唐三草的第二次喝大酒，就这样在乡里同意唐三草辞职的消息中一醉方休。

那天支书在村支委办公室，第一个得到这个消息后，大吃一惊，他千想万想没想到乡里会同意唐三草辞职。支书觉得太委屈唐三草了，叫嚷着也要辞职。他左找右找终于在农家乐餐馆找到了唐三草。

唐三草正与村官副乡长喝完第一碗酒。

支书走进去自己倒了一碗酒，喝完了说，我也要辞职。

唐三草说，你有病？

支书气鼓鼓地说，你才有病，好端端的，你辞什么职嘛！

唐三草说，好什么好！没什么好才辞职嘛！我的检讨书把我写得那样了，没个辞职的态度，人家又说我骄傲了。

支书说，你真谦虚一回行不行。这回好了，乡里同意你的谦虚了。

唐三草说，同意我辞职了？

支书点了点头。说，我也骄傲一回，我也辞职算了。

唐三草说，就说同意我辞职，还有其他内容没有？

支书疑惑地看了看村官副乡长，又看了看唐三草。说，没有了。

唐三草笑了起来。对支书说，我看你脑壳真出毛病了，我辞职和你辞职不一样。来来来喝酒。

村官副乡长和支书赶紧端碗喝酒，他们怕迟疑了，唐三草借口摔碗。喝完，两人眼睛瞪大了看着唐三草，像是要等一场暴风骤雨。他们见唐三草不怒反而笑，心里确实有点发怵。

唐三草的笑，不见苦的味道，见两人傻看着他，他更眉开眼笑了，他说，看什么看？想看我哭呀！

村官副乡长见唐三草的眉开眼笑，怎么看，也看不出假来。更疑惑了。他也笑了起来，不过，显然有点假笑的味道，他确实拿不准，自己此时是不是该笑。笑了一会儿，他的脸实在是受不了这样的笑了，就干脆不笑了。他疑惑地问唐三草，那天你为什么哭？

唐三草说，小伙子，用词不当，那叫哭吗？那叫流泪。我流泪从来不是哭。虽说男儿有泪不轻弹，该弹的时候还得弹，比如奥运升国旗唱国歌的时候，比如被什么感动的时候。

村官副乡长逗趣地说，那天，可不是什么奥运升国旗唱国歌的时候啊！

唐三草认真地说，那就是被什么感动了的时候嘛！

村官副乡长说，瞎扯，你不会说，是书记那样的批评让你感动得流泪吧！

唐三草说，你说对了。

村官副乡长和支书都笑了起来。

唐三草说，笑什么？一个年轻，一个笨。我咋个不感动嘛！我走了一步险棋，虽然有惊无险，但确实差点给书记、乡长造成难以收拾的局面，书记那样说，是觉得我唐三草还是个敬业尽职的人，你以为书记、乡长喜欢那些无理取闹的人啊！我是最烦这种人的，我们的公检法不缺，还多了纪委和信访，该上哪上哪。无理无故围乡政府是违法的。书记、乡长站得高，看得远，说什么话，做什么事，当然是又稳又妥才好嘛！我不是什么官，也不是什么长，我只是桃花村人民选出来的村委会主任，我看不远也站不高，可我看得清罗小贵这些家伙，是些什么样的人，对这样的害群之马，我绝不手软，对他罗小贵这种人仁了，就是对全村人的不义。当然我也有不当之处，书记是鞭策我爱护我，才严厉地批评我。他那天要不这样，什么都不说，我还真没底哩。当时，我就觉得应该这样严厉，书记的水平硬是高些，这不，一感动就弹泪了嘛！

村官副乡长学着唐三草的口气说，你比我的水平硬是要高些，把一个泪花花的事硬是说得像桃花花开，只有桃花村村长有这个水平。你看，说的有谦虚、有骄傲、有检讨，我看你说了半天，归根结底像表扬。呐！你又告诉我，你刚才又笑什么？

唐三草拍了拍村官副乡长的肩有点语重心长地说，年轻人啊！说完，叹了一口气。然后一脸的高深莫测状，他说，领导的水平硬是高呀！我想到有这样的好领导，一高兴，这不，我就笑了嘛！

支书说，你辞职，他同意，你高兴？我不信。你老唐我又不是不了解，牛人，水牛脾气，你那横劲一上来，人家一抽鞭子，你牛角早顶过去了。这回你不牛，我来牛。我也辞职。你的工作能力，全村的人都是看得到的，不能因为几个害群之马，就否定你。从来都是邪不压正，我敢说，广大村民不会同意你辞职，村支委也不同意你辞职。

唐三草又拍了拍支书的肩说，你说的，前面不对，后面，你说对了。这正是领导水平高的地方嘛！

村官副乡长恍然大悟，说，我明白书记那天的话了。他说，要相信我们的干部经得起挫折和考验，也要相信人民群众是公正的。

唐三草对支书说，我刚才一问你，领导就只是同意我辞职。我就知道，我那泪没白流。你们想，领导咋个不知道，我这个村主任是村民选的，还得要村民代表大会同意我辞职。说完拍了支书和村官副乡长各一巴掌，深情地说，你们也明白这些，只是为我着急，就忘了分析。这就是一个情字心中有，个中甘苦自家知。领导的水平高，我不能想低了，我的水平低，你们不能把我想高了。这高高低低，低低高高，其个中甘苦，也就各自自知。

支书和村官副乡长还了唐三草一巴掌，说，高是你说的，低也是你说的，东说西说都是你说的，看来，你的水平硬是要高些。来来来，今天来个一醉方休。

那天，唐三草和支书没醉，村官副乡长醉了，他只有三碗米酒的量。

三个月后，唐三草统计出，有百分之六十的出山打工青壮年回山创业了，这个消息太令村官副乡长兴奋了。这不，山道弯弯也没影响他急步向前，他要去找唐三草，再次一醉方休。

在这次的一醉方休中，他们回忆起了在花椒林里说的那几个梦想，重温了村官副乡长那首大地抒情诗。

在村庄晨雾的弥漫中有孩子们琅琅的读书声，在田间耕作的黄昏后有一对对的夫妻愉悦地回家，在月亮升起来的时候，在小院子里，有爷爷奶奶、爸爸妈妈和孩子，一家人围在小桌上温馨地吃饭……

（原载《山花》2012年第11期；

《小说选刊》2013年第1期、《新华文摘》2013年第3期转载）

肖　勤

灯　台

一

灯台的目标出现了。

老慢和往常一样，七点半，慢吞吞走进办公室，进了办公室的第一眼，也总是瞟向灯台的办公桌。那眼神从老慢的眼皮下漫不经心地飘过来，像一丝微风，除非用心，一般觉察不到。

单位里，灯台和老慢算是三朝元老，又都是副处，在这个处处暗战的年代，性别特征在副处级这个区域很明显地消失了。灯台早在五六年前就已经没有穿过长裙，但灯台喜欢买长裙，衣橱里挂一大堆。今年流行波西米亚风，街上到处是细腰长裙地飘着的女孩子和女人们，说飘，是因为那雪纺的柔美，将女性走路的婀娜衬托到极致，偏偏又全是花团锦簇的图案打底，让灯台看了眼馋得厉害。

昨天灯台忍不住买了一条蓝底繁花的长裙，回到家里穿着自己看，雪纺偶尔贴在腿上，像情人的手指轻轻拂过——情人的手指，这个比喻，应该是贴切的吧？灯台在卫生间刷完牙，就着镜子温柔地看自己。

三十三岁的灯台，偏瘦，卷发齐肩，穿着吊带长裙的模样还挺不错。

白伟的那个女人长什么样子？是不是很漂亮？很性感？书上说，四十岁的男人，喜欢风尘。

风尘两个字真毒，把女人的美、性感，还有媚，都包罗其中了。灯台恰恰不是这样的女人，灯台是棵树，不依靠别人、自己生长的树。从小，在孟家，哥哥姐姐们都爱凑在一起疯，唯有灯台一个人，做她自己的事情。

关于那个女人，以灯台的社会能量，稍加用心，找到她还是比较容易的，包括电话号码、家庭关系、工作简历、三代以内的血亲。

但灯台一直没有做，没有做的原因很多，不屑是一方面，更多的是羞耻，那个藏在白伟后头的女人不觉得羞耻，灯台却觉得羞耻，甚至害怕，灯台自知自己智商没问题，但情商不过关。从小到大，家里一旦遇上情感碰撞之类的状况，灯台做的第一件事就是把自己藏起来，母亲呵斥父亲时、嫂子冲哥哥撒泼时、姐姐恋爱被甩时……灯台一概跑到小姨家，拼命弹琴。除了弹琴，灯台不知道自己还能做什么。

现在的灯台也不知所措，白伟的态度很明确——不过了。

她有什么好？灯台问，必须问，她得知道，如果自己是五十九分，那个女人该是多少分。

没什么好。白伟说：没有你漂亮，没有你高，没有你能力强，她就是一个普通的办事员。

你疯了。灯台讽刺白伟。

在你看来是如此，在我看来未必。白伟轻笑，仿佛眼前的女人和她的嘲笑根本不值一提。

说说看。灯台在白伟对面坐下来，抱起手。

她说话不像你这样硬，她会很软；她从不坐在我对面，而是靠在我身边；她和我说话从来不抱手，而是托着腮。白伟口里说着，眼底拂过一丝温柔：够了吗？

灯台尴尬地放开手，一丝受伤而惶然浮起在脸上，灯台把脸别到一边，不想让白伟看到：好吧，说重点，你想怎么办？

第一，我想有个孩子。第二，我想跟一个知冷知暖的女人生一个暖和的孩子。

暖和的孩子？

灯台不太懂，孩子是父母的血和肉，哪个孩子不是暖和的？

我是说，心，为人父母者孕育他的心。白伟瞟了灯台一眼：你不会明白的，所以，对不起。白伟站起身来，理直气壮地：我只说一次对不起！

面对一场毫无愧疚的背叛，灯台懵了。不但不敢有与那个女人对质的气概，更怕她突然出现在自己面前，像许多电视剧里演的那样，跟自己谈判，对自己说，其实你老公早就不爱你了，或者说，我有了我们的孩子……

灯台和白伟没有孩子。以前是不想要，而将来是不会有。

独自吃过晚饭，灯台穿着妩媚的长裙坐在阳台找星座，很多年，灯台已经养成了一个人在阳台上看星星的习惯。

星星从稀疏到浓稠，又从浓稠到冷清。

白伟终于回来了，喝水的时候，扭头看了灯台一眼，却无视那一身孤独繁华，犹自退到卧室，也不洗漱，睡了。

灯台跟进屋，看到仰睡的白伟脖根处新增的吻痕，胸口一阵紧过一阵，窒息般痛，喉间却发出一串古怪的笑声——那是一个怎样古怪野性的女人？动不动拿白伟当骨头啃。

白伟睁开眼，平静地仰视灯台，眼神陌生。

爱情原来是这样，它温柔地来，却残酷地走，一个转身，枕边人就变成了比陌生人更陌生的人。

我累了。白伟翻了个身，淡淡地说，麻烦你关上灯。

有薄荷的香味从白伟唇齿之间以分子或更细小的成分溢出来，漫在空气里，灯台知道，白伟和那个女人恩爱过了。九年来，白伟每次都要先用薄荷味牙膏刷牙后才肯恩爱。

灯台淡淡点头，关了灯，傲然走出了房间。

二

把老慢当目标，是昨夜入睡前想到的。为什么不可以？有什么不可以？灯台任性地想着，脑海里那片白伟脖子上的玫瑰花瓣就飞了，飘到了老慢的脖子上。

老慢的脖子也有过，那次去苏州出差，灯台取笑老慢说，老夫老妻二十年了，临别还急雨惊雷？

老慢尴尬地系上衬衣领口的扣子，嘟哝：昨天她非要我给她在苏州带丝巾，我才说句丝巾哪儿没有啊，好家伙，就一口！

那明天还是省半天时间买去吧，不然，回家你还得受一口，没准咬在血管上，吸干你。灯台做了一个吸血鬼的动作，吓唬老慢。

老慢突然愣了，若有所思地问灯台：今年三十几了？

三十一。灯台说，保密啊哥们，美女不问芳龄的。

我以为你七十一了。老慢打击灯台：单位里的那些小青年，都叫你马列主义老太太，你知道不？

随便。灯台心底凄凉，嘴上却是硬的。

像现在这样。老慢龇牙咧嘴学着灯台刚刚扮吸血鬼的样子：这样是十三。

你才十三，你十三点！灯台乐了。

第二天，两人去丝绸店，迎面就见一条湖水蓝的真丝裙，灯台想也不想，迫不及待掏钱买下。

老慢笑，懒洋洋地提醒她，很透哦。

灯台说，又不穿，挂着看，不怕。这话听着有点神经。

老慢却意味深长地看了看灯台，半开玩笑地说，下辈子别往男人堆里扎了，不如嫁个有钱人，天天纸醉金迷。

灯台听着老慢这句玩笑，心底某个地方咯噔一下碎掉了。

那年六岁吧？灯台在家里拿着纱巾做水袖，站在床上舞来舞去，姐姐水墨则用纱巾笼着脸，学一千零一夜里的阿拉伯王妃。

母亲从学校下课回家，不训水墨，独独伸手去扯灯台的水袖，差点把灯台从床上扯下来。

人不做，做妖精！母亲冷着脸说。

小小年纪，也是懂得话语轻重的，灯台暗自伤心，退到书桌旁，安静看书，从此渐渐察觉，家里三个哥哥姐姐的疯闹是不会影响到家里的气氛，唯有自己稍有造次，母亲不是火冒三丈，就一脸黑云。

老慢，别老拿刀子割人的心，会死人的。灯台呻吟。

我这刀是慢刀，割不进孟处长如钢似铁的心，顶多让你痒痒。老慢笑。

白伟和老慢是除了家人以外，一直在灯台左右的两个男人，两人像一对极其般配的参照物，一个快，一个慢。白伟是快的那个，十来年间，很快追求灯台，很快求婚、很快辞职、很快办公司、很快破产、很快买基金、很快赚钱、很快又注册公司。现在，白伟又很快地移情别恋。

老慢则是慢的那个，慢到灯台从科员追上副科，又从副科追上他，变成平级。变成平级后，老慢才开始真正显露对灯台的关照——男人都要炼成钢筋铁骨才杀得过去，你悠着点，扛不过就不扛。

日子是面青铜的古镜，数千个白天黑夜地擦拭后，才露出它真实的面孔，才让灯台看透亮——老慢的稳和慢，其实才是真功夫。单位那么多领导如惊鸿掠过，老慢在自己那片天空下，永远是闲庭信步，一天天，老的人更老，年轻人变老，老慢却不老，灯台差他九岁，现在看上去，却像只差三两岁。

这让灯台很不舒服，她很正式地警告过老慢，要老老实实地变老，不要学谭咏麟。

你这个人，硬石头下，蛮有点意思。老慢不理会她的警告，用审视的、条分缕析的目光看灯台。

三

因为心怀鬼胎，灯台特意回看了老慢一眼，这一看脸就有点红了。

灯台今天要做一件骇世惊俗的事情，她要勾引老慢。早上起床刷牙的时候，灯台就把身边的男性仔仔细细地过滤了一遍，最后发现过滤这个方案并不适合自己，过滤，是指百中千中万中挑一，而自己，基本上只有老慢一个稍稍靠谱的人选，根本没得“滤”——副厅长们的主意灯台不敢打，也打不起，都徐娘了，一没那个胆、二没那个本儿、三丢不了那个人。

主意下来后，灯台的牙也刷完了，看看镜子前的另一个牙杯和牙刷，思忖片刻，索性拿起那把牙刷很悠闲地刷了一遍马桶。

如果那个女人知道她吻的这个男人是一个抽水马桶，会不会吐？灯台激动地联想着，带着跳跃的节奏走下楼，在出楼门的一瞬间才把自己恢复成中规中矩的模样。

勾引这种事情，让一个天天在文件堆里熏陶的女人来做，说容易也容易，说不容易也不容易。

厅里的人，一向不把倔强的灯台当女人看待。前两年，灯台做了副处长，负责全厅的思想政治工作，索性自己也不把自己当女人了。

这样的基础，要想勾引一个“看惯了船上的白帆”的男人，有点难。

无论怎样，也要试试，灯台豁出去了，心头堵着一团硬邦邦酸涩涩的气结。这个世界，男人可以有外遇，女人也可以有外遇。

现在，老慢到办公室了。距上班签到的时间还有半个小时，这半个小时里，灯台不担心有人会闯进办公室来。

第一句话，要说，你今天看起来不错。灯台迎上去，在心里提醒自己。

老慢却先自己嘻嘻地笑起来，上下打量灯台，灯台有点懵了，忘记台词，问，怎么了？

你的……老慢捂住嘴，却忍不住笑意：你今天早上怎么了？看看你的衣服。

灯台低头看了看，才发现自己的黑色蕾丝上衣穿反了！灯台窘得不行，脸唰地红了，僵硬地杵在老慢面前，藏了半个多月的委屈像潮水似的奔涌而出。

旧时光像陈年老电影一样回放——十六岁的灯台打扮了整整一下午，为了参加学校最有名的篮球队长的生日聚会，当她终于鼓足勇气站到帅气的队长面前送礼物时，队长却笑起来，伸出手来从灯台的下巴上抹下一粒米饭，说留着晚上吃啊？整个屋子里的人都笑起来，那个喜欢队长的高三女生，更是笑得厉害，灯台又羞又窘，全身发烫，像燃烧的炭一样。那个夜晚，灯台的腿一直在可怜地颤抖，因为腿想离开，想逃跑，但十六岁的自尊不让它跑，它就那样一直可怜地颤抖着、扛着，直到聚会终散。

现在，三十三岁的孟灯台孟副处长就像当年那个可怜兮兮的姑娘，手足无措地站在老慢面前。

可老慢还在笑，灯台羞恼至极，举手就甩了老慢一耳光，打得老慢整个人都呆了。

打了老慢，灯台更不知道该怎么办好，索性一头扎进老慢怀里哭起来。

老慢吓坏了，这么个钢铁战士、坚强的女战士孟科长孟灯台同志扑在自己怀里哭得梨花带雨，莫非是家里死了谁？老慢急了，半推半抱把灯台撵进自己的办公室，关上门问，怎么了怎么了？

灯台不回答，使劲抽着，抽得细脖子像根绳似的，抬眼看老慢，一脸的伤心样儿，下嘴唇忍着哭声，抖个没完。

老慢担忧起来，打了十多年交道，从没和灯台如此亲密接触过，也没见灯台哭过。

女人的泪总是会让男人生起侠肝义胆，更会让男人生出侠骨柔肠，老慢担忧地看灯台，看着看着眼神就变了，有一缕细小的蓝色火苗在里面隐约燃烧。老慢有一双与常人不太一样的眼睛，瞳孔偏蓝，比湖水深，比黑色浅。老慢低下头，开始用手去抚摸灯台的脸。

灯台哆嗦得更厉害了，有些委屈，也很得意，灯台迅速抬起脸，把自己的唇印在老慢右脸上。

然后，灯台轻声啧怪说，背过去。

老慢愕然，摸不着头脑地啊了一声。

背过去。灯台脸红了：我要换衣服，反了。

老慢又啊了一声，动作迟钝地转过身。

灯台飞快地脱下上衣，又穿上，边穿边偷瞟老慢，好家伙，居然一直老老实实拿背对着她，一动不动。灯台有点失望，自己的身材保养得这么好，腰是很细的，其他也……蛮好，老慢若是扫到一眼，会惊鸿的。

怎么偏偏不看呢？这个榆木疙瘩！

失望的灯台拍拍老慢的肩膀，说，好了。

老慢这才回过身，面色尴尬地笑笑，女色狼啊今天。

女色狼？灯台觉得这个称呼很好。白伟狼了那么久，自己才狼一下而已。

各自平静了十来秒钟，老慢才恢复正常，像平时那样拍拍灯台的肩膀，调侃道，脸红了？嘿嘿，蛮有意思。

蛮有意思，蛮有意思，除了这句蛮有意思，你还会不会说话？灯台暗自咬牙，气恼不止。

单单我有意思，又有什么意思。灯台迸出一句。

老慢愕然，用研究的目光看了灯台半天，终于，严肃地问：孟灯台，怎么了？

灯台赌气地坐在老慢桌子上，顺手一扒拉，把桌上一大堆文件稀里哗啦抹地上。

早晨的阳光牛乳一样流淌在地上，淹没那一堆堆红红蓝蓝的文件夹，老慢用深蓝色的眼睛看着毫无道理可讲的灯台，用原谅一个犯错孩子的语气说：下次不许这样了，晚上一起吃顿饭，你给我老实汇报。

干吗听你的？出去！灯台仍在生气，白了老慢一眼。

老慢走了两步，回过神来，左手指灯台，右手指门：你出去——这是我办公室。

灯台恍悟过来，羞愧难当，一把揪开老慢，摔门而去。

四

九点多钟，关上自己办公室门，苦思离婚协议的灯台接到父亲的电话，说小姨父最近喘得像头老牛，两个多月了。

你陪你姨父去省医看看，看看肺上有啥问题。他预订了明天去丽江的机票，明天得赶飞机。

省医？！

灯台头大了，这些年省医看病可不是有钱就能看得上的，要一天看完病，简直是奇迹。挂号要排队、看病要排队、拍照要排队、付款要排队、化验要排队……总之，省医最壮观的风景是排队的长龙，火车站的长龙是春运期间才有，但省医的长龙是天天有。灯台自己看个牙，都是两天才看下来的，说起来郁闷，排队花了若干个小时，医生那里看牙却只花了半分钟，灯台觉得划不来，屁股磨在凳子上不走，还想说说其他几颗牙的问题，医生却面无表情地喊，下一位。

何况，今天下午灯台有约会，一场带着阴谋的约会。这是大事，灯台活了三十几年，今天刚变成女妖精，还没成形，父亲就让她重返烟火人间，为小姨父的肺忙活，太残忍了。

副处长不是副市长副省长，灯台在省医没熟人，想了想，到底还是给白伟打了电话，白伟干妈的女婿是省医急诊科医生，虽然拐了几个弯，但也算是亲戚。

小姨父要看肺，你给联系一下？一和白伟通电话，灯台又变成了马列主义老太太。

领导交办任务？白伟那边也一定板着脸。

随便你吧。灯台突然觉得很没趣，以为多深的感情，结果说没有就没有了，伤在心里埋着，居然血也不敢流一滴，因为白伟的背叛很彻底，从头至尾不曾给过任何一句解释，既然他丝毫不觉得对不起自己，那自己伤心或发狂都没有意义，只能徒增笑料罢了。

我去——小姨父嘛。白伟在那头拖腔拖调、懒洋洋地说。

小姨父是白伟的铁杆酒友，每年过年，爱喝酒的白伟在孟家这边唯一一个酒友，就是常年在外漂泊的小姨父，这个男人，在杂志社做旅游栏目，快奔六十了，还成天穿着探路者的鞋，千山万水地漂泊探路，小姨由他信马由缰，小姨没有孩子，那些绣品就是她的孩子。灯台的姥爷、小姨的父亲是凤凰路最有名的金匠，能打出比周大福老凤祥更传神的金器，不是说周大福不好，人家的好，是高科技制造出来的好，灯台姥爷手下活儿的好，是行云流水的好，是活色生香的、温热灵动的好，是新娘子戴了百年好合，老太太戴了福寿延年的好。

有了父亲家传的这门手艺挣钱养家，懒得挣钱的小姨有的是置身尘世外的资本，她说，她要做啃老族，一直把老金匠啃到走不动。

老金匠每次听到这话，都不生气，反倒眼神湿润地看着他的小女儿，欠她似的。

灯台爷爷这边则是书香门第，祖训是一不沾酒二不沾赌三不沾烟。灯台这辈兄妹四人，父亲依次给取名大哥水骨、二姐水玉、三姐水墨，独独到灯台这里，风花雪月诗情画全停了，取了个“灯台”，什么原因，灯台一直不知道。

但她讨厌这个名字，从小就有很多小朋友围在她身边，拍着小手嘲笑她：小老鼠，上灯台，哎哟哎哟下不来。

灯台听说，她出生那年，父亲拼命地种着一种植物，它不停死去，他不停种，最后父亲扔下那一堆堆黑的黄的褐色的泥土，再不靠近花草半步。不种花不种草不喝酒不抽烟不打牌的父亲，整日拿着本书守在火灶旁煲汤，眼似看非看，手里的勺似动非动，整个人就是一棵风吹不动雨打不动的槐树。

小姨父却是喜欢喝酒抽烟的人，喝了酒的小姨父拿筷子叮叮当当敲打着碗唱歌，那都是些小姨父走南闯北学会的情歌——用时髦的语言来形容的话，小姨父是典型的驴友，而且早在驴友这个词出现之前二十年，他就一直驴着。

“爱你爱你爱死你，把你放在菜板上，我一刀一刀剁死你。”

“我划坏十条桨来看你哟，
你淌过十条河躲起来，
我累死十匹马来看你哟，
你翻过十座山躲起来。”

小姨父表情夸张地唱着这些歌，满脸讨好地看着小姨，小姨安然垂目，由他疯去。

水墨则跟着他拍案高唱，“爱你爱你爱死你……”然后举起手，往参禅打坐般的小姨身上砍：“……把你放在菜板上，我一刀一刀剁死你。”

昔日生龙活虎到近乎调皮捣蛋的小姨父终究是老了，连去趟丽江，都胆怯到先来检查他的肺。

灯台在省医门口接到了小姨父，小姨父有一副令所有男人嫉妒的矫健身材。五十七岁了，肚子还有一块块田状的腹肌，实在是件很值得炫耀的事情，所以，小姨父穿的是黑色的紧身T恤，齐肩的头发扎在脑后，很有点宝刀不老的艺术家味道。

待小姨父走近，灯台像小时候那样用拳头打了打小姨父的肚子，低声嗔怪，小姨父，低调一点。

小姨父笑起来，开始咳嗽，有凉爽温柔的空气穿越他的喉咙，然后又穿出来，像一管破损的笛子在演奏。

怎么这么严重？灯台吓一跳，瞪大了眼。

小姨父摇摇手，不说话，脸憋得通红。

匆匆赶过来的白伟没叫小姨父，只说走吧。

灯台看了白伟一眼，知道白伟在开始练习怎样离开与她相关的一系列亲人，从称呼开始离开，到最终从所有人的生命、生活与记忆中离开。

五

尽管开了一连串后门，检查结果依然要第二天才能拿到，站在省医门诊楼前，小姨父没来由地和医院赌气：什么以人为本啊？一个破检查，还得等明天！算了算了，你们明天给我拿结果吧，我一早就飞。

结果出来再飞吧。白伟劝，既然飞前做检查，当然是拿到单子再出门更放心。

我不！真有三长两短，我就倒在玉龙雪山。小姨父孩子一样任性。

白伟嘻嘻笑，说那我可不干，每年上坟要走那么远，得花那么多钱坐飞机。说完，抢小姨父手机，要打电话给携程网改航班。

小姨父哪肯干，说别，要不是你们老爸大惊小怪，我还看都不来看呢，还改航班？免谈！

小姨两天前去海南植物园临摹植物，没回来。灯台很虚伪地邀请小姨父回家吃饭，小姨父却说要去刚从墨脱回来的驴友家里看照片。灯台皱着眉提醒他，检查结果没出来，一不要乱跑二不要乱吃三不要乱喝四要晚上早点回家。天凉，容易感冒，又得咳。

行，尊敬的孟处长，我不乱跑，我住他家去，明天和他一起飞。小姨父和家里所有人一样，都懒得听灯台一二三三二一的说教，打断她，慌不迭地打车走了。

小姨父一走，灯台和白伟就像两块失去了磁铁的铁珠，毫无主张地散落在省医大门口，合不在一起。

白伟咳了一下，搓搓鼻子，径直站到路边挥手打车。

我还有事，要先走，十一点前我会回家的。白伟说。

这意思是承诺，为灯台留一份尊严和面子。灯台突然就生气了，傲慢地说你不回家也可以，没有谁需要你。

白伟盯着灯台看了几秒，哑然失笑，说，孟灯台，你趾高气扬的样子真难看。但是事实不是你说的那样，这个世界需要我的人很多，包括你，包括小姨父。当然还包括其他某些人。

我知道。灯台鄙弃地看了白伟一眼，如果你有足够的精力，还会有更多的“某些人”需要你。

你说的是那种事？白伟笑起来，在阳光下，他的牙白得厉害，亮闪闪的，原来用刷过马桶的牙刷刷牙还有美白牙齿的功能。

我当然有足够的精力，这你是知道的。白伟斜过身子，面无表情地在灯台耳边耳语。

灯台倒退了一步，牢牢地盯着白伟的脸，想从那张她熟悉得不能再熟悉的脸上看出点什么来，尴尬、愧疚，或者是坦然，甚至是毫不知耻，但白伟的脸上什么表情也没有，仿佛灯台是个透明的、与他毫不相干、对他全然无影响的人。

刺痛从胸腔与肋骨间开始生发，缓缓地，潮水一样漫及全身，漫进眼眶。灯台紧咬着唇，不让泪水流下来。是白伟错，她凭什么替他流眼泪？

人来车往的延安路大街，拥挤的省医大门口，一列急救车队急驶而来，尖锐地鸣叫着，人群紧张地往后退，把孤零零的灯台扔在白花花的大街上。

喂！白伟急忙一把把灯台揪到人行道旁。

灯台茫然地望了一眼白伟。

别在我面前出事。白伟沉沉地说：我受不起。

哦？灯台回过神来，吸了吸鼻子，挺起胸——与你有关系吗？

水骨他们会认为有关系。白伟认真地说：我不想死在他们手里，我和——她还有半辈子要走。

温文儒雅的孟教授生了灯台兄妹四人，四兄妹各有各的性格，美却是一致的，三姐水墨模样儿漂亮，眉眼妖得不行，一生气，嘴角往上一扬，极像金老先生武侠小说里面杀人不眨眼的女魔头。这样的妖，大哥水骨居然也有，一米七八的个头，睫毛长长，眼神却是冷的。二姐水玉则恰似她的名字，水中之玉，极其温柔。灯台的性格不像任何人，小小年纪，便像一块冰，就连母亲去世，也保持十二万分的镇静，等如老僧入定般的父亲和哭得昏天黑地的水骨水玉水墨回过神来，母亲葬礼的大小事务已经安排妥当了。

关于灯台的冷静，水墨说灯台是木。

白伟摇头，说那不叫木，那叫冷血。

是的，让他们血热去吧。灯台想，有那么多事要做，有那么长路要走，光血热有什么用？

水骨水玉水墨三个热血动物，从小被孟教授的四书五经压迫得神经失常，一旦离开孟教授的管束，做出来的事常常极不靠谱，他们真要和白伟算账，白伟死一万次，也不够他们折腾。

六

水骨他们怎么认为，与我又有什么关系？灯台无赖地抢白，径直钻进白伟拦下的车，把白伟扔在街头。

星期四，七彩枞城出租公司的出租车座位套布是绿色，坐在一大片茂盛的、生机勃勃的绿海里，灯台理理思绪，打了老慢的电话。

说，地点。灯台麻利地，心底已经涌动起一股燥热，战斗的燥热。

你在哪里？老慢问。

我……灯台想了想，对着车窗外一闪而过的行道树莞尔一笑，说，我不告诉你。

孟处长，正经点，在哪里？我定的是沃尔玛旁边的三千里烤肉，你别尽给交通事业作贡献，要是近，直接过去。

哪个沃尔玛？

敦煌路沃尔玛呗，离厅远一点好。

灯台听到这句，情不自禁地微笑起来。为什么怕离厅近？怕遇到熟人？遇到熟人又有什么关系，她和老慢在厅里同属三朝元老，友情可表天地日月，这个，连厅里扫地的大妈都是知道的。怎么突然地，就怕遇见熟人了？

到了三千里烤肉，灯台点了双份韩国泡菜，老慢让服务员退下，自己烤，炭火很旺，整个房间很快弥漫起肉香。

不对！灯台很爽快地嚼了一大块泡菜才后悔——调情前的气氛，应该是浪漫的西餐厅，或者是酒吧。这样满身的烤肉香，再加上一张吃了泡菜满嘴红汁的血盆大口，怎么浪漫？

不吃了。灯台托着腮，皱着眉推开碟子。

怎么了？

不喜欢。灯台嗅了嗅袖子，说，满身烟熏味。

老慢很认真地嚼着，说：我们是凡人，当然要沾人间烟火。

要不……找个地方喝红酒。灯台提议。

喝红酒？还要不要钢琴伴奏？老慢打趣：我们都几十岁了，还学小孩子？

钢琴伴奏？灯台白了老慢一眼：我就是很好的钢琴师。

好吧，由着你疯，那我们去找钢琴。老慢站起来：我倒要看看，你今天到底要闹啥妖怪。

我小姨家里就有钢琴。灯台说完，自己把自己吓了一跳。怎么会想到要把地点选在小姨家里呢？

小姨家？那我们得先赶跑小姨。老慢徐徐说着，用到了“我们”，也喊了“小姨”。

一丝暧昧合着烤肉在房间里漫开来，让灯台很紧张。

不用……赶小姨。灯台一紧张，不由自主地又叉起一块烤肉：小姨和小姨父都不在家，我有小姨家的钥匙——小姨家的钢琴，基本上都是我在用。

那……老慢看了看表，没有把话说完。

灯台却听到了老慢心里的话——那我们有一整晚的时间。

是的，灯台想，是的，我们有一整晚的时间。

可是，这一整晚做什么呢？灯台有点疑惑了，继续暧昧地聊天，还是别的什么？如果一切要发生，她该怎么办？

小姨是个不爱打理的人，家里空荡荡的，客厅很空旷，一架钢琴孤独地摆放在落地窗旁，屋子四角亮着蓝色的射灯，如幽深的海水。老慢在幽暗的光线里换了鞋，迟疑不前地说，你小姨的房子怎么这个样子？像……老慢想了好半天，找了个浪漫的词语：像囚禁公主的城堡。

灯台愣了一下。

公主吗？——说出来怕是要吓老慢一跳，很多年以前，小姨是凤凰路出了名的酒鬼。

灯台十七岁那年，母亲猝然去世，人们从刚刚开始风行的卡拉OK厅找到了喝得半醉的小姨，小姨听说姐姐去世后，尖叫着跑过半个城市，哭得晕死过去，再后来小姨就变成了现在的样子，像一个安静的哑巴，沉默地跟着老金匠学那些古色古香的画技，很快又学会了刺绣，再又很快嫁给了小姨父。

小时候的灯台喜欢摸小姨凉而润的脸，小姨却一次次躲开她，小姨不光是躲着灯台，她似乎躲着所有人，拒绝和人交谈，拒绝与人交往。

她不是公主，但她是姥爷的宝。灯台说着，按亮大灯。

灯光下，一幅巨大的刺绣出现在老慢面前。

那是一朵偌大的花，粉红色、呈球状，花瓣似百合，在金色的阳光下灿烂地盛开，气势惊心动魄，那伸展到最大限度的花瓣，卷曲到最大限度的花蕊，一如明天将是世界末日，它必须要在此时此刻拼命把所有的激情和美丽一一盛开。

漂亮吧？灯台得意地说。

我的妈……这是——什么花？老慢走过去，小心翼翼地抚摸着绣框上的玻璃镜面，瞠目结舌。

小姨绣的，不知道是什么花，问过她，她不回答。灯台说完，表情暧昧：你今天是想了解我小姨，还是听我弹钢琴？

都……不想。老慢歪着头，仿佛在思考一个很难抉择的问题，接着，老慢伸出手，轻轻揽过灯台，一时间，什么声响都消失了，只有彼此的呼吸，紧紧慢慢地相随。

灯台依在老慢的胸前，闻着一阵绵长而干净的香味，这样的气息与灯台记忆中的爱情体香完全不同，它是成熟的、了然于胸的，却因经历了岁月沧桑，不再有扑鼻的春天气息，尽管干净，却是舒肤佳之类的洗浴用品包装出来的，不是来自于青春本身的蓬勃，所以更显出力不从心的苍老。

毕竟这个男人已经快五十了，灯台也不再年轻。

来的路上灯台一直在心里打鼓，今晚弹什么曲目比较好?《天空之城》?《水边的阿狄丽娜》? 都太难了，不好弄，何况左手是灯台的弱项，那就《梦中的婚礼》好了。

可是灯台没想到连钢琴都还没碰，老慢以一个拥抱情节就开始了。是的，年轻人的爱情因为有大把大把的时光可以浪费，因此爱与被爱都来得悠长，连一个牵手，都要酝酿很久，要走过一圈一圈又一圈校园的田径场，等心爱的姑娘说明天见时，才鼓足勇气战战兢兢地握到一起。

中年的暧昧则等不及，时光在飞逝而去，激情与温暖都在不停远离。像彼岸的花，他们已经没有资格从头细看端详，何况他们都熟悉了所有的章节，不过是不一样的主人翁而已，仅一个拥抱，温习起来就算换了主角，也没有太大困难。

老慢的手，慢慢地试探着滑过灯台的腰。

灯台头皮发紧，本能地想推开，刚摸到老慢的手，突然想起自己今天的目的。

正犹豫，一阵疼痛从腹部袭来，灯台忍不住呻吟着弯下腰。

怎么了？看得出老慢也很紧张，他停顿下来。

没事。灯台咬着牙，挤出一丝笑容，抬头望了一眼墙上那朵惊心动魄盛开的什么花，忍住剧烈的腹痛，将手指深深插进老慢茂密的黑发。

灯台视死如归的勇气与胡闹任性的举动催化了老慢，老慢变得浮躁不安起来。

灯台嬉笑着拿嘴去啃老慢的肩膀，又拼命吻老慢的脖子。粉红色的蝴蝶在疼痛与任性的灯台眼前翩跹地飞，灯台开始了她对象错乱的报复，老慢紧张地抗拒嬉戏着，哄灯台：别。

我就要。灯台在他耳朵边呢喃，我要给你印上专用章。

别，灯台。老慢严肃起来，推开灯台：不能这样，对我们都不好。

那怎么才算好？灯台停下来。

单位上好好的，下班以后也好好的，这样才好。老慢颇费力气地说。

你的意思是，单位上是做同事的好，下班后是做情人的好？灯台追问。

老慢慢腾腾地捧起灯台的脸，老老实实地说：灯台，我知道你一定遇上了麻烦，我愿意被你利用，因为我愿意帮你忘掉麻烦，但是……但是我不想惹麻烦。

灯台腹部剧痛，似猛火燃烧，她强撑着摇摇头，说老慢，我也不想惹麻烦，我只是……想找个人……

放松放松。老慢接过来，冲着灯台怜悯地笑，这笑容像轻风吹开浮云迷乱的天空，让所有真相清如明镜，暧昧消失了，像来时那样，突然来，又突然离去，灯台发现，自己在世上还有另一颗心，藏在这个叫老慢的男人心里，这个连她什么时候情绪不对都能非常敏感地捕捉到的男人心里。

是爱吧？是，又不是。

下半年……顾副厅长到点了。老慢抱紧灯台，温柔地哄：这段时间，不能出差错，乖。

哼哼。灯台苦笑，紧压住腹部，悻悻地坐到钢琴边上。

算了，我还是弹首曲子给你听吧。灯台脱下黑色蕾丝外衣，取下发夹，让卷发瀑布一样披散在肩上胸前，伸出手猝然弹响一个重音，掷地有声宣称：老慢！咱们今天晚上就麻烦麻烦！

七

灯台与老慢并没有能够在这个夜晚发生任何麻烦。

一场急性阑尾炎将灯台的计划全部打乱了，灯台还没变成妖精，就差点变成了去往天国的天使。

水墨看着从麻醉中清醒过来的灯台，意味深长地笑，眉眼间全是跳跃的字句——灯台，你行啊！

黑色蕾丝外衣是老慢在等待120急救车时慌乱为昏迷的灯台套上的，老慢犯了与灯台早晨犯的同样错误，他替灯台穿反了。

这样一个细节，偏偏让精怪的水墨发现了。慌乱间穿错衣服的情节，想必在水墨身上也发生过。

水墨眉飞色舞一上午，刚见吃午饭的白伟走出病房，就按捺不住地低声尖叫：灯台，快说！老慢怎么样？

灯台躺在病床上呻吟起来，一半因为痛，一半因为痛苦：三姐！

昨天半夜你做手术，老慢在外面抽了一地的烟，脸都发青了。水墨用手在脸上比画着，嘴里啧啧啧直赞：小妖精，行啊，不声不响的，藏了这么个宝贝，说说，多久了？

灯台浑身是嘴也说不清，苦怏怏涨红着脸。在孟家，灯台在口舌上从来都不是哥哥姐姐的对手。

那一年妈妈教训水骨几个时，说，除了灯台像你们爸爸，怎么就没一个像孟家人的？

水骨却反驳：灯台才不像爸爸呢，灯台像小姨，不吭声的闷葫芦，一个大葫芦一个小葫芦。

穿着白色围裙的妈妈听了，转身回头看在阳台上看书的父亲。

金色的夕阳越过高大的梧桐树倾泻而下，如纱巾般披在妈妈肩上，妈妈站在璀璨炫目的光芒里，像一个梦，她那修长的身材和极富教养的神情渐渐笼罩在这光里，越来越模糊。

就在那天半夜，披着一身阳光的妈妈却因突然心肌梗死离开了人世。

黎明前最黑的时候，酒气冲天的小姨疯狂穿越过学院家属区最狭长的巷道，狂风般飞奔进五楼的孟家，撞歪所有站在屋里的人，冲进卧室，扑在妈妈身上，伤心成一团吸满水的海绵。只哭，不说话。

灯台跪坐在妈妈遗体旁边，泪流满面。也只哭，不说话。

白伟为灯台换病号服，灯台拒绝了。

多久了，白伟没有挨过她的身体，她不想在自己最脆弱的时候拥有白伟的同情，而且，躺在病床上整整一天了，灯台明显地嗅到自己身体有一种近似于卧床多年的老人身上才有的湿闷而酸涩的气息，如果爱情的列车已经在上一个站台就停止了前行，那么，灯台一定要让白伟记住关于那个站台的花香和蓝天，而不是现在这个被抛弃的终点站，一片万物萧条的破败与难堪。

白伟站在病房门口，若有所思地看灯台咬牙忍着伤自己换睡衣。

灯台捂着上衣，说，转过去。

白伟歪歪头，突然自嘲地笑笑，听从地转过身去，背对着灯台说：有什么好看的，我都知道。

那是你的事。灯台倔强地答着，认真又费力地把睡衣套上，再把蕾丝上衣和长裤叠好，放进袋里。

听灯台收拾停当，白伟才转过身来，若有所思地看灯台：昨天晚上，你和老慢在小姨家里做什么？

灯台怔了怔，看向白伟，诡异地笑笑，不说话。

你们？白伟声音有点沉闷，有点不甘，或许他明白自己作为一个背叛者，没有质问和打探对方的资本，但白伟到底是受到了打击。

灯台用手支撑着半坐在床上的身体，小心翼翼地躺下，闭上眼不说话。

我不告诉你们。灯台恶作剧地想，既然你想知道，那我就永远不让你知道昨夜发生了什么。

是的，灯台不可能告诉他们她和老慢没来得及开始就让该死的阑尾破坏了，那将会让水墨她们和白伟都笑破肚皮。

灯台只有让他们想去。

我累了，麻烦你关上灯。灯台闭上眼后，学着白伟前一夜的语气，平静地说。

八

黎明时分，灯台被低沉的哭泣声惊醒，就着病房半明半暗的光线，睡意蒙眬的灯台看到了小姨。

小姨。灯台伸出手抓了抓，以为自己在做梦，小姨在海南呢。

灯台！长发凌乱的小姨紧紧拽住灯台游离在空中的手，泣不成声地轻唤：孟老师说你差点就没命了，你怎么这么不小心啊灯台。

小……姨。灯台眼眶一热。想想自从母亲二十多年前去世后，没见小姨对谁上心过，可怜了小姨父，在家憋得慌，只好往外跑，去和路人说话，憋坏了的小姨父整天着魔似的学着每一个地方独特的民族情歌，与其说他是唱给小姨听，不如说他是自己唱给自己听。

小姨，我没有不小心啊，是阑尾不听话，它自己要闹罢工。灯台故作轻松地劝小姨。

孟老师……孟老师说，要是晚到几分钟，你就没了……灯台，我走时你还好好的，早知道我就不走了，都怪我。小姨伏在灯台身上，温热的胸膛贴着灯台的大腿。

尽管很伤感，但灯台忍不住想笑——阑尾又不是因为小姨走了才闹革命的，而且，割掉的不过是一节盲肠而已，有它无多，没它不少，几天后，她孟灯台照样一条好……好巾帼。

这时，病房门开了，走廊里的灯光把站在门口的人影子印在小姨背上。

是父亲。

小姨回过头看向父亲，一言不发，目光却写满抱怨。

灯台她好好的，你回去吧，回去休息。

我不，我们灯台都差点没了。哭泣后的小姨嗓音尖锐，像唿哨划破长空。

尽管病房没有开灯，灯台还是感到了父亲脸上的僵硬，他沉默了好半天，才开口说：百合，你冷静一点，灯台好好的。

这是灯台第一次听到父亲直呼小姨的名字，几十年了，当过小姨大学时期班主任的父亲一直不曾叫过小姨的名字，而小姨则是敬畏父亲的，不敢叫姐夫，一直叫孟老师。

“百合”这两个字，父亲喊起来如此古怪和诡异，如一枚在父亲怀里尘封了多年的翡翠，此时父亲从怀里小心翼翼地掏出来，一边带着令他牵筋动骨的伤，一边绽放出日斯夜守的润泽。这一掏，灯台眼前的世界陡然倾斜变了形。

看着父亲的眼神，灯台的心呼呼呼响，一个不成形的、模糊的、巨大的问号如山崩似海啸地朝她轰然袭来，灯台虚弱地支起身子，紧紧揪住小姨的手，用怪异的嗓音颤抖着问小姨：小姨?

灯台。小姨眼泪汪汪地看着灯台。

小姨！一些遥远的往事开始像多米诺骨牌一样一块块倒塌过来，压向灯台，那最后一张倒下的牌是什么？灯台害怕面对、又迫不及待想求证：小姨，你到底是不是我的小姨?

小姨惊慌地看灯台，又回过头求援似的看向灯台的父亲，像课堂上被提问的孩子。

她是你小姨啊。父亲用同样古怪的嗓音慈爱地对灯台说：都说打了麻醉药的人会变傻，你还真傻了?

不，不对，父亲的声音不对，小姨的眼神不对，骨牌还在一块块倒塌中，三十年的记忆似惊雷碾过灯台头顶。灯台觉得背脊发凉，浑身如陷沼泽，越沉越深，却无力挣脱。天色在渐渐发白，灯台眼前却越来越暗。

就在灯台紧张得快要窒息过去的时候，白伟到了，一手端着绿豆稀饭，一手捧着鲜花，差点撞到父亲。

小姨？爸爸？你们……这么早？白伟看看病房的挂钟，惊讶地问。

父亲点点头，指指小姨，说，她急着来看灯台。

白伟啊哈一声笑起来，说小姨，你和小姨父真逗啊，一个飞出去，一个飞回来，怎么就不往一个堆里挤呢?

灯台像个受惊过度的孩子，慌乱地朝白伟伸出手，无助地喊：白伟。

惊讶的表情再度出现在白伟脸上，随即，白伟放下花和稀饭，嬉皮笑脸地走到床前：孟大处长有什么吩咐?

灯台没心思计较，一把拽住白伟的手，白伟的手里还带着稀饭的热乎劲，这热乎是家长里短油盐酱醋的热乎，是白伟还未来得及戒备的热乎。灯台带着哭腔说，让他们走吧，我想休息一下。

白伟尴尬地望望岳父，又望望小姨，说，要不……你们先走吧。

小姨迟滞地站起身来。一夜之间，她奶白色的棉式长裙皱了，她的人和皮肤仿佛也皱了，总之，灯台第一次明显地感受到小姨的苍老，那个坐在小绣铺里绣着她的花花草草，什么也不管、什么也不过问的小姨，那个几乎让人忘记她年龄的小姨一夜之间就变老了。老慢昨晚说什么来着？他说小姨的家，像一个囚禁公主的城堡，那么，小姨就是被囚禁的公主，是什么东西解除了公主的魔咒，让沉睡的公主苏醒过来，知道忧伤和痛惜，却因这苏醒，飞速地对接了时光，呈现出与年纪相匹配的苍老?

小姨憔悴地转过身，弯腰去拿她的行李，父亲无声地先行提起。

灯台的眼泪夺眶而出——小姨是从机场直接过来的。她不敢看小姨的背影，下意识地把脸往白伟怀里躲，白伟伸出手，拍了拍灯台的脑袋。

好半晌，病房安静下来，灯台闭着眼，喃喃地问白伟：他们?

都走了。白伟轻声说：你要不要再睡个回笼觉?

不用。风从窗户吹进来，带着朝露的凉意，一笼楠竹在风里摇晃，切割着嫩白色的晨光。

秋天近了。

灯台眯了眯眼，又往白伟怀里钻了钻——此时，灯台感到了自己的虚弱无用，无用到必须依靠即将与她分道扬镳的白伟。无论怎样，她与白伟仍然是夫妻，几千个日日夜夜的耳鬓厮磨，将彼此的骨血融入彼此，让彼此依倚彼此成为习惯。

为什么要赶小姨走?人家下飞机就来看你，无情的孟处长。白伟仿佛习惯了借这种调侃的语气，来延续他与灯台感情的陌路之旅。

灯台不回答，依在白伟怀里，看着桌上的鲜花，答非所问：买花了还?

嗯……白伟吞吞吐吐半天，最后说：不是我买的。

灯台听出了潜台词，靠着白伟的半边身子便硬了。灯台把自己从白伟怀里拉出来，重新靠在床上，脸上铁板一块的冷静。

孟灯台，你真神奇，让你恢复精力的最佳补品，不是人参也不是灵芝，只需要用一颗针刺一下，你就会像刺猬一样穿上盔甲，神气洋洋地上阵打仗。白伟残忍地用审视的目光牢牢盯着灯台：都说女人是水做的，我怎么看不到你流一滴眼泪呢?

很简单。灯台迅捷地答：你不是那个值得我流泪的人。

那，哪个人值得?老慢?白伟哼哼起来：那个让你幸福得连阑尾都跟着发烧的老男人?

猛然地，灯台抓起那束鲜花，想也不想地朝白伟掷过去。过猛地用力牵扯了伤口，灯台倒吸了口冷气，继而完美地保持了脸上的冷笑。

想去吧。唯有让你也充满想象，你才知道，想象是一把刀子。

九

水骨约了老慢见面，灯台是家里的小妹，若非白伟出轨和灯台手术，水骨几乎没花时间在灯台身上过，灯台一向都很老实，一步步走得不偏不倚，但这一步跨度大了点。

老慢却否认了，而且只用了一句话就让水骨相信了他那一夜的狼狈：我们什么都没来得及交流，她的阑尾就发炎了!

好，我相信，如果你愿意。水骨扬扬眉毛，说，下一步我可以当你们的信使。

算了。老慢搓着脸，怕怕地说：这才开个头，脉都没摸着，她的阑尾就发炎了，等摸出个头绪来，怕是我和她的生活和工作都要发炎。

水骨哈哈大笑起来，说老慢啊，你的逻辑太有趣了，依你这话的道理，全世界都得发炎。

孟老师不会。老慢昔日也是灯台父亲的学生，他是真心敬重。

水骨没心没肺地笑，刻薄地说，质量守恒定律——因为我老爸身上的毒素没有及时发炎消化，所以反应在我们身上，你看，我、水墨，都是个满身带毒的孩子。你小心了——你不带着灯台好好发一次炎，以后你的孩子，我是说，有可能是你和灯台的孩子，就也会变成我们这样，满身毒素。

老慢啼笑皆非地看着水骨，想那个温文儒雅的孟老师，怎么养出这么个怪物来。

狗日的白伟，破产那几年，靠我们家灯台养家，吃着现成的喝着现成的，现在仗着手里有了两个钱，反倒嫌她不温柔，居然在外头有人。他就是欺负我们灯台老实。你老实说，你和灯台是不是有戏？如果有，我支持。

白伟外面有人？

老慢这才明白灯台所有的异常。

搞了半天，灯台昨天疯疯癫癫的是这么个原因。

太不该了，当时只顾着谋划某些来路不明去向不清的企图。

老慢自责地灌下一口酒。

你人好，配得起我们灯台。水骨继续怂恿。

老慢叫苦不迭。孟家三兄妹仿佛铁定了他老慢和灯台有特殊关系，而且用极度的热情接受了他这个第三者身份的“妹夫”，老慢浑身是嘴也解释不清楚，其实灯台的内衣相当保守，敌不上模特大赛上的比基尼，所以呢，说脱，也不见得惊艳，何况老慢并没有赚到一分一厘的好，灯台就哎哟一声晕了，然后他就急火三枪地边打120边背着灯台下楼。

六层楼啊！老慢都四十好几了，灯台再瘦，压在他背上也不亚于一座五指山，连下楼都走不稳，老慢哪还有心思想那些花花草草？

这过程老慢不好解释，没法解释。

老慢逐渐感受到了危机，这危机来自于面前的水骨，水骨是生意人，有些事，他看得淡，也不在乎，但老慢在乎——比如一个好男人、好父亲、好丈夫、好公仆、好领导的形象，四十多年老慢战战兢兢如履薄冰，都挺过来了。难道现在真要为一个灯台把一切都扔了？

崇拜自己到五体投地的儿子会是什么表情？几十岁了还经常撒娇的老婆会是什么反应？还有动不动就四处夸耀自己有个副处长姐夫的小舅子会怎么说……生活是一把梭子，老慢原本是一条单独的丝线，现在生活和时光把老慢这条丝线织成了一张巨大的网，网里全是牵筋动骨的亲人，老慢要把自己从这网里完整地抽出来，和灯台好，几乎是不可能的事情。

再进一步讲，灯台的行为似乎也与爱无关，他明白，灯台只是想疯一疯。就算她的阑尾不发炎，他们之间也不见得会发生什么。孟灯台是谁？孟灯台是临死前都记得交党费的好同志，她不是随便的女人。

我和灯台只是朋友。这些年，我把她当兄弟看，昨天刚觉得她像个女人，她却又虚弱得上了手术台。有点想法，没来得及。老慢字斟句酌地表白着：真的没来得及。

我知道。水骨沉思着，肯定老慢的说法，并作检讨：这些年，我们家也没把她当女人，都忙自己的，让她一个人拼去了。

到了医院，水骨冲灯台邪邪地笑，灯台问怎么了？

我在想老慢的话。水骨说。

老慢说什么了？

他说他一直当你是兄弟，是这样吗？装的吧？

灯台心头一沉，两三天来，灯台一直在想，老慢该如何给家人解释那一晚的事情，千猜万猜，没猜到老慢会这样说自己。

这让灯台的自尊备受打击——他老慢不过是根浮在水上的木头，这根木头不见得有多好，放在岸上未必会让灯台动心，只不过对于被白伟推下水的灯台来说，是很实用的。这个想法很卑鄙，但就算卑鄙，灯台也不能容忍老慢说他居然一直没把自己当女的！那他一次次瞄自己做什么？他说那些关于纸醉金迷的生活做什么？

狗屁。灯台气愤地骂。

水骨惊讶地看着灯台，说，孟处长，很粗鲁哦。

灯台怏怏地说出了心里话：昨天我和老慢约会，本来是想恶心恶心姓白的，结果没成，倒惹来一刀子。你们几个个个都是要风得风要雨得雨，怎么偏偏到我这里，就连个老情人也混不上？还没出啥事，就撇得一清二白，说当我是兄弟，他狗屁！

伤口有点痛，灯台停下来，喘了口气，尴尬地警告水骨：不准告诉水墨。

水骨举着双手宣誓：你说了算。

大哥，你说，我漂亮吗？骂完狗屁，灯台到底是伤心了，怅惘地问。

当然。水骨在心里说，你要是不那么倔强，你灯台当然也算个美女。

你在想什么？灯台警惕地盯着水骨：说！

我在想。水骨做了个鬼脸：全世界的女人，没有一个比我们孟处长能干漂亮，赖斯太黑，鲁豫太瘦，杨澜脸歪，个个不及你。

拉倒吧。灯台情绪很坏，沉沉地说：我知道我混得差，白伟不要，老慢装死。

我们要你啊。水骨望着病床上的灯台，第一次发现自己这个妹妹很需要被照料：灯台，水玉在杭州那边请了假，说要回来守着你，你看，大家都要你。

谁稀罕我？灯台寒心地说，一个个连伤了我都懒得说对不起！白伟不说，老慢不说，爸爸不说，小姨也不说！

想着自己三十多岁了，还玩“脱衣门”，结果人家不买账——灯台死的心都有了——这个男人有什么好？副处当了十三年也没往上挪一步，而且连个眼珠子都黑得不彻底。没想到回避她倒是如此彻底，扯东扯西论起兄弟来。

羞辱之外，还有一个巨大的恐惧藏在这些难堪和耻辱背后，那就是父亲和小姨。

灯台有想跳下床拔腿就跑的冲动。她喜欢四平八稳的日子，她不想探究她不愿接受的秘密，一如她不想知道白伟背后的女人是谁；一如她不敢不会也不愿将在小姨家的一幕告诉任何人；一如她不敢用手去拨开父亲那一声“百合”后面的真相，尽管真相只需要她一个手指，就可以捅破。

一切只需要她消失就好，这样，与她有关的秘密自然会消失。

水骨捕捉到了微妙的信息，他的双手像钳子一样牢牢抓住灯台：灯台，爸爸不说，小姨不说，他们不说什么？

像触电，灯台的话戛然而止。她用大的、无神的、眼袋发黑的眼睛，茫然地看着大哥。

十

二十多年了，水骨水墨第一次走进小姨的家。

水骨是不喜欢小姨的，小姨是块透明的玻璃，再热的温度也捂不暖她。性情刚直的水骨和小姨走不到一堆。他不去，便不许水墨去，水墨是水骨的尾巴。

偷了灯台的钥匙打开小姨家房门，同样地，兄妹俩被那幅巨大的花绣惊呆了。

你看你看，这花怪怪的，像是明天就要死掉，拼了命地赶紧开。水墨说。

水骨对花是一窍不通，翻着白眼问：什么花的干活？

不知道。水墨恬不知耻地耸耸肩：问我三年级的闺女。

花瓣……像百合。水骨说，了然！了然！小姨叫百合。

水墨却像只狼犬，围着刺绣转来转去地看，眼睛蛇舞雀跃：大哥，你觉不觉得这花像一个灯台，喏，下面长长的台柄，上面开圆形的百合花球。

正走向书房的水骨倏然停下来，眼神阴冷，牢牢盯着花绣。

你跟我来。水骨说着，钻进小姨父的房间，推开一沓沓摄影杂志，打开电脑，思忖片刻，在百度里输入“灯台”，顿了顿，又输了“百合”两个字。

一条条结果赫然出现在水骨和水墨面前。

点开——

灯台百合，百度百科，花系：石蒜科，又名彼岸花……

彼岸花……灯台、百合……水墨，你记不记得，小姨大学时读的是爸爸那个班，第二年冬天，小姨莫名其妙休学，还去七姥姥家住了一年。水骨面色铁青地说。

不记得了，水墨摇头，那时我才多大啊？我只记得妈妈有一年从七姥姥家里回来，抱回了灯台。

水骨皱起眉头。

他是老大，只比小姨小六岁，他记得那年冬天一连下了好多天的雪，半个多月都没化，小姨放寒假去了七姥姥家就再也没回来，开学的时候，打了个电话回来说乡下大雪封了山堵了路，出不来，后来进了阳春二月时，她又说河道涨水，出不来……总之小姨那一年就待在两百里外七姥姥的家里，不肯回来。

母亲不允许小姨的放纵，亲自去了一趟雾龙山，十天后，母亲面色苍白地回到家中，那天是周末，水玉带着水墨去了姥爷家里，水骨却在家睡懒觉，本是好好躺在床上睡着，却莫名打了个冷战，醒了。醒来的水骨透过门缝，看到数十天奔波归来的母亲恨恨地盯着父亲，一声不吭，父亲站在母亲对面，渐渐地脸色转白，如母亲一样苍白。

最后，母亲猛然挥出一巴掌，打在父亲的脸上，父亲没有躲，甚至衣襟都没有动一下。

水骨听到父亲说：好，我走。

不许走！母亲轻而凶狠地说：你敢走，就替我买好棺材再走。

唉——父亲痛苦地长叹一声：那你说该……

老样子。母亲低声地、短促地、坚决地、专断地：什么都是老样子！必须！否则……

水骨偷偷躲在门里，心里怦怦跳，母亲看父亲的眼神太可怕，凄厉如剑。

半年后，母亲再次去了雾龙山，回来时，抱回了一个婴儿，便是灯台。

母亲说，是在车站捡到的，好歹是条命，丢不下，就抱了回来。母亲讲这话时，嘴唇不停地颤抖，手也在颤抖，当她把这婴儿塞进父亲怀里时，水骨敏锐地发现，父亲的手也在颤抖。

这个婴儿便是灯台。家里人除了年幼的水墨，都知道灯台是捡来的孩子，所以，灯台的名字不是“水”字打头。

灯台、百合，灯台百合！莫非灯台是小姨的孩子？小姨在雾龙山整整待了一年，除了生孩子，还会是什么原因？

你说什么？水墨吓一跳。

灯台不是我们家的。水骨告诉水墨——她是妈妈去七姥姥家回来时，捡的。

水墨惊诧万分地看着水骨，好半天，恍然大悟地喃喃喃低语：难怪……妈妈不喜欢灯台，灯台最小，最受气。那年我和灯台玩一千零一夜，妈妈冲灯台发火，差点把她摔下床……

水骨走出书房，返回客厅。一把取下花绣，敲碎玻璃，点燃打火机。

很多年了，丝线很燥，火光随着它们的脉搏热烈欢快地延伸，没有多久，一朵开得奋不顾身的灯台百合在火苗中消失了。

你干什么？水墨闻到味道，跑出来看到眼前被火苗吞噬的灯台百合，尖叫起来。

水骨眼睛血红，喃喃自语：灯台不能和百合在一起，灯台永远是我们家的灯台。

你你！水墨直跺脚：小姨会骂我们的！

她不会，她不敢！水骨站起来，盯着水墨，一字一顿地说——听着！灯台是她的孩子！

水墨再次呆住了。半晌，傻傻地——是她……和谁的孩子？

水骨沉默不语，许久，紧闭的嘴唇间挤出三个字——不知道。

十一

手术过后的灯台，大病小病都跟着来了，连续不断地高烧、胃痛、肠炎、低血压，总之，习惯了天天在单位加班的灯台变成了天天到医院报到的病人，钢铁战士如愿以偿地变成了孟家最小的宝贝。水骨每天开一小时车穿城而来，给灯台做下午饭，一个帅气的老男人给你做饭，不管他是哥哥还是别的谁，总是能让你胃口大开。水墨则扔了瑜珈班训练，把跳肚皮舞的地点放在了灯台家饭厅。他们无时无刻不在追踪着白伟的去向，然后催促白伟回家——一日夫妻百日恩，要会野鸳鸯，也得把灯台养得百病全消了才算完。

白伟像个被警察围着的罪犯，回到家，嘴里塞满饭，老实得一声不吭。

养得白白胖胖的灯台受宠若惊地坐在哥哥姐姐中间，总问——我是不是得了癌症？

没有。水骨想起从小孤独的灯台，心头纠结不已——以前没管你的，现在全部补上。

转眼到了水墨生日，正好远嫁杭州的水玉请假回来。水骨便怂恿着去K歌，建议一出，一呼百应，灯台拗不过三个美女俊男，扭扭捏捏跟他们一起进了敦煌天堂。

敦煌天堂的大厅很暗，光怪陆离的灯光晃得灯台眼睛发花，一个黄头发的老男人正在离地两米多高的主台上嘶哑着嗓子高唱《热情的沙漠》。

好老的歌，好老的人，好可怜的沙漠。

“你给我小雨点，滋润我心窝，我给你小微风，吹开你花朵……”

水骨水玉水墨随着音乐高声叫着，把灯台拖进舞池，围着灯台跳舞。

灯台手足无措地站在中间，脸都红了，想跑出来，水骨几个却手拉手围成一圈不放，灯台弯下腰想从他们手底下钻出去，也不行。灯台又羞又气，只得像孩子一样大声嚷嚷，讨厌！讨厌！

水玉笑起来，大声说，看，灯台生气了。

水墨索性钻到圈里陪灯台，扭着腰热烈地舞动着，示意灯台跟着跳，灯台委屈地大叫：我——不——会啊！

水墨才不管，扭起肚皮舞来。一时间，舞池尖叫声此起彼伏。水骨和水玉也在尖叫声中激动大喊：水墨，加油。

大家都注意水墨去了，灯台终于有机会悄悄逃脱，回到座位上，经水骨们一闹，灯台的头开始痛起来。

摇摆的灯光从灯台这边转过去，打在舞池侧面的一个座位上。

正按太阳穴的灯台便看到了白伟和那个女人。

灯光停留在白伟脸上只是一瞬间，但灯台还是很清楚地看到，那个女人依在白伟耳朵边，正抱着白伟的头在说着什么。白伟的脸笑得像三月的春光，头不停地点点，又点点。像在说，哦，是吗？是这样吗？真好。

水骨过来了，举着啤酒说，灯台，喝酒。

灯台不说话，摇头，指了指那面。

水骨顺过灯台的手望过去，脸上升起一丝坏笑。说，走，跟我过去。

不去不去！灯台有点慌，赶紧抓住小桌板。

水骨的手像铁夹子，牵着一脸惊慌的灯台走过去，朝白伟阴风惨惨地笑：白总！

白伟一愣，顿时面无人色，看着水骨和灯台半天说不出一句话。

水骨搂了搂灯台说，白总和爱人来休闲？我和我妹妹来玩，要不，我请你爱人跳曲舞，你陪我妹妹跳一曲，她舞技不佳，不招男人爱，你不要嫌。

水骨说完，不由分说便牵起白伟身边的女人。

白伟要拦，没拦住，只好打哈哈说好。水骨长手一牵，已把白伟的女人带入舞池。

灯台一脸窘迫地站在舞池边上，愤愤地盯着白伟。

白伟也愤愤地说：你跟踪我！

灯台气得七窍生烟，说谁稀罕跟踪你？你不要脸，还怕人看？

舞池里，那个女人疑惑地看过来。白伟回头看看，朝她挥挥手，然后作势要与灯台跳舞。

灯台甩开他的手，回到了水玉水墨那边。

水骨跳完舞，把女人还给白伟，倒回来问灯台，怎么不跳？

灯台白了水骨一眼，不理他。

水骨嘻嘻笑，说我知道你不高兴我让你和白伟跳，这是策略嘛，要不，我怎么有机会摸那个女人的屁股？

什么？水墨来劲儿了，扑到水骨这边，兴奋地叫：说，快说。

水骨扬扬眉毛，说，我先是掐了她的腰，很重的，肯定青了，她没吭声，然后我就又摸了她的屁股。

再然后呢？水墨意犹未尽。

还有什么然后啊？水骨假势打水墨耳光：这是舞池，不是床。

灯台听着，怒火渐渐消下去，她甚至有点可怜白伟的那个女人，也许人家是碍于情面，忍着没有戳穿水骨罢了。

说笑间，白伟过来了，脸色铁青。

大哥，二姐，三姐。白伟逐一地喊，举起整整一瓶啤酒灌到底：我和灯台离婚是迟早的事情，就算我对不起她了，但我和小敏的感情是真的，希望你们理解。灯台是个好人，但她真不是好女人，她只知道往前冲冲冲——世界创造女人是为什么？女人是阴，男人是阳，可她整天跟一群男人比强比硬，搞得自己男不男女不女。她不累，我累！你们懂不懂？

懂，当然懂。水骨洋洋得意地说，你的情人就很“阴”，连我摸了她屁股，她都不吭声。

白伟瞠目结舌地看着水骨，傻了一般，又回头看看那个小敏，突然大吼一声：我操你妈！拳头直冲水骨脑袋。

水骨打惯架的，轻而易举地躲开，吓得不轻似的连连作揖：不摸了不摸了，兄弟一场，互相学习，打架做什么？喝酒，喝酒。

水墨把着啤酒瓶，在一旁笑得花枝招展。

两分钟后，灯台看着白伟煞白着脸扯着那个叫小敏的女人离开敦煌，自嘲说，听到了吧，我养了他四年，现在他说我不像女人。

他算个屁！水玉白了门厅一眼，说灯台，没事儿，离了找个你肯嫁的男人，肯替他生孩子的男人，气气他。

肯替他生孩子的男人？灯台的思维在听到这句话时停顿了一下，结婚恁多年，一直说要学小姨和小姨父，做丁克家族，没细想过愿不愿给白伟生孩子的事，现在想来，除了嫌有孩子麻烦，潜意识里，自己是不愿意给白伟生的。

看来有些事，从白伟那个角度看过来，不对的真是自己。

干脆咱们放过白伟吧，是这样——我也做了对不起他的事情。灯台长吁一口气，甩甩头说，坚决地说。

水骨几个大眼瞪小眼，齐齐盯住灯台。

其实……也不是什么大事。灯台挠了挠耳朵根子，不好意思地说，就是……白伟每天用的牙刷，我都用来刷一遍马桶。

十二

婚离得很彻底，白伟啥也不要，灯台啥也不想要，望着一屋子的鸡零狗碎，灯台推给白伟，白伟推给灯台，都不想跟着一堆旧情旧境过日子，人都散了，还拿这些干什么？

你住哪儿？

你住哪儿？

齐齐从家里退出来，齐齐地问，然后你瞪我一眼，我瞪你一眼，都有点尴尬。水骨那边有套房子，他把家具都买好了。灯台说。

那好，我嘛……先凑合凑合。白伟含糊不清地说，也不解释和谁凑合。

接着，顾副厅长退了，孙处长顺上了。

腾出一个正处。

以前灯台一直可劲儿鼓励老慢：最后一班车，你不要再慢腾腾错过了。

那时候灯台没想过要与老慢争这个正处，老慢大她那么多，理当归老慢。何况是死党。

但是挨过一刀子后的灯台不那么想了，割掉的不光是盲肠，还有好心肠。重回单位上班后灯台没再搭理老慢，想起来心里就有气——你个老朽！麻烦一来，躲得比谁都快！

老慢哪能看不出灯台的火气？遇上灯台就蹑着脚走路，大气也不敢吭。

过了国庆节，厅长突然把老慢和灯台一起叫到办公室，此地无银三百两地问他们对这次空缺的职位有什么看法。

灯台与老慢并肩站着，一动不动，这是灯台动完手术后第一次与老慢站在一起，尽管已经过去两个来月了，灯台想着自己那天晚上的样子，仍然很觉难堪，没理老慢。

我没有什么看法。老慢慢腾腾地说。

你呢？厅长问灯台。

灯台摇摇头，不说话。

你们两个都不错。厅长表扬道：这些年，你们两个一直是大家学习的楷模，互相帮助，互相关心，从不闹别扭，革命友情深厚，以后你们两个中无论谁上，我都希望你们继续这样保持友好的同事关系。我呢，不偏谁、不袒谁，手心手背都是肉，你们要公平竞争，和平竞争！

厅长说到这里，手有力地挥了挥。

一瞬间，灯台感觉到了站在身边老慢的僵硬。

老慢是在乎这个位置的，他在乎就好，哼哼，蛮有意思。

回到办公室，灯台正要打电话给老慢，电话却响了。

是老慢。

灯台。

唔？灯台冷冷地答：有事？

关于这个位置。老慢那边似乎是咽了咽口水：你怎么看？

我怎么看？你先说说你怎么看？灯台意识到了什么，有一搭没一搭地玩电话线。

你知道，我再不上，就得下了。老慢没有正面回答。

灯台笑，冷冷地说：你上也好，下也好，跟我有什么关系？

唉。灯台听到老慢一声长叹：灯台，我知道你记恨我，但其实我是为我们两个好，都是奔四奔五的年纪，我们不是小孩子。

我们是不是小孩子了，但是我做什么了？抱是你先抱的，亲也是你先亲的，你倒好，说拿我当哥们，你什么意思？灯台得理不饶人，全然忘记了自己挑逗在先。

我的意思是我很尊重你，我当你是最好的朋友，我不想伤害你。老慢说，你明明知道我说的不是那个意思，是你非要钻牛角尖。

什么这个意思那个意思？听不懂！牛角尖？你管我钻不钻牛角尖？灯台气咻咻地说完，挂了。

没等灯台端水喝口茶，电话又响了，灯台以为是老慢，拿起电话就说：你烦不烦？

电话那头传来水玉软绵绵的声音：回不回来吃饭？

自从水玉从杭州回来，灯台的饭就有了着落，水骨也解放了，水玉换着花样给灯台做菜，每次看灯台饿死鬼投胎似的吃法，都要唏嘘自责，自责孟家一家人都把灯台想得太坚强，以至于这些年全都忘记了灯台是孟家小公主。

以后我代替妈妈照顾你，直到把你喂成小肥猪。水玉拐了拐灯台：说说——白伟那头猪咱们不养了——下一个目标是谁？姚明？白岩松？

他们？不是地球炸了就是人家疯了，不是人家疯了就是我疯了。灯台喝着汤，嘴里不含糊：就老慢！

老慢？他不算男人，才开个头就贪生怕死。嫁这种人不靠谱。水玉听水骨说过细节，立即下定论。

谁说我要嫁他？灯台慢悠悠地说，我要让他出局！厅里空个正处，老慢想在退二线前升上去，我要让他争不着！

水玉哧地笑起来，拿筷子挑出汤里的一粒胡椒，说，最毒不过妇人心，可怜人家不过是怕出轨闹绯闻而已，你芝麻点儿事扯西瓜大，居然揪着人家不放。

灯台说，他抽身说跑就跑，我倒要看看，等我争了处长，他的肠子是悔青，还是跟我一样发炎。

公平些。水玉说，说来说去都是你在勾引人家，拿人家当出气筒。人家不肯让你当枪使，你就给人家使绊子，爸爸知道了，又要说家教不严家门不幸的。

爸爸？灯台低下头，手里拿着勺子，在汤里搅来搅去，心想，他有什么资格对我说家门不幸？

十三

老慢算是看出来了，灯台憋着一股气，非要整死他不可，厅里厅外，一向老实做事的灯台高调行走，眉眼之间露着风情。

风情，用到灯台身上是件要命的事。孟家的孩子，走到哪里都能吸住人的眼光，灯台昔日的倔强和木讷似灰尘，盖住了她的芳华。如今突如一夜春风来，千树万树梨花开，灯台在水墨的调教下，是越来越璀璨了。更要命的是，灯台的风情并不是要勾引某一个特定的人，她是要让所有曾经漠视她的人感受到她的重要性。

不过是一个正处而已，你烧包成这样！老慢苦笑，女人真是莫名其妙的东西，你占了她便宜，她恨你；你不占她便宜，她也要恨你。

灯台大步流星地从他身边走过，拿眼角似笑非笑飞了他一眼。

老慢情不自禁地提醒她：走慢点。

灯台怔了怔，放慢脚步，优雅地说，谢谢。

秋天很快过去，小姨父从云南来短信说，玉龙雪山下雪了，雪花大片大片的，人睡在玉龙雪山的木栅道上，很快就会盖上一床雪被子。

灯台看着短信，鼻子一阵阵发酸。

回来吧，天冷了。灯台回信给小姨父，用很温柔的声音在心里呼唤小姨父。

你小姨好吗？小姨父回。

灯台迟疑了，医院那一夜过后，灯台与小姨再没见过面，父亲也没有再来看过灯台，仿佛是默契，也仿佛是躲避。灯台不知道小姨好不好，但她还是回了两个字：很好。

那就好。小姨父发过来：雪是个好东西，有它，你会觉得宁静。

你的心，不宁静吗？灯台的手微微发抖。

呵呵，傻孩子，说说而已。小姨父回过来，此后再无音信，打过去，居然是无法接通的提示音，灯台想，小姨父不知道又往哪里走了，高原深山，处处是小姨父的家——除了枞城。

白伟也好一段时间没有消息了。

十一月小阳春，水骨的连锁超市生意火爆，“人亲没有财亲”，水骨嬉皮笑脸检讨后，闪人了。水墨本来是个三分钟热度的家伙，水骨一跑，她就跟着跑了。

灯台的日子恢复了平静，灯台有点失落，又觉得轻松，一大堆人围着她过日子，灯台是不习惯的，空气都给他们吃得稀薄了，搞得灯台喘不过气来。

考察组明天来厅里考察，灯台看了看自己的头发，不满意，下班径直去了森林酒店一楼的绝代佳人美发室。

正洗头，手机响了。

是父亲。

洗头小妹停下手，体贴地拿毛巾擦干灯台的耳朵。灯台拿着手机，犹豫不决，最终对小妹说：洗你的吧。

片刻，又有电话打来，这次是小姨，灯台更不敢接电话，两个人这样前前后后挨着打来电话，莫不是在一起？要给灯台说些什么？

灯台才不要听他们说什么呢，孟灯台就要当处长了，结果闹出个笑话说，她是私生女，叫灯台怎么做人？

明天以后再说，灯台摁断手机，铁了心不接，再怎样，也不能影响了明天的心情，明天要谈话的。

洗吧，没事。灯台对洗头小妹说。

洗完头，正吹，手机又响了，小妹笑起来：阿姨真忙。

灯台不高兴了，什么阿姨？心烦地拿出手机一看，这次是白伟。

做什么？灯台接了，硬邦邦地问。

小姨父病危。白伟在那头，也硬邦邦的。

什么？灯台霍地站起来，茫然地左顾右盼，美发室里的人也齐齐地朝她看。

白伟说，小姨父要见你。

在哪里？灯台全身血液冰凉，声音发颤，腿也在发颤，小姨父啊，腹肌上一块块田的小姨父怎么会病危？

铺子里。白伟句子很短。

什么铺子？灯台的智力在关键时候为零，语无伦次：他不是在玉龙盖雪被子吗？

当然是你小姨的铺子。白伟毫不客气地说，雪被子？你脑袋有病！

灯台抓起手袋，掀开脖子上的洗头围巾拔腿就跑，没付款，居然也没人问她要钱，灯台一路冲出森林酒店，冲过人行道，拦了出租车就往凤凰路赶。

凤凰路在枞城的古城垣边上，当年在湖广通云南的大驿道上修了众多卫所，枞城的小西门水城就是其中一个，凤凰路在东面的月门下，蜿蜒数里，直通当年的驿道，昔日驻守官兵在路旁种植梧桐树，供路人车马乘凉。这些年凤凰路依然是绿树成荫，树下东一间坊西一间铺，都是枞城几千年传下的手艺铺子，供游人吃喝玩乐游购。小姨的刺绣铺子紧挨着灯台的姥爷、老金匠的家——凤凰路顶里头的金凤院子。

出租车到了凤凰路口，司机停下来，指着路牌解释：上个月开始，改旅游步行街了。

灯台剜司机一眼，扔了十块钱就跑。

冲进小姨的铺子，灯台看到的是这样一幕：

一幅幅花色斑斓的绣品间，消瘦的小姨父坐在竹椅上，正襟危坐，让小姨给他画像，父亲、白伟、水玉、水骨、水墨静静地站在旁边，老金匠站在小姨背后，指着画布，轻声指点：这儿、这儿。除了老金匠的声音，铺子里很安静，没有一丝慌乱和紧张。

灯台冲进屋的脚步声太杂沓，以至于水骨横了她一眼。

小姨父抬头看了看灯台，眨巴眨巴眼，笑。

灯台摸不清状况，她几乎以为白伟是在骗她，但是白伟有什么必要骗她？还拿小姨父的命开玩笑。灯台只有木木地站在白伟身边，伸手去找白伟的手。

白伟侧过脸，若有所思地看了看灯台，又看父亲一眼，顿了顿，握住灯台的手。

两个人的手都是冰凉的，所以彼此都打了个寒战，深秋的天气，鸡皮疙瘩陡然遍身都是。

也不知道等了多久，小姨终于拿起白棉布擦拭画布，这个动作表示她的画画完了。小姨举起画布，转了个面，举给小姨父看，小姨父歪着头看了看，笑起来，说像我。

本来就是你。小姨面无表情，眼眶却是红的。

小姨父声音沙哑：画的这个，不是我，得你……一针针，绣完了，我再检查……是不是我。

灯台奇怪小姨父的声音，仿佛有什么东西堵在他的喉咙里。

灯台。小姨父朝灯台招手：我们，说话。你们，走那边去。

小姨父指的那边，是老金匠的院子。

大家就心照不宣地散了，只有水玉和水墨一脸茫然，让水骨一把揪了出去。

十四

你，都知道了？小姨父等人散去，示意灯台在他身边坐下。

灯台装傻，说小姨父我不知道你说的是什么，我只想知道你是怎么了？前些日子，你还在玉龙看雪。

什么，玉龙！我和白伟，看病去了，北京、上海，不行。小姨父喘得厉害，声音听起来很可怕。

什么病？灯台心里难过，脸上却是硬朗着，怕小姨父受不了。

这里。小姨父指了指喉咙：淋巴癌，一个，一个，堵满了。

切除啊。灯台压住心头的害怕：切了就好。

呵呵，小姨父古怪地笑：它们、贴着喉管、气管、血管，生不离、死不弃。割，血管就“嘭”，开花。

灯台听得心脏一阵一阵乱跳，眼前直发黑，腿一软，便跪在小姨父面前。

小姨父抚摸灯台湿漉漉的头发，啧怪：都快当处长了，孩子……一样……灯台，知道，自己是谁？小姨父问。

灯台埋着头，摸着小姨父脚上的探路者鞋子，沉默地解开小姨父的鞋带，把小姨父的脚取出来。

呵呵，小姨父再笑：你小姨，给穿的。她以为……我喜欢，随时帮我穿着。其实，灯台晓得，我喜欢……穿拖鞋，家里的……拖鞋。

灯台的眼泪再次夺眶而出，她站起身来，在铺里疯狂地寻找，找一双小姨父能穿的拖鞋，却找不到。

小姨父见灯台掀乱一幅幅绣品，直摇头，说：这里，怎么可能，有我的拖鞋？

灯台有一种想冲到小姨面前去抽她耳光的冲动。她红着眼，恨恨地说，她怎么可以这样对你？

我就是要说……她的事。小姨父严肃地看着灯台，脸涨得通红：坐过来。

灯台无法拒绝小姨父的要求，只得乖乖坐下。

你爸爸，是你小姨的……淋巴癌。你小姨，是我的……淋巴癌。这是命，灯台，你是……他们的孩子，不要……恨他们。

灯台不停摇头，脸色发青：我不会原谅他们！他们的爱情，伤害了所有人。妈妈……你……我。

不是！小姨父反驳灯台：我没有！我愿意。我……一直知道你小姨，苦。

妈妈不苦？我不苦？你不苦？

我们……都苦，但是，他们为了赎罪，更苦。小姨父说：接受……原谅的人，是坐在那里……等，但期待别人……原谅的人，却一直在路上，千山……万水……跋涉。走着的，永远……比坐着的要苦。

小姨父的逻辑灯台没有听过，更没想过。

你小姨……四十岁……不到，就白了，这些年，一直……都是煸过的。

他们活该。灯台寒青着脸，还是一脸不接受——她怎么能够接受，若父亲与小姨仅仅是偷情，她尚可原谅，但她作为父亲与小姨偷情的证据活在人世间，他们被原谅了，谁来原谅自己？灯台突然很委屈，小姨父不想想，灯台是最最当事的当事人，怎么可能做得到？

他们……本来……决意要在一起的。可你妈妈……以死逼迫，你姥爷……跪着求。他们……只好分开。小姨父气喘吁吁地道完，脸已经由红变青了。

灯台不敢再往下问，只呆呆地看着小姨父。

傍晚了，深秋的夕阳本来就没有温度，此时，铺子已经有了很浓的寒意，灯台迟滞地转动着身子，在狭小的空间寻找可以取暖的东西，终于，灯台在铺子下方找着一个小太阳电暖器，灯台弯下腰，打开开关，橘黄色的灯光骤然映亮了整个铺子，接着，一丝战战兢兢的温暖不由分说地爬上灯台的身体，带着羞辱与害怕，但它实实在在地贴在了灯台脸上——灯台不知道是什么样的情感，让一向信守德义忠孝的父亲居然做出这样骇惊世骇俗的事情来，但让灯台可以喘口气的是——“他们本来决意要在一起”。

是母亲，以不惜摧毁一切的方式捍卫了她的婚姻与尊严。姥爷能怎么办？都是他的闺女，他帮的只能是名正言顺有夫有子的母亲。

后来的一切仿佛顺理成章，保全名声的母亲继续做她的副教授、主任。

无法离家、却必须在家里承受出轨之罪的父亲从此隐忍一生。

而失爱的小姨则成了凤凰路出名的女酒鬼。

最后母亲积愤去世，小姨幡然悔悟，从此变成今天这个不声不响安静度日的小姨！

这些年，父亲退休后，哪里也不去，每天下午都在家里煲汤，都打电话给灯台，可灯台回去喝汤的时间很少。父亲头天倒掉，第二天又煲。

日子原来是这样，每个人都有不一样的人生，拥有不一样的日子。

小姨、小姨父、父亲和姥爷的日子，是用熬在度过，而对灯台、水骨水墨水玉他们而言，日子是用来折腾的，偶尔活色生香，偶尔平淡无味，偶尔为了活色生香，弄点是是非非出来。

灯台一直以为自己是痛苦的，在白伟的出轨里，在单位的争斗里，在要命的私生女的身份和秘密里，她哪里知道，身边的长辈们，正用炙热的火苗把自己燃尽，用耗尽一生的痛，给她、给水骨水墨水玉们安泰自在的人生。

小姨父，你觉得你这一辈子值得吗？灯台轻声问：她不爱你。

爱是自己的事。小姨父意外地完整说完了一句话。

不啊，爱是彼此的事。灯台说。

不是，爱是自己的事。小姨父再次流利地说完它。他的脸瘦得厉害，两侧像被刀子砍过一样，很凌厉，但他的眼睛却是温和的，小太阳电暖器的光映进他眼里，又从他眼里淌出来，绸子般细腻地盖在灯台脸上。

灯台？小姨父深长地叹了口气，一半的气息流进去了，一半的气息堵在外面。灯台知道，小姨父在等她的承诺。

我……不会恨他们，我会好好照顾他们。灯台答应小姨父。

小姨父如释重负地拍了拍心窝，幽默地说，好了，它回去了。记住……管管……水骨他们。还有，白伟……的绝情，是对的……比拖泥带水好。

十五

小姨父的葬礼需得回老家许家村举行，小姨父没有孩子，按他的遗嘱，灯台白伟这对离婚夫妻还得以小姨父义女义婿的名义把他的骨灰一路送回乡下去。

灯台向厅里请假，厅长为难地说，这周要对你和老慢进行心理测试啊，你是不是考虑一下？

灯台摇摇头说，没办法，有孝在身。

厅长说你再考虑考虑，一走就意味着自动放弃。

那就便宜了老慢呗。灯台顽皮地笑起来。

交了请假条走出厅长办公室，灯台缓步走进老慢的办公室。

老慢正埋头写着什么，见灯台，愣了愣，不着痕迹地拿起一份文件盖上。

灯台走过去，霸道地一把推开老慢，移开文件看——原来老慢在捉摸心理测试题，自个儿给自个儿设了N个问题，又自个儿在上面呀呀作答。

挺累人的哈老慢同学。灯台调侃。

是啊，人家提个正处，走个程序就完了，轮到我们，都四五十岁了，还搞笔试面试心理试，把人折腾得只剩下半条命。老慢有点紧张、有点尴尬，语速异常地快。

老慢。灯台把老慢的“作业”扔到桌子上，说，我不陪你了，测试你一个人参加吧——不要怪我关键时候让你落单啊。

老慢诧异地看着灯台。

前段时间……灯台玩着老慢的笔，费力地想着合适的措辞：是我给你添堵，你别放在心上。

哦，哦。老慢好不容易回过神来，局促不安地说，我也给你添堵了来着。我是个胆小鬼。

幸亏你是个胆小鬼。灯台笑起来：要不咱们就糗大了。

就是，就是。老慢挠挠脖子，又挠挠头。

老慢，咱们拉个勾如何？咱俩这回谁升了正处，就跳脱衣舞给对方看。

老慢呆模呆样站半晌，突然嘿嘿笑，扭扭捏捏地说，那好，那……蛮有意思。

什么蛮有意思？灯台白了他一眼。

我是说——老慢搓搓手说，我跳吧，太难看，你跳吧，我又怕你发炎。

我生剁了你！灯台狰狞地说。

在乡下，做完了三天道场，伟岸的小姨父变成了他父母亲坟前的一棵红豆杉，树是小姨父自家山林里掘的，挺拔、葱郁。

小姨说就要红豆杉吧，他想我的时候，就站在爸爸妈妈身边，摇摇满枝小红豆。

灯台叹息——小姨父生前一个人寂寞地走过千山万水，现在跟在父母亲身边，有人疼有人伴，想来也是件幸福的事情。

临走前的清晨，小姨执意上山，挖来数十棵悬崖百合，栽种在红豆杉旁边，灯台一行人默默看着小姨充血的眼眶，静静候在她身旁。

父亲缓缓走上前去，灯台要阻止，却被水骨无声地牵了一把，只好眼睁睁看着父亲拿起株悬崖百合，蹲下身去。

灯台生气地瞪水骨，水骨却温和地摇了摇头，把灯台拥在怀里。

突然，沉默多日的小姨开口说话了，声音沙哑、却无比净澈——孟老师，你说，他会喜欢这花吗?

会的，百合！父亲的笑容近乎于慈祥。

他生前一直想要个孩子。小姨喃喃地说着，眼神游离：这些，就是我跟他的孩子……孟老师，你说，他会喜欢他们吗?

会的，百合！父亲再次回答。

这些花，会活过来吗？小姨再问，像一个茫然不知所措的小孩。

会的，百合！父亲眼神直视小姨，不再躲闪，数十年的光阴，被父亲这样一眼望过去，望穿了，望淡了，望散了。

山下，有炊烟从青黑的屋顶升起，空气中弥漫着柴火的香。一声狗吠隐约传来，村庄如此安祥。

小姨父现在一定也很安详。

回城时，灯台扶父亲坐了白伟的车，接着叫上了水玉。水骨在后面，开着他公司的十一座面包车，默契地载上了小姨、姥爷、水墨一家和自己一家人。

很久没有坐白伟的车，灯台发现车上多了一些饰品，福字挂件、苹果香水瓶、金黄色柔软绒毛的坐垫，总之，白伟的车充满了女人和家的气息。

灯台伸出手，若有所思地抚摸了一下那晶莹剔透的苹果，低而真诚地说，蛮好。

白伟一直板着脸开车，听了这话，愕然地侧头看了一眼灯台，又扫一眼苹果，难得地友好：其实，太香，我也不习惯的。

灯台明白白伟是给自己留面子，但灯台知晓“不习惯”后面还有一句潜台词，就是他愿意用他的不习惯去迁就那个女人的习惯。而自己和白伟之间，已经有很多年，彼此不曾迁就彼此的习惯。

说来说去，所谓爱，就是无条件地给。像小姨父那句话——爱是自己的事情。

她……还好吧？

还好。白伟顿了顿，迟疑地看了一眼倒车镜里的父亲，低声说：元旦。

哦，灯台心领神会，心里某个地方像融化的积雪，湿润了，有点凉，又有点软：祝贺。

颠簸中，灯台有给白伟说说牙刷的冲动，最终忍下了。有些事，永远不说最好，比如关于小姨的。

车行大约半个多小时，灯台看到父亲有点坐立不安，一瞬间，灯台突然想起小姨在乡道上有晕车的毛病。

那天在绣铺对小姨父许下的承诺回响在灯台耳边，灯台叹了口气，明白自己从现在开始，得代替小姨父做些什么。

不过，小姨父有小姨父的方式，灯台有灯台的方式。

白伟，停一下。灯台假装按按太阳穴：我想透透风。

白伟把车停在路道边，绕过来替父亲开车门，父亲却侧靠在座椅上，闭着眼装睡觉。

白伟要叫醒他，灯台阻止了白伟。

父亲并不需要休整。

前面是一条清澈见底的小溪流，水墨带着孩子们疯跑到水边去捡石头，边跑边夸张地骗他们：有很多价值连城的奇石异石，就是在乡下的河流里发现的。

两个孩子叽里呱啦地从灯台身边跑过去，很快又跑回来，姑姑小姨地大叫一通，伸出冻得嫩红嫩红的小手，捧着湿漉漉的石头给灯台看，灯台唔唔应着，眼泪却莫名其妙地流了下来，水玉递来一张纸巾，灯台擦了擦，不好意思地调过头望身后水骨的车。

水骨和大嫂正扶着憔悴消瘦的小姨走下车来。

小姨的头发很长时间没有焗过了，远远看去，新长的发根泛着一层薄薄的白，在这万物萧条的初冬，似田野上那一层薄薄的雪。

冬天就要到了，而春天就在冬天前头。

灯台抹去泪，抬起头，湿湿的目光正好迎上小姨的，彼此都惊了一惊，接着便羞涩地互相躲开了。

（原载《十月》2013年第2期）

罗　漠

一生涕泪

读过很多书之后，我才知道我祖父被处以死刑的年代原来已经废除了砍头这种刑罚。而之前的若干年间，由于直接感受着周围人群对我祖父形象的评价，加上“挨刀砍的”又是我最早接受的一个似乎最痛快、最解恨的骂人词汇，因此，我就一直以为我祖父一定是被砍头的——幸好那个时候我还不知道剥皮、腰斩、车裂、凌迟、缢首、烹煮等等这些我们祖先发明的“更痛快更解恨的刑罚”。许多年以来，我祖父就在我的想象中一次又一次以至无数次地被砍掉脑袋，鲜血飞洒如“霓虹叠架”。

这种想象常常让我感到畅快淋漓，无比刺激。

后来，我目睹了我父亲和大哥实际参与的两场死亡游戏，再加上从书本上获得的知识，它们便共同丰富着我的想象：我让祖父在我脑海里同时被枪决和砍头。我一次又一次以至无数次让他被刀砍、被枪毙得鲜血飞洒如“霓虹叠架”。

这更让我感到畅快淋漓，无比刺激。

据说，我父亲曾经到过我祖父的刑场，还亲手埋葬了我祖父的尸体，只是直到他后来被迫参加另一场游戏而死去，他从未哪怕无意中擦到过这个话题的边缘。他始终保持沉默，始终缄口不语。

有过第一次游戏体验后，我父亲就整天满脸阴郁，寡言少语；而且，一旦听到物体碰撞发出类似枪响的声音，他就无法控制自己，就会歇斯底里、傻痴痴或哭或笑很长一些日子。直到较多地接触世事，逐渐模糊地明白一些事理的时候，我才开始感觉到这样一种非同寻常的压抑气氛。显然，这种气氛一定是在很多年以前就笼罩在我们家几乎每一个成员头上的，而在父亲看来，他最应该对这种气氛有一种深刻的理解：他得负责自已的一切言行；他必须认识到谨言慎行的重要意义。

在我懵懵懂懂的印象中，父亲几乎始终就这样不声不语着，我肯定从未从他的嘴里听到过任何有关祖父的言辞，怀念或记恨，业绩缅怀或者试图复仇；仅仅因为那本当时已确凿被焚毁了的家谱，他的心灵就被刻上了一条长长的重重的阴影。他从此害怕听到任何类似枪响的物体碰撞声。每一次，他认为的“枪”声在哪儿并不尖锐地响起，就见他浑身一颤，腮帮一紧，疾快地向一块门枋或就近的什么扑去，拼命一般紧紧抱住它。这情形一次一次地已经让我母亲不堪忍受，有一次她也几乎失去理智，取来一把菜刀要把他一刀砍了。可是那把菜刀一时之间竟如千钧之重，她一举再举，举了三次都没能成功砍下，终于在她打算第四次举起时不慎从手中滑落，“咣当”一声掉落在脚边。菜刀仿佛已经榨干了我母亲的体力，她跟着精疲力竭全身萎顿下去，伏跪在我父亲痉挛盘曲的身体上，起伏着双肩闷声嘶嚎，一边的膝头被那把菜刀划出了殷红的血也全然不觉。很久她才醒悟过来，接着她又用力把我父亲按住，再提起他的脑袋一下一下拼命地砸，砸得一屋子响起了“噗噗”声，直到我父亲用他从脑门上、额颅上浸出的血滴在我们的面前涂得满地是梅花。

这仍然没能帮助我父亲守住他的理智防线，我母亲松手后，他又一次同以前和以后的若干次一样，手舞足蹈大喊大叫，满地乱爬乱滚，两只“手爪”到处抠刨，再次把满屋子涂抹得斑斑块块，把刚刚“画”下的一朵朵“梅花”蹂躏得枝残叶败。有屎有尿了，也毫不禁忌，随地拉撒，再把已满地狼藉的梅花浇灌得肮脏不堪，腥臭刺鼻。

开始几次发作时，在无数个夜阑人静的深夜，我母亲都曾提心吊胆地为他化纸焚香求神问祖，许下了千般心愿万种承诺。但我父亲拒绝接受任何信息，每响起一次“枪”声，他无一例外都要去他那个可能无烦无恼的世界逗留一阵。

不久，我母亲终于梳理出了父亲发病的特殊原因，她提醒我们切忌弄出哪怕是接近“砰”的响声来。我们一律听从，每时每刻都努力小心翼翼动作轻微，以致于养成在这个特殊的环境之外都会蹑手蹑脚的习惯。但偶尔的过失总是无法避免。有一回我给祖母倒尿，仓仓皇皇逃出她那一间鬼气森森的屋子时，不小心被一根凳子绊了一跤，从手中抛出的尿罐，砸在地上的响声毫不新奇也不可能尖利，就那么浊浊的一声“啪”响。我父亲当时正坐在屋角叼吸着一锅叶子烟，有所想也根本无所可想，神思惘然。我们都觉得，一声浊浊的“啪”响与枪声的距离实在太遥远了，十万八千里都不止。但我父亲的想象力就那么超乎寻常，他跨越了不止十万八千里的多维鸿沟，就要把这一声“啪”响听成枪声：猝不及防一骇，不自觉地噗一声咬碎烟杆哨，再双眼一瞪，逃命似的尖叫一声，就猛向门口扑去……

每听到一次“枪”声，我父亲最初都要扑向一块门枋或者一只凳脚并啃住，全身急剧扭动抽搐，双手张扬漫无目的胡抠乱刨，指头浸出的血渍在壁上、地上画满血色垃圾，嘴里口沫飞溅，“嚯嚯”咆哮，直到把门枋或凳脚血浸浸地啃下一绺……到后来，他的牙齿全数啃松掉落。

开始几分钟或者更长一点时间，我们大都木呆呆地站着，满面惊恐地观看父亲完成他的痛苦表演。进入那个独特的精神世界后，我父亲就安静下来了，用那双已经毫无光泽瞳孔灰白的眼睛，四处寻找开来。我们一时都成了他臆想中的一件件有趣的玩意，一旦盯住了，他就会抑扬顿挫，此起彼伏一声接一声狂笑。

在他的狂笑声中，我们毛发直竖、冷汗直流。

这情形最先导致了我母亲的憔悴苍老。父亲第一次病情刚好转的时候，她就不知不觉母亲满头白发，如雪如霜，仿佛已经岁至耄耋不堪老残了。最初，总结出父亲发病的原因之初，她真是盼望这个世界不要再响起“枪”声。但就是她自己，有时也要在屋子里摔跟头，摔跟头就会碰响碗勺或别的什么……

我至今也觉得不可思议的是，父亲第一次病情好转回到我们的身边时，竟然奇怪地问起这一些日子他去了哪里，干了些什么。我母亲只好指着地上到处遗留着的清洗不净的点点血团、条条血线，泪眼婆娑地告诉他全部情形。我父亲这才恍然发现手上缠着的一根根布条，布条上有渗透出来再干结成了块状的隐约血印。他咧了咧嘴，手指也仿佛突然让他感到了锥心似的疼痛，他的眼里跟着飘过一缕阴影，并从此更加吝惜自己的语言。我大哥后来死去的那一天，我母亲告诉他消息时，他的回答也简省得不能再简省：“啊？死了？好。”并配合音节似的，点了点头。

后来，父亲终于死去的那一天，我母亲立在他的尸体旁边，朗声大笑了很久很久，直笑得涕泪横流，上气不接下气。这情形让我们以为她也疯了！我们等啊等啊，等啊等啊，等着这个世界的末日朝我们兜头砸下！但我母亲笑够之后，只是横眉怒目地把我们一个一个盯上一阵，再切咬着牙齿，一个字一个字声嘶力竭、仇恨万端地尖叫着说：“你……们，你……们，都……给、我——死！”

我们身心都冰凉了。好一阵，我母亲才镇静下来，长长地吐出来一口气。之后，她伏下身去，细心地一处一处揩拭着我父亲的七窍和喷流到衣襟上的污血，以致她手掌上的疤节很久以后都残留着被污血侵蚀的痕迹。然后，她又为我父亲合上那双瞳孔灰暗血网如织的眼睛，抚平脸上纵横扭曲的皱纹，尽可能让他安详如睡。最后，她发现我父亲缠满布条的双手还紧紧抠着床沿，又费力把它扳开，抻正放到他的身侧。

做完这些，我母亲已经不胜吃力了，扶站在我父亲身旁，许久才喘匀气息。

端详过我那面目狰狞的父亲后，我母亲再次弯下腰去，捡起那瓶还没有完全倒泼干净的农药，提去砸进了茅坑。

那还不是需用农药的季节，它被搁放在我父亲的床头。

很多年后，我母亲第一次带着我来给我祖父、祖母和父亲、大哥上坟时，她不经意地告诉我说，我祖父的坟里其实什么也没有。

在我的印象中，我母亲的形象历来就卑微不堪。她总是低三下四逢人便笑，她对每一个人都表现得异乎寻常的殷勤和毕恭毕敬。许多次，我大哥被无缘无故打得头破血流，甚至撵着人骂上门来并对她指指戳戳时，她不仅毫不申辩，一脸惶恐地忙着赔礼道歉的同时，还要扯住我大哥凶狠地一阵踢打。等对方满意走离后，她再跪在我的鼻青脸肿不叫也无泪的大哥面前，用喉咙闷声哭将起来。

据说，我外祖父也有一笔欺凌百姓血肉乡民的罪恶历史。在我祖父被处以极刑的同时，也被被判处无期徒刑，剥夺政治权利终生。那么不消说，我母亲的将来没有理由不离开花团锦簇阳光灿烂。做小姐时，年不及笄，就有许多门当户对的姻缘从八方牵附而来，但仿佛只是一转眼，她就犹如从云端跌落到了陷阱深潭，直到年近三旬仍然黄花守身，心如死水。而我父亲其时也正打着三十出头的光棍。于是这便成了一对门第相当的天配姻缘。

在我的印象中，我发现母亲对所有悖逆情理的遭遇都有无极限的承受能力。她从来不会认为这个世界有什么不合理；甚至就在后来，她站在我大哥尸体旁边，面对着一大群人的无动于衷冷漠无情，她也竟连抱住我大哥哭一下都不敢，只是等人们都走离，留下她独处一个天昏地暗的苍茫世界时，才敢扑向我大哥僵硬的身体，闷哭得心口一阵阵痉挛……

从知道我们家里还有一个被叫作“祖母”的人的那一天起，她仿佛就一直躺在屋子的那个漆黑的角落处。后来断断续续得知的情况说，从哪时开始，祖母突然有了对光明的恐惧，要我父亲把所有可能泄进光线的窗口都封严钉死；尽管并没有人会主动走进那间屋子去，她也明确要求任何一个踏进那间屋子的人不能掌灯点火。我也只是在后来接替我大哥为她端屎倒尿或者传食送水，不得不接近她时，才发现她确凿还是一个活人：幽灵似的一双眼睛一直半睁半闭，睁闭之间，就有一股摄人魂魄的光辉从冥蒙中眨出。有时，如果我不小心听见那个角落有凳子扭动的吱嘎声传来，那么那一阵，我就经常感觉寒气锥骨，冷汗直流，“心跳不止”。

我祖母几乎从不说话。我不记得她到底对我说过几句话。她甚至也不能感觉饥寒饱暖。屎尿也完全失禁，一种醇厚浓腐的腥臭味源源不断从她的那一间屋子溢出，飘袅得我们都以为满世界都这般恶心刺鼻。据说她在躺倒之前，曾在一块石凳上跌过一跤，把一边脸颊跌得骨碎筋裂，明显枯萎凹凸不平，并导致半身瘫痪。这种情形加浓了我们后来要用相当的耐心和毅力去忍受恐怖的气氛，于是我就每时每刻都在期盼着这个被我叫作“祖母”的人哪一刻突然死去。

但是，她却顽强地活了较长的一段日子：我父亲后来某一次踏进那一片混沌的境界时，她还出人意料地奇迹般清醒了过来。

我记得那时我们正无可奈何地远远地看着我父亲进入游戏角色，突然，祖母的屋子里传来一声“噗”响。我母亲快速地对这声响做出反应，转身向那处黑暗窟窿冲去。一转眼，她就抱着一截塑出人形的树桩走了出来。留意观察一会，我认出那团骷髅似的人形树桩原来就是我的祖母。熹微的天光让我第一次对她的形象有了比较清晰的认识：当时她其实双眸明亮、溢彩流光，让我一时间无法不把她年轻时候想象得无比的风姿绰约，无比的风流妩媚。这就是我祖父要娶她的理由。

对祖母形象的第一次也是最后一次清晰认识，让我讶异不已；因为我一直没有听见她说过成句的话而把她想象成了一个哑巴，这时竟破天荒地听得她吐字清楚发音清亮地说出了一句话来，眼睛望着本来是香案但却早没了祖宗牌位的堂屋正中：“这、个、家，咋、回、事……啦？”然后缓缓地费力地摇摇头，眼神陡地黯淡了下去：再然后，她偏过头，要谁去把她的那根拐杖拿来。

据说她刚刚出现行走困难，就要我父亲为她削来一根拐杖，她坚持拄着四处游走。此时我们都不知道她要拐杖何用，但我还是主动去找来，递在了她枯焦的手里。

捏稳拐杖后，她示意我母亲放她下地。

我母亲显然没有理解她的意图，仍然将她紧紧端着。

我祖母威仪不减当年地加重语气说了出来：“放我到地上去。”

我母亲犹犹豫豫放下我祖母后，一直小心翼翼勉力把她扶着。

“放开！”我祖母就忍不住愠怒了。

只是，她刚刚挣脱我母亲的扶持，就一个前扑栽倒了——她实在不愿意承认或者干脆就忘了自己已经不再是一个还可以自由支使自己四肢的健康人。

我母亲很为自己的懈怠措手不及，愣了一阵才想起把她从地上扶起来。

那时我父亲正蜷缩在一处墙角，口吐白沫时断时续阴阳怪气“嗬嗬”嗥叫。

在被我母亲端进屋之前，我祖母又使劲歪过脖颈，朝我父亲问了出来：“你唱个哪样唱？还不去上坡做活？”

我母亲放好我祖母走出门来，正两眼迷蒙欲哭无泪呆呆站立，我祖母的屋子又骤然飘荡出一声阴森森的凄然长叫。我们齐齐一颤，登时就像全身都陷进了一个冰窟，呼吸不畅几乎窒息。我母亲更是立刻满面惨白，好容易才从一阵兜头劈下的恐怖中镇静下来，扭身向祖母的屋子踉跄而去。我们紧紧跟着。

慢慢习惯强烈的光线反差后，我们看到我祖母正瞪圆着一双大眼，死盯着挂满尘灰的屋顶；大大咧着的嘴，也确凿无疑地留着呼叫的余音；举到胸脯上的一只手，手指也还痉挛丫张着，似乎要拒绝或推举什么砸来的物事。

祖母僵硬的狰狞面容让我们确信，她的灵魂已经远遁追赶我的祖父去了，只把一具接近干瘪的躯壳留存在这个物质的世界。听完母亲的简短吩咐，我转身逃也似的跑出，利索地把父亲绑在一块檐枋上，帮着母亲对堂屋做了草草的打扫，为我祖母设置了一个简陋的灵堂，当天深夜，我们再悄悄把她葬在了据说是我祖父的坟茔的一侧——之后我父亲和大哥也先后在这里被我们刨出一个土坑，用泥土垒出了一个坚硬而恒久的生死界碑。

祖母原本就很不明晰的形象从此在我未来的生活中逐渐消失。很多年以后，我甚至怀疑她是否在我的经历中确切出现过。

但是我确实知道，我的祖父死得非常正规和严肃。读了很多书以后，在我知道那个年代已经废除砍头这种刑罚之前，我就让我祖父同时接受枪决和人们传说的砍头这两种死亡形式。

公审大会作为这个故事的起首部分，是我们都司空见惯的：也应该是阴霾满天，凄风阵阵，气氛苍凉。一片空芜的旷野上，人头攒动，吼声如雷：我祖父被五花大绑着，低头站在一个高高的土坎上，胸前系着一块牌子，牌子上或工整或潦草地写画着他的名字，名字被红红的两笔切得支离破碎鲜血淋漓。头低累了，他微微一抬，又被猛力按下，有好几次都几乎栽倒。前面不远处的一块岩石边长着一棵大树，绑在大树一节桠杈上的一只高音喇叭在飒飒秋风中瑟瑟招摇。

喇叭气势滔天义正言辞地吼过一个开场白再宣读起我祖父的弥天大罪时，台下被激出了一阵接一阵的口号声，此起彼伏，直吼得山鸣谷应，参差举落的手臂、拳头也如林成海，恨不得将我的祖父捶搓成肉泥。

高音喇叭最后喊出了对我祖父就地处以极刑的判决。

我认为这声正义的宣判完全应该把故事推向一个高潮。我于是让台下顿时万众齐呼轰隆隆涌动，如同辗过一阵万钧雷霆。肃立在我祖父身后或持枪或负刀待命的两个或多个行刑人员，听毕执刑命令，就一声叱喝把我祖父向刑场推去。被押解来到一片荒坡上或者松林里的过程中，人群一浪一浪跟着翻滚而来，吼声一直响遏行云。

由于这个故事从开始流传就存在着枪决和砍头这两种高潮结局，于是我让我祖父最先接受前一种比较文明的方式：站立在我祖父身后几米十几米远处的一个，或者干脆就是一排的行刑人员，在听到“执行”的命令发出后，就唰唰唰举起了枪来——一支或一排的枪管跟着就突地喷出一股淡淡的袅袅的白烟。枪声也肯定是尖利而清脆的，并且足以石破天惊。这石破天惊尖利而清脆的一阵枪声，转眼就把我祖父的身躯织进了一片姹紫缤纷澎湃汹涌的血色布景。我祖父一个踉跄被击倒在地之初，稀里糊涂的还试图再爬起来——我相信他能够产生这种生命本能。我让他两次伸出手去，打算抓住可能正在他的灵府中蜿蜿蜒蜒的一根绳索或者别的什么。抓住还是没抓住，他都得在完成最后一个挣扎行为后彻底安静下来，躺在一摊汩汩翻滚的血泊中再也一动不动……

因为我很自然很顺理成章地一并得知了我祖父要被处以死刑的原因——人们说起他的深重罪孽时犹自忍不住咬牙切齿要恶毒咒骂，我也认为只有砍掉他的脑袋才能让人们稍稍解恨，于是我跟着为我祖父设计了第二种刑罚：我规定那个手握大刀的人一定长相阴鸷，面色冷峻沉郁。他就一直手试刀锋心肠铁石地站立在双手反剪的我祖父身后。指令同样由高音喇叭发出："预备！"他举起了寒光闪闪风鸣铮铮的屠刀："执行！"一阵风从耳际飒然掠过，刹时间就把每一位观众拉进了一个遥远的铁马金戈的杀伐年代。随着一阵金戈鸣响，我祖父的身子眼见着就被罩上了一袭鲜艳如炽的锦缎，映照得沉沉的阴霾也跟着绚丽如虹。我猜想劈飞的脑袋是成抛物线落地的，成抛物线落地的我祖父的脑袋急速地滴溜溜直滚，直滚到拥近的几个人前，那一处喷涌如射的血流还一路沾来厚厚的碎叶草屑；这碎叶草屑厚厚地裹在断头上，如同一顶草帽。我恶作剧地想，我祖父的眼睛一定还从这帽檐下恨了好久，正幽幽散漫的一缕原神就把最挨近而又退避不及的一个人全身罩住。那声回头无路的惨咽，很多年以后都还在让我享受着一种快感。

我祖父罪恶滔天的生命，就这样被人们按照一种自以为是的惩罚方式逐出人间。恨不能对他食肉寝皮的，在无论哪一种惩罚方式都会有的滚滚血水面前，我相信他们都还想挤上前去把他践踏成泥。

更多地接受了书籍的熏陶和教育后，我不知不觉站向了我祖父阶级的对立面。我不止一千次一千零一次地设计这两种死亡形式，让他的灵魂永生永世不得安宁，永生永世接受我恣情的处罚。知道了灵魂的归所有天堂和地狱的区别后，我还无数次将我祖父的灵魂推下油锅烤炼，让他痛不欲死……我说过，那个时候我并不知道我们的祖先还发明有剥皮、腰斩、车裂、凌迟、缢首、烹煮这些刑罚，要不，我未必就不会让我的祖父被剥皮而死，被腰斩而死，被车裂而死，被凌迟而死，被缢首而死，被烹煮而死……

……据说，我祖父被处以极刑时，我祖母还怀着他们的最后一个孩子正等着分娩。她因此被暂时取消了陪审我祖父的资格，没能亲临刑场亲眼观看甚至以配角身份出场直接参加我祖父的死亡游戏。但她必须去为我祖父收尸。这是无人可以代劳的事情，她只得挺着便便大腹一颠一挪赶去。当她挺着大腹便便一颠一挪赶到我或胸有窟窿或身首异处但都是血浸黄沙的祖父跟前时，委实没能忍住耳鸣头昏心口一阵绞痛。她觉得脑子里开始撕绵裂帛似的"嚓嚓"鸣响起来。她一手抚胸一手掐喉"啊咯咯"倒海翻江直呛得涕泪涟涟。她不得不伸出颤颤的手企图抓住什么作为倚托。可她终于什么都没能抓住，就重重地砸倒在地。

很久之后我祖母才悠悠醒转。很久之后悠悠醒转过来，她就伏在我祖父硬邦邦血淋淋的尸体上开始了呼天抢地泪流成河的闷声哭号，直哭得天昏地暗好一会儿星月黯淡。我父亲在那一处荒坡上抑或松林里找到她时，已是四野俱寂夜黑如铁。他好不容易才将我身心俱碎的祖母扶持回家。

从此开始的一段相当长的时日，据说我祖母常常会在半夜时分一阵紧似一阵地发出惊叫，把一种深沉的绝望撒进或空阔明亮或沉黑如囚的天宇，如厉鬼呜咽。很多年以后，人们偶尔回想起这个故事的这个情节，犹自觉得那些夜晚让他们铭心刻骨想起来就毛发直竖。

我祖母就在用一声哀嚎把整个苍茫天地都撕裂得欲碎欲裂，让每一个人的心里都袭满恐怖的沉黑半夜，生下了一个我已永远不能弄清是我的叔叔还是姑姑的死孩子。据说孩子生下来时，就只有一只肥硕的老鼠大小，坚硬冰冷，污血淋漓。我祖母甚至没有剥开胎衣就把这只可能是我叔叔也可能是我姑姑的“死老鼠”，提到野外扔给了一只野猫或者豺狼。

梦魇让我祖母承受的惊扰一度让她神经紊乱精神失常，冷不丁的她会在她的那间屋子里跟人大声说起话来，或者就是一阵语调含混的轻声咕哝。这样的情形常常让屋外的我父亲母亲听得冷汗直流。不同于后来我父亲的是，这一病状并没有持续，慢慢就见好转，十几天过去仿佛就已然痊愈。

但是，她显然不能消除我祖父的死亡阴影笼罩，她注定不能除去那一副铸刻在她心灵上的枷锁。果然，还没有等我父亲母亲完全消除戒备，她就在某一天猝然神智昏迷躺倒了下去，两天两夜方才苏醒。醒转之初，她要我父亲母亲把她扶站起来，小孩子学步似的，双手扶住墙壁一步一步颤颤巍巍游走，十好几步就走得她吁吁气喘大汗淋漓。她只得又重新躺上床去。但她并不甘心，她要我父亲去为她削来一根拐杖，趁有人在家时，就要求人站在她的身边，护着她拄着拐杖一顿一顿慢慢挪动。但她坚决拒绝搀扶，除非她险些摔倒。终于有一天，她到底还是完全失去了自由使用双脚的能力，猛一跤跌在了阶阳（西南官话，指楼上门前的平台。编者注）的石坎上。我父亲回天乏术，只得胡乱打制了一张简易的躺椅，安放在屋子的一个角落处，让我祖母永远呆坐在那儿。

很多年过去之后，那张简易的躺椅还作为我祖母留下的唯一的纪念品搁放在那儿，我偶或也会毛了胆子坐上去靠靠，并顺便遐想遐想当年我的祖母是怎样依靠它来固守她冥冥中那个美轮美奂的世界的。这样的时候，我就发现这张躺椅真还有一种神奇的魅力——我于是想，这或者就是我早就该死去以减赎一点我祖父罪孽的祖母，久久不愿离开这个我祖父故事的阴影到处飘浮的世界的一个重要因由。

整日躺进这一处黑暗中的我祖母，一边对着生灵世界的芸芸众生作着她特别的评判，一边——我以为她肯定不至于忘却这一点——泄愤解恨似的拷问着我祖父的灵魂。我父亲刚为她把所有的光明都拦堵在门窗之外，她又进一步提出要求说，可为她准备一些解手用品，她的大小便不用再由我大哥把她背进背出上茅厕了，因为就连夜晚茅厕边胡乱飞舞的萤火虫，它们的那一缕缕微弱而且温和的萤光，都会让她阵阵晕眩。

为她把大小便端倒出来的我大哥，总是疾如闪电地开关我祖母的房门让光线根本无暇泄进，但一次一次的，稍开即合的门缝还是把酽酽的腐臭漾了出来，酝酿着发酵着，让我们不久也终于完全习惯了仿佛整个世界都是这般滋味。

我大哥死去后，我责无旁贷地把这个任务接过来——我不知道我的大哥在无可推卸地尽出这份孝道时，有没有我后来的漫长感和觉得便壶之沉重；会不会如我一样每一次都要对着虚空质问：我这个叫作“祖母”的东西为什么不干脆死去!

在我并非刻意留存下来的记忆中，我从未发现我的祖母在终于连拐杖也不能帮她成功地游走而重重地跌碎一边面颊之后，到底何时离开过那张一直埋藏在黑暗深处的躺椅。她和一个喧喧嚷嚷的现实世界逐渐失去了一切联系，以致于后来一些与她有着类似身份的人，都要被押解着走村串寨四处游斗的时候，居然没有人想起她来。她因此得以尴尴尬尬，但却是安安静静地走过了生命的最后岁月。即便在我们家里，我也只是在不得不为她端屎倒尿看到一双眼睛里的蒙蒙冥光，和偶尔被那间屋子传出的躺椅扭磨声猛惊得一个激灵时，才会猛醒似的记起来我原来还有一个叫作“祖母”的长辈！但她确乎没有给我留下哪怕只是零星地同我说过话的记忆。我肯定她从无机会，也从未向我以“祖母”的身份表示过应该表示的关心和怜爱。

很多年过去了，我的家乡所在县也编撰了一本县志，我很偶然地得到了一本。迄自该县乾隆建县截至1949年。其中小至某年某月县境某地出现山崩二十一位村民罹难，某年某月县境某地牛瘟流行耕牛于数日间殁亡殆尽；大至辛亥革命，抗日烽火，人民当家作主的县政府成立两百余年间的无数人文掌故，大小历史事件，事无巨细，均可在上面翻到墨迹。不出所料，其中的近现代史一节，我祖父、曾祖父的名字就曾多处出现。县志记述说，我曾祖父曾经兴办过学堂，曾经开辟过码头，拥有过一支船队；我祖父还曾经置办过一个砖瓦厂和一个烧酒作坊。

这个家族的转折出现在我祖父这一代。

后来出现了匪患，要保住一份偌大的家产，我祖父被迫变卖部分田土和粮食，购买了几杆枪支组建了一支武装。

这个家族出现在我祖父这一代的转折，现在看来也真是非人力所能左右的。世道混乱，匪患四起，甚至连他平时器重也厚待的一个佃户，都在一个月黑风高的半夜三更时刻，撺掇怂恿十数个乡民头裹黑帕对他的家业实施了一次抢劫，而他所能选择的防备方式又只能是瞄准黑影开火。一次一次的，他就理所当然被推到一个对立面——一个庞大的贫穷阶层的对立面。在我同时得到的另一本由若干人署名成册的文史资料集成，上面的撰述者情绪不胜激动。集中有一辑取题《匪患》，我祖父就在其中不忝篇什。作为“开场”的第一篇，标题下就用文字交待说：×年×月×日，在县境内佛顶山神匡崖龙神洞捕获土匪恶霸×××。于×月×日经公审后被就地处以死刑。然后用长达数页的文字，记述了他被剿灭的详细过程。余下的几篇，则具体列数了我祖父从恶以后的几乎全部罪行，恶贯满盈，令人发指。

我相信任何人都不可能在这些连文字都冒血的罪行面前保持住阅读所需要的平静心态，更不用说这些文字又与人们直接或间接相关。我于是完全理解了人们对我祖父以及与我祖父有着血肉联系的人不可泯灭的切齿大恨。在这个前提下，我又为什么不能替人们用另外一种方式永无休止地折磨一下我祖父的灵魂呢？那么，有时我就这样想，我祖父并没有被一枪打死，埋进土坑后，他还痛苦无奈地呻吟叫唤了整整一个月；砍他脑袋的屠刀也没有磨得足够的锋利，而且稍稍砍斜了。只从他的颈边抹过，就让他吊着脑袋，要死不活抽搐了三十天……

只是，我始终无法在这场游戏中把我父亲和大哥撇到一边而每每要把他们牵连进去，这时时让我感觉不安和愧疚。问题就在于，他们就曾分别实际操作了一场游戏。

根据那本县志和那本文史集成的记载，我发现我祖父确实是一个毫无心肝和人性的人；他杀人如麻心硬似铁，他十恶不赦。即使其中均未提到他在刑场的表现，但我已基本接受了人们的口头传说：他“硬是不怕死”。在枪口或者屠刀面前，他已经知道他的生命只有这个下场了，那么，“怕死”又有什么用呢？但是我父亲不同。据说他从小就温和文静，心地善良，直到战乱频起，他都没有……哪怕只是摸一摸我祖父买来或缴来的任何一种杀人武器。他的精神防线是被摧垮在后来他被迫参加的那场真正的游戏中。

懂得遗传的生物原理后，我面对我父亲和我祖父迥异得以至于别若天壤的性格，完全无解。根据那本文史集成《匪患》一辑里一篇文章的控诉，我祖父在被抓获的前一个月，曾在他长期潜伏的神匡崖龙神洞，把十五名被“解放军要大规模围剿”的风声吓得准备投诚的手下一一手刃；一川尸首狼藉，血水横流，不日间就腐臭发烂，成群结队的苍蝇嗡嗡扑来，在尸身上密密麻麻排满，翅羽声也如雄鹰翱翔，山鸣谷应。解放军的剿匪小分队闻声赶来时，无一不胸闷气塞呕吐不住。

揭我祖父老底的同一篇文章还说，自从他比较倚重的那位佃农被他枪杀起，他就有了越来越重的疑心，并逐渐暴露出了他“豺狼成性”的“阶级本性”。有一回在烤酒作坊，他怀疑有一位工人偷饮了酒，当即就用枪托敲碎了他的下巴。还有一回，他甚至下令几个手下把一个交租不足的佃农按进粪坑活活闷死……

我并不怀疑这些文字的真实性，尽管它们难免都要被作一些文学和艺术的夸张，而这是被允许的：我只是奇怪，为什么独独就是我的父亲，从不见他也像他的父亲即我的祖父那样随意作践生命，相反他还胆小如鼠、怕死，连他的儿子即我的大哥都不如——我大哥在属于他的那一场游戏中，就是直到死去也像传说中的我祖父一样，没有一声求饶，而那一声求饶也许是有用的。

很多人刚刚对我们家进行完第一次查抄，我父亲就翻出没有据实交待出来的那本家谱，一页页撕下来烧了，直烧得他一时间痛如焚心泪流成河——据说（我始终只能依靠“据说”），这本家谱详细记载着我们这个一时显耀的家族，迁于江南，辗转川湘，最终落足本地扎根滋节，先辈们如何艰难创业，终于走向兴旺发达的全过程；逮至我的祖父，留下了整整两百年的煌煌家史。家谱上也同时载有列祖列宗关于治家立业的许多箴言警示。据说我曾祖父一代，最是家声远扬，遐迩皆称。但是也有哲学告诫我们说，物极必反，我们家族的兴衰为此提供了充分的佐证：也就从我的祖父时代开始，天下大乱，盗贼猖獗，我祖父努力一生，杀戮一生，还是难挽颓势。就在逃往龙神洞之前，他主持了一个相当冷清但是绝对严肃的仪式，取出那本一直搁放在祖宗们牌位前的家谱，郑重其事移交给了我父亲，语重心长地说，家谱的重要性甚至超过他的生命，无论如何都不允许失毁，而必须让它一代接一代传写下去：它将给后代子孙带去无穷的荫蔽和永远的光辉。

我父亲或者已深谙历史：他或者已相信，“历史”根本不能人为，它拒绝以人的意志为转移——何况家业重振，他确乎也独力难支——那么，保留一本家谱于他，显然就是一种多余。不把它交出来而要寒噤连连地撕烧掉，我的理解是，他不愿意由他个人来承担这两百年的“历史”重担——对此他同样独力难支。我看着我父亲哆嗦着双手将家谱上那些如龙蛇飞舞的小楷毛笔字送上火苗时，他的泪水就从频频挫动着的两腮上成河似的淌下来，在飘忽着祖宗们幽灵的火焰中嗞嗞炸响，再将灰烬迸溅出来，一飘一忽。

但是，那些打碎了剥削压迫枷锁的乡邻们，却要在他们已经成为这个社会的主人，重新写着“历史”的时候，再来翻翻曾经的“历史”；而有的只是从他们的父亲或祖父嘴上听来的——他们一致相信，我们家那个时候就一定还保留着那本浸透着他们这个阶级血泪的“变天账”。

我父亲无法合作的行为，让高瞻远瞩而又胸怀远大，并立志要为全人类谋求幸福生活的人们非常失望非常气愤。他们一次一次闯进我们家来，捆住我父亲要他老实交待。

于是我们家就被作了无数次踢盆摔碗翻箱倒柜掘地三尺的查抄，我父亲也无数次遭受了恣肆的鞭抽棒捶：家中仅仅是听说过有一本家谱的人，也难逃池鱼之殃，被威胁拷问了无数次，仅有很少的几次未尝拳鞭之苦。

由于我父亲被认为“坚持顽抗到底”，他的生命史上就有了让他惊心动魄，铭心刻骨的考验：他也就是在这场死亡游戏的考验中被彻底击垮，并在后来按照我母亲的意愿“自杀”死亡。

很多年以后，在我设计的不得不牵连进我父亲和大哥以及我祖母——我祖父不同形式死亡给我带来不同乐趣的这场死亡游戏里面，我只要一进入我父亲相关的情节，就倍觉难为情：他不仅一点无我祖父也即他父亲的临死不惧的气概，更还缺乏我大哥也即他儿子面对死亡时的倔强和反抗精神——他的颈上也挂着一块纸做或木做的牌子，牌子上写着他的名字。名字墨汁鲜亮，并没有任何附加符号比如一把红叉——后来我们把它取下时，我还跟着笔画学会了他的名字应该怎么写。

但是他不知道有这点区别。几块牌子原来一直散放在主席台边，直到被推到台前按下头颅挂上，他都无法看清有自己名字的是哪一块。加上在此之前他又没有得到任何有关的暗示，刚走到那片黑压压的观众面前，他却瞟到了旁边那个陌生的名字正被两杠如斧如钳劈夹得粉碎，这就让他对自己即将的遭遇不能乐观丝毫。押上前台，他就两眼无神地看着面前滚来滚去的人头，头脑里一片空蒙，两股战战，浑身瑟瑟，冷汗涔涔。

宣判会场也同很多年前公审我祖父的场景有着相似相同的气氛和气势，足以让每一个当事人魂丧魄失。开始的镜头自然也大同小异，要由高音喇叭喊出同我父亲站成一排的每一个人的罪行。我父亲被总结出来的，则相对显得笼统。几次批斗会都只能作一点朗读的语气区别，他自己也已耳熟能详："……拒不交出'变天账'……妄图翻天……重新骑在劳动人民头上让劳动人民吃二遍苦受二遍罪……死不悔改……严惩不贷……"我肯定其时的情景已把我父亲拉回到了一个幽远的记忆。他总是在描摹我祖父躺在血泊中的那一瞬壮丽场面。他的灵魂已离他而去，正在一片红澄澄的海波中奋力挣腾企图泅渡到一个永生之岸。当高音喇叭气贯长虹震慑人心地吼出"押赴刑场执行枪决"的死刑判决命令时，我父亲脑子里的全部幻象顿时就被他的一个寒颤抖成一处波涛汹涌的黑色漩涡，他仰面朝天就向着这片黑色漩涡倒了下去。

气若游丝的他由人拖着朝前走，沙砾石块刮得他的背部股部皮翻肉绽，他也根本不觉。他平生第一次不顾礼仪拉出的屎尿淋湿了裤裆，再一路潺潺湲湲蜿蜒下去。一声枪响鸣向天宇，也同时鸣向了我父亲的灵魂深处——他陡然直立起来，大厦轰然倾坍似的发出一声猛吼，再直僵僵翻倒下去，对他后来被迫选择的死亡做了一次逼真的演习。

很长时间过去，他才原神回窍。他慢慢睁圆眼睛，看到旁边仍然是他熟悉的人世风景，耳朵里也还在灌进嘤嘤嗡嗡的热烈人声。他于是抬起一只手，像他和很多人都习惯的用瞭望太阳的位置来判定时间一样，盖在眉上，望了望空阔辽远的天空。天上没有太阳，只有一团一团的白云黑云巍巍然卷过。然后他转着眼珠问了一句："我刚才到哪去来……"

远远近近拥围着的人，听毕就抑制不住一阵同声捧腹大笑。两个人走近探着身子打算坐起来的我父亲，友善地朝他唾着口沫，还伸出脚去在他的脑勺上碰碰，批评说："硬是臊你家老子的皮呀！陪一下杀场，就吓成了这个卵样！不是说你老子挨刀砍都没眨一下眼吗？"

"是挨枪毙的。"旁边有人作了更正。

我父亲毫不在意这些歧议，他甚至也根本没想起要进行辟谣——把我祖父的死亡形式肯定在枪决或砍头上，他只是确切地感觉到了碰到脑勺上的脚尖带来的疼痛。于是他发现自己确实还没死，还活在这个已完全把他当成了多余人的世界上；于是随着他产生了死而复生的极度兴奋，双目陡亮，放射出灼人的熠熠光辉，腾地跳了起来，放开喉咙，发出了一阵山崩地裂似的纵声长啸："噢——嗬嗬……噢——嗬……嗬……"

以致后来他每听见一次"枪"响，进入境界后，都要如此这般放声狂嗷。

第一次他足足神魂颠倒了半年。半年的时间，他都人事不知，时不时被他在那个特殊幻界中的独特发现逗惹得一阵一阵痴笑。

我大哥在后来在游戏中死去的时候，他也刚刚挣脱人世的缠绕，被拽进他那个暂时让他无忧无虑的极乐世界，要哭就哭，想笑就笑，喜怒由心。我大哥的尸体被背回家来，放在台阶的一块木板上，仿佛将出门远行而又归期遥遥的样子，已经哭够痛够了的我的母亲，给他少有地穿了个周周正正，只是不忍这样同他挥别，还跪在旁边欲舍难离，两眼深情地目不转睛地看着她的儿子。

我父亲这时飘飘悠悠走了过来，蹲下身拉起我大哥的一只手，问一声："你要走了？"

大哥对他不理不睬冷若冰霜，我父亲也不计较，转头用同样的清晰语气同样的理智神情问我母亲说："都给他准备好了？"

他可能已经知道归期渺渺路途遥遥而且崎岖不平到处是荆棒，又做出为我大哥独行担心的样子，鼓励他说："不要怕。走、走、走……"

"走"着"走"着的，他就开怀大笑了起来，一边手舞足蹈起去，庆幸我大哥他的儿子终于去到了一个美妙地方似的。

当然，也就在这时，也就在这一次，我发现我父亲平生第一次无所顾忌地表现出了他作为父亲的一腔殷殷的慈爱情怀。

终于再次从那个特别的生理陷阱中走出来，样子还显得精疲力竭的时候，我母亲肝肠欲断心尖儿滴血地对他说："老大死了。"

"好。死了。"我父亲竟然毫不惊诧，平平静静地作了回答。他就那么超乎凡俗地望着我卑微萎缩弱不禁风，看上去仿佛沧桑尽历再入苦海也从容的母亲。

是的，这有什么好奇怪或悲愤或喜悦呢？每一种生命最终都要走向这个天定的归宿，尽管方式各异。很多年以后我向母亲作着生命和死亡的哲学解释，我说我父亲到底又能怎样。

我和我祖父之间既然缺少必要的情感联系，这就让我在编撰他的死亡形式和结果以此获得游戏的趣味时，可以不受拘束。在想象砍头和枪毙这两种形式各有各的死亡场面时，我一时都不能控制一腔酣畅快感。想象这两种形式的全过程，我觉得它们都有无穷魅力。就为了圆满这一场魅力无穷的游戏，我多次牵连进了我父亲和大哥——特别是我大哥，这又让我多次都忍不住心口隐隐作痛。而其实，我认为对我祖父不管用哪一种形式进行惩罚的人们，都还是显得颇为大度和宽容的——不过是让他用一条生命去抵偿那许许多多的生命债务罢了：而要是按照人类基本的一条交易原则，这显然不够，剩下的，就应该由我们家其余的人来负责——这样的话，单是他被抓获前在他藏身的神匡崖龙神洞砍杀的十五条生命，我们家就应该赔进去十五个人，我们其时尚未彻底断绝香火的这个没落家族，当时就要一下子被连根拔掉，姓氏永绝。但是已经不再愚蛮的现代社会的现代的人，不仅没有这样做，甚至还未必这样想过。即使对同我祖父的罪行最为关系密切的我祖母，也仅仅因为她其时正巧怀上了一个孩子，处决我祖父时，就免去了对她的陪审陪斗，最终一次都没有公审批斗过她。我相信走过甚至只是熟悉那一个特殊年代的人，无一都会觉得我祖母的情形是至为特殊、例外的：后来另一个同样热火朝天的年代，对社会整个儿进行一次旧账清算的人们，也没有谁清算到我祖母头上去。我父亲的遭遇，责任也仅在于那本家谱，因为人们无法消除对这本"变天账"的刻骨仇恨：它存在一天就会对他们的幸福朝气的生活形成一天的威胁——清算旧账的时候，人们就猛想起心中还有这一片阴影被越算越浓。我祖父之所以要把它郑重移交给我父亲，证明他确实有过那样一种妄想和企图——富甲县境威比县衙的一份赫赫家业，在他手里江河日下不堪残败，他如何去面对香案上魂灵永在的列祖列宗？他只有寄希望于他的子孙们，看能不能重扶社稷重振家声了。明察秋毫的人们，想当然就认为，我父亲一定潜藏着一个复辟思想，说不定还把这种复辟思想灌输给了下一代。我父亲忍痛噙泪把它烧掉——那时我还真以为是一本账本，但就是没有认出哪一行有一个阿拉伯数字——之后，人们就恼恨他还要把"变天账"保留着，以为历史会倒退，他能够重新骑在劳动人民头上作威作福——那一次陪杀场的目的，无非就是要他认清历史的车轮是滚滚向前不可逆转的，他的思想必须彻底改造。他最终的表现，则为人们所料不及，事实上并不是人们要蓄意为之。他后来的那种下场，更是全应该怪他自己——他竟然一直没有亲眼见过血腥恐怖的杀人场面，更不曾亲自杀过一次人，这就让他始终都把死亡看得神秘可怕：始终都把死亡看得神秘可怕的他，一开始又并没有听到谁说过只是让他陪一回杀场以达到彻底接受教育改造的目的。

我大哥，就算一生下来就有了我祖父我父亲从血液中流传下来的压迫人剥削人的思想，不会是什么好东西，但他却并未因此而不让活下去，以免去人们对他哪一天复辟的担心；他甚至还获得允许上学读书直到三年级。只是从他开始记事起，他就发现自己有着一种特殊的身份，同龄不同龄的孩子都会把他看成是一只"地主恶霸的狗崽子"。他很小就感觉出了整个世界对他的排斥、拒绝，他觉得连空气都显得极为涩滞、沉重和压抑。他经常平白无故受到同龄不同龄孩子的唾骂和欺侮。他没有发现这个世界还有他心目中的一种公道。到他后来死去为止，短短的几年生命就从来不曾有过快活。

他总是很忧郁。他从来不笑。他的额头上从母腹中带来的一圈圈皱纹，直到死去我母亲都在抚摸它们企图抚平。他也对这个世界表现得异乎寻常的冷漠和生硬，即使对生他养他的我们的父亲母亲，对与他同根同血的兄弟我，对所有默默爱他怜他的我们其余的家人，他也几乎从不唤称谓，形若路人。我父亲在刑场上发作疯狂被拖回家来时，他也像我父亲对他后来的猝死一样，表情漠然无动于衷。他甚至还讨厌我们的流涕痛哭，一个人远远地躲了开去。

但据说他以“犯人”的身份被孩子们捆绑起来，也要学着让我父亲陪一回杀场的大人们玩一回“枪毙”的游戏，嘴里还没有被塞上一团乱草之前，他拼命挣扎大声哭叫一直高喊着的却是“爹——妈——”“爹——妈——”……把我们的父亲母亲喊得如此情深意切，这可能是他一生中的唯一：他也是用这绝无仅有的一次对父亲母亲作了情深意切的呼叫，作了他对父亲母亲生养之恩的唯一报答……

……据说，在放学回家的路上，我大哥的同学们忽然想起要玩一盘游戏，而从没玩过也最为有趣的，就是像大人们一样枪毙一回“犯人”。他们看见了我大哥孑然孤独的身影，都觉得他就是这“犯人”的最佳人选，于是齐声叫住了他。

他们对我大哥说，只要他把手背在身后，像个“犯人”似的低着头，由一个作“领导”的人领头喊一阵口号，再让一个挎着一枝芭蕉杆绑成的“枪”的人把他押到一个土坎前，听到“执行”的命令喊出“砰”的一声“枪”响时，他朝前面趴下去“死”掉——就行了。

游戏就这么简单，对我大哥简直毫无损害可言。但他听毕后，坚决地摇了摇头，而且转身就走。他不愿意当一回“犯人”，哪怕是游戏。但周围的人又全是贫下中农出身，并没有谁可以充当这个角色了。这可是个主角，没有谁来扮演主角，游戏就玩不成。于是大家就只好扑上前奋力把我大哥揪住：不知是谁跟着腾出了一个书包，用书包带从后面绑缠住了我大哥的双手。

我大哥只得放弃逃跑的念头，他想就看你们能怎样。

孩子们的游戏，总是一种临时性行为，便谈不上有成套的道具，比如一时找不到一块纸板或木片来写上他的名字再划上一个“×”，挂在我大哥的胸前，大家就只好马虎一点，去四处摘来一些宽大的树叶，选出其中最宽大的一张，再从什么植物的果子里挤出很浓颜色的汁液在树叶上歪歪扭扭写下我大哥的名字后，又用两杠把它划开，扣在了他胸前的一颗扣子上。

我大哥被像模像样打扮成一个行将被执行枪决的“犯人”了，就被大家推搡到一个土坎前，等候“死刑”命令发出。

因为我大哥有一阵并没有作声，孩子们到底也不明白在大人们的游戏中，比如曾经站在我父亲旁边的那一位，还有一个类似口罩的东西在嘴上蒙着有什么用，最初也就没有想起要把我大哥的嘴也堵起来。可是我大哥听由摆布一阵，还是猛一声大哭了起来——他终于想起了我们的父亲母亲，他本能地觉到了他应该得到他们的庇护。他一时泪若倾盆，把两个生疏的字眼也喊得令人顿生凄切揪心似痛：“爹——妈——！”“爹——妈——！”

伙伴们就表现得很气愤：“把厮儿嘴巴堵了——叫他喊！喊！”

有人顿时明白了大人们的游戏有人要被戴上一个口罩的用意——他们也是怕那个“犯人”放声哭叫吧？于是几个人又扯按住我大哥，给他的口中堵塞进了一团粘着泥沙的乱草。

由于我大哥拼力摇摆脑袋不让乱草入口，就把嘴角也撕抠得鲜血淋淋。乱草刚刚塞进口中时，他不停地引颈作干哕状，胸腔闷沉沉作响，直到鼻中眼中一会儿就呛出来一股股浓浓的鼻涕和涟涟的眼泪。他的脖颈粗红得发紫，一脸绯红。他半躺在地双脚乱蹬乱刨极力要站起来。他急急地转摆着脑袋“啊、啊”叫唤不停。

被伙伴们嬉笑着扯站起来之后，由于我大哥总是激烈地乱蹬乱弹左冲右拐不停，大家就只好合力把他拖到那个用来作为行刑地点的土坎前。

被两个人死死按住后，其余的再退到一边，去合计应该给我大哥确定什么“罪行”。

由于对这种游戏毫无经验，在对我大哥究竟应该明确什么样一个“罪行”这一点上，颇让伙伴们费了一阵脑筋。争执来争执去，谁都无法说服谁，大家最后就只好确定由谁背一篇课文出来算啦——那篇课文好像就有一个描写斗争阶级敌人的场面，读起来似乎也比较慷慨激昂，让人亢奋。

在由谁来朗读这个环节又引起了一番争嚷。同年级的孩子书包里都装着一本这样的书，就由他们确定一个人出来朗读，最先就引起了其他年级孩子的强烈反对；而就是在同年级的这几个伙伴中间，也没有谁会甘败下风，谁都认为自己朗读最合适。

他们一度尝试过用嗓音的大小来确定人选：有课本的掏出课本翻到那一篇课文，大声朗读一遍，再转给没有课本的同学。

那段小路上一时就撒满了孩子们朗朗的读书声。

只是看来，嗓音的大小已经是其次了，孩子们一直并没有把心思放在功课上，不仅已经读过和没有读过那篇课文的孩子不能把课文朗朗上口地读出一种铿锵的气势来，极不流利，时时口齿含混不说，还偶有上气不接下气的现象；就是正学着那篇课文的孩子，也没有谁能够读出大人们经常召开的批斗大会所需要的那种群情澎湃的效果。

就没有谁得到众口一词的信服。

最后，大家只好用“拈阄儿”的方式解决了这个难题。

“宣判”我大哥“罪行”的人被“拈阄儿”确定以后，因为“宣判”的孩子在所难免的紧张和激动，我大哥的“罪行”就被“宣判”得一点也打动不了人心，还有人在旁边忍不住要抿了嘴哧哧窃笑。

勉强完成了这一套不可或缺的程序，就到了“押赴刑场执行枪决”。好在只有一个同学有一枝用芭蕉杆绑束在一起做成的“枪”，我大哥的“死刑”由谁来“执行”就不用争执了。

有“枪”的这位同学，神气活现舞着“枪”对我大哥的后脑勺瞄了瞄，灵机一动，认为我大哥旁边要一直站着负责让他安静不动的两个人有些“不像”，便提议大家去找来几根藤子，把我大哥的双腿捆住后，再接长牵过来。

然后，他向我大哥严厉警告说，你不要跑。

几个人要去捆我大哥双脚的时候，他仍然满面泪水横流，踢腿飞脚挣扎了一番。但是他怎么可能挣扎成功呢？被扑面一按，他就倒在地上被捆住了双脚。被扯站起来以后，就连稍稍挪挪腿都已不能。他只好目对长天，让眼泪流得成江成河，脖颈一根根扯直得可以看见里面的翻腾血水。

孩子们都已肃静下来等待那个庄严时刻的来临了，他们都遵从了游戏规则没有谁再笑。

“砰！”我大哥听到身后终于真切地喊出一声“枪”声的时候，在他的意料之中，胸口没有感觉任何异样比如热血滚烫什么的，只是在跟着传来一声藤绳绷断的清脆声响后，他把持不稳迎面向前扑了下去。

面前正好是一个坎子，坎下正好有一个不深不浅的土坑。土坑正好可以把他的上半截身子挤装进来……

剩下两只脚还搭在坑外。

剩在坑外的两只脚，又被藤绳捆得严严实实的，他就举着它们不歇地蹬弹挥舞，证明自己永不屈服。

孩子们最终也没忘了要让这场游戏像大人们的一样尽善尽美，他们纷纷做出怕见鲜血怕见死人的模样慌张四散。

他们回过头来看着我大哥不屈弹舞的两只脚，第一次肯定了我大哥的“合作”态度是积极的：“这才像嘛——咋个先又不这样呢？”

有人又跟着想起了从他们的父母或祖父母那儿听来的我祖父的故事，并同亲眼见来的我父亲的经历做过简单的对比，然后得出一个结论说：“他们一家人，就他爹没出息——又不是真枪毙他，就吓得满裤裆屎尿……说是他爷，挨砍头，都没闪一下眼……”

“又说是枪毙的呢……”一个同学提出了疑问，但他没要求回答，因为他听来的我祖父原来死于枪毙一说，同又存在着的砍头一说一样，我祖父最终都是用同样一种态度来接受的；而这一点，就同我大哥在他们面前的表现一致——因为这样，这场游戏才算达到了圆满的要求。

孩子们开始叽叽喳喳地对我大哥由衷称赞起来。

有人又提议说，等哪一天大家再来玩一盘把我大哥“砍头”的游戏。

没有人反对，也没有人立刻赞同，因为谁都不知道应该怎样来设计那个砍头落地的情节……

我大哥的双脚逐渐蹬弹不力了，后来更是很久了才见动一动，而且也根本不再伸举得高，全失了开始时足可将天踢碎将地踩陷的气势；就有人说，他还是累了。

据我母亲后来说，我大哥被游戏“枪毙”的时候，她正在给我父亲熬一罐中药——她从我外祖父没被搜走的一本中药书中看到了一个专治类似于我父亲这种病症的药方，她总是希望我的父亲能被治好起来。熬着熬着的，她忽然就觉得一阵心惊肉跳，并且不时还有阵阵耳鸣。她起身要去抱柴，可就被人掌击似的一下子跌倒在了柴垛上。她一时莫名其妙满腔惶恐。后来她煨好药，刚好倒满一碗，走到好不容易才被她绑住的我父亲身边，要给他强行喂下去，突然就听到屋外有声音在大声谈论我大哥：说他死了。说就怪那个土坑。

我母亲的脑子里登时就迸溅出一阵电光火石。她猝不及防失手就将药碗倒泼了下去，滚烫的药水辣烫得我父亲登然一声杀猪似的嚎叫。

扶住墙壁，我母亲好容易才让自己没栽倒。

好一会，她才镇定下来。镇定下来，她就踉踉跄跄奔出门去。

气喘吁吁大汗淋漓赶到我大哥被“枪毙”的现场时，他已被拖出了那个土坑。我母亲看到的第一眼，竟以为那是一张倒放着的铧犁，满面黏结的泥土就像铧尖刚从黄土中取出。眼睛也爆裂着，眼角血丝牵延。衣扣上还挂着那张写有他画着“×”的名字的树叶，破烂不堪随风袅袅。

我母亲就那么呆立着，双手双脚抖颤不住。她怎么也不愿意相信那个死去的会是她的儿子，是她一直就循规蹈矩从不惹是生非的乖儿子。

在那张叶片上呆望一阵，我母亲到底没有看出那上面的名字，终于有些支持不住，就猛一跤跌跪下去，伏在我大哥僵硬的尸身上艰难地喘息着。慢慢喘匀气息，她开始清理起我大哥的面容：先轻轻地抽出那团塞在口中的杂草，把面上的血沫和沙泥碎土一点一点拈净——再把那张大大撕裂，似乎在向苍天呐喊、倾诉的嘴合拢，把那双圆圆鼓突，仿佛要直瞪瞪把无极的天宇恨穿的眼睛按合闭上。最后，她又摆弄起我大哥曲曲的身体来，希望他能够像睡觉一样躺直……

收拾行装似的，我母亲下意识地这样行为着，用去了她足足一个世纪极为漫长的时间：这极为漫长的足足一个世纪之久的时间，让人们都看得了无兴致了，一个个走得踪影全无。

最后，那片天苍地茫幽寂无边的野地上就只剩下了我母亲孤影茕茕，独承一袭惨惨凄风。终于想起来似的，她扑向我大哥，放开喉咙，好一阵直哭得涧水生寒山谷咽泪……

很多年之后的一个清明节，我母亲第一次带着我来给我祖父、祖母和我父亲以及大哥挂青化钱，以为亡魂祭奠。

坟场荒草萋萋，兔狐出没，鸦枭聒噪，景象煞是萧疏凄凉。我祖父的坟茔在其中不用说是年代最为久远的，我开始走到它跟前时，竟以为只是一块突出的土峁。我踩在土峁上，不怀好意地问我母亲，这是怎么一回事。

我母亲冥想半天才欲言又止地回答说，我祖父的坟里其实什么也没埋着；说是我父亲只给他挖了一个浅浅的土坑，上面又没垒厚泥土，才埋下几天，他就被野狗刨去撕吃了……那一阵，四野都零落着他被野狗啃去的绺绺尸骨……

我一时就忍俊不禁起来——我确实没有想到我的这场趣味无穷的死亡游戏，还会在很多年以后由我母亲为它增进一个绝唱般的喜剧尾声。我立刻就觉到我祖父一直无身可栖到处飘游的一缕孤魂，正在我头顶的渺渺长天凄鸣长号；我忍不住一阵纵声长笑，直笑得地老天荒，笑得我一身涕泪……

（原载《中篇小说选刊》2013年第3期；获贵州省专业文艺奖三等奖）

肖江虹

蛊　镇

一

小心翼翼揭开瓦罐，王昌林眼睛就亮了。

十多条半尺长的蜈蚣通体碧绿，焦躁地在罐子里游走。把半碗惨绿色的汤汁倒进瓦罐，盖上盖子，王昌林双手合十，双目紧闭，低声念诵：

云上的蛊神
请赐给我无边的法力
林间的毒虫
沟边的魔草
都为我所用
七七四十九个昼夜
炼成一道圆满的蛊
那些不速之客
驱赶他们
驱赶他们
远离我的寨子
远离我的族人
万能的蛊神啊

请用你的惠赐
永葆我们平安
让这个叫作蛊镇的村子
世世代代
绵延不绝

一连默念了六遍。

为什么要念六遍，王昌林不清楚，师傅把制蛊的手艺传给他的时候，也没有说明白。“六”在蛊镇是个好得要命的数字。制蛊需要六种毒草：毒鹅肠、散白花、断肠草、曼陀罗、见血封喉和溶血藤；常人蛊的毒虫也是六种：断尾蛇、毒蜈蚣、恶蝎子、鼓蛤蟆、长脚虺和尖嘴蝮；还有，蛊镇老人平常不做寿，唯独六十六岁，不仅要做，还得大做，三亲四戚，七乡八寨都要请到。仔细想想，和六有关的事情还有很多，每年六月六日是敬蛊神的日子，寨西头戏台的柱子是六根，甚至过年都规定菜数只能六碗。总之，只要留心，在蛊镇，这个数字无处不在。

洗净手，王昌林把瓦罐重新放回屋角的土坑，覆上土，铺上篾席，伸直腰呵呵笑了。是值得高兴一回，等蜈蚣吸完这半碗草汁，这道蜈蚣蛊就算大功告成了。

重新窝进躺椅，王昌林才感觉累了，快八十的人了，身子骨是不行了，随便一动都能听见骨头炸裂的声响，不动就尽量不动吧！油尽灯枯，随时都可能没了。

也怪，刚翻七十那个坎坎时，王昌林还没觉得自己老了。整天跟着四个儿子往庄稼地里头钻，好手好脚，啥活都能提得起。自从儿女们扛着蛇皮袋子进城后，他觉得自己一夜之间就老了。儿子们都有孝道，每月按时寄钱，吃吃喝喝足够了。可他不满足，还是想在地里头蹦跳的日子，时不时还扛着锄头去地里头转悠，可入眼的荒凉让他实在无从下手，撂荒的庄稼地全是野草，比他还高，在风里头得意洋洋对着他摇头晃脑地示威。

倦意袭来，王昌林迷迷糊糊中看见老婆子在和他说话。老婆子站在蛊镇对山的垭口上，风吹着她长长的秀发，她那时还没过门呢！脸颊泛着少女特有的潮红。

“那个谁，听说你们镇子上有人会放蛊，真的假的呀？”

“是呀！我就会。”

女的吓了一跳，眼里扑闪着不安。

“放蛊是不是用来害人的呀？”

“屁，我就没害过人。”

老婆子性子犟，家里人不同意她嫁给一个蛊师，她收起几件换洗衣服就过来了，没有嫁妆，没有仪式，一口气为王昌林生了四个儿子。天不佑人，老四刚会喊妈，她就走了。急症，下地回来在水缸边汩汩灌下一瓢清水，扑地一躺就没了。

有人敲门，三长两短。王昌林遭打的蛇一般，两头一翘甩开了躺椅。他很细致地抹掉眼角的老泪，正正色，面上就起来了一层霜。

拉开门，王四维的嫩娃，叫细崽。此刻正是黄昏，晚霞在天边翻滚，王昌林一下没适应，差点被那片红光扑倒。抬手搭起一个凉棚，王昌林说，幺公，你来晚了。

论辈分，六岁的细崽是王昌林的爷辈。在蛊镇，年纪再大也是白搭，就算穿开裆裤的嫩娃，只要辈分上去了，你也得按规矩毕恭毕敬喊。

细崽没接话，左手一伸："拿来！"

"幺公，你进来！"王昌林闪开一条道。

"老子不进来，给钱，我还要去常家小卖部买饼干。"

"幺公——"

"少 × 啰唆，拿钱。"

"不给。"

"王昌林，你要翻天不是？说好敲一次门五角的，老子敲了门，你就要给钱。"细崽直着脖子吼。

嘴角拉开一线笑，王昌林说，幺公你进来，我多给你五角。

细崽眼睛一亮，指着王昌林义正辞严说："说谎的是乌龟。"

进了屋，天边的晚霞被切断了，但细崽脸上的晚霞还在。不规则的一块红斑，差不多占据了整张脸，从额头上蜿蜒而下，漫过鼻梁，在右脸颊上夸张地铺开，一直流淌到脖颈。

伸手摩挲了那片赤红，"痛不痛？"王昌林问。

摇摇头，细崽有些不耐烦，说你都问了多少次了。手一伸，直截了当：给钱。

凑近仔仔细细琢磨了一番，王昌林点点头说："似乎比前个月又淡了些。"

听了这话，细崽有些得意，说："我爸说了，等它散了，就接我进城去。"

王昌林坐在门槛上，看着细崽蹦跳着远去的背影。霞光透过薄云，从天边斜刺刺照过来，仿佛无数的尖针，将一个镇子死死地钉住。王昌林举起头，针尖飞泻而下，他感觉到了一阵钻心的刺痛。

二

细崽脸上的红斑是两岁开始出现的。开始只是隐隐地淡红，他爸王四维还有些得意，逢人就说你看我娃这脸，红得跟苹果似的。渐渐就不妙了，先是微醺，继而大醉，最后像是给人甩了一脸狗血。四维是个舍得人，砸锅卖铁带着儿子到处跑，连省城最好的医院都去了。药吃了几箩筐，一点用处没有。最后带去看了邻寨一个巫医，巫医要了生辰八字，摸摸捏捏搞了一通，然后下了决断：这娃前世是个守寨的军士，在一场战斗中惨死，血气太浓，投胎了都没能化掉。王四维双膝一落，哽咽着央求解法。巫医摇着头说就是天王菩萨都解不了了。

一个清晨，伤心的王四维带着无解的王细崽离开了蛊镇，跟着外出的人流去了遥远的城市。半个月后的一个黄昏，更伤心的王四维带着更无解的王细崽出现在村头。他对遇到的每一个人说：都怪这张 × 脸。细崽妈扒开儿子的衣服，大大小小，深深浅浅的伤痕遍布全身。女人落了泪，抓住男人问这些伤是咋弄的。男人半天才说棚户区的其他娃娃都拿细崽当怪物打整，背着大人就没轻没重打他。抱着细崽哭了一回，女人说细崽我们哪儿也不去了，就是灵霄宝殿也不去了，我们就好好在家待着。

奇怪的是，自从回到蛊镇后，细崽脸上的赤红开始渐渐淡去，步子跟来时差不多。第一个发现的就是王昌林。一天，王昌林在村口遇见细崽端着小鸡鸡，对着远方咬牙切齿地撒尿，还咕哝：

“霉死你狗日的。”

目光顺着幺公皱皮的小鸡鸡歪歪扭扭绕过去，王昌林就看见了王木匠的屋子。

王木匠一身手艺，尤其擅长做寿木，前些年进山伐木，让一棵老黄杉砸断了腿。断腿后路就不平了，一迈步就跃跃欲试的模样。去年接到一个徒弟的信，让他去城里一个木材加工厂上班。兴冲冲进了城，徒弟带他去见工厂老板，老板看他一飞冲天跑来的架势，盯着那条断腿看了半天，一挥手就把他扇回了蛊镇。

王昌林不知道王木匠如何得罪了细崽。木匠是他看着长大的，不折不扣的老好人。早些年给人做个门窗，打个寿木，从不谈价，主人家看着给，多多少少他都受。最近几年就更不说了，气饱力胀的年轻汉子全都走光了，瘸腿的王木匠就成了寨子里头力气最大的人。谁家有个搬抬扛移的重活，站在村头的土堡上甩一嗓子，木匠就笑弥勒似的腾云驾雾赶来了。论人缘，十里八乡怕是没人敢和木匠比。前年老爹老去，附近好几个寨子的人全来了，虽说都是些老弱病残，但量大，把一个院子塞得满满的。

王昌林背着手，盯着细崽的一举一动。等细崽收拾好撒尿的家什，王昌林往前迈了两步，他说幺公，木匠到底咋个得罪你了？细崽红着眼说，他把我从常家买来的饼干扔丢了，说饼干长了霉，不能吃。王昌林说木匠做得对呀。细崽翻着眼说干尿，他是没得吃眼红才这样干的。王昌林笑笑，双手把细崽扳过来，刚想给幺公讲道理，忽然呆住了。细崽额头上那团火烧云，仿佛正随着黄昏的降临慢慢淡去。

伸手使劲抹了抹，力气大了些，细崽咧着嘴叫了一声。

“怪了，幺公，淡去了呢！”王昌林惊讶着说。

挥手格开王昌林的手，细崽愤愤地说：“管老子的，多管闲事。”

又仔细看了一回，王昌林确定，真是淡去了。

回到蛊镇半个月，细崽有了一个能挣钱的活。

这个安逸的活路和村东头的柳七爷有关。

蛊镇最大的一棵古柏在寨中的晒谷场上，浓荫蔽日，像个浑圆的伞盖。教书先生柳七爷每次给寨人讲古，到《三国演义》刘备出场那一段，就说刘备还是个娃娃那阵子，就坐在村子里一棵古树下，让其他娃娃来参拜他，喊他陛下，有人看见了，就说那棵树不就是皇帝的黄落伞盖吗？这娃娃长大了定有出息。

然后柳七爷手指往上一戳，对众人说，那树就这模样，按这说法，我们大家都是帝王命哟。大家就呵呵笑一回。

柳七爷脑壳不大，但学问不少，上古那些芝麻大小的事情他都晓得。只要老天给脸，晚饭以后听他讲古是蛊镇人雷打不动的科目。人多那时候，男男女女，老老少少在古柏下围得水泄不通。离得远的，怕听漏了，脖子伸得老长，眉毛跟着剧情上下抖动。现在人少了，只剩下几个老眼昏花和鼻涕横流。但科目还在。只是柳七爷讲古的劲头没以前那样足实了，有一搭没一搭，还老出错。说诸葛孔明死了后，魏延反了，大喊三声谁敢杀我，第三声话音未落，就被身边的马超一刀砍于马下。周围尽是失望之色，王昌林实在忍不住了，咳嗽一声，装得水波不兴地纠正：老七，是马岱，马超早死了。柳七爷双眼浮起一层灰暗，四下扫扫说："冷火丘烟的，没兴致，以前堆得密密匝匝的时候，我哪个时候讲错过？"

一连六天，晚饭后都不见了柳七爷的影子。王昌林和同宗的几个老人在树下抽旱烟，吧嗒吧嗒，云山雾罩，烟锅子填了好几回，也不见柳七爷过来。月亮起来老高，悬在古柏树顶，把几个老者拢在一团淡黑中。磕掉剩烟，王昌林说都散了吧，老七今天怕又不会来了，也不晓得他在忙些啥子。另一个老头往地上啐了一口烟唾沫，有些忧虑地说：最近他老说胸闷，会不会倒床了？

王昌林说明早我们去看看吧。

几个老者摇晃着往柳七爷屋子那头赶。蛊镇的早晨很安静，王昌林走在最前面，火棘树的拐杖在石板上敲打出沉闷的声响。他忽然停下来，远远近近打量一番，叹口气："要是前些年，这个光景，田间地头都是人。"

指着路边一堆乱木，王昌林说："你们看看，蛊神祠呀！连个轮廓都没有了，去年还有两根柱子立着，今年啥都没了。"

屁股后面几个老枯朽也跟着叹气。

柳七爷的屋子在村东头，背靠一条河沟，屋子周围都是竹子，枝繁叶茂，青翠欲滴。老夫子很讲究，当初选地建房，其他人家都离河沟远远的，怕潮湿。柳七爷不怕，说有山有水才有灵气，又说居不可无竹，就在屋子周围种了许多的钓鱼竹。在蛊镇人眼里，七爷有种天生的距离感，他的一举一动都让你惊讶，像个堕入凡间的星宿。

房门虚掩，王昌林站在院子里喊了两声，没人应答。

推开门，一股怪味扑面而来。

老七没了。王昌林说。

柳七爷仰面躺在一张核桃木的雕花椅子上，微闭的双眼汪满了墨绿色的脓水，面部完全塌陷，仿佛皮骨下有了一次暴雨后的坍塌。他手里还捉着一杆笔，黏稠的液体顺着笔杆往下淌，在地上洇出一个肥厚的圆圈。面前的条桌上，还有一沓纸。

从床上拉块布把七爷罩住，王昌林抓起桌上的纸翻了翻。“哦”了一声，他说：

“老七在写蛊镇志。”

门边一个老者问：“啥？”

想了想，王昌林感觉说不清，他就挥挥手说：

“快喊人来。”

老七落了土，寨里头十多个老者坐下来商量，说我们这堆人，都是黄泥巴盖到了下巴的人，哪天一口气上不来，烂在家里头都没人晓得，得想个法子才成啊！

一阵长久的沉默。

这时候，细崽铺着满脸的红霞在树根下刨曲蟮。王昌林眼睛一亮，有了主意：

“就让我幺公每天挨家挨户敲一次门，哪天不应门了，那就是死透了。”

大家都觉得这法子好，一个人蹙着眉说细崽这东西性子不太顺溜，他不一定愿意捡这个活。

“敲一次给他五角钱，一个月满打满算三十天，也就一斤猪肉钱，”王昌林又补充，“重赏之下，你还怕没得勇夫。”

三

窗外正落雨，滴答滴答敲打着屋檐下的青石。蛊镇的雨夜很难熬，王昌林在床上翻来滚去几十个回合都没有睡去。他索性爬起来，拉开灯，光亮一炸开，王昌林给吓了一跳，一只枯瘦的老鼠趴在屋子中央。凑近看了看，是个老东西。确是年岁大了，它走路拖着后腿，干瘪的肚子贴着地，没一点精气神。甚至王昌林伸脚去撵它，它也懒得躲闪。掀翻了，吃力地爬起来，一顿一顿又往前爬。王昌林忽然涌起来一些心酸。他钻进厨房，舀来半碗饭倒在老鼠的面前。地上的老家伙嗅了嗅，身子缓缓抬起来，张开嘴开始吃饭。毕竟有了岁数，吃了几口，地上的就停住了，抬起前爪艰难地抹抹嘴，往墙角那头爬了过去。

笑笑，王昌林说：“我每顿小半碗，比你好不到哪儿去。”

地上的在屋子里糊里糊涂转了半天，才总算找到了角柜边的那个小洞。

“我太阳落坡就开晚饭，明天早点来，一起吃，多张嘴吃起来香。”

客人不见了，孤寂一下变得宏大，王昌林四下扫了扫，连墙上的老婆子也耷拉着眼皮。拉开抽屉，王昌林取出从老七那儿拿来的那沓纸，把椅子挪到电灯下，开始慢慢翻检。不愧是喝墨水长大的，老七的毛笔字写得真是好。纸是毛边纸，仿佛某种情绪，又轻又薄。第一页竖着“蛊镇志”三个大字，颜体，端庄肃穆。

囫囵翻了翻，内容都是熟识的。七百年前就有了这个镇子，出了几个将军，几个秀才，哪年哪月遭遇外族入侵，还有几次惨烈的护镇战斗等等，杂七杂八，零零碎碎。

雨声滴答，王昌林双眼慢慢合上了。

雨后的蛊镇生机勃勃，到处都泛着墨绿，风一过，抖落树叶上还残留着的水珠，滴滴答答的声响此起彼伏。

细崽来得早，双脚踩着石板路上的积水，欢快地跳进王昌林的院子。

拍了两下，没人应。又使劲拍了两下，还是没人应。腾地跳回院子里，细崽扯着嗓子喊：“孙儿，你狗日的是不是断气了？”天地一片寂静，几只鸟被惊得从院子边的梓木树上腾空而起，树上轰地下来一阵露水雨。

屏住呼吸轻轻推开门，细崽吓了一大跳。王昌林躺在竹椅上，脑袋后仰，身上、地上都撒着纸张。细崽吓憨了，不敢出声。他随手拿起王昌林的火棘拐杖，抖抖索索折过去，轻轻捅了捅椅子上的人。

“喂，你死没有？”声音和手都在颤抖。

椅子上的没半点声息。细崽一阵难受，他确信他的孙子王昌林死去了。但他不死心，举起拐杖朝着椅子上一对老膝盖狠狠敲了下去。

一声怪叫，王昌林猛地拉直身子，两个眼睛鼓得斗大。

细崽也跟着怪叫一声，一屁股坐倒在地。

王昌林抹抹嘴，笑着说怪哉怪哉，在椅子上比在床上还睡得香。细崽却哭了，一张脸像是被揉皱的红布。抬手抹了一把泪，就开了黄腔：

“王昌林，你想吓死我是不是？烂狗日的，大清早你装哪样死？”

费劲地从椅子上爬起来，王昌林说幺公，明明是你老人家拿拐棍砸我，你反而还怨我。

“老子不管，你狗日的吓着我了，你要捡损失。”

“好好好，你说咋个捡法？”

止住哭，细崽想了想，昂着头理直气壮地说：“最少给三块钱，常家小卖部刚来了一种糖块，巴掌大，味道安逸得很。”

王昌林蹲下来，说给五块都行，不过有个条件。

“啥条件？”

“跟我学制蛊。”

哼一声，细崽对着王昌林吐出半截舌头，冷冷地说：“老子才不学，等我脸上的病好了，我爸就接我进城。”

“那一分钱不给！”王昌林说。

细崽寒心了，顺势一滚，把自己当成面团在地上反复抡。刚开始还行，速度快，再佐以撕心的号哭，显得威慑力十足。渐渐就不行了，毕竟是体力活，滚到最后就成了条青冈树头的大肥虫，一个来回都费死呆力。王昌林呢，索性拉条凳子坐到屋檐下，裹管旱烟咂得烽烟滚滚。太阳升了起来，哭声消沉了下去。王昌林把烟锅子伸到凳子腿下磕了磕，细崽在身后说：“王昌林，我日你妈。”王昌林也不回头，接过话说：“我妈是你侄女，你要骂她我也无法。”细崽感觉理亏，侄女在对面银盘山上的岩缝里头，一百多岁，悬棺黑漆都剥落完了，显出无奈的死灰色。开错了黄腔，细崽收起了嚣张的神情，瘪着嘴，有一声没一声抽泣。

“给钱也可以，不过你得陪我进山找脆蛇。”王昌林说。

横着袖子拉一把鼻涕，细崽说要得要得。笑容在一张哭得稀烂的脸上绽开，像一朵怒放的红莲。倒不是为了那点钱，实在是脆蛇是个稀罕东西。

四

蛊镇四面环山，进进出出就靠一个豁口，豁口有个名字，叫作一线天。年轻的时候，王昌林搞不懂祖宗为啥选这样一处穷山恶水繁衍生息。后来从老七那里知道，主要是为了躲避战乱。祖先们打过一场败仗，为了躲避追杀，才选了这样一个易守难攻的地方。

山路不好走，两旁的刺蓬伸长手臂，热络地抱成一团。以前不是这样的，人多的时候，天天有人进进出出，还不闲着，遇上斜出来的枝丫，就会掏出柴刀把道路收拾出来。自从村人水样地淌出蛊镇后，道路慢慢就狭窄了。有些干脆就没了，不扒开杂乱，睁大眼睛，你甚至都不知道这里曾经有条路。

太阳当顶了，细崽和他的孙子王昌林还在半山腰摸索。细崽个儿小，弓着腰猫样往前蹿。他的孙儿不行，骨头让日子锈蚀了，硬直干脆，稍微弯一下就钻心地痛，不过还好，刚抽芽的老辈人耐心好，蹿出不远就坐下来，双手拢着膝盖等他。

“脆蛇真的会断成几截吗？”细崽问。

直起腰喘一阵，王昌林才说：“对呀，一般断成两截，我见过最多的是断成四截。”

在蛊镇，脆蛇是所有细娃心头的一个问号。那些皱纹里堆满阅历的人才有资格谈论脆蛇。据说除了蛊镇，全天下没有第二块土地有这东西。脆蛇通体雪白，个子小，毒性大。遇到危险，它会断成几截，等危险过去，那些断掉的躯干又蹦跳着合在一起，一溜烟就梭跑了。

“咋样才能抓住脆蛇呢？”细崽又问。

王昌林喘匀了，两只手把着拐杖，低声说：“捡走最中间一截，它就合不上了，就能抓住它了。”

细崽搓着手，舌头舔着嘴唇，一副跃跃欲试的样子。

关于这个稀罕物的诸多传说，好些蛊镇人都半信半疑。但是所有人都知道，脆蛇制成的蛇蛊，不仅能颠倒时序，还能返老还童，一句话，想啥有啥。

朝着一丛斑茅草飙了一泡尿，细崽扭头问：“哪里才能找到它呢？”

伸手往天上一指，王昌林说山顶的岩缝中。

“我们今天好好抓几条。”细崽说。

王昌林呵呵笑，说幺公，你算盘拨得倒是响亮，我活了这么多年，拢共抓过两条。

细崽眼神一下黯淡了，他嘟着嘴说：“那你还上山。”

“上山还有机会，不上山就永远没有机会了。”

山顶是片开阔地，远远近近的物事都尽收眼底。那些高大的乔木到了山腰就停住了，把山顶全交给了矮矬的灌木丛，灌木种类很杂，火棘和黄杨占了大半。它们伏低身子，躲避着咄咄逼来的山风。王昌林年轻时随师傅上山寻制蛊的蛊物，站在山顶他问师傅，为啥山顶只有这些矮矬矬的灌木丛呢。师傅跟他说，山风太大，那些个儿高的会活活给吹折了，所以它们都躲在山脚。

关于这点，柳七爷还有句文绉绉的话，叫作：物竞天择。

王昌林眼睛看着细崽，他希望细崽也问他这个问题。制蛊这种活，关键的功夫是寻找蛊物的本领。你要知道什么物事喜阴，什么物事好水，什么物事在什么季节出没。所以，对环境的点点滴滴你都要了若指掌。王昌林知道峡水镇一个年轻蛊师，真本事没学到，却练就了一身歪门邪道。就拿抓蜈蚣来说，不赶山，不趴沟。宰一只公鸡，开膛破肚，岩壁下一埋，第二天扒开松土，公鸡全身叮满了循着血腥味赶来的大大小小的蜈蚣。给王昌林讲这件事的时候，年轻人还一脸得意。王昌林当时就冷笑，蛊物最大的要求是干净，吸了一夜的鸡血，那还叫干净吗？

层层叠叠的岩壁耸立在山顶，仿佛码放着的一册册古书。细崽兴奋地跳天舞地，在岩缝间探头探脑。

招招手，王昌林说幺公，你过来。细崽跳过来。王昌林说幺公，我考考你。细崽眼一翻，说要得。王昌林指着不远处一块石板，问：底下有些啥子？我说的是活物。细崽没想到来这一出，愣了半天，摇摇头。

“曲蟮子、山蜗牛、四脚蛇、红线虫，最少有这四样中的两样。”王昌林说。

细崽满脸狐疑，跑过去搬开石块，一方阴湿下，伏着一条曲蟮、两只山蜗牛和一条拇指粗细的四脚蛇。

“哎哟，狗日的说得好准呢！”

王昌林呵呵大笑。

“那你说脆蛇在哪里？”细崽问。

往远处一指，王昌林说那边。顺着王昌林手指的方向，细崽发现那边太远了，越过了脚下一片浩荡的莽莽苍苍。“去抓不？幺公。”王昌林侧着脸问。咬咬牙，细崽说去，今天不抓条脆蛇老子就不回家。

阳光从薄云间斜射下来，像是天上抖落的一面薄纱。

一个寻常的起伏，两个人走了好几个时辰。

在一处山壁上停下来，更远的天地浮现在眼底。让人胆寒的峡谷，歪歪扭扭从远处过来，峡谷腰际，缠着一条土黄色的带子。

指着那条带子，王昌林说这是附近十多个村寨通往乡上的独路。他眼里浮起一层悠远，喃喃说：“你是不晓得那些年，一到赶集天，山路上全是人，背的扛的，牵猪的拉牛的，麻线一样连绵不断，”顿了顿，王昌林又说，“今天就是个赶集日啊！”

山谷中有鸟鸣声，空旷悠远，就是没一个人影。

“脆蛇呢？”细崽问。

摇摇头，王昌林说幺公，没有脆蛇，脆蛇不在这个季节出来，我哄你的。

从石头上蹦起来，细崽咬牙切齿指着王昌林，本想骂日你妈，又觉得对不起侄女，呼呼喘了几声狠狠一屁股坐回石头上。

两个人就这样呆呆坐着，天地寂然虚幻，最真实的是彼此的呼吸声。

忽然，细崽惊呼一声，说你快看，那头有人过来了。

揉揉眼，王昌林看清了，七八个人，有老有小，慢慢悠悠从远处走来。这是他三年来见到的第一拨生人。抽抽鼻子，喉咙都有些硬邦了。

他想跟人家打个招呼，要能天南海北吹吹壳子就更好了，实在不行，说几句天气好坏的废话也成。

“哎，路上的，赶场啊！”王昌林双手拢着嘴喊。

人堆堆停了下来，往这边瞅瞅。大约是没听清，停了一阵又开始往前耸动。

接连喊了好几声，对门都没应答。眼看着就要移到山腰的另一侧去了。王昌林急了，焦躁失望在脸上波涛汹涌。“要转过去了，要转过去了，”他指着远处喊，“你们倒是应句话呀，不要就走了呀！”

“对门的，我日你家十八代祖宗。”细崽站起来长声吆喊，力气很足，腰都扭弯了。

这句听清了。

乡下怪事多，有点距离，说正事吧，叽里呱啦一大堆对方未必听得见，可要开黄腔，声音压得再低都听得格外真切。

将将要消失的几个人站住了。

“我才日你家十八代祖宗！”对门应，应该有些年纪了，声音锈迹斑斑。

睖了一眼细崽，王昌林确信这个人是有资格做他爷辈的，这样奇妙的灵机一动，绝不是凡人可以想出来的。

“几个狗日的，你们是不是去乡上赶场？”王昌林一脸红光喊。

“你个老草包，我们就是去赶场。”

“猪狗不如的一帮东西，”王昌林干脆站起来，声音因为兴奋也高亢了不少，“你们是哪个镇子的？”

“老子溪水镇的，关你卵事。”

“今年庄稼长势如何？”

“说啥？”

“老子问你狗日的那头庄稼长得好不好？”

“有个尿的庄稼，除了房前屋后的菜园子，都丢了荒，”对门苍老的声音也透着莫名的兴奋，“老狗日的，你们这头呢？庄稼种得宽不？”

“宽个尿，也丢了荒。”

“好了，不和你老草包说了，得赶去集上买两口砂锅。”

“要得要得，狗日的些慢走哈！”

那群人缓缓离去，消失在一片云雾中。王昌林伸长脖子，定定地盯着道路的尽头。他的嘴还大大张着，脸色殷红，呼吸粗壮，仿佛新婚之夜。

五

一入秋，焦黄就占领了一切。这个时候，蛊镇上了岁数的人都不愿出门。有啥好看的，人眼都是揪心的残破。王昌林却格外喜欢这个季节。秋季是蛊物最活跃的时节，蛇虫蝎鼠，满林子乱窜。

阳光柔和贴心，把王昌林罩在一片橘黄里头。他坐在院子里，把晒得干脆的蜈蚣一个一个放进擂钵，操起木棍捣得咣当咣当响。捣碎了，把细细的蜈蚣粉倒进土碗，端到鼻子边嗅了嗅，嘴就合不拢了。实在好成色，颜色好，味道浓。这道蜈蚣蛊是专门对付老寒腿的。王昌林好几年没有制出这样地道的蜈蚣蛊了。寨里几个被风湿折腾得要死要活的这下是有福了。

折进屋，王昌林把蛊粉倒进砂罐，从桌上的匣子里取出一道符，默念六遍蛊词，用符将罐口密封。这是怕蛊气走脱，减弱下蛊的效用。只需六个时辰，揭开符章，这道蜈蚣蛊就算彻底制好了。

其实制蛊不累人，累人的是下蛊。根据先师传下来的规矩，下蛊不得让被下蛊的人知晓，那样就漏气了，不仅没有效果，别人的病患还会转移到自己身上来。喝茶、饮酒、吃饭等等都是机会，就看蛊师隐藏技法的手段了。蛊镇曾经有个厉害的蛊师，对人下了七七四十九道蛊，被下蛊的人竟然浑然不觉，病痛消失了都说不清子丑寅卯。王昌林把寨里几个患了老寒腿的排了排，还是遵循先易后难的顺序，第一个王文清，老东西粗枝大叶，不是那种细碎心眼，吃饭时候不要说给他下蛊，就是把饭碗偷走了，他都怕不晓得。

刚忙活完，院子里有人喊。转出来，是细崽的妈，女人叫赵锦绣，别村嫁过来的。四维进城后，她在家负责照看瘫痪的公爹和红脸的儿子。

“祖奶，有事啊？”王昌林喊了一声。

祖奶还很年轻，浑身上下都是急痨痨的气息。一动步，胸前就不安分地上下乱窜。见王昌林出来，也不说话，自顾拉条凳子往屋檐下一坐，两个眼睛大大鼓着，气息也格外粗壮，脑袋偏向一边，一张脸像是刚从酸菜坛子里捞出来的。

“祖奶，看你这样子，嘴青脸青的，哪个惹你了？”王昌林扶着门框问。

“哪个？还有哪个？王四维这个挨千刀的咯！”

“我祖爷不是在城里头找钱吗，远天远地的他咋个惹上你呢？”

回头看着王昌林，赵锦绣嗡一声就哭了，边哭边骂：“他个无良心的杂碎，老娘在家头累死累活，他却在城里找野货。”

“无根无据，祖奶你莫乱说哦！”

赵锦绣激动了，猛地立起身，三两步奔到王昌林面前，左巴掌狠狠拍在右手背上，咬着牙说：“无根无据？前两天炳富婆娘回来跟我说，都明目张胆睡到一张床上去了。”

“如果真是这样，那我祖爷就做得不对了。”

回到凳子上坐下来，赵锦绣放声大哭。

王昌林倒来一碗水，把水递过去，他说祖奶，这事我帮不上啥忙，你得亲自进趟城，找祖爷好好说说。

骨碌碌喝了水，赵锦绣狠狠骂：“男人没一个好货，离家几天，就磨皮擦痒了。”把碗递回去，觉得话说得难听，又补充，“我没说你。”

笑笑，王昌林说：“祖奶说得对，我是有心无力！”

赵锦绣也僵硬地笑了笑。

“给我整道蛊。”

"啥蛊？"

"情蛊。"

王昌林听完就摇头，说祖奶，我们这行有规矩，情蛊不让随便制。赵锦绣倚老卖老，蛮声蛮气喊："你就说给不给吧？"无奈笑笑，王昌林说不是不给，是根本没有，我好多年没制这道东西了。

"那你给我制一道。"赵锦绣把一缕头发拨到脑后说。

王昌林还是摇头。他说的是实话，传授技艺的时候师傅就说过：情蛊和腹蛊，无论制作和使用，要慎之又慎。原因是这两道蛊属偏门，偏门就是邪门，不算正道，乱用是要折寿的。因为用得少，乡村野地关于这两道蛊的说法五花八门。有次王昌林到乡上赶集，听几个人说情蛊的玄妙。一个煞有介事说：蛊师先下咒语，在十字路口摆两根交叉的树枝，下蛊的找个隐蔽的地头躲起来，等心仪的人跨过树枝，跳出来跟在那人身后，走近了轻轻拍一下心仪的人的肩膀，只要回头，那人就会死心塌地跟下蛊的一辈子了。王昌林听完觉得好笑，牛头不对马嘴。也不晓得这样的附会是谁造出来的，边边都不挨。

看王昌林不答应，女人又开始哭，嘤嘤呜呜抽泣，嘴也不闲着：

"我死了算，我死了算。"

猛地，她三两步跑到王昌林面前，扑通就跪了下去。王昌林一看，吓得不轻，赶忙伸手去捞赵锦绣。还是老了，力气从疏松的骨头缝跑掉了。吃奶的劲头都用上了，还是没能把女人捞起来。

"祖奶，你这样子是折杀我咯！"

女人神情坚定，说你不答应我就不起来。王昌林无计可施，扯了谎，说我火上还烧着水呢，我去看看。说完转身就往里屋拱。躲进屋子，好半天才顺过气来。主意是打定了，就是天垮下来也不能答应。

好半天，外面没了声息，王昌林想赵锦绣怕是走了。正想出来，忽然听见赵锦绣在门外喊："昌林，你要应了，我让细崽跟你当蛊师。"

王昌林身子一震，打定的主意立时显得松松垮垮。

半边身子从大门里头露出来，王昌林看见赵锦绣还跪在原地。假模假式咳嗽一声，王昌林说祖奶，你刚才说啥子，我没听清。赵锦绣双手一撑地面站了起来，拍拍膝盖上的灰土，立马露出了运筹帷幄的得意。

"你那点小九九我还不晓得，"女人笑着说，"我说让细崽跟你学制蛊。"

"幺公倒是跟我提过，不过我没同意。"王昌林谎话一出口，脸就变得灰白。

"为啥不同意呢？"

"我们这行收徒吧，"王昌林站出门来说，"一是要看人品，二是要主事的人点头。"

“还人品，人都跑光了，哪个愿意跟你学这手艺，”女人看破一切的神态，“你以为还是从前？”

冷哼一声，女人补充：“不找个人传下去，你这手艺就断种了。”

王昌林无话，祖奶没说错。

赵锦绣就笑，半天才收住笑说：“要不是有事求你，我才不会让细崽跟你学这手艺，你晓得的，他迟早一天也会进城去的。”

王昌林倚在门框上，默不作声。

“你倒是应不应？”赵锦绣不耐烦地吼。

看门边的沉默着不说话，赵锦绣就吼：“我十天后来取。”

六

细崽这几日莫名地兴奋。挨家挨户敲门声格外响亮，还会趾高气扬对那些门缝里探出的花白脑袋大声宣布：我爸要回家了。

那日赵锦绣去乡上给四维打电话，细崽也去了。电话拨通，赵锦绣就开始哭，光打雷不下雨。王四维在电话里说你别光哭，说事啊！声音细细的，没半点跋扈的影子。狗日的肯定是心虚了，赵锦绣想。认真哭了一阵，赵锦绣说爹好多天水米未进了，怕是熬不到立秋了。王四维听完就慌了，连忙问到底啥病啊？赵锦绣说我也不晓得，我劝死劝活，就是不去医院，也不说哪里不对头。

嗡嗡哭一阵，赵锦绣说：“你快赶回来吧！”

电话那头长长的沉默，好半天才嗫嚅着说：“不太好请假。”

赵锦绣急了，日妈操娘给了王四维一顿恶骂。王四维才咬牙切齿说：“好，等我把假请下来就立马回来。”

赵锦绣放下电话，细崽说爷爷哪顿不吞下两海碗，你咋说他要死了呢？

阴着脸看着细崽，赵锦绣说你想你爸不？细崽连忙点头。赵锦绣说那你还话多。顿了顿她长叹一口气，蹲下来摸着细崽的脑袋说：“你爸已经不是从前的那个爸了。”

当然了，细崽想，我爸是城里人了嘛。

刚才老娘号了半天也没得半滴水，此刻细崽却看见，两行清泪正从老娘的眼眶无声无息地滑落。

接下来的日子，细崽每天都会跑出一线天，坐在村头的那块大青石上，眼巴巴看着扭曲着绵延而来的山路。老爸没说清到底是哪天回来，只说最近几天。细崽希望能成为第一个接到老爸的人。他想见到老爸后，就先把脸凑过去给他好好看看，自己脸上的血红色已经开始淡去了。

老爸说过的，等颜色淡了去，就接他进城。

细崽喜欢城市，人多，楼高，颜色杂。尽管老爸住的地方离那些伸进云里的大楼还有一段路程，但细崽不觉得远。推开那扇松松垮垮的窗户就能看见。出了门，蹚过一段积水的坑坑洼洼，就有无数的小卖部。哪像在蛊镇，去常家买根棒棒糖就得吭哧吭哧走上六七里地。不过细崽最喜欢的还是挂了个大钟的广场，大钟滴答滴答的声音好远就能听到。广场边卖啥的都有。最让他羡慕的就是广场上放风筝的那些细娃了，手里扯根线，嬉笑着在宽阔的广场上奔跑，头顶上一挂风筝在高楼大厦间起起落落。细崽最喜欢的是一挂老鹰，老大老大了，颜色威严沉着，不像蝴蝶蜻蜓啥的花里胡哨，刚飞起的时候能听见噗噗的巨响。

每次想到那挂猎猎作响的风筝，细崽都能听见自己咽口水的声音。

苦等了五六天也不见父亲的影子，细崽开始失去了耐性。从大青石上跳下来，他对着山路骂：王四维，你花口花嘴，说好了几天回来，至今不见影影，你老龟儿有本事一辈子都不要回家。

老龟儿是挨骂当晚回的家，那时细崽正在做梦。梦里他看见老龟儿竟然是骑着一只老鹰回的家。

女人拉开门，看见男人一脸疲态站在门口。

咋这样晚呢？女人硬着喉咙问。

“爹呢？”

“睡下了。”

“有好转没？”

女人没应声，低着头沉默一阵，说爹没病。

男人先是傻在门口，继而大怒，将肩上的背包狠狠往地上一掼，破口大骂：

“日你先人板板，几千里大路，老子日赶夜赶，你以为是细娃娃玩过家家？”

赵锦绣叉着腰，死死盯着男人，稳操胜券的模样。

“老娘没凶你，你倒是先扳飙了，咋的，往天这个时候，是不是正骑在别人肚子上使力？”

打蛇打七寸，蛊镇人人都懂的道理。赵锦绣没有弯弯绕，单刀直入，直取要害。被打中七寸的王四维果然一下就蔫了，声音也失去了刚才的钢火和锐利，吞吐着说：“这是哪个狗日的乱嚼舌根？”

迎着冰凉的月光冷笑一声，赵锦绣说：“姓孟吧，在你们工地上煮饭的，对不对？”

王四维无话，头耷拉着，像是想往地里头钻的样子。

野话成了事实，赵锦绣一下就崩塌了。她其实希望男人硬实些，最好打死也不承认，那样起码还可以自己骗骗自己。哪晓得男人怂包一个，三言两语就认了账。悲伤顿时如洪流一般泄闸而出，她双手抱头，蹲在地上开始哭。怕屋里老的嫩的听见，她把哭声压得很低，仿佛水壶里煮开的水，动静不大，但足可以把人活活烫死。王四维不敢劝，先是站着看女人哭，又觉得本来就理亏，这样高高在上看热闹更是理亏，索性坐下来，眼睛投向远处月光下的影影绰绰。其实那些模糊的高高矮矮和他没关系，他的心思在城市和乡村之间不断来回跑。

赵锦绣在屋檐下一直呆呆坐着，整个人空落落的，其实她啥都没想，因为她啥都想不起来了。她感觉自己像头顶那片惨淡的云彩，跟着风的方向一直跑啊跑啊，慢慢变小变淡，直到无影无踪。

内疚没能敌过疲倦，王四维躺在床上，打鼾声地动山摇。

捋捋头发，女人站起来，脸上掠过一丝轻笑。

蹑手蹑脚来到外屋，她没敢开灯，借着从窗户挤进来的月光，找到了男人搭在凳子上的夹克。她把衣服捧在怀里，像是抱着一个易碎的古物。小心翼翼移到窗户边，女人慢慢松开咬紧的嘴唇。翻检如同蜻蜓点水，指尖顺着衣服的线缝抖颤游走。

女人在月光下铺开一方灰白。她侧耳听了听，男人粗壮的鼾声在里屋上蹿下跳。

剪刀在夹克前襟亦步亦趋，看似无声无息，其实雷霆万钧。女人直起腰，看着夹克接缝处炸开的缝隙，长长吁了一口气。抬起衣袖抹了一把额头上渗出的细汗，左顾右盼一番，女人从怀里掏出一块纸片，捋开，一尺长形符咒，在月光下跳跃着幽怨的浅黄。符咒上无数黑色的蝌蚪，交织出暧昧的迷幻。女人心细，在符咒外裹了一层塑料纸，这样就不怕反复地搓洗了。

来回折叠，秘密越变越小，把瘦身的秘密塞进夹克的前襟，女人从衣服下摆抽出早就准备好的针线，把裂口缝合得如同心思一般缜密。

最后，两眼微闭，双手合十，对着完整如初的夹克轻轻默念：

情的蛊神
你睁大双眼手持宽大芭蕉叶
为我看护外出的汉子
你蒙蔽他的心
你遮住他的眼
那些花里胡哨的女人
在他面前都是毒虫游鼠
等他归家那天
才拿开你宽大的叶子
那样

我定当为你
焚香祭拜
供奉刀头

念完，女人将衣物放回。躺下来，侧身看着身边的男人。里屋背着月亮，光线不好，男人只有一个模糊的大概。明天中午，赵锦绣会为远涉归家的男人炖一锅香喷喷的腊猪脚。那才是真正的惊心动魄呢。

清晨睁开眼，细崽就听见了那个熟悉的声音。以为是做梦，使劲掐了掐大腿，生生地疼。从床上一跃而起，细崽光着脚丫子跑到外屋，老爸正和爷爷在门边说话。看见细崽跳出来，王四维笑了笑，笑容绵扯扯的，像是隔了夜的糍粑。细崽一个箭步蹦到老爸面前，把脸凑了过去，眼里全是哗哗的得意。

王四维仔细看了看细崽的脸，又伸手摸了摸，然后惊异地说："淡了，真是淡了些呢！"

他还呵呵笑着对窝在藤椅里的父亲说："爹呢！散去了咯！"

"你说的，散去了就带我进城，反悔的是王八蛋。"细崽昂着头说。

王四维一个劲点头，说不反悔，不反悔，反悔我是你儿。藤椅里的睃了儿子一眼，费气拔力咕哝：乱屎说，没大没小了。

表皮都是久别重逢的其乐融融，细崽和爷爷都没能看到底下的暗潮涌动。

一锅浓稠的腊猪脚在火塘上咕咕冒着气儿，揭开锅盖，香味一下漫到了门外。吞了一泡口水，王四维说腊猪脚呢？我半年多没吃过了。三个碗一字排开，赵锦绣挨个往里舀肉汤。男人难得回家，自然得厚待一些，碗里头全是精华。

定定神，赵锦绣从兜里掏出三个纸包。眼前浮现出王昌林把纸包递给她的情景。她还记得王昌林的表情，无奈中透着凝重。"祖奶，三包蛊粉，每次下一包，能管住他三个月. 记住，一定要分批下。"

把一包淡黄色的蛊粉倒进碗里，搅匀，女人舒了一口气。站在原地待了半天，心底忽然涌起一阵怅然。辛辛苦苦整了这样一出，就能管三个月，她实在不甘心。三个月以后呢？狗日的还不是照样抱着别的女人进进出出。

咬咬牙，女人将剩下的两包药粉倒进碗里，赵锦绣想这下好了，能管到过年回家。

然后她笑了，那笑散发着幸福的光泽。

夜里，赵锦绣和王四维躺在床上，谁都没有动。愧疚和愤怒筑成的高墙让两个人都失去了翻越的激情。

第二天一早，男人就起身了。

晨曦中，赵锦绣和细崽把王四维送到一线天。王四维本来有好些话想给赵锦绣说，待了半天也没能张嘴，只能点点头。然后他摸着细崽的脑壳说：在家要听你妈的话，能帮衬的就帮衬下，晓得不？

细崽说好，不过你答应我的，等病好了就带我进城。

王四维还没开口，赵锦绣就气冲冲把细崽往面前一拉，说："进城去干啥？花花绿绿的，不学坏才怪呢！"

男人沉默一阵，把肩上的背包一甩，迎着一片血红走了。

七

秋末的阳光轻而薄，漫不经心的样子，全然没有了夏日灼人的那股子认真劲。

赵锦绣一大早就起来给公爹洗衣服。天气开始转凉，得把放置了一年的冬衣翻出来洗好晒干。老骨架子不比年轻人，翻过九月冬衣就得上身。老棉衣本来就粗壮，浸湿后就更难打整了。赵锦绣龇着牙鼓捣了半天，还是拿盆里的那团棉衣无可奈何。

正无计可施，门边有人喊：

"嫂子，忙着呢？"

转过眼，赵锦绣看见了王木匠，肩上扛个条锯，歪斜着身子往这边看。

"哎，正好，你来给我搭把手吧，这老棉衣我一个人拧不干呀！"赵锦绣招着手喊。

王木匠把条锯靠在墙沿边，高低不平地过来。赵锦绣把棉衣一头递过去，说我把着这头不动，你劲大，使劲拧。

头靠着头，两个人弯下腰，王木匠一抬头就傻了。赵锦绣的衬衫领口低垂，白色的胸衣吃力地包裹着两团硕大的乳房。王木匠一下就慌了，连忙把脑袋扭开，身体被拉成了一个怪异的弧形。

"你倒是用力啊！"赵锦绣喊。

抬头看了看，赵锦绣对王木匠这个造型格外惊讶。然后她一低头，自己都被那道风景吓了一大跳。慌忙拉直身子，赵锦绣红着脸对王木匠说你有事忙去吧。王木匠怯怯应一声，颠簸着跑走了。赵锦绣看着王木匠跑远的身影，心头仿佛钻进了无数的小蚂蚁，在心尖尖上爬啊爬啊。半天收回目光，才看见墙沿边的条锯。几步跑到院门外，朝那个落荒而逃的背影喊：

"条锯，你的条锯。"

条锯的主人蹦跶着跑远了。

握着条锯，赵锦绣心里快快的。脸上的红云还在，像是被人看破了某个细微的隐秘。这情绪很遥远，小姑娘家家才有的呢！今天好奇怪，又捡回来了。木匠的条锯有些年龄了，手把那地方磨得闪亮。赵锦绣轻轻摸了摸，还留有撩人的热气，仿佛那人的发肤。怔怔呆了片刻，屋子里一声苍老的咳嗽把女人打回了原形，把条锯往地上一扔，心头暗骂：要脸不要你？

就这样，赵锦绣一个早上没有安生，她被一种古怪的思绪牵着走，像个探头探脑的小偷，心思总念着那个觊觎已久的物事。心思晃晃悠悠，做事也糊里糊涂。午饭上桌，细崽爷夹筷菜放进嘴里，脸上的褶皱立马挤成一团。

“盐巴重了！”细崽爷说。

赵锦绣自己尝了尝，呸一口吐丢了。端起菜碗逃进厨房，心还在咚咚跳。探头看了看桌上一双老小，两人都在笑。她长舒了一口气，确认盘旋在心头的念头没有被发现。

饭还没吃完，王昌林来了，站在院门边喊幺公。

抹抹嘴出门来，细崽说长声吆吆喊哪样尿。赵锦绣白了儿子一眼，靠着门框说昌林啊，进来刨碗饭吧。王昌林摇着手说：“我吃过了，我想问问幺公想不想出门，我要去趟来鹤村。”

赵锦绣蹙着眉想了想说：“我听说来鹤村已久没人了，你去那头干啥呢？”

“还有几户，我一个熟人老去了，是个同行，我赶过去看看。”王昌林说。

细崽叉着腰，鼓眉鼓眼说：“去也行，好多钱？”

一巴掌扇在细崽背上，赵锦绣吼：“你和钱一天生的吗？就晓得钱。”

王昌林孤掌摇摇。细崽喜形于色，一个箭步跳进院子。赵锦绣在门边喊：“去就去，不许收钱的，晓得不？”细崽回头，很认真地说：“他要一不留神倒死在沟沟坎坎，怕是变成骨头了也没人晓得，我陪着他，收五块钱还不行啊？”

王昌林哈哈笑，说应该的应该的。

出了一线天，天地凋破得更厉害了，远远近近全是枯黄，那些星星点点的绿色不仅没能增添些生气，反而让残破显得更加气势汹汹。

两个人站在崖边，两条水线有气无力往山谷跌落。甩掉最后一滴，细崽裤子一提就算完事。他的孙子王昌林不行，抖抖索索忙活半天都没能把裤门链子拉上。细崽急了，骂骂咧咧说你看你那×样子，一泡尿能把胡子撒白。“老了就这样子了。”王昌林苦笑着说。细崽干脆跳过去，给他拉好链子，系好裤带，往后一蹦，一本正经说：“我要到了你这岁数，就把自己杀了，免得难过。”拉拉衣襟，王昌林也一本正经说：“等到了我这岁数，你就晓得了，好死不如赖活。”

翻过垭口，王昌林指着远处一方平坦说：“幺公，你看看那块地盘，如何？”

“适合跑马。”细崽说。

摇摇头，王昌林面带得意说：“你不懂，你看那个山形，像不像一张太师椅？”没等细崽答话，他接着说，“最妙的是椅子对面那座山，活脱脱一副笔架啊！这叫啥，这叫文曲坐案，好地啊！”

这是王昌林给自己选好的终老之地。年轻时赶山抓蛊物，惦记的都是蛇啊虫啊的，翻过六十六，想法就不一样了，死后找个好的安身之所成了比抓蛊物更重要的事情。每到一地，都要照着阴阳学的道道，前后左右仔细打量一番。五年前，他赶山赶到这里，正好站在那把椅子的椅面上，环顾四周，当即决定，就是这里了。

赶到来鹤村，已是午后。

在王昌林的记忆里，来鹤村算个大寨子。大集体那阵子，附近几个村子经常搞比学赶帮超，每次出工，都是来鹤村最惹眼，壮劳力多，轮换勤，三两下就把其他寨子给拖垮了。

王昌林站在寨门口，秋风挟裹着陈旧的房檐草，在地上打着旋，忽东忽西，捉摸不定。踮起脚朝寨子深处看，没有丁点死人的痕迹。要知道，乡村有人老去，最紧要的是在寨门口悬上灵幡，那是给亡人指路用的呀！

沿着细窄的石板路往里走，脚下茅草漫过了脚脖子，在裤管上拉出沙沙的声音。小路周围那些密密匝匝的房屋全都静默着，最猖狂的是青苔，爬满了院子、水缸，甚至门窗。越过长长的垣墙，两旁的房屋更显陈旧，斜边掉垮，拇指粗细的蒿草将它们裹得严严实实。细崽嘴里哼着小曲，手里拿根棍子，去撩那些悬在院门上的蛛网。忽然他定了下来，回头朝孙子神秘地招手。王昌林蹑手蹑脚过去，顺着幺公的手指，他看见房子的屋檐下蹲着一只灰色的野兔，正悠闲地啃着草。

王昌林呵呵笑。细崽说你笑哪样？王昌林说没啥，就是想笑。

来鹤村的蛊师住在村子的后背上，来来回回绕了好几回，才找到。

推开院门，一个人没有。灵堂里，一个须发全白的老头在念经，眼神不好，两个眼珠子都快掉到经书里去了。

“就你一个人？”王昌林问。

念经的把指头伸进嘴里舔了舔，翻过一页书，才慢悠悠抬头问：

“啥？”

“你们道士班子一般不都是五个人吗？”王昌林凑过去大声问。

“几个年轻的都进城了，”老道士把书捋平整，又说，“进城找大钱去了。”

半天才有个人进来，蛊师的侄儿，六十出头，把王昌林领到停放死人的门板边，他掀开蒙着蛊师的白布，对王昌林说：“你说奇怪不，我叔是笑着死的。”

蛊师那张脸像朵凋零之前奋力一震后开得繁茂的鲜花，嘴角上扬，双眼微闭，仿佛还沉浸在某个幸福的场景里。

“我前天晌午过来，他拉把靠椅坐在院子里晒太阳，我过去一看，他满脸堆笑，喊了两声，不应，以为他睡着了，哪晓得……”蛊师的侄儿对王昌林比画着说。

王昌林摇摇头，指着门板上的，说你呀你呀！

八

今夜月亮特别好，明晃晃悬在古柏树顶。

一群老小聚在树下，东拉西扯说些闲话。左手的王文清眉飞色舞，正说着城里头的新鲜事。王文清早先进过城，给人看工地。一晚王文清刚睡下，听见外面有动静，提着根铁棍从工棚里出来，看见几个黄毛在搬搭架子的扣件。王文清大喊你们干啥？几个小偷回头一看，干瘦的王文清在昏黄的灯光下像根生锈的铁丝，胆儿就上来了，暗偷变成了明抢。一个拿手指着他，语气强硬：老鬼，进屋好生待着，再鬼喊呐叫，我搞死你。第二天，没等老板开口，王文清就把自己开除了。背着行李回到蛊镇，时不时就给大家说说城里的新鲜事。

“我们那个工地的边边上。”对于城市的描述，王文清有固定的开头。

听的人不满意，城市多大啊，为啥都围着你那个卵工地打转转。细崽每次听到开头就瘪嘴，话也难听：

“老癫东，你陀螺啊，就会原地乱转。”

王文清和王昌林一辈，也喊细崽幺公。他不敢顶撞长辈，只好说：幺公，我眼界浅，整天就在工地上转，你老人家宰相肚里能……细崽就不耐烦打断他，说×话多，你快说，不过得说点新鲜的，以前没讲过的。

点点头，王文清说这个保证新鲜。端起黢黑的大茶缸灌了一通苦丁茶，把细碎的茶叶啐在地上，王文清说：“我们那个工地的边边上，有一个温泉，温泉这东西狗日的古怪呢！一年四季都热气腾腾的。温泉里头不光洗澡，还……”

四五个娃娃拖长声音一起接话：还卖肉。接完个个翻白眼，细崽往王文清面前吐了一泡口水，语带嘲讽：“还新鲜，烂菜叶还差不多，老子耳朵都听起老茧了。”王文清快快缩回脖子，说我记得我没讲过这个的呀！

娃娃们起哄。王昌林咳嗽一声，两手往下压了压说，今天我来给大家讲，都是真事，老七志书上写的。众人安静了下来，一个娃娃小声嘀咕：柳七爷又没进过城，能说啥子哟？王昌林睃了嘀咕的一眼，还好，比自家小一辈，能开黄腔：

“闭上你那张×嘴，好好听我说。”

总算静了下来，王昌林开始讲：

“当年红毛贼造反，到处抢劫杀人，一年刚秋收完，就杀奔我们这头来了，这些人精得很，晓得秋收后油水大。来了多少人呢？估计得有百十号人，家伙也齐整，火铳长矛都有。”说到这里，王昌林扭头看了看王文清，又指了指王文清脚边的茶缸，王文清慌忙把茶缸递过来。抿了一口茶，拍拍茶缸，王昌林接着说，“红毛贼是天擦黑的时候到的，一队人把镇子围得严严实实，他们想得简单，准备天一黑就进攻，一举拿下。”

捋捋胡须，王昌林呵呵笑：“狗日的些想错了，寨人早有准备，家家户户都准备了家伙，男男女女正摩拳擦掌等着他们呢！可毕竟家伙不如人家，人家长矛火铳，我们锄头镰刀。那一仗打得惨烈哟！红毛贼死了二十多个，我们死了四十多。不过呢，据说那是红毛贼打劫村寨中损失最惨的一次。”

“后来又来过没？”王文清伸长脖子问。

把茶缸递给王文清，王昌林笑着说：“你不要慌嘛，听我慢慢说。寨老为了保卫屁股下面这块地皮，就动员家家户户制作干仗的家伙，火铳、长矛、大刀、弓弩啥子的都备了很多。接下来红毛贼前后来了六七次，一次比一次阵势大，硬是拿蛊镇没法子，每次都扛回去不少死人。断断续续打了几个月，红毛贼才被打服气了，就再没来过了。”

咧着嘴笑了笑，王文清说先人些厉害呢！这样硬实，我看哪个还敢来。

摇摇头，王昌林说：“你高兴得太早了，人要收你，你可以对抗，天要收你，你就无法了。有一年起了瘟疫，蛊镇三个月就有一半人死掉了。几个寨老一商量，在寨上选了三十个年轻的男女，凑足盘缠，让他们走得远远的，等瘟疫过了再返回来。目的就是要保住这个镇子。半年后，三十个人回来了。眼前的景象是惨绝了，一个活人都没了。”

“三十个人抹掉眼泪，烧火开锅重新开始。”王昌林说，“不要小看这三十个人，五十年的时间，蛊镇就成了四百多人的大寨子了。后来选出来新的寨老，寨老板眼多，想出了一个主意，让人到处放风，说蛊镇人人都会放蛊，还是最毒的腹蛊，只要进了寨，不死脱层皮。”嘿嘿一笑，王昌林说，“从那时候这个镇子就安生了。”

月光幽幽，朗照着一个庄子，雾气从远处的林子里漫过来，被夜风扯得丝丝缕缕，东一块西一块悬吊着。

长时间的静默。

忽然一个娃娃直起身，跳下石凳子，愤愤说：“说得一点尿意思没得，还不如刚才温泉卖肉那个好玩。”接着一群娃娃跟着应和，全都蹦了起来，嬉笑着跑走了。

“妈个×，我说的这个不好听吗？”王昌林直着脖子问。

王文清往地上啐了一口痰说：“我觉得你这个更有意思些。”

说完他端起茶缸灌了个底朝天，扭头看见王昌林在笑，就说我最近发现你特别喜欢笑，是不是捡元宝了。

他不晓得，王昌林咧着的嘴后全是得意。岁月吹皱了他的手背，可没能带走他的手艺。

九

秋末最后一天，王昌林对来敲门的细崽说：

“幺公，我昨夜梦见脆蛇了，我们抓脆蛇去。”

把半吊鼻涕吸回鼻腔，细崽没有想象中的激动，而是把脑袋伸过来，说你看是不是又淡去了？王昌林点点头。细崽就激动了，搓着手，踌躇满志。心情好了，态度也跟着好。叉着腰对王昌林说：老子今天高兴得很，就跟你去抓脆蛇。

眼睛往上翻了翻，细崽有些不放心，问：你真梦见脆蛇了？

孙子慌不迭地点着头。

“王昌林，你要敢哄我，死了下油锅。”

撒谎的心虚了，毕竟离死不远了，这样的诅咒让他心惊肉跳。

“幺公，我乱尿说的。”王昌林怯怯说。

“那你到底想干哪样？”

“想去上次去的地头骂骂人，过过嘴巴瘾。”

“你想骂人就骂嘛，跑这样远干啥？”

“想和生人说说话。”王昌林满脸乞求，最后他说，“我眼睛饿了，幺公。”

两个人走得很慢，入眼的枯焦让王昌林有些透不过气来。他感觉山好像更陡了，路更狭窄了，连飞舞的蜻蜓行动都变迟缓了。

过一个坎，他试了几次都没能过去。咬咬牙，把拐杖往坎那边一扔，变直立行走为四肢爬行。勉强爬上坎沿，卡住了，进退不得。细崽转过一个弯，回身不见王昌林，心想都快成千年老龟了。蹲在地上看了一阵蚂蚁，还是不见人来，站起来放声大骂：“王昌林，你是不是死硬邦了？”天地寂然，只有清脆的鸟叫声。细崽气得使劲跺跺脚，喷着火折了回去。

看见悬在坎坎上的王昌林，细崽吓得惊叫了一声，跑过去一把搂住王昌林，又大骂：“你狗日的都成这样了，咋不喊我一声？”费了好大劲才把老古物从坎子上搬下来。王昌林说不了话，脸青嘴青，大口大口喘着气。细崽眼睛开始潮红，捡起王昌林的拐杖使劲一挥，扫倒了路边的一片斑茅草。然后他气咻咻地吼：

“你再这样不吭不喊的，哪个再和你出门就是你孙子。”

对面的孙子艰难地摆摆手。

“走，回家了，不去了。”细崽说。

王昌林又慌忙摇手，鼓着眼吞吐了一会儿，才说话：

“都到这里了，回去可惜了。”

把拐杖往地上一掼，细崽说要去你自己去，说完转身就走。

走出老远回过头，细崽看见他的老孙子摇摇晃晃站起来，弯腰捞起地上的拐杖，一顿一顿又开始往山上爬。细崽脸上红云漫卷，呼吸粗壮，他真想给老犟牛两窝心脚。这时一只松鼠从树后探出头，缩头缩脑打量着细崽。细崽扭头看见了，伸长脖子破口大骂：

“我看你妈×！”

伸手拉住路边一根树枝，王昌林往上爬了两步，脚趾抓得紧紧的，他是觉得，一步比一步更加艰难了。忽然后背被硬生生顶住了，王昌林吃了一惊，回头一看，瘦弱的幺公低着头，两只手抵着他的后背。

王昌林笑笑说，幺公，你看你像根芦柴棒，我要支撑不住往后一倒，你就成摊饼子了。

后面的闷着声吼：“×话多，快点走！”

山道孤零零缠绕在山腰，谷底偶尔刮来一阵风，在山路上扬起漫天的尘土，王昌林下巴挂在拐杖上，木木地盯着那条土黄色的带子。眼睛都望穿了，就是不见人迹。细崽没有他孙子的定力，东张西望，两只乌鸦站在不远处的枯枝上拍打着翅膀，黏稠的阳光照着它们的羽毛，闪闪发光。细崽捡起一块石头，奋力投向无忧无虑的一对墨黑。咣一声响，两只乌鸦腾空而起，顺着山势砸进了深谷。

“回了吧！”他对王昌林说。

“再等等，我就不信见不着一个人。”

细崽不干了，站起来拍拍屁股，大声武气说：“要看你一个人看，老子回家了。”王昌林伸手从衣兜里掏出两块钱递过去。细崽瘪着嘴接过来，指着对面山顶最高的杉树说：“两块钱只能管到太阳挂在那棵杉树上。”

风越来越大，呼啸着从谷底往坡上爬。王昌林眯着眼，一头白发被揉成了斑鸠窝。他忽然费力地撑起身体，对细崽说：“回吧！”细崽抬头看着他，指了指天上。太阳高悬，离那棵杉树还有好长一段距离。王昌林摇摇头说，回吧，我吃点亏。细崽摸出一块钱还给王昌林，说：“退你一块，老子不占你便宜。”

回家的路好像更长了，摸摸索索到了盅镇后山，天边的红色已经褪尽，黄昏从远处一点一点漫过来了。这是黑夜来临前的最后一抹光亮，仿佛即将离世的老人，总要在临死前有一次莫名其妙的清晰和生动。乡下人管这叫回光返照。王昌林扶着一棵老枯树，被天边那片开阔的乳白吸引了。渐渐地，那片白亮越来越强，竟生生在天际撕开了一个巨大的口子，白光从口子喷涌而出，仿佛奔腾的江水。黄昏在一瞬间退去了，山山水水被白光照得亮亮堂堂。汹涌的光亮刺得王昌林眼睛生疼，目光慢慢往回缩，等落到那片斑驳的岩壁上时，他被惊呆了。淡黑的崖壁上，爬满了长长短短雪白的蛇，它们扭动着身子缠绕在一起，垒成了一个高高的蛇丘。

山顶的两个人完全僵直了，惊骇从每一个毛孔嗞嗞往外冒。

时间已然断裂，思绪被无情地瓦解。眼中的雪白聚拢，摊开，再聚拢，再摊开，反反复复，无休无止。天边和崖壁的两团白亮像是获得了某种默契，相互帮衬，坚挺且持久。最后，两团白亮同时湮灭，黄昏重新占领了天空，淡黑抹满了岩壁。

像是一个梦，王昌林使劲掐了掐大腿。

“是哪样东西？”细崽的声音和有关脆蛇的传说一样，断成了好几段。

“脆蛇！”王昌林语气悠悠。

说完他慢慢往那片崖壁移动，细崽在他身后，拉着他的衣襟，脚步抖抖索索。

蛇潮虽然退去，但痕迹还在，岩灰画出无数的蛇痕，歪歪扭扭往岩缝里去了。

“王昌林，你看。”细崽惊叫一声。

一条手腕粗细的脆蛇摊在青石上，应该是从高处摔下来给砸晕了。

把蛇抓起来，王昌林捋了捋，说还活着，摔昏过去了。脆蛇通体雪白，有淡淡的红圈把身体分成了好几截。王昌林指着红圈对细崽说：“这是条大蛇，脆蛇年纪越大，这红圈就越淡。”

脱下外衣把蛇包好，王昌林对着岩壁磕了三个头。

“你还给蛇磕头呀？”细崽说。

“这头是磕给蛊神的，”抖抖沉重的外衣，王昌林说，“我晓得，这是他赐给我的。”

指指王昌林提着的外衣，细崽问：“你拿出来看看，它是不是真的可以断成几截？”

“你跟我学这门手艺，我就让你看。”王昌林说。

眉头皱了皱，细崽嗤了一声，说：“老子要进城，鬼大二哥才学你这个。”

十

阴郁的冬日一直飘冻雨，左等右盼，总算迎来了一个艳阳天。赵锦绣起得老早，得赶着这个稀罕天气把该忙的忙完。铺的盖的得翻出来晒晒，穿的戴的要扒下来洗洗；庭院也该打扫了，枯叶被水一泡，满地褐色的汤汤水水。赵锦绣喜欢干净，她瞧不起那些邋里邋遢的人家户，气力足的进城了，眼睛鼻子就不好使了，房前屋后，鸡拉狗吐，脏得闹心。偶尔去串个门，连个下脚的地方都没有。主人家还若无其事端碗饭站在臭气熏天里头吃得津津有味。有时候她也忍不住，说你家也是，打整打整又累不死人。人家就答复她：人花花都没得一个，打整出来给哪个看哟？赵锦绣就犟上了，指着对方说你不是人啊？要给哪个看，自家安逸噻。

扫完院子，赵锦绣进屋去搬木盆，老的小的有一堆要洗。木盆靠在墙根，移开木盆，赵锦绣看见了那把条锯。

通往木匠家的路曲曲拐拐，像极了走在路上那个人的心思。理由其实格外强壮，送还人家落下的东西，天经地义，任谁也说不出半句闲话来。赵锦绣心虚的是，明明还有一堆活等着自己，为啥要挑这个时候送过去？女人就跟自己说，木匠离不开条锯呀！人家不好意思过来拿，自己就不能主动点。这个坎勉强算是迈过去了。但最后一道坎她实在过不去，细崽就在屋子里憨坐，为啥不让他去送呢？

女人脸又红了，脚步却没有慢下来。

王木匠正在屋檐下推板子，刨子来回跑，木屑纷纷扬扬。偶一抬头，他就看见远处过来的赵锦绣。手一抖，刨子走偏了，深深嵌进了木板里头。他慌忙低下头，假装成一个心无旁骛的好木匠。等赵锦绣走进院子喊了一声兄弟，他才抬起头，然后装出相当惊讶的表情：

“嫂子来了。”

赵锦绣没敢看他，眼睛投向边上做好的一架立柜，啧啧两声，说手艺真好，你看这立柜好巴实。王木匠连忙点头，接着又迅速摇头，结结巴巴说做得不好，乱做，乱做。赵锦绣把条锯递过去，说你上次落我院子里的。木匠连忙接过来，说谢谢嫂子了，进屋喝碗茶吧！女人说不了不了，家里一堆活等着我呢！王木匠说那好那好，嫂子你慢走。说完一抬头，又看见那对旧物了。他梦里见过几次，充满了淫邪的色彩。毕竟是没结过婚的人，现在见着真东西了，脸一下就红到了耳根，像是面前的人知道他在梦里的一举一动。

出了院门，赵锦绣心里愤愤然，心里说：我又没说走，就喊我慢走，我偏不慢走。想到这里，脚步变快了许多。很快王木匠的屋子就看不见了，女人回过头，怅然若失。

叹口气，她喃喃说：“我这是撞到哪样鬼咯？”

整整一天，赵锦绣把活干得哩哩啦啦。衣服上架了，才看见还残留着肥皂泡；猪食煮熟了，就是找不到猪食瓢；四下寻了半天的缝衣针，最后发现就攥在自己手里。一直到黄昏，她都没缓过神来。把晾衣绳上的几件衣物收在臂弯里，看着四合的暮色，心思又凝重了。这时儿子忽然在身后喊了一声妈，吓得赵锦绣一个激灵。儿子神秘地对她说，王昌林抓了一条脆蛇。

“真的假的？”赵锦绣问。

蛊镇人都知道，那东西不容易找到。

儿子比画着把那天的情形说了一遍，赵锦绣面色就不好了。

“一下拱出来这样多的脆蛇，怕不是啥子好兆头。”赵锦绣说。

而对于王昌林来说，没有比这段时间更好的日子了。

揭开褐色的瓦罐，王昌林喜形于色，那条雪白的脆蛇在罐底蜷成一团。明年开春，王昌林将会制出蛊师最引以为傲的一道蛊：幻蛊。一个蛊师能在离开人世之前制成一道幻蛊，无论如何都算是奇迹了！

晚饭过后，他还特地为壁柜后的那只老耗子备了点腊肉。人老心细，怕老伙计吞咽困难，特地把腊肉切成了细丁。他还开了一瓶酒，本来想和老耗子一醉方休，又怕老伙计鼠老体衰把老命喝出脱。自己舒舒服服喝了好几杯，酒精在老迈的血管里恣意流淌，把骨头都泡酥了。喝完他就缩进椅子开始假寐。半晌老耗子爬出来，不过对腊肉不是很感兴趣，凑过去嗅了嗅没动嘴，潦潦草草吞了几口米饭，又摇晃着钻回洞里头去了。

“看你那样子，怕是要走在我前头哟！”王昌林笑着说。

闭上眼，那个场景又出现了。密密麻麻地缠绕在他脑子里扎了根，他相信这绝不是巧合。既然不是巧合，那当然就是提醒。神灵是要提醒什么呢？他把身边的大事小情都过滤了一遍，最后他认定，肯定是最近几年的蛊蹈节太过敷衍了。

想想那些年镇上蛊蹈节的情形。盛况啊！大人细娃，早早就开始盼，新衣新裤早早就准备好了，神龛得写新的，肥猪是要杀的，大歌是要唱的，蛊场是要跳的。印象最深的还是那一张张的脸，希冀、敬畏、欢喜，什么都有，看起来很复杂，其实很简单。这几年的蛊蹈节让他窝火，每次节气来临，个个都叹气，还说什么人都走光了，搞给谁看啊？老得都要入土了，谁还有这个闲心啊？这个时候王昌林就忍不住骂：“人走了就不活了？人走了吃饭就改吃屎了？人走了就可以光着腚满寨子闲逛了？”说丧气话的闭了嘴，王昌林还不罢休，拐杖在地面狠狠杵了两下，又说：“妈个 ×，只要有口气，你也得给神龛上供的菩萨祖宗上炷香不是？”

十一

第一场冬雪过后，蛊镇的冬天就算到头了，整整半个月，阳光一直朗照。东风来得也早，从一线天呼呼过来，枯焦被吹散，嫩绿很快铺了一地。

赵锦绣扛捆青冈柴从林子里拱出来，看见炳富老婆顶着一头卷发从远处过来了，她的高跟鞋橐橐橐橐敲击着石板路，发出的声响和走路的模样都是新鲜的。赵锦绣很羡慕这个女人，狠得下心，撇下两个老的和三个小的，拍拍屁股就跟男人进城去了。没进城时，两个人关系近，是可以说私密话的人。慢慢地，赵锦绣就发现，她和炳富家的没以前对路了。每次女人回来，都会到她那里坐坐，开始还好些，跟赵锦绣说些城里的稀罕事，随着时间越拉越长，话就少了，到最后干脆就没话了。

回来了？赵锦绣远远喊。

炳富老婆半天才看清柴火后的那颗脑袋。连忙说哎呀呀，你看你，真是一身蛮力没处使呀，这该是男人的活嘛！

赵锦绣笑，笑容有些苦巴。炳富家的有点不过意，说要我帮忙不？赵锦绣低头看了看炳富家的脚上的高跟鞋说，帮啥子哟，我怕崴了你的脚呢！

一前一后往寨子里赶，前面的赵锦绣忽然问：

“如何了？”

后面的怔了怔，问：“啥子如何了？”

“那对狗男女咯。”

炳富家的笑了，笑容很开阔，像头顶上的天空，无边辽远。

“我正想跟你说，散伙尿咯！”

“散了？”

“具体我也不晓得，反正那个×婆娘整天垮着脸，”炳富家的笑得更大声了，“不光垮脸，两个人还吵，吵了没多久，女的就搬走了。”

“他呢？”赵锦绣声音细细的。

“哪个？”炳富家的收住笑，想想说，“你家王四维啊，霜打了，老了一长截，以前在工地上还唱山歌，现在不唱了，从早到晚屁都不放一个，就窝在板房里抽闷烟。”

赵锦绣躲在柴火后偷偷笑了一回，有点翻身农奴把歌唱的意思。接着就没话了，只有高跟鞋敲打地面的声响和柴火在肩上嘎吱嘎吱的呻吟。到了岔路口，赵锦绣才开口：

“去家头坐坐不？”

“算了，先回家看看。”

赵锦绣点点头，等炳富家的走远了，她又朗声说：

“回去好好给几个娃娃洗一下子，脏得像从牛屁股里头拉出来的。”

回身爬坡，赵锦绣觉得身子轻盈了不少，有腾空而起的感觉。路边开始抽芽的花花草草像是都在对她笑。太阳还挂在头顶，她就开始盘算晚饭，炒个腊肉，爹如果想喝酒，就陪他喝两杯。为啥？不为啥，高兴咯！赵锦绣站在坡上都笑出了声。

高兴的事情还很多，特别是细崽，脸上的红色在东风里头消退得好像特别快。模子边缘那圈稍微深一些，中间离得远一些都看不出来了。一家人都高兴，爹每天都要扳着孙子看半天，边看边笑。

最不高兴的就怕是王四维了。赵锦绣不怀好意地想。活该，像是种花生的红沙地，你偏把矮旱稻插进去，能长出啥子好模样？不管好胯下的东西，端起到处文进武出。不让你撞下墙，你还不晓得回头了。

晚饭公爹灌了两杯酒，早早就上了床。

赵锦绣精神好得很，里里外外彻底收拾了一遍，还烧了一盆水，得给细崽洗个澡。细崽坐在木盆里打水玩，赵锦绣摸着儿子脸上淡红色的印记，说细崽，你这胎记散去了，是不是就进城跟你爸去了。细崽点头说是呀，老爸答应过我的。

把细崽诓睡下，赵锦绣拉条凳子坐在屋檐下，眼里一地墨黑，远处几点灯火，虚弱得仿佛一阵微风就能给吹灭了。她睡不着，早间那点兴奋退潮了，接踵而来的居然是深深的失落，就像这暗夜一样，无边无际。远方那个男人怕是已经成了一只被痛苦裹得密不透风的蚕茧。她想明天去乡上打个电话，跟他说清楚情蛊的事情。念头转回来，女人又恨自己的软弱。狗东西和野女人在床上翻滚的时候，何曾想到过我呢！

和赵锦绣一样盯着黑夜发呆的还有王昌林。和赵锦绣翻滚的念头不同，王昌林啥子心思都没有，他喜欢盯着黑夜看。窝在屋檐下的躺椅里，拉条毯子把自己完全盖住，只露出一对眼睛，看近前的黑，远处的黑，所有的黑。很小的时候，他和师傅出门抓蛊物，夜晚遇上暴雨，师徒二人躲进一个山洞，师傅躺在一旁呼呼大睡，他则趴在狭窄的洞口，看着外面的倾盆大雨和雷电交加。忽然不知从哪里蹿出来一只山豹子，借着闪电发现了他。王昌林吓得全身发麻。山豹子努力了好几次，都没能挤进洞口，在洞门口低低地嗥叫了一阵，只好悻悻地离去了。从那以后，王昌林就喜欢上了这个动作。

扭了一下身子，毯子滑落了，王昌林慌忙把毯子拉上来盖住脑袋，轻轻掀开一条缝，又开始专注地盯着黑夜看。他觉得，这样是安全的，外面的种种危险，都奈何不了自己。

几处灯火渐次消失，该是上床的时候了。

躺在床上，他从枕头下抽出从老七那里捡来的稿子。习惯了，每晚都翻上几页。老七真是巧手，不光字写得好，还会画图。一张纸上绘了七棵古树，居然是按照北斗七星的布局栽种的。这个事情王昌林曾经问过老七，说为什么古树的位置和现在的北斗七星的位置有些出入。老七跟他说，那是时间让天上星宿的布局改变了。老七还说，世间没有东西是亘古不变的，为啥呢？因为有时间。

翻了几页，一幅图案出现在王昌林眼里，看了看标示，是蛊镇的地图，一百年前的。那时候镇子好像比现在大得多。把地图颠来倒去看了一番，王昌林发现这个形状有些面熟。他相信这个形状他见到过，在哪里见过呢？到底是在哪里见过呢？他闭上眼，面部紧紧缩成一团，似曾相识的心思像是水面上掠过的一块石片，涟漪阵阵，可就是看不真切。

用手使劲揉了揉太阳穴，那幅图画开始慢慢清晰了。

一线赤红跨过鼻梁，斜穿过整个面部，在下巴形成一道粗壮的弧线，最后在颧骨处圈成了一个不规则的椭圆。

王昌林猛地坐起来，心在怦怦乱跳，仿佛要蹦哒着跃出胸腔。

在屋子里来来回回转了好久，他都没能压住心头的慌乱。走到屋角的水缸边捧起冷水洗了个脸，才慢慢平静下来。“说不定是个巧合。”他对自己说。

立刻他又坚决地否定了自己：

“是巧合的话我一头碰死。”

十二

在院子里劈劈砍砍，王木匠失去了一贯的专注和定力。计量好的尺寸，锯条跑完后不是宽就是窄。杂乱的心思还把记性都吃掉了，刚才明明放在手边的斧子，转过眼就找不着了，趴在高高的木屑堆里翻了半天，斧子没找到，却发现了凿子。从容没有了，兴致就打了折扣。板子锯了一半，王木匠撒了手，斜靠在马凳上，摸出一支烟呼呼抽。还责怪嵌在板缝里的锯条：昨日才给上的油，今天就涩得跟犁老板土样，还难伺候得很呢！

老娘看出了儿子的异样，上前年爹死，也没见着他这般的魂不守舍。倒碗茶放在马凳上，老娘说不想干就歇两日吧！王木匠说我倒是歇得，就怕杨村樊老者等不得，十多天不吃不喝了，这几日连话都说不成了，能熬到月底就算狠人了。

看了看马凳边那口棺材，老娘摇摇头，说你要赶也成，不过得细心点，我看你这几天昏头昏脑的，怕你剁着自己。走到屋檐下，老娘回头说："歇了吧？"扔掉烟蒂，王木匠说妈你管事管得宽，管到人家脚杆弯，你管我歇不歇哟！老娘摇摇头，以前儿子和娘说话没有这样的口气。转进里屋，隔着窗户看着儿子，老娘又长吁短叹一回。该是找门亲事的时候了，这些年当娘的没少托人。要求不高，不论长相，年纪不过四十就成。媒婆一听就摇头，说实在老火哟，好手好脚，能跑能动的，全都卷起铺盖进城了。老娘狠狠心，说只要是个女的，没翻过五十的也成。媒婆还是摇头，说这一拨的差不多也走光了。

锯条沙沙响，心思却在别处。那个影子老在眼前晃动。木匠识得人，他晓得不是一头热，从女人看他的眼神他就知道，女人心头有捆干柴，就差个火引子了。男女的事情，一头热不惹人，真要你情我愿，心子把把都会变得痒酥酥的。心思跑偏了，手就跟着歪了，手腕忽地一扭，啪一声脆响，锯条崩成了两截。

把锯条往墙根一扔，朝屋里喊：妈，我进山去了。喊完也不等老娘答话，斧子往腰上一别就走了。

运气还好，找到一棵红杉，腰杆笔直，打个梳妆柜最好了。把树放倒，剔掉枝叶，木匠坐在树干上抽烟，这段时间天气不错，屁股下的红杉有十来个晴日就晒干了。林子里安静极了，不远处两只松鼠拖着比身子还粗的尾巴上蹿下跳。

忽然有噼啪声传来，折断树枝的声音。王木匠站起来，踮起脚尖往那头看，一个弓着的背影在折地上的干柴。

熟悉得不能再熟悉的衣服，碎花格子，梦里见过好多次。王木匠心头成了翻锅的开水，幽深的树林顿时弥漫着天知地知的决绝，远处那个弓着的脊背像是一种下作的迎合。木匠就像地上的红杉，屹立百年就等着一朝的轰然倒塌。

正弯腰捆柴火，赵锦绣面前突然多了一对脚。目光倏的一下爬到脸上，赵锦绣看见了眼睛里头两团烈火。眼神不避不让，狠狠地从女人的领口插了进去，放肆地顶撞着两个饱满的乳房，全然没有了那日院子里的羞愧和不安。赵锦绣心头紧了一下，慌张地放眼四下扫了扫，要命的安静，密实的丛林将秘密包裹得密不透风。微微拉了拉身子，女人就不动了，那道敞亮还在，像是给面前的男人黑夜里留出的一道门缝。潜藏的鼓励让男人热血上涌。几乎同时，两团身体都急切地向对方扑去。男人力气很足，积攒几十年的气血都在这一刻喷发了。女人则在一团炽热中开始熔化。男人的嘴在慌乱中急切地搜寻，当两张嘴叠合在一处的时候，女人忽然一把推开了男人。

兜头的一瓢凉水。

横起衣袖抹了抹还泛着紫红的嘴唇，赵锦绣看着木匠说：

“这样不行。”

“为啥？”

“一笔写不了两个‘王’字。”

男人呆呆看着女人。

红晕慢慢从赵锦绣脸上退去，平静主宰了她的面孔。她理了理一头凌乱乌黑的头发，低头开始收拾柴火，动作井井有条。木匠知道，这汪火已经烧尽了。但他还是不甘心，心头还跳跃着残留的火星，舔舔嘴唇，他说：“他先对不起你呢！”

赵锦绣神情一下严肃了，她说：“他咋做是他的事，我咋做是我的事。”

迟疑片刻，木匠有些悻悻，又说：“天知地知哩。”

指指林子深处，赵锦绣说：“这里埋的都是王家老祖宗，你敢保证他们也看不见？”

顺着手指的方向看去，几座顶着青苔的古墓惊出了木匠一身冷汗。

“他敢乱来，是那个地头见不着祖宗，见不着，就没了怕惧。”赵锦绣又说。

把柴火往肩上一扛，赵锦绣踩着一地的窸窸窣窣走了，走出去不远，她回头对木匠说：

“我大门右边的楔子松动了，哪天你抽空来给我紧紧。”

木匠看见了她的笑容，像在沟坎边碰着时招呼的那种笑，熟悉，又陌生。

十三

那夜洞悉了秘密后，王昌林坚定地认为他的幺公绝非常人。细崽每天来敲完门，王昌林就好吃好喝地招待他。细崽也不客气，边夸孙子孝顺，边啃着喷香的腊排骨。王昌林看着细崽脸上的图案，不错的，一模一样。他相信这是神迹，细崽就是上天派下来传达意图的使者，至于要告诉蛊镇人什么，这个他一时间还没理出头绪来。

吃饱喝足，幺公抹着油水滴答的嘴对王昌林说："你这几天请吃请喝，低眉顺眼，是不是有事求老子？"王昌林慌忙摆手，说幺公误会了，我就是尽点孝道。细崽哼一声，说我不白吃你的，你要我做啥就开口。想了想，王昌林说既然幺公开了金口，你要愿意，就陪我去给我师傅上炷香吧。细崽指着孙子教训："烂肚子王昌林，老子早就晓得你心头那点小九九。"

师傅在银盘山的岩缝里，早些年蛊镇还时兴悬棺，超过七十的老人死去，装进棺材，用绳索吊上岩壁，找一处宽阔的岩缝放进去，再钉些木桩子固定好，一场葬礼就算成了。后来有力气的进了城，棺材就吊不上岩壁了，死后就都钻进土里头去了。

沿着岩壁边缘爬了一段，细崽看清了那些悬棺。几十口棺材卡在岩缝中，经年风雨剥蚀，棺材色调斑驳。

"为啥不埋进土里头呢？"细崽问。

王昌林仰头看了看，倚靠着岩壁说："祖先的家最早可不在蛊镇，说是在很远很远的地方，在那里曾经有过一场激烈的战斗，我们的祖先输了，一路迁到了这里。"

"我问东你说西，叫你打狗你去撵鸡，"细崽打断了孙子的话，"我是问你为啥不埋进土里头，你×叨×叨说这个干啥子吗？"

王昌林说好好，怪我×话多，幺公骂得对。扬扬眉毛，他接着说："老祖先们觉得打输是暂时的，总有一天要打回去，所以死了不进土，找个岩缝先放着，等有朝一日决定打回去了，就让后人把棺材也抬回去，死了也要埋回老家的土地上。"

抬手指了指，王昌林说："幺公你看，棺材的头都朝着一个方向，那就是祖先老家的方向。"

"我还以为这个地头就是老家呢！"细崽说。

"哪个都说不清楚到底哪里才是老家，说不定还有老家的老家，老家的老家的老家。"王昌林说。

到了一处宽阔地，王昌林从袋子里取出香蜡纸烛点燃，对着半山喊："师傅，我来跟你说一声，我家蛊神给了我一条脆蛇，让我做道幻蛊。"

"哪个是你师傅？"细崽问。

抬头顺着远处的岩缝看过来，王昌林指着一口还残留着黑漆的棺材说："就是那个。"

"那个不是我侄女吗？"细崽说。

"哦，对对对，是我妈。"王昌林说，"人老了，记性都让狗给吃了，我师傅是倒数过来的第四个。"

祭拜完毕，王昌林对细崽说："幺公，愿意跟我进山找蛊药不？"

细崽盯着他，没言语。王昌林赶忙说："你老开个价。"

嘟着嘴想了想，细崽说算了，我妈都骂我了，说我是从钱眼眼里头钻出来的。然后他伸过脑袋，笑着对王昌林神秘地说："我攒的钱够买一架很大很大的老鹰风筝了。"

王昌林睁大眼睛看着细崽，幺公脸上的图案有些依稀难辨了。

五日的工夫，王昌林的双脚就把蛊镇几座大山丈量完毕了。这可是年轻时候的能耐呀。他站在院门边举头四下扫了扫，高大扑面而来，不错的，都是封了路的老林子，光看着就给吓得半死，更不要说攀爬了。

双手叉腰，得意从头到脚。还感慨："我都佩服我自家。"

旁边的细崽对他的沾沾自喜不安逸，斜乜着讽刺："我要不跟在你后头，你怕摔得骨头渣渣都不剩了。"王昌林连忙点头，说幺公的功劳，幺公的功劳。幺公的确有功劳，除了保驾护航，途中还要给孙子揉腿捶腰。小拳头打击着老驼背的当口还叹气说："他妈这世道颠倒了，爷爷居然给孙子捶背哩！"

之前，王昌林从来没有动过闯山的念头。闯山这活，翻过五十你都不敢想了。那些腿脚麻利的、把老命丢在老林里头的多得是。可自从那条脆蛇进了家，蛊镇的蛊师就开始了精心的谋划。凭着记忆，他理出了一条最安全的路线图。很快又给否掉了，那条路线不能找齐需要的物事。幻蛊这一道，除了脆蛇，最紧要的就是迷心草。这东西金贵，对生长的地头特别挑剔，附近几座大山，只有滴水岩岩缝里头才有。可那条路线，王昌林想起来就发毛。他师傅的师傅，采迷心草时一只手没有抓牢，飘荡着落下山崖，跟着激流远走高飞了，坟头就在崖下的河岸上，其实就是一个衣冠冢。

迷心草是细崽采来的，细小的身架子在岩壁上像手脚长了倒刺的长虫，三下五除二就给王昌林抱上来了一大堆。王昌林那个感动啊！连说幺公巴实。幺公不是一般的巴实，简直是巴实到家了。伟大的幺公跟着孙子险象环生闯了五天大山，一次都没提过钱的事情。

正午阳光很好，王昌林在院子里铺开一摊一摊的花花绿绿。连锯藤、山岩草、青筋根、迷心草，杂七杂八占满了整个院子。晒干后，这些物事都会被剁碎，放进一口大锅熬煮一个对时。捞掉药渣，有用的是剩下的半锅汁水。

细崽呢，寸步不离，他就要看看，最厉害的幻蛊到底是如何制成的。

无关紧要的步骤，王昌林都不遮不掩，还会絮絮叨叨给幺公讲些注意事项。可到了晚上话蛇的时候，老脸就绷住了。拦着里屋的门，死活不让细崽进，说你进屋来也可以，但必须先拜师，这是蛊师的秘诀，只有入得蛊门了才能现世。细崽不干，说你是我孙子，拜了师老子还要喊你师傅。王昌林就说我不要名分，但你得给蛊神发个誓言。细崽还是不干，相对而言，他更惦记城头广场上那挂风筝。

话蛇这段，细崽只能在院子里干坐，里屋不时传来王昌林低低的说话声，间或还有吟唱和轻祷。细崽心头痒痒，嘴上不服输，嘟哝着骂："老子才不稀罕呢！"

不过王昌林还是透了一些风口。他给细崽说这幻蛊吧，最要紧的就是话蛇了，啥子叫话蛇呢？就是制蛊前的这段日子，蛊师要天天和脆蛇说话，让它明白接下来发生的一切，这样脆蛇才有灵性，脆蛇有了灵性，才会心甘情愿奉献出自己。

王昌林连续翻了好几天的黄书，他要为制作这道幻蛊选一个好日子。

十四

春天愈发真切了，深绿簇拥着几面山壁，河水叮咚跳跃。喜人的春光里，一直枯败的老枯朽们像是脑门上长出了嫩芽，面容难得一见的抖擞。最欢喜的算是四维他爹了，天不亮他就爬起来，端条凳子坐在屋檐下等天亮。红光刺破天幕的一瞬，他在心头一阵欢呼。然后他盯着那轮鲜嫩喷薄的红日徐徐爬过一线天，从两棵青冈树中间缓缓而上。直到赤红消散，转成刺目的亮白。

儿媳妇披件衣服从里屋出来，看见屋檐下笑吟吟的爹，说爹你干啥呢？这样老早。爹就说人老了，瞌睡少，我起来看太阳。赵锦绣连忙从屋里拿件棉衣递过去说，凉气太重，你不怕害病呀？说完转进儿子睡的那屋，细崽四仰八叉倒在床上，梦口水牵丝挂缕。一巴掌拍在儿子瘦削的屁股上，赵锦绣喊：太阳照到屁股了，快起来，先去敲门，敲完了跟我进山扛柴。儿子咕哝一声，翻过去继续睡。往门外扫了一眼，赵锦绣笑着说："前三十年睡不醒，后三十年睡不着，我家都赶上了。"

一阵猛扇，细崽才懒懒地直起身来，揉揉眼央告："妈，让我再眯五分钟嘛。"赵锦绣把衣裤丢过去，说眯五分钟能当肉吃啊？快起来。细崽垮着脸从床上梭下来，阳光扑了他一身。赵锦绣感觉有些异样，猛然之间又想不起到底是哪里不对头。把儿子上下考察了一番，她一个箭步跳到细崽面前，端起儿子的脑袋，目不转睛地看，看着看着眼泪就下来了。

"散了，全散去了。"赵锦绣语无伦次。

说完她牵着儿子跑出门外，把儿子往公爹面前一推，泪涔涔地说：爹，你看细崽这脸。

公爹凑过去，把孙子面部仔细检视一回，扁塌的嘴一瘪，老泪扑簌。

"转世为人了！"公爹激动地说，"菩萨显灵了呀！"

给儿子套好衣裤，赵锦绣说敲完门不要去疯跑了，早点回来，去乡上给你爸打个电话。

细崽应一声，往王昌林家那头跑去了。

王昌林正弓着腰铡药，屁股忽然挨了一脚，踢得很轻，算是招呼的一种。回头一看，幺公双手叉腰，得意地看着自己。

把脸送给孙子看了个透，细崽欢喜地蹦着跑开。王昌林没有幺公的欣喜若狂，隐隐的不安反而占了上风。细崽跑出老远，王昌林的声音才从身后追来：“你慢点走嘛，为啥要急痨痨跑呢？就不怕摔了。”

电话打过去，没有想象中的欢呼雀跃，嗯啊嗯啊，连声好都没有。儿子在电话里头给老子说：爸，我脸上红斑散完了，你啥时候来领我？电话一直沉默，忽地咣当一声，嘟嘟嘟叫个不停。细崽疑惑着举起电话，赵锦绣把耳朵凑过去听了听说：挂了。

母子二人站在邮电所门口，一脸失落。赵锦绣心头隐隐作痛，她本来想给王四维说清楚，你下半身的耷拉只是暂时的，翻过年就好了，可她担心万一王四维知道了真相，除了记恨她，只怕又屁颠屁颠找那个煮饭的野货去了。儿子没有她心头那样多的弯弯绕，一脚踢飞地上的易拉罐，扯开嗓子骂：“王四维，说话不算数，你去死咯！”

半个月后，炳富家的就带回了王四维的死讯。

关于四维的死，炳富媳妇的说法是王四维当天负责给新建的大楼贴墙砖，兴许是没吃早饭的缘故，脑壳短路，发了昏病，低头捡砖时没站住，从二十层高楼一个倒栽葱跌了下来。王文清大儿子德生却是另外一路说法，他说当时他也在贴砖，离王四维就一丈的距离，王四维根本没有去捡砖，甚至连手头的砖刀都丢了，在脚手架上呆眉呆眼朝远方看，看了半晌，张开双手，像挂风筝样地就飘走了。

“我当时扭头看了他一眼，他眼睛里头空落落的，我就感觉有点不对头。”德生最后说，“我肯定他是鬼缠身了。”

不管哪种说法，有一点是肯定的，王四维死了，死得还极其难看，几个负责收拾尸体的同乡都不敢描述当时的情景，有个胆大的也只说了一句话：

“炸成了好几块。”

两处耳房，一间躺着一个，赵锦绣在东房，公爹在西房，模样都差不多，目光呆滞，半死不活。

几个老婆子坐在赵锦绣的床沿边叹气，床上的四天水米不进，精气神被快速剥离，蜡黄的脸像块干脆的抹布，看不到任何的表情。公爹的情况稍好些，还能说话还能哭。他对立在床边的王昌林说：“去年蛊蹈节，我连张纸花花都没给菩萨烧，做梦就看见一个素衣人用棍子敲我脑壳；前几日，我在梦里头又见到那个素衣人了，他拿锯子锯我的右腿，醒来后右腿就一直痛，当时就晓得要出事情，哪晓得出的竟然是这样大的事情。”说完他嘴就大大张着，喉咙里发出咕咕的声响，眼泪哗哗淌。王昌林也不晓得咋个安慰，就给床上的掖了掖被子说：“老天祖，都是命。”

王四维的死，王昌林愿意相信炳富媳妇说的，要真是意外，那就和他配制的三道情蛊没有关系。可他更相信德生的说法，离得那样近，难道还会看花眼不成？他后悔了，不该制那道蛊，始终是偏门，本来是好意，哪晓得整出这样骇人的尾巴。

从四维爹的屋子里退出来，王昌林长叹了一口气。棺材边上的过桥灯闪着幽幽的光，灯芯塌在油碗里，亮光缩头缩脑。王昌林过去挑起灯芯，光芒才直起腰来。

转到棺材另一边，王昌林看见了细崽。幺公跪在棺材边，手里拿根木棍，咚地敲一下棺材骂一句:“王四维，说话不算数，你下油锅的。”咚又一声,“王四维，说话不算数，你挨千刀的。”咚，“王四维，说话不算数，你砍脑壳的。”

王昌林喉咙一紧，呼吸就不平整了。他过去想把细崽捞起来，细崽扭头看了他一眼，很认真对他说：“王昌林，你不要闹了，我在和王四维讲道理。”抹掉泪，王昌林说幺公，你爸已经老去了。横起袖子拉掉半吊鼻涕，细崽冷笑着说：“不要以为我不晓得，狗日的是答应的事情办不成，装死的。”

十五

跌跌撞撞回到家，已是深夜。

王昌林算了算，今晚该是最后一次话蛇了。

灯光幽暗，在装蛇的罐子前燃了一炷香，烧了三张纸钱，王昌林坐下来，他说：前头和你摆了好多天龙门阵，我们这行你也晓得了个大概。今晚呢，我是有些要紧的话要跟你说清楚。明天午时，你的大限就到了，不过你不要慌，也不要怕！跟你说句实话，到了我这岁数的，都怕死，夜晚都不敢睡沉，就怕一觉睡着就醒不过来了。不过慢慢我也明白了，行路可以绕山绕水绕刺蓬，死亡不行，你绕不过。前些天有个白衣人给我托梦，梦里头他把一个鸡蛋放进我手心头，我摊开手掌托着鸡蛋，不晓得他是哪样意思，他看着我笑笑，一指弹破了蛋壳，我正可惜哩，就看见一只毛毛的鸡仔从蛋壳里头歪歪扭扭出来了。悟了几天我都没搞清楚这个梦是哪样意思，今天我明白了，那是菩萨要跟我说，鸡仔在蛋壳里头的时候，已经习惯了里头黑乎乎的活法，它就怕蛋壳破掉，为啥呢？因为它不晓得外头到底是个啥样的，等蛋壳破掉，它从蛋壳里头走出来的那一刻，才发觉，外头真是好光景啊！你是不是嫌我话多哟！年轻时我看我师傅话蛇，他老人家话少，比如今天，他就一句话：明天上路。你如果不嫌我话多，我就再说两句。我做蛊师这些年，没干过一件昧心事，零零散散做些蛊药，也医了一些人，虽然他们都不晓得自己的病是我治好的，但我不记挂这些，做自家该做的就是了。

啰嗦完，王昌林把蛇罐、舂好的草药、新画的符章一并搬到神龛上，恭恭敬敬磕了三个响头。

窝进躺椅，他想睡一会儿，养足精神，去给四维守守夜，唱几段孝歌。

脚边忽然有窸窸窣窣的声响，低头一看，老伙计出来溜达，步履蹒跚，不时还抬起爪子抹抹脸。王昌林坐起来，才想起今天只顾忙活四维的后事，把老家伙给忘记了。四下翻寻了一阵，啥子都没有。王昌林一脸愧疚，他说实在对不起，今天事多，把你给忘了。他蹲下来伸手摸了摸鼠脑壳，始终是老熟人，那东西不惊不乍，屁股落实在地上，仰着头看着王昌林。搓着手，王昌林说你要等得了，我给你下点面条吧。

端着煮好的面条出来，老伙计还在。把碗放在老鼠面前，王昌林说：“晓得你老了，牙口不好，我煮得烂，你多吃点，晚饭夜宵并成一回了。”

嗅嗅，老鼠开始动嘴。王昌林躺回椅子，摸出旱烟裹上，说：“你慢慢吃，我闲着没事，正好和你摆下龙门阵。我呢，干了一件蠢事，脑壳一热，给我祖奶做了一道情蛊。老人家为了套住男人，手狠了，把三道蛊当作一道一次给下了。你不晓得，这情蛊厉害，一道下去，男人三个月之内就成李莲英了，三道合成一道下，就只能当一辈子李莲英了。我晓得，四维是自家从脚手架跳下来的。我觉得这都是我一个人的罪过，你给我把把脉，看我老去了是上刀山还是下油锅？”

地上的没声响，王昌林别过脑袋一看，面条收得精光，老伙计拖着鼓鼓囊囊的肚子正往洞口那头爬。

“你这几天厉害呢，饭量变得斗大，我敬重你。”王昌林笑。

灯光昏暗，老鼠越爬越慢，到了洞口，身子开始左右扭动，接着侧身一歪，四脚朝天，不动弹了。王昌林慌忙爬起来，走过去细看，老伙计已经归天了。这个死法王昌林见过，1960年饿饭，寨子头一个王姓同族从一户远方亲戚那里抱回十五个盘碟大小的糍粑，一口气全吞掉了，当夜就老在床上，硕大的肚子上连青筋都条条饱绽着。

“你有点节制嘛，活活把自家胀死，这下安逸咯！”王昌林说。

打着手电，王昌林在屋子旁的菜地里挖个坑把老伙计埋葬了。然后一头钻进黑夜，往那个还没有埋葬的人家户去了。

十六

直到王四维下葬那天，他的儿子王细崽才确信，他爸真的老去了。

盖土之前有个仪式，死者的儿子，也就是孝男要从棺材尾爬到棺材头，拍着棺材盖子喊三声爹。细崽一直哭，道士先生左劝右劝，他就是不下去。还是王昌林站出来说幺公，你要不下去，你爸在那头就要摸黑了。细崽将信将疑梭下去，拍着棺材喊完三声爹，双手抓着棺材盖子号啕大哭，边哭边骂狗日的王四维说话不算数。上头的喊了好久他都不上来，还是两个人跳下去，才揪蚂蟥样的把细崽从棺材上抠了下来。

坟土覆得越来越高，细崽哭声越来越矮。他忽然扯了一把王昌林的裤腿问：“有没有吃了一下长大的蛊药？”王昌林问：“你想干啥？”细崽说：“我想打个瞌睡就长大，自家进城。”王昌林摇摇头。细崽脸上立时浮现出汹涌的不屑，骂：“你不是说你啥蛊都能制咯嘛！连个长大的盅都没得，有哪样 × 出息。”

日子脚赶着脚往前跑，春风吹绿了四维的坟头。

七窍都喷着悲伤的赵锦绣，还得拖着松松垮垮的身子忙里忙外。四维一走，一个家就成了断线的风筝，口粮没了着落。赵锦绣压着伤心和时间打仗，先把寨西的几块水田耙上，落一季晚稻，解决三张嘴的吃饭问题；后山的两块旱地也要抓紧，苞谷和黄豆都种上。等忙完田土，找个赶集日去乡上，买回两头双月猪，到了年末，一头留下过年，一头牵到集上卖掉。细崽明年就到上学的年龄了，吃穿都会更费钱。

锄头起起落落，身后是翻起的大片褐色。赵锦绣不敢歇，她怕追不上春种。抹掉额头上细密的汗珠，她又开始翻土。不知道是悲伤积压得太多，还是丢掉农事的时间过久，半块地还没翻完，赵锦绣就感觉到难抑的胸闷。找方土坎靠着，仰望着远处的一线天，赵锦绣眼泪就下来了。以往累了倦了，她也会朝那个方向嘹望，从一线天出去，在很远很远的地方，她的男人也在挥汗如雨。那时呆呆看上一阵，希望就会逼退困倦，现在不行了，男人没了，远方就变得空空荡荡，看得久了，反而是更多的疲累。

继续低头翻了一阵，赵锦绣看见了木匠，扛把锄头颠簸着从远处过来。没话，直接跳进地里就开始翻土。赵锦绣怔了一下，咳嗽一声，木匠不理会，锄头上下翻飞。这头又重重咳嗽了一声，那头抬起头来。这头巴掌凭空使劲扇了扇，像是要把那头扇出自家的黄土地。那头皱皱眉，不理睬，埋下头认真翻土。这头生气了，往地上狠狠啐了一口痰。那头假装没看见。

斗争隐秘而剧烈。赵锦绣最终败下阵来，她索性懒得理会，低头接着翻土。空气凝重涩滞，野地里只有间或的鸟鸣和锄头钻进泥土的嚓嚓声。

先前木匠离得远，彼此有着称心的距离，随着地越翻越少，凑得也越来越近。到了午后，都能听到对方粗壮的喘息声了。双方都阴着脸，仿佛土地和自己有隙，锄头抡得苦大仇深。就在两把锄头就要晤面的时候，木匠忽然收住了。直起腰杆，抹掉脑门上的汗珠，折身走到土坎上，放倒锄头，屁股挂在锄把上，脱下鞋子，抖掉里头的泥土，站起来扛着锄头离去了。

赵锦绣没抬头，把剩下那点翻完，木匠已经不见了。回头扫了扫，新翻的土地热气蒸腾。

此后几天，木匠都保持着这个方式。他更像是下到自己的地里，来去都显得理所当然。最后一天，翻的是西山前的老板土，丢荒时间太久，土地硬得像块铁板。终究是女人，赵锦绣每下一锄都格外吃力，缓慢的进度让她愈发气急败坏。农活讲细致，急不得，你一急它就跟你耍性子。失去耐心的赵锦绣铆足了劲抡锄头，咔嚓下去，抱起锄把左摇右晃好半天，锄头就是不出来。一个上午，女人都在和锄头进行着艰苦卓绝的战斗。终于，在赵锦绣无数次野蛮的不讲情理后，锄头决定自绝。离得远远的，木匠听见咔嚓一声，抬头一看，女人的锄头还嵌在泥土中，锄把从根部齐齐断掉了。

眼窝一热，莫名的委屈从女人胸口喷涌而出。她想哭，余光扫了扫一旁的木匠，止住了。在他面前，她必须守住自己的坚不可摧，她觉得哪怕丁点的示弱，都像是在给对方隐秘的暗示。

踩着翻开的厚土，冷眉冷眼走过去，赵锦绣伸手一把抓住木匠手里的锄头。木匠侧眼看着她，没松手。赵锦绣加了把劲，用力摇了摇，男人还是没松手。赵锦绣猛地抬头，眼里迸出一道寒光，男人心虚了，手一松，锄头到了赵锦绣手里。

提着锄头折回去，赵锦绣刨出嵌在地里的锄头，把木匠锄头往地上一扔，抓起锄头和断掉的锄把，眼不斜视地走了。木匠愣在原地半天，等赵锦绣走远了，才过去捡起锄头。木匠心开始乱了，本来，做这个决定的那一刻他觉得自己是已经完全沉淀好了的清水，甚至他都做好了最坏的打算，哪怕女人对着他开黄腔，他也无所谓。“心头干干净净的，我怕哪个？”他对自己说。哪晓得赵锦绣只消扭个胳膊动一下腿，就把他沉淀完毕的清水搅得乱七八糟。

不远处的树上有唧唧的鸟叫声，像是嘲笑。

当的一声，锄头失魂落魄插进泥土。

咔嚓，锄把断成了两截。

十七

从脸上圈儿散去那天开始，细崽就步入了莫名其妙的力不从心。

那天和孙子王昌林进山挖苦蒜，刚出村就不迈步了，蹲在路边摘开得繁盛的鹅黄花。王昌林以为幺公贪玩，拐棍捅了捅路边枯死的老槐树，说幺公你快点，我中午饭还要做个苦蒜辣椒水呢！细崽仰着头，额头上爬满了汗虫，他说王昌林，我心慌得很。王昌林不信，伸手探了探细崽的额头，火烧火燎的，他想多半是热伤风，就说幺公苦蒜不挖了，我们回家吧！

细崽回家就倒床了。赵锦绣不敢大意，从乡上请来医生，吃了药打了针，就是不见好转。怕风钻进来加重细崽的病，赵锦绣给窗户上了厚厚的帘子。

大早，王昌林提着一个砂罐从屋里头出来，脸上的笑按都按不住。他生命中最重要的一道蛊昨天晚上大功告成。蛊镇的蛊师实在太兴奋了，一夜没有合眼，他在院中来回走，两腿都酸麻了他还想走。

出门来，王昌林看见了祖奶。

风很大，吹得绳子上的衣服噼啪响。赵锦绣坐在屋檐下，低着头，皱着眉。一根枯草从远方飞来，粘贴在她的眉毛上，她定定坐着，连拂掉枯草的念头都没有。又来一阵风，那根草摇了摇，流连了半天才飞走。

祖奶早啊！王昌林笑着说。

祖奶依旧定定的，迎着风流着泪说：

“细崽成个老人了。”

王昌林嘴巴就闭不上了。

发现这个秘密时，太阳刚刚升起。赵锦绣当时在院子里剁猪草，听见细崽在里屋喊妈。赵锦绣连忙进屋，黑黢黢的屋里，细崽哑着声说：“妈，你把窗帘布拉开，我怕黑。”拉开帘子，光芒溢满一屋。赵锦绣回过身，看见细崽一只手挡着眼睛，露出尖瘦的下巴。慢慢适应了刺眼的光亮，细崽才把手拿开。坐在床边的赵锦绣看了看细崽的脸，眼前一片漆黑。

王昌林俯着身坐在床前。

他的幺公看上去比他还老，窄窄的额头上爬满了密密麻麻的皱纹，一张脸被枯败完全占领，深陷的双眼仿佛两个看不到底的黑洞，积满了死亡的气息。

这是满脸稚气、前不久还陪着自己翻山越岭的幺公吗？不是，肯定不是，这哪里是降临人世才区区五年的生命，这副干枯瘦小的身躯分明就是一道惊人的谶语，一张发白的符章，一个恶意的玩笑。一瞬间，王昌林泪流满面，他感到了彻头彻尾的哀伤，活了这样多年，经历了无数的生离死别，从来没有此刻的痛彻心扉。他嘴唇不住地抖动，颤抖着喊了一声：幺公。

细崽缓缓睁开眼，前日眼中的清澈透明消失得干干净净，疲乏地看了半天，才认出王昌林来。咧咧嘴，他说话了，声音细微得如同从布帛上抽走一根丝线：

“王昌林，我做了一个梦，梦见我的脸上长出了一大片高粱，高粱地里有好多人，都拿着锄头挖我的脸。”

陆续来了十来个医生，乡上县上的都有。

“准备后事吧！”离开的时候都这样说。

十多个老人顶着一头花白头发稀稀拉拉散落在院子里，像刚起了一层秋霜。都沉默着，眼睛不时往细崽那个屋子看看。

“好久没听见敲门声了，有点不习惯。”一个说。

说完，是更长久的沉默。只有窗户下四维爹喉咙里发出嚯嚯的声响，快速而剧烈的打击让他连说话的念头都没有了。前天进屋看了孙子，他没有眼泪，没有哭声，只有决绝的一言不发。饭点上，接过儿媳递来的饭碗，鼓着眼一口气扒光，儿媳以为爹饿，又添了一碗，照样扒得飞快，添到第四碗，儿媳不敢接碗了。她晓得，自从四维走后，公爹每顿就大半碗。

“总要做点啥吧？”王文清说。

大家看了他一眼，没人应声。

“把蛊神祠翻修一下吧！”一直嚯嚯的四维爹忽然发话了，言语抑扬顿挫，连尾音都精神抖擞。

怪得很，没有人吃惊，大家好像都知道四维爹这个时候就会说话。

“咋翻？除了剩下个地基，上无片瓦，下无块砖。”王文清说。

“只要地基还在，就能翻。”四维爹欠欠身子说。

王文清撇撇嘴，四下扫扫，冷言冷语说：“你看看这堆废物，吞口水都能噎死，还翻新蛊神祠？”

四维爹一弯腰，伸手抓起地上一块瓦片，咣地砸了过来，王文清眼尖，腾身一跳，避开了。

“看你那卵样，比蛇蚤还跳得快，让你翻个蛊神祠你还推三推四的。”四维爹恶声恶气骂。

辈分太低，王文清不敢顶嘴，快快表态：只要大家都说翻，就翻咯。

这时候王昌林站了起来说：“老七的志书上画得有蛊神祠的模样，过两天就动起来，有钱出钱，有力出力，蛊蹈节之前一定把它立起来。”

王昌林话音一落，那头四维爹脑袋一歪，目光立时涣散，只有喉咙里头的嚯嚯声。

十八

赵锦绣突然有了难得的镇静。

如果只看她一日的行迹，你很难想象这个女人有一个正大步流星奔向死亡的儿子。一早，院子照例要清扫的，杂叶枯草啥的还不乱倒，在院墙角拢成一堆，点火烧掉后倒入猪圈，那可是很好的肥料呢！接着给公爹准备早饭，一小碗本地面条，煎个鸡蛋，八成熟，老人牙口不好，焦了咬着费劲。伺候完老的，就打盆热水给床上的细崽擦脸，擦完脸喂药，喂药途中还和儿子开两句玩笑。

“细崽，昨晚我家两头猪掐架了，大的那头被小的那头咬得满猪圈跑，你说笑人不？”

“细崽，王文清到乡上赶集去了，听说去买猪尿包炖田七，老东西又开始尿炕了。”

说完赵锦绣就呵呵笑。细崽不能言语，偶尔拉开一下眼皮，算是回应。

用汤勺把黑色的液体倒进细崽的口中，喉咙汩汩响好半天，一次艰难的吞咽才算完成。赵锦绣清楚，这汤药与其说是喂给细崽的，还不如说是喂给自己的。只有给细崽喂药的时候她才不会心慌意乱，药是好东西，是治病的，吃了哪能一点用处没有？其实细崽吞下去的还不能算药，只有医生开出来的才是药。可惜来看过的医生都拒绝开药，说实在开不出对症的方子。医生不开，赵锦绣就自己来，房前屋后，田间地头，石壁垭口，只要看起来像药的，她都采回来，支上砂罐熬。她相信乡间流传的一句话：草药草药，是草就成药。

喂完最后一勺，悲伤如期而至。忧伤像是骑着的一匹马，看起来你是坐实了，那是表象，它一发蛮，就颠你个四仰八叉。赵锦绣伸出手，摩挲着儿子满头的白发。一个月不到，细崽头发就全白了。床上蜷缩着的枯朽实在揪心，仿佛一截柴火，丢进炉子，等拉出来的时候，就变成了焦煳的黑炭。

"喊王昌林来。"细崽满脸皱纹拼命挤压，瞪着眼向赵锦绣艰难地喊。

没等赵锦绣过去，王昌林就过来了。

递给赵锦绣一碗蜂蜜，王昌林说你给幺公化碗蜂糖水喝吧。进屋来，王昌林挨在床边，半天细崽睁开眼，嘴角扯了扯，像是想说话。王昌林慌忙伏低脑袋，他听见他的幺公一字一顿说：

"王昌林，我难过得很，给我打针。"

眼角一潮，王昌林说幺公，医生都回家吃饭了，等医生回来，我就让他给你打针。

"王昌林，我要打针，我要打针，你狗日的快给我打针。"

抹着泪直起身，王昌林看见赵锦绣端着一碗糖水进屋来。伸出手，王昌林说祖奶给我吧！

赵锦绣抹着泪递过碗，王昌林一只手接过碗，另一只手在身后隐秘地蜷起，大拇指绷住中指，迅捷划过水碗，轻轻一弹，一线淡黄跃入碗中。

喂完蜂糖水，王昌林对赵锦绣说："祖奶，你去忙吧，今晚我守着幺公。"

夜轻薄如纱，夜空中有猫头鹰的声音，长长短短在林子里跳跃。陆续有光亮往细崽家这头爬。开始月亮一直躲在云层里，慢慢就朗开了，等到月盈窗棂，细崽卧病的屋子里聚满了密麻的老小。几个有辈分的老人抽着旱烟，旁若无人地高声说话，他们谈论着电视上南方百年难遇的干旱，谈论着旱稻与水稻的区别，谈论着女人屁股大小与生孩子之间的关系。说到好笑处，就咧嘴露出一口烟熏的黑牙，风摇枯枝样地笑得摆来摆去。

众人的目光在说话的老人和床上的细崽之间来回摇曳。目光去到床上，脸上就浮起一层悲戚；眼神缩回椅子，忍不住发出几声哈哈。 蛊镇人觉得日子就是这样，悲欢一线之间，生死隔墙相望。

赵锦绣躲在墙角，针线在青布上穿梭。一个老女人掌着灯站在她身后，眼睛跟着缝衣针起起落落。衣服是缝给细崽的，这个样式的衣服在蛊镇有统一的喊法，叫老衣。是人在这个世界最后一套行头，入殓的时候才用。赵锦绣针脚走得很细，看不出丝毫的慌乱。接完一只袖口，她还抖开衣服问掌灯的女人："你看如何？"女人慌不迭喊好，喊完眼角就起来了一层雾。

王木匠坐在门边，屋里的熙攘他一句没听清。他来得最早，进屋来和王昌林打了个招呼，就坐下来看细崽。慢慢目不转睛就变成了目瞪口呆。他清楚地发现，缠绕着细崽的苦痛逐渐松了绑，紧绷的脸面一点点舒展开来，仿佛绽开的花蕾，最后下撇的嘴角徐徐抬高，勾出一个上扬的半圆。

那分明是在笑。

忽然一个细娃喊："你们快看。"

所有的目光移到了床上。只见床上垂死的双拳紧握，先伸出一只手，慢慢举高，伸直，接着伸出第二只手，举到一半，胳膊肘渐渐打弯，画出一个怪异的形状。

扔掉手里的东西，赵锦绣跑过去抱着儿子的脑袋，轻轻问："细崽，你想跟妈说啥？"

王文清歪着脑袋看了好一阵子，喃喃说："我觉得他是拽住了啥子东西。"

细崽拽住的是一架风筝，他此刻正奔跑在那方宽阔的广场上，身边全是欢快的笑声，无数的风筝在半空中猎猎作响。细崽觉得天上最神气的还算是那架老鹰风筝，扑扇着宽大的翅膀，迎着风威武地滑翔。这挂风筝的线，就牢牢拽在自己的手里。忽然听见一声喊，细崽扭头望去，王四维坐在不远处的花坛上，笑吟吟地看着儿子，橘黄的阳光拢着他，眉宇间全是幸福。细崽对着老爸招手，王四维过来牵着儿子的手。两个人拉着风筝笑着往前跑，跑着跑着，细崽觉得手一紧，抬头一看，风筝变成了一只真的苍鹰，昂着头往更高的地方飞去。一脚踏空，细崽低头，惊奇地发现自己和老爸都飞了起来。他们越飞越高，越飞越高，最后融进了那片无边的蔚蓝。

十九

入殓成了大问题，细崽两只手就那样高举着，棺材盖子就是盖不上，没辙，换了四维爹的大棺材，还是盖不上。王文清出了个主意，说干脆直接上磨子，细崽这样嫩胳膊嫩腿，一扇磨子就能压得服服帖帖。王昌林不同意，只有他清楚这个姿势代表着什么。两个人正争论，赵锦绣过来了。看了看儿子，说："细崽，你是个听话的娃娃，人死如泥，为了入殓，只能给你上磨了。"

几个人抬来磨子，就是放不下去。

"压上呀！"王文清喊。

一个抬磨的睖了王文清一眼说："你看幺公这笑，老子实在不忍心。"

赵锦绣靠着大门，眼泪簌簌落。

忽然院门边一个声音说："磨就不上了，我这就回去赶做一个棺材盖子。"

后天就下葬，你赶得出来吗？王昌林问王木匠。

扭头走出院子，王木匠说："两天两夜不睡觉，我就不信赶不出来。"

门边的赵锦绣泪线立时变得更粗了。哭够了，她把王昌林叫过去说："你受累，给你幺公找个下葬的地头吧！"想了想，王昌林说："笔架山吧，那也是我的地头，幺公和我亲，挨着我吧！"

细崽落了葬，日子一头栽进了五月。

王昌林每天都要上一次笔架山，趁逝去还新鲜，他要和幺公多说几句话，等魂灵投胎转世了，说得再多幺公也听不见了。天气还算配合，多半日子都朗照。迎着第一抹霞光，王昌林歪歪扭扭梭出寨口，顺着一溜模糊的山道，吭哧半天才爬到幺公的新家。坐下来，裹一管烟，慢悠悠点燃，惬意吸了两口，喊一声幺公，就开始了无边无际的自言自语。坟堆文文静静，没了活着时候的调皮捣蛋。王昌林说了好些烦心事，特别是蛊神祠翻修的进度，"一帮老爬虫，支根柱子一天就过去了。"这还不是王昌林最担心的，他闹心的事情在城里。前前后后往十几个城市打了上百个电话，都低声下气到求爷爷告奶奶了，就是没一个愿意回来。

虽说进度慢点，可翻新蛊神祠的活路没有停。镇子被埋进了黄昏，十多个老者还在忙活。众人像是获得了某种默契，都闷着头做事，连龙门阵也不摆了。

完工那天，四维爹早早就吩咐儿媳妇，去乡上割几斤肉，打两壶酒，好好请一帮子人吃一顿。他恨自己两条废腿，要不就算递块木板也是好的。请大家吃顿饭，就是想弥补一下自己的亏欠。夜晚的饭桌上，众人都有了难得一见的轻松，遗失的酒量饭量又捡回来了。不多会儿，一壶酒就全倒进了肚子，赵锦绣从里屋又提出来一壶，说敞开喝，我爹说了，今天管饱。抹抹嘴，王昌林大声喊："今天日子特别，大家放开整。"

除了木匠，他一直躲在靠墙角的位置，低着头刨了两碗饭就歇了。王昌林倒了一碗酒，往他面前一推，说这段日子就算你最辛苦，喝一碗。木匠慌忙摆手，说我真是不能喝。王昌林挤挤眼说你少哄我，我又不是没见你喝过。木匠推开碗，说昌林，我的确能喝点，但我酒后德行不太好，话多，还是算了吧！王昌林不干，拼命把酒碗往前推，木匠两手筑成一道屏障，死死抵住面前的酒碗。

"喝一点吧！"赵锦绣说。她把一盘刚炒好的洋芋丝端上桌，也不看这边，说完又折进厨房去了。

赵锦绣一发话，木匠阻挡酒碗的双手立时变得绵实了许多，张开的十指逐渐软成一个圆，圈住了那个酒碗。等赵锦绣端着新炒的菜从厨房出来的时候，木匠的两颊都有了敦实的酡红。

赵锦绣伸长腰，隔空把菜放在了木匠的面前。

木匠低头看见了那盘菜，回锅肉，又肥又厚，还嗞嗞冒着油。

吃饱喝完，一群老迈钻进黑夜，各自散去了。

王昌林刚进屋，就开始落雨了。起初像是老人的泪，不久就成了如注的尿线。王昌林困顿在椅子上，脑袋歪着，耳际全是雨滴敲打树叶的声音，猛地刮来一阵疾风，雨点就猖狂了，热爆爆敲击着窗棂，急不可待地想要破窗而入。不知是酒精的作用，还是暴雨的原因，王昌林忽然变得格外亢奋。这种感觉在胸口左冲右突，顶得热血上涌。他爬起来，从抽屉里头取出那沓纸，翻检出老七留下的墨和笔，规规矩矩在一张白纸上写下：

壬辰年仲夏丁丑日，蛊神祠翻新。

二十

蛊蹈节来了。

天气无比晴朗。阳光抱着寨子，风从一线天轻轻过来，俏皮地拨弄着花花草草，溪流奔波欢腾，在山沟里头绕出一条清亮的白光。一切都显得那样的美妙，像是给一个隆重节日的到来做着扎实的准备。

在神龛的香炉里头燃了一炷香，天光还未全白，王昌林就清扫屋子，找来一根竹竿，把扫帚绑在竹竿上，拂掉房梁和角落处那些老旧的蜘蛛网。屋子有了新颜，天已大亮。捞起门边的拐棍，王昌林得去看看师傅。

师傅安睡在半山，听着崖下的弟子一个人絮叨。

“今天日子特殊，我来看看你。”把一张旱烟皮展开，放进嘴里焐了焐，烟皮软了，抽出来，抖开，王昌林接着说，“蛊神祠翻好了，原来的式样，还在寨头拉撒的都出了力的。”

燃了烟，继续说：“细崽刚去那头，你要拿只眼睛盯着他点，他在寨头辈分高，黄腔开惯了，过去了也怕改不了。你要不看着，他肯定吃亏。”青烟袅袅，顺着王昌林花白的脑袋攀爬，升得高了，一阵细风，倏地不见了。

“幺公不是凡人，我这样说你肯定不信，又要骂我花口花嘴。”王昌林仰头对师傅笑笑，“他是老死的，临走前我给了他一道幻蛊。”

顿顿，他接着说：“今年的节气又黄了，你也看见了，怪不得我，该做的我都做了。”

撑着腰杆站起来，王昌林深吸一口气，说：“蛊师不给自己下蛊，这是规矩，我要是越了规矩，等过来你再收拾我吧！”

王昌林没有原路返回，取细窄的山道去了趟一线天。

爬上一块大石头，他呆望着远去的石板路，陈旧的石板在阳光下散着青幽幽的光芒。王昌林清楚记得小时候第一次越过一线天时的情景：雨后，石板湿滑，他和几个细娃一起站在豁口的这头，心头是耐不住的痒痒。老人们常黑着脸告诫，不要轻易越过豁口，一线天的那头有吃人的妖怪，红头绿面，口若血盆。踌躇半天，相互望望，一帮细娃还是跳过了一线天。神奇的一跃，从那刻起，天地洞开，目光和见识跟着步伐一起广阔。先是乡上，后是县上，最后是省上。虽然没有走得更远，但是王昌林知道还有比省上更奇异更广阔的地方。

黄昏。

金色的光线从薄云间倾泻而下，在村庄和野地形成了无数橘黄光圈，一个光柱正好击中院子躺椅上的王昌林，手边木桌上的酽茶缸波光跃动。

他眯着眼，带着笑，扭头对边上的细崽说："幺公，跟你说个秘密，你脸上那个圈——"细崽一脚踢在椅子上，急不可耐地吼："散都散去了，还说它搓尿，快起来，蛊神祠那头热闹得很。"

起身来，两人折出院门，远远就听见人声，在蛊镇的半空鼎沸。蛊神祠前花花绿绿一大片，一色的新衣，一色的欢笑。老七一身对襟素衣，远远对着王昌林招手。老七是蛊蹈节的主事，纷纷乱乱的事情都要他一手一脚安排，他分量重，一句话一个坑，都听他的。王昌林近了，老七递过来一沓纸，说还是老规矩，你负责写纸包。王昌林说我眼力不好，找个年轻的写吧。老七摇头，严肃着说年轻的心粗，我不放心，这纸包你也晓得，错了一个字，神灵就收不到了。

跳场的坝子早平了出来，一群细娃在上头追逐，笑声纷纷扬扬，雪片样地融化在耳际。坝子边，盛装的女人们立成两排，对着歌，歌声高矮不一，各自顺着自己的声部跑，像极了翻滚的麦浪。赵锦绣站在第一排，王昌林注意到，祖奶今天格外漂亮，格子衬衫，发髻高高挽起，新娘一样。

忽然细崽指着远处一声喊。

顺着细崽手指的方向看去，王昌林心头一哆嗦。

一线天那头，密麻的年轻男女，顺着古旧的石板路，迤逦而来。

（原载《人民文学》2013年第6期）

肖江虹

天地玄黄

一

天蒙蒙亮，窗外有鸟叫声。

许歪歪整晚都没有睡好，老做噩梦。昨天晚上，黄蓉中毒了，她的靖哥哥背着她到处找人医治，还没找到医生，狗日的字幕就升起来了。电视机是黑白的，可许歪歪清楚地看见了黄蓉靠在靖哥哥肩头的那张脸，死黑死黑的，和去年无双镇上喝了敌敌畏死去的梅时鲜的脸色一样。蓉儿中毒以后，要不是电视机前坐了黑压压一片人，许歪歪早就哭出来了。

起床来，母亲把一碗面条递给许歪歪。面条是母亲用自家的面粉在镇东的陶家磨面房擀的。颜色不好，黑黢黢的。但味道和劲道都极好。许歪歪接过碗就开始吃，饿痨了，掉了一根。母亲跳到许歪歪面前，黑着脸指着地上的面条说："饿鬼投生的吗？捡来吃了。"许歪歪连忙背过身，眼前这个女人的脾性许歪歪一清二楚，光打雷不下雨，不理她就行了。果然，见许歪歪转身示弱，她就骂骂咧咧出门干其他事情去了。看着女人的背影，许歪歪有点可怜她。她要有个男人就好了。

乡村的早晨总是湿漉漉的，连呼吸都带着浓浓的水气。许歪歪沿着两旁长满槐树的马路往学校赶。前后瞅瞅，四下无人，许歪歪掏出红领巾蒙住半边脸，从路边捡来一根树枝攥在手里，指着路边枯死的一截树桩。

"阁下到底何人？在下从不杀无名之辈。"

对方果然是个高手，站在原地，一语不发。

哈哈哈。许歪歪大笑三声，抢上前一步，语气阴沉地说："那就别怪我不客气了，遇上我北丐洪七公，明年的今天就是你的忌日。"话音一落，许歪歪身形一闪，手中的打狗棍就刷刷连出三招，分攻对方上中下三路。三招出完，许歪歪就知道遇上了劲敌。要知道许歪歪这三招都用上了起码九成功力，中三招依旧屹立不倒，放眼江湖，也就寥寥数人而已。攻击无果，许歪歪连忙腾身后撤，许歪歪知道，要破对方这身惊人的横练金钟罩，非"降龙十八掌"不行。凝神、定气、束身，这一招石破天惊的"亢龙有悔"，对方是万万接不住的了。

刚想出招，远处有声音传来，喊话的是许歪歪二伯，没有外号，也没有门派，是无双镇的唢呐匠。

"许歪歪，你个砍脑壳的，都要迟到了，还在路上疯！"

许歪歪一听，想二伯果然厉害，我都蒙面了他还认得。

逃得远了，才回头对路边的树桩说。

"今天算你走运，下次你就死定了。"

粮站有模有样地雄踞在一块平旷的土地上。这里不仅有榨油的香味，还有许歪歪的好朋友金卯卯。推开门，金卯卯正提着油瓶往锅里倒油。每次看他满不在乎地往油锅里狂倒菜油的时候，许歪歪脑子里就浮现出母亲炒菜时的小脚小手和反复掂量。听许歪歪进来，金卯卯也不看他，只是问：吃点不？许歪歪摸摸肚子，似乎还有不小的空隙。许歪歪说行。许歪歪说完，那油瓶子又咕噜噜响了一阵。

接过金卯卯递来的一碗饭，许歪歪想，有个爹真好，有个当粮站站长的爹简直是好上加好！一家人轻轻松松就直接跑进共产主义了。碗里的油几乎都把饭淹没了，许歪歪吞了泡口水，埋头连油带饭刨得精光。金卯卯吃得很慢，不像自己这样饿痨，狗日的一看就是大户人家的娃娃。粮站站长的儿子是先吃饭，再喝油。许歪歪问他为什么这样做，他说喝油时得加点盐，口感会好很多。不过让许歪歪奇怪的是，在菜油里泡大的站长儿子却干瘦得像根晒干的豇豆。许歪歪想他定是把乌黑瓦亮的菜油都当尿水给排掉了。和金卯卯比，许歪歪只一点比他强，许歪歪有妈，他没有。他甚至没见过他妈的模样，胡四姑把他从他妈肚子里抱出来不到一支烟功夫，他妈就死了。不过他父亲很讲义气，之后一直没有娶，粗粗糙糙把儿子养到了小学五年级。卯卯跟许歪歪说，他老爸基本算个好东西，凭他粮站站长这个身份，什么女人找不来？

抹抹嘴，卯卯把书包往头上一套，回身朝里屋喊：饭在锅头。

里屋传来他哥含混不清的声音：走就走，逼话多，老子才不吃你炒的油泡饭呢。

说话的是金大毛，金卯卯的哥。绝对的坏人。喇叭裤，花衬衫，尖头皮鞋，有事无事还提着个录音机满街逗姑娘。说话也不跟路，脏话连篇，满嘴喷粪。

出了粮站，是一个斜坡。斜坡上不长草，全是裸露的泥土。放眼望去，天地之间弥漫着黏稠的黄，仿佛一张粘苍蝇的糖纸。顺着斜坡下去，道路两旁是粗大的槐树，它们最好看的时节在四月，一棵棵挂满了槐花串。槐花味道很好，有淡淡的甜，但不能贪吃。许歪歪贪吃过，脑袋变得空落落的，气儿也喘不上来了。

沿着槐树一直走，许歪歪和金卯卯合唱了三遍《射雕英雄传》的主题歌，就能见到第一户人家，青砖瓦房。主人是女的，姓胡，许歪歪叫她胡四姑。胡四姑是无双镇最有名的接生婆，听许歪歪妈说，她手艺极高，这一发娃娃基本上都是她抱出来的。

金卯卯左右瞅瞅，掏出鸡鸡，对着四姑的屋子撒了泡尿。站长儿子清晨第一泡尿都送给了接生婆胡四姑。他很肯定地猜想过，他妈就是被接生婆给害死的。按照无双镇的说法，对着谁家撒尿，谁家就会一直走霉运。可惜金卯卯不屈不挠对着四姑家撒了几年，接生婆也没见得走什么霉运。倒是卯卯撒尿的地方，那棵小白杨正茁壮成长。

站长儿子边走边收拾他还淅淅沥沥的小鸡鸡，刀枪刚入库，笔直的道路一下被扭成了麻花。转过一段几乎被折断的弯拐，就能看到那个一年四季坐在屋檐下的干瘪身体了。老者叫陈述命。有人说他打过仗，许歪歪不大相信，只是触目惊心于他的老。许歪歪偷偷看过他，他的眼睛里面布满了云雾，他肯定是看不清世上的一切东西了。阳光好的时候，他会撩开裤裆摸虱子，顺着裤缝一直摸，抓到肥大的，喉咙里会发出呵呵呵呵的响亮声响。

等到陈老者的呵呵声从耳朵甚至脑海里消失，占领耳朵的就是亢亢亢的咳嗽声，这个声音伴随许歪歪从小学一年级一直到五年级。声音很熟悉了，像老朋友。但是咳嗽声的主人许歪歪没见过，只知道是肺痨。房屋和主人一样神秘和诡异，隐藏在一堆高大的杂木林子里，须从一个固定的角度才能窥见院子里的大概。许歪歪从一年级开始站在两棵梓木树之间窥探，五年来，他家院子里的东西越来越少，门口土坡边的中药渣却越堆越高。痨病鬼许歪歪没见过，他老婆许歪歪见过，是个铁匠，有五个许歪歪这样大。许歪歪在粮店看见她搞搬运挣散钱。一百六十多斤的粮包扛在肩上跑得比兔子还快。

接下来就是棺材匠家了。狗日的棺材匠总是一脸死相，每次见到他，他都哼着难听的丧曲弯着腰在院子的马凳上推木板。边上还摆放着一口白森森的新鲜棺材。他逢人就吹，说他准备给自己做一口世界上最好的棺材，不仅要上好的楠木，还得雕龙画凤。不过没人相信他，说他吹牛逼的本领比做棺材的本领高。许歪歪有点怕他，不光他干的活计，主要是他见到许歪歪时阴冷的笑容。每次他对许歪歪笑完，晚上许歪歪总会梦见他露出白亮的獠牙扑过来咬自己。

穿过恐惧，阳光就明媚了。这里是无双镇的卫生院，里面住着许歪歪的好朋友王荣贵。他是医生王明君的儿子。

二

王荣贵昨晚刚被父亲特别狠地揍了一顿。荣贵老爹是那种能下狠手的人，手边能捞到什么就用什么招待儿子。先是顺手抓起一把菜刀，老娘一看吓得面如土色，冲上去刚把菜刀抢过来，荣贵老爹又顺手捞起了一把火钳。几火钳下去，王荣贵就瘫软在地了。打得很惨，但绝不招安。不仅没有泪，还在心里骂了父亲好几十句狗日的。打完，荣贵爹往椅子上一坐，呼呼喘了一阵，抓瓶碘酒往桌子上一砸，点燃一支烟，惬意地吸了两口，转到门外喂兔子去了。医生就有这点好，修理完儿子能迅速上药，防感染防恶化。

手段很残忍，原因很简单。也就是和老娘顶了两句嘴。老娘说写篇作业像鬼画桃符，儿子说有本事你写一篇给我看看。老娘说你不知道你妈才上个小学二年级吗？儿子就说文凭还没我高凭什么说我写得不好？父亲听完操起菜刀就冲过来了。

王明君矮胖，长年累月眯着眼，乍一看温顺得像只老绵羊。那是表象，骨子里那股狠劲无人能及。作为无双镇医院两个医生里头唯一的卫校毕业生，王明君有的不光是技术，还有胆子。有次半夜送来一个急性阑尾炎病人，病人正遇上医院停电，不手术那人就得活活痛死。王医生点上三十根蜡烛，灌了半斤烧酒，瞪着血红的眼睛提着手术刀就上了手术台。捡来一条命的病人过后扛着一袋大米来感谢救命恩人。救命恩人一瞪眼，说你那命就值一袋米？来人以为王医生不收礼，刚想撤退，救命恩人补充：也该捎上一只鸡才对呀！这次惊险的手术养成了王医生一个习惯，手术之前都要喝上二两烧酒。烧酒就放在白大褂口袋里，扁瓶子，锡质的。有半麻的病人从手术室出来透露，说狗日的在手术过程中都要腾空喝两口。也有心虚的，怕医生灌了烧酒把大肠当作阑尾，告饶说王医生你能不能手术的时候不要喝酒。老王抬起手扬扬说，不喝酒手会发抖，你就不怕手一抖把你戳出几个窟窿？

王荣贵被恶揍了一顿，报复是理所当然的。趁老爹睡熟了，王荣贵偷偷潜进屋里，从老爹搭在椅子上的衣服里摸个一块两块的。理由很强壮：你狗日的打了我，总该给点医药费噻！

刚把书塞进书包，王荣贵就听见了门外的口哨声。

许歪歪和金卯卯看见王荣贵一瘸一拐出来，就知道昨晚他又被亲爹练了。卯卯过去撩起荣贵衣服看了看，愤怒痛斥：亲儿子呢！禽兽不如。王荣贵说随他打去，反正他得死在我前头。许歪歪伸着脖子说你不会是想杀了你爸吧？荣贵摇着头说杀不了，他会轻功，我是说他年纪比我大，得先死。

金卯卯说："你爸会轻功？"

王荣贵脖子一直说："骗你我是你儿，我亲眼看见的，那晚有月亮，他从医院的院子里嗖一声，就飞到屋顶上去了，还踩落了好几块瓦片。"

连细节都如此牢固，许歪歪和金卯卯不得不信。

一提到功夫，许歪歪神情一下就凝重了。他哀伤地说：“昨晚蓉儿中毒了。”

金卯卯一挥手，说有郭靖呢！怕个屎。

三个人刚折出医院大门，远处学校的上课铃声就响了。铃声很响亮，是个废旧的轮胎钢圈发出来的，他们闹不明白，那个锈迹斑斑的圆东西哪来那样震耳的声响。

铃声一响，许歪歪和王荣贵拔腿就开跑。跑出去老远了，才发现小卯卯依旧慢条斯理地踱着步。“还不快点，都迟到了。”许歪歪喊。金卯卯嘿嘿干笑，说骂你傻你立马就淌鼻涕，你跑得再快还不是一样迟到，反正都是迟到，不如多迟到点时间，膝盖还少受点罪。

挠挠后脑勺，许歪歪觉得金卯卯说得有道理。

三个人并排着，这时候太阳起来得老高了，阳光从高大的槐树里流下来，淌满一地。他们懒散的脚步踩在铺满细石的马路上，发出嘁嘁喳喳的声响。要不是三个人都挂着一个书包，你会以为他们是出来散步的。

许歪歪踢飞一块石子，说：“今天我要靠窗的位置。”

王荣贵说少来了，那个位置一直都是我的。

推开教室门，最前面的许歪歪喊了一声报告。

这节是班主任的课。班主任叫李学儒，半百老头，瘦得像支铅笔。扭头看了看门边的三个人，说：“报告！报告什么？报告你们三个人整齐地迟到吗？”门边的三个人低着头走到讲台上，分别捡了一个地头就跪了下去。许歪歪和王荣贵为了争夺靠窗的位置还相互推搡了一番。李老师把书放在讲台上，抱着手说：“争什么争？坐客车进城吗？还要选个靠窗的位置看风景。”

三个人身体拉得笔直。

李老师说：“业务很熟啊！你们三个天天迟到，把我这讲台都给跪裂了。撂句话在这里，你们三个要是哪天不迟到了，我给你们下跪。”

金卯卯低着头小声咕哝：“就怕你老龟儿后悔！”

一巴掌拍在桌子上，李老师吼：“有本事把话放到台面上说。”

金卯卯连忙低下头，脑壳都快掉进裤裆了。

李老师才平息下来，转过头看着下面的学生说：“同学们，下面我们开始上课，今天给大家讲讲上个星期作文的情况。这次作文啊——”咳嗽两声，不情愿地说，“这次作文总体情况不太好，只有少部分同学没有跑题，有三个人写得不错，一个是金卯卯，一个是许歪歪，一个是王荣贵，下面我把他们三个人的作文给大家念一念，大家要认真听，看看他们的作文到底好在哪里？”

此刻，王荣贵正跪在窗户边，眼睛瞟着窗外，他们的校长挺着圆圆的肚子，篮球一样从操场上往办公室方向缓缓滚动。

三

李学儒不仅是金卯卯的班主任，很多年前还教过他爹。许歪歪听他爹说过李老师，一脸的崇拜。还对儿子说：李老师是见过大世面的人，当年扒火车去天安门广场见过毛主席。这事金卯卯知道，两鬓斑白的小闯将从一年级就给学生们念叨这事，一直念叨到五年级。而且还没有闭嘴的迹象，估计得念叨到他们小学毕业。

班主任说起这事的表情是这样的：一脸肃穆，双目放光，连秃顶也金光闪闪；动作也很规范，头颅高昂，扬着一只手给学生模仿老人家的挥手之间；语言就更霸道了，全是感叹句：那绝对是伟大的时刻啊！我亲眼见到主席头上顶着光圈的啊！广场上群情那个激动啊！你们根本无法想象的啊！

再精彩的东西也经不住这样折腾。就像那副裸体扑克，金卯卯刚看到的时候眼珠子都成一百瓦的灯泡了，翻来覆去看了半个月，灯泡就成十五瓦了。

早上第三节写字课，班主任把两只脚架在讲桌上，悠闲地看着弟子们横平竖直地干得热火朝天。他忽然一下子蹦起来，大声喊都先停下先停下。几十颗脑壳看着老师兴奋的样子，心里都打鼓，想老东西千万不要再说天安门城楼了。

菩萨保佑，闻所未闻，新鲜得如同挂满露水的蔬菜。

一挥手，李老师神秘地说："跟你们讲两件事，最近发生的，都是大事。一是南京长江大桥，南京长江大桥知道吗？"

下面集体摇头。

"很著名的一座大桥，顾名思义，桥在南京，"李老师走到门边飙了一泡口痰，转回来撩起衣袖揩了揩嘴，接着说，"大桥因为重要，有战士在桥头执勤。有天晚上，一名执勤战士发现一个女人抱个娃娃放在桥中央，慌慌张张就跑了。"

悬疑发生了效果，下面没有一点声音，大家全都站了起来，木鸡样地看着他们的班主任。

李老师清清嗓子，接着说："执勤战士觉得蹊跷，哪有把娃娃扔掉的。便跑过去把娃娃抱起来，掀开被褥一看，娃娃瞪着眼睛，就是不会转动。"

王荣贵一巴掌拍在课桌上，对金卯卯说："日他妈的，肯定死了。"

手指隔空一戳，李老师说王荣贵，谁教你骂人的？王荣贵连忙说我刚吃大粪，后来呢？瞪了王荣贵一眼，李老师轻轻点点头说："你猜对了，确实是个死娃娃，战士把娃娃身上的被褥全部打开，你们猜他看到了什么？"

教室里空气都凝固了，全是粗壮的呼吸声。

"娃娃肚子上居然有个大口子，扒开口子一看，内脏全被掏空了，取而代之的是一颗已经启动的定时炸弹。"班主任得意洋洋。

好几个学生一屁股掉在座位上，一脸恐怖，耳根潮红。

“同学们，”李老师声音陡然提高了很多，“这说明什么？说明敌人亡我之心不死，随时准备对国家和人民进行疯狂的破坏和报复。要不是那个英勇的解放军战士奋力将死娃娃抛向江心，宏伟壮观的南京长江大桥就彻底毁掉了。”

同学们还没来得及消化掉刚才的惊惧，李老师趁热打铁。

“第二个事。有个村子，多年前来了一个瘸子，和村民们生活了很多年，老实本分，有天忽然被抓了。公安局说他是特务，大家都不相信。公安人员搬掉他的瘸腿，是假肢，假肢里面竟然藏了一台发报机，也就是电台。”李老师嘿嘿笑了两声，对目瞪口呆的弟子们说想不到吧，呵呵，你们绝对想不到。

许歪歪现在相信他爹的话了，李老师真是了不起，他让许歪歪知道了什么才叫坏人。原本他以为，像金卯卯的大哥金大毛那种穿喇叭裤花衬衫，提着收录机逗姑娘的就是最大的坏蛋了。哪曾想，和炸大桥的女人比，金大毛算个卵。

三人放学回家，出现了难得的沉默。他们三个人甚至连黄蓉中毒这样的大事都忘记了。金卯卯说了，敢拿脑壳担保，无双镇上肯定有坏人。王荣贵补充，不是坏人，是大坏人。许歪歪最后很郑重地对两人说：“坏人肯定有，最重要的是把他揪出来。”

这时候夕阳已经上来了，把路边几段废弃的围墙涂成一片金色。围墙上有刚刷的标语。三个人沿着围墙站成一排。许歪歪打头，正对着“严”字撒尿，金卯卯和王荣贵端着鸡鸡争着用尿液冲刷挨着的“打”字。哗哗一阵响，尿液携裹着白灰往下淌，像是围墙流下的白色眼泪。三人撒尿的表情很可贵，庄严肃穆。完全没有平时端着鸡鸡相互飙尿的嘻嘻哈哈。

四

从那天开始，上学路和放学路就变得沉重而神秘了。一切都变得可疑起来。包括黄昏时分影影绰绰的树和夹着尾巴低头乱窜的狗。

许歪歪坐在学校围墙上，身体僵直得像块石碑。金卯卯和王荣贵一左一右，目不转睛地盯着来来往往赶集的人流。糟糕得很，每个人都可疑。比如早先过去的那个年轻人，大热天穿得像个粽子，眼神也不对，前后左右乱瞄；还有刚过去的老太婆，怀里抱了一只猫，那猫一动不动，会不会内脏也给掏空了？许歪歪刚想从围墙上一跃而下，那猫忽然抖了抖毛。

昨晚王荣贵又报复了他爹。他爹下手比较狠，他更狠。从老家伙口袋里咬牙切齿拿了整整十块钱。十块钱啊，放全中国都算巨款。

正午的集市热闹非凡。食欲暂时取代了正义。一个有钱人带着两个穷鬼满街乱窜，就是想找好东西吃。老师常常给他们强调集体主义的种种好，最后发现还是独裁管用。集体商议了半天，一个说包子好吃，一个说面条好吃。争了半天没个结果，最后有钱人一声暴喝：凉粉，不喜欢吃的滚蛋。两个无产者哑声了，乖乖坐上了凉粉摊。卖凉粉的是个好人，碗都堆不下了还不屈不挠往里塞。旁边有人端着碗对比了一下，不干了，说为什么给三个娃娃的比我多。卖凉粉的解释：学生娃娃嘛！多给点好读书噻！

抹着嘴离开凉粉摊，三个人窜进了老街。老街不仅岁数大，人气也稀薄。街边稀稀拉拉散落着一些稀奇的买卖。狗皮啊，滑石粉啊什么的。一大碗凉粉落肚，又沐浴着和煦的时代阳光，三个人都有了睡意。牵着长长的哈欠过了几个门脸，三个人一下定住了，连哈欠都定住了，三张嘴大大张着，目光同时落在路边一个简陋的草药摊上。

那人居然穿了一身道袍，头上挽着高高的发髻，发髻上插了一只黑色的筷子。最奇特的就是两条腿了，缠了厚厚的一层绑腿。

三个人闪进街边一处隐蔽的墙根下，开始了激烈的讨论。

金卯卯说：几时见过我们这里有道士？

王荣贵说：大热天为什么打上厚厚的绑腿？

许歪歪说：摊子上好几种根本不是草药，是猪草。

反复讨论，仔细斟酌，最后确定，两条腿肯定有问题。

先排除了炸弹。原因很简单，炸弹藏在绑腿里，引爆了自己也得报销。坏人都怕死，不可能同归于尽。那就是电台，也只能是电台。

王荣贵咽了一大泡口水，压低声音说："不要打草惊蛇，更不能暴露，先找个隐蔽的地方埋伏起来，跟踪他。"

考虑到王荣贵有长期对爹作战的经验，其余两人点头表示赞同。

监视原来是件枯燥乏味的事情。三个人窝在道士对街一间废弃的破屋子里，通过歪斜破烂的窗户监视对面。屋子阴森潮湿，布满了密密麻麻的蜘蛛网。还遍地大便，金卯卯好几次差点就呕出来了。

倒是对面的坏人安逸。其间不仅做成了三单生意，还抽空打了一个盹。火辣辣的阳光也奈何不了他，太阳进一步，他就拉着摊子往后退一步。躲在阴影里惬意地谋划着他见不得人的勾当。

关键时刻，许歪歪总是暴露出自己的不坚定。他两次提出已经到了下午上课时间了。还说体育老师的脾气你们也知道，杀猪匠的外号不是白来的，平时迟到都得挨他两窝心脚，旷课还不让他活活掐死。许歪歪一说完，王荣贵就开了黄腔：都这个时候了，你狗日的还惦记上课？揪出这样一个大坏蛋，保护了人民的生命财产安全，学校还不给你发张课桌大的奖状。

全是大气磅礴的词儿，许歪歪只敢小声申辩。

两人争吵着，忽然听见金卯卯小声喊：你们来看。

三颗脑袋凑到窗户边。果然，道士正用手使劲挠着绑腿。

“一定是在发报。”金卯卯斩钉截铁。

“也可能是挠痒痒。”许歪歪说。

王荣贵和金卯卯盯着许歪歪，像盯着地上的大便一样厌恶。许歪歪意识到自己发言的不合时宜。扭了扭脖子，凑到窗户边看了看，矮下身说：“还在挠，痒痒不可能挠这样长的时间。”王荣贵和金卯卯相互看了看，没说话。补救有了效果，许歪歪长吁了一口气。

夕阳西斜，金黄的色彩在街道上涌动。

道士终于起身，将地上的药材收进一个大大的布袋。左右看看，袋子往肩上一搭，迈步离开。

金卯卯和许歪歪倚着墙壁，睡得格外香甜。许歪歪还吧嗒吧嗒咂着嘴。看见道士要走，负责监视的王荣贵惊呼一声。三颗脑袋凑到窗边盯着道士远去的背影。

咋办？王荣贵问。

“跟上，”金卯卯说，“决不能放过这样的大坏蛋。”

比起固定监视，流动跟踪费死呆力。在镇上还好，赶集归家的人流还能提供掩护。出了镇甸，就麻烦了。道路直溜溜，根本没有一个行人。远了怕跟丢，近了怕暴露。

许歪歪建议，钻林子，不容易被发现。

开始还好，借助高高矮矮的灌木丛和土坡。道士的行迹尽在掌握中。慢慢就不妙了，林子大了起来，全是密密麻麻的火棘树。火棘树都有了岁数，满身的尖刺又尖又硬。三个人猫着腰龇牙咧嘴在林子里拱，手上脸上都挂了彩。再看道士，阔步走在宽阔平坦的马路上，还哼着小曲，悠闲得像只吃饱散步的狗。

太阳卡在山脊上，黄昏摩拳擦掌。

道士终于拐进了一条细窄的岔道，慢慢悠悠向不远处的一户人家走去。三个侦探潜到一处土坡后，趴下来，横起衣袖抹了抹满脸的血珠子，喘了半天，才从土坡后伸出脑壳。

地势很好，院子尽收眼底。

一个女人正站在院子里收拾挂在细绳上的衣物。道士走进院子，把肩上的袋子递给女人。女人接过袋子折进屋去了。不多会，女人出来，递给男人一碗水。咕噜噜喝完，男人解开道袍的布扣子，连喊热死人。女人噗嗤笑出了声，说：“不就卖点草药吗？大热天搞得诡诈兮兮的，就不怕给热死？”男人说你不懂，不搞得诡诈点，谁买你的药。女人又笑，说赶快脱了吧，我给你做饭去。

男人慢条斯理脱掉道袍，道袍里面的真相朴实简陋。一件破破烂烂的白汗褂，好几处都打着补丁。接下来，男人弯腰开始解脚上的绑腿。

不远处的土坡上，六只眼睛鼓得比山脊上的圆盘还大。

绑腿一层一层解开。许歪歪能听见旁边金卯卯吞咽口水的声响。王荣贵则两手攥得紧紧的，脚费劲地蹬着一块大石头，仿佛随时准备飞出去。

真相是两腿浓密的黑毛。

发报机是没有了，狗特务也没有了。三个人你看看我，我看看你。

金卯卯往地上狠狠啐了一泡口水，看着两人大骂："两个日脓包！"

许歪歪扭扭脖子纠正："是三个。"

五

回家的路长得像个感叹号。路上没人说话，叹气声此起彼伏。将一块石头踢出老远，金卯卯鼓励大家，作文都有跑题的时候，抓坏人这样的大事，搞错一两次也是难免的。

黄昏结结实实，路边的树林和人家都变得难以琢磨。

棺材匠还在院子里拉锯，锯条在木头里艰难游走的声音仿佛要将整个夜晚锯穿。挂满蛛网的檐灯像只垂死的萤火虫，灯光把棺材匠的影子扑倒在一地的木屑堆里。踮起脚尖看了两眼，许歪歪背心里就起来了一层冷汗。太吓人了，光看影子，还以为棺材匠在肢解着什么。

"狗日的不是啥子好东西！"许歪歪语气惊惶而确凿。

金卯卯伸长脖子往院子看了一眼。他是个懂得总结经验教训的人，对道士判断的失误让他变得谨慎了许多。从裤兜里掏出红领巾擦了擦额头上的汗，他说不像吧，从一年级开始就看见狗日的在院子里又砍又锯，这些年来都一直在锯木头啊！

"锯人他会请你去看？"王荣贵挤兑他。

"不晓得你们注意看过他眼睛没有，有点像死人的眼睛，长期半睁半闭的。"许歪歪说。

金卯卯扬起手正准备反驳，肚子喊了一声。咽下一泡口水，他说明天我们去探探风，就晓得有没有问题了。

"爸爸，饭了！"

院子里传来嫩嫩的一声喊。棺材匠的女儿，还不到两岁，三个字以上的表达还没有完全掌握，"吃饭了"给简化成"饭了"。王荣贵见过小姑娘好几次，最近一次是几天前，医生一家正准备睡觉，棺材匠背着女儿把门拍得山响。棺材匠满头大汗抢进门来，不停地喊：王医生，快救命。借着灯光，王荣贵看见伏在棺材匠背上的女娃子一动不动，嘴唇青紫，像个刚摘回来的茄子。他爹当时正在洗脚，一挫身从凳子上跳起来，赤着脚拉起棺材匠就往急诊室跑。老娘提着鞋子跟在后面追，"穿上鞋子噻！"

一整天老爹才回来。一进屋就喊：悬，太悬！接过老娘递来的毛巾擦了一把脸，又说，“晚送来十分钟，娃娃就没得了！”

“哪样病这样危险！”老娘问。

叹口气，荣贵老爹说：“心脏有问题。”

“那咋办？”

“得手术。”

“你给做？”

“我做个尿！”

“也是，你呀！小打小闹还成，割个阑尾就算顶天了。”老娘笑。

医生脖子一硬，“死婆娘，真以为虾子无血是不是？哪天我就做一个给你看。”

女人又笑，男人的脾性她晓得，鸭子死了嘴壳壳硬。收起笑，她问：“你让他去大医院没有？”

荣贵老爹偏着头上下打量了老娘一眼说，“你脑髓豆渣捏的？这样的手术，没个万儿八千，能成？”一个长长的哈欠过去，荣贵老爹又说，“就靠卖棺材，只怕他自己都进棺材了也没能凑齐手术的钱。”

老爹最后那个眼神让王荣贵印象深刻，疲倦的双眼堆满了无奈。

穿过医院木板铺成的走廊，王荣贵看见老爹猫着腰在院子里收拾晾晒的草药。窗户里透出橘色的光线，把老爹的身影勾成了一张泥弓。

直起腰，荣贵老爹就看见了儿子。没有埋怨，没有咒骂，直奔主题。荣贵老爹径直冲过来，手里攥着的草药劈面就扔了过去。王荣贵听见风声，心想不妙，一举头，泥沙带着腥味直往鼻腔里钻。鼻子一涩，喷嚏还没出来，胸口就中了老爹一窝心脚，王荣贵双手高举，身体向后飘了出去，像只翩然的枯叶蝶。接下来王荣贵陷入了某种困顿。脑子里全是那种拳脚落在身上发出的奇怪空响。

老娘出现得稍微再晚点，王荣贵估计自己就报废了。

晚饭王荣贵自然没吃上，也吃不下。喉咙里有浓烈的血腥味，看见饭菜就想吐。老娘心疼地在灯光下给王荣贵身上大大小小，宽宽窄窄的创口涂抹碘酒。创口有些是稍早在火棘树林里给拉的，有的是父亲新近创作的。新伤老伤融为一体，老娘一股脑全算在了父亲身上。

“打强盗也不该这样狠吧！”老娘埋怨。

老爹白了一眼老娘：“强盗？狗日的现在比强盗还坏！”

“他哪里比强盗坏了？”

闷头想了想，荣贵老爹也提交不出什么有力的证据，讪讪地说：“你就惯吧，迟早惯成根断肠草。”

不是所有的老子都骑在儿子头上作威作福。金卯卯推开门，粮站站长正在灯下算账。把书包往凳子上一丢，金卯卯说：饿屎了，有吃的没有？站长连忙停下手里的活路，连声答有有有，我给你热一下。儿子摆摆手说，大热天的，热个屎，将就吃了。站长慌不迭点头，连忙把饭菜摆上。儿子吃着饭，老子还垂首在一边站着。的确是饿了，中午那海碗凉粉早就在和坏人的斗智斗勇中消耗殆尽了。吃急了，噎得不轻，只见金卯卯鼓着两眼，腮帮子高高坟起。半天才艰难地捋顺了呼吸。

“没看我噎着了，倒杯水啊！”儿子眼泪汪汪地朝老子吼。

老子应一声，脚步慌乱地朝水缸跑去。

伺候儿子用完膳，站长重新开始算账。在纸上划拉了几笔，忽然抬头对儿子伤感地说：“你哥又偷我钱了！”

“多少？”金卯卯问。

“五十六块三毛。”站长说。

“肯定又是偷去逗姑娘了。”金卯卯说。

“就怕他学坏了。”站长叹气。

金卯卯把凳子转过来朝着父亲说：“他本来就是个坏人。”

站长不言语了，眼睛长时间盯着瘦削的儿子，像是陷入了暗黑的泥淖，半天才期期艾艾地说：还是你懂事，晓得好好读书。

最晚到家的许歪歪先跑到水田边捞了些稀泥拍打在裤腿和袖子上。然后信心十足地往家走去。

看见儿子泥猴样地推门进来，歪歪妈拖着长长的调调喊：“野到哪里去了？看老娘不敲断你的狗腿。”许歪歪不看老妈，舀瓢水咕噜噜灌，边灌边含混不清地说，“学校组织大扫除，清理排水沟，老师让我拱进沟里头掏东西，”歪头瞥了老妈一眼，许歪歪接着说，“脑壳刚伸进去就看见了一只耗子，有半只猫那样大。”耗子这一段多余，老妈早就深信不疑。把一碗饭塞给儿子，嘴巴也不闲着：再晚回家连屎都不给你吃。

随便刨了两口饭，许歪歪就往镇上跑。蓉儿的病情让人牵肠挂肚，郭靖二傻二傻的，就怕他在关键时刻出纰漏。许歪歪觉得，蓉儿要有个三长两短，郭靖要负主要责任。黄蓉都不在了，还射个屎的雕？

无双镇一共有三台电视机可供选择。一台姓郎，主人是开百货店的；另外两台就不提了，屁股大小，坐第三排你都看不清黄蓉的俏脸蛋。许歪歪只看郎家的那台，有四个屁股大，远远地都能看清降龙十八掌的招式。最安逸的是主人家还给电视机戴上了红黄绿三色卡片，这样就生动多了。就一点不好，郎家对来看电视的人态度冷硬。有次电视机出了毛病，郎家婆娘硬说是人多眼杂给盯坏的。

金卯卯早到了，还占领了个好位置。院子里人头攒动，电视机架在门边的高脚八仙桌上。主人一家理所当然占据了头排位置。许歪歪刚挤到金卯卯身边，屏幕上正播放射雕之前的最后一个广告：四川乐山大佛，游泳之乡，风光秀丽，四川乐山竹根机械厂为您提供大中小型各类锅炉，半年包换，三年包修。

“蓉儿会死不？”许歪歪费力掀开一个空位坐下来问。

睖了许歪歪一眼，金卯卯说：“她死了我是你亲儿。”

许歪歪也睖了金卯卯一眼：“不稀罕。”

左右看看，许歪歪问：“王荣贵呢？”

金卯卯横起衣袖拉了一把鼻涕答：“估计又挨他爸的打狗棍法了。”

六

黄蓉得救了，实在是普天同庆的好日子。

歪歪妈今天也高兴，她高兴不是因为黄蓉得救，是昨晚一泼雨水，地里日渐枯黄的苞谷有救了。这人一高兴就犯傻。清早许歪歪背着书包刚出门，被老妈笑吟吟牵住，把两块钱拍在许歪歪手掌心。

经过郎家商店，好人许歪歪心想，天天白看人家电视，该是到报答的时候了。商店刚开门，郎家婆娘睡眼惺忪地在柜台后整理货物。许歪歪把两块钱拍在柜台玻璃上，声若洪钟：“两块钱的水果糖。”郎家婆娘抓起钱，笑得像个爆裂的石榴。许歪歪发现女人笑起来其实很好看的。两块钱换了半书包水果糖，许歪歪暴发户样地跨出了商店门，身后传来女人的喊声：晚上早点来，占个好位置。

照例吃一碗金卯卯炒的油泡饭。许歪歪刚把油喝完，金卯卯的哥金大毛穿个裤衩从里屋出来。大毛很瘦，像片薄薄的篾条。头发很长，还抹了不少发油。发油过了夜，发出一股怪怪的味道。划根火柴点燃一支烟，金大毛阴着脸对金卯卯说：“你跟老者说我偷他钱？”金卯卯白了他哥一眼，说，“关我屌事，你偷钱还是老者给我说的呢！”金大毛狠命吸了一口烟，甩甩长发说：“我的事情你最好少管。”金卯卯讥笑，“管你卵事？跪着求我我也不管。”大毛抢上一步说：你再说一遍。金卯卯斜眼看着金大毛，“再说十遍又如何？”

许歪歪以为大毛要发飙，哪晓得大毛一下萎顿了。眼睛里的凶光一下溜得精光，绵羊样的坐下来，在桌子上一大堆磁带里翻了半天，才把一盒磁带放进收录机，狠命一按，录音机滋滋响了一段，一个女人开始唱：

谁知道角落这个地方，爱情已将它久久遗忘。当年她曾在村边徘徊，徘徊，为什么从此音容渺茫。嗯……

谁知道角落这个地方，春天已将它久久遗忘，当年她曾在山头停留，停留，到何时她还会来此探望。嗯……

金卯卯抹抹油嘴，提起书包往外走，走到门边蹦出一句：难鸡巴得听！

金大毛对弟弟是惧怕的，这种惧怕源于自卑。金大毛刚上三年级，弟弟出世了，老娘却没了。父亲陷入悲痛的泥潭不能自拔，根本没心思管大毛的学习。大毛瞅准机会，直接辍学了。辍学原因简单得很，用他自己的话说：读不走。三年级学生了，两位数加减法都捋不抻敨；老师让他用“原来”造个句，他站起来挠挠头说：我爸爸原来是个男的。老师哦一声，作恍然大悟状：“你爸爸现在是个女的！”金大毛说：“真的是呢，他天天给我弟弟喂奶，洗尿片，熬稀饭，这些活都该是女人干的呢！”

辍学的大毛倒是吃喝不愁，老爹是站长，粮站里米油多的是。大了些的大毛还自学成才，掌握了一门手艺，隔三岔五偷点粮站的米油出去卖。后来觉得这手艺弯拐太大，干脆直接从老爹口袋里偷钱。次数越多，数额越大，大毛很快就小康了。喇叭裤有了，收录机也有了，每天吃饱喝足，下面就开始蠢蠢欲动。最喜欢赶集天，四里八乡的好看姑娘都来了，大毛就提上他的凯歌牌收录机，揣上几盘流行的录音带，满大街逗姑娘去了。

二流子金大毛对弟弟其实打心眼里敬佩。金卯卯从上学开始，成绩都好得要命。二年级还拿了两个满贯，语文数学都是一百分。粮站站长高兴得像是家里出了状元，拿着两张试卷对来买米买油的人显摆，说满分呢！顶天了，放全中国都是第一。显摆完了还不忘记教训一下金大毛，“你看你弟，你再看看你自家，正事不干，你要有你弟一半好，老子就天天念阿弥陀佛了。”金大毛心服口服，一点不嫉妒，还有些自得。暗地里还给搂在怀里的姑娘吹：我有个弟弟，是个神童。

神童不光成绩好，点子也多。上学路上，他和许歪歪决定去棺材匠家打探消息，蹲在大树下想了半天，最后金卯卯站起来说，有办法了，你跟我进去，少说话，看我眼色行事。许歪歪连忙点头。

推刨在木板上前前后后跑，一层一层蚕食着乳白色的棺材盖子。棺材匠嘘风打哨，丧曲在纷纷扬扬的木屑中高低跳跃。

听见身后的木屑响，棺材匠转过头，眼神冰凉地看着进到院子的两个娃娃。

只一眼，许歪歪心里就咯噔了一下，棺材匠的目光仿佛射来的两支响箭，一下就把他打得垂头丧气。低着头往边上闪了闪，砰一声撞上了放在马凳上惨白的新棺材。猛地往后一跳，许歪歪心里咣当咣当跳。相比之下，站长儿子就自然多了。若无其事走到棺材匠边上，背着手，煞有介事地欣赏棺材匠的手艺。

“你两个不去读书，跑这里来干啥？”棺材匠停下手里的活儿问。

冷笑一声，金卯卯说：“老师今天肚皮痛，不上课。”

棺材匠斜眉吊眼睖了一眼金卯卯：“吹牛逼不上税啊！老师肚皮痛？所有老师都肚皮痛啊？”

金卯卯脸一白，心想坏人就是坏人，心眼就是多。又想起李学儒老师的教诲：“坏人像弹簧，你弱他就强，要敢于同坏人坏事作斗争，为了国家和人民的生命财产安全，就算付出宝贵的生命也在所不惜。”想到这里，金卯卯胸中升腾起万丈豪情，胸膛一挺，表情嚣张地吼：“允许你干活，就不允许我们看？”棺材匠听了嘿嘿笑，说：“做棺材有看头吗？你又不是来订棺材的。”

看到金卯卯大义凛然和坏人坏事作斗争，许歪歪羞愧难当，猛地跳到棺材匠面前说：“我就是来订棺材的，怎么样？”

给谁订啊？棺材匠问。

许歪歪本来想说给我老爹订的，又觉得不吉利。支支吾吾说：“给我爷爷订的。”

棺材匠把推刨往木板上一砸，吼：“你爷爷四年前就躺进我做的棺材里头埋掉了。”

大门嘎吱响了，棺材匠的女人推门出来，站在檐坎上说：“吼什么呢？”

许歪歪看了看女人，吓了一跳。

女人脸色灰黑，像刚给烟熏过一般，嘴唇乌紫，一说话露出两排白森森的牙。最怪的是她的眼神，疲倦中透着焦灼，半年没睡过觉似的。

“金家和许家两个逼娃娃嘛！学不去上，跑来跟老子神神叨叨的。”

慢慢从檐坎上下来，女人拢了拢有些凌乱的头发，眼神忽然柔软了，看了看许歪歪和金卯卯，说打棺材有什么好看的，上学去，啊！不上学的时候再过来看。

金卯卯和许歪歪相互看了看，一时拿不定主意。身后突然传来一声暴呵：“还不给老子滚！”

两人回头，棺材匠的儿子，小名小矮子，实际身材高大，还结实，核桃木样。

金卯卯和许歪歪被小矮子恶狠狠的眼神吓得不轻，兔子样的抢出院墙，越过树林，蹚过沟坎，一直跑到医院门口才停下来，弯腰拄着膝盖大口喘气。喘了半天才算风平浪静。金卯卯说你给王荣贵打个口哨吧。许歪歪说我打不了，我气都跑脱了。

没等打口哨，王荣贵就从医院宿舍出来了。

要不是那身熟悉的土灰色咔叽布衣服，许歪歪和金卯卯都快认不出他来了。眼圈乌黑，隔得远了，你还以为他戴了副黑框眼镜。两颊瘀青，仿佛一夜之间就长成了络腮胡。腿也瘸了，一拐一拐走过来，王荣贵以为两个狗日的又要笑自己了。哪晓得没有，两人眼里堆满了同情，许歪歪还伸手在他脸上轻轻摸了一把。

“痛不痛？”许歪歪问。

王荣贵嘴咧了一下，说：“你说呢？”

金卯卯摇摇头说：“报仇没？”

王荣贵摇摇头，说腿被打瘸了，不方便，怕弄出响动来。

金卯卯有些不满，咕哝：“没得逼出息！”

王荣贵忽然咧嘴一笑，忘记自己的处境了，笑容牵动了瘀伤，疼得龇牙咧嘴，慢慢合上嘴，伸手从书包里掏出一把东西，小心翼翼喊："不过我偷了一把气球。"

三人都有了快乐的笑。把气球摊在手里数了数，一共六个，每人刚好两个。分发完毕，许歪歪迫不及待抓起一个就开始吹。腮帮子一起一伏，气球也跟着一起一伏。拇指大小的气球很快就鼓胀了，前面那个凸点也变得神采奕奕。吹好，许歪歪从书包的背带上扯下一根线来，扎紧。然后把气球系在书包上，迎着晨风飞奔，发出噼啪噼啪的声响。

七

一夜之间，无双镇忽然变得异常热闹。人们说话的嗓门变大了，树上的蝉叫得格外响亮，连旧成文物的陈老者陈述命都亢奋了，每天坐在屋檐下扯着破锣样的嗓子唱歌曲：

雄赳赳，气昂昂，横渡鸭绿江，保和平，卫祖国，就是保家乡，中华好儿女，齐心团结紧，抗美援朝鲜，打败美帝野心狼！

难得一见的雄壮把从门前经过的放学娃娃们吓得一惊一乍的。有胆小的，干脆捂着书包一溜烟不见了。

最惹眼的当数那辆整日来回盘桓在泥水路上的吉普车了。车看起来比陈老者还糟糕，一迈步就哆嗦，松松垮垮的模样让人揪心，就怕一不留神就散架了。烂是烂点，但动静大，全身咯咯嘎嘎乱响，最骇人的还是背上背着的那个大喇叭，震得人耳膜鼓胀。叫唤的内容不新鲜，反复唠叨着一段话。啥坏人太多，要从重从快打击啊！

开车的是驻乡民警阮全安。无双镇是个小镇，人和猪一样多，所以不设派出所，只有一个驻乡民警。阮全安黑瘦黑瘦的，像吊烤糊的辣椒。阮全安一年四季都穿着他那套死黄色的警服。警服有好几个破洞，打着大红色的补丁，这样阮全安就成了营养不良的瓢虫。

地方太小，平时屁事没有，瓢虫就满镇子乱转，可惜转了十多年，也没遇上个大案子。平时遇上个婆媳不和，邻里纠纷什么的，都会让阮全安兴奋异常。

八

最后一节写字课，李学儒没让学生写字，眉开眼笑给学生宣布，清明节就要来了，学校准备了丰富多彩的活动，除了给烈士上坟，还要请一个革命老战士给全校学生讲他的英雄事迹。下面立刻欢呼。规律的日子总是让人沮丧，大家早就期待有点变化了。

清明节，没有一贯的淫雨霏霏。老天格外给英雄面子，阳光普照，大地生辉。英雄陈老汉端坐在主席台上，崭新的黄军装，胸前挂了两个金光闪闪的勋章。橘黄的光芒映着他满是褶皱的脸庞，仿佛无双镇秋阳下收割完毕的山山水水。看着下面整整齐齐的嫩苔苔，老英雄连沉重的呼吸里都是激动。仿佛一夜之间，他就褪去了坐在自家屋檐下的老迈昏聩，像扯了一夜露水的禾苗，在一片朝霞里又脱胎换骨了。

校长站起来，圆滚滚的肚子把面前的桌子推出了一截。他对着下面的学生大声说："同学们，今天，我们请来了抗美援朝的老英雄陈述命，老人家曾经在朝鲜战场上浴血奋战，为保卫祖国做出了不可磨灭的贡献，下面，让我们用热烈的掌声欢迎老英雄为大家讲述他的英雄事迹。"

掌声散去，陈述命努力往前凑了凑，深情肃穆，嘴不停地动，就是没有声音。下面一阵笑。正剧成了喜剧，校长慌忙跑过来抱起话筒鼓捣，鼓捣一阵，话筒总算有了动静。恭敬地把话筒摆在老人面前，校长说大家要认真听，听完了每个同学都要写一篇作文的。

老人颤巍巍伸出一只手把住话筒的腰杆，慢慢悠悠开始讲。

"我当时是侦察兵，为了保家卫国，雄赳赳，气昂昂，跨过鸭绿江，去打击入侵的美帝国主义，"咳嗽一声，老人接着讲，"我们一个侦察连，在一次执行侦查任务时，被一个营的敌人包围，我们和敌人激战了整整一天一夜，全歼敌人，我方只有两个战士负伤。"

下面一阵惊叹声，校长见缝插针，带头鼓掌，还用力喊了一声好。

摆摆手，老人眼睛一亮，脖子高昂着说："我们靠什么支撑了一天一夜，靠的是对毛主席无限的忠诚和对帝国主义无比的痛恨。"

响亮的掌声后，老人忽然陷入了沉默，嘴大大张着，还不时侧脸看边上的校长，嗫嚅着说："就这些了！还讲吗？"校长伸长脖子说："老英雄继续讲，只要是表现你们英雄事迹的，讲什么都可以。"

抬头看了看天，日头太耀眼，老人双目一下合得紧紧的，半天才睁开，脸上涂满了伤感。他表情悠远，仿佛在打捞一些陈年旧事。

"太惨了，"陈述命抹了一把嘴说，"几百号人，一颗燃烧弹，一眨眼工夫就成了炭棍子；狗日的最可恶的还算是飞机，炸弹黄豆样地抛洒下来，一炸就是一大片。这种鸡巴仗你让我们哪个打法？我跟你们这样说，我在部队就没一个熟悉的人，还没等你熟悉，就给打死了，最长一个待了三天，刚搞清楚他是湖南邵阳人，就给炸成了好几块。"

两行老泪无声地顺着沟沟坎坎往下流，老人慌忙伸出手擦拭，擦不干净，又撩起衣角揩。干净了，侧身往地上啐了一口痰，陈述命眼睛一鼓，手一挥说："老子们也不是吃素的，有次好不容易抓了几个美国兵，绑在树上，脱掉衣服才发现，狗日的些可能是生肉吃多了，胸口上全是毛，我们就一把一把扯，扯得胸口上全是血珠子，还不算完，最后弄些旱蚂蟥上去，"陈述命说到这里开始笑，笑得歪来倒去，半天止住笑，身子一下拉直说："妈个逼，整得差不多了，啪啪几枪，全送回老家了。"

可怕的死寂。一排排的嫩苔苔全都瞪着眼看着台上的老英雄。

校长本来听得入神，猛然醒悟过来，面色一下变得煞白。蹦跳着过去抢过话筒，声音抖颤着说："好了，今天的报告会就到这里，下面让我们用热烈的掌声欢送老英雄。"

日子像风吹过稻田，风一过，一切就平静下来了。

陈述命依旧坐在屋檐下唱歌，只是歌声没有了以前的高亢豪迈，反而有些躲躲闪闪。三个人站在围墙外，扯着鸡鸡对着唱歌的陈老者撒尿。金卯卯一鼓眼，侧脸对边上的王荣贵和许歪歪说："尿，尿死个老狗日的。"

胯部整齐地一挺，三股白亮射向远方。

掖好裤带，三个人跳过围墙。

陈述命悠悠唱完，缓缓睁开眼。三个人正叉着腰站在他面前。

"搞哪样？"陈述命问。

金卯卯往前跨了一大步，伸出手往陈述命脸上一戳，大义凛然状，声音也格外粗壮，"你个吹牛逼的死老者。"

脸色一沉，陈述命立起身，手里拐杖往泥地上狠狠一杵："说哪样？"

三个人齐齐冷笑，金卯卯后撤两步，他不是怕微风都能刮去半里地的陈老者，只是有点担心陈述命手里那根火棘树做成的拐杖。目测了一下距离，确认陈述命的拐杖够不到自己，金卯卯才咬牙切齿地说："说自家是侦察兵，屎，就是个做饭的，叫火头军对不对？"

拐杖高高扬起，扬到最高处停住了。

"哪里听来的？"陈述命面色灰白。

金卯卯笑了，得意洋洋往前跨了一大步，想了想，又小心翼翼往后撤了一小步，说："我外婆家那头的焦老者，人家才是真正的侦察兵，你以为别人不知道你的底细。"

颓然坐下来，陈述命脸色转成惨白，把拐杖往院子里一扔，低声骂："狗日的不讲信用，说好不揭我老底的。"眼神悠悠，怪模怪样神游一阵后，陈述命脸上慢慢浮出一线笑，捋了捋下巴几根稀稀疏疏的白胡须，喃喃说："比我还大九岁，居然还不死，好，好，狗日的和打仗一样，磨得，耐得。"

"火头军！"金卯卯吼了一声。

本以为陈老者会反弹，没有，还丢来一个慈祥的笑，招招手，陈述命喊卯卯娃，你过来。金卯卯警惕地往后退了退，他怕火头军哄他过去是要掐死他。想想嘛！牛逼哄哄的侦查英雄一下就成了煮饭的，不起杀心才怪呢！

金卯卯定在原地，一脸怒气。

看金卯卯不动，陈述命把手伸进夹衣，战战抖抖摸索，半天摸出一把皱巴巴的票子，先挑出一张五毛的，顿了顿，放回去，又拿出一张一块。拿着票子对金卯卯扬了扬，说："跟我说说焦老者，一块钱就归你了。"

"说哪样？"

“他老得厉害不？”

“头发都白了，黄皮寡瘦的，还淌清口水。”

“老狗日的怕孙子都遍地跑了吧！”

“还孙子？卵子还差不多！和你一样的，老孤寡一个，吃的全靠寨子头，每家每户都排了队的，我还替我外婆给他送过干面条呢！”

陈述命开始笑，那笑很奇特，只有模样，没有声音，还越来越激烈，到最后他实在笑得不行了，用手不停地拍打着竹竿样的两条瘦腿。边上的三个人都蹙着眉头，头歪着看着他，就怕上身的两截骨头让下身的两截骨头给震粉碎了。

起风了，风顺着围墙的豁口窜进来，在院子里打了一个旋，卷走了几片枯叶，也卷走了屋檐下那阵奇怪的笑。陈述命的面部扭曲得很厉害，等蜷成一团的脸重新绽开，那笑变成了哭。和笑一样，只有哭相，没有哭声。三个人表情惊人一致，嘴角下压，眼睛半眯，着急得不行。共同的愿望是希望陈老者多多少少发出点声音来，这种哭相实在诡异，让人格外难受。

声音是在一滴老泪掉落时发出来的。

“焦先立啊焦先立，打仗凶又如何？你狗日的还不是和我一样，光杆杆来，光杆杆去。”

风变大了，气势汹汹往院子里灌，掀起三个娃娃的衣角，发出噼噼啪啪的声响。

“没得逼出息，胡子都白了还哭。”王荣贵一脸鄙夷。

“他就会说假话。”许歪歪说。

“老子要跟全学校的人说，陈老者是个火头军。”金卯卯说。

抹了一把泪，陈述命慢慢褪下衣服，手臂一伸，肩膀上赫然出现一个大大的肉洞。三个人一睖，都有了一个寒噤，风呼一下过来，似乎穿过了那个深不可测的大洞。陈述命咬着牙，伸出左手食指，缓缓插进洞口，没等指尖穿透，王荣贵就啊地尖叫了一声，仿佛那一指透进了他的心脏。

三个娃娃飞奔而去，后面陈述命一字一顿：火头军也杀过人。

九

阮全安坐在破旧的办公桌后，捏着一支笔做记录。桌子不争气，一用力四条腿就成了烂面条，晃来荡去。钢笔不守妇道，笔尖得意洋洋地叉着两条腿；墨水不是洪灾就是旱涝。要么吐得明晃晃一摊，要么划来划去都是白印。

对面一条长凳，秀芝不停地用手帕拭泪，母亲则开着黄腔。

“金家这根天杀的，老娘日他祖宗十八代。”

正跟桌子和钢笔较劲的阮全安心里本来就不舒服，一听这话，咧着嘴问：“你一个婆娘家，咋个日法？”

秀芝老娘愣了一下，没敢接话，低着头磨牙。

朝秀芝努努嘴，阮全安说：“接着讲。”

又抹了一把泪，秀芝说：“金大毛坏主意早就打定了的，约我见面的地点都是事先查看好的——”

阮全安连忙摆手，说：“你慢点，你慢点，这真是他妈一支老笔，连大姨妈都不来了，”划拉了几下，他抬起头来问，“查看的查是哪个查？”秀芝收住哭，默想了一下，说上面一个木，下面一个旦。阮全安笔刚落到纸面又停住了，又举起脑袋问：“鸡蛋的蛋？”秀芝拿手在空中划拉，划拉了半天阮全安还是不得要领，招着手说过来过来，干脆你写一个给我看看。秀芝写完，阮全安一拍脑袋，恍然大悟状，连声高喊：“这个查说，脑壳短路了，脑壳短路了，这个字简单得很，我写得来的嘛！”

然后抬手，示意秀芝继续。

“先说了一阵子头天看的电视剧，他就朝我这头靠，”秀芝眼泪又下来了，“我拼命躲，他就用力死死箍住我，我气都喘不过来了。”

阮全安先是皱着眉听，最后把笔往桌上狠狠一扔。秀芝娘一看驻乡民警都愤怒了，连忙趁热打铁，“阮同志，你说说，这还是人不，你既然想和秀芝耍朋友，你就好好耍噻，急痨痨的，狗日的畜生啊！难怪你会冒这样大的火。”

阮全安摆摆手说：“我秉公办事，不会冒火，我是觉得秀芝你说话不要冷僻字太多，我写不起。”

从红日初升一直忙到夕阳西下，驻乡民警阮全安终于完成了案件的记录。绝对的大案要案，金大毛强奸犯的帽子是甩不脱了。忙活了一整天，阮全安没有一点疲态，他在屁股大小的办公室兴奋地踱了好几十个来回，想到底是先通知县里还是先抓人。先通知县里吧，又怕罪犯跑了；先抓人吧，自己干筋筋的，不一定拿得下金大毛。拳怕少壮啊！理智最后占了上风。他草草擦了一把脸，出门拱进那辆嘎嘣乱响的吉普车，往县城方向蹦跳着去了。

吉普车在坑坑洼洼的乡村路上哆嗦了一个多小时，才跑出去二十里。遇到一个深坑，干脆利落地趴窝了。阮全安下来推了推，那车耸动一下就不理他了。正毛焦火辣的当口，接生婆两口子扛着两根竹子从远处过来。

两男一女使出了吃奶的劲，总算将车推了出来。拍拍手上的泥土，阮全安说多亏了你家两口子。胡四姑说遇不上我们也没关系，顶多晚上当一回山大王。阮全安嘿嘿两声，“当回山大王倒是无所谓，就怕误了大案。”胡四姑呵呵笑：“这地头能有大案？顶天了也就馋嘴的抓只鸡抱个鸭。”阮全安拿手顺着原路戳回去，顿了顿说：“出强奸犯了，稀奇吧？”胡四姑两口子眼睛瞪得比落日还大。“谁啊？”胡四姑问。阮全安摆摆手，“不能说，不能说。”胡四姑一睖，说你怕我给你漏了，说来听听。阮全安本来不想说，无奈这么多年来第一个大案，他实在控制不住了。左右瞅瞅，缩着嗓子小声说：“还会有谁，金大毛这根骚包货咯！”

“哪家姑娘？”四姑问。

“皮匠家秀芝。”阮全安说。

“两个人不是在耍朋友吗？”四姑问。

“等不及了，想提前把活路做了。”阮全安说。

“小情人呢，这算强奸？”四姑问。

阮全安正色说：“书上写得清清楚楚，只要女的不同意，男的硬来，就是强奸。”

爬进车里，阮全安对怔在原地的四姑两口子伸出一个巴掌。

“最少五年！”

回家的路途猛然间变得更加崎岖了。四姑一路都魂不守舍，喃喃念叨：入了班房，出来就难做人了。男人在前面哼一声，“自找的，多判两年才好。”

转过一道弯，四姑把肩上的竹子往地上一撂，说我累了，歇歇吧。

两个人坐在路边的石头上，黑夜势大力沉，月亮在暗黑的云堆里拼命往外挤。揉揉腿，四姑说：“大毛这娃娃是我从他妈的肚子里拖出来的。”男人点燃一支烟，火光在黑暗中时隐时现。咳嗽一声，男人说：“无双镇哪个娃娃不是你拖出来的？”四姑叹口气，说：“但是无双镇死在我手上的女人不多。”男人说：“她大流血，关你啥事？”四姑忽然哽咽着说：“我大意了，准备充足点，她死不去。”

男人站起来，手里的烟卷划过一道弧线，在马路中间炸开一团耀眼的光芒。他一字一顿说：“这话今天说了就丢了，不许再提第二次，”坐下来想想骂了句，“憨婆娘！”

暗夜中，两根竹竿吊着一对男女晃晃荡荡往镇子上赶，经过粮店，四姑说喂猪的苞谷快尽了，买点吧？男人没说话，把竹竿平放下来，靠着围墙坐下来，又燃了一支烟。女人的背影水一样朝着粮店的大门漫过去。男人摇摇头，女人的脾性他晓得，接生的娃娃越多，心肠变得越软。

屋子里烟雾缭绕，大毛爹和几个人正在屋子里耍纸牌。四姑推门进来，朝大毛爹喊：“金站长，我想买点黄苞谷。”大毛爹把手里纸牌合拢，虽然心里不高兴，脸上还是带着笑说：“四姑，半夜三更的，明天吧！”四姑摇着头，神情坚定，“不行，就今晚。”其余几个玩牌的怨气冲天，对大毛爹吼，去去去，快点卖给她，不要误了正事。大毛爹立起来，把牌往兜里一揣，说等着我，不要露牌，我这回牌好得很，回来收拾你几个。

一前一后来到仓库门口，大毛爹掏出钥匙刚要准备开门，四姑在身后说不用了。大毛爹回头笑笑说四姑，黑咕隆咚喊我出来，不买不卖的，不曾是想打我的主意。

“你让大毛赶快走吧，走得越远越好。”四姑说。

大毛爹把一串叮叮当当揣回裤袋，惊讶地问：“为啥？”

“他把人家秀芝给强奸了。”

对面没回声，两个人立在淡黑中，能听见彼此粗重的呼吸。

蹬蹬蹬蹬，大毛爹摇晃着跑走了。

四姑待在原地，准备好的一句话忘说了，他想交代大毛爹，千万不能说这个消息是自己透给他的。

十

金卯卯当时在梦中，他梦见自己练成了绝世轻功，比铁掌帮帮主裘千仞还厉害。在一处绝壁，他蹬蹬两下就飞了上去。他甚至能听见脚板踩踏石壁发出的声响。醒过来才晓得那声响是自家老爹的。老爹的步子踩着浓重的恐惧穿过他的屋子，最后在大毛的屋子里停了下来。大毛正睡得安逸，春梦整晚萦绕着他，老爹掀开被窝，他一只手还握着那根惹祸的家什。

听到强奸犯三个字，大毛就急了，被窝一掀，跳到屋子中央，手指着窗外大声骂：“胡鸡巴扯，那是她自愿的。”老爹连忙过来捂住他的嘴，哭丧着脸说亲爹，你小声点行不行？大毛扒开亲爹，一屁股腾到床沿上，愤愤地说：搞完了硬给我要块上海表，我没鸟她，以为她气两天就没事了，不承想，告我强奸，滚他妈九九八十一座山去。

听到老爹喊大毛快跑的时候，金卯卯心里咯噔了一下。他辛辛苦苦找了这样久的坏人，想不到坏人就潜伏在自己家里。强奸犯啊！他觉得这是比特务还坏的坏人。狗日的金大毛，千刀剐的金大毛，下油锅的金大毛，做了强奸犯还想跑。还有粮站的站长，你不是我爹，你是个专养强奸犯的老鬼蛋，儿子犯事了，你还通风报信让他跑路，老子是不会再给你好脸子了的。

金大毛背着包惊慌失措经过弟弟房间，他停了下来，过来站在金卯卯的床前，俯下身看了看，回头扑通跪倒在老爹面前，带着哭腔说：爸，我是混蛋，你好好带卯卯，他不像我，将来指定有出息。老爹轰鸡一般扬着手说：“快走快走，晚了就怕来不及了。”

门外，一阵急促的奔跑和一声沉重的叹息。

金卯卯爬起来，看着窗外朦胧的微光，忽然之间喉咙就硬了。他觉得一夜之间自己就失去了一件最宝贵的东西。一直以来他都没有觉得那个东西有多好，忽然之间，他却消失了，不知道什么时候他才会回来，也许，永远也不会回来了。他靠着墙壁，悲伤冷风一样吹拂着他，他开始了低声的抽泣。他很后悔，不该装睡，应该起来跟那个人说句话的。

消息是在抓捕扑空后传开的，比风还快。第二天下午，连久不面世的痨病鬼都知道了：实行抓捕的是十一个公安加上一个驻乡民警，刚好一打。抓捕未果后，又连夜对无双镇周围的几个山坡进行了地毯式搜索。依然未果，一打人耗尽了气力，终于快快返回阮全安办公室，风卷残云吞掉了十六斤干面条后，打着饱嗝谋划着下一步计划。

愤怒随着消息一起蔓延。男男女女，老老少少，说事之前都先来句“天杀的”。全镇人都狠狠咬着牙，鼻腔都呼呼喷着火。

痨病鬼老婆铁匠，端着满满一撮箕药渣子出来，往土坡边药渣堆成的小山用力一簸，山丘变得更高了。女人刚准备回屋，棺材匠老婆就过来了。两人相视笑笑，棺材匠老婆把一缕乱发拢到耳后夹好，问，“那事晓得了不？”女人点点头。两人相互走近两步，都斜着身子，这是乡村女人准备长谈的姿势。慢慢有人加进来，先听，拿住话把就岔两句。最后连痨病鬼都出来了，扶着墙壁缓缓飘过来，一张煞白的脸在人群中很是惹眼。有人发现痨病鬼过来，眼里闪过一丝惊恐，但随即就平静了下来。此刻的话题比痨病鬼糟糕多了。

你一句我一句，意思差不多：你金大毛既然干了坏事，就要像个男人样担起责任来，脚底抹油溜了，算哪门子事情。接着猜测罪犯的去处，有说进望乡林了的，有说钻滴水洞了的，还有胆大的，说可能去了云南。

“亢亢——亢亢——”是痨病鬼，捂着嘴咳，脖子上青筋蚯蚓样的起起伏伏，“我敢肯定，他绝对没有走出无双镇。”

十一

推开教室门，金卯卯看见王荣贵和许歪歪跪在讲台上。看他进来，许歪歪自觉往边上挪了挪，给他腾出空位。李学儒斜了一眼门边的金卯卯，没有像平时一样山呼海啸，和颜悦色说金卯卯同学，你先去趟办公室，校长在等你。

校长像是接待上级领导，准备找杯子给金卯卯倒水，找了半天没找着，干脆把自己的茶杯递了过来。金卯卯摇摇头。校长拉把椅子在他对面坐下来，清清嗓子说：“你哥的事情你晓得不？”金卯卯迟疑了一下，点点头。校长又问：“晓得他去哪儿了？”金卯卯摇头。“不晓得？”校长伸长脖子，像只够食的鸭子。金卯卯继续摇头，怕校长不信，又使劲摇了两下。校长缩回脑袋，手指在眉毛上刮了刮，神情一下严肃得像开学生大会，“金卯卯同学，我告诉你，包庇坏人是犯罪行为，不能因为坏人是自己的亲人，就对学校撒谎，”探过身子拍了拍金卯卯的肩膀，校长更是语重心长，“你揭发他，是帮他，是为民除害，你懂不懂？只要你说出来，我敢保证，年底你三好学生的奖状就稳靠了，为什么呢？因为你为人民立了大功，你配得上。”

金卯卯一直低着头，两只手相互搓捏，就是不说话。校长渐渐坐不住了，站起来在屋子里开始快速踱步。十多个来回后，脸色终于变天了，手一伸，直戳金卯卯面门，“你要敢包庇强奸犯，老子让阮全安把你也送进大牢。”

小学生终于抬起了头，看着校长，眼泪汪汪，一字一顿，声音像是嚼碎了吐出来的。

“我真不晓得我哥在哪里，骗你我是狗日的。”

金卯卯没再回到教室，许歪歪给他腾出的地盘一直空着。校长说了，他不能上课了，先回家反省几天。

一个人放学回家还是第一次，阳光很温暖，金卯卯心里却冰凉冰凉的。他觉得自己被抛弃了，被热闹非凡的学校抛弃了。此刻，他心底最大的愿望是能马上完成一件惊天动地的大事，譬如拦下一匹惊马，扑灭一片山火什么的。四下望望，惊马是不会有了，远处近处的山峦郁郁葱葱，苍翠欲滴，没一点起火的征兆。找一块石头坐下来，他后悔那晚没问清楚大毛这狗日的到底要去哪里，那样就可以理直气壮将他揪出来，校长脸色也不会那样难看了。想想他又跟自己说，这样绝不是为了年底的三好学生。老子才不稀罕那个，一张破奖状，外加两个作业本。

糊里糊涂坐了好久，路的那头传来喧闹声，应该是中午放学了。金卯卯忽然有了心惊肉跳的感觉，慌忙跳进路边的树林里，伏下来，看着一双双解放鞋、白边鞋踢踢踏踏跑过去。

就在金卯卯伏在草丛中的当口，他老爹正伏在自家饭桌上长声吆吆嚎哭。

几个人围坐在房间里，杀气腾腾地盯着他。

“我不晓得，我是真不晓得啊！”卯卯老爹抬起头来，眼泪汪汪喊。

屋里刚喊完，屋外有人喊：“王医生来了。”喊话的是阮全安，别看驻乡民警文化不高，点子却不少。他知道两年前乡村医生王明君救过粮站站长一条命。站长那时好酒，提了十斤烧酒和人划拳，站长拳风不顺，咕噜咕噜连喝了五碗，立马现场直播。站长吐完大家将他扛到床上。半夜大毛欺负老爹人事不醒去偷钱，结果发现老爹没气了，钱也不偷了，背起老爹就往卫生院跑。王医生见多识广，说是呕吐物堵住了气管，倒提着活死人抖了好几十下，抖出一堆秽物的同时，也把一只脚跨进了鬼门关的站长的老命抖了回来。

别看王明君平时软塌塌的，烂稀饭般的表情从年头悬挂到年尾，但他说话管用，一句顶一万句。更何况他救过粮站站长的老命，说话估计就更管用了。阮全安鬼精，参透了这个道理，所以才软磨硬泡把王明君拉了过来。

王明君刚跨进来，一屋人都站起来让座。也不客气，王明君拉条凳子坐下来，朝正嚎哭的站长喊了声：“屁大点事，丢鸡巴人。”站长听出了声音，连忙站起来，袖子横在脸上一拉，才拉出一个清晰的救命恩人来。

“明君，这不是小事哟！”站长哭着说。

两手一摊，王明君说：“大毛这狗日的整日吊儿郎当，你呢？又管不住，我看进去管教管教也好。”

站长撇撇嘴，止住哭，看样子是听进去了。乡村医生接着说：“最多四五年，表现好点，三年就可以回家，你还省心。”站长点头，王明君又说，“我觉得这不是坏事，烂疮早治早好，等烂穿了，就没治了。”站长不住点头，说你说得在理。既然在理，你得告诉人在哪里啊！阮全安接话。站长哭丧着脸说：“我是真不晓得。”

王明君忽然站起来，一脚踢翻身前一条凳子，指着站长恶声恶气吼：“亏你还读过两年书，读钻狗屁眼了。”说完转身就走，刚到门边，站长声音低沉说：“具体我真是不晓得，不过他说先去观音山躲两天。”

十二

根本不用发动，无双镇男女老少就自觉出马了，扛锄拿锹，浩浩荡荡就杀奔观音山而去。观音山林木丰茂，地广人稀，算是藏身的好去处。可惜啊！无双镇人比强奸犯还熟悉的这块地盘。半天功夫不到，就把满身污泥的金大毛从一处隐秘的山洞里头揪了出来。

几个县上下来的公安刚把金大毛塞进警车，王明君从人群外挤进来，把两条烟塞进车里，大声喊：大毛，好好改造，要不了几年的。

大毛被抓后，一个镇子很快就平静了下来。

四姑依旧到处接生；陈老者照旧坐在屋檐下唱歌；痨病鬼偶尔露一下面，照例吓得鸡飞狗跳；棺材匠还弯着腰在自家院子里推得木屑纷飞，只是丧曲越来越难听了。

许歪歪拖拖拉拉来到粮店，吃一碗金卯卯炒的汪满菜籽油的米饭。收录机还在，几盘磁带散落在桌面上，爬满了灰尘。许歪歪不敢提，他怕金卯卯难受，倒是金卯卯不在乎，动不动就说：“最好多判他狗日的几年。”

进入秋季，雨水特别多，一下就是好几天。最烦人的是细雨，滴滴答答，没完没了，汪得一个镇子满腹心事。在没完没了的浸泡中，人都似乎变得格外懒散，只有阮全安那台破吉普格外勤快，从早到晚沿着破旧的公路不停地跑，那模样像是吃了春药。车顶大喇叭声嘶力竭，所过之处，飞沙走石。

路中间积满了明晃晃的水，三个人只好沿着路基慢慢走，到了一处狭窄处，身后忽然一声闷哼，那台破吉普嘶叫着窜了过来。一排浊浪劈面打来，还没回过神，那车耸动着跑远了。抹了一把脸上的脏水，许歪歪回头看了看。王荣贵更惨，头上还堆放着两块黄泥。金卯卯伸手把王荣贵头顶上的黄泥扒拉下来，朝着远去的车大骂：“阮全安，我日你先人板板。”

推开教室门，所有人都惊呆了。三个人站在大门口，身上还滴着黄泥，像是刚从黄泥地里拔出来的萝卜。最前面的王荣贵喊了一声报告，声音有点抖，像台信号不好的收音机。李学儒足足看了半分钟，说今天不用跪讲台了，你们先到门外等着我。三个人站在破旧的窗户根脚，李老师洪亮的声音震得窗框嗡嗡直响。

“我这辈子什么人物没见过，连老人家我都见过，你们是没见过那个场景，人山人海。我记得那天天气很好，一轮红日挂空中，主席挥手的时候，头上有个五彩的光圈——”

抽抽鼻子，金卯卯咕哝：“又来了。”

王荣贵哼一声：“就不晓得累，老子都听累了。”

打了一个喷嚏，许歪歪说：“他这样翻来覆去说，说不定是真的呢！我爷爷供了一个菩萨，脑壳上也有个光圈呢！”其余两个人没答话，以前意见一致，都觉得班主任吹牛皮，现在不敢随便反驳了。王荣贵说了，我们也没见过，哪晓得真的假的。破旧的轮胎钢圈终于发出了当当当的声音。班主任红光满面夹着书出来，一挥手说你们跟我来。

三个萝卜在办公室屋檐下堆成一排，李学儒手里拖根塑料水管。水压很足，水管在地上不安分地跳动。“闭眼！”李学儒大喊。三个人连忙用手挡住脸。许歪歪刚闭上眼，一股激流喷射过来，仿佛一支有力的大手，捶得他肋骨酸痛。

花花绿绿的学生娃娃围了好几圈，嘻嘻哈哈看着水柱后面左推右挡的三个人。连李老师都在笑，别看上了年纪，依旧目光如炬，星星点点的泥点他都看得清楚，水柱忽上忽下，忽左忽右，射得一个校园欢声笑语。

李老师看着三个蹦来跳去的娃娃，童心复苏了。冲刷已经完成，六对细胳膊细腿藕样白嫩。李学儒不想停下来，水管成了批改作业的钢笔，勾勾叉叉来回划。单薄瘦削的王荣贵终于先委顿了，伏下身来，脑袋埋在裤裆里，两扇薄薄的屁股对着那股凶猛的白亮。

笑声越来越大，还有娃娃开始欢呼，几个高年级的甚至有些跃跃欲试，恨不得接过水管也痛快喷一回。班主任被热烈的场面感染了，楷书变成了狂草，横撇竖捺，抽得对面声声惨叫。

就着一身冰湿挨到放学，三个人身上都没有干透。回家的路上，天地间都响彻着噼里啪啦的水响，耳朵一直嗡嗡，双脚一直抖动。

十三

华山论剑的日子就要到了，大家都忌惮欧阳锋，老毒物练成了“九阴真经”，坏人比好人还厉害，这场架有点悬。几个社会经验和生活阅历都很丰富的在电视散场后还分析，说东邪、南帝、北丐加上郭靖也未必是欧阳锋的对手，听见这样的话，金卯卯他们几个就更难受了。焦心的还有郎家那台电视机，放着放着就成了冬天，那雪花飘啊飘啊！抱着天线杆子转半天，才算把这个险恶的江湖摇出来。郎家婆娘老样子，总把电视机的健康问题归咎于盯着它的眼睛太多。动不动就当着一院子人发脾气。王荣贵几个不敢怠慢，从老爹那里顺点钱出来，就赶忙跑去郎家商店买东西，算是给老婆娘的一点安抚。

几个人最近喜欢上了陈述命。一是老家伙鼻子以上特别像洪七公，二是身上那个大洞很是让人敬仰。三个娃娃没事就去听陈老者摆龙门阵。陈老者就会讲战场上的事情。英雄事迹是没有的，只有死亡和逃跑；语气也不激昂，全是唉声叹气，说到最后总是哭，娃娃也一样伤心地哭。开始几个娃娃还劝劝，劝了几次没效果，金卯卯就说不要管尿他，哭够了他会收声的。陈老者吃得不好，一个月也见不到点荤腥。金卯卯就继承他哥的优良传统，偷偷从粮站仓库给他顺。

今天老家伙精神头特别足，三个娃娃要他摆事情。他抠抠乱蓬蓬的头发，手指伸进鼻孔掏掏，最后摆出难得一见的正经状。

“要学做个好人。我很小的时候，村子里有个男人，很老的男人，和儿媳妇有瓜葛，叫作扒灰的。有一次他去赶集，遇上一个道士，道士跟他说，你最近有血光之灾。男人吓着了，忙问具体时间，道士不说，男人就掏出所有的钱塞给道士，道士伸出两个指头。男人明白了，应该是两日之后。又问道士能不能解，道士摇着头说解不了了。男人更害怕了，拉着道士求解法。道士只是不说，挣脱着跑了，跑远了回头朝他喊：远离火源，或能避祸。过了两天，男人为了避开火源，干脆跑到村里的池塘边，从早上一直坐到半夜。正当他暗自庆幸逃过一劫，天上忽然掉下一个大火球，在地上砸了一个很深的坑，男人也砸成了肉饼。”

王荣贵战战兢兢问：“那东西是哪来的？”

陈述命一根手指戳向天空。

“肯定是玉皇大帝要他的命。”许歪歪说。

“省上来人看过，说那东西叫陨石，出事没几天就给运走了。”陈述命说。

打了一个长长的哈欠，陈述命接着说：“所以说呢，这人要干了坏事，天会收你的，那块石头不砸张三，不砸李四，为啥就偏偏砸了他呢？妈个逼，这就是报应。”

大家对陈述命这个故事很满意，一直走到痨病鬼家门前，那股惊奇都还在持续。

痨病鬼媳妇站在马路边，拉着胡四姑的手一直哭，哭的间隙偶尔有笑跳出来，表情在哭和笑之间来回转换，女人脸面都变得有些僵硬了。

两个人还说悄悄话，声音很小，许歪歪还是听见了。

“姑，我以为这辈子都不会有了，哪晓得——”

“实在难得，你要好好养，前三个月最重要，不要动了胎气，不要干重活，粮店的麻包是不能去扛了。”

他们对两个女人的话题没什么兴趣。

你痨病鬼媳妇大不大肚子跟我们有尿关系，反正你那肚子不是我们搞大的。许歪歪说。

三个人很淫邪地笑了一通，王荣贵提出，下午的课干脆不上了。刚提出就得到了另外两个的热烈响应。除了贪恋玩耍，更重要的是李学儒。一想到他，新仇旧恨泛着泡沫往胸口涌。

找到一处开阔地，对着一截干枯的老树桩子撒了一泡热尿。收好东西。金卯卯弓着背围着树桩子转了三圈，猛地直起腰指着树桩子问："像哪个？"其余两人端详一阵，摇头。

"李学儒。"金卯卯说。

又盯着瞅了瞅，两个人不说话。

金卯卯招呼，"来我这头，朝这边看，像惨了。"

许歪歪和王荣贵过来，端着下巴盯了片刻，微微点了点头。

三人目不转睛看了半天，大喊：太鸡巴像了。

转身折来三根树枝，金卯卯给另外两人各分了一根。他先把树枝插进裤袋，作斜挎状，然后对着两人说："二位，今天这场战斗非同寻常，不是你死就是我活，对付李学儒这样歹毒的老贼，咱们也就别讲什么江湖规矩了，大家一起上，杀了老贼，为民除害。"

许歪歪剑锋一抖，瞪着眼说："我与老贼不共戴天。"

"就算你练成了九阴真经，老夫又有何惧？"王荣贵大义凛然。

三剑平胸，围着树桩疾走，忽听得金卯卯一声暴喝："出手！"剑尖直指中心，分上中下三路疾刺，电光火石间，班主任连中九剑。

班主任没倒，王荣贵先倒了，转圈太快了，脑袋有点晕，脚下一绊，跌了个货真价实的狗吃屎。另外两人看王荣贵猝然倒地，吓了一跳，纵身跳出圈外。许歪歪一抱拳，喘着粗气说："九阴真经果然了得，今天我三兄弟技不如人，咱们后会有期。"金卯卯本来也想说点什么，刚张嘴，就一屁股坐倒在地，连打了四个干呕。

战斗很激烈，体力消耗特别大。撤出战斗后，三个人急着补充体力。用金卯卯的话说：尽快恢复元气，提防老贼追杀。为英雄们提供体力支撑的是土坡下那块刚收浆的苞谷地，苞谷的主人是棺材匠。此刻正在院子里捶打榫头的棺材匠无论如何都想不到，他家地里的六个粗壮的苞谷为正义的事业牺牲了自己。

烧苞谷的火堆就架在班主任身上，被戳得伤痕斑斑的老贼成了少林寺里头的方丈，无论如何，他都难逃厄运了。饶是有九阴真经护体，等到六个苞谷烧熟，老贼已然面目全非了。刚才还粗大的身躯此时只剩下瘦弱的一截。

呼啦呼啦吃完苞谷，金卯卯站起来，飞起一脚，老贼顷刻之间身首异处。

抹抹黑乎乎的嘴巴，金卯卯说："念在师徒一场，我会厚葬你的。"

十四

金大毛自从被抓后，泥牛入海，针尖大小的消息都没有。他爹去过几次县上，连关押地点都不清楚。最近一段时间，才有些传闻过来。有说判了五年的，有说判了七年的，传闻中也有胆儿大的，言辞凿凿说判了十五年。

苞谷还没收完，消息就来了。

早晨第三节课，李学儒在讲台上宣布，星期五不上课，全体学生到粮店晒谷场参加公判大会。

粮站站长同时接到两个通知，一是腾出晒谷场开公判大会，二是金大毛的案子也将在这次大会上宣判。站长不敢怠慢，他公私都占了，连夜招呼人清理坝子。

星期五，天气出奇的好，太阳公公一大早就迫不及待爬了上来。粮站两扇铁门一打开，人流来得比气流还快。眨眼工夫，粮站坝子连根针都插不进去了。只有那个连夜搭建的高台杵在那里，空空荡荡，满腹心事。

太阳当顶，车队抵达。前面三辆套着绿色帆布的吉普车，后面四辆大卡车。每辆卡车上三名五花大绑的罪犯，每个罪犯由两名荷枪实弹的武警押解。最扎眼的还是卡车车头那挺轻机枪，在阳光下散发着古铜色的色泽。乡下人从来没见过这样多的枪械、军人和罪犯。所有眼睛仿佛随时出膛的子弹，将老嫩的面孔都拉得变了形。

第一个发现金大毛的是陈述命，老东西毕竟是见过大阵仗的人，枪枪炮炮见得多了，心思没有那样大的起伏。他注意的是人，那些反剪双手的人。一下聚集了这样多的坏人，他有些兴奋，老眼瞬间不再昏花。罪犯的面前都挂着一块纸板，上面有他们的名字和罪名。他挨个检视。目光来到第三辆卡车，他看见了金大毛。大毛胸前纸板上的字写得不好，歪歪扭扭，名字还看得出些耐心，罪名就潦草了，“强奸犯”三个字要不连在一起，你都认不出来。

“大毛！”陈述命大喊。

所有目光都在晃动，最后都一齐钉在金大毛身上。

一看到大毛，粮站站长眼泪就下来了。儿子更瘦了，像根晒干的豇豆。脑袋软塌塌悬挂在脖子上，随时都有掉落的危险。要命的是眼神，被掏空了一般，啥东西都没有。

“大毛！”站长凄楚地喊一声，扒开人群往卡车那头挤。刚挤到卡车边，锋利的刺刀拦住了他。罪犯被押下来，挨个儿提上搭好的台子。在台子前边一溜排开，全都低着脑袋。阳光直射下来，将他们的影子捏成密集的一小团。

金卯卯脖子伸得老长，他想看看哥哥的脸，看不到，大毛的脑袋垂得很低。

宣判的声音异常洪亮。

宣判词很短。无一例外，每个罪名后面都是那句话：判处死刑，立即执行。

宽大的坝子，鸦雀无声，只有威严正义的声响在回荡。金卯卯听不见，他脑子里全是大毛平日那些烦人的话语，“金卯卯，狗日的还不回家吃饭。”“金卯卯，我剐了你的皮。”“金卯卯，老子掐死你。”

人群一直平静。罪犯大多是异乡人，他们的死活离坝子里的人太远。终于到了金大毛，人群更安静了，都竖着耳朵，怕漏掉一个字。所有人都在猜测，五年？七年？还是十五年？

没有对粮站站长儿子搞特殊，“判处死刑，立即执行！”

对大毛的宣判刚结束，粮站站长就晕过去了。

王荣贵捅了捅金卯卯，低声说：“你爸晕死过去了。”

金卯卯不动，依旧伸长脖子看着台上。

“你爸晕过去了。”王荣贵又捅了捅金卯卯。

不耐烦地打开王荣贵的手，金卯卯哑着声说：“晕死就晕死，老子才不管屌他。”

有人喊王医生，王明君过来，招呼几个人将站长抬回了屋。

最后台上那人高喊：现在，将罪犯验明正身，押赴刑场，执行枪决。

这时候一个人过来，手里拿着一管毛笔，挨着在死刑犯们胸前牌子上写着姓名的地方划了一个大大的红叉。金卯卯想到作业本上每道错题下面的那个红叉。

他忽然回头急切地问：刑场在哪里？

人群中有人答：赵家沟。

扒开人群，金卯卯飞似的跑了。

许歪歪和王荣贵追得腿肚子都快抽筋了。纳闷得很，金卯卯像是得了裘千仞真传，一身轻功出神入化。转眼就不见了。等转过一道弯，才看见金卯卯。一个豆大的人影在山路上飞奔，步伐飞快，像在追赶一只远去的苍鹰。

喝菜油的还是没能跑过喝汽油的。离赵家沟三里地时，卡车就超过了金卯卯。车队拖着绵长的杀气，搅起一路烟尘，咣当当过去，金卯卯就什么都看不见了。滚滚的烟尘中，终于传出了一声撕心的嚎叫。

“哥！”

烟尘散尽，王荣贵和许歪歪才赶到。金卯卯横躺在路边的排水沟里，两个眼睛盯着湛蓝的天空，嘴里还在喃喃喊：“哥！哥哦！哥呢！”

许歪歪弯腰叉腿说：“快起来跑，要不看不到你哥了。”

沟里的一动不动。

金卯卯最后是被王荣贵和许歪歪背到赵家沟的。

刑场在一个低洼的平地上，洼地四周的山坡上全是人，花花绿绿一大片一大片，就像野花怒放的季节。三个人爬上山坡，他们才发现枪决已经准备就绪了。

死刑犯们跪成一排，每人身后都站着一个行刑的枪手，端着半自动步枪，戴着白色的口罩。一个套着白大褂的人用粉笔在犯人的背上划圆圈，那是标明心脏的位置。

金卯卯跪在地上，两只手深深嵌进泥土，两挂鼻涕挂着，眼泪无声无息地淌。边上忽然有人说话，两个男的，一个络腮胡，一个剐骨脸。剐骨脸说：十多年前这里也枪毙过一个人，手里捏了五条人命。枪毙那天，连打了八枪都没有死。打完第八枪，开枪的那个人吓得浑身发抖。最骇人的是仆倒的罪犯挣扎着扭头对行刑的人说，老子一枪之罪，你为何没完没了？那个行刑手当即就疯了。最后还是另一个人上去，掏出手枪，一枪爆头。犯人终于死透。

络腮胡说："这事我晓得，就是不清楚为何八枪都没能打死。"

剐骨脸笑笑说："后来法医解剖，狗日的心脏长反了。"

"准备。"下面一声高喊打断了两人的谈话。

小红旗一挥。啪啪啪啪。

杂乱的一阵枪响，天地寂然。片刻，洼地里升腾起呛人的火药味，接着，是血腥味。烟雾散尽，十二个人齐齐仆倒在洼地里。

"哇"一声，王荣贵吐出一滩秽物。然后他铁青着脸对许歪歪说：血腥味太难闻，忍不住。许歪歪刚想说话，金卯卯忽然说。

"狗日的金大毛死尿咯！"

声音清脆干净。

今天没有出现剐骨脸说的情况，犯人们的心脏长得都很规矩，子弹很准确地洞穿了它们。法医开始挨个检查，检查完毕，对着指挥死刑的长官点了点头。接下来是拍照，将犯人翻转过来，牌子端端正正放在血肉模糊的胸口上。相机对着尸体咔嚓咔嚓叫唤好几声才算完。

山坡上陆续有人开始嚎哭，都是犯人的家属。

一切完毕，车队拖着长长的烟尘离去。

收尸是个伤感的活路。家属们边啜泣边打整。每家每户都找来木板，先用纸钱把胸前那个大洞堵住，再用白布把尸体裹好，最后放到木板上。

大毛含着一嘴泥，眼睛大大鼓着，恐惧还清晰地印在脸上。给他收尸的不是家属，老爹还昏死在床上，上小学的弟弟跪在半山腰。负责这个活路的是王明君、胡四姑、棺材匠和几个近亲。痨病鬼老婆本来想帮忙，让四姑给赶开了，说你怀身大肚的，不要惊了肚子里头的崽崽。收拾过程中，棺材匠很惊奇地发现，子弹进去的地方只有一个胡豆大小的洞洞，出来却拉开了碗大的窟窿。

四姑轻轻解开大毛身上的绳索，忽然放声痛哭，边哭边说：当年我亲手把你抱出来，今天又亲手把你送回去，你娃娃到底是造了哪门子的孽哟？

众人把大毛裹好放上木板，刚准备抬走，陈述命在人群中说："把沾有血迹的泥土也刨走吧，这样才算全尸。"

一行人抬着大毛往家赶，陈述命递给金卯卯一沓纸钱，让他走一段撒几张，还高喊：金大毛，三魂七魄回家咯！

他们的身后，是蜿蜒的人流，全都阴着脸，没一点声息。

十五

八月的乡村仿佛寓言，浓稠的绿色开始消褪，黄色瘟疫一般逐渐蔓延。进入九月，枯黄主宰一切，只有高高矮矮的常青树，还顽强抵御着无孔不入的残破和凋零。

不断有杀人的消息传来，临近好几个镇子都开了大会，枪声爆豆样响个不停。人人都成了苍蝇，对血腥的味道尤其敏感，刑场枪声未响，围观者早就挤满了附近的沟沟坎坎。金卯卯他们在几个镇子间来回奔走，看弹壳跳出枪膛，看子弹击穿胸口，看鲜血浸湿土地。最近一次从刑场回来的路上，王荣贵兴高采烈地对金卯卯说：我闻到血腥味都不恶心了。

还没翻过九月，站长就凋落了。仿佛一片满身虫洞的落叶，跟着风的方向在镇子里漫无目的地飘荡。他的头发粘成了股状，像是顶了一头乌黑的绳索。衣服斜披，风一来就撩得噼啪乱响，露出两排骇人的肋骨。他对遇见的每一个人说：大毛给我托梦了，说他寿元未到，阎王不收，所以魂魄至今还在三界外游荡。

听的人很认真，听他说完，还会伸手在他肩上重重拍打两下，算是无言的慰藉。有人心虚，把强奸犯从观音山揪出来，人人都有功劳。也有理壮的，背地里说站长脑壳出毛病了。奇怪的是，站长照样上班，每笔账都清清楚楚；也还收粮，磅秤后头一站，干的湿的，一斤半两，分毫不差。站长神神叨叨总在晚饭后，账本封存，粮食入库，脸色一抹，状态立马混沌。

迎着绚烂的晚霞，站长沿着高低不平的道路漫无目的地瞎逛。他还唱歌，歌词是老戏文，死人道场上用的。边唱边开始解衣服。远处有姨娘见了，喊一声：叔，秋凉呢！站长不看喊他的人，自言自语：胸口里头有个大包，滚烫呢！解开衣服好过点。

胡四姑见站长腾云驾雾的模样，怕摔了，连忙迎上去，说慢点走，路不好。站长盯着晚霞，眼里翻滚着浓烈的血红。走近了，站长神秘地把嘴附到四姑耳根边说：大毛给我托梦了，说他寿元未到，阎王不收，所以魂魄至今还在三界外游荡。四姑喉咙一紧，眼泪就下来了，挂着两吊泪目送站长蹦跳着远去。站长在陈述命屋檐下停留时间最长，站长先说了大毛在阴间的处境，然后住了嘴，接着就是陈老者一个人说。老孤寡的事情和他的身板一样老旧，口齿也不清，絮絮叨叨絮絮叨叨。说了好半天，一扭头，才发现站长不知道什么时候跑走了。颠簸着到了痨病鬼屋前，站长扯着嗓子大声喊：大毛给我托梦了，说你日子也不长了。痨病鬼婆娘正好在往药山上添了一层，听着不舒服，也扯着嗓子喊：叔，这折寿话可说不得哟！还算棺材匠鬼精，没等路上的人开口，他就先喊：大毛给我托梦了，说他寿元未到，阎王不收，所以魂魄至今还在三界外游荡。站长听完，一言不发，立马原地后转，驼着无边的霞光转回了家。

双脚迈进粮站的地盘，站长眼睛一轮，混沌立时踪影全无。拍打拍打身上的灰尘，把扣子一颗一颗认认真真扣回去。步伐也踏实了，推开门，先问硕果仅存的儿子：卯卯，饿不？我给你下面。屋里恶狠狠丢出一句：管事管得宽，管到老子脚杆弯，老子饿不饿关你屎事。站长就连声应诺，说好好好，等饿了我再给你做。这时候屋子里总有异物飞出来，或者一本书，或者一把扫帚，要不就是那口黢黑的铝铸水瓢。

隔三岔五，王明君就会上门来和站长喝两杯。两个都好这口，也不管酒好酒坏，咕噜噜灌下几碗，就搂着肩膀喊兄弟。每次两个人都哭，王明君说兄弟啊！我对不起你啊！是我让你把大毛交出来的啊！站长也哭，长声吆吆说兄弟啊！不关你的事啊！娇惯出败儿啊！哭完继续喝，喝了继续哭，直到在地上拉直了，才算消停下来。

站长怕清醒，可总是清醒。一入夜，他就成了田里的青蛙，精神得很，要是会叫，他都想一直叫到天明。他发现，自己现在记性变得格外好，那些早就湮灭在记忆里的，关于大毛的点点滴滴，全都跑回脑壳里来了。大毛第一次走路，第一次说话，第一次生病，甚至第一次骂狗日的，他都记得清清楚楚。想着想着就开始痛哭，哭是个体力活，哭一阵就有睡意上来了，刚闭眼，那头屋子里有声音过来，声音断断续续，还夹杂着磁带摩擦的嗞嗞声。

谁知道角落这个地方，爱情已将它久久遗忘。当年她曾在村边徘徊，徘徊，为什么从此音容渺茫。嗯……

谁知道角落这个地方，春天已将它久久遗忘，当年她曾在山头停留，停留，到何时她还会来此探望。嗯……

站长听完，又结结实实哭一回。

十六

厕所里，相邻两个蹲位的学生在说话。

“你看到子弹打进胸口的样子没得？血飙得老长。”

“最刺激的是最后那声喊，有点像杀猪的声音。”

“我闻到人血的味道，苦胆水都吐出来。”

“老子就喜欢那个味道，一闻，鸡鸡都硬了。”

金卯卯正站在尿槽边撒尿，听见两个人的话，他抖净残存的尿液，慢慢穿好裤子，回身盯着两个人，眼里蔓延着无边的杀气。

“说完没得？”他问。

一个白了他一眼，说：“关你屌事。”

话音未落，金卯卯照着他的脑袋就是一脚，怪叫一声，屁股刚好卡在坑道上。挣扎着刚想起来，又是一脚，陷得更深了，像是往缝隙里钉楔子。另一个蹲位的见势不妙，连忙起身拉裤子，裤子刚扯到大腿，胸口就挨了狠狠一脚，屁股准确地嵌进了坑道。

回到教室，金卯卯屁股还没坐热，李学儒就来了。

班主任进来，不说话，劈面就是两耳光。此时正是中午放学时间，教室里人少，余音绕梁。还没等金卯卯回过神来，李学儒就像提只鸡仔样把他拎走了。几乎就是脚尖着地，金卯卯被提着穿过长长的操场。一直到办公室门口，满天的繁星才渐渐散去。

进到屋里，脚踏实地的同时，金卯卯闻到了刺鼻的恶臭。两块楔子站在墙根，杀气腾腾盯着他。

“允许你哥犯法，还不许别人议论，你这是哪家的王法？”李学儒厉声问。

金卯卯不说话。

“读了几年书，连个好坏都分不清楚，”李学儒放缓口气，露出一贯的语重心长，“我问你，你哥是不是好人？”

直着脖子，金卯卯不置可否。

“那是不是坏人？”李老师又问。

还是不说话。

兴许是金卯卯脸上几根若隐若现的肉肠让李老师有些不适，语气仿佛刚从开水里捞出来，轻柔绵软。

“我可以负责地跟你说，你哥就是个坏人，”想了想，班主任又说，“你是他弟弟，不认同我的看法，我可以理解，但是——”

“老师，我错了。”金卯卯忽然说。

唉！这就对了嘛。班主任有了笑容。

“我哥该死，我不应该同情他，我今后一定向那些英雄人物学习，做一个对人民对国家有用的人。”金卯卯说。

山势很陡，下面是条细窄的小道。金卯卯阴着脸搬了一大堆脑袋大小的石头堆在悬崖边。石头堆放完毕，坐在一边，眼睛死死盯着远处的路口。

放学的学生沿着路慢慢散尽，太阳快要跳过山脊的时候，李学儒出现了。班主任走路的样子有点怪，像乒乓球，一跳一跳的。他手脚都很长，走道甩同边手，仿佛有根无形的绳索牵引着他。夕阳的余晖从他身后扑过来，将他的脚步推得有些踉跄。他腋窝下还夹着一叠作业本，走几步就将作业本往上掖一下。山顶上的人刚才还眼神黯淡，李学儒一出现，瞬间就亮了，像一个蹲守几天的猎人看到了猎物。

真是个伏击的好地方。道路到了这里，忽然就狭窄了，狭窄处还有一个顺山的豁口。石头放下去，不会左右乱滚，笔直、阴毒。金卯卯做过试验，连丢了三块石头，效果都十分理想。就像老东西说的，写作文不会跑题。一想到椭圆脑袋的班主任滚下山崖的模样，金卯卯就禁不住血脉偾张。

班主任显然没有意识到凶险就在头顶，边走还边唱歌：大海航行靠舵手。可惜这里比大海还危险，而且还没有舵手。班主任越来越近，金卯卯心跳得愈发厉害。两只汗手举起一块石头，心里在喊：你死定了！

十七

三个娃娃跪在讲台上，金卯卯阴着脸对许歪歪和王荣贵小声说：我差点把他杀了。王荣贵抬头看了看唾沫横飞的班主任，又侧脸睖了一眼金卯卯，说吹死牛皮，老子才不信。许歪歪说你要杀了他就好了，说不定学校今天就放假了，我们就可以玩两天了。

放学后，金卯卯带着两人爬到山顶。许歪歪和王荣贵观察了一下，确是杀人的好去处。再加上那堆心怀叵测的石堆，看来李学儒真是差点成了欧阳克。

“还是不敢吧？”许歪歪说。

沉默片刻，金卯卯说：“我刚想放第一块石头，老东西不走了。”

“发现你了？”王荣贵慌忙问。

摇摇头，金卯卯说：“他胳肢窝夹着的本子掉地上了，”咬咬嘴唇，他又说，“那时候我想，他要死了，那沓作业本就没人改了。”

三个人互相看了看，都没做声。他们都觉得这是个很充足的理由。

半天金卯卯捡起一块石头，顺着豁口扔下去，石头兴奋地蹦跳着滚下山，在小路上砸出一个坑，腾空而起，划出一道恐怖的弧线，飞到山脚去了。

许歪歪也搬起一块，用力砸去，喊一声：砸死你狗日的。

“砸死你狗日的。”王荣贵掀下最大的那块石头，哑着嗓子骂。

石头源源不断滚下去，欢呼着，跳跃着，像一段亢奋的交响曲。

扔完石头，三个人满脸潮红，喘着粗气，看模样意犹未尽。金卯卯提议，干脆去望乡林找蘑菇。望乡林有一种叫三塘菌的野生蘑菇。味道赛过新鲜的猪肉。这种菌很稀少，从生长到凋谢不会超过一天。最神奇的是，它不是聚成一堆，而是相邻呈品字形分布，彼此之间最近的几米，最远的几百米。所以有经验的人，发现一处后，就会接着搜寻另外两处。吞下半泡口水，许歪歪表示同意。他吃过三塘菌，五岁那年，父亲找回来的。烹饪很简单，烧开一锅水，往锅里放些剁碎的西红柿，然后把菌子撕成细条，煮熟后放点活油。那味道至今还停留在他舌尖。

只有王荣贵有些迟疑。他喜欢三塘菌，但他不喜欢望乡林。

林子在镇卫生院往西三里地，浓荫蔽日，藤藤蔓蔓把一个林子缠得密不透风。在无双镇，人死去不满八岁的，叫报惨儿。老人说，早夭的娃娃是来报复你的，你上辈子得罪了谁，他这辈子投生过来给你当儿当女，等你正高兴，他两脚一蹬死掉了，让你在凄惶中过一辈子。所以，无双镇所有八岁以下死去的孩子，没有葬礼，没有坟墓，拿条草席一裹，丢进望乡林，任凭腐烂干瘪，最后化成一堆泥土。

那些出入望乡林的人每次出来，都会长吁一口气后说：要命，又踩烂了好几堆白骨。

王荣贵的拖沓让另两人有些沮丧，金卯卯长远规划，说星期天去，不去全家死绝。

从地上一蹦而起，许歪歪大喊好。王荣贵脸上的难色还在，低着头不言语。

“哪个万众人日的不去。”金卯卯发了狠。

咒语太毒了，王荣贵没了退路，只好点点头。

推开家门的瞬间，王荣贵才意识到天已经黑了。咬咬牙，他知道晚饭是吃不上了，矮胖的老子定然摩拳擦掌等着他呢。硬着头皮推开门，屋子里静悄悄的。饭菜还在桌上，风从窗户漏进来，撩得塑料桌布起起伏伏。爷爷在墙上，长袍大褂端坐在一张雕花的太师椅里头，依旧黑着脸。几个屋子找了找，都没见人。把书包往椅子上一扔，王荣贵想两人要是就这样凭空消失了才好。夹口菜放进嘴里，又想最好死老者一个人消失，妈得留下。妈经常护着自己不说，做出的饭菜也可口。

忽然有声音传来，缥缥渺渺。王荣贵竖着耳朵听了听，是门诊那边过来的。

急诊室也就一间破屋子，门外聚了几个人。王荣贵顺着墙根溜过去，发现除了棺材匠一家，老娘也在。棺材匠靠着墙，脸上仿佛扑了一层死灰。婆娘脸色青紫，横着袖子不停地拭泪。小矮子则踮着脚尖朝门诊室窗户往里看。其实他什么都看不见，窗户挂了一面厚厚的布帘子。

棺材匠老婆抽泣两声，对荣贵妈说：“晚饭吃得好好的，一下子就倒在地上，一点兆头都没得！”

轻轻点点头，荣贵妈说你不要乱，先救过来再说。

“后天就两岁满满的了，这一路过来，我天天都提心吊胆过日子啊，”女人仰着头哭，“老天爷，我到底是咋个得罪你了，你要这样折磨我。”

夜静默着，风在一团墨黑里横冲直撞。屋檐下昏暗的灯光映着几张疲乏的脸。女人止住了哭，靠着裸露的砖墙柱子，目光投向无边无际的黑。棺材匠席地而坐，脑袋深深埋在两腿之间，不时有一声绝望的长叹。只有大儿子，还在窗户那里跳来跳去张望着。

“嘎”一声，门开了，暗夜被撕开了一道伤心的口子。两个医生从屋子里拱出来。王明君看着棺材匠，脸色冷峻地说：“死了。”

女人长长一声哀号。顺着墙柱子瘫软下去。

“报惨儿啊！”棺材匠哭着喊。

走过去踢了棺材匠一脚，王明君说狗日的清醒点，死了的就死了，把你婆娘带走，她哭不得，否则怕是要死一双。棺材匠站起来，吊着两挂泪迷惑地看着王明君。使劲推了棺材匠一把，王明君说滚滚滚，赶快带着你婆娘滚。

“屋子里头的报惨儿咋办？”棺材匠问。

“你快走，我来处理，”王明君指了指满脸眼泪的小矮子，“你留下来。”

棺材匠扶着女人钻进黑暗，走远了还有哭声在黑夜里飘荡。

另一个医生点燃了一支烟，王明君伸出手说给我一支。片刻狐疑，那人把烟递了过来。点上烟，深吸了一口，王明君说：“遗传。”另一个点点头，接过话：“缺陷可能更大。”把烟扔掉，踩灭烟火，王明君说：“八成是心肌的问题。”

喷出一口烟，另一个医生讪笑，说：“这个我就不懂了，你晓得的，我以前是兽医咯嘛！”

扭扭脖子，王明君说，把娃娃处理了吧。

荣贵妈会看事，已经找来了一床草席。王明君进屋把人裹好，扯了一截输液的管子把草席捆好，抱出来放在灯光下。王荣贵刚想凑上去，老爹猛一回头，目光锋利如刀，吓得儿子怔在原地。扒开草席仔细看了看，王明君喃喃自语：“你老娘怕过不了多久就下来陪你了。”这边话刚落，那边小矮子就有了哭声。王明君扭头朝哭声方向喊：“要看最后一眼不？”小矮子点点头。

“看吧，看了送望乡林。”王明君直起腰说。

十八

棺材匠的院子没有了锯条奔跑的声响，也没有了阴郁的丧曲。只有两口尚未完工的棺材还白森森躺在院子里。

经过这段路三个人都没话，等走出去老远了，金卯卯才说：“原来裘千丈这狗日的轻功是假的。”说完回头死死盯着王荣贵，问：“你说你老爸会轻功，是不是也是假的。”王荣贵连忙伸出小指头，说当然是真的，骗你我是这个。小指头代表小狗，金卯卯觉得这个发誓没有诚意，说当个狗算啥，不信。王荣贵咬牙切齿加码：“骗你我全家死绝。”

金卯卯侧头看了看许歪歪，许歪歪点点头，对这个毒誓很满意。

“能亲眼看看你爸腾轻功就安逸了。”许歪歪说。

“跟踪嘛，裘千丈就是被蓉儿跟踪，才露出马脚的。”金卯卯说。

王荣贵咳嗽一声，说他一般都是夜里才练轻功的。

“就今晚，”金卯卯指着王荣贵说，“你找个好的地方，我们晚上躲起来等他。”

挠挠后脑勺，王荣贵有些为难的模样。金卯卯一瞪眼，说看你那鸡巴样子，让你找你就找。许歪歪提醒说："找个离得稍远点的地方，功夫高的人，耳朵都特别机灵，近了怕连我们喘气的声音他都能听到。"

伏在一段断墙根下，王荣贵心里鼓声咚咚锵。他还记得第一次给别人说老爹会轻功的情景。开学没多久，那阵子郭靖还跟江南七怪练功夫。放学路上，大家谈论郭靖练轻功的法子。当时他脑壳一热，脱口而出，"我老爸就会轻功。"所有人都愣住了，然后许歪歪问："能飞多高？"见没人质疑，王荣贵胆儿大了些，装得不经意说："能蹿上房顶。"

奇怪的是，所有人都没有对此表示怀疑。后来王荣贵又胆大包天地增加了若干细节。比如老爹练轻功的夜晚月亮如何昏暗啊！吓得几只猫乱窜啊什么的。这样一来，谎言就愈发坚硬结实。夜风一吹，王荣贵打了一个冷噤，掖掖衣服，他才猛然发现，吹牛皮和吹气球一样，用力过猛了是要破的。另外两个不知情的憨包还在小声讨论，语气充满了惊奇和期待。

"你说他是直着飞还是横着飞？"

"那要看他练的是哪一路了。"

"他又没去过塞外，估计还是中原的路数。"

"那就应该是直着飞。"

远处，门嘎吱响了，乡镇医生出门了。站在院子里，他先是抬头看了看天上的月亮，然后展开两臂。

许歪歪轻声惊叫："要飞了。"

王明君没有飞，伸了一个长长的懒腰，朝大门口去了。

墙根下的心都提到嗓子眼了。就在刚才，连王荣贵都差点相信老爹真会轻功。金卯卯一努嘴，三个人弓着腰跟了上去。

月光朦朦胧胧，一团团雾气低低地浮在路面上。王明君提着个布袋子，脚板啪嗒啪嗒击打着路面，他的身影在惨白的雾气里显得阴森恐怖。但他却没有一点害怕的样子，边走还边唱歌。歌声稳定厚实，一点都不飘。这说明他唱歌不是为了壮胆，那些唱歌壮胆的一听就知道，声若游丝，飘来荡去，像根细麻绳。

三个跟踪的心跳越来越快。

跑得这样远，难道是要练什么绝世武功？

跟了大约两里地，许歪歪抹掉额头上的汗水，说打死我老子也不跟了。

金卯卯四下扫了扫，借助远远近近的山势，他看出来了，前面就是望乡林。从路边的灌木丛跳出来，金卯卯狠狠地说："连枪毙人老子都看过，我还怕个屌。"

王明君准确地找到了棺材匠女儿的尸体。

把手电含在嘴里，他从袋子里取出一沓纸钱和三炷香。点燃，对着遗体作了三个揖。

“姑娘，本来我不信这个，还是给你烧点纸钱，不要怪伯伯。”他喃喃自语。说完，解开捆扎席子的塑料管。也许是天气转凉的原因，娃娃面部变形得还不算严重，头发凌乱，嘴边脸颊还有个浅浅的酒窝。王明君轻轻解开孩子的衣服，从衣兜里掏出手术刀。

把取出来的心脏放进塑料袋装好，王明君开始缝合，一针一针，轻柔细密。

不远处，是三张惊恐地张着的大嘴。他们实在没想到，本想看武功片，看到最后是恐怖片。

此刻，在离此五里地的棺材匠家，昏暗的灯光下，棺材匠老婆躺在床上，不停的咳嗽搓烂了她一张乌黑的脸。掂着毛巾拭去妻子额头密密麻麻的汗水，棺材匠说最近这段时间你就不要再干活了，你这病累不得。

女人使劲憋住咳，流下一汪泪，喘着说：“姑娘可怜，我求求你给她做个火匣子，挖个坑埋了吧！”棺材匠也抹泪，说：“她来就是折磨我们的，她现在清净了，丢我们一家长痛短哭，给火匣子不行，挖坑更不行，你对她好，来世她还来坑害你。”女人恸哭，说：“就算来世再来害我，也要给她个火匣子。”棺材匠横起袖子拉了一把泪，不言语。女人撑起身来，一巴掌甩过去，扇出一声绵长的响来。棺材匠没动，倒是墙角的小矮子嘴角抽动了一下，眼泪就下来了。“亏你狗日的还是个卖棺材的，自家姑娘死去了，你连个火匣子都舍不得。”女人鼻涕眼泪一起淌。棺材匠依旧不答话，女人一瞪眼，脑袋冲着墙壁撞了过去。

十九

荣贵老娘发现儿子这两天古怪得很，平时桌上要有肉，其他菜狗东西连看都不看一眼。这两天稀奇了，只吃素菜，一点肉都不沾。今天更奇怪，炒了盘猪肝，刚端上桌，他就跑到门外吐了。

抹着嘴角残留的脏东西，王荣贵窝在围墙根下在心里把王明君十八代祖宗都操了个遍。魔鬼这东西，课本里面有，叫《渔夫与魔鬼》。说从前，有个渔夫每天很早到海边网鱼。这天上午，他连撒了三次网，都没有收获。当他最后一次把网拉拢的时候。感觉太沉重了，渔网好像和海底粘在一起。渔夫费了很大的力气，才把网拉上来，结果发现是一个很沉重的铜瓶。瓶口的铅封上盖着所罗门的印章。“里面究竟装着什么东西呢？”好奇的渔夫决定打开来看看。渔夫取出刀子，撬开铅封。没隔多久，从瓶口里冒出一缕青烟，在空中一阵摇动后，竟变成了一个青面獠牙的魔鬼！渔夫看见这个巨大的怪物，浑身颤抖，不知如何应付。

可惜课本里头没有对魔鬼更多细致的描述，王荣贵想过很多次，勾画了魔鬼很多个样子。直到今天他才知道，原来魔鬼长得和乡镇医生一个样子：矮胖，眯着眼。你老东西吃啥不好，竟然去吃死人的心。一想到这里，他又连打了几个干呕。

乡村医生就在隔壁，正往棺材匠女人手臂上扎针。他依旧眯着眼，嘴角还带着笑，温顺得像只老绵羊。棺材匠坐在对面，看着床上双目紧密，满脸乌黑的女人，仿佛陷入了无边的沼泽地，眼神空洞绝望。弹了弹输液的管子，王明君对棺材匠说："放心吧，磕晕过去了，死不了的。"棺材匠懒得抬头，瓮声瓮气说："迟早的事。"

拍打拍打手，王明君说："未必。"

正给老娘擦拭额头的小矮子缩回手，眼巴巴看着王明君。

"说简单也简单，说复杂也复杂，"王明君说，"一句话，我估计她心脏有根管子没有封闭好。"

"你咋晓得呢？"小矮子问。

嘿嘿笑一声，王明君说："老子是孙悟空，变成蚊子钻进你妈肚子里头发现的。"

棺材匠立马就沮丧了，他想狗日的这个时候居然还有心情开玩笑。

药水滴得太快，女人眉头紧紧皱着，像是黑土地上隆起的沟壑。王明君调了调输液开关，盯着女人看了半晌，说："送到省城大医院，三万块钱就能买条命。"

"把我卖了怕也凑不齐。"棺材匠苦笑。

你们盯着，药水快完了喊我。王明君说完转出了门。折过走道，看见儿子靠在墙根下，脸色一黑吼："劫道啊？你。"满以为儿子会翻爬起来就跑。没有，一双眼睛狼崽子样恶狠狠地盯着自己。王医生一下没回过神来，这个眼神让他陌生的同时，还有兴奋。这些年，他习惯了儿子的唯唯诺诺和落荒而逃，面子上的绝对权威对他来说没多大意思。猛然间见到这样的眼神，他居然有些欣喜。

威严像岁月磨砺出来的老茧，想要一下蜕掉还是很难。

"小狗日的，还学会瞪眼了。"王明君大踏步上前，伸手就准备去揪耳朵。

小狗日的胸口一挺，往前坚实地迈出一大步，革命烈士样脖子一伸，半闭着眼吼："要你管，老子想坐就坐，想站就站。"很嚣张，"老子"两个字还加了重音。

老脸贴着嫩脸，中间就一根指头的缝隙。

王明君脑子里头嗡嗡的，这个场景来得实在有点猛，他一下没接住。陷入迷惘的乡村医生没有了手术台上的勇气和果敢，临床没学过这一课。

轻轻点点头，他对王荣贵说："等老子腾出手来再来收拾你。"

刚转身王明君就后悔了，最后这句话不仅多余，还露怯。想想王大医生，什么时候收拾儿子需要排时间表的，都是按急诊处理。伸手就打，抬腿就踢。暗暗叹口气，王明君心里像刚输了一瓶混合药水，五味杂陈。

他唯一闹不清楚的，是这狗日的哪来这翻天的本领。

无双镇最好看的是黄昏，入目全是铺天盖地的红。光从天边过来，大地山峦只有一道黑色的窄边。山顶的树木仿佛一把刷子，在广阔的天幕上来回涂抹。

黄昏壮阔，却短暂，一个转身，一次低头，它就不见了。

斜坡上，三张迷惘的脸，目不转睛地盯着绚烂的天空。平时，他们的眼睛都在大地上，一丛草，一棵树，一条狗，一个人，甚至一只蚂蚁，才会吸引他们的目光。天空有什么好看的，不是空空荡荡，就是变化无常。然而这个黄昏，三个人才发现天空的好，朴素简单，云和雾不会打架，红与黑可以共存。

“炒来吃没有？”金卯卯问。

王荣贵点点头，又摇摇头。许歪歪挠挠头，说肯定是练了什么邪门武功，才会好这一口。

两个人侧脸看了看王荣贵，他们能看出他的伤心。父亲坚硬有力的拳脚没有动摇他在儿子心目中好父亲的形象，老子打儿子，天经地义。王荣贵经常这样想，挨点拳脚，偷钱的时候也理直气壮。现在不行了，老东西走火入魔了，说不定哪天就会提着手术刀挖亲生骨肉的心脏了。

“我老者不是什么好东西。”金卯卯说。他这样说不全是安慰王荣贵，在他眼里，站长确实也不是什么好东西。顿了顿，他接着说，“最近神神叨叨，看着我就火肿。”许歪歪也想用这样的方式表达一下安慰，嘴动了动没说话。他实在不知道自家老爹是不是坏人，他一岁不到老爹就躺进棺材匠的黑皮棺材里了。

“还以为无双镇没有坏人，哪晓得到处都是。”王荣贵伤感地说。

二十

邻镇又有好消息传来，后天六个罪犯一起上路。

听着就壮观。

还没放学，校长就宣布，后天停课一天，全体学生到邻镇接受法制教育。广播一停，教室里就炸开了锅。一张张鲜嫩的脸蛋全都泛着血红的色泽，连平时温吞得三棍子打不出一个屁的赵家小四都兴奋得咧着嘴笑。

许歪歪的情绪在放学路上都还高昂，他搓着手说：“明天不看宣判，直接去刑场，选个好位置，老子这次一定要近一点。”金卯卯朝后面踢了许歪歪屁股一脚，说那个有屌看法，还不是一枪一个。许歪歪回头，说你狗日的明明就是怕了，不敢看。

接下来几乎没有言语，两人就开始掐架，目露凶光，你来我往。王荣贵坐在路边，眼睛盯着地上一堆蚂蚁。这样的场景他看够了，两句话不投机，说干就干，绝不拖泥带水，绝不手下留情。他也劝过，屁用没得，惹毛了自己还会挨上几记糊涂拳。后来他就不劝了，在一边观战。再后来连观战都没了兴趣，打来打去就他妈那几招，哪有降龙十八掌那样激动人心。

三只蚂蚁把一截干枯的蜻蜓尾巴搬进洞子后，地面上的武斗才消停下来。看起来双方功力相当，一个眼睛瘀青，一个嘴角流血。应该都是外伤，两人的功力还达不到震伤对方经脉的境界。两人过来在王荣贵两侧坐下来。先喘了喘气，金卯卯擦干嘴角的鲜血，嘀咕："敢说老子胆子小。"许歪歪面部痉挛了一下，眼部的重创影响到了口齿，话语变得含混，"老子就说你胆子小，如何？"

猛地立起身，金卯卯一字一顿说："好，今天我们就搞个猖狂的，谁不参加就是胆小鬼。"

许歪歪头一偏，"老子怕个屎。"

黄昏依旧血红，像张无边无际的血盆大嘴。三个人摸进望乡林，高一脚低一脚往前赶。林子里藤蔓很多，深深勒进那些高大的乔木，编织出了一张密集的网。最要命的是火棘树，全身都是密密麻麻的老尖刺，又长又硬，一不小心，就能在身上给你戳个大洞来。

地上还有焚烧过的纸钱印迹，三炷香只剩下短短一截。草席卷得很紧，把骇人的真相裹得很结实。

三人交换了一下眼色，金卯卯一咬牙，过去蹲下来，身子前倾，脑袋后仰，双手抖抖索索解开草席上的塑料管。席子慢慢展开，像是翻开一本恐怖的画册。黄昏的最后一抹光亮刚好从树林的缝隙里投下来，照在那张肿胀的面孔上。三个人慢慢凑上去，目不转睛地盯着那张面孔看。看得很认真，很入迷。刑场上的那些面孔比这张更鲜活，但是没有机会让你如此细致地观察。枪响得很快，身体仆倒得很快，相机快门很快，收拾尸体的动作也很快，你只能有一个囫囵的大概，没有细细审视带来的这种心潮澎湃。

光线一点一点湮灭，恐惧也一点一点跟着湮灭。最后只剩在心口怦怦乱跳的新奇。将席子裹好，三人合力抬起，全然不管那些瘮人的斑茅草、锯锯藤和火棘刺，胸腔撞击着高亢的回响，每个毛孔都喷发着激昂的音符。

跌跌撞撞上到马路，黑夜占领了一切，天地间只剩下薄薄的一层微光，像是黎明前撕裂的一道缝。连喘气的想法都没有，金卯卯就开始安排，他把嘴凑到两个人耳根边小声说话，像是怕地上的死人把秘密偷听去了。两个人听完，应一声，跳进林子里。没多久出来，手里多了一根弹弓样的树杈。抖抖手，深呼一口气，金卯卯过去掀开席子，闭着眼把棺材匠的女儿从后面搂起来，对两人喊了一声可以了。两个人皱着眉过来，把树杈伸到女娃腋下，另一头在地上固定好。金卯卯慢慢松开手，发现没有完全固定，又钻进林子找来两根，一前一后叉住，女娃终于在淡墨黑的夜幕下站住了。

一切进行都飞快，像一场闪电战。此刻，三个胜利者坐在离女娃不远的土坡上，得意中夹着沮丧，后怕里跳着兴奋。心情和不远处老鸦的叫声一般迷离和复杂。

这不是结尾，激动人心的还在后头。

远处有马蹄声传来，那是邻村的驮队。驮队驮的是煤，无双镇附近几个镇子都不产煤，运煤的驮队要去到很远的地方，天亮出发，天黑归家。

驮队的头马远远就显得焦躁不安，主人以为它偷懒，屁股上狠狠甩了两鞭子。那马像是不服，回头对着主人一阵低声嘶鸣。看着逐渐稀薄的光亮，主人急了，马鞭不停地在头马身上抽。马儿甩开蹄子一阵飞奔，在不远处忽然发出一声骇人的哀鸣，前蹄高高抬起，掀翻背上的煤垛子。回身撒开四蹄飞奔而去。主人呆呆看一阵，才慢慢凑上前，他想知道到底是什么吓着了马匹。

“诈尸了！”一声惊叫，主人跟着马的方向奔逃而去。

对于土坡上的三个人，这才是游戏最快乐的部分。他们在黑暗里使劲憋着笑，等到马队的人逃得远了，笑声一下就豁亮了，仿佛黑夜里绽开的一簇鲜花。

把尸体搬回原地，三个人才觉得饿了。

二十一

粮站站长披衣散带，迎着晚霞走在马路上。一股风在他身后，打着旋儿追着他。他步点均匀，脸上挂着单薄的忧伤，在高低不平的泥路上起起落落。飘到胡四姑门口，他停了下来。四姑正站在院子边筛黄豆，她没有招呼，她知道，站长又要说大毛托梦的事了。

深呼一口气，站长开始把扣子一颗一颗扣回去，还捋了捋衣角。然后他对胡四姑说：“四姑，我遭抢了。”

四姑停下活，狐疑地看了看站长，说他叔，你又说胡话了。站长摇摇头，眼神清澈，说：“棺材匠家大崽子干的，一共抢了我一百七十三块六毛钱，”捞起袖子，露出光丝丝的手腕朝胡四姑晃晃，又说，“还有手表，上海牌的。”

放下簸箕，胡四姑跑过来，焦急地说：“他叔，这话可不能乱说，你亲眼看见的？”站长得意地笑笑，“狗日的蒙着脸，被我扯下来了，当时就慌了，杀了我一刀。”“动刀了？”四姑问。站长撩起衣服，肚子上有条浅浅的血印子，伸出指头沿着血印拉了一道，站长说：“下刀的时候手软了。”

“报案了？”四姑问。

站长嘿嘿笑两声，“阮全安正猎狗样地满镇子抓他呢。”

正说话，那台破吉普车从远处卷起一阵尘烟噗噗跑来。嘎一声，在两人身边站住了，黄烟一口把路边两人吞掉了，半天才吐出来。胡四姑拂了拂头发上的灰尘，朝阮全安吼：“一个镇子都让你给整得乌烟瘴气。”车里斜出一颗滚圆的脑袋，阮全安往地上啐了一口痰，黄颜色，像泥浆，擦净嘴角说：“我哪有那本事，把镇子搅得乌烟瘴气的是小矮子这狗日的，今天中午又把郎家抢了，一天抢两次，死定了。”

阮全安到了棺材匠家，才发现院子里已经聚满了人。抖抖身上的灰尘，阮全安扒开人群，挤到屋檐下，一眼就看见了蹲在墙根下的棺材匠。

“有本事哈，养了一个绿林好汉，”阮全安笑笑，随即收起笑，换了一副严肃面孔说，“娃儿在哪点？你最好老实说。”

棺材匠面无表情地摇摇头。

阮全安回头看了看院子里的人，朗声问：“有谁见着抢劫犯了？”

没人说话。阮全安扭回头，盯着棺材匠，一字一顿说：“包庇罪犯，是要坐牢的。”抽抽鼻子，棺材匠说：“我家娃娃我晓得，不会干那种事。”阮全安咧着嘴冷笑，指着粮站站长说：“你问他是不是你娃儿干的。”

站长没说话。

慢慢站起来，棺材匠说你把我抓走吧，我愿意替他抵罪。

“你狗日的就是个法盲，你以为是分粮食可以代领啊，”阮全安拿手隔空狠狠戳着棺材匠骂，“交出来，法律会给他一个公正的。”

人群里忽然一个老迈的声音说：“公正？卵正，还不是一枪就给毙屎咯。”

阮全安回头一看，是陈述命，斜靠着一口白棺材，翻着白眼喃喃自语。

“陈老者，乱说话是要负法律责任的哟！”阮全安语气坚硬。

嘻嘻一笑，陈述命露出一口黄牙，伸出两只干枯的手说：“来，抓我去枪毙，老子反正活够了。”阮全安没理会，扫了一眼众人，他朗声说：“乡亲们，镇子上出了抢劫犯，大家应该同心协力把他揪出来，就像上次逮金大毛那样，这次——”话音未落，痨病鬼媳妇冷言冷语说：“揪出来给你们枪毙哈！”周围一片附和。

“好，”阮全安说，“帮不帮忙无所谓，明天县上就会派来大队人马，到时候狗日的就是藏在坟堆里，照样把他揪出来。”

看着吉普车去远了，棺材匠眼泪就下来了，四顾了一周，他说：“婆娘还在医院头，麻烦大家先不要把这事跟她说。”说完走到院子里，扑通跪在站长面前，说我对不起你，他抢了多少我会替他还上。站长慌忙伸手把地上的捞起来，说狗东西还算有良心，动刀子时还手下留情了。

棺材匠踉跄着来到医院，王明君刚给婆娘输完液。见棺材匠进来，王明君说得马上送省城大医院手术，晚了就危险了。摇摇头，棺材匠说实在凑不齐那样多钱。把棺材匠拉到门外，王明君正色说：“必须马上手术，她扛不了多久，我知道她这病，如果你同意，老子可以试一试。”

“有几成把握？”棺材匠问。

略一沉吟，王明君伸出一个指头。

棺材匠本就灰白的脸更灰白了，摇摇头，他说还不是一个死。

“死马当作活马医。”王明君说。

迟疑半天，棺材匠说：“我问问婆娘吧，她要同意，我不阻拦。”

折进去坐在床边，棺材匠抹了一把泪，女人的模样实在揪心，虚弱得像只刚出壳的鸡仔。棺材匠把王明君的意思说了。女人笑笑，说做可以，你答应我一个条件。棺材匠点点头。“做个匣子把姑娘埋了。”女人说。

棺材匠呜呜大哭。

女人说了两句就开始喘，过了好一阵才缓过来，扯了扯男人的衣服说：“明天一早你就去，记得给姑娘换身干净衣服。”

二十二

魔鬼老爹一夜未归，王荣贵觉得奇怪。

吃完老娘煮好的面条，王荣贵挎着书包出了门。经过医院办公室，王荣贵踮起脚尖朝里面看了一眼，门虚掩着，老东西不在，衣服搭在墙角的柜子上。

眼睛骨碌碌转了两圈，王荣贵决定从魔鬼身上拿点钱。他觉得这样做不仅理所当然，简直就是为民除害。他转进屋子，轻轻走到柜子前。顺利得很，两张五块，上面拿着炉钎的工人叔叔硬是可爱。把衣服放回原处，王荣贵还想偷几个有凸点的气球，老东西的气球就放在这个柜子里。

拉开柜门，王荣贵长吸了一口冷气。

一个长长的玻璃瓶子，装满了水一样的东西。瓶子里头，悬浮着一颗人心。人心很小，紫黑色，被切开了无数个口子，像朵妖艳盛开的黑牡丹。把瓶子抱出来放在桌子上，王荣贵转了一圈。他想这颗心跳动的时候该是什么模样呢？把手贴在自己胸口上，他感觉到了心脏正跳动着，砰砰，砰砰，干脆有力。

惊慌失措逃出来，跑了好远才定下心来。在路边一块石头上坐下来，王荣贵长舒了一口气。还好，那颗心还在，证明老东西嘴巴还不算馋。

今天李学儒老师像是丧了考妣，一张脸从早晨一直黑到傍晚。三个娃娃跪在讲台上，本来想说点悄悄话，看了看李老师的脸色，都不敢吭声了。最后一节课，李学儒宣布，明天全班照常上课。许歪歪举手，站起来说学校通知了的，明天去看枪毙人。李学儒一瞪眼，脸更黑了，说枪毙人有什么好看的，不许去。许歪歪咕哝：课又有什么好上的。李老师耳朵没有和岁数一起老去，听得很真切，几步跳下来，揪住许歪歪耳朵，拉到讲台上，厉声吼：“明天谁要敢去看枪毙人，老子扒他的皮，抽他的筋。”

“还喝他的血呢！”金卯卯小声嘀咕。

李学儒的独断葬送了一次享受火药味和血腥味的好机会。放学路上三个人都耷拉着脸，金卯卯建议，去望乡林找三塘菌。自从有了上次激动人心的经历，大家都觉得从心底彻底征服了这片神秘而恐怖的土地。没人有异议，齐迈着坚定的步伐往望乡林出发。

沿着山形螺旋而上，三个人被尖刺拉挂得血迹斑斑，一直爬到山顶，除了找到几堆瘦小的白骨，连三塘菌影儿都没见着。山势高而陡，站在顶上，一个庄子都在眼底，这样村子就没有秘密了。远处的斜坡上，几个人在烧山灰，袅袅的烟雾一伸头，就被风扯地得稀烂。近处的林子里，阮全安正带着八九个县上来的公安沿着溪流搜寻抢劫犯小矮子。

“老子就不喜欢阮全安那个鸡巴样。”金卯卯说。

王荣贵和许歪歪点头说我也不喜欢。把书包扔在地上，金卯卯说骂这狗日的，反正我们在高处，他也逮不到我们。相互望望，另外两人点头。

双手拢嘴，金卯卯声嘶力竭：“阮全安，我日你家十八代祖宗。”

王荣贵：“阮全安，我日你家三十六代祖宗。”

许歪歪：“阮全安，我日你家所有的祖宗。”

山下搜寻的队伍停了下来，带头的驻乡民警侧着耳朵听了听，山风很大，影响了信息接收，一直到所有祖宗都倒霉了他才听明白。阮全安脸色大变，抬头四处搜寻和他祖宗过不去的小崽子。看了半天，只有莽莽苍苍一片，不断重复的骂声跟着山风飘来荡去。

“是哪家娃儿？”阮全安大声吼，“有人养没人教的报惨儿。”

中气很足，声音越过古树老藤、野花枯枝，重重撞在对面山壁上，又反弹回来。

暮色渐渐四合。三个人骂得口干舌燥，开始阮全安还反击。双拳终究难敌四嘴，最后阮全安歇了火，游戏趣味就打了折扣。骂声消逝，山风开始活跃，鼓着劲把一个林子摇得偏来倒去。下山的路越发艰难，金卯卯带路，走着走着就没了方向，望来望去，四处都一个样子。他也不敢说，硬着头皮带着其余两人在林子乱窜。

一轮满月悬在头顶，看起来离地很近，仿佛一伸手就能捞着。三个人又冷又饿，林子深处那些不知名的东西发出奇怪的叫声。许歪歪先哭，王荣贵第二，金卯卯一直憋着，憋到从脖子里捞出一只毛毛虫，终于憋不住了。三个好汉围着一棵树，痛快淋漓地哭了一场。哭不顶用，哭完了还得走。月光冷漠地朗照，六条腿在林子里熟面条样的，毫无方向地晃荡。

起雾了，从山脚下慢慢升腾。胸中的绝望也在升腾。

金卯卯抹掉眼角的鲜血，伸手扒开一丛高大的斑茅草。他差点没叫出声来。银色的月光下，一方熟悉的草席被一团淡雾包裹着，像是被一团祥云托举，正飘向很远很远的地方。他双脚一蹬，越过斑茅草，对身后两个形如游魂的同伴喊：“找到她了，这下我记得出去的路了。”

团雾慢慢散开，三个人围在草席边，目不转睛盯着恩人看。

忽然听见许歪歪一声喊，“快看。”

循着许歪歪的手看过去，淡淡的月光下，一丛乳白色的蘑菇正安静地绽开。

金卯卯过去蹲下来，伸手摘了一朵仔细看了看，说：“三塘菌。”

三丛菌落，呈品字形分布在草席的周围，在白色的月光下恣肆地疯长。

二十三

女人扒在门边，眼泪在眼眶里打转。

一口火匣子摆在墙根下，浅白色的杉木，弯弯曲曲的木痕像是难以愈合的伤口。火匣子其实不算棺材，它没有棺材那样多讲究，几块木板胡乱拼合起来就成了。胡四姑和痨病鬼婆娘扶着女人，说着安慰的话语。棺材匠又捧出一套崭新的衣裤，小碎花的，站在女人面前，抖开。女人上下打量一番，点点头，说大小差不多。

把火匣子往肩上一抡，棺材匠说我去给姑娘收拾，你要听王医生吩咐，不要死，你要死了，我就真的家破人亡了。女人闭着眼点点头。睁开眼，棺材匠已经去得远了，脚板扑打着地面，激起一路烟尘。

把手术需要的东西挨个检查一遍，王明君叉着腰立在简陋的手术室里。他忽然有点心虚，这间屋子平时就是缝个伤口，挖个鸡眼什么的，这样庞杂的手术，还是第一次。为了保险，他专门从县城请来了自己一个同学帮忙，同学是搞麻醉的，听了他的计划，吓得脸都绿了，说你这样乱整，把人整死在手术台上咋办？王明君说不整肯定死，整了还有一点点机会，我和家属沟通过了，万一真给整死了，人家也不找麻烦。同学还是不肯，王明君就开了黄腔，骂完了说你就负责麻醉，其他事情我来，坐牢枪毙我去，不关你屎事。

麻醉完成，同学对王明君点点头，王明君深吸了一口气，拉下口罩，从裤袋里掏出那个锡质的扁酒壶，咕噜咕噜灌了几大口。同学眼睛瞪得斗大，问你这是干啥呢？王明君说壮壮胆。同学摇摇头，说别说是人，就是一只鸡，老子也不放心给你治。

喝完酒，王医生还要先热身。方式是做一套广播体操里头的扩胸运动和体转运动。做完，两手互握，十指交叉，反过来往前一推，骨骼咯咯炸响。拉上口罩，王医生对同学说：“死活就这一买卖了，不要分心。”

切开胸腔的时候，棺材匠回来了，一脸怒气。跟在他身后的，还有驻乡民警阮全安。一堆人守在手术间门外，彼此小声地交谈。棺材匠一进来，手里的锄头往地上用力一掼，悲愤地喊：我姑娘心都不见了。所有人都吓了一跳，眼睛齐齐看着棺材匠。

“有这样长一条口子，胸口上，把心挖走后，又给缝上了，”棺材匠泪涕齐流，“天，这地头哪会有这种事情。”

“哪个干的？”胡四姑问。

棺材匠不说话，只是哭。阮全安微笑着，胸有成竹上前一步，拿手往手术室指了指。

"阮全安，不要乱屎说哦。"陈述命嘶哑着说。

阮全安慢慢摊开手，手里一团线。"只有医生才有这种东西。"阮全安慢腾腾地说。

重新操起地上的锄头，棺材匠猛地冲到手术间门口，怒喝一声："王明君，你狗日的给我滚出来。"胡四姑几个见这阵势，慌忙跑过去把棺材匠架住。

"你婆娘在手术呢。"胡四姑说。

"老子不管，老子要活劈了这天杀的。"棺材匠拼命往里奔。

门推开了一条缝，王明君伸出半个脑袋，额头上有点点血迹。

"我姑娘的心是不是你挖的？"棺材匠咬牙切齿地问。

王明君点点头。

阮全安上来，说你这是犯法的，出来跟我走。

抹掉口罩，王明君眼睛一瞪，低声吼："都他妈给老子滚远点，等我完事，要抓要拷再说。"

他眼神犀利，仿佛一柄利剑，棺材匠和阮全安都退了出来。

医院院子很快安静下来，只有棺材匠的啜泣声。

几只麻雀先是在屋顶上低飞，慢慢没了惧怕，从高处落下来，在人群周围跳来跳去，时而低头啄石板缝里伸出头的青草，时而仰起脑袋叫唤两声。一团云从屋顶飞快掠过，刚开始还稀拉，跑出去没多远，就抱得死死的了。

摸摸肚子，痨病鬼婆娘对胡四姑幽幽说："我觉得是个女娃。"

四姑浅笑一下，问："肚脐眼是凹进去的还是凸出来的？"痨病鬼婆娘撩起衣服看了一眼，有些羞涩说："凸出来的。"

"十有八九是个男娃娃。"四姑说。

"你咋这样肯定呢？"

"我抱出来的娃娃比你见着的娃娃还多呢。"四姑说。

时间浓稠，淌得比糨糊还慢。

嘎一声，那道门总算拉开了。先出来的是王明君的同学，脸上带着笑，左右扫了扫，说做成了。一阵抑制的欢呼。县城来的医生又说："王医生取了娃娃的心脏，没有恶意。"

大家看着棺材匠，棺材匠站起来，抹了一把鼻涕，说："挖了一个，救了一个，扯平了。"

众人的脸色一下舒展开来。

阮全安上前一步，笑一声，说："扯平不扯平，这得法律说了算。"

陈述命嗤鼻。

从屋里出来，王明君一脸疲态，掏出酒壶灌了两口，他得意地说："我婆娘说我最多能割个阑尾，这下总算让她开开眼了。"阮全安上前，说乡里乡亲，我也不上铐子了，跟我走吧。王明君点点头说："老子最怕你那辆破烂车了。"

刚准备走，胡四姑侧身拦住阮全安，说："人家棺材匠都不追究了，你阮全安凭什么抓人？"阮全安指着胡四姑，神情严峻地说："我不能让无双镇有一个坏人，这是我的职责，你懂不懂？"

荣贵老娘闻讯赶来，跌跌撞撞冲到王明君跟前，一巴掌甩在男人脸上，"憨包逼，没事就琢磨救这个救那个，这下好了，把自家琢磨到班房里头了。"王明君说："号哪样？老子一没杀人，二未越货，关几天，出来老子照样当医生。"王医生一吼，疗效显著，女人止住了哭。王明君轻言细语说："我走这几天，你要看好小荣贵这狗日的，整天猴跳舞跳的，不要让他惹事。"

走出去几步，王医生回头郑重地对荣贵老娘说："记得送饭。"

阮全安推了王明君一把，说："饭就不用送了，牢里头有。"

两个星期后，判决书就下来了。王明君犯盗窃罪，判处有期徒刑六年。

二十四

老天不佑，连续四个月，一滴雨没有，无双镇成了透透的干草堆，仿佛放进手里搓一把，就能把一个镇子点燃了。地里的庄稼没能挺过来，苞谷刚收浆，眼巴巴等雨，结果雨水没来，全都成了枯棒子。就连那些有大树荫庇的杂草，也在干旱四个月后大片大片枯死掉了。

焦黄排山倒海，以吞噬一切的架势张牙舞爪地朝天边蔓延。每个人都像是被榨干了水分的肉干，匍匐在烟尘弥漫的土路上。目光上上下下，全是无奈和焦渴。

路边的平地上，三个娃娃围着一瓶酒。许歪歪先提起瓶子灌了一口，把瓶子递过去，金卯卯也喝了一口。瓶子转到王荣贵手里，他盯着瓶子看了半天，眉头一皱，仰头把烧酒吞去长长一截。一瓶酒很快见了底，三个人有些漂浮。去学校的路变得极其怪异，忽高忽低，像不断蠕动的虫子。

推开门，李学儒在讲记叙文三要素：时间、地点和人物。李学儒说，写好记叙文的关键，是要学会观察生活，要善于发现生活中那些鲜活的细节，通过细节发现这个世界的真善美。

许歪歪喊了一声报告。

李学儒卸下老花镜，点点头，往讲台中间靠了靠。他给三个人腾位置。

金卯卯先进来，到了讲台边，拐了一个弯，朝自己座位去了。王荣贵看了一眼许歪歪，两个人也跟着拐向自己的座位。

"你们搞哪样？"李老师问。

金卯卯打了一个响亮的酒饱嗝，表情诡异地看着班主任，一字一顿说："我坐着听课，不行吗？”

愣了片刻，李学儒把眼镜架好，撇撇嘴，点点头说：“当然可以。”

李学儒接下来说，要警惕作文跑题，跑题就相当于走错了路，写得再好，都是零分。

放学了，三个人没有回家，他们爬上医院长长的围墙，惊险万分地在围墙上行走。王荣贵指着围墙边上一间屋子说：“这是医院的停尸间。”其余两人耸了耸肩膀，速度快了很多，都想赶快穿过去。

还没越过停尸间，三个人都停住了。通过屋檐下的通风口，他们看见停尸间的水泥台子上坐着抢劫犯小矮子。他端着一碗饭，大口大口吃着。红光从通风口射进去，正好照着他手里那个碗。碗上一轮红日，冲破万丈霞光，正冉冉升起。

王荣贵喃喃地说：“我日你妈，那是我的碗。”

有歌声传来。

陈述命踩着一地金黄从远处走来，身体前倾，像是要熔化进那片无边的血红。

他唱道：

天地玄黄。
天地玄黄。
草长了，枯黄了。
下雪了，封冻了。
生了，死了。
病了，痛了。
来了，去了。
摔倒了，跌破了。
看到了，遗忘了。

三个人骑在围墙上，呆呆地看着陈述命远去的背影。他们讨论了刚刚播完的电视剧。欧阳锋疯了，黄药师走了，洪七公归隐了，老顽童不知道跑哪儿去了。还有郭靖，和他的蓉儿去桃花岛过安生日子去了。三个人对结局不满意，恶声恶气骂了一回写书的人。日你妈，最起码欧阳锋得死吧。

王荣贵在墙上晃着两条腿，嘴角还有笑。现在他对老爹会轻功这事深信不疑，他觉得老爹也许会在某个晚上回家。

牢房算个屁，老爹一纵身就能飞出来。

（原载《中国作家》2013年第7期）

2013年

肖　勤

在重庆

一

打雷喜欢去央央的陶艺吧，一是打雷喜欢玩陶泥水，二是便宜，打雷明白，精力对年轻人来说是个好东西也是个坏东西，好的是怎么累也累不垮，坏的是空闲时旺盛的精力会变成一条拴不住的狗，不咬自己就要咬别人。陶艺吧这个地方可以把躁乱的精力消耗掉，何况陶泥这东西，像有风有月亮的夜晚里姑娘的脸庞，糯、瓷、光滑、饱满。

在陶艺吧的常客们看来，打雷玩陶艺简直就是暴殄天珍，央央给打雷准备的陶泥是养得最好的，用重庆话说，"醒"得很巴实，要多好有多好。但这上好的陶泥到了打雷这种人手里注定只能是一堆的稀泥巴。不过，看着一米八的个头、相貌憨厚却又帅气的打雷在拉坯机前龇牙咧嘴地和一堆软得扶不上墙的"烂泥"搏斗是件很带劲的事。所以，只要打雷一进陶艺吧，屋里的气氛就会立即变得亢奋无比，大家都开足了马力想象打雷今天会捏出个什么形状惨烈的东西来。

你娃真是呆惨了。央央每次把打雷的作品烧好拿出来时都感叹不已，不不不，简直是创意惨了，想想伟大的河姆渡人做的碗——你娃比河姆渡还河姆渡。

打雷喜欢听央央浓厚的重庆话，像秋千一样忽上忽下，又像歌儿似的尾音悠长，扯得人心尖尖都在跟着飞。打雷也喜欢重庆这个城市——尽管这里的夏天热得死人。

打雷老家在定边的毛乌素沙漠一带，一年下不了五场雨，老家人习惯了走路和人比慢、说话和人比少——路走多了要出汗，说话多了要口干，都是要耗水的。水太贵，旱得厉害的时候，水贩子跑到村里来一桶水卖五十块钱。地里一年的收成还不够买水。娘生打雷那会儿，家里的水窑已经一滴水都没了，正愁，天上轰隆隆打起雷来，所有的人都激动得跑出屋去抻着脖子望天，等回屋低头再一瞧，打雷已经生了。

他爹挠挠乱糟糟鸟窝似的脑袋，兴奋地说，就叫打雷。

水金贵的时候，大人娃娃刷牙就只能走过场。那年冬天，和打雷从小一起长大的大花朵从银川读书回村，隔着老远的沙堆子就撒开了腿野兔似的跑来，凑到打雷跟前见面时亲得跟一个人似的，大家看了也不觉得怎么，在村里看来，打雷十七大花朵十八，早过相亲的年纪了。

可是傍晚打雷在长满沙打旺的山坡上亲大花朵时，大花朵却犹豫地嘟囔——味恁重！

打雷窘得脸都青了，掉头就跑，白天晚上晚上白天老绕不过那坎。打雷自小肠子脆，听人唱个花儿都动不动流泪，娘叹气说，算是完了，这么个糙地方，这么嫩个娃，怎么活？大花朵也是，才念个大学嘛，你假个什？等两年，打雷也念大学了，有的是水刷牙。

娘怄的时候，没料到打雷的心气那么高，隔没几天，打雷偷了娘藏在棉袄里的两千块钱逃出了村子，他没脸再见大花朵了，也再不想在这个漱口水都没有的老家待了。可是去哪儿打雷有点懵，到了县城，在车站售票处，几个老汉巴巴地听着个年轻小伙子天上地下地吹牛，说肯定是三峡水库那啥的影响了气候，把个重庆整出了龙卷风，跟着就有人说对对对，前段时间听说下大雨了，一下就是七八天。

我的个娘，打雷把脑壳想爆了也想不出“一下就是七八天”是个啥景观。一激动，便天南地北地晕到了重庆。

老天爷对打雷真是好，刚走出重庆火车站，他就遇到了一场名符其实的暴雨。看着行人惊叫奔跑的样子，打雷站在雨里激动得嘿嘿傻笑，雨水顺着皮肤淌下来，多年没浸透过的身子像是有层皮跟着给涮进了路边的水筛子，舒服得他直哆嗦，他昂起头张开嘴，大口大口吞着雨，又咕噜咕噜地涮腮洗牙。

央央给的陶泥，捧在手心里湿湿的凉凉的，也很舒服，舒服到心里去，打雷捏着它，泥就从手指间溢出来，又软又细，像大花朵的腰——那会儿因为刚干完活儿，大花朵出了一身细汗，打雷摸到那把腰时，大花朵忍不住叫唤了一声，湿漉漉的皮肤紧张得直冒沙米粒儿——就跟这陶泥一样。这感觉打雷跟央央说了，央央愣半天，嘴角一歪笑了，说流氓。打雷很冤枉地说我不是流氓，我没干别的其他事。

央央过来了，夸张地学着电影《人鬼情未了》的样子，从打雷背后伸出手，帮打雷拉坯。打雷个子魁梧，背厚，央央手不够长，满月一样的胸便紧紧贴住了打雷，但央央没注意这个，一心在泥上。

这样弄！你娃莫浪费我的心血，呆惨了你。

打雷不自在，腾开身子抹一把泥在央央脸上。

央央眼一瞪，接着就大声笑起来，笑得整个屋子里的人都看过来。

今天姐请客。央央叉起腰站在屋子中间，一人一杯炒冰。

啥子喜事哟？有人问。

央央一把揪过打雷的头，杵在她丰满的胸前。央央说，姐我喂了大半年塘子，终于钓到一条鱼。刚才打雷说——他爱我。

哇哇哇，屋子里响起一片尖叫。

重庆啊重庆，打雷吓得闭上了眼，这个装满美女和辣椒的城市太他娘雷人，他一句话没说，怎么就爱上了。

二

有人被幸福了，打雷是被恋爱了。其实打雷心里也有点喜欢央央，想想她汽水瓶似的小样儿，身形都还没长舒展开来，居然能把个陶艺吧打理得脸是脸嘴是嘴，实在是能干惨了——这当然学的是央央的语气。但是打雷想不通央央喜欢自己哪一点，他就是个打工仔，当年他走出重庆火车站时，除了一身的雨水，就只剩下十七块钱，在繁华的解放碑，他像狗一样倦守在小吃巷里，见缝插针地帮人家倒泔水提啤酒箱，只求有碗粉面塞肚皮，直到遇到歪哥。歪哥看上了打雷，在歪哥眼里，全天下找不到比打雷看上去更老实的人，毛乌素的沙赋予了打雷独特的魅力——黑黑的脸、黑黑的眼、黑黑的头发、木木的笑，让人觉得这孩子特实诚憨厚。加上打雷魁梧，一米八的个头，像打手。

歪哥让打雷当他的搭档。码头、公园、火车站地下通道、商场门口，雨天人行道拥挤时，歪哥会弄些中药水渣和碎瓶子在黑塑料袋里，带着打雷尽往人群里钻，遇到提着大包小包的人就去挤，哐一下，歪哥袋子里本来就碎了的瓶子就会叮当响，歪哥就拉着人家哭，我妈得了癌症，好不容易我哥俩一千块买了瓶偏方药水，让你给弄碎了，得赔。

晴天时，歪哥就带着打雷去批发水果，用板车推到火车站或者汽车站卖，四五块钱一斤的水果，他用纸壳写上三元或四元，插在水果堆里，一看就比别人便宜得多，等人买后才他才抽出纸壳，下面写着“半斤”。人要闹，他就往牛高马大的打雷身边一靠，说怎么的，有想法啊？

傍晚吃了饭，歪哥会带着打雷出去瞎逛，走到哪里是哪里，专挑等公交车的闲人打赌，让人家心里任意想一个数字——歪哥说，你把那数吞进肚子里，别告诉我，然后用它乘以六百六十七，好了哥们，现在听好，如果你肚子里的数是三位数，你就把得到的积最后三位数告诉我，如果是两位数，就把积的最后两位数告诉我，不出一分钟，我就能够猜出你吞在肚子里的数是啥子。

没人相信歪哥会成为他肚子里的蛔虫，反正等车无聊，一块两块打个赌也不碍事，特别是高中生，最来劲儿，有的索性公交车来了也不上，跟歪哥血战到底。

打雷每次都瞪目结舌地看着歪哥不停地收钱收钱收钱，再看着掏钱的人最终瞪目结舌地上了公交车，边上车边朝歪哥看，那眼神像看到了鬼似的。

打雷也和歪哥试过几次，试得全身的汗毛都竖起来了，不论他想的那个数是什么，歪哥都猜得出来。

直到打雷离开歪哥，都没有搞懂是怎么回事。

歪哥搓着烂脚丫，不告诉他，说，你娃儿面相和我不一样，我是命中只有八升米，走遍天下不满斗，你有福相。我晓得你为什么不想和我混，你有志气，也瞧不上我们这行当，所以我得留个什么东西，让你一直记得我。其实骗子没什么不好，抢不如偷，偷不如拐，拐不如骗。我们是运用智慧与残酷的命运对决，骗人三块五块的，总比往奶粉里加三聚氰胺、往海椒里加苏丹红的人强一万倍。

打雷还是走了，他从那么远的地方来，不是为了在这个小码头当骗子。人要脸，树要皮。打雷说，我不想一辈子干这个。

拿脸来做什么？歪哥呸一口痰，脸又不能当饭吃。

离开歪哥没多久，打雷做了楼盘销售员。

对央央的爱，打雷满腹生疑，央央是闹着玩还是有什么阴谋？每天筋疲力尽回到“家”后，打雷洗脚时都会不自觉地幻想，难道自己是一个落难的王子，自己都不清楚身世，却被阴险的女巫央央发现了，等着拿他换荣华富贵——天方夜谭不是？

天上不会掉馅饼，歪哥警告过他，要想不受骗，很简单，记住四个字就行了：不贪便宜。

他谨慎地和央央交往，并不时回忆各个环节，生怕自己成了只野兔，落入猎人套子里。

而且，他心里还住着大花朵。

楼盘销售是件苦活，整天忙着带人看房，广厦千万间，看房子的人任你说破了喉咙，他眉毛也不动一下。

都是谍战片惹的祸，买主一个个学得像隐蔽战线上的地下党员，你暴风骤雨，他波澜不惊——眉毛一扬，黄金万两，再想要的房子，也不能显出想要的形儿来。

刚入行的时候打雷拿他们没办法，说着说着自己先泄气了，可怜巴巴地站在那里，手足无措。

后来打雷想起了歪哥，“走北京，跑天津，买的没有卖的精。”歪哥能让天上飞的鸭子自动跑到锅里来，他比歪哥多读三年书，不可能输给他。失败过后，打雷开始观察顾客，渐渐地他发现，买房子的人看着都很有主意，其实那个主意很摇晃，能不能搞定他们，还得靠心理战术，另外得要嘴皮子——所谓人话不听听鬼话，要跟这群顾客打交道，就得以诡制诡。

于是打雷调整了战术，到旧书交易市场买了不少风水学地理学厚黑学的书回屋学习——打铁要靠自己硬。

轮休的时候，公司里的年轻人喜欢约去喝酒吃火锅，打雷不去，他不是回族，但在村子里他没见过喝酒的人，看着他们那样喝酒真是罪过。推了他们，打雷便去市里别的楼盘转，打雷随身有一小本儿，哪个楼盘前面有变压箱、哪个楼盘侧面有网络公司，哪个楼盘在菜市场或医院的哪一面……他会仔仔细细记下来，地形复杂的就配上图——菜场画棵大白菜，医院画个十字架，公交车站画个长方形，量贩KTV画个高跟鞋，幼儿园画个小脚板……鬼画符似的。看完地形，打雷也不急着走，反正在这个城市他是光棍一个，时间一抓一大把，打雷接着干什么？吹牛——跟附近闲着摇蒲扇的老太婆们吹牛，专引她们说老重庆的故事，这个地方啊，以前怎么怎么的……

转完以后，打雷心里就有了主意，那时候打雷还是一颗星。

现在打雷已经是五颗星销售员了，走路说话的样子越来越中看，本来个儿就高，脸盘子又端正，加上眼下时兴的小麦色皮肤，偶尔过商场，看到玻璃橱窗里的那个小伙儿，打雷自己也很满意。他的学习范围已经从山寨版风水学到专业的周易，再到希腊神话的十二星座，外加品牌文化和现代营销学，知识结构有点像湘菜辣椒配粤菜海参煮意大利面条加东北乱炖。

十八，诸事大吉。打雷出门前习惯性地瞥了一眼历书，打雷已经养成了注意细节的习惯，机遇就像列车，会出其不易出现在你面前，你不能到那时才赶去买票。

看房子的是个中年女人，一看就不好伺候，戴的紫边眼镜是香奈儿牌子，穿了低调的黑色长裙，但细眼人一看就知道质量上乘。看完这女人的行头，打雷暗自有了主意，这种人一上场不能太热情，太热情了她觉得廉价，不上劲。太冷又会不高兴，于是打雷在离她一米的心理安全距离处，不快不慢地介绍整个楼盘的情况。

女人板着脸，偶尔打量一下打雷，嘴角翘翘，似笑非笑。

打雷压着心头的不快，有钱女人看谁都像看叫花子或弱智，不就有几个破钱吗？

咱们这楼盘销量现在不怎么样。打雷突然说。

女人一愣，终于开口问，为什么？你不是说楼盘好吗？

好有好的度，不是谁都住得起这样的楼盘，说实在话，这楼盘讲究气场，命厚的添福，命薄的减寿。打雷故意激她，管她的呢，反正做不成这单子，不如赌一把。

哦……女人笑，冷冷说，说好也不是最好，听说香水榭那边也不错，离枇杷山公园不远，挨医院也近。

哦——打雷拖长了腔调，也学女人，斜眼看她。

女人警惕地盯着打雷，问，你哦就哦，拖这么长尾巴，什么意思？

打雷笑，大姐，我看你是讲究人，而且有气质，不像那些有了几个钱的人，俗得巴不得把钱直接缝成衣服穿，你这身多大气，还有眼镜，只有真正有内涵的人，才把钱花在眼镜上，香奈儿对吧？

女人咦了一声，说你娃儿是六月天树上的金啊子哦，啥子都晓得。

打雷嘻嘻笑，说大姐，我不是金啊子，我是叫花子，找一碗算一碗。只有拼命学习，才不落后，才有饭吃。

女人来兴致了，说不错，年轻人就是要吃得苦。我问你，你刚才哦什么？

大姐，我再跟你讲哈，那个楼盘我晓得，看上去是好，离医院又近，但是你看没有看那里的气候和风向？你说那个盘是在医院的下风口，你想想医院是个啥子地方？啥子细菌莫得？你每天一开窗子就漫进来一大团一大团的细菌，飘到衣服上菜汤里……你要是缺细菌，那里倒也合适。

女人生气了，说呸，你个娃儿怎恁说话。

大姐，我不是重庆人，我不太会和你们重庆人打交道，说得不好你莫生气了，但是真话不好听，好听不真话——那边尽编瞎话蒙你，你喜欢？

别以为我不晓得你那点小脑筋，尽说人家不好，巴不得人人买你的房，皇家水岸也比这里强得多喽。女人开始翻手里那本一直扫都没扫一眼的资料。

美女，我是个外地人都晓得，皇家水岸1949年前是个大土坑，丢死婴的地方，阴气重，住不得。

打雷喊这声美女喊得自己都头皮发麻，但显然女人爱听，居然笑起来，说啥子美女，老都老了。

美是骨头里的，跟年纪莫得关系，再说你也不老。打雷赶紧引女人走到窗边，很实诚地说，美女，我们这个楼盘呢，也不是哪个方向都好，比如隔壁那套就比这套好，我们过去看……你看，江那边望出去是不是有一个小山丘——那就是福龟，等着托你过河爬坡，西游记里头唐僧九九八十一难，也是遇了龟才最后取到真经的。这就是风水，你可以不相信，但风水这个东西不会因为你不相信它就不存在，它的影响是不会因你的主观意愿发生改变的。一命二运三风水，你们这种人，买栋别墅都没问题，但是要找个护家的楼盘不容易，弄不好山巅水倒的，要出问题。你要觉得我忽悠你，你自己再倒回前面那几个楼盘看看，或者请个风水先生过来帮你参考一下。

女人两眼盯着打雷，似笑非笑，站起身来。

打雷不着急，开门送客的时候轻声说美女大姐，找点钱不容易，你一定要多看几家哦。

凭他的经验，她肯定还会回来，因为她再过去看那两个楼盘，会发现自己风一吹就身上痒，或者是一进屋子就浑身发凉。

聪明跟拙笨之间，不过是一线之隔。都说聪明人不好对付，其实聪明人最好对付，他哪根神经最敏感，你专扯他哪根神经。

傍晚的嘉陵江边，江风又热又湿，央央听打雷说完早上的事情，吃吃吃地笑起来，饱满的身子抖个没完。

又抽筋了。打雷无奈地白了她一眼，他不明白央央哪来那么多快乐，笑笑就可以了，干吗动不动就哗啦啦哗啦啦地笑，潮水似的，挡都挡不住。央央越快乐，打雷心里就越打鼓，自己真正是被央央暗算了。

打雷不是个快乐人，脑筋好使的人同时大都是忧郁的——老天爷也搞买一送一。小时候打雷坐在房顶上，听学校广播里唱“牛儿还在山坡吃草，放牛的却不知道哪儿去了，不是他贪玩耍丢了牛，放牛的孩子王二小”。那时打雷才上一年级，还不知道王二小是谁，干了什么让大家怀念崇敬的事，可他却听着听着就趴在房顶上流眼泪。

娘担心得没错，多愁善感的肠子长在一个男人肚子里不是好事，何况还命中注定漂泊异乡。

不是，我突然发现，现在这空气……央央边笑，边神秘地说，这空气跟昨晚儿像惨了。

打雷差点没从大石头上摔下去。

昨晚儿出事了，打雷没憋住，央央吱哇叫着，打雷根本不敢开窗户，房间捂得又热又湿又闷，就像现在江边的空气。

早上一起床打雷就后悔了，觉得自己对不起大花朵。

你娃神经病。起床后的央央边洗脸，边瞄打雷，大花朵不知道都生了几个娃儿了。

央央这话让打雷更后悔。女孩子第二天这种时候应该是羞涩的，连看人一眼都脸红，央央却坦然得像是刚吃过饭或是刚打了个嗝，或者说，央央才是个男人，而打雷是个女人。

这是打雷第一次实战，打雷洗着脸，一颗心慌乱、空落落、委屈，他的躯体在亢奋中完成了升腾，精神却在发泄中莫名地坠落。

央央，打雷屁股一腾跳下石头，昂头看央央，那啥，我对不起你，咱们还是分手吧。

你开啥子玩笑哟？央央不笑了，紧张地看着打雷。

我说真的，我……不好。

你明明好得很。

我……没钱，没房子，我又不是你们重庆人。

我有啊，关上店，全世界都是我们的。

我不想吃软饭。打雷说，还有，我迟早要回老家去，房子、地、老人、猫啊狗啊泥巴啊坟啊树啊，都在老家。

你娃憨惨了，你走我跟着走就是。央央坐在石头上，拿两条白花花的腿紧紧缠住打雷的脖子。

你恁不开窍！我合不上你。

啥子意思？

你看吧——你像那拉坯机，旋得飞快，我像那疙瘩泥，稀里糊涂黏不住、跟不上，我们两个节奏不对。打雷铁了心要撤退。

这回央央没笑，板着脸，一双黑漆漆的圆眼睛瞪着他身后的江水。

江水浑浊，涨水了。黄昏的夕阳像一坨刚醒好的陶泥，讨好地挂在天水相连的地方。风吹来，又热又湿，的确似如昨晚的味道，可这味道还没散，打雷怎说变就变了？

我是当真的。央央一双眼火辣辣地盯着太阳。

我知道。打雷无力地反驳，昨晚搅浑了水，今天就想擦干脚跑路，太不地道。

太阳潜到江里去了，软绵绵的余光笼在打雷脸上，打雷有点迷茫，心里有个疙瘩打不开，疙瘩里头是大花朵——其实九年过去，大花朵的样子打雷都有点记不清了，但打雷闭上眼睛，想起大花朵时，榆树叶儿投下的光线是一闪一闪的，大花朵的黑睫毛是一闪一闪的，大花朵的笑也是一闪一闪的。而央央呢，一想起她打雷眼前就只有热腾腾的火锅、白花花的麻油蘸水和呼啦啦直转的拉坯机，还有满桌子皱巴巴的餐巾纸——央央一吃辣椒就流清鼻涕。

打雷是个从小听“放牛的孩子王二小”都会流泪的人，是个心里藏着迤逦的人，而央央纯直得不知道拐弯，一条道冲到底。他们两个就像心怀远大梦想的绘画师和弹墨刨料的勾墨匠碰到一起，你说你的，我说我的，真的不合路。

更何况，凭什么呢？凭什么央央会喜欢他？

央央犀利的目光和暮色一起暗下来。突然地，央央背上她米色的卡通斜挎包，气冲冲地跑掉了。

江岸长长，乱石硌脚，打雷一急，冲口而出，你娃慢点。

央央回过头，怒眉红眼的，手指着打雷一字一顿地说——你娃闭嘴，以后再学重庆话，见你一次打一次！打你回原形，滚回老家找你的猫儿狗儿泥巴树！个龟孙子。

三

星期六一大早，快递员送来一大纸箱，沉甸甸的。快递员递单子给打雷时表情古怪，直笑。

打雷打着哈欠，疑惑地看了快递员一眼，接过快递签收单。只见上面写着，寄件人：姑奶奶，电话号码137……，收件人：龟孙子，电话号码139……

打雷尴尬地在签收单上写下了自己的名字。

一样的。小快递挤眉弄眼地靠在门框上，我媳妇一和我扯皮，也叫我龟孙子。李打——雷？嘿嘿嘿，给你支个招，回她个快递，寄的叫“光打雷”，收的叫“不下雨”，请她饶了你。

这小不点挺有意思，看他个头不到一米六，小鼻子小眼睛挺讨人喜欢，没来由地，打雷揉着空空的肚皮说，我煮面条，早餐吃没？

没有。小快递喜出望外，两眼闪金光，猴精似的窜进了屋。

打雷大哥北边人？听你说话泥巴沙沙的。我喜欢你们的花儿，想亲亲想的那个……小快递搭讪着，一屁股坐在飘窗上，半闭着眼哼哼。

打雷看着他，有时空穿梭的感觉。细瘦的小快递仿佛是当年的自己，飘窗像是屋顶……难怪第一眼就喜欢他。

这天早上，打雷度过了愉快的半小时，有趣的小快递叫胡晓，因为个矮，人都叫他小胡，他跟央央一样有着口头语，央央喜欢说“惨了”，小胡喜欢说“害怕”。

打雷问，够吃吧？

他开心地说，害怕。

打雷没搞懂，又问，你怕什么，说实话就行了，味道好不好？

他又答，害怕。

这下打雷懂了，小胡嘴里的“害怕”，就是赞同或者好的意思。

小胡边吃面条边打量说，大哥搞到事了，居然一个人住两室一厅，房租贵吧？

打雷说，害怕。

小胡愣愣，然后呵呵笑起来，巴掌大的小脸乐成一朵花，说大哥，你真是个语言天才！说完屁颠屁颠拿起碗自己跑水池边洗了去。

打雷这才去开纸箱。

箱子里是他那一大堆呆头呆脑的陶碗陶罐——个姑奶奶是狠了心要按删除键。

没来由地，打雷有点难过，坐在地上犯傻。

小胡湿着两手，哼着“我编斗笠送红军”走过来，看着一堆奇形怪状的东西惊呼——我靠，创意啊！这么多，送我一个？

送你？这些站都站不稳的东西，你拿去做什么？打雷有点懵。

创意，有创意。小胡答着，乱翻一气。这个送给我，如何？哥们，我们有缘啊，我个子小，一见北方大个儿就打怵，你我却不怕的，还敢进屋吃面条。

打雷听得有趣，笑起来，说随便你。

大哥，我下午送完货买半边鸡再来，你尝尝我做的青椒辣子鸡。四海之内皆兄弟，我们南来北往的，交个朋友。小胡兴奋地扬着手上的陶碗，走了。

去了央央，冒出个小胡。没几天工夫，小胡从时不时来合伙吃饭渐渐发展到鸠占鹊巢，最后整个家当都搬到了打雷家。

雷哥，反正你还有一间屋，闲着也是闲着，小胡说，我来也不白来，我有电脑，你可以用我的电脑，还有，水电费算我的。

打雷喜欢上网，但他舍不得买电脑，节俭是从小留下的毛病，钱得留着买粮买水。以前在央央那里玩够了泥，他就去收银台玩电脑，《画皮》《夜宴》《倾城之恋》《爱在云端》……都是在那里看的，晚上回家，不想爹娘，就想着才高命薄的张爱玲睡了，第二天起来，轻飘飘的，看着雾茫茫的嘉陵江，觉得自己成了江畔人家的一缕烟。有一次带人看房子，说着说着他有点伤感，眼神郁郁的，问他怎么了，他叹口气说，房子再好，住的是人，人找房子容易，心找个窝难。

就那句话，那天的生意居然谈成了。后来，打雷试着在一对对看房的情侣前说这话，成功率居然很高，比和人家说风水强，有个打扮得像宁静的姑娘还夸他有思想。

思想有个屁用。央央边捞火锅边挖苦他，人和电脑一样，脑壳里头的东西还是简单点好，越多越杂越容易死机。

尽管只读到高三，但打雷始终觉得大专毕业的央央跟自己不在一条水平线上。打雷算是看穿这世道了，一个张悟本拿着碗绿豆汤说包治百病，全中国都跟着喝绿豆汤，也不想想，绿豆汤真管用，全国医院都关门了。可大爷大妈白领蓝领偏就信。喝完汤，年轻的又个个想着往上爬，于是地摊上火车站书店里官场小说一本接着一本地卖——以为里头有降龙十八掌，招招管用。打雷每天在路上看着类似歪哥的一群鸟人把人玩得团团转，常常替他们急得心肝痒。

小胡媳妇小傅三天两头过来，两个人像磁铁，有空就抱一起。那天打雷肚子疼去洗手间，刚进去发现手纸没了，调头出来拿纸，正撞上小胡撸小傅衣服，打雷慌忙倒回洗手间，头撞橱柜上肿了个大包。

有了这些小插曲，日子倒也过得挺快。

农历八月十五晚上，十点刚过，从超市下班的小傅就跑来了，巴巴等小胡过浪漫的节日。可小胡忙着当喜鹊，给那些鸳鸯们送爱情快递，没回来。

打雷只好跑到阳台上去抽烟。

为图便宜，打雷租的这个房子在半山，从山上望下去，眼前真正是万家灯火，阑珊得厉害。

风大，凉。可是屋里只有小傅，人又穿着吊带衣，打雷想进去拿件衬衣也不方便，只好收紧身子在阳台上一支接一支地抽，望梅止渴似的望着山下的灯光取暖。

十二点多了，小胡才气喘吁吁地冲进屋来，绿色的快递包里还塞着货。

四百……七十一。小胡翻着白眼，一头倒在小傅大腿上，四百七十一个台阶，我一口气没歇，赶来和你过中秋。

中秋是昨天了。小傅嘟着嘴，又生气又心痛，作势扇了怀里的小胡一耳光，要死了，还有一件？

别急，咱雷哥的。小胡支起半个身子，叫打雷，在哪儿呢？姑奶奶又给龟孙子寄快递了。

打雷喜出望外，赶紧跑进客厅。

打开盒子，是个叉烧月饼，上面用巧克力画了一个男式头姑娘，代表央央，画了一个长脸庞的男生，代表打雷。也许是吹了半天冷风，打雷鼻子发酸。身在异乡为异客，每逢佳节倍思亲。细碎的诗从脑子里冒出来，人又轻飘飘的了。

晚上小傅没走，两人在屋里庆祝中秋节，弄得惊天动地，豁出去了似的。

打雷不好说什么，在外打工不易，大部分打工仔夫妻单独租不起房，各自在单位工厂当群居动物，想办事得到处找地方，夜晚的公园林子、巷子尽头、房顶天台……做得担惊受怕。歪哥说他就被吓过一次，他进城第二年，媳妇从乡下来看他，歪哥和一群同伴合租了一间大砖房，想做事，没法弄，只得和媳妇装着给人送菜，混进了附近一个小区，两人在房顶天台正好着，保安却不知从哪里冒出来，手电筒光晃来晃去，钢声猛气地吼，干什么的？

歪哥那次吓得不轻，小两年不能，气得他喝醉酒后到处砸东西，街道路灯、路边花盆、灯箱广告牌、行道树……被警察追过好几次，但他都逃掉了，他熟悉重庆的巷子就像自家的山林，每次逃回棚子他都兴奋地骂警察白痴，骂到最后常常会流泪，又骂自己混得像条野狗。

正是因为歪哥，打雷在当上售楼员后毅然拿出大半工资租了房子。他是高中生，不是一般人，不是野狗，再苦也要活得像人，他还没有媳妇，但他要把日子过得像日子。

小胡和小傅没租房，各自住公司的大通铺，他们要攒钱盖房子。尽管两个人已经悄悄领了结婚证，但小傅爸发狠话，小胡要是不盖出栋新房子就休想当他女婿。小胡说在他们老家，只领证不办酒席就不算结婚，而盖栋房子办场婚礼，少了十万八万提都别提。前段时间小两口去了一次山半腰的出租房，打雷后来去看了，那房子破得跟蜂窝一样，里面又脏又乱，远不如沙丘干净，居然要十块钱一小时，还得预约。打雷实在看不下去，干脆对小胡说，我不在的时候，你俩就拿这里当家吧，想怎么就怎么。

小胡不干，说我们老家有规矩，留宿不留双，留双主遭殃，不吉利。

打雷笑，说我和你们一样无钱一身轻，有什么好殃的。

第二天带人看房，打雷一上电梯就晕，知道感冒了，到楼下买了盒康泰克后犟着上班，到了中午实在扛不住，一路喷嚏回到家，刚睡下，小胡和小傅却急火惊雷地冲进屋来，一进门就世界末日般大叫，打雷，打雷！打雷手忙脚乱地穿衣服，正套裤子，小胡和小傅已经冲进他房间了。

雷哥！小胡直瞪瞪地盯着他，眼珠子死愣愣的，面色发青。小傅站在小胡身后头，莫名其妙地不断点头，两个人像中了邪。

打雷不知道发生了什么事，紧张地盯着小胡。

雷哥，你那箱宝贝呢？小胡声音发颤，就是我认识你时，送来的那箱宝贝。

那是啥子宝贝？打雷完全搞不清状况，那都是自己弄的一堆怪物。

雷哥，你送给小东西的那个碗，今天早上朝天门码头那边搞鉴宝活动，来了好多个专家，小东西拿了你那个碗去玩，专家说是文物，值十好几万！小傅比小胡高，一直叫小胡“小东西”，她说话的时候，胸脯一起一伏，看得出里头那心脏跳得厉害。

我们刚鉴定完，就有个人递名片给我们，说如果我们愿意，他可以找买家买我们的碗，提成他二，我们八。

打雷目瞪口呆。

文物？打雷不可思议地问。

害怕！小胡答。

十好几万？

害怕！

打雷甩了甩头，眼睛胀得厉害，头晕得厉害，难道是发烧烧坏脑袋了——明明是他亲手捏出来的个破碗，怎么成了文物？

你看。小胡拿出两本证书塞进打雷手里。

一本是中国文物专家鉴赏会的证书，上面贴着打雷那个歪瓜裂枣的碗的“靓照”，下面打着一行字：战国时期，具体年代不详。建议价值，14万—17万。

再一本是德国斯尼达特国宝鉴定公司出具的鉴定证书，抬头写着“本公司为世界文物鉴赏委员会推荐的唯一仪器鉴别机构，本公司所采用的斯尼达特鉴别仪为全世界最权威的鉴别仪，防伪编号SDRIBK_796402835163”。打雷越看头越晕，还整出防伪编号了？

再往下翻，里面是一张表，写满了打雷念高中时见过的微量元素，这个元素含量百分之几那个元素含量千分之几，元素构成表最后一行写着：“按照元素表推算，此物为战国时期文物，具体年代尚待文物鉴赏专家进一步论证。”

打雷想起央央夸张的表情，和她那句——比河姆渡还河姆渡。突然哈哈笑起来，正要解释说这破碗是他自己捏的，却不料一阵猛咳，咳得眼前直冒金星。

你别急你别急，我知道这碗是你送的，这样，那个八成，我们平分好不好？小胡紧张地替打雷捶背，哀求，好不好哥？有这钱，我也好租个房子长住几年找点钱回家。我本来想卖了钱偷偷跑的，可是哥你对我们那样好，我和小傅不能对不起你。

朝天门那边坑蒙拐骗的事多了，打雷知道小胡和小傅被骗了，便问，鉴定和证书花了多少钱？

不多，按下限价的百分之五算的。小傅兴奋地答。

七千。小胡接着说。

打雷暗自呻吟，心想我的个天，你两个是想钱想疯了。赶紧问钱交了没有。

当然交了，现场付款打八折，五千六，小傅把卡上的钱都取了。小胡咽咽口水，一直处于亢奋状态的喉结跟着起起落落。

打雷不敢吭声了，这不是真相不真相的问题，是小胡和小傅两颗心跳过速的心脏过得去过不去的问题，当年自己被大花朵那句“味恁重”，砸到现在都没缓过气来，他可不能随意把那句“碗是我捏的”抛出来。他知道，小胡送快递一个月也就九百，而小傅在超市上班，保底也才一月八百，这七千块够两个人存上两三年的。

正头痛，小傅包里的手机响了，小傅拿出来，嗯嗯嗯半天，脸越来越红，眼珠子越来越亮，最后几乎要瞪得落出来。

那个老板说……小傅看着小胡，声音直发抖，那个老板说，让我们明天带着那个证书过去，一口价，十二万！

打雷再次给搞懵了，这一切来得太快太奇怪，演个穿越剧还有一大串铺垫在前头，现在这个碗从重庆朝天门穿越到战国，居然连个预告都没有就闪过去了，而且碗它爸李打雷还身着现代服装躺在有电脑有电视有电风扇的屋子里，桌上还放着一盒康泰克。

那个老板干什么的？打雷问。

不晓得。

这样，我告诉你，明天注意状况，必须见现钱，卡啊支票啊什么的不要，不然不给证书和碗。打雷直挠脑袋，他实在搞不懂问题出在哪里——前头那些专家和仪器是骗人的，但要买货的人不可能不懂货啊。

知道知道。小胡点头，心思还在钱上，雷哥，平分。

不不不，打雷慌乱地摇手，事太悬，他不敢绕到这莫名其妙的漩涡里去，干脆地说，送都送给你了，就是你的，你们拿去修房子租小窝吧。

小胡一听，腾地跳上床，抱起打雷就乱亲，小傅这个傻乐子，也跟着趴到床上来，三个人滚成一团。

一晚上打雷都没睡踏实，满腹疑虑却又无比紧张，鼻子又塞，还头痛。而小胡和小傅则猫在隔壁屋里搞欢庆活动，声音挺大。

小东西！快天亮时，打雷听到小傅在隔壁快乐地连连叫，小东西我爱你！

我爱你。打雷迷迷糊糊对着黑暗说了句，翻了个身又昏睡过去。

一周过去，两周过去，日子一切如旧，没有警笛长鸣，也没有便衣来到打雷身边，像香港连续剧一样宣布，你可以保持沉默，但你所说的都将成为呈堂证供……。但打雷还是整天提心吊胆，小胡和小傅这几天没影了，两人钱一到手就租下了半坡夫妻房旁边的一个老木房，那木房位于长石阶西面朝江面的悬岸边，房子不大，两间，三十来平方，外面搭了个小厨房，是居委会退休的李老太家的旧房子。李老太不愿意把房子拿来搞夫妻房，一直空着，却老被人撬锁弄开，打雷替老太太换过几次锁，老太太挺喜欢打雷，小胡跟打雷一起住了两个月，进进出出都带跑的，像只辛勤的小蜜蜂，李老太看在眼里也喜欢，一年两千五就和小胡成交了。

这些日子，每天回家爬到半山打雷都要到木房子那里去看看，小傅像只勤劳的燕子，今天买块桌布明天拉个窗帘，后天又买来红红黄黄的油漆漆窗框和门板，渐渐地，木房子里就有了喜庆的味道，像个新房了。夕阳从江岸那面照到坡上来，层层叠叠的山上，参差错落的房子中间就有一道小小的亮丽风景。坐在公交车上，过了新华路，打雷老远可以看到红窗框的木房子，那时，忐忑就会消失，浮起的是自豪，想，自己做了一个不得了的会穿越的碗，能成全一对苦命小夫妻，真是伟大。

但打雷始终想不明白——无论是谁，但凡有点基本鉴别能力，照理都不会把个普通的陶碗看成是文物，专家是骗钱，可那个老板是发了哪门子疯？总之，打雷磨破了头也没想明白，可能是费了心力，加上整天都担心着成为“诈骗犯”，一个小小感冒拖了半个月都没好，打雷的头越来越晕，脚也越来越乏力。

四

傍晚，街道巷子两旁到处都是散步的人，恋爱的男男女女一对一双，甜蜜无比。可打雷觉得风凉，走在路上不停咳嗽，还哆嗦。

电话响了，是那个看房的“美女”，够鬼的，她居然等了两个多月才打打雷电话。

小哥子，后天我还要再看一次房，你有空吗？

美女，有空有空！打雷欣喜地打了一连串喷嚏。

别叫美女，都是渣老妈了，叫我李姐。“美女”懒洋洋地答着，语气莫名温暖，天凉了，一个人在重庆，照顾好自己，别让爹妈老子操心。

嘿，打雷吸吸鼻子，笑。重庆这个地方，总是有它的好，不管是哪一种女人，从小泡在辣椒汤里，多多少少都会有点古道热肠。

转到小吃街，打雷点了个小火锅，奢侈一下。没人知道今天是他生日，二十六岁，挺尴尬的年龄——三十六岁人眼里太嫩，十六岁人眼里已老。

菜单上来，打雷像央央那样点了耗儿鱼、藕片、黄豆芽和红苕粉，调了一碟浓浓的麻油蘸水，可是他吃来吃去都吃不出央央那种兴致，没吃几口就腻了。

结完账，东游西逛莫名转到了猫耳朵巷，远远地，从巷子深处传来央央的陶艺吧播放的音乐——

“我来到你的城市，
走过你来时的路……
你会不会忽然地出现，在街角的咖啡店……
我多么想和你见一面，看看你最近改变，
不再去说从前，只是寒暄，
对你说一句，只是说一句，好久不见。”

身边所有的其他声音都远了，只剩下这首歌在打雷耳朵边绕。

重庆离他也远了，其实他从来就没有深入过这个城市，他在它的心脏或动脉、静脉，肝或肺的地方待过，但那些地方从不属于他，他和许多打工者们一起，只能容身在城市的牙缝、肾脏小肠和末梢神经处，他们是这个城市的下水。在定边，下水是个好东西，洗洗切切煮煮，就是一碗好吃的杂碎，可再好吃也只能叫杂碎。

人是杂碎，心不能成了杂碎。从十七岁来到重庆，打雷从不上网看黄片，不钻暗胡同和发廊。“守身如玉”用在打雷身上是很贴切的，尽管他心中充满了性幻想，甚至在玩陶泥时想象着那微温的泥是女人的腰、屁股或小腹，但他坚信一旦他做了，大花朵就会知道，或许还会哭，大花朵已经结婚生子了又如何？打雷不在乎，就像他的娘，尽管晚上陪爹睡觉，但她第二天早晨起来梳头发的样子照样端庄贤惠，给打雷做的荞麦饸饹照样好吃。打雷相信，女人做出来的荞麦饸饹一定比姑娘做出来的更香，因为她们会把一辈子的体贴都稳稳当当地做到里面去。

如果这个女人是央央呢？十年、二十年后，央央和自己睡觉起来，会不会这样稳稳当当走进厨房，做出一碗油泼辣子饸饹汤？估计是生病的原因，打雷有点扛不住了，站在巷口想了半天，给自己找了个理由，他得跟央央说说那个碗的事，央央比他有主意。

风更大了，带着浓浓的湿气，有下雨的征兆。打雷紧走几步，一把推开陶艺吧的木门，刹那间，一股熟悉的陶泥和水的味道扑面而来，那个打雷熟悉的世界又回来了。

谁都忙着跟手里那团泥战斗，没人看他，央央也背对着他，一手支着腰，正教人使拉坯机。

打雷一言不发地看着央央精致的背影和细小的腰。

央央像是感觉到了，慢慢地转过身来。她不转过来还好，她一转过来，把打雷吓了一跳——才两个月不到，央央像是吃了鸦片，下巴尖得像锥子，大眼睛眶黑森森的，鬼影似的。

打雷半张着嘴，怔怔地说不出话来。

央央的眼神从打雷脸庞穿过，落到他身后，然后，央央把手里的一团泥摔在木桶里，从打雷身畔走过，径直出了店。打雷愣了一会儿，急急跟出去，出门差点撞上人，正要道歉，却是央央。

你娃别在我面前出现，我说过，见你一次打一次，滚蛋。央央黑着脸警告打雷。

我滚我滚，但是你先说说怎么瘦成这样了？打雷问。

关你屁事。央央皱着眉，嘴唇发白。

雨开始徐徐飘落，笼在央央头上。

重庆秋天的雨，和三峡的雾一样细。

坐在公交车上，打雷紧抱着央央，央央先挣着不干，后来犟不过，软软地靠在打雷怀里。

她说她已经胃痛了两个月，吃了不少药，老不好。

到了医院，刀把脸医生埋头开了B超单、心电图和胃镜单，央央呻吟着说，到底是怎么回事？

等明天查了才知道。医生说。

那你连我病都不知道你开啥子单子？央央嘀咕。

我不开单子我怎晓得你啥子病？医生啪地放下笔，查不查？

查，查。打雷赶紧答。

查个屁呀。病恹恹的央央突然火了，捂着胃骂开了，是你给人看病还是机器给人看？我话都没说完，你开一大堆，查查查，像你这样子，我都会当医生！

好啊，你来！你来！刀把脸医生下巴气得两尺长。

我来？我来还要你坐在这里有屁用。央央声音更亮了，重庆的年轻小姑娘发起火来比老太婆厉害得远了去，央央本来就是天不怕地不怕的德行，又牙尖嘴利，直呛得刀把脸说不出话来。打雷想责备央央，可见央央满额头冷汗，模样实在是可怜。只得半推半抱着张牙舞爪的央央下了楼，央央走到医院花园里，不走了，一屁股坐靠椅上，不说话，只歪着头斜着眼咬着牙看打雷，仿佛打雷是那个医生，而她的气还没撒完。

你吃火药了。打雷又气又心疼，说你这样子哪个医生敢医你？

那算个屁医生。央央牙齿磨得霍霍响，还有你！都是些猪脑壳。

我哪里又惹你了？打雷委屈。

晚上十点多钟，陶艺吧关门了，打雷收拾完桌子，进里屋看央央，央央一天没吃东西，躺在沙发上无精打采的。

“灯火辉煌的时候，突然袭来一阵寒流……爱是氢气球，向天外飞走……”CD里突然响起了孙楠高亢嘹亮又孤单倔强的歌声，打雷眼前一片红彤彤，知道自己还在发烧来着。

打雷……央央伸出手，细瘦的指头白白尖尖的，我怎么总遇上笨东西？

打雷握住它。

你由着个影儿都不见了的大花朵摆布，医生由着个机器摆布，连自己是谁，该干啥子该做啥子、能做啥子、都不晓得。还思想，还科学。

打雷不好意思地笑，头又开始痛，身子不争气地打哆嗦。

央央往里缩了缩，掀开毛毯说，上来。

打雷迟疑了一下，钻进去。

沙发很窄，两人紧紧贴着，天南地北的伤心和隔阂陡然间就没了。

打雷抱着央央，空空空地猛咳了一阵，跟你说个事……

央央像听天方夜谭，盯着打雷，真的？小胡他们真的卖到钱了？真钱？

啊，打雷点头。房子都租下了，老远就看得到，在半山，红红的门蓝蓝的窗。

天啦，那个老板要是拿碗去送人，让人家发现是假的，那怎么办？会不会把你抓起来？央央有点害怕，我妈要是知道我要嫁个诈骗犯，那咋得了？

关我什么事。打雷说，我一分钱都没有拿。

那个老板不是脑袋进水，就是“达铁”了。央央叹气。

打雷笑起来，他是真喜欢这个喷火冒烟的重庆，真喜欢这个满嘴稀奇古怪重庆话的央央——“达铁”就是短路。

刹那间，打雷突然想起那个德国公司的名字——斯尼达特——是你达铁。

太有才了。

只要是你磨破脑袋都想不明白的事，原因只有两个。央央说。

什么?

一个是原因超复杂，好比造原子弹，不该是我们这些老百姓想的，那就别想。一个是原因其实特别简单，只是你想复杂，绕远了。

央央说完，背过身子屁股一翘，说我困了，想睡觉，睡了吧。

打雷打了一串喷嚏，小心翼翼地窝起肚子给央央的翘屁股挪地儿，真好，她胃不痛了。

第二天一早，央央活蹦乱跳地拉着打雷去吃刀削面，打雷坚持说先查病，查完再吃。

花了七八百块钱，检查结果拿了一大堆，胃镜单子上，央央的胃壁粉红粉红的，光滑可爱，完全是健康活泼的小家碧玉模样。

这就怪了，打雷盯着央央——现在痛不痛?

央央做了胃镜，麻药劲头儿还没消，脚步直打偏，蓬着一头短发，牛头不对马嘴地说，不痛……我妈在叫我?

你奶奶叫你。打雷忍不住笑，又问，想家了?

嗯。央央迷瞪着眼，两月没……回了，你抛弃我，我就抛弃全世界。

你脑袋进水。打雷又生气又心痛，一手搂着央央一手提着央央的包。

你答应我，不和我吹。央央泥鳅一样往下滑。

好，不和你吹。打雷用力提起她，包里手机响起来，打雷一看说完了，人催我看房，我都忘了。

央央立马站直了，木着舌头，说，你，去，我自己回去。

打雷边走边心里嘀咕，央央的胃屁事没有，突然瘦成那样，莫非她吃粉?这一想吃惊不小，回头看，央央正靠着医院的墙壁冲他迷迷瞪瞪地笑。

五

李姐是白领吧?打雷一上来就猛夸，你特别有气质。

什么白领黑领，都是给人民币打工的。李姐这次表情生动多了。

折腾了一下午，李姐终于看中了房，等签好约走出公司，天已经黑透了，风一吹，只穿了件短袖蕾丝上衣的李姐肩膀立即冻起了鸡皮疙瘩。打雷迟疑了一下，把身上的外套脱下来递给了李姐。

李姐看了一眼衣服，打雷说，七匹狼的，我刚换上。

李姐笑笑，坦然接过来，说，你娃眼梢挺厉害，不念大学浪费了。说说?

意思是说说读书的事。

打雷不吭声，心想合约也签了，我还和你说什么呢，说一个大花朵害得他这个高一就在银川日报上发表诗歌的诗人沦落成了打工仔？说他跑到重庆来差点混成了叫花子？你拿我的失意事来衬托你的幸福和高贵，我傻啊，顺着你的风舞袖子给你看？

我请你吃饭。李姐不计较，笑。

在风里紧走了几百米，打雷感觉整个身子像是掉进了井里，只盼找一家店钻进去，最好能变成一串羊肉涮进火锅汤里热乎热乎，但李姐挑剔，这家不干净那家太邋遢，过了几条街，李姐才突然指着路对面一家灯火辉煌的饭店说，咱们过那儿吃去。

打雷正像子弹一样急急往前冲，被李姐这么一叫，猛地刹下车，转头随李姐的手指看过去。

这一看，那些红红黄黄的灯便摇晃起来，打雷来不及去靠路边的香樟树，面条一样软塌塌地瘫到地上。

打雷醒过来时发现自己在出租车上，准确地说，在李姐怀里，他的头正枕在李姐柔软的胸部。除了央央，打雷没这么亲近过女人的胸部，它像一个刚出笼的馒头，氤氲着热腾腾香喷喷的气息，深嗅一口，心怦怦跳，再深看一眼，蕾丝隐约间风光旖旎，打雷吓得赶紧闭上了眼。

幸好李姐在打电话，没发现他在偷看她。

什么清代明代的，叫他走人，骗子一个，我看过了，仿的。我说了我现在没空。

打雷心头一咯噔，不装了，腾地坐起来，兴奋地问，李姐你是玩宝的？

李姐惊喜地叫哎哟醒了？你娃憨的，自己感冒烧得像块炭了，还借我衣服披。

李姐，你真玩宝的？打雷心咚咚咚跳。

开个小店，玩玩。李姐啧怪道，问那些干什么，先看病去。

打雷摇头，说我不去医院，太花钱，回去熬碗红糖姜茶喝就好了。我有急事想问你，我们下车说好不好？

打雷是怕出租车司机听到走漏风声，自己明天被公安局的“唏啦车”一路“唏啦”着拉进看守所里。

李姐见打雷着急上火的，只得无奈地说算了你这娃儿，行，不去医院，前头快到我家了，上家里说吧，家里也能熬姜茶。

喝了两大杯小保姆熬得热腾腾的生姜红糖茶，打雷的脑袋渐渐清醒，仔细地把碗的事情说了一遍。李姐听完，不说话，又抿着嘴意味深长地笑。

这个女人很奇怪，动不动就这样笑。

哎哟李姐，打雷苦着脸说，大姐，我都怕死了，你还笑。

怕什么？天塌下来有高汉子“顶倒”，轮不到你着急，再说跟你有什么关系。李姐说完，打了个电话。

我车弄好了没？……好了？好，找个徒弟帮我送过来，我等着用。

打雷见人家下逐客令，只得站起身来，懊恼地说，给你添麻烦了，我走了。

等会儿。李姐说，吃碗面条再走，我车来了送你回去。

不不不，打雷摇手，我自己走。

保姆端了两碗面条过来，李姐示意打雷坐下，我有话跟你说。

打雷只得坐下。

看你娃儿实诚，要不，到我店里工作如何？李姐说，月保底五千，但是有一个前提，少说话，多做事。

打雷听得眼皮直跳，五千？我来我来，再苦我都干，是什么工作？

茶叶古玩店。李姐看了一眼打雷，再次意味深长地笑，不苦，好玩着呢。

李姐住在渝中区，却把茶叶古玩店开在江北区，打雷奇怪她为什么把店开那么远，李姐笑，说兔子不惹窝边狼。

换上了长褂子的打雷还有点那么个样儿，惹得负责茶艺的小孙不停地笑，说，像当铺的掌柜。

小孙管茶，你管古玩，记住，柜子里摆的货，卖价最低让到七成，能高走就高走，但是临时有要卖的货，我会拿过来，我说什么价卖你就什么价卖，别往高处走也别往低处将就，一口价卖。明白吗？

打雷想当然明白，多简单的事，他还一直担心要让自己学鉴别古玩呢，他在网上看过，这不是三天五天能混出来的，老师傅还常走眼呢。

还有，不管谁问店主是谁，你不许说出我李春丽半个字来。明白？

打雷哦了一声，说好。财不外露，正常。没准她还是个公务员，当个一官半职的，不敢公开经商。

李姐的茶叶古玩店分里外两间，外间卖茶叶，绿茶、花茶、白茶什么都有，人进人出的挺热闹；里间才是古玩，除了偶尔有一两个人买了茶后进来买紫砂壶，大部分时间很清静。打雷孤单单地坐着，觉得这么大一个地方真可惜了，不如弄成茶室。

壶过去壶过来的，打雷想起好几天没联系小胡了，便打电话。

在哪儿呢？打雷问。

还能哪儿，我永远在路上。小胡累得吭哧吭哧，回答得像一个哲学家和思想家。

窝弄好没？

好啦，明天开锅饭，你要来哦，山潮水潮，及不上人潮。

好好好，那个，最近有人问你碗的事儿没有？打雷压低声音问。

没有。怎么？雷哥，你那些碗是不是偷的呀？或者是……你盗墓？小胡惊叫起来，那是违法的。

乱说，是我那个姑奶奶网上淘的，好了好了不说了，明天见。打雷像踩到了蛇尾巴，赶紧挂掉，正巧李姐的电话也来了。

干什么呢一直占线……这几天你注意一个女的，胖，矮，一米五左右，会拿着一幅字画来卖，上面题有“一翁”两个字，你记住了，什么话都别说，只管铺开画，装成傻乎乎的样子看，然后说，天啦——记住了？

哦，天啦。打雷紧张得咽口水，他懂什么画啊。

再然后，她问你收不收，你就说可收可不收，钱有价，画无价。

钱有价，画无价。

接着，不管她开多少价，你咬定十万收货。知道了吗？

十万？打雷喉咙里要跳出青蛙来，你不来看看？万一是假画呢？我看都看不懂。

别管认画，只管认人，人对，画就对，晓得不？李姐那边好像忙得很，说得飞快，十万她肯定不会卖，你就让她留下电话，如果想卖，老板亲自和你谈——把事搞得悬一点。

打雷接完电话，整个脑袋全是糨糊。

没等到几天以后，才刚吃过中饭，一辆斯巴鲁停到了店门口，下来一个中年妇女，一米五，胖。

收画吗？她问。

看是什么画。打雷笑，有猎人等到兔子的感觉，只不过这猎人自己也不知道是怎么回事。

女人小心翼翼地拿出幅字画。

打雷戴上白手套，有模有样打开，等看到画上果然写着“颐翁”时（真是丢人，他以为是“一翁”，也是，名家怎么会用这么没内涵的字号呢？），脑袋一炸，轻呼起来，天啦。

怎么样？女的比他还兴奋，两眼闪着光，问，你们收不收？

可收，可不收，钱有价，画无价。打雷压住心里打鼓似的兴奋，改说普通话。不知怎么的，他觉得玩古玩字画就要配普通话，就像骑马要配靴子。

女人得意洋洋地说，想买就有买的价，二十万如何？

打雷摇头，这事有点刺激，的确很好玩，他老谋深算地把两个食指交叉，比了个“十”，不说话，他那“普通话”里沙子太多，不敢多说。

哟，你娃儿真敢砍。女人说，晓不晓得，他的画最多要卖几百万。

知道。打雷低着头装看画，不敢看女人，心头直嘀咕，“他”是谁？别穿帮菩萨保佑别穿帮。

那你十万？真是幽默哦你。女人有点急。

不是哪幅画都值几百万。差一点的几千都没人要。打雷硬起头皮答，你既然懂，对吧……对吧？

女人思忖了一会儿，收起画要走。

打雷拦住她，要不留个电话，老板跟你说，我只管画值不值价。愿不愿高价买，那是老板的事。

接下来的事古怪了，就这幅画，在店里连续出现了三次，一次十五万买进，十七万卖出，第二次又十五万买进，十七万卖出，第三次还十五万买进，十七万卖出。

卖画的人三次都不同，买画的人次次都是个戴墨镜的中年男人。

算了算，半个月，这画在店里转进转出，净赚六万块，而那个男人一共花了五十一万块钱。

接着类似的买卖又做了几单，少的几千，多的几万。进出店里的人都是体面人，大部分选上班时间人少的时候来。

打雷越卖疑心越重，偏偏李姐忙着装修新房子，不常来店。外单元卖茶的小孙还真当他是鉴定师，一有空就进来请教，问的时候还抛媚眼，吓得打雷一下班就跑，回到家心头七上八下，既兴奋又忐忑，坐不是站不是的，干脆去小胡小傅那里混饭吃。

六

小胡吃过饭，像所有对家庭生活心满意足的男人一样，打着嗝剔着牙，搓着胀鼓鼓的肚皮。看着个头矮小的小胡和他那还没电饭锅大的小屁股，打雷觉得很好笑，小胡小傅两口子过日子，怎么看都像是小孩子玩过家家，偏偏小胡整个大丈夫的派头。不过也好，人总得当自己是个什么，别人才有可能真当你是个什么。

要是那批专家再来重庆就好了，好把你那箱子东西全拿去鉴定一下，说不准里头还有货。小胡激动地说。

算了吧，那个碗咱们是吃屎遇到油渣，你以为天天都有捡漏的运气。

捡漏，是打雷刚学到的，专家们看文物有走眼的时候，那些看错眼以为不值钱的文物，让运气好的买到了，叫捡漏。

手机没电了，打雷起身道，走了，回去充电。

夜晚的嘉陵江很漂亮，江面上，一艘艘游船灯光五彩缤纷，然后是街道的路灯，一排排一行行，再往上，是两岸顺坡而建错落有致的楼房，整个城市的灯火仿佛从江面一直亮到了天空，接通了天上人间。打雷站在窗前，想起了老家，那里的夜景像被压扁的重庆，平平薄薄，乏味无比，但那乏味里，带着干透的沙子气息，还有风的呼呼声。

他突然想回去了，也想结婚，想在沙堆上和一个丰满的女人抱着打打滚，她也许是别人的媳妇，也许就是大花朵，或者是央央，总之是女人。她要饱满得像装满了水的气球，而不是空气，空气是轻的，水是沉甸甸的、流动的、温婉的，他睡在气球上，就像睡在云朵上、草垛上、沙堆上，颤巍巍的。

想着想着他难过起来，从十七岁离开家到现在已经整整九年。九年的时间里打雷来不及想更多关于未来的事情，他像一匹来自沙漠的骆驼，为一个河流的梦想冒冒失失来到重庆，却一下子跌进嘉陵江，惊喜过后是溺水的恐惧。九年了，他所有的心思和力气都用到怎样从江水里爬上岸来。

生存和生活是两个层次的概念，生存是活下去，生活是活好点。他正结束第一层次的挣扎，刚爬上岸，但稍稍喘息后的打雷更迷茫，碗也好，画也好，一切都散发着诡诈的气息。曾经他是一个诡诈的骗子、诡诈的楼盘销售员，蒙的是别人，现在换成他自己找不着北。

几个月前那场感冒和虚弱从他骨头里冒出来，像咕噜咕噜冒出的泉水，很快把他淹没。

央央一个电话把他从水里捞了出来，亲爱的，我打算找个笨蛋结婚。

打雷看着万家灯火，迟疑地答，我就是。

七

结了婚我们不开这个馆了，我们开个软陶馆，小孩子可以玩的那种，像橡皮泥的，再隔出一个咖啡吧，小孩子在那边玩软陶，大人在这边喝咖啡等，来三个宰三个，来两个宰一双，不留活口。央央吊在他肩膀上，拿它当单杠玩。她说话杀气腾腾的样子，怪好看，这些日子央央看上去有点肉了，打雷想，也许没吃粉了，结婚前得抽空问问，不然他这辈子真得完蛋。

央央踮起脚吻他。

大花朵高，一抬头就能够到打雷的嘴巴，接吻不费力气。央央不行，不是打雷勾着，就是她踮着。

想来过日子本来就没有那么严丝合缝的美事，事不能将就人，就只能是人将就事。还好总有事是遂人愿的，至少工作还顺利。

打雷天天坐在店里，吹着空调听着音乐，轻轻松松每月都能拿到五千以上。但是说不清为什么，他就是不踏实。经常做梦，不是梦到碗，就是梦到画。

早晨，打雷站在公交车上，低头看座位上那老汉手里拿着的晨报。

《长裙飘飘配皮衣——一场温柔与硬朗的对决》

《司机开车发信息，引发四车追尾》

《新幸福天地五楼大幅玻璃突然脱落，多个行人伤亡》

…………

“现场死亡三人，伤六人，事故原因正在调查中……”头上的车载电视新闻也在念。

打雷叹口气，正准备转身下车，看报纸的老汉却翻了一页，报纸上有几张事故图片，其中一张是医院抢救伤者的照片，医生挡住了伤者的脸，只有一只手露在外面，手腕上系着一块布条，红黑相间，很明显地打了一二三……八个疙瘩。

闷痛缓慢地从打雷胸口横穿而过，一寸寸直达脊背。

歪哥手腕上系着同样的布条，他媳妇一年来一次渝中，见一次睡一夜，打一个疙瘩。算一算，除去歪哥那小两年倒霉期，应该有这么多个疙瘩。

打雷一把抢过报纸说大伯大伯我看看，这个是我哥。

下了公交，打雷打了个车就往新桥医院赶。

外科病房闹哄哄的，过道里塞满了人和警察，打雷正想问歪哥在哪里，却觉得不对，万一医院揪着他垫医药费怎么办？他思忖了片刻，走到护士站，编了几个假名字。

医生，受伤的有个叫何真的吗？有叫李白胜的吗？还有一个叫顾玉和的？打雷问了一连串。

忙得团团转的护士听得直摆手，不知道不知道，二十一到二十八病床你自己去看有没有。还有两个在手术室，得等。

打雷从二十一找到二十八，都没有歪哥，两腿越走越沉。

过道里挤满了记者，有的在采访轻伤员，有的在采访伤者家属，打雷在手术室门口等着。

手术室灯熄了。第一台手术车上是个女的，第二台是个男的。

打雷看到了一张血肉模糊的脸。

歪哥的左半侧脸像被人揭去了一层皮。

所有的人都惊呆了，记者吓得相机都端不起来。打雷两腿直抖，当年他离开歪哥时，歪哥还自嘲说拿脸来做什么，脸又不能当饭吃。

这话当年一定是让老天爷听到了。

歪哥，打雷跑过去拉起他系着布条的手，歪哥！

歪哥微微睁开肿胀的右眼，眨一眨，一滴眼泪滚下来。

老家有风俗，早上出门看到不吉利的事，这一天要小心。打雷回了店，看哪儿哪儿不对，总觉得胸口闷。

小孙又进来了，跟在打雷屁股后头打转，嗲嗲地问，说说嘛，说说嘛，你在哪里学的这些？打雷不说话，沉着脸坐下来，望着柜子里的东西发呆，深沉的表情使他更加英气逼人，小孙盯着他，身子依过来，拿软软的腰贴着他。

小孙喜欢他，打雷知道。但打雷不喜欢小孙，小孙眼睛里有不安分的东西。

他站起身来要躲，小孙却一把拖住他，气呼呼地说，我喜欢你。

打雷脸一红，说我我我今天早餐都还没吃，我出去吃点东西。

我哪里差了？小孙凶巴巴地开战，你尽躲我？

你不差，是我差。打雷说完，逃跑似的往外冲。

刚到门口，一辆警车停下，走出两个警察。

打雷杵在门口，腿肚子又开始抖——一定是那个碗。但他只是碗的爹，不是把碗变成文物的魔术师，关他什么事。

我只是做了那个碗，其他的什么都没做……打雷在心里反复解释……我只是做了那个碗，其他的什么都没做。

他看到警察坐下来，看到小孙狐疑地去泡茶，看到警察对他说话……

他站着，晕乎乎没反应。

喂！胖的那个警察冲他喊，神游去了？

小孙赶紧凑上来说，他头晕，他有糖尿病，早上没吃东西，正要去吃。

那好，我们不耽误你，十分钟，问你几个问题。警察说。

这个男人认识吗？瘦的那个拿出张照片。

打雷好不容易集中精力，瞄一眼，长喘了口气，幸好不是碗。

认识吗？警察又问。

如果照片上的人戴上墨镜的话，他当然认识。

但他们问的是认识，不是问见过，准确地说，他"见过"这男人三次，但他不"认识"。

不认识。打雷理直气壮地说。

真的？

打雷说，真的。

小孙却叫起来，雷哥，你记性真差，不就是那个开四个圈豪车的吗？次次来都戴墨镜搞得像007那个。

一盆凉水把打雷从头淋到脚，打雷转过身去看小孙，小孙眼睛里带着一闪而过的得意，像蛇的信子。

警察一张脸沉下来，说，老实点。

是不认识，打雷犟着答，姓什么，叫什么，干什么的，都不知道，能叫认识吗？

好，换个问题，这个人是不是来过店里买一幅画，有人卖了三次，他买了三次？

打雷愣愣地看着警察。

八

从江北区纪委出来，已经是第二天了。

打雷又饿又冷又憋闷，一个人坐在重庆百货大楼门口的台阶上发呆。

店给查封了，以后怎么办？

那个李姐，一开始打雷就怀疑她不是好东西。偏偏让那五千块工资给上了套，早知道老老实实卖房子，细水长流。

手机响了，是李姐，呸。

干什么？打雷气呼呼地问。

少和我说话凶巴巴的，我还差你半个月工资。李姐在那边也没好心情，在哪里？

稀罕你工资。打雷想起这一天一夜，心有余悸，他没见过那阵仗，明晃晃的灯泡眩得人眼睛发花，干部们一个个像雷神，脸比他还黑，眼睛乌森森的，里面跑得出匹狼来。

打雷，好说好散，李姐没有对不起你，所有的事我该扛的都扛了，要不然你现在还他妈的在里头呢。我就念着你那件衣服的好，当你是个好弟弟。

鬼才稀罕当你弟，打雷说，你整个就一骗子。

乌鸦笑猪黑，你娃不也是骗子？李姐冷笑，骗我买房子。

我怎么骗你了？打雷咽了口口水，有点心虚。

我他妈告诉你，我爷爷，我爷爷的爷爷，都是风水先生，你跟我玩这个，嫩着呢。没揭穿你，你娃儿得意。

打雷哑巴了，难怪那个李姐动不动就神经兮兮地笑，原来是看他耍猴儿。

在哪里？说。李姐凶他。

在……重庆百货大楼……门口。打雷肚子咕噜叫，蔫蔫地答。

应了央央那句话，世上想不通的事，有时候原因很简单。

所有的谜团只为了两个字——行贿。

李姐的店其实就是一个行贿场所，墨镜把一钱不值的赝品送给管卖地管批地管招投标管规划设计之类的官员手里，然后推荐领导家属找李姐作“鉴定”，李姐则按墨镜准备好的行贿价报“鉴定”价，再说江北区某某某店会收这个货。于是官太太们就跑到打雷这里，把画换成钱。李姐付的钱其实是墨镜给的，而墨镜把画价往上走两万，是给李姐的合作费。为了少穿帮，墨镜次次都用这一幅画，因为用多了画，有可能真假货撞到一起。这两个月，墨镜就靠这一招搞到了一个大项目。

如果不是古玩店被举报了，这事神仙也难查。李姐恨恨地，怪我看走了眼。

什么看走了眼？打雷不懂。

小孙那个贱货。李姐恨得磨牙。

小孙？不会吧，砸了这里她也没工作啊。

她恨你工资比她高，暗中留意着你，然后发现有猫腻，正好墨镜有对手在跟他抢同一块地，就叫小孙当内鬼，她？哼哼，她的后路早找好了。

打雷听得后背发凉，真是应了那句话——螳螂捕蝉，黄雀在后。

或者说，应了那句——人在做，天在看。

我给你把这一课上完吧，上完咱们就分道扬镳了兄弟，我也得重头再来。李姐点一根烟，说——

这种事叫雅贿，开发商、工程老板不送钱，送名人字画，官员倒手一卖，钱就到手了——纪委查起来，送画的人并没送钱，得画的人手上又没画，查不出名堂的。不过现在好货不好淘，哪来那么多文物珍宝？一开始，他们找我到处给他们淘宝，后来大家都嫌费事——有时候还会不小心淘到假的，就像你那个碗——所以，后来我们索性直接上假的，反正画就是个道具，倒钱的道具，管它真假呢？只需要借这古玩店走一遍就可以了。

李姐说完，又意味深长地笑。现在你明白你那个碗是怎么回事了吧？——本来是骗子专家吃你们的诈，你们刚好遇上一个心急火燎急着找货行贿的新角儿，这样，你们误打误撞地又吃了人家的诈。这样诈过去诈过来，我告诉你，没准儿现在那碗已经转到二三十万上去了。不是有世界级鉴定机器作出的鉴定证书嘛，现在很多人不信眼睛不信常识，就信机器和证书。

听到这里，打雷才算是完全弄明白了。

来吧憨厚的小骗子，李姐端起酒杯，不骗不散——祝愿咱们以后再也别相见。

歪哥出院那天，打雷和央央特意买了一束花。

吊眉斜眼的歪哥看到花儿，乐坏了，吭哧吭哧猪拱食一样地笑，他的嘴巴现在不太关风，一笑就跑气，鲜花与怪兽啊，你们存心气死我，还想不想跟我混？

打雷说我才不想呢，和你混？你还要骗？再骗这半边脸也没了。

呸呸呸童言无忌，歪哥说，是事故商场让我给他们当导购。

你当导购？央央瞪圆了眼，说你现在这长相鬼斧神工的，怎么可能让你去当导购？

歪哥气得嘴更歪，说两个坏蛋坏到一堆了，嘴巴里没句好话。

我没好话，你还没真话呢。打雷说，别骗人了，到底以后怎么办？

好好好，说真话，是当搬运工，我想要是你来的话，大头你扛，我多省点力气。歪哥挤眉弄眼。

央央说稀罕，人打雷现在跟我，我是他老大，咱们有产业，是老板。

一个破陶馆，还产业。歪哥翻翻白眼先是贬，贬完了又换了个表情，可怜巴巴地说，产业？要不算我一个？

打雷嘿嘿笑说你要肯告诉我那个猜数字是怎么回事，我就让你跟我混。

吭哧吭哧，歪哥又猪拱食地笑，你还记着呢，都老掉牙的游戏了——你拿人念给你的最后三个数乘以三，得到的结果，最末几位数就是他心里想的数。比如他说结果最后三位数是一百二十三，你乘三得三百六十九，那么他说他想的那个数是一位数，那答案肯定就是九，两位数答案就是六十九，三位数答案就是三百六十九。

打雷和央央马上拿起手机计算器演练起来，果然不假，打雷兴奋得放了个响屁，说歪哥这事玄的。

玄有个屁用，这些年骗来的钱，全拿来补这张脸了，干来干去竹篮子打水一场空。要玄也是老天爷玄。歪哥一脸沮丧，提醒打雷，还有你记住了，你让人想的数不能超过三位数，超过就不灵了。

为什么？

师傅没告诉我，应该是事不过三嘛。歪哥咧嘴笑，干坏事也一样，做上三回，肯定死定了，那天我在那楼下提个破瓶子刚刚诈过三个人，钱还没数完呢，哗啦那一幕玻璃就黑天黑地塌下来了。

打雷扫了一眼央央。

跟央央睡觉算不算干坏事？如果是，他愿意死定。

九

打雷望着院子南面那条路怔怔入神。

风呼呼吹着，傍晚娘刚扫过的院子干净平整得像块布，新贴上的春联在空气中散发出墨香，冬夜的天空又高又蓝，南边挂着几颗星星，像大花朵的眼。

老看个什，也不怕央央生气。娘走出来，拿了张毛巾拍打身上的沙粒。

我……没看。打雷尴尬地说。

大花朵……娘叹口气，不是嫌你嘴巴臭，是她自己身子臭了。那年你走后才六个月，大花朵就在银川生娃了，书也没念下去，跟着她男人卖水——就是那些年到咱村卖水那个男的。

打雷看着娘，不敢相信自己的耳朵。九年了，大花朵像个纯洁灿烂的梦，时时映在他脑海里，她清亮的笑声、清澈的眼睛，他一直以为今天的大花朵一定坐在某个全是玻璃的大楼里，当白领或者是公务员，穿着漂亮的高跟鞋和裙子，带着漂亮的女儿走在大街上，小姑娘一定会边走边唱，可爱得不得了。

她怎么可能书都没念完，跟一个卖水的男人一起呢？

这些年大家都不跟你说她，是想着不能让你知道，你心里有她，现在你既然带着个人回来了，你就记住娘的话——心高天远，不如眼前。你那些个脆脆肠子，该甩的甩了，好好过日子，你耗得起，我跟你爹耗不起，都半截身子埋沙里了。

打雷看着娘，难受地抹了抹眼睛，缓缓走出院子。

一直往南，尽头，是一堵矮矮的土墙，墙里那个平房门上着锁，窗在风里轻响，哐当，哐当……村里的人家都已经挂上灯笼和对联了，这房子门框上的对联却还是旧的，风沙大，对联已经碎成了白色的屑片，挂在门框上，像枯死的白蝴蝶。

打雷走进去，轻轻抠下一片对联碎屑，风卧到他手里，坐一坐，又站起身不着声响地带走了它们，打雷看着纸的碎屑飞出矮墙，飞过沙柳树。

大黄狗跟来了，严肃地看着打雷，尾巴摇一摇，又摇一摇，是娘让它来接打雷。

打雷随着大黄狗回到屋里，看见娘正和央央一起搓荞面。

也许是大黄狗的严肃影响了打雷，打雷站在屋子的灯泡下，很严肃地说，央央，我想问你个事。

娘抿起嘴无声地笑，拍拍手上的面，出去了。

央央不看他，只管使着吃奶的劲，仿佛要把整个身子都压到面盆里，什么事？

那段时间你是不是吃粉了？那么瘦——你胃上没有问题的。

央央愣愣，气坏了，抓起一把荞麦面就撒过来——我操你家先人，明明是你娃儿甩了我，害我抑郁症，中医说了，抑郁症在身体上的反映仪器查不出来。

打雷想起有本书是这么写过，比如有的人脑袋痛得死去活来，一检查里面什么东西都没有，后来按抑郁症治，好了。

我跟你分个手你能有那么难受啊？我又不是刘德华。打雷不好意思地挠头。

刘德华关我屁事，央央说。

天上飞的地上跑的，我家大黄都比我强，你为什么偏偏就爱我了呢？打雷犟上了。

我查电脑记录了，你从不上黄网。央央嘻嘻笑。

这么简单？打雷有点懵。

就这么简单呀。央央摊开手，我从来就没你复杂。

十

过完年回到重庆，央央真要把陶艺吧改成软陶馆——咱们以后有了孩子，天天玩这个，多好。

装修快完了，央央怂恿打雷把那箱陶碗拿回来放到馆里作样板——那些歪瓜裂枣小孩子肯定爱惨了。

打雷乐呵呵地跑去阳台，掀开一堆乱七八糟的破烂，却找不到最下面那只箱子。

打雷蹲在阳台上发呆，一直放在这里的呀。

央央转到里屋找了半天，突然神经兮兮地笑起来。

别找了。央央乐得弯下了腰，你打小胡电话试试，你们多久没联系了？

打雷拔通小胡的电话，里面是一个女声——您拔打的电话已欠费停机。

打不通吧？央央瞥了打雷一眼。

害怕。打雷摇摇头，眉毛鼻子眼睛苦苦揪成一团，他不知不觉用了小胡的口头禅，又不知不觉地想起了小胡那很有思想家风范的一句话，我永远在路上。

（原载《民族文学》2013年第8期）

张贤春

案 情

一

那天傍晚，夕阳镶山，透进办公室的阳光，还是那么滚烫。空气好似凝固一般，电风扇开到最高档，吹出的风也还是热呼呼的。

刚处理完打架斗殴回来，最不希望听到的110电话又急促地响个不停。上午，土地乡报告：一家五口昨天深夜被炸，3人遇难。下午，金钱乡村民报案：放学的小孩，在路上捡到水果糖，吃后2人死亡。加上前两日发生的案子，全局能出动的警力，已全部出动，连实习生都已满负荷用上。

我希望这是一个骚扰电话——这种虚惊一场的事，在我们110时有发生：人车赶到报案事发地点，却是风平浪静；再赶往报案的公用电话亭，已是人去机空。这一现象，直到后来安装了监控，才有所改观。此时，我却是多么希望对方问："你是119吗？"

很遗憾，来电显示，是我老家所在管理区的车载电话。

"喂，公安局吗？……找岳月强。"我刚抓起电话，对方喘得像跑完百米赛，在那边喊着。

"我是月强。你找死呀？私人电话也打110！"我有些气愤。

"二哥，是我……我是月盛。"

"听出来啦。死人啦？火急火燎的。"

"易婵死啦！"

脑海中迅速闪过一个寡言少语的少妇形象，但无论如何都无法与死亡联系在一起。

我急切地问："怎么就死了，上星期我回家不是还好好的吗？"

"被人强奸后，用被子捂死的。你快回来看看。"

"保护好现场，我们马上就来。"

放下电话，我拨通了分管局长的手机。他指示刑侦大队副大队长立即组织人员前往。我又通知大兴乡派出所，先去维护好现场。副大队长一行准备就绪，我们在街头吃了两碗米粉，给每人拿了一包香烟，坐上闷热且与汽油混合得令人有些窒息的吉普车，匆匆开往大兴乡。车轮转起来后，从窗口挤进来的凉风，使人清爽了许多。他们在说什么，我无心去听，我也沉默着不搭话。过去的事，一件件凌乱地在头脑中闪现。

易婵是月盛的妻子，月盛是我二叔的独儿。月盛上有一姐，下有一妹，都与他都相差三岁。前后中间本来还有一哥一妹，都因生病，一个三岁时死于脑膜炎，一个两岁时死于麻疹。月盛小时极得二叔宠爱，只差要星星不行就给月亮了。寨上的果子没熟，月盛就上了树；谁家的猪羊瘸了腿，十之八九是他所为；时常将火炮用拇指和食指掐着，点燃后甩出，或任其在指前爆炸。每每听到，二叔就说："那崽崽，就是胆子大，要整着哪儿怎么办！"

有两件事，按二叔的话说，险些使他断了香火。

月盛五岁那年初夏，一连两天不吃饭，时而还呕吐。二叔抱他找了土医师，不行；又急忙到十五公里外的大兴医院。化验结果：食物中毒。一问，最近吃的东西，除了自家的饭菜，只有坎上那家的花红。

二叔从医院回来那天中午，二娘说，坎上那家花红确实洒过药，前几天那女的在院坝高声吆喝："我的花红洒了敌敌畏哟，各家把小孩儿管好。"二叔一家当时在吃午饭，没有很在意。二叔说："她家那花红是金子！"二娘说："人家熟了也可以卖几个盐巴钱。"二叔就对月盛说:"不要去摘人家花红！"月盛当时就"嗯"了一声。后来一想，要不是吃时已洒过两天，药已开始失效，二叔吵架时，就再不能粗声大气地骂无儿户是"断尾巴"了。

二叔越想越气，血往上涌，浓眉倒竖，两眼圆睁，抄起一根竹竿，骂骂咧咧就朝坎上那家走去。"老子操你先人，你狗日的这花红值几个钱？吃了该多少你问老子要，犯不着害我儿子。我家月盛就是我的心肝宝贝，老子受苦受累不吃不穿都是为了他。我月盛要是有个三长两短，你一家也不要活了。惹老子犯毛了，一把火把你这庙房烧了。"二叔一边骂，一边绕着院坝那株茂盛的花红树乱打。一树灰绿的花红，满树黛色的树叶，随着竹竿挥舞，花红朝院坝四周跳去，树叶纷纷飘落在地。先前一片浓阴地，此时铺满了残枝败叶，残枝败叶上，是斑斑点点的阳光。那家人，可能自知理亏，也怕身似李逵且是亡命徒的二叔。忍气吞声，没有出屋。二叔也在我父亲的劝说下，一路骂着回了家。

俗语说：瓦罐不离井上破，将军多在阵前亡。月盛在读小学二年级时，出了另一件事，从那以后他的野性大为收敛，变得乖起来。

那天，月盛放学回来，从他舅舅家牵来喂养不久的黑狗，蜷曲卧睡在院坝边柿子树下。月盛把裤子脱到脚弯，朝狗撒尿，那狗惊醒，龇牙咧嘴瞪着他。他一脚踢去，黑狗飞起来，朝他命根子咬了一口，他惊叫两声，晕倒在地。

二叔从堂屋跑出来，见此情景，抓起一根扁担，朝狗飞奔而去。那狗惊恐着，跑过四五栋房子，又朝寨外跑去。二叔从寨中追到寨外，又绕了几条田埂。前面是狗在狂奔，后面是人在猛追。狗累得吐出长舌，人累得汗如水泼。那狗跳进一条干河沟，头触在石头上，一时未能翻过身来。二叔跳进河沟抡起扁担砍去。不知是狗命太长，还是人软无力，那狗惊叫一声，向他猛扑过来，扁担已无用武之地。二叔丢下扁担，双手在狗扑向他面部的瞬间，紧紧掐住狗的喉咙，猛地将狗头向石头上撞去，直到狗爪停止在他脸上身上乱抓，渐渐地抖动、抽搐，二叔才无力地躺在沟里。也就是一瞬间，我父亲后面赶去帮他时，他又翻身起来往回跑。

我和寨上许多妇女小孩，闻声抄近路跟着跑，在后面追看这瞬间的变故。

满身汗泥的二叔，抱着声声呼妈叫娘喊痛的月盛，流着泪，喊着幺儿（方言，指对儿子的爱称），向大兴医院跑去。父亲在二娘处和家中取了钱，随后跑着跟了去。

第二天黄昏，父亲从医院回来，说月盛没有生命危险，医生说要在医院住一段时间，一家人也都放了心。七天后，月盛从医院回来上学，从此变得沉默寡言。尽管后来信迷信，说魂丢了，请寨上老先生烧纸化符安胎招魂，可直到初中毕业回家务农，月盛的性格也没有多大改变。

二叔对月盛的袒护，却是有增无减，因此，他还进过公安局拘留所。

前年秋天，月盛背烤烟去烟草收购点，因对定级不满，不卖，将烟放回背篼，准备背回家。验级员不准，说他肯定是背到建坪乡去外流。月盛边说边将装好的烟背上背，验级员走过来，将背篼抓住后扯，月盛向后一仰，倒了下去。月盛站起来用手去拖背篼，那人顺势一放又一推，月盛向后急步退去，绊在一块石头上，倒下地。月盛站起来时，左脸被擦伤了一大块，血珠从里面浸出来……

二叔听背烟回来的月盛说了受伤的原因，没有听月盛劝阻，跑到收购站，将验级员两耳光打出了鼻血。要不是我父亲和月盛及时赶到，后果难料。

第二天，二叔就被抓进了拘留所。后来，我找了局长，二叔少关了五天，交了一百元治安罚款；找了在法庭工作的同学，只赔了对方实际开支的医药费，少了三百多元的误工、护理、营养等费用；二叔拿钱请电影队在村委会放了一场电影，放映途中，由月盛作了检讨。

二

吉普车驶出大兴场，进入我老家乌坝村的公路。大兴场离那里的直线距离，不过五公里，步行却需三个多小时。此去有两个山岗要翻，两个山岗之间，是两道山梁对峙折叠成的河谷，蜿蜒河谷的两岸，时而散落着三三两两的人家。走出这河谷要涉二十四道S形的河流，俗称“二十四道脚不干”。我从初中到高中，每间隔一周或两周，都要从这条线上往返，上学或回家。遇到山洪爆发，就只有多绕五公里，从另一个乡去大兴乡。我喜欢哼一首歌，其中有这样一些歌词：“盘过弯弯的小河，翻过青青的山岗，故乡，故乡，我又回到你的身旁；村里飘荡着炊烟，田野翻卷着稻浪……是你河里的浪花，是你林中的小鸟，故乡，故乡，我要永远为你歌唱。”很是符合我回乡的情景，也能抒发我眷恋故乡的情怀。

后来，县里为了发展烤烟，由财政、烟草部门资助，沿路村组群众投工投劳，在两道山梁和沿沟山脚，修了一条公路，架了两座桥梁，不用再涉水。公路虽只能通吉普车、农用车、拖拉机，路面似癞蛤蟆，窄处不足四米，但比起肩挑背驮到大兴赶场卖农副产品或买肥料，却是轻松了许多。修路时，沿路群众积极性高涨。二叔说，组里分配他家出三十个劳动日，他们自愿多做了九天。据二叔讲，每人已交七十元集资款，准备从易家寨将县城架来的电线拉进村组。二叔说：“有电确实要方便得多。”

易婵娘家所在的易家寨，就在沟谷尽头山岗的半坡，是这条公路的必经之地。管理区则在离易家寨两公里的山坳上。

月盛语文成绩不错，特别是作文，常常被老师作为范文在课堂上念，他的数理化却是一塌糊涂。初中毕业，月盛沾沾自喜的作文，也未能使他收到高中录取通知书。二叔也没让他补习。他常说“早栽秧早打谷，早生儿子早享福”。在月盛读小学时，就一直为他张罗一门亲事。但二叔在这个问题上很是挑剔，高不行低不就，到月盛初中毕业仍无着落。按二叔的标准：女方要有舅子（兄弟），越多越好，以防月盛今后受人欺负无人撑腰；女方人才要过得去，身体要好，脸要白净；姑娘要贤淑，不知书不要紧，但要识礼，女人家，不守规矩有损门风。二叔对女婿的标准，有所不同：家庭弟兄不能太多，多了不好分家；人要老实，不老实姑娘过去要受气；身体要好，农村人没有力气用什么吃饭！最好是上无老的要孝敬，下无弟妹要扶携。二叔就为大女儿选了这么一个丈夫，一连生了三个小孩，过着一种饿不死也胀不死的生活。此是后话。

邻寨每年要吃十多个猪头的媒公，在易家寨给月盛谈了一门亲事。二叔对女方的家境不甚满意，怕给月盛增加负担。媒公对二叔说，虽然姑娘家六姊妹，家庭暂时有些困难，没有多少打发（嫁妆），但那家有三个儿子，谈月盛的这个易婵还是老大，知甘苦，会当家，人也长得乖（漂亮），针织女工无有不会。姑娘至今没“吃茶”（初步定婚），是谈这里不同意，那里也不答应，不然早就落人户了。虽说大月盛三岁，但“女大三，抱金砖”。

谈月盛，那姑娘也不答应。媒公劝说：“月盛家，不但柴方水匀（方便），从来都是吃白米饭；三间正房和两头的厦子，透壁装修，天楼地楼都整好了的，板壁还漆了红；石阶阳，石院坝，寨上没有第二家；月盛又是独儿，老的死后，五个人的田土都是他一人享受。”媒公又说：“谈那些弟兄多的，责任田地几十年不变，有力都没处使。”

姑娘母亲对月盛颇有微辞，问媒公：“听说那崽崽不爱说话，问他三句不答应两声。”媒公就说：“正式爱说话的，怕你又说是那崽崽光光（话话）多。”

对姑娘父亲“崽崽家父亲脾气不好”的担忧，媒公更是说得他们心服口服：“岩鹰不打窝下食，兔子不吃窝边草！你什么时候听说过他欺负过自己亲人？不说自己的孩子，就是侄儿侄女，都没有说过重话。话又说回来，人家不是没事找事的人，但也不是有事怕事的人。这年头，有些人，有些事，你腰杆硬不起，别人就要到你头上拉屎屙尿呢！”

姑娘的母亲就劝女儿：“虽说是‘不会破鱼先破背，不会嫁女先嫁妹’，毕竟那些闲话是人家说。”姑娘面对父母媒公的询问，咬着唇，什么也不说。

赶大兴场那天，媒公说姑娘要去赶场，喊月盛去望人（相亲）。二叔和月盛从大兴场望人回来后，就请媒公正式去提亲。

女方要求不多。女方父母说，自己家庭不宽裕，以后也没有多少打发。年前拿“荒茶”，只要了五包白糖，说是通知女方的祖父叔伯，算是征求他们的意见。正月递“书子”，对方派了十八包白糖，五件衣服。“装香”是在重阳节，女方只派了五十包白糖，每包不要低于八两；四根猪腿，六十根猪肉条方，最重的十五根，每根两斤以上，其余一斤半左右即可；|件衣服，有一两件料子布就行；晚上烧纸，摆盘子的礼物，由二叔们看着办，过得去就是了。

据母亲说，二叔将衣服增加到十八件，那衣服有粗花呢的，有条绒的，有的确良、咔叽、棉布，还有滑雪衫等几套成品衣；又办了三挑米花，一挑麻饼；晚上烧纸时放了三万响火炮。女方父母自然是心花怒放，给前去跪拜改口称女方父母“亲爷亲娘”的月盛，从头到脚，包括皮带换了全身。每跪拜一个长辈，对方或多或少，都给月盛一点磕头钱，收了两百多元。

最使二叔高兴的是，一月后“讨庚”回来，请寨上老先生开出女方八字。老先生说，与月盛八字甚是“相合”，真乃“天赐良缘”。婚期利次年正月。

我问过月盛感觉如何？他说，递“书子”后，去过姑娘家几次，多是去挑水薅麦淋粪，姑娘话都不爱答。姑娘和她母亲来过月盛家一次，是赶建坪场路过，吃了饭就走了，至今鞋都没给月盛做一双。

我想，他们的婚姻，恐怕得像我的父辈那样：先结婚，后恋爱。

三

吉普车路过管理区，转下山坳，进入乌坝村。这个村的边界，是村与村的边界，也是乡与乡的边界，还是县与县和地区与地区的边界。这个长五公里，中间宽一二公里不等的坝子，两边的山脚或半坡，住着近千户人家。小时二叔对我说，这是他见过的最大的坝子。后来我从书本上、电视上，特别是出差途中的所见，证实了二叔的孤陋寡闻。

我家所在的岳家寨，在坝子中部的山弯。寨前的坝上是水稻，寨后那片山林，林外直到山顶茁壮成长的烤烟、苞谷，此时在月色中，都是一片灰色的朦胧，没有了白天的郁郁葱葱。

赶到寨上时，已是深夜十二点过，圆月开始西斜。同行的人，早已喊全身震得发麻，驾驶员连喊双臂生疼。好在暑热已消，时有清风徐来。

易婵的父母和几个至亲，还有寨上一些男女，包括父母和二叔们一家，坐在院坝。他们见车到，早已围了过来。易婵的母亲大哭起来，二娘也在哭。二叔站在人墙外，叹息着抹了眼泪，对我喊："强强回来啦。"双手捧着耷拉的脑袋，坐回了凳子上。我与众人简单打过招呼，请他们在外等候，由月盛带路，去了卧室。一盏油灯，黄豆般的灯光亮在门边凳子上，雕花木床上的万字格帐架，没有蚊帐。月光从窗子挤进来，正好落在易婵的身上。我忽然想起《红楼梦》中，史湘云和林黛玉月夜下的联句："寒塘渡鹤影，冷月葬花魂。"

同事们打开应急灯，按事先的分工，有的照相画图，有的记录取证。易婵五官端正的脸，除了一对柳叶眉，此时都已变得乌紫，布满了难以言状的痛苦。衬衣的扣子被撕掉，一只乳房露在衣服外；裤子退在一只蜷曲的脚踝上，生殖器附近和身下的床单上，涂有污秽和血迹。血已开始变黑……我心里一阵绞痛，从里间走出来，等待法医鉴定。

我问站在门边的月盛："怎么是这样？"

月盛只喊了声："二哥！"再不言语，两行泪水像断线的珠子，从双颊滚下来。

我坐在门边的凳子上，痛苦地闭上了眼睛。过去的一幕幕又在脑海中闪现。

月盛、易婵的婚期，是正月十七十八。我作为押礼先生随轿夫前往。所有礼物与"讨庚"时无二，多了吹唢呐打锣鼓接亲的人。出发前，二叔又交代了一通，无非是礼数要周到，不能尽是"撇脱点"，那样很是丢人。二叔是一个要"礼"不要"理"甚至不要命的人，我幺妹出嫁那次，在送亲途中，因修桥人没有按规矩"踩新桥"，将"拦路"的修桥人打了个鼻青脸肿。

我们翻上山坳，就能看到易婵所在的寨子，多是姓易的几十户人家，铺在半山缓坡，间或有零星的树木和竹枝，从房前屋后冒出来。

我给押轿的大哥和媒公说，我先进寨递“投书”——通知女方轿夫到了。让他们在山弯稍等，十分钟后方可鸣炮向前。我不想因递“投书”闯“拦门礼”麻烦，对我来说，这不是什么难关，读初中时我就开始独闯“拦门礼”。但时间拖得太长，或是被难住，就没人带轿夫前往什么地方休息了。寒风呜呜地刮着，吹在脸上像刀割一般；加上毛毛冻雨，冷得人直打颤。由我去递“投书”，除了我“不怕”之外，主要还是女方那边的人不认识我，容易混进去。

我沿着凌乱的石梯，寻声来到易婵家。不是很宽的院坝边，有一笼慈竹，两边有几棵李树，房侧的小巷子，通往其他人家。易婵家的房子虽是四列三间，但只有一间是木板装修好的，其余有火砖砌的墙，也有泥砖坯板壁，还有用木板拦着的。院坝里，穿得花花绿绿的男女老幼，站满了堂屋、阶檐坎，多在交头接耳议论：听说轿夫在那边弯里来了。

远处响起了轿夫鸣放的鞭炮声，我漫不经心地从人群背后穿过院坝向大门走去，大门上“之子于归”下面，贴了一副“宝马迎来天上客，香车送出月中仙”的鲜红对联。看到寨上的人准备将桌子安放在大门槛上，行“拦门礼”，我从混乱的人群中挤进堂屋，遮掩着将“投书”放在香盒（神龛）前的礼桌上。我回头看时，门槛上，一张大方桌已骑在上面，“拦门礼”已准备停当。女方执事雄纠纠地站在桌首，等待着男方的礼官前来挑战。众人让开一条路，好似领导视察时的夹道欢迎。来者如果答不出执事用四言八句组成的诘问，就得像狗一样从桌子下钻进去递“投书”，“投书”如不能放在堂屋的礼桌上，轿夫就不能进屋。他们等了好一会也不见递“投书”的，只见一人拿着一个长方型红纸包走到门口对执事说，“投书”已经放在礼桌上了。大家纷纷议论猜测递“投书”的是谁，当他们的目光投向屋内发现是看热闹的我时，恍然大悟，当时还以为我是来吃酒的，没想到被蒙混过关了，打过招呼，他们只好遗憾地撤去门槛上的大桌子。

我一边等待媒人到来，一边观赏姑娘的嫁奁。这时，易婵也站在人群中看热闹。她身穿一件米黄色的毛衣，外套一件天蓝色的外衣，两条油亮的辫子，一条搭在笔直的背上，一条吊在丰满的胸前；红色和黄色的两绞毛线，从肩上经胸前斜挂向背后。姑娘的眼睛哭得有些红肿，正与身边的姑娘耳语着什么。鞭炮声越来越近，噼里啪啦夹杂着轰轰声，接连不断，已到房侧。姑娘将毛巾捂在脸上，向她母亲跪去，哭起来：黄莲树来黄莲根，人家抬轿进了门。明日母女要分散，锣鼓唢呐好伤心……

在每两句之间，都长长地哭喊一句：“我的妈耶，父母耶——”我感觉姑娘很伤心。姑娘哭得她母亲泣不成声时，又转身跪向她父亲：“天上落雨湿兮兮，先哭妈来后哭爹。扯根仙花头上栽，女儿今天口难开。我若是个男子命，挨到父母过一生……”姑娘沙哑悲怆的哭音和哭词，让人揪心。我看到大门口已挤得水泄不通，向左边房内看，晒壁门口挤满了人；我想从右边的灶房出去，门口也被许多人把着。媒公走到礼桌前，送完礼，姑娘向他走去，哭起媒人来："豌豆开花倒结角，媒人想吃猪脑壳。花言巧语弄是非，东家添油西家吹……"

媒公一边宽慰，一边笑着说："现在新社会了，你怕我们把人揣在荷包里的呀。姑娘也看到了，人家样样都好。我们做媒的，是人家不说的，媒人是根"拄二棒"（拐杖），过河甩在干坎上。二天（方言，指以后、日后）我们要饭要到门上，姑娘还是递点噻……"我趁众人去看姑娘哭媒人之机出来，到坎上那家找轿夫们去了。

第二天，天刚蒙蒙亮，轿夫们起床，砍了院坝的几根慈竹，划篾条，备木棒，将女方凌晨抬到院坝用红纸条写有"吉年吉月吉日吉时封"的柜子碗架捆好，被子床单用绳子捆在背篼上，碗盆瓷具放进挑米花麻饼来的箩篼里。大家都在做着发轿准备。姑娘换上了红色的滑雪衫，青色的下装，红色的皮鞋，毛巾捂在脸上，一仰一俯地哭诉辞祖宗。她嘶哑的声音，已难以听清，只见双肩颤抖，站立不稳。姑娘一边哭一边跪拜，被两女子搀扶着向大门口走来。姑娘有气无力地向后丢了一把象征留给娘家"财气"的筷子，向前甩了一把象征到婆家"快快生子"的筷子。到大门口时，这边接亲的两名姑娘上前搀扶着，算是拖了出来。一位继续搀扶，一位撑开红伞遮在姑娘的头上，姑娘的脸顿时红润起来，红得像桃子似的眼中，那无奈怨恨的悲恸，依然在泪水中呈现。离别生养自己二十多年的故土和亲人，谁个不悲伤？就是石人也动容！但姑娘的神情，似乎是与相爱的人生离死别一般。这种想法很快就被我打消了——姑娘没有上过学，也没有杀过广（去广东打工），更没有听说与人恋爱过。

铜杆长号吹天吹地，木杆唢呐呜呜呀呀，铜钹皮鼓咚咚锵锵，一面筛子似的铜锣，"咣！咣！"的声音回荡在空旷的山野。从半坡走向山坳，离易家寨越来越远。轿夫们争先恐后赶捷路超了送亲客，特别是我们背被子床单的，已是一路小跑。我们要赶在新人到达前，将床上用品背进屋，由生育有两个儿子的我的母亲铺床。抬柜子等笨重嫁奁的轿夫们，则是小心翼翼地在后面走着。

我背着被子来到院坝，大门上，"相敬如宾和和睦睦四季乐，钟情似海恩恩爱爱百年长"的婚联，覆盖了年三十夜贴上去的春联。堂屋里，已是烛明香燃。香盒在烛光的照耀下，"天地国亲师位"和两边的对联"金炉不断千秋火，玉盏常明万岁灯"，以及香盒下倒"福"两边"香烟冲天天赐福，烛花落地地生财"的对联，格外鲜艳夺目。从灶房屋进新房，新房门上的春联，也覆上了"洞内桃花开半夜，房中贵子结五更"的婚联。走进新房，用寓意早生贵子的枣子木做的婚床，做工精细，床脚还雕刻有飞龙舞凤，床上是一顶万字格的帐架。母亲早已站在床边，将我们送来的铺笼帐盖，一一铺在了床上，被子则折叠放在挨板壁的床边柜子上，然后在床单上撒满枣子，将看热闹的大人小孩赶出来，把门扣上。

大家忙碌一通准备完毕时，新娘已在寨前与送亲客分离，送亲客被人引进了月勇家的堂屋。我来到院坝，大哥拿着三条麻袋站在身边，准备司礼。新娘刚进院坝，月勇就在房侧那棵柿子树下点燃先前挂在树上的长长的一挂鞭炮，跑了过来。大哥则将麻袋放在进屋的路上，我就高喊“袋袋（代代）相传！袋袋相传！”，新娘每走上第二条麻袋时，大哥立即将第一条麻袋提起来，迅速铺在第三条前面。如此循环，一直铺到堂屋香盒下的礼桌前。二叔一直站在人丛里，眼睛笑得眯成了一条缝。

众人看好的拜堂，在新娘走进堂屋时展开。母亲作为“牵娘”搀扶着新娘，与月盛并立在礼桌边折叠成长方形的被子前，许多人都围了上来。月盛和新娘，随着我仰天朝香盒“一拜天地，二拜祖宗，三拜高堂”长长高高的声音，站起跪下，跪下又立起。突然爆发一阵哄笑，原来是月勇在新郎新娘下跪瞬间，将被子踢到了桌子下。月盛早有防备，轻轻跪在了竹席上；新娘的膝盖却发出了肉震的声音。只见她眉头一蹙，随即又恢复木然的表情。只听牵扯新郎新娘起来的二叔，笑着骂了句：“狗日的月勇，讨打！”

新郎新娘拜过堂，人们又潮水般簇拥着新娘和月盛，经灶房向新房涌去。我则离开堂屋来到院坝。

一会月勇跑到院坝对我说：“新媳妇太漂亮了，我从来没有看见过这么漂亮的人。你女朋友有她漂亮没有？”

“漂不漂亮关你屁事。”

“这回入洞房没有意思。月盛和新媳妇都没有像人家那样：争先进洞房，抢坐婚床，掌握今后当家的主动权。”

我笑着说：“你小子真缺德。我二天结婚，你敢踢被子，我就踢人。”

月勇笑着说：“到时二哥千万要脚下留情啊！”停了一会，他又问：“今晚上闹洞房，去不去？”

“不去！”

“二哥这两年正规起来了。以前寨上结婚，哪家不是你带头闹？四言八句又说得好。反正三天不分老少，你当二伯子的怕哪样？”

“昨天晚上没有休息得好，想早点睡。”

“闹完洞房，我们再到檐沟后头悄悄从窗门去看月盛哥哥们如何‘含羞且将金扣解，带笑却把银灯吹’。”

“你小子讨揍！赶快去帮忙。读书有这么专心，就不会初中读他四年，几科加起来得一百分了。”

月勇离开不远又趱回来：“二哥，今晚我来和你睡啊？我们大姑们来吃酒，住不下。”

我回答：“要来就早点来。”

月勇刚走，眉开眼笑的二叔，隔远喊我过去谈事。他听说昨天闯拦门礼的事了，说我没出息，随后安排我去陪送亲客。在对方一个又一个的“撇脱点，撇脱点。不开亲是两家，开亲是一家”的彬彬有礼中顺利陪完送亲客，回来帮忙为安酒席端盆送菜，忙到点灯吃完酸菜饭，我就到厢房睡去了。

一阵冷风钻进被子，像冰块般的脚挨在了我身上，随即一个喷嚏从床那头传来。我不得不醒来。“月勇，你找死呀！”

“嗨呀，二哥，今晚上不划算，闹了半天洞房，新娘不答腔，像个木偶，连葵花子落花生都是月盛哥到箱子里装的。月盛哥问她要钥匙开箱子，她马上就拿了。”

“你睡不睡？不睡就给我滚起去！”

月勇又是一个喷嚏。“二哥，你说怪不怪？新媳妇衣服也不脱，侧身朝板壁睡。月盛哥将床上多余的新被条抱下来，给新媳妇盖好被子，灯也不吹，去了另一头睡。没意思！”

月勇见我不答话，停了下来，我才说了句：“关你屁事。快睡！”其实我想他说得更多。

月勇不一会进入了梦乡，我却是天亮了才眯糊一会。

一年多，我隔三两月回家一次，见过月盛媳妇三四次。每次见面，她都是“二哥，回来啦”，再无多言，那冷漠忧郁的神态依然。我虽然知道她名易婵，但都是以“妹”相称。母亲说，易婵见人都是这样，低眉顺眼称呼一声，很少说话，三个月后才有所改变。

据母亲说，令二叔二娘最为担忧的，是一年多了，易婵没有见喜。二叔请神送子，化符许愿，朝山拜佛，都试过了却不见效。月勇一天与我开玩笑：“二哥，看来月盛哥儿不晚婚但要晚育喽。”

我说：“二叔听到了看你掴耳仙神现（挨打耳光）。”

一周前回家，我算是第一次认真看了易婵一眼。用亭亭玉立之类的词来形容，也难表其意。那天她赶场归来，黑发披肩，一脸桃红，上穿白色的确良衬衣，下穿黑色裤子，中跟黑色皮鞋套肉色袜子。妩媚目光里的幽怨，又增加了许多。看着她美丽的身段，在我心灵很暗的角落，有一束光闪了一下，等我想看清里面的东西时，却熄灭了。我想：如果她出生在街前市口，或者父母送其读书走出去，必定是配“贵夫”的命。环境，决定了她的一生！

看着她高挺的胸部，始终平平的腹部，更是觉得上天不公。难道是这平平的腹部，埋藏了今日的怨恨？

四

一个小时过去，尸检还在进行。副大队长从里屋来到院坝，询问着案发经过。

从月盛口中得知，案发当日，早上二叔去大兴赶场，天黑好久了才回家；月盛和二娘去大姐家帮忙薅秧，易婵在家看屋，放牛、打猪草喂猪，没有去。下午四点，月盛有些不舒服，先回了家，吃了两片感冒药，本想去睡一会，刚进卧室，就发现易婵惨死在床上。他将卧室门锁上，跑去管理区打了110，随后又去易家寨通知易婵的父母。

在询问案情的间隙，我将母亲喊到一边，问："大哥怎么没来？他昨天去了哪里？"大哥入赘建坪场姨妈家，离这里有十多公里。

母亲回答："他们还不知道。听你二娘说，他昨天和你大嫂一道在大姐家帮忙薅秧。怎么？有什么事？"

"没有什么事，我随便问问。"

我返身看到二叔双手捧着头，双肘撑在膝盖上，坐在院坝，身上像发冷一般颤抖，时而还在抹泪。真是绳从细处断：看重传宗接代的二叔，只有月盛这根独苗。又听母亲说，易婵没有生育，主要是月盛的原因。二叔就担心：月盛之后，过年过节，谁来为我烧纸呢？今后，谁又为月盛烧纸呢？今年春节回家过年的事，又出现在脑海。

值完班赶回家时，已是腊月二十九中午。按惯例，头一天，我们全家在二叔家吃年夜饭；第二天晚上，二叔全家到我们家吃。刚放下包裹，二叔就喊我去写春联，封袱包（烧给亡人的冥币）。我也像往年那样，乐颠颠答应着跑去了。如果在家，不是去帮忙舂汤圆，就是协助推绿豆粉。

一阵寒暄后，我问对联写些什么。二叔指着对联书："大门上写这对：辞旧岁菩萨显灵延世泽，迎新春观音圣水发新枝，横批：蠡斯衍庆。"

月盛在侧边说："老掉牙了，还不如写'说什么新春旧岁，还不是昨日今天'。"

二叔瞪了月盛一眼："你娃懂个屁！"又对我说："其他的你就在对联书上找，什么柳绿桃红福禄富贵人寿年丰，只要好听就行。把屋里屋外柱头窗棂都写满。"

我笑着说："多写些也没有什么意思。"

二叔也笑着说："你崽崽偷懒。红纸舔肥（巴结）半年，火炮舔肥当时。"

二叔出去后，我和月盛将大桌子抬到堂屋中央，摆出事先准备好的红纸笔墨，月盛在我对面拉纸，我挥墨。一个小时过去，写得我脚痛腰胀手腕酸。终于在二叔笑嗔"鬼画桃符"的评价中，完成了他交给的"满堂红"任务。

二叔和月盛去贴春联，他叫我一人写袱包。二叔刚出去，又趙回来，问："强强，你没忘记吧？这过年该写'除夕之期'。"

我说："知道。"

"知道？其他节日呢？"

"清明是'拜扫'，端阳是'蒲节'，七月半是'中元'……你老是以为我读书读忘记了？"

月盛可能是在柱上刷好了糨糊，喊二叔出去递春联。二叔出去不一会儿，又踅回来对我说："今年给你家公婆（祖父祖母）各写八封，老祖公们每人写四封。"

我答："行！"这个数字，比上年增加了一倍。写袱包，实在是机械的重复。还是城里人方便，到街上买两叠用微机打印好的袱包来，添上称呼姓名就可以了。

我写完袱包，二叔和月盛已贴好春联。二叔去院坝柿子树下，将煮得半熟的猪头放在一根大条凳上，燃香烧纸，祭祀"四老爷"。之后，回到堂屋，将桌子摆好，一边喊月盛、幺妹、二娘、易婵上菜舀饭斟酒，一边叫月盛去喊我父母来吃饭，一边燃香点烛蓬袱包。一切准备停当时，就只剩我在那里帮忙。袱包燃起后，二叔磕起头来。第三次跪下去，很久没有起来，我看到他火光影映中的脸膛上，两行泪水像屋檐水般滴着。我去拉他，许久才起来……吃饭时，二叔一改往年大话连篇喜话多多的习惯，极少说话。他劝父亲喝酒，先将自己的杯子斟满再去问父亲，父亲说不喝了，他就干了自己杯中的，如此三四，后来，连说话都已吐音不清。父亲劝他不喝了，他说"还没醉"，人却从板凳上滑到了桌子下。父亲去扯他，二娘喊月盛扶他去睡。我和月盛扶他到卧室门口，我伸手去开门，他向旁边一倒，"扑通"一声，月盛也倒在了喂猪桶边，喂猪桶被碰倒，潲水流满灶后四周，二叔"呃！呃！"地吐着……

二叔睡到第二天，说身上不舒服，也没有起来到我们家吃年夜饭。正月初一凌晨，二叔起来开了"财门"，放了一万响火炮，早早吃了"茶"（忌说"饭"，因与"犯"同音），就催我与他一道去坟山给老人拜年。

去坟山的路上二叔燃香烧纸，说是保一家出入平安；到水井边燃香烧纸，说是保一家没有火灾水灾。到了祖父祖母合墓的坟前，二叔久久凝视着两边碑柱上行草写着的碑联：龙真穴正生贵子，山明水秀出贤人。二叔焚香燃纸后，喊月盛去曾祖父坟上拜年，并嘱咐，沿途其他坟前，也燃张纸烧炷香。月盛走后，他跪在祖父祖母碑前，用手指在碑上月盛名字的下面，比划着问："强强，你说月盛们有小孩了，取个什么名字呢？"

我心里一惊，就说："到时再说。有的怀得迟，像月勇他爹，也是结婚七年多了才生的月勇。"我不知这样说有什么用，听母亲说，易婵未生育，可能是月盛的原因。

"月盛之后，逢年过节，谁来为我烧纸呢？"说着，眼泪又像两道山洪冲泻在脸上。

我不知如何回答，我想，二叔也许不是在问我，而是问他自己。

初三下午，我从大哥家拜年回来，在屋里坐着看书。不一会就听二叔在喊："是哪家的羊子？在柏杨坡害人啦！"喊了十多声，也没人答应，好像是朝柏杨坡跑去了。过了好一会，二叔家的院坝有人吵了起来，仔细一听，是二叔和月勇父亲的声音。

"老子嘴巴都喊干了，没有人答应。得些牛羊天天放敞，那几厢（块）麦子都吃完了。"是二叔在说。

"你狗日欺人太甚，吃你几窝麦子，就把羊子打死了。"月勇父亲在骂。

"狗日的，今天你敢把羊子甩进屋！"

"老子今天不把羊子甩在你家香盒上，不是人养的！"

"你狗日养野种的杂种！你今天过来，过来老子就做你成渣渣！"

"你狗日满脑壳的毛都旋完了，还在充打将。别人怕你狗日'断尾巴'，老子今天就不怕你！"

"要不得！要不得！"有人在喊。好像是打起来了，我起身跑了出去。

我跑到院坝一看，白色的死羊子丢弃在了大门边，二叔和月勇父亲两人身上裹了许多泥巴，虽已被父亲等人隔开，二人却还在指着对骂。月勇父亲的鼻子流着血，鼻血被他随鼻涕涂了两腮。我跑去拉了月勇父亲喊："大叔，走，去上药！"二叔也被父亲等人招呼进了屋。

月勇父亲随我边走边骂："你狗日'断尾巴'，不陪老子羊子，老子叫你过不成大年（元宵节）！"

嗨！二叔这个新年过得真是不舒心。

五

漫长的两个小时过去，法医解剖完毕。副大队长对站在院坝的众人说："经初步判断，这是一起强奸杀人案。犯罪人在实施犯罪时，受害人曾极力反抗，犯罪人可能怕受害人告发，用被子将受害人头部捂住，致使受害人窒息死亡。"

副大队长话刚说完，易婵的母亲又幺呀儿地哭诉起来。在场人无不动容。

我劝："各位亲友不要哭，等大队长把话讲完。"

副大队长继续说："请各位乡亲放心。这种案子很简单，犯罪人在犯罪时踩下了脚印，印下了指纹，留下了精液。只要其中一样，都将成为罪犯犯罪的有力证据。在接下来的办案过程中，希望大家提供线索，也请配合我们破案。我们每个男同志都是嫌疑人，都有提供不在现场证人证据的责任，都有接受有关鉴定的义务。"

我补充说："由于我是直系亲属，今天算是来带路，不能留下来，加上局里这两天人手紧，我得赶回去。易婵妹的丧事，现在可以操办。望众亲节哀，也要冷静对待案件的进展情况。"我咬了一下嘴唇，一个字一个字地吐着说："但我可以向你们保证，抓不着罪犯，我誓不为人！"

返回县城的路上，我不发一言，默默地流着泪。尽管拥挤，可除驾驶员聚精会神地开着车外，其他几人都打起了鼾声。车子进城时，天已开始发白。我躺在床上，不知什么时候沉沉地睡去。睡梦中，易婵在一片开满油菜花的田边，喊一声："二哥，回来啦。"我有许多为什么要问她，她却转身越走越快，越去越远。

下午从分管局长那里汇报出来，已近下班时间。正准备从值班室离开，同事喊我接电话，是月勇从管理区打来的，说二叔吊死了，月盛不知去向，二娘已昏死过去。易婵家来了许多人，将她的嫁妆全部搬走，要求用柏木棺材埋易婵，达不到要求不准埋。要我回家去一趟。

放下电话，我立即向分管局长汇报，他向副大队长布置了任务。副大队长喊我时，我说肚子痛得很，不能再陪同。他们走后，我的脑海变成了一片空白。

我不去，是有一种可怕的预感。

二叔死后的第二天上午，从大兴乡开长安客车拉客进城的驾驶员，给我送来了一封"亲启"信。我拆开，一看称呼，又翻了落款，知道是月盛的来信。

二哥：

你好！

我在大兴乡一家旅社，一夜没睡，想了很久，给你写了这封信，给了驾驶员乘车进城的车票钱，请他带给你。当你读到这封信时，我正在去广东打工的车上。我没有脸再在家乡生活下去了。

你多次问我"怎么是这样？"我都以泪洗面地回答。我难以启齿啊，我与易婵结婚半年，没有成为真正的夫妻。我们结婚那天晚上，人们闹完洞房离去时，已是晚上十二点过。易婵仍然一句话不说，和衣面朝板壁睡去。我想，这可能是农村姑娘特有的害羞吧，我也困得不行，给她盖好被子，在另一头睡下。第二天第三天，也是这样；一个月两个月，还是如此。出于对她的尊重，再说，在这种氛围里，也没有那方面的欲望。她对家中寨上老少，虽然话不多，但见到时，都是礼礼貌貌地喊一声；与我虽然少搭话，里外活路却是抢着做。随着天气变暖，她也在逐渐减少衣裳。从月霞妹家吃满月酒回来那天，阳光暖和。二四八月乱穿衣，老人们还在穿毛线衣，我们年轻人穿着衬衣都觉得有些燥热。易婵穿上那件水红色衬衣，阳光烘烤着她红润的脸庞。你该知道，那是一份难以用言语表达的美。晚上，她脱掉衬衣、下装，上床时，用一种羞涩而又难以抑制欲望的目光，脉脉含情地看着我，说："睡吧。"我也说："睡吧。"像往常一样，去了另一头睡下。不知道她内心究竟是怎么想的。

不一会，她从那边爬过来，睡在我身边，全身一丝不挂。她颤栗着，用滚烫的身子抱着我，我也猛然转身抱着她热烈地亲吻……我们经受着欲火的煎熬，却没有成为真正的夫妻。第二天第三天晚上，也是如此。她说，我是不是在心里嫌弃她。我叹息着说，不是，以前以为她是不愿意。一摸她脸上，满脸是泪。她说："我以前是不愿意。第一天晚上，如果你横来，我想死的心都有——有些心事，以后慢慢告诉你。后来你和你们一家对我都好，看到月霞妹生了儿子的幸福，看到爸妈叹息的样子，我也想通了，认命吧！有人说，有了孩子，夫妻就会好好过日子……"我叹息着安慰她："估计是书上说的阳痿吧，去找医生看看，吃点药，应该医得好。"话虽这样说，内心却是恐慌。后来，我暗中到大兴场，看着街头墙上的广告，寻找那些游医，钱花去几百块，时间过去了几个月，却是一点效果都没有。易婵说，去正规医院看看。开始那几次只是说了大概，医生开了药，还是不见效。你二叔二娘，对易婵将近一年不见喜，有些不满和担心。言语中，将责任归咎于易婵。后来拿钱喊我们去沿江县医院检查（在本县检查怕臊皮），看看是谁没有生育能力，如果是易婵没有，只好离婚。医院的医生检查时，问我是不是被损伤过。我脑海中迅速闪过黑狗飞扑过来的身影，差点晕过去了。在回来的路上，我将结果告诉了易婵，她流着泪，什么也不说。我叹息着，也无话可说。你二叔二娘问我结果，我说："是我有问题。"你二叔又问："去省城大医院，看看行不行？"我说："医生说，只有去上海、北京那些大医院，少了十万不要上路。"你二叔当然知道十万是个什么数。是五万斤不要本钱的烤烟，是十多万斤不要本钱的大米，是十万个鸡鸭蛋……你二叔说："娃，怎么办呢？"说着说着就流下了眼泪。

看到这里，上星期回家时，大哥和我说的一件事，在脑海中挥之不去。

来帮忙父母挖洋芋的大哥，晚上和我睡时，他说，有件事他不说出来，心里不安，老是做恶梦。他说：

"上前场赶建坪场，二叔约我一道回去，说有事找我商量。

"在雄狮岩，二叔将我喊到坎上的草坪处，说了易婵多年不见喜，是月盛没有生育能力，让我为他'续香火'，他说：'不管怎么说，都是一条根根（祖宗）下来的'。我很害怕，不同意。怕你嫂子知道了与我闹离婚，就算你大嫂知道了，不吵不离，易婵是不是同意呢？如果不同意，去告我强奸的话，坐牢事小，一家老少就没了依靠。

"二叔见我不愿意，老泪纵横地给我跪下，他说，除了自己不传出去，任何人都不会知道，包括月盛，有喜了给他讲——是他自己没本事。易婵一个没有见过世面的农村姑娘，也不会拿自己的名誉去冒险，肯定只会哑巴吃黄连——有苦说不出。只要有了孩子，易婵就会安心……我经不住二叔的眼泪，也难听他哭诉回忆过去对我们的种种好处。答应去试一试。

"第二天，我来到二叔家，说二叔昨天喊他来帮着薅苞谷。二叔安排他、月盛、我和二娘上山，易婵在家煮饭吃了，将猪喂后送饭上山。在山上吃了中午饭，又薅到太阳偏西。二叔安排二娘下山去割猪草，准备晚上的饭；月盛去给关在圈中的牛割草，昨天剩那点草已经吃完了；易婵留下帮助薅草。我知道，二叔为什么要这样安排，但没有人怀疑这样安排不合理。

“二娘、月盛离开有半个小时光景，太阳还是先前那样，从早到晚，一直在无云的天空，抛撒着白光。我也不知道，我的衣服究竟湿了多少次，又干了多少次。二叔去喝水，说易婵带来的水没有了，要去半岩洞中提点水来，喊易婵和我休息一会儿再薅。

“我坐在一棵桐子树下的一块石板上，一阵山风吹来，在玉米林发出哗哗声，从身上吹过去时，很是凉爽，不一会汗水就干了。我喊易婵坐下休息一会儿，她薅一会儿也来到桐子树下，摘几张桐子叶，远远地铺在石板边坐下。我第一次认真看她，发现她确实漂亮。汗水浸泡过的脸红扑扑的，灰色下装虽有些白旧，却没有污痕，上身穿那件白衬衣，胸前那两颗扣子解开着，露出了粉嘟嘟的乳沟。说老实话，这时候，我已不仅仅是为了二叔，而是内心有一种难以抑制的冲动。

“易婵侧眸中，发现我呆呆地看着她，朝胸前一看，脸一红，忙将衣扣扣上。

“我喊：‘易婵妹，坐过来，这边凉快点。’

“她低着头，说：‘不怕。’

“我向她那边挪了过去。她见我过去，将身子又朝外挪了挪，太阳射在了她的脚上。

“我拉过她放在膝上的手，说：‘易婵妹这手才细嫩哟！’

“她努力地往回抽手，我不放；她站起来想离开，我也站起来，用另一只手去抱她。她一边挣扎着一边说：‘不！大哥！要不得！’她的脸涨得通红，他见我没有松手的意思，骂了声‘畜牲！’，扬起右手，重重地打了我一耳光。

“我的大脑‘嗡’的一声，清醒了许多，呆呆地一松手，易婵双手捂着脸，哭着跑下山去了。

“过了许久，二叔才提水来到苞谷地。见到垂头丧气的我，什么也没说，呻吟了几声，提着锄头进了苞谷地。

“我说了声：‘二叔，我回去啦！’二叔什么也没有回答。

“我担惊受怕了一个星期，什么也没有发生。一想起易婵那幽怨悲伤愤怒绝望的眼神，我就寝食难安。”

我说：“做什么事，都要对得住自己的良心！”

大哥没有回答，我也没有再说话。过了很久，大哥发出了轻微的鼾声……

这也是我为什么问母亲，案发时大哥在什么地方的原因。

我继续看月盛的信。

今年大端阳那天晚上，在卧房，易婵对我说：“我们离婚吧。”我低着头，重复剔着指甲，说：“离什么婚呢，当初你就没愿意去请结婚证。给双方老人家说说，你去就是了……”见我说得那么平和，诚恳，她说：“我们来世再做夫妻吧！”说着跪在床前，嘤嘤哭泣。我安慰她上床后，我们静静地躺着，易婵谈了为什么和衣睡了三个月。

易婵说她内心深深地喜欢着一个人，那人在他们寨上村小教书。她说喜欢听他朗读课文的声音，也喜欢学生们朗朗的读书声。每天路过村小，都要多看两眼，都要与他说上两句。她说，他们从小就谈得来。他年长易婵三岁，高考时差了八分，没能补习，回家到村小当了民办老师。他的理科成绩不好，不过教这些小学生绰绰有余；文科成绩不错，所以很能侃。在易婵的眼里，他是“天上晓得一半，地上全知”，崇拜得只差五体投地了，她时常到村小操场做针线活，也是为多看他两眼，多听他说话。他父母多病，姊妹又多，家庭贫寒，婚事也是高不成低不就。

易婵对他不仅仅是“郎才女貌”般的倾慕，他们从小到大，也算“两小无猜”。小时候，他们一起办家家，男当新郎女做新娘，有时也像夫妻一般睡下。有一次被她父亲发现，打了他一耳光，他们不知道为什么。稍大些懂事了，才知道，这些事，是不能做的，即使大了也不行。易婵说，她忘不了和他一起的情景：一起上山割猪草，他割得慢，她帮他；下山时，她的太重，就用树皮捆一捆搭在他的背篼上，下山后再交还她。与她一起上山砍柴，他将自己砍的柴送给她一些；一起割柴草，她捆不牢，他去捆好，提起来放在她背着的背篼上。寨上的人也看得出，他热心助人，但对易婵的关心，却比别人要多些，易婵不时也做双布鞋或鞋垫送给他。大家也没有往深处想，叔子关心侄女多些，姑娘给长辈做些针线活也是常事：他们不但都姓易，也共同生长在一个寨上；虽不是什么亲房，易婵称他也是“叔叔”；他们没有，也不可能走向婚姻。易婵在流泪和叹息中，成了我的妻子。她的心里，还留存着一片幻想的天空，直到三个月后，算是在我的感召下破灭。

易婵出嫁后，那人的婚事一直未落实。我对易婵说：“去找他商量，如果他愿意，就一道去‘杀广’（打工）。你们在这里，族人打死你们也不会让你们‘丢脸’的。大不了在外漂泊一生，总比这样活受罪强。那天，易婵与他去赶大兴场，约定六月十六上路。这时学生放了暑假，不误学生上课，也好让校长有时间另请新老师。谁知，在这只有一个星期的时间里出了事……

我拉拉杂杂谈了这么多，你还不清楚我为什么要出走。易婵的死，使我伤心；还有我不是男子汉的事，大白于天下，让我难堪；当然，还有另外一件事。当你二叔听说我们要离婚时，他说：“娃，不能离呀，今后你到哪里去找媳妇呢，我们家香火在你这里就断了啊？”我说：“总不能误人家易婵一生吧。今后抱养一个就是了。”你二叔叹息着说：“有儿穷不久，无儿久久穷啊！现在丢弃的都是姑娘，有谁会丢儿子呢！”说着，眼泪像檐水一般流个不停。我心情不好，没有再理他，走开了。

你们那晚离开后，我们将易婵停在堂屋，寨上老少和亲友们都去睡了，你二叔和我在那里守灵。有半个多小时，谁也不说话。他突然跪在我面前，痛哭流涕地说："娃，我对不起你，也对不起易婵！"我惊讶地看着他。他一边抹泪一边说："昨天我没有去赶场，我离开家走到半路，就从山梁来到了我们寨后的山林里。等到下午，估计寨上的人都出工了，悄悄回了家。我想，只要易婵有了身孕，她就不会离开我们家，我们家的香火就不会断了。谁知易婵不愿意，她竭力反抗，嘴里喊着'不！不！'后来她大声喊'救命'，我一急，就用被子捂在她的头上……我跑出来时，没有看到一个人。近处，只有鸡在打鸣，远处是狗在叫。我在山上树林里躲了一会，又从原路返回再回来……"

那个老畜牲，说完从地上站起来，走了出去。我木然着，大脑昏眩，瘫坐在地上，心一阵阵地绞痛，泪水滴下来，在地上发出令人心碎的"嘀嗒"声……不知什么时候，我沉沉地睡过去，人们一阵喧闹，把我吵醒，此时天已大亮。有人在喊我，我出去看时，那老畜牲已吊死在院坝边那棵柿子树上了……你说，我还有脸面在家乡生活下去吗？

请你转告我母亲，请她不必担心，我会将打工的钱寄给你转给她；也请你动员我母亲，不要让幺妹辍学。幺妹好学，成绩也还过得去，学费我会尽力给她找。不管幺妹是否考得上学校，是否有工作，让她找一个本分老实的丈夫，由他们给母亲养老送终。家中所有房屋田土，全部由幺妹继承。易婵的东西，全部退还人家，即使她后家有些过激的行为，也不要为难人家。这封信，算是我的"遗嘱"，也算是单方面的合同。

看在我们从小一起长大的份上，拜托了，二哥！

（原载《民族文学》2013年第10期）

西篱

看不见的母亲

一

父亲僵硬的身体被白被单盖住，在一间新腾出的房间里。窗户很小，木板壁的缝隙透露出一丝丝光亮，空气里混合着尘土、石灰和陈年昆虫尸体的气息。在冥界和阳间的汇接处，被遮盖的父亲，或者正腐朽，或成为雪白的光，生命的所有信息在我漫长的观看和等待中聚集……

那些天，风镇一直阴沉沉的，惊雷和闪电不时在天际山巅狰狞一笑，轰轰几声。我压抑得无法言语，努力镇静着。我打算将父亲送县城火化，然后带上他的骨灰远走他乡。我的想法遭到乡民们的一致谴责，他们已经在风谷找好墓地，备好棺木，要亲手送他入土。

隔年，我再返风镇，竟已找不到父亲的坟茔。风谷长满荆棘杂草，肥硕的绿虫在荨麻和野蔷薇枝叶上滚爬，像吃寿司的人挤芥末管一样拉出绿色的屎，那种放肆，令我坚信，就是父亲的骨肉喂肥了它们!

我退回梦乡，寻找与父亲的亲近。然而，父亲虽然每夜都在我的梦中，却并不与我面对，对我视而不见。我们在各自的时间轨道里运行。他在过去的那些场景里，在他曾经的生活中，已经须发皆白，却茫然来去——他一直地，始终地，在寻找，找我母亲。我听见他或呼唤或自言自语：“紫音”。

不是唤我，虽然在我六岁时，他将母亲的名字给了我。

二

数十年来，我一直在寻找母亲。她好像从不存在，并未在我们看得见的时光里显现。但是，我会在自己的面容，在哥哥的五官和眼神，在弟弟的行为，在父亲的沉默和忧伤中，找到她的形象和表情，找到她带给我们所有人的爱。在家庭和亲人之中，她无处不在。

对于这个世界，我转瞬即逝的母亲，她的存在仅仅意味着一段短暂的生命历程！关于这个世界，关于未来，她一定有过种种愿望，在她的语言中，在她每天迎接晨光的眼神里，在她轻轻的吟唱中。

她一定是吟唱过这个世界的，只是，她是否得到回应？

有关母亲的身世，哥哥曾经从外婆的讲述里获得点滴信息。那还是在外婆神志清醒、记忆饱满的时候。

当年，危急时刻，母亲迅速作出决断，将我和哥哥送回成都，分别寄养在奶奶家和外婆家。奶奶的模样和神情，她身上的气息，都是我渴望的。她温和细致，有足够的坚强和理性，像恒温的大海一样令我心安。她是我父亲的源泉，我很庆幸能够回到她的身边。

但我对外婆一无所知，不管她是不是母亲的另一个版本，对我来说，和母亲一样陌生。

此生唯一一次见到外婆，是在20世纪70年代中期，父亲带领我们兄妹三人去都江堰看她。她那么高大，令我惊讶。在寒冷潮湿的风镇和寂寞的成都，我很少看见高大的女人。树皮一样苍老的褐色皮肤绷在她高高的颧骨上。她头上的黑布包头看起来十分沉重。她身姿挺拔，一双大大的圆眼睛，像深山野物般明亮、灵活、冰冷、神秘。

那时，这个孤独太久的老人，已经失忆了。她只用恍惚的微笑来招待每天的时光，招待我们这些陌生的客人。一个乌黑的砂陶羌笛，是她唯一的玩物，一直紧紧地捏在手心。偶尔，她会用它，吹出一些简单而忧伤的旋律。

我们在房前的河沟里戏耍，用大田螺的空壳装蝌蚪。黄昏来临，炊烟将黑夜唤到自己身边。父亲叫我的名字："紫音——"

她听见了，从里屋奔出来，目光扫过空空的河野，急切的渴念如镭射光只闪现一瞬，立刻垂落无踪，大眼睛里剩下孤寂和空茫，愣愣地，依在门前，望向暮色升起的地方。

我母亲的名字带来的震撼，掀翻她所有沉睡的记忆。但是，她再一次失望了，绝望了。

那天夜里，她一直坐在藤椅里，眼睛在黑暗中发亮。我睡了一觉又一觉醒来，她的眼睛还在黑暗中发亮，随着夜光的变幻，眸子由幽绿、深蓝到深灰、浅灰……黎明时变回黑色。

父亲本来打算去成都，将奶奶接到风谷。看到外婆的状况，他改变了主意，决定带走失忆的外婆，让我们永伴她身边。

我们在成都上了火车。到重庆后，发现外婆没了。

一直坐我旁边的那个穿蓝色工作服的人说，他看见外婆在大足站下车。她那么从容、安详，还不时微笑着请将腿伸在过道上的人让一让，谁想到她会是个出走的老人呢？

外婆离开时一定很清醒。因为，她将那只羌笛投进哥哥印有“为人民服务”的绿色帆布书包里，而将一条绣花腰带系在我身上。

父亲去过大足几次，包括大足附近的荣昌、铜梁、潼南等地，都走遍了。每次回来，父亲都更加苍老、消瘦，神情更加孤寂，漫长地沉默。

那以后，我母亲的母亲，永远地，消失了。这个高大的羌族老人，不再等我们长大，不再等她女儿的消息。

她为什么不和我们一起等待？一想到她要独自寻找，我就泪水横流。难道，她有她独特的路径？难道，她已经习惯了孤独，并准备将孤独当成自己唯一的归宿？

她像黄昏时分一道瑰丽的光影，乍现几秒，转瞬收束，归于时光更恒久的沉默、幽暗和遥远。

三

母亲在成都西郊长大，在开满杜鹃花的川西平原上奔跑。她们家的那间小瓦房的处所，连同周围几千公顷的沼泽、湿地、丘陵，如今已经是著名的旅游景点——华西亚高山植物园。

作为羌族后裔，她和她的母亲——我们的外婆，都有着光洁的大脑门、鹿一样的圆眼睛。

除了外婆，她似乎并没有其他亲人——直到在大学里遇见我的父亲。

我一直在找她。

事实上，她无处不在。

我在很多女人那里发现她。她们超越时光的眼神，声调柔和的唠叨，简洁的发型，矫健的步伐，气息浑厚又温柔的歌声……每次都让我一阵心跳，追上去，鬼迷心窍直盯盯地看，聆听，以为是她。

不是。没有一个人是她。

她们的生命和外貌，和她相似。某个下意识的举止，气质不期然流露的一部分，某个瞬间的表情，某种母性的温柔，等等，似她。

但永远都不会是她。

她们没有她的纯洁和健康，没有她的宽容和童真。

她像一望无际的青草地，像被阳光晒得暖暖的鹅卵石河床。她像春天到来，像溪水哗哗，像缀满果实的树，像一个又一个美好的季节。

当我长成少女，要做的第一件事，就是抵达城市，学习，寻找。我一厢情愿地认为，那个在弟弟还没学会说话就离开我们的母亲，一定隐藏在城市里。因为，我从乡村来，寂寞的乡村，没有她的踪影。城市或许是她向往的地方，是她的归宿，才至于让她对留在乡间的孩子们不闻不问，抛弃他们。

我在我上大学的那座城市里，找她。教师、公车售票员、树下聊天的女人、口罩遮住口鼻的医生、电影院前等待约会的女人……我留意她们的声音，追寻她们眼神里的秘密。

毕业后，我留在那座城市工作，继续找她。

她藏在城市的什么地方呢？

大街上回眸一笑的优雅妇人，不知道来自什么时代，令我迷惑。酒店里穿黑色套装，忙碌和应酬的假面女人，妩媚和冷酷表情交替变换，也令我迷惑。还有那些舞蹈和歌唱着的女人，那些让乐器或者让自己的喉咙发出美妙声音的女人，那些留着短发，每天面对面地在电视机里对市民说话的女人……那些酗酒的女人，那些对价钱满意的女人，那些把自己化妆画得让人认不出的女人，还有不分昼夜地待在广告牌上的女人，没完没了地在电视剧里争吵的女人……

没人能够让我肯定，那就是她。

即便是在一些远离现实的地方，比如说，将女性魅力阐释到极致的时尚杂志，各种沙龙，KTV，互联网……我仍然无法从种种喧嚣中，找到她宁静的一瞬存在，更难从千万种角色扮演者的脸上，指出她真实的容颜。

寻找令我疲惫、茫然。

城市里的女人不是忙于享受，就是与男人战斗。她们中的大多数并不把男人当问题，或解决了男人问题之后，只做两件事：逛街和吃东西。这类女人被称为时代列车：逛，吃，逛，吃，“逛吃逛吃逛吃……”

她不会在城里。

那么，她会去哪里？回避浮华和喧嚣，皈依乡村？

乡村已经荒芜，又何曾有她的踪影！

四

那些人生低迷、婚姻受挫的女人会固执地认为，她们的不幸，是从与男人的相遇开始的。

而我的母亲，直至最后一口空气让她的喉咙和气管被吹拂得发凉，我坚信，她仍然认为，生命中遇见我的父亲，是多么美好的事情！她一定会想起很多年前，那个傍晚的四川大学校园，当她准备穿过开满白花的苹果园，蓦然回首，看见我的父亲，顷刻间，落英缤纷，这个世界轻盈地舞蹈，进入梦境……

父亲在南京曾经有过无比幸福的童年。

抗日战争爆发前的那个春天，南京的梅花开得特别美，大街小巷，远远望去，就像红色的云朵，浮在人家墙头或楼顶。年底，因为爷爷的书院里大多数学生都随父母、随国民政府迁往重庆，爷爷也带着奶奶和父亲到了重庆。不幸的是，在接下来的重庆大轰炸中，爷爷新建的书院被毁，他没能逃出大火，在两天两夜的燃烧中，和整条大街一起变为灰烬。那以后，奶奶从小家碧玉变成坚强妇人，靠给人缝制旗袍为生，抚养父亲，并亲自教授他国文、算术和读经。

1951年春天，土地刚从冰雪消融后的温暖中醒来。一直埋头读书刚满十六岁的父亲，出于对共产主义理想的向往，决心为国际社会主义伙伴的朝鲜人民献身，报名参加中国人民志愿军。

奶奶无法阻拦。对于新社会的一切，她恭敬而谦虚，并庆幸自己在阶级成分划分中被定为“城市贫民”，这多少让她感觉以后的生活会相对安全些。

父亲成为秦基伟军长十五军里的一名小战士，跨过鸭绿江时，他身旁最苗条的战友王永树说：鸭绿乌拉！

什么？

鸭绿乌拉！

你说什么？

我说的是这条江，是我们鄂温克族的先民鸭绿氏族命名的！

在著名的上甘岭战役中，父亲的腿被流弹打穿，弹片一直嵌在骨头中。两年后，他回到重庆，被安排在街道缝纫社当学徒。绝望数月之后，他重温功课，考上四川大学。

我母亲看见我父亲的那个傍晚，川大校园覆盖着浓浓的林荫和苹果花香。她已经走到苹果园边上，那里有条近道通往女生宿舍。用她的话说（她写过很多诗歌，记述那些特殊时辰），那个时候，神发现了她，引导了她。

她在洁净清凉的路上徘徊，胸腔里回响着轻快的歌声，脚步也随着歌声的节奏起伏。远处传来的均衡沉着的脚步声，她听见并感觉到脚下路面的震动，扭头，看见我父亲从大路那端走来，不疾不徐……尽管他似在专注思考，仍挡不住青春的意气风发，从他有弹力的步伐、从年轻的身躯上洋溢出来，令我母亲倾倒。

她跑进果园，抱紧一株树，使劲摇。白色的苹果花纷纷飘落，撒在她仰起的脸上和身上。她将花粉深深吸进胸中，然后轻捷地跳回大路上，尾随我父亲，直到看见他走进中文系高年级男生宿舍……

第二天清早，我母亲回到中文系大楼，走进高年级教室，将一叠秉烛达旦完成的十四行诗稿，放在父亲的书桌上……

1957年夏天，刚毕业留校任教的父亲，川大最年轻的教师，在中文系的一次谈思想的会议发言中说，虽然政治是人的灵魂，但也要从大处着眼，要以人民的幸福生活为追求目标，为民生仗义执言。

他瘦削，下巴刚刚刮过，面容洁净，目光坚定，带有深思熟虑的热忱和理性。

他还说，如果学问都变成要学政治讲政治，那么就该请张奚若来给大家好好讲一课，帮助大家撇弃那些好大喜功、急功近利、鄙视既往、迷信将来的现象。

他没有研究政治，却丝毫不隐瞒自己对曾在美国哥伦比亚大学获得政治学硕士的教育部部长的尊崇。

他还援引北大校长马寅初的话说，目前有些批评不够实事求是，否定一切。

一个多星期后，他被宣布为“右派分子”，并开始接受批斗。

起初，他将批斗当成辩论会，反复申明自己的观点，澄清他人的误解。

但人们动手了！他每说一段话，都招致殴打，直到他选择沉默。

他被关进学校锅炉房堆煤炭的黑屋里。

批斗每天都进行，不只在中文系，所有的院系都拉他去斗，只要他试图为自己解释，说出的每一个字，都会引来拳打脚踢。

开始，打人的是些陌生人，后来他发现，即将成为他的学生的师弟师妹，也参与进来，并且越来越多地成为殴打的主力。他们打断了他的肋骨，又把他架到学生饭堂，看那里揭批他的反党罪行的大字报。

父亲试图挽回一点自我尊严的努力彻底失败，他陷入绝望。当他慢慢可以忍受胸痛的时候，我母亲带着一封介绍信，来接他。信很简短，说明将他下放到重庆风镇少数民族地区，做扫盲教育工作。

父亲让母亲代自己去向奶奶告别，离川大不远的小街上的一间出租屋里，奶奶或许在某个瞬间想到了孩子离去后自己的孤独，但也只是片刻而已。她本是智慧而敏锐的女人，因为足不出户，乍一见我美丽的母亲，心里只有惊喜和慈爱，无法从我母亲“列宁服”上沾满的泥土和黑煤灰，以及苍白憔悴的模样，说话时上气不接下气的虚弱……这些迹象中判断出我母亲和父亲的遭际。她收拾了父亲的秋衣冬衣，找出珍藏很久的几斤全国粮票，一起放进包袱里。

我的父亲母亲从川大出发，往东南，步行到重庆，用了一个多星期的时间，沿途借宿于一座座山野寺庙，或在农民废弃的棚屋栖身，穿坏了二十双草鞋，吃光了帆布书包里的燕麦炒面。

到重庆后，虚弱不堪的母亲发起高烧，满嘴水泡，有时说胡话，更多的时间在昏睡。父亲用那几斤全国粮票，雇了一架二人抬的滑杆，抬着她继续南行。

这一路上，他们已经没有粮食。

两个滑杆师傅不断在那些土层很薄、看上去一无所有的山坡上，从沙土里刨出紫色的土豆仔，然后就地挖坑，捡些枯树枝烧火。土豆仔在炭灰里焐熟，搪瓷缸子盛的水烧开，还有那么一点点粗盐粒，大家靠吃烤土豆，又挺了三天。

这三天路途非常顺利，因为抬前杆的师傅是风镇人，有他带路，父亲不用时时校正方向，更不需要自己开路了。

从上路开始，父亲就明白，他永远不能再回成都，回川大了。他只能朝着边远的、更边远的地方，朝着蛮荒地带行进。他将孤独，在陌生的穷乡僻壤，慢慢思考突变的一切。他从来只习惯在文明的环境，与文明的人交流，在思想中获得乐趣，在固定的秩序里规律地生活；他原本喜欢李后主的精致婉约，也欣赏苏东坡的浪漫豪放；他欣赏俄国十二月党人，尊崇苏维埃的民主形式，酷爱普希金、莱蒙托夫、屠格涅夫、陀思妥耶夫斯基、托尔斯泰、契柯夫……他这一生的理想，是成为优秀的教育家、作家。

然而，文明和秩序被破坏，美德与理性瞬间灰飞烟灭之后，他高尚的自我、知识分子的价值变成被人践踏的牛粪。

茫茫荒野，蚊虫毒蛇，日月星辰，前途修远。此时此地，他脑子里储存的那些学问，一点忙也帮不上。隐隐的胸痛和腿伤痛从来没有消失过。他已经对自己的身体麻木了，但疼痛总是令他气短。更让他惊恐的是，我母亲滚烫的身体也许随时会变得冰冷、僵硬，再不会醒来。

晚上，他们在山野、谷地、草棚等随处可以落脚的地方歇息。他一直握着她的手，不敢入睡，生怕就在睡着的时候，她乘机脱离肉体的苦难，离开这个世界，离开他。他悲伤至极。

第四天黎明时，他们在金黄的晨光里翻过一个山口，世界突然展现出另一幅辽阔、敞亮的图景，前面的滑杆师傅蹲下身，放下滑杆，挥臂大喊：风镇！风镇！

父亲也很激动。

连日来夜间未曾入眠，他此刻精神恍惚。

他看见远处洁白的大街和大街两边黄黄的木房子，是一幅宁静温暖的画面，以为这是幻境，是他和母亲将要去的天堂。他已经准备好了！

他听见微弱的呼唤，宛若来自梦乡。他深深呼吸，然后转身，望他的妻子——她竟然坐了起来，瘦削的脸孔眉清目秀，皮肤像纸一样透明，像黎明一样干净、新鲜。

他声音颤抖：你、你醒来了？

嗯。

她伸手贴上他的脸。她的手温和、柔软，高烧退了。

你看你，胡子长这么长了啊。

他闭上眼睛，紧紧握住她的手，控制住即将滚落的泪水。

她的声音细弱而清晰：我渴……

父亲的泪水立刻喷涌而出……

她是他失而复得的。他奔向路边，摘那些夏季里尚未凋零的勒杜鹃，他小时候吃过，勒杜鹃红色的花瓣微酸可口。

母亲吃完花瓣，干裂的嘴唇被滋润和染红了。她有了力气微笑，被父亲搀扶着，静静凝望眼前这个还在酣睡中的小镇，就像她看过的某幅俄罗斯油画，像记忆里某个熟悉的地方。

他们转身凝视对方，突然紧紧拥抱，在灵魂和肉体之间沟通了一个共同的强烈心愿：就在这里，在这个小镇活下来，好好地活……

五

那时的风镇，只有交叉的两条街，横街是出入风镇的干道，街两边的木板壁房子完全连在一起，每家都以邻居的墙壁为自己的墙壁，所有的门和窗都一模一样，房后是后院、土地、茅司。风镇人雅，茅厕不能叫茅厕，叫茅司。

这些沿街绵延逶迤的木板壁房子，就像连体婴儿，有所挣扎，但决不放弃，互相抓牢了，紧紧攥住同样的日子、同样的时光。冬天，茅草屋顶的檐下倒挂着巨大的冰凌，像牲畜的腿一样粗壮，银亮亮的，引来孩子们用竹竿敲打。

横街中段，有五套房属于朱家。我的父亲母亲，租了其中一套，前后两间。

朱家祖上曾在清朝出过两代举人，现在的主人朱德义，过去开私塾，眼下在风镇小学任教，孩子们叫他朱大爷。他通常在阴暗的里屋读书，看见小孩或陌生人，就说“大而化之、大而化之、嘿嘿”，把他那些发黄发黑的线装书藏到床板下。

朱大爷的老婆，是个卷头发的红脸女人，从不下地干活。她识字，懂风水，是小镇的媒婆、接生婆，还是神婆，街头的洋槐树、电线杆上贴满她写的红纸条：“天惶惶，地惶惶，我家有个夜哭郎……”

小学在北街尽头，旁边有个大戏台，常有戏班子在上面唱川戏、变戏法，石头和泥土砌成的台身用石灰刷得雪白，写了一些大字：百花齐放，百家争鸣。为工农服务，与群众打成一片。

父亲步行至此，看见这些美好的字眼，在心里引起一阵痛苦的痉挛。他没有料到的是，多年后，这种痛苦变为更严重的现实：大戏台上不再有高亢的唱腔和鼓乐之声，而专用来批斗他和他的同事们。

到达风镇后，母亲的肚子里开始孕育我的哥哥，父亲却要去更遥远的大山里完成自己的使命。

母亲的灵魂中，累积了丰厚的爱，即使父亲长年不回家，她也一直那么恬静、安心，以笑容和世界相迎。有些时候，她会忘记自己身在何处，不知道父亲去了什么地方，是否还会回来。对她来说，生命的孤独和人世的陌生，是与生俱来的。她如同一株自然的植物，人世的一切让她感到吃力。

父亲离开太久，她对时间失去判断，一天天恍惚起来，常整天在小镇上溜达，下意识地到处找父亲。从街头到街尾，从午后到黄昏。她总是产生幻听，在一阵沙沙的风声里，听见他叫她的名字：紫音——

小镇安宁，人们面容平和，举止有度，心地善良。偶尔有一群孩子来围观，他们伸出小手，在她眼前打开，里面总有几粒瓜子，或一颗绿色的苦李子，是他们唯一能够找到的东西。

阳光里屋檐和树的影子在慢慢移动，风越来越温柔、清凉。在小镇的水井边，她在湿滑的青石板路上趔趄着差点跌倒，一个矮小的女孩及时将她扶住。

女孩的面孔给太阳晒得很黑，接近紫茄子的颜色。她对我母亲左看右看。

她笑起来很美，长得很壮实，像个已经发育成熟的矮女人。她用手指蘸水，在石板上写自己的名字：翟长仙。

翟长仙带我母亲去她家，给我母亲的赤足套上一双草鞋，还给她一个柴灰焐熟的土豆。

那是世界上最可口的土豆，母亲饥肠辘辘，仍然小口品尝。那些几乎成为晶体的淀粉，在舌尖上摩挲的感觉，美妙得难以形容。她又轻咬一口，把手举到太阳下，土豆上雪白的牙痕，像最洁净的沙滩一样闪光。

无论她走到哪里，翟长仙都忠实地紧随。难道是母亲雪白的异乡人面孔、恍惚的笑容、隆起的肚腹，激发了她要保护母亲的愿望？她带着幼稚的微笑，执着、忠实，紧紧跟随我母亲。

她们每天趴在清凉的井边，看水里自己的影子。倒影总是比自己更美，更轻，更让人向往，如果没有她紧紧拽住，母亲或许早已跟随某种幻觉，滑向那灰绿的深不可测的涟漪。

有时，她们去空荡荡的小学溜达。有时，去戏台边捡风吹落的洋槐花。

洋槐花有点甜，整个七月里，母亲以它充饥。洋槐花消除了她双腿因怀孕出现的水肿。

翟长仙家的黄泥火炉上，长年支着一口黑色大砂锅，过去她整天站在板凳上，吃力地搅拌里面的猪食，酒糟、谷糠、野菜混合熬熟的热腾腾的气味，从她家弥漫出来，整条街都可以闻到。自她跟上我母亲之后，从她家散发出来的，就是猪食的焦糊味了。那往往是薄暮时光，农人们从田间地头返回，她的父母离开田野阡陌，刚回到大路上就闻到了。她骨骼粗大的父亲奔跑起来，声音响亮的母亲跟在后面，咒骂声令人心惊肉跳！

“烂母狗，死到哪里去了？”

很快，最先点亮油灯的那个窗口，传来翟长仙被狠揍的嚎叫。

晚饭免不了要被剥夺。她坐在窗外的壁根下，仰脸向天发声。

我母亲怀着对这些成年人的憎恨和悲伤，在远远的夜色里，朝她家遥望。

每扇亮灯的窗里，人们默默地吃饭，欣赏她的哭声。她的声音中气十足，哭腔悠长。谁都能够体会，就算没有眼泪，不这么用力地哭喊，她就无法成长。

渐渐地，星星出现了，原本漆黑的天空生动起来，我母亲也几乎可以远远地看见翟长仙坐在地上的小身影。她无法怜悯这个小女孩，因为她一无所有，身上穿的是父亲的旧衣服，每天饥肠辘辘。

女孩的声音不再愤激，单调的重复慢慢变轻，间歇更长，如同有一句无一句的自言自语，好像她已经慢慢陷入某种回忆或痴想，正迎合流星滑落，迎接月亮升起。

我母亲的悲伤也随着又一阵饥饿和夜梦的到来，渐渐平息。

翟长仙像母亲的另外两只鼻孔，带她嗅进小镇各种隐秘角落。她们一起对小镇上的一些人家偷窥。

刘姓邻居的后院有宽敞的马厩，养了十多匹棕色的马和骡子。这家的男孩大约有八九岁，眼睛明亮，像鹰一样犀利。他的头发因为从出生至今未剃洗，已经结成块，堆在头上，还拖了长长的一绺在脑后，人们联想到苦荞粉做成的黑乎乎的粑粑，给他取了个外号：刘荞粑。

刘家代代单传，到刘荞粑这儿，怕养不活，从了朱大爷老婆朱大娘的旨意，穿花衣服、蓄长发。

虽然只是个小孩，镇上的人都怕他，我母亲也怕他。这男孩像小号的土司，浑身野性，敢生吞田野活物，能一跃制服惊马。他脚上有马刺，腰间有匕首，脖子上挂狼牙。

我母亲和翟长仙躲避着他。

翟长仙熟门熟路地带领我母亲爬上他家墙头，将他家院子里、厅堂里的事儿看个一清二楚。

宽敞而黑暗的前厅，镶嵌了玉石和贝壳的圈手椅里，有个瘦小的头包黑布的老女人，一刻不停地抽那种刚晒干的烟叶。烟雾浓烈，笼罩了她的脸，味道很呛。老女人捉烟杆的手指特别长，皮包骨，鹰爪一般。灰白的烟雾越来越多，像云一样飘浮，将那些挂在房梁上的一盏盏马灯裹住，一团团光晕，将前厅映照如坟场。

这个阴沉的老女人，是这个家庭的主宰。

这是个世代做“马哥头”生意的人家，因为贩盐和茶叶，一度富甲西南。当家男人老马哥头在云南遭仇家追杀后，老女人带着儿子儿媳和两个女儿，带着雇养的马哥头和剩下的马匹，来到风镇。

老女人的儿媳，刘荞粑的妈，据说是闭月羞花之貌，是老女人的儿子在贵州抢来的。生下刘荞粑后，这个贵州女子就跟一个马哥头私奔了。

而这同时，老女人又发现自己的大女儿，长得像林黛玉的那个，怀上了另一个马哥头的孩子，并拾掇好了包裹要跟他私奔。

一对情人准备在黎明的霞光照亮山岗时出走，年轻英俊的马哥头却在凌晨失踪了。不久，有人在风镇附近的森林里，发现了他的尸体，四周全是马蹄印。“林黛玉”去看过，认出那些新鲜的马蹄印，是哥哥那匹刚换了马掌的白额驹留下的。并且，死者的手心里紧紧攥住的，正是哥哥衣服上的锦缎盘扣。

这“林黛玉”一扫平素的弱不禁风和唯唯诺诺，如玉的小脸变成了青色，神情冷酷可怕。某天早晨，兄妹三人给母亲请安时，她要求母亲说出真相。面对母亲心虚的呵斥和兄长的沉默，她抽出插在头发里的豪猪刺，用力扎进自己的颈动脉，血流“噗”地喷到老女人身上……

从此，老女人一蹶不振，跌坐进圈手椅，身形日益萎缩。

老女人走的时候，葬礼格外隆重。她儿子花重金从附近村子请来几十人守灵，又请来大群妇女哭丧，她们个个卖力，压倒了田野里蟋蟀的大合唱。所谓的哭，其实是在哀歌里各述心怀，也讲述狸猫换太子、封神演义等等，小镇和方圆几里地村庄的人们听得有滋有味。

刘家门前雪白的望山钱高入云天，共有九轮钱纸，从天空垂落地面。

出殡的那天，唢呐呜咽，哭声震天，送葬队伍占据了一条大街。

身裹白布的刘荞粑，随其父躬身在队伍前，看见我母亲和翟长仙，还挤了一下左眼，提醒她们，他那个将青蛙绑在翟长仙辫子上、将蛇衣藏在我母亲口袋里的游戏，还会玩下去。她们赶紧躲进土坡高处的灌木丛里。

刘荞粑的父亲，迟缓地走在队伍最前面，颓唐而悲哀，费力地举着挑望山钱的大竹竿。飘动的纸幡在空中拂扫，立刻带来一片乌云。这乌云像块活物，竟会逐渐膨胀，颜色越来越深，迅速将太阳捂住，太阳收光敛金，慢慢变黑。

送葬队伍未出街口，太阳只剩下一圈光边，白天变成了黑夜。哭丧的女人们收住假声，发出惊惧的呐喊，队伍顷刻溃散。

黑暗中，我母亲看见一些白色的人影，各在一处，伏在地上叩头，嘴里纷纷念：我没有偷东西，没有杀人，没有忤逆。天狗，天狗，吃鸡吃猪，吃牛吃马，别吃我……

母亲不得不笑了，放声大笑。她对自己的声音感到陌生。这从她胸腔里、喉咙里、头颅里一齐共鸣着奔突出来的声音，新鲜，有力。

世界缓慢地恢复了光明，苍茫的大街上，剩下刘荞粑父子、刘荞粑姑姑，和那艘舰艇一般巨大的黑色棺木。他们去自家后院拖来马车，用一根大棒，慢慢把棺木撬上车板。

翟长仙愣愣地望我母亲，疑惑地说：原来你不是哑巴？

母亲再次大笑。

这乍然而来的午后的光亮，令人睁不开眼。翟长仙的面孔紫黑，有很多绒毛，有淡淡的光泽，像秋天的茄子。她的眼睛很圆，瞪着，很亮，像猫一样突出，玻璃体中间的瞳孔中有我母亲的形象。

母亲想说什么，但声音已经缩回体内，缩回她与世隔绝的魂灵中。

马车吱吱地响，马蹄磕磕地响，它们是两种节奏，好像有两个不同的灵魂，在同样的时间，寻找不同的归宿。

刘荞粑的得意和顽劣仿佛得了教训，荡然无存，剩下一副苍白无知的表情，和他那容貌平庸、表情漠然的姑姑一起，偎坐在棺木旁。他父亲坐在前面赶车。马车缓缓移动，他们的目光同样的茫然、孤独，望向遥远的山间。

母亲突然意识到，刘家剩下的这三口人，出了这个镇，就不会回来了！

六

夏秋之交，许多人家的门前，用草席摊了一地红色的小果实，在太阳底下晒。翟长仙给我母亲一些放在嘴里嚼，又酸又涩。

朱大爷说，那是救军粮。曹操大军讨伐张角，将士们饥渴难耐，曹操用“望梅止渴”计解了将士饥渴，但无粮充饥，正无奈，眼前一片火棘林，红得耀眼，全军摘而食之，救性命。

哦。

朱大爷看见我母亲，每每有想和她讨论讨论《论语》、讲讲纪晓岚故事的愿望，精明的朱大娘警告他：这些文化人倒了霉，否则怎会被赶出城市流落乡间？千万别沾上晦气！

第二天，朱大爷待朱大娘换上新围裙，提着装有香烛的竹篮子扭着大屁股离开家，又拦住我母亲和翟长仙：不是曹操，是诸葛亮。诸葛亮率兵打仗，军困山中，孤立无援，无粮草供应，有士兵发现山野间低矮植物上结满红彤彤圆状果实，经尝试，无毒，酸甜可口，可供充饥，诸葛亮即下令大量采集食用……

我母亲非常不满。

翟长仙明白她的意思，说：朱大爷，到底是曹操还是诸葛亮啊？

朱大爷从眼镜片上看她们一眼，“大而化之、大而化之，嘿嘿。”随后退回屋内。

这段时间，母亲开始心悸。

她害怕红色。

满街低眉就见的一片片亮晃晃的红，令她四处躲藏。它们在她的梦里，变成绿色，每家门前的绿色飞毯，有的在飘浮，有的虽被尘埃紧紧吸附在地，却也蠢蠢欲动。她自己在梦里不停地飞，贴着青紫的天空，飞过屋顶，飞过戏台。有时候，又从树梢、从小学背后的山崖往下坠落，无可挽回地坠向沟壕和深谷……

午夜时分，她从即将粉身碎骨的噩梦中挣扎醒来，听见自己呼吸起伏，不由地呼唤父亲，突然感到与生俱来难以摆脱的孤独，感到自己原来是两个孤独的女人的合成，一个是女儿，灵魂里一直没有成长的那个，需要父亲；一个是妻子，怀孕的她自己，需要丈夫。

女人孤独的枷锁，无法互相解除，必须等待男人的到来。

她彻夜不眠，直到天明。

白天总会有更多的希望，可以倾听更多的声音，可以看到树叶在风和阳光里发出动听的喧哗，并闪闪发光。

但是，当白昼真正地照亮万物，她看到自己大腹便便，感受到躯体的沉重和难堪，再不愿出门。

她关好门窗。半明半暗的光线里，这个年轻、自我的女人，在拼凑的木床和旧家具之间游走。

她哼哼唱唱，自言自语，斟字酌句，不时俯在案头上，在一个小小的素抄本上写十四行诗，以为如此，就可以把自己带进未来的时光里，带去没有孤独和歧视的地方。

她子宫里的温度逐渐升高，她沉醉在它日益充实、兴奋的感觉里。

我父亲此时，还在风谷里穿行。

他白天挥动开路的镰刀，砍开荆棘，用藤条缠住烂了帮的帆布胶鞋，小心地从湿滑的青苔上踩过去。

有时候，树枝上会悬挂一条两条红蛇、花蛇，对他似笑非笑地吐出叉子一般的细舌头，又迅速收回。

晚上，他举着松明子火把，翻越一座又一座山坡、森林。常常找不到村庄，为了避免和狼相遇，他必须钻进曲折深幽的溶洞过夜。

重庆南部山区的村寨，很多依山而建，他每到一个有村寨的地方，就耐心地将那些藏在山崖上树林里的苗族、布依族、彝族人聚集起来，教他们数数、学汉字、讲汉话。

这些少数民族并非都是原住民。来自贵州的苗族，总是自豪地向他展示绣在衣服上的他们先祖遗留下来的神秘文字，讲述蚩尤的征战故事。他帮助他们用拉丁字母给文字注音。在彝族的各种习俗里，他可以找到自己所熟悉的川藏羌族的遗风。布依族似乎与汉人的沟通更多，在对苗族、彝族进行汉语普及时，他最好的助手就是热情的布依族青年。

曾经，在去木梳苗寨子的山路上，因为太饿，他刨食了山野里一种植物的根块，结果口吐白沫，体温下降，昏迷不醒。路过的山民以为他死了，将他拖到一边，用一些树枝盖上，算是好心“葬”了。几天后，上山挖药的苗医发现他，将他背回家中，灌草药汤，折腾两天后，他慢慢“活”回来了。

死过一次，肉体变轻，轻得好像不属于自己。之前纠结的精神伤疤，剩下一丝痒痒，一丝轻微得几乎可以忽略的痛。每当一人独坐村口，或于月白风清的亘古孤寂之夜攀上山头，他不知自己身在何处。他离开了自己既有的坐标，失去了文明社会的一切。归于朴素和自然，这曾经是古典文人情怀中向往的境界，但他的这个境界并非修为得来，而是一种抛弃和处罚。所幸，他将得到的处罚当成新的责任，成为他在深山野林像野人一样生存的支撑。

乡民们的真诚、大自然的纯净、精神上的超越，让父亲的身体慢慢恢复，除了受寒受潮时肋骨腿骨会隐隐地疼，他感觉到自己从内到外从未有过的健康、清新。

冬天，绵绵远山罩上阴冷的云雾，人们已经储备了足够的柴火，风镇上家家门窗开始关闭，道路上越来越难看到人影。

母亲裹上破棉袄，坐在家门口，静静凝望通向山间的道路。

整整一天，路上没有出现过熟悉的人，更没有陌生人。即使是一只从没有闩好的圈里跑出来的山羊，也不会在那里晃。她没有穿袜子的脚很快冻得失去知觉，肚子饿得难以忍受，浑身颤抖着，心情十分绝望。

她的肚子已经膨胀得吓人。

有天夜里，她甚至听见自己的肚皮在膨胀时发出噼里啪啦的爆裂声。那声音很轻，像春夏季节夜来香绽放的声音，又有点像蚂蚱们在草丛里乱跳发出的声音。

她的肚皮的确是绽裂了，表层裂出一些粉红的花纹。她没有足够大的衣服包裹自己，不出门，也不点灯。家里大概没有灯油。也或许，她怕邻居、翟长仙、小镇上的陌生人看见她肚皮上的反光，以及光亮之中粉红的花纹。还有那被我哥哥顶出来的肚脐，她一直用一只手心紧紧捂住，唯恐它越来越突出。它会长成什么模样？蘑菇？竹笋？山里的野百合？大杜鹃？都是她希望的样子，但她同时也万分恐惧，担心自己的身体真会长出各种各样自己想看见的东西。

她死死地将它捂住了。

父亲回来了。

除了季节变化，他没有任何可以记载时间的工具，选择一个什么日子回家，只能靠他与母亲之间的心灵感应。

春寒料峭，已经临近来年清明，细雨淅沥，气温仍然很低，小镇像披了一件湿褂子，阴阴的。灰暗的天空，暗绿的山野，褐色的房屋，迷茫的道路。冬天过去了，母亲的心更加孤独和绝望，胸腔里发出一声声缺氧般的叹息。这时，我的父亲，他就从那泥泞的路上来了！

他头顶黑色破斗笠，步伐很快，一直倚在窗前的母亲并没有认出来，只看见某一幅类似孤舟蓑笠翁的古老山水画的复活。

直到他临近街边，步伐更加急迫，她也立刻从潮湿的空气里嗅到了他的气味，看到他眼睛里游子般饥渴的雪亮的光。

他胡子拉碴，上面挂着霜花。身上的棉军大衣十分破烂，爆出来的棉花都是污黑的。他全身散发出曾经露宿林野的泥土味、青草味。一些准备以蛹过冬的昆虫，它们的蛹就藏在他濡湿的棉衣破洞里。

他终于回来了！

母亲本来是想扑向他的，她的双臂已经欢欣地举高，但她的大肚子妨碍了她。那子宫里的孩子已经发育完好，几乎顶到了她的喉咙，让她吃不下东西，也无法仰卧，难以入睡。很长时间以来，她要么靠在床头，要么坐在窗前。

她望着父亲，不言语，眼睛里泪水盈盈。

久别之后，父亲的性情变了，从大学里带来的那些读书人的懦弱和忧伤，已被岁月风霜涤荡干净。他迅速迎上来，脸上是轻松的微笑，说，“你看你看，一直不说话，别让孩子学你，生出来一个小哑巴！”

她几乎就要放声大哭了。

他敏捷地抱起她，小心翼翼地轻放床上，用被子将她圈住，用枕头将她的腰托住，用毛巾将她的额头捂住，将床上所有柔软的东西都捞到她身边，团护着她。她胸中的潮水立刻和缓平息，像个幸福的大婴儿，笑了。

七

几天后，小镇上陆续来了两个“右派”：川大数学系的钟松森和上海复旦的马嘉骏。他们仨接到命令，在风谷建一所中学，在劳动中改造，在改造中教学。他们搭好临时住宿的窝棚，又请来老乡指点挖土坑建砖窑。

灰蒙蒙的午后，父亲突然有预感，他告诉他们，他必须马上回家一趟。

清明时节雨纷纷，黄泥路很容易让人滑倒。从风谷回到风镇，父亲摔得浑身是泥，湿漉漉的。他在路边草丛中捡到一颗殷红的野番茄，又拔了几根野葱，在镇上买了十多个鸡蛋。回到家，迅速生火，烧水，找出每一张能用得上的布片。他还熬了浆糊，用粗糙的黄草纸，糊住每一条窗缝壁缝。

家里暖和多了。

母亲喝了热呼呼的番茄鸡蛋汤，脸色立刻红润起来。父亲用被子裹好她，合衣偎在她身边，一直不敢入睡。

凌晨，母亲阵痛发作。父亲靸上冰冷的胶鞋，奔出门去，被冷风吹得打了一个趔趄，额头撞在板壁上。他使劲拍朱大爷家的门，声音响彻大街，街上的狗儿立刻应声嚎吠，此起彼伏，朱家人似有动静，又毫无动静。

他只好回屋。

没有接生婆，父亲撇弃了慌张，迅速镇定下来。他撬开稀煤封住的火炉，烧开水，找出草纸和毛巾、干净被单、剪刀、酒精瓶。

他们的第一个孩子，莽莽撞撞地，选择这么一个冰冷的万籁俱寂的时刻，要降临世间。

母亲的身体迅速撕裂，巨大的红色伤口中，露出了婴儿的头和肩。父亲的双手拽出它，红色的，像没毛的兔子，有头和四肢，似乎还是透明的。母亲猩红的伤口的边缘翻卷起来，婴儿被完全拽出之后才又闭合回去。这可怕的景象令父亲颤抖，某个瞬间他的双手冰冷，停止了动作。婴儿爆发出哭声后，他身体中的血流才重新回到指尖。

那不是没毛的兔子，也不是红色的猪仔，是一个刚刚脱离了子宫的小人儿，有浅浅的卷曲的黑发。

新来的小孩令父亲拘谨无措。他仔细将他包裹好，放到母亲旁边，对他说：这是妈妈。

母亲本能地拉被子盖住婴儿，婴儿不哭了，紧闭着眼睛。父亲俯身看，他的皮肤就像山间殷红的布满绒毛的野果子。他那么小，真的像树上结出的果子。父亲的大手打开自己的棉袄，覆上被子，将他和母亲裹住。

父亲在床沿上坐着，不知道自己接下来该做什么。

虽是万籁俱寂，宁静的风镇依旧有三两盏灯昼夜长明，上街、中街、下街的农业生产合作社，正不分白天黑夜地合并为大社，眼看共产主义的乌托邦就要实现。父亲对这个失去了敏感。

在深山野林里奔波了近一年之后，他获得对生命的诗意感受和想法。这个夜晚，鹳鸟送来了孩子，他想听鹳鸟的脚爪踩过屋顶瓦片的细微声音。

夜深似海，微风一直在吹拂屋脊和街道。镇上的犬吠，应和着远处村野的犬吠，它们知晓一切，有一句无一句地议论。

初为人父的神圣感觉，终于在父亲因熬夜而变轻的身体里驻扎下来，他倒在母亲旁边，立刻睡着了。母亲的身体空荡荡的，虚弱的血流无法回到大脑，令她处于半昏迷状态。随着体温渐渐恢复，她也终于沉沉睡去，苍白，脆弱，宁静，暂时忘记了这个世界的荒谬和冰冷。

老乡指点父亲他们挖土窑，土窑挖好，再挖黄土和泥，做砖瓦泥坯。

县教育局的领导又押来两个“右派”：刘庆如，清华大学古典文学教授，他原来是叫刘清儒；欧阳南山，贵州大学法学教授，一个叔叔去了台湾。

刘教授脸色苍白，行动无力，说话一口圆润京腔，声音轻细，小心、嗫嚅。欧阳南山一脸络腮胡，目光锐利，沉默寡言。

大家估摸刘教授是在北京时给打坏了，尽量不让他干重活。泥坯不能暴晒，要阴干，刘教授只负责在出大太阳时给泥坯盖上茅草就行了。

县教育局领导叫黄书记，穿草绿色的军装，精瘦，站到土墩子上，双手叉腰，个子不高但威风逼人，眼睛不大，眼神犀利，一刻不停地训斥眼前的五个“右派”。近看，他脸上有很多凹坑，脸色蜡黄，表情冷酷。

即便只是递递工具，抱抱茅草，刘教授还是改不掉积习，不时从裤兜里掏白手帕擦脸和手。黄书记上前一把抢过手帕，抬脚狠踩进泥里，又冲刘教授表情痛苦的脸说：不好好改造，我砍了你的手！

欧阳教授低声说：这是个退伍的凶狠大兵。

父亲们的砖瓦终究没有烧成，大炼钢铁开始了。风镇到风谷之间的丘陵上，一座挨一座，已经挖了数百座小土炉和小高炉。每家每户必须交出一切铁器，父亲那个从朝鲜战场带回来的军用搪瓷口缸，也将斑驳的搪瓷敲掉，将铁缸模上交。

森林被毁掉了一部分。

父亲他们拖来被滥伐后又丢弃的树，建起了两间教室，挂上风谷中学的牌子。

刚开始时，招不到学生，风镇小学的毕业生都回家务农了，家长一是想留他们在家干活，再者，听说学校里老师是和地主差不多的身份，更不愿让孩子跟他们。父亲只好再度翻山越岭，一个寨子一个寨子地亲自去动员。老乡看见教他们数数认字的先生，喜笑颜开，用牛角装了酒给他喝，他总是一饮而尽。

父亲连跑了七天，迅速召回一百多名学生。这些孩子以建设美丽新世界的纯真感情，锯木板削树枝，为自己做好简易的桌凳，分两个班，开始上课了！

穆姝、李忠福就是风谷中学的第一届学生。

当朗朗书声在深谷里回响，每个人都激动得泪光互相辉映。孩子们脚上的稀泥和牛粪洗干净了，整天穿着干爽的草鞋。虽然只有烤土豆或红薯充饥，但不用干重活，饿起来也好受多了，他们感觉到新鲜、愉快，教师们也找回尊严，踏实、勤恳地再次为人师表。

八

如果不是大饥荒的来临，一切都那么美好、纯净、与世无争。

在我之前，母亲还生了一个男孩，比我哥哥小一岁。但是，这个孩子没能逃过大饥荒，转眼就成为数千万饿殍中一缕早夭的冤魂。据说，他瘦得不足十斤，因为一直刨食家门外墙根的湿土，最后肚子鼓如篮球……

一群群衣衫褴褛的灾民涌过风镇，他们有的皮瘦如猴，四肢扭曲；有的面部肿胀如锣鼓，双腿溃烂，流血流脓。这些人像蝗虫一样扒光了田间地头的树叶草根，尔后陆续倒在路边。后来的人，啃咬前面倒下的，脸上没肉，胳膊上也没有，到处都是皮包骨，只有大腿上还有一点失水的肌肉。啃不下，就用石片、用荆棘的刺，挑掉皮再嚼食，人肉没有血色，发灰。吃了，有点力气了，继续前进。

直到来年，废弃的小高炉和土炉子上堆满黑煤渣，黑煤渣上又长满野草，大炼钢铁被人们渐渐忘却。

贫瘠的山坡上开出了美丽的紫色花，大片大片地，漫山遍野。

那是土豆的花。

等不到花谢藤枯，饥饿的人们将鸽子蛋般大小的土豆刨出来，就地生火烤熟。吃光了第一批新土豆，他们浮肿的脸慢慢恢复正常的颜色和形状。

母亲长期的贫血症状还没有改善，就开始孕育我了。我出生的那个季节，还是有很多奇异美好的景象。那是秋天，重阳节之前，漫山遍野的野菊花就已经开得金黄，整个风谷充溢着浓郁的药香。风谷中学被半人高的茂盛金黄的野菊花包围了。野菊花开得那么持久，那么生机勃勃，路人怎么采撷也无损它的繁茂。

那些日子，父亲上课之余，总把自己关在房间里，表面上是在练书法，抒写“独立寒秋，湘江北去，橘子洲头”，实际上是在进行他那将速朽的创作：《伟大的历程》。

他早就变了。经历了屈辱和生死之后，他从容、理性、冷静。多愁善感、文思泉涌、出口成章的文人才子范，不过是他的掩饰罢了。他几乎就要写到“修正主义者”赫鲁晓夫的下台和伟大领袖的感叹“无可奈何花落去，无可奈何花已开”。

从大饥荒后恢复体力开始，他就常常熬夜写，已经偷偷地写了两年多。

父亲大概知道自己的想法和做法，将会把他送到地狱的什么地方。所以，他的那些文字，连母亲也难以得见。

那天，母亲一早就挺着大肚子到镇上去了。她那么乐于跑出去，为一点点琐碎小事，或者并没有什么事，就忍不住要出去，别人也不知道她为什么欢欣。

那天下午，北京时间十五点，中国第一颗原子弹在新疆罗布泊的上空爆炸成功。消息很快由中央人民广播电台通过无线电波和有线广播传达给全国人民。同时传来的还有苏共赫鲁晓夫下台的好消息。

北京一片欢腾。

全国人民一片欢腾。

我那与世隔绝的母亲，正在从风镇返回风谷的路上。她被沿途的景色迷醉，摘了许多粉红的刺梨花扣在自己头发上。还有那些鲜艳的过路黄花，她也折了很多，先是捧在大肚子上，觉得累，干脆就编成花环，戴在头上。这样，她像个大地女神，喜悦又芳香，摇摇摆摆地，沿着光滑洁净的乡间小路，往风谷来了。

她想选择一条从没有人走过的小路进入校园。丛丛野菊花出现在她眼前，它们就像刚从泥土里站起来似的，高大、新鲜、得意洋洋。她几乎要唱歌了——我的母亲，有动听的嗓音和永远温柔的心情，只要独处，她就会歌唱。假期里，她常常站在窗前，望着远处的坟茔和村寨，唱上一整天。

她还没来得及张口，疼痛就像雷电一样快捷，令她支撑不了自己，倒下，在野菊花丛中，下午十六点整，生下了我。

知道自己从何而来，是幸福的事情。

但仔细想想，我都不知道父亲和母亲从何而来，更不知道他们去向何处，又怎能了结自己的问题？

我想埋葬过去和将来，只记取现在，却发现，一旦如此，我就变成那种被园丁挥锄截断成几节的蚯蚓，反复挣扎，虽然可以存活，却失去了方向。

过了一年半载，母亲又生下弟弟。

弟弟出生前一个小时，母亲还在高中教室里上课。她双手撑住讲台，给学生们讲孟子的“鱼我所欲也”。她上课的风格，就是没完没了的联想，加上戏剧性的表演，学生们很喜欢，很乐意一连两节课不休息。她羊水破了！她的脸上出现非常夸张的又喜又惊的表情，愣了十秒钟，她温柔地说：来两个有力气的男同学，去操场边把那架运石头的板车拖过来；再来两个女同学，去我家取棉被。同学们，送我去镇医院……

这是母亲所有孩子中最为强壮的一个，据说生下来时就浓眉大眼，头发浓密，后脑有两个旋，额头还有两个旋。刘教授的妻子杨老师，是浙江人，用她的同乡鲁迅先生《立论》的口吻，连说了不得了不得，前面有两个旋的孩子了不得！

母亲心里没有一丝阴影，这孩子英俊健康，她十分自豪。回家后，她指挥我和哥哥将旧衣服剪成尿片，把仅有的一点碎米磨成粉煮米糊。然后哥哥煮了一些土豆，舂了干辣椒粉，等父亲回来吃晚饭。

那天，所有老师都迟迟没回家。

会议室里，黄书记手拿小红书，一字一顿地，重复他每天都在重复的话：有极少数人对社会主义口是心非，心里向往的其实是资本主义，脑子里憧憬的是欧美式政治，这些人就是今天的右派。说的就是你们，冤枉你们了吗？没有！

黄书记眼盯着刘教授：你们这些所谓的学术权威，站的是资产阶级的反动立场，是混杂在知识分子中的资产阶级的代表人物。

刘教授胆怯地低下头。

父亲想起镇上一个传闻，给黄书记治麻风病的老医生，因为不能保守秘密，被黄书记活活吊死。看看黄书记黄黄的小脸上的那些凹痕，他心想，这个老医生若能活着，就是国宝，民间一直治不好的病，他治好了！

黄书记感觉到被父亲目光冒犯，更加严厉地朝父亲说：周凤书，不要以为我不知道，你写了……黄书记一口痰涌上来，父亲的心一下子紧缩了。黄书记去门口吐了痰回来，继续说：你写了大量有复辟目的的诗歌，你的学生李忠福，已经交到我手里了，每一篇，都是修正主义的、腐朽没落的黑诗词！

父亲立刻放下心来，缓一缓，微笑着说：黄书记，那都是伟大领袖的诗词和唐诗三百首，你没有读过吗？都是那里面的，我只是拿来练练书法而已啊。

老师们发出了笑声。

黄书记恼羞成怒：别太得意了！告诉你们，我可以在这里随时革你们的命打翻在地，再踏上一脚，把你们无情地消灭掉！

九

黄书记什么时候下手呢？这是父亲一直在思考的问题。

学校“四清”的成果，主要是清除了欧阳南山。根据黄书记前往贵州的调查，欧阳南山曾经参加国民党的“三青团”。不管是不是为抗战参加的，只要是国民党的“三青团”，就等于是国民党！何况，他的叔叔还在台湾呢，说不定，这个隐藏的阶级敌人，就是老蒋的卧底、特务、帮凶！

为了搞好“四清”，黄书记将已经毕业离校的李忠福请了回来。

李忠福上学晚，发育早，骨骼粗，大脸盘，鼻子下巴尖削苍白，表情阴沉。初中时，欧阳南山的妻子叶老师，在地理课上讲到美国时没有按要求说“美帝国主义”，他一棍子打到她的肚子上，已经怀孕五个月的叶老师当天夜里就流产了。

他是黄书记监督所有教师的最佳助手人选。

欧阳南山是贵州苗族人，有着这个民族的血性，死不认罪，从不辩解。这个面孔粗粝如岩石、沉默而不屈服的苗族男人，让李忠福和他的打手队狠狠地过了一把瘾。他们把他打得面无人色，像面团一样不会吭声，然后又拖到戏台上批斗，最后再捆绑结实，被黄书记的吉普车押走，在山路上颠簸近一天，到达县城，扔进监狱。

揪出欧阳南山，还不算下手吗？

父亲产生无力的感觉，只有回到写作当中，他才找到力量。

他更加小心，用母亲的草纸糊了窗户，顾不上看一眼总是啼哭的初生婴儿，通宵达旦地写。婴儿的啼哭倒是帮了他——是我们家彻夜亮灯的理由。他一边愤激急速地写，同时预感到某个毁灭性的时刻，已经近在眼前……

1966年6月1日，重庆乡下的天气格外晴和。湛蓝的天空十分柔软，空气洁净，没有一丝尘埃。庄稼碧绿，蝴蝶飞舞。远方绿油油的山野里，杜鹃花正寂寞又灿烂地怒放着。

母亲将她的一件旧衬衣，改小一些给我穿。穆姝来了，她是我父母最最喜欢的学生，已经考上了西师。她带来了山里殷红的杜鹃花，以及她家樱桃园里新摘下的樱桃。

母亲格外感激。

自然恩赐的鲜美的形状与滋味，更加映衬出生命的卑贱和寂寞。母亲将杜鹃花插在窗前，希望每个经过的人，都能看见它的美丽。

父亲回来了，面无表情，目光低垂，只问这两天的报纸来了没有，《人民日报》和《参考消息》。

母亲想了想，将睡熟的婴儿放进蚊帐里，说：报纸还没看到，以后可能也看不到了，李忠福说，黄书记有最新指示，报纸都是机密文件，不能给我们看了。收音机我刚换了电池。

父亲从母亲手里接过他们的宝贝熊猫收音机，转身去里屋。他在门槛那儿回过头来说：穆姝，你怎么在这里？

穆姝说，学校闹得太厉害了，听说有个《五·一六通知》传达以后，到处都在抓人打人，早就没正常上课了，所以我回风谷来住一段。

父亲说，赶紧回家吧，这一阵千万不要回学校，学校通知你回去你也不能回去。穆姝问为什么，父亲沉默了一下，按下收音机键钮。

他们听完了歌曲《伟大的北京》，又耐心地等待节目间曲《大海航行靠舵手》放完。接下来，他们听到了播音员乔越熟悉的声音，播报当天的《人民日报》社论：《横扫一切牛鬼蛇神》。

十多分钟的时间里，我家的空气和窗外的暮色凝结在一起，他们三张成年人的脸孔，在黯淡的光线里悬浮着，压抑而毫无表情。

乔越的朗读铿锵勇猛地结束。

穆姝想开个玩笑缓和一下：他说“亲爱的先生们”，像谁的口吻？像列宁！

母亲没笑，父亲也没笑。

母亲说，穆姝赶紧回家吧，天黑了。我这里有手电筒，你带上吧。

穆姝说，不用，我晚上看得见。再说，今天十三了，月亮要圆了，今晚就有大月亮照我。

父亲说，穆姝，这个假期一定不要回重庆，哪里都不要去，就在家读书，干活。狂风暴雨就要来了！

晚饭后，我和哥哥一人得了一把红樱桃。

我们去到森林的岩石上，在那里等月亮，一边慢慢品尝。

酸甜可口的樱桃肉有点脆，咽下去，整个肚腹和喉管都感觉到幸福。我们吃完樱桃，恋恋不舍地将核含在口里，直到舌尖磨疼了，才比赛谁可以吐得更远。

狂风暴雨就要来了。我说。

怎么会？哥哥说，我们打赌，如果是狂风暴雨，我背你回家；如果是月亮升起，你明天的樱桃归我。

我没有和他打赌，我告诉他，那话是父亲说的。他不说话了，也没追问。

我们在岩石上待了很久。

岩石变得冰冷，夜风微寒。

奇怪，没有人来叫我们回家睡觉，父母头一次好像把我们忘记了。我们享受着这种被忘却和不被管束的放松和快乐。

这一夜，我们并不知道，父母焦虑得难以入眠。为防止孩子们受到伤害，他们计划第二天就将我和哥哥送回成都，只留下不足两月的婴儿在他们身边。

月亮升起很迟，它刚出现在东方群山之上时，大地一片黑暗。遥望远处的学校，没有一盏灯影，就像漆黑的大海，沉落在大地最最低落的地方。我和哥哥说着一些不会在记忆里留下任何痕迹的孩子话，迷迷糊糊地、居高临下地看父亲母亲们的学校，它将如同一颗被遗忘的果核，沉淀在黑夜深深的谷底。

第二天，母亲顺利地找到一辆运煤车，开车的正是她的学生，一个面孔乌黑的青年，对我们很殷勤。大货车在盘山公路上行驶时，我总感觉自己就要扑到驾驶室外去，紧张得浑身发抖。

白天过去，黑夜来到，哥哥凑到我耳边说，要是司机打瞌睡，我们就会和车一起摔进深山大谷！

我说：你给他讲故事吧。

哥哥给司机瞎编了一些聊斋、演义，司机真诚地听，并发出笑声。在重庆朝天门码头卸了煤后，又赶了两天一夜，他将我们送到成都的奶奶家。当时我正发着高烧，奶奶留下我，托人将哥哥送给在都江堰的外婆。

十

正如父亲预料的那样，接下来，学校里出现了铺天盖地的大字报，覆盖了教师宿舍的窗户。刘庆如失去使用“刘庆如”这个名字的资格，他的“诡计”被识破了，“刘清儒”显然是打上了封建的、资产阶级烙印的，他想当变色龙，做不到！

红卫兵组织成立起来了，李忠福是大队长，黄书记给他们搞来不少军装，个个戴上红袖套。军装将李忠福的脸衬得发绿，笑起来挺可怕。

李忠福狰狞地笑着，带领他的队伍，将教师们一个个揪出来，先绑上臂，再戴上白纸卷成的高帽子，然后往他们身上刷浆糊，贴大字报，又用剩余的墨水将他们的脸抹黑。考虑到学校放暑假了，没什么学生，附近寨子里的老乡都在田间地头干活，无人围观，黄书记命令李忠福把他们带到镇上，全部押上大戏台，宣布大戏台从此改名“打鬼台”，要天天批，天天斗，斗得他们体无完肤。

欧阳南山从县里被押回来了。曾经体魄雄伟的他瘦得皮包骨，好像犯了肺病，气若游丝，一直在喘。

从大戏台的左边到右边，依次被按低了头的，是马嘉骏、钟松森、我父亲、欧阳南山和刘庆如。他们胸前的木牌上，名字都被倒过来写并打上红叉。父亲的脸孔因为沉默，因为疲惫，铁青，轮廓更加突出，颧骨和下巴的薄皮肤，渗出一片片血点。

黄书记在讲话中历数他们的罪行，之后，李忠福便带头喊口号——

打倒！打倒！打倒！

等群众的情绪激烈起来，红卫兵们开始对他们挥动拳脚。钟松森的大女儿晓霞发出一声声尖叫，伸手向她父亲。穆姝迅速把她的头埋进自己肋下，从人群中抱走……

父亲竭力护着自己曾经断过一次的肋骨，心里却有着更大的担心：他的书稿。头天夜里临睡前，他仍然将它藏到一堆旧《红旗》杂志中。就这几天，势必要抄家了……

他们白天被批斗，晚上被关进镇上刘家废弃的马厩里，想和外面联系是不可能的。书稿很快落到黄书记手里。

据说，红卫兵是在母亲自己缝制的用来背婴儿的背扇里，找到那书稿的。他们抄家没有收获，黄书记就格外狐疑，对李忠福说，要密切注意那个女人，她可能比周凤书、比老特务欧阳南山还狡猾！

于是，他们整天监视她，即使上厕所、喂奶也盯着。终于，他们待她从背上放下婴儿后，一把抓过背扇，它果然鼓鼓囊囊、沉甸甸的……

父亲一直以为母亲并不知道他在写这部书。母亲什么都知道，并时刻准备着。父亲被抓走后，她将书稿转藏过几个地方，但都觉得不妥，最后缝进背扇里，每天和婴儿一起贴身背着。

但她还是败露了！

我至今不知道，父亲的《伟大的历程》究竟写了什么。自传？小说？或者是他们那一代人钟爱的札记？从父亲对它的珍爱和创作的急迫上看，这部未完成的作品，肯定和历史、政治，和父亲自己以及他的同时代人的命运有关。

书稿迅速上交，而我的母亲，从此失踪了。

父亲、欧阳南山、刘庆如被关进不同的监狱。

大戏台暂时空了下来，因为这时候，李忠福的队伍和县里的另一支队伍，开始了武斗。他们磨刀铸剑，又抢到军队的一批枪支弹药，所向无敌，一路打进省城去了。

大戏台两边的旗柱上，曾经挂了两个让孩子们十分恐惧的草人，是用葬礼上才会用的白草纸裹成的，分别用红笔在肚子上写上他们的名字：某某某，贾启允。

每天，都有人用梭镖捅两个草人的肚子，像捅真人一样义愤填膺，稻草随着梭镖的每一次穿刺纷纷撒落在地。

直到最后的某一天，“某某某”和“贾启允”被人用刺刀从旗柱上挑了下来，扔在大街上，被火烧，从头到脚，烧成灰烬。

父亲在监狱里给母亲留下一封遗书，要她和孩子们好好活下去。他是随时做好了准备的，所以，一直将母亲那些精致铮亮的缝衣针，用锡纸包裹着放在兜里。他拿出缝衣针，用馒头包裹着，费了很大劲，吞下去。

所幸，一直密切注视他的看守发现了，迅速报告。他们立刻把他送进医院手术室，打开他的腹腔，胡乱切开他的胃……

他活下来后，他们让他回了风谷中学。

母亲失踪了，去了何处，没有人知道，无从打听。

半年多过去，除了欧阳南山，其他教师陆续被放回来了。

学校开始复课闹革命，来了一个战斗英雄，给学生们搞军训。

老王到来的那天，父亲正在校园里捡大字报的碎片。脱落的大字报在每一面墙和窗户上被风吹得噼啪响，有些被风无情撕下，漫天飞，满世界都是碎纸片。父亲将它们捡回去，在空无所有的家中，用一只破瓷碗盛些许墨汁，练习他最最喜欢的苏东坡狂草。

从教师宿舍、饭堂一路到教学楼，他已经捡了很多。接近工字房时，他刚弯下腰，觉得眼前发暗，以为是自己头晕，抬头，看见一个草绿的瘦高男人。逆光，又因为校园的腐败和荒凉使他胸中填满悲愤，他眼里蒙着薄薄的泪水，看不清是何人。

穿军装的老王说：凤书，看我给你带谁来了！

父亲揉干眼眶，才看清是老战友王永树，右臂里抱着个陌生的婴儿，左臂袖管空空的。

那婴儿就是我的弟弟，那时才九个多月大。

父亲再也控制不住自己，抱住他们，嚎啕大哭。

紫音呢？我的紫音呢？你一定知道她在哪里！她为什么没和孩子在一起？

老王什么也不愿意说。

晚上，父亲蒸了玉米面的窝窝头，老王带来难得的二锅头，两个男人就着盐和糊辣椒粉咽下窝窝头，再用酒往喉管里冲，不断用手掌抹脸上的泪水。

老王说，他本来是孤儿，复员后，没有选择回东北老家，隐约记得当年爱慕的一个女战友是重庆人，就选择了重庆，到四川省第二监狱当了狱警。

父亲的心立刻沉重起来：紫音是不是被关在那儿？

老王愣了一下，立刻否定，称孩子是一个不熟悉的人交给他的，也没有给他留下任何话。

孩子还不会说话，但会叫“妈妈”，无论父亲和他说什么，他都用“妈妈”来回答。

父亲看出了老王的破绽，但无法逼问。刚吞下一点酒，他那还没有完全痊愈的胃就开始猛烈地痉挛起来。他猜测，我母亲就关在第二监狱。那里面关押的，都是死缓和无期重刑犯。孩子被带出来了，难道妻子已经……

他昏厥过去了。

父亲醒来时，看见昏暗的灯光下，老王仍然坐在他旁边，孩子在老王的怀里睡得很熟。

十一

我一直记得那条新开辟的宽阔土路，从高原盆地风镇逶迤而下，绵延数公里，环绕一座小山和森林，最后伸进风谷中学。学校四周，是历史悠久、以姓氏聚居的庞大村寨。

在我的梦里，这道路有时是一幅巨大的瀑布，柔软，可以随风而动。偶尔有吉普车开来，在土路上留下深深辙印，一直开到学校的大操场上。

吉普车带来的惊慌，会蔓延到各处。我在林荫里厚厚的松针上已经酣眠了数小时，猛然坐起，用力揉麻木的半边脸颊上被树枝硌的棱儿，嗅到隐隐约约的汽油味。我看见绿色的吉普车已经碾上操场，朝苏式工字房而去，父亲就在那里办公。我感到整座森林的一阵悸动……

这已经是1969年的冬天。

自半年前全国人民得知林彪被确定为伟大领袖的接班人后，收音机里唱“大海航行靠舵手”歌曲的频率更高了。抓走父亲的吉普车，很快将他送回，在风镇上喝令他下了车。

父亲看看天还早，走进镇上的小邮局。他下意识地认为，某天，我的母亲会寄来一封信，告知关于她的消息；而他，要给她回信，需要邮票，得先买几张。

他掏出口袋里仅有的一点碎钱。

邮局工作人员撕了几张红色的邮票给他，是火红的林彪题词：大海航行靠舵手……他不想要，说：有没有周总理和红旗渠工人握手的？

戴红袖章的工作人员突然站起来，拍桌子：你想干嘛？这是伟大领袖的亲密战友和接班人林副主席题词的邮票，你想干嘛？说清楚，你是哪个单位的？叫什么名字？你是不是反对林副主席？

父亲浑身颤了一下，拿着红邮票赶紧离开了。

又过了一个、两个冰冷的冬天。

暑假或寒假，回风谷任教的穆老师，会回西师去，而我就会被派去给她看屋。她的家和我家光线不一样，味道也不一样，枕头有脂粉味，家具有檀木香，书桌上有小镜子，还有蝴蝶牌冷蝶霜，蓝色的圆形铁盒上，印有蝴蝶，香味扑鼻……

屋里的每一个细节都是迷人的，尤其是那面小镜子，我用它照自己在各种光线下的面孔——干净、柔和的灰色的小脸，五官端正，嘴巴略大，面无表情时特别漂亮。

我将镜子带到森林里，躺在厚厚的松针上，看它，看到的是镜子里被林间的阳光照亮的、金黄色的我的脸，有一层淡淡的绒毛，毛孔里好像被撒了金粉。我用它晃森林边上寂寞的路人，他们东张西望，搞不清耀眼的光芒从何而来。

甚至夜半，我还要照一照自己。这正是做梦的时辰，我看到的一切都比白昼来得美丽，充满魅力。我感觉我的眼睫毛又长长了一些，嘴唇更加紧致饱满。窗户是蓝色的，屋内是半明半暗的，在这种深蓝色的光里，镜子里的我的眼睛，睁得特别大，几乎占满整个镜子。

我喜欢这种蓝色的夜晚。人们都呼呼入睡，虫儿叫个不停，远处的犬吠也像睡梦中一般有声无力。世界如此宁静，我也格外安心，没有任何忧虑。我可以规定万物的秩序，唤什么，什么就会出现，就会应答，想什么，什么就如我所想。

风吹过林梢，浩浩荡荡，松涛平息之处，宛如呼吸，细致入微，轻轻休止。屋子里的所有家什陷入阴影，在我的各种意念之下，按各自的角色排演戏剧……

我既瞌睡又清醒。

漫长的饥饿，好像从生下来起，就没停止过对我的折磨，如今，我已经习惯享受它，享受缺少食物和营养的身体的轻飘感。我将身体蜷曲，然后拉伸，再蜷曲，再拉伸，肚腹里的痉挛减轻了许多。

我再次拉伸、蹬腿、深呼吸。这时，我总可以摸到从胸部延续的两扇肋骨，像帐篷脊骨一样高高撑着。我反复数肋骨，并非哥哥说的只有一根，而是左右相加共有二十多根——到底有二十几根，我也不确定，因为从肋弓到浮肋的地方，我总会数错。我以为，我渐小渐短的浮肋，是应该长却长不长的肋骨。它们无法生长，是我悲哀并且自卑的根源，是必须保守的秘密。我一遍又一遍地抚摸它们，双手滑过肚腹，可以感觉到我的身体如此单薄，像风筝，如果不按住，就可以漂浮起来……

十二

大约是1971年的夏天，穆姝被雷劈了！一条手臂和一只半导体收音机——她未婚夫赠与的礼物——烧熔在一起，焦黑难分。我是听到过她的尸体发出腐烂的噼啪声的，也看到她带走了和她相关的所有时光。然而，1997年5月，我们在南方相遇。

街头迎面而来那么多面孔，没有两张一模一样的面孔，只有表情复制着表情。一些一晃而过的面孔表情狡猾，眼睛激楞楞地发亮，东张西望，在捕捉目标；另外一些慢移动的面孔怯生生，尽量躲避别人的目光。狡猾的和怯生生的人，都来自异乡，前者寻找目标，后者心怀忐忑，往往成为前者哄骗讹诈的对象。

越过他们，定有异象。

果然，前方不远处的巷口，水果摊堆放着榴莲和菠萝，就像是从巷子里倾泻出来的。弥漫着榴莲的蒜香和菠萝的甜香，是世界的核心，我深深呼吸，对它们充满渴望。

就在那片刻，犹如被时光催眠，我看见卖水果的女人，胳膊健康粗壮，蓬松的黑色卷发，在脑后松松地编了一条大辫子。我看见她坚实的下巴、干净的小麦色皮肤……

她抬起头来，我们的目光相遇了。她的眼睑像画过一样线条分明，眼白洁净。我的心脏猛然狂跳，天空倾斜。

穆老师……

漂亮，智慧，温柔，洁净，眸子密布梦幻，额头宽阔细腻，黑发蓬松、卷曲，每一缕头发都在氧气里呼吸。这个既不是重生也不是穿越的女人，我只能视她为灵魂。

我抓住她的手，它清凉而光滑，像树荫下安静了很久的凉透的石头。我像一只缓慢行走的蜗牛，终于可以将记忆的壳腾空，伸展一下负累的心。

穆老师，我一直有个问题：你……是……我……母亲……吗?

为什么问这个?

我以为，你来南方，是想找莞草，听说可以治痛经。

不仅仅是莞草。我要找很多人，包括你。

她乜斜着我：谁告诉你可以找到?

如果你们从一个地方消失了，肯定可以在另一个地方被找到。

你肯定?

我肯定。没有人会消失，谁也不会消失，只是在另外的时间轨道里。如果时间恰当，就可以相遇，可以相会!

有人在找我们……她激动起来，自言自语。有人在找我们……告诉你，紫音，半梦半醒、灵魂出窍的紫音，我也在找，只是，不知道能不能如愿找到我想找的。

你是指，那个送你半导体收音机的男人吗?

这个……我的故事不重要，紫音，还是说你吧。她叹口气，喉咙里勉强发出一些声音，故意缓慢地，要将一些真实思想的表达再次延宕。有些人活着，却已经死去。有的人死了，却依然活着。

这是一个早就死去的大人物说的。他死了，就在我初潮的那年。

有些人死了。我说的是最近。

嗯?最近，谁死了?

伟大的和渺小的人，比如说某某某，秦基伟，王小波，汪曾祺，一个香港小男孩，他是全世界第一个感染禽流感而死的……

难道说，过去，现在，未来，它们有时候会轮流在眼前出现?

对，就像那种古老的玩意儿，你没见过，你父母小时候一定见过：拉洋片儿。所有在时光里存在过的人们，会像拉洋片儿一样簇拥着出现。

我迅速激动起来：我能看到他们吗？我怎么样可以看见我的未来？在我还活着并看着的时候，还有谁会死去？谁？是我认识的吗？快点告诉我！

死并不可怕，一些人死了，更多的人出生了，生永远蓬蓬勃勃。一些腐朽的事物结束了，伟大的事物却一直延续着，或者说又爆发了新的事物。比如说那只克隆羊的诞生，那不是全世界最最可爱的小东西吗？

多莉？和她妈妈一模一样的多莉？如果我和我母亲一模一样，我父亲就不会那么悲伤。也许我会长成我母亲的模样，但是，我父亲已经离开，我还能因为和我母亲一模一样，而将他唤回来吗？我有我母亲的肤色，有我母亲的心灵，但我却是我，她却是她。

你不是用着你母亲的名字吗？你的眼睛不是和你母亲一样蒙眬吗？还有你的嗓音，那就是你母亲的声音！

我不知道。我的名字……这是我父亲的意思。你依然是我记忆里的模样。如果时间对你没有作用，那么时间对所有逝去的人们，是不是也没作用？我的母亲，她是不是依然完好，保存在另外的时光之中？

我告诉穆姝，在她之前，我曾经在云南找到翟长仙，我母亲记忆里那个矮小健康憨厚地笑的姑娘。她嫁到丽江，我看见她在自家院子里，用一把小刀，蘸融化的热蜡，在布匹上画花，画完后再浸到盛满蓝靛的缸里。无论我和她说什么，她都微笑着摇头，反复说：我不认识你，不记得了。我不认识你，不记得了。她为什么要忘却？

我还曾经在九寨沟找到刘荞粑，我母亲记忆里的小土司，后来长成一个很帅的男人，有漂亮的卷发，棕褐色的皮肤，鹰钩鼻。他为游客跳舞，和很多英俊的同样身穿藏族服装的男人一起跳舞。篝火晚会结束后，我去找他，说起翟长仙和我母亲。他喝了很多酒，脸很红，注意力无法集中。他说：我不叫刘荞粑，我叫扎西达娃，你可以叫我扎西！说完，他把手臂重重地勾在一个藏族姑娘的肩上，握着他的酒囊，歪歪倒倒地走了。

穆姝说：他可能真的不是刘荞粑。

是，我确定他是！

我们在运河边上，抬头就看见远方城市广场的大石碑上，贴着红色的大字：香港回归倒计时——四十天。阳光照得我们眯起了眼。

她说，重庆要成直辖市了，倒数十九天。我向她询问未来，她说：经济此起彼伏地发生危机，很多人会发现他们的钱突然像流水一样，哗地不见了。日本人会切腹，香港人爱跳楼，南方人投江……紫音，人们关心经济，你却要关心生死。所有生的，你无法关心，因为他们陌生，和你的现实无法交汇。所有死，你也只可能知道星星点点，因为大家都一样，会去体验快乐和陌生，体验爱和欲望，却没有人主动体验死亡——除非那些绝望并且产生幻觉的人，被亡灵一直呼唤着的人，对人世充满哀怨的人……这些人，会主动选择结束自己的生命。所有对生命和生活还留恋着的人，就无法了解死亡。

总有人了解死。你知道他们是谁吗？

他们，比如说那个躯体里住着女神灵魂的范思哲，灰姑娘戴安娜，伟大的特蕾莎，让我们难以走出乡村之梦的约翰·丹佛，还有，可怜的张雨生……他们都准备好或者来不及准备地，就了解了。还有很多人，亚洲人、非洲人、欧洲人和美洲人，他们当中，有公司经理，有留学生，有往来世界各地的旅游者。这些人选择了数百人一起的、瞬间的、令全世界震惊的方式，在西太平洋关岛，在印度尼西亚棉兰，为人类飞翔的梦想付出代价。

那不是选择！哀悼这些空难者吧。

事实上，紫音，一些已经发生和将要发生的事情，它们不应该被说出来……

有那么片刻，她的眼神如此虚幻，虚幻到让我失去存在感。她在吗？我伸手去摸，想再次感受一下她皮肤那种石头一般的清凉。她避过我的手。

她站起来，伸出长而壮的臂，在栀子树上摘了一朵白色的花，插在我衣服的第一个扣眼里。

浓郁的花香立刻让我感觉到胸怀饱满。

谢谢。我说。风谷中学那些死去的人，他们的死，带来了什么样的生？

他们的孩子，他们的孩子的孩子……

那么，老王呢？他孤身一人。他没有亲戚，没有本地口音，没有书信，没有左胳膊……

老王还在。他带来了寻找。你要寻找他吗？

当然！我可能是最后去找他。他和时间在一起，不是吗？

他是和时间在一起。但很多时候，我们都无法保证自己能够永远和时间在一起，没人能够做到这样，无论是活着的，或死去的人。

我信任他，他是个只看时间的人，不会乱走，不像你们。

每个地方都只是一个地方……

我要去每个地方。你记得我母亲吗？

她若有所思，眼神更加虚幻。芒果树的叶子真绿啊。我望着她的脸，猜想它是不是有和空气一样的温度。她眼神逐渐茫然空洞。我张开五根手指，像扇子一样在她眼前旋转。她看见了，又没看见。我明白，她要离开我了。

紫音，你就在这儿，我去打电话！

打电话？你给谁打电话？你有谁的电话号码？

她迅速跨过街道，去到对面骑楼下。那里有个抽水烟的老婆婆，守着一部电话机。

她真的是在打电话。

我等着。我想，等她打完电话，我立刻向她提要求——带我去找我的母亲，她一定知道母亲在哪里。

我低下头轻轻哭了一会。

等我再抬头，立刻惊诧得心慌意乱——她已经无影无踪。

街上没有一个人影。太阳已经到达头顶，芒果阴暗地绿，栀子花沧桑地白，榕树和紫荆的树冠耀眼地亮。远处的厨具广告牌，腐朽的骑楼，偶尔驶过的绿色的士，都没在阳光里留下影子。

这是一天中影子最少的时候。

阳光如此明亮，满世界闪闪发光，空气里即使一粒尘埃也无处可以藏身。她去了什么地方？

我坐在路边滚烫的石头上，除了柏油路、树冠的闪光，以及各种各样的闪光，我看不见任何东西。我背靠栀子树，闭上眼睛，立刻看到了红，一片淡淡的红色，密布在我内视的空中。那是我的血流，我的皮肤，我小时候常常仰躺在太阳底下闭着眼睛看的，我的生命。它时而虚渺，时而成为梦境。

带我去，找我母亲……

眼泪像雨水一样掉在衣襟和大理石花基上，我无力地说出没来得及对她说的愿望。

十三

我答应过穆姝，要去找所有人，用我生命的所有时光。风谷中学的敲钟人老王，将是我最后寻找的，因为，我相信，他和时间在一起，永远都在，我只要找到了时间，顺着它的轨道旋转，就会被带到他的身边。

但是，三年后，我遇见了他，之前没有任何预兆。

2000年的春天，我参加一个地方政协组织的调研活动，去到佛山一家民营企业，女老板身材雄壮，声音洪亮。到介绍企业文化的环节，她叫来两个员工，弹着吉他为大家演唱，其中的独臂歌手，就是王永树！

我惊呆了。

他怎么可能比我童年记忆里的老王更加年轻？时光倒转了吗？

之后，趁委员们吃香蕉和谈论普京、陈水扁时，我在一个大集装箱一样的平房里，找到老王。他远远看我一眼，然后埋头吃饭，直到我走近，才说：来啦？

我没吭声，在他对面坐下。

他逼视着我，说：坦白从宽，抗拒从严。人民，只有人民才是真正的英雄。不对。他一挥手，表示纠正了自己。人民，只有人民才是创造世界历史的动力。群众是真正的英雄，而我们自己则往往是幼稚可笑的。6613，你为什么不说话？你永远都不老实！

我瞪视他：这里是……我知道，你告诉过我父亲，你是孤儿，从朝鲜战场回来后，一直跟着秦基伟军长，“文革”时为保护首长，失去左臂。首长被发配云南后，因为你当年爱慕的一个女战友是重庆人，没有回东北老家，选择了重庆，到四川省第二监狱当了狱警。

他纠正：是干事。

差不多。

有区别的，我们没有配枪。

6613是什么人？什么罪？

6613！你应该说实话！你是母亲，应该洗清自己，带着孩子回家！

他的皮肤是棕色的，头小，脸小，五官精致，脖子细长，肩窄而瘦削，头型、五官配合着身材，端正、瘦削、简洁。

见我没反应，他沉默了。薄薄的黑嘴唇像驴一样包住了牙床。我依然能够想象得出，黑唇后面的他的一口牙齿，是多么整齐、细小、白亮。或许，他是我母亲见过的老王。

他好像听见了我的心声，将前倾的身体收回，靠在椅背上说：我就是你母亲见过的老王！

6613，真是我母亲？

对，是她的代号。

她在哪里？

她一直在跟踪我，你是不是也在跟踪我？

她为什么跟踪你？

这个……是要她的孩子吧。我抱走了你弟弟。或者……总之，我是不会告诉你的！

她在这里吗？现在，她是不是在这里，在佛山？

她可以在任何地方。我的意思是……你明白的。

我不明白。你对她做了什么？

不是我，是他们，那些人……

他们对她做了什么？

你不要去猜，更不要去想象……我带着你弟弟，没法找你父亲……

但是，你有很多关于我母亲的事情，没有告诉我父亲，你对你的战友一点也不诚实。

他的眼睛非常对称和完美，不像人的眼睛，像鸽子的一对眼睛，眼睑线条分明，眼珠漆黑，眼白干净。他望我的头发，望我头发上的光，是从集装箱房子外面映进来的，暗弱的紫光。

我恳求他：我是在恰当的时间遇见你的最恰当的人，请告诉我你所知道的关于我母亲的一切……

不准说话！熄灯了！熄灯了！

他撇下我，冲出职工饭堂，一只空袖管带起一阵风，拂在我的脸上。

我记得，他的空袖管里总是装着风。在风谷中学，他给空袖管打了个结，这样可以不妨碍他烧水、登记报纸和信件。他住在工字房传达室里，门口有一只永不会熄灭的小煤炉上坐了一只总在嗡嗡叫的水壶，铝或锑制的。水壶的嘴，像鹅脖子一样伸着，在烧热的过程中哈着小口的热气。

只要黄书记不在学校，他晚上就会带着二锅头来我家，和我父亲对酌。

他们小声地说话，或什么也不说，就着一小碟花生米，你一杯我一杯，痛苦又痛快地将酒吞下去。等到酒瓶空了，他们开始笑，飘飘忽忽地笑，然后唱歌。我父亲唱《醉花荫》或者《蝶恋花》，接着，他唱《额呼兰·德呼兰》，他家乡的萨满调。一个深情地唱，一个神往地听，一个轻轻跺脚，一个用黑色大理石镇纸敲茶几打节奏。他们清醒了，或者更醉了。

白天，他恢复严肃又温和、淡漠却警惕的模样，时间一到，就提着小锤子，去到大操场上，挥起他修长的独臂，“当——”

挂在操场边的两棵大杉树之间的钟，是一个巨大的废齿轮，挂的位置很高。他像树一样高。我们如果有空，都会赶来看他敲钟。他微笑，牙很白，细小，很整齐。

我常在梦里听见钟声，它千万里地赶来，找我，把全世界的空气做成一个最大最大的波浪，带着我滑翔……有时候，它又像那只总在校园土墙上飞来飞去的白色猫咪，安静、温柔下来了，永永远远地守在我耳边……

十四

再次找到老王，是在离工业园区不远的一条河涌边上。我在他旁边坐下。他的膝头上放着工厂配发的不锈钢饭盒，双腿小心地平衡着防止它滑落。而他仅有的那只手，正在不断地捡细小的石头，扔到河涌里绿萝巨大的叶片上。

工厂的污水汩汩排进河涌里，水流在一些冲击段堆砌出巨大的黄色泡沫，发出怪异的腥臭。我强忍着，等他开口说话。

整个下午快过去了，他依然沉默着。

我拿过他的饭盒，用勺子敲——

当，当，当，当，当，当……老王，你说，这是什么声音？

上课！

当，当当！当，当当！

下课！

当当当当当当！

集合！

对呀，你通通记得的，这是在风谷中学呀。

我当然记得。我是敲钟人，钟声的节奏是我定的，它的旋律在我心里。

对，钟声是最最动听的音乐。

他的脸上有了微笑。我们终于聊到他最最喜爱的话题了。

你从什么时候开始唱歌的？

不知道。当你想说话又不知道怎么说的时候，就自然而然地唱歌了。嗯，你母亲……她也是个唱歌的人……

她唱了什么？

我喜欢《大海》，老板却总要我唱《我的未来不是梦》。她把我们每个人都当小孩子。其实，我们都知道，她正在造机器人，在台湾造，准备代替我们。机器人干活比我们快，不会累。并且，机器人不会要求买社保医保，不要加班费，不会出工伤，不会跳楼，没有家属来要抚恤金和赔偿，更不会找记者炒负面新闻……

老王，现在我们该回到那个院子了。那个灯光照得昏昏暗暗的很深的大院子，你是干事王永树。告诉我，6613她怎么了？

她是在深夜，被一辆嘎斯吉普车送进来的，那种老式的苏制嘎斯六九，我给首长当警卫员时开过，你在电影里还可以看到。她经过一个黑漆漆的大院坝，看见一堵很长的红砖高墙。她说：这是什么地方？我和押送她的公安都沉默不语。她紧紧地抱着孩子，以为我们会夺走他。长长的高墙上，有铁丝网，两三盏电灯，灯光微弱，昏昏地，只能大致看见人影。她站住，左右张望。她非常漂亮，是我见过的最最漂亮的女犯人。所以，当她站住的时候，我们并没有像平时的习惯那样，用枪托去打腿……我想，她应该明白这是什么地方了。我们把她关送进十三号房，这是个两平方米的小间，曾经关过一个大人物，后来被押送去北京了。我们叫她交出腰带和鞋带，然后锁上门离开。这里和别的号房不一样，是有解放军战士站岗的。我走出几步，回过头，看见她正够着铁门上的小洞，望我们，黑眼睛发亮。那个瞬间，我感觉到她是无辜的。

她就是无辜的！

我整夜想着她那双眼睛，绝望，却又不屈服，又那么无助。我不明白，她为什么不肯屈服，而要将自己置入绝境。第二天，我找来6613的卷宗，惊呆了！

你看到了什么？

我想起了一个非常熟悉的人，一个血浓于水的生死战友，他很瘦，有时很活跃，有时又很沉默。他读过很多书，很有学问，才华横溢，出口成章，我们都很喜欢他，首长也很喜欢他。在上甘岭，他冲上火线，把我们一个个背下来，给我们包扎伤口。他什么事都能做……

那肯定是我父亲。

对。我知道6613是谁了。

你得赶紧救她！

但是，事情不是这样简单的！

他抬起头来，将手里的石头扔向远方。他的手臂真长，一双鸽子眼，望向虚无的地方。天暗下来，工厂下班时间到了，成千上万的流水线工人们走出水泥房、锌皮房，四野开始喧哗起来。他迅速站起身，跑到他们的队伍里去了。

第二天，我在河涌边等他。他一出现，我立刻问：6613，她表现怎么样？是不是又接受审讯了？

是的！

他一屁股坐到地上，抓起一把鹅卵石，挥臂，抛出去。

你们，这些审判者，对这个案子，从法律的角度，以正义的立场，没有一点自己的看法吗？

抱歉，没有一个人，可以有自己的立场。我也不想她被专政，被打倒，死无葬身之地。我问她，那部书稿，《伟大的历程》，是从什么地方捡到的？你一定明白我的意思吧？

我明白，你在给她机会。

可她不明白，以为我们一心要将周凤书审出来。所以，她信誓旦旦地表示不是捡的，不可能是别人写的，是她写的！

你看过那部书吗？

当然没有。那书不是在省革委会的手里，就是在更高级别的地方。我希望她认个错，我就可以想法救她。但她不认错，还说什么人就是人，不是神，不可能万岁，把我们都吓坏了！就凭她这一番话，就死有余辜！他们立刻把她按到地上，将一团抹布塞进她嘴里……

畜生！

我把那婴儿，你的弟弟，救出来了。因为我知道了一个计划……

你们这些刽子手！我夺过他的饭盒砸向他坚硬的小脑袋。

你打痛我了！你赔我饭盒，我只有这么一个饭盒！

十五

我打算先将老王带到广州，稍做准备，再带着他去重庆，找到母亲的档案，以及她可能留下的任何东西。

当我再次赶到佛山那家企业时，女老板嘲讽地笑了。

这位已经上了华人财富榜的女富商，即将成为世界第一富女人。十年之后，出于某种极端自利的考虑，搬走了自己的工厂，带着所有财产，悄悄移民到新西兰的一个小岛上。

当时，听说我是来找老王的，她一时缺乏控制，流露出庸俗女人的小气和恶毒，嘴里发出哼哼声：他走了。这个不知好歹的东西，走穴去了！胡子拉碴一大把，臭农民工，还走穴，可笑死了！在这里有我养着他，好吃好住。出去混，说不定哪天就扑街了！

工业区外面有一条小街，两边全是卖粥粉的小餐馆和卖杂货的士多店。下班后的打工仔们，就在街边啃甘蔗，买可以打长途电话的200卡，和士多店或小吃摊的女服务员调情。

士多店的二楼，有家“革命餐厅”，革命和餐厅四个字之间嵌有红色的五角星。大招牌下面还有一行字：背诵毛主席语录，吃饭不要钱。

正是午饭时间，餐厅里人满为患，我找了个靠窗的二人座位坐下。

我最喜欢坐在临街的窗边，隔一层玻璃，看来往的人群，看他们携带各种各样的生活和时间，在世间来来往往。我如此待上一整天，肉体涣散，灵魂清晰。玻璃后面，我是观者，被观看的人并不知道我的存在。时光没有带走我，被带走的是他们，这些街头上的人，风景转瞬兀变，他们转眼无影无踪，潮热的旋风里卷来的，只是一些花花绿绿的广告纸和冰激凌纸。空气甜丝丝的，混合着各种化学食品添加剂的味道。而我，记住了那些瞬间，各种表情，一张张脸……

我无数次幻想，在玻璃后面，会突然看见熟悉的人，记忆中的人，爱过的人，在我生命的未来有一席之地的人……我一次次为这个期待，为这个幻想而心痛，一次次为幻想的预演哭泣。

小姐，喝点什么？

穿军装戴军帽和红袖章的女孩飘然出现，吓我一跳。她瘦弱，脸色发青，没有表情。

有什么？

我们这里只有八宝茶，八元一碗。广西仔，上茶！

来了个军装男孩，和女孩一样瘦、脸发青、无表情，拎铜壶，老远地将开水注入我面前的碗中。

背语录就可以免费吃饭吗？

不行，要钱的。那些打工仔太能吃了！

那好吧。来一个农家小炒，一个青菜。我就一个人。

不是一位，是两位！

随着突兀的男声，老王突然坐在了我面前。他继续对女服务员说：加一个土匪猪肝，一个桑拿鸡块！

老王？

我知道你会来，所以，等着你呢。

你太好了！怎么知道我在这里？

我一直在这里。

他穿了一件这个年代少见的蓝色中山装，里面是街边的军用品商店常见的劣质圆领迷彩T恤，胸前别了一枚三十多年前西南地区特有的红底白陶瓷领袖像章。

我对穿军装的女孩说：赶快下单吧，上菜之前不要打扰我们。

我不太相信这是真的——在中午明亮的光线里，这个记忆中的人，来自另一个时间轨道，就在我对面。我可以很近切地看清楚他脸上的细细皱纹，眼里微弱的血丝，以及刺猬发型里的少许白发。他的眼睛已经失去青年的清澈，脸上还不时出现惶恐矛盾的表情，目光也会随之闪烁躲藏。

他是1967年夏天的老王。躲闪的目光和脸上的皱纹、下巴上的胡茬，使他看起来年近半百。

我望着他的鸽子眼睛说：如果穆姝没记错的话，1967年的夏天，你已经到了风谷中学！

没错。

你知道我母亲的身份之后，带走了她的孩子。你救了我弟弟，为什么不帮帮她？

她犯的是反革命罪，是死罪！

老王，现在已经是在另外一个时代里了，你还认为就是那样的吗？

历史如果重新来过，我们还会是以前那个历史中的想法。虽然当下就是由当前的一切决定全部想法。但是，历史是真实的呀！

你什么时候离开风谷中学的？

有一天，我突然很想吃碗饵糕。这是重庆的名点，白糖碗饵糕雪白松软，红糖碗饵糕黄澄澄的，入口即化。我离开学校，到风镇，看到街尾一个穿黄袈裟的喇嘛，摇着转经筒，口里念念有词，非常好听。我想听清他念什么，一直跟着他。

你听清了吗？

听清了。唵、嘛、呢、叭、咪、吽。

六字真言，秘密莲花部的根本真言。

我跟着他走啊走啊，越走越轻松，越走越开心，视野也越来越开阔，越来越陌生。这时，我才发现，喇嘛不见了，眼前是什么地方，我也不知道。

后来，我就继续往前走了。我每天都念“唵、嘛、呢、叭、咪、吽”，一边走一边念，会看见很多东西，海市蜃楼，人和鬼。我见得最多的是朝鲜战场上阵亡的战友，还有“文革”中那些疯狂的战死的人。我看见那个挥着马刀想砍老首长结果砍在我肩上的人，他的脸真长，他叫喊着“打倒”的时候，他的脸几乎有他身体的三分之一长。他砍掉我左臂的时候，我一点感觉都没有，只觉得身体突然轻了许多，左肩膀凉丝丝的……他说：对不起啊！他刚说完，我看见有人在前方，在他背后向他开了枪。他只有马刀，而他们已经夺到了枪……

十六

穿军装的服务员送来第一道菜：桑拿鸡块。锅子里没有鸡肉，只有油亮油亮的鹅卵石。

老王显然要发怒了，叫来穿绿军装的服务员，问她怎么回事。

被绿军装将脸色映得发青的女孩迅速把握火候，说：老板，别生气啊，老人家说了，鸡蛋因适当的温度而变化为鸡，但温度不能使石头变为鸡。老板你一定是学习过语录的人，你说，老人家说的是不是很有道理啊？

有道理有道理。

老王立刻微笑了，不但平复下来，而且心情愉快，盯着我说：有一次，你父亲请我喝酒，还说准备好了下酒菜。我到你家，发现他炒了一锅鹅卵石，是你弟弟从西河里捡回来的。他炒得很讲究，姜葱蒜什么都有了，就是没肉。我们夹着小石头放嘴里吮，那滋味，真是香啊……我们真高兴，你知道为什么吗？林彪暴露了，这个当面喊万岁、背后下毒手的家伙，摔死在温都尔汗！

王伯伯，求你，和我去重庆好吗？第一，我要知道我母亲是不是还活着；第二……至少，你该带我去看看她住过的那个地方，13号监室，总可以的吧？

她只在那里住了两年。后来怕她越狱，转移到另外的监室了。这个监室更小，只有一点二平方米。也就是说，任何时候，任何位置，她都无法伸直身体，永远只能坐着或者蜷曲身体躺着。但是，哪怕是在那个不能站立、不能伸直身体的小号里，她也一直在唱歌。我带走孩子后，她精神失常了。但是，她精神失常后，不但唱歌，还朗诵文章，估计就是那部《伟大的历程》里的文章。

呜呜……

别哭，丫头。那是噩梦，我的前半生已经埋葬在这场巨大的噩梦之中。包括之前，我失去的这条胳膊……我只想说，与其让噩梦变成驱散不尽的黑暗，罩住我们的生活，不如将它忘却。一代又一代的生命还要生长，时光在流动，我们也必须往前走，尤其是你们，还有你们的孩子们，你说是吗？

你的噩梦，梦见什么？

阵亡的战友，我在路途上一直看着他们，和他们聊天。我有时在梦里梦见他们，有时又在白天遇见他们。我梦见车祸和地震，梦见列车出轨并倾覆，梦见尸体和洪水。每个梦都是预兆，之后都有事情发生，和它对应。我是个可以预言的人。

你？你预言了什么？ 2012，还是2030？或者是22世纪和23世纪？

我并不想成为预言者，只不过想保留这个预见的能力，算是我的秘密吧。但是，南方，真是一个奇怪的地方，我自从来到南方以后，就不会看见那些路上的灵魂了。紫音，希望你有用做梦的方式去沟通历史和未来这种能力，而我，彻底失败了！就算偶尔做梦，也再记不起来梦见了什么；就算记得住梦见了什么，我的梦也再不能预见什么事情，我也无法根据梦来推断我该做什么事情。梦没有了逻辑和暗示，除了混乱还是混乱。我的信息场没有了，全乱套了。

你和我去广州，然后去重庆，会找回你这种能力的。

我不去！广州太吵了，在街上走路会不停地和别人的肩膀相撞，上公交车会被从前门挤到后门，然后从后门噼里啪啦掉下。人们又从地上挤到地下，要么绷着脸不吭声听由身体彼此摩擦，要么就在地铁车厢里打一架……我有密集恐怖症，又有幽闭恐怖症，我怕所有人挤人的地方。只要闭上眼睛，城市轰轰的声音就像大河正向我扑过来……

十七

我在“革命餐厅”坐了整个下午，老王什么时候离开的，我一点没发觉。

我问穿军装的服务员：他常来吗？她点头说是的。我又问，他还来吗？她说不知道。

午后下起了小雨，窗外，街头人迹寥寥。回头看餐厅，里面也空空的，灯也熄了。通向厨房的地方还有光，宛若遥远的梦境。苍蝇飞舞的声音像弹动的丝线，在我头发附近回响。在展示卤味的大玻璃罩后面，那些军帽下面的一张张青白小脸，小而薄的嘴发出湖南话、广西话、四川话、广东话的各种怪声。这些生于20世纪80年代的孩子在议论我，对我指指点点。他们看起来机灵、敏感，像洞穴之中收住了翅膀的蝙蝠。

四月是最残忍的一个月，荒地上
长着丁香，把回忆和欲望
掺和在一起，又让春雨
催促那些迟钝的根芽。
…………

我犹如身处旷野，身后刚刚进入21世纪的土地，发出草芽钻出来的噼里啪啦的声音。很快就会有各种花朵盛开，很快就有蜂飞蝶舞，很快就会看见我母亲的身影，光芒闪烁地，遥远地，传来歌声……

没有钟声报告时刻，也没有声音在桌子腿和椅子腿之间、在空房子里唱歌。

我感到脖子酸痛，耸了一下双肩，立刻听见颈部骨骼复位的响声。这声音从里到外，给我带来幻觉，仿佛桌子上我随身携带的大手袋里，就装着我母亲大大小小的骨骼，它们一直在"呵呵、呵呵"地响。

我抓起手袋，挎在左边肩膀上，离开。

没有窗户，没有门，没有楼梯，我面前的道路在摆动，就像一条不够宽的吊床，和风一起努力想把我掀翻。我在街边稍稍停顿，对摆动的道路说，对疾驶而来的的士说，让我走，我不会去谁的地方，我母亲的骨骼不会伤害什么人，它们只是紧密地贴在我的腰部，在我的袋子里，不停地"呵呵、呵呵"地响。

让我把她埋葬，让我去找一个未来。

天边出现一道闪电，地面腾起一阵湿风，扑面而来，将我的头发、脖颈、衣服、手袋摸了个遍。

这郊野的风，全是垃圾的味道。

我缓缓向前走。这个城市的郊区，连接着下一个城市的郊区，我只能不停地，从一个城市走向另一个城市。

（原载《中国作家》2013年第12期）

2013年

王　华

向日葵

一

那一阵，我们花河所有的民办教师都面临着一次命运的大转折，要么通过考试转正，成为自己梦寐以求的公办教师，要么被辞退回家。由于吴本末没考好，结果就成了后一种。媳妇也是那年娶进来的。刚娶进来两个月，他就被辞退了。媳妇本来是冲着他的前途才嫁给他的。当时，花河所有人都认为这个机会一定能给吴本末带来好运，我们全都看到了他变成一名公办教师后的光景。媳妇叫刘小敏，吴本末还是个民办教师的时候，她并不见得很看好他，但吴本末迎来了可以考试转正的机会的时候，她的看法就不一样了。她从来就没有想到过吴本末会考试失败，因为所有人都认为，这个机会完全就是专门给吴本末准备的，是老天爷突然对吴本末产生了喜欢，便给了他这个可以成为公办教师的机会。那一阵儿，刘小敏身边的人都在催她赶快嫁，都担心吴本末转了正以后就看不上她了。人是会变的，都这么认为，刘小敏自己也这么认为。所以她在吴本末刚刚考试结束就嫁过去了。

短短两个月之后她就发现她的希望是个泡泡，深感上当。从此以后，失望便成了她面对吴本末时的招牌表情。然而致使这种表情年深日久地生长在她脸上的，又是吴本末只有教孩子认识几个字的本事。不做民办老师后，吴本末也试着到过城市，去的时候也像别人那样带着婆娘儿子，但别人去了就留下了，他却留不下来。他在城里活不了人，他的婆娘儿子也就跟着活不了人。他去过五次，五次都是去了不到三个月就回来了。三个月挣下的钱刚好够他们回家，就回来了。前几次回来以后，还惦记着歇好了再出去，

第五次回来，就发誓不再出去了。

铁的事实是，吴本末只能教孩子认识几个字，除此之外，再无其他能耐。既然是这样，却又丢了用武之地，他就只能在自己的孩子身上实现自己的价值。不过，刘小敏却认为，他们的孩子有学校可去，根本就用不着他。而且，刘小敏还认为，就吴本末肚子里那点儿墨水，用得着用不着都无所谓。

实际上孩子也是那么想的，他刚上一年级就已经觉得没必要听吴本末啰嗦了，儿子比老子知道的还多。上四年级的时候，儿子就开始嘲笑老子了，因为吴本末有时候竟然解不出他课本上的题目，而如果有儿子认不得的字，老子也必然觉得它十分陌生。这就导致了吴本末不光让刘小敏失望，同时也让他的儿子吴浩瀚失望。

刘小敏常常感叹，我这辈子上了你的大当了！

而这时候如果吴浩瀚在旁边，他就会跟着长叹一口气，还叹得煞有介事。

如果吴本末还有那么一点不十分令他们失望的地方的话，那就是起名字了。儿子对他的名字很满意，刘小敏也觉得不错。但这一点对于一个成了村里的贫困户的人家来说，又算得了什么呢？由于吴本末的无能，他们家的日子永远停留在开始的那个起点，连一步都没有前进过。当然，这只是刘小敏的看法，吴本末不这么看。虽然他们家的房子还是原来的石头墙，房顶也还是瓦顶，每年他都得上到房顶上翻修一回，屋子里头变化也不大，但他还是不愿意承认他们家的日子一点也没有前进。他习惯把目光落在自家屋里思考这个问题，而刘小敏则是习惯看着别人家来思考这个问题。村里的房子要么拆了新建，要么换衣服，反正都是新气象，而且那样的房子里头变化也都是相当大的。这就相当于赛跑呢，刘小敏看见别人越跑越远越跑越快，自己被落在后面越来越远，自然就觉得自己那点儿进步就跟没有一样。而一直不喜欢找参照物的吴本末，只看着自己的脚，只要它在动，他就坚决相信自己也在前进。

但是，不管如何，他们家被镇政府定成了特困户。

这件事情使刘小敏突然间变得振作起来，就像当初她听说吴本末获得了一个可以转正的机会一样。但吴本末却显得有些不高兴。他不喜欢“特困户”这个称呼。刘小敏在高兴之余恨不能咬他两口解恨，她说你个傻×，成了特困户，政府就有救济呀。救济一词被吴本末看成一个带着侮辱性的词汇，很像带着一口唾沫的关怀之辞，而刘小敏却从这个词汇中获取着巨大的能量，十多年来，他第一次发现刘小敏的眼睛那么亮。

那个夏天，暴雨频繁。促成镇政府把他们家定为特困户的是那个夏天的第三场暴雨，那场暴雨使他家房顶上那些咬牙经受了前两场暴雨的老瓦片终于崩溃，暴雨直接从房顶往下泻，他们将所有能盛水的器皿都用来接雨，结果还是眼睁睁看着屋里一片汪洋，成了水牢。发生这件事情的时候，镇政府的陈镇长正好在场，他们到木耳村田间检查生产，遇上大雨的时候正好路过他们家，躲进他们家是要避雨的，结果还是成了落汤鸡。这个结果令陈镇长非常生气，先骂他们家是什么破房子，然后责问村里是怎么搞的工作，竟然还有这么破的房子。暴雨停了后，陈镇长把身上的湿衣服抖出一片脆响，离开的时候，回了两次头，好像对他们家这房子十分留念。

第五天，刘小敏就听村里的刘支书说他们家被镇里定成了特困户，要给他们救济。那时候吴本末已经把房顶上的旧瓦片全换过了，他已经相信至少一年之内，他家的房顶完全可以经受暴雨的考验。他刚好从房顶上下来，正仰着头欣赏他的成绩，刘小敏兴冲冲跑回来告诉他，我们家被镇里定为特困户了！

吴本末一如既往地麻木，半天才问，为啥？

刘小敏脸一拉，你还好意思问为啥？不明摆着吗？人家是实事求是。

吴本末说，他们应该征求一下我们的意见。

刘小敏嘲笑道，是啦，镇长要把你定成特困户还要问你同不同意？又说，就是问，我也会同意的，我举双手赞成。

吴本末挤压着眉毛说，可是我不赞成。

刘小敏做出一副不认识他的表情，五分钟后，她确认自己真的遇到了一个傻瓜，于是她骂人了。她说，中国十一亿人口，就出你这么一个傻屄。

很快，陈镇长就要专门来慰问他们家了。村里提前派人来通知，叫他们哪里也不要去，在家等着陈镇长。刘小敏很乐意，真留下来等。吴本末不乐意，村干部一走，他也要走。刘小敏想叫住他，没成。陈镇长果然就来了，村里大小干部都陪着，身后还跟着两记者，很隆重。除了两名记者扛的是自己的设备以外，其他人手上拎的都是给吴本末家的慰问品，有油，有米。为了迎接陈镇长，刘小敏早早就准备了一脸的笑，看见他们拎在手上的油瓶和米袋子的时候，她甚至没忍住笑出了声来。不过，她笑的是陈镇长太小气了，她们家并没有穷到吃不起油和米的地步。陈镇长显然令她有些失望，她原本并不希望只得到两瓶油或者两袋米。

不过，陈镇长只信“民以食为天”。那油那米虽被刘小敏看得小气，但依然要由陈镇长亲手递到她手上，并且要让记者的镜头永远记下这个充满了爱的瞬间。幸好陈镇长还准备了钱，要不然刘小敏都失望得笑不起来了。她的脸其实习惯苦着，要改变这长年累月的习惯必须要有一股强大的力量，两瓶油两袋米的话，力量就太小了。陈镇长要是没有及时拿出钱来，刘小敏的脸就打算回到原来的样子了。陈镇长把十张百元钞票拿出来拉成扇形的时候，她那快要撑不下去的笑容顿然怒放，一千块钱的力量还是不错的。那天记者们拍下的那个镜头十分的美。五天后，刘小敏在县报上看到自己的照片的时候，得意地发现自己竟然很上镜。当天她翻出自己历史以来的照片，都没有找到一张可以和这张媲美的。报纸上的她看着镇长手上成扇形的一千块钱，笑出了她有史以来最美的瞬间。

然而又恰恰是这张照片让吴本末愤怒。他一点都不认为那是一种美，除了“下贱”他再不想给它别的什么定义。“你太不知羞耻了！”盛怒之下，他的瘦脸变得更瘦了，看起来愤怒正在从左右两个方向挤压着他。“只有狗才对嗟来之食摇尾巴！你就像一条狗一样不要脸！”他说得太过分了，以至于从来都足够机敏的刘小敏竟然反常地变得有些无措，那一会儿，她眼眶刺痛，差一点哭了。

你他妈的才是狗！她终于知道该怎么反击这个令人费解的男人了。如果可以的话，她还想跟他打上一场。可惜的是吴本末从来都不喜欢打架，他们的战斗总是在刘小敏兴起的第一时间仓促地结束，每一次都弄得刘小敏很扫兴。

吴本末说完了自己想说的，就不再说下去了。他甚至都不能拒绝刘小敏用陈镇长送来的米做的饭，当刘小敏挑衅地提出，陈镇长送来的米比他们家的米更香的时候，他也没有把吞到肚子里的饭吐出来。所以那以后，刘小敏就常在吃饭的时候露出讥笑，并以此为乐。

吴本末在陈镇长来家慰问的时候故意缺席，并不被人看成是什么高贵的行为，反而被看成是不知好歹。我们带着一种妒意说他是“粪筐抬狗，不识抬举”，而村里的刘支书则严厉地指责他那叫不懂事儿。刘支书很年轻，比他小十多岁，但他说他不懂事儿的时候，却用了一个长辈的口吻。我们的妒意他可以不管，但刘支书这种态度他不能不管了。他的性格摆那里，他想不管是不行的。

你凭什么说我不懂事儿？就凭你是村支书？他要跟刘支书较真。

刘支书原先只是恨铁不成钢，这会儿便露出了十二分的瞧不起了，他实在没有想到这个家伙还有脸皮在这件事情上跟他较真。然而他又不相信他真有胆量跟他较量下去，所以他用一种挑衅的口吻说，就凭我是村支书咋个啦？

吴本末说，村支书只是个职位，并不代表辈分，请你说话放尊重点，我不长你辈，也长你岁。

刘支书是真意外了，他像我们花河许多人在表示惊讶的时候喜欢的那样发出了一声古怪的“哟呵”，然后他说，看不出来呀，吴老师还蛮有个性的嘛！他的连挖苦带讽刺没能惹怒吴本末，但却博得了我们的喝彩。我们都自觉地站在他这一边，吴本末那边只有他自己。但吴本末没有恋战却不是因为两边阵容太悬殊，而是因为他觉得这件事情到此已经圆满了。他用他的态度反击了他的对手，已经达到目的了。而对手是不是还在兴致中，他已经不管了。他一贯地信守着“适可而止”，就是在房事上也如此。这一点，也从来不被我们看成是个性。我们从来都只想当然认为那是因为他无能。尤其是刘小敏。

二

我们很快就看到这件事情在吴本末家产生的巨大影响，首先是吴本末变得在意别人的目光了，他变得爱东张西望了，看别人在看他没有，看他的时候是怎样的目光。实际上很快他就发现了问题，问题是别人看他时的目光真的变了。看他的人没有发现这一点，甚至一贯敏感并习惯于把别人拿来做参照物的刘小敏也没有发现这一点，但他发现了。变化在哪里呢？别人从来就是拿这种眼光看你的，看你这样的人就只能是那样的眼光。要是有变化，我倒要高兴了。刘小敏说。

吴本末变得害羞起来，不上街，不到人多的地方露面，下地的时候如果发现他要去的那块地旁边有别人，他就不下地了。除此之外，他还尝试过穿戴，比以前讲究整齐干净了，头发也比以前更一丝不苟了。但很快他就放弃了这种尝试，因为他觉得我们在背后议论他，是因为得到了政府的救济，才有了这种新气象的。他想，他这时候即使一夜暴富了，别人也不会因此而改变目光。

刘小敏对待这件事情的态度则是积极的，她几乎已经看到了她们家的日子的将来，一个渐渐变得好起来的将来。她把陈镇长给的救济金全部存了起来，她希望那个数字会以一种不慢的速度长大，直到她派上大用场。为了促成救济金的成长，她把他们一家人好一点儿的衣服都压进了柜子，只拣破旧的穿。虽然儿子说他的穿着遭到了同学的嘲笑，很不愿意配合，但她还是极力地说服了儿子。

我们这样，别人才知道我们穷，才会同情我们，给我们更多的救济。她说。

我们有了足够的钱，才能把这房子翻修一下，今后才有姑娘愿意嫁你做媳妇。她还说。

我们哪来翻修房子的钱？靠你爸行吗？要是行的话，早就翻修了。只有靠政府救济了。她说。

但她却无法说服吴本末，他翻箱倒柜要找到像样的衣服，不仅是出门要穿得周正，在家他也要穿得整齐。刘小敏上锁，他就把锁砸了。

不过，这样依然阻碍不了刘小敏扮穷。她相信如果她变得更穷，镇里的救济就会更多。她整日穿着旧衣服在街上走，她到处借钱。她借钱并不是因为她真的需要急用，如果她还没打算立马就翻修房子的话，她其实不需要到处借钱的。事实上，她嫁给吴本末这些年来，虽说日子没有进步，但他们真的很少跟人借钱。这一回，她却借遍了整个花河。她这么做只是为了宣传她很穷，很需要帮助，别人是不是愿意借给她，她并不在意。给她，她就感激地收下，不给她，她也不见得很失望。她要的只是一个响动。

有一天吴本末终于给了她一耳光。那一耳光似乎耗尽了他全部的体力，但刘小敏的脸没有红肿起来，倒是他自己的脸红肿起来了。他的确在那瞬间胖了许多，我们中间有人认为那都是因为气的，但我们以往从来没见过人生气的时候会突然变胖，人又不是气球。不过，我们又认为，稀奇事儿是可以发生在吴本末这样的人身上的。

你个不要脸的，你看看别人用啥子眼光在看我们？他肿着脸冲刘小敏吼叫。他那股冲动劲儿很容易让我们想到一颗人肉炸弹，想到他可能抱着是要跟刘小敏同归于尽的目的。

可刘小敏却显得异常冷静，她看起来一点也不计较那一耳光，她令我们怀疑那一耳光是否真的发生过。她说，啥子眼光呢？不就是看一个穷人的眼光吗？她的意思是说，她要的正是这种效果。

她还说，我就奇怪了，以前别人不也用这样的眼光看我们吗？她显得有点儿注意力不集中，因为她也奇怪为什么吴本末的脸肿起来了，她又没抽他耳光。

吴本末说，我们确实一直都穷，但以前我们穷得有尊严，没有吃嗟来之食，不怕别人看。

刘小敏笑起来，说，那你吐出来呀。

还说，我们得吃好一阵的嗟来之食呢，这一阵儿你就不要吃饭了。

吴本末下意识地做了一个吐口水的动作，无奈他的嘴里干涩苦巴，没有口水可吐。但这个动作作用是任何人都没意想得到的，这一吐，他像是把肚子里的怒气吐掉了，我们不得不失望地发现，他即使是一颗炸弹，也已经是一颗哑弹了。他是那么没有出息，竟然变得苦口婆心起来。他说，你肯定听过肉皮子的故事吧？有人因为家里穷，就在屋里挂一块肉皮子，出门前一定拿肉皮在嘴唇上抹抹。这是为哪样？就是为了不让别人知道自己很穷。

刘小敏说，我也晓得穷不光彩，可你能让我和儿子光彩一回吗？刘小敏表现出一种强烈的想开玩笑的愿望，她希望我们认为她是幽默的。

吴本末说，你没有衣服穿，就愿意把光身子给别人看吗？

吴本末这些天就是有一种被当众脱光了衣服的感觉，他试图用手掌遮羞，但又发现自己的手掌不够用，早先只以为胯下才需要遮掩，后来又发现自己全身都希望遮掩，那干巴巴的肌肉，那暴露在皮肤底下的肋骨，跟他的胯一样羞涩。

可刘小敏给他的表情却分明在说，我当然不怕给别人看光身子。

有一阵儿儿子似乎打算跟他站在一边，他也觉得同学和老师对他的态度变了，不光是看他的目光变了，有同学还明明白白嘲笑他。如果这些他还可以忍受的话，那原来玩在一起的同学因为他们家现在吃的是救济粮就拒绝跟他玩，却又是一件令他接受不了的事情。他回到家里来哭诉，就把吴本末哭到村委会去了。

刘支书没在办公室，他扑了个空转身准备出门的时候，刘支书才进来了。这样，他就把刘支书堵在门口说起了话。他说，我希望你们把我家的特困户名称抹掉。由于有了儿子站在他这一边，他比平时多了一份勇气，口吻要比平日硬邦得多。

刘支书像看一个怪物一样看着他，问，特困户不好？

吴本末说，你要觉得好你拿去。

刘支书觉得很好笑，就笑了起来。笑够了，他才说，可你家婆娘同意吗？

吴本末说，我儿子同意。

刘支书又笑。不是他这人爱笑，是他觉得这个人实在是可笑。

过了两天，刘支书专门来到他们家，说陈镇长决定与他们家结对子，来问他们家同不同意。吴本末想都没想就说不同意。刘小敏虽然反应慢了些，但她却表示坚决同意，并早早地就表示出了感激。她甚至在心里偷偷乐，因为她把这个结果看成是自己这一阵努力得来的成果。

刘支书说，你们家到底谁做主？

刘小敏说，当然是我。

吴本末说，儿子也不会同意的，少数服从多数。

刘小敏就把儿子拉进她的怀里，说，镇长与我们家结对子，儿子今后就断了没钱上高中上大学的担忧了，他为啥子不同意？

儿子当真就果断地点了头，站到了母亲一边。吴本末盯着儿子看，就看到了一张老子的脸。他清楚明白地端着一脸城府，他让吴本末看到了他的胸怀——他可以顾全大局。

少数服从多数，刘支书用一种不可思议的表情看着他摇摇头，呵呵笑着从他家离开，这件事情就定下了。吴本末想说点儿什么，却再没人听他的了。

三

这个消息给刘小敏和吴浩瀚带来的激动是无与伦比的，一个光明的未来已经在二十米远处等待着他们。他们深吸一口气，想压抑住自己的激动，让自己变得稳重一点，但最终谁也没有成功。深吸进去的那口气很快就变成一串笑声冲了出来，于是他们母子两个干脆抱在一起笑起来，笑就笑了个够。

这回好了，你也可以上高中了。刘小敏说。

儿子说，我一定要把高中上完。

你不光可以把高中上完，你还可以上一下大学。刘小敏说。

儿子说，上过大学，我就是个大学生了。

是哩，你倒是该好好的上，不光是要弄个大学生名声，最好能上出个出息来，就不用在这农村找媳妇儿了，到城里找那细皮嫩肉的去。这房子也不用翻修了，到时候你也到城里买个房子，接我们去享福。

这个时候，吴本末却跑到镇政府找陈镇长去了。陈镇长对他很热情，像对老朋友一样。可他却显得冷冰冰的，他表示他可不是来看老朋友的，他跟他也不是老朋友，他只是来问问他跟他们家结对子的事情是不是真的。

陈镇长说，当然是真的，等到稍微空些了，他就抽空去看他们。他以为吴本末是着急有什么事需要他帮忙了，他表示愿意坐下来听他细说，也愿意随时提供帮助。

可吴本末却提出要他收回他的决定。我们家不需要跟陈镇长结对子，也不需要救济。他说。陈镇长有点诧异了，问，是吗？吴本末确切地回答，是。陈镇长"咝"地吸一口气，又把那口气吐出来，说，好吧，我考虑一下。吴本末如释重负地松下两肩，掉转身子出门。陈镇长又叫住了他，问，你是不喜欢结对子这种形式吗？

吴本末说，我只是不喜欢被人戳脊梁骨。

陈镇长皱着眉头想了一会儿，说，谁会戳你的脊梁骨呢？这是一件好事情啦。

吴本末说，那你跟别人做你的好事去吧。

陈镇长看了他很久，最后冲他点了点头。点这个头表达的是什么意思呢？吴本末都没有多想，就把它定义为"同意"了，但实际上他错了，在陈镇长那里，是"可以考虑"，"要想一想"，或者就是"很不可理喻"的意思。一旦把心放到了肚子里，他就回到了他自己很看好的状态，穷者自穷，就等于清者自清，他又变得从容自若了。他随便进了家店，为儿子买了包廉价薯片。他还想为刘小敏也买点儿什么，可想半天也不知道买什么最好，就买了瓶酱油。回家的路上，他还吹了一会儿口哨，还哼了一会儿歌。到了家，他看刘小敏的目光也回到了以前的温柔，他还为他们家的猫扯回了一把青草。村里几乎家家户户都养着猫，也都知道猫偶尔也会吃一点草，但从来没有人为自家猫专门采过草，只有他。村里的猫都很自由，要吃草，满世界都是，也犯不着要主人专门为它准备，所以猫有时候并不买他的账，他扯回来的草干了，它也没有去吃。不过，他并不因此就失去了这份兴趣，想起来了就一定会带一把草回去，因为多数时候，它还是很善解人意。

刘小敏拿眼睛一眼一眼地愣他，问他干什么去了。他很自若地回答刘小敏说，他去了镇政府。刘小敏问他去镇政府干啥去了，他说他去叫陈镇长收回他的决定。刘小敏紧张地问陈镇长是什么态度，他得意地回答，陈镇长答应了他。刘小敏就尖叫了起来，好像这个结果用了一种刺刀的形式插进了她的肉体。她喊的是"你这个疯子"。

或许因为刘小敏喊得太响，这句话便有了一种口号的力量，很快，我们花河全都在说吴本末是个疯子。除了"疯子"，我们找不到别的词汇可以形容他。况且，发明这种叫法的人是刘小敏，是吴本末的婆娘，既然一个最有发言权的人发明了这种叫法，那别人也再没有必要发明别的词汇了。

事实上，如果陈镇长真答应了吴本末，事情也没能闹到后来那地步。那刘小敏喊完了，跑到村委会哭完了也就算了。刘支书想帮她，也没办法，陈镇长都答应吴本末了嘛。可问题是陈镇长并没有答应吴本末，他跟别人的不一样不光表现在他能做镇长别人却不能，还表现在他不会简单地看待一件事情。吴本末拒绝跟他结对子，在吴本末看来是一件极其简单的事情，但他不这么看。每一个人都习惯先站在自己的角度思考问题，陈镇长不光是习惯，还有这样的需要。作为一个站在一定高度的人，思考问题就必须要有一定的深度。陈镇长首先想到的，是政府的工作没做好，村民对政府有意见，有看法。要不然，他实在无法理解吴本末为什么会拒绝跟他结对子。他其实很忙，但他还是把这件事情当成了大事，他很看重政府的形象问题。

陈镇长挤了个时间约见了村里的刘支书，想详细了解一下吴本末，但刘支书却草率地回答他说，那家伙，就是个疯子。

疯子？陈镇长虽然意外，但当他快速回想了一下吴本末的行为以后，又觉得有些相信了。

就是个疯子。刘支书说。他还说，他婆娘就是这么叫他的。他说，也只能是个疯子，正常人哪会那样？

神经有问题？陈镇长想进一步确认。如果吴本末真的是神经有问题，那这件事情就简单得不能再简单了。

刘支书肯定地说，绝对是神经有问题。

哦——陈镇长如释重负过后，便更加坚定了要帮扶吴本末家的决心。这样穷困的一个家庭，家长还神经有问题，这只能表明他的责任更重大了，原来他只担了二十斤的担子，现在他应该担四十斤。他本来是打算有空了才去看望他的扶贫对子的，但现在他觉得必须提前，必须从百忙中挤出时间来做这件事情，因为他担心，如果吴本末需要医治的话，他们家肯定迫切需要一笔钱。

吴本末一点也没想过自己可能需要医治，实际上除了陈镇长以外，再没有第二个人想过他可能需要医治，即使是我们这些十分肯定吴本末就是个疯子的人。陈镇长去他家的那天，吴本末还从街上买回了二十只小鸡，这二十只小鸡还小得看不出性别，但他坚信它们中间一定有十八只母鸡和两只公鸡。这是一种新品种鸡，据说长得很快，下蛋率高。他梦想自己能在一年之内将它们变成一个稍微庞大的鸡群。这年头还把自己的创业路设计得这么漫长的人已经少得只剩下他一个了，吴本末也知道这一点，但他没有买一百只鸡的本钱，也没有借钱来买一千只鸡的胆识。他总是瞻前顾后，怕失败。整个人世间都在嗤笑他的胆小，但他却认为自己非常明智。别人嗤笑他的时候，他也反过去嗤笑别人。正如别人觉得他胆小得不可思议，他也觉得别人自不量力得不可思议。一个缺钙的人就得清醒自己摔不起跟斗，他只有小心走路才是明智之举。

他还有一个优点在于从不羡慕别人跑得快，前面的跑远了，后面的呼啦呼啦从他身边跑过去，也跑到前面去了，他也不急。他看起来对生活没有多大激情，但又从不产生厌弃之情。 不过，今天他一口气买了二十只小鸡，还是能让你看到他的激情的，虽然只有那么一点儿。他给人的感觉就像刚从一只布口袋里出来，得以重见天日了，有一种重生后的新鲜感。我们都知道他这种重生感来自于陈镇长的那两下点头，关键是他不求甚解自以为是地把那两下看成是答应他的要求了。

他没想到他在前面背着小鸡回到家，陈镇长跟着就到了。正扩胸吐气哩，拿口袋的人又跟上来了，更不幸的是，他竟然没想到那口袋还是冲自己来的，他以为他只是从他家门前路过哩。因为口袋的事儿两人也很熟了，还因为对方把他从口袋里放了出来，他心存着感激，所以发现陈镇长就在身后的时候，他还认真站下来跟他打招呼，语气还带着一种感恩的热情。他问陈镇长，这是要去哪里呀？是不是找到新的对子了？陈镇长说，我不去哪里，就到你家哩。陈镇长还说，新对子再说，目前你们家是我们最应该关心的。天一下子就黑下来了，口袋又罩下来了。到这时候他才急了，他说陈镇长你不是答应我不跟我家结对子了吗？我不是跟你说过我们家不需要扶贫吗？陈镇长看着他，把全人类的同情都调度到表情里了。陈镇长没有回答他的问题，如果吴本末是个神经病的话，那他最好还是少跟他浪费时间。

陈镇长和刘支书径直进了吴本末的家门，而吴本末却还在门外站着，背上还背着他刚买来的二十只小鸡。小鸡们喜欢热闹，在背篼里叽叽哇哇吵成一团儿，吴本末却把它们忘记了，他在一片黑暗中发着呆。

屋里只有儿子吴浩瀚在，刚放学回来。他还没有学会跟干部打交道，很害羞。好在刘小敏很快就赶回来了。她听说陈镇长来她家了，就急忙赶回来了。陈镇长能坚定信念地跟自家结对子令她感激不尽，她都想哭了。

听到婆娘的声音，吴本末这才回过神来。他撵进屋，“杵”到婆娘和陈镇长中间，用一种快要窒息的表情对陈镇长说，我再跟你说一遍，我们家不需要扶贫，请你选别人家去！陈镇长却更在意记者看不到势头，连这种镜头他们也在拍。他用一个手势将记者们的镜头按了下去，才充满同情地看着吴本末说，在你们木耳村，你们家都不需要扶贫的话，就再没有人需要了。陈镇长说的是有过调查研究的大实话，而且他是本着爱的原则在做这件事情，这一点，谁都看出来了。就连吴本末自己也看出来了，这就是他为什么一时间竟然反应迟钝，找不到合适的话来反驳陈镇长。以至于让旁边一直想表态却又一直没轮上的刘支书见缝插针地挤了进来。

刘支书说，是啊是啊，别说你们木耳村，就是整个花河打着灯笼也找不到比你家更穷的呀。

刘支书在这里玩夸张是为了更加坚固陈镇长正在做的这件事情，一点也没奚落吴本末的意思，语气里没有，表情里也没有。但吴本末却给他激怒了，他脸色由青转蓝，眼睛恨不能变成野兽的嘴咬上这家伙几口，最好咬下他那张损人的嘴巴。他说，你给我放明白点儿，我再穷也不会讨饭。

这哪是讨饭呢？刘支书给他一吓，声音也走了调。这一走调，刘支书自己知道是给吴本末吓的，别人却不知道，别人都听出挑拨味儿来了。更何况，陈镇长已经很烦吴本末了，况且吴本末那话也得罪了他。所以陈镇长皱起眉头了。陈镇长一皱眉头，别的人就紧张。当然除了吴本末以外。紧张的人就把唯一的这位不紧张的往门外推，要他出去，不要干扰他们的大事儿。刘小敏嘴里不住地喊着"你这个疯子"，叫上儿子生拉硬拽把吴本末拖了出去。还凭着她的机敏，在自己抢进屋门后关上了小门。这种小门，是在正经门外面多加的一个半截门，用处大概是挡鸡挡狗，不能让它们进出自如，同时又不像整块门那么挡光。因为以前的房子窗户少而且小，关上门的话屋子里就黑了，所以这种小门就有了它的必要性。我们花河如今还保留着这种门的人家已经少得可怜了，他家是其中一家。吴本末当然不是鸡，也不是狗。他可以自己开了进去。但儿子留下当看守，一直把他拖着。儿子本来是没能耐拖住他的，但儿子有帮手。儿子的帮手是我们这帮来看热闹的，我们虽然是来看热闹的，但我们骨子里具备着起码的爱心和是非。我们一看出吴本末会坏了他们家的好事，就主动伸手帮忙，我们将他和他的小鸡们一起拖到了圈舍的另一边，并团结一致地管制着他。不管吴本末有多大的意见，说话多么伤人，我们都只当是疯话。我们花河人历来都大度，从不会跟一个疯子计较。

因为吴本末的干扰，事情进展得很无趣。但陈镇长那颗充满着同情和怜悯的心显得有些沉重，却是出于他对吴本末的担心。

他问刘小敏，有没有想过把吴老师送去治疗一下呢？

刘小敏愣住了。她忘了自己说过的话，更没想到陈镇长指的是哪一说。

刘支书机灵，看她发怔，就解释，陈镇长是指你们家吴老师的疯病。

这样，刘小敏才恍然大悟。她没忍得住笑，就咯咯笑了起来，用手捂着嘴，怕笑出一嘴牙来不好看。她差一点就说出那是她说的气话，因为她确实没有像个医生那样有明确的诊断书。所以，她当然就没想过要把他送去治疗。但她迅速地把到了舌头尖儿上的话吞了回去，从而换回了一句更狡猾一点的"想治也治不起呀我们"。

儿子吴浩瀚被我们解放以后就一直巴在短门上关注着事态的进展，这会儿他觉得自己有必要澄清点儿什么，所以他及时地说，我爸不是疯子。

可刘小敏马上就反驳了他，你爸他就是个疯子！

陈镇长不想听他们母子两个吵嘴，他用个手势打断了他们，夺过了说话的权利。他说，如果真是有病，就要治。你们治不起，还有政府嘛。既然你们家都是我的扶贫对子了，那我就不能不管。我先给你们点儿钱，你们先治着，治疗费不够，我们再想办法。

好吗？

刘小敏真怕点头点慢了，她一连说了六个“好”。

这样，陈镇长就从口袋里掏出皮夹子，从里头数了两千元出来，拉成了扇形。他偏爱扇形。刘小敏盯着那个漂亮的扇形热泪盈眶，吴浩瀚也被那个漂亮的扇形弄得呼吸不畅。这也是后来他也承认他的父亲吴本末是个疯子的主要原因。当簇拥着陈镇长的隆重队伍离开他们家，母亲刘小敏再一次摸出那两千元钱来让他过把眼瘾的时候，刘小敏问他，这么多钱都不要，你说你爸是不是个疯子？“刘浩瀚”想都没想就回答说，确实是个疯子。为了证明他的大彻大悟，他还补充了一句，不光是疯子，还是个傻瓜。到此为止，吴本末连这个唯一有可能被争取到的阵容也失去了。

四

那时候吴本末却一直跟在陈镇长屁股后面追，扛着一大麻袋话，但由于所有人都把他的话当疯话，谁也不理他。对待一个疯子最友好的办法就是不理会他，这也是我们的经验。但是追到快上马路的时候陈镇长停下了，他大概认为，即使是一个疯子，他也应该具备起码的礼貌。

还有事儿吗？他问吴本末。

吴本末很意外，他说我跟你说这半天，难道不是事儿？

陈镇长说，那事儿我们不说了好吗？那事儿对你家有好处，你以后就知道的。

吴本末说，我现在就已经知道那事儿对我家没有好处了，好处只是我们家多了点钱，但坏处却是那些钱弥补不了的。

有坏处？陈镇长已经表露出了不耐烦，但他依然大人大量地站着，很给他面子地等着他啰嗦。

吴本末指着自己的脸皮问陈镇长，这是啥？

陈镇长看看身边别的人，笑了两声，用逗乐的口吻说，那是你。

吴本末说，是脸。

陈镇长咯咯乐，说，对头，吴老师的脸。

吴本末说，人活一张脸，树活一张皮，这话你听说过吗？

陈镇长说，正是因为这个，我才想帮你呢。你看看，这村里村外，哪一个不是活得油光粉面的？就你瘦得一把骨头，脸没个脸形。

吴本末说，我们这脸上确实没油，但原来是有尊严的，现在你给了我们油，但却把我们的尊严抹不见了。

陈镇长哈哈大笑起来，说吴老师啊吴老师，你不做老师太可惜了。

吴本末说，我请你把你的钱收回去。

陈镇长怜悯地叹了口气，叹过了，就不容分说地拨开他，几步走到马路上，上了车。吴本末追着车屁股冲陈镇长喊，你听老人们讲过有人因为家里穷出门前先用肉皮抹一下嘴巴的事情吗？

他的问题没有得到回答。

没有人会认真回答一个疯子的问题。

吴本末发现自己身边的人都在笑。他们并不打算忍一下，忍到等吴本末走开后再笑。他们笑得明目张胆，不计后果。

他把他的小鸡们忘记了，它们饿得叽叽哇哇，是刘小敏往地上撒了半碗冷饭给它们。刘小敏的心情格外的好，这个从她看着小鸡们时的神情里可以看得出来。吴本末回来后，她对吴本末说，你就别犯神经了，下一场我们再去买八十只，一口气养上一百只。她也是平生第一次说话这么有底气。

吴本末却更像一个真空皮口袋，瘪的。

一连好几天，他的身上都保持着一种投降的神情，所以我们也以为，他从此认命了。我们以超快的速度忘记了他是否该去治疗的事情，就连刘小敏也忘记了。只有陈镇长，回去以后还牵挂着他的病，有一天专门打电话找刘支书打听刘小敏有没有把吴本末送去医治，刘支书为了把陈镇长的关怀转达到刘小敏这里，专门到他家走了一趟。那刘小敏才想起陈镇长给的钱是为了医治吴本末哩，就跟刘支书许诺说，他们很快就去。

刘小敏要带吴本末去医院，吴本末当然不同意。但刘小敏认为他们必须去，因为他们必须对陈镇长有个交代。就连才上五年级的儿子吴浩瀚也知道，还必须是去医疯子的医院。儿子看起来要比老子聪明得多，他把眼睛愣着，说出了连刘小敏也没有想到的厉害。他说，不光要去看，还要从医院拿出看病的条子。他一下子就提醒了刘小敏，他们不光要拿出看病的条子，还得是吴本末有病的条子，医生证明吴本末有病，陈镇长那里才会有源源不断的接济。

吴本末虽然一副认命相，但他还是努力骂了刘小敏，我看你才有病！

刘小敏不生他的气，她试图说服他。

她说，你有病没病，我们心里都清楚。你当然没病，你好好的哩。但现在人家陈镇长把治疗你的钱都给我们了，我们不给他个交待不行啊。

她说，你是有志气，看不起这钱，但这些钱对我们家来说真的很重要啊，我们可以存起来给浩瀚上高中，上大学，你不是希望他有出息吗？那要是上不起高中上不起大学，浩瀚怎么个出息法呢？

她说，你再有志气，你也不得不承认自己找不来钱是吧？那别人白白给你钱，你为啥子又不要呢？

她说，你以为我是为我自己啊？我也是为我们的儿子着想哩。你以为我就真那么不要脸啊？我比你还怕臊皮呢，但我不是为了我们儿子今后能上得起学吗？除非你能让上头再出一个上高中上大学也免费的政策，那我就可以不要陈镇长的钱。你能吗？

她说，我替你想了想，其实你现在这样子倒来不去的呢，这全花河都在说你是个疯子，你说你一定要做个正常人的话不是自找没趣儿吗？我想啊，你不如将计就计，装疯。实际上啊，你都不用太费力，你就像现在这样，只要你跟我一起去医院，就成了。

吴本末想站起来抽刘小敏一耳光，但他站起来以后，却又改主意问他儿子，你认为你爸是疯子吗？

儿子说，妈的意思是叫你跟她联手。

可是这个看起来那么智慧的儿子第二天却在学校被人打破了头。据他说，本来一开始是他想打破别人的头，但打起来以后，他又寡不敌众，就反被别人打破头了。跟他打架的是一群，这是他没有预料到的。一开始叫他"陈浩瀚"的只有一个，别人都只是在旁边笑而已。叫他"陈浩瀚"的依据是据说他们听说陈镇长是他的干爹，但他们又不愿意相信陈镇长仅仅是他的干爹，因为很多大人们都不信，大人们在一起议论，说可能事情没那么简单，说不定那陈镇长得过刘小敏的便宜，说不定那孩子还是陈镇长的。"那孩子"指的就是吴浩瀚。大人们用这个来解释为什么陈镇长那么舍得给刘小敏钱，最关键的是这样一来，吴本末的不可思议就变得顺理成章了。吴本末原来是知道陈镇长跟刘小敏有事儿的，所以他才坚决反对陈镇长的关心，要不然，他怎么会拒绝白送到手上的钱呢？原来吴本末是给醋熏得神经错乱啊。吴浩瀚的同学们觉得大人们说得有道理，到了学校就不叫他吴浩瀚了，叫"陈浩瀚"。一开始他还纳闷儿，以为同学在开玩笑。同学们也的确是在开玩笑，但他很快就发现这玩笑开得很大。他们这么开玩笑不是为了玩儿，而是为了奚落嘲笑侮辱他，是正二八经地与他对阵，与他划清界限。最关键的是，他倒霉地遗传了吴本末强烈的自尊心，所以他也觉得受到了伤害。一开始他只跟他们争辩，但后来他发现争辩一点用都没有，如果有用，那也是反的，只能无休止地给那帮不怀好意的同学提供快乐。而他，得到的却是无休止的羞辱。

这样他就决定打。他的初衷就是要打破那碎嘴同学的头，好让他闭嘴。他错误地估计了形势，以为他的敌人只有一个。他想如果打起来，那帮先前一直在旁边看笑话的家伙无非也就是欢呼一下而已。但事实上刚打起来，他们就已经不满足于只站在赛场外边喝彩了，他们一哄而上，积极地加入了进来。力量悬殊太大，胜负就不用说了。

五分钟后，他就被老师送到了就近的镇医院，半个小时后，他就带着一头一脸的彩头回了家。

吴本末得知儿子挨打的原因后第一时间竟然表现出一种幸灾乐祸，他就用那么一副表情看着刘小敏，问她，这回你还要不要跟姓陈的结对子呢？

刘小敏做了一番深思熟虑以后，确切地回答他，当然要。她明白现在别人在想什么，全花河的人都在妒忌她，看见她得到了好处眼红。如果她投降，那她不是正中别人的下怀吗？她不能让别人阴谋得逞，不能让别人先羞辱了她一通以后再接着高兴。好吧，你们看着我得到一点好处就不自在是吧？那我就让你们一直不自在，就不给你们自在的机会。还有一点她没有说给吴本末听，关于人家瞎诌她和陈镇长的那些话，她是以开心的状态接受的。不管自己有没有信心做那样的梦，别人能把你往陈镇长这样一个人身上搭，就说明人家承认你不错。你说那衣服，有人会把一件破烂搭到陈镇长身上去试吗？表面上，她是痛恨那些嚼舌头的人的，但内心却对他们抱着感激，感激他们这么赏识她。她在心里把他们当成一帮知心朋友，悄悄地冲着他们笑。嘴上，她说她不会理会那些家伙，内心，却渴望跟他们拥抱，抱着的时候还要拍一拍他们的后背，表达一下深情厚意。她甚至偷偷地希望，别人能把这种瞎扯继续下去，扯得越远越玄乎越好。当然，她还跟吴本末说到了大局：政府对老百姓好，一心想让老百姓个个都好，共同富裕，你怎么能拖政府的后腿呢？

吴本末看出了她的无可救药，这或许是他想到了上访的主要原因。

五

那一天天气很恶劣，天跟地都被一层蛋皮状的东西裹着，没有缝隙可以透风，那蛋皮之外，却是高温。这样的气候，只有在孵蛋的时候才用得着。吴本末刚坐上中巴车，衣服就被一通油汗湿透了。这种天气，出的只能是油汗。平日里的汗，最多在衬衣上留下些盐痕，汗水干了，搓搓，就看不见了。但今天这汗，可以留下铅笔才能留下的线条。等到了县城下了中巴车以后，他的背心已经背上了铅笔画出的地图。

这种天气注定了人的脾气好不起来，吴本末发现县城街上的行人全都苦巴着脸，满脸烦躁。他在向县信访办走去的路上就看到过三处吵架，其中有一处还差点儿打了起来，然而据说吵架和差点儿打架的原因却小得很，有过路时被人衣服角扇着的，有因为身前那人总是走得不够快，却又总挡在前面的，差点儿打起来那两个却是因为擦肩而过的时候擦得过猛。

信访办有空调。这应该是里头的工作人员亲切友好的一个原因。吴本末也因此而觉得无论如何也应该在这里多待会儿。他的汗水很快就断流了，衣服也很快就干了，但他的上访才刚刚开始。在我们一贯温和、一贯有着如母亲般的亲和力的张主任仁厚的笑容面前，他连说了三遍“我也不晓得从哪里说起”，每一遍之间还间隔着至少三分钟的沉默，这些时间，谁也没打扰他，他们都希望他能在这个时间里想明白应该从哪里说起。

当这些时间都被他白白浪费掉以后，张主任只好说，你想怎么说就怎么说吧。她大概也感觉到吴本末是因为她看上去太亲和，以至于他不敢贸然开口，所以她把笑容收拾整理了一下，把她认为多余的部分放回到皮肤底下去。

吴本末强迫自己镇定了一下，决定从“肉皮”开始说起。

你们听说过肉皮的故事吗？

张主任表现出强烈的好奇心，说，说来听听？

从前，有些人家穷得吃不起肉，但他们的嘴天天都是油光水滑的。你们晓得是为什么吗？因为他们都在屋里挂着一块肉皮，出门前，每个人都先用肉皮抹抹嘴唇。

张主任迅速地笑起来，说，听说过听说过。说，怎么了？你们村里现在还有这样的人？她因为好奇，身体下意识地朝着吴本末往前倾，实际上她的前面是一张威武的办公桌，她这么做也并不能达到更加靠近吴本末的目的，她的耳朵必须依然保持着早先的全神贯注。

现在没有挂肉皮的人了，现在，吃不吃得上肉已经不是衡量一个人穷不穷的标准了。吴本末说。

是的呢，现在富人反而讲要吃素了。张主任呵呵笑。

我想说的是，人都有自尊心，都爱面子。人穷不怕，就怕别人晓得你穷。张主任能明白我的意思吗？吴本末说。

张主任点点头，说，是的，人穷不怕，就怕别人晓得你穷。

吴本末说，更怕别人敲锣打鼓到处宣扬你穷。

张主任的表情渐渐变得有些严肃了，她大约感觉到了一点问题的严重性了。她点着头鼓励他继续往下说。

吴本末说，所以我觉得我拒绝镇里头的扶贫是在情理之中的事情，可陈镇长不但不答应我的请求，还和别人一样把我当成一个疯子，还给我婆娘钱，要她送我去疯子医院医治……吴本末的情绪一下子就起来了，不断有夸张的肢体语言出现，那薄得不能再薄的皮肤下面血管鼓得像钢管儿一样。他觉得自己已经思路清晰，表达到位。他从张主任越来越显得严肃的表情里已经看到了自己的希望，他坚信十五分钟或者二十分钟过后，这个世界将诞生出一个能给予他充分理解的人。

出乎他意料的是二十分钟过后，张主任却皱起了眉头说，她不明白他是什么意思。

他对自己非常失望。他怀疑自己没有说清楚。但当他打算再花上二十分钟的时候，张主任用了一个向下按的手势叫了暂停。张主任打算用十二分的耐心来对待他摆在面前的问题，他的问题相当于一张色盲图谱，她必须小心辨别，才不至于使自己犯错误。

你是说你们镇里先把你们家定成特困户，后来陈镇长又跟你们家结成了对子，对不对？由于必须认真面对面前的考试，她再也不打算微笑了。

吴本末说，是。

她点点头，为自己取得的第一个进步而松了小小的一口气，然后接着问，你来我们这里的目的是想说他们这样做错了吗？

吴本末说，是的。

你们家实际上并不困难对吗？

困难，但我们并不需要扶贫。

你觉得并不需要扶贫是考虑到面子吗？就是你刚才所说的，肉皮？“不怕穷，但怕别人晓得你穷”是吗？

嗯。吴本末确切地感觉到自己的身体在轻微地颤抖，时间正在让他走近一个能够理解他的人，他正在接近他的希望。

张主任在这里停顿了足足五分钟，这五分钟时间里她看过吴本末三回，目光意味深长。她还喝了两口茶水，第一口喝得很文雅，轻轻抿一口，无声地咽下。第二口略显得不经意，所以海饮了一口，那一口茶水鼓起了她的两腮，她分两次咽下，而且咽出了很响的声音。而后她突然笑了起来，笑声很得体，完全是一个接近老年的女人的节拍和声息。笑完了，她又给吴本末续了一次水。那以后，她才认真地告诉吴本末，这样的事情她还从来没遇到过。真的，我做过十多年乡镇工作，又做了十多年政府办公室工作，做信访工作也十多年了，从来没遇到过这样的事情。她说。来信访办的人，说政府不关心他们的贫困，不解决他们的困难的人很多，但从来没有过一个人来说政府帮助他们不对，伤了他的面子。说到这里，她不得不先停下来笑一下，像个母亲听儿子说了一个不可思议的笑话那样。

就在她忍不住笑的时候，吴本末却显得不比一般的严肃。他已经发现自己早先看到的希望只是一个假象，就像你在高速路上看到的，站在路边给你敬礼的交警，走近了你才发现那其实是纸板做的一个平面图——它的目的不是为了给你敬礼，而为了提醒你不要违犯交通规则。你如果在高速路上尿急了，你唯一的出路就是憋着，如果你随便找个路边停下来撒尿，对于你来说，是为了不违背生理学的规则，但对于交警来说，你是违犯了交通规则。吴本末违背的，还不是简单地为了规范行为而特意制定的规则，而是完全自然而然，完全产生于情理之中，完全决定着世界和谐，决定着世界正常运转的一种规则。你正渴哩，别人递给你一碗水，你拒绝喝，因为别人的同情伤害了你的自尊。你饿得慌的时候，别人递给你一碗饭，你也拒绝，因为他知道你很可怜了，伤了你的自尊了。你说这样的事儿让人如何能够理解呢？

所以张主任笑完了就问吴本末，你说人们都说你是疯子？

吴本末盯着她的脸看，就把她出于善意掩藏在皮肤底下的表情看出来了——她其实也同意这种看法。所以吴本末说，你也是这么看的吧？

张主任没有回答他的问题。她没表示肯定，也没表示否定。她觉得她应该对吴本末来一番教育，这个年轻人显然缺了一些功课。她利用一分钟时间来捋了捋思路，决定耐心地为他补上一课。

你刚才说，你婆娘因为想为儿子上高中和今后上大学存钱，所以也不答应把钱还回去是吗？

吴本末喝水。他甚至都不再跟张主任对视了，如果不是这里面比外面舒服得多，他已经在这里待不住了。他很自我地认为，这个问题已经不需要他再说第二遍，而且他也没情绪说第二遍。

张主任以一个国家干部的大度看了他一眼，继续问，你觉得你老婆这么做是对还是错呢？她或许不敢奢望他会回答她的问题，所以她自己回答了。她说，我敢说，除了你以外，全人类都认为她做得对。她说，维系一个家庭的核心是什么？我们传统的看法是孩子。你的婆娘以孩子的前途为重，说明她是一个合格的母亲，一个好母亲，而你却以自己的面子为重，是不是让人无法理解呢？

她说，镇政府也好，陈镇长也好，都是出于一片好心，并不是为了扫你们家的面子才去帮扶你们家……

吴本末很没礼貌地打断了她。他说，可是事实上已经扫了我们家的面子了，我儿子还因此被人打破了头，我现在也没脸在人前走路了。

张主任及时地接着他的话往下说，可是对于儿子的前途来说，你的面子又算得了什么呢？是儿子的前途重要还是你的面子重要？

这个问题真的很有力量，张主任像愚公一样轰然将太行山夯到他的面前，他如果不想被碰烂脑袋就只有退回去。他最后选择了原地不动，不进，也不退。只有这样，才能保证他的自尊不至于破烂不堪。然而张主任把这个看成了一种面壁思过，她又看到了希望，所以她锲而不舍地继续她的功课。

她说，我完全能理解你说的面子问题，也完全能设身处地地理解一个人在接受别人帮助的时候的另一种感受。我打个你很可能极其反感的比方，一个乞丐在伸手跟人要钱的时候，肯定是难为情的，但他为什么还要伸手乞讨？那是因为他没有办法。如果他看重面子，他就只有饿死。如果乞讨能让自己活下去，那么面子又算得了什么呢？她后边还有很多的比方，还有一大堆的谆谆教诲，但是吴本末却不打算听下去了，他冲动地站了起来，用下最后通牒的口吻对张主任说，我来这里只是希望你们能让陈镇长不要再去我家扶贫了！

下完最后通牒，他便拍屁股转了身。即使外面那么闷热，他现在也希望赶紧回到那闷热中去。这间凉爽舒适的屋子，已经无法为他提供足够的氧气。

临出门，他又突然冒出一个比方，于是他回头对张主任说，你说那马戏台上拿鞭子抽着老虎表演的人，一定是为了老虎好吗？

张主任给他问得一怔，他已经快步离开了。

六

那以后，张主任就老在琢磨他临走时抛下的题目。看起来这确实是一个极其简单的题目，但由于张主任有着足够的阅历，她不可能天真地犯下轻题的错误。以她的经验，出题者选择简单的题目，要的并不是题面上直接的那个答案，它的考点应该在于答题者与众不同的思考力和创造力。

她认为她必须到花河走一趟。

一见到陈镇长，她就把吴本末抛给她的题目转抛给了他。“你说那马戏台上拿鞭子抽着老虎表演的人，一定是为了老虎好吗？”她希望得到一个不同凡响的回答。但是陈镇长愣了一会儿，却狡猾地反问她是什么意思。她说，这是你们木耳村村民吴本末给我出的题目。陈镇长露出恍然大悟状，哦——是那个神经出了问题的老师啊！虽然吴本末早就不是老师了，但这个时候“老师”一词能简单地将他区别于别人。

你确认他真是个神经病？张主任问。

花河人都这么说哩。陈镇长说。

可你觉得一个神经病出这个题目是什么用意呢？张主任问。

陈镇长说，他去上访了？

张主任说，你说呢？

陈镇长突然哈哈大笑起来，他觉得这个吴本末真是个不一般的神经病。

张主任说，我觉得他在怀疑我们的立场。说得不好听一点，是在怀疑你帮扶他们家的立场，你是真为他们家好呢？还是为了别的什么？

陈镇长咬着嘴唇看着张主任，拼命把一个笑含在舌头底下，直到它慢慢地退回肚子里去。然后他才说，那依张主任你看呢？我是站在一个什么样的立场去做这件事情呢？

张主任当然不能说他是站在一个想自我表现的立场，那样的话就成了人身攻击了，就成了她的工作立场有问题了。她已经敏感地觉察到了陈镇长的反感，她不想惹翻了他，他们毕竟还是同一条战线上的战友。因此她说，我觉得我们应该想一想，群众为什么会对我们的善举产生怀疑。

陈镇长说，什么叫“群众”呢？我们做过那么多扶贫工作，就遇上他这么一个，一个怎么能算是“众”呢？

张主任说，可是我们也不能因为只有一个就忽略不计呀。

陈镇长说，你不觉得他是无理取闹吗？

张主任想了想，用另一个问题来作为这句话的回答，他跟你说过肉皮的故事吗？

陈镇长痛苦不堪地说，说啊，他见谁都说肉皮的故事啊，要不然，哪个晓得他是神经出了问题呢？他平常就是一个沉默寡言的人，他不暴露的话，别人也不晓得他是神经病啊。

张主任说，你觉得肉皮的故事没有道理？

陈镇长说，故事有道理啊。穷人怕没面子，用肉皮抹嘴皮装面子，可我们给他们肉，有肉吃了，还需要用肉皮来装面子吗？

张主任觉得他已经从陈镇长这里找到了满意的答案。到这时候她才明白，自己来花河的真正目的就是为了找到这个答案。她去了一趟木耳村，但没有见到吴本末，据说他下地去了。她见到了刘小敏。刘小敏当时正扫地，从里头往外扫。看她来了，急忙改变方向，把已经扫到屋中央的尘土又往回扫。这个细节逗乐了她，她跟刘小敏的交流便以她亲切的笑声开了场。

你是吴本末老师的家属？

是呢。

我是县信访的，姓张。

哦……啊。

晓得信访办是做啥工作的不？

不太清楚哩。

群众反映情况的地方。打个比方吧，你儿子在外头被人欺负了，就会跑回来你们跟前告状。

呵呵。

你们家吴老师昨天去了我办公室，他去告陈镇长的状，觉得陈镇长对你们家的帮扶很不妥当，而且他觉得你们家并不需要帮扶，你认为呢？

那个神经病的话你都信？不能信他，他就是个疯子。

你也认为他是个疯子？

不是我认为啊，是他本来就是个疯子啊！你不信你去问问别人吧，没有一个人不说他是疯子啊。我正准备送他到疯子医院去治哩，县领导你说我们这么个困难的家庭，又摊上个疯子，这日子咋过啊！

张主任从吴本末家出来以后，顺便跟遇上的村民打听了一下，确实没有一个人不说吴本末是个疯子。她没想到事情办起来竟然这么简单，如果吴本末真是一个疯子的话，那这件事情已经可以画句号了。

可陈镇长却觉得这件事情变麻烦了。吴本末竟然去上访了。不管吴本末上访的理由多么站不住脚，他只要去上访，就会产生不好的影响。一个乡镇干部，你的村民老到上头去告你的状，那还得了？即使告状的就是个疯子，上头也能正确对待，那也会造成相当恶劣的影响啊。

他到了木耳村，让村干部找来了刘小敏。

你说你们家吴老师，咋就跑到县信访办告我去了呢？他一脸牙痛的表情，很上火的样子。

刘小敏看起来也很上火，她说，那就是个疯子哩，我们都拿他没法。

陈镇长说，这“疯子”究竟是你的口头禅还是他的确是个疯子呢？

刘小敏说，陈镇长啊，他真的就是个疯子啊。

陈镇长说，那要真是个疯子的话，你们又为啥不送他去医治呢？

刘小敏说，我要送哩，可他死活不去，我正在考虑请娘家的兄弟来帮忙哩，要不然，我一个妇人家，哪弄得动他呢？

吴本末捅大篓子了，他把陈镇长惹火了。刘小敏感觉到自己的梦想摇晃得厉害，不注意，它就倒塌了。她看准了一根很重要的柱子，并且拼了命用双手撑住它。她无论如何得拯救自己的梦，不能让它葬送在吴本末的手上。这根柱子是刘支书，她突然转身冲着刘支书抹起了眼睛，说话也发哽，她说刘支书哩，你是晓得的啊，我们家那人要不是个疯子，我们哪能这么穷啊。全木耳村都富起来了，就我们家拖着村里的后腿哩。我常常说我们家给村里丢脸了哩，给刘支书丢脸了哩，就因为我们家这一颗“耗子屎”，就影响了木耳村的声誉哩。这一阵陈镇长跟我们家结对子，我还在想，这回好了，有陈镇长帮助，我们慢慢也会脱贫的，等我们家也富裕了，木耳村就可以成为示范村了，可是哪晓得那个疯子咋想的呢，非要把这件事情搅黄不可哩……

陈镇长说，你别哭了，我也没说这件事情就黄了。

刘支书及时地提醒说，你把陈镇长当什么人了。

震感终于过去了，刘小敏转悲为喜，一双红眼呈花瓣带雨的情景。她说，陈镇长大人大量，好事做到底。要不然，我们这家人就永远要拖木耳村的后腿了。还不只是拖木耳村的后腿呢，还要拖花河的后腿呢。

陈镇长说，我哪里是那种做事半途而废的人呢？更何况这本身是一件好事情对吧？

刘支书和刘小敏都同时说是哩是哩。

陈镇长说，只是你们家吴老师真的是个问题，如果他再去上访，上头给他整烦了，就怕我想继续帮扶你们家都不行了。

刘小敏连忙保证，不去了不去了，一定不让他去了。

陈镇长说，你说这个人怎么就一定要把一件好事情看成坏事呢？

刘小敏说，他就是个疯子呢。

唉！陈镇长深深地叹气。叹完后说，最好早点把他送去治疗，疯病越早治疗越好，晚了，就不一定治得好了。

刘小敏说，一定一定一定。她还想说“一定”，但陈镇长又说话了。陈镇长对刘支书说，你们村里这几天要把吴本末老师的治疗当一件大事来抓，一是要保证他能得到及时治疗，二是要保证他不再上访，不再给我们的工作添麻烦。

刘支书跟刘小敏学舌似的，也说了一串的“一定”。

陈镇长说，不能光嘴上说，这事儿要是办不好，吴本末老师要再捅出娄子来，我就拿你这个村支书试问。

刘支书说，行行行。他还想多说些“行”，陈镇长已经站起来走路了，到最后陈镇长的脸上也没有云开日出，刘支书的舌头便早早就断了勇气。陈镇长走出村办公室又回头提醒他这件事情的厉害：他只到县里上访倒不怕，他要是往上走，那我看你这个村支书就别当了。

七

把陈镇长送上车回来，刘支书就冲刘小敏大光其火。你说你们家，咋就整出这么个破事儿来呢？他心里恨不能抽刘小敏的耳光，但实际上他只能拍拍办公桌。刘小敏做寒蝉的样子，可怜巴巴地站一边低着头等骂。刘支书生气是情理之中的事情，凭什么她们家得好处却让他摊麻烦呢？刘小敏愧疚得很。

去把吴本末叫来，我要跟他谈谈！刘支书说。

十分钟以后，刘小敏就和吴本末一起过来了。那时候，刘支书的气已经平静了些，他正抽着烟，吴本末进来后，他还能丢给他一支烟。后来又才想起吴本末是不抽烟的，又把丢出去的烟收了回来。

吴本末站着，准备着随时离开。刘支书叫他坐下。“你坐下来，我有话找你谈。”吴本末便在他对面坐下。

刘支书对刘小敏说，你也坐下吧，别杵着，让人觉得不舒服。

然后，他盯着吴本末看了一会儿，认真抽了几口烟，说，我也不晓得你是真疯还是假疯。

吴本末说，我没疯！

刘支书说，好吧，没疯就好，没疯我们就可以正常沟通。我就不明白了，陈镇长一番好意，你为啥就不知好歹呢？还要去上访，你这不是狗咬吕洞宾吗？

吴本末说，他确实是一番好意，但我们不需要他的好意。刘小敏着急得弹了起来，她说，他不需要我和儿子需要。

吴本末瞪她一眼，接着往下说，我去上访，是因为你们没有一个人把我的意见当回事，我只能找上头去。

刘支书说，可是你婆娘和儿子都需要，你刚才也听到了。

吴本末说，你们可以支持他们的意见，为啥就不愿意支持一回我呢?

刘支书说，他们需要帮助，我们就给予帮助，这是一件非常顺理成章的事情，有什么奇怪吗?

吴本末说，他们需要帮助，有我呢……

有你?你能耐多大呀……刘小敏再一次站起来干扰吴本末，刘支书制止了她。

刘支书说，现在我们不讨论你们家到底需不需要帮助，我只想吴老师跟我保证，再也不去上访，不找麻烦了。

吴本末说，我为啥要保这个证?

刘支书说，那我为啥要为你们家的事儿担风险?你们家得好处，我却说不定哪天就为你们家的破事儿毁了前途。

吴本末说，很简单，你让陈镇长把他的好意给别人去，我们就大家清静。

刘支书突然决定停下来歇口气，他表现出一种极度的疲惫和厌世，后来他用一种有气无力的口吻对吴本末说，你说你不是疯子真没人信。原来我也不相信你疯了，但现在我明白，你是真的疯了。

吴本末似乎受到他的影响，情绪也非常地低。他甚至都没有被刘支书的话激怒。他也好像被耗尽了力气，他接下来准备了好大一堆话，他得匀着点儿力气。

他说，我也始终不明白，这么明摆着的一件事情，你们为什么每一个人都要装糊涂呢?我儿子为什么被人打破了头?是因为他的自尊心受到了伤害，他想找回自尊去跟人打架才有了这样的严重后果。陈镇长是好心不假，但有时候好心未必就都能办成好事，他要是这么继续帮下去，就不是在帮我儿子，而是毁了我儿子。上高中，上大学，他都可以帮他，他把他的学费包了，但他能包他的自尊心不受到伤害吗?他用着别人的钱上学，他就得承受别人的白眼、耻笑，还有自己良心的自卑、羞愧，这些他都能用钱补上吗?像补衣服一样，行吗?有他的帮助，我儿子确实可以保证念上高中念上大学，但我儿子从此就一辈子都无法忘记是别人给钱送他上了高中上了大学，他即使有了什么大出息，他也自豪不起来。如果是这样的话，那还不如不上的好。他可以初中毕业就去打工，但那种靠自己的努力活着的日子里总有那么一两件事情是自己引以为豪的。物质生活可能简单了点儿，但心里头不憋，是畅通的，那就比啥都强。要是一个人活得抬不起头来，那有再好的前途又有啥用，还不是低着头走路?这么简单明白的道理，为什么我一说出来，你们就把它当成疯话呢?

刘小敏一直想打断他，但每一次都被制止了，不是刘支书，就是吴本末，他们并不看着她，但当她一想张嘴，他们又都能及时地发现，并及时地用一个手势把她的话堵回去。这一次，刘支书还打算制止她，但她不管了。她已经在刘支书的脸上看到了一种被说服了的光景，他正在变得相信起吴本末来。况且她还发现自己也差点儿给吴本末说服了，她发现自己也觉得吴本末说得有道理。这是很危险的一件事情，一边是可以争取到的长期的资金来源，一边是吴本末的话，前者一直被吴本末看得很小，但却一直被她看得很大。如果吴本末赢了，那她和儿子的梦就只能白做了一场。因此她必须做出抢救，她几乎是跳起来，一步跳到了吴本末的面前。她必须把他打回去。

你就是个疯子，没有一个正常人会像你这样自私！你说的那些啥了自尊心，什么自豪，全是你的，你怕别人白眼你，怕自己一辈子抬不起头，所以你就不顾我和儿子的死活。儿子不想初中毕业就去打工，他想上高中，想上大学。你要是保证能有钱送他上高中，送他上大学，我们就可以不要陈镇长的钱！她是指着吴本末的鼻子喊完这些话的，她的每一个重音都放在“你”上。

吴本末说，好吧，我保证只要儿子想上高中想上大学，就让他上。

刘小敏尖叫起来，你？你拿什么给他上？

吴本末说，我卖房子，卖血，行不？

刘小敏继续尖叫，就你那破房子？就你那把干骨头？还想卖房子？还想卖血？

刘支书又给他们吵烦了，他击了一下桌子，让刘小敏刹住了车。他让他们回家吵去。他心里乱糟糟的。吴本末显然不能算一个神经病，他不过是想到了别人想不到的，或者说，他不过是敢去想别人不敢想的事情罢了，最多只能算是一种反常。实际上，这些都跟他有什么关系呢？可是这件事情就偏偏要跟他纠缠在一起了。吴本末离开村办公室的时候，他用一种心力交瘁的口吻说，不管是你听她的，还是她听你的，我只求你不要再去上访了，好吧？

八

那以后的好长一段时间里，大家都相安无事。虽然当时吴本末并没有答应刘支书什么，但他似乎一直在遵守着一个“不再上访”的诺言。刘支书一直防着他，他专门增加了联防队的人数，他们天天都在暗地里关注着吴本末。我们不知道吴本末是不是知道这一点，他表现得很漠然，就像他根本就不知道自己在被监视一样。那一阵，陈镇长也好像把他们家忘记了，没有再送钱过去，也没有过问吴本末的情况，就连他是不是又去上访了也没过问过。时间越往后走，我们也不再拿他们家的话来嚼舌头了，新鲜劲儿总是要过去的，所以吴浩瀚也再没跟同学打过架。

年底就到了。

陈镇长又习惯性地想起了他的对子，他想他应该让他们也能像别人那样过一个正经点的年。因为之前有过教训，他打电话找刘支书了解了一下他们家的情况。刘支书怕再生麻烦，劝他别管了。但他还是来了。做事半途而废不是他的性格，更何况随便放弃自己的扶贫对子，也是要遭到白眼的。别人不白眼，自己心里也不安。他在村委会办公室里是这么跟刘支书讲的：你看到人家吃不饱，才把你的饭分给他。可要是那以后，你就不再分给他了，你就不是在做好事，而是做了坏事了。你想想吧，你分给他饭以前，他虽然一直都没吃饱过，但他的胃已经习惯于那一种状态了，他的身体也已经接受那一种状态了，没有比较，他会安然于那一种半饥饿状态。你让他吃饱过一顿以后，就不一样了。胃尝过吃饱以后的滋味，就不喜欢再挨饿了。饿，在有饱做过对比以后，就显得让人讨厌了，他会一直盼望着吃饱。是你让他尝到了饱的滋味，所以你必须对他的今后负责，负责他不再受到饿的折磨。

那要是吴本末又犯老毛病怎么办？刘支书真的很担心，那样的话，他就没法过清净年了。

但陈镇长觉得，如果吴本末不是真的神经有问题的话，那他最终是会想通这件事情的。

可这个“最终”是哪个时候呢？刘支书急得两眼发晕，他已经预见到自己没法过年了。

我们花河冬天爱下冻雨，木耳村是沙地，那路面下过冻雨就没法走。虽然那一阵儿并没有下过冻雨，木耳村的沙子路面也并不像铺了绿豆那么滑，但刘支书跟陈镇长一起去吴本末家的时候，却走得十分地胆战心惊。

后来吴本末也在“最终”一词上纠缠了好一会儿，那个时候刘支书的心里真的亮了一下，无论如何，他都宁愿相信那是一种转机。陈镇长也对吴本末说，我做的这件事情，你最终是会理解的。陈镇长用的是一种十分自信的口吻说的，吴本末是用一种头痛的状态听的。他听完以后继续用一种头痛的表情问陈镇长，这个“最终”得是啥时候呢？他这么问，刘支书便以为他认同陈镇长指的这条路了。最起码他对陈镇长指的这条路感兴趣了。他本来一直朝着他自己选择的路往前走，不顾所有人的反对一直往前走，这一天，他突然停了下来，因为陈镇长站在一边十分自信地告诉他，他最终还是要离开那条路的。陈镇长给了他时间。他现在已经对这个时间感兴趣了。他好像只是头痛这个时间没有一个准确的概念，好像只是头痛这个时间显得过于没有边际。所以刘支书宁愿相信他有救了。

实际上这一次的影响并不像以前那两次那么大，年底的时候，是扶贫济困的旺季，像他们家这种事情到处都在发生，我们目不暇接，根本就很难专门去说吴本末家的事情。何况那个时候大家都有过年的事情要忙，顾自家还顾不过来哩。所以我们都认为吴本末大可不必再那么在意于别人的目光和舌头。吴本末的表现也让我们对他抱着这个希望。这一次，他没有像前几次那么义愤填膺那么暴怒。他看起来像是伤了风，头痛得很。他带着这种病态往街上走，我们以为他是要去医院。结果他却上了去县城的班车。当然他被拉下来了，是村里的联防人员拉下来的。刘支书并没有放松警惕性，因为他如果不想当村支书的话，那也应该是有了一个更好的去处。

吴本末一直是知道他被监视这个事实的，从他被联防队员拉下车以后的表情可以看得出来。他一点也不慌张，一点也没表现出惊讶。他用一种知己知彼的平静说，我并不是去上访。甚至当联防队员问“他不是去上访那是去哪里”的时候，他也自如地回答说，我去县里买年货。那时候刘支书已经赶到了（联防队员在成功阻拦下吴本末以后，第一时间就打电话报告了他），所以吴本末还不厌其烦地跟刘支书又重说了一遍，陈镇长不是给了我们过年的钱吗？我想到县里好好买点年货。刘支书说，年货镇上也有，何必跑县城去买呢？吴本末说，镇上的肯定不如县城的好。你看，我还从来没过过铺张年呢，今年想铺张一点。刘支书稍为留意，就能感觉吴本末的语气里有一种怪怪的味道。更何况，为防万一，他无论如何也不能相信他得太早。

他不让吴本末去县城购年货，他想以一个村支书的名义剥夺吴本末的这个权利。吴本末未来的几天都尝试着看到他的转变，希望自己能有哪怕那么一次在他的疏忽中成功走向县城，可是每一次都以他的失败而告终。后来他不得不提醒刘支书，你没有剥夺我去县城购买年货的权利。他已经很明显地表示，他的耐心已经到了极限。但刘支书却相反地表现出极大的耐心，他说，我并不想剥夺你什么权利，我只是为了保证不让你去上访。到了这一步，吴本末的耐心决定掉头了。他说，你们为什么不想一想，我为啥要去上访呢？他朝着来的方向前进了一步。刘支书不回答他的问题，倒是沉迷于吴本末终于招供带来的快乐。他不合时宜地笑了，笑吴本末终于还是没扛得住。他说，你看你真不够坚强，我还没用鞭子抽你，还没拿烙铁烙你呢，你就变节了。

吴本末说，我明白告诉你，我就是要去上访，县里不行，我去省里，省里不行我就去北京，今天不行，就明天，明天不行，明年，你们有本事，就监视我一辈子，要不然，只要我不死，我就要上访。

他说，到现在已经不是我们一家人的面子的问题，不是你们不尊重我的想法的问题，也不是你们恶意对我进行人身攻击说我是神经病的问题，而是你们任意剥夺村民的权利，非法监视村民的问题。

他的耐心大踏步向前退回，离他出发的地点越来越近。

刘支书不是没有觉察到这一点，但错就错在他太经验化了，他从来没见过瘦鱼能翻大浪，所以他也不相信吴本末这样的人能做出什么大事来。他依然在笑，因为他刚才从吴本末这里获取的快乐还没花销完。他笑着说你别拿大话来吓唬我们，我们晓得我们该做什么，该怎么做。吴本末说，既然是那样，你们就该放我走，让我喜欢去哪里就去哪里。刘支书说，那不行。吴本末说，到底行不行？刘支书说，不行。吴本末的耐心由于用劲过度在滑向起点的时候出了线，他给了刘支书皮脸一拳。联防队员及时上前制止，其中一个就挨了吴本末一匕首。事情的结果当然是吴本末被捆了起来，如果之前他们确实没权利捆他的话，那么现在吴本末算是给了他们这个权利了，因为他拿刀子捅他们了。

被捆起来的吴本末露出的是胜利者的表情，他等待着有人来问他为什么要杀人，这个渠道可以为他提供上访的捷径，他都不需要那么辛苦到处跑。他得暂时待在花河派出所的羁押室里，不准见任何人。陈镇长来看过他，但什么也没说，只在临走时长长地叹了一口气，而且是用鼻子叹的，只见气息声，并不见声带的动静。

娄子终于还是给吴本末捅大了，镇政府不得不暂时放下其他工作，先集中精力处理这件事情。由于这件事情可能带来的负面影响是相当严重的，镇里决定低调处理。陈镇长做了一番深刻的反省和检讨，但镇里上下一致肯定，事情发展成这样并不是他的目的。他的错误只是在于他的运气不好，遇上了这么个疯子。花河人习惯把一切不可理喻的人都叫做疯子，这样便能减少许多理解上的障碍，也能减少许多处理问题时的麻烦。镇里上上下下都认为，陈镇长和刘支书是不是会受到这件事情的牵累并不重要，重要的是吴本末的家庭将受到多大的影响。如果他将去坐班房，那么他的婆娘，他的儿子将要承受的是什么？本着保护群众的原则，镇里决定还是不要小题大做，跟刘小敏做了一些商量，刘小敏和儿子吴浩瀚都情愿在班房和医院之间选择医院。我们花河上下好多人也都更愿意相信吴本末确实是疯了，所以吴本末就被正式认定为疯子。虽然并没有权威的医生证明，更没有一字诊断书，但大家认为他是疯子，他就得去医院。

吴本末没想到自己只是美美地睡了一觉，就进了疯子医院。他醒来的时候，他的身边围着四五个人，他实际是被他们的笑声吵醒的。他们统一张大着嘴，看着他狂笑。看他醒来以后，他们笑得更狂，有人笑得捧腹，有人则指着他的鼻子，连手指头都碰到他鼻子尖儿了。他们让他觉得，他们正在观看一个疯子。就是说，他是疯子，而他们，并不是。然而更具有讽刺性的是，他被锁着，他们却是自由的。

不管如何，他一旦变成了疯子，他的一切努力就都白费了。他盼望的审问没有发生，因为一切都因他是一个疯子而得到了原谅。可他认定自己需要的不是原谅，而是计较，是深究，是依法追究责任。他想找到医生，他要跟医生说明他的情况，他得告诉他们他不是疯子。但由于他被定为“武疯”，一进来就被用镣铐锁上了。他可以从床上下来，可以有方圆一米的活动范围，但他不能走出他的病房，如果医生不主动走进来的话，他就见不着医生。他试着挣脱镣铐，但实际上就是身边那几个疯子也看出这是徒劳。他们拼命地嘲笑他的愚蠢，直到他真的变成了一个疯子。

他的狂喊引来了医生。他终于见到医生了！他们站在一米之外，他的活动范围之外。

是哪个让你们把我锁起来的？哪个给了你们这个权利。他想尽量使自己的语气变得沉着，但却无法抑制声音里的颤抖。

医生是两个，他们看着他。用的是审视一个病人的目光。一个说，眼睛强度充血，情绪亢奋。另一个就记。

这里是疯子医院对头不？他问。

医生紧盯着他的眼睛，说，有间隙性倾向。另一个接着记。

你们为什么要这么做？你们把我送回公安局去，让他们审问我……旁边一个疯子突然甩了他一耳光，而当他表现出愕然的时候，那家伙却拍着大腿哈哈恶笑起来，一边的几个便跟着狂笑。如果这之前他的确没疯的话，那么现在他不得不承认他的确疯了，彻底疯了，他狂躁地跳，喊，像狗一样嚎叫，骂人，吐口水，把手腕和脚踝挣出血来。

那医生将自己的声音拔高到他疯狂的咆哮声之上，说，狂躁型。负责记录的医生也扯起大嗓门儿说，他家属说他是武疯，看来不假。

这么瘦的人能杀人的话就很能说明问题了。负责诊断的医生说。

医生们走了。那几个疯子继续着他们的嘲笑。他一旦发疯，他们就闭着嘴离他远一点，他歇下来，他们就继续。

九

然而在我们花河，除了看不到吴本末的影子以外，其他的什么都没有改变。刘小敏依然下地，赶集，儿子吴浩瀚照样每周上五天学。陈镇长依然和他们家结着对子，按时或不按时地给予他们家帮助。既然那件事情不过是一个疯子所为，既然疯子已经送进医院了，正常人的工作和生活就不应该再受到什么影响。送吴本末去医院那天，刘小敏和儿子吴浩瀚都哭过，半路上一回，到了医院看着睡死过去的吴本末被医生接进去的时候又是一回，但这都没有影响到他们之后的生活，起码影响不大。那个年虽然没有吴本末在家，但陈镇长给吴浩瀚买了好些炮，五花八门的炮，因为有了陈镇长给的钱，刘小敏也置办了新衣服，买了好些往年没有买过的年货，所以那年只能是比往年更热闹更有意思。事实证明有些时候缺少一个人并不影响生活的气氛，尤其是像吴本末这样的有他不多无他不少的人。过完年以后，大家就都忙起来了，刘小敏感觉到的差异只是下地缺了个帮手而已。吴本末去年买回来的那二十只小鸡，现在已经长成了大鸡，刘小敏喂鸡的时候就会想起吴本末来，想起小鸡刚刚开始显露出性别特征的时候吴本末的那个失望劲儿，她还会失声笑起来。那二十只鸡并不是吴本末希望的那样，是十八只母鸡，两只公鸡。他买的时候虽然做过精心挑选，但结果实际上是十一只母鸡九只公鸡。过年的时候，刘小敏杀掉了一只公鸡，现在还剩下八只。她寻思找个时间杀掉一只卤了给吴本末送去，但她不知道那样合不合适。

不过她决定试一下。春天的一个星期天，她带着儿子和她头天晚上杀掉的一只公鸡去了疯子医院。虽说是去看他，但她却不希望被他看到。这一点，她没有告诉儿子，她只是对医生说，怕吴本末见了她做出过激反应，医生就为她提供了一个只让她看得见吴本末，吴本末却看不到她的角度。她从那里看到的是吴本末的侧影，他抱着头坐在地上，背靠着病床。她清楚地看到了他身上的镣铐和镣铐磨出的伤疤。儿子也看到了，他先哭了起来。她捂住了他的嘴巴。不过她把孩子的哭声捂回去后，却又管不住自己了，于是她不得不一只手捂着儿子的嘴，一只手捂着自己的嘴。

回到医生那里以后，她问医生为什么还锁着吴本末，医生回答说，治疗武疯必须这样。她说其实吴本末不是武疯。医生哑然，他不明白同一张嘴为什么前后说话这么矛盾。刘小敏说，他一直都斯文得很，只是那一回，他伤了人。医生模棱两可地点了两下头，说，他确实大多数时候都很安静，只有少数时间显得狂躁。又说，不过这可能跟我们的用药有关，因为治疗狂躁型精神病患者我们必须大量使用镇静药物。刘小敏一个劲儿地抹眼睛，却无法截断泪流，她下了很大的力气抑制，才没有让自己泣不成声。儿子学着她做着同样的努力。

医生却突然想起了吴本末的那些信。

吴本末竟然试图用写信的方式来挽救这件事情。他利用每一次见到医生的机会对医生诉说他的遭遇，诉说他进医院之前发生的那些事情，不管他们在没在听。医生离开后，他便利用那些没有被麻醉的机会写信，纸和笔是他的病友帮忙从医生办公室偷来的，他也惊讶那位十分热衷于嘲笑他的病友能听懂他的意思，还能替他找来他需要的东西。他甚至有时候都怀疑他也是“被疯”，如果他有时候拿来的纸不是皱巴巴粘着黄屎的卫生纸的话。

吴本末用那些病历单或者处方签或者卫生纸写信，写好后，拜托医生帮他寄出去，寄到他指定的地方。但医生一封也没有寄。这些信只是在好长一段时间里被他们拿出来反复地看，有时候还要诵读，不光为他们提供娱乐，还为他们提供了诊断的依据。他们因此而断定这个病人属于复杂型。

由于病例特殊，医生想多做一番研究。家属来了，他就想起来做一些必要的调查。他把那些信给刘小敏看，是为了得到一些确切的依据。

病人是个有点文化的人对吧？他问。

刘小敏说，他以前是个民办老师。

那么他后来为什么又没做老师了？

考试转正的时候没考好，落下来了。

是不是因为这个受了刺激？

刘小敏觉得不是，但她说的是“有可能”。所以医生的下一个问题是，从那以后，就开始出现症状吗？

刘小敏不想说是，也不想说有可能，却又不知道还有别的什么答案更恰当。吴浩瀚在一边说，那时候我爸还没疯。医生把那些信给了刘小敏以后，刘小敏因为要回答医生的问题，并没有机会看，他便从母亲的手上取了那些信去看。由于他太缺乏免疫力，他父亲的那些信竟然成功地为他注入了正义感。所以当他从那些信纸上抬起头来证实他父亲那个时候并没有疯的时候，医生和他母亲都看到了他脸上的正义。

我爸那时候并没有疯。他把刚才的话重复了一遍。

医生冲着他点了点头，接下来问刘小敏，那他是啥时候开始疯的呢？

刘小敏说，就半年前。

医生问，是因为什么呢？

儿子插嘴说，因为陈镇长要跟我们家结对子，就像他这信上写的这样。

刘小敏用呵斥声制止了他：“难道你也疯了？”

医生说，实际上病人的信也为我们提供了一些依据，从这些信可以看出，这件事情对他的刺激确实不小。他让我们把这些信寄出去，给了我们好些地址。我们当然不能听他的，他是病人，有些疯狂想法是正常的。我们这里还有过病人来委托我们去帮他杀人，我们要是听他的，那不成我们是疯子了吗？

把心提到嗓子眼儿的刘小敏吐出一口气，把心放回到了肚子里。她突然莫名其妙地对面前这位医生生出无比的感激，她把原本打算给吴本末的那只卤鸡给了医生，说那是她专门为感谢医生而带来的。医生却料事如神地揭穿了她，并且表示心意他领了，鸡肉还是给吴本末。他还答应，如果她本人不好给他，由他转也行。

刘小敏连尴尬带感激，内心复杂得不行。好在医生并不在这件事情上纠缠，很快她就过渡好了。她希望医生把吴本末的镣铐解了，她说那样的话跟在班房里差不多了。医生说，那样做主要是为了方便治疗。医生还说，实际上疯子医院并不比班房里好很多，不过，区别在于班房里关的是犯人，疯子医院关的是疯子。

刘小敏说，实际上，除开那次以外，他这辈子连鸡都没杀过一只。

医生听了便看了看她手上的鸡。他说，我们会认真考虑病人家属的建议的。

刘小敏提出临走前再去看吴本末一眼，而且这一次可以让他也看得见他们。她认为这样有助于医生的正确判断，她说要是吴本末看见她之后不发狂，就说明这段时间的治疗有效果了，就可以考虑解掉他的镣铐了。医生答应可以参考。

医生为刘小敏母子打开了病房的窗户，他们没有吱声，但由于吴本末的各种感官都很正常，所以他还是及时地把脸扭向了他们。但他看起来很意外，像是不相信眼前这一切都是真的。那枯竭的眼眶慢慢湿润，最后涌出了两行白亮的泪流。来得好，来得好……他不住地说“来得好”，他想走过来拉住儿子的手，但他做不到，镣铐不给他这个权利。于是他叫儿子进去。儿子进来。他说。进来爸爸有话跟你说，爸爸要托你办件事，大事。他说。儿子要进去，医生却犹豫。刘小敏说，让他进去吧，出了事情我们负责。医生就为吴浩瀚打开了病房门，儿子抱的是去跟父亲拥抱的心，却冲到跟前又改变了主意，他害怕。但他说不清是害怕父亲，还是害怕他身上的镣铐。吴本末又拿出了一摞信，从他的病床底下拿出来的。这一回，他还做了信封，并且把信封了起来，认真地写着地址。他拜托给医生的那些信落了个石沉大海的命运，他再不打算把信交给医生了。这就是他为什么一个劲地说儿子来得好的原因，他其实正盼望着儿子来看他哩，他早就打的是让儿子把这些信带出去的主意。他交代儿子一定要保护好这些信，并且到邮局替他寄出去。儿子为了表示决心，点头的时候把泪珠子砸到信封上，砸得“吧吧”响。

儿子离开的时候，他们拥抱了一下。但是吴本末催他快走，因为他希望那些信能尽快地走出这家疯子医院。

儿子当时也是这么想的，他有一种强烈的要营救父亲的冲动，一种想做英雄的冲动。那种冲动使他暴起一身的鸡皮疙瘩，汗毛也全都朝着一个向上的方向积极伸展，腿似乎比他还着急，从医院出来以后，他就一个劲儿地跑，想以最快的速度找到邮局完成父亲的心愿。但疯子医院太偏僻了，他的那份冲动还没等到他走到街上找到邮局，就已经没有了。仿佛那份冲动是一把沙子，而他用来装沙子的口袋又有一个漏洞，他走到有邮局的地方的时候已经漏完了。当然最大的原因是他的母亲，他的母亲刘小敏起先也跟他一样有着同样的冲动，因为她的怀里也揣着医生给她的那些信。但是从医院出来没多久，她就开始权衡上了。

儿子，我们这样做对头吗？

你不想上高中了？

还有大学？

要是我们把这些信寄出去，你爸就得到班房里去待着，还有陈镇长……要是那样的话，你想他还会给你上高中的钱吗？

他本来可以好好的用手护着那个漏洞的，但由于母亲总是分散他的注意力，沙子便漏光了。这个结果令他十分泄气，他一屁股坐到地上就哭了起来。父亲给他带来的那身鸡皮疙瘩已经完全消失，汗毛也不再向上竖着了，他只剩下哭。

十

为了信念不至于动摇，刘小敏完全依赖于时间。时间就像个沙漏一样，一点点把他和儿子的内疚和不安过滤掉，只留下了他们的现实需要。吴本末在半年后都感觉不到那些信引起的动静，也不见婆娘儿子去看望他的情况下死了心。那天他拿起笔却突然决定不再写信，他很无聊地在墙上画了一个巨大的圆圈。那之后，这个无意间画出的圆圈被他用来计算时间，每天晚上睡觉前，他在这个圆圈的边上添上一个小圆圈，表示又过去了一天。这些小圆圈每天都要带走他一点信心和理智，在他画满三百六十五个小圆圈之前，他的身体里还残留着那么一点不服，当那个巨大的圆圈像向日葵一样圆满地绽开的那天，他的脑子里轰然一声闷响，便再也找不到原先的那种充实感。他掉转空空的脑袋，看到身后的几个病友正盯着他那个巨大的圆圈看。于是他哈哈大笑起来！他指着他的作品得意地告诉他们，向日葵！哈哈！向日葵！于是，病友们也哈哈大笑，笑得捶胸顿足。

第二天，他在另一面墙上又画上了一个圆圈，当天晚上，圆圈上又长上了一个花瓣。这一回，他是认真当向日葵来画的，花瓣是椭圆形，花盘上还认真打上格子再用一些小黑点表现瓜子，如果可以的话，他还想把花瓣画成黄色，把花盘画成绿色。他每天晚上往上画花瓣的时候，总有那么几个病友来捧场，他画完他们就笑，他们笑的时候，他也跟他们捶胸顿足地笑。

他已经很早就不受镣铐之苦了，他也同他们一样自由。有一天晚上他不想画花瓣了，他想逃，想离开医院。但他又被抓回来了。医生把他推到还没完工的向日葵跟前，说，接着画你的向日葵吧。他只好接着画。

他是在第四朵向日葵画到一半的时候才逃出来的。疯子医院为了防备疯子们逃跑，在建筑物上下了很大的功夫。但那都是为了防备疯子，他不是疯子，所以，终于有一天，他还是成功逃了出来。

他回到家的时候已经是大半夜了。他实实在在地把刘小敏吓着了。她看清是他的第一时间她差一点儿没晕过去，等她醒过神来，便压着嗓门儿喊，我的老先人，你咋回来了！

吴本末却关心的是儿子。儿子呢？他满屋子找儿子。他想死他了。

儿子要周末才回来哩。刘小敏说。

他在疯子医院画向日葵这些年，儿子已经完成了他的九年义务教育，并以优异的成绩考进了县里最好的高中。已经上高二了。据说成绩好得没法，完全是奔清华北大的料，学校里拿他当宝贝哩。

可是令吴本末激动的，却是另外一个问题，儿子上高中的钱是不是陈镇长给的。

刘小敏说，不是他还能有哪个呢？不过，现在他不是陈镇长了，是陈县长了。

这个，倒好像对吴本末的刺激很大，他在刘小敏这句话后面发了好久的呆，好不容易脑子又才转动起来。我的那些信呢？你们没有寄吧？是你不让儿子去寄对不？刘小敏却担心他被别人发现了，赶紧关了灯，把他往房间里拉，还要叫他说话小声点。她不回答他有关那些信的问题，她说你既然逃出来了，就不要回去了，那里头的日子肯定不好受。但是你暂时不要露面，等缓缓，我们再想办法。吴本末说想啥办法呢？再灌我一杯安眠药，把我送回疯子医院？刘小敏说，我不是说不让你回去了吗？吴本末说，多谢。刘小敏说，但你得保证不要再去告。吴本末说，为啥？刘小敏喊起来，天啦！你在医院里待了四年时间，还没治好你这脑子啊？吴本末突然哈哈大笑起来，但他很快就刹住了车。完全是故障，是因为刘小敏的话引起的故障。当他发现这种笑声在黑咕隆咚的家里并不合适的时候，就果断地刹住了。然后，他倒头就睡。

第二天刘小敏把他锁了一天。她其实不用那么做的，这一天，他根本就没有醒过来。他只是在中途笑过两回。

那天正好是周五，儿子接到母亲电话后，当晚就赶回来了。儿子到家的时候，他还在睡。儿子站到床前去看他的时候，影子罩到他脸上，他就醒来了。他真有些认不得儿子了，长高了，高得太离谱了，嘴唇上还长了一层绒毛。他坐起来，让儿子坐床沿上。

上高中了？他问。

嗯。儿子说。

陈镇长，不对，陈县长给的钱？

还是副县长……儿子的回答缩头缩脑，羞答答答非所问。

他一直跟我们家结着对子？

他……还认我做了干儿子。

真的？

儿子点头。

哈哈哈！他的脑子又出了故障。但这一回他没有管，任自己捶着胸膛大笑。他笑得很累，上气不接下气。他说，应验了应验了。

儿子把头埋得很低。

我的那些信呢？他问。

儿子就把头埋得更低。

你妈叫我不要再告了，你觉得呢？他问。

儿子把头抬了起来，而且这一回一下子就抬得很高，高到他找不到父亲的眼睛在哪里。当然，不知道他是不是需要找到父亲的眼睛，或许他就是为了找到这样一个角度呢？他说，爸，老师说我完全可以考清华和北大，我有这个实力。

儿子吃饭的时候，他也吃饭。儿子吃完饭漱口的时候，他去上厕所。上完厕所，他就没进屋。发现他已经不见了以后，母亲和儿子都担心他又上访去了，赶紧打了几个必要的电话。但他其实是回疯子医院了。

他是第二天天黑才回到医院的。进去前他在医院外面捡了一块巨大的石头，他找准医院大门口有玻璃的地方把石头用力砸过去，里头就来人把他接进去了。那几个素日跟他要好的病友似乎一直在等他，他们一见到他就张嘴恶笑，于是他也跟着他们一起恶笑，一起捶胸顿足。他发现竟然有人在他的向日葵上动了手脚，有人为他把这两天缺下的补上了，那家伙画工太差，致使添上去的几个花瓣非常难看，像给霜打过，给虫子咬过。他有点生气了，拿了笔枪毙了它们。他把气全部撒在笔尖上，那几个丑陋的花瓣被他闷死在厚厚的黑色蛛网下面了，看不见了。然后，他拿起笔在他能到的地方的墙壁上都画上了圆圈，一个又一个，巨大的向日葵花盘，他告诉病友，告诉医生，告诉医院里所有的人，这些都是他的。他对他们说，记住了，这些都是我的向日葵，别人不能碰！然后他开始寻思，谁知道后面的日子是多长啊，这些够不够喔？

他回到病房的时候，有人在哭。那几个丑陋的花瓣是他添上去的。

（原载《人民文学》2013年第12期）

韦昌国

渡　河

一

溽热像一贴膏药，紧贴着小县城。和往年不同，湖面吹来的风，又潮又粘，散发着枯枝败叶初腐的气味。傍晚的街上，行人多了起来，背心、蒲扇、薄衫、短裙，在暮色里流动。经一天炙烤的路灯们，无精打采低垂着头，睁着半迷糊的眼。灯影下的罗显辉，西装笔挺，打着领带，显得有些不合时宜。他在树影里张望了好一会，吐掉烟蒂，大步穿过马路，走进了这家新开张不久的咖啡馆。

还没进门，罗显辉就冲着柜台喊：小姐，来一碗“加啡”。服务员听他直呼自己小姐，有些不悦，说：是咖啡，不是“加啡”。罗显辉说：管你哪样啡，来一碗。服务员说：我们这里咖啡用杯子装，不用碗。罗显辉有些火了：叫你用碗就用碗，老子喜欢，高兴了多给你钱。服务小姐看他来势汹汹，有些怕了，嗫嗫地说：那……就用碗吧。说着低下身子去柜台里找碗。稀里哗啦翻了半天，抬起头来说，实在没有碗啊老板，我们这里一直是用杯子装的。罗显辉斜眼一看，服务员是个蛮漂亮的娇小姑娘，但撇下去的嘴角还不及收上来，这个神色让他心里老大不快，用手往桌上一拍，粗声大气地说：那就来一杯！

不一会，咖啡端上来，啪地放在桌上，黑黑的一杯，像红糖水，又像酱油。罗显辉端起来喝了一口，差点吐出来，哇哇大喊：苦死老子了！灯光下，鲜红的舌头从姑娘的嘴里滑出，闪亮了一下又连忙缩了回去，快得像从泥洞里探头出来忽然碰到人的黄鳝。黄鳝指指小碟里的几块白色方块说，你嫌苦可以加上方糖。原来这叫方糖！罗显辉不想显得太无知，便说我晓得，但是我不喜欢吃糖。黄鳝又指着旁边的几小包东西说，这些叫伴侣，加上伴侣味道也不错。伴侣？咖啡也有伴侣？搞屎不懂。但是罗显辉这次闷着没说。

他今天没带伴侣，因为李芳菲不愿意来。咖啡喝了一半，味道实在难以下咽，还不如王港衫家烤的红薯酒。他来这里，不光是为了喝咖啡，而是来补课，来看城里人的生活。柜台后面直通墙顶的架子上，摆满了装咖啡的瓶瓶罐罐和各类酒水，天花板上是垂下来的一串串塑料葡萄，穿短裙戴红色围兜的服务小姐在厅内往来穿梭，光线暧昧的尿泡灯照着十来张玻璃桌，桌边对坐着慢嘬细饮的一对对男女。罗显辉看着屋里的一切，心想，李芳菲就喜欢这样的地方，城里人无聊，打发时间不是在歌舞厅就是在这种又小又黑的咖啡屋，要是他，宁可在放牛坡上赌钱。但为了追上李芳菲，缩短他们彼此之间的距离，他必须补课。他要补的课太多了，一时间怕补不过来。不过他认为城里人其实也没什么了不起，不就是喝点咖啡，练个瑜伽，养条小狗，开个宝来车什么的，只要李芳菲愿意，他可以为她建一个健身馆，别说小小的宝来车，就是宝马都能给她买。要命的是他除了能买宝马车，别的就差太多了。

罗显辉自打认识李芳菲以后，仿照着城里人去给她送花。当初，他看花市上的菊花又大又艳，就买了一捆送去电视台，结果连守门的都说错了，应该送玫瑰，他不信。当时李芳菲去播音室录音了，他站着等了好半天老不见人来，想来是有意躲他，只好把花放她办公桌上。后来听人说，他刚转身走人，李芳菲就从播音室出来，那花她连看都没看，就一股脑儿扔进了垃圾桶。妈的，看来真是送错了，那紫红的玫瑰，咋就是男人专为送给女人的呢，那花是有刺的啊。

老板，来一碗咖啡！一个声音突然将罗显辉的思绪打断。循声看去，进来的原来是莫长富，披着衣服，敞胸露怀。为了不让衣服滑落下来，两个壮实的肩膀不断往上耸动，那西装就像开开合合的翅膀不断扇动。服务小姐说，我们这里咖啡论杯，不论碗。莫长富啊了一声，口气硬硬地说，你就拿碗装上来，我不会少你的钱！小姐说，真的没有，我们连碗都没有，咋装啊？莫长富极不耐烦地问，你这里咖啡多少钱一杯？小姐说，五十八。莫长富挥挥手说，去，找两个碗来，一碗五百八，老子一分钱不少你的！小姐正在发愣，老板娘不知从哪里冒了出来，赔着笑说，老板您好有个性哦，我们马上办，马上办。说时转向服务员，快去找碗来！以后顾客要什么，都要说有，不能说没有，只要他们高兴，都要照办。

罗显辉看了有些好笑，又有些畅快，想想自己刚才少了这样的气魄，有些后悔，便笑着朝莫长富喊：野崽！来啦！莫长富转头看到他，也大喊：杂种罗显辉，你也在这里！两人亲热地互拍着肩膀，你骂我的娘，我问候你的妹子，幽静的咖啡屋里立即嘈杂起来，那些听着音乐细饮慢嘬或喁喁私语的男女们都扭头朝向他们，现出鄙夷的神色。

穿着名牌西装的莫长富，脚下却是一双黑色的高筒水鞋，就是他过去雨天上山割草、下地种菜或进牛圈猪圈掏粪穿的那种胶鞋。这两年来，他常穿这样的水胶鞋，走在大街上、商店里，甚至进歌舞厅、洗脚城、按摩房，都如此。这鞋走起路来噗噗直响，引得路人都朝他看。他不是不知道这样很落伍，很难看，很不协调，而且大热天也很难受，但他要的就是这种效果：看看，老子荷包里有钱，有的是钱，有钱了老子也这样，看你怎么着！

咖啡还没上来，莫长富等得不耐烦，脱了鞋把一双脚搭在桌上，还不住地抖动，惹得邻桌的人立马提出抗议。那戴眼镜的白裙女人捂着鼻子对男友说，好臭啊。男友侧过身来看着莫长富，提醒他注意公共卫生。莫长富笑笑，没理他，朝天吐个烟圈，对着天花板大喊：老板！胖胖的老板娘快步跑过来，问他有何吩咐。莫长富问她，可不可以把这些人全部清走，他要包下今晚的咖啡馆。老板娘为难地说，都是顾客，这怕是不行。莫长富说，他们嫌我臭，我嫌他们吵，我今晚只想和我兄弟在这里单独说话，你想一下别慌回答，行的话我给你三倍的营业额。老板娘眼睛亮了一下，立即又暗下去，连连摆手说，这不行，真的不行，你们都是我的衣食父母，我一个都得罪不起啊，老板您请委屈一下，或者明天早点来。莫长富说，那就算屎了，我们走！说时往桌上扔下八张大钞，说这是那两碗咖啡的钱，你给我留着，我明天再来喝，边说边拉起罗显辉：走！这里太无聊，我们喝酒去。

二

从夜市的烧烤摊回来，两人都有些醉了。莫长富问罗显辉：咋样？七仙女追到手没有？罗显辉摇摇头说，送去的花我一转身她就扔了，妈的，真难搞。莫长富笑笑说，这种事情要慢慢来，你也懂的，心急吃不了热豆腐。再说，有的东西不是花钱就能买来的，这不像当年我们在村里，讨个老婆，只要起个好房子，拿几段花布、两床被面就搞定了。罗显辉说，也是，光靠花钱买来的也不好，再说我们相差有些大了，我在慢慢补课呢。就说喝咖啡，我连放什么吃什么都搞屎不懂，她咋会喜欢啊。莫长富说，你也不用慌，你还年轻，腰杆上又别着一千多万，哪种老婆找不到，你不过是想找个文化人来绷面子罢了。其实你也可想想，实在她不愿，开你的车到省城的大学门口去，贴个招婚广告，那些个水灵灵的女大学生还不是随便你挑的。

莫长富说的不一定都对，但也不是没点根据，电视、报纸上这类事情不就多着嘛。今天的罗显辉，早已不是当年要到老王山去等七仙女的那个人了。那时候，他们一家挤在一个四面透风的破草房里，两兄弟找不到对象，尤其是他哥哥罗显明，眼看都快三十了还在打光棍，好容易说上个邻村的寡妇都被别人端了飞碗，弄得父母整日唉声叹气，在村里抬不起头。村里人总拿他和哥哥开玩笑，说寨子对面的老王山上有一个天池，七仙女有时会偷着下凡来洗澡，你只要天天去守，遇到的时候，悄悄把她们的衣服收起来，她们就飞不回去了。还说叫他最好看准七妹的衣服，因为她是七姊妹中最漂亮、最心灵手巧的一个。每次说到这里，大家就哄笑起来。罗显辉很生气，但不敢发作，而他哥哥罗显明每次都是搓着手，愣愣地站在那里，陪着笑。

罗氏兄弟的时来运转，包括莫长富和村里的很多人家突然暴富，全因他们那里修了大电站。水库下闸蓄水后，淹没的土地、山林、果园的赔款就有十几亿。罗显辉和哥哥当然预先不会知道有这样的好事，只是当年穷疯了，听人说水果能挣钱，就拼命在山上种橘子、黄果、板栗，后来又向银行贷款种植杜仲林，把一座山岭都种满了，修电站时一赔偿就拿到了两千多万。莫长富得到的赔偿少得多，但也拿到了三百来万，村里凡是有果园的人家，最少的也有十万八万。乡民们拿到钱后，从山里挑着家什，扶老携幼，乘坐大木船渡过盘龙河，迁到了新的安置地，财大气粗的人家，就搬进了县城。罗显辉一家进城后，在开发区建起了两幢三层楼的独立别墅。不到一年，兄弟俩开了一家土特产公司，规模不算大，也不指望赚钱，就是打发日子的意思。

罗显辉一身酒气回到家，正要上床睡觉，哥哥罗显明来拍他的门，说要和他商量事情，整晚上都在等他。进了屋，哥哥说他最近看中了城边的一片地，想搞房地产，土地是挂牌出让，出点高价就能拿下来。罗显辉说房地产有风险，不想干，再说现在不差钱用，搞那鬼东西干什么啊。哥哥说我也不太想干，几个朋友总来说，现在房地产天天看涨，起房子卖是包赚不亏的生意，他们还说愿意帮忙办手续，我就想试试看。罗显明说，我们起个猪圈牛圈还行，起楼房哪成啊。哥哥说，这还用我们操心，只要肯出钱，手续有人办，工程有人管，房子起出来有人帮着卖，方便得很。最后又说，有人要来合股，真是不用怕的。罗显辉还有些担心，看哥哥心里其实已经定了，便不再说话。罗显明说，不是我贪心，现有的钱我们家几辈子都用不完，但是我们光是有钱没有地位不行，你侄子昨天去学校报名，老师要登记家长的职业和单位，想来是方便以后有用吧。别的娃娃说到父母时，都是医生、老师、公务员，科长、主任，最差的也是工人，轮到问你侄子时，他还没开口，全班人就抢着帮他答：他爸爸是个农民。弄得你侄子一路哭着回来。罗显辉听了，禁不住骂了句粗话，说：那就干吧！成立一个公司，你当总经理。哥哥说，先买下那三十亩地，我们一起投资，赚的钱平分。想了一下又说，公司成立后，我当董事长，你当总经理。罗显辉说：好。

罗显辉从小都听哥哥的。哥哥长得人高马大，他小时候受人欺负时，每次都是哥哥帮他打架。那次在放牛坡上赌单双，他赢了对方不肯赔，还说他作假，哥哥听到了，拎起洗衣服的棒槌跑去，不料对方人多势众，还是同村的王港衫出手相助，才把那伙人打跑了。赌单双是他们那里的传统赌法，也是村里最受欢迎的娱乐活动，农闲时候，村口的榕树下、水井边、放牛山，处处都是赌场，下注的、看热闹的围成好大一圈，每次碗一揭开，都会发出一阵阵响亮的欢呼声。罗显明家里穷，他又极为好赌，哪怕渡船去县城卖一挑柴回来，在路上只要遇到，就能蹲下赌上半天。但他每次下注从来不超过五分钱，大家就送给他一个绰号：罗五分。这个绰号，当然也是当年他找不到老婆的重要原因。

罗显明成家后，罗显辉的婚事成了家里的头等大事。父母和亲友们都说，现在虽然有点钱了，也不能太挑，找个合适的人结了算了。罗显辉却另有心思。他想，当年人们不是要他去老王山守候七仙女吗，他就找一个给他们看看！为了找到像七仙女那样的人，罗显辉曾经多方打听，还刻意留心电视上、画报上那些美女。有人说，你要找的七仙女，在我们这样的小地方，恐怕是没有，再说谁也没见过七仙女长的什么样，你钱再多，也飞不到天上去找吧。罗显辉知道这话有调侃他的意思，但娶七仙女的原则从未放弃过。后来有人笑着和他说，金都大酒店有个小辣椒就像七仙女，你可以去看看，保不准她会嫁给你。无论说的人是何用意，罗显辉只对七仙女痴迷，痴迷的人就容易犯傻。他专门挑了个周末的晚上去县城的金都大酒店，果真看到了人们说的七仙女。这是一个外地来的妹子，年龄不过二十岁，长得高挑漂亮，平常爱穿一身红衣裙，人称小辣椒。她最初是在酒店大堂做迎宾，后来不知怎么就做了洗脚城的领班，成了半公开的风尘女子。小县城什么都无法保密，很多人都享受过她的特殊服务，因此她的名号日益响亮，多数人不敢在老婆、家人甚至同事面前提起小辣椒。罗显辉明白后，自然打消了娶她做老婆的念头，但是贪恋小辣椒的美色，愿意出大钱包养她，谁知这下惹了麻烦。

那是个春意撩人非常适合消闲的夜晚，罗显辉在洗脚城消费后，和小辣椒说好一会请她出去宵夜，便下了楼坐在大厅里等着。这时，闯进来六七个人，和大堂的领班说要包下当晚的洗脚城，所有小姐的服务费全部增加三百元。罗显辉一看，是一帮移民，内中有一两个是认识的，但没什么交情，便静静地坐着。不一会，领班把小姐们全部领了下来，由那帮人挑选，内中也有小辣椒。罗显辉立即站起来，拉过小辣椒说，这小妹我早就定了，她不能走。那帮人一看竟然有人敢阻拦，大喊着叫他滚蛋。罗显辉说，你们不就是仗着有钱吗，老子今天给一万，你们给多少？来的人中，有个粗壮的男子跨上前来抢过小辣椒，像争夺一件物品，把她掩在身后，冷笑着对罗显辉说，你搞清楚，这是小姐，又不是你老婆，大家都能玩的。你再不走，等一下老子改变主意，你想走都来不及了。罗显辉刚想再说，冷不防鼻梁上挨了重重的一拳，血一下喷出来，糊了个满脸红。罗显辉嗷叫着冲上去，无奈势单力薄，根本无法抗衡，不一会就被打倒在地，被一群人用脚踩着在地上不断翻滚。领班一看要出人命，连忙跑进里间偷偷报了警。

这次酒店斗殴，罗显辉吃了大亏，幸好警察及时赶到，才将他救下。双方被带到派出所后，又是他哥哥罗显明出面，请人摆平了这件事。洗脚城被清理后，小辣椒再也没有出现，罗显辉也不再去金都大酒店，但是七仙女的情结从未解开。后来有人说，只有县电视台的播音员符合这个条件。罗显辉当然知道那个播音员，经人提醒后，每天收看地方台，总盯着她看，越看越像七仙女，就此动了追李芳菲的念头。无奈李芳菲离他实在太远了，罗显辉明白，这样的距离，不比天上的七仙女近多少。

三

罗显明兄弟的明辉房地产公司成立当天，接到了几十个花篮，摆了满满一院子，同时也接到了来自各方拉赞助的单子、邀请出席各种活动的请柬。罗显明一张张看了，县敬老院要买冰箱和电视机，他决定给三万。这钱不能省，那些老人无儿无女的，应该给。县公安局治安大队要买巡逻车需赞助五万，这钱？给吧，不合适，这本该是政府的事啊，不给吧，万一今后用得着咋办？还有县电视台庆祝建台五周年的请柬，请他务必赏光出席。来的人同时说，希望他们民营企业大力支持，做五万块的贺词广告，这对扩大公司的知名度大有好处，是双赢。又还有社区成立老年花灯队，要买锣鼓、服装，单子上说，这关系到精神文明建设，务请贵公司慷慨解囊，赞助八千元。罗显明看了一会，其实都是小钱，除电视台的贺词广告外，都同意了。正要打电话通知对方，罗显辉走了进来。

嗬！一坐在老板桌后面，哥哥看着就像董事长了，你后面应该再立一个书架，摆些企业管理、营销、哲学一类的书。罗显明说，开什么玩笑，我看不懂，就不招人笑了吧。你来了正好，我正想问问总经理你的意见呢。说时递过去那些单子和请柬。罗显辉看了一会，问他：都给？罗显明说，电视台话说得好听，但是没有意思，我看就算了。罗显辉想了想说，这也说不定，我们公司刚挂牌，名气还不行，今后要在这块地盘上混，真是需要包装一下。就给他五万，如何？我来和他们谈。

罗显辉说这话，主要是想到了李芳菲。罗显明清楚弟弟的心思，笑着点了头。当天下午，罗显辉给电视台的台长打电话，没说上两句，就单刀直入地说：只要李芳菲来，就给。那边也毫不含糊：就今晚搞定吧，我们在上岛咖啡馆见面。罗显辉说：你们？你们还有哪些人来？台长停了片刻，连说算了算了，就李芳菲单独来吧，我们都没空，正忙着筹备庆典呢。

李芳菲晚上要单独来，罗显辉当然要准备一下。他走上大街，想买一身衣服，当然必须是最好的名牌。上次他们家的土产公司挂牌，专门请李芳菲来主持庆典，罗显辉仿照行情付了她双倍的出场费。在饭桌上他频频向李芳菲敬酒，她端起来就喝了，显得很爽快。最近几次去送花，当然已经改送玫瑰，她也都收了。为了李芳菲，罗显辉动了不少心思，但是又非常自卑，一个还没完全洗净脚上泥巴的农民，有什么资本去追电视台的播音员呢。自从看到李芳菲，他认定七仙女就是这个模样，全县公认的第一美女主播，不是仙女是什么？今晚他要看情况，如果可能，就把话挑明。

服装店很热闹，大都是些熟人，莫长富、王港衫也在。看到他来，都嘿嘿笑着喊他总经理，末了加一句：野崽！你也当经理啦？罗显辉并不计较，自个笑笑说，狗屁经理，那是哄人的，你们买什么？莫长富说，我也要包装一下啊，总不能老穿水胶鞋吧，全城的人都看烦了。王港衫说，我们打算成立一个运输队，过两天要去省城看看，先在这里买一身皮子装装门面。罗显辉问，搞运输？买什么车？王港衫说，不买车，买船。又说，湖水大了，游客在增多，以后生意会好起来。罗显辉明白了，这个据说比杭州西湖还大几十倍的水库，真是日日看好，不少人家在湖边开了农家饭馆，生意不错，这样的小本生意，适合王港衫这样的人做。但是莫长富有这么多钱，没必要嘛。莫长富挑了一件深灰色夹克，随意地套在身上，店老板连连称好，说这名牌服装就是不一样，一上身就能看出来，老板的派头更足了。莫长富没问价钱，也不问是否打折，只问她还有几件，有的话选三件不同颜色的给他装上。老板笑得合不拢嘴，连声应着：有，有！说着连忙爬上二楼的仓库，在上面直翻腾。

罗显辉和王港衫各买了一套西装，莫长富把钱一并都付了。老板正在包装，莫长富问她，比这还好的衣服有没有？老板说，不要说在这县城，就是在市里，这都是最好的名牌了。莫长富说，比这更名牌的是什么？老板说，皮尔卡丹。罗显辉问，皮什么蛋？老板又重复了两遍，并给他解释。几个人总算听明白了，原来是他妈的外国牌子。问她哪里有卖？老板说，只有省城才有专卖店，正宗的外国货，每一件比这品牌的要贵几千块。莫长富说，咋不早说，我的衣服不要了，你先收起来。老板脸上很不好看，莫长富顺手给了她两张百元大钞，说这是你上下楼的脚步钱，今后有了好的再叫我。

罗显辉和王港衫相跟着出来，莫长富已经拦了一辆的士车，拉着车门问他们走不走？罗显辉问去哪里，莫长富说，省城啊，买几套皮蛋再说，算我包车，明天就回来。罗显辉因为晚上有事就说不去，王港衫拉开车门坐了上去。嘟嘟两声，的士往城外奔去，拖起一阵黄尘。

四

咖啡馆的灯光很暗，看不太清李芳菲的脸。但是罗显辉知道，李芳菲画了眉毛，涂了口红，否则人的眉毛不会这么弯这么长，嘴巴也不会这么红。不过弯弯的眉毛配上一副瓜子脸，加上闪亮的大眼睛，李芳菲真的很好看，那一双白嫩的手握着杯子，手背上的蓝色血管历历在目。这双手也太小巧了，小的让人有些怜惜。罗显辉穿着崭新的西服，有些不自在，动一下就刷刷地响，新衬衣的领子也硬硬地箍着脖子，汗水不断地往外浸，都感觉领子有些湿了。他从小穿惯了哥哥的旧衣服，总觉得旧衣服上身随便些，最好是披着，这样会舒服得多。但是他不能脱下来，他不想让李芳菲看到他从小打柴挑草磨成的一身粗笨的肌肉，如果有可能，他想戴上手套，不让她看到他粗糙不堪的手背和指关节粗大得有些变形的手。好在李芳菲没怎么看他，只是不停地抿着咖啡，看那些端盘子往来穿梭的服务员。不能总这样枯坐着，应该主动和她说点什么，罗显辉想。但是说什么呢？村里的事情，她肯定不感兴趣，再说也不能说啊。而她刚才一张口，不是台湾大选、钓鱼岛之争，就是沪深股票、金融危机这类话，他甚至听不懂一半，只好不断地叫服务员小姐上饮料、上小吃，摆了满满一桌。他实在不明白，文化人为什么总关心那些远天远地，和自己毫不相干的事情，而且说得津津有味。

李芳菲终于说到眼前的事了。她说，你嫌热，可以把衣服脱下来挂在衣帽钩上。罗显辉像得了特赦，立即站起来脱衣服。一股热气从他身体里向外四射，他有些着慌，因为他知道自己的体味有些不好闻，汗气总是很重。李芳菲没有耸鼻子，只是很自然地用一张纸巾揩着鼻尖，好像喝饮料时无意间沾了一滴在上面。罗显辉坐下来，主动说，其实那广告，对我们公司恐怕没那么大的用处吧。李芳菲看着他说，宣传总是有用的，效果不能看当前，这不像种地，一撒下种子马上能长出庄稼来。罗显辉说是啊，是啊，听你这么一说，我有些明白了。我不太会说话，就认你这句话，我们决定做了。李芳菲很高兴，端杯子和他碰了一下，说：敬你！谢谢你们企业的大力支持，我今年的任务看来可以完成了。罗显辉问她什么任务，李芳菲说，不瞒你说，我们广告是有任务的，其实地方媒体多多少少都这样。暗光中，李芳菲眼睛很亮，笑得大方自然，不像初次见面时那样扭捏。在这样的场合，只有他们俩，邻座的都是一对对男女，这就使得他们也像其中的一对。罗显辉慢慢放松下来，很想把压在心里的那句话说了。看李芳菲，一脸静谧，两眼看着很远很远的地方。罗显辉想想有些冒昧，就没有说。其实他真是爱上了李芳菲，所以不像在其他场合，故意大大咧咧，也不再像过去那样，遇到什么人总是谈房子、车子。文化人也喜欢钱，但是他们不谈钱，谈起来就俗气。李芳菲是不是花钱就能上手的人，他不敢肯定。但愿她不是吧。罗显辉说，这个任务对你真这样重要？李芳菲说是呀，不但是对我，就是对我们播音部都很重要，完不成的话，年底要扣奖金的。罗显辉说，那以后我们每年都做，就划在你名下，今天就不用签合同了吧，我说话能算数的。李芳菲说不行，这是手续，要用合同去申报播出单呢。罗显辉说，就依你。李芳菲又端杯子和他碰了一下，说你真爽快，其实我挺喜欢和你这样的人打交道。

罗显辉终于没有说出心里的那句话，他不想因自己的鲁莽把好不容易营造出来的氛围破坏了。他知道这种事像冷水泡茶，要慢慢来。

咖啡馆里一直是音乐低徊，罗显辉侧耳细听，不知道放的是什么，只感到还不错，或者说是他的心情不错吧。李芳菲说，这是轻音乐，不怎么好的曲子。罗显辉一听，便转头大声喊：老板，老板。老板走过来问他有何吩咐，罗显辉说，你这放的什么音乐，太轻了，我的朋友不喜欢，放大声点。老板点着头，连说：好，好。李芳菲忍住笑，任由老板去了。眼前的这个人，唉，除了有钱，连轻音乐都不知道，当然也不能太难为他。不过看他还挺真诚的。

李芳菲从包里拿出打印好的两份合同，还有圆珠笔和复写纸，放在桌上说：罗总你看，能不能现在就签。罗显辉看她的眼神，有渴望，也有真诚，便说：你们办事真是快当啊！签就签吧，但是我没带公司的印章来。李芳菲说不碍事，今天签了明天再补也行。罗显辉说那好吧，拿起笔在合同上写下了名字，又说公司的章也不必补了，我签字比印章还管用呢，明天就给你们打钱。李芳菲说，看得出来，你这人，实在，我喜欢。

送走李芳菲后，罗显辉回到家里，突然觉得脑子有些模糊，不知今晚李芳菲是真的对他有好感，还是因为签合同。总之，一个腰缠万贯的人，对结交的人就有些看不清了。

第二天下午，李芳菲打电话来向罗显辉致谢，说款已经收到了。今晚她请客，请罗总务必赏光。罗显辉当然一万个愿意，问清了地点，傍晚就去赴宴。吃到中途，罗显辉悄悄跑到总台付了账。李芳菲很感动，当着一桌人的面说，罗总这不好吧，我请客，却让你买单。罗显辉说大家都是朋友，还分什么彼此。接着大声说，不单是你，以后在座的各位请客，都可以打电话给我，或者就记我的账。说着便摸出皮夹，把新印不久的名片分发给大家。桌上一片欢呼。

吃过饭，罗显辉请大家去唱歌，众人自然都乐意，相跟着出来，去城里最豪华的夜巴黎歌舞厅。保安却将他们挡在门外，说：对不起，今晚有人包场了。罗显辉看着李芳菲和她的一大帮同事，觉得很没面子，加上酒意涌上来，心里便有火，口气硬硬地说：包什么场，我这些朋友就喜欢这里，让开！保安不让，罗显辉正要发脾气，领班走出来道歉说，老板对不起，真有人包场了。罗显辉问：哪个包的场，包的多少钱？领班说，还不是那些移民，包了一万二。罗显辉说：撵出去，我给两万！领班哪里敢，只好连连道歉。罗显辉还想闯进去，里面却冲出两个人来，当中一个揪着他的脖领子大吼：你是哪个裤裆里钻出来的杂种，敢在这里充老大！话音未落，当胸就是一拳。罗显辉今晚酒喝多了些，被那人一推，脚下一踉跄倒了下去。打的人一看是个醉鬼，就没再理他，回身进了歌舞厅。罗显辉站起来追进去，保安没来得及拦住，他三下两下就把音响、灯光的插头拔掉了。舞厅里立即陷入一片黑暗，陪舞的小姐们发出尖锐的喊叫，整个大厅乱成了一锅粥。

等到灯光重新亮起来时，罗显辉正抡着一张板凳往人群里砸，几个看场的保安冲上去将他拦腰抱住。那些包场的人也不是好惹的，呼一下冲过来五六个人，把罗显辉打倒在地，用脚往他身上猛踢，边踢边骂，狗杂种不想活了，老子们包场就是不想让你来玩，你有钱，老子也有钱！李芳菲他们看着，不知所措，更不敢上去拉。罗显辉挣扎着坐在地上，鼻青脸肿，脖子上一个大口子，直往外冒血。这时，门外响起了尖锐的警笛声，几个巡警跑进来，场面才控制住。警察一看，指着其中的两个人说，你们这已经是多次了，上次是在发廊为争夺小姐斗殴，这次又大闹歌舞厅，我要拘留你们。那几个人说，嘿嘿，拘留吧，只要你敢。

警察问过话后，知道是罗显辉先闹事，便把他铐起来，同时带走了另外几个人。罗显辉临走时喊李芳菲：你们重新找个地方玩，记我的账，我到派出所去醒醒酒就来。李芳菲一直蹙着眉，这时候摇摇头，看罗显辉被带上警车，她轻轻叹口气，和那几个同事往回走。一路上，大家都说李芳菲，你的这个朋友，为人是很豪爽，但是也太招凶了。另一个说，暴发户都这样，他们不是招凶，是钱多了烧包。李芳菲听着，本来对罗显辉并没什么特别的感觉，这下别人把他都当成她的朋友甚至男朋友，并随意评价和贬损，心里就有些委屈，有些不服气，禁不住为罗显辉辩解。但是心里对他的那一份好感，像几滴落在石头上的雨，一下就风吹干了。

五

罗显明一直弄不清楚，一个密码箱到底能装多少钱。过去他看香港电影或旧上海的电视剧，黑道上的人无论是贩毒贩枪，总用黑色的密码箱装钱，钱箱一打开，穿风衣的老大往里一看，鼻孔里哼一声，甩甩头，手下连忙拎过去，然后交接货物。那种潇洒劲，看了十分过瘾。这才是老大，这才是有钱。罗显明每每看到此，心里羡慕得不行，谁知到了今天，自己莫名其妙也成了千万富翁。

其实他心里最明白，那几片果园、山林是值不了那些钱的，不过测量估价的人都说值也就值了。多好的人啊！罗显明想。就为这个好，他当然也没忘记他们。事后很多移民闹事，都说测量估价不公正，他们要上告，闹了无数次，没有人拿得出真凭实据，也就慢慢平息了。怎么拿得出证据呢，赔偿款到手的时候，他的果园早已沉没在几十上百米的水下了，这几年下来，那些果子、树木早已腐烂喂了鱼虾。现在，他把城边的三十亩地一口气买进来，第一期楼盘都已经动工了，下一步就等着开盘售房，等着数钞票。这年头，用钱赚钱，既不费脑筋，又确实来得快。

为了把电影上的事弄清楚，罗显明专门买了一只密码箱，他要试试看，到底一箱能装的钞票是别人说的六十万，还是八十万、一百万。银行的人在电话中说，罗董您取这么多现金太不安全了，真要用的话最好是转账。罗显明没理睬，不仅坚持要现金，还要银行的人送来，银行只得照办，专门用一辆车武装押运过来。装钱的铁皮箱抬下车时，罗显明站在门口，看着门外直立着的两名押运员，戴着钢盔，平端着冲锋枪，紧张得好像专劫银行的惯匪张君就在附近，他看了不免有些好笑。不就一百万嘛，有什么好紧张的。银行的人走后，他因为忙着去公司办事，把钱胡乱装进箱里，随手扔在了床下。

罗显明中午和一帮朋友喝酒回来，一觉睡到自然醒，日头已经偏西了。今天的茅台酒肯定有问题，他头脑有些昏沉，总是醒不过来。这是从来没有过的，因为他早就非茅台不喝了，酒的真假他能辨别。但酒是公安局局长拿的，当时看他那样的热情，不好推辞，也不好说到他的车后备箱去重新拿酒。罗显明洗了一把脸，实在没事，便从床下把密码箱拖出来，拿出捆扎好的一沓沓崭新的百元大钞，那钱红红地像一块方方正正的猪后腿肉。罗显明解开几叠钞票，两手抓着举过头顶哗哗地摇，嘿嘿笑着说：罗五分啊罗五分，你狗日的赌钱从来不超过五分，太没魄力了；你住着茅草房找不到老婆，太没出息了；你他妈的天天打柴割草放牛种地，太没出路了。说完将手中的钱唰一下撒向空中，室内顿时纷纷扬扬飘下钞票雨来。罗显明躺在地上，那些钱就不断落在他的头上、脸上，讨厌得像他在放牛坡上躺下时总是骚扰他的牛蝇，他不耐烦地扭着头，让那些钱滚开，然后又不停地撒着，笑着，嚎着。

正在他一叠叠地往密码箱里装钱的时候，弟弟罗显辉打来电话，说他昨晚打架被抓到了派出所，弄不好要被拘留半个月，让他快想办法。罗显明听了哈哈一笑：拘留个屁，问他们，要多少钱？罗显辉说没问。罗显明说那就赶快问，这年头没有钱摆不平的事，你给他们说，如果他们不要，我就送去给他们的顶头上司，到时候让他人情钱财两头空！

放下电话，罗显明想到了上次捐赠巡逻车时认识的陶局长，便想给他打电话，罗显辉却先打进来了，说派出所要罚两万，我嫌多了，他们这是趁机敲竹杠。罗显辉说，别计较了，你也不用慌张，只要能用钱摆平的事都是小事，我马上去接你。

罗显明没给陶局长打电话，心想不过就两万块钱，落下个人情反而不好。顺手拿了两沓钱就下了楼。本想在接人出来时在派出所门口放几串鞭炮，除除晦气。前两天邻村的几个人在宾馆里开房赌钱，派出所当场收缴的赌资就有六十多万，为首的那几个被抓进去关了半个月，放出来时就放的鞭炮，震动了半条街。但又想到他和弟弟现在毕竟是有身份的人了，闹出去不太好看，想想也就作罢。这时，陶局长的电话打了过来，在那边哈哈一笑说：罗董事长啊，在忙什么呢？罗显明一怔，随口应着，心里却想着要不要把话说出来，请他帮忙。陶局长却主动说，所里的是你弟弟吧，我刚听说。罗显明只好把事情说了个大概。陶局长说：好大回事嘛，要罚两万，派出所也太那个了，我帮你说说看，你等我几分钟。

真要认起真来，罗显明和陶局长还是有些交情的。刚进城那阵子，陶局长还只是队长，管着城里的治安。罗显明喜欢和一帮人在街上混，大家荷包里都揣了大把的钱，又没事干，也确实不需要干事，每天不是相约着在烧烤摊上喝酒，就是在街边打扑克赌钱。有次夜间，几个人喝酒后和夜市摊的老板发生纠纷，罗显明砸了对方的摊子。不一会，一辆警车闪着警灯呜哇呜哇开过来，带队的就是陶队长。罗显明一看势头不对，主动和老板说，愿意加倍赔他。老板看到他手里的一叠大钞，同意了。罗显明迎上去对陶队长说，警官辛苦了，这里没事情，我们是闹着玩的，不信你问。老板也笑着说，陶队长辛苦，这是我的几个朋友，喝多了撒酒疯，真没事的。那陶队长看了一会，真没看出什么来，便带人走了。临走时对罗显明他们说，夜深了，不要在街上乱窜，影响治安就不好了。罗显明说：是，是，我们喝高兴了闹着玩，没想到惊扰了队长，下次一定改正。等他转身刚走几步，罗显明在背后吐了一泡口水，说：关你卵事，老子就喜欢乱窜。谁料陶队长耳朵极为灵光，立即转过身来，用警棍抵住罗显明的下巴，问他：你说什么，再说一遍！罗显明说：我说你辛苦了，半夜还到处巡逻。陶队长没理他，使一个眼色，两名警察突然靠上去，一左一右将罗显明夹着拉上了车。罗显明被拉到治安大队，在滞留室里，孤零零地一直坐着，没人理他。门口站着的一个警察，也不和他说话。天快亮了，陶队长打着呵欠进来，显然刚刚睡了一觉。坐在办公桌前，对着罗显明姓名、性别、年龄、籍贯、家庭住址问了一通，罗显明很不痛快，但是没办法不回答。记录好了，叫他摁手印，最后罚款一千元。罗显明是要面子的人，说那记录能否不要装进柜子，他愿意多罚款。陶队长笑笑，说这是你的历史记录，要存档，花多少钱都不行，以后你注意点，不要让我再逮到。真是不打不相识，从那以后，罗显明和陶队长往来几次，两人竟成了好朋友。就因为这层关系，上次的警用巡逻车，陶局长一开口他就答应了。

罗显明快到派出所的时候，陶局长的电话也来了，叫他只管接人，别的什么也不要说。罗显明说：明白，老大！果真，他的车还没停稳，弟弟罗显辉已经出来了。

六

山洞里光线很暗，尽管石桌上、崖壁上点了不少蜡烛，仍黑幽幽的。人们陆续到来，静悄悄的，不说话。众多人头、身影被烛光映照在洞壁上，显得鬼影憧憧，仿佛在地狱里。

这是半山腰上的一个溶洞，像个天然大厅，可容纳上百人，顶上悬挂着钟乳石，岩浆水偶尔往下滴落，发出叮咚的声响。山洞下面，是宽阔的湖水，欲从对岸到山洞，必须乘船，行程约八百米。洞的周边，山高林密，只有一条放牛的茅草路从山脚下蜿蜒而上。在这样的地方开赌场，实在是最安全不过了。尽管如此，莫长富还是叫一个人守在洞口外的草丛里，专门放哨，一小时劳务费一百元，一旦发现有警察或者可疑的人上来，就赶快报警，暗号是学三声阳雀叫。来这里赌钱的大多数人都知道，这山洞后面有一个小小的出口，只要情况不妙，大家完全来得及疏散，从后洞口撤出去，然后消失在茫茫大山里。

过去大家没有钱的时候，想赌钱就在村中大榕树下，一毛两毛地下注，至多不超过一块钱，谁也不来管。现在不同了，村民们腰包里有了钱，不堵上千儿八百不过瘾，有的一晚上输赢上万，就是上十万也不稀奇。前两天，村中的老木一口气就输掉了两部东风车，连眼睛都不眨一下，还连呼过瘾。山洞里开赌场，是莫长富的主意，他把话一说，大家都连声叫好，这比在县城的宾馆开房赌钱安心多了。因此赌场开张一个多月来，不仅是附近的村民，就是县城里的赌客们也慢慢转移过来。由于规模大，赌客多，而且往往通宵达旦，卖香烟的、茶叶蛋的、矿泉水的都涌了上来。在山洞里，鸡蛋卖到五元钱一个，一包十元的香烟，往往卖到五十元以上，各类商品、吃食的价格整整翻了五倍。这些做生意的，多数是村民，当然都是可靠的人，否则难以靠近半步。他们当中，有专做小本生意的，也有得到赔偿款但不赌钱的移民，就在赌场“放鸭子”，也就是放高利贷。赌客输光了，可以向他们借钱，五分利，当天还。如果手气背，一直不能翻本还不了钱，那就利滚利，按天算。有的赌客借的赌本当初不过三五万，赌后几天还不上，连本带利就是十几万、几十万。反正都是熟人，大家彼此知根知底，也不怕赖账。

人差不多都到齐后，莫长富把搪瓷碗拿出来，将里面的两枚硬币摇得叮当响，连说：“弹宝了，弹宝了。”人们一下涌向洞中间的一个天然石桌，围着莫长富。他今天当“宝官”，就是当庄家，负责掌管搪瓷碗和弹宝、开宝。这样的赌法，其实就是赌单双，是祖祖辈辈传下来的最方便、最简单又最公平的赌博。规则是用手指把两枚硬币先后在石桌上旋转后，用搪瓷碗迅速盖住，硬币还在碗下面哗哗哗地转，赌的人就开始下注。下注之前，规定好桌面左边为单，右边为双。停了，揭开，两枚硬币花色相同就为双，否则为单，赔率是一比一。所谓的“宝”就是那两枚硬币，以前用的是方孔制钱，后来改用硬币。宝官的职责除了弹宝、开宝，更重要的是理赔。如果开宝后桌面上输多赢少，理赔后剩余的钱就归宝官，一旦赢多输少，缺口就由宝官掏钱补上。有时候，一次开宝就要赔上数万元，所以当宝官是要有相当经济实力的。莫长富最近手气不错，几天下来，已经有十几万进账。同时，他还“放鸭子”，也得了十来万，只不过那是欠账，还没有兑现到手。

又一宝开始了。莫长富粗大的手指捏着小小的硬币，却十分灵活。这是他从小苦练的结果。只见他指头轻轻一拧，硬币呼呼地旋转起来，两枚硬币在桌面上极速地转着，闪闪发光。莫长富将搪瓷碗高高举过头顶，大喊一声“下啊！”咣当一下扣上桌面。硬币还在里面转动，发出清脆的声响，赌客们便将大叠的钞票拍在桌面上，一些人俯下身子，侧耳听着碗里面的响动，仿佛用耳朵就能听出什么来。莫长富连连催促："要下的快下，就要开了！"霎时间，又有钞票飘向桌面，像一片片秋天的落叶。在赌场里有一句行话，先赢的是纸，后赢的是钱。开赌不过一小时，赌客们看时间尚早，对眼前的输赢并不太在意，要的只是一种豪气、一种痛快。这与他们当年一毛两毛地赌，已经不可同日而语，其中得来的快感，更是天壤之别。

到了下半夜，输赢渐渐见出分晓。莫长富财运持续兴旺，又有几万进账，邻村的几个村民输得最惨，最多的输掉了二十多万。输得最多的人姓李，外号叫狸猫，输急了想扳本，便向莫长富借钱。莫长富"放鸭子"是看人和看风势的，此时笑笑说，哪有宝官借钱给同桌翻本的，这不合规矩。狸猫没办法，又向旁边的几个人借，大家看他走背时运，生怕老虎借猪有去无回，便都说没带钱来。狸猫看看赌桌，气得骂了一句，无奈只好转身走了。临走时还说，今天的宝很奇怪，怕是有假啊。莫长富一听，气不打一处来。须知这是当宝官的人最忌讳的。要是输家附和着一起哄，都来质疑的话，往往是喊着退钱，那就麻烦大了，弄不好就是一场打斗，甚至要出人命。莫长富不等他说完，噌一下奔过去，伸手封住他衣领，将瘦小的狸猫拎过来，死盯着他的脸吼道："你敢再说一句，看老子不打扁你！"狸猫其实也只是输多了不痛快，嘴上说说而已，并没当真，这下被莫长富拎起来，就有些生气了，但是真要动手恐怕吃亏，又看没人附和他，便恨恨地说："算你狠，我们走着瞧！"说完悻悻地走了。

狸猫走后，一切照常进行，赌客们都红了眼，直到天快亮还没散。其实这样的赌博，在当地已司空见惯，城里的各大小宾馆、会所，多数是打麻将，而在乡村，就是既简单又快捷的赌单双。不仅是当地人喜欢赌，就是江湖上的赌客也慕名前来。尤其是水电站建起来后，移民们有了钱，赌风更甚。那些远道而来的赌客，大都是赌博集团操控的高手，每到一地，先故意输掉几十万，把赌场炒热引人前来，然后用手段吸干钱财后溜之大吉。初期，县城和附近乡村的人喜欢用扑克牌赌博，这些外来的赌客，曾经把县城大大小小商店里的扑克牌一夜买光，第二天就由内线把预先准备好的魔术扑克批发给各家商店。不到一周，就用这样的扑克卷走了好几百万，直到公安机关抓获了几个来不及撤走的人，上当的村民才恍然大悟。而城里的麻将赌博，已经迫使还不起高利贷的二十几名妇女抛夫别子外逃他乡。尽管公安机关多次严打，但村民们有了钱，整天又无事可做，就恢复弹宝赌博，并且越赌越大，赌场也日益隐蔽。

到天麻麻亮时，洞口忽然传来了阳雀的叫声，而且是连续三次。这是最危急的信号了。莫长富将碗一收，说肯定是被人报点，警察来了，赶快从后面跑！大家来不及探明究竟，呼啦一下散开，纷纷往洞中深处跑。正在众人挤挤挨挨来到狭小的出口时，外面射进了刺眼的手电光亮，并传来了高音喇叭的喊话声。完了！后面的出口肯定被警察堵了，莫长富一想，便大骂起狸猫来，说肯定是这杂种告的密。众人连声说，真要是狸猫告的密，按老规矩，找机会把他的脚筋挑了。

这次抓赌行动的结果是：出动警力四十人，警车、水上冲锋舟十二辆（艘），警犬两只，抓获赌徒四十三人，收缴赌资一百六十三万元。莫长富等五名为首分子长期聚众赌博，按程序移送司法机关处理……

七

罗显辉放下电话，有些失落，斜靠在沙发上，看着窗外发呆。李芳菲说今晚有事，不能和他去喝茶。她咋这么多事？罗显辉不太相信，这肯定是个托辞，但也无可奈何。他心里很清楚，李芳菲就像一只草丛里的兔子，追急了，跑了，今后恐怕连再见面的机会都没有了。其实这一次，真是罗显辉误会了，李芳菲晚上的确有事，而且很重要。台长反复交代过好几遍，今晚的饭局，她一定要去。台长说，最近县里科级班子要调整，电视台也在其中，具体一点说，就是要从内部提拔一个副台长。说到这里，台长环视左右，压低了声音说，从各方面条件考虑，台里推荐了她，今晚请组织部部长吃饭，就是为了把事情搞定。在电话中，李芳菲无意中向罗显辉透露了一点，甚至把吃饭的地方也说了出来。说完后，她不知道为什么要对罗显辉说这些，也许是为了显得有足够的理由吧。因为在罗显辉的层面，不会知道提拔干部这类事情，恐怕也不知道这种饭局的重要性。

酒席设在凤凰酒楼十一楼的包房。这是个僻静处所，只有四个豪华包间，分别为春兰、夏荷、秋菊、冬梅。他们坐的春兰一间，里面有号称“全县第一桌”的一个大圆桌，可坐十八个人。当然不可能坐满，用这张大桌子请客，是为了显示对部长的尊重。

隔窗望去，正是临湖胜景。此时夕阳西下，晚霞满天，远山含黛，岸上竹枝摇曳，湖面渔舟往来，清风袭来，两岸花木的清香沁人心脾。包房里音乐柔曼，豪华的宫灯把金杯银盏照得熠熠生光。不到片刻，清蒸甲鱼、红烧竹鸡、黄焖穿山甲等珍奇野味一盘盘端上来，摆了满满一大桌。宾主坐定，台长捧杯站起，毕恭毕敬地敬了部长一杯。部长倒也爽快，丝毫没有架子，举杯子和他碰了碰，一口干了。接着副台长又敬一杯，余下的几个科长、主任也依样画葫芦各敬了部长一杯。部长喝得高兴，说话也不再像平时那样古板，还说，今天是和你们青年人聚会，我都显得年轻了，大家放开点，别拘束嘛。最后轮到李芳菲敬酒，部长破例站起来和她碰杯，边碰边说，我天天看你的节目，主持得十分好，你是我们县里难得的人才啊。一桌的人都顺着说，部长真有眼力，李芳菲在我们台里，按行话叫作全县第一播（波）。部长笑了起来，连说是啊是啊，是第一播，第一……播。他故意将播字说得很重，弄得李芳菲有些不自在。大家于是故意起哄，叫全县的第一美人多向部长敬几杯，感谢领导对电视台的关怀。李芳菲是见过世面的人，也并不拘束，就连续敬了三杯，部长也不推辞，一一干了。接着是车轮大战，有敬部长的，也有敬台长的，也有主任和科长互敬的，一番杯觥交错，两瓶酒不一会就见了底。

这位部长其实只是个副职，不过按照规矩，称呼时没有人会在他职务前面加上那个难听的副字。更重要的是，他是分管干部考察的，不仅资历深，而且为人精明，在组织部可说权倾朝野。部长虽说年届五十，喝起酒来却不比年轻人差，都是来者不拒，直喝得满面红光，头上冒着阵阵热汗，最后连外衣都脱了下来。李芳菲也是满面桃花，香汗淋漓，在灯光下更显光彩照人。部长指着她哈哈一笑说，你这酒量哪里得行，今后要是当了副台长，如何胜任得了。台长也笑着说，部长的话没错，李主播你也不要太拘束了，今天难得部长高兴，你就放开来陪一陪。

李芳菲其实不知道，台长有自己的想法，部长曾单独和他谈过，说他很有能力，意欲将他调到更重要的位置，条件就是推李芳菲上位。至于为什么推，部长拖长了腔调说，这个嘛，是组织和人事上的大事，不该问的别问，不过你自己多思考，多领悟，就会想明白的。台长是个聪明人，当然能够领悟，这年头提拔个人，不是送钱就是送人。部长点名要他推荐李芳菲，他就得推荐李芳菲，至于是为了钱还是为了人，就只能由部长下回分解了。不过部长的爱好，他早有耳闻，所以今天的晚宴，他是做了一番安排的。

饭局气氛出奇的好，及至喝完，不觉已近夜十一点。副台长和几个科长提出去唱歌，部长说喝多了不想去，你们年轻人想去放松一下我不反对，我要回去休息了。说这话时，舌头都有些不灵便了。台长说部长今天酒喝高了，现在回去恐有不便，不如先在楼上开个房间休息。部长说今天高兴，大家先不忙说撤退的话，再喝它几杯！众人你看看我，我看看你，都说不能再喝了。部长很是生气，说：不肯给我面子？不给就算了！一头说，一头偏偏倒倒站起来。台长连忙上去扶他，示意其他人先走，并叫李芳菲过来帮忙，扶着部长一起上了楼上的房间。台长说要下楼去结账，叫李芳菲照看一下部长，说时人已经出了门。李芳菲倒了一杯水，部长却斜倚在床上，低着头，连连摆手说，今天喝多了，不能再喝了。李芳菲把水放在床头柜上，在沙发上坐下来，看着部长，有些不知所措，希望台长尽快上来。

走道上静悄悄的，窗外是呼呼的风声，树枝簌簌作响。湖面上，此时肯定是粼粼的波光，荡漾着空中那弯新月。部长这时抬起头来，看着李芳菲，说：你的事情，我早就考虑过了，你各方面条件都不错，但是竞争也不小，你自己要多努力啊！李芳菲说了感谢部长关心的话，并问他要不要喝水。部长说，现在科级班子调整是个机会，职位有一些，如果你想到乡镇去，也可以考虑。李芳菲没有说话，因为到乡镇去任职，并非她的强项。部长说，你到底咋想的啊，为什么不说话？很多人想到乡镇去，找门子、托关系，天天找我，连我都烦了。边说边站起来，坐到了沙发上。李芳菲第一次单独和男人坐这么近，而且是在深夜宾馆的房间，心里忽然怦怦跳起来，正想说夜深了要告辞的话，部长的手突然伸过来，抓住了她的手。李芳菲强笑着说，部长您今天喝多了，改天我再向您汇报思想，说时挣脱他要站起来，部长却一把将她抱住了。李芳菲一惊，看着部长，脸上不禁一沉，用力甩掉他。部长一看李芳菲严重不配合，极为生气，说：你也不要装正经了，你们文艺圈的人我知道的。在这县城里，包括二十几个乡镇，很多女人为了认识我、讨好我，都在绞尽脑汁呢。李芳菲说：我不是你说的文艺圈，我是记者，人民记者！部长说：是什么都没关系，只要在这个县，都归我管。实话说了吧，只要你肯配合，你的副台长就我一句话，别的人想当上科级，没有十万八万，做梦也别想。我再说一句大实话，你不干，反正要干的人多得很……李芳菲在进入饭局之后，包括上楼来到房间，也不是决心要当什么圣女，但此时听他说得这样露骨，这样毫不掩饰，心里立时产生了极度的厌恶。没想到平时道貌岸然的部长竟会如此下流，说得如此直白。也许是他坏事干的太多，而且从未失过手，才会如此嚣张。

李芳菲正想开门出逃，部长猛扑过来，灵活得像一头豹子，将她紧紧抱住。挣扎间，李芳菲的衣裙被撕掉了好大一块，像蝴蝶受伤的翅膀，在那里飘动，雪白的胸脯露了出来。部长像闻到了血腥的鲨鱼，再次扑上来。正在李芳菲尖叫的一刹那，房门嘭一下被踢开了，闯进一个蒙面的黑衣人，将衣襟唰一下拉开，腰间的皮带上，插着两把明晃晃的杀猪刀。来人低声吼着：你敢动我妹妹一下，老子今晚就把你的脑壳砍下来当尿罐！部长被这一吓，差点瘫软在地，连连后退说：你别乱来，别乱来，有事好商量……黑衣人说：那好，老子就和你商量！

来人将头一扭，示意李芳菲先出去。李芳菲用手捂着胸脯，退出去的一瞬间，看到了那人脖子上的一块伤疤，差点叫出声来。那人连忙摇摇头，低声对李芳菲说，车就在楼下，并塞给他钥匙，叫她先到车上去。

半小时后，黑衣人扶着部长走下楼来，两人极其亲热的样子。待部长走后，黑衣人才上车。李芳菲在后座上低低叫了一声：罗显辉，真的是你吗？罗显辉将面罩扯下来，嘿嘿笑着：不是我能是谁，有假包换。李芳菲说：一看那伤疤就知道是你。你今晚闯大祸了，他说和你商量是骗你的，明天，不，也许就是今晚，他就会报案。罗显辉说：放心吧，谅他也不敢！再说我们真的已经商量好了，你不用担心。

送李芳菲回家的路上，李芳菲一直问罗显辉，到底用的什么法宝，把一个堂堂的副部长一下就摆平了。罗显辉始终不肯说，李芳菲不好再问。到了楼下，李芳菲临下车时，罗显辉补了一句：从今晚开始，你尽管放心，你的副台长照样能当上，但是那老东西再不会骚扰你了。

八

龙塘电站的修建，不仅改变了自然环境，也改变了人们的生活。上百平方公里的人工湖，淹没了山山岭岭，也把一个山区小县城淹成了三面环水的岛上城市。面对一汪湖水，除了外迁的移民外，留下来的便靠水吃水，或发展水上养殖，或购买船只搞运输，或开办农家饭庄接待游客。农民的生活方式在改变，城里人的生活也在变。最典型的是县城忽然增加了很多宾馆、饭馆、超市、舞厅、茶楼，包括过去很稀罕的咖啡屋、洗脚城、按摩店也已经不少。林林总总的店堂、摊位，来来往往的人群、车流，把本来不大的县城挤得满满当当，过去平铺直叙的日子，一下变得活色生香、光怪陆离。

罗显明和王港衫坐在露天茶座的一角，静静地品着红茶。这种露天茶座，在县城已经有好几家，不过这一家的位置极好。茶座规模不大，地面铺着鹅卵石，十来把遮阳伞下摆放着十几张小桌，几十米开外的坎下就是湖水。这里是城东靠近湖面的一片三角地带，因地盘太小没有人来开发，便被人租来做了茶座，每天晚上，来这里喝茶的有游客，也有当地人。周围是高大的古榕，沿着湖岸一直向下，都是密集而茂盛的凤尾竹，夜风吹来，湖水击打着岸边哗哗地响，几乎垂到水面的竹梢随风招摇，偶有夜里打鱼的小木船从竹林间钻出，照明灯闪闪烁烁。这里虽说环境清幽，但是罗显明很久没在这样的地方喝茶了，他平时没时间喝茶，要喝都是喝酒，而且都是一大帮人，在豪华的酒店里，喝得天昏地暗。这种设施简陋，茶钱又极其便宜的露天茶座，只有真正的朋友才会坐在一起，静静地喝上一壶。

罗显明说，真清净啊，好久都没有这样坐下来了，要不是你约我，今晚说不定我又喝酒去了。王港衫端起茶杯咂了一口，也说，我也好久没这样了。罗显明问他，这阵子到底都做了些什么，那点赔偿款，赌光了吧？王港衫说，早就戒了，我那十来万块钱，还不够你们一晚上的输赢，哪敢再赌啊，再说我也输不起了。罗显明知道他话里的意思。去年春天，很多移民串通起来闹事，王港衫也在其中，被拘留了两个月，听说要判刑，王港衫家里人便去找罗显明帮忙。闹事的移民，绝大多数是把赔偿款赌输了的，生活没有着落，就挑起事端向政府施压。好在王港衫不是领头人，罗显明后来出面将他保了出来，两人当天喝了一次压惊酒，此后就很少联系了。

罗显明和王港衫同村，大搬迁时一起挑着东西走出山寨，一起坐船渡过盘龙河，分别在县城安了家。不过罗显明建的是别墅，王港衫得到的赔偿款少，一家四口只能租房居住，靠一条小木船在水上渡人、搞运输和打零工谋生。两人从小就在一起放牛、砍柴，关系一直很好。最重要的是，当时两家都穷得叮当响，总受人欺负。王港衫本名不叫王港衫，这只是他的外号，这外号来源于当年村里分救济衣，其实就是城里人捐赠来的旧衣服，用蛇皮袋装着，堆在尘土飞扬的院坝上有好几堆，村民们兴高采烈地挑选，热闹得像过节。王港衫最后选，只分到一件别人不要的港衫，花花绿绿地穿在身上，型号又小了一些，怎么看都像街上耍猴的猴子，人们从那以后都叫他王港衫，真名反倒忘了。王港衫家孤儿寡母，比罗显辉家更穷，当然也找不到媳妇。穷人和穷人容易说上话，包括那一次罗显辉赌钱和人打架，罗显明上去后招架不住，王港衫正好挑柴路过，扔下担子，抽出扁担就冲了上去，把那伙人打得屁滚尿流。此后两人总结经验，在这世上，凶的怕恶的，恶的怕不要命的。这就是山里人的哲学，也是活命自保的哲学。

罗显明问王港衫，现在田地没有了，打零工也难整，你下一步打算咋办？王港衫说想买一条机动船，现在湖面上的运输越来越火。正说时，一个瘦小的小青年走过来，冲着罗显明毕恭毕敬地喊大哥，喊完嘿嘿地站着笑。罗显明迟疑了一下，没有答应他，却从包里抽出一张百元大钞给他，边递边说，今后不准再这样喊我，再喊，小心揍扁你。小青年讪讪笑着，连说：是，是，大哥，下次不敢了。小青年走后，王港衫问罗显明，这是什么人，哪里的？咋一喊你大哥就给他钱？罗显明有些无奈地说，我也不瞒你，当初进城来，虽说包里有钱，但是总被人看不起，尤其是那些街上的混混，总欺负乡下人。后来老子烦了，心想电影上那些老大不是很威风吗，只要当了老大就不怕了，因此凡是喊我大哥的，就给钱，最少一百，高兴了就给他三百五百，不到半年，无论走到哪里，满街都是大哥大哥的喊，再没人敢惹了。王港衫听了笑起来：你这不是花钱买来的老大？几年下来，怕是送了几十万吧。罗显明说，没这么多，我也没细算过，不过几万块钱是要花的。再说了，想当老大不花钱咋行，就像那些当官的，他不花点钱，能上去？王港衫说，你进城这几年，学的可不少。罗显明说，现在不能这样干了，小打小闹没意思，我后来就专门结识官场上的人，当然同样是花钱，不过这比起在街上当老大实惠多了，没人敢欺负不说，还来钱。

两人正闲聊着，罗显辉来了，说有事要找哥哥商量。看到王港衫，便问他旅游船买了没有。王港衫说，那要好几十万呢，我哪有那么多钱啊。罗显明沉默片刻，对王港衫说，只要你决心干，这行当恐怕亏不了，差的钱我来补，算股份也行，算你借我的也行。最后补一句：看在几十年兄弟情分上，不要你一分利息。王港衫知道，罗显明这几年赚了不少钱，同时又放出去很多钱，都是五分利，因此全城的人暗中叫他罗五分。不过这个罗五分，再也不是当年只敢赌五分一注的罗五分了。王港衫看他真心相帮，便说借款二十万，两年后还清。

罗显辉对哥哥说，我也想要点钱，办一件事。罗显明问要多少，干什么？罗显辉说要十六万，送人，买个副台长当。两人听了都笑起来。等到罗显辉把事情的来龙去脉说出来，王港衫听得眼睛都睁大了。罗显明喝了一口茶，皱着眉没说话。罗显辉对哥哥说，你真的不清楚，当时事情紧急，那老家伙要霸王硬上弓，不是我及时闯进去，李芳菲恐怕就完了。罗显明说，你这样做，就不怕蹲大牢？再说，我们为什么要帮她买官？

罗显辉说，我喜欢为她花钱，就算今后没有结果，我也愿意。罗显明知道弟弟对李芳菲已经着迷到了走火入魔的地步，不想再和他争论。暗想，十六万也不是什么大数，再说弟弟也有自己的一份，不给他恐怕兄弟要翻脸。他更多的是担心弟弟的安全。便说：那老家伙万一报案，事情就难收拾了。罗显辉说你不用怕，我们是说好了的，再说我谅他也不敢。罗显明问咋说的，罗显辉面露嘚瑟地说，我怕吓着李芳菲，叫她先出门后，抽出杀猪刀架在那老东西脖子上，问他咋了结。老东西被吓得差点尿裤裆，一句话不敢说，只是叫我别冲动，先把刀放下，如何了结都由我说了算。我看火候差不多了，就说给他十六万，但是必须让李芳菲当副台长，今后不准再骚扰。老东西说提拔干部他一个人说了不算，要经群众推荐、组织考察，然后上报县委，再说也不能收钱，那是违反原则的。我看他还在打官腔，就点了他干的几桩事情。我其实也是听人说的，无非是诈他一诈。最后说下来，他愿意按我的办。我怕不保险，就和他说，如果他敢报案，或在事后反悔，我不能保证他家晚上不被扔几个点燃的汽油瓶，还有，他小儿子每天在街上来来往往，难保不会发生车祸。

王港衫听到这里，拍着桌子说：搞得好！这种狗官，就服这样整。罗显辉说，我这也是你们从小教的，凶的怕恶的，恶的怕不要命的。我这也是没办法了，才这样和他斗。王港衫说，既然他答应提拔你说的那个李芳菲了，何必还去花冤枉钱。罗显辉说，这不一样，江湖有江湖的规矩，他们有他们的规矩，我给他钱，是不破他的规矩。

罗显明还是没表态。罗显辉说，我们这种身份的人，再有钱也没用，要办成事情，也只能这样了。再说我给他留了话，又按行情给双倍的价钱，他只要肯收，事情也就了结了。罗显明沉默很久，恨恨地骂了一句，终于点了头。

九

入秋以后，暑气降了许多。连日秋高气爽，清澈的湖面上，游船往来穿梭。这些游船和游客，有的是在县城附近的湖面上作短暂游后上岸休闲的，有的是直接开到数十公里外的大坝，来回作环湖游的。也有不少外地来的垂钓者，弃船登岸后，在湖湾处搭起帐篷，安营扎寨垂钓三五天，甚至十天半月。高峡平湖的美景，已经把山区小县的旅游推向了新境地。

王港衫把新买的游船开到码头，打电话给罗显明，说今天的首游式专请罗家两兄弟，酒菜都准备好了，就在船上吃。罗显明正忙着售楼的事，又不好拂他情面，就叫罗显辉去。罗显辉于是打电话约李芳菲，心想她不会单独来，就说请她和电视台的人，凡是来的都欢迎，在船上玩一天。没想到李芳菲很爽快地答应了，而且一个同伴都没带，是一个人单独来，这让罗显辉兴奋的不行。

王港衫新买的游船，是一艘改造后的机动驳船，船舱载客量六十人，甲板全部敞开，方便游客在湖上观光、休闲、拍照。游船通身漆成白色，王港衫给游船取了一个名字，叫金公主二号。罗显辉问咋叫这怪怪的名字，王港衫笑笑说，莫长富过去讲过，他去香港玩的时候坐过一艘船，晚上从香港的码头开到公海上去赌钱，早上又开回来，在那船上，吃喝不要钱，赌钱没人管，总之是爽得很。那船就叫金公主号，我这是才花了几十万买的小家伙，只能叫二号啦。李芳菲听了也笑起来，说，你们谈什么都离不开赌钱，今后做了旅游，莫非也要在船上开赌场。王港衫嘿嘿笑着说，那可不会，不正经做生意，缴了我的船就没法还钱了。李芳菲在船头船尾跑了一遍，连说好船，连做饭吃的设施都有了。他建议王港衫在船尾插几面红旗，这样装点一下，红旗和白船在青山绿水间跑起来好看。王港衫说都想过了，插三面红旗，内中最高最大的是国旗，另外两面，一面写上原来他们村庄的名字，一面写上他王港衫的王字。李芳菲说，另外两面就什么都别写了吧，人家看了还以为你是水泊梁山的水军头领呢，说完哈哈笑起来。罗显辉说就是嘛，你没文化，要听文化人的，今天请李主播来，就是给你出出主意的。完了问：你今天请我们吃什么？王港衫说，吃烤鱼，早都备好了的。李芳菲一听，连说好极了。

船一直顺水而下，王港衫把着舵，游船灵巧地穿行在明镜一般的湖面，白色的浪花不断地撞击着船头。明净如洗的蓝天下，两岸逶迤的青山、苍翠的松林倒映在湖里，几只水鸟追逐着游船，啾啾叫着，一会俯冲下来，用翅膀拍打船尾的波浪，一会突然惊起，直冲云霄。李芳菲站在甲板上，举着相机拍个不停，强劲的风把她薄薄的衣裙吹得飘扬起来，显出青春而优美的轮廓。

罗显辉在船舱里看着王港衫操作，两人说起莫长富的事。王港衫说，他这次恐怕不轻松，弄不好要被判刑，更要命的是他的家产要被抄。罗显辉说，抄家产？太过分了吧，他得的赔偿款有几百万呢。王港衫说，他那几百万早就赌光了，他一直装着有钱，是为了蒙人的，无非是骗大家上当罢了。说到最后，王港衫提醒罗显辉，你们哥俩放高利贷也要赶快收手，现在查得紧，那种钱不要贪图为好。罗显辉说，这种事我们早就不干了，也不敢了，就是放出去的一些钱还没有收回，等收回来了，我要么也买条船，要么搞水上养殖，做点正经生意。王港衫说，对啊，这样稳妥点，不做正经事，富不长久。

罗显辉从船舱钻出来，上到甲板上来看李芳菲。李芳菲说：站好，给你拍一张！罗显辉靠在舱篷上，有些不自然。李芳菲举着相机，咔嚓咔嚓连拍了好几张，完了说，你这个样子，有点像美国的西部牛仔。罗显辉笑着说，我本来就是个放牛娃，中国的放牛娃。两人一路说笑着，罗显辉心里像灌了蜜一般。

船开了大约一小时，一路上碧水蓝天，日丽风和，这让李芳菲很兴奋。她问罗显辉，这要是开到水库大坝，还要多久？罗显辉说，这种机动船，至少还要一个半小时。

李芳菲说，这水库真太大了，难怪移民这么多。正说时，罗显辉指着不远处的岸边兴奋地说：你看，那里就是我们的村庄！李芳菲顺着他的手看过去，除了湖水和露出水面的几个小山头，什么也没有。问罗显辉：还能认得出来吗？罗显辉有些失望地说，都淹在水里了，房子、田地、院坝、树子都在水下几十米了。李芳菲说，不是都赔偿了吗，还这么留恋啊？罗显辉此时没有了往日那种满不在乎的神色，沉闷地说：那可不一样，有些事情，是不能完全用钱来说的，我爹妈经常说要回去看看，有时甚至说得要淌眼泪呢。我们都说，老屋基、老树子都在深水下了，去了也看不到。现在看来，有空了还是拉他们来看看，哪怕是看一汪水呢。

李芳菲看着罗显辉的这副神情，心想，平时这么个吊儿郎当的人，一说到动情的事，竟然憨厚得有些可爱。她静静地看着船尾的湖水，这水被游船分割着，像两只巨大的翅膀，闪亮着不断向岸边延伸。罗显辉这时指着右侧很远的一个高山说，李主播你看，那就是老王山。关于老王山和七仙女的故事，李芳菲听人说过一些，就故意打趣他：你真的上过老王山，在那里守候过？罗显辉说：上去过，还去了两次，每次上下就是一天。李芳菲笑着问他，都看到了什么，有没有仙女下来洗澡？罗显辉有些不好意思地说，那是别人奚落我们兄弟俩的，我哪会当真，不过是想去看看罢了。上面真有一个天池，像足球场那么大，水清得看见底，四周除了茅草和刺蓬，什么也没有。说完了看李芳菲，李芳菲正笑着看他，便大着胆子说，现在我不会去了，仙女就在身边呢！李芳菲说，你别把我想得这么好，你不了解我，不许乱说。罗显辉看她忽然一本正经，不敢再说了。沉默了半晌，问她副台长的事可有眉目了，李芳菲把头一扬说，那个狗屁副台长，我不想当了，现在八字还没一撇，台里就已经传得沸沸扬扬，真气人。罗显辉有些不解，暗恨起那个部长来，竟然收了钱不办事。李芳菲说，你不了解，现在只要有人被提拔，是个男的，人家就会想他到底送了多少钱，是个女的，就传她到底和谁搭上了。总之，凡是提拔干部，不是说男人送钱就是说女人送到面前了。罗显辉说，这种风气还不是被那些当官的搞坏了，要不老百姓也不会这样说。李芳菲说，正是这样，一个地方，只要有人用这种手段上去了，就会带坏一大片。

李芳菲问罗显辉，到底用的什么办法，让那个老部长屈服了。罗显辉笑笑，没说话。李芳菲拢一拢被风吹乱的头发，看着远处，轻轻地说，那人最近来找过我，说我的事情会按规定处理，符合条件就办。罗显辉一听急了，连说：他还敢来骚扰你？看我不教训他！李芳菲说：你别急，他并没为难我，他也再不能为难我了。接着说：你也不用再瞒我了，他和我说，收到的钱无法退回，但是我肯定知道你，叫我原封退回给你。说时，从包里拿出两捆牛皮纸包好的东西。罗显辉一看，知道是自己送出去的那两包钱，不禁有些吃惊。李芳菲今天爽快地前来，并且没有带任何同伴，恐怕就是为了这个。

李芳菲后来说出的话更让他吃惊。原来老家伙上个月被双规了，纪委找他谈话之前的晚上，就去找到李芳菲，向她道歉，并求她帮着退钱。罗显辉暗想，一个人只有到了小命快不保的时候，才会醒悟。李芳菲说，这是他咎由自取，他们这种人，总是绞尽脑汁地折腾，最终又回到了零点。罗显辉说，正是，这有点像莫长富，绕了半天，又成了穷光蛋不说，还要坐牢蹲班房。

游船在湖面上打了一个大弯，慢慢地掉头往回开。这里是快要接近大坝的一个大码头，宽阔的湖面上，都是往来穿梭的各类船只，有运载货物的铁壳驳船，有拉着游客的游船、快艇，也有用铁锚固定在岸边开水上餐厅的大铁船，远远看去，码头上、湖面上机声隆隆，人声鼎沸，一派繁荣景象。

看罗显辉和李芳菲正谈得投机，王港衫返程时没有拉任何游客。三人在船上吃了中午饭，烤鱼的滋味让李芳菲赞不绝口。罗显辉说，你喜欢的话，我们可以经常来。王港衫接着说，李主播你真喜欢的话，叫我罗兄弟给你买一条游船，你想怎么玩就怎么玩。罗显辉嘿嘿地笑，连说可以可以。李芳菲说那可不敢，一艘游船要几十万呢，我无功不受禄。

返回途中，李芳菲劝导罗显辉，今后别做什么事情都把钱挂在嘴上，还有，你脖子上的那金链，也没必要那么粗嘛。罗显辉说，其实你恐怕有些误会，我有时候是故意那样闹着玩的，就像莫长富穿水胶鞋，别人看起来不舒服，他就是要人看起来不舒服。你不知道，我们从乡下来的，总是被人看不起，处处受歧视，一说到我们就是农民农民的，真让人生气。李芳菲说，你们现在的生活已经变了，将来还会变，渡过了盘龙河的许多人，离开了村庄和土地，一切都在改变，但是有的东西，你就是变不了，或者说不愿意去改变。这么说吧，你那暴发户心理，暴发户的做派，总是抑制不住，也难怪别人有偏见。罗显辉说，我今后不会这样了，我知道你不喜欢我，就是为的这个。李芳菲说，是什么身份并不重要，可怕的是不往上想。当然了，不往上想的也不仅仅是你们，这也好比渡一条河，有的人一辈子也渡不过去。罗显辉听得有些云里雾里，不甚了然，但知道李芳菲是好意，便不停地点头。李芳菲说，很多城市里的人有了钱，吃穿不愁，但是满眼惶惑，终日无所事事，娱乐至死，骨子里其实还是农民。李芳菲说到这里，看着罗显辉，我这可不是贬低农民。罗显辉说，我懂。李芳菲说，比如说吧，北京、上海、广州、深圳那么发达的地方，一个人突然被提拔当了这长那长，就兴奋得几天睡不着觉。只要这样的意识还很浓厚，中国其实永远还是一个大乡镇。罗显辉说，那我怎么办，我去读书吗？我只是个初中没毕业的，除了简单的果树栽培、病虫害防治技术，其他的书看不懂。李芳菲说，这不光是读书的问题，重要的还是品质和操守。比如说你开车，过大街从来不看红灯，关车门时重重地砸，还常常用脚去踢车，这是在关门踢车吗？你是在踢你旁边看的人。别人我不知道，反正我看了就一句话，这是浅薄，也就是人们常说的烧包。

罗显辉终于冒出了一句文化人的话，对李芳菲说，听君一席话，胜读十年书，今天我真的要谢谢你的指教。李芳菲说，我们是朋友，我也真拿你当朋友，因为你真实，不像我遇到的一些人那样虚伪，所以我就直说了。罗显辉说，对啊对啊，你这才是朋友说的话。接着问：我们，会成为更好的朋友吗？李芳菲看他一眼，没直接回答，反问他：你说呢？

十

莫长富被判了一年监外执行，在看守所蹲了几个月后终于出来了。经这番折腾，整个人全变了样，脸色灰黑，脊背甚至有些佝偻。他重新穿上了黑色的长筒水胶鞋，不过不是像以前那样噗噗噗地走过大街，而是下到了地里。他租了一片荒山种植火龙果，因为身份特殊，他的基地还得到了乡里扶贫项目的贷款。这已经是次年春天的事了。

莫长富想要再扩大基地，但钱远远不够，只好来找罗显辉帮忙，说好两年后还清。罗显辉不信，要到他的基地去看看。莫长富第二天找了条小木船，渡过盘龙河来接罗显辉，然后又返回北岸去。莫长富手中的竹竿不停地划着，小船在湖上摇摇晃晃。虽是清晨，湖面上雾气还没有散，但湖中往来穿行的各种船只已经不少。雾气中，一艘木船从岸湾处的竹林里划出来，船头的人手持竹篙，立着像个将军，扯开嗓门唱起山歌：砍根斑竹上渔船，顺风顺水下龙滩，下河好比下菜地，吃鱼没有打鱼欢……这是本地布依山歌的调子，歌词是他自己随口编的，但他唱得气韵十足，尤其是最后长长的尾音，被他拖得甚至有些飞扬跋扈。莫长富说，这人是邻村的，这几年种早熟蔬菜发了，都是用手机联系老板来收购，最远的听说卖到新疆内蒙古。罗显辉听了笑笑，他知道莫长富说的这个人，姓罗，小名叫老木，过去也是穷得讨不上老婆，成了村里有名的光棍，他们那个村，外人都叫光棍村。水电站蓄水后，他们村的人只搬走了一小部分，多数人家只是就地后撤，利用湖边的土地种植特种蔬菜，每家一年收入就有十来万。他还知道，老木最近当上了村里的蔬菜协会会长。这些，是他看电视知道的，那是县电视台做的一个移民发家致富的节目，李芳菲在现场做的直播。

罗显辉和李芳菲一直保持着不冷不热的联系，到了后来，他也慢慢放下了心思。两人其实更像是普通朋友，只是彼此有些不便对人说的话，两人会相互说说。比如最近李芳菲和他说，感觉太闷太累了，想辞职。罗显辉没问她缘由，问了也不一定得到答案。自己和李芳菲，差距毕竟有些大了，过去的一切，都是他在一厢情愿。正胡思乱想，莫长富说，到了。两人下了船，就是火龙果基地。

从湖边一直往上，几十亩新开垦的坡地全都栽上了密密麻麻的水泥桩，像一片白色的森林，桩子下面，是半米多高的火龙果苗。莫长富说，水泥桩是为以后挂果时作支撑架，农业局的技术员说，我们这个地区水热条件好，火龙果栽上两年就会有收成。罗显辉看他搭起的这个架势和说话的认真劲，知道这个赌鬼心里的梦想，并且相信他一定会实现。但他故意笑着说，你折腾了几年，转了一大圈，最后又回到了土地上，甘心吗？莫长富拍着水泥桩嘿嘿笑着说，当然不甘心，几百万转眼就打了水漂，现在成了穷光蛋，真他妈……但是不甘心又咋办啊，我算是想通了，走正道才不会翻船。又说，老弟你放心，不就是回来种地搞老本行吗？再说现在火龙果市场好得很，要不了几年，我有办法重新搞起来。

从基地回来的当天下午，罗显辉就把李芳菲上次转来的钱全部给了莫长富，连借条也没打。但是说好一半是无偿借给他的，另一半算是他的投资，无论盈亏，风险共担。莫长富嘿嘿笑着，叫他一万个放心，这一次不会赌输了。

由于楼盘的二期工程缺乏资金，加上高利贷的风险，罗显明急于催还放出去的钱，便叫罗显辉带着人，上门去找那几个借钱不还的家伙。罗显辉进山时，借钱的人几乎都跑光了，结果把一个村民追到湖边，那人被逼急了，扑通一下跳进水里。大家都是河边上长大的人，罗显辉知道他水性，无非是耍赖作跳河秀，也没太理会，一帮人还站在湖边拿着棍棒等着教训他。谁知幽暗的湖水下是成片的竹林杂草，那人再也没有上来。直到消防队的潜水员连夜将他打捞上岸，罗显辉才知道闯了大祸。

罗显辉在潜逃的第二天就被抓捕归案，押到县城时，满街都是看热闹的人。他双手被铐着，仍然梗着脖子，突然瞥见人群里的李芳菲，一直在往前挤。罗显辉看见了，羞得满脸通红，想说点什么，张了张嘴，终于没说出来。临上警车时，李芳菲在背后喊了一句：好好改，我会去看你……

罗显辉流下了成年以来的第一次眼泪。这泪，有苦涩，但竟然也有一丝甜味。

（原载《清明》2014年第5期；获第二届贵州省专业文艺奖）

赵朝龙

月亮山之歌

一

田桂枝在土地坳鱼塘旁挖沟培土，每年冬天，她都要修补鱼塘，男人赵相华外出打工三年多了，家里、地里、鱼塘的活儿全都落在了她一个人的肩上。田桂枝原本在思林电站库区里弄网箱养鱼，但为了提升乌江水质，县政府给各网箱户补偿，让各网箱户退出库区。田桂枝便承包了村里土地坳山塘，把网箱里的鱼苗移进山塘，养了起来。几年来，田桂枝与鱼塘相依为命，家里的一切支出，都从鱼塘出。

赶场的人们三三两两的回来了，路过鱼塘，纷纷和田桂枝打着招呼。田桂枝一边干活一边应着，她吃力地将土铲到鱼塘堤坝上，坝筑高了，水多鱼才好养。

冬天的太阳不再灼人、刺眼，阳光照在脸上，温和得像母亲的手轻柔地抚摸一样。

相华两年多没回家过年了吧？从场镇赶场回来的大脚嫂在田桂枝旁边的石头上坐下来，一边嗑着瓜子，一边和田桂枝拉起了家常。

嗯。田桂枝一边将土压实，一边点点头。

这个兄弟有些不像话，把两个老人撇在家里，让你屎一把尿一把地服侍。大脚嫂说话时对赵相华充满了怨气。

大脚嫂的男人是赵相华的堂兄，田桂枝喊她大嫂。大脚嫂天生一双大脚，心直口快，说话从不拐弯，人们都喊她大脚嫂，当有人拿她大脚做话题时，大脚嫂总是笑着说：脚大江山稳嘛！然后便嘿嘿嘿地开心笑起来。

今年总该回来过年吧？大脚嫂心疼地看了眼田桂枝，又说道。

不知道，他没说。田桂枝轻声说道。

这么长时间了，想不想他？大脚嫂笑着问道。

田桂枝苦笑道：一天到晚都快累死了，哪有工夫想他。

我不信，睡觉时候也不想？大脚嫂微笑着。

大脚嫂，你……田桂枝望了眼大脚嫂，脸红了起来。要说不想，那是假话。可是想又有啥用？

我家那位，他要是一个星期不把种子给我，我就让他好看！等相华回来，你好好修理他，让他把这两年多的种子补上！大脚嫂开心地笑道。

嗯！田桂枝绯红了脸，轻声道。

桂枝嫂！快回家吧！相华哥回来了！这时，堂弟赵军开着农用车过来，朝田桂枝喊道。

田桂枝看见赵军，抓起一个土块扔去，大声说：去你的！造谣！……

真的，不骗你，我刚才看见的，是支书赵国太找他回来的！赵国太支书专门找他回来参加村主任换届选举的。我听他二人说话，要在全村搞规模养殖，发展畜牧业。还要成立什么股份公司，开发月亮山的虫草和旅游。相华哥还对支书说，要在村口风雨桥旁边修所村办小学，取名月亮山小学哩。赵军在鱼塘边把车停下来，望着田桂枝，有板有眼地说道。

看赵军的神情，不像是在说谎糊弄她。田桂枝听了，心里滋润起来。看来，男人这回出息了。田桂枝心里这样想着的时候，抬头把目光投向了远处那高耸入云的月亮山。田桂枝的眼里出现了一种幻景，好像一大片尖峰突起的云彩，一柱通天，它是那样伟岸雄奇，把天和地都连成一体，在冬阳的普照下，顶峰上呈现出银白色、金黄色和天蓝色。后来这片巍峨的峰巅变得模糊不清，逐渐地消失在了远方的红云中。田桂枝突然有一种异样的感觉。她觉得自己在一点一点地变轻，一点一点地缩小，最终化为这天地间飘浮着的一团纷乱的雾气飘上了深邃的天空。

桂枝，别干了，快回去看看吧！大脚嫂上了赵军的农用车，侧过头，向田桂枝挥了挥手，关切地大声说道。

大脚嫂的话打断了田桂枝的思绪，她冲着大脚嫂笑了笑，说：我才不回呢！有啥好看的。说着，她慢吞吞地爬上了塘坎。

见大脚嫂和赵军走远了，田桂枝扔下铁锹铁铲，朝那条小路跑去……

小路那头的那幢半新的四合院，是她的家。田桂枝在小路上高一脚低一脚地飞快奔跑着。遇见迎面而来的村民，田桂枝便故意放慢脚步，等村民过去，她又放开脚步飞快地跑起来。

二

田桂枝跑到龙门口，扶着门框急促地喘息起来。她定了定神，整了整自己的衣领和头发，心定神凝地迈过门槛，走进了院子。

赵相华从堂屋里出来，见田桂枝走进院子，他愣神了会儿，向田桂枝走过去。

田桂枝看了眼久违的丈夫，矜持了一下，一头扑进了赵相华怀里。她紧紧抱着赵相华，喃喃地埋怨道：看你，回来也不先打个招呼。突然袭击，你看我满身泥土。她有些尴尬地望着丈夫。

月亮山产虫草，支书要我回来参选村主任，搞月亮山虫草开发。你知道的，开发月亮山虫草是我多年来的梦想。现在的城里人，都喜欢那东西，泡着吃，含着吃。我想，只有开发月亮山，才能让村民们都致富，才能把那些外出打工的人吸引回来，才能让留守村里的老人孩子有所依靠。另外嘛，有些话，我想还是与你当面说。赵相华轻轻地揽着田桂枝。

你什么也别说……田桂枝把丈夫越抱越紧。

桂枝，我跟你说件事！赵相华突然轻轻地推开田桂枝。

田桂枝再次抱住丈夫，喃喃道：回来就好，回来就好，你什么也不用说……

可这件事，我不能不说……赵相华有些为难地说道。

田桂枝把头埋在丈夫怀里，微微闭上眼睛，温柔地说：那你说吧，我听着……

桂枝，怎么说呢？我在外面……赵相华吞吞吐吐道，面对田桂枝，他有些难以启口。

听丈夫说在外面三个字，田桂枝禁不住微微睁开眼睛，她看见了东厢房门口站着一个二十出头的漂亮女人，她一下子愣住了！

染了一头黄发的年轻女人叫安晓燕。此时，安晓燕正摆出一个模特姿势，挑衅地看着院子里的田桂枝！

田桂枝一下子松开了抱住丈夫的双手。她紧盯了安晓燕一眼，快走几步上了石阶檐，进了堂屋。

安晓燕微微地冷笑着，用傲慢的眼神看着田桂枝的背影。

田桂枝脸上充满了委屈和愤怒，她冲进里屋，一屁股坐在床沿上。赵相华脚跟脚地紧跟了进来。

桂枝，你听我说，好不好？赵相华急切地说道。

我不听！你都把人带回家了，还说什么？我盼星星盼月亮盼着你回来，没想到盼到的是这样！这就是你要给我的幸福吗？这就是我累死累活换来的结果吗？田桂枝指着外面，大声大气地说道。

对不起，桂枝，我不是人，我不是人……突然，赵相华双膝跪在床前，用手扇起了自己的嘴巴。

我都做错了什么？你为什么这样对我？田桂枝的眼泪流了下来，她十分委屈地喊叫道。

赵相华望着田桂枝，十分内疚地说：桂枝，我在广州打工，为了多挣钱，白天黑夜地干，我也想家，也想回来看你和孩子，为了省点路费，我才没回来。可我毕竟是个三十出头的男人啊，我实在熬不住，就和安晓燕好上了，我对不起你……

不要说我，你心里还有父母和孩子吗？田桂枝十分难过地说，说后就忍不住伤心地哭了起来。

对不起，桂枝，我错了，你原谅我吧？赵相华不住地磕着头。

当初你和我结婚的时候，你说我们相依为命，白头到老，才过去几年啊，说过的话就像泼出去的水，你就忘得一干二净了！田桂枝悲伤地说道。

桂枝，我也有苦处呀，我知道对不起你，下辈子我给你当牛做马……赵相华看着田桂枝，苦苦哀求道。

田桂枝望了眼一个劲哀求自己的丈夫，用衣袖擦了擦脸上的泪水，苦笑着说：下辈子？这辈子呢？这辈子你想怎样？

咱们离婚吧！桂枝，只要你同意离婚，我什么都答应你。赵相华突然抬起头说。

我想有个完整的家，我想小山和小强有亲爹亲娘，你答应吗？田桂枝一双泪眼望着丈夫。

我，我……听了田桂枝说的话，赵相华的舌头遭霜冻了似的，结舌了半天，也没有说出话来。

三

赵相华的爹娘住在马面山的老屋，在水井坡盖起新房后，赵相华和田桂枝要求爹娘搬过来一起住，但爹娘死活不肯，说要留在老屋。赵相华和田桂枝也就依了爹娘，让两位老人留在了老屋，只是隔三岔五过来请安，问问爹娘需要什么。开始时，是夫妻俩双双过来，后来赵相华外出打工去了，前来问寒问暖做东做西的就只有田桂枝了。为了宽慰两位老人，每逢周末，田桂枝都要带上儿子小山和小强，前来老屋。

天渐渐地落黑了，赵相华的娘刘长荟盖着被子坐在床上，上气不接下气地咳嗽着。

老伴，不是给你买药了吗？你总舍不得吃。见老伴咳嗽得“老火”，相华爹赵国栓有些埋怨地说。

一片药好几块钱呢，好了，老头子，把那药给我吧。刘长荟喘息着说道。

赵国栓拉开抽屉，在抽屉里翻找起来，他拿起一个个药瓶看着，拿不准是该吃哪个药瓶里的药丸。

你也是越来越不中用了，还是去喊小强妈吧。心疼地望了眼老伴，刘长荟又咳嗽了起来。

赵国栓答应着，拿起福烟杆和手电筒走出门去。福烟杆有三尺长，荆竹的，表面漆了桐油，看上去油光闪亮。自从有了这支福烟杆，赵国栓每次出门，都要带着，一是可以当拐杖，走起路来轻松些，二是累了时，坐在路边的石头或树墩上，可以抽上一锅叶子烟，提提神儿。

出了门，赵国栓便拄着福烟杆打亮手电筒向水井坡赶去。从老屋到水井坡有一里多路，为了方便自己和两位老人，去年，田桂枝用鱼塘的收入，把这一里多土路全砌成了水泥路。

田桂枝！田桂枝！还没走到吊脚楼，赵国栓就急不可待地粗声粗气地喊了起来。

听见喊声，田桂枝和赵相华从屋里迎了出来。

爹，什么事？田桂枝快步上前，扶住走进院子的公公，轻声问道。

相华，你几时回来的？看见儿子，赵国栓不冷不热地问道。

我刚进门，爹，出啥事了？赵相华有些尴尬地说。

你妈病又犯了，田桂枝，你去看看吧。不冷不热地看了儿子一眼，赵国栓转身对田桂枝说道。

爹，别急，我就过去……田桂枝低头擦了一下眼睛，上前搀扶着公公，向龙门外走去。

赵相华无声地跟着，也向龙门外走去。

此时，一轮弯弯的月亮从月亮山背后走了出来，皎洁的月光在水泥路上静静地流淌着……

妈！来到老屋，田桂枝疾步朝婆婆刘长荟住的屋子走去。

妈，我回来了！赵相华紧跟在田桂枝身后。

你还知道回家呀？看见儿子，刘长荟顿时阴下了脸。

妈，我在外面，很忙……赵相华望着面容憔悴、骨瘦如柴的母亲，支吾道。

忙也不能电话不打一个，家里都装了座机。刘长荟埋怨地说道。

田桂枝上前问道：妈，你感觉怎么样？

咳嗽，还有喘，心里憋得慌……

没事的，妈，吃点药就好了。田桂枝安慰道。

田桂枝打开抽屉，拿出一个药瓶，取出几粒，倒了温水，给婆婆服下。接着，她在床边坐下来，用手轻轻地按摩着婆婆胳膊上的穴位，说：妈，医生说，没事按摩这个穴位能止咳平喘……

刘长荟的眼睛湿润了，她看着儿子说道：儿呀，妈老了，又有病，你不在，这几年可苦了桂枝了……好，现在你回来了，就不要再走了！

妈，我……我不走了。望了眼娘，赵相华惶惶地说。

四

服侍母亲吃药睡下后，田桂枝和赵相华离开老屋，两人踩着月光向水井坡的新屋走去，谁也没有开口说话。

月光下，别致的吊脚楼渐渐地走进了田桂枝的眼帘，那是一幢坐北向南的四合院。开龙门，是她的主意，建东西厢房，也是她的主意。望着，想着，田桂枝的双眼又湿润了起来。进了龙门，田桂枝朝东厢房斜了一眼，东厢房里的灯亮着，她知道那个年轻的妖女人就睡在里面。她疾步走进堂屋，向里屋走去。

走进里屋，田桂枝一屁股沉重地坐在床沿上。

赵相华不声不响地跟了进来，二话没说，也一屁股坐在床沿上。

你知道吗？妈的病加重了！田桂枝湿湿的眼睛看着天楼板说。

你不是说妈身体还好吗？赵相华抬起头问道。

那是为了不让你担心。田桂枝避开丈夫投射过来的目光，说道。

看医生了吗？医生怎么说？赵相华迫不及待地追问道。

医生说，尽可能让妈吃好点穿好点……田桂枝哽咽道。

你……为什么不早告诉我？赵相华双手抱住头，痛苦地说。

你在外打工不容易，告诉你只会加重你的负担，万一干活的时候出点事，我不能让老人再受打击，不能让小山小强没有亲爹……田桂枝说着，终于忍禁不住，让眼泪唰唰地流了出来。

赵相华沉重地吸了一口气，说：桂枝，我对不起你。我也是没办法，错走了第一步，就得再走第二步。安晓燕怀孕了，我不能扔下她不管……

我俩能不能先不说这个？刚才回来的路上我想过了，天要打雷下雨，没有人能拦得住。再有十几天就过年了，妈的病一天天加重，不知还能不能挺过这个年？她操劳了一辈子，每年年三十，都盼着吃个团圆饭。我们的事等过完年再说好吗？让妈安安生生过个好年，行不？田桂枝抹了把泪，乞求地望着丈夫。

赵相华想了想，点点头答应道：好，暂不说。可是，安晓燕来了，怎么跟妈说？

就说安晓燕是我表妹，父母不在了，一个人在家里难过，到我们家来散散心。妈心眼好，又实在，不会怀疑的。田桂枝皱着眉头想了好一阵，轻声说道。

那，好吧。赵相华又点了点头。

那，我，我去东厢房了。隔了好一会，赵相华说。

嗯。田桂枝轻轻地应道。

望着丈夫的背影消失在门外，田桂枝无力地倒在床上，呜呜地小声哭了起来。

月光从西边的窗户照了进来，夜渐渐地深了。

五

赵相华走进东厢房时，安晓燕还坐在床上用手机玩欢乐斗地主，从她眉飞色舞的表情看，赵相华知道她赢了，他趁热打铁，将自己与田桂枝商量的照本宣科对她说了一遍。

什么？我是她表妹？听了赵相华的话，安晓燕瞪大了眼睛。

父母不在了，到这里散散心。赵相华补充道

你父母才不在了！安晓燕竖眉横眼地说着，手指一掐，关闭了游戏。

先这么说，等过完了年，就正式谈。赵相华安抚地说。

安晓燕有些不满，吹胡子瞪眼地说：不行，你答应我的，要快刀斩乱麻，你不能反悔的！

我也没说反悔啊，十多天就过年了，多少天都等了，还差这十多天吗？

你少来糊弄我！你说带我回家过年，可一个人偷偷跑了！要不是我发现得早，你就把我给甩了！安晓燕气呼呼地说道。

哪能呢？不是跟你说了，你跟我回来不好吗？！赵相华小声解释道。

我不管好不好，反正你说回家就马上办离婚！

我是说过离婚，这不情况有变化吗？我妈病加重了，要是现在让她知道我们俩的事，万一她心里一急，有个三长两短，我俩这婚还怎么结呀？等过了年，我妈病好些了，再告诉她。

可也不能老等呀？要是你妈的病老也不好呢？我可不能没有你哟！安晓燕撒娇地说着，蓦地在赵相华的脸上亲了一口。

赵相华急忙捂住她的嘴，小声说道：小祖宗，别说不吉利的，我话跟你说到底吧，等过了年，无论我妈病什么样，我都跟她一刀两断，跟你结婚，这样行了吧？

不行，她要是不同意离婚呢？安晓燕头一扭，嘟起嘴巴，一双杏眼娇滴滴地望着赵相华。

这主意是她出的，话再说到底，她要是不同意，还有我呢！我一个大男人说到做到，你就放心好了！这回行了吧？赵相华进一步安慰道，安晓燕那娇媚多情的目光已经让他骨软筋酥了。

安晓燕仰头想了想说：你可要说话算数！

我要说了不算，天打五雷轰！赵相华一把将安晓燕揽入怀里，发誓道。

安晓燕伸出一只手：不行！拉钩！

好，拉钩！赵相华也伸出一只手。

两个人笑着，将小手指紧紧地勾在了一起。

六

天刚亮，田桂枝就起了床，她去地里打来韭菜，洗净切细盛进一只大瓷碗，往碗里打了鸡蛋，拌匀，便烧火煎韭菜鸡蛋。煎好后，她叫上安晓燕一道，给婆婆送过去。自从婆婆病后，两位老人的饮食，每天都是田桂枝做好后送去。

田桂枝端着一盘鸡蛋在前面走。安晓燕不情愿地跟在她身后，磨磨蹭蹭地向着老屋走去。

来到老屋门口，安晓燕突然说道：你一个人进去吧，我不想去了。说着，退下石阶，来到院坝边，仰起头看着远处笼罩在太阳光里的月亮山。

田桂枝愣了下，端着盘子来到安晓燕跟前，她沉着脸，讥讽道：你既然想当赵家女主人，难道还怕见公婆吗？一双眼睛针刺般地看着安晓燕。

安晓燕被激，头一扭，迎着田桂枝的目光：见就见，有什么了不起的！

田桂枝领着安晓燕进了大门，她热情地朝婆婆住的里屋大声喊道：妈，我表妹来看你了。

然后她又热情地大声招呼安晓燕：晓燕妹妹，进来啊！

安晓燕跟着田桂枝，犹犹豫豫地走进里屋，站在门后边东张西望。

刘长芸坐在床上，望望田桂枝，又看看安晓燕，带着疑惑自言自语道：表妹？都快过年了，怎么……

田桂枝放下鸡蛋盘子，赶忙上前说道：妈，我表妹在广州打工，父母不在了，我就让小强他爹领来了，来我们家住几天，散散心。接着，又对在门后边站着的安晓燕喊道，晓燕过来，这是表姐的婆婆，你就叫阿姨吧！

安晓燕极不情愿地上前，轻轻地叫了声阿姨之后，便看着田桂枝，直朝田桂枝又瞪眼睛又竖眉毛。

田桂枝装着没看见，从安晓燕身边擦过，去外屋拿碗筷。

刘长芸恍然地拉着安晓燕的手，问道：多大了？

过年二十二了。安晓燕轻轻地抽回手，回道。

田桂枝从外屋拿来碗筷，给婆婆盛鸡蛋。

还是个孩子，桂枝，你要好好照顾照顾她，别让姑娘在咱家受委屈了。刘长芸对田桂枝吩咐道。

田桂枝苦笑道：我知道啦，妈，你放心吧。

你表姐可是个好媳妇，跟自己养的闺女一样，要是没有她，我这把老骨头也不知扔到哪里去了……

妈，你别这么说，媳妇侍候您是应该的！田桂枝一边盛鸡蛋一边说道。盛好后，她将碗递给安晓燕，轻声吩咐道，晓燕，把碗端给阿姨。

安晓燕不情愿地接过碗，转身递给坐在床上的刘长荟。

跟你表姐学着点，过年后，让你表姐在村里给你介绍一个，把家安下，和你表姐也好有个伴儿。

安晓燕耐着性子，一边点头一边嗯嗯地应着。

田桂枝听了婆婆说的话，，痛苦地扭过头，用衣袖擦了擦眼睛。

七

小山和小强终于盼来了寒假，拿了成绩通知单，兄弟俩就背上书包离开学校，沿着通往月亮山脚的那条山间马路回家里赶。兄弟俩在乡中心小学读书，学校隔家有二十多里路，为了不耽误两人的学习，田桂枝就让兄弟俩住校，除了周末和假期，平时里不准回家。

上了马路，兄弟俩就一路小跑，想赶在天黑前到家。小山在前面跑，小强在后面追。进了村寨，小山更是来了劲儿，加快了脚步。小强背着书包，有些气喘吁吁，他在后边一边跑一边吃力地喊：小山，别跑，等等我……

小山根本不听，转身看了下背着两个书包落后的哥哥，做了个鬼脸，又掉头向前跑去……

小山跑进院子，一头撞在赵相华身上。

你是小山？赵相华一把抓住了小山，问道。

你是谁？怎么知道我是小山？小山望着赵相华，有些陌生而又紧张。

赵相华笑了起来：我一看就知道你是小山，来，小山，让爹爹亲亲。说着，他俯身抱起小山，用胡子拉碴的嘴去亲小山的脸蛋。

放开我！放开我！妈——哥——救命！小山挣扎着，用手挡开赵相华的嘴，喊叫起来。

落在后边的小强闻声跑进龙门，看见赵相华，一愣，瞪大了一双小眼睛。

赵相华转身看见大儿子小强，喊道：小强，是我，爹回来了，叫爹爹……

小强又乜了一眼赵相华，没说话，背着书包径直朝西厢房走去。

赵相华一愣，自言自语道：小强，不认识我了吗？我是你爹，你爹呀！

我不要爹爹，我不要爹爹……小山见挣不脱那双抱住他的大手，手抓脚蹬地哭了起来。

赵相华无奈，只好将小山放到地上。

田桂枝来到院里，见此情形忍不住对两个儿子大声吼道：小强，怎么不叫你爹？小山，这是你爹，叫爹爹！

我同学说我没爹爹！小强又斜了眼愣在院子里的赵相华一眼，冷漠生硬地回道。

小强说后，转过身拉着小山走进西厢房，把赵相华冷落在院子里。

田桂枝望了眼赵相华，汪着泪水，朝堂屋走了去。

八

吃过夜饭，安晓燕便来到吊脚楼厦楼上，坐在沙发上看电视。她漫不经心地调换着节目频道。

田桂枝领着小强和小山来到厦楼上，她指着沙发上的安晓燕，对两个儿子说道：小强，小山，这是小姨，叫小姨。

小姨。小山望着安晓燕，怯怯地叫道。

小强睃了眼安晓燕，没有说话，径直走到沙发旁边，拿起遥控器关上了电视。

安晓燕尴尬地摸摸小山的头，看着小强。

小强，别那样没礼貌，问小姨好。田桂枝轻声说道。

我没小姨。小强板着脸回道。

你小姨一直在外面上学，你没见过她。现在放假了，到我们家住几天……

嗨，小强，你好……沙发上的安晓燕像明星一样朝小强摆了摆手。

小强乜了眼安晓燕，没有应声，把遥控器一扔，下了厦楼。

田桂枝望了眼小强的背影，显得有些无奈，尴尬地站了会儿，就拉着小山离开了厦楼。

望着田桂枝的背影，安晓燕跺脚恨恨地哼了一声，下了厦楼，走进了东厢房。

安晓燕坐在床边，掏出手机，将耳机戴上，听起了歌。

这是新做的，你用吧。田桂枝抱着一床新被子走了进来。她把被子放到床上，轻声说道：天有点冷，加床被子吧。

不是有点冷，是很冷。安晓燕不满地回道。

没办法，山里比不了城里，你将就吧。

安晓燕翻了一下被子，挑剔地说：还说新的，怎么有虫子？

再新的被子也怕蛀虫，虫子就像人，总想在别人的被子上咬两口……田桂枝小心地把被子翻看了一遍，轻声回道。

安晓燕蓦地站了起来，大声道：你是在说我吧？我不是虫子！

我没说你是虫子，你要是虫子，早一脚踩死了。田桂枝望了眼安晓燕，没好气地说。

你，告诉你，你别侮辱我，我和相华哥是真心相爱……安晓燕气红了脸，大声抢白道。

你是不是真心相爱我不知道，我和赵相华可是真正的合法夫妻。田桂枝见安晓燕吹眉瞪眼，她在心里笑了笑，严肃地说。

反正过了年，我就是这个家的主人了，你现在想咋说就咋说吧。说后，安晓燕又听起了歌。

把香吻留给我那最亲爱的人
激动中我把灵魂交到你手心
…………

安晓燕跟着音乐轻声地哼着，她的脸漾起了甜蜜的笑容。

可现在还没过年呢！离过年还有十多天，你说是吗？望着安晓燕，田桂枝平静地说道。

九

从东厢房回到里屋之后，田桂枝就倚在床头，双眼呆愣愣地凝视着天楼板。

离开支书家，赵相华兴奋地一路哼着小调往四合院走着，今天，支书带着他走村入户了解村情民情，支书说年后就要换届选举，他和现任村主任都是候选人，要他调研后拿出具体的施政方案。一趟走下来，他向支书提出了以自然村寨规模养殖发展畜牧业的建议，支书听得眉开眼笑，拍着他的肩膀说：你赵相华就是好点子多，这样一来，既整治了环境，又可实现全村畜牧业产供销一条龙，致富村民，盘活全村经济……分手时，支书又邀他过几天进月亮山考察冬虫夏草，支书对他开发月亮山虫草、旅游的设想也很欣赏。可是，一到龙门口，赵相华的心就郁闷起来了。小山小强回来了，为了不让小山小强知道他与安晓燕的关系，东厢房里他是不能再去睡了。睡哪儿呢？赵相华心里暗问自己。想了好一阵，他觉得只有去里屋合适一些。赵相华抱着一床被子迟疑地走进里屋，他望了眼正在发呆的田桂枝，犹豫地在床边站住了。面对这个家，面对田桂枝，赵相华真的有些不知所措。

桂枝，你看能不能……赵相华在床边站了一会儿，望着田桂枝，低声嗫嚅道。

赵相华，你还有一点羞耻之心吗？田桂枝睃了眼赵相华，大声吼道。

不是，我是怕让小强和小山看出来……

你心里要是还有儿子，就不会这样做了！你走！走！……田桂枝愤怒地大声说道。她冲下床，用力将赵相华推出了里屋。

插上门后，田桂枝扑到床上，用被子蒙住头，握成拳头的右手不停地擂打着床板。

赵相华，你不是人！田桂枝伤心地小声骂道，她的身体在被子里不停地抽动着……

东厢房里还亮着灯，赵相华心里知道，安晓燕还在等他。他站在院子里犹豫了好一阵，抱着被子朝黑灯瞎火的西厢房走去。

赵相华推开门，踮着脚尖，轻轻地走进房间。

小强和小山睡着了，均匀地呼吸着。

赵相华把被子铺在小强身旁，轻轻躺下。

小强被惊醒了，他睁开眼睛，借着月光，疑惑地看着父亲。

赵相华没有理会儿子，侧着身子，闭上了眼睛。

东厢房的灯终于灭了。

夜，在赵家四合院里静静地流淌着。

十

趁着小强小山放学回来了，田桂枝让两个儿子把爷爷奶奶接来家里吃团圆饭，田桂枝做好饭菜，一家人便在堂屋里围着八仙桌坐了下来。

田桂枝先把饭盛给上席的公公和婆婆，接下来盛给小山、小强，再盛给安晓燕和赵相华，最后才给自己盛。

孩子，在这就跟家里一样，别不好意思。病殃殃的刘长荟端起饭碗有气无力地对安晓燕说。

田桂枝又拿出几个煮熟的鸡蛋，轻声说：今天多煮了几个，给。她把鸡蛋分别给了公公、婆婆、儿子、安晓燕和赵相华。

小强他妈，你的呢？刘长荟见田桂枝没有，问道。

田桂枝见婆婆问，看着婆婆，淡然地说：妈，我不吃鸡蛋。

不对，上周我把蛋黄掉到地上，妈妈捡起来吃了。小山在一旁插话道。

赵相华愧疚地拿起鸡蛋，递给田桂枝：桂枝，你吃吧。

安晓燕见了，故意也拿起鸡蛋，放到赵相华跟前，细声细气地说道：我不吃鸡蛋，我减肥。

赵相华拿起鸡蛋递给田桂枝。

田桂枝轻轻推开赵相华递过来的鸡蛋，小声说：鱼塘该修了，年前你帮我把鱼塘修修？

哦，我还有事要办，去广州前，我在县城一家房地产干活，老板说没钱，当时没结账。快过年了，我想去县城把工钱要回来，开年后村里搞规模养殖，得用这笔钱。鱼塘就让晓燕帮你弄弄吧，你们在家该干啥干啥，不用等我。赵相华说后，端起碗，吃了起来。

嗯。

嗯。

田桂枝和安晓燕心照不宣地应着，脸上出现了不同的表情。

十一

田桂枝扎着围裙把厨房收拾停当后，便端着鸡饲料来到吊脚楼下的鸡圈，给鸡喂食。喂完了鸡，她又提上猪食，来到猪圈旁。她站在圈墙边，用黑黝黝的木瓢在木桶里搅拌着。一头肥猪和两头半大猪看到田桂枝，来到猪槽边，等着吃食。两头半大猪见田桂枝久久不把猪食舀进槽里，爬到圈墙口，对着田桂枝叫着。

晓燕，你来一下！将猪食搅拌好后，田桂枝拿着木瓢，朝东厢房喊道。

听见喊声，安晓燕不知所以地走出房间，朝吊脚楼下走来，大声大气地问道：喊我干啥？

田桂枝将黑不溜秋的喂猪瓢递给安晓燕，说：来，你把猪喂一下！

干吗让我喂？我又不是来喂猪的！安晓燕愣怔住了，瞪着一双大眼睛望着田桂枝。

因为你是未来这个家的女主人！田桂枝迎着安晓燕的目光，板着脸说道。

女主人就更不能喂猪了！

猪是你养的，你不喂谁喂？田桂枝没好气地说。

我雇人来喂，要不你留下喂猪吧？安晓燕把目光停在田桂枝的脸上，得意地说道。相华哥说了，支书要他回来当村主任，开发月亮山。他说等县城的那笔款要到手，就成立公司，他当了老板，我自然就是老板娘啦……

你……田桂枝听了，气得说不出话来。

小强妈，你们在说啥呐？这时，赵国栓扶着老伴刘长荟从堂屋走了出来，来到院坝边，看见吊脚楼下的田桂枝与安晓燕，刘长荟开口问道。

见公公扶着婆婆站在院坝边，田桂枝忙换了脸色，笑着回道：妈，我让表妹学学喂猪，将来嫁人了好过日子哩。

丫头，这你可真得学学，做个像你表姐这样的好媳妇。刘长荟赞许地说。

妈，我表妹聪明着呢，什么活一学就会。

那就好，那就好哇！

田桂枝又将黑不溜秋的喂猪瓢递给安晓燕，小声说：给，把猪喂了！

安晓燕无可奈何地接过木瓢，战战兢兢地走到猪圈旁，还没等她把桶里的猪食舀进猪槽，两头半大猪便朝着她叫着跳了起来，用嘴把她手中的木瓢拱翻，猪食泼了一地。

安晓燕尖叫一声，扔下木瓢，掉头就跑。

田桂枝摇了摇头，无奈地捡起地上的木瓢，把猪食舀进槽里，三头猪才停止了叫。

十二

田桂枝拿上抹布，打了一盆冷水，来到西厢房擦窗户。每年过年前，她都要用清水把所有的窗户擦干净，干干净净好过年。刚擦好两扇窗户，她的双手就被冰冷的水冻得通红。

擦完了西厢房的窗户，田桂枝重新打了清水，来到东厢房，她擦几下，用嘴在手上哈哈气，哈哈气后，又擦起来。

正在房里用手机玩游戏的安晓燕见田桂枝在外擦窗户，下了游戏，拎上一小包瓜子，来到门口看田桂枝擦窗户。她倚在门边，一边悠闲地嗑着瓜子一边欣赏田桂枝擦窗户。

哎，你平时都想什么？看了一会儿，安晓燕显得有些无聊地问田桂枝。

田桂枝一边干活一边沉着脸说：平时除了干活，什么也不想。

我不信，你平时会不想男人？安晓燕望着田桂枝，她有些不信。接着，她又说道，我呀，一闲下来就想相华哥，特别是夜里……

田桂枝那双冻得通红的手停了一下，随即又在玻璃上擦了起来。

你想不想知道，我与相华哥是怎么相爱的？安晓燕嗑了一颗瓜子，看着田桂枝问道。

田桂枝的手停住了，有些不耐烦地说：我现在在干活，不想听。

你心里很想听，那我告诉你，我们的相爱很浪漫。安晓燕知道田桂枝心里一定想听，故意卖关子。

田桂枝的眉头蹙动了一下，没有说话。

顿了会儿，安晓燕仰着头，喃喃地说：那天，我伺候几个地痞吃饭，不小心把菜汁洒在了他们身上，他们逼我脱衣服给他们擦菜汁，还在我身上动手动脚……

田桂枝擦玻璃的手又停住了，抬头望着安晓燕。

安晓燕继续说道：当时，我大喊救命。相华哥那天也在饭馆吃饭，气不过，拿起啤酒瓶子砸在一个痞子头上，把几个痞子吓得屁滚尿流，跑了。

田桂枝瞪大眼睛，愣了会儿，又擦了起来。

我打工好几年了，一直都是别人欺负我，还没碰上相华哥这样的，让我好感动好感动……安晓燕说着，脸上荡漾着两朵绯红绯红的云。

田桂枝不紧不慢地擦着。

相华哥好有男子汉气概，他还帮我教训了抛弃我的刘小栓，我就喜欢相华哥这样的男人！那天我请相华哥喝酒，喝醉了，我们就睡到了一起……安晓燕幸福地说道。

田桂枝听着，咬紧了嘴唇。

安晓燕突然一甩长发，上前两步，来到田桂枝跟前，盯着田桂枝的脸说：你知道吗？相华哥这样那才叫爱！

哼，你说错了，他那叫见义勇为！懂不，还爱不爱的？田桂枝避开安晓燕的目光，不屑地说。

叫一见钟情！我告诉你，他早就不爱你了，要不为啥他两年多不回家了！你们已经没有爱了！你们的爱已经死了！安晓燕对着田桂枝大声说道。

砰地一声！田桂枝手里的抹布掉进了水盆里，她痛苦地朝堂屋跑去。

田桂枝跑进里屋，关上门，伏在梳妆桌上，痛苦地小声哭了起来。

十三

哭过之后，田桂枝抹了把脸，对着镜子梳了下头发，从柜子里拿出一筒卷着的年画，出了里屋。

她来到堂屋，打开那卷着的画，一共是八张，她看了看神龛和两边的木板墙，又端详着手中的画。看了一会，她拿起一张，站上凳子，将画贴到神龛左边的木板墙上。

小强！来看看！贴这好不好？贴好后，她朝西厢房里喊道。

在西厢房写作业的小强没应声。

安晓燕听见田桂枝喊小强，从院坝里闪进来，双手抱在胸前，认真端详着贴在木板墙上的画。

画名是《年年有余》。

安晓燕看了一会，小嘴一撇，说：不好，应该贴在那里！她用手指了指大门。

田桂枝见是安晓燕，想了想，换到另一个地方吧。下了凳子，她把凳子往右边挪了挪，站了上去，打算把画贴在神龛右边的木板墙上。

贴这里好吧？田桂枝忍耐着性子，小声问道。

安晓燕鼻子一抽，又说：不好，我是说贴到那里！她又用手指了指大门。

田桂枝生气了，大声大气地说：我就贴到这里，这是我家，我想贴哪就贴哪，你管不着。

你家为什么还要问我？见田桂枝动了气，安晓燕也愤愤地回道。

我是问小强，没问你，是你进门插张嘴。

我也没说贴这不好，我是说画不好，还年年有鱼，年年吃鱼海洋资源早就枯竭了！安晓燕顶嘴道。

我不听你瞎说，我说好就好，我就贴到这儿！田桂枝也较上了劲。

你贴呗，过了年我就把它撕了，换上刘德华、周杰伦！安晓燕一板一眼地说。

田桂枝愣怔住了，拿着画，不知是贴上去好，还是不贴上去好。

正在这时，公公赵国栓来了，站在院子里喊道：田桂枝，你妈要腌菜，叫我来拿个盆。

田桂枝赶忙换了脸色，去厨房拿了盆，递给安晓燕说：晓燕，你把盆给爸送过去。

安晓燕不情愿地接过盆子，走到大门口，又回头说道：还有王力宏！

支走了安晓燕，田桂枝重新站上凳子，气呼呼地把画贴在神龛右边的木板墙上，接着，她三下五除二，又在大门上贴上了年画。

十四

小强没有理会娘的叫喊，在屋里写着作业。

从村外赶牛回来的小山把牛关进牛栏后，来到西厢房，见哥哥在做作业，就在门口玩起了纸飞机。玩了一阵，小山玩腻了，走到小强身旁，说：哥，我想到月亮山脚去抓七青鱼。

不行，不听话就把你拴起来！小强严厉地吼道。

小山不满地扭扭身子，只好又到门口玩起纸飞机来。

这时，安晓燕从龙门外进来，她背着手走到小山跟前，小声说：小山，我和你玩好吗？她微笑着望着小山。

不好，你是女的，不好玩。小山看着安晓燕，摇了摇头说。

谁说女的不好玩？男孩长大了都和女的玩。安晓燕满脸堆着笑。

我长大了偏不和女的玩！村里的赵水妹总是擤鼻涕，一点不好玩。

我不擤鼻涕，咱们玩好吗？安晓燕仍然笑着。说着，她从身后拿出一支玩具枪，大声说道，小山，看！这个好玩不好玩？

冲锋枪？见到玩具冲锋枪，小山眼睛顿时明亮起来。

给你玩，要不要？安晓燕手一伸，把冲锋枪递给小山。

小山，不要别人的东西！小山刚要伸手去接，小强倏地冲到门口，一把拉住了小山。

这不是别人的东西，是小姨买给小山的，小山不要，小姨扔了？安晓燕望着小山，边说边举起了手。

小山见安晓燕要扔掉玩具冲锋枪，急忙喊了起来：我要……我要！

叫小姨好不好？安晓燕见小山急了，收回手，把枪给了小山。

小姨好！小山乖巧地叫道。

小山乖，去玩吧。小姨我去斗地主！说着，安晓燕朝东厢房走了去。

小山端详着手上的冲锋枪，喜欢得不得了。他走到小强旁边，央求小强陪他玩一会。小强拗不过弟弟，就放下作业，陪小山在院子里玩了起来。

小强在前边跑，小山端着冲锋枪在后边追。小强故意在院子里绕圈子，从一处跑到另一处。小山开枪，小强中弹倒地，小山扑上来，小强爬起来又跑。

小强跑到龙门口，与在龙门上贴完画进门的母亲撞了个满怀。

小强！你疯了？别跑！田桂枝望着小强，皱着眉头说。

小强停住脚，张大嘴巴喘着粗气，田桂枝拍拍他的衣服，心疼地说：嘱咐你多少回了！先天心脏不好，不能乱跑，你怎么就是不听？作业做完了吗？

小强低下头，摇了摇：没有。

没做完你玩什么？把作业本和书包拿来我看看。田桂枝严厉地说。

小山见哥挨了娘的吼，躲到一边独自玩去了。小强回屋里拿出书包和作业本，来到院里，小心翼翼地把书包和作业本递给了娘。

田桂枝把书包和作业本放到院边的石桌上，坐在石礅上翻了起来。翻着翻着，一张卷子从书页中掉在了地上，她捡起试卷，大声问道：这是什么？

小强瞥了一眼，有些胆怯地回道：期末考试卷。

五十八分！你不是说老师没发吗？原来你撒谎！田桂枝大声吼道。

小强脖子一扭，把脸转到了一边。

天天指望你好好学，长大了别像你爹你妈，你就考了五十八分！还撒谎！你这个没出息的，看我打死你……田桂枝气不打一处来，举手朝小强打去。

小强自知错了，对母亲的打，一点儿也不躲闪。

妈妈，不要打哥哥，是我要玩的。躲在西厢房旁边小胡同的小山见哥哥挨了打，跑出来挡在了哥哥面前。

田桂枝收住手，忍不住抱着两个儿子，边哭边说道：小山，小强，妈没本事，以后就指望你们了，你们可得给妈争口气啊！

十五

赵相华在码头羊肉馆吃了早餐，就沿着河边街，向鸿发房地产开发有限公司走去。他在心里想：今天一定要敲开鸿发房地产开发有限公司的大门。昨天他来了三次，那扇铁门始终紧闭着。他这次铁了心，拿不到钱，绝不走人。成立公司、规模养殖和虫草开发，都得靠这笔钱。咚咚咚！铁门开了，赵相华走进房地产公司。

一高一矮的两个职工在办公，矮个子抬头看了眼赵相华，问道：找谁？

我找公司的冯老板。赵相华一边回着一边拿出香烟，给两人点烟。

什么事？两个职工一听找冯老板，把香烟放在桌上，警惕地看着赵相华。

赵相华乜一眼二人，脸上顿时罩上了一层阴影，但他还是微笑着说道：哦，我两年前承包的活路，没结账，快过年了，我来看看……

两个职工对视了一下，个头稍高的职工大声地说：对不起，老板不在，过几天再来吧。

赵相华皱了皱眉头，央求道：我从乡下大老远跑来……

老板出差了，我们也没办法，再等等吧。瘦矮的职工喝了口茶，站起身说。

可是，再有几天就过年了，我急着用这笔钱……赵相华看了看墙上的挂钟，在凳子上坐了下来。他打定了主意，讨不回工钱，他就不走。

我说你就别等了，等也没用。

快过年了，老板肯定不会来了。

两个职工见赵相华坐了下来，互看了一下，上前劝道。

可他还欠我的工钱呢！赵相华倔强地说。

工钱黄不了，你还是先回家，明年再说吧。高个头说着，上前拉赵相华。

他不给我工钱我就不回去。赵相华稳坐着，任高个头怎么拉，也不起身。

那你就等好了，你等到大年初一也没用。高个头见赵相华的架势，泄了气似的说。

我到老板家门口去等……赵相华望了望二人，想了想说道。说完，便站起身向门口走去。

两个职工听赵相华说去冯老板家门口去等，面面相觑，等赵相华走出门后，高个头便拿起桌上的电话，拨通了一个号码。

高个头的电话是打给冯老板的。

十六

赵相华知道冯老板住在碧水湾的别墅区，那是县城有头有脸的人住的地方，那年他去承包活路时，冯老板叫他去过别墅区。出了公司大门，赵相华拦了辆的士，向碧水湾赶去。

下了的士，赵相华向别墅区走去。走到大门口，他被保安拦住了。

请问你找谁？保安礼貌地问道。

我找鸿发房地产开发有限公司的冯老板。

提前约过了吗？

赵相华摇了摇头。

你等等。

保安把赵相华拦在门外，走进岗亭里，拿起座机话筒，拨通了冯老板的电话：冯总吗？你好，有人找，好好，明白……

保安放下电话，来到门口，对赵相华说：对不起，冯总不在家，你回吧。

我就在门口等，我认得冯老板的车……赵相华怀疑似的看了保安一眼，不冷不热地说，说后，便退到旁边，在树下的石凳上坐了下来。

保安看了眼赵相华，返回亭里，又拿起了电话……

赵相华在石凳上坐了一阵，为了把进出的轿车看得更清楚，他干脆来到岗亭门口处蹲着。每当轿车出入，赵相华便站起来，往车子里看。

赵相华在来的路上就买了矿泉水和饼干，饿了就啃饼干，渴了就灌两口矿泉水。那架势，是不到黄河非好汉。

晌午时候，太阳终于挤出云层，露出了笑脸。冬天的太阳不再那么热烈，碧水湾别墅区的洋楼，在阳光的抚照下，显得温馨而又和谐。

赵相华喝了口水，站起身，打了个哈欠，伸了个懒腰，整个人沐浴在阳光中。此时，从别墅区走出来几个五大三粗的男子，几个人来到岗亭，和保安交换下眼色。其中一个男子走到赵相华跟前，乜了眼站在阳光里的赵相华，二话没说，挥起拳头就一顿狠打。

干啥干啥？干啥打我？

打的就是你！叫你没事找事！

我是找冯老板要钱的！

冯老板不住这！你给我滚！不滚别怪拳头不认人！

说着，几个男子一哄而上，围着赵相华拳打脚踢。

别打了！别打了！我走！我走……赵相华招架不住，他双手护着头，大声喊了起来。

被打得鼻青脸肿的赵相华离开碧水湾后，心里越想越气，自己的血汗钱没讨回，反而遭一顿狠打，这世道……姓冯的，你狠！等着吧，老子会比你更狠！老子就不相信讨回不了血汗钱！赵相华把牙齿咬得嘣嘣响。他挪开大步，向鸿发房地产开发有限公司走去。

进了公司大门，趁没人注意，赵相华悄悄地爬上了公司大楼顶。他找了块纸板，咬破手指，在纸板上写下八个血字：我要讨薪！回家过年！他把纸板挂在脖子上，吊在胸前，然后走到栏杆外站着，朝着楼下大喊：我要讨薪！回家过年！……

不一会儿，公司门口就围上许多过路人。大家你言我语，指指点点，看着楼顶。

赵相华站在楼顶，脖子上挂一个纸板，仍在呼喊着。

出什么事了？

好像是农民工在讨薪！

为什么爬到楼顶上去了？

老板不给钱他就跳楼自杀！

围在门口的人们议论道。

正在办公室玩游戏的两个职工听见呼喊声，走出门一看，大吃了一惊。大哥！有话好说，你先下来！高个头职工放开喉咙朝楼顶大声喊道。

老板不给工钱我就不下来！说着，赵相华脱下上衣，光着膀子，站在了边沿上。

楼下围观的人们又一阵骚动。

高个头职工仍在对着赵相华喊叫，劝他下来商量。矮个头职工见劝说没用，返回办公室拨通了110电话。

不一会儿，一队警察赶了过来：请让一让！请让一让！警察们挤过人群，在楼下布置了安全措施，然后分工，几个在楼下，几个去楼顶……

十七

夜里下了一场雪，把村里的房顶、地上铺了有两三寸厚。雪一下来，村里的小孩们就有事干了，有的打雪仗，有的堆雪人，好不欢闹。

吃了早饭，田桂枝在院子里收拾了农具，她将一把铁锹放到安晓燕跟前，板着脸说：走吧。

干啥？安晓燕不解地问道。

去加固承包鱼塘，否则雪化了会漏水。田桂枝有些不耐烦地说。

安晓燕脖子一扭，不屑一顾地说：我不去，鱼塘漏水与我有什么关系？

当然有关系，过了年你就是赵家女主人了，鱼塘是以赵相华名义承包的，与你没关系吗？

那我也不去，我什么也不会干。

那你就得学着什么都会干，否则做不了赵家媳妇。

我是做赵家媳妇，不是来做小工的。

赵家媳妇就是做小工的……田桂枝气呼呼地说。

胡说，相华哥说是让我来享福的！安晓燕抢白道。

你看他有福让你享吗？他工钱还没要回来呢！

相华哥早晚会发财的，他在工地都是包工头了！

那你就等他发财再来吧，现在来早了！田桂枝挖苦似的说道。

安晓燕看了眼田桂枝，刚要说什么，见小强从西厢房的窗户探出头来，急忙把话咽回了肚子里。

小强，跟弟弟在家做作业，别贪玩，妈和小姨到鱼塘干活去了。田桂枝望着小强，大声说道。

小强答应一声，关上了窗户。

表妹，咱们走吧？田桂枝拿起铁锹递给安晓燕。

去就去，有啥了不起的！安晓燕接过铁锹，进东厢房拿了耳机，极不情愿地跟着田桂枝出了龙门。

田桂枝把一袋饲料挂在铁铲把上，扛着铁铲和锄头走在前边，安晓燕提着铁锹跟在后面，两个人黑着脸朝土地坳鱼塘走去。

桂枝，又去修鱼塘呀？迎面走来的大脚嫂问道。

田桂枝冲着她点了点头，算是回了大脚嫂。

大脚嫂看见田桂枝身后一脸不高兴的安晓燕，问道：哟，这是谁呀？

我表妹，晓燕，这是大脚嫂。

安晓燕的脸上敷衍似的笑了笑。

好漂亮的妹子，快过年了，怎么……

哦，我表妹交了个男朋友，被人抢了，心里闷，出来散散心。田桂枝望着大脚嫂，笑着说道。

啧啧，你说说，现在都是些什么人呀？抢人家男朋友干吗？脑壳进水了！不要难受，妹子，三条腿蛤蟆没有，两条腿男人有的是，改天大脚嫂给你找一个。大脚嫂感叹地说。田桂枝望着安晓燕敦促道：晓燕，快谢谢大脚嫂！

不是父母不在吗？怎么又是男朋友被抢了？安晓燕瞪着大眼睛说，听得出她对田桂枝的话有些不满。

这样说你心里不是好受些吗？

大脚嫂又说道：小三太恨人了，就该抓起来挨枪子！

好受点了吧？田桂枝看着安晓燕，有些反唇相讥似的说。

十八

田桂枝和安晓燕在鱼塘坎上站着，田桂枝看着鱼塘，安晓燕则看着远处。从大脚嫂说小三可恨之后，一路走来，两个人就一直无话可说。

远处是月亮山和滔滔乌江，近处是碧波荡漾的青水河。

田桂枝朝鱼塘里撒了几把鱼食，成群的鱼儿一下子聚集在水面，吐着水泡，追啄食物。鱼塘里全是鲤鱼，有黑色的，也有红色的。黑色的鲤鱼，背墨黑墨黑的，像盔甲，嘴儿一张一张像龙的嘴巴，尾一扇一扇像船桨。那些红颜色的，更是显眼，宛如一块块红绸在水面上下舞动，摇头摆尾，生龙活现，自由自在，悠哉乐哉！

这鱼塘是我两年前承包的，今年我养的全是鲤鱼，再有两三个月就能上市了，鱼要卖好了能赚上一两万块，唉，现在……田桂枝忍不住打破沉默，感叹地说。

安晓燕没有在意鱼塘，自然也就没有听清田桂枝的感叹，她戴着耳机，欣赏着手机里的音乐，两眼朝天，一副漫不经心的样子。

我在跟你说话，你听见了吗？田桂枝伸手从安晓燕耳朵里摘下耳机，望着安晓燕，不满地说道。

没听见，我又不想去卖鱼，不想听。安晓燕拽过耳机，大声回道。

田桂枝收回目光，又抓了两把饲料撒进塘中，慢吞吞地说道：现在不想，过了年你就该去卖鱼了。

我不去！我什么也不干……安晓燕一听田桂枝说过年后要她去卖鱼，气得跳了起来。

田桂枝也没好气地说道：好，你可以不干，可你得听着。这鱼塘跟孩子一样，要好好看着管着。塘里杂草要除掉，堤坝要加固，千万不能漏水，没有足够量的水，鱼会死掉的。要定期用药物消毒，消毒用的药物有生石灰、清塘灵、漂白粉，消毒要在晴天时候进行，用生石灰五十公斤至八十公斤化水全塘泼洒……

田桂枝的话还没有说完，安晓燕却又戴上了耳机，她的脚尖点地，随着音乐节奏优美地晃动着……

田桂枝坐在塘坎上生起了闷气。不过，生气归生气，活儿还得干。田桂枝看了眼安晓燕，起身将铁锹递给安晓燕。

干什么？我不是来打工的。安晓燕摘下耳机，却不接田桂枝递过来的铁锹。

田桂枝没好气地问道：那你来干什么？你不是来修鱼塘吗？

我当然不是来修鱼塘的，我是来看鱼塘的。安晓燕也没好脸色。

别忘了，过了年，这就是你的鱼塘了，你不干谁干？

我就不干！相华哥领我回来，不是给你干活的！安晓燕得意地说。

他出门前说过，让你帮我修鱼塘，你没听见？望着安晓燕的得意劲，田桂枝又问道

胡说！安晓燕愣怔住了。隔了一会，她拿出手机，拨了一个号码，娇声说道：喂！赵相华！你是让我修鱼塘吗？

鱼塘？什么鱼塘？手机里赵相华的声音。

就是你们家的鱼塘！她要我帮她干活。

哦，鱼塘……要不你就帮她修修吧……手机里传来赵相华的声音。

修你个腿！我是跟你回来结婚的，不是修鱼塘的！安晓燕不满地说。

不是还没过年吗？你现在是她的表妹，干点活也好，还能减减肥……

我不想减肥！赵相华，我不干！安晓燕情绪激动地大声吼道。

赵相华的手机挂断了。

你……安晓燕见赵相华挂断了手机，气得吹胡子瞪眼似的。

怎样，你这个女主人干还是不干？田桂枝心里笑着，讥讽道。

安晓燕突然灵机一动，爽快地说：当然干了，可现在还没过年，还是你的鱼塘，你先干吧。说完，眼角挂起了得意的笑。

田桂枝一愣，说：安晓燕，你是想……让我现在就给你打工？

你要不愿意就算了，我们现在就回去。

我们回去活谁来干？田桂枝望着安晓燕问道。

安晓燕得意地笑了笑，大声说：你干呀？我记账！过年以后给你开工钱……

你……田桂枝听了，气得火冒三丈。

安晓燕没管田桂枝生不生气，她瞅见塘边的小屋，转身跑了过去。

跑到小屋门口，安晓燕又回过头来，朝田桂枝大声呼喊道：你就干吧干吧！这么冷的天，你就恕晓燕不奉陪啦！

呸！田桂枝朝小屋方向吐出一口痰，愤怒地把铁锹扔在了地上。

十九

小屋很简陋，只有一张木板床。这小屋是用来守夜的，每年捞鱼的那段时间，田桂枝每天夜里都守在小屋，防盗鱼贼夜里偷鱼。

安晓燕戴上耳机，坐在木板床上听音乐，她随着音乐摇头晃脑，嘴里跟着音乐唱着：把香吻留给我那最亲爱的人，激动中我把灵魂交到你手心，花包容着花蕊你藏在我的心中，漫漫长夜把你梦……

唱到这里，安晓燕起身走到小窗户前，推开窗户，悠闲地望着鱼塘后边的山景。山坡上，落光了叶子的白杨、枫树上，挂满了毛茸茸、亮晶晶的银条儿；四季常青的松树、柏树上，则堆满了蓬松松、沉甸甸的雪球。

美丽的雪景让安晓燕的心情更加爽朗起来，伴着手机里的音乐，她索性动情地唱了起来：……不知道什么力量让我将你守，天知道我的心儿随你去远走，爱随波逐流，你疲倦了等候，只求温柔到白头，只求温柔到白头……

疯子！听见安晓燕的歌声，田桂枝抬头朝小屋瞪了一眼，小声骂道。骂过后，又埋头干起了活。

缺心眼，干活的命。安晓燕并没有听见田桂枝的骂声，她悠然自得地唱完后，从山坡上收回目光，投向鱼塘，她看着在寒风里奋力铲土的田桂枝，嗤之以鼻地自言自语道。

安晓燕又坐回到了木床上，一边听着音乐，一边微闭上眼睛，打起了盹儿。她脸上浮着浅浅的笑容。

小屋外，寒风呼呼地刮着……

累了，田桂枝在塘坎上歇了下来。她本想去小屋坐会儿，但想到安晓燕在那儿，便打消了念头。为了让耳朵暖和下，她双手捂住耳朵抱着头蹲在塘坎上。

一阵冷风刮过来，吹起她的头发。田桂枝动了动身子，抬起头，捋了捋头发。突然，她的眼睛凝在了坝上的一个地方。她看到那里有一个管洞，有水渗透出来。她急忙起身，上前用手一扒，管洞立刻变大了，水流也大了起来。她慌了，忙抓起铁锹，奋力地铲起土来。她把土使劲地压在管洞上面……

田桂枝铲了很多土压在管洞上，她见水流堵不住，又跳到坝内，将土压在内侧。她一边铲土一边跳上去将土踩实。她来回反复地干着，管洞终于堵住了。但田桂枝也累得支持不住了，她双眼一黑，瘫倒在了塘边……

田桂枝，你这是何苦呀，不就几条鱼嘛……正好出屋小解的安晓燕看见田桂枝倒在了塘边，急忙奔跑过来，将田桂枝抱在了怀里。

二十

天渐渐地黑了下来，堂屋里，一家人围着餐桌，准备吃饭。

为了感谢安晓燕，田桂枝主动给安晓燕盛了饭，还往她碗里夹了鸡蛋。

端上碗后，一家人都低着头，只顾吃饭，没有人说话。

明天我再去，我不信政府也找不到冯老板。扒了口饭，赵相华望着田桂枝和安晓燕说道。

田桂枝手里的碗筷顿了一下，没有答话。

你还要走？安晓燕停住筷子，问道。

开春村里就需要用钱，年前说啥也要把钱要回来！何况现在政府知道了我的情况，也在帮着找冯老板要钱。赵相华说。

那天在冯老板公司楼顶，赵相华被警察劝下来后，警察把他的情况向局里汇报后，局里又把他的情况向县里作了汇报，县里很重视，表态年前一定要让冯老板支付拖欠他的承包款。

可是我们的事……安晓燕有些忧心地看着赵相华。

见安晓燕要拖赵相华后腿，田桂枝就来气，她没好气地冲着安晓燕说：那事过了年也可以说！

安晓燕便没有理会田桂枝的话，她知道当着两位老人和小山小强的面是不能跟表姐红脸的。她笑了笑，将碗里的鸡蛋送到小山碗里，亲切地说：小姨怕长胖，你吃吧！

婆婆刘长荟见了，阻止道：闺女别管他，他吃过了。

小山望了眼奶奶，急忙说：我留着明天吃。

小山，谢谢小姨。见小山接了鸡蛋，田桂枝瞪了眼小山，板着脸对小山说道。

谢谢小姨!

小山乖。安晓燕抚了一下小山的头，笑了。

吃完夜饭，赵相华送爹娘回老屋，小强和小山回西厢房做作业，安晓燕帮着田桂枝收拾了餐桌，哼着歌儿回东厢房去了。

田桂枝洗了碗筷，打扫了堂屋和厨房，喂了猪，给牛羊添了草料，才回到里屋，收拾房间。

田桂枝正在理被子时，赵相华走了进来，田桂枝回过头望着赵相华，赵相华忙说：我，换双鞋。

这是我上月给你买的。田桂枝放下被子，从床下拿出一双新鞋，递给赵相华，轻声说。

桂枝，谢谢你。赵相华心绪复杂地接过鞋，坐在梳妆台前的凳子上换鞋，穿好后，赵相华起身要走，却被田桂枝叫住了。

等等，我有话要说。田桂枝看着赵相华。

赵相华在梳妆台前停住了，望着田桂枝。

田桂枝坐到床沿上，拿起一件新织的毛衣。她望着赵相华，痛苦地说：他爹，这毛衣我织了有几个月了。

哎哎，对不起……赵相华愧疚地看着田桂枝。

毛衣拆掉容易，织起来难。

是，是。赵相华低下了头。

家也一样，败坏容易过好难。田桂枝动情地说道。

赵相华抬头看了眼田桂枝，羞愧地抱住头。

他爹，离开她吧，人有糊涂时候，只要你离开她，事情过去就过去了，我不怪你!田桂枝诚恳地说。她想挽回婚姻，留给两个儿子一个完整的家。

听了田桂枝的话，赵相华痛苦地抬起头：桂枝，我知道你是个好人，你这话我也想过，可是安晓燕怀孕了，她说如果我不娶她，她就跳楼自杀，我已经走错一步，不能再毁掉两条人命啊！桂枝，你就当我赵相华死了……

好了，你不要说了……田桂枝背过脸，长长地叹了口气。

二十一

天一亮，赵相华就站在了龙门口，他打算坐赵军的农用车到镇上车站，再乘中巴车去县城。刚等了一会儿，赵军的农用车就开了过来。赵相华上前伸手拦住，说：兄弟，捎我到镇上。

怎么刚回来又出去呀？赵军刹住车问。

要钱，上次去了没找到冯老板。

等赵相华上了车，赵军按了声喇叭，踩下油门，车子就沿着村里的石板路向村口驶去。

听见农用车的喇叭声，田桂枝知道赵相华出门了，她的眼睛又湿润起来，这些年来，家里的每一个人都让她牵心。昨晚，赵相华换鞋出去后，她就独自坐在床头，流了半夜的泪。今晨，赵相华来厨房洗脸，她尖着耳朵听他舀水刷牙洗脸，她希望他走进来跟她招呼一声。洗好脸，赵相华没有进来，而是直接去了龙门口。听着赵相华的脚步声，田桂枝的心好沉好痛。她拿起昨晚放在枕边的毛衣，一边抽泣一边织，毛衣的线团乱了，她扯断了毛衣的线……

田桂枝索性把线团和未织好的毛衣扔在地板上，愣愣地坐了会儿，起身出了卧房。今天该给婆婆擦洗身子了，田桂枝心里记得上次给婆婆擦洗身子是三天前，自从婆婆病后，她就给自己定下了章程，三天给婆婆擦洗一次身子。田桂枝梳洗之后，便出门向老屋走去。

田桂枝出门时，东厢房的安晓燕和西厢房的两个儿子都还在睡梦中。

来到老屋，婆婆刘长荟正披衣坐在床上。田桂枝烧了热水，扶婆婆坐在长凳上，用毛巾给婆婆擦洗身体。

小强妈，怪累的，不擦了吧。刘长荟心疼地望着儿媳妇说。

哪能呵，总得干干净净过年嘛。田桂枝边擦边说。

我这讨人厌的老骨头，真把你拖累坏了。

妈，哪能这么说呢？家有二老，是我们小辈的福气。

啥福气？要不是有你这样的好媳妇，我哪来的福气？

别这样说，妈，能给你当媳妇，是咱这辈子的缘分，我从小没妈，只要媳妇在赵家一天，您就是我的亲妈。

看你说的，这辈子你就是赵家人了。对了，他小姨还好吧？

妈，您放心吧，我会好好待她的。说着，田桂枝背过脸，用衣袖抹了下眼睛。

二十二

起床后，小山便到屋后边的树林里掏鸟窝去了，小强则趴在桌子上写作业，从那天挨娘教训后，小强每天都在西厢房写作业，即使小山拖他去玩，他也不去。小强像是遇到了难题，拿着笔抓耳挠腮，好一阵也没有落下一个字。

安晓燕迈着细步走了进来，她来到小强身后，看小强写作业。小强赶忙捂住作业本，不让安晓燕看。

不会做了是不是？给小姨看看好吗？安晓燕讨好地说。

小强鼻子一哼，不屑地说：你看了也不会。

那可不一定，我要是会呢？安晓燕笑着说。

你要会……

就叫我一声小姨好吗？安晓燕说着，伸出右手，要和小强拉钩。

拉就拉。拉了勾，小强犹疑地松开手，把作业本递给安晓燕。

安晓燕拿起作业本看了起来，看了一会，她和风细雨地讲解起来：甲给了乙二十三个球，乙给了丙四十二个球……如果先算出丙有几个球，是不是就能求出乙的球了？

小强恍然大悟地摸了一下脑袋，拿起笔，刷刷写了起来……

怎么样？小姨是不是很厉害？告诉你，小姨当初还是三好学生呢，后来家里出了事情，才不能上学了。

为什么不能上学了？小强好奇地问。

安晓燕微笑着用手指点了下小强的额头，爽朗地说：说你也不明白，该叫我小姨了吧？

小姨。小强低低地叫道。

哎！安晓燕好看的脸上绽开了桃花般的笑容。

二十三

安晓燕站在院子里大声喊小山，小山听见喊声，从屋后树林里跑出来，颓唐地对着安晓燕摊了摊双手，意思是掏鸟窝一无所获。安晓燕拉起小山进了东厢房，在炉边坐下后，安晓燕扒了块糖，放进小山嘴里。

小山，你说小姨好不好？

小山嚼着糖，乖巧地说：小姨好。

安晓燕又扒了块糖给小山，她望着小山，想了想，问小山：那你说是妈妈好，还是小姨好？

小山嚼着糖，不假思索地说：妈妈好。

安晓燕扒糖的手颤了一下，沉下脸说道：小姨不跟你好了，不给你买枪买糖了。

小山见安晓燕说不给他买枪买糖了，皱眉想了一会，又说道：小姨……妈妈……都好。

这时，田桂枝拿着婆婆换下的脏衣服从老屋来，走到东厢房窗脚下，听见安晓燕与小山的说话，停住了脚步。

不行，在小姨和妈妈之间只能选一个，妈妈好还是小姨好？安晓燕又问道。

小山嘴里叽咕叽咕道：……好。

田桂枝一声不吭地伫立在窗前，听着屋里面说话。

不行，说清楚点！妈妈好还是小姨好？

小山把糖吞进肚子里，望着安晓燕大声讨好地说道：小姨好。

再说一遍！

小姨好！小山提高了声音。

妈妈要是打工去了，跟小姨在一起好不好？

好！小山接过糖，更大声喊道。

小山乖，小姨喜欢小山！安晓燕一把将小山揽进了怀里。

听见小山的喊声，田桂枝抱紧那袋脏衣服，朝堂屋跑去。

兔崽子，几个糖就收买了你……田桂枝在心里责怪着小山。

二十四

公公，婆婆，再有几天就过年了，我想领晓燕到集上看看，买点年货。吃了早饭，田桂枝边收拾餐桌边对公公婆婆说道。

妈妈，我也要去赶场。小山见小姨和妈妈要去赶场，立刻喊了起来。

你不去，在家里跟你哥一起写作业。田桂枝呵斥道。

那我要鞭炮，十六响的，还有闪光弹……小山双眼滴溜溜地看着母亲。

好，就你淘气。田桂枝答应了小山。

过年有闪光弹哟！……小山见母亲答应了，一溜烟向西厢房跑了去。

小强他妈，今年就别花钱给我们老两个买东西了，吃穿都有。婆婆刘长芸看着田桂枝说。

妈，你就别管了，过一顿年，总得添件新衣服什么的……

要买就给丫头买吧，头一遭在咱家过年，别委屈了她。婆婆刘长芸说的丫头是安晓燕。

我知道，妈，你放心吧。

田桂枝收拾完后，进里屋换了一件衣服走出来。

安晓燕已经换上了粉红色羽绒服，站在院子里等着田桂枝，她化了浓妆，显得有些妖娆和娇嫩。

田桂枝惊讶地看着安晓燕。

看什么看，没见过化妆？

田桂枝拿起篮子，刚想开口，安晓燕却带刺地抢先说道：不用说了，不就是赶场吗？谁不会呀？做赵家女主人也太简单了吧？我正想到集市上走走呢！

那我们就走吧。田桂枝沉下脸说。

你说怎么走？安晓燕问道。

两条腿走。田桂枝不满地大声说。

没车呀？安晓燕张大嘴望着田桂枝。

你相华哥还没有发财哩。田桂枝瞪了眼安晓燕。

走就走，谁怕谁呀！安晓燕赌气道。

于是，两人出了龙门口，沿着石板路出了村子，上了去场镇的马路。

田桂枝走在前面，安晓燕跟在后面。安晓燕走得慢，田桂枝走一会儿，不得不停下来等她。

你能不能走快点？田桂枝见安晓燕慢悠悠地迈不动脚步，皱着眉头说道。

安晓燕不满地望了眼田桂枝：我已经走了三公里了，还怎么快？

以后你就要自己走这三公里了，半个月一回，一年二十四回，算算有多少公里？田桂枝不咸不淡地说道。

少拿这个吓我！我才不像你这么傻呢，我打的！安晓燕用纸巾边擦脸上的香汗边说。

别说这里没的可打，就是有也不能打。

为什么不能打？安晓燕瞪大眼，不解地问。

你看见有农民工老婆打的去赶场吗？田桂枝不冷不热地反问道。

安晓燕低下了头，没有再说话，只是跟在田桂枝屁股后边，吃力地挪动着脚步。

二十五

集市上人来车往，熙熙攘攘。街道两旁的门市部和摊位上，各式各样的商品琳琅满目，商贩们不甘落后地叫卖着。

田桂枝和安晓燕来到一个卖服装的门市部，田桂枝拿起一件老年服装，问：哎，这件衣服多少钱？

封场生意，想要就给你打五折，原价二百五，现价一百二十五。

好看吗？田桂枝把衣服拿到安晓燕跟前，小声问道。

安晓燕乜了一眼，嘴一撇，大声说：我才不喜欢呢，难看死了。

不是给你买，是给小强奶奶买，好吗？

不给我买干吗问我？我不知道。

你不是就要做赵家媳妇了吗？

可我现在不是，我现在是你表妹！

我没你这样没心没肺的表妹！田桂枝没好气地说。

你要这样说，那好，我现在就去跟老头子老太太说，让他儿子立马离婚！安晓燕说着，转身要走。

田桂枝急了，小声喊道：等等！

安晓燕站住，不屑地看着田桂枝。

田桂枝竭力压抑住自己，换上笑脸说道：晓燕，你喜欢哪件？姐给你买好吗？

我要那件。安晓燕用手指着一件米白色女呢子大衣说道。

田桂枝无奈地苦笑着点了点头。

买了衣服、鞋子、鞭炮后，田桂枝和安晓燕便往场口走。赶场的人多，她俩一前一后在人流中挤着。

安晓燕换上了新衣服，抱着刚买的东西，笑容可掬。

田桂枝来到科技流动书摊前，拿起一本书。那是一本养鱼的书，她拿起翻看一下，放回书摊上，想了想，又从书摊上拿起来……

下午，太阳挤出云层，刚露了下脸，就被黑咕隆咚的乌云包裹了。安晓燕拿出手机看了下时间，已经快四点了，场镇开始散场了。安晓燕紧跟在田桂枝身后，随着人流来到了场镇口的停车场。

赵军的农用车早已在那里等候着赶集回家的村人了。田桂枝拉着安晓燕挤上了农用车，车厢里已经坐了不少抱着大包小包的同村人。田桂枝、安晓燕在靠车厢门边的木板凳上坐下来，两人的面前也是大包小包。她们的包里装满了年货，有衣服、鞋子、鞭炮等等。

坐满人的农用车在路上颠颠簸簸地行驶着。

二十六

该宰鸡了。鸡是一道过年不可缺少的主菜。每年过年，田桂枝都要杀两只鸡，一只煨汤，一只卤。

田桂枝从缸里舀了一瓢玉米粒，来到院里，她把鸡唤过来，将玉米粒撒在地上，十多只公鸡母鸡一哄而上，争先恐后啄食玉米粒。田桂枝又从厨房拿起一把菜刀，走到东厢房门口。

晓燕，你出来！田桂枝握着菜刀喊道。

又要干啥？正在床上小睡的安晓燕懒懒地问道。

你出来就知道了！

安晓燕开门，不情愿地走出门来，看见田桂枝手握菜刀，一声尖叫，又向房间跑去。安晓燕嘭的一声关上房门，颤声问道：你想干什么？

你不用害怕，我不是想杀你。田桂枝站在院子里，笑着说。

那你想杀谁？

我谁也不杀，我没那么傻，杀人要偿命，没人值得我去偿命。

那你拿刀干什么？

杀鸡。

安晓燕听田桂枝说杀鸡，顿时松了一口气，打开门问道：杀鸡你喊我干啥？

我想教教你怎么杀鸡。

我不想学杀鸡。安晓燕大喊道。

你吃肯德基吗？田桂枝望着安晓燕。

吃，怎么了？我喜欢肯德基。

村里没有肯德基，想吃鸡就得先杀鸡。

吃我也不杀，我叫相华哥杀。安晓燕说。

你相华哥出门要钱去了，没法给你杀鸡。

那我也不杀，我找村里人帮我杀鸡。

村里男人都出门了，女人都害怕杀鸡。

你也害怕吗？安晓燕问田桂枝。

我也是女人，也怕。田桂枝毫不隐讳地说道。

怕为什么还要杀？

过年了，谁家不杀鸡，老人孩子眼巴巴等着哩。

我不信村里男人都出去了，我找男人帮忙！

老公不在，你找男人到家里来杀鸡，不怕别人说闲话吗？田桂枝瞪了安晓燕一眼。

我……安晓燕望着田桂枝，把话卡在了喉咙里。

来吧。田桂枝将菜刀扔到地上，大声说道。

不！我不想杀鸡！……安晓燕哭丧着脸，蹲在地上，大喊起来。

田桂枝拿安晓燕没办法，只好抄起菜刀，捉鸡、杀鸡……

田桂枝将死鸡放进一只大木盆，烧了半锅开水倒进去，烫鸡。她坐在大木盆跟前，用手抓住鸡脚，把鸡翻来覆去地在热水里烫着。大木盆旁边放着一只土碗，土碗里是凝了的鸡血。

安晓燕蹲在一边，惊魂未定地看着田桂枝脚边那把沾了鸡血的菜刀。

田桂枝挽着袖子，伏着身子拔鸡毛。拔了一会儿，她直起腰，用拳头捶捶肩膀和后腰，又伏下了身子。

二十七

把鸡收拾停当后，天已经黑了好一阵，腰酸背痛的田桂枝洗了脸、脚，关了厨房、堂屋、院门口的电灯，才拖着疲惫的双腿向里屋走去。

此时，安晓燕和小强、小山都已进入了梦乡。灭了电灯的赵家四合院漆黑一片，青瓦、飞檐、吊脚楼全都显得黑咕隆咚。

田桂枝在床边坐下来，顺手拿起床头的毛衣，准备织几针再睡，当看到毛衣上扯断的线，她又懊恼地把毛衣扔到了一边。她倒在床上，扯过被子捂住自己的脸，眼泪像开了闸似的，汩汩地流了出来。不一会儿，一个沉闷压抑的声音从被子里传出来……田桂枝伤心地小声哭了起来。

这时，一个黑乎乎的人影站在赵家四合院的龙门外，用手敲打着门环。小强他妈！小强他妈！黑影上气不接下气地喊道。

田桂枝卷着被子已经睡着了，睡梦中，她的面孔仍在抽动着。突然，她被什么声音惊醒，她睁开眼睛，掀开被子，直起身子，侧耳听了听，下地穿上鞋子，披上衣服，出了里屋。

谁？田桂枝来到院子里，大声问道。

是我，你妈又犯病了，你快去看看！

哦，好，你别急，爹，我这就过去！田桂枝回道。

谁病了？东厢房的门轻轻开了，安晓燕露出半张脸，问道。

过年后，你的婆婆。田桂枝满腹怨气似的说。顿了一下，田桂枝又说道，快穿好衣服，随我去老屋。说完，田桂枝忙返身回里屋穿上裤子、外衣。

田桂枝从箱子里拿了钱，便和安晓燕匆匆忙忙地向老屋赶去。

二十八

婆婆刘长荟和衣坐在床上，一脸痛苦的表情。她内疚地望了眼田桂枝和安晓燕，急剧地咳嗽、喘息和呻吟起来。田桂枝站在床头边，一只手扶着她，一只手轻轻地敲着她的背。安晓燕站在一旁，心焦地看着刘长荟。

妈，你感觉怎样？田桂枝轻轻地拍着婆婆的背，小声问。

咳嗽，堵得慌，上不来气……婆婆痛苦地喘息着说。

是这药吗？公公赵国栓拿来一个药瓶，问田桂枝。

不吃了，我送妈到镇医院打点滴去。田桂枝见婆婆这情形，果断地说道。

这深更半夜的……赵国栓为难地看着田桂枝。

人等病不能等，我们走。妈，打了点滴就好了。

打电话叫120吧？站在一旁的安晓燕突然说道。她拿出手机，准备拨打120。

我们这里是山路，120进不来。田桂枝看了她一眼，说。

要不招呼一下村里的人……

村里人都挺忙挺累的，没事，我行。田桂枝果断地说。

婆婆刘长荟看了眼安晓燕，感激地说道：每次犯病，都是你表姐，她送我去医院。

妈，媳妇照顾你是应该的。爹，你给妈多穿件衣服。说完，田桂枝走出房门，来到厢房，从厢房里拉出一架板车。这板车是田桂枝专门为婆婆刘长荟准备的，每次婆婆犯病，田桂枝都用这板车送婆婆去医院。

安晓燕抱着被子走出来，放上板车。她刚要转身进屋拿别的东西，被田桂枝叫住了。

晓燕！田桂枝叫道。

安晓燕瞪着眼说道：我知道你想说什么，让我送她去医院，对不对？

田桂枝停了一下，小声说：也对，也不对。

我不明白你的意思。安晓燕不解地看着田桂枝。

作为媳妇，就该送老人去医院。作为表妹，也该帮我送老人去医院。田桂枝不愠不火地说道。

反正怎么说，你都要拉着我对吧？安晓燕不满地嘀咕道。

你要是不到赵家来，我八竿子也拉不上你。

可是我来了，你很遗憾是不是？

我不跟你拌嘴，老人这回病得不轻，你该当个帮手。田桂枝看着安晓燕，她是真心希望安晓燕能同她一起送老人去医院。

去就去！我又没说不去。安晓燕说着，进屋拿东西去了。

田桂枝将板车停在大门口，她在车上铺了被子，从安晓燕手上接过枕头，放妥后，便与安晓燕进屋，搀扶着婆婆刘长荟出来，让她躺到板车上。

路上小心点。公公赵国栓跟出来，担忧地吩咐道。

爹，你放心吧，又不是一回两回了。田桂枝安慰地说。

好点了就早早回来。

输完液我们就回来，没事的，你回去睡觉吧。

多少回了，要死还好了。婆婆刘长荟喘息着说。

田桂枝上前架起板车，安晓燕在旁护着，田桂枝小声对她说道：晓燕，我们走吧。

踩着夜色，田桂枝和安晓燕架着板车，离开老屋，向镇上医院走去。

二十九

寒夜的天光映照着乌江与江岸，乌江的涛声在夜色里，显得更加的清脆悦耳。

田桂枝拉着板车沿着江岸的马路小心翼翼地走着。安晓燕打着手电筒，跟在旁边。

别怕，我妈这是老毛病了。田桂枝侧头看了眼低着头的安晓燕，轻声对她说道。

安晓燕抬起头，有些诧异地问：为什么跟我说这个？

以后我不在，老人就靠你了。田桂枝更加低声地说。

你们在说啥呀？婆婆刘长荟见两人叽叽咕咕的，抬起头，喘息着问道。

田桂枝提高声音，对婆婆刘长荟说道：妈，我说别怕，你的病没啥，打了针就好。

我是前世修的福分，摊上你，这么个好媳妇。婆婆刘长荟说着，眼眶里蓄满了泪水，她是从心底里感激老天爷赐给她一个这么好的儿媳妇。

妈，你别说话了，小心让风呛着……

婆婆刘长荟嗯了一声，把头埋进被子里，迷迷糊糊地睡了。

平时要给妈按时吃药，咳嗽厉害吃麻黄碱，喘的时候吃舒喘灵，这两种药都不能多吃，吃多了会……田桂枝继续对安晓燕小声说道。

安晓燕听着，没有搭话。

田桂枝继续小声说着：老人是年轻时候舍不得吃得的病，要多补补，平时多给老人吃点鸡蛋猪蹄什么的……

说着，田桂枝哽咽了起来：老人心疼媳妇，要是不肯吃，你就象征性吃点，留着下顿再给老人吃……

安晓燕听着，把手电筒照在田桂枝前面，一阵寒冷的江风刮来，安晓燕打了个冷颤，禁不住轻咳了两声。

没事吧？

没事！安晓燕不示弱地说。

田桂枝拉着板车来到一个山坡下。这是一个陡坡，田桂枝知道拉着板车是上不了这个陡坡的，以往，她都是把婆婆刘长荟扶下来坐在棉被上，把板车拉上去停稳后，再回来背婆婆。田桂枝把板车停稳当后，小声地叫醒婆婆，再把盖在婆婆身上的棉被拿下来铺在路边，上前搀起婆婆。

为什么停下了？安晓燕不解地问道。

田桂枝一边扶着婆婆在棉被上坐下来，一边小声回道：前面的路板车上不去。

那怎么办？安晓燕着急地说。

你看着妈，我把板车拉上去后，再回来背妈。田桂枝说着，拉着板车上了坡。

把板车停稳当后，田桂枝返回来，她蹲在婆婆刘长荟跟前，说：晓燕，搭把手，我把妈背上去。

安晓燕上前搀扶起刘长荟，让她伏在田桂枝背上。

每回都是，小强妈，背着我上去……

妈，你两手搂紧我的脖子。田桂枝熟练地背起婆婆，朝坡上走去。

安晓燕愣了一下，赶忙抱起地上的被子，跟了上去。

田桂枝背着婆婆刘长荟朝坡上走着，她的脚步越来越沉，喘息也越来越重。安晓燕抱着被子，跟在后边，她也大口大口地喘着粗气。

田桂枝突然停住脚步，叫道：晓燕，你过来。

怎么了？安晓燕紧走了几步。

没怎么，我想让你来背一会儿。田桂枝上气不接下气地说。

安晓燕愣了：我？

都是我，造孽呀，让你们……婆婆刘长荟在田桂枝背上骂起了自己。

妈，你想哪去了？晓燕交了个男朋友，婆婆也常年有病，我是想让她锻炼锻炼，免得过了门不会做媳妇……

你姐说的，也是，做媳妇，得跟你姐学学……

田桂枝把婆婆刘长荟放到路边一块石板上，安晓燕无奈，只好背起婆婆刘长荟，一步一步地向坡上挪去。

丫头，让你也跟着受累了。婆婆刘长荟愧疚地说。

妈，别这么说，她是我表妹，背你是她应该的。

安晓燕吃力地刚挪了几步，一个踉跄差点摔倒在地。

田桂枝急忙上前扶住安晓燕，说：算了，还是我来吧。田桂枝重新把婆婆刘长荟接到背上，挪开了脚步。

安晓燕抹了把汗水，喘着粗气，跟了上去。

三十

婆婆刘长荟躺在急症病床上，安晓燕喘着粗气坐在对面的床沿上，用纸巾擦着脸上的汗水。田桂枝用衣袖抹了把脸上的汗水，她的衣服早已被汗水打湿，凉冰冰的，田桂枝顾不上歇口气，便从怀里掏出一个小本本递给医生，说：这是病历。

医生看了看病历：刘长荟，对吧？

田桂枝点了点头。

医生戴上听诊器，走到刘长荟身边，用听诊器在刘长荟的胸部听了听，然后走到桌旁开了处方。

你拿这个去交钱拿药。医生对田桂枝说。

接着，医生又对护士喊道：把病人送到六号病房，输液。

田桂枝、安晓燕配合护士，把婆婆刘长荟送进六号病房后，田桂枝让安晓燕守护婆婆，自己拿着处方去药房取药。

一切停当之后，晨光才渐渐照亮了病房的窗户。

病床旁挂着吊瓶，药水有节奏地滴着。婆婆刘长荟闭着眼睛躺在病床上，她呼吸平稳多了。

安晓燕在旁边的病床上，靠着墙，不知啥时候睡着了。

田桂枝坐在病床旁，眼睛盯着药瓶。她困极了，疲倦地闭上眼睛，又竭力地睁开……

太阳走上东山，阳光爬上病房窗台的时候，赵相华风尘仆仆地闯了进来：桂枝，妈咋样了？

刚睡醒的安晓燕抬起头，深情地看着赵相华。

小声点，妈睡着了。田桂枝抬起头轻声说道。

我接了电话，正好有辆车，我就搭了，妈有事吗？

田桂枝轻轻地摇了摇头，说：医生说还没大碍，打了吊针，就可回家休息。

听说妈没事，赵相华松了口气，愧疚地对田桂枝说道：谢谢你，桂枝……

还有我呢！是我和她一块送来的。一旁的安晓燕急忙搭话道。

赵相华看着安晓燕，无言以对，结结巴巴道：对不起，晓燕，我……

工钱要回来了吗？田桂枝问道。

那边说下午老板要来，我还要赶回去……

那你走吧，等输完了液，我就和晓燕把妈拉回去。

赵相华刚要转身，安晓燕着急地喊道：哎，你还没和我说话呢？

回来我再和你说吧。赵相华逃似的出了病房。

病人怎样了？此时，医生带着护士走进来问道。

好多了。田桂枝忙站起来回道。

医生又详细地检查了一遍，对田桂枝说：输完液就可以回去了。

田桂枝点了点头。

太阳越升越高，整个小镇沐浴在冬天的阳光中，寒冷而又温馨……

三十一

十点多钟，太阳被厚重的乌云罩住了，风大了起来，呼呼呼地，刮得乌江、月亮山和村寨越来越冷。隔不久，天空便下起了雪。一片片小雪花像烟一样轻，玉一样纯，银一样白，飘飘洒洒，纷纷扬扬，从天而降。放眼望去，月亮山和村寨全都成了白茫茫的一片。月亮山上，常青的树上隆起了洁白的棉絮，落光了叶子的树上挂满了亮晶晶的银条。村寨里，全都罩上了一层厚厚的洁白，房檐上挂上了水晶般的小冰笋，为房檐镶上了一道玲珑剔透的花边。天和地的界限并不那么清晰，都是白茫茫的，纤尘不染，晶莹如玉。乌江的涛声，在寒风里更加清脆悦耳……

寒冷和冰雪并没有阻止住村西头赵军的婚事，结婚典礼照常进行。一阵鞭炮在赵军家院门前连续炸响，新娘穿红挂绿，在一群人的簇拥下朝院门走过来。赵军西装领带，胸戴红花，出门迎向新娘。村里的年轻人一起起哄，喊着：新郎官！背媳妇！新郎官！背媳妇！

赵军和新娘有些不好意思，低下了头。

年轻人再喊道：新郎官！背媳妇！新郎官！背媳妇！

新娘羞涩地扭过头，赵军突然上前，背起媳妇就朝院门走。

众人欢呼起来：猪八戒背媳妇喽！猪八戒背媳妇喽！

鞭炮裹挟着彩屑在新郎新娘头顶炸开。院子里贴着喜字，挂着彩带。

赵军背着新娘走进堂屋，人们围在堂屋门口，要赵军亲吻新娘。赵军挡不住众人的起哄，抱住新娘，甜甜地亲了一口……

田桂枝领着安晓燕走进赵军家院子，走到礼桌旁。田桂枝将贺礼交给记账人，笑着说：来晚了，这是我和赵相华的礼钱。接着，田桂枝又拿出一份，记账人抬头不解地问道：这是……

哦，这是我表妹的，安晓燕。田桂枝仍然笑着说道。

有几个年轻人闻声围了过来，愣着眼睛打量着安晓燕。

记账人迟疑地说：表妹？以前怎么没见过？

一个叫赵宁的年轻人打趣道：是呀，谁家的表妹？长得这么漂亮？

田桂枝笑了笑，对安晓燕说道：我给你介绍介绍，这是会计赵奎，按辈分叫叔，这是组长赵宁，按辈分叫哥，这是赵五婆，这是杨水仙，这是赵林，以后见面别叫错了。

一些年轻人见田桂枝没有介绍自己，起哄道：还有我呢？还有我……

远点待着去！你们算老几？田桂枝笑着大声吼道。

未介绍的那些年轻人越发起劲，笑着大声起哄：

我们是表哥哟！妹子，嫁给表哥吧！表哥没钱，可有颗爱你的心，保证待你好！

妹子，嫁给我吧，我不是大款，可总比当小三强呀！小三是要遭人骂的！

妹子，嫁给我吧，我保证不让你遭日晒雨淋……

闭上你们的臭嘴！见人们起哄拿自己玩笑，安晓燕突然横眉竖目，气呼呼地大声骂道。

年轻人见安晓燕生了气，立刻噤声，一个个面面相觑……

叫你们嘴贱！田桂枝笑着挖苦道。

村人们将屋里屋外围得水泄不通。

这时，婚礼司仪大声喊：一拜天地！赵军与新娘转身面朝堂屋门外，跪了天地。二拜高堂！赵军与新娘又转身面朝神龛，跪了坐在八仙桌前的父母。夫妻对拜！对拜之后，赵军抱起新娘就要进新房，被司仪叫住了。

等等！你小子急啥？知道急，娃儿早打酱油了！司仪打趣地笑着说。

众人哄笑起来。

自古以来，不都是这三项吗？赵军看着司仪，有些丈二和尚摸不着头脑。

我还没有喊送入洞房，你小子就急。司仪冲着赵军笑了笑，大声喊道：新事新办，最后一项，新郎新娘表演节目！

送了礼，田桂枝带着安晓燕挤进堂屋，站在一角看热闹。

赵军和新娘子对视了一眼，显得有些手足无措。

怎么样，谁先来？司仪大声问道。

新娘子，来一个！新郎官，来一个！众人喊道。

赵军用手捅捅新娘，新娘白了他一眼，扭了扭身子，躲到赵军身后。

赵军拉着新娘的手，温情体贴地说：我来吧。初四我就要出门去深圳打工了，这首歌是为出门准备的，现在提前唱吧。

司仪与众人一起鼓掌，不知是谁递上一只手电筒。

赵军拿着手电筒当麦克风，他喝了口茶水，说：我唱的这首歌叫《在春天里》。

大家安静下来，望着新娘和赵军。

赵军清清嗓子，打开喉咙唱道：

还记得去年的春天里
我给你披上美丽嫁衣
没有高楼也没有豪车
只有我那可爱的姑娘
为了明天的快乐幸福
我即将坐上打工者的火车

留下你在村口在月亮山
唱着孟姜女期盼的歌谣

也许有一天，你老无所依
别怪我狠心没有陪伴你
如果有一天，我悄然离去
你要好好活着在这春天里……
在这春天里……

赵军唱到这里，一双大眼睛深情地望着新娘。此时，新娘的眼窝里已经蓄满了泪水。

刚才起哄的众人听了赵军的歌，不知所措地望着赵军和新娘，大伙脸上的表情肃穆。

司仪有些懊悔地看了看赵军，大声喊道：送入洞房！

赵军抱着眼泪汪汪的新娘，向新房走去。

听了赵军的演唱，田桂枝触景生情，她再也控制不了自己的眼泪，捂着脸跑出了屋子。

见田桂枝跑出堂屋，安晓燕脚跟脚地追了出来。

三十二

雪一停，夕阳就挤了出来，如一轮没有热力的火球，搁在了月亮山顶上。乌江从崇山峻岭中来，如一条彩带，淌过月亮村，穿过月亮山峡谷，向着虎跳峡奔腾而去。

田桂枝和安晓燕踩着白雪，背着夕阳光，沿着沟渠走着。两人在酒席上喝了点酒，有些微醉，走起来脚步有点摇晃。

晓燕，刚才你不该骂他们。田桂枝斥责道。

安晓燕眼睛一翻，抢白道：谁叫他们骂我。

他们是跟你开玩笑，没骂你。

他们凭什么说我是小三？安晓燕不满地说。

他们不知道你是小三，随口说的。

安晓燕：那也不行，我不爱听。

难道，你不是小三吗？

是，怎么了？我愿意。安晓燕红着眼睛瞪着田桂枝。

你当小三还有理了是不是？

那当然了，我不图相华哥的钱，我不是傍大款。安晓燕坦然地说。

你不是傍大款，可你却在拆散一个本来好好的家……

你们这个家，已经没有爱了，我是在拯救你们……安晓燕得意地说。

你……田桂枝气得说不上话来。

两人走到隔鱼塘不远的土地坳时，突然，田桂枝看到鱼塘在夕阳光下一闪，她一个激灵，喊安晓燕：等等！她飞快地朝鱼塘跑了过去，安晓燕见田桂枝向鱼塘跑去，毫不示弱地跟了过去。

鱼塘水面上结了一层冰，亮晶晶的。

田桂枝跑到鱼塘跟前，醉意一下子全没了，她瞪大眼睛，吃惊地自言自语道：怎么会？怎么会呢？

都怪我，这两天没看天气预报……田桂枝说着，拿起一个石块，冲进塘边砸起冰来。

她看到安晓燕站在塘坎上傻傻地看她砸冰，大喊道：快下来！鱼塘被冰封住了，鱼会缺氧死掉的！一年的活就白干了！

安晓燕犹豫了一下，捡起一个小石头，畏手畏脚地来到塘边，砸了起来。

不行！小屋有铁锹，晓燕，你去拿来！田桂枝砸了几下，对安晓燕喊道。

安晓燕从鱼塘小屋拿来一把铁锹，递给田桂枝。

田桂枝没接铁锹，对安晓燕大吼道：砸呀？愣着干吗？你不是想拯救我们吗？这个家全靠鱼塘了，有本事你快砸呀？

你以为拿这个能吓住我吗？不就砸个冰吗？安晓燕不服地回敬道，她走到冰面上，拿起铁锹就砸。

见安晓燕的砸法，田桂枝愣住了，大喊道：回来！你会掉进水里的！

安晓燕倔强地说：我不怕！我砸给你看！

田桂枝怔了一下，冷静下来，关切地说道：你怀孕了！掉进水里会生病的！

不用你来管我！你不是盼我死吗？安晓燕说着，举起了铁锹。

安晓燕用尽全力向冰面砸去，突然，冰面上出现了一道裂纹，田桂枝一看，急了，她冲进鱼塘，将安晓燕一把推到了塘边。

冰面猝然裂开，田桂枝落入了水中……

三十三

安晓燕搀扶着田桂枝走进四合院时，天已经黑了下来。安晓燕把田桂枝搀扶进里屋，帮田桂枝脱去湿衣服。田桂枝捂着被子坐在床上，一个劲地打着哆嗦。安晓燕拿来一个脸盆，把湿衣服装进盆里。

别管它了，快熬药，要是犯了病，就麻烦了。田桂枝打着冷颤说道。

药？什么药？在哪？安晓燕问道。

治关节炎的药，在吊脚楼上的筛子里。

安晓燕走出门去，田桂枝望着她的背影，大声说：药罐在碗柜里。

不一会儿，安晓燕回来说：筛子里没有药。

就在筛子里，是我进城抓的药。

没有，筛子里根本没有中药。

田桂枝急了：你……我自己去找。说着，她掀开被子，披件衣服就要下床。

你躺着，我去把筛子抬来。安晓燕阻止了田桂枝，又朝门外走去。不一会，她抬着筛子进来。

你看，筛子里哪有药。安晓燕把筛子端到田桂枝跟前，说。

这不是药吗？田桂枝指着筛子里的药渣。

这不是药！这是药渣！

田桂枝说：药渣也是药！七十六块钱一副抓的，熬了两遍没舍得扔，就倒在筛子里晾干。

不行！熬过两遍就不能再熬了！会中毒的！

瞎说！熬过两遍还有药劲的，我都熬过六七遍。

不行就是不行，药渣会变质的！

什么变质不变质，你熬不熬？田桂枝看着安晓燕。

这药熬了也没有用！

我说有用就有用！快点！你想冻死我呀？田桂枝打着牙颤说。

安晓燕无奈，只好将药渣放进药罐，在炉子上熬起来……

田桂枝披着衣服坐在床上，喝着药水。安晓燕拿着药罐，在床边侍候着。喝了热乎乎的药水，田桂枝的身子慢慢地暖和过来，神情也好了许多。

晓燕，我想问你件事情。田桂枝突然说道。

安晓燕警惕地看着田桂枝：什么事情？

你老实跟我说，你真爱赵相华吗？

我已经说过了，不想再重复了。安晓燕瞪大了眼睛。

田桂枝气又上来了，严厉地说道：可我不明白，你到底爱他什么？

相华哥是个好人，他心细聪明会过日子，对人好，明白了吧？

还有呢？

还有……城里人都拿我当下人，只有相华哥拿我当宝贝。

还有吗？

相华哥在我受欺负的时候，挺身救了我……

我说了，这不叫爱，这叫感动……

感动就是爱，我想跟相华哥好好过日子，相华哥需要我，我也需要相华哥。安晓燕不看田桂枝，深情地说。

那是因为你们都离家在外，都太孤独了。

所以我们要结婚，要永远在一起……

可相华哥已经有家了，你不是不知道。

他答应跟你离婚，跟我结婚的！安晓燕加重声音说。

那是因为你怀孕了，他怕你出事。

安晓燕急了：不，他是爱我才答应结婚的！

他是一时糊涂，他心里爱的还是他这个家……

不不，反正我要跟他结婚！他答应的！你也答应的！过了年，我就和他登记结婚！你不要说话不算话……安晓燕大声喊叫了起来。

堂屋里突然传来凳子碰倒的声音。田桂枝愣了一下，下床向堂屋冲去。没有发现什么，田桂枝又向大门外冲去。

小强站在院子里。

小强？田桂枝惊愕地叫道。

小强抬头看着她，眼神哀哀的。

小强，你不是在奶奶家写作业吗？怎么回来了？小山呢？

小山在奶奶家，我回来拿铅笔。

小强，我和小姨说的话你都听见了？

小强沉默了一会儿，突然大声说道：她不是我小姨！我要去告诉奶奶。

小强转身要跑，田桂枝急忙喊住他：小强，站住！

小强，听妈的话，不要去告诉奶奶，奶奶有病，听了会受不住的！小强，奶奶待你这么好，你不愿意奶奶出意外对吧？快过年了，我们让奶奶高高兴兴过完这个年好吗？等过完年，奶奶好点了，妈妈会想办法跟奶奶说的。小强，你长大了，懂事了，以后不管妈妈在不在这个家里，妈妈都永远永远地爱你。田桂枝上前抱住儿子，小声说道。

妈妈！……小强哭着扑进田桂枝的怀里。

田桂枝紧紧抱着小强，眼泪从脸上流了下来。

三十四

田桂枝拿来一个篮子，铺上干净毛巾，她把做来过年的饺饺、麻花、花甜粑、绿豆粉等放进篮子里。

安晓燕站在田桂枝跟前，疑惑不解地看着。

田桂枝望着安晓燕，难过地说：刘贵兰是我的好姐妹，每年我都去看她，以后我离开了，你也要像我一样，常去看看她。

安晓燕眼皮一抬，不屑地说：为什么要去看她？

你去到那里就知道了。田桂枝叹了口气。

我现在就想知道，你不告诉我，我就不去。安晓燕看着田桂枝。

田桂枝想了想，面色沉重地说：她是……这个世上最苦最苦的女人。

田桂枝提起篮子和安晓燕出了龙门，两人一前一后向刘贵兰家走去。

你话还没说完呢，为什么她是最苦最苦的女人？安晓燕紧走两步，和田桂枝并排走着。

因为她天天在门前在村口等她丈夫回来。田桂枝痛苦地说。

她丈夫呢？

她丈夫永远不会回来了。

抛弃她了？

不，死了。

怎么，死了？安晓燕震动了一下，疑虑地看着田桂枝。

外出打工，从脚手架上栽下来，摔死的。她进城看了丈夫的样子，回家后就失常了，一会清醒一会糊涂，天天打扮得像过年似的，等他丈夫回来……田桂枝慢吞吞地说。

安晓燕的心里哽了一下，没有再问。

两人踩着积雪，放慢了脚步。

刘贵兰家在堆上，桐油刷过的大门上贴着新春联，横批：一家团圆。刘贵兰穿着新衣服，戴着花，在大门前的地坝里，她翘首看着院外的青石板路，凤眼里汪着深情。

两个小青年从青石板路上走来，见刘贵兰在院里眺望，来到院里调戏道：刘贵兰，打扮这么漂亮，等谁呀？

刘贵兰羞涩地回道：等我们家大强回来过年。

两个小青年对视了一眼，一个嬉皮笑脸说道：大强今年不回家了，我到你家过年行吧？

另一个青年色眯眯地看着刘贵兰：是呀，远水解不了近渴，我们可比大强强多了。

两个小青年说着，色色地凑上前，一个搂住刘贵兰亲嘴，一个用手摸刘贵兰的腰……

去去！你们缺德不缺德？此时，大脚嫂刚好路过，见两个小青年非礼刘贵兰，大声呵斥道。

两个小青年自知理亏，转身灰溜溜地走了。

贵兰，外面冷，回屋去吧。大脚嫂上前拉起刘贵兰向屋里走去。

田桂枝和安晓燕到刘贵兰家时，大脚嫂已经走了，屋里只剩下刘贵兰在炉边烤火。见田桂枝与安晓燕进来，刘贵兰从凳子上站起来，让座。

田桂枝把篮子放在桌上，把篮子里的东西一样样拿出来放在桌子上。

刘贵兰站在安晓燕旁边，看着田桂枝。

贵兰，要过年了，看姐给你带什么来了？这是麻花，这是饺饺，这是花甜粑……田桂枝亲昵地叫道。

我不喜欢，我不要。刘贵兰头一扭，看向门外。

别急，姐还给你带来了一样东西！

是大强的信吗？刘贵兰立刻高兴地问道。

是呀，大强那么爱他的贵兰，要过年了，怎么会不来信呢？

田桂枝微笑着说，从兜里掏出一个信封，在刘贵兰眼前晃了晃。

我看！我看！刘贵兰伸手一把抢过田桂枝手上的信封。

刘贵兰看着信封，高兴地叫了起来：是大强的信！是大强的信！

田桂枝说：当然是大强的信，姐啥时候骗过你，姐给你念念好吗？

我不让你看……刘贵兰紧紧抱着信，不给田桂枝。

我非要看！谁叫你看我的信来，我要看你的信！田桂枝看着刘贵兰，故意大声说道。

刘贵兰警惕地望着田桂枝。

田桂枝趁刘贵兰放松警惕的时候，从刘贵兰手里抢过信，打开念道：我最亲爱的贵兰……

刘贵兰羞涩地扭过身体，捂住了脸。

田桂枝继续念道：近来好吧？我很想你。每天我都把你的照片揣在怀里，趁没人的时候，睡觉的时候，我都拿出来亲上两口。贵兰，看着城里男男女女在一起，我真羡慕死了。贵兰，我非常喜欢你穿裙子的样子，你穿上裙子比城里姑娘漂亮多了，尤其是你穿着那条红裙子，站在村口的风雨桥上，我的心都醉了……

田桂枝喝了口茶水，接着念道：贵兰，实在对不起，今年又不能回家看你了，老板让我们加班，加班可以挣好多钱，等钱挣够了，我就在城里买栋房子，把你接到城里来，我们就不用再分开了，将来我们的儿子还可以在城里上学……

刘贵兰的脸色阴沉下来，她噘起小嘴，走到大门口，抬头眺望着远处那高耸入云的月亮山。

田桂枝望了眼倚在大门边的刘贵兰，提高声音念道：贵兰，你别难受，我在城里盖的高楼可高了，站在楼顶，我能看到月亮山，看到我们的月亮村，看到你站在村口的风雨桥上……

刘贵兰突然眼珠一转，转身进了里屋。

田桂枝和安晓燕面面相觑。

不一会儿，刘贵兰穿了一条红裙子从里屋走出来。田桂枝和安晓燕愣住了，怔怔地看她。刘贵兰没有说话，提着红裙子向大门外面跑了去。

田桂枝和安晓燕回过神，跟着刘贵兰跑了出来。

刘贵兰径直跑到村口的风雨桥上，她提着红裙子在桥上高兴地左右摇摆旋转着。

大强！我是贵兰！你看到了吗？刘贵兰边转边兴奋地喊道。

大强！我穿红裙子了！你看我漂亮吗？漂亮吗？刘贵兰放声大喊道。

我漂亮吗？我漂亮吗？刘贵兰的喊声，在风雨桥、在村子上空久久地回荡着。

望着身穿红裙子载歌载舞的刘贵兰，安晓燕惊讶地张大嘴巴，说不出话来。当她扭头看田桂枝时，田桂枝却在偷偷地抹眼泪水……

三十五

送刘贵兰回家后，田桂枝和安晓燕沿着石板路往回走着。田桂枝提着篮子在前，安晓燕心情沉重地跟着。

突然，光棍疤子从拐角的竹林里跳了出来，自从赵相华外出打工后，光棍疤子早就对田桂枝垂涎三尺了，只是每每都没有得手。

田桂枝和安晓燕吓了一跳，想从光棍疤子旁边穿过。

光棍疤子拦住田桂枝，嬉皮笑脸地说：桂枝妹子，让哥亲一口行吧？

田桂枝变了脸色，骂道：流氓！滚开！

光棍疤子依旧笑嘻嘻地说：桂枝妹子，男人不在家，闲着也是闲着，让哥填填空行吗？说后，一双眼睛色眯眯地盯着田桂枝的乳房。

好泡哟，像发了的馒头，又嫩又香……光棍疤子边说着边上前，伸出手欲捏田桂枝的乳房。

住手！你这是耍流氓！安晓燕愤怒地大吼道。

我就要流氓！你能咋样？嘻嘻！光棍疤子又嬉皮笑脸地盯住安晓燕的脸蛋，目光火辣辣的，恨不能把眼前的这个女人吃下肚去。

安晓燕气不过，准备上前扇光棍疤子一个耳巴子。正当她伸手朝光棍疤子脸上扇过去时，光棍疤子突然褪下裤子，露出了把儿和屁股。

安晓燕收回手，愣怔了，她没有料到眼前的这个男人竟是这样的不要脸。

就在安晓燕手足无措时，田桂枝一把拉住她的手，掉头就跑……

妹子，别跑呀，跟哥再玩玩吧，哥还没有填空哩……．

身后，传来光棍疤子浪声浪气失望的喊叫声。

两人上气不接下气地奔跑着，直到跑进龙门，两人才惊魂稍定。

三十六

自从那晚听了母亲和安晓燕的说话之后，小强总是躲着安晓燕。安晓燕从东来，他掉头往北。吃饭时，他也不与安晓燕同桌吃，端着饭，低头夹了菜，就去西厢房吃。有时候实在避不开，就红眉毛绿眼睛地瞪着安晓燕。

吃过晚饭，小强像往常一样，在西厢房写作业。小山在屋里玩安晓燕买给他的冲锋枪，冲锋枪嘟嘟地响着。

安晓燕从外边走进来，刚迈过门坎，小山就拿着冲锋枪追上来，朝着安晓燕扫射。

小强咬着笔杆，冷冷地看着弟弟和安晓燕。

安晓燕被追堵在一个角落里，笑着求饶道：不闹了，小姨给你糖吃。说着，安晓燕从兜里掏出两块巧克力，在小山眼前晃了晃：酥心巧克力！

小山双眼一亮，伸手喊道：我要！我要……

小山刚从安晓燕手上接过巧克力，没料到哥哥小强突然冲过来，一巴掌打掉了他手上的巧克力！

不要她的巧克力！她不是好人！小强仇恨地瞪着安晓燕，咬牙切齿地说。

我就要！我就要……小山不依地喊叫道。

啪！小强一巴掌打在小山脸上，小山捂着脸大哭了起来。

安晓燕愣住了，望着小强，她伸进兜里的手无力地退了出来。本来，除了给小山买了巧克力，她还给小强买了钢笔和小灵通，就在兜里。愣了会儿，安晓燕知趣地退出了西厢房。

三十七

安晓燕忧心忡忡地躺在床上，刚才小强仇恨的目光，还在她眼前闪现，让她心有余悸。她拿出耳机，打算听听音乐，用音乐来抚慰心里的不安。就在这时，架在东厢房边大枫树上的高音喇叭响起来。

村民请注意！下面广播镇里通知：最近几天，镇里连续发生了几起鱼塘夜间炸鱼盗鱼案件！给养殖户造成了重大损失！春节马上就要到了，希望有关养殖户提高警惕，做好鱼塘防爆防盗工作。……

听了通知，安晓燕翻身起身，开始叠被子，知道今晚她与田桂枝该去鱼塘守夜了。她将被子、床单、枕头包裹好，用绳子捆好，从房间走出来看田桂枝。

田桂枝手拿勺子，愁眉苦脸，站在院子里。见安晓燕出来，田桂枝冲着安晓燕苦笑了一下，便进屋收拾被褥去了。她将被子、棉絮等用绳子捆好，扛出里屋。见小强站在大门边，双眼滴溜溜地望着她。小强，妈晚上要到鱼塘看鱼，你和小山在家里，不要乱跑。田桂枝看着小强说。

妈，我也要去看鱼。

你不能去，在家里看着弟弟。田桂枝强调道。

不，妈，我已经长大了，我替你去看鱼。小强望着母亲，倔强地说。

田桂枝放下行李，俯身抱住儿子：好儿子，过两年妈就叫你去看鱼。好好在家写作业，长大了好有点出息，别像妈这样没用，以后妈就指望你和小山了……田桂枝有些伤感地说道。

小强哭着抱住母亲：妈……

田桂枝擦了擦眼睛，扛着行李走出了大门。

安晓燕站在院子里，脚边是一个行李卷。

晓燕，你这是……田桂枝惊讶地看着安晓燕。

我要和你一块去看鱼塘！安晓燕平静地说。

我没让你这么做。

你会这么做的，还不如我自己先出来！安晓燕脸上带着微笑说。

要知道，看鱼塘不是女人做的事。

你不用说好听的了，你能做的我就能做。

晓燕，你要是真认我这个表姐的话……

哼，你不是我表姐，再说了，你能做的事情我不能做，怎么当赵家女主人呢？我正好闷得慌，想寻求寻求刺激呢！安晓燕哼了一声，说道。

安晓燕说着拿出手机，拨了赵相华的手机号码：喂，相华哥！我看鱼塘去了！回来就看你的了！

安晓燕关上手机，乜一眼田桂枝：怎么，走呀？

那好，咱们走……田桂枝沉着脸说道。

两人扛着行李出了龙门口，打着手电筒，向着鱼塘方向走去。

三十八

小山站在西厢房门边，伤心地垂着手。

小强从床下拿出一条绳子，走到小山跟前。

哥，不要绑我好吗？我听话，不乱跑。小山望着哥哥，哀求道。

你每次都这么说，每次都撒谎。

哥，这次我保证——

保证也不行，举起手来。小强对小山大声吼道。

小山只好将手臂举起，小强把绳子拴在他腰上……

小强在桌前坐下来，专心致志地写起了作业。

小山倚在门边，抬起头，出神地望着大枫树上的高音喇叭，望着望着，头一歪，靠着门槛睡着了。

三十九

安晓燕跟随田桂枝进了鱼塘小屋，田桂枝把行李放到木板床的一头，安晓燕放到另一头，田桂枝看了眼安晓燕，把自己的行李拿下，放到门旁的草堆上，把木板床让给安晓燕。安晓燕见田桂枝把行李放在草堆上，毫不犹豫地也把自己的行李放到草堆上，把木板床留给田桂枝。

田桂枝瞪了安晓燕一眼，说：你总和我对着来是不是？

安晓燕不屈地说：你说对了，我来这里就是和你对着干的。

田桂枝说：你是想证明你也能看鱼塘，也能当赵家女主人？

你说对了，我知道你怎么想的，你用这个那个来阻挡我，想拖到年后，告诉你，没用的，我心已定，什么也阻挡不了我。安晓燕大声说道。

田桂枝压下火气说：晓燕，论年龄，我比你大，我不明白，你为什么要这样？为什么这么固执？

我也不明白，爱一个人难道有错吗？

可是你这种拆散别人家庭的爱，不是真爱！

如果这个家庭没有爱了，拆散它不应该吗？

你……跟你说不清楚，我们不说了行吗？

你是没话可说了吧？安晓燕得胜似的看着田桂枝。

田桂枝将安晓燕的行李放到木板床上，把自己的行李也拿到木板床上……

夜间的鱼塘一片静谧，塘边上的几棵枯树在夜风中摇曳着，显得格外凄楚和诡异。

田桂枝和安晓燕各自倚在床边。两个人都歪着身子，蜷着腿睡着了。

突然，鱼塘边发出轰的一声爆响……

田桂枝和安晓燕同时被惊醒，睁大了眼睛！田桂枝一个激灵，小声说：不好！有人炸鱼！

不，不会吧？安晓燕看着田桂枝，胆怯地说道。

接着，鱼塘里又发出一声更大的爆响！

没错！是炸鱼的！田桂枝翻身下地，她穿上外衣，对安晓燕说：晓燕，快，我们出去看看！

安晓燕完全没有了刚才的勇气，害怕地说：不，我不……

走！不能让贼炸了我们的鱼！田桂枝塞给安晓燕一根棍子，自己拿起了一把铁锹，向门口走去，她冲出小屋，紧握铁锹，大喊道：偷鱼贼！你出来！我不怕你！

安晓燕终于还是没有勇气出门，背靠着屋门蹲了下去……

田桂枝冲到塘边，抡着铁锹，大声喊叫：偷鱼贼！你在哪？你听着！你不能炸我的鱼！那是我辛苦一年干下的，卖了钱准备给小强治病的，给婆婆买药的，给他爹买皮裤的，他的腿摔伤过，受不了寒气。偷鱼贼！你要炸我的鱼，我就不活了！我跟你拼了！我跟你拼了！

田桂枝握着铁锹，沿着塘坎，喊叫着，寻找着偷鱼贼。

听着外面田桂枝的喊声，安晓燕似乎慢慢鼓起了勇气，她捂着胸口想站起来。刚抬头，突然看到小屋窗户上有一双贼亮贼亮的眼睛，直直地盯着她！她惊叫一声，瘫软在地上。

田桂枝听到身后小屋传来的声音。她一怔，接着又传来了安晓燕的呼救声！

救命……

田桂枝犹豫了一下，举着铁锹向小屋冲去。

安晓燕和光棍疤子扭在一起。光棍疤子骑在安晓燕身上撕扯着她的衣服。安晓燕拼命地挣扎着。

田桂枝边跑边大喊着：晓燕，别怕！姐来了！田桂枝破门而入，举起铁锹朝光棍疤子打去。她边打边骂：臭流氓！偷鱼贼！我打死你！我打死你！

光棍疤子疼得哇哇叫唤起来，松开了安晓燕。

田桂枝的铁锹继续落在他身上：打死你这个流氓！打死你这个流氓！

疤子受不住了，哇哇叫唤着，逃出了小屋，向后边的树林逃去。

田桂枝见光棍疤子跑远了，瘫软地坐到地上，大口大口地喘着粗气。

四十

田桂枝刚在大门上贴好新春联，天空就飘起了雪花，霎时间，山川、田野、村庄，全都笼罩在白蒙蒙的大雪之中。不到一个时辰，纷纷扬扬的雪花在赵家四合院的屋顶、院落铺上了一层洁白。

田桂枝拿着扫帚把来到院子里，打扫地上的积雪。

赵相华冒着大雪走进龙门，他拍了拍身上的雪，朝田桂枝走过来。

工钱要回来了，都在这。赵相华从怀里掏出三沓百元大钞和一张支票，得意地说：现金给你，支票留给村里办公司。说着，将支票揣进兜里，将三沓百元大钞递给田桂枝。

田桂枝默默看着赵相华手里的钱，没动。

拿着吧，就当是我对你和孩子的补偿。赵相华轻声说道。

田桂枝一把将钱打落在地上：我不要！没你的钱我也能活！你把钱拿走！拿走……

你不要，就算我给小强治病用的吧。

田桂枝听了，怔了怔，俯下身，从雪里又把钱捡了起来……

小心翼翼地把三沓钱放进木箱后，田桂枝坐在窗前，拿起给婆婆刘长荟织的毛衣。她擦了擦眼睛，把最后的几针织完。织完后，她打开衣柜，取出前几天连夜给公公赵国栓赶织的毛裤，她将叠得方方正正的毛衣毛裤放进篮子，出门向老屋走去。

公公赵国栓正在里屋陪婆婆刘长荟说话。

田桂枝走到床边，把叠得方方正正的毛衣毛裤放到婆婆刘长荟的床头。

爹，妈，今天是年三十，一会儿你们换上衣服，过去吃年夜饭。田桂枝体贴孝顺地说。

哎，哎。媳妇，你累了一年，也该歇会儿了。公公婆婆看着田桂枝，高兴地笑了。

我知道，我不累，我这就去做年夜饭。

四十一

晌午刚过不久，除夕的鞭炮声就在村寨里响了起来，整个月亮村沉浸在除夕的欢乐气氛中。

田桂枝做了满满的一桌菜，有鸡有鸭有鱼，有猪羊牛肉，还有祭祀天地祖先的猪头。这两年赵相华没在家过年，每次过年，都是田桂枝主持祭祀。

赵相华和小山在院子里放鞭炮，小山点燃鞭炮，捂住耳朵。

点香烧纸祭祀天地祖先之后，田桂枝在八仙桌上摆好碗筷，扶公婆坐到上席。

他爹！小山！小强！晓燕！吃年夜饭了！田桂枝朝着门外喊道。

赵相华领着小山来到堂屋里。

小强和晓燕呢？田桂枝问赵相华。

赵相华摇了摇头，说没有看见。

就在田桂枝给两位老人盛了饭的时候，从东厢房突然传来了安晓燕的一声尖叫！

田桂枝和赵相华一愣，不约而同地向东厢房跑去。

推开门，田桂枝和赵相华惊呆了。

小强两腿叉开，站在屋子中间，他手里握着一条小蛇，虎视眈眈地瞪着安晓燕。

安晓燕缩在屋角，抱着肩膀瑟缩着，惊恐地看着小强。

小强手里的小蛇头昂着，嘶嘶地吐着信子。

小强！你干什么？赵相华见状，大吼道。

小强！田桂枝也惊愕地喊道。

小强仇恨地瞪着安晓燕：她是坏蛋！我用蛇咬死她！

小强把小蛇向前一伸，安晓燕又发出一声尖叫。

赵相华喊：小强！快把蛇扔了！听见没有？

田桂枝也急了：小强，别这样……

我不！我不要她在我们家里！我要蛇咬死她！小强把话说得斩钉截铁，咬牙切齿。

你……赵相华突然一个劲步，上前夺过小强手中的蛇，推开窗户，把小蛇扔了出去。

小强，快给小姨道歉！说对不起！赵相华大声吼道。

我不！她不是我小姨！她是坏女人！她想赶走妈妈！我不给她道歉！我要她去死！我要她去死！……

闭嘴！再说我打死你……赵相华扬起手，啪地打了小强一巴掌。

你打吧！打吧！别的同学都有爹爹打，就我没有爹爹打！期末考试是我故意答错的，家里杯子也是我故意摔的，我想让爹爹打，爹爹，你打我吧，只要不赶妈妈走，你打死我吧！爹爹，你打呀？打呀？

田桂枝再也忍不住，抱住小强，哭了起来。

赵相华举起的手无力地垂了下来，他颓然地蹲在地上，痛苦地抱住了自己的头。

四十二

天还没亮，鞭炮便在村寨里劈劈啪啪响了起来。各种礼花弹带着呼啸，在村庄的上空绽放，五彩缤纷的礼花，有的像钢花飞溅，有的似麦浪滚滚，有的好比金雨阵阵，有的仿佛银花朵朵，有的恰似红燕飞舞，有的宛如孔雀开屏。

田桂枝换上新衣服，对着镜子，梳好头，化好妆。收拾完自己后，她走到西厢房，喊道：他爹！小强！小山！起来过年了！

屋里赵相华已经穿好了衣服，小强和小山不情愿地哼哼着。田桂枝走进来，给小山穿上新衣，对小山说：小山，过年了，问爹爹好。

爹爹过年好！妈妈过年好！小山迷糊地说道。

小山真乖。田桂枝亲了一下儿子小山，心里甜滋滋的。

小强翻身坐起来，迷离着眼睛说道：爹爹妈妈过年好！

小强过年好，身体好，学习好，啥都好。田桂枝看着小强，微笑着祝愿道。

他爹，开门放火炮吧！田桂枝对赵相华说。

赵相华点点头，抱着一卷一万响的鞭炮朝龙门走去。打开龙门，赵相华把鞭炮铺在门口，用打火机点着，鞭炮便劈劈啪啪炸响了。

小山和小强则在院坝里欢乐地放着闪光弹。

放完鞭炮，田桂枝对赵相华说：你照顾下小山小强，我去喊晓燕，一块给爹妈拜年。

赵相华点点头，站在一边，看着小山小强放闪光弹。

田桂枝走到东厢房窗户前，喊：晓燕！晓燕！起来了！

屋里没有回应，田桂枝又喊：晓燕！过年了，起来给公公婆婆拜年去！

屋里还是没有回应，田桂枝有些纳闷，把耳朵贴到窗户上，听屋里有没有动静，她好像没听到什么，就来到门前，试着推门，门开了。田桂枝疑惑地走进屋子，她愣住了。

屋子里空无一人，被褥整整齐齐地叠在床上。

田桂枝有些慌了，大喊起来：他爹！快来！晓燕不见了！

什么？不见了？赵相华闻声闯进来。

晓燕不见了！你看！田桂枝指着空床说道。

赵相华瞪大眼睛，看着整整齐齐的房间。

打她手机吧！田桂枝说。

赵相华急忙拿出手机，拨安晓燕的手机号码，提示，关机。

突然，赵相华看到了被褥上的一个信封，上前，拿起信封。他抽出里面的信笺，迫不及待地看了起来。

安晓燕在信中写道：

桂枝姐：

请允许我这样称呼你，我想对你说一句，对不起！

桂枝姐，我知道，在你眼里我是个坏女孩，是个人见人骂的小三。我八岁母亲去世，后妈只爱自己生的儿子。我爹一天到晚只知道干活，我心里的苦没地方诉。十六岁我考上了县城高中，我爹又出车祸了，没办法我只好退了学。我到处打工，干过很多活，受苦受累不说，还受到感情欺骗。那天我被人欺负，是相华哥冲上来救了我，我感激相华哥，以为这就是爱。

我向往爱情，以为它是天空的小鸟，可以自由飞翔。来到你们家后，我才知道我错了。桂枝姐，从你身上我看到了什么叫爱，看到了夫妻间的亲情和责任。当激情消退，你还一如既往地爱着相华哥，爱着这个家，你的善良宽厚，你的隐忍坚强，让我知道了人世间还有一种高于肌肤之上的爱，那是一种大爱，就像两棵树靠在一起，分担风雨，共享彩虹。

桂枝姐，是我错把感激当作爱情，深深伤害了你，对不起。我会把肚子里的孩子打掉，到一个你们永远也找不到我的地方去。请你放心，我会站起来的！

桂枝姐，我给小强买了一支钢笔和一个小灵通，放在枕头边，我那天没敢送给他，请你代我给他吧，就说小姨我祝他学习进步！

桂枝姐，请接受我的祝福，祝你们新年快乐！阖家幸福！祝相华哥早日实现他开发月亮山致富乡亲们的梦想！

表妹安晓燕

看完信，赵相华和田桂枝静静地矗在那里！

门外的雪花飘着，鞭炮响着。

突然，田桂枝抓过信，冲出屋子。她跑到院子，跑出龙门，踩着厚厚的积雪，沿着青石板路，朝村口方向跑去。

晓燕！晓燕……田桂枝一边大喊一边奔跑。跑着，跑着，跑到村口风雨桥上，她终于跑不动了，喘息着蹲到桥上，捂着脸，放声地大哭了起来。

田桂枝伤心的哭声和村寨里的鞭炮声交织在了一起。

赵相华从后面赶来，扶起蹲在雪地里哭泣的田桂枝。

桂枝，我们回家过年吧。赵相华哽咽道。

嗯！回家过年。田桂枝点了点头。

过了今天，我就进月亮山，镇里要我在大年十五前，拿出月亮山开发方案。昨天，安晓燕还告诫我，要我一定要把方案做好，不要辜负镇里和全村父老乡亲们的期望。这也是我多年来的梦想啊！……说着，赵相华把目光投向远处的月亮山。

在黎明曙光的笼罩中，通天一柱的月亮山，显得格外的伟岸雄奇。

为了晓燕，我与你一道进山！田桂枝抹干脸上的泪水，眺望着月亮山，坚定地说。

两个人手挽着手，沿着青石板路，踩着积雪，迎着黎明的曙光，朝着赵家四合院，慢慢地走去。

天渐渐地亮了。

（获中国梦文艺专项奖特等奖）

肖江虹

悬　棺

第一章

十四岁那年，我有了属于自己的棺材。

不只我，在我们燕子峡，所有的男娃到了十四岁，都会有一口属于自己的棺材。

我们燕子峡管棺材叫“老家”，我的“老家”是蛊镇的王木匠做的。前日有人从蛊镇带来消息，说我的那口“老家”将在昨夜下水。根据猫跳河的水势，该是今天正午左右抵达。燕子峡所有的棺材都是在猫跳河上游的蛊镇打制的，山高谷深，陆路运送极其不便，只能顺水而下。多年来，燕子峡的乡人棺材接得多了，就有了经验，根据水势就能判定棺材到达的时间。

太阳还没探头，我和来辛苦已经黏附在陡峭的刀劈崖上，如同两只壁虎。

崖下是猫跳河，早不见了秋冬的枯瘦，露出了夏日繁茂雨水后的狂暴狰狞，黄龙似的扭动着粗壮的身子咆哮远去。

我跟在来辛苦身后，浑身上下都是汗水。峡谷里头有雾，一小团一小团，像是母亲纺出的纱线，从我身边无声无息飘过。抽抽鼻子，我闻到了云雾的味道，湿湿的，带点腥味，有点像乡村饭桌上凉拌的鱼腥草。

来辛苦在我脚下，身子倚挂在半壁，抬头看着我，我的四肢随着他的喊声抖索着移动。

“右靠，腾左手，左脚蹬右壁，右肩抵上崖，弯腿，弓背，右手托住上半身，转半圈，对，沉左身，日你妈，耳朵聋了，是左，不是右。”

我不敢往下看，不是怕高，是怕来辛苦的眼神。

从我懂事起，来辛苦的眼神就成了一把刀，刀刃随着时间的推移越发锋利。

这段崖其实不高，也不算险，在我们燕子峡的悬崖峭壁里头，屁都不算。我一点也不怕，来辛苦从来没看到过我和四喜他们梭下这段悬崖时有多麻利。

在来辛苦上方，我一直装得小心翼翼和战战兢兢，可娴熟和本能有关，时不时还是会探头探脑。在崖上过了大半生的来辛苦自然不是憨包，他看得出我和这段悬崖的关系。看我熟练地绕过一段凹口后，他不说话了，蛇一样很快梭到了地面。

下到河岸，红日腾腾升起，十多个族人赤身裸体蹲在地上接棕绳。红光照着他们的脊背，发出黑亮的光芒。河水裹着枯枝败叶，隆隆直响。水面上，已经抽顶的玉米秆跟着河水流动的方向挣扎。沿着河岸放眼过去，一个月前还大片大片的玉米地已经没了踪影，雨季一过，河水跌落，就会看到全都倒伏在河滩上的玉米秆，从头到脚裹满泥浆，早已死得透透的了。打我记事起，从来没看到燕子峡的人从河滩上收走过一季庄稼，年年栽种，年年发芽，年年抽顶，年年挂包，同样的，年年绝收。可还是年年播种。我曾经问过母亲，说明明年年绝收，为啥还要白费力？母亲当时正在烧山灰，风把一股浓烟送进她眼里，她就泪流满面跟我说：燕子峡最肥的土地就在河滩上，一季成了，赛过你在其他地头种十季。

泥土在燕子峡是稀罕物，放眼出去，只有石头，单独的石头，抱成一堆的石头，细碎的石头，垒成悬崖的石头。墨黑是这里的主色调，要见到绿色，得等到庄稼伸腰，那些大豆玉米在气势汹汹的石堆里格外扎眼，一小块一小块的，最宽的半间屋子大，窄点的八仙桌大小，还有那些从石缝里长出来的，孤孤单单，在风里扭动着孱弱的腰杆，遇上狂风，呼呼几下就倒了苗，挣扎几日后，又慢慢直起了腰。

看我蹲在河边发呆，来辛苦就朝我吼。

“憨屌了？自家的事情呢！”

我悻悻过去，几个人已经把绳套扎好。一个黑瘦的汉子站起来，正往腰上绑绳子。他是我族叔，叫来向南，我叫他二叔。他眼睛很小，还不聚光。来向南爱笑，一张笑脸从年头挂到年尾。

绳子绑牢，来向南跺跺脚，对着对面的山壁大喊一声：日绝娘哟！

对山的回音还没有散去，来向南的目光倏地就变了，仿佛出鞘的利剑，立时精光暴涨。他走向河边，步伐沉着坚定。赤裸的身体刚才还粗糙无光，此刻却变得油亮赤红，连下体一直耷拉着的那个物事都绷得笔直。

一个鱼跃，我的族叔来向南就扎进了湍急的河流中，岸上一帮人死死拽着绳子，不停地收收放放，河里的族叔时隐时现。

无数次的起起落落后，干瘦的来向南居然爬上了对岸。甫一上岸，他就把自己扔在一堆乱石里头，仰着头，没有声息，只能远远看见他起起伏伏的白肚子。喘了一阵，他才爬起来把绳子拴在一块巨大的石头上。

来辛苦笑笑，沉声说："好得很，好得很。"把绳子这头在一棵大树上绑牢，来辛苦对人群说："大家抓紧点，把绳套布好，免得到时手忙脚乱。"

太阳还未当顶，远远就看到了那口棺材，被浑浊的河水挟裹着，蹦跳着往下游来了。来辛苦大喊一声：落河咯！十多个光溜溜的汉子跃入水中，沿着绳子一字排开，目不转睛盯着那横冲直撞过来的棺材。啪的一声水响，沉重的棺材撞在绷得笔直的拦棺绳上，立时抢出了一个锐利的枪尖。河岸上绑缚绳索的大树一个哆嗦，树叶飘飘洒洒。一个反弹，棺材剧烈旋转，原地转了好几圈。一阵白黄的水花四溅后，两股绳套已经驯服了远来的桀骜，在十多个汉子的推拉中，乖巧地落了岸。

上得岸来，湿漉漉的男人们沿河立成一排。来辛苦一声吼："跪咯！"

扑通，沿河的肉身全都矮了半截，齐诵：河神松手，族人得走。这一拜是为了感谢河神在众人接棺时的高抬贵手。我八岁还是九岁那年，也是这样一群汉子在这里接棺，下去了十个，上来了八个。河神收走了两个。依旧要跪拜，但没有人哭，也不会有人哭。我们燕子峡的男人天生就不会哭，生离死别，火烧房塌，饥寒浸体，顶天了，也就猛一跺脚，大吼一声：日绝娘哦！

太阳当了顶，阳光落在那口黑漆棺材上。我扭捏着过去看了看，榉木，黑漆，圆挡，滚刀盖，头部的凸起处雕了一只正展翅的燕子。这种燕子据说只有燕子峡才有，叫做鹰燕，不光体型像鹰，还有眼神。

从此刻起，我未来的人生将和我的父辈祖辈一样，大多数光阴会在燕王宫那面高耸入云的岩壁上度过。

忽然落雨了。

燕子峡的天气就是这样，从笑模笑样到哭流洒涕就一转眼工夫。棺材还没绑好，雨就下来了，豆大的雨点打得手背生疼。雨点在一群赤裸着身子的男人肩背上砸出噼里啪啦的声响。

棺材绑扎完毕，两根粗壮的杠子从绳索之间穿过，八个男人矮下身，肩膀抵着杠子，高喊一声：起。

八个壮汉抬着那口棺材险象环生爬行在雾谷岭上。雾谷岭是石头的天下，那些白亮的石头立成整齐的排排，形似马牙，燕子峡的乡老管它叫马牙石。十六条粗壮的腿骨在碎石中踩出凌乱的嚓嚓声。刚把雾谷岭丢在身后，雾就从河底爬上来了。不怀好意的夏雾，顺着阴森的峡谷铺天盖地漫过来。很快远的近的那些瘦削枯败就看不见了，只有白雾团里的那口黑棺材，影影绰绰向着燕王宫的方向飘去。棺材飘到极陡的悬崖边，定住了，八个人抡转身子，换了肩，使劲跺跺脚，歌声就起来了。

刀劈斧削哟
行路的山
云山雾罩哟
脚下的路
窾天磕地哟
胯下的卵
追狼逐虎哟
汉子的胆
都说生来为了死咳呵
又说死是为了生咳呵
生生死死调个头咳呵
好似睡觉翻个身咳呵

歌声和脚步一样，笨重踏实，顺着岩壁，稳稳当当向着天的方向攀升。

很快，雾团被踩在了脚下，头顶露出了朗朗的青天，太阳又露了面，抛下刺目的白光。极目望去，能看到燕王宫，横跨在猫跳河上，直插云霄。我的记忆中，燕王宫似乎一直都这样高，那些幼时觉得高不可攀的沟沟坎坎，尖山峭壁，随着自己年岁和攀爬本领的增长，它们都在一天天矮下去。只有燕王宫，一直都觉得它还是那样高。

太阳急痨痨下到山的那一面，一行人才到了燕王宫崖下。两扇峭壁，左面是天梯道，右面是悬棺崖。天梯道直通燕王宫，抬眼看去，崖壁上那些巴掌大小的红布条在风里左右摇晃。燕子峡的攀岩人每攀到一个新的地方，都会系上一块小小的红布，做个标记，下一次爬过这里，解下来，然后把它系在更高的地方。那些飘在风中的红布，有些簇新，有些已然泛白。簇新的，是比我年纪稍长的新手；泛白的，这一生都没法再继续攀爬了。立在壁间，一个恍惚，一次错误的转身，甚至一闪念的走神，人就成了断线的风筝。十之十死，归宿地就在对面的悬棺崖，那里有他们十四岁时就已经置放好了的黑漆老家。

从上往下细数，悬棺一共十一层，代表了十一代，每层都密密麻麻一字排开。最上面的几层，已经枯朽残破，还有散了架的，隔上几年，燕子峡的攀爬好手们会上去收拾一回。选个好日子，腰上别着蔑条，蹬蹬上去，把那些散架的棺木并拢，捆牢。先人是见不得光的，那会散了魂灵。

把棺木放下，我的父亲来辛苦对着悬棺崖点上香蜡纸烛，把昨夜母亲煮熟的刀头和一升山谷端出来放好。然后把我唤过去，并排跪在崖前。

来辛苦高喊：

“列祖列宗，来畏难十四岁，成人了，根据燕子峡的规矩，他从今天开始就算是真正的攀岩人了。从今往后，他就要在对面的岩壁上行走了，列祖列宗要拿只龙眼观照住他。我晓得，悬崖路上无老少，运气不好，我就把他送过来。今天是来畏难老家升崖的日子，祖宗保佑，万事顺遂。”

把我撂一边，来辛苦带着一帮人开始准备棺木升崖。他们先把棺木绑缚好，绳索留出足够的富裕，另一头缠在腰上，一齐攀到置放棺木的岩壁，找个可靠的支撑，齐喊，“走咯！”喊一声拉一段，喊一声再拉一段，直到棺木升到指定的地点。

我对这个没兴趣，这些年看得多了，就远远找块大石头坐下来，才发现黄昏从远处漫过来了。此时浓雾已经散尽，夕阳的光芒从燕王宫的岩壁上淌下来，像面巨大的金色瀑布。那口棺木在耀眼的金色里，逆着光芒正一点一点攀升，对面绵延而去的岩壁上，回响着男人们粗壮厚实的喊声。目光投向更远处，清澈的天幕下能见到曲家寨，一个全寨人都姓曲的寨子，房屋东拉西扯悬挂在高高矮矮的山崖上，有几处炊烟已经升起，袅袅地，顺着石壁，往天的方向蔓延。

第二章

夜晚，来辛苦在饭桌上低着头喝酒。酒是深山的青杠树上的青杠籽酿就的，又暴又辣，我曾偷喝过，剐喉咙的，像是吞下一把锋利的刀子。有一年，一个远方亲戚来看来辛苦，带来两斤高粱酒，本以为会得到来辛苦的夸赞，哪晓得吞了一口，来辛苦眉头就皱起来了，只说了一句：寡淡了些。亲戚不高兴了，说这是纯粮食酿的呢。来辛苦更不高兴，瘪着嘴答：“我们燕子峡可不敢这样糟践粮食，我们的粮食得留着活命。”

兴许是喝惯了，来辛苦喝青杠籽酒的模样很享受，连眉头都鲜见皱一皱。往嘴里扔了一颗锅煸黄豆，来辛苦睁着血红的眼睛对我说：明天上祖祠崖吧！

我心头一哆嗦，脱口而出：“我不去！”

来辛苦眼睛血红，恶狼似的瞪着我，沉声说：“你再说一遍！”

看着他那副吃人的凶相，我没敢出声。

祖祠崖在燕王宫西侧，是个穿洞，进口到出口大约六七里地，隐在一片枯藤老树中，洞口很小，不注意根本发现不了。这个隐秘的所在一直是男娃们心头多年的恐惧。稍大一些被送进祖祠崖待了一夜下到地面的，大多好几天连抻敨的话都说不了一句。缓过来问起，也就一句话：尽是死人，哦，不是，尽是活人。没进去的嫩娃刨根问底，到底是活人还是死人？对面的费劲地想了半天，面上的恐惧云山雾罩了，才戚戚答：活死人。

要上燕王宫，先上祖祠崖，是我们燕子峡的规矩。有被送达崖下准备进洞的娃娃求大人，说怕得很，不进去。大人黑着脸，一巴掌扇在稚嫩的脸上，吼：日绝娘，连这关都过不去，还想上燕王宫？

天刚放亮，来辛苦就踹开了房门，把我从被窝里拎出来扔在院子里。在心头我跟自己说：不要哭，不要让狗日的来辛苦看笑话。眼泪却在眼眶里打转转，本想憋住，没成功，温热顺着脸颊一直往下淌。来辛苦看不见我的悲伤，把装物事的背篓往肩上一垮，往院门边走去，看我不动，又回头吼：收起你那两滴狗尿，这个地头不兴这个。

立在崖下，我胸口冰冷。来辛苦把两支松烟火把递给我，又把一盒火柴和几个煮熟的洋芋装进我的兜里，指指崖壁上的山洞说："上去吧，我在穿洞那头等你两天，两天不出来，我就当你死在里头了。"

爬到洞口，崖下的来辛苦成了一个模糊的黑点。朝着黑点狠狠吐了泡口水，我摸出火柴把松油火把点燃，弯腰掀开洞口的藤蔓，一股阴风扑面而来。打了个寒战，定了定神，我才抖抖索索迈出了第一步。

其实昨晚我就想好了对付恐惧的办法，除了看脚下的路，绝不东张西望，就想这些年燕子峡让我印象最深的一件事情。在床上想了大半夜，还是觉得来高粱最有意思。

低着头钻进洞子，路不太宽，仅容一人通过，湿气很重，脚下有些黏糊糊的感觉。风好像更大了，还夹着呜呜的声响。

嗯，还是想想来高粱吧！算起来，来高粱算我曾祖辈，来辛苦喊他二公，我喊他二老祖，今年七十二了。他是同龄人里最先爬上燕王宫的人，技艺高，胆子大。听寨上其他老人说，那年天旱得特别厉害，来高粱在燕王宫的拱洞里连续装了一天一夜的燕粪，下岩时犯了黑头晕，枯叶似的落到了地面。

那一年，来高粱二十三岁。

在燕子峡，攀岩人摔死算平常事。不平常的是，尽管摊在地面的来高粱像一只摔碎的土碗，可他居然没有死。十多天才醒过来，发现一条腿没了，就拿脑壳撞墙。来高粱爹妈死得早，他从天梯道上落下来时还没有成家。从那时候起，他就被寨人供养了起来。排好顺序的，每户负责他半月的吃喝。到了年终，该添衣添衣，该置被置被。

刚想起来高粱的断腿，我发现脚下开始变得陡峭，紧接着是一道齐腰的石门坎。翻过石门坎，路不再湿滑，路面上还有薄薄的一层灰，脚踩上去，会发出噗噗的声响，继而腾起朦胧的烟雾。

四周没一点声响，我不敢抬头，只能接着想来高粱。

足足在床上躺了半年，来高粱没和任何人说过一句话。下地后，他第一件事就是拄着青杠树做成的拐，晃荡着一只空裤管，蹦跳着去到寨门口最高的那块大石头上，开始高声咒骂："那些把我抬回来的听好，哪个喊你们把老子抬回来的？我日绝你娘的，我日绝你娘的！"

这成了来高粱此后几十年的习惯。午饭后，他就会准时去到那块石头上，开始长声吆吆的咒骂。有次我和来辛苦从寨门口经过，来辛苦招呼他："二公，口不渴呀？"

来高粱摇摇头，满脸悲戚地说："日绝娘，崖上那口老家，我是进不去了。"

来辛苦怔在原地，也不晓得如何安慰，低声说："二公，你忙，我先走了。"

我和来辛苦走出没多远，又听见了来高粱的声音。

"那些把我抬回来的听好，哪个喊你们把老子抬回来的？我日绝你娘的，我日绝你娘的。"

我问来辛苦："二老祖为啥子要这样子？"

来辛苦悠悠叹了一口气："上不了悬棺崖，进不了祭棺簿子，生不如死，你说难受不？"

我说他可以再从崖上滚下去一次呀。来辛苦瞪着我，看样子是想冒火，盯了半天，语气软了下去，瘪瘪嘴说："只有从掏燕粪的天梯道摔下来，才有资格睡在悬棺里头，懂不懂？"

来辛苦最后说："其实当年把他抬回来的那些人，差不多都死完了。"

后来我慢慢晓得来高粱为啥会那样难过了。在我们燕子峡，有个最重要的日子，叫做祭棺，就是每年阴历九月初三，寨人都要把家里最好的东西拿出来，全都聚到悬棺崖下，将供品齐齐摆成一排，焚香点烛。再烧上六堆火，男人赤膊，女人赤脚。围着火堆先跳丰收舞。接下来是拜棺，男女老幼跪倒在悬棺崖前，有专门的香灯师，翻开簿子念诵每一个躺在悬棺里头的人名。三拜过后，开始唱歌。

走了
走远了
越走越远了
向着太阳的方向
双脚踩着山
踩着水
踩着白的云
踩着来时的路
快跑
跑过猛虎
跑过雄鹰

快追
追逐狂风
追逐落日
…………

从小，老人们就告诉还未长成的娃娃，这里其实不是我们的家，我们的老家在有海的地方，那里水草丰茂，鱼肥米香。因为一场战争，才不得不背井离乡，沿着大河一直往上游走。走啊走啊，实在走不动了，就选了这样一个地方扎下来。又说，在这样的地头活命，就要抛得开生死，人死了会变成天上的星星，每个人都是独一无二的星宿，死了，就是换了一个更好的地方活着而已。

燕子峡的细娃，时逢繁星满天的夜晚，都会聚在一起仰望夜空，找寻死去后活在天幕上的那些人。

每次讲述完毕，老人们就会说：总有一天，我们是要回去的。

松油火把摇着昏暗的光，穿过一段狭窄的巷道，洞内开始开阔起来，我忍不住举头看了看，火光能照见四壁，一间堂屋大小。我有些累了，气息不太均匀，本想歇一阵，却没敢停下来，自己催着自己赶快闯过这段漫长的恐惧。

折过一个弯，心思刚回到寨门口大石头上，来高粱的面容还没有完全清晰，我就在折过的弯道口呆住了。

白色。

壮观的白，透明的白，晃得我眼睛生疼。松油火把微弱的光，在四面石壁上完成数次折射后，瞬时光芒万丈。怔了半天，我惶然移过去，伸手摸了摸晶莹剔透的石壁，凑过去仔细看了半天，才晓得白昼的来历。

这种石头我曾经在猫跳河里捡到过，大人说这叫仙宿石，是天上的先人成神之前褪掉的外壳，神人冉冉升起，外壳则落到地面。谁要捡到了，好运气就成了屁股后面的尾巴，甩都甩不掉。

沿着四壁转了一圈，我才发现靠东的墙角还有一处低矮的入口。我猫着腰举着火把进去，也是一间完全由仙宿石构成的屋子，只是比外面那间好像更宽大一些。

举着火把的手往里一伸，我立时惊骇。

石屋里挤满了人，老的小的，或坐或卧，借着茂盛的白光，能清楚地看到他们的衣服的颜色和质地；能看清细娃们还泛着亮光的脸庞，老人们额头上密集的皱纹。他们没有半点死人的模样，倒像是群体劳作后的小憩，又像是晚饭后一次随意的讲古。慢慢地，恐惧被眼前的景象逐渐抽空，我下意识往前跨了几步，看得就更清楚了。最里面靠着石壁的全是细娃，中间一段是老人，外面一层看起来都是些气饱力胀的汉子，手里都握着锄头扁担这些杂七杂八的东西。

深吸一口气，我慢慢走过去，蹲下来，仔细看了看地上一个歪坐着的人。他年纪和来辛苦差不多，有浓密的胡须，眼睛微闭，双手紧紧攥着一根扁担。那手粗壮有力，指甲微微后翻，他该是个攀岩高手。我想这双手一定攀爬过燕子峡那些高高矮矮的石壁，我甚至能想象到这双手有力地嵌进石缝时的情景。

盯着那双手看了好久，我忍不住伸出手，轻轻摸了一下那布满青筋的手背。

眼前荡起一股淡黑的烟尘，那只鲜活的大手瞬时化为齑粉。

我对自己的粗野很后悔，给他磕了三个头，才慢慢退出了石屋。

坐在外室的壁根下，我掖了掖衣服，半天才平息下来。我想这样多人，怎么会全死在这里？我来到这个世界的十四年里，燕子峡没有人能把这个山洞里的事情说清楚，就算年岁最大的来稻谷也不能。

插在石缝里的松油火把，火光渐渐微弱。我感觉到有些累了，索性伸直腿，想歇一阵再走吧！火光慢慢收拢，虚弱地颤抖了几下，终于熄灭了。

黑暗没有如约而至，白光还在，氤氤氲氲。渐渐地，四壁开始有更强的白光射出，如同遥远的地方飘过来的丝丝白雾。

就在这时，我听见了脚步声，好像从洞外跑来，急促慌乱。我绷直腰，刚想听清楚脚步声传来的方向，忽然更多的声音开始响了起来。细娃的啼哭声，大人的呵斥声，老人的叹气声，这些声响夹杂在一起，仿佛一锅沸腾的稀粥。

最清晰的还是那个由远及近的脚步声，最后脚步声在石室入口处停住了，取而代之的是沉重的喘息声，喘了几声，虚空中有人说话。

“不好了，土匪在山洞两头燃起了火。”

我边上忽然有东西重重杵在地上的声响，接着一个声音吼：“烧火怕啥子？只要掐住石门坎，土匪能奈我何？”

“不光烧火，我看见他们还搬来了两架风簸，开始往洞里头送烟了。”门口的声音说。

话音一落，石室里掀起一阵慌乱的嘈杂声。

“不要闹！”我边上的声音吼，“老人娃娃，全都退到里头去。”

白雾渺渺中，竟然开始有人影晃动，我头皮一炸，后背紧紧贴着石壁。

幻影逐渐清晰起来，我看见老人和娃娃们拉着手，依次退进了里面的石屋。剩下的几十个壮年男女，手里操着家伙，分别把守着两扇石门。

接着我看见了烟，开始有人咳嗽。烟雾越来越浓，咳嗽声响成一片，还夹杂着细娃的哭声。这时手握扁担的壮汉站了出来，他挥手扇了扇眼前的浓烟，开始点名。

“来黄杨、来石头、来小树、来明白——”他喊了一串名字，然后对喊到姓名围拢来的人说，“你们二十个人从地下的暗河马上走，明天正午就可以从猫跳河的鲢鱼洞出来。”

话音没落，众人都嚷着不走。

“卵话多，今天这一劫看样子是过不去了，”他沉声说，“你们不走，燕子峡就绝人种了。”

还有人嚷。

壮汉朝着嚷得最大声的那个一巴掌甩过去，扁担往地上狠命一杵，他大声吼：“祖宗千辛万苦才找到这样一块栖身的地头生育繁衍，难道就这样子在我们手头化苗了吗？”

“我们去里头跟婆娘娃娃道个别吧！”有人哽咽着说。

“都火烧眉毛了，道个卵的别。”他又吼。

“走！”他横起扁担一扫，拨得一片踉踉跄跄。

一群人爬起来，开始陆续往门口退。

“等一下，”他声音矮了下来，走过去，把手按在一个年轻人的肩膀上说，“出去后分成两拨，不要住一个寨子，另立寨门的重新改个姓，免得大难来临了遭一锅端。”

送走那群人，他回身对剩下的人说：“退进去，守好老人娃娃，土匪进来，有口气就拼他妈个逼的。”众人捂着嘴，咳咳亢亢退回了里面的石室。

浓烟很快塞满了石屋，可我一点也闻不到。窝在原地，我心里怦怦乱跳。里屋间或有咳嗽声传来，都压得低低的。没多久，咳嗽声也听不见了。我想肯定都死去了。这一刻，时间仿佛被冻住了，变得硬硬邦邦。我的心也被冻成了冰凉的一坨。死寂中，忽然有微弱的声音传来。我往石门那边移过去，侧耳仔细听了听，歌声，熟悉的歌声。

走了
走远了
越走越远了
向着太阳的方向
双脚踩着山
…………

唱到这里，歌声消失了。

我心头一热，想接着唱下去，嘴巴动了动，最终没能发出声音。

浓稠的烟雾瞬间就散得干干净净，我挣扎着站起来，从腰上取下另一支松烟火把点燃，咬紧嘴唇，向着出口走去。

第三章

山间石缝的玉米黄豆在干瘦寡毒的山风中偏偏倒倒，总算挨到了初夏。大半都死去了，土层太薄，没有足够的水分和营养，拖着纤细枯黄的腰杆熬了大半个夏天，还是成了一把枯焦。活下来的依旧羸弱，可毕竟还活着，活着就有希望。此时最需要的除了雨水，还有燕粪，比脸皮还薄的黄土层，没有肥料下去，就会光秆秆来，光秆秆去，连种子也不给你留一粒。

燕子峡的男人们开始从燕王宫掏运燕粪的那个早晨，我和来辛苦在那些摩肩接踵的崖壁上无数次的起落后，终于站在了摸天岭上。

舔了舔焦渴的嘴唇，横起衣袖拉了一把额头，我指着天上那圈白花花的圆骂：“日你烂娘，少出来两天你会发霉？”来辛苦一把揪住我的耳朵，将我提起来，厉声吼：“得了了，连老天你都敢撅。”我脚尖踮着地，惨叫着说不敢了，不敢了。

来辛苦松开手，骂骂咧咧朝崖边去了。一大团阳光罩着我，半天耳朵才有了钻心的痛。我掏出小鸡鸡，朝着来辛苦的背影狠狠地尿了出去，正尿得欢腾，忽见他猛地有了一个回头，我惊惶失措地把鸡鸡扳开，射向路边的一块青石。滋滋，青烟蒸腾，像是往烧红的铁板上泼了半瓢水。还没拉好裤子，来辛苦在崖边大骂：“狗日的，好好一泡尿，为啥不给那棵杉树。”跺跺脚，他又说：“让它多活几天，说不定正好能接上旱后的第一泼雨水呢！”扭过头，我看见了石头旁边一棵细筋筋的水杉，有气无力地黄着，根部依稀还存有些浅绿。

“老子就不尿给它！”我在心里对来辛苦喊，还隐隐有些得意。

回过头，我对着那棵蔫巴的杉树愣了半天，我后悔了，最后骂了自己。

“瞎逼。”

来辛苦在崖边用手搭了一个凉棚往山脚看了看说：“这两爷崽，拖尾巴蛆！”

就要见到我的引路师傅了，他叫曲从水，我喊他曲二叔。我见过他，络腮胡，八棍子打不出一个屁。有一年我一个族中老人过世，曲从水来帮忙，我那几天就偷偷看他。整整三天，他硬是一句话都没有说。我不仅认识曲从水，我还认识他儿子曲向海。曲向海和我同岁，所以我爹和他爹正好做了碰头师傅。在我们这里，攀岩师是不教自家娃娃学攀岩的，那是怕心软，心软了就舍不得打骂，不打骂就教不出真本事。这样就有了一个规矩，燕子峡和曲家寨，换了娃娃教。不是亲生的，舍得下手，手下得越重，攀岩本领就越过硬，这叫过寨活。

太阳刚到顶，曲从水和他儿子曲向海爬上了摸天岭。

点点头，来辛苦把我推给了长着一脸络腮胡的曲从水，然后把和我一般高矮的曲向海牵了过去。

从腰上取下一把寒光闪闪的镰刀，曲丛水指了指路边一块石头，示意我坐下。坐下来，曲丛水左手按住我的脑壳，说："不要乱动，怕开瓢！"我反头睖了他一眼，心里说："要剃就快剃，卵话多。"我硬着脖子，镰刀在头顶嚓嚓响，头发纷纷扬扬。燕子峡的男娃，都有这一出，剃掉一头发须，就算是男人了。剃完，曲丛水牵着我的衣领吹了吹脖子里的断发。吹完，他把镰刀递给了来辛苦，来辛苦嘴巴往边上努了努，我让开，曲向海坐了上来。

简单的成人仪式完成后，临别前曲丛水对我说，明天早点来。

第二天一早我来到曲家寨，吭哧吭哧半天才爬到曲丛水悬吊在峡口上的家。

喊了两声曲二叔，一个女人从屋里出来，凑过来看了看我的葫芦头，笑着说："你二叔这活没干好，没有剃干净。"接着她又笑嘻嘻说："不过也差不多了，又不是过年洗猪脑壳下酒。"说完女人哈哈大笑。

女人是我二婶，盅镇嫁过来的。和他男人两个脾性，典型的话篓子。

我喊了声二婶，女人从兜里掏出一块红布，缝中撕成两截，一截拴在我手腕上，另一截递给我说："这是你的引路幡，我在祖祠崖下求来的，要收好！"

伸手摸了摸我的脑袋，女人说："你二叔天不亮就出门了，让你去天梯道找他。"

阳光寡毒，惨白惨白的。我头晕眼花地在一堆乱石里飘荡，眼睛转了一圈，连棵避荫的树木都没有。昏得很，蹲下来扯了些地瓜藤编了一个圆圈套在脑壳上，才敢继续往前走。

站在山脊上，成群的鹰燕从头顶掠过，发出锐利的尖啸。

此时是燕王宫最热闹的时节，崖上崖下全是人。从六月第一天开始，燕子峡和曲家寨就开始轮流采取燕粪，一个寨子一天。今天是曲家寨采粪的日子。放眼过去，地面上是大大小小的燕粪丘。崖上不断有燕粪送下来，绳索吊着麻袋，耸动着从天而降。崖下的取下袋子，将燕粪翻倒出来，伸手抓一把，捏一捏，脸上堆满了笑，仿佛手里抓着的已经是黄澄澄的粮食了。今年鹰燕来得密，燕粪充裕，庄稼有福了。庄稼有福，人也就有福了。

我弯着腰，双手拄着膝盖喘了好一阵，呼吸才变得均匀。横起衣袖抹掉额头上密集的细汗，我在崖下的人群里看见了曲丛水。慢腾腾折到他面前，我抬头看着他。他正指挥分发燕粪，低头看见了我，微微点了点头。

"好久开始？"我问他。

"干啥？"曲丛水说。

我一愣，说攀岩啊！

指指对面的天梯道，他问："怕不？"

我看了看对面的绝壁，说怕个卵。

"不怕摔死？"曲丛水说。

瘪瘪嘴，我说：“摔死也要爬。”

他冷冷地说：“今天不爬。”

我说不爬你喊我来干啥呢？

指指对面崖壁，他说：“看咯。”

“看？”

“看！”

“看哪样？”

“看悬崖。”

“悬崖有个屎看法！”

“看久了就看出个屎来了。”

我斜靠在一块黢黑的大石头上，眼睛定定盯着对面的天梯道。目光在崖壁上爬上爬下，入眼都是无边的暗黑。只有那些黄杨树，从狭窄的岩缝里探出身子，悬吊在崖壁间，崖壁才有了些许的生气。静静看了好久，我发现天梯道真是太高了，还越看越高，看到最后，心底的惧怕越积越浓，比在祖祠崖见到那些怪东西时还害怕。这块崖壁不比他处，有凹陷的弧度，这比垂直还要命。我们平时攀爬的那些悬崖，也陡也高，可没有这样骇人的凹凸。

天上忽然一声呼啸，是鹰燕，从远处结队飞来，黑压压一片。它们飞得很快，迅捷掠过那些高高矮矮，接近燕王宫，燕群就拉成了一条黑线，扑棱棱钻进了高处的崖洞里。

“鹰燕归巢了，燕粪不能掏了，”曲从水不知什么时候站在我面前说，“你回家去吧！”

我说还早呢！

“鹰燕惊扰不得，我们也要回家了，”拍拍手上的粪渣，曲从水问我，“看了半天，看见啥子了？”

我先是摇摇头，想想说：“越看越高，越看越怕。”

曲从水说：“有怕惧就好。”

回家的路显得格外漫长，在崇山峻岭间几起几落后，我在寨口看见了大石头上的来高粱。阳光从正面裹着他，把他的须发染成了炫目的橘黄。他依旧重复着那几句骂人的老话，我发现和前两年相比，他骂人的模样好像更认真了。

经过时，我懒懒喊了一声二老祖。他一般不会应声的，我之前和他有过无数次这样的照面，喊他他也不应。不过我还是一直坚持喊，毕竟他是长辈！

越过大石头没几步，他忽然止了骂，喊了一声我的名字。

我得了一惊，转过身看着他，他脸上退去了刚才骂人时的狰狞，挤成一堆的皱纹也慢慢舒展开了。伸手把那条在风中猎猎作响的空裤管掖到屁股下，他对我招招手说你过来。我走到他面前，他拍了拍身边的空余，让我上去。

爬上去，我先往他那头挪了挪，想了想，又把屁股挪回了原来的位置。

“畏难，听说你要上崖了？”来高粱露出了百年难遇的和蔼。

我点点头。

“好好爬，一定要成燕子峡最好的攀岩人。”他拍拍我的后背说。

我摇摇头。

他绷着脸，假装不高兴，说：“背时娃娃，一点志气都没得。”

两手撑着身子往我这边移了移，还警觉地四下看了看，来高粱神秘地对我说：“畏难，二老祖求你个事。”

“啥事？”我问。

轻轻咳嗽一声，来高粱说：“等攀岩熟练了，你——那个——”

我说二老祖，那个啥子嘛！

他把嘴凑到我耳朵边，悄悄说：“等熟练了，麻烦你把我背上悬棺崖，死我也要死在自家的悬棺里头。”

我一听，大惊失色，慌忙摆手，说要不得，要不得，我爸他们晓得了可不得了。

他瞪着眼说：“我们悄悄摸摸地上去，鬼才晓得，他们要问起，你就说我跳猫跳河了。”

我说那也要不得。看我这样坚决，他是真发怒了，一下把我掀下石头，骂：“你个小狗日的，我是你老祖呢！和你老子的老子的老子一辈你晓得不？求你个小事你都不干，无忠无孝的东西。”

我说二老祖，我不敢这样做。

双手一摊，他说：“哪个晓得嘛？鬼都不晓得。”

正正色，我说：“二老祖，鬼真的会晓得的呢！”

朝我呸一口，他吼说，滚，快给老子滚。

我心想，来高粱要是见到了祖祠崖洞中的那番景象，他就不会说这样的话了。

骂完我，狰狞重新统治了来高粱的脸庞，他又开始骂：

“那些把我抬回来的听好，哪个喊你们把老子抬回来的？我日绝你娘的，我日绝你娘的。”

我把目光投向远处，黄昏结实了，暮色挂满了高耸的岩壁。有晚归的鹰燕在空旷的峡谷里鸣叫。

第四章

盯着天梯道看了足足一个月，曲丛水才对我说：你可以上崖了。

站在崖下，曲丛水说：“攀岩这活，说白了就几招，托、撑、转、靠、蹬、举、耸。关键是要记得崖上的每一个细部，哪个地方湿滑，哪个地方逼仄，大到碰头的石崖，小到可供蹬腿的拇指大小的石瘤子，都要刻进脑壳里头。”

我点点头，往手心啐了一泡唾沫，刚准备上去，曲丛水又说：“记住，两件事不能干，一是千万不要碰崖上的树木，抓和踩都不行，不牢靠；二是越容易的地方越要万分小心，不少落崖的，都是在看似容易的地方闪了神。”顿了顿，曲丛水最后说：“攀岩人没得二次，稍有闪失，只能去阴间重来了。”

我倒是诧异了，络腮胡原来也会说很多话的呢！

刚开始这段倒是容易，似乎不比燕子峡其他岩壁难多少。上去约莫三丈，听见曲丛水在崖下喊：“停！”我左手抓牢一片凸出的崖壁，回身应他：“我还能上！”

“喊你停你就停，”他有些生气地喊，“把你的引路幡拴好！”

我从兜里掏出二婶给我的红布条，找了石锥子系好。

“栓好了，我上去了！”我朝他喊。

“下来！”

“啥？”

“下来！”

我极不情愿地梭到地面，刚想和他理论，忽见他举着一根粗大的棍子劈头盖脸就给我砸过来。我慌忙伸手去挡，棍子砸在我的手臂上，钻心的疼。我连忙后撤，棍子如影随形跟着砸了过来，噼啪乱响。徒劳了一番，看逃不掉，我干脆抱着脑袋蹲在地上任凭他捶打。又一阵噼噼啪啪空响后，曲丛水才停了手。

猛地跳起来，我指着他骂：“曲丛水，我和你有仇吗？”

他把棍子往地上一扔，使劲摇了摇头。

“哪你为啥打我？”我努力憋着眼泪吼。

“不为啥，就是打一顿，好让你长记性咯！”挠挠头他又说，“你算好的了，当年我还没上崖，就被引路师饱打一顿，双手肿了一个月。”

看我还在呼呼出气，他说，不要喘了，继续爬，爬到引路幡的地方就给我下来。

揉揉酸痛的手臂，我在心里骂了他几句狗日的，堵着气蹬蹬上去摸着那块红布条，反身问他：“啥子时候才能继续往上爬？”

“等蒙着眼睛都能上去了，就继续爬。”

从那天开始，我天天在这段石崖跟着太阳上上下下。等我开始下一段攀爬的时候，燕子峡已经进入收割的季节了。今年老天给脸，连续来了好几泼雨水，加上燕粪充裕，庄稼吃饱喝足了，就憋着劲猛长。收割的时候，我见到了十多年来最粗壮的玉米棒子和最饱满的旱地稻谷。

守着一院子的收成，来辛苦笑得合不拢嘴。叉着腰在檐坎上检阅了一遍成果，他得意洋洋地说："起码够吃半年，加上洋芋红苕，最多喝两个月的稀饭。"

来辛苦是该得意。去年庄稼刚伸腰时雨水倒是充足，燕粪也够，本以为是个丰年，哪晓得庄稼正在挂苞背果的关键时期，老天爷就转到阴山背后去了，三个月一滴雨水没有。最后我家从地里收回了两背篓旱谷和三背篓玉米。一家人喝了大半年野菜粥，母亲省嘴，想留给我们多一点吃的，喝到后来都开始浮肿了。今年刚好颠倒，开始一直干渴，眼看庄稼都要倒苗了，雨水开始一泼接着一泼，下得一个燕子峡眉开眼笑。

因为是农忙，曲从水让我这几日在家帮忙，说等过些时候再上崖。来辛苦从曲从水那里知道我崖上的一些事情，大约都是好话，加上收成肥实，格外高兴，让我和妹妹帮母亲剥玉米，还很浪费地宣布，今晚吃顿白米饭，不加苞谷籽，不加红苕干。母亲也高兴，假装埋怨说，叫花子留不得隔夜食。

我们在院子正兴高采烈撕着苞谷壳，来向南进来了，他哈腰笑着，先夸了一番收成，然后转头对檐坎下的来辛苦说："哥，有趟活，想来问你愿不愿去？"

来辛苦正在绑扎悬吊玉米串子的木架，回头问："啥子活路？"

"前些天有人从盅镇带信过来，说过几日有人要来燕子峡，让我找几个人过去帮忙搬东西，"迟疑片刻，来向南试探着说，"听说有劳苦钱。"

来辛苦鼻子嗤了一声。

脸微微一红，来向南讪讪地说："去不？"

狠命拉紧一根蔑条，来辛苦说："不去。"

"那我让畏难和我去。"来向南转头对我挤了挤眼。

我没敢吱声，拿眼睛看着来辛苦。

"敢！"怕缺少威慑力，来辛苦又恶狠狠嚷，"哪只脚先迈出去，老子就把它折断塞进屁眼里去。"

无奈摇摇头，来向南走了。来辛苦扭过头，对着那个弯弓样的背影飙了一大泡口水。

等那张弓飘远了，来辛苦转头问我："到哪儿了？"

"啥？"

"老子问攀岩。"

"快到帽檐崖了。"我小声说。

来辛苦嘴角掠过一丝隐秘的笑意，随即正色说："比曲向海差点。"

他以为老子不晓得，曲向海还在三丈高的崖壁上打转转。

农忙过后，曲从水教我过帽檐崖。实在太过险恶，我的引路师傅怕我有闪失，反反复复给我做了十多次示范。看他过得很轻松，我以为容易。真上去了才晓得它的刁钻。难处在帽檐下方，身体得完全悬空，全凭臂力带动整个身子，整个过程必须一口气完成，稍有泄气，就可以去对面的悬棺崖睡安稳觉了。

我甩甩手准备上，曲从水拉住了我。

“想好如何上去没有？”

“你上去的法子我记下了，照着做咯。”

兜头一巴掌飞过来，镗一声脆响。还没等我捂住脸，曲从水大声吼：“十多岁了，你狗日的脑筋是豆渣捏的吗？”他把右手一伸，问：“你那手杆有这样长吗？”

我摇摇头。

叹口气，他语气才稍稍舒缓。

“手脚长短不一，我够得到的地方你够不到，我踩得踏实的地头你踩不踏实，按照我的法子爬，你就等着来辛苦给你收尸吧！”

“用哪样法子上去呢？”我小声问他。

“没得法子，这个地头的攀岩人，一个人一套法子，”我的引路师傅语气急促地说，“我爬给你看，是要你晓得，帽檐崖就是看起来吓人，可要有了属于自家的法子，它就卵都不算。”

我问他：“你的法子哪来的？”

“根据自家手脚长短，腰杆粗细，脑壳大小，慢慢摸出来的。”

我郑重地点点头说二叔，我懂了。捞起袖子，系紧鞋带，我刚想上去，他从后面一把拉住我说：“今天不爬了，回去和家里人吃顿团圆饭，明天再爬。”我晓得他的意思，怕我花半天时间爬上去，眨个眼的工夫就落下来。我没有拂他的意，默默点了点头。

回家照例要经过寨门口。来高粱还在，今天他没有骂人，远远就看见他伸着脖子看着远方，像只木讷的老龟。喊了他一声二老祖，刚要过去，他好像在说话，蚊虫样的低鸣。我挨过去仔细听了半天，才听清他说的话。

“我要走了，菩萨来接我，骑着玉麒麟，带着金童玉女，”低低哼几声，他又接着说，“蛇长脚了，长长短短八只脚，我数过了的。”

我忽然喉咙一下变得硬邦。石头上的这个人，几十年来只能靠眼睛在崇山峻岭之间行走。以前我们一帮细娃暗地里都拿他当玩笑耍，说他睡不进自己的悬棺才变得这样古里古怪。上了天梯道我才慢慢明白了，在燕子峡，男人只有行走在悬崖上才是幸福的，我想没有比解除你翻山越岭的本领更让人难过的事情了。

晚饭时，我没有给来辛苦讲明天上帽檐崖的事情。刨了两口饭，我对来辛苦说：“今天我看见二老祖，他脑筋好像越来越不管事了。”来辛苦自顾低头吃饭，含口饭含混着说：“不就是咒骂吗？让他咒去，反正都习惯了。”

“他今天说了另外一些话。”我说。

“哦！”来辛苦停止了咀嚼，抬头看着我惊奇地问，“说啥了？”

我把来高粱的话复述了一遍。来辛苦放下手里的碗，把嘴角的一粒饭扒拉进嘴里，笑笑说：“我是佩服他，装憨可以装这样多年，不容易。我看他不装到死去那天是不罢休了。”

“他死了可以进悬棺不？”我问。

来辛苦抬头看着我，冷冷说：“除非顺顺利利爬到五十下崖，要不就摔崖时当场断气，他想进悬棺，没这样的开头。”

我嘴巴动了动，没出声。

来辛苦撂了碗，起身转出门去了。母亲低头看了看他的饭碗，说还没吃完呢，干啥去？门外传来来辛苦低哑的声音。

“闷屎得很，老子出来透透气。”

我放下碗，悄悄问母亲：“二老祖真是装的呀？”

母亲轻轻笑笑，啥都没说。

第五章

大清早落了点毛毛雨，天梯道的岩壁变得异常湿滑。举起头，晶莹的水珠凝结在暗绿色的青苔上，水珠慢慢变得饱胀，最终失去了攀附，垂直降落下来，在石壁前击打出一排浅浅的小坑。

这样的湿滑，能不能上去，我心头没底。我在一处干燥的崖壁下蹲下来，才想起燕子峡的汉子在掏采燕粪的时节可不看天气的。庄稼在比脸皮还薄的土地里喘息着等待下粪，老天要戏耍你，连续落个十天半月，等你候着好天气把燕粪盘下来，已然过时了，再多的粪铺下去，禾苗也瘦着筋骨一直到秋收，你连颗种子都没有。

脱掉衣服，挽起裤腿，我硬着头皮开始上。下面一段轻车熟路，到了帽檐崖，我不敢冒进，先仔细看清了崖壁的每一个细处，琢磨了半天，算是有了路数，才开始上崖。等到了最险要的地头才晓得湿滑给攀岩带来的难处。手抓不牢，脚踩不稳，心头就开始发虚。曲从水跟我说过，攀岩最忌讳心乱，心乱了，手脚就乱了，手脚乱了，节奏也就乱了，失去了节奏，摔崖是迟早的事情。

倒悬在半空，崖上的水珠捶打着我的脸，仿佛每一滴水珠都能把我砸落崖底。没了方寸，心更慌了，刚才还刻在脑子里的崖上的一点一滴的细节也不见了。闭了眼，脑子里白茫茫一片。睁开眼，头顶上的水珠掉落后又开始在青苔上聚集。时间在这一刻变得无比漫长，手脚先是剧痛，然后开始酸麻，要命的就是酸麻，酸麻降临，坠落就比头顶上那滴水珠还来得快。

我想我就要死去了。

此刻，我好想把自己来到这个世界十四年的日子都认真捋一遍，可一闭眼，却什么都想不起来。脑子里全被高高矮矮，密密麻麻的悬崖占据了，它们都泛着黑黝黝的光泽，冷眉冷眼立在天地间。

睁开眼再看一眼这个地头吧，还是高高矮矮，密密麻麻的悬崖，一样泛着黑黝黝的光泽，全都冷漠地看着我。

就在临近坠落的一刻，我看见了一只脚，一只穿着岩豆藤草鞋的脚。还没等我回过神来，那只脚就开始拼命踩踏我的手。我连忙躲避，可就是躲不开。挨了好几脚后，手上的酸麻不见了，疼痛回来了。大吼一声，拼足余力，我猛一耸身，居然翻了上去。

上到帽檐，有了一方逼窄的开阔。一屁股坐下来，我看见那人站在我面前，手里抱着那根扁担，面无表情地看着我。我一怔，往后缩了缩，指着他问："你为啥要害我？"

他没搭我话，鼻子哼了一声，冷冷地说："鹰燕要走了。"

他说完一挫身，掠过那些尖牙利齿，很快就消失不见了。

忽然崖下有人喊我，俯身我看见了曲从水。他仰头对着我招手喊，下来，你快下来。

我把红布拴在一棵石笋上，顺着崖壁滑了下来。

站在曲从水面前，得意地拍了拍手，我想他该夸我两句的。哪晓得他飞起一脚就把我踹进一滩积水中，冲过来一把抓住我的脖子，将我的脸扭向崖壁，咬牙切齿地问："哪个喊你一个人上崖的？"我反手吊着他的手臂痛苦地喊："是我自家要上去的。"

把我掼倒在水中，曲从水直起腰，呼呼直喘。我抿了抿嘴，腥腥的咸湿。呸地往水潭里啐了一口血沫子，抬眼死盯着我的引路师。大约是见我挂红了，曲从水紧绷的面皮才慢慢舒缓过来。

伸手把我从水窝里提出来，他疾步走到崖壁下，手指往上一戳说："你狗日的差点就摔崖了。"我赌气说那你为啥不喊住我，让我不要爬。他对着我啐了一泡口水，说老子赶来时，就看你挂在帽檐下了。叹口气，他说："以为就等着收尸了，哪晓得看你又耸上去了。"

擦掉嘴角的血渍，我说："有人要害我，拿脚拼命踩我。"

他脸色一变，又火了，冲过来扬起巴掌。顿了顿，巴掌变成了拳头，拳头又长出一根食指，笔直指着我的脑袋说："还扯谎，老子一直盯着你上去的，上头哪来的人迹？"

我很认真地对他说："确实有人要害我。"

曲从水气得原地转了一圈，然后他指着岩壁对我吼："爬，给我爬上去，我倒要看看是哪个要害你。"

我白了他一眼，转身上了崖。

这次顺利得多，崖壁上的点滴算是刻在脑门上了。

站在帽檐崖上，我褪下裤子，对着崖下的曲从水撒了一泡高尿。他仰头指着我跳来跳去骂。说你小狗日的有种给老子下来。我心头骂你老狗日的有种给老子上来。骂了一阵，他折身走了，走得远远的还在骂，骂声在空旷的山谷里飘来荡去。

我坐下来，看着远近的淡墨，轻盈的雾气停在崖间。远处的岭子上，一行人沿着山脊正往寨子方向移动，仿佛爬行在刀刃上的蚂蚁。最前面一个影子背个背篓，弓着腰，那是我的族叔来向南。

回到家，一进院门就看见院子里站着一个人。三十来岁，清清秀秀的，和我们燕子峡膀大腰圆的汉子相比，他像一根晒干的豇豆。他的边上，来向南正弯腰搬一个箱子，见我进来，来向南对他说这是我侄儿来畏难。那人推了推鼻梁上架着的眼镜，伸长脖子瞅了瞅，笑着说你好。我张张嘴，没接话，也不晓得咋样接。

"我叫许净植。"他说。

"喊人啊！"来向南朝我喊。见我没理他，他无趣地弯腰开始搬地上的箱子。那个叫许净植的指着地上的箱子说里面全是书，有点沉。脖子一直，来向南装得很轻巧地提起箱子掂了掂说：

"重哪样鸡巴哟，跟提只鸡差不多！"

我折进屋，母亲正蹲在地上捡菜。朝我招招手，小声对我说："看见那人没？"我点点头。母亲又说："城里来的，要住我们家。"我问我爸晓得不？母亲说晓得的，去借青杠籽酒了，说要款待客人。

夜晚的饭桌上，来辛苦一个劲劝姓许的喝酒。许净植笑呵呵应着，每一口都喝得苦大仇深。面部被燕子峡的青杠籽酒烧得不停地痉挛。来辛苦看他痛苦，就说酒不好，将就着喝。许净植红着眼摆手，说好喝好喝，就是度数太高了。

吞下母亲夹过去的一筷子鱼腥草，许净植啪的一口吐掉了。然后抬头问这是啥东西，比烧酒还难吞。大家就呵呵笑。这时他拍拍我肩膀说：往后这些日子就让畏难带我四处看看吧。

第二天正午，我和许净植沿着薄刀岭的山脊一路向东。两边有风吹来，鼓着我们的衣袖，发出噗噗的声响。我回头看了看后面的客人，他满脸通红，横起衣袖擦汗，还不停地抬头看天上热辣的太阳。

“你们这地方路可真难走，”他喘着说，“一直都是这种路吗？”

我摇摇头。

舒了口气，他说前面的路怕是要好走些吧。

我又摇摇头。

“比这还难走？”他惊呼。

“根本就没有路。”我对他说。

然后他站住了，眼睛睁得大大的看着我。愣了半晌才嗫嗫着说：“没有路？”

“有悬崖。”我说。

叉着腰看了看远处迷离的苍茫，他长吐了一口气，指指前方说我们走吧。

那些日子，我领着这个城里人在燕子峡起起落落。每到一处新鲜地头，他都要掏出随身携带的小本写写画画。在庄稼生长的地方，他会翻开土层看看厚薄。就在他白净的面皮被太阳彻底烤糊的那天，我和他沿着猫跳河往下游走，他蹲在河边，弯腰掬起一捧水往嘴里送，灌饱了，他从河里捞起一块石头对着我晃晃说：

“想不到你们这里还有这种石头。”

我说这是仙宿石，老人们说这是仙人从天上扔下来的。他笑笑，说这是胡扯，天上哪会掉下这种石头。他告诉我这叫水晶石，主要成份是二氧化硅。多是在地底下、岩洞中，需要有丰富的地下水，地下水又多含有饱和的二氧化矽，温度如果在550－600℃间，再有适当的时间，就会形成这种石头。

我不懂他在说什么，只是给他说了祖祠崖的山洞里有很多这种石头。想想，我还给他说了那天我在洞里见到的怪事。“这不可能，没有科学依据，”他呵呵笑着说，“一定是你的幻觉，恐惧情绪下产生的幻觉。”

我不想和他说了。因为我当时一点都不恐惧，既然不恐惧，哪来的幻觉？

第六章

在燕子峡待了半个月，许净植走了。

走就走了，我不留恋他。我给他说的好多事情他都不相信，坚持说不可能，好像我说谎骗他似的。不过他走那天，我还是和来向南他们一起把他送到了薄刀岭。分手时，他回头看了看矗在崇山峻岭间的那些房屋，重重拍了拍我的肩膀说：“你们活得太苦了。”

城里人走后，我又回到了天梯道。重回崖壁可不是件容易的事情，曲从水给来辛苦表态，这个娃娃我教不了了。我也晓得错了，对着引路师撒尿不是小事。所以来辛苦在曲从水院子里对我拳脚相加时我都没敢哼一声。来辛苦为了表明立场，下手特别恨。后来还是曲从水死死拽住了来辛苦，说再打娃娃就上不了崖了。

和我的引路师傅重新来到崖下那天，燕粪已经掏完。抬起头，九月白亮刺眼的阳光尖针似的飞泻而下，刺得眼睛生疼。头顶上盘旋着密密麻麻的鹰燕，围着燕王宫不停地盘旋。凄厉的嘶叫声响彻云霄。

看了一阵，曲从水慌慌地对我说，今天这崖是上不了了。说完他紧张地跳着离开了，出去好远又回头对我喊。

“快去通知燕子峡的人，就说鹰燕要殉崖。”

我不敢怠慢，顺着寨子的方向狂奔。

正午十分，燕子峡和曲家寨的男女老少全都聚集在了燕王宫下。每颗仰着的脑袋上都布满了阴霾，随着头顶鹰燕鸣叫声的逐渐凄厉和宏大，悲伤在人群中波澜起伏。

乌云般围着燕王宫盘旋的鹰燕群，在撕心裂肺的鸣叫声中逐渐分成了两股，一股开始上升，继续盘旋；一股逐渐下降，笔直飞向对面的悬棺崖，在崖间调了一个头后徐徐升高，一直升到崖顶。突然，最前的头燕一声尖啸，燕群对着天梯道急速俯冲过来，它们越飞越快，越飞越快，仿佛离弦之箭，在人群头顶拉出一道黑色的轨迹后，天梯道的崖壁上就响起了接连不断的砰砰声响。瞬时鲜血迸射，炸裂的鹰燕顺着岩壁往下掉，仿佛一道宽大的黑色瀑布。

崖下的人群，没一个作声。鹰燕撞崖时飞溅的鲜血雨点一样打在人们的脸上、手上、衣服上。长久满含哀伤的静默，任凭血雨漫天。

漫长的令人窒息的沉闷声响后，崖前的地面上堆积了厚厚的一层鹰燕的尸身。

空中的燕群还在鸣叫，声音愈发凄厉，它们一直在盘旋。

天地瞬时安静了，只剩下人群粗重的喘息声。

送咯！忽然有人高喊。

送咯！所有人高喊。

就是这样，鹰燕三年一次的殉崖。燕群中那些老弱的，失去了觅食护崽的能力的，就会选取一个日子，拼尽最后的残力，集体撞崖死去，把燕王宫更多的空间腾出来，留给那些可以继续繁衍生息的后代。

殉崖燕群的后事，处理过程总是沉闷的。

一群壮汉在崖壁下架起了七八个柴堆。男男女女，老老少少把死去的鹰燕一个一个捧上柴堆。一个细娃抓起一只鹰燕的腿，倒提着摇晃着过去，远远把死去的扔上柴堆。很快他就为自己的轻佻付出了代价，啪的一声脆响，脸上多了五道暗红。细娃捂着脸待在原地，看着来来往往的乡人肃穆的神情，没敢哭出来。

点燃火堆，噼里啪啦的大火烧了起来。

足足燃了一个上午，最后剩下一堆堆黑灰。把黑灰装进袋子，十多个汉子把袋子绑在腰间，蹬蹬上了燕王宫。汉子们在宫门的崖壁上站成一排，从袋子里抓出黑灰，往半空一扬，高喊：回去咯！

崖下的跟着高喊：回去咯！

风卷着黑灰，在半空中纷纷扬扬，很快就消失无踪了。

入冬了，燕子峡迎来了今年的第一场雪。雪粒子落了一早上，到了正午，北风把雪粒子搓成了雪花，大片大片的，在天地间飘飘洒洒。

吃完午饭，来辛苦递给我半袋子山谷米，让我给来高粱送去。还没走出院子，母亲又从后面赶上来，悄悄塞给我半袋小米。她怕来辛苦看见，推着我赶快走。我回过头，来辛苦在猪圈边取圈门板。他的眼睛往这边瞟了瞟，明显发现了母亲的小动作。瘪了瘪嘴，装着没看见，回头继续取门板。

二老祖的家在风口上，每年都要被掀翻几次。大家就劝他重新找个避风地头搭个房子，来高粱不干，还骂：老子就喜欢听着风声睡觉，没风我还睡不着。劝了几次没效果，也就不劝了。房子掀翻了，汉子们就割些山茅草给重新盖上。

本以为这样的天气，来高粱肯定窝在火塘边打瞌睡。到了才发现他在院子里，斑鸠窝样的头顶上积了厚厚一层雪，胡须结着晶莹的冰茬子。他坐在一条独凳上，拿着一把柴刀正剁着一截木头。我喊了一声二老祖。他抬头看看我，没理会，鼻子嗤了一声。他这模样我早就习惯了，这些年每次给他送吃的过来，他都这样。不光我，所有给他送东西来的人，都会从他那里领走这样一声怪叫。

我把袋子放在门边的石凳上，转回来蹲在他身边。

"二老祖，这是做啥呢？"

他又嗤了一声。

"你给我说，到底做啥嘛！"

停下手中的活路，他扭头白了我一眼，说："求你你不帮忙，老子只好自家想办法咯！"

"你求我？干啥？"我问他。

"求你小狗日的把我背上悬棺崖嘜。"吐出一口白气，他又低头开始劈砍。

我没出声，他又气鼓鼓地说："求人不如求己。"

扬扬手里那截木头，他高声说："老子做一只假脚杆，自家爬上去。"

我鼻子有些酸，站起来拂掉他头上的雪屑，说太冷了，先进去烤会火吧！点点头，他捞起地上的木拐，支在腋下，一蹦一蹦往屋里走。走到大门边，看见石凳上的布袋子，转身对我说："拿回去，上个月人家送来的都还没吃完呢！"迈进屋去又咕哝："就你狗日的来辛苦大方，每次都是山谷米，都给我了，你一家老小吃个屌啊？”

火塘上的茶罐咕咕响。往灶膛里塞了一根柴，来高粱说：“娃，我见着异相了。”叹口气，他接着说：“天兵天将驾着祥云停在燕王宫上，打着呼哨，云中一个穿金盔金甲的天神，一挥手，洪水从天上汹涌着下来了，一眨眼就啥都没了。”

他说这话的时候，脸上尽是惊骇的表情。

说完他问：“娃，你信不？”

我点点头。

“你真信？”

我又点点头。

他忽然哈哈大笑，笑得脸上沟壑震荡，然后指着我上气不接下气地说：“其实我也不晓得是真的假的。”

见我无动于衷，他有些讪讪，一下收住了笑。屋子里顿时安静了下来，只有茶罐在闷叫。

“二老祖，鹰燕殉崖了！”我说。

他一怔，问：“多不？”

“燃了七八堆火才烧完。”我说。

来高粱一下沉默了，悲伤爬满了一张脸。大喜到大悲，转换得如此迅速。含着泪，来高粱盯着我问：“娃，你说我是不是该去死？”

我慌忙摇头。

“下了好多年决心，就是舍不得屁股下头这些沟沟坎坎，”他抹了一把泪说，“我连只燕雀都不如。”

回家的路上，风雪更大了，风从崖下卷上来，团成腰身粗细的旋头风，打得雪花四下飞散。我在呼啸的风中放声大哭，反正也不会有人听见。谁说燕子峡的男人不兴哭。老子就是要哭，老子还要大声哭，关你们屌事。

第七章

进了腊月，抬腿就是年关，该备些过年的物事了。吃的没什么讲究，大年夜有点酒有点肉就行。过年不能放炮仗，怕惊着山神。香蜡纸烛得备齐，白面粉是必需的。燕子峡的年初一不吃饺子汤圆，吃百虫汤粑。家家户户，年三十晚上就和好白面，手巧的女人们能把白面捏成蝗虫、蝴蝶、蛾子等等虫子的模样，大小也差不多。初一早起，把捏好的虫子下锅氽熟，燃上香蜡纸烛，把热腾腾的虫子面抬到神龛上，先拜三拜，嘴里还要念叨：燕神啊燕神，多吃些吧，都是你爱吃的呢。还有心厚的，念叨着要燕神保佑燕子峡有用不完的燕粪，收回的粮食屋子都装不下。燕神享用了，才轮到凡人，大人娃娃吃得舔口舔嘴。家家户户都是欢欣的笑声。

笑声在大年十一戛然而止。

怕燕神冷着冻着，十一得给燕神送火。寨上挑出三四个小伙子，上到燕王宫，点上香蜡纸烛，燃一堆柴火。去送火的人，要等到那堆火彻底烧尽才能回转。四个人一早出门，未及中午就回来了，一进寨门就破着嗓子喊：出大事了。

最先撞见的是来辛苦，我和他正准备去看我的二老祖来高粱。刚到寨门就看见几个人远远喊着跑过来。

“撞鬼了？鬼吼呐叫的。”来辛苦骂。

来人喘着气把一个东西往来辛苦面前一送，说：“辛苦叔，撞大鬼了。”

来辛苦接过那东西一看，一只燕窝。

“崖下捡到的，”来人急痨痨地说，“我们几个上到燕王宫一看，撞他妈的鬼了。”

“有屁快放。”来辛苦吼。

“一大片燕窝都不见了，起码上百个。”

来辛苦愣了愣，把手里的燕窝往地上一掼，破口大骂：“日你烂娘，谁干的。”

随即他发出了一声凄厉的哀号。

这是大事，牵涉到燕子峡和曲家寨两族人的生计。两寨人很快聚在了天梯道前。所有人都黑着脸。来高粱坐在一块石头上，手里的拐杖狠狠敲着面前的石板说：“这是要绝活路啊！”

我听来高粱讲过，说他还是个娃娃的时候，族中一个年轻汉子偷采了十个燕窝卖到了蛊镇一个地主家。后来被发现了，根据祖宗定下的规矩，偷采燕窝者，一个剁手，十个以上沉塘。族老虽然愤怒，但还是想留下汉子一条命，就说没超过十个，还是剁手吧！族人都同意，只有两个人坚决要求把年轻人沉塘。这两个人是他爹妈。沉塘那天，爹妈给他做了一顿好吃的，找了身好衣服给他换上，对他说：儿啊！不要怪爹妈狠心，你这个念头太过歹毒了，你绝了一寨人的活路啊！接下来，燕子峡连续三年没有鹰燕的影子。在没有鹰燕的三年时间里，燕子峡没有从地里收上来一粒粮食。光饿死的就好几十人，剩下的远走他乡。直到三年后鹰燕归巢，逃难的乡人才逐渐回来。

冷风呼啸，心情和天气一样。几个汉子从燕王宫下来，大声说，清点过了，一百一十二个。没人说话，大家的身体仿佛从里到外都冻住了。骇死人的数字。盗采十个燕窝，鹰燕就可以三年不归。一百多个，怕是三百年都见不着这灵物了。

来辛苦在石头上猛地站起来，指着曲家寨那头的人群喊：“哪个干的，给老子站出来。”

所有人都举目望着他，没人应声。

我的引路师曲从水满脸怒气跳上大石头，指着燕子峡这边的人群大喊：“是哪个？站出来。”

侧目瞪了一眼曲从水，来辛苦说：“我燕子峡的人干不出这种事。”

曲从水气呼呼地接过去：“你的意思是我曲家寨干的咯？”

两个人怒目相对，绝境让他们在这一刻都失去了理智。

一把把曲从水推下石头，来辛苦说妈个逼，你曲家寨好几个人在外做生意，这种事情只有生意人才干得出来。推得太重，曲从水摔了一个大仰八叉。翻爬起来，他一纵身跳上石头，一拳砸在来辛苦脸上，来辛苦鼻孔立时钻出来两条赤红的蚯蚓。两人一开打，下面气饱力胀的闲不住了，冲上去加入了战团。剩下女人娃娃站在边上大喊大叫。瞬间，拳头击打声、呵斥声、叫骂声、嚎哭声充斥在冬日干瘦的峡谷里。

战争泾渭分明，两族人分隔在大石头两边，一边要奋力冲过石头，一边竭力抵挡。持续了大约一盏茶工夫，两边都有人挂了彩，石头上血迹斑斑。

曲家寨那头，前排几个壮劳力铆足了劲，准备冲锋。曲从水跳到前面双手一展，拦下了后面的后生。他指着来辛苦说：“辛苦，要干仗可以，但是不要当着婆娘娃娃的面，我们挑个好日子，两个寨子各选十个人出来，到祖祠崖下去打，那地头宽，闪得开。”

“鬼大二哥怕你，就依你，干架要挑哪样鸡巴好日子，就明天正午，不打到披麻戴孝不算完。”来辛苦恶狠狠吼。

夜晚的燕子峡，凶狠的激情在凛冽的寒风中四处激荡。一群壮汉聚在我家屋子里，摩拳擦掌，跃跃欲试。人人都嚷着要让曲家寨的人晓得锅儿是铁铸的。来辛苦检阅着即将出战的勇士，很是满意。燕子峡要粮食没有，要土地没有，要耍勇斗狠的汉子，一抓一大把。

正午，两族人聚在祖祠崖下，每一只眼睛都迸射着噬人的凶光。二十个汉子立成两排，全都赤裸着上身，雪粒子拍打着他们健壮的肌肉。开战之前要清场，地上的石块、木棒这些可以用作武器的东西全都被清理掉，就怕有人干急了，随手捞起来砸人。这场战斗是不能操家伙的，肉坨坨对肉坨坨。

除了女人和未满十四岁的男娃，两个寨子的男人都来了。

一场战斗即将开始，我立在人群中，双拳紧握，热血上涌。

人群中忽然有人发出一声惊呼，只见远处的风雪中，一个人影踽踽着往这边过来。等那影子近了，人群里发出了更多的惊呼。风雪裹着他瘦削的身体，须发白着，手里那根磨得油亮的拐杖也不见了。所有的眼睛都瞪圆了，没有人知道他是如何越过那些陡峭的崖壁来到这里的。最奇怪的是，他那条断腿又回来了，尽管还是摇晃，可那条断腿是真真切切回来了。他没理会众人，歪歪扭扭走到两拨即将开打的队伍中间的空地上，哆嗦着坐下来，伸手轻轻拍打着衣服上的雪片。

来辛苦鼓着眼折过去，蹲下来问：“二公，你这条腿？”

捞起裤脚，水落石出了，一条木腿。

“黄杨木的，耐磨，”二老祖悠悠说，“现在动起来还不太方便，时间长点就好了。”

来辛苦说二公你先让一让，他们要开仗。

摆摆手，来高粱说：“你们打你们的，我累了，歇一歇。”

“你看——”来辛苦说，“占着地头了。”

啪，一巴掌扇在来辛苦脸上，来高粱大骂：“妈个逼，你们牛打死马，马打死牛关老子卵事，还会选地盘呢，来祖祠崖打，就不怕恶心了祖宗的眼睛。”

这时曲从水过来，弯腰对来高粱说：“今天这架不打怕是不行。”

又一巴掌，震得山谷空响。

“你为啥打我，老子可不是你燕子峡的人。”曲从水捂着脸说。

手指往崖上一指，来高粱颤声说：“你拱进去问问，三百年前你狗日的姓啥？”

骂完，来高粱艰难地爬起来，指着人群大声喊：“哪个掏的燕窝，站出来。”

人群一片寂静。

头顶忽然有异响，宏大的隆隆声从崖上的山洞里传出来，滚雷一般。响声持续了大约半盏茶工夫，接着洞里有白雾涌出，初时丝丝缕缕，慢慢变得粗壮，白雾顺着山壁一直往下淌，最后把崖下的人群全埋实了，连身边站着的人都看不见了。

“到底哪个掏的？”来高粱声嘶力竭地问，“先人都发怒了，说不说？”

“我！”浓雾里有个声音应。

“你是哪个？”来高粱问。

顿了一下，那个声音说：“来向南。”

时间在这一刻死了。没人说话，只有风用巴掌拍打着岩壁的声响，像个控诉他人罪行时愤怒的拍打。死寂中，浓雾开始散去，每个面孔逐渐清晰。大家的目光开始悲愤而焦急的搜寻，都在找寻那张吃了豹子胆的脸孔。

来向南靠在岩壁上，表情悠然，像是个旁观者。这绝不是我之前天天看见的那个弯着腰堆着笑的族叔，我都弄不清楚现在的来向南和以往的来向南哪个才是真的来向南。

来高粱慢慢挪到来向南面前，清咳一声问：“咋想的？”

伸出一个指头挠了挠鼻尖，来向南说：“没咋想，就是找两个饭钱。”

“日绝娘哟！”来高粱手里不知啥时候掂了块石头，狠命砸在来向南的脑壳上。嘭的一声空响，好些人都往后缩了缩脖子。来向南枯柴样的倒在地上，鲜血从创口处汩汩涌出来。咧着嘴痛苦地坐起来，来向南抬手抹了一把额头上的鲜血。嘭，又一次把来向南拍翻在地，来高粱直着脖子吼："你还好意思擦？"

把石块往地上一扔，来高粱走了，歪斜着出去几步才冷声说："这是你自找的。"

来高粱走了半天，曲从水才从人群里站出来，他指着来向南说："就这样算了？"

不行，不行。人群里头有人喊。

"那你说咋整？"来辛苦问。

叉着腰喘着气踱了几个来回，曲从水说："我不晓得，你们燕子峡自己看着办，不给出一个说法，老子带人把你寨子烧个精光。"

接下来这些日子，燕子峡陷入了沉闷的悲愤。祖宗是有规矩，可眼下这个年月，剁手沉塘都行不通了。寨人聚在我家院子里，问来辛苦这事到底咋办？来辛苦沉默半天说："咋办？我还能咬他鸡巴两口？"这头沉默，曲家寨那边闹热着呢。三天两头喊人过来催问：这事到底咋个整？

那晚来辛苦喊来了燕子峡几个管事的攀岩人，他们都有带徒上崖的资格，说话有用。来向南窝在屋角，脸上像是铺了一层山灰。来辛苦几个聚在里屋商量了半天，出来对来向南说："你走吧！"

来向南一怔，问："走哪点？"

"越远越好！"来辛苦说。

抽抽鼻子，来向南说："我不走。"想想他又说："老子就不走，我倒要看看，哪个能咬我卵蛋两口。"

第八章

一进春天，燕子峡的屋檐下，院子里，崖口上，峡谷头，都是仰着脑袋的人。日日等，天天盼，就等着鹰燕飞回来。崖上的黄杨树抽出新芽的时候，第一拨鹰燕回来了。那天，燕子峡和曲家寨所有的人都站在崖上，伸长脖子看着隐在云雾里头的燕王宫，心都提到了嗓子眼。燕群刚沿着峡谷飞过来，有人惊叫着说快看，来了。燕群在山脊上绕了数圈后，一头扎进了燕王宫。

所有人屏住呼吸，等待着最后的判决。

来辛苦挨我站着，拳头使劲握着，硬着脖子，目不转睛看着燕王宫的洞口。大约一袋烟时间，第一只鹰燕从燕王宫飞了出来。来辛苦猛一跺脚，大喊："拐，要走。"紧接着第二只，第三只，最后燕群呼啸着冲了出来，陡地向天空爬升，升得高了，在寨子上空不停地盘旋，还发出撕心裂肺的鸣叫。紧接着一折身，沿着来时的峡谷飞去了。那些黑点慢慢变淡了，天边终于失去了鹰燕的影子，只剩下枯瘦冷漠的岩壁。

“早就晓得要冒火的。”来辛苦喃喃地说。然后他一屁股坐在地上，满含悲愤地说：“日绝娘，要老命了。”

这是个让人绝望的春天，人们每天都这样无奈地看着鹰燕们来了又走了，一点法子没有，除了看，还是看。也有不认命的，连夜捏了好几盆百虫汤粑，一大早下锅煮熟抬到燕王宫下。鹰燕一现身，抓起来漫天抛撒，嘴里大声喊着：来吃吧，我们晓得做错了。天上的自然不理会，打个转身就顺着峡谷远去了。喊声慢慢就变成了哭声：一个人做的事，咋个把账让一寨人背嘛！

就在最后一拨鹰燕离开的那个黄昏，我们燕子峡的男女老幼全都聚集在崖上，木木地看着天空中盘旋着的那些黑点。已经没有人哭了，目光一律呆死，神情一律枯败。就在那拨鹰燕从燕王宫出来的时候，来向南来了，他悄悄挨到崖边，目光跟着那群燕子跳跃。没人看他，从他承认偷掏燕窝那天起，他就不是燕子峡的人了。每一个遇见他的人都会问：你还不滚啊？他说老子为啥要滚，这燕子峡又不是你家的。

一个女人扭头看见了身边的来向南，往边上挪了挪，还啐了一泡厌恶的口水。

鹰燕的哀鸣声在燕王宫上空破刺刺响，它们在绝望地盘旋。都知道的，半袋烟的盘旋后，它们就会顺着河流的方向远走高飞。

猛然，崖边的来向南扑通跪倒在地，对着天空的黑点声嘶力竭大喊：“日绝娘哟！我手贱，现在就还给你。”话音刚落，来向南右手多了一把明晃晃的柴刀。把左手平摊在面前的石板上，刀光一闪，手掌被齐齐斩下。

鲜血狂飙。

还是来辛苦眼快，扑过去捞起来向南的左手，脱下衣服缠在飙着热血的断处。眼睛死死盯着他的族兄弟，表情异常复杂。

这时，那群鹰燕在空中发出一阵尖而长的哀号后，一头扎下河谷飞走了。

看着远去的鹰燕，我的族叔来向南哭了，煞白的脸挤成一团。他开始骂：“日绝娘哟！该还的我都还给你了，你还要咋样嘛？”

鹰燕离开燕子峡一个月后，我的族叔来向南走了。

临走前，他把那截已经干枯发黑的断掌交给我，神情落寞地对我说：“悬棺崖我上不去了，我走后，你把这截断掌放进我崖上的悬棺，等将来我死了，得有个全尸。”我说二叔，他们将来怕是不会让你进悬棺的。他顿了顿说：“将来，哪个晓得将来是个啥样？”

第二天一早，来向南弯弓样的身子在如林的崖间无数次起落后，终于消失在了薄刀岭的山脊上。我和来高粱骑在寨口的石头上，一直目送着他远去。来向南的背影消失了好久，来高粱才吐口气说：“走吧，走了好。”

变故后的村庄一下陷入了疲沓，每张脸上都写满了愁苦，久不上饭桌的野菜又回来了。燕粪没了，意味着粮食也没了。眼光一放长，就不敢敞开肚皮吃了，能省的都要省下来，谁都不晓得鹰燕什么时候才会回来。也许明年，也许后年，也许永远都不回来了。

更大的变故还在后面。刚入夏，燕子峡来了一拨人，说是政府家的。汗流浃背站在我家屋檐下给燕子峡和曲家寨的乡人开会。一个干瘦的人给大家讲话，他说他是县上来的副县长。叉着腰喊了几声乡亲们，他说去年有个姓许的人来过这里，做了大量的调查。各项数据表明，这个地方不适合人类居住，我们上报了市里，市里决定拨出一笔钱，专门划拨出一块地盘给大家建房子，让你们集体搬出去。

说完他笑吟吟地看着众人，以为大家会欢欣鼓舞，哪晓得下头像个闷罐，一点生息没有。

副县长以为大家没听明白，他又强调：这地方真是不适合人居住啊！我们几个爬了整整大半天才爬过来。

一个人忽然接话问："不适合？哪个说的不适合？"

另一个冷冷说："不适合？生生死死多少代了？还不是活下来了。"

"不搬！"靠在院墙上的来辛苦忽然说话了。

"说啥？"檐坎上的副县长问。

"不搬！"来辛苦大声喊。

抿抿嘴唇，副县长说这事怕你一个人说了不算哦！来辛苦指指黑压压的人群说："你问问他们，谁愿意搬？"人群顿时成了煮沸的开水，呜呜哇哇抢着说话。大意就是搬家可是大事，哪能说搬就搬。副县长没料到会有这样一出，有些愠怒说："新的地方，生活条件肯定比这穷山恶水好多了，这样的好事，打着灯笼都难找呢！"

依旧没人领情，副县长有些讪讪，四下扫扫，看出了来辛苦是管事的，就朝来辛苦喊："这样吧，你们先商量一下，如果不放心，可以派几个去新选的居住地走走看看。"

副县长说完拔腿就走，走到院门边，回身又喊："商量好了就给镇上一个答复，要去新地头看看也去找镇上，他们会安排。"迈出去几步又咕哝："穷山恶水出刁民，这地方我是不想再来了，老命都要爬杵脱。"

夜晚，燕子峡的乡老坐下来商量，意见出奇的统一。不搬，就是不搬。世世代代生活的地头，哪能拍拍屁股就走。其他都放得下，崖上的祖宗咋办？全都拍屁股走了，风吹雨淋，要不了多久，棺材就会散架，到时候连上去绑根蔑条的人都没得。有人也说，这个倒不是问题，可以定期回来绑扎绑扎的。来高粱就开了黄腔："妈个逼，远天远地，看不见摸不着，时间久了，还不两眼一摸黑，谁还记得下这山旮旯里头还睡着祖宗。"

来高粱一开黄腔，就没人敢接嘴了。沉默了一阵，就散去了。

第二天一早，曲从水来我家，拉条凳子坐在院子里问来辛苦。

“你们这头咋想的？”

摇摇头，来辛苦说商量过了，不搬。点点头，曲从水说我们那头也不搬。

搓搓手，曲从水说就是这肚皮不晓得咋样填饱？

“这地头少吃少穿经历得还少啊？还不是照样过来了。”来辛苦说。

叹口气，曲从水看着远处的悬崖说：“日绝娘，石头要能晒出油来就好了。”

那天深夜，我起床撒尿，看见来辛苦一个人坐在院子里。月亮很好，银白的光芒罩着他。他弓着身子，木木地看着远处山峦淡淡的剪影。等我尿完从茅厕出来，他对我招招手，我过去挨着他坐下来，他先叹口气，问我：你愿意走不？我点点头，随即又摇摇头。他说不用跟老子甩脑壳，我就晓得你狗日的想走。

来辛苦第二天就找了三个年轻的寨人，让他们和曲家寨的人一起去新的地方看看。去的人问他：辛苦叔你咋不亲自去看看呢？他一脚踹在问话人的屁股上，骂：你管老子去不去，让你去你就去，卵话多。

去的人第三天才回转来，一寨人早就在崖前候着他们了。刚爬上崖来，还没顾得上擦汗，大家就七嘴八舌问开了。

“那地头如何？”

去的人掂起衣角擦了一把汗，两手往外一抹说：“平，平惨了，放眼看去，一马平川。”

“那就是没崖了？”又问。

“啥子崖哟，连土堡堡都见不着一个。”去的又说。

“连悬崖都没一壁，这样的地头日子咋过？”来辛苦往地上啐了一口痰，狠狠地说。

不管走不走，眼下紧要的是生计。开春在猫跳河岸边种下的苞谷，在阳光里头疯长，绿油油一大片。接下来就只有乞求老天开眼了，让今年入夏后的河水能小一些，要是能收上这一季救命粮，那就真是阿弥陀佛了。未及仲夏，寨人就看出了老天屎事不管。今年的洪水来得又粗又早，黄龙轰隆隆咆哮了四五天，把沿河那片馋人的绿色连根带走了，连片叶子都没有留下。就在洪水卷走希望那天，来向南回来了。他弯着腰从寨口走来，脸上的愧色还在，那条空袖管被山风吹得噼啪作响。他咧着嘴和遇见的每一个人打招呼，连女人怀里抱着的娃娃他都要亲热地喊一声。走进我家院子，来辛苦正在磨镰刀。看见来向南进来，来辛苦鼻子哼了一声，没理会。来向南远远站着，等来辛苦把刀磨完，他才试探着喊了一声哥。来辛苦喉咙响了响，算是应答。

“哥，鹰燕没来，都算我头上，我想给大家寻个活路。”来向南低声说。

缓缓抬起头，来辛苦说：“偷还是抢？”

摇摇那只断手，来向南说不是不是，我现在在镇上的粮店搞搬运，就想带大家出去挣点力气钱。盯着来向南那只断手看了一阵，来辛苦绷紧的脸才松弛下来，然后他问：

“要几个？”来向南脸上顿时绽开了一朵莲花，慌不迭接过话说：“越多越好。”

第九章

寨上的壮劳力都走了，我成了一只没人管束的野狗，整日在峡谷间游荡。迎着清晨的第一缕霞光，我穿上那件有好几个破洞的红色汗衫，赤着双脚在暗黑油亮的峡谷里漫无目的乱走，成了天地间随风乱荡的一片红布。入眼都是千篇一律的无聊。连块宽大蹦跳的地方都没有。我就看蚂蚁搬家，看一种有着扇子大小尾翼的棕色鸟雀飞过峡谷，看脑袋奇大，鼓着一对复眼的绿色蜻蜓在飞翔着交配。

峡谷活物太少，几缕淡绿隐伏在石块的阴影下，胆战心惊地活着。它们的名字叫伏地草，根扎得很深，地面上巴掌大小的绿意，在地底下却有着千丝万缕的根须。此刻正是正午，我躺在一处长了几块伏地草的阴影里，躲避着白花花的烈日。

眼皮频繁打着架，倦意像六月汹涌的猫跳河。对面的悬棺崖时隐时现，崖上那条粗大的裂缝，跟着眼皮不停地跳动。就在即将睡去的时候，我被远处一阵喧闹惊醒了。

烈日下，一队人从峡谷口过来。最前面的是一个着长衫的祭师，摇着给死人引路的悬幡，面前吊着装有纸钱的袋子，他伸手抓出一把，随手一扬，纸钱漫天飞舞。他嘴里还念叨：山魈洞神，不敬打扰，后有亡人，天寿已尽；今逢吉日，入殓悬棺，卑人不敢惊扰诸神，逢山不敢开道，遇水岂敢搭桥，只借神灵庇佑，助亡人入棺为安。

念完，抛撒一把纸钱，接着喊：双脚蹬实，走起咯！

紧随他身后的六个人，抬着一块门板，门板上有具被白布包裹着的尸体。再后面，是一群穿着白衣的人，全都神色肃穆，不声不响跟着前头的节奏走。

这是燕子峡送人入棺的场景，这些年我见过不少。奇怪的是，人群中我一个人都不认识。对面崖壁上的悬棺都是燕子峡的，按理我都认识，可眼前这群人硬是陌生得很。

程序有条不紊，抵达崖下，祭师先是唱诵一段经文，几个年轻汉子蹬蹬上到崖上，找个可供倚靠的地头稳好身子，然后抛下绳索。地面上的用绳索把尸体绑缚好，祭师仰头高喊一声：起咯！

崖上的跟着齐喊：起咯！然后相互看看，点点头，一齐使力，那段雪白开始缓缓升起。

升到最高处，地面的祭师又喊：搁咯！

崖上一个青年把尸体稳住，其他几个迅速过来，合力将尸体捧入棺中，合上棺盖，然后冲着远方的层层叠叠喊：霜凄凄露茫茫，风雨剥蚀日月迎将。我辈族人骨骸坚强，必不速朽恋此高岗。山之广大地厚无疆，居此高崖遥望故乡。

猛然，我心头大惊。那个刚刚搁完尸体的棺木，正是不久前我刚刚升崖的悬棺。搞错了，这群外来人肯定是搞错了。我慌忙跑过去，边跑边喊：错了，搞错了。

没人理会我的声嘶力竭，甚至没有一个人回身看我。

跑到长衫祭师跟前，我急痨痨对他说："你们搞错了，那是我的悬棺。"他依然仰着头，根本不理我。我急了，伸手就去扯他的衣袖。

日绝娘，我的手居然从他的衣袖中穿了过去，空空荡荡，我什么都没有捞着。

一屁股坐倒在地，我的心都快跳出来了。

崖上的几个人下到地面。拍拍手对长衫祭师点点头。祭师一挥手，人群又顺着来时的路迤逦而去。我两手反撑着地面，仰头看着崖上那口悬棺。平息了一阵，正想上去看个究竟，忽然屁股下面开始颤动，颤动越来越激烈，拳头大小的石块在地上慌乱地蹦跳。仰起头，崖壁也在颤动，大大小小的石块哗啦啦往下掉。终于，那口悬棺在猛烈的晃动下，一头从崖壁上栽了下来，哐当一声，在我面前炸得四分五裂。那具裹着白布的尸体，正好横躺在我面前，我抖颤着凑过去。一个老人，须发白着，耳廓处有块和我一模一样的红色斑块。

翻爬起来，我飞似的逃离。

这晚我没敢回家，在来高粱的屋子里，我在昏暗的灯光下上下牙不停地打了好久的架，才结结巴巴把遇见的事情给他说了。来高粱蹙着眉头听完，歪过去拨了拨油灯，半天才回身对我说：你看见的是自家的丧事。说完他取下那条木头做的假腿，掂起一把锉子开始锉。

呜——擦——呜——擦——

我问："你咋晓得呢？"

把锉掉的木粉吹掉，来高粱斜着看了我一眼，说："娃，你这辈子睡不进那口棺材了。"

"为啥呢？"

"在和你差不多一样大年纪的时候，我也看见过自家的丧事，"来高粱叹口气说，"燕子峡出过好几桩这种事，凡是见了自家丧事的，最后都没能搁进那口棺材。"

"是睡不进去了，棺材都摔破了。"我说。

套好镂空的假腿，来高粱笑着说："你明天去看看吧，那口棺材还在崖上。"

第二天一早，我和来高粱去了悬棺崖。来高粱实在太慢了，像只瘸腿的蜗牛，在崖壁上一直蹭到正午，才落实在地面上。

来到崖下，我的那口棺材还在，横在崖上，好好的。

拣处地头坐下来，我陷入一种难抑的悲凉，我想来高粱说的是对的，我这辈子怕真是进不了自己的悬棺了。然后又想，只要上崖时小心再小心，也不学来向南偷鸡摸狗，就一定能睡进去。边上的来高粱也不和我说话，他和自己说，说的都是他年轻时干过的坏事。在地里偷看女人撒尿啊，背地里说某人的坏话啊，乱七八糟一大堆，我想狗日的来高粱原来这样坏啊!

歇了一阵，他横起衣袖擦了擦嘴角的唾沫，又开始说："来高粱，你十六岁那年，鹰燕殉崖后，偷偷藏了两只找个没人的地头烤来吃了，有没得?"

他轻轻嗯了一声，脸一下涨得通红，一巴掌甩在嘴巴上，破口大骂："日你妈，逼嘴馋啊！你吃哪样不好？去吃燕子肉。你真饿肉了，就割一块自家大腿上的肉烧来吃噻!"

说完又扇了自己一嘴巴。我赶忙拉住他，说你不要打了。他格开我的手，愤愤地说："你不要管他，狗日的该打。"

"猫跳河没水了。"我怕他把自己打死，慌忙指着远处的河流对他说。

扬起的手慢慢放了下来，他说："说啥?"

我说猫跳河干了。

眯着眼朝枯死的河沟看了看，他摇着头说："不对不对，这个时节正是发大水的时候。"

我说："两个月前我下来耍，头天还轰隆隆地响，第二天就没水了。"

接着我们又没话了，沉默跟着太阳一直到了后脑勺，峡谷那头有风过来，轻轻摇着崖壁上那些稀稀拉拉的黄杨树。抬抬手，来高粱说回去了。我们刚站起身，河流的上游突然传来轰隆隆的巨响。我看见来高粱的假腿左右晃了晃。立定身子，他探着脑袋喃喃说：这是闹哪样鬼?

洪水从上游奔腾而下，在岩石上撞击出高高的水花。大约一顿饭工夫，干涸的河沟就吃得饱胀。河里很快起来一层雾气，那是水流蹚过晒烫的石头炙出来的。

热雾中，上游下来了两个红色的皮筏，一前一后，筏子上的人手里拿根竹竿东撑西挡，在激流中发出欢快的尖叫。

第十章

母亲把饭盒放进布包，将布包斜挎在我身上。我出门来，刚到院门边，母亲又追出来，把一个斗笠递给我说给你爸带过去，看这天翻过午后怕是要落雨。我把斗笠推回去说攀岩是不能戴斗笠的。母亲白了我一眼说让你带去你就带去。

下到猫跳河，正是一天最热闹的时候，上游不断有皮筏下来，男女的尖叫声填满了一个峡谷。河岸上到处是湿漉漉的人，大都还未回过魂来，满脸煞白地左顾右盼。一个黄褂子摇着手里的小旗子对着众人喊："大家聚拢来，现在你们将要看到的是我们燕子峡奇幻漂流中最神奇的一环，那就是蜘蛛人的徒手攀岩。"黄褂子说完，对着崖壁下招了招手，我的父亲来辛苦就带着几个人过来了。

"要钱不要哟？"一个女人拧着裤管上的水问。

"人家爬岩的也辛苦，你们就看着给点辛苦钱。"黄褂子说。

摆摆手，女人说还是说清楚，免得到时候扯皮。

"真的随便给点就行。"黄褂子又说。

"随便给？"女人笑笑，"十块行不行？"

"行啊！"来辛苦接过话说，"你们不来我们还不是天天爬上爬下。"

后头的来向南扯了扯来辛苦的衣袖，来辛苦回身瞪了来向南一眼，来向南就怏怏退回去了。来向南是燕子峡有了漂流后回来的。断手的来向南在镇上的粮店做搬运，毕竟少了一只手，挣那两个劳力钱还不够糊口。来辛苦可怜他，把他喊了回来。断手后的来向南上不了崖，他要干的事情是来辛苦他们上崖后，负责给观看的人做做解释什么的。

我过去把饭盒取出来往来辛苦面前一送，来辛苦一把推开，说要干正事，等下岩了再吃。说完一挥手，几个乡人蹬蹬就上去了。崖下开始有人欢呼，随着攀爬的升高，欢呼变成了惊叫。等到过帽檐崖的时候，下面一点声音都没有了，瞪圆了眼睛看着对面崖壁上的惊心动魄。

我木木地看着，脑袋混沌得很，瞌睡虫在四肢百骸乱窜。刚要睡过去，一阵响亮的掌声把我拍了回来。来辛苦第一个跳到地面上，拍了拍手上的尘土，模样轻松得像是直起腰杆在树上摘了个桃子。来辛苦一落地，刚才那个女人笑吟吟迎上去，对着来辛苦伸出大拇指，连说了好几声了不起。来辛苦挠挠后脑，面露羞涩说：这有啥子了不起的，从小到大一直爬，习惯了。把二百块钱拍在来辛苦手里，女人说这一趟，来得值。

那个黄马褂在边上一直笑，对女人说，值的话，明年多带人来，让更多人看看这藏在深山的绝技。说完他又挥舞着手里的旗子大声喊：都拢来，下面我带大家看燕子峡的另一处奇景，神奇悬棺。

夜晚照例要喝酒，酒还是青杠籽酒。母亲手巧，满满一桌，光洋芋就做出了四个菜。看得出来辛苦很高兴，给众人把酒斟满，端起碗笑呵呵说今天满打满算爬了整整五回，都累了，喝两口解乏。大家都举起碗，唯独来向南不动。来辛苦说端碗啊！来向南说这碗重得很，我端不动。来辛苦放下碗，说你又是哪根筋松动了嘛？来向南咕哝说："日绝娘，蜘蛛人，燕子峡几时有这种叫法？太难尿听了。"说完端起酒碗一仰脖子灌了个精光。抹抹嘴，他又说："叫个啥都算了，你看漂流公司那些日脓包，就像老子们在他们下嘴唇接饭吃似的，日天冲地的。"来辛苦说："你这话就不对了，我们又不是他们的人，我爬我的，他漂他的，井水不犯河水。”来向南鼻子哼了一声，说：“你以为我不晓得，你还不是图那几个卵子钱。”

来辛苦嚯地一下立起来，从兜里掏出几张钱拍在桌上，大声吼：“这是今天分成得的，你拿走，从明天开始老子不爬了。”

母亲眼尖，赶忙过来劝，都是数落来辛苦，还不停扭头对来向南说：“你哥就是个炮仗，一点就着，你不要惹他。”来向南脑袋扭向一边，继续咕哝：“还说我搞歪门邪道，我看这个才是歪门邪道。”一巴掌拍在桌子上，来辛苦大吼：“老子守在自家地头，守着祖宗，守着规矩，不偷不抢，这算哪门子歪门邪道？”

最后来辛苦把酒碗往地上一掼，直着脖子喊：“不管如何，干这个总比偷扒燕窝强吧？”

“就算扒燕窝老子也不愿干这个。”来向南低声说。

这话就我听见了，我离他近。

其实，当初漂流公司找上门来，要来辛苦带几个人表演攀岩，来辛苦也不干。他跟漂流公司的人说：这是用来糊口的，干其他的不行。漂流公司的人就说：你攀岩给游客看，游客给你钱，你拿钱去买米买油，这是不是糊口？来辛苦嘴巴动了动，没法子反驳。上崖后，寨人能混饱肚皮了，野菜草根们躲过了一劫。看着大家端着的白米饭，来辛苦相信这个做法是对的，慢慢就变得理直气壮了。

晚饭不欢而散。众人走后，来辛苦一个人坐在墙角，我倒碗水递给他，他没有接，抬头跟我说：明天你给曲从水送点粮食过去吧！

第十一章

清晨落了点毛毛雨，我到了曲从水的院子里，他正蹲在屋檐下剥山豆。山豆又叫岩豆，可以果腹，味道不好，吃多了拉不出屎来。我八岁那年，寨上就有个族人山豆吃多了，躺在床上哼了好几天，死的时候肚子像面薄皮鼓。看我进来，曲从水把一把山豆丢进脚边的碗里，说你们燕子峡男人不是都上崖了吗？你来干啥？我把米袋子卸下来说我爸让我给你送点米来。曲从水黑着脸摆摆手说：我肠子饿朽了，吃不得他的富贵食。没等我说话，他冷哼一声，接着说：“为了几个卵子钱爬上爬下，猴啊？”往地上啐了一泡口水，曲从水又说：“对面崖上的祖宗都看着呢！”

“我啥时候能进燕王宫？”我问他。

“燕子都不来了，还爬个屌啊？”他大声吼，“这个引路师我不当了，教好了还不是去当猴。”

我没说话，把米袋子撂地上走了，刚到院外，袋子从院墙上飞了出了，啪哒掉在我面前。

院墙后传来曲从水的声音：“跟来辛苦说，这种爬法，落崖了悬棺休想给老子搁进去。”

看我悻悻回来，来辛苦也没问，就像他早知道曲从水不会要这米似的。进屋时才听见他蹲在屋檐下咕哝了一句：“咬卵匠。”

时节一晃入了仲夏，猫跳河更热闹了，每天都有无数的皮筏子下来。来辛苦他们更繁忙了，一天要上上下下十多次。和河边的喧嚣相比，崖上的村寨则安静了许多。不必为填饱肚子发愁的日子显得从容而慵懒。女人们拉条凳子坐在阴凉处纳鞋底，三三两两，围成一圈，不时还有会心的笑容。老人们眯着眼把自己摊晒在阳光下，神情遥远。

对于猫跳河上日日的重复，我实在打不起精神来。每天给来辛苦送完饭，我都慌慌地赶忙逃走。兴许是在这和闹热绝缘的崇山峻岭之间存活的日子太久了，我特别怕那种无序的喧闹，听得久了就会心慌。不愿去河边，又不甘于寨上的百无聊赖，总得找一些生趣才行。

一大早弄了两只松油火把，我准备去祖祠崖看看。我想洞里肯定还有许多未知的新奇。

进了洞，没有了第一次时的不安和恐惧，倒像是拜会一些熟识的人。没了怕惧，我就敢东张西望，好好看看这洞里的形状。

洞口很小，但内里却极其宽阔，松油火把的光芒无法触摸到洞穴的边界，只有些影影绰绰的轮廓。依旧有风，从暗黑的深处一浪一浪涌过来，火光摇摇晃晃。本以为有奇景，一路过来，都是极其普通的钟乳石。

到了石门坎处，心跳变得快了许多，前面就是仙宿石屋了，我想着那不时在梦中重现的景象，脚步就变得快了。

耀眼的白光中，我径直走进里屋。

还未进屋，就听见了密集的喧闹。探进头一看，所有人都在忙碌。娃娃们在大人堆里跑来跑去，借助大人密麻高大的身影正玩躲猫猫呢！一个藏好的女娃被揪了出了，旋即发出哈哈的笑声。大人们则神情严肃地收拾着地上的物事。一个女人蹲在地上，把一包衣物往雕有牡丹花的箱子里塞，她看起来心情不好，塞进去一件就咕哝一声，塞进去一件又咕哝一声。一个娃娃猫着腰藏到她面前，她伸手一拨，大声说一边躲去，不要碍着我做事。帮不上忙的老人也没闲着。一个先深吸一口气，扎紧腰带，扯扯衣服下摆，然后拐杖使劲往地上杵一杵，轻喊一声：上路咯！另一个正弯腰绑扎草鞋的绊子，抬头说：要跟紧哟！转到阴山背后你就出不来咯！

寻了半天，我才看见那个见过两次的汉子。手里的扁担往石壁上敲敲，他朗声说：啥都不要带，用不上。那些正忙着收拾的停了下来，望着他。点点头，他又说：明明晓得用不上，还带着干啥嘛？再说山高路远，无牵无挂的还好赶路些。大家站起来，拍拍手上的尘土，全都安静了下来。那个汉子扁担往石门一指，人群就向我这边依次过来。我慌忙闪到一边，他们从我身边轻轻走过，没人看我一眼，连那些从我身边蹦跳过去的细娃也没有看我一眼。手持扁担的汉子最后一个出来，和我擦肩的瞬间我见他朝我看了一眼，还露出一丝浅浅的笑，然后他就尾随着人流去了。我喊了一声：喂。他没回头，也没应答。我连忙追上去，刚追到外室门口，手里的火把噗的一声就熄灭了。我连忙蹲下来，摸出火柴，划了好几十下都没能划燃。无奈一屁股坐下来，听着黑暗中娃娃们嬉闹的声音逐渐远去。

在黑暗中坐了很久，我才摸索着站起来，把火把夹在腋下，划动火柴，嗤的一声，一抹光亮驱散了浓密的黑暗，那点光芒弱弱跳动了几下，才慢慢稳住身形。点燃火把，我折回石室，转进里屋，我的心差点就蹦出了胸口。

男女老幼挤在一起，每一张面容都栩栩如生。

我使劲扯了扯耳朵，钻心的疼。

踩着碎步挨过去，蹲下来，先看看老熟人。

我确信他在熟睡，我简直可以看到他呼吸时候鼻翼的翕动。我举高火把，挨个检视了一遍。全都似曾相识，他们就像你在燕子峡爬坡上坎时遇到的那些乡人，或是热情地寒暄一番，要不就是打个招呼，甚至相互点点头，然后各奔各路。

忽然，我觉得石屋一下亮了许多。我以为是火把旺盛了，抬头一看，火焰正在萎缩。那光越来越强，越来越白，晃得我眼睛生疼。眼前沉睡着的那些躯体，全都粉碎开去，在眼前腾起一层薄雾。

几乎就在眨眼间，他们全都消失得无影无踪。

刺眼的白光跟着他们一起消失的，石室最后只剩下我举着的那点虚弱的橘黄。靠着石壁，我真觉累了，像是在天梯道上下了好几个来回。

我想睡了。

一觉醒来，火把早已熄灭，巨大的黑暗包围着我。点燃火把一路踉跄着出来，我发现已然黄昏了。

就在那个黄昏，我在回家的崖壁上遇见了来向南。他背上捆着一个饱满的蛇皮口袋，耸动着身子往崖下降落。

我喊他："二叔，又要走啊？"

他点点头。

"去哪儿呢？"

他摇摇头。

我说都没想好去哪里，咋就要走呢？

他没应我话，顺着石壁梭下去了。

我的族叔来向南就这样悄无声息再次离开了燕子峡，就像一只远飞的鹰燕，可能明天回来，也可能明年回来。但我始终相信，他是永远也不会回来了。

第十二章

和往年这个时节不同，今年八月的燕子峡，窄土和石缝中见不着战战兢兢的玉米大豆，蒿草却占领了那些地盘，郁郁葱葱，青翠欲滴。不怪它们长得好，实在是老天太晓事了，像是个深谙农事的庄稼把式，雨水布置得及时均匀。

远近的苍翠让来高粱情绪低落。他坐在寨上那块石头上，长长短短叹着气。他说这样的雨水，如果有了燕粪，能搬回多少粮食啊！他的哀伤不止这个，更大的伤痛是他那条假腿没能让他腾云驾雾。我陪他试着爬了两回悬棺崖，不晓得是年纪大了还是假腿带来的障碍，上去两丈就动不了了。正午我给他送粮食，看见他又开始在院子里劈劈砍砍。以为他要重新做条假腿，我就问他，他摇着头说靠那个是上不去了。我说那你这是做啥呢？他展开双手，又指了指后背，我半天没明白过来。看我云里雾里，他嘬着嘴咕咕叫了两声。我说这是鹰燕。他得意地呵呵笑了，说老子就是要做一对翅膀，像鹰燕样的飞进崖上那口棺材。我看了半天也没看出那是一对翅膀，就说怕是飞不起来吧？来高粱白了我一眼，说不试咋晓得。

接下来的一段日子，寨口的石头上见不着来高粱了。他把自己按在院子里，刀劈刨走，心无旁骛捣鼓他那对木翅膀。他的专心让我吃惊，那天我心急火燎跳进他院门跟他说出大事了，他连看都不看我一眼。以为他没听清，我又扯着嗓子喊说出大事了。扭过头，他淡淡对我说：把你脚边的锉子递给我。我捡起锉子递给他，他接过去把一处榫头锉平，他抖开那扇翅膀笑容满面问：你看安逸不？

我说我爸他们和漂流公司的人打起来了。

“跟你说做这个翅膀最关键的就是扇叶，要薄，还要兜得住风。”他说。

“打得凶得很，”我比划着说，“都见血了。”

“翅膀倒是好做，起飞的地点不好选。”他皱着眉说。

看他不理睬，我跳着跑出了院门。这样大的事情，他竟然一点不在意，我看他八成是老癫东了。

我蹦着回到家，来辛苦他们几个已经回来了。母亲正往一个汉子头上捆绷带，绷带是用我那件满是窟窿的红汗衫撕成的。来回捆扎了好几道，还是没能止住血。鲜血顺着他的脖子一直往下淌，把衣服都打湿了。其余几个也都带着伤，垂头丧气散落在院子里。来辛苦坐在大门门槛上，脸色像脱了水的紫茄子。他忽地一挥手说：喊冷静点，冷静点，就是不听，这下好了。

满头是血的汉子挣脱母亲的双手，一把把绷带从头上扯下来，一口血沫子啐在地上，吼："你忍得住你忍，老子反正忍不住。"

来辛苦听完垂着头，牙齿咬得咯咯响，然后一巴掌拍在门框上。

"不爬了，饿死也不爬了。"

来辛苦吼完，没人说话了，大家都低着头，院子里一下安静下来，只有粗重的喘气声。

本来一切如旧，筏子满载着尖叫声横冲直撞着下来，岸上陈列着湿漉漉的男男女女，来辛苦他们在游人的惊呼声中爬上爬下。安然一直延续到中午时分，来辛苦刚吃完我送的饭，就来了一个人，说他是漂流公司的经理，有事情要和来辛苦他们商量一下。他从筏子上下来，把来辛苦他们几个召过去，擦着眼镜片上的水渍说："你们这个徒手攀岩很厉害，是对漂流项目很好的补充，我们找专家论证过，说你们这个项目如果能更古朴原始一些就更有吸引力。"

来辛苦摇了摇头。

经理看出了来辛苦没能消化掉他的话，干咳一声，说："以前你们咋个爬法？"

来辛苦一愣，说："就这样爬的啊！"

摇摇头，经理说："这样爬太平淡了，得改。"

"咋改？"来辛苦问。

"光着身子爬，"经理微微一笑，"这样原始味道就更浓了。"

"你说啥？"来辛苦身后一个汉子直着脖子问。

"当然了，也不是全光，可以穿条裤衩，或者绑块布条子，这样——"

没等经理说完，我就看见一个硕大的拳头快速越过来辛苦的脑袋，径直砸在经理的额头上，嘭的一声空响，瘦弱的经理像片黄菜叶样飘出去好远。

"放你妈的狗屁。"打人的汉子扒开人群跳出来吼。

战斗就是这样拉开的，漂流公司人多，燕子峡这边力猛。打斗很激烈，最终双拳难敌四腿，一支烟工夫不到，燕子峡的汉子们就趴下了。

刚开始，我还捞脚挽手准备帮忙，可最后我却选择了去通知来高粱。我没有仔细深究过为啥会有这样的选择，来高粱老胳膊老腿，越过门槛都费力，通知他也不晓得有个啥用。

攀崖表演在这场打斗后结束了，日子又回到了之前的战战兢兢。

清晨我出门采野菜，地里的丰厚让我大吃一惊，鹅儿肠、车前草、蛤蟆菜、黄芽尖，这些饭桌上的常客，在石缝土坎上摇晃着丰腴的身姿。还没转过寨头的椏口，提篮已经装载得满满当当了。我提着篮子刚折回道上，就看见来高粱驭着他的假腿摇晃着过来。

二老祖，干啥呢？我问。

摇摇手里的篮子，他说向土地讨口吃的咯。

我们这边说摘野菜不叫摘野菜，喊作向土地讨口吃的。泥巴确是稀罕，可毕竟还是养活了一寨人，不管时节好坏，寨人都觉得是土地的惠赐。收得多了，说明上一年一寨人恶事行得少；收成稀疏，那就定是背地有人触了神灵。

我把摘好的野菜全倒进来高粱的篮子，说老祖你脚程不好，先回吧，反正菜数旺盛，费不了多大力气就能摘满。

拍拍我的脑袋，来高粱说娃你过来，给我说说你爸他们干架的事情。

我说那天我跟你说，你不是懒得听吗？

笑笑，来高粱说："我那时候在做正事，要紧的正事，要听你说了，就影响我了。"

把篮子放在地上，我跟他说了那天发生的事情。

"还爬吗？他们。"他问我。

我摇摇头。

然后他就笑了，一张脸像是乌云散尽的晴空。

停止了爬岩，来辛苦变得寡言了。每天他都起得很早，在院中架上磨石，把闲置的农具翻出来，咯吱咯吱，一磨就是一早上。挖锄、镰刀、尖嘴锹全都被他磨得闪亮。母亲蹲在屋檐下削土豆，不时念叨：又不是耕种时节，也不晓得磨它们干啥？来辛苦恨了母亲一眼，也不答话，埋头继续。磨完了，把那些铮亮挂上墙壁，来辛苦转到水缸边咕噜噜灌下一瓢水，折身回屋睡觉去了。

第十三章

谣言从曲家寨传来，说是猫跳河的漂流就要完蛋了。说这话的曲姓人怕听的人不相信，赌神发咒说这是曲家寨一个在省上做生意的人传回来的话，骗你们我天打五雷轰。看旁听的露出了确信的神情，他才裹管旱烟坐下来慢悠悠细说。他说猫跳河要修一个天鸡巴大的水电站，所以河上的漂流就像垂死的老者，就等着数天天了。听的人瘪瘪嘴说：哪能说停就停，漂流公司的人多气粗啊。曲姓的轻轻哼一声：他气粗，还有比他更气粗的，胳膊能粗过大腿？

开始大家都以为是谣言，后来燕子峡不断有外人进来，还扛着仪器，大家就开始动摇了。进入九月，寨口石墙上出现了一张盖有大红印章的纸片，大意是燕子峡将要建一个水电站，要大家做好迁出的准备。事情确认了，燕子峡很是沸腾了一阵。茶余饭后都在谈论这件事情。

不搬。

一寨人异口同声。

尤其是来辛苦，态度比谁都决绝，他咬牙切齿说：就算死，老子也要死在崖壁上。

牙一直咬到年底，都还没有一点松动的迹象。县上派人过来做工作，说这块地盘，穷得烧虱子吃，流连在这里有哪样好？真建了电站，不光利国利民，也是人类改造大自然的一个奇迹，是人类征服和战胜恶劣自然条件的一个典型例子。话听起来是好话，可就是没人赞成。来辛苦说了，你们翻翻嘴皮子倒是轻松，鞭子没有打在你们身上。搬走了，崖上的祖宗咋办？人家答复他，根据规划，悬棺那壁崖会被完全淹没。这一说就彻底炸锅了，人人脸上都翻滚着愤怒。

“这要得个鸡巴！”来辛苦说。

县上的又答复：可以重新选块土地，改成土葬。

要命的就是这句话，群情激愤中，几个县上来的差点吃了拳脚。逃得远远的了，寨上的乡人还站在崖上骂。

“放狗屁，放你妈的狗屁！”

和往年相比，今年的年味稀薄了许多。一是断了收成，二是各种变故接踵而来，仿佛坐上了两头分量不一的跷板，平衡就不在了。

除夕一早，母亲把我从床上拉起来，让我给来高粱送东西过去。接过提篮，我看见里面有半片腊肉，一小袋山谷米和汤粑粉，两块烟熏豆腐干，居然还有半瓶子青杠籽酒。

嘟嘟嘴，我说这样多，我家不过年了？

这时候来辛苦从屋里折出来，朝我吼，快送去，逼话多。

我到了院门，他又在后头喊：等等，我和你去。

山风很大，我和来辛苦偏偏倒倒走在路上，远远就看见大石头上坐着的来高粱。他枯瘦的身躯在风中摇摇晃晃，我真怕他一不小心就让风给带走了。

“天，冷飕飕的，你坐在这里喝风不是？”来辛苦朝他喊。

我和来辛苦把来高粱从石头上搬下来，来高粱指指天上厚厚的灰云说：“怕是要落雪了。”

抖抖那条好腿，他问来辛苦：

“听说要喊搬走了？”

“喊搬就搬啊？”来辛苦说，“打死老子也不搬。”

叹口气，来高粱目光去到远处，他指着那些隐约的崖壁说：“活了这样多年，时节更迭，生生死死我也算见了不少，感觉啥子都在变，又好像啥子都没变。你看那些悬崖，从我记事起它们就那模样，现在还是那模样。”

扭头看着来辛苦，来高粱又说：“辛苦啊！搬走吧！”

“啥子？”来辛苦鼓着眼睛问，随即又急痨痨说，“不搬，哪个要搬他搬，反正我不搬。”

“为啥？”来高粱问。

指指脚下，来辛苦说：“这地头是故土，悬棺崖上有祖宗，哪能撂下拍拍屁股就走了。”

来高粱摇摇头说：“你错了，这里不是故土，棺材为啥要悬在崖上，那是祖宗们想回到故土，可他们想回去的那块土地，谁又晓得是不是真的故土。”

长叹一声，来高粱接着说：“人就是这样，你得一程一程往前赶，走累了，歇一歇，歇够了，还得继续上路。”

想了想，来辛苦说：“崖上悬棺里头的祖宗些咋办？总不能让水给冲走吧？”

笑笑，来高粱说：“祖宗们背井离乡的时候，又能拿祖宗的祖宗咋办？”

“新地头一马平川，连片崖壁都没得，这种地头日子咋过？”来辛苦说。

“老子几十年没上崖了，一睡死过去就在崖上，”来高粱气呼呼说，“你放心，这辈子不管到了哪里，只要你还惦记着崖壁，你夜夜都在上头。”

回到家，来辛苦一直皱着眉。草草吃完年夜饭，他坐在火塘边一直不停往里塞柴火。母亲收拾完毕，说都要睡了，你还烧这样大干啥嘛？

“睡了？”来辛苦低沉着问，“哪个说要睡了？”

摊摊手，母亲说不睡还能干啥？

“和面，捏百虫汤粑。”

“燕子都不来了，百虫汤粑做来干啥？再说粮食这样精贵。”母亲说。

狠命折断手里的柴火，来辛苦怒吼：“叫你捏你就捏，卵话多，你还翻天了。”

翌日，我和来辛苦背着昨夜捏好的百虫汤粑到了燕王宫下，那里早就聚满了人。地上摆满了背篓，大家都没话，默默把背篓里的物事取出来，集中装进几个背篓。几个汉子背上背篓就上了崖，登到燕王宫高处，抓起汤粑开始漫天抛撒。和往年不同的是，今年抛撒汤粑少了兴高采烈，祝词也没了。崖上抛撒的黑着脸，崖底仰头的也黑着脸。

燕子峡这边刚撒完，曲家寨十多个男人背着背篓过来了，走在最前面的是我的引路师曲从水。曲家寨那头抛撒完汤粑，两寨人黑着脸悄无声息离开了。曲从水刚走出去几步，来辛苦喊住了他。

把我拉到曲丛水面前，来辛苦说这娃的路你还没引完呢。曲丛水说我家曲向海的你不是也没引完吗？来辛苦说你让他过来吧，我把他带上燕王宫。摆摆手，曲丛水说我看就算了，马上就一片汪洋了，还爬个干屌啊！

“你们那头走不走？”来辛苦问。

沉默片刻，曲丛水说：“不走，坚决不走。”

“我们也不走。”来辛苦说。想了想，来辛苦又说：“要说到坚决，燕子峡胜过你曲家寨。”

“放你娘的狗屁！”曲丛水骂。

“日绝娘，老子就这样说了，不信你还会咬我卵子几口？”来辛苦讪笑。

“你再说一遍？”曲丛水说。

来辛苦说我就说了，如何？

一咬牙，曲丛水恶狼一样扑向来辛苦，两手掐住来辛苦脖子，一下就把来辛苦扑倒在地。来辛苦块头要大些，一翻身脱了困，一拳砸在曲丛水脸上，顿时黑的红的飙了一脸。费力往后一撤，曲丛水腿一屈一伸，蹬了来辛苦一个仰翻叉，然后迅速腾过去，将来辛苦压在身下，拳头乓乓往来辛苦全身乱砸。号叫一声，来辛苦也开了酱铺子。我看来辛苦吃了亏，返身掂起一块石头，冲到曲丛水身后就准备砸。忽见来辛苦腾出一只手，笔直指着我吼：小狗日的你敢，给老子滚到一边去。曲丛水悚然回头，看了看我手里的石头，一纵身从来辛苦身上跳开了。来辛苦翻起身来，根本不看曲丛水，径直冲过来一脚将我踹翻在地，指着我的鼻子破口大骂：你他妈还翻天了，连引路师你都敢打。我喉咙一紧，带着哭腔说我不是看你要遭他打死了才上来帮忙的吗？又给了我一脚，来辛苦说：我和他打架关你卵事，你狗日的细崽崽一个，哪轮到你插手。说完又准备过来继续收拾我，这时曲丛水过来护住我，把我拽起来对来辛苦说：“你是他老子，他不帮你难道帮我啊？”

两个人各找了块石头相对坐下，捞起衣角擦净血迹，来辛苦抽抽鼻子问：

“你们那边啥时候走？”

把沾满血渍的手伸到脚边的青苔上擦了擦，曲丛水答：“水涨起来就走。”

“燕子峡个个都是咬卵匠，就怕有死活不挪窝的。”来辛苦说。

“我那头一样，”曲丛水擤了一把鼻涕说，“还能咋办，挨家去央告咯！”

看看对面悬棺崖，来辛苦说：“崖上的祖宗是保不住了。”

“又不只是你燕子峡的祖宗，”曲丛水说，“我亲爹还睡在上头呢！”

分手时，来辛苦对曲丛水说：“过两天你喊几个人过来，我们两头一起爬上去把棺材都绑一绑吧！免得漂走时散了架。”

第十四章

来高粱偷偷告诉我，他那对翅膀完工了。

在他的院子里，他把翅膀徐徐拉开让我看。我确定我的二老祖不是凡人，那对翅膀做得和鹰燕的翅膀一模一样，连薄翼上的纹路都是一样的。他把翅膀穿戴好，来回扇动了好几下，然后神秘地对我说他试过，真的可以飞起来。得意在脸上还没消散，转瞬他又伤心了，把翅膀卸下来扔在一边，他难过地说：悬棺都没了，做得再好有个卵用。

水位一天天在抬高，先是猫跳河不见了，接着祖祠崖不见了。和脚下的水流刚好相反，寨人的情绪都落到谷底。家家户户都在收拾东西，其实也没什么可以收拾的，新的地头住的用的都准备好了。负责协助搬迁的人说了，提把扫帚就可以入住。当然没人理会，该收的还是要收好，能不能带走是一回事，收不收又是另外一回事。再不入眼的破家烂园，都是自家一手一脚置下的，走前归整归整，也算一种交代。

连续几天，我和母亲都在收拾，只有来辛苦不动，每早起来都坐在院门边发呆。母亲看不过，说你憨坐啥子，过来帮忙收点东西噻。来辛苦不应，问得急了，他就幽幽说一句：连祖宗都没了，其他的有个卵用！

前些日子挨家挨户搞动员时，来辛苦还像只撒欢的狗，等把通寨的人说动，他就成条遭瘟的狗了。日日魂不守舍，有事没事就发火，半夜爬起来一个人到处乱逛。

今天是寨人约好上路的日子。天麻麻亮，来辛苦就开始给房前屋后的树木浇水，直到把水缸舀干。我和母亲挎着沉重的物事站在院门边等着他。浇完了，来辛苦四下环顾一回，喃喃说：最后一次照应你们了，往后风雪旱涝，就靠你们自家了。一家人扛着收好的东西出门来，发现寨口早就聚满了人。来辛苦过去挨个清点了一遍，发现少了来高粱，就对我说你二老祖还没来，你去喊他快点，水就要过悬棺崖了，水一过悬棺崖，就出不去了。

我进了来高粱院门，喊了几声没人应。院子收拾得很干净，连墙根下的枯草都除去了。进屋看了看，被褥叠得整整齐齐，连平素那张积满了灰尘的歪腿木桌都擦拭得干干净净。屋子里转了一圈，都没见来高粱的影子。折到屋后，顺着歪斜的小路跑过去，我看见了我的二老祖。他穿着簇新的青布汗衫，背着一对宽大的翅膀，耸动着往前走。

我喊他。他停下来，回身看看我，没理会，继续往前去了。我赶忙过去拉住他的衣服，我说二老祖，水就要漫上来了，寨人都等着你呢！薅开我的手，他弯下腰，摸了摸我的脸说："你们走，二老祖不走了。"我说你不走的话会被淹死的。叹口气，他说我早就该死了。

我喉咙一硬，眼泪就下来了。他伸手抹掉我的泪，脸上荡开一弯笑，展开那对翅膀扇了扇说："路线我都看好了，悬棺崖后山有条毛狗路，直通山顶，我试过，断腿没能挡住我。"

我哭着说你跟我们走吧！

摇摇头他说："娃哎！你们走吧，几十代人都在这崖上爬上爬下，是累了，换个地方过吧！"然后他拿手戳了戳我的心窝子，严肃着说："娃，看得见的悬崖不在了，看不见的悬崖还在，往后遇上翻不过去的坎，多看看躲在心里头的崖壁。"

说完他歪歪扭扭去了，崖底有风不断涌上来，鼓着他的一对翅膀，发出咻咻的声音。

走出好远他又回身跟我说："快走吧，还有好长一段路等着你呢！记住，不要对人说我的去向。"

抹干泪跑回寨口，我给来辛苦说二老祖不见了。

咋办？一个人问。

来辛苦看看我，我轻轻点了点头。来辛苦愣了一阵，鼻子抽了抽，又看看我，我对着他重重点了点头。深吸一口气，来辛苦说等不得了，出寨的路就要不在了，大家动身吧！

转过身时，我看见了来辛苦眼眶里的泪花。

我们沿着石壁下来，水位已经漫了过来。往前一直向上，刚上了薄刀岭，出寨的那条路就不见了。

回过身，昔日纵横的沟壑已经不见了，只有那些高拔的山尖探出个脑袋，宽阔的浩茫一直向天边延伸。大家停了下来，目不转睛看着对面的悬棺崖。此刻，水位已经爬到了悬棺的位置，先是吞掉了最底层的棺材，那些被吞掉的棺材慢慢耸动着浮出水面。紧接着第二层，第三层。不多时，水面上就浮满了暗褐色的悬棺，跟着水流开始缓缓向下游漂去。

突然听见来辛苦带着哭腔高喊一声：

"送咯！"

山脊上立时跪倒一片，砸得尘土飞扬。

跪拜完毕，人群立起来开始继续往前赶。我停了下来，站在崖壁上，看着远处高耸的悬棺崖顶。这时太阳起来了，光芒一下铺满了浩茫的水面，发出耀眼的金黄。终于，一个背着翅膀的剪影从朝阳里踯躅着走了出来。在山顶立了片刻，那面剪影双臂展开，鹰燕般从高处飞了下去。风鼓着翅膀，缓缓向水的方向降落。下到水面，起起落落好几回，他终于找到了水面上那口属于他的棺材。爬进棺材，他卸下那对翅膀，两手扶着棺沿，开始唱歌。

走了

走远了

越走越远了
向着太阳的方向
双脚踩着山
踩着水
踩着白的云
踩着来时的路
快跑
跑过猛虎
跑过雄鹰
快追
追逐狂风
追逐落日
最后在东边，更东边，在黄河的尽头，在有海的地方
重新生根，发芽，繁茂
不要哭哟，哭个屎啊
那里是老家，负责埋葬祖宗，负责安顿魂灵
走得专心点
不要往两边看
走得高兴点
不要淌狗尿
有一天，我们也会回来
跟着你的脚印
顺水而下

歌声苍凉，就像两岸那些屹立千年的石壁，散发着从远古飘来的味道。

波光跳跃的水面看似平缓，底下其实暗流汹涌，那口棺材，在水天一色间越飘越远。

抹了一把泪，甩甩肩上的包裹，折过身，我猛然发现，我的身后站着祖祠崖出来的那群人。他们全都盯着我，脸上带着淡淡的笑。领头的那个拄着扁担，额上的皱纹仿佛脚下纵横的悬崖。

（原载《人民文学》2014年第9期）

曹 永

地 界

一

已经半夜两点了，牛元的手气还是不见好转，钞票一张接一张地扔出去。牛元不着急，仍然像个老和尚似的四平八稳地坐着。牛元不急，但王金贵沉不住气了，他站起来，围着桌子走了一圈，又走了一圈。牛元抬头盯着他，有些不满地说，你的屁股是不是着火了？王金贵讪讪地说，腿麻了，站起来活动。牛元说，不要走来走去的，让人泼烦。

王金贵重新坐了下来，他没事做，时间有点不好消磨。四周弥漫着浓厚的烟雾，直往他的鼻孔里钻，这让他有些难受。他挥着手，试图把烟雾煽开。但烟雾就像一群遭到驱赶的蜜蜂，刚刚散开，马上又围过来了。屋里没有风，但这些浓烟总是涌来涌去。

王金贵被浓烟呛得直咳嗽，他觉得喉咙里面堵塞着什么东西，痒得难受。他滚动着喉咙，想把粘在里面的东西挤出来，但试了几次没有成功。王金贵用舌头抵住上颚，努力往上吸，这次终于有点效果了。他把那些脏东西吐在地上，清清嗓子，感到果然舒畅许多。

看到王金贵坐立不安的样子，他们嘲笑说，没见过你这样的，好端端地不回家搂着媳妇睡觉，偏偏跑来看赌钱，你只看不赌，有啥意思吗？王金贵说，我不喜欢赌，我只喜欢看，看牌不会输钱。他们说，你没输钱，但你输掉时间了。王金贵说，我没钱，但我有的是时间，我的时间多得不能打发。他们取笑几句，懒得再理他，埋头专心打牌。

整个晚上，王金贵都把神经绷得紧紧的。牛元在输他的钱，他没法不紧张。两个月前，牛元找王金贵借了五十块钱做赌本，第二天还钱的时候，牛元给他六十块，说多余的十块算是利息。王金贵很兴奋，累死累活地苦干半天也就挣这个数哩。后来牛元经常找王金贵借钱，却再也没还过。

王金贵前去讨债。牛元说，手气好了我就还你，到时不只还你本钱，还要还利息。王金贵痛苦地说，我把所有的钱都借给你了，你要是不还，我就只有跑去跳河了。牛元拍拍他的肩膀说，你放心，娃娃不会天天哭，我也不会天天输，你再去帮我弄钱扳本。王金贵吃惊地说，还要帮你弄钱啊？牛元说，要想让我还债，只有这个法子。

王金贵总是跟在牛元的屁股后面看赌钱。他就像牛元的尾巴，牛元走到哪里，他就跟到哪里。别的赌徒不清楚底细，笑他吃饱了没事干，天天跑来消磨时间。王金贵愤愤地想，你们晓得个屁，你们赢的全是老子的钱！

天蒙蒙亮的时候，牌局终于散了。牛元输得精光，他打着哈欠说，今天算你们狠，老子明晚再来报仇。那些人笑嘻嘻地说，我们敞开大门欢迎，反正钱是赢不够的。牛元踹着桌子说，你们的手气这样好，肯定踩狗屎了！那些人赢了钱，丝毫不在意他的话，他们说，那你今天不要睡觉了，赶紧去找狗屎踩几脚。

王金贵没心情听他们斗嘴，他垂着头迈出门槛。路面灰扑扑的，看起来像一根烂草绳。王金贵沿着那根烂草绳往回走，早晨的风有点凉，像冷水一样泼在身上，让他不禁缩了缩脖子。脑袋昏沉沉的，肩膀像刀割似的隐隐酸痛。他懊悔地想，真不该贪图小便宜，要是不借钱给牛元，事情就会不弄到这个地步了。

王金贵感到自己就像走进了一片沼泽，眼看越陷越深，却没半点法子。他有些冒火，愤愤地往路边吐了一泡口水。他看到那泡口水挂在树叶上，拉出一条细长的丝，最后坠到地上。树叶摇晃几下，很快又恢复成原来的样子。王金贵觉得还不解气，他又吐了一泡口水。这回，口水没挂在树叶上，而是落到乱七八糟的草丛里去了。

王金贵回到家的时候，他的媳妇李雪英还没起床。天空有些暗淡，远处有几只公鸡在敞开喉咙打鸣。这时候，整个村庄都没人起床，他们还捂在被窝里睡觉。王金贵走进屋子，看到媳妇蜷着双腿睡得正香，他蹬掉鞋子，把自己扒得精光，然后钻进被窝。媳妇蹬了蹬腿，又睡着了。王金贵闭着眼睛在床上躺了半天，横竖没有睡意，他的脑子里就像放电影，一遍接一遍地回想着牌桌上的事情。每次想到牛元往外面掏钱他都感到心疼。

王金贵的身体疲倦得要命，但脑子仿佛专门和他作对，乱糟糟地难受极了。他气愤地拍了一下床板，说狗日的。李雪英含糊不清地说了句什么。王金贵说，我没骂你，我骂牛元那个狗日的。媳妇李雪英哼哼两声，鼾声又从鼻孔里钻出来了。听到媳妇均匀的鼾声，王金贵有些走神，他觉得那不是媳妇的鼾声，而是自己的鼾声。这个错觉把他的睡意勾引出来，不知不觉，他就睡着了。

天亮的时候，王金贵醒了一下，他感觉床铺上空荡荡的。他把腿伸过去，没找到媳妇。王金贵晓得媳妇已经起床了，媳妇每天总是很早就起来了，就像那些打鸣的公鸡。

他竖起耳朵，果然听媳妇窸窸窣窣在院里打扫的声音。王金贵翻了个身子，继续睡觉。这时候，就算是有人把他扛去卖掉，他都懒得动弹。

王金贵正睡得迷糊，突然被推醒了。他睁开眼睛，看到李雪英挽着袖子站在床边。李雪英说，太阳都爬到坡顶了，你快点起床。王金贵说，这么早，我起床干啥？李雪英说，跟我去挖土豆。王金贵皱着眉头说，挖土豆又不是生娃娃，一个人都能干，我快困死了，我要睡觉。

李雪英有些生气，蓦然把被子掀开了。王金贵觉得有点冷，他迅速地把被子拉回来，然后板着脸说，你今天是不是欠揍？李雪英抹着眼圈说，也不晓得我上辈子造了多少孽，居然嫁给你这个懒鬼。王金贵把眼睛睁圆了，说你莫烦我，要干活就赶紧去，要是把我惹烦了，你更不会有好日子过。李雪英果然不敢再吵，她清楚王金贵的性子，动不动就提起拳头乱打，于是她叨唠几句，扛着锄头气呼呼地走了。

听到媳妇的脚步声消失在院落外面，王金贵闭上眼睛，打算继续睡觉。想起来，媳妇啥都好，就是喜欢干活，总是弯着腰忙出忙进，仿佛她是全天下最忙的女人。女人勤快一点不是坏事，但她偏偏见不得别人闲着，每天清早都要跑到床边，鬼哄狼叫地喊上几嗓子。

这些年，就因为她这个早起的习惯，王金贵不晓得少睡了多少觉，他的耳朵差不多都被吵聋了。王金贵最害怕睡觉时受到打扰。每次被媳妇吵醒，王金贵都恨不得找块泥巴塞进她的嘴里。如果不是在床上，刚才他也想找块泥巴把李雪英的嘴堵起来。

二

李雪英往庄稼地走去。庄稼地在村子的南边，道路如同一条裤带，弯弯拐拐地缠在山腰上。路边的地里，庄稼金黄，野草疯长。远处，一山更比一山高，那些山头上全是褐色的石块，看起来就像刚刚剃光的脑袋。

李雪英边走边叹气。碰到这样一个不成体统的男人，她没法不叹气。王金贵懒惰就不说了，偏偏最近和牛元这个二流子纠缠在一起。李雪英辛辛苦苦攒下的血汗钱，全被他借给牛元了。李雪英没办法，只能把家里的钱藏起来，不让他看到。只要让他发现钱的踪迹，简直就像饿狗看到骨头，肯定就拿走了。李雪英想不通，他对牛元怎么比亲爹还好？

李雪英觉得自己的命太苦了，她这么一想，泪珠忽然就滚出来了。八岁那年，她爹去挖煤，被砸死在小煤窑里。她爹死后，一个收废铁的天天往她家跑，最后把她娘给拐走了。李雪英跟着姨娘过日子。十五岁那里秋天，姨娘带着两个表弟去地里干活，姨爹就把她按到床上给睡了。那次也就不说了，偏偏姨爹总是找机会骚扰她。

后来，事情败露了。姨娘生气地说，不要脸的烂货，居然连姨爹这种老东西都勾引，连我都瞧不上他！李雪英解释说，我也瞧不上，但他要硬来嘛，他的力气那么大，我实在没法子。姨爹听不下去，走过来要说话，但还没开口，就被姨娘指着额头训斥：现在还轮不到你插嘴，滚一边去！姨爹张了张嘴，乖乖地退回去了，像个树桩似的蹲在墙角。

李雪英委屈地说，这种事情，我有啥办法嘛。姨娘铁青着脸说，这个家你不能再待了。李雪英着急地说，我已经没有家了，你不能把我赶出去。姨娘啐了一口唾沫，说谁让你做这种见不得人的事情？李雪英跺着脚说，我真的没办法，如果我是男人，我不仅能把他推开，还能和他打架，但我是女人嘛。姨娘挥着手说，苍蝇不叮无缝的蛋，你就算说破嘴皮也没用。李雪英绝望地说，我没地方落脚，你让我去哪里啊？姨娘说，我不管你去哪里，反正走得越远越好。

就这样，李雪英就一直走，一直走。走到这个叫迎春社的地方，她不走了。她对一群围观的人说，你们谁没媳妇，我就嫁给他。几个光棍就打起来了，村里乱成一团。王金贵趁几个光棍打得头破血流的时候，悄悄拉着李雪英往后跑。李雪英试图挣扎，但王金贵的手像铁钳子，让她丝毫不能动弹。

李雪英挣不脱，也就不挣了，她说，我可以嫁给你，反正嫁谁都是嫁。王金贵就咧着嘴笑。李雪英从小没家，她希望有个像样的家，她说，你有房子吗？王金贵手一指，说前面那间房就是我的。李雪英顺着他的手指头望去，看到一间破草房，虽然有些破烂，但总算还有个房子的模样。李雪英又说，你有土地吗？别的都可以没有，但你一定要有地，有地才像个家哩。王金贵说，你尽管放心，现在不是旧社会，怎么会没土地。

李雪英就这样嫁给了王金贵。那些光棍发现李雪英出现在王金贵家时，他们差不多气疯了。他们急得眼红，但事情来不及了，王金贵已经把生米煮成熟饭。尽管他们很生气，但没有办法，他们后悔当时只顾埋头打架，忘记看人了。王金贵办喜酒那天，他们端起碗就不肯放下。有两个吃得太多，结果被人扶着离开桌子。他们打着饱嗝，恨恨地说，便宜这个狗日的了。

李雪英看到王金贵长得有模有样，还以为嫁了个好人，但过了半个月，她就明白自己上当了。那天半夜，王金贵偷偷摸出门去，李雪英以为他去解手，就没放在心上。后来李雪英醒来，发现王金贵正往床下塞东西，她把头伸到床下一看，发现下面有两只鸡。那两只鸡被麻绳捆着腿，正笨拙地扇着翅膀，看得出它们也不喜欢这个鬼地方。

李雪英诧异地说，床下又没鸡圈，你把鸡关这做啥？王金贵说，你赶紧睡觉，没你的事。李雪英说，你不能把鸡放在床下，它们会拉屎在我的鞋子上。王金贵往窗口看了看，紧张地说，你小声点，要是让人听到就坏了。李雪英眨着眼睛，失声说，这鸡不会是你偷来的吧？王金贵说，趁明天赶场，早点起来把鸡背到野马冲卖掉，换几块钱来。

李雪英过去受尽欺负，只想嫁个好人过安稳日子，却不料自家男人会干这种勾当。李雪英气坏了，和他吵起来，结果被狠狠地揍了一顿。李雪英哭着说，早晓得你手脚不干净，我就算嫁鬼都不会嫁给你。王金贵又给了她一耳光，说没见过你这么笨的女人，老子挣钱你居然还不满意。李雪英捂着半张脸，惊恐地说，要挣钱就正大光明地挣，怎么能偷鸡摸狗呢？王金贵说，你懂个屁，偷东西不费力气，钱也来得快，世上哪里还有比这个更轻巧的事情？李雪英蹲在地上，把头埋在两腿间，一会儿，她的肩膀就抽动起来了。

第二天早晨，王金贵到野马冲赶场去了。平时他不太喜欢赶场，除非偷到东西，急于到街上脱手。李雪英披着一身伤痕去自留地干活，经过八婆家门口的时候，八婆吃惊地说，哎呀，出啥事情了，你眼睛怎么肿成这个样子？李雪英说，我没照镜子，我不晓得我的眼睛是啥样子。八婆比画着说，你的眼睛就像鸡屁股。想到鸡屁股，李雪英就晓得自己现在的模样了，她低着头说，我要去地里干活了，我今年打算多种点大蒜。

八婆追问说，两口子打架了吧，怎么打起来的？李雪英忽然想哭，但她只是鼻子动了几下，随即就把眼泪憋回去了。王金贵喜欢揍她，但从来不让她说出去，要是走漏风声，少不得还要挨一顿暴打。李雪英把头扭到一边说，我们没打架，他从来不会打我。八婆追问说，要是没打架，你怎么弄成这样？李雪英憎恨地瞪了八婆一眼，说这是不小心摔伤的。八婆说，鬼都不信，你们两口子肯定打架了。李雪英不想再说话，于是扛着锄头，匆匆走了。

尽管李雪英守口如瓶，但大家都晓得她经常挨打。每次看到她鼻青脸肿，他们都会说，李雪英，是不是又摔跤了？李雪英点点头，嘴巴紧紧闭着。他们说，你这样老摔跟头也不是个事，要自己注意点。李雪英低声说，我晓得了。这样说着，她飞快走了。他们看到李雪英瘦得像个豆芽似的身影，纷纷摇头。

在李雪英看来，最痛苦的事情不仅是挨打，而是明明挨打，却不能走漏半点风声。李雪英挨打之后，常常躲在牲口圈里哭，她一边哭一边诉说挨打的前因后果。李雪英觉得自己憋着很多委屈，再不发泄，肚子就撑爆了。活人不能让尿憋死，更不能让话憋死，李雪英要把满肚子的苦水倒出来，她不能对山上的树说，也不能对地里的庄稼说，树和庄稼都没耳朵。人倒是有耳朵，但她不能说。王金贵警告过，要是敢传扬出去，就对她不客气。李雪英只能把秘密告诉那些牲口。牲口比人靠得住，人总是守不住自己的嘴巴，但牲口不一样，就是打死，它们也不会透露半点消息。

李雪英抹着泪水说，王金贵这个狗东西打我哩，明明是他做错事情，还不肯认账，偏要把我往死里打。牲口摇晃着脑袋，有时它们会伸出舌头，把几根干草卷进嘴巴。它们一边像个地主太太那样细嚼慢咽，一边认真聆听李雪英的诉说。李雪英说，他捏起拳头就往我肚子上捅，我痛得泪珠直滚，我觉得肠子快断了，内脏也差不多被他捣碎了。牲口停止咀嚼，哼哼几声。李雪英更伤心了，她发现牲口比人善，王金贵长着狼心狗肺，这些牲口却会表示同情。李雪英撸了把鼻涕，压着嗓音哭道，我把他伺候得像一个活祖宗，他居然还这样对我，你们说怎么会这样？牲口们没法解答这个难题，它们羞愧地埋头吃草。

王金贵喜欢揍她，揍完之后，他常常喘着气说，你哭个屁，你做错事情我能不打吗？做错事而不打，天底下还有王法吗？李雪英辩解自己没做错，但王金贵总会挥着手说，啥都不要说了，你以为打人容易啊，每次揍你都要累得半死。李雪英说，你还有道理了。王金贵说，你赶紧做饭去，我的肚子饿了，肯揍你，是把你当自己人哩。李雪英气愤地说，你只敢在家里蛮横，你在外面就是个窝囊废。王金贵扬手给她两耳光，板着脸说，你放屁！

李雪英没看到巴掌是怎么落下来的，她只听到两阵风呼呼地响，然后那只巴掌就贴到脸上了。李雪英的脸火辣辣地疼，她觉得这辈子太冤了，就因为想要土地，想有一个属于自己的家，居然就这么轻易嫁人了。嫁也就嫁了，女人终归都要走这条道路，偏偏李雪英掉进陷阱，嫁给这个不做正事的恶棍。李雪英抹着泪花，绝望地想，当时没弄清楚他的底细，我算是瞎眼睛了！

三

阳光透过窗户，爬到王金贵的身上，让他浑身暖融融的。他伸了个懒腰，然后慢慢翻身起床。王金贵总是睡到太阳晒屁股才起床，有时候没出太阳，他就瞅着窗口，估计时间差不多了，再慢吞吞地从床铺上爬起来。在王金贵看来，睡觉是最舒服的事情。他想李雪英是个傻媳妇，天天起早摸黑地干活，好像她来到这个世上，就是为了忙碌。

有几次，王金贵对李雪英说，你不会过日子，总是做这做那，急得像赶着投胎。李雪英挖苦说，我没你那么好命，你上辈子是皇帝哩。王金贵说，地里的活，你就是累死也干不完，还不如先吃好喝好。李雪英说，我要是闲着，你就只有喝西北风了。王金贵不屑地说，你苦干半天，还不如我偷两只鸡。李雪英就生气地说，那你赶紧去偷吧，牢房的大门早晚给你开着。王金贵抬腿朝李雪英的屁股踹去，说你巴不得老子进去哩，我要是坐牢，你就能找野男人了。

李雪英坐在地上抹了几把眼泪，又开始忙碌起来了。她觉得日子只要过下去，自己就不能停下来休息，家里的两张嘴还要吃饭。有时，李雪英干重活，比如把两根木头从院子里扛到屋檐下，或者把水缸搬出来清洗。她朝王金贵招手，说你赶紧过来帮忙，我抬不动。王金贵就说，你搬它干啥，简直吃饱了没事做。李雪英没法子，只得弯着腰，一步一步地把东西挪走。她累得直喘粗气，满脸通红。

王金贵很懒惰，但他从来不反对别人勤快。他觉得这个世上，就应该有些人休息，有些人干活。他眯着两只眼睛，坐在那里晒太阳。在他看来，观赏别人干活是一件很愉快的事情。这种时候，他总是感到很舒畅，甚至往往会走神。他恍惚觉得自己是以前的地主。他快活地想，啥都不干就有吃有喝，那些地主也无非就是这样吧？

王金贵胡乱洗完脸，然后给自己泡了一杯浓茶。他起床后总喜欢喝杯浓茶。他觉得这样会更有地主的样子。茶叶在杯子里翻滚，茶水黄澄澄的。他端着杯子喝了一口，茶水有些烫，就像虫子似的忽然在舌头上咬了一下。他能够清楚地感觉到茶水正在肚子里流淌，实在舒服极了。

太阳亮晃晃的，让人不敢正眼去看。远处有几条狗在跑来跑去，不知道它们要去什么地方。王金贵不管它们去什么地方，他在考虑别的事情。他已经想好了，今天去村里转两圈，看看有啥像样的东西，值得晚上偷回家。王金贵喝完茶，放下杯子迈出门槛，然后缩着脖子往前走。小时候他总以为这条路有尽头，长大了才发现，这条路比想象的要长许多。他不知道一直走下去，到底会看到什么景象，但他懒得琢磨这个问题。

王金贵就那么走着。经过曹树林家门的时候，他看到曹树林正弯着腰在院里喂牛。曹树林抱着一捆干草扔进牛圈，他听到门口有脚步声，就回过头看。王金贵挤出一张笑脸，他以为曹树林也会挤出一张笑脸。但曹树林没有，他的脸上满是胡子，黑森森的，那些胡子动都没动一下。王金贵脸上有些挂不住，他不晓得该怎么办，他咳嗽几声，然后说，村长，你干啥呢？

曹树林是村长。曹树林从来不主动和别人打招呼，通常都是别人和他打招呼。今天王金贵和他打招呼，之前还笑了一下，按道理，他是该说几客气话的。但现在曹树林不想客气，因为他不太喜欢这个叫王金贵的家伙。曹树林从来不掩饰对王金贵的厌恶，他抬起手说，我干啥你还看不见吗？王金贵没想到曹树林的口气这么硬，只得说，你在喂牛？曹树林拍了拍手，说抱草当然是喂牛，总不能喂鸡嘛。

王金贵想骂几句，但他没骂，只是摆着手，说那你忙，你赶紧忙。曹树林没理会，他又抱了一捆草。王金贵的肚子里憋着火，他不知道自己什么地方得罪曹树林了，想了半天，横竖没想到理由。想不到他就不想了，他在心里恶毒咒骂。

这时王金贵看到曹树林家院墙上挂着两串辣椒。这个发现让他多少有些激动，他准备今天晚上就把它偷走。王金贵家不缺辣椒，但他还是准备把它偷走。他打算把辣椒偷去扔掉。想到曹树林家一年吃不上辣椒，他就感到高兴，他说，天天清汤寡水，看你家以后怎么过！

王金贵继续往前走，他得瞄点值钱的东西。路边有两棵松树，树皮龟裂着，像干旱了几个月的土地。树枝上挂满松针，它们有的还保持青春，有的却在秋风的折磨下渐渐枯黄，最后飘落到地上。王金贵闻到松树的清香，他感到鼻子有点痒，于是仰起头，张着嘴，痛快地打了个喷嚏，接着把鼻涕撸到树上。

就在王金贵把鼻涕撸掉的时候，他看到一个人甩着手，远远走来。王金贵知道那个人是牛元，离得再远他都能看出是牛元。牛元走路总是甩着手，全村就他这么把手甩来甩去。看到牛元他就不走了，他像块石头似的蹲在路边。他忽然有些烦躁，觉得今天的好心情都被牛元糟蹋了。

有风从远处跑来，卷着尘土，灰蒙蒙的。王金贵皱着眉头，把脑袋扭到一边。王金贵把脑袋扭回来的时候，他看到一片干枯的树叶像飞蛾似的在空中飘荡着。那片树叶打了几个旋，最后飘落在地。王金贵发现树叶的旁边出现一双布鞋，他的目光慢慢往上爬，最后看到牛元站在那里。

牛元问他在这里做啥？王金贵说，我晒太阳。牛元惊讶地说，这么大的风，你居然跑出来晒太阳？王金贵说，我就喜欢在风里晒太阳。牛元奇怪地说，你的兴趣真有意思。王金贵想反驳说，我晒太阳又不归你管，你这是狗拿耗子，多管闲事。但王金贵只是这么想，他没这么说，他问牛元要去哪里？

牛元说，我正打算去你家，恰好就碰到你了。王金贵说，你去我家干啥？牛元说，当然是找你，去你家不找你，总不会找你媳妇吧。王金贵不想开玩笑，问牛元找他到底有什么事？牛元说，我找你借钱，昨天把钱输光了，我找你借点钱去扳本。

王金贵像吃东西噎住，瞪着眼说，统统借给你了，我哪里还有钱？牛元说，你莫急，我赢了钱肯定就会还你。王金贵说，每次都指望你赢，但你每次都输得精光，你的手气简直比屎还臭。牛元拍着胸口说，今天不会再输了，我敢打包票，我的感觉好得很。王金贵无奈地说，我实在没钱了，要是有钱，肯定会借给你。

牛元说，你莫哄我了，你保准有钱，前几天还看到你媳妇到街上卖红豆，你说没钱鬼都不信。王金贵解释说，我媳妇的确卖了几袋红豆，但她把钱藏起来了。牛元催促说，那你赶忙去找。王金贵说，一个人藏的东西，十个人都找不到。

牛元说，你明明就是信不过我，怕我还不起钱。王金贵发现牛元的脸色有些不好看，赶紧赌咒说，狗日的才有这个想法！牛元在路边折了一根草，然后开始抠指甲，他很快就从里面抠出两团黑乎乎的东西。王金贵最怕牛元，要是惹牛元生气，以后甭再想过安稳日子，他挤出满脸的笑，恨不得凑上前帮牛元抠指甲。牛元不理会他的笑。牛元只是埋头抠指甲。牛元抠得很仔细。

牛元终于把几个指甲抠完了，他这时才扔掉手里的草，把头抬起来说，你这人不会算账，分不出轻重。王金贵眨着眼，不明白牛元的意思。牛元拍拍他的肩膀说，你借这么多钱给我，总是希望我尽早还你吧？王金贵看着牛元，等他嘴里的话。牛元说，想让我快点还钱，你就得赶紧借钱给我扳本，要不然你过去借的钱就拿不回来了。

王金贵还不停地眨眼，通常来说，赌鬼输的都是自己的钱，偏偏牛元赌博，输的是王金贵的钱，王金贵不知道怎么弄成这样。牛元说，你想清楚没有，想清楚就不要再耽搁时间，赶紧回家找钱去。王金贵没想明白，但他带着牛元往回走，他只想拿回自己的钱。

他们像两个土匪似的翻箱倒柜，硬把屋里翻了好几遍。牛元抹着额头上的汗水，说你媳妇是耗子投生的，藏东西这样难找。王金贵从床下爬出来，他的头发上挂着一片蜘蛛网，他拿着几张皱巴巴的钞票，兴奋地说，我找到了。牛元夺过去数了一遍，失望地说，只有这么点钱？

王金贵感到有些羞愧，说家里可能只有这么多了。牛元说，你媳妇卖了几袋红豆，肯定别处还有。王金贵说，你先走，我找到就给你送来。牛元急着去赌博，听完这话就迫不及待地走了。王金贵在屋里仔细搜索，他决心把媳妇躲藏的钱统统找出来。

四

其实，今天不仅王金贵在家里过不愉快，李雪英在外面也碰到了麻烦。早上她来到地里，横竖觉得哪里不对劲。她蹲在地边看了半天，终于发现，和胡桑家接壤处的界碑被动过了。界碑没长腿，不会无端换地方，肯定是被胡家移动的。李雪英站在地角，看着眼前这块奇形怪状的土地，眼睛愤怒得差点流血。

以前划分土地时，这块地原本是四方形，规整得就像用笔画出来的。但是由于王金贵的爷爷太懦弱，这块地在被邻居占去了一只角后，变成了三角形。后来到了王金贵父亲的手里，这块地又被邻居占去一只角，变得圆不像圆，方不像方。没想到，现在胡家也打算跑来占点便宜。

李雪英觉得出现这种情况都是因为王金贵不成器，她不知道自己咋会嫁给这个窝囊废。王金贵在家蛮横不讲理，稍不称心就提起拳头动粗，偏偏在外面是个软蛋，别人想捏圆就捏圆，想捏扁就捏扁。李雪英悲愤地想，姓王的，要是对外人也像对我一样，也就没谁敢占你的土地了。

李雪英在地角站了会儿，忽然恨恨地踹了界碑两脚。界碑动都没动一下，但她的脚疼得要命。李雪英踹不动就不踹了，她挥起锄头刨界碑。潮湿的泥土被掏出来，里面的蚯蚓被挖成两段，痛苦地扭着血淋淋的身体。李雪英很快把界碑刨出来了，她用脚丈量几回，终于找到准确的位置。她在那里挖了个坑，把界碑栽回去。李雪英放下锄头，往胡家的土地吐了一泡口水。胡家的地里空荡荡的，没有半个影子。李雪英吐完口水，用袖子揩着嘴角说，我不多占你家的半寸土地，但你家也不能我的半点便宜！

李雪英开始挖土豆。她把锄头深深地挖进土里，然后把埋在里面的土豆掏出来。土豆只有鸡蛋那么大，全都铺在湿润的泥土上。李雪英想，明年这里不能种土豆了，要种就种苞谷，种苞谷收成也许会好些。

风呼呼地吹着。最近两个月，风总是呼呼地吹着，好像从来就没停过。地边长着几棵树，它们在风里把持不住，纷纷摇晃着枝叶。李雪英想，这个时候，王金贵可能还没起床，估计他正躺在床上呼呼大睡。这样想过，李雪英就有些生气，她想，你有手有脚，偏偏要我养着，你剥夺我也就算了，还要天天欺负我，如果没有我，恐怕你早就饿死了。

有两个妇女背着红豆从地边经过，远远打招呼说，李雪英，你干啥呢？李雪英抬起头说，趁着天晴，我来挖土豆。她们说，你种的红豆收了没有？李雪英说，还没呢，我忙不过来。她们说，那你赶紧，要是落雨，红豆就烂在地里了。李雪英皱着眉头说，我得先把土豆挖回家，把土豆挖完，我再去收红豆。

她们说，怎么只有你一个人干活，你男人呢？李雪英生气地说，莫提他，我没男人，我的男人死掉了。她们把背篓放在地坎上，抹着汗水说，你不要乱说，王金贵脾气不好，要是让他听到，你就死定了。李雪英说，我要是死掉，他的好日子也就过到头了。她们说，李雪英啊，我们女人的日子都差不多，你就不要埋怨了。李雪英叹着气说，我的命没你们的好，碰到这么个男人，算是掉进火坑了。那两个女人安慰几句，背着红豆走了。

李雪英顶着太阳干活。汗水刚刚冒出来，马上就被风吹干。风卷着灰尘，不停地扑向李雪英，这让她很不好受。她觉得脸上有些干涩，好像糊着一层薄薄的东西。李雪英抬头看了一眼，天上空荡荡的，啥也没有。

李雪英的力气像汗水一样慢慢流走，她觉得全身疲倦。她想找个凉爽的地方歇气，但她害怕自己坐下去就不想再起来。她就那么冒着炎热干活，锄头不停地挥起，又不停地落下。有时候，她会挖出几只虫子，然后看到它们惊慌逃走。

经过漫长的劳动，李雪英总算把背篓装满。她背着土豆开始回家。土地离家不远，但中间隔着两座大山。李雪英背着土豆在山坡上走着，由于地势陡峭，她总觉得自己不是在走路，而是背着东西爬树。每往山上走一步，李雪英就觉得肩膀上的背篓加重一分，爬到山腰时，李雪英觉得自己再也走不动了。她把背篓靠着在地坎上休息，她喘着粗气想，照这样下去，我就算没被驴日的王金贵折磨死，也要活活累死了。

李雪英到底还是把两座大山爬完了。她背着土豆回到家，看到院门宽开着，两条野狗正在槽盆边偷吃猪食。李雪英把野狗轰走，大声喊道，王金贵，猪食都让野狗吃了，你怎么不管？屋里很安静，她没听到半点声音。李雪英把土豆背进厢房倒掉，抹着汗水往屋里走。

李雪英走进屋子一看，失声尖叫起来。她看到屋里乱七八糟的，柜子被打开了，东西散落得遍地都是。她叫了一声之后，像只壁虎似的往床铺下钻。她拿出一只破鞋，伸手去摸，脸色突然就变了。她扔掉破鞋，跑去拿神龛上的铁盒子。她把生满锈迹的盒子打开，空荡荡的，藏在里面的钱同样不见踪影。

李雪英慌慌张张地朝外面跑，她边跑边叫。她冲出院子，恰好撞上过路的八婆。八婆被撞了一个跟头，捂着腰说，哪个冒失鬼，怎么不长眼睛呢？硬要往我这个老太婆的身上撞。李雪英把八婆扶起来，说出事了，八婆，出大事了啊。八婆问她出什么事了。李雪英说，我家进小偷了。八婆听完这话，也跟着叫起来了，她尖着嗓子说，快来人啊，村里进小偷了，大家快来帮忙啊……

她们仿佛进行一场有关音量的比赛，站在那里嘶声叫喊。听到喊声，邻居纷纷从各个角落跑出来，他们的手里，拿着锄头和镰刀之类的物件，有两个青年甚至把家里的板凳扛出来了。他们跑过来问八婆，小偷在哪里？八婆说，我不晓得在哪里，这事你们问李雪英。李雪英跺着脚说，我也来晚了，小偷已经把钱偷走。他们跑进屋里一看，激愤地说，妈的，大白天居然也敢偷东西，捉到就打断他的手！

大家问李雪英到底怎么回事？李雪英说，我刚刚从地里干活回来，进屋就发现钱不见了。他们说，王金贵跑到哪里去了，他咋不好好看家？李雪英伤心地说，他肯定忘记关门了，小偷连撬锁都省了。他们问李雪英打算怎么办？李雪英茫然地说，家里以前没进过小偷，我也不晓得怎么办。他们说，还是先把王金贵找回来吧，这种事情，让他拿主意，他好像在曹二拐家看打牌。

李雪英在大家的指使下往曹二拐家走去，她果然在那里找到王金贵。她拉着男人的衣服，焦急地说，家里进小偷了，你赶紧回去看看。王金贵一听家里进小偷，迅速地跳起来了，从来只有他偷别家的东西，没想到居然有人敢太岁头上动土。他抬腿就跑。他跑得很快，以致路上尘土飞扬。

李雪英跟着跑起来，她跑进院子时，王金贵正从屋里走出来。他问什么东西被偷了？李雪英说，家的钱不见了。王金贵说，是不是你躲在床下的钱？李雪英有些诧异，不明白男人咋会这么清楚，她说，还有神龛上的几十块。王金贵一下子放松了，他说，家里没进小偷，那些钱被我拿走了。

李雪英说，你拿去做啥？王金贵挥着手说，这个不要你管，我拿钱自有用处。李雪英说，你是不是又拿给牛元了？王金贵说，牛元输光了，我拿去借他扳本。李雪英的脸色忽然苍白起来，她说，家里连吃的都快没了，你倒有钱借给外人。王金贵说，暂时借他几天，早晚会还的。

李雪英感到脑袋发昏，她不清楚自己是不是生病了。她看到王金贵甩着手走了，她的嘴皮动了几下，但啥也没说出来。太阳很烈，几乎把泥土烤得冒烟。李雪英觉得身上没有半点力气，她的身子晃动几下，差点倒在地上。李雪英很想找个地方躺一会儿，但她只是这样想。她扶着墙壁，慢慢走出院落。

李雪英去找村长曹树林。走到曹树林家的时候，看到他在喝茶，他噘着嘴，把茶杯吸得嗞嗞响。李雪英走进屋，说村长。曹树林说，你坐，自己拉板凳坐。李雪英说，我不坐。曹树林说，那你喝水？李雪英摇头说，我不喝水。曹树林说，你脸色不好看，是不是生病了，要是生病就赶紧找医生。李雪英说，村长，我有事找你。曹树林说，有事你说，我听着哩。

李雪英讲完先前发生的事情，然后说，村长，你得管管，王金贵太不像话，你不管不行了。曹树林说，这种事我管不了，清官难断家务事。李雪英说，你是村长，你得主持公道，你要是不管，这日子就没法过了。曹树林说，你先回去，这件事我晓得了。

李雪英等了好几天，才知道曹树林根本没管这事。她只得再次找上门去。这回曹树林没喝茶了，他站在院里东张西望。李雪英说，你是村长，你又不是女人，你说话怎么不算话呢？曹树林回过头问，我说啥了？李雪英说，你答应要管那件事的。曹树林说，那是你自己说的，我啥也没答应。李雪英着急地说，这么说，你是不打算管了？曹树林说，村里大事小事都要我管，我忙得过来？

李雪英说，你要是不管，我以后就不叫你村长了。曹树林说，叫啥都随你，反正没人把我这个村长当回事。李雪英蛮横地说，你要是不管，我就不活了，我找根绳子吊死。曹树林叹气说，我就跟你说实话吧，我讲的话，全村人都听，就是你家男人不听，我实在拿他没法子呀。李雪英慢慢往回走，指望不上村长，她只能往回走。

五

王金贵看到媳妇李雪英舀了碗苞谷饭，浇上酸菜红豆汤，拿筷子去搅。王金贵往她的碗里瞅了瞅，发现里面变成稀饭了。李雪英把碗端到嘴沿，用力一吸，只听滋啦两声，半碗稀饭就没了。她的嘴巴蠕动了动，然后又一吸，剩余的半碗也没了。把饭吃完，她还伸着舌头，像狗一样在碗底舔了几下。

王金贵看到李雪英要走，他不满地说，哎，你这就走？李雪英扭过脸问，是不是叫我？王金贵说，当然叫你，屋里没别人。李雪英说，叫我做啥？王金贵说，你已经两天没做饭了。李雪英说，噢，我已经吃过了。王金贵气呼呼地说，我还没吃哩。李雪英拉开碗柜，往锅里看了看，说还有点，估计够你吃了。王金贵说，你就天天让我吃冷饭？李雪英说，你还是将就把饭吃完，你要是不吃，晚上我就回来吃了。

王金贵差不多跳起来了，他吃惊地说，晚上你还不做饭？李雪英摇着脑袋说，我赶时间挖土豆，村里家家都挖完了，就我们家还没挖，挖完土豆，我还要忙着扯红豆，这些农活能把人累死哩。王金贵说，不管多忙，做饭的时间你总该有吧？李雪英说，我在地里累了一天，哪里还有力气做饭？

王金贵的脸色越来越难看了，他说，你这是故意的，你在生气，你不想让我好过。李雪英说，我不气，好端端的，我生什么气呢？王金贵青铁着脸说，我不管你是不是生气，反正你要做饭，总不能让我天天跟着吃冷饭。李雪英说，我不想做饭，我喜欢吃土豆，吃完饭我就吃土豆。

王金贵把眼睛瞪得像两个铜板，他说，你是不是讨打？李雪英说，你别这样瞪我，自从嫁给你就天天做饭，只有两天不做你就这么瞪眼。王金贵觉得肚子里憋着一团火，他说，老子娶媳妇就是娶来做饭的。李雪英不紧不慢地说，要是不满意你就趁早重新娶一个。

王金贵没想到，媳妇居然敢用这种口吻和自己讲话，他咬着牙说，你是不是皮痒？李雪英朝他翻白眼，说除了打自己媳妇，你还有啥本事？王金贵肚里的火陡然冒出来了，他跳过去，揪住李雪英的头发就往墙上撞。墙壁被撞得咚咚响。撞了几下，他恨恨地说，这回你的嘴不硬了吧？李雪英的额头上冒出几个大包，看起来快要出血了，她嘶声叫着，有种你就打死我！

王金贵很听话，他从来没这样听话。王金贵把拳头挥到半空，然后凶猛地打过去。他感到袖子里装着半筒凉风，接着就听到一声钝响，他的拳头结结实实地砸在李雪英的脸上。李雪英的两只眼睛不停地迸火星，她的脸肿得像个熟透的桃子，嘴角也渐渐渗出血丝。王金贵说，只要你答应现在开始做饭，我今天就不打你了。

李雪英竟然笑了笑，她说，还是打吧，我横竖不想活了，你干脆打死我算了。王金贵被她的笑容刺疼了，他把李雪英按在地上，像骑马似的骑着，不停地打耳光。他怕真把李雪英打死，打死得偿命。他也不想把李雪英打伤，打伤了自己还得掏医药费。王金贵还指望这个女人过日子，只想好好教训她。他觉得这女人就像牛犊，一定要把她训乖。刚下地的牛犊不听话，要是不能把它驯服，以后就没法犁地。王金贵是调教牛犊的好手，他不信自己不能调教这个女人。

起先，李雪英还伸手抵挡，后来她就不动了。她像堆死肉似的仰面躺着。她的嘴被王金贵严实地捂着，于是发出那种哭不像哭，笑不像笑的呻吟。王金贵喜欢打媳妇，他觉得不能让女人轻松，稍微放松她们就会野得不受控制。王金贵不能容忍自己的媳妇变野，所以他动不动就提起拳头狠打。

有几回邻居实在看不下去，跑过来劝阻，但王金贵死活不承认，他摊着手说，我从来不打媳妇，你们不要胡说。他们说，昨天晚上我们还听到李雪英的哭声哩，你不打她，她好端端的哭啥？王金贵笑嘻嘻说，你们实在太无聊了，那不是哭哩，我们两口子在做事情，她舒服得叫唤呢，没想到你们居然跑来听房。他们说，你就哄鬼吧。他们不信王金贵的鬼话，但横竖拿他没法子。

王金贵再打李雪英的时候，总是紧紧捂着她的嘴，不让发出半点声音。现在，王金贵正捂着李雪英的嘴。他觉得有些累了，但问过几次，李雪英就是不服软，他没办法，只能继续打下去。突然，王金贵听到后面有脚步声。回过头，他看到牛元像棵树似的站在身后。

王金贵还没来得及打招呼，就被牛元提起来了。他不知道，牛元怎么忽然冒出来了。牛元长得粗壮，他提着王金贵，轻松得就像提一只耗子。牛元把他提到墙边，怒吼说，你干啥？王金贵不明白，自己打媳妇，牛元咋会发这么大的火。他给牛元挤出一个笑脸，说臭女人不听话，我正在教训她。牛元黑丧着脸说，以后不许再打！王金贵低声说，这是我自家的事。

牛元板着脸说，你要是再打，我就剥掉你的皮。王金贵觉得脸面绷不住了，他说，我的家事，用不着你来插手。牛元说，你要是再敢动她一根毫毛，我就对你不客气！王金贵没想到，牛元居然为这点小事翻脸，他觉得有些窝火，于是气呼呼地说，我打自己的媳妇，跟你有啥关系？

牛元冷哼两声，说全村只有老子能打人，我不打，别的谁也不能打，谁要敢胡来，我就跟他急。王金贵气得差点吐血，牛元向他借了那么多钱，不还债也就算了，偏偏还要跑来多管闲事，他觉得牛元太不要脸了。

牛元原本打算跑来借钱，他已经连续跑了几天，但没半点收获。王金贵拿不出钱，这让他很不高兴。牛元说，你不要怪模怪样地看我，我今天把话摞在这里，听不听由你！王金贵说，你的事情管得太宽了。牛元说，我就喜欢管闲事。王金贵把眉头皱得像一颗核桃，他没料到，牛元居然这样对待自己。牛元警告说，你最好老实点，要是手痒你就到墙壁上蹭蹭！

见牛元像个村干部似的背着手走了，王金贵气得想跳崖。他想不通，借这么多钱给牛元，这个王八蛋怎么不记情？他觉得牛元就是一头狼，怎么也喂不饱。王金贵越想越冒火，他把牙齿咬得咯咯脆响，仿佛正在嚼牛元的肉，啃牛元的骨头。

这时候，王金贵才发现李雪英已经爬起来了，正鼻青脸肿地站在那里。看到李雪英狼狈的样子，心里的憎恨又无端冒出来了，他说，都怪你这个臭婊子！李雪英咧着嘴，摆出嘲笑的表情。王金贵愤怒地说，你笑啥？李雪英说，我笑你热脸贴人家冷屁股！王金贵叫吼说，闭上你这张臭嘴！

既然事情到了这步田地，那笔债就不能不提了。王金贵觉得自己应该找牛元，撕破脸皮和他谈谈。他开始朝牛元家走去。他走进院落的时候，发现牛元正仰着脖子，站在屋檐底下看望什么。王金贵顺着他的目光望去，看到墙壁上挂满苞谷棒子。那些苞谷颗粒饱满，颜色金黄。王金贵故意咳嗽两声，想引起牛元的注意，然后和他打招呼。牛元果然回头朝他看了一眼，但目光很快又回到那些苞谷上。

王金贵说，哎，我有事找你。牛元说，有事你说，我的耳朵又没堵着。王金贵说，你欠我那么多钱，现在该还了。牛元的目光终于收回来了，他说，你忙着用钱？王金贵说，不管忙不忙用，你总要还嘛。牛元说，不忙用你问我要个屁？王金贵没想到牛元居然是这种态度，着急地说，到底啥时候还，你给个准信。

牛元伸着懒腰说，昨晚没睡好，我要好好睡一觉。王金贵见他转身要往屋里钻，赶紧拦在前面说，你不打算还钱了？牛元说，我没这样说，这是你自己说的。王金贵恨不得往牛元的脸上打几拳，他说，那是我所有的家当，你不能赖债！牛元觉得王金贵就像一根嚼过的甘蔗，已经没啥水分了，于是说，你就牢牢记着这笔账吧，千万不要搞忘了。

王金贵板着脸说，就算今天不能还钱，也该定个还钱的时间，你不能让我白跑一趟。牛元打着哈欠说，我实在太困了，再不睡觉，我就撑不住了。这么说完，他就推开王金贵往屋里走。王金贵在背后愤怒地说，你要是不还钱，我就和你拼了，我把这条命豁出去了。牛元回过头，笑嘻嘻地说，你就耐心等着吧，我早晚有一天会把钱还给你的。

王金贵跺着脚，带着满肚子怒火往回走。他早就发现把钱借给牛元是一个错误，但他明白这个道理的时候，已经来不及了。牛元曾向村里的几个人借过钱，结果，每次都是他把债主打跑，然后把债赖掉。王金贵想想就无端冒出一身冷汗，他清楚地意识到，自己已经陷入进退两难的局面。

六

李雪英坐在屋里抹泪。她曾经听过，有一个叫窦娥的女人很冤枉。李雪英不晓得谁是窦娥，也不清楚她究竟碰到什么事了。但是，李雪英很有把握地认为，任窦娥再冤，也肯定比不上自己，嫁给王金贵这样的男人，才是天下最冤枉的事情。

即使抹眼泪的时候，李雪英也在满脑子想着地里的庄稼。她担心那些庄稼会腐烂在地里。想到庄稼腐烂的样子，她就有些心疼。以后还要继续过日子，李雪英没法不心疼庄稼。她觉得吵架不能填饱肚子。她应该去地里干活。

李雪英抹掉脸上的泪水花花，钻到耳房找头巾。家丑不能外扬，现在她的脸肿得像个胖子，她得遮挡起来。李雪英把脸捂严实了，然后扛着锄头，匆忙出门去了。李雪英走得很急。她不能不急。想着地里的庄稼她就像火烧屁股一样。

翻过两座山，李雪英就到那块地了。她看到界碑又被移动过了。她抬起头，看到胡桑的媳妇正在不远处干活。李雪英围着界碑看了看，接着就拐弯抹角地骂开了。胡桑的媳妇挺起腰说，你到底骂谁，你骂得这样难听，有种你就点着名骂。李雪英火冒三丈，她说，我就骂你，你凭啥占我家的土地？胡桑的媳妇说，这块地本来就是我家的，早两年被你家占去了，现在我要收回来。

李雪英气得直哆嗦，她说，你家太不要脸了。胡桑的媳妇说，你家才不要脸，这明明是我家的地。李雪英说，亏你说得出口，简直把白的说成黑的。胡桑的媳妇说，不管过去是哪家的，反正现在是我家的了，谁要敢争我就让她过不成日子。

李雪英没想到胡家这么蛮不讲理，她撸起袖子说，有种你过来。胡桑的媳妇忽然冲过来了，蛮横地说，我就不信你能把我吃掉。李雪英本来只想摆架势吓唬，没想到对方真的过来了。李雪英不晓得该怎么办，只得硬着头皮说，这是我家的土地，谁要是跑来争，我就和她拼命。胡桑的媳妇从小就喜欢吵架，她把嘴巴噘得像鸡屁股，蓦然从里面射出一泡口水。

李雪英是个老实的女人，她没料到胡桑的媳妇居然没打招呼就开战，简直没给她半点准备的机会。她看到什么东西从那张鸡屁股似的嘴巴里射出来，然后落到自己的脸上。她吓了一跳，伸手去摸，刚好摸到那团脏东西，她赶忙扯头巾擦掉，皱眉说，你又不是狗，你咋能到处屙屎呢？

听到这话，胡桑家的媳妇又把嘴巴噘起来了。李雪英发现事态不好，迅速往旁边躲闪。没想到胡桑的媳妇看到李雪英躲避，也跟着调整方向，头一扭，又把口水吐过来了。这一回，没落到李雪英的脸上，直接落到她的头发上了。李雪英叫喊说，哎呀，你能不能不要吐了？胡桑的媳妇说，我就喜欢吐口水，你不让吐我偏要吐！她果然呸呸吐着，口水不停地落到李雪英的身上。

李雪英挥着胳膊抵挡，但效果很不理想。她觉得照这样发展，自己还要吃亏，应该快点想办法堵着那个黑窟窿。于是，她埋着头冲过去，打算捂住那张嘴。李雪英刚刚冲过去，头发就被抓住了，她想把腰伸直，但是挣扎几下没有成功。她感到头皮快被扯掉了。这时候，李雪英觉得自己不该埋头往前冲，要是换一种方法，肯定就不会落到这个地步了。李雪英的手摸到一个地方，软软的，她想可能是胡桑媳妇的肚子。她用力掐着。胡桑的媳妇叫了一声，把她推开了。

她们喘着粗气，就像两只蛤蟆那样瞪着对方。瞪了一会儿，她们扑过去，重新打起来了。她们歪着脑袋，双手胡乱挥舞，像猫爪子那样落在对手的脸上、脖子上，还有耳朵上。她们打得很凶，恨不得把对手撕成碎片。最后，她们紧紧地拧在一起，就像一根绳子。她们在地上扭打着，一会儿滚到这边，一会儿滚到那边，弄得灰头土脸，仿佛刚刚从坟墓爬出来。

分开时，她们都受到皮外伤。李雪英的嘴巴差点被撕破了，她感到有些疼痛。胡桑的媳妇咬牙切齿地说，有种你就等着，我回来要你好看。胡桑的媳妇退后两步，转身往家跑。李雪英愣了一下，她意识到什么，慌忙说，有种你也给我等着。这样说着，李雪英也抬腿往回跑。

李雪英跑进院落时，王金贵正蹲在院墙边晒太阳。他已经和牛元翻脸了，不可能再像跟屁虫一样，跟着牛元到处看打牌，他只能蹲在院里晒太阳。李雪英跑进来，尖着嗓门喊，快点，你快点。王金贵看到李雪英披头散发的样子，吃惊地说，怎么弄成这个鬼模样？李雪英喘着气，焦急地说，土地被占了，你快点去看。王金贵一听，站起来就跟着跑。

他们跑到地边的时候，胡桑两口子已经等在那里了。李雪英远远啐了一口，她说，不要脸！胡桑媳妇看到李雪英吐口水，她的瘾忽然就犯了。她喜欢吐口水，她觉得不吐就嘴巴痒。李雪英见她的嘴皮蠕动，吓得赶紧后退。果然，只见她的嘴动了动，口水就飞出来了。那泡口水落在王金贵的面前，在地上卷着灰尘缩成一团。

王金贵有些生气，想冲过去掴那女人的耳光，但刚走两步就站住了，他看到胡桑的手里提着一把杀猪刀。那把杀刀亮闪闪的，让王金贵看得心里发毛。王金贵说，你家太欺人了，这片土地本来就是我家的。胡桑说，你看看地界。王金贵说，界碑被你们挪过了。胡桑说，你哪只眼睛看到了？王金贵气呼呼地说，大家都是邻居，你不能这样横行霸道。胡桑说，我就喜欢横行霸道，我就不信你能咬我一口。王金贵真想扑过去，在胡桑的脖子上狠狠咬一口，但他害怕胡桑手里的刀子。

李雪英担心男人吃亏，跑去把锄头提过来。李雪英把锄头递给王金贵，说你拿着，谁敢争地，你就揍死他！王金贵接过锄头，感到胆量果然壮了些，他说，姓胡的，我不怕你，你要是敢占我家的土地，我就要你的狗命！王金贵以为胡桑的气势会弱下去，但他想错了。胡桑挥着手里的杀猪刀说，要打架就过来，我更不怕你！

胡家的气焰太嚣张了，李雪英觉得王金贵应该拿出男子气概，把新仇旧恨一起清算，但她很快就失望了。她看到王金贵拿着锄头，站在那里和胡桑吵架，这让她无比气愤。王金贵在家里凶得要命，总是提起拳头乱打，没想到对外却这样软弱。李雪英看不起王金贵，他简直就像个老婆娘，只晓得嘴硬，根本没半点胆量。

在李雪英看来，王金贵就是个软蛋，像他爹一样是窝囊废。早些年，胡桑的爹喝酒醉，无端冲到王家，砸烂很多东西。而且，还把王金贵的爹打成重伤，差点就给打死了。后来，还是因为胡家太霸道，引起群愤，被村里的几个邻居联起手，狠狠揍了一顿。邻居们看到王家被砸得稀烂，人也只剩半条命，于是问王金贵的爹打算怎么办？王金贵的爹害怕招惹麻烦，装出很大度的样子说，算了，他喝酒醉了嘛。王金贵的爹不仅没要半分钱的赔偿，甚至连医药费都没提。

王家就因为太软弱，经常受到欺负。李雪英希望王金贵能够拿出威风，抢回自家的土地，只要今天狠狠地教训胡桑，以后就不会再受欺负了。李雪英看到王金贵总不动手，急得跺脚，恨不得直接把他推上前去。

太阳像堆柴火似的在天上燃烧，李雪英觉得自己快要融化了。尽管气候炎热，李雪英还是想捞起袖子，再和胡桑的媳妇痛痛快快打一架。胡桑的媳妇好像也有这个意思，她瞪着李雪英，目光凶恶。她们都蠢蠢欲动，但两个男人正在对峙，显然不是她们打架的时候。

王金贵和胡桑起先还吵着，后来他们就住嘴了。并不是他们想和睦相处，只是他们都吵累了。他们的汗珠顺着脸滚到下巴，最后落在地上。他们感到口干舌燥，喉咙里像塞了个辣椒，难受极了。他们做出打架的样子，一个拿着杀猪刀，一个端着锄头，紧紧盯着对手。

胡桑平时不太把王金贵看在眼里，他知道这家人全是懦夫，但仍然不敢轻易动手。胡桑的个子太小，要是没帮手，他担心自己吃亏。打架不是闹着玩，要有把握打赢才行。王金贵其实很想收拾胡桑，但他也有顾虑。胡桑和牛元是亲戚，要是揍他一顿，牛元也许会来找麻烦。在村里，王金贵怕的人很多，但他最怕牛元。他们各怀心思，就那么盯着对手。他们不敢轻举妄动，只能像两只打斗的公鸡那样摆着架势。有时候，他们还会抬头朝天上看看。

庄稼差不多被烤枯了，全都半死不活地站在地里。李雪英本来也和胡桑的媳妇大眼瞪小眼地对峙，但她渐渐有些走神。恍惚之中，她觉得自己不是李雪英，而是一个稻草人。气候越来越热了，李雪英不停地抬手抹汗，她觉得这样瞪着没啥意思，后来索性放弃了。

李雪英抬头看了一眼，近处是山，远处也是山，这些山像大大小小的包子那样挤着。两个男人还在那里僵持，不知道他们要站到什么时候。李雪英觉得王金贵的太没胆量了，被胡桑这种瘦小的家伙欺负也不敢动手。李雪英觉得这样耗下去解决不了问题，还不如回家算了。胡桑的媳妇看到李雪英往回走，估计也热得撑不住了，她也甩着两瓣肥大的屁股走了。

七

王金贵打算找村长曹树林谈谈。他皱着眉头，带着满肚子心事往曹树林家走。王金贵发现，曹树林看到自己的时候，脸上总是冷冰冰的，就像看到杀父仇人一样。他本来不想去找曹树林，但这件事很棘手，实在想不出别的法子。

曹树林正端着碗吃饭，看到王金贵进屋，就喊吃饭。王金贵摇头表示不吃，他拉条板凳坐下，然后说，村长，我找你有事哩。曹树林说，噢。这么说着，曹树林喝了一口酸菜红豆汤。那些红豆光溜溜地滑过他的喉咙，最终钻到胃里，让他感到舒服极了。

王金贵看到曹树林吃饭的时候，像个小孩子似的，嘴角挂满饭粒。这让王金贵有些看不起，他觉得曹树林很不成体统，简直没个村长的模样。王金贵说，村长，我家的土地被胡桑强占了。曹树林把一张挤满皱纹的脸从碗里拔出来，说，哎呀，有这种事情？王金贵说，他狗日的悄悄就把界碑移动了。曹树林放下碗说，他为啥占你家土地？王金贵觉得这话问得很愚蠢，于是说，我不知道他为啥要占我家的地，这事你该跑去问他。

曹树林不吃了，他把碗推到一边，抹着嘴说，他占你家的土地，总该有个原因吧？王金贵说，我从来没招惹他，他就这样霸道嘛。曹树林清楚王金贵的底细，知道这家伙总是欺软怕硬。去年曹树林看到王金贵欺负一个叫花子，他跑过去劝阻，但王金贵蛮不讲理，根本没把他这个村长放在眼里。曹树林暗想，你欺负别人的时候，你不许我管，别人欺负你，却要跑来找我。

曹树林不紧不慢地说，凡事都有由头，手不摸虫，虫就不会咬手。王金贵没想到村长居然讲这种话，他鼓着两只大眼睛说，虫不咬手，手怎么会摸虫呢？曹树林眨着眼睛，想不出合适的话来，他皱着眉头说，你不要说绕口令，我们都不要说绕口令。

王金贵说，你是村长，你要想办法处理。曹树林说，你希望我怎么处理？王金贵说，你该跑去找他，让他把土地还我。曹树林说，你觉得这样有用？王金贵说，有用没用，你总要试试嘛。曹树林叹着气说，这事我不管，你们自己解决。王金贵说，你怎么撒手不管，难道我的土地就这样让他霸占了？曹树林边用手指抠着牙齿边说，要是有人敢占我的土地，我肯定揍得他屁滚尿流。

王金贵诧异地说，打人是法犯法的，你是村长，咋能让我打人呢？听王金贵这么说，曹树林觉得有些滑稽。就这么个人，居然还谈法律。曹树林想笑，但他没笑，他摆出很正经的样子说，我没让你去打人，我怎么会让你打人呢，我只是说，要是有人敢占我家的地，我就揍死他。

王金贵觉得曹树林太可恶了，简直和胡桑一样可恶，他愤愤地说，你不管也就算了，偏偏还要出馊主意。曹树林说，我这个村长只是摆设，连你都不听我的话，你还指望胡桑会听？王金贵不想再和他啰嗦，站起来就往外走。

王金贵没回家，他蹲在路边的一棵大树下。这是一棵上了年纪的古树，它的身躯弯来扭去，好像很不自在的样子。不远的地方，有几只鸡正在寻找食物，它们用爪子拨开草丛和泥土，然后伸出长长的嘴壳啄里面的虫子。

王金贵不知道事情怎么弄成这样，也不知道该怎么办。他蹲在那里想了一会儿，最后，决定去找牛元。他打算跑去试探牛元的口气，摸清牛元的态度。只要牛元不插手，不站出来帮胡桑撑腰，其他的事情就好办了。那样的话，他就有胆量收拾胡桑，把土地抢回来。

王金贵担心牛元不在家。牛元常常跑去打牌，很少在家。王金贵走进院子，看到牛元正拿着一根针，坐在门槛上跷起脚挑刺。牛元的几个脚趾挤在一起，就像几只肥胖的虫子。王金贵走过去，问他怎么了？牛元抬头看了一眼，说妈的，脚上扎了一根刺，疼死我了。王金贵看到牛元笨拙的样子，有点想笑，但不敢笑，他紧紧地闭着嘴。牛元忽然把针递给他，说你拿着。王金贵说，你给我干啥？牛元说，我挑不出来，你来试试。

王金贵的脸像抹了一层锅黑，他打死也想不到牛元会提出这种要求。这种事情就算要请帮手，也该请自家媳妇，除掉自己的媳妇，没谁稀罕抱你的臭脚？牛元仿佛看透他的想法，说我媳妇出门去了，只能请你，你赶紧动手啊，我快疼死了。王金贵不能拒绝，只得屈辱地接过针，抱着牛元的脚挑起来。牛元的脚臭得要命，简直像踩上大便，熏得他不敢喘气，恨不得抓泥疙瘩把鼻孔堵塞起来。刺终于挑出来了，王金贵擦着汗说，走路要注意，稍不注意刺就会扎进脚板。

牛元提起布鞋，把脚塞进去，他站起来，拍拍屁股进屋去了。王金贵以为牛元会招呼自己进去，但等了一会儿，没看到半点动静。王金贵走进屋，看到牛元正蹲在地上拨弄一个破钟。王金贵说，我找你有事。牛元仍然埋着头，说我没空，我很忙。王金贵说，我不是找你要债。牛元听完这话，就把破钟放下了，他奇怪地说，你不要债，还能找我做啥？

王金贵告诉他土地被占的事。牛元说，噢，我已经听说了。王金贵说，他狗日的心黑哩。牛元说，这事你该找他去，跟我说没用。王金贵说，他是你家的亲戚。牛元不耐烦地说，他和我是亲戚，但我没让他占你家土地。王金贵说，我是来和你商量，让你不要帮他的忙。牛元说，我不帮，这件事我保持中立。王金贵松了口气，说那就好办了，只要你不插手，我就几掌把他拍死，就像拍苍蝇那样把他拍成肉饼。

牛元站起来说，那可不行。王金贵诧异地说，你不是保持中立吗，好端端的怎么就反悔了？牛元说，我不想搅进这件破事，但你们不能打架，他是我家的亲戚，你要是把他打死，我就少一个亲戚了，你们可以用谈判的方式解决。王金贵着急地说，你也清楚，胡桑蛮不讲理，要是能谈拢，我也用不着来找你了。牛元说，反正你不能动手，你要是敢动他一根毫毛，我就对你不客气！

王金贵觉得牛元的脸比天气还变得快，自己刚刚还抱着他的臭脚，帮他把肉里的刺挑出来，没想到转眼工夫，他就翻脸不认人了。王金贵愤愤不平地说，你怎么这样啊？牛元说，我的底线已经挑明了，我不想再和你废话。

王金贵咬着牙，恨恨地说，我咽不下这口恶气，我一定要收拾胡桑。牛元沉着脸说，你有种就去试试，看我不打断你的腿！王金贵还想说啥，但牛元把他推出门说，你不要在这里耽搁时间，我忙得很，没空和你扯皮。王金贵感到牛元太无耻了。本来王金贵想好好和他理论一番，但发现牛元的脸色不好看，他只得放弃这个打算。

走出院落时，王金贵看到牛元家的门上挂着一把锁，就顺手把锁取走了。王金贵偷锁不是为了用，就算偷回家也不敢用。他只是觉得这样解气。经过池塘的时候，他往四周看看，没看到人影，就把锁扔进去了。池塘咚地一声，溅起几粒亮晶晶的水珠，锁就不见了。

平时，王金贵总是看到枕头就想睡觉。但今天晚上，他的脑里塞满那块地，横竖睡不着。想到那块土地他就睡不着。王金贵像肚子疼一样在床铺上滚来滚去。第二天早晨，他的眼珠上就布满了血丝。这个晚上没有白滚，天亮的时候，王金贵的脑海忽然冒出一个点子。

王金贵问媳妇李雪英，说家里还有多少钱？李雪英伤心地说，早就让你败光了，连盐都快吃不上了。王金贵说，没钱你就设法弄点，我要急用。李雪英警惕地说，你总不会还借给牛元吧？王金贵说，我就算扔掉也不会借给那个王八蛋，你莫问了，赶紧想法子凑钱。李雪英很不高兴地说，我到哪里弄去，钱又不是树叶，跑到山上就能捡回来。

王金贵想了一下，说你背点粮食到街上卖，然后买点烟酒回来。李雪英不敢追问，她背着粮食去了一个叫野马冲的街道。晚上回来时，她果然带回一些烟酒。她把东西递给王金贵，叹着气说，家里没多少粮食了，你再胡乱糟蹋，明年就只能饿肚子了。王金贵不屑地说，你懂个屁，我拿来办正事哩。

第二天，王金贵就拿着烟酒去串门。遇到那些喜欢喝酒的，他就先倒一杯酒。碰上喜欢抽烟的，他就慷慨地扔去几支烟。他们说，你是不是碰到什么喜事了？王金贵说，没啥喜事，我就是过来串门。他们说，噢。

接下来，王金贵就说了土地被占的事，他说，胡桑实在太霸道了。他们说，这个家伙确实不像样子。王金贵说，那块土地原本就是我家的，这点你们是晓得的。他们点着头说，当然晓得，就这么个屁大的村子，哪能不清楚根底呢。王金贵很高兴，说要是我和他打架，你们支持哪边？他们吓了一跳，说，有话好好说，千万不能动手。王金贵说，我不打架，我只想了解，对于这件事，你们会站在哪一边？他们拿着烟酒说，这个不用讲，肯定支持你！王金贵拍着大腿说，我就晓得，你们不会昧着良心站在他那边。

王金贵继承提着东西往前走。他很兴奋，除掉少数几家，他打算把整个村子走遍。邻居们抽着他的烟，喝着他的酒，笑嘻嘻地说，要是村里多有几桩纠纷就好了。

王金贵在村里转了一圈，以为取得广泛支持。后来他才明白，自己错误地判断形势，他的串联根本没有半点作用。那些天，村里跑来一条疯狗，咬伤了几个人。大家提着武器，到处追杀那条疯狗。那条疯狗很狡猾，几次都让它逃脱了。

这一天，疯狗又出现了，它看到很多人在各个角落搜索，转身就跑。胡桑提着一根棍子，飞快地冲过去。他跑得很快，大家从来没发现他能跑这么快，他们的嘴里发出夸张的惊呼。胡桑追着疯狗跑下山坡，失去了踪影。没过多久，胡桑重新出现了，他就像一朵蘑菇似的，慢慢从山坡上冒出来。直到走近，大家才看清楚，胡桑的肩膀上，还扛着一条死狗。

大家纷纷跑过去，围着胡桑打听，究竟是怎样把疯狗弄死的。胡桑把死狗扔在地上，比画说，它想反过来咬我，被我一棍打在鼻梁上，就这么一下，它就趴在地上了。他们惊奇地说，你一棍就把它打死了？胡桑得意地说，当然没有，它不停地挣扎，看样子还想爬起来，我看到事态不好，就给它一阵乱棍，打了几十下，这个狗东西总算断气了。他们激动得直骂娘，仿佛亲眼见到打狗的情景。

王金贵对这些人的表现很失望，他们仅仅因为一条狗，就丧失立场，跑去和胡桑勾肩搭背。王金贵很想冲过去吐上几口，但人实在太多，他不晓得到底该朝谁的脸上吐。

王金贵不愿再看他们大呼小叫的样子，于是狠狠地把头扭开了。这个时候，王金贵才悲哀地意识到，自己在村里，竟然没有一个朋友。

八

李雪英在地里收红豆。土豆地被占去了，她只能先收红豆。李雪英弯着腰，把那些红豆连根拔起，然后扎成捆放在地边，只要凑足一背，她就会把红豆背回家。扯红豆的过程中，李雪英始终牵挂着被占领的土地。那块被占去的地里，还有她没来得及收的土豆。去年她挥洒着汗水，把土豆辛苦地种下去，本来指望今年有个好收成，没想到，土豆还没挖，居然连土地都被强占了。

想着那块地李雪英就心疼，她没法不心疼。李雪英在地里埋头干了一阵，终于按捺不住了。她扔掉手里的红豆，顺着旁边的小路跑。那条路灰头土脸，看着很不起眼，但它四通八达，要是一直往前走，估计能走到世界任何一个地方。李雪英就在那条通达的路上跑着，她从来没跑这么快。

那时候，胡桑两口子正在地里干活。他们看到李雪英气喘吁吁地跑来，都有些紧张，弄不清她想干啥。李雪英往地里瞅了一眼，心就悬起来了，她发现胡家的庄稼已经收得差不多了，再过半天工夫，就轮到那块被占领的土地了。胡桑两口子见她满脸愤怒，以为她跑来吵架，都有些警惕。胡桑的媳妇甚至在嘴里暗藏了一泡口水，准备在李雪英扑过来时，趁机射到她的脸上。

李雪英瞪着眼睛，目光几乎喷出火来。胡桑两口子看到这个阵势，担心她会捞起袖子冲过来。但很快，他们就知道自己猜错了。他们看到李雪英瞪了一会儿，然后就转身走了。胡桑两口子有些糊涂，不知道李雪英到底搞啥名堂。胡桑两口子同时感到有点庆幸，有牛元做靠山，他们不怕王金贵动手打架，只担心这个女人跑来找麻烦。

胡桑两口子继续干活。有时候，他们会停下来擦汗水，再放眼看看。四周全是光秃秃的山，上面除了石头还是石头，看着就让人有种不想活的感觉。山上偶尔有几棵树，但很不成气候，它们弯来扭去地站在高处，像在帮谁望风。胡桑两口子就那么埋头干着。地里很安静，除开他们弄出的响动，简直听不到别的声音。忽然，胡桑听到媳妇叫了一声，他抬起头，看到李雪英扛着锄头远远奔来。

李雪英像只野猪似的满脸凶恶地奔进地里，瞅准原来竖界碑的地方，挥着锄头挖起来。胡桑的媳妇吃惊地喊，你干啥，你到底干啥，这是我家的土地啊。李雪英头都没抬一下，仿佛她的耳朵被堵塞住了，或者聋了。李雪英用力挖着，她把湿润的泥土掏出地面。胡桑的媳妇说，你不能这样干，你要挖到别处去挖，听到没有，我和你说话哩。

李雪英没理睬，这时候她不想说话。李雪英觉得胡桑两口子很卑鄙，她不想和这两个卑鄙小人说话。李雪英挥着锄头，挖得飞快，简直就像和别人抢时间。汗水密集地从毛孔里钻出来，慢慢浸湿她的衣裳。一粒汗珠子滚进眼眶，让她的眼睛又酸又涩，说不出的难受。李雪英没顾上擦眼睛，她拼命地干着。

地里的坑越挖越深了，像大嘴似的张着。胡桑两口子非常愤怒，看着那个大坑，觉得要花不少工夫才能把它填满。他们喊李雪英赶紧停手，不要再挖了。但李雪英根本不听。他们气得肚子疼，恨不能找根绳子把李雪英捆绑起来。

李雪英终于住手了，她站在那里，扯着袖子抹汗。这让胡桑两口子松了口气，他们担心李雪英把地球挖个大洞。李雪英擦完汗水，竟然跳进坑里，接着不停地往回填土。胡桑两口子眼珠都快滚出来了，他们不知道，这个女人究竟搞啥名堂？李雪英忙碌一阵，总算把土填满。这时候，她的半截身子已经埋在地里。

胡桑的媳妇尖叫说，你不能把自己种在我家地里，你这样搞，我还怎么种庄稼？李雪英没说话，她不想再和这些人浪费嘴舌。湿润的泥土让她感到十分凉爽，她仰头望了一眼，看到一群叫不出名字的鸟儿从远处飞过。天上还有几团绵羊似的白云，它们正在慢慢移动。

胡桑两口子像撞到鬼一样，慌里慌张地往村里跑。他们失声叫喊：出事了，李雪英把自己种在地里了……听到他们的喊声，邻居们纷纷跑出来了，问怎么回事？胡桑两口子惊恐地说，你们自己去地里看看就清楚了。于是，大家像蚂蚁似的朝那片土地涌去。他们听到胡桑两口子大呼小叫，都急于跑去看看，到底发生什么事了。

看到李雪英像萝卜似的，半截埋在泥土里，大家无比吃惊。牛元见事情脱离控制，变得有点不好收场，赶忙把胡桑两口子拉到旁边，质问说，肯定是你们把她埋在地里的，你们怎么能做这种事？胡桑飞快地摆着手，解释说，和我没半点关系，不是我干的。牛元皱着眉头说，那就是你媳妇干的，你们太不像话了。胡桑的媳妇焦急地说，也不是我干的，是她把自己种下去的。几个邻居跑去讯问李雪英，但她不仅不搭理，甚至还把眼睛闭上了。

这时候，王金贵跑来了。他见媳妇像根树桩似的栽在地里，不由惊呼一声，然后冲过去，抱着李雪英往上拔。但李雪英把自己种得太深了，他试了几次都没有成功。牛元跑过来帮忙，却被他粗暴地推开了。王金贵挣得脸红脖子粗也没把媳妇拔出来，反而把她的衣裳扯开，露出一截白花花的身子。

在这个过程里，李雪英既不反抗，也不配合。看到大家惊慌失措的样子，李雪英觉得很痛快。她从未感到这样痛快。李雪英恨不得大笑几声，她热泪盈眶地想，现在，我就是地界，只要我在这里，就没人能够侵占我的半寸土地！

（原载《青年文学》2014年第11期）

钟华华

纵火者

一

吴村还有户人家没搬，领导让阿吉去啃这块硬骨头。

像这样的人家，人们戏称之为“钉子户”。领导为降低压力，压住心头怒火对阿吉说，你去看看吧，能劝则劝，不听劝回头开挖掘机！末了，领导又说，躲雨镇此次电厂修建涉及千家万户搬迁，你阿吉遇到的麻烦不少，可都把工作做下来了，我就不相信阿吉出马，会有办不到的事。

领导就是领导，一会儿松绑，一会儿念紧箍咒。哪怕你是头猪，不把你弄成孙悟空来个七十二变，那就不是领导的本事。

阿吉领了命，心里有些泛凉。不过他转念一想，这搬迁户，镇里派了几拨人马去都没搞成，如果自己办不到，不是能力问题，也不是方法问题，而是“敌军”火力太猛无法靠近。反过来，要是弄成呢，我阿吉可就叫人佩服得五体投地了。

阿吉决定直接找吴村有头有脸的知情人摸摸情况。

稍做打探，阿吉就敲开了教书匠牛金亮家的门。

牛金亮并没和其他搬迁户一样住在铁皮屋子里。铁皮屋子被躲雨镇上的人戏称为“难民区”。

牛金亮在躲雨镇上的新家富丽堂皇。当年，牛金亮初中没毕业，就顶替他爹当了教师，在躲雨镇公立小学，也就做做敲钟看门的工作。可他脑子灵活，加上喜欢欺田霸土，在吴村算得上富得流油。

阿吉找到牛金亮时，他正窝在沙发里看电视。对于牛金亮，阿吉在躲雨镇上读书时，多少有些印象。那时的牛金亮三十出头，喜欢把头发朝后梳着，上面抹满了桂花油，一副流氓相。连学校的孩子们,也在背后笑话他的头发说,亮得连苍蝇爬上去也会挨摔跟斗。阿吉进门，直接说明了意思，心想牛金亮会如数家珍地介绍翠翠的情况。没承想，牛金亮沉默了好一会儿，才颤抖着身子说：

“她？一个疯子，有什么好说的。”

见阿吉不走，牛金亮欠了欠身子，大声吼起来：

“别问我，我什么也不知道，你自己去问她好了！”

碰了一鼻子灰，阿吉退了出来。阿吉心里有些气愤，他拉上门的一瞬间，猛然踢了牛金亮的门一脚，嘴里低声骂了句，“妈的，假教书匠一个！”

阿吉来到“铁皮小屋”区，接连问几个路人，问到了队长牛大权家。

牛大权正在铁皮屋子里收拾刚搬迁过来的家具。刚才的遭遇让阿吉有些胆怯，他强堆着笑问起了搬迁户翠翠的情况。曾经的队长牛大权抬起畏缩的目光，瞅了他一眼，然后“嘿嘿”笑了两声说：

“她嘛，她的情况我最了解……”

牛大权的话还没说话，里屋却冲出来他的女人碎银。碎银是很有名的泼妇。

碎银铁青着一张老脸，冲阿吉嚷：“那个破寡妇？有啥好央告的，依我的意见，用挖掘机几下把她家铲平得了，你了解牛大权顶屁用！”

碎银眼珠子都差点瞪了出来。她边骂，边搡着阿吉往门外走，眼睛却死死地瞪住牛大权。阿吉听见她嘴里所剩无几的牙，咬得“咯咯”作响。

牛金亮和牛大权，这两位翠翠家的知情人，像两条可恶的拦路狗。

阿吉睡不着，只好爬起来看花名册。他盯住翠翠这名字，一直盯了很久。他反复看了花名册的各个栏目，一支活水笔自然握到了手中，他扑在花名册上。此刻，他恍惚觉得自己简直就是个阎王，既残忍又慈悲。现在，他唯一的目标，就是翠翠。翠翠像个倔强的冤魂，把他折磨得彻夜难眠。

“翠翠”这名字，让阿吉想起瓦村对面有一间歪歪倒倒红泥巴房子，里面住着一位年轻貌美的女人。阿吉还想起，这个女人年纪轻轻就死了男人，带着孩子悄无声息地生活着。阿吉很小的时候，见过这位漂亮的女人。她眼神和软，总是一副谦卑的样子。

后半夜，等镇街后面的铁皮屋子里，打牌声划拳喝酒声渐渐平息，阿吉才丢下笔，倒头便睡。

第二天，阿吉没有急着去吴村。他站在瓦村搬迁一空的地盘上，朝吴村眺望。

整个躲雨镇上，河流两边原先人声鼎沸的村庄，活像秋风扫过，变得空空荡荡。一年没种庄稼，田里长满了一人多高的苦蒿和野油菜，芦苇从垅边窜出来，各种杂草和藤蔓穿插其间，庄稼连丝影子也没有。

夜里，阿吉避开铁皮屋子里面熟的村民。阿吉担心，人们知道他去翠翠家当说客，会笑话他。去吴村，得穿过整片搬迁地。阿吉从小就怕走夜路。虽然天上挂着月亮，可地上的杂草太深，阿吉只好打着手电筒，一头扎进了去吴村的路。

阿吉一手分开茂密的苦蒿和荒草，一手举着手电筒，不敢停，也不敢朝四下里张望。手电筒雪亮的光，在茂密的杂草丛里穿行。天上的月亮隐进了粉白的云团里。大地一下子暗起来，草丛里鬼眼交织。

过了河，又钻进了杂草地，路越走越深。

二

阿吉伸手敲门，旁边传来了一个女人冰冷的声音：

“又来催命？”

阿吉惊了一跳，很快收了手。泥巴房子里亮着灯，空气中传来小孩子均匀的呼吸声。阿吉觉得自己走进了一个陌生世界，显得有些手足无措。

阿吉赶紧说：“是翠翠大娘吧？我是河对面的阿吉呢。”见翠翠没反应，阿吉又补充说：“瓦村有个打米房，翠翠大娘记得吧？我就是打米房家的阿吉。”

翠翠轻轻“噢”了一声，这让阿吉心稍安了些。翠翠推开门，关在屋内的灯光迫不及待扑过来，阿吉眼前一下子敞亮了许多。

翠翠把阿吉让进屋子，依旧冷冰冰地说：

“镇上天天都在派人来，白天没来人，我还纳闷呢，没想半夜你也来了。”

泥巴房子，并没有阿吉想象的那般丑。

翠翠侧身坐在灯影里，红泥巴墙壁反射着柔和的光，看上去简直像油画一样。墙壁上开裂了许多口子，老鼠“吱吱”的叫唤声和孩子们的梦呓声一唱一和。

翠翠的大儿子和儿媳长年在外打工，她就在泥巴房里负责带孙子。

见阿吉左顾右看不吱声，翠翠开口说：

“半夜三更，镇上派你来找我这个老婆子干什么？”老人眼睛清澈明亮。

阿吉没想到翠翠如此直率，只好支吾着说：

“四下里人家全搬了，镇上等着你搬了好开工呢。”

“你们要搬，先把我埋了吧！”翠翠说着，突然生气地站起来。

阿吉愣怔了一下，继续试探着说：“这村子搬空了，到处长满了荒草，冷清得很。”

翠翠说：“哪怕住着鬼我也不会搬！别人心里空，可我心里不空！”

阿吉没想到，刚一开始，翠翠老人就在他嘴里塞了一根硬骨头。阿吉吐不是，啃也不是。阿吉知道，这种时候不能激怒她，只能软硬兼施。

阿吉掏出了搬迁协议，说："白纸黑字签了，可得算数！"

没想到，阿吉这一说惹祸了。翠翠有些激动，从桌子边颤抖着站了起来。翠翠说，能不签吗？镇上派来的说客，不是怀胎大肚可怜兮兮，就是提刀舞棒凶神恶煞，我能不签吗？这字，我是被逼着签的，就像黄世仁逼杨白劳。

老人说着坐了下来，阿吉惶恐的心稍安了些。翠翠稍定了定神，又说：

"她们也是被逼的！端着公家饭碗，完不成签订任务，就要被砸饭碗，就说那计生干事吧，已经临产了，还在三番五次往我家跑，表面上是她在求我，实际是镇里在逼我！"

就在阿吉快要失去信心，准备打道回府的时候，老人却伤心起来。她花白的头发，像把干草，在灯影里打摆子一样颤抖着。

阿吉拔高了声音："这样吧，你还有什么要求，尽管提吧。"

翠翠这才止住了哭泣，说："也算不上什么要求，之前我就提过，可没人听，谁也不愿意听，都说我是个疯婆子，只是一个劲催搬迁……"

后来，阿吉才了解到，原来翠翠一直不愿意搬迁，是因为她在等待二十年前那场大火中消失的儿子绣喜。阿吉时隔多年听到"绣喜"这名字时，他觉得像做梦一样。二十年的漫长时光，对于当初和绣喜只有几面之缘的阿吉来说，要想回忆起他的模样，简直像徒手从火堆里刨取一颗熟透的山栗那般艰难。

二十年前的少年绣喜，在阿吉脑海中，慢慢像放电影一样，从一块巨大的幕布上走来。阿吉恍惚记得，那个头发乌黑的少年天生胆怯害羞，就连有次去阿吉家打米房里打米赊账，也伤心地大哭了一场。

翠翠告诉阿吉，自从那场大火过后，她就在吴村的坟地上，挨着她二十多年前去世的男人——提调官的坟地旁边，为大火中消失后至今杳无音讯的绣喜建了个墓。这墓在吴村的人看来，简直是无理取闹。吴村的人，笑话了二十年，都说翠翠疯掉了。翠翠向镇上提了两条要求：一是解决绣喜墓地的迁葬费，同时请教堂里的神父回来，给他唱安魂经。二是她要在规划界外搭所房子，等着绣喜归来。

这可是无理要求。如果非要听从于她，迁葬费和搭简易房子都好解决。可把神父请回来唱安魂经，简直有些天方夜谭。自从知道镇上即将被拆除后，老神父整日不语，他多次奔走寻求保留，可工业区管委会的人不听，直到巨大的挖掘机伸着长长铁臂，把由来已久的大教堂夷为平地。

老神父沉默了几天，无声无息地走了。他留下一句话，再也不会回到躲雨镇。翠翠向管委会要求老神父回来唱安魂经，人们认为简直是无理取闹。

牛金亮听她这么一说，向管委会派来的工作队员骂道：

“翠翠真是疯子，要是谁敢答应，吴村就别搬了！”

队长牛大权赶紧出来附和，如果工作队员满足翠翠这要求，他就会号召其他村民出来，找各种理由追加搬迁费。前几任队员，在这样进退两难的境地里被弄得焦头烂额，翠翠家的搬迁工作一次次陷入瘫痪。

侧身坐在灯影里的翠翠老人，轻轻叹了口气说：

“也不是我故意刁难，是绣喜跳进大火前，让我找人给他唱安魂经。他在民办学校里，就是听着老神父的安魂经长大的。”

阿吉问：“之前，为什么不请老神父来家里呢？”

翠翠说:“可我不相信他会死啊，要是唱了安魂经，他在我心里就会死。我不那样做，我不那样做……”老人说着，不断摇头。

“不是说跳进大火中了吗？”

“他是跳进大火中了……可我不信他会死。有哪个母亲，相信自己的儿子，小学都还没毕业的儿子，在一场大火中丧生了呢？”

阿吉心头隐隐作痛，这是一位等儿子归来，等到精神几乎崩溃的老人。

翠翠喃喃地说：“我就两条要求，我要等着他归来，我要看他父子俩团聚……”

阿吉内心有些沉重，他叹了口气说：“像那样猛烈的大火，恐怕只会是九死一生。”这下，阿吉觉得事儿有些不同寻常，他不知如何是好。

翠翠老人突然站起来，紧紧抓住阿吉的手说：

“你们把教堂推倒了，绣喜的魂也不知去向，即使他真的会死，可你们得请神父唱安魂经，否则不仅仅是他，就连我也死不瞑目！”

阿吉感到事态严重，脸上汗珠子直冒，他仿佛置身于一个悲苦的梦境里。

“要是有天他回来，一切都变了，他找不着回家的路，我可怎么办？我的绣喜可怎么办？”翠翠老人摊着手，她花白的头发在昏暗的灯光里像蓬苦蒿。

阿吉决定，第二天陪翠翠老人，去看看绣喜的墓地。

三

天亮时分，门外叮叮当当的炒菜声惊醒了阿吉。

吴村的坟地就在泥巴房左侧。翠翠带着阿吉去看时，只见满目疮痍。众多的坟堆，已被活着的人挖开，把棺材取走，然后重新葬到了更远的地方。掀开的泥土有些潮湿，空气中还散发着消毒液的味道和亡魂们从睡梦中猝然惊醒，连夜赶往他乡下葬时失魂落魄的气息。有些散乱的白骨，没来得及清理，就被匆忙中的子孙们遗弃在了荒地里。

这些缺了骨头的亡魂，既没得到神父的洗礼，也没得到安魂经的慰藉。

他们一定在冷寂他乡，正默默诅咒着自己的不肖子孙。

阿吉发现，搬迁过后的坟地里，根本没有一座墓。正当阿吉想问问翠翠老人，她给绣喜修建的墓在哪儿，老人把一蓬由柏树围成的树丛指给了他。看着惊讶的阿吉，翠翠告诉他，这就是二十年前，她给绣喜修建的墓地。

翠翠告诉阿吉，二十年前，绣喜不顾人们的呼唤，不顾她的哭泣，转身决然跃入了桉树林里的大火中。那场大火足足烧了几天几夜。大火刚过，她就跑进桉树林里寻找绣喜的下落，可她连绣喜的骨头也没寻着一根。

既然没骨头，埋个土堆根本没有意义。几场大雨下来，土堆也会随之消失。于是，翠翠突发奇想，用栽柏树的办法，给绣喜修建了躲雨镇上有史以来最特别的一座墓。二十年过去，柏树已经很高了。翠翠带着阿吉，爬了两道坎，站在桉树林边上，这样俯瞰，绣喜的"坟"尽收眼底。

翠翠真有心计，二十年前为绣喜修葺的坟共由十一棵柏树组成。从高处看下去，坟头并排三棵，两边各四棵，然后在尾巴处逐渐收拢，俨然一座坟墓的样子。同时，柏树围成的形状，活像一颗空洞的心。翠翠告诉阿吉，绣喜离开的那年，刚好十一岁。她就用十一棵柏树，为绣喜圈了这个特别的坟。

阿吉打量着这个特殊的坟墓，他相信，先前的那些"说客"，根本没有听翠翠老人讲述这些，也根本没有来看看绣喜的"坟"。阿吉搀扶着翠翠老人，她带阿吉走进了桉树林。这片桉树林，阿吉小时候在河对面的瓦村时，抬眼就可以看见。那时的吴村，把桉树林团团围住，桉树洁白挺拔，头顶着浓密的树叶，远望过来，整个村庄就像长了头美丽的长发。

眼前桉树林，却像一座发生过火灾的神庙，到处都是漆黑干枯的树干。难以想象，二十年前，那个阿吉眼中害羞胆怯，还在他家打米房里哭过一场的少年绣喜，需要多么大的勇气，才能义无反顾地跃进这巨大的火场。阿吉面对这残破如电影镜头的历史画面，他好奇地东张西望。就在他朝火场深处走去时，回头，却发现翠翠老人悄悄退出了桉树林。

阿吉知道，老人触景生情，一定是伤心了。他急忙返身追了出去。

翠翠老人蹲在绣喜的坟地上，不紧不慢地拔着草，嘴里含混不清地唠叨着。两个孙子吃饱了饭，在泥巴房里自由玩耍，用不着她操心。

阿吉坐在坟地边上，老人边扯草，边给他叙述起绣喜二十年前的往事来。

"二十年后，只有绣喜知道自己去了哪里，也许他也不知道。"阿吉心里想。

绣喜好不容易从泥巴房子里钻出来，站在绕村大路上的那个清晨，翠翠清楚记得，空气中充满了浓烈呛人的牛粪味道和一股新鲜的亡魂气息。

那年简直是祸不单行，年轻的提调官刚死，绣喜就读的民办学校，就在一个雷雨交加的夜晚，轰然倒塌了。

公办学校书学费贵，躲雨镇上穷人家的孩子，只能在民办学校里求学。

绣喜第一次走进民办学校时，提调官像拖头倔强的牲口。有一个学期，到了报名领书的时间，提调官没钱，只好对绣喜说，他已经给老师打过招呼了，先领书再缴钱。绣喜跟在揣足了书费的孩子们身后，走到天主教堂门口，却不好意思走进学校向老师开口赊书。直到看见孩子们交了钱，领了书，嗅着新书好闻的味道欢叫着跑远了。他才抱着教堂门口的柱子，伤心地哭了一场。

天色暗下来后，他才止住哭泣，抽抽噎噎地走回了家。

坐在教室里的绣喜，一抬头，目光就可以穿透整座学校，然后看见高高的教堂顶端那口巨大的铁钟。教堂内外人声鼎沸，慈悲的安魂经常像窗外飘着的一场场大雨。绣喜在教室里常常走神，他在嗡嗡的歌声里泪流满面。

除了漏雨，屋顶上时不时还会飞来瓦片，掉在课桌上跌得粉身碎骨。

绣喜却义无反顾地迷恋上了这所坐落在教堂里的学校。他在班上年年考第一。正因为这样，喜欢在躲雨镇上主持红白喜事的提调官，只要喝醉了酒，就会在酒席上向人们夸赞他的儿子绣喜。提调官为人正直，在躲雨镇上，有不少仇人。其中，吴村的牛金亮就是仇人中最恨他的一个。只要提调官开口夸绣喜，坐在酒席上的牛金亮，就会以他一名公办教师的身份，小声嘀咕：

"龙生龙，凤生凤，耗子生儿会打洞。"骂完不解气，还要狠狠啐一口。

队长牛大权坐在一旁。他是牛金亮花钱扶持上马的，也看不惯提调官的德性。他大声对口水星子乱飞的提调官骂：

"民办学校算个鸟！"

提调官也不生气，喷着酒气说："我的儿，哪怕他天生就是只鸟呢？以后不管飞到哪个枝头，他都会变成只金凤凰。"

绣喜在吴村讨人喜欢。提调官夸他，底下立即会响起一片掌声。

四

提调官生前发过誓，不仅要让绣喜读书，而且还要叫他把书读个名堂来。

可是，提调官刚死，民办学校就倒塌了。翠翠伤心了几天，在一个清晨，就是那个弥漫着牛粪味道和一股新鲜亡魂气息的清晨，她咬着牙把胆小怕事的绣喜推到了门外。翠翠带了哭腔，对垂头丧气的绣喜说：

"你爹死了，从今往后，你就不是小孩子了，你得把自己当大人看。"

绣喜不吱声。爹刚死，哥哥大耳也辍学了。大耳是个三拳也打不出个屁来的家伙。不等翠翠吩咐，他就在门背后取了锄头，抽泣着朝秧田里走去。翠翠见绣喜不说话，又说：

“你爹在世时，就盼着你读出个名堂来，现在学校倒了，你就得去求牛金亮。”

翠翠对阿吉说，那时，她思来想去，民办学校没了，绣喜想继续读书，就只能去公办学校，这对于当时的她来说，比登天还难。她总算想到了牛金亮。牛金亮在几年前，顶替他爹当了公办学校的教师，虽然肚子里没墨水，只做些敲钟守门的工作，可毕竟是老师。只要他愿意帮忙，绣喜上学的事就有希望。

当绣喜听说去求牛金亮时，浑身像打摆子一样哆嗦了一阵。

绣喜气鼓鼓地说：“叫我去求仇人？打死我也不去。”

翠翠立即就火了，她在屋子里搡了绣喜几把，直到她扬了扬手，绣喜才勉强跨出门，颤抖着站到了绕村大路上。看见身子单薄的绣喜站在绕村大路上的那个清晨，翠翠心都快碎了。她第一次把绣喜当大人看，迫不得已逼着他去求人帮忙。而这人，恰恰是提调官生前的仇人。可想而知，当时少年绣喜的心里，一定像打翻了五味瓶，既委屈，又害怕。

充满牛粪味道和死亡气息的那个清晨，不断在翠翠后来的叙述里重复着。她告诉阿吉，那一幕，也在她二十年来的梦境里，不断纠缠着她。很多时候，她在恍惚的梦境中，翻身爬起来朝桉树林跑，直到看见烧得漆黑如庙宇的桉树林和十一棵矮小的柏树丛围成的空空坟地，她才从梦境中惊醒，然后失魂落魄地回到泥巴小屋。

让一个十一岁的少年，去求连大人都不敢面对的仇人帮忙，阿吉不敢想象。那个时候，还在瓦村的阿吉，除了每天去学校里混时光，就是伸手向大人要零花钱，到躲雨镇上看录像，或是带着一帮孩子，在河滩里，像群不知疲倦的小鸟，互相追逐着。可是，就在那时，隔河而望的少年绣喜，却不得不在牛粪扑鼻，死亡笼罩的清晨，去求一个凶恶的仇人。而绣喜只是为了能重新走进学堂，读上大多数孩子都讨厌读的书。

翠翠对阿吉说，第一次去求牛金亮，绣喜没成。

绣喜躲在牛金亮家的西红柿地里，被牛金亮污蔑成了贼，他被牛金亮的儿子牛肥肥泼了一盆洗脸水，同时还被牛金亮抽了两耳光。黄昏时分，绣喜嘴角挂着快要干涸的血迹，回到了泥巴房。他没哭，只是铁青着脸，任翠翠怎么问，他像个保护秘密的特务，根本不吐出一个字。

黑夜来临时，翠翠停止了叙述。

阿吉跟着翠翠走回泥巴小屋，像儿时跟着自己的母亲。好些时候，他甚至把自己想象成二十年前的大火中，翠翠眨眼消失的儿子绣喜。阿吉变成了翠翠的跟屁虫。吃饭的时候，阿吉发现桌子上有他的碗筷。他像在自己母亲跟前，没等菜到齐，就急匆匆端起了碗。这一切，显得特别自然。

阿吉也没有要走的意思。领导交代的事情还没办成，他就不可能回到镇里。

夜里，翠翠变得不爱说话了。她紧抿着渐渐枯萎的嘴唇，清晨别在耳后的花白头发也蹦了出来。灯光爬上去，就像抹了层金色的光晕一样。两个顽皮的孙子缠着翠翠。她一声不吭地，像对待二十年前的少年绣喜一样，把阿吉昨晚睡过的棉被理好，然后拉了门，佝偻着腰身，领着嚷叫的孙子们，到里面睡去了。

不一会儿，里屋渐渐响起孩子们的梦呓，还有咂嘴巴的声音。又隔了一会儿，等翠翠接二连三的咳嗽变成了冷丁的哮喘，阿吉才悄悄翻身爬起来，站在二十年前，那个胆怯害羞的少年绣喜站过的绕村大路上。

五

翠翠对二十年前那个清晨的描述，令阿吉着迷不已。

阿吉特别想知道，当年十一岁的少年绣喜，第一次去求牛金亮，究竟经历了什么羞辱和殴打。毕竟，是二十年前的往事，翠翠的叙述显得断断续续。好在，阿吉此刻就站在绣喜曾走过的大路上。他决定，沿着绕村路，朝村东头走走。

水银般的月光，胡乱涂抹到大路上，像刚下过一场霜。

阿吉摸出根烟，点上，深深吸了一口。空气中，的确残留着翠翠描述的牛粪味道。那是慌乱的村民在搬迁前，把水牛牵到镇上的屠宰场时留下的。亡魂们的气息，也不新鲜，而是显得久远，也显得七零八落。

可以想象，一觉醒来的村民，纷纷从房子里探出脑袋，用奇怪的目光打量着绣喜。绣喜就在一道道冰凉的目光下，低着头走，有的村民叹息，有的却吐口水。

尤其到了拐角处牛大权的家门口，牛大权的女人碎银故意站了出来。提调官在的时候，牛大权就喜欢在她面前夸翠翠，这个恶毒的女人一直怀恨在心。

碎银拦在绣喜跟前，啐了一口："大清早的，招魂呀？吓老娘一跳。"

绣喜抬头瞪了她一眼，碎银又骂起来："都寡妇孤儿了，还瞪个啥？"骂着，就扬起了手中的扫帚，作势要打绣喜的样子。

二十年前，阿吉来吴村偷西红柿时，曾经在这条大路上走过。他依稀记得，碎银家就住在大路的拐弯处。他现在走过拐弯处时，也像绣喜当年那样，感到屁股后面像有个鬼揪着他无形的尾巴。

过了拐角，眼看到村东了。绣喜稍抬头，就看见了牛金亮的屋角。牛金亮家是一栋青砖小楼。从瓦村看过来，就数牛金亮的砖房洋气。牛金亮的儿子牛肥肥正在气咻咻地洗着脸。牛金亮装模作样地在胳膊下夹了本书，一副等儿子洗完脸上学的样子。

绣喜心里轻轻地念着"牛金亮是爹的仇人呢！"他的脚步在慢慢挪动着。就在牛肥肥转身，快要看见绣喜的时候，绣喜一步跳到了牛金亮家的一块西红柿地里。绣喜没想到坝坎特别高，他似乎飞了好一会儿。落地的时候，他紧紧收了腿，可还是弄出“轰”的一声。

西红柿地里，正挂着一串串半熟的果子。牛肥肥，还是很快发现了他。牛肥肥嘟囔着嘴，飞快转身端了洗脸水，劈头盖脸朝西红柿地里泼去。

水“哗！”一声响过后，牛肥肥扯着嗓子，对着村庄呼喊起来：

“抓贼啦，贼偷西红柿啦。”

一时间，整个吴村都听见了牛肥肥声嘶力竭的呼喊。大人们只顾埋头干活，孩子们却纷纷跑过去看热闹。绣喜被气急败坏的牛金亮从西红柿地里拎起来。他一看是仇人提调官经常夸赞的儿子，心里的火苗儿顿时腾了起来。

牛金亮顺手取了胳膊下的书本，扇了绣喜一耳光。牛金亮的力道很猛，像打头偷食的牲口，绣喜脚步踉跄了几下。绣喜没倒，他总算站住了。

牛金亮咬着牙问：“谁支使你来偷的？”

绣喜不说，只是低着头，用指尖轻轻摸着发麻的耳根。牛金亮像审个犯人，只要问一句，绣喜不说，他就用书抽他的脸一下。坝子里的孩子越聚越多，见牛肥肥家抓住了个贼，都淌着鼻涕看热闹。

牛金亮抽一下，看热闹的孩子们就起哄一声：

“绣喜，你倒是快说呀，是不是你妈翠翠支使的？”

有个嘴快的孩子说：“不是才怪呢，他刚死了爹，家里肯定揭不开锅了。”

阿吉站在牛金亮家坝坎下的一块空地里。从翠翠的描述中，这块地一定是当年那块西红柿地。牛金亮的房子早就塌平了，只有高高的坝坎还在。当年那个十一岁的少年，纵身跳进这块地后，紧接着从天而降一盆洗脸水把他浇得像只落汤鸡。阿吉现在想起来，也浑身起鸡皮疙瘩。

孩子们的嘲笑让绣喜颤抖着。牛金亮像审个犯人一样盯住他问。好几次，绣喜想告诉牛金亮，他是翠翠叫来求他帮忙的。可从牛金亮抽他第一记耳光时起，他下定决心什么也不说。

无论牛金亮怎么审问绣喜，绣喜始终没有道出实情。他心里想着，叫别人知道我刚死了爹，就去求爹的仇人帮忙，还不如做贼好。这样一想，绣喜心里反倒轻松了。他咬着牙，任凭牛金亮怎么问，他就是不肯吐出一个字。直到把绣喜嘴角抽出血，先前欢呼的人群里有孩子吓得哭起来，牛金亮才收了手。

六

有关提调官的印象，不用翠翠叙述，阿吉也能回想些许。阿吉记得，他小时想蹚过河，去吴村吃喜酒或是无端游荡时，经常会碰见一个喝得东倒西歪的男人。这个男人就是提调官。提调官面容俊朗，嘴巴上和两耳旁冒着些黑胡子。

酒席上，提调官声音很响亮，他经常挥着手，招呼亲朋上座，有时，也会叉着手痛骂酒席上偷懒的村民。他那样子，他那神气，一直定格在了阿吉的脑海中。不过，只要酒席一散，阿吉在路上碰见提调官，他立即就变了一个人，喝得东倒西歪，口齿含混不清，瞪着一双血红的双眼骂：

“谁家的孩子，快给老子滚回去！”

阿吉被提调官的样子吓得飞也似往家跑。估摸着跑远了，他才回头，朝提调官的方向骂一句：

“死酒鬼！”

不过，最让阿吉印象深刻的一次，是提调官去他家主持喜宴后的情景。酒席散后，躲雨镇上几个男人，听说提调官义气，嚷叫着要和提调官拼酒。阿吉就待在桌子旁，惊讶地看着提调官和几个男人端着饭碗喝酒。

从中午喝到太阳滚山，镇上来的几个气焰嚣张的男人当场趴下，提调官一人拼几个，却摇摇晃晃地站起来要回家。阿吉的爹忙吩咐阿吉送提调官过河。就在下河的时候，提调官没站稳，一个跟斗栽进了河水里。阿吉吓坏了，心想提调官会挣扎着爬起来。没想到，那次提调官喝得太高，竟然醉得不知道爬起来。

最后，害羞胆怯的少年绣喜赶来，扶着他浑身水淋淋的爹，一声不吭地朝泥巴房子走去。一高一矮的父子俩，在阿吉的视线里渐行渐远。提调官甩着手，不停地摇晃着身子，他嘴里一会儿呱呱臭骂，一会儿又哈哈大笑。可是绣喜始终不说一句话，低着头，微风吹起他额头的黑发，他小心翼翼扶着提调官渐渐走远。

提调官就在那个时期，或是更早的时候起，和牛金亮成了仇人。有关提调官和牛金亮之间的恩怨，绣喜偶尔回想起来，都是些残破不堪的碎片。这些碎片，常常在睡梦中把绣喜惊醒。

有一个场景，是在二十多年前一个阳光炫目的黄昏。那个黄昏的太阳，像发了疯一样叫人睁不开眼。绣喜去河里饮牛回来，他手遮着刺得眼泪汪汪的阳光，走到泥巴房前的时候，看到了惊人的一幕。只见提调官和牛金亮手中正握着细长的齿镰。由于刚收割完麦子，齿镰镰口闪着雪亮的光芒。

空气中酒味浓烈逼人。提调官和牛金亮，分别把镰刀架在对方脖子上。

提调官喊："动吧，只要你敢动，老子就抹掉你。"

牛金亮嚷："你敢再打我爹，我就削你头。"

提调官喊："我已经打了，你能把我咋的？"

牛金亮嚷："你再碰他一个指头试试？"

提调官喊："老子就敢，老子偏敢！"说着，他就挪动着步子，要朝村东头去。

不久以前，桉树林里发生的可怕一幕，还在绣喜脑海里挥之不去。也许是担心牛金亮手中雪亮的镰刀吃进提调官的脖子里。绣喜呼一下，从树后站了出来。与此同时，提调官也看见了绣喜。绣喜吓坏了，眼鼓鼓地瞪着大人手中的镰刀。很快，绣喜看见提调官手中的镰刀抖动了一下，他目光也软了下来，两把可怕的镰刀猝然落地。

就在镰刀落地时，只有几岁的绣喜，想到了桉树林里发生的更可怕的一幕。这一幕，经过后来翠翠叙述，才在阿吉眼前逐渐浮现出来……

刚收割完麦子，青黄不接的日子正折磨着吴村的几个五保户。保管室没有撤销，只要收割完庄稼，桉树林里就会变得像麻雀归林一样闹哄哄。

提调官那时也不叫提调官，他刚当上保管室里的会计。

这等好差事，吴村许多人张着大嘴巴等着，尤其是牛金亮，正巴望着给他儿子在队上谋个事。可牛长庚老队长，就只看得起提调官。提调官为人正直，还写得一笔好字。牛长庚点名提拔他当会计。牛金亮的爹是老教师，可完全没有老师的样子。谁也不知道，他恶霸一样的爹是用了什么手段，混了个教师的饭碗。就为争保管室会计的事，他咒骂了提调官几天。

谷子一收，各家就要开始给村里的五保户缴粮。

粮食紧张，人们常常吃了上顿找下顿。缴粮的人，偶尔也会暗中做手脚，不是渗了谷壳，就是塞了石头。牛金亮的爹领着工资，家里也不愁吃，可他就爱做手脚。称粮的时候，提调官会将袋子一个个打开查看。

轮到牛金亮的爹时，提调官把手伸进粮食袋里，当众取出来一块石头。提调官不给他过秤，要他回去补足了再来缴。牛金亮的爹横不讲理，就在桉树林里和提调官吵起来。提调官不理他，只顾埋头称粮……

绣喜就在这时，听到吵闹声跑进了桉树林。之前发现了什么，对绣喜来说，像是有人用手把黑板上的粉笔字，抹掉了一半。绣喜跑到人头跟前，正看见牛金亮的爹举起一只秤砣，猛地朝埋头称粮的提调官砸去。绣喜还没喊出声，一块巨大的血幕，眨眼就挂在了提调官的脸上。

就在可怕的喊叫中，绣喜不知被谁推了一把。尔后，他就朝着躲雨镇上的卫生所跑起来。是怎样把医生请来的，绣喜一直想不起。他只记得自己下坡的时候，感觉肩头上长了翅膀。

提调官被医生五花大绑，然后在床上躺了好些天。当他下床后，他提着拳头，怀着仇恨，跑到村东头，把牛金亮的爹打到吐血。

牛金亮的爹挨的这顿打，比提调官躺在床上的时间还长。

七

阿吉几乎忘了自己是镇上派来的说客。这时，幸亏领导打电话过来催促时提醒了他。他支吾着要领导给他宽限些时日。领导一听，有些火了，电话里骂了句娘，给立下了最后期限。领导称，如果解决不了，就直接把它给铲了！

领导发怒的样子，阿吉可以想象，他在电话的另一头，一定挥着大手掌，做了刀砍斧劈的动作，这动作在千百种场合上被千百个人用过——既潇洒又漂亮！

挂完电话，阿吉才突然害怕起来。翠翠老人要求搬迁坟墓和搭简易房子的事，都不太困难。最困难的，就是以前的老神父回来，给绣喜唱安魂经。这困难让阿吉有些喘不过气来，暗地里，他也有些埋怨翠翠老人“认死理”“一根筋”。

上午，阿吉抽空回了一趟镇上。一进办公室，管委会的人纷纷围过来，问他“硬骨头”啃得咋样。阿吉愁眉苦脸，对几个幸灾乐祸的家伙说：“没磕掉几颗牙就算好了！”他的幽默引得大家哈哈大笑。可苦水，却直往自己肚子里流。

他赶紧打开电脑，偷偷查找起翠翠所说的安魂经来。很小的时候，阿吉跟随着奶奶去过镇上的教堂。教堂里的信徒黑压压一片，经坛上一位神父带领两位修女，耐心地教着人们唱经歌。老人们站着唱，孩子可得跪着唱。唱着唱着，奶奶泪流满面，他却一点兴趣也没有，无聊得左顾右看，最后一溜烟跑回了家。

阿吉好不容易，找到了天主教的安魂经歌词。可一看内容，他完全不会唱，努力搜索大脑里对经歌的印象，连影子也找不到。阿吉失望了，他打印了安魂经，把它揣到身上回到吴村时，已经是傍晚时分。

翠翠第一次问起了阿吉的母亲。

阿吉淡淡地说：“她去世好些年了。”

“哦，好些年了……”

阿吉想，对面就是瓦村，对于母亲的死亡，翠翠应该知道的。也许是因为她这些年，一直在等待着她从大火中消失的儿子，揪心的等待，已经把她给弄糊涂了。

其实，阿吉还不知道，昨天夜里，他在绕村大路上徘徊时，翠翠老人就在泥巴房的小窗里，静静地瞧着他。

当年，少年绣喜抹着眼泪去求仇人，然后嘴角又挂着血迹回到泥巴房时，她也那样看着绣喜。不过，那时的翠翠正年轻，她心里像锅开水在翻滚着。

她问绣喜求人的情况，绣喜不吱声。翠翠扬手打了他，心里有恨，下手有些重，绣喜还是不肯吐出一个字来。绣喜蹲在昏暗的角落里，睁着明亮的眼睛，朝窗外看着。只要钟声传到泥巴房，沉默的绣喜就会站起来，趴到窗口上，朝着田野里张望。

提调官死后，翠翠一下子成了村子里最年轻的寡妇。

翠翠不想出门，她要等人们的嘴累了，才肯出家门。绣喜的举动，她看在眼里，急在心头。可她仍然不动声色地待在泥巴房里。倒是绣喜的哥哥大耳，成天闷着头进进出出，残酷的现实令他一夜成人。翠翠没缓过劲的那段时间，他成天侍弄着庄稼和牲口。

有天夜里，提调官托梦问翠翠："绣喜读书的事咋样？"

翠翠感觉一刻也不能缓了。

估摸牛金亮在家，翠翠决定第二次去求牛金亮。她顾不上村子里那些挖苦的目光了。她想叫绣喜和她一道去求。她还特意把提调官抽剩的半包烟带上了。

她把角落里发呆的绣喜拎起来，可绣喜死死抓住门框，坚决不出门。

翠翠像拖头牲口一样，又一次把绣喜拎到了绕村大路上。翠翠说："要是你想读书，他就是头魔鬼，我们也得去求他。"

绣喜气鼓鼓地冒了句："要求你去求吧，打死我也不去。"

翠翠说，当时，她咬着牙骂了句："报应！"二十多年过去，翠翠回想起来，想起自已骂出这两个字时，多么令人心寒。对于绣喜来说，他刚死了爹，年轻的翠翠又像骂仇人一样骂他"报应"。他的心肯定在刹那间被刺了一刀。

翠翠气急了，撂下绣喜，猛然把头上祭奠提调官用的黑纱扯下，随手丢进了风中。她就在人们嘲讽和可怜巴巴的目光里，低着头，艰难朝前走着。在路上，她总算体味到了绣喜经受的那种痛苦。村子里的多嘴舌，像一群群鹅，把头伸出窗外，边剥葵花籽，边指指点点地说：

"快看了，提调官的小寡妇过来啦！"

"啧啧，才死男人呢，也不知多守几天孝。"

"可不是吗？都说要守七七四十九天呢，你们看看，她头上黑纱也扯了！"

"哎哟哟，还是那脸蛋，还是那腰身，走路像刮风儿呢。"

连男人们也想站出来瞧新鲜，却被恶毒的女人们骂回了屋子：

"一个克夫的丧门星，有啥看好的，想看呀，不怕死你就去吧。"

多嘴舌们，把拳头也扬到了男人们的额头上。

翠翠不敢抬头，免得引起更大的嘘声。翠翠想，她是大人，村子里的人都敢这般责难，更不知绣喜走在大路上时，遭遇了多少耻笑。

牛金亮正在屋檐下，一上一下抖动着屁股磨割草刀。

翠翠手里捏着烟，心一横，也不管牛金亮什么脸色，说明了来意。

牛金亮看也没看她一眼，说："提调官也有求人的时候？"

翠翠说："不是提调官求你，是我翠翠求你。"

牛金亮嘴角扯动，冷笑了一声说："给仇人家帮忙，天底下有这种人？"

一句话，把翠翠噎住了。她手揣在衣袋里，捏着半包烟。她好不容易把烟抽出来，递出去时，才发现一支烟已经被焦虑中的她捏得皱皱巴巴。烟递到了跟前，牛金亮瞅了一眼，突然生气地说："既然来求人，死人抽过的烟敬我？"

翠翠说，她当时伤心极了，手中递出去的烟，也不知怎么收回才好。牛金亮抬起头，一下打掉了她手中的烟，骂着走进屋子，"咣"一声把门关了。

在关门的当口，牛金亮伸出头来说："要我帮忙可以，叫提调官亲自来求！"

翠翠对阿吉说，当时，她肺都气炸了。她还听到了心在胸口破碎的声音。那声音，像山坡上的一块风化石，风一碰，它就支离破碎了。

翠翠对阿吉说，那时，空气多静呀，地上掉根针也能听见。就在翠翠不知如何是好的时候，绣喜却在桉树林里，同牛金亮的儿子牛肥肥打了起来。

阿吉难以想象，那么胆小怕羞的少年，是怎么同牛肥肥打起来的。牛肥肥块头大，绣喜应该不是他的对手。可是翠翠说，那一次，绣喜真给提调官长了脸。

一个仇人死去，他活着的仇家不解气，就会爬到死人的坟头上割草，意思是诅咒他断子绝孙。更有甚者，站在死者的坟头上撒尿淋他，咒他在另一个世界永远身处苦海。

绣喜看见牛肥肥站在提调官的坟头上撒尿。牛肥肥尿得正欢，嘴里还不停地大笑着。牛肥肥的举动，翠翠后来才知道是牛金亮唆使的。

绣喜骂了他一声："狗日的，尿你爹咧，滚下来！"

牛肥肥偏不下来。绣喜不知哪来的力气，冲上去把牛肥肥一把扯了下来。两个少年就在坟地上打起来。绣喜第一次和牛肥肥打架，一点底气也没有，加上他瘦小，很快，他就被牛肥肥压到了身下。阿吉少年时也打过架，年小体弱的少年，在面对强壮对手的时候，要是没有足够的勇气，肯定会倒大霉。

躺在地下几乎喘不过气来的绣喜，就在极度愤怒和慌乱中，一拳击中了牛肥肥的鼻子。孩子身上一旦打出了血，就会放声大哭，甘拜下风。

牛肥肥的号叫，像挨刀杀的年猪。绣喜浑身是土，如同地里钻出来的耗子。

趁牛金亮没赶来，翠翠急忙把绣喜拖回了泥巴房。

八

1992 年稻谷扬花时节，躲雨镇上的学校，也很快到了期末。

坐在教室里的阿吉，常常能嗅到稻花扑鼻的清香。阿吉回想起来，就在那段时间，教室后面的围墙上，总爱出现一位偷偷听课的少年。

这位少年就是绣喜。好几次，他就趴在围墙外，只露出眼睛和头发，悄悄朝老师的黑板上瞧。要是发现老师转过身来，他立即就会像只机灵的猫，飞快把头缩回围墙后面。

翠翠说，绣喜的确忍不住去偷听过课。每次，他都佯装去河边放牛，却把牛拴在河滩僻静处的一棵歪脖子树下，然后跑到公办学校，翻上高高的围墙。阿吉还想起来，有一次，他们班上体育课，羽毛球打飞到了围墙后面。他跑到围墙后面找球，看见少年绣喜就像只壁虎，正爬在墙上偷听。

阿吉“嗨！”了一声，想吓唬这个不相识的少年。

现在阿吉想起来就后悔，当时，他弄出的声响把绣喜从围墙上惊掉下来。他看见绣喜身上的衣服很旧，但洗得特别干净。少年掉下来时，落地的声音很响亮。紧接着，他的裤子被强大的冲击力撕破了，裂口正好在他的屁股上。

阿吉没忍住，放声大笑起来。

又惊又怕的绣喜很快爬起来，朝阿吉瞪了一眼，眼神忧愁，饱含羞辱。

看着少年捂着屁股逃远了，阿吉才捡了球，乐得上气不接下气回到了操场上。

绣喜回到家，生怕翠翠骂他，偷了翠翠的针线，一个人把跌破的裤子缝上了。之后，阿吉再也没有看见那个满眼忧愁的少年在围墙上出现过。

第二次去求牛金亮没成，翠翠也铁了心。

回到泥巴小屋后，她再也不提绣喜上学的事了。无论提调官在梦中如何询问，她就是咬着牙不回答。翠翠只有一个愿望，就是把田里的庄稼侍弄好，争取在秋后如绣喜和提调官所愿。

翠翠还没出门，绣喜已经跟随哥哥大耳到了田间。

“寡妇门前是非多”并不是一句玩笑话。当兄弟俩到田间去时，在碎银面前夸赞过翠翠的牛大权队长，时不时会找上门来，磨磨蹭蹭不肯离开。对她垂涎三尺的男人，几乎要把她家的门踢破。

夏天里，躲雨镇喜欢下暴雨。只要暴雨下来，村子里的堰沟就常常被冲垮或堵塞。渠水不来，队长牛大权就得召集大伙掏堰沟。夏天里掏堰沟各家各户都得出一名壮劳力，否则等堰沟通了，没出劳力的人家，就休想放水灌田。

当初保管室解散后，提调官可以提任队长的。可牛金亮仇恨他，花了些钱买了烟和酒，支使牛大权在村子里散发。村民在选举的时候，就把牛大权推了上去。而保室里刚被解职的会计，只得灰溜溜回了家。

牛金亮仗着这勾当，每次掏堰沟，都派牛肥肥去凑人头。有时，甚至连牛肥肥也不派去。吃人嘴软，村民有不满的，也只能背后嘀咕几声了事。

队长牛大权被翠翠碰了一鼻子灰。他去通知翠翠时，翠翠就在泥巴房下面的稻田里，带着绣喜和大耳忙活。牛大权是个欺软怕硬的家伙。他敞着嗓门，要求翠翠家在午饭后，安排一名壮劳力去掏堰沟。

翠翠听见了，却装着不知道，仍然把头埋在稻田里扯杂草。这时节，稻子容易生病。提调官一死，她很多天没出门，虽说稻子没枯死，可身上却爬满了各种害虫。翠翠心急火燎，她得拔了杂草，立即给稻子打药。

这次翠翠家没出工，牛金亮却亲自出马。

太阳偏西的时候，渠水引来了。只要听见渠水声，不仅仅是吴村里的男女老少，就连田里张着嘴巴的稻谷，也纷纷吵嚷起来。绣喜家几块田快干裂了。翠翠安排绣喜负责到渠里挖缺口偷水，大耳负责沿着村子里的一块块田，把水引到自家田里，她就负责拔杂草和打农药。

这次偷水，引发了一场事件。

绣喜颤抖着身子躲在堰沟里偷水时，狗鼻子一样灵敏的牛金亮赶来了。牛金亮拎着锄头，鼓着血红的双眼，一张脸气得乌青，咆哮着朝堰沟里的偷水贼奔来。

绣喜还没从西红柿贼的阴影里走出来，现在，又被牛金亮当成了贼。

没等牛金亮赶到，绣喜就从堰沟里跳了出来。他像挨了鬼掐，朝家逃跑。

绣喜跳进泥巴房，他猛地把房门抵死了。刚从太阳地里回来，屋子比墓还黑还深。牛金亮拎着泛着雪光的锄头，指着泥巴房的门骂着：

“杂种，偷水贼，有种你就给老子滚出来呀。”

这种不点名的叫骂，更叫绣喜难受。他躲在黑暗中，生怕牛金亮一脚踢开房门，像电影里的皇军挑着刺刀，一下朝角落里他的心窝捅过来。

牛金亮跳着骂：“杂种，乌龟，王八蛋，别躲在屋里呀，你倒是出来呀。”他的语气里，完全是一副挑衅的架势。绣喜觉得，牛金亮不仅仅在骂他，而且还在骂已经躺在坟地里尸骨未寒的提调官。

牛金亮见偷水贼不现身，转身提着锄头，朝着翠翠的方向跑去。

牛金亮就站在田埂上，扬言要去掘提调官的坟。这太令翠翠心寒，她哭着从稻田里冲了出去，和牛金亮扭打在一起。

一个男人刚死的弱小女人，哪里是牛金亮的对手？翠翠很快被牛金亮踢翻在了稻田里。最后是大耳和绣喜赶来，把她解救了……

九

翠翠叙述到这里，已是阿吉来到她家的第四天下午，离领导限定的时间只有三天了。领导要求他在七天，也就是一周内拔掉“钉子”！

领导说拔“钉子”的时候，真可谓斩钉截铁疾恶如仇。

时间像一面巨大碾子，不断朝着阿吉压来。阿吉无处躲藏。只有想办法，把它引到属于它的路上。夜里，阿吉躺在青篾席上，举着从网上打印下来的安魂经，像烙大烧饼一样翻来覆去。鸡叫三遍时，他总算想到了个好办法。

第二天中午，翠翠带着孙子上山坡看地去了。阿吉又一次溜回了镇上。在“难民区”里，阿吉装了一包“富贵”烟，总算找到了一位会唱经的老人。找到老人后，他又给老人提了瓶苞谷烧，并且硬着头皮和老人碰了几杯，老人的话头才掏出来了。老人喷着呛人的酒味儿，含混不清地给阿吉唱起安魂经来。在阿吉听来，老人唱的安魂经不过是个调子，他捧着手中的歌词，却怎么也跟不上节奏。不过，阿吉准备了录音，老人的唱腔，被他偷偷记录下来了，他准备在夜里反复听，直到自己学会唱安魂经。

阿吉吃惊地发现，只要回到泥巴小屋，翠翠老人叙述过的每一个场景，他都要去走走看看。这种举动是自然的，他不知自己为什么要那样做。他感到，二十年前那个清秀的少年，就在翠翠叙述的场景中，不断伸手召唤着他。

少年好看的二分头，被微风吹拂着，他抽动鼻翼，眼神有些忧愁。只要想到这些场景，阿吉几乎不能自拔。

经历了偷水和打架事件后，翠翠吃惊地发现，绣喜变得特别奇怪，成天一声不吭跟在她的身后，闷着头干活。他一句话也不同家里人说。

直到有一天正午，蝉在泥巴房外的梧桐树上，挨刀般拼命叫唤时。正在灶房里煮玉米棒子的翠翠，看见绣喜从一场短暂的午睡中惊醒。他走到正在啃玉米棒子的大耳跟前，轻轻地对他说：

“哥，我都有点想死了……”

大耳不以为意，还是饥饿地啃着玉米棒子。绣喜像鱼冒水泡，吐出那几个字后，梦游般走到了门外。绣喜吐出的话，令翠翠想到了跳河，喝农药，或是上吊等等，这些躲雨镇上常见的自杀方式。

那些天，她吓得不轻。她紧张得把放在床下的“敌敌畏”“乐果”“六六粉”等农药，赶紧找地方藏了起来。只要看见绣喜朝河边走，她就支大耳跟出去。家里要是少了条绳子，或是丢了根裤带，她就会慌忙翻找。

渐渐地，翠翠发现，她的担心可笑又多余。绣喜每天除了帮她侍弄庄稼，就是做家务或是饮牲口。在躲雨镇上，人们还没见过比绣喜还勤快的孩子。就连秋季学校报名的日子到了，成群结队的孩子从泥巴房外走过，他头也不扭一下。

阿吉走在吴村空旷的田野里。当初纵横交错的田埂，已经完全淹没在了疯狂的杂草丛中。无法想象，当初的少年绣喜，与上学的孩子们擦身而过，走在田埂上的心境。阿吉看着眼前无边无际的苦蒿和杂草丛，嘴里禁不住感叹：

“他心里，就像装着这一大片野草般难受。”

天擦黑，翠翠老人从山坡上回来。她眼神有几分惊喜，她边弄晚饭边嘀咕说：

“山坡上有块好地呢。”

“是呀，躲雨镇到处是好地，废了真可惜。”

阿吉随便附和了一句。他不想问，也不想知道翠翠话外之意。他只想等翠翠闲下来时，继续给他叙述有关二十年前，那个少年绣喜的往事。

可翠翠老人这时并没有讲绣喜，她回忆起了那个暑期快接近尾声的时候，提调官又来梦里见她了。翠翠说，提调官还是生前那副德行，他依然醉着，嘴里含混不清地问翠翠：

“绣喜的事你办得怎么样了？”

梦里的翠翠不敢吱声。提调官急了，无声咒骂着。翠翠刚想解释点什么，提调官拂袖而去，转身闪进了一道漆黑的门。在即将隐没在门内的刹那，提调官又伸出了一张俊朗的面孔，忧愁地看了翠翠一眼。

就在这天后半夜，队长牛大权又来找翠翠了。她刚从梦中醒来，一副不知所措的样子。大耳和绣喜在另一间屋子里沉睡。队长牛大权这天杀的，摸到了泥巴房的后檐沟。他的女人碎银回娘家吃喜宴去了。他小声叫醒了翠翠，翠翠咳了一声，叫他滚。可他偏不滚，赖在后檐沟里，急切地敲着窗户。

翠翠对阿吉说，睡在床上的她，真想爬起来，给队长牛大权开门，让他进来。翠翠说到这里的时候，她伸手别住了散乱的白发。翠翠说，提调官忧愁的眼神折磨着她。她心一横，队长牛大权和村庄里那些可恶的男人一样，就只是垂涎她的身体。万般无奈之下，她想用身体，换队长牛大权去求牛金亮，解决提调官托付之事。

躺在床上的翠翠辗转反侧。好几次，她差点爬了起来。直到鸡叫三遍，天快亮时，牛大权还没走。翠翠打了一个激灵，她爬了起来，准备去拉开后檐沟的门。这时，旁边的屋子里，木门叫了一声。透着微微亮光，她紧张地看见绣喜已经起床了。绣喜似乎觉察出了什么异常。他趴在翠翠的房门口，透过门缝，翠翠看见绣喜目光如烛火跳跃。绣喜长久以来第一次开口：

“我不读书了，谁也别瞎操那份心了。”

翠翠惊出了一身汗，她重新躺下了。躺在床上，看着屋顶的“亮瓦”逐渐透出朝阳的微光。翠翠暗自庆幸，自己幸亏没拉开后檐沟的门。

十

安魂经是一首什么样的歌子，阿吉说不出来。他只知道初次学会唱时，自己会泪流满面。等歌词烂熟于心，他手捧在胸前，安静的经歌被不由自主地唱起来时，所有的悲伤和苦难，都回归了内心。整个内心世界，像一片无垠大海，不断朝四周弥漫着，最后逐渐变轻，然后升入空中。

阿吉学会了安魂经，紧接着，他又作出重大决定，要向翠翠老人提出来，亲自为二十年前在大火中消失的绣喜歌唱。没准备好之前，阿吉把这想法压在了心底。他还需要准备神父唱经时穿的服装、两位修女、一张耶稣像、一盏老烛台、一钵圣水，当然还需要一场月光。服装、耶稣像、老烛台，可以向“难民区”的那位酒鬼先生借，无非就是再给他打几瓶苞谷烧。修女可以请办公室刚到的两位年轻女大学生出马。圣水更不用愁了，老神父取圣水的泉眼，阿吉闭着眼也能找到。

阿吉边悄悄做准备，边跟在翠翠老人身旁，听她唠叨少年绣喜的往事。

翠翠老人选定的空地上，空地比村庄高出许多，完全和桉树林的梢头持平。烧得漆黑如神庙的保管室尽收眼底。阿吉翻看过提调官幸存的账本。当年年轻的提调官坐在保管室里，称粮记账的场景，该有多么神气。

这些硬壳账簿，边沿上镶着光滑的鱼眼。账簿里面，浅水蓝色的纸张不仅厚实，质地也特别好，上面用红色和深蓝色画着整齐的格子。提调官的字迹清晰有力。绣喜就账簿边沿的空白里，做着算术演练。父子俩的字迹，像有股神奇的魔力，只要看见它们，父子俩的形象就会穿越时空交织到跟前。

牛金亮非法占有保管室，就是在提调官死的那年夏天。

保管室已经撤销了许久，集体的概念正在村民心中逐渐淡忘。牛金亮就利用牛大权当队长的机会，顺理成章地霸占了保管室。再说，提调官死了，更没有人能阻止他。获得保管室的当天，牛金亮就把粮食和牲口，全都搬进了保管室。牛金亮常常在保管室里过夜，守护他的粮食和牲口。

稻谷成熟时，学校里已经出现了琅琅读书声。整个吴村的人，都在磨割稻镰。只有把镰刀磨到雪亮，割下来的稻谷才整齐，才不至于把太多稻穗遗弃在田里。

秋收的喜悦，把整个躲雨镇惊醒了。一时间，四下里全响起了镰刀“唰唰唰”飞快游动的声音。打谷机的声音也一阵高过一阵。

翠翠发现，绣喜变活跃了。一家人在田里割稻谷时，金黄的稻谷映红了他整个夏天以来一直阴沉的脸。吴村的人，不断把谷子朝家里搬运着。连牛也用上了，绕村大路上，忽然袭来新鲜浓烈的牛粪味道。

翠翠家的田原本就少，可恶的牛金亮却指使队长牛大权，把提调官的那份土地，强行划进了村里。当时，翠翠哭嚷着不干。牛大权说，死一个人就得划还集体一份田地，这是上面的规定。

翠翠划出的田产，转眼就划到了牛金亮的门下。

收割的时候，绣喜家像开足马力的机器，刚用上劲，田里的稻谷眨眼就收割光了。对于其他人家，尤其是牛金亮家来说，开头几天，镰刀才只是“舔”到稻田的边沿呢。眼睁睁看着别家的打谷机欢快地叫着，翠翠家却提前在稻田里扎起了稻草人。绣喜跟在翠翠身后，前几天还像个话痨，现在却一声也不吭。

极其短暂的收割，让绣喜心里特别失落。之前他还在想象，如果谷子丰收，多余的粮食就可以背到躲雨镇上卖掉。等卖了粮食，他不用求牛金亮，也能欢快地跑进久违的教室里。可令他没想到的是，收进家里的谷子，连一家人填肚子也不够，还得添些像玉米这样的粗粮，才能蒙混过去。

1992 年秋天的一天中午，绣喜对正在泥巴房外舂米的翠翠说：

“妈，我都想死了。”

翠翠没在意，继续舂她的米。她想，这孩子，可能是提调官的死刺激了他，害他患上了梦游症，他不过是在梦游中说着玩。

冒出这句话，绣喜就扛着叉子，到田里背稻草人去了。

阿吉记得,等稻谷收割完毕,不用多久,田里站得整整齐齐的稻草人,就会干透。这时，要是不及时收掉，要是有一丁点火星飘向它，干燥的稻草人就会“呼”一声烧起来。很多年前，顽皮的孩子去躲雨镇看完露天电影回家。在路上，他们手痒痒得慌，就会把手中用作照明的火把投向田里的稻草人。稻草人像抹了油,火苗儿一舔,立即就着了。这时，河流两岸都会传来咒骂和呼唤扑火的声音。

干稻草在躲雨镇上，用处很大。除了摊到床上当垫絮，还可以编稻席。最关键的是可以踩牛粪。牛粪是村里的宝。谁家头年没有好牛粪，来年就会饿肚子。

吴村的稻草人，全都会收进桉树林里。每家占几棵树，然后把自家的稻草人围着桉树码放。整个吴村的稻草人太多，桉树林显得特别小。每到秋天，整片巨大的桉树林，就会变成一座耸入云霄的稻草山。站上山坡放眼看去，就连高大的保管室，也完全淹没在了稻草人中。

绣喜夹杂在背稻草人的大军里，像头不知疲倦的牲口。

十一

牛金亮家的稻谷，在那一年大获丰收。他家田产丰厚，加上划进了提调官的那份土地。别说稻草人，他家连谷子也差点无处堆放。

保管室的房顶上，站满了牛金亮家密密麻麻的稻草人。即使如此，他家的稻草人也没办法堆完。牛金亮用好酒好肉，款待了村里几个帮忙的闲人。就连队长牛大权，也在其间。二十年前的队长，已经如江河日落，既没有权也没有钱。牛金亮鼓着血红的双眼，像吼奴隶一样，催促他们拼命往桉树林里搬运。

绣喜正在自家的几棵桉树下码稻草人。牛金亮来了，他指使队长牛大权，要绣喜腾出几棵桉树来，让牛金亮家码放。

绣喜不让，牛金亮就火了。他说：

“既然田都划出了一份，桉树也应该划出几根。”

牛大权在旁边，点头哈腰地说：“绣喜呀，你就遵从了吧，这是规定。”

绣喜还是不紧不慢地码着稻草人。牛金亮又说：

“别看几棵桉树，说不定有天，连你妈都要被瓜分呢！”

牛金亮说完，牛大权和几个男人，就在桉树林里大笑起来。

有个男人搓着手说：“我宁可不要他家的稻田和桉树，只要翠翠给睡一觉，就是眨眼死了也值！”

牛大权瞪了他一眼，骂道：“做梦吧！绣喜他妈的屁股，我早沾过了。啧啧，就像年猪的腚，又圆又嫩。”

男人们笑得东倒西歪，把桉树林里的一群鸟，也惊到了天上。

这时，牛金亮等得有些不耐烦了，爬到了绣喜家的几棵桉树上，开始招呼大家堆起稻草来。绣喜气急了，他骂了句：

“杂种，狗娘养的！”

没等牛金亮的拳头雨点般落到身上，绣喜就从稻草堆上跳下来，涨着愤怒得通红的脸，飞快朝泥巴房跑去。翠翠说，绣喜跑到家里的神情，让她立即意识到发生了什么。她想去桉树林里看个究竟，可绣喜不让。

绣喜对翠翠说：“别去了，去也是一场空。”

一时间，连翠翠也给怔住了，她就像面对提调官一样感到恐惧。绣喜回到家后，不吃不喝，就蹲在泥巴房的门口。远处的学校，正敲着急促的上课铃。

绣喜没看他们，只是微仰着头，看着天空。那天的天空很蓝，只有几团棉花状的云朵浮着。翠翠说，她从来没看见过孩子的眼神有那般死寂。“又像燃尽的火塘，或是两口深不见底的枯井。”翠翠用这样的描述，来形容当天绣喜的落寞。

翠翠说，她想骂他，想哄他，想通过骂和哄，把他从绝望的深渊中拽回现实。可当她出现在绣喜的面前时，他只顾对着天空喃喃地说：

“妈——，我都想死了。”

大耳去喊他，他又对着大耳说："哥——，我都想死了。"

翠翠想，绣喜一定是受到了刺激。也许是他想到了可怕的场景，才冒出这句可怕的丧气话。翠翠对阿吉说，就连提调官在时，他的那些丧气话，也没有绣喜那般丢魂落魄。家里有做不完的活儿，翠翠也没大放在心上。她心想，让绣喜发几天呆，等时光冲淡忧伤，他也许就该还魂了。

村里有心善的老奶奶找到翠翠，对翠翠说：

"一定是他爹来找他了，你得找先生给他系根红绳子。"

翠翠有些触动，打算第二天到躲雨镇桥头，给绣喜找个算命先生化解一下。

没想到就在当天深夜，等翠翠睡死后，绣喜偷偷爬了起来。他举着一支家里平时赶夜路用的柏香皮火把，沿着绕村的大路，来到了桉树林边上。

绣喜举着火把，走在绕村大路上的情景，阿吉难以想象。不过，他可以确信，当晚的空气中，一定充满了浓烈的牛粪味道和一股更加诱人的亡魂的气息。当然，空气中还夹杂着秋收后粮食略带甘苦的清香。

火光中行走的绣喜，像位壮士，身形越来越大。

可恶的牛金亮就睡在保管室里。谷子差点胀破了保管室的谷仓，他不得像条凶恶的狗守着。

翠翠说，她后檐沟薄如蝉翼的窗户纸，猛然间被映得通红。等她听到整个吴村响起呼天抢地的尖叫声时，桉树林里的大火，已经很快漫到了"稻草山"的尖顶。

翠翠拉开绣喜的房门，只见大耳已经吓醒过来，唯独不见绣喜的踪影。

翠翠慌忙喊起来："绣喜呀——，绣喜——"她跑到桉树林时，火光冲天，有些疯狂的火苗儿，甚至把最高的桉树梢头也舔得"滋滋"作响。

牛金亮是从保管室的后门逃出去的。翠翠说，像他那可恶的人，你要存心烧死他还真不可能。牛金亮特别警醒，大火在稻草周围烧得"噼啪"作响时，他立即意识到了处境危险。他逃出来时，吴村的人，只看见他穿着一条裤衩。

翠翠冲到桉树林，看见到牛金亮时，他手中已经多了一条绳索和一把锋利的叉子。这种叉子，吴村的人家家都有，只需轻轻一下子，就可以插穿几个稻草人。提调官在的时候，他就被牛金亮的爹用绳子绑过。这种用麻编成的粗糙绳索夹了牛筋，只要绑到身上，就会越绑越紧，直到勒出道道血痕。

随着翠翠的叙述，阿吉心头一阵阵紧缩着。他比二十年前那个纵火少年还要紧张。翠翠的叙述不紧不慢，像从河中打捞一些碎片。

牛金亮和牛大权，安排许多男人把住村庄的各个路口。大火烧掉了全村的稻草人。牛金亮更是损失惨重，除了满仓的粮食和稻草人，连巨大的保管室，也化成了一团火球。

四下里，全是愤怒的咒骂。

“老子逮住要剥了他的皮！”牛金亮只重复这一句话。

阿吉没想到，绣喜就躲在提调官坟地的一蓬树丛里。几个男人扑向他，他像条泥鳅一样挣脱开了。翠翠拼命朝他喊叫，可一点用也没有。就连吴村的老少，都加入了围捕纵火者绣喜的战斗中。

“所有的路口，都被堵死了……”翠翠说。直到看见这可怕的现实，她知道绣喜为什么要一直在她和大耳跟前，不断冒出那句叫人伤心绝望的话。

阿吉可以想象，像围捕一头困兽，纵火者绣喜已经走投无路了。他只好退守到桉树林边上。在那里，人们不能靠近大火。

昏暗的灯光下，翠翠枯瘦的身子，渐渐颤抖起来。她对阿吉说，值得庆幸的是，她最后见到了绣喜。绣喜退到大火边时，天已经放亮了。牛金亮的叉子，正在瞄准他。绣喜使劲抽了抽鼻子，甩了甩二分头，把眼睛从头发底下露出来。

翠翠瞧见了他。他凝视着翠翠，突然，咧了咧嘴，声嘶力竭般喊：

“妈——，我死啦，请个人给我唱首安魂经吧……”

话音未落，翠翠就看见瘦弱的绣喜猛地转过身，像只被追急的兔子，飞快地跃入大火中。就一眨眼间，升腾的火苗完全把他吞没，他连个背影也没留下。

二十年前的少年绣喜，就这样在他亲手点燃的一场大火中消失。

第二天，没等大火完全熄灭，翠翠和大耳，就带着锄头，拼命扒开厚厚的灰烬，哪怕找到绣喜的一根骨头也好。翠翠想，绣喜是从提调官和自己身上掉下来的，要是能找到根骨头，寻个地方埋了，也算多少得些安慰。

可令她失望的是，连一根骨头也没找到。不过，后来翠翠觉得，没找到骨头也许是好事，也许是她的绣喜在大火中死而复生，远走他乡了。

于是，翠翠不顾别人的嘲笑，用柏树给绣喜修建了一座特别的坟。

十二

第六天，阿吉满口答应给绣喜唱安魂经后，翠翠老人一下子高兴得像个孩子。一整天，她脸上挂着笑，眼神里满含期待。她甚至把两个顽皮的孙子，也洗得干干净净。她自己也梳了头，穿了很久没穿的新衣新鞋。

下午，阿吉称自己要去躲雨镇上接神父，翠翠老人特意送他老远。

这天夜里的月亮特别明，吴村的路上，如同铺满了水银。阿吉穿着神父装，两位女同事穿着修女服。圣水是顺路打来的。一位修女端着烛台，一位肩上扛着半钵圣水，雪白的一只月亮在欢快的水波里跳动着。

时间紧迫，阿吉没来得及给两位大学生细讲，只让她们参加一场庄重的仪式。一路上，两位年轻的姑娘觉得十分新鲜好奇，不时会嘻哈打闹，可只要看见阿吉一副肃穆的样子时，她们就像被一只慈悲的大手摁住，渐渐安静下来。

三人静静地走向泥巴小屋。一路上，阿吉还有些担心，他一遍又一遍地吻着胸口并不属于自己的“十字架”，嘴里轻喊着“阿门”。就在开门的刹那，阿吉看见翠翠老人愣怔了一下，地上一大一小两个孩子鼓起手掌，她猛然变得泪水涟涟起来。翠翠老人像个惊喜的孩子，边抹泪，边赶紧把三人迎进屋子。

安魂经是在绣喜的“坟地”上唱响的。阿吉唱一段，两位修女就和一段。后来，连翠翠老人和两个孩子，也跟着和起声来。此起彼伏的歌声里，只见天上的月光像下雪，把十一棵柏树包裹得通透如玉。月光跌落得嗞嗞有声，很快就铺满了漫山遍野……

搬迁绣喜的“坟”很简单。两位姑娘在第二天，被阿吉打发回了镇上。阿吉找了两个民工，然后和翠翠一起，亲自把柏树一棵棵挖起来，然后编上号，运到翠翠相好的空地上，再一棵棵按编好的序号栽好。搬树的时候，阿吉很小心，生怕碰掉了一块树皮。两个民工有时会开开玩笑，阿吉也会低声呵斥他们。

在挖树的时候，翠翠老人弯着腰，小心地把树根刨出来，嘴里不停念叨着：“好喽搬新家喽，遵照你的意思，安魂经唱过啦，你该回家啦……”她哄孩子似的，对每一棵柏树都要摸摸身子，拍几下，然后目送民工把它们抬到山坡。

阿吉和翠翠负责挖，民工负责搬运。

直到把绣喜的新坟建好，阿吉又挨棵树看看间距和弯直，最后，他又爬到稍高一点的地方，看看坟墓的整体形象。最终，翠翠老人对着他点头表示满意，他才悬着的心才落了下去。

紧接着，阿吉立即联系在躲雨镇现场的施工队，利用很短的时间，就给翠翠老人搭起了一间像模像样的房子。新房子紧挨着绣喜的新坟。

带着满身疲惫回到泥巴房子时，阿吉觉得自己经受了一场漫长的洗礼。他身体的疲惫，并不是因为七天的操劳。而是在这场漫长的洗礼中，他卸掉了自身无以言表的污垢。这些污垢，竟然是人类时刻沾沾自喜的珍宝……

第七天深夜，阿吉不顾翠翠老人再三挽留，毅然选择离开吴村。之所以这般决绝，并不是因为领导立的期限到了。他不知道自己为什么要选在深夜离开。

他清楚记得，自己第一天来时，不得不打着手电筒。

而现在，月光似乎聚集了几十年的能量，把去路照得亮如白昼。

以往，如果啃掉一块“硬骨头”，阿吉一般会在路上向镇上的领导报告好消息。可是这一次，他一点也不想把这来之不易的消息报告到镇里。阿吉边朝镇上走，边回头向山坡张望。只见站在屋角的翠翠老人和两个孙子，逐渐变成了几个黑点，随后消失在了夜色中。

回去的路，仍旧要穿过那些疯狂的杂草。等淹没在杂草丛里，阿吉手电筒也懒得打了，他天上一脚地下一脚地走着。高高的苦蒿刷到了他的眼睛里，弄得他双眼疼痛。很快，有些热烈的东西淌下来。这时阿吉总算知道，自己之所以选择夜深人静时分离去，是不想让铁石心肠的人们看见这些憋屈的东西淌在脸上。

过了河，就到了瓦村地界。阿吉突然决定，顺路看看母亲的墓。

“对一些人，除了唾弃，就只能选择用凛然的目光，把他从头顶劈开……”

阿吉这样想的时候，就到了久违的墓前。

（原载《山花》B版2014年第12期）

赵朝龙

百姓歌谣

一

中午的时候，雪停了。这场春雪是从前天晚上开始下的，雪花飘飘洒洒，四五步之外就看不见人影。下雪的时候很安静，耳朵能听到雪花落地的沙沙声。雪停下来以后，才晓得这场雪有多大。这是赵家坪村这二十多年来最大的一场春雪。道路、田野、房屋、树林和村边那条从天生桥流淌而来汇入乌江的青水河全白了，失去了本来的颜色。只有天是另外一种颜色，乌蓝乌蓝的，像刚被清水洗涤过的乌蓝的玻璃。

这些天来，赵廷生总喜欢坐在吊脚楼上看青水河。清清的河水，沿着河道缓缓地流淌，在两河口汇入浩浩荡荡的乌江。两岸河坡是一抹经果林，桃树、雪梨和杨梅，足足三百亩，那是全村的摇钱树，也是全县的经果林样板基地。坡岸上是村里的联营养殖场，一千间猪牛羊圈齐齐整整地排列在河畔上，昭示着赵家坪村的畜牧业规模养殖，这是全村的钱罐罐，也是全县的畜牧联营规模养殖样板基地。这两个样板基地是他这些年的得意之作，每一棵树上、每一寸水泥地坝上、每一块砖头上，都有他赵廷生的汗水。

赵廷生放下茶杯，掏出手机搁在茶几上的座机旁边，脸上的微笑越来越甜。在赵家坪村，他这座机是全村的第一部电话机，那时他是赤脚医生，就在他装电话的第五天，支书赵长贵才装了全村的第二部，第二十五天，村委会才装了电话，村委会的电话自然就成了全村的第三部电话。下台后，他重新操起了旧业，当起了赤脚医生，昨天早上，他冒着大雪从乡场上买来了手机，苹果牌的，他的手机是全村的第一部手机。今天早上，支书赵长贵才从乡场上买来了全村的第二部手机。赵长贵从旁人口中得知他买的苹果牌，咬咬牙也买了台苹果牌。对这样的安装和购买顺序，赵廷生非常的满意。他看着茶几，电话机像一只精神抖擞的大鸟一样骄傲地蹲在茶几上，它旁边的新款彩屏手机则像一只小鸟正准备展翅欲飞。

在赵廷生点燃第二支烟卷的时候，手机铃声打破了吊脚楼上的宁静。他看了来电显示，按了通话键。

电话是乡林业站站长田贵生打来的，说他老母亲病瘫在床上大半年了，请他赵廷生去，看看还能不能治。田贵生说他一向是不相信赤脚医生的，是向书记推荐赵廷生的。向副书记是乡党委副书记，因为嘴上说或喊向副书记不顺口，所以人们在说或喊时都把“副”字去掉了，向副书记在人们的嘴上自然就成了向书记。是向书记推荐他去出诊的，他赵廷生无论如何都得去。

从赵家坪村到乡里有两条路，一条是乡村公路，坑坑洼洼的，有三十多里；一条是沿乌江河岸上行的青石板路，这是老辈人们的赤脚踩出来的，虽然路窄难走，但比公路近十多里路程。赵廷生背上药箱，下了院坝坎，想也没想，就径直上了青石板路。

青石板路把赵廷生走得热热的。他解开外衣领口，拉拉衣服，让冷气钻进去，胸口感觉到一阵舒心的凉爽。于是，他加快了脚步。

重新操起属于自己的行医职业，赵廷生心里觉得十二分的踏实。回首望望自己留在身后雪地里的两行脚印，想起自己这些年从赤脚医生—副村主任—代理村主任—赤脚医生走过来的历程，他觉得自己走了一个圆圆的圈，又回到了原先的起点上。回想起在这个圆圈里所经历的那些事，他觉得那简直就是一场梦，一场可怕的噩梦。

二

赵廷生是个医生。他的医术是从他父亲手上学来的，他曾祖父的曾祖父就曾是医生，到他父亲手上，医术更是精湛，人称赛华佗。赵廷生十岁的时候，就跟着父亲四处行医，十二岁就能背诵《药性赋》和张仲景的《伤寒论》。十六岁那年，父亲去世，他秉承父业，行医救世。刘家寨、流水坝、和坪、大梁山一带，方圆百里，没有人不知道赵廷生的。只要是人，谁不犯个伤风感冒拉肚子的小毛病，身体不舒服了，都去找赵廷生。有的妇女，还拿赵廷生来哄骗吓唬小孩子，小孩子不乖或者夜哭，就说，赵廷生拿针打屁股来了，看你怕不怕。一说到赵廷生用针打屁股，不乖的小孩子不敢不乖，夜哭的娃崽不敢再夜哭。赵廷生行医济世，很重医德，乡里乡亲的，碰上个没钱看病的主儿，他从不为难病人，先看病，把病人从痛苦中解脱出来，至于钱的事，什么时候有了，再给他也不迟，实在连药费也掏不起的，他也从没有催过要过。因此，方圆百十里，赵家坪村赤脚医生赵廷生有很高的声望，人前人后只要说到赵廷生这个名字，人们都会翘起大拇指。

声望高了，自然就受村民们的尊敬。村民们有个什么事，都愿意给赵廷生讲，拿不定主意的，都要听一下赵廷生的意见，家庭或邻里闹矛盾扯皮，都要请赵廷生给断个理。赵廷生行医多年，见多识广，知书达理，总能把村民们说得心服口服。赵廷生的小小诊所，就成了赵家坪村的中心。曾经有一次，赵家坪村的村支书赵长贵患流行感冒，连续到赵廷生的诊所打了十天针，目睹了赵廷生的人缘，眼红地说："赵廷生，瞧你这诊所的情形，我那个村委会和党员活动室倒成了'冷宫'，你才是赵家坪村的人物哩。"

赵廷生一边往支书赵长贵的屁股上扎针，一边说："我算个哪样人物？再咋个也只是个看别人屁股是黑是白的赤脚医生，哪能跟你比，两千多号人的'父母官'，你才是赵家坪村的头号人物。"

针扎到了支书的屁股上，支书"哼"了一声，龇了龇牙，心里却很舒坦地说："算哪样呀？当这个村支书，官不官、民不民的，一摊子烂事，受洋罪哩。哪像你，救星似的，人家大姑娘小媳妇的，让你在屁股上扎上一针，你摸了人家屁股，占了人家便宜，人家还得感谢你哩。说实话，在赵家坪，你和赵相奎都是人物。别人我不眼红，我就眼红你们两个……"

赵廷生笑了笑，拔出针头，用泡了酒精的棉花签在赵长贵支书的屁股上擦了几下，说："看你大支书说的，赵相奎是村里的第一位大学生，下海后搞房地产开发，是市里的十大企业家，财大气粗，洋车洋楼，他值得眼红，至于我，就干这个扎屁股的事，放在过去，都是下九流的，没有人愿意干的。"

支书说："咋个没人愿意干？占了大姑娘小媳妇便宜的事，还落得了这么好的人缘，我想干，还干不上哩。"

"听说赵相奎的儿子淹死后，他把他娘赶出家门了，也不想想他娘是怎样把他拉扯大的。"支书赵长贵一下子转了话题。

"那是他媳妇干的，听说他娘失踪后，他找了好几个月哩，最后，还在市里日报上登了寻人启事。"赵廷生说。

"儿子落水也不能全怪他娘，真是有了媳妇忘了娘。往后那女人回来，找几个人好好说说她，教教她怎样做人。"支书赵长贵生气地说。

正说着，有个女人来打针，赵廷生忙着换针头，他吸好药汁，叫那女人脱裤子趴在床上打针，那女人见赵长贵在，提着裤子不肯往下脱。赵长贵就笑着说："我得走了，这是你的专利，我在这儿碍眼。"几句话羞得那女人脸红得像块红布。赵长贵走到门口，回头又说了句："我得给我婆娘说一声，以后不到你这里打针了，尽叫你龟儿子摸了屁股，占了便宜。"说完，笑着走了。

话是这么说，赵长贵的女人还和以前一样，有个头疼脑热拉肚子伤风咳嗽就往赵廷生的诊所跑，而且偏偏要打针，她说打针好得快。赵廷生就开她玩笑说：“你男人不是说了，叫你不到我这儿打针了？你一脱裤子，黑的白的，我哪样都看见了呀。”

支书的女人笑嘻嘻地趴在床上，说：“别听那老鬼的，他就想着乡卫生院的护士给他打针，人家拿个给牲口用的粗针头，他也不嫌疼。”

赵廷生的日子过得很滋润，滋润得让人眼红。

三

赵廷生做梦也没有想到，他会成为赵家坪村村主任的人选。

赵廷生想了想，觉得自己不能当这个村主任。

赵长贵奇怪地问：“为哪样？”

赵廷生说：“我是医生，我只能看病打针。”

“这也不影响你看病。”说到这，赵长贵又开玩笑道，“你还怕失去摸人家大姑娘小媳妇屁股的专利呀？”

赵廷生说：“话是这么说，可我还是不能当这个村主任，我行医看病干得好好的。”

“还是当了吧，行医看病当村主任两不误，每个月还有补贴哩。这是几个小钱，我知道你不看重。”

赵廷生望着赵长贵，思量着说：“我总觉得心里不踏实，我是医生，是看病治病的。”

“医生是群众的公仆，村主任也是群众的公仆嘛。”赵长贵说。

“我只会给人打针开药方治病。”赵廷生说。

“我说你行你就行哩。”赵长贵说。

“全村那么多人，非我来当？”

“当村主任得有威望。你在群众中有威望，大家都服你。”

几个来诊所看病的人也附和，赵廷生你推脱哪样？全村人都相信你，你当村主任最合适了！

赵廷生望了望众人，没再吭声。

“就这么说定了。你愿意也得当，你不愿意也得当了。”赵长贵斩钉截铁地说。接着他望了望赵廷生和在场的几个人一眼，补充道，“村主任也管着事哩，你今后就知道了，能管上点事，总是比不管事强。”

赵廷生的心里很乱，好好地开着诊所，过着舒心散淡的日子，却要搅进当官的漩涡里，他把被推荐为村主任的事当成了烦心事。几个来诊所闲聊的人，就开起玩笑，问赵廷生：“你当了村主任，还给我们看病不？”

赵廷生就坚定地说："我才不当村主任哩！"

有人说："哪有不想当官的？有些人还用钱买官当哩。"

"黄连树的田斌为了当村主任，给了乡长一百二十张大团结哩，人们都传开了。听说县里的官都是明码标价的，乡长镇长一千张，书记一千五百张，局长两千张，那些肥的大局花三四千张，还要竞争哩。"

"据说教育局、交通局、移民局都标到八千张大团结了，被三个在乡镇当书记的人买走了。"

"市里标的价就更高了，听说赵相奎帮他舅子弄了个民宗局副局长，花了一套房子，还数了八千张大团结。"

人们七嘴八舌地说着，传递着听来的各种小道消息。

"我就不愿当。"听后，赵廷生仍然十分坚定地说。

半月后，赵家坪村举行了村民选举大会，选举结果，赵廷生得票最多。赵廷生也参加了选举会，他望着主席台前黑板上自己名字后边一行"正"字，心里更加乱了。

又过了半个月，乡里的文件到了，任命赵廷生为赵家坪村副村主任。赵家坪村的原任村主任赵廷茂继续被任命为村主任。

乡里的意见是，赵廷生没有当过村干部，一下子任命为村主任，有点不妥，就任命他当了副村主任，先副后正，一步一步来，也是符合干部任命条例规定的，于是，就仍然保留了赵廷茂的村主任职务。

这些都是赵长贵来诊所给赵廷生说的。赵廷生说："不管是正是副，我都不干！"

赵长贵说："不干已经不行了，红头文件都下了。"

赵廷生说："支书，你给乡里说说，我的能力有限，换别人吧！

赵长贵说："说哪样呀，铁板钉钉子了。不过，我劝你还是当吧，拗不过的，你的群众基础好，人家信任你。"

随即，赵长贵又压低嗓门说："你看人家赵廷茂，大家都不投他的票，最后还是当了村主任。这回，肯定又是他捣了鬼，不然，咋个会挤了你的村主任，还让他干呢？赵廷茂这个人，心里深啊！有人说他是乡长的人……"往下，赵长贵不说了。

赵廷生一听，心里更加烦闷了，早就听说赵长贵和赵廷茂尿不到一个壶里，他从来也不关心这些，就更要推脱，不当这个副村主任。

赵长贵叹了口气说："别推了，推不了的！我本想着，你在村里的威望高，咱俩好好合计，给大家做点好事。唉，可这世道，官场上……"

在无奈中，赵廷生就稀里糊涂地进了官场。

四

当了副村主任后，赵廷生遇上的第一桩任务，就是贯彻落实“三个代表”，县里对贯彻落实要求很严，村村都要检查，在这桩任务中，赵廷生地地道道闹了一场大笑话。

那天早晨，赵廷生刚走进诊所，赵廷茂就拎着一个旧帆布包走了进来。赵廷茂一进诊所就说乡里传话来，早上县里“三个代表”检查，要赵廷生叫上会计、妇联主任、民兵连长，替他接待一下，说自己去县里办点事。赵廷生见赵廷茂有事出门，就应下了接待的事。他关上诊所的门，向村委会赶去。恰巧支书和妇联主任走亲戚去了，只有会计和民兵连长在家，赵廷生就让一位村民通知会计和民兵连长，让他们到村委会来一起接待县里的“三个代表”。赵廷茂说“三个代表”是坐班车从县城赶来的，赵廷生带着会计和民兵连长到公路边去接。日上三竿的时候，县城来的班车停在了路边，从车上卸下来两个挎着皮包的男人，一个五十多岁，一个三十来岁，说是来赵家坪村检查的。待两人下车后，班车就开了，一溜烟就过了赵家坪村。赵廷生率会计、民兵连长上前，笑脸相迎，介绍，握手。赵廷生很纳闷，不是说“三个代表”吗，怎么只有两个代表呢？他又不好意思问你们怎么只来了两个代表，还有一个代表呢？也许，还有一个代表误车了，坐下一趟班车来，他心里这样嘀咕着。三个人陪着检查组两个代表进了村委会，坐下后，赵廷生亲自烧水泡茶，并吩咐会计准备汇报材料、民兵连长去村代销店买烟。茶刚泡好，民兵连长便买来了烟。民兵连长买的是软壳遵义牌香烟，三十五块钱一包。村委会对接待用烟有明文规定：乡里来人用硬壳遵义牌香烟，县里来人用软壳遵义牌香烟，地区来人用软壳黑皮贵烟。民兵连长买了六包香烟，在场的人每人一包，剩下的一包是给误车的那个代表准备的。赵廷生不抽烟，他不要，民兵连长就说，每回接待都是人手一包，这是不成文的规定，你本人不抽，放在兜里招待朋友吧。赵廷生就把烟接了，放在了办公桌上。两个代表把烟叼在嘴上，从皮包里取出本子和笔，一边抽烟一边喝茶一边询问村里的情况。诸如村里有多少人口、多少耕地、烤烟生产、计划生育、多少人在外打工、森林面积、多少个小水窖、多少公里村组公路、班子情况、学习情况、每月开多少次村组会议、今后发展打算和规划等等。赵廷生和会计、民兵连长一一作答。不知不觉中，就到了吃中午饭的时候，赵廷生越来越纳闷，通知不是说来“三个代表”吗，还有一个代表咋个现在还不到呢？就算坐二班三班车也早该到了呀。民兵连长坐不住了，悄声问赵廷生要不要先安排吃饭。再等会儿吧，通知说“三个代表”，还有一个未到，先吃不好吧！等那位代表到了再安排好了。两个代表把该问的情况都问了，之后，收了笔和本子，放进皮包，然后望了望赵廷生，接着又看了看会计和民兵连长，心想，该吃饭了吧。见主人没有安排吃饭的意思，又不好明着说安排吃饭，便又只好喝起了茶抽起了烟侃起了天来，消磨时间，等着主人喊吃饭。赵廷生频频起身，为两个代表添水递烟。赵廷生见误车的那个代表迟迟不到，也有些坐不住了，便起身来到门外的地坝边，向公路那边张望，张望了好一阵子，也没有见到误车的那个代表。他非常着急，搓着双手，在地坝里来回走着。安排吃饭吧，还有一个代表未到，先吃，显得不礼貌。再等吧，肚皮又饿得直咕咕叫。唉，还是再等等吧，“三个代表”都到齐了，再开饭，这样也不失礼数。于是，又等误车的那位代表。直到下午两点，赵廷茂从县城回来，见赵廷生在村委会的地坝里东张西望，便过来问早上接待的情况。“都还没有吃饭哩，只到了两个代表，还有一个代表现在还没有来。”赵廷生气呼呼地说。“赵廷生呀赵廷生，那不是三个人，是三个……唉，跟你说不清楚。”后来，赵廷生才弄清楚，“三个代表”不是三个人。闹了这个笑话后，赵廷生对副村主任的头衔更是反感了。

赵家坪村新的领导班子组成以后，照例是要开个会的。

赵廷生死活不愿去参加这个会。赵长贵打发会计来诊所叫了五次，最后赵长贵亲自上诊所来了。赵廷生也还是两个字：“不去。”

赵长贵就做了让步，叫过一个看病的村民，到村委会把村主任、会计、妇联主任、民兵连长几个人叫过来，就在“赵廷生诊所”里开了这个例会。

会议内容很简单，赵长贵再宣布一下新班子成员，说几句今后团结大干的话后，就让新上任的干部表决心了。因新班子没有大的变动，就赵廷生一个人进了班子，是新成员，就叫赵廷生讲一下。

赵廷生不愿讲。赵长贵就说：“忸怩哪样？现在不愿讲，以后讲起来又刹不住了。”

赵廷生就说：“我以后也不会讲的，有哪样讲的，大家都熟，我只挂个名，照样看我的病，打我的针。”

赵廷茂想到“三个代表”的事，就笑着说：“你可要对得起那补贴呀，有句话好像叫作‘在其位谋其政’的吧，你得谋呀。”

赵廷生说：“钱不钱的，好像做生意，不好听。”他本还想说一下谋其政的事，又咽了话头，他在心里说：“你赵廷茂就知道这个谋，连我的村主任都让你谋去了。”心里这么一想，他也奇怪，自己怎么对这事也有了想法，本来很不在意的，赵廷茂一个“谋”字，使他突然想到赵长贵说的那些话，赵廷茂捣鬼，弄掉了本该是他的村主任位子。他这么一想，自己反而有气了。

会计接过来说：“你赵廷生当然嫌谈钱难听了，当个医生，旱涝保收。现在当了副村主任，拿双份了。不行，我有意见哩，你今天得表示一下，不喝你的酒，我心里难受。”

妇联主任和民兵连长举手赞成会计的提议。

赵廷生见话题变了，心思就回来了，望着会计、妇联主任和民兵连长说：“凭哪样喝我的酒呀？”

赵长贵说："喝你的没错，你当上副村主任了，连顿酒都不请，不像话嘛。"

几个人吵着，赵廷生见推脱不了，就要回家准备，被赵长贵拦住了，说就在桥头朝阳酒楼喝，你想省钱，没门。

一伙人就到了桥头边的朝阳酒楼，点了一桌菜，喝了起来。赵廷生不怎么喝酒，倒了一小杯，应付。支书、主任、会计、民兵连长都能喝，整整喝了三瓶乌江老酒。

吃饱喝足后，赵廷生去结账，却被会计一把推开，说这里有村委会的记账本，经常记呢。赵廷生想上次接待检查组是他记的账，可那是招待县里的同志，是因公。今天是他私人请客，这账理应他自己出。会计还对着赵廷生耳朵根上说村里班子成员来这吃饭从来都是记账，乡里在这儿也有一个记账本哩，都有十多万块了哩。

赵廷生硬要自己结账，赵长贵红着脸过来说："咋会叫你掏腰包呢，今后，就把村委会几个人的药费免了吧。"

几个人就大笑，酒嗝打得一个比一个响。

村里事情不多，平时也不用到村委会去上班，遇到县里乡里来了领导，或者催种烤烟，催交公粮，或计划生育手术，村委会几个人就凑到一起，接待乡里领导，或者到各村民组去催促交待一下，其实都是应付了事。现在这个世道，哪儿不是一级应付一级。村里应付乡里，乡里应付县里，县里应付地区，地区应付省里，省里应付中央。上有政策，下有对策，说的就是这个理。赵廷生本来对村上的事不闻不问，见村委会只是个摆设，就专心看病，每月到村委会白领那份补贴钱，全交给婆娘，说明这钱是白捡的，干脆由婆娘掌握这项财权，婆娘每月一到领工资时都乐得合不拢嘴。农村妇女大多数没有财权，又是自己老头子当了村副主任领的工资，她舍不得花一分钱，却叫女儿赵相蓉软磨去了不少。赵相蓉到乡场上买了两条花裙子，一天换一条，替换穿着，得意地在村里姑娘堆里说，这是她老爹给她的，是老爹的工资买的。

赵廷生行医看病的所有进项，只有他一个人知道，给婆娘也没有说过，就别说给了，婆娘也不问，知道是不能问的。

赵廷生当着这个家，他一直认为，在赵家坪村，除了赵相奎，他的日子是最殷实的，再没有第二个这样的家了。他指的是收入方面，别的人为了生计，有的人甚至在为油盐酱醋发愁的时候，他却在设想着，哪个时候把自家的房子重修一下。尽管他家的房子已经是一砖到顶，在整个村里是数得着的。可在农民心里，永远有一个概念，就是一生都在不断地修建自己的安乐窝。

就在赵廷生想着咋样把自家的房子再修建一下的时候，县教育局给赵家坪村拨了一笔钱，叫把村办的小学校重修一下。赵家坪村就在暑假时期把小学的木房拆了，盖了楼房。

就在小学校楼房竣工第五天，赵长贵给自家盖的两层小洋楼也竣了工。小学的楼房在东边对门顶的土丘上，赵长贵的楼房在西边马面山的马头上，中间相隔不到一里，一东一西，互相映衬、呼应。

至于赵长贵家的楼房与小学的楼房有什么关系，赵廷生是听到了一些说法的。他的诊所本来就是全村的活动中心。

村主任赵廷茂来找赵廷生的时候，诊所里只有一个病人。

赵廷生将病人处理完后，问赵廷茂哪里不舒服？

赵廷茂龇牙咧嘴地说："上火了。"

赵廷生就拿了些牛黄解毒片给赵廷茂，说这个败火。

赵廷茂说："这药不起作用，这次上火到心上了。"

赵廷生说："猛火攻心？干脆打两针吧。或者拿点菊花、金银花去熬水喝。"赵廷茂摇着头，痛心疾首的样子，弄得赵廷生莫名其妙。赵廷生望着赵廷茂，心想，他肯定遇到什么事堵在心口上了。他不说，赵廷生也不急着问。多年来，赵廷生在他的诊所里已经养成了一个习惯，就是绝对不问别人心里的事。因为他明白，一个人心里有事的时候，是急着要倾吐的，不追问，他也会说的。

果然，赵廷茂叹了一口气后，就开口了。赵廷茂的开场白是这样说的："这年头，人心黑啊。"

"你还不知道吧？"赵廷茂很神秘地说，"你我都被蒙在鼓里。赵廷生，你不觉得赵长贵给自己盖的小洋楼有问题吗？"

赵廷生说："有哪样问题？"

赵廷茂冷笑了两声："你没听到一些说法？"

赵廷生望着赵廷茂诡秘的眼神，他没有开口。他不能说没有听到这方面的话题，因为他的诊所，谁都知道，是全村的中心。但他也不能给赵廷茂说他听到的是赵长贵家盖楼用的是盖学校的材料。这话如果从他嘴里说出来，别人可以咬定就是他赵廷生说的，这些都是是非。

赵廷生想了半天，在赵廷茂的催促下，只好开口说："可那些都是流言蜚语。"

"难道你不相信这是真的？"赵廷茂说，"这是明摆着的事，谁都知道他赵长贵利用职权，贪污学校的建筑材料，给自家盖起了小洋楼。可没有人检举，没人给上面反应。"

听了这话，赵廷生心里明白了，赵廷茂是要他一起检举支书赵长贵。他心里打了一个激灵，这可是个头痛的事，弄不好，自己会陷进他们的斗争之中，到那时，他恐怕就不会这么清闲了。

"我不参与这些事！"赵廷生权衡了利害关系后，直率地说。

赵廷茂一愣，不咸不淡地说："你别忘了，你可是村副主任呵，对赵家坪村也负有责任。”

赵廷生没有责任感地说：“我还稀罕这个村副主任？”

赵廷茂就没有话说了，吭哧了半天，也没有找出个说服赵廷生的理由来。两人就都不言语，刚好有个人来买黄连素，赵廷生给人取药，收钱，说了几句有关黄连素如何服用的话。

买药的人一走，赵廷茂便站起来，想走，又不甘心的样子。赵廷生就打破了沉默，说：“反正我不愿干这种事，哪样事都要放到桌面上来，仅凭几句流言蜚语，还是不信为好。”赵廷生摇着头，表示了自己坚定的态度。可赵廷茂一听他的话，却说：“你的意思我明白，你是说我这是干见不得人的勾当。我知道，赵廷生，你一直认为我占了你的村主任位置，群众选举的是你，乡里却任命了我。这件事，我早就想给你说明一下了。”

赵廷生急道：“我不是这个意思。廷茂，你是知道的，我可不愿意干什么村主任。”

赵廷茂眨巴着眼睛说：“想不想当，是你的事。今天说起这事了，我就告诉你吧，是赵长贵不让你当村主任，只让你当副的，他怕你群众基础好，威望太高，到时不听他的话，就给乡里说你没当过村干部，没经验，还让我干村主任。因为我听他的话。”

赵廷生一听，心里“咯噔”了一下，这事又成了这样，到底谁是谁非？他本不注意这事的，可没想到竟这么复杂，心里很不是滋味。

赵廷茂又说：“你以为赵长贵是个什么好东西，你还不检举他的行为，让他胡作非为，坑害群众？我给你说，赵廷生，这次绝不能放过他。现在，全国不都在反贪污腐败吗？这可是东风。”

见赵廷生愣坐着不语，赵廷茂就说：“就这样吧，我该走了。”

赵廷茂走了好一阵，赵廷生才愣过神来，想着村支书、村主任两人的说法，心里好生纳闷，不是滋味。

半个月后，乡里来了工作组，调查赵家坪村赵长贵贪污小学建筑材料给自家盖楼房的事。领头的是乡党委的向副书记，带着教办主任、纪检副书记，还有财政所的一位出纳和一位会计。他们浩浩荡荡，一脸肃穆，大有惩治腐败、弘扬正气的势头。一进赵家坪村，他们便一竿子插到底，对小学的建筑材料进行项目清理、查对、核算，对赵长贵的楼房也进行了预算。结果，没有从小学的建筑材料中查出问题。只把赵长贵的楼房预算结果，和赵长贵说的价格，算得相当精确，三层楼房，各种费用约三万八千元人民币。赵长贵说：“就这个数目。”纪检副书记问赵长贵，盖楼房这三万八千元的来源。赵长贵说：“我可以不告诉你。”

于是，紧绷的弦就在一场大笑中，松了下来。

但是，向副书记还是找了赵廷生。向副书记说是想找赵廷生看一下病的，可一开口，第一句话却说的是，村级班子很关键，一定要搞好团结，动不动就互相拆台，搞窝里斗，还怎么为群众办事呢？

赵廷生愣了，他一点也不明白向副书记的话。事后，赵廷生才晓得，村主任赵廷茂检举赵长贵贪污时，是以赵家坪村正副村主任的名义，代表着全村两千多人民群众的。

当时，赵廷生真想向副书记把话说明白一点，可向副书记却不说了，转而谈起了自己的病。

向副书记的病是腹泻腹胀，有四五个年头了。向副书记一说起来表情很痛苦，什么药都用过，可没有治好这个顽症。赵廷生问了一些症状，就说向副书记的这种病是假性肠炎，其实是胆囊炎，抑制肠道曲张，造成长期腹泻腹胀的是炎症。

向副书记说，他的确有胆囊炎，为此他到过市医院和县医院做过B超，也吃了不少利胆片和别的药，可腹泻腹胀照旧。

赵廷生就给向副书记开了些利胆片和甲硝唑片，并且告诉他一个土方子：将大蒜用醋泡上，一个星期后开始食用，每顿饭吃四到六颗，坚持一个月，准见效。

向副书记一听，不以为意地说了声就试试吧，他一边读着甲硝唑上写的治滴虫病的用途，说，我哪有滴虫呀，就不置可否地笑笑，走了。

大约一个月后，赵廷生去乡里开烤烟收购会时，向副书记笑呵呵地走过来抓着赵廷生的双手摇个不停。原来向副书记并不在意赵廷生的土方子，给老婆随便说了一下，他老婆却偏偏要试一下，硬逼着他每顿饭都吃那个大蒜瓣，竟然腹泻腹胀有了好转，现在基本上好了。向副书记笑着说，还吃什么那个治滴虫的甲硝唑呀？一定要吃大蒜瓣，你赵廷生还真有两下子。

会后，向副书记把赵廷生叫到他的办公室里单独谈了话，并提出让赵廷生写份入党申请书，先进入组织，今后才有发展前途。

赵廷生就讲了他不想当村干部的苦衷。向副书记冷了脸说，这话只能在我这里说，可不能再出去说了，当村干部也是为人民服务，为群众办实事的，可不是个人的事，领导听到这种话都会生气的，领导都希望每个干部不要把个人利益放在第一，要以工作和群众的利益为重。

说到这里，向副书记又缓和了脸色说，听说你赵廷生在赵家坪村威望高，群众基础好，这说明你是个群众拥戴的好干部，大家需要你来服务，你就不要再有别的想法了。先入党，今后好好干，凭你的能力，我相信，你会干出个样子来的。

就这样，赵廷生被挟上了老虎背了。

骑虎难下。赵廷生就想着，开始好好干吧。他突然间就有了一种起码要对得起每月拿的补贴钱的责任感。

人就这么奇怪，赵廷生想，一旦走在另一条道上，不走也得走了。他这个人向来是认真对待每一件事的。

赵廷生坐在诊所里，开始思考赵家坪村的事。赵家坪村地理位置还可以，不算缺水，可村民们除了种庄稼、种烤烟，就没别的副业收入了，农闲时候多，要想办法增加副业，只有发展畜牧业和种植业。前几年，村里也想着发展畜牧业和种植业，养瘦肉型猪和栽种雪梨苹果桃子什么的，可村民大多不愿意，因为养瘦肉型猪对圈对饲料对疾病预防都有要求，不是饲料达不到要求，就是圈和疾病预防达不到要求。种果树要两三年才能见到成效，乡亲们嫌耽搁几季粮食。另外，还有投资的事情，不见收益，却先要投资，又不是一个小数目，乡亲们大多只看重眼前的利益。

赵廷生就想着，在种植业上，如果村里出面投资，银行贷款，在技术上由村委会负责，种植果树，再承包给村民，可能会行得通。至于畜牧业，要搞就搞规模养殖，是公司加农户、产供销一条龙的路子，把村里的猪牛圈全搬到青水河两岸上去，集中修建，集中管理，分户喂养，集中收购、销售。这样既整治了村里的脏、乱、差，改善了乡亲们的生存环境，又可解决乡亲们的疾病预防、销售的后顾之忧。对，还可把种植基地也放在青水河两岸河坡，那些猪牛羊粪就是果树的肥料。河岸是规模养殖业，河坡是规模种植业，集中，连片，便于管理。他把自己的这个想法在村委会一说，支书赵长贵就笑呵呵地说，赵廷生呀赵廷生，你不光会摸大姑娘小媳妇的屁股，还有别的招数呀，这个提法就很好，完了咱们议一议，具体怎样搞，得有个章法的，比如说这钱，村委会从哪里出，是个问题。

不管怎么说，第一次提了个想法，就得到了支书赞赏，这对赵廷生来说，还是个欣慰的事。尽管会计和妇联主任给赵廷生说过，他的这个想法原来村里有人提过，后来也没人管，都混日子也就那么过去了。可赵廷生认为，现在自己提出来，就要当个事，把这件事做好了，绝对是给乡亲们办了件好事。

第二天，赵廷生便关了诊所，挎着一个发白的帆布包上了去县城的班车。他早就听说湄潭县在搞“四在农家”试点，这“四在农家”就是“富在农家，学在农家，乐在农家，美在农家”，以引导乡亲们增收致富为前提，改善乡亲们的人居环境和生产生活条件，从而改变乡亲们的精神面貌。据说，主要是搞“七个一”和“五通三改三建”工程。“七个一”，就是帮助乡亲们找到一条致富增收的路子，家家户户有一幢宽敞整洁的住房，有一套家具和家用电器，安装一部家用电话，掌握一门以上农业实用技术，有一间卫生厨房和厕所，有一种以上健康有益的文体爱好。“五通三改三建”，就是通电、通水、通路、通电话、通广播电视，改居住环境、改厕、改灶，建图书馆、政（村）务公开栏、文体场所。他打算去那个地方，看个究竟，学学别人的致富本领。

五

赵廷生从湄潭回来，又提出了自己的想法，由于意见不统一，形不成决定，没有得到实施。他心里有点闷气，又把心收回到诊所，每天专心看病打针，没病人时，就坐在树下晒太阳。就在这个时候，乡里的王乡长给赵家坪村村委会一班人出了一个难题，王乡长要给他的儿子找个对象。按说这是个好事，乡长让给他的儿子找对象，是攀人家哩。可乡长的儿子是有毛病的，像猪一样的痴呆，先天性的。这就成了难题。

赵长贵开会时，把这事推了个干干净净，说王乡长是给村主任赵廷茂讲的这个事，就由赵廷茂负责办理这个事吧。说完就宣布了散会。赵廷茂气得咬牙齿瞪眼睛，走出村委会就骂赵长贵不是个东西，害他哩。会计、民兵连长和妇联主任在没有人的时候分别给赵廷生说，支书赵长贵躲开这个事是有道理的，因为赵长贵的儿子黑宝跟王乡长的儿子是一样的，也有点儿傻。

“他们呀，”妇联主任说，“我是说乡长他们，坑害老百姓，坏事干多了，都生了个傻儿子，也算报应呀，老天有眼哩。”

“夜路走多了，总要碰着鬼。坏事做多了，总要遭报应。”会计狠狠地说。

“他们总算还有个傻儿子续香火，那个趾高气扬的田书记呀，连个续香火的傻儿子也不会有了，他呀，就是个一季人。人啦，还是要多积善。”民兵连长不阴不阳地说。

“坑害老百姓，活该断子绝孙，做一季人！”妇联主任咬牙切齿地说。

赵廷生觉得支书赵长贵的儿子赵黑宝不算太傻，长个大个子，粗粗壮壮的。有一回，赵黑宝到诊所来看病，赵廷生说了句：“黑宝，你这牛高马大的身板子，把感冒都吓跑了呀！我就想有你这副身子骨，可我怎么想也无济于事。”他羡慕地在赵黑宝肩膀上拍了拍。

赵黑宝却说：“人长得高大了不好，我娘说我没用，我也觉得，人长得高大了，光费布，做衣服裤子比别人买的布多。”

赵廷生觉得这小子说话还挺有意思的。

赵廷生没想到，就支书这费布的儿子，还到村小学当老师了，是学校聘的专职体育教师，负责上三至六年级的体育课，别的，他也上不了。就为支书的儿子到小学去教体育，村主任赵廷茂也把女儿赵进霞办到了小学食堂当工人，专门给师生们做饭。赵进霞初中毕业了没有考上高中，赵廷茂说女生外相迟早要嫁人，就没有花高价读高中而回了家。村支书和村主任把自己的子女弄进小学当差，村民们意见很大，可也没有办法。

为了给王乡长的儿子找对象的事，愁坏了村主任赵廷茂，待在家里，三天三夜茶不思饭不想。三天抽了九包烟，思前想后，还是没辙。第四天，赵廷茂来找了赵廷生，恳请赵廷生帮着找。

赵廷生说这事可帮不了。

赵廷茂说："你上个月不是帮赵相荣退了刘家寨的一个姑娘吗？"

赵廷生说："那姑娘可是个好姑娘。"

赵廷茂说："你人缘好，帮着说一下吧。"

赵廷生一口回绝："这种伤天害理的事我可不干！"

赵廷茂气得干瞪眼。

赵廷生对赵廷茂有点气，上次告赵长贵的事，赵廷茂没经他赵廷生的同意，就扯上了他。弄到后来，他倒成了影响团结的因素之一。虽然赵长贵没说哪样，可他心里明白，赵长贵心里肯定生他的气，因为最后没有查出赵长贵贪污建筑材料的问题，赵长贵面子上没说哪样，可他能感觉到，赵长贵用胜利的眼光已经扫过他无数遍了。赵长贵做事，藏而不露，就说盖楼的事吧，绝对有问题，可就是查不出问题来，没有证据。赵廷生就看出，赵长贵不是一般的人，三个赵廷茂也精明不过一个赵长贵。

但赵廷生还是写了入党申请书，有次向副书记还催问他呢。他就把入党申请书交给了赵长贵。

当时，赵长贵接过赵廷生的入党申请书，微笑着说："廷生呀，你终于觉醒了，这就对了。"

过后，村主任赵廷茂给赵廷生说："不是我打你馋嘴，你绝对入不了党，党的门不会对你开的。"

赵廷生问："为哪样？"

赵廷茂神秘地一笑："他赵长贵咋会让你成为党员呢？不会，不会！"

赵廷生问："为哪样？"

赵廷茂只是神秘地笑了笑，没有说话。

过了一阵，赵廷生又向赵长贵交了第二份入党申请书。赵长贵接过去说："没想到你加入组织的心还这么热切，好，组织就喜欢你这样的积极分子。"

赵廷生就觉得还有希望，他入党又没什么目的，不是向副书记催，他还真不会这么热切呢。

回到家，他将自己申请入党的事一说，儿子赵相坤就说："老爹你快点入党吧，说不定还能混上个大支书呢，到时候，也给咱家办点实实在在的事。"

赵廷生问儿子赵相坤想办哪样实事。

赵相坤说："在公路边批块宅基地，杭瑞高速要从这里过，说不定一块宅基地要赔几十万哩！"

赵廷生说："我可不那么干，当干部整天叫人骂着，丢先人脸哩。"

"丢先人哪样脸，俗话说，有权不用，过期作废。到时候，一件实事也没为家里做，那才丢先人脸哩。”赵相坤抢白道。

六

村委会决定改造全村的自来水。

赵家坪村的饮用水最初是从青水河挑，后来是维修了大石坳的一口山塘，把从青水河里抽上来的水，蓄在山塘里，像别的乡村一样，再从山塘里取。现在改水，要求修一座大水塔，给各家各户安装水管，搞成自来水。村里还决定，自来水搞成后，村里还将成立一个自来水供应公司，统一收费，统一管理。

赵廷茂就忙开了。布置修建水塔、挖埋水管的渠沟，给不愿安装自来水的农户做思想工作。不愿安装水管的农户的理由是：自来水今后要收钱了，他们愿意吃蓄在山塘里的水，或去青水河里挑水，可以不交钱。赵廷茂做了半个月的思想工作，就是没有一户愿意报名安装自来水。赵廷茂就跑到诊所找赵廷生帮忙，“廷生，你威望高，大伙都听你的，你就帮帮忙吧，求你啦！”见赵廷茂那副酸苦样子，赵廷生就答应帮着做不愿安装水管农户的思想工作。

赵廷生亲自出马，挨家挨户走访，不到一个月，全村的管沟就全部挖好了。

要往管沟里下水管的时候，赵廷茂有了新想法。村里的水管是县水利局解决的，全是铁管子。在赵家坪村这个地方，土壤碱性大，铁管子埋下去，腐蚀得太厉害，过不了三五年就会腐蚀坏。赵廷茂建议把铁管子换成塑料管子，塑料防腐性好些。

这是个长远的打算，是个好建议。村委会就将这事向乡里打报告，要求把铁管子换成塑料管子，乡里同意了，因地制宜，没有错。

于是赵廷茂就找了辆汽车装上铁管子到县城里换成了一车塑料管子，并且拿回来了八千块钱的差价。因为塑料管子比铁管子便宜。

很快，全村就装好了水管，修建好了水塔，吃上了自来水。

村民们吃惯了山塘蓄水和河水，一下子接受不了自来水，不少人吃上自来水后，开始拉肚子。

赵廷生就白日夜晚待在诊所里，等着那些拉肚子的人前来买药、打针、输液。那段时间，他的诊所里全是来治拉肚子的。一时间，专治拉肚子的几种药被卖空了。赵廷生忙着照料病人，挤不出时间购药，就叫儿子赵相坤去乡卫生院购药。这个一向不喜欢医药的儿子，在诊所里混了几天，竟对他老子说：“这医生也挺好当的，拉肚子都吃黄连素、土霉素、泻立停，我也会给人看病了。”

赵廷生瞪了儿子一眼，说：“就凭你不学无术的样子，干个哪样都干不好。”

赵相坤不服气地说：“你别小看我，让我当个村主任看看，我绝对干得不比你差。

你当了副村主任，让自己儿子代收水电费的事都办不成，你这个官就当得不称职。”

赵廷生气呼呼地说：“你以为当官都是为自己呀？”

儿子赵相坤说：“不为自己的官才不是个好官，所以，你就只当了个副村主任，连个正的都没当上。”

三个月后，赵廷生却当上了赵家坪村的代理村主任。

事情发生得很突然。就在人们吃自来水拉肚子，抱怨自来水的时候，乡里派来了工作组，调查村主任赵廷茂贪污公款的事了，告赵廷茂贪污的款项就是铁管子换塑料管子的差价。

乡工作组在村上调查了两天，没有查出什么问题，就到县城去找了那家换塑料管子的单位。结果，发现发票上做了手脚，铁管子换成塑料管子的差价应该是三万零三百九十八块钱。

赵廷茂贪污了二万二千三百九十八块钱。

乡派出所就将赵廷茂带走了，说是要进一步审查，并要追回贪污的赃款。

赵长贵给村委会的几个人说，从赵廷茂自告奋勇承担这项工程那天起，他就觉得赵廷茂会在这项工程上做手脚。

“赵廷茂把我们当猴子耍，他还嫩了点。” 赵长贵说。

赵廷生就想，告赵廷茂的人，大概就是赵长贵了。也只有他才能算清这笔差价账，也只有他才能不动声色地让赵廷茂前前后后操办这项工程。赵廷茂就烂在了这个饮水工程上。

乡党委的文件下来，开除赵廷茂党籍，撤销村主任职务，同时任命赵廷生为赵家坪村代理村主任。

赵长贵对赵廷生说：“其实王乡长早就对赵廷茂有看法了。上次王乡长让给他儿子介绍对象的事，赵廷茂一直没办，王乡长可生气呢。”

赵廷生就说：“王乡长的儿子也确实……”他把话说到一半就刹住了，他突然想到，支书的儿子赵黑宝也属于这一类人。

赵长贵却说：“王乡长的儿子咋了，再咋样人家也是乡长的儿子，和别人不一样。”

赵廷生无话可说。他只在心里说，自己身正不怕影子歪，现在已经走到这条道上来了，前面的路是什么样的，谁也不知道。只要自己认真走去，没有邪念，就是面前有悬崖，自己也不会掉下去的。自古以来，都是邪不压正。赵廷生这样想着，胸膛不知不觉地就挺了起来。

七

赵廷生代理村主任后，就想为村里做些实事，于是，他就又提起了规模养殖和规模种植的事。支书赞成，但村里没有那么多的资金。

赵廷生想，实在不行，他自己投资，先开个头，村里不能这样下去。反正，他开诊所，手头有些钱。只要村里同意拿出河岸那片地，他就率先把自家的猪牛羊圈先挪过去，然后再一家一户去动员。他打算以入股形式组建公司，一百股，每股五千块，一户一股也行，两户三户一股也行，一户两股十股也行，筹资五十万，先搞试点，成功了再扩大股份，增加股东。他相信乡亲们都会听他的，都会跟着他一块儿干，共同致富。

赵廷生把自己的想法给赵长贵一说，赵长贵很高兴，说这个头带得好，是实践“三个代表”重要思想和落实科学发展观的具体行动，还说带这样的头，全村就你赵廷生有这方面的能力。

赵廷生就把地的事一说，他想承包或者买下青水河两岸荒地。支书同意，说包不包买不买的，先不说，是给大家带好头的大好事，村里应该支持。当即就决定，把青水河两岸的荒地无偿给赵廷生组建的公司修建猪牛羊圈和种植果树，兴建果园。五年后赵廷生的公司每年向村委会交土地承包费十万块。别的地是良田好土，都种有庄稼，占用了也确实可惜，河畔那一抹荒地反正闲着。村委会还下了一个关于成立“赵家坪村畜牧业发展贸易有限公司”和“赵家坪村水果发展贸易有限公司”的文件，任命赵廷生为两个公司的法人代表。赵廷生就拿着村委会的文件去乡工商所办了营业执照，到税务所办了税务登记证。回来后，赵廷生就开干了。他从砖瓦厂买来砖瓦，从水泥厂买来水泥，拆了屋两头的猪圈、牛圈和屋后的羊棚、鸡棚，把猪牛羊鸡圈修在了河畔上。把猪牛羊鸡赶进新圈那天，村民们都跑到河畔看新奇，赵廷生便站在圈边的水泥墩上，向村民们介绍移圈连片规模养殖的好处，还讲了公司的性质、发展规划，村民们加入成为公司股东会有哪些利益，等等。接下来，他便挨家挨户去动员村民们加入公司，每股五千块钱，与公司共担风险共享利益，没钱入股的，只要报名签合同，钱由他先垫着。赵廷生拿出积蓄，买了五十二股，才使公司注册资金达到了五十万的要求。再接下来，他便带人把青水河两边河坡的茅草、马儿秆、水尸丫、刺藤砍了，烧成灰，当作肥料，然后翻土，晾晒，准备第二年开春就种果树。他在县林场联系了果苗。

人们见赵廷生要开垦河畔那一抹全村村民都有份的公共荒地兴建果园，意见很大。都说河畔荒地是一片好地，是全村的，凭哪样给赵廷生无偿使用五年，别人为哪样不行？

赵廷生听了，很生气，就去找支书，提出买河两岸荒地。赵长贵说：“赵廷生，你干你的，这些鸟人就是这样，见不得别人干事，尤其是村干部。”

赵廷生就说："要不，我先把第一年承包费交上，以后逐年交。"他是一心想把养殖和果园的事搞起来的。

支书说："村委会研究过的，不交。咱也是一级组织哩，还能没有个章法。"赵廷生就继续干他的。反正这又不是贪污，他是带头给村里闯一条致富的路子。但从这件事上，赵廷生还是对赵家坪村的人们有了看法，赵廷生可以拍着胸口说，他对不起赵家坪村的谁了？

八

赵长贵提议，解聘原村长赵廷茂的女儿赵进霞的小学工人职务，原因是群众呼声太大。村委们都同意。

于是赵廷茂的女儿赵进霞离开了学校，几天后的一个早晨，赵家坪村的人们看见赵进霞拎着包上了去广东东莞的班车。赵廷生未过门的儿媳妇，也就是赵相坤的对象王桂枝给赵相坤说，她想去村小学当做饭工人，在学校开个百货店，卖点糖果、作业本、烟酒，找几个零花钱。王桂枝是个初中毕业生，毕业后曾随母亲跑各乡集镇赶转转场，买进卖出，在秤上做点手脚，很有生意头脑。

赵相坤给父亲赵廷生一说，赵廷生不假思索地回绝了。他不想在自己代理村主任后，让自己儿子的对象去顶这个缺，更何况又是前任村主任赵廷茂女儿的缺。

赵长贵知道后，同意聘用赵相坤的对象去小学当做饭工人，赵廷生坚决不同意，他知道，这个缺不能让儿子的对象去顶，否则，在赵家坪村，他将落下一个怎样的名声？

但是，村人们还是知道了这事，尽管赵廷生没同意儿子的对象去村小学当做饭工人，可村人们还是把赵廷生看扁了。

"赵廷生咋变成了这样子？"

"赵廷生上来当村主任，比赵廷茂更黑哩！"

"这人一当上官，就不是他自己了。"

流言蜚语使赵廷生非常恼火，他怎么也没想到，做人咋就这么难？儿子赵相坤生他的气，那个王桂枝把他当作仇人，村人还这么说他，他里外不是人。一向注重自身形象，用医德换来的威望，在一夜之间，就这样坍塌了。这使赵廷生非常痛心。

赵廷生为此几天吃不下饭，睡不着觉。他苦苦想了几天几夜，也没有找到能够解释这种处境的理由来。倒是他几天没有去诊所，却有不少人找到家里来看病了，他儿子赵相坤将病人拒之门外，声称他爹病了，也想找医生看呢。并且，赵相坤气愤地对那些病人说："有病了就知道找我爹了，没病了就说我爹心黑了，你们找不心黑的医生去吧。"

赵廷生有点感动，儿子还是知道为老爹出气的呵！

赵廷生感慨万分，他真像得了一场大病似的，全身没有了一点劲儿。经过几天几夜苦苦思索，赵廷生对人有了新的认识。从此，他也改变了自己做人的原则。

赵廷生到乡里开会，向副书记再次催他入党，他也从心里有了想入党的愿望。

可赵长贵还是那句老话："等支部党员大会通过。"

支部党员大会却迟迟开不了，有的党员杀广打工，一年两年也难回一次，要全部到齐开会，实在是件难事。赵长贵望了一眼赵廷生，说："这个事不能急，得通过这些程序。当然也只是走走过场，入党是好事，党不会把你这样的积极分子拒之门外的。"

这话对赵廷生是个安慰。他没有忘记赵廷茂给他说过入党的话，但他没有把赵廷茂的话当回事。他想着，赵长贵这样说，又有向副书记关心他，支持他，入个党应该不是什么难事。

于是赵廷生对那些流言蜚语就不当回事。他对自己发展畜牧、果园的事倒是很有信心，虽然谈不上给村民带什么头了，可他总得有个具体的事来干。于是，他便带着公司的其他股东，每天脚踏实地地扎根青水河河岸上，建圈的建圈，开荒的开荒，干得热火朝天。

这年八月，河岸上整整齐齐地坐落下了一百间崭新的水泥平房，是赵廷生用来发展畜牧业的猪牛羊圈。平房落成的第二天，赵廷生和公司的股东们就把猪牛羊赶进了新圈。听着猪牛羊们的叫声，赵廷生的脸上漾起了灿烂的微笑。

接下来，就是整治两岸河坡的荒地。两岸河坡荒地土质不错，用牛铧了一遍，土肥得流油呢，如果来年春天种上果树，过上三年，绝对有好的收成呢。赵廷生和公司的其他股东们便又在那片荒地上挥汗如雨，干开了。

这个冬天，天出奇地暖和，也不见下雪，土地也没有冻结。赵廷生就整天活动在那抹荒地里，侍弄那片肥沃的荒地。

九

赵家坪村这几年也是乱了套的，像其他村一样，也有人通过各种各样手段，多弄上一块住宅地，为的都是后代。赵长贵的大儿子连个对象都没有，也划了一块住宅地，大家看着眼气，凡是有两个儿子的，都申请住宅地，大多数都想办法如愿了。反正土地是公家的，你能占我也能占。

近期又听说，从明年开始农村的住宅地要实行新的政策了，说是新批的住宅地要交地皮税，一个住宅地，起码要交几千块钱。还说县城里的地都卖到两千多块钱一个平方米了。有的说赵家坪村是县政府规划的生态观光农业旅游村寨，规划图纸都出来了，甚至还说搞观光生态农业后，赵家坪村就是寸土寸金了，就连后山梁的石头也能卖钱。于是，乡亲们都在想方设法弄上一块住宅地，将来好赚钱。

开村委会时，赵长贵说："干脆给你们也批一块住宅地算了，到时真要收费了，划不来的。"

支书是给赵廷生和会计、妇联主任、民兵连长四个人说的。

赵廷生就说："我就一个儿子，要那么多干哪样？"

赵长贵说："你还嫌地方大了太宽敞了？告诉你一个消息，听说两扇崖电站开工后，要建一个乌江市，咱们这一带是观光农业规划区，到那时恐怕是寸土寸金哩！"

"我弄一块，不弄白不弄。"妇联主任说。

"你不弄，别人也不会说你好的。"会计说。

"弄一块吧，廷生。"民兵连长说。

赵长贵又说："其实别的村在住宅地上比咱们更放得开，有些人的孙子还没满月，连住宅地都给弄下了。咱农村人，以后又不会变成城里人，住宽敞点就知足了。"

赵廷生就说："让我想想吧。"

会计说："还想个哪样？过了这个村就没有那个店了。"

"弄一块吧！你村主任不弄，我们咋好弄？"妇联主任也劝道。而且把话说到了三寸上，使赵廷生进退两难。

赵廷生想了想就把这事给家里人说了，全家人都支持再弄一块住宅地。儿子赵相坤还说："不弄白不弄，等以后你不当村主任了，想弄还弄不成。趁现在在台上，弄一块大的。你不弄，别人也不会说你是个清官。"

赵廷生就写了个申请，没几天就批了，在水井坡给他划了一块新住宅地。

村里的闲话免不了，但这样的情况太多，又不是村主任一个多占一块住宅地。赵廷生心想。

事情往往就这么奇怪。就在第二年十月，上面发通知要对土地进行一次全面清理，为了珍惜耕地，对多占的土地要追回。乡里专门给各个村派了工作组，进行土地大清理。

土地清理也没有多么严格，政策还是放宽了，对家里有两个儿子和住宅确实紧张的，没有收回多占的住宅地，对只有一个儿子，住宅宽敞的，要收回多占的住宅地。

赵廷生新划的住宅地就得收回。赵廷生很生气，刚划几个月，就要收回，他说哪样也不肯。支书就让他、会计、妇联主任、民兵连长都占着，不交。"村委会的人，还没这点特权了？"支书赵长贵说。

工作组没有硬性收回赵廷生的住宅地，回到乡里，他们如实地给乡党委作了汇报。

赵廷生受到了乡里的通报批评，并且必须交回多占的住宅地。

赵廷生没想到，他会受到乡里的批评。赵长贵拿着手里的通报，却对赵廷生说：

“这种批评，你完全可以不当回事，又不是处理你，你怕哪样？”赵廷生本来心里就不舒服，经赵长贵这么一说，也就不当一回事了，反正通报的又不是他一个人。

乡里却不是这么想的。通过这一次土地清理，发现好多村干部私心太重，不坚持原则，还和上面顶着干。为此，乡里作出决定，成立乡土地清收工作队，王乡长任队长，逐村立马收回多占土地。

工作队由公检法三家和土管、税务、工商等部门组成，有三十多人，他们学习计划生育工作队的成功经验，遇上钉子户，就在钉子户家里住下来，见猪杀猪，见羊宰羊，见狗打狗，打米磨面，煮鸡熬肉，吃“大户”，一直吃到钉子户自己想通了，主动交出多占的土地之后，才浩浩荡荡地离开，住进下一个钉子户家里。再倔的钉子户也扛不住几十个人白吃白住，为一块宅基地，让工作队吃个山穷水尽划不来，还不如主动交出那块多占的地，以保住家里的猪牛羊鸡鸭狗。

赵廷生没有保住宅基地，还没有等到工作队“吃”到他家的时候，便主动找到王乡长，认了错，交出了多占的宅基地。

交出多占的土地后，赵廷生每天就泡在那片果树林地里，把地里的雪梨桃子苹果树侍弄得粗粗壮壮的，一天一个样。

赵廷生后来到乡里参加烤烟工作会时，向副书记对赵廷生多占土地的态度批评了两句，说万事不能硬顶，这样不好。

赵廷生心想，乡里这回动的是真格。

向副书记却说：“乡里没有撤你们的职，放了一马，可下次换届，是对你们有想法的。”

不过，向副书记又说：“共产党的事，都是讲民主的，到时还得选举，你赵廷生群众基础那么好，你该有信心的。你入党的事还得抓紧，加入了组织，你就懂原则了。”

赵廷生说他都写了十五份申请了。

向副书记就说：“现在的基层党组织也差劲得很，不过，你还得走这个过程，只要支部报上来，乡里批的事，有我哩。”

赵廷生就又写了第十六份申请书。赵长贵说，过了端阳，说哪样也该开个党员大会了。

刚过端阳，支书就召集党员开了一次会。赵廷生不是党员，参加不上会，会后，赵廷生就问赵长贵。赵长贵说，组织上的会议内容可不能给你说，这是原则。但我可以给你说一点，这次党员会主要就是研究你入党的事。

赵长贵曾经说过，入个党也不难。赵廷生就想着，只要研究了，哪还有通不过的，自己好歹也是个代理村主任哩。事情往往难预料，隔了几天，支书托妇联主任来告诉赵廷生，入党的事情还得拖一拖，党员们的思想还没有统一，他再做做党员们的思想工作，下次准能通过。

入党没有通过，但圈里的猪牛羊长势倒是特别旺。第一批猪羊出了栏，赚了六七万块，股东们都眉开眼笑了，张罗了第二批猪羊。河坡的果树也一天一个样，看势头，明年准结果。这果树和猪牛羊给了赵廷生许多安慰，拂去了赵廷生因入党没有通过留在心里的阴影。

十

八月里，村委会收到了两份文件，一份是市里下的，一份是县里下的。市里的文件说的是要在市内选三十个村搞试点，招考三十名大学生到试点村当村官，带领人民群众致富奔小康。至于哪些村为试点村，大学生怎样招怎样考，文件里没说。由于不是眼前要抓的工作，村委会一班人自然没有当一回事。倒是县里文件上说的事情，得马上落实。县里学习邻县的新农村建设经验，决定在公路沿线村寨搞新农村建设，赵家坪村处在两县主干道上，自然被划入了新农村建设行列。文件上说，凡试点村，每户一千元补助，完成新农村建设后，县里一次性划拨。反之，不仅没有补助，还要全县通报批评。对于新农村建设，村委会一班人心里都没有谱，就决定去邻县的唐坳村取经，然后照样画葫芦。唐坳村的村主任是赵长贵的挂角亲戚，他悄悄地告诉赵长贵，说新农村建设的样板工程，就是把房屋檐边、房顶用水泥或石灰浆方正，然后再用石灰刷白，使整个寨子看上去白生生的一片。参观回来后，赵长贵召开了村委会，会上，赵长贵介绍了唐坳村新农村建设经验，他高度概括："总的来说，新农村建设就是把房子全部刷白，白崭崭的，好看！"最后，他对赵廷生说："赵廷生呀，这次刷白房子就由我负责！你专心侍弄你的畜牧和果林，也弄他个样板出来，让别人也来咱们村学学！"

"赵相奎家的老房子刷不刷？"会计说。

"刷！他家老屋不刷，不仅全村的补助拿不到，还要挨通报批评。通知赵相奎，十月底必须回来把老屋刷白！"赵长贵斩钉截铁地说。

赵廷生才想起赵相奎下海从事房地产开发后，就把住在老屋的娘接走了，说是让老娘为他看娃儿。这些年来，老屋就一直锁着，由于没有人住，缺少了人气，老屋损坏得很快，屋檐板壁都腐朽了。后来传来消息，说赵相奎的老娘一天带着小孩到河边公园玩耍，娃儿趁奶奶不注意时，溜到河里去洗澡，下去后就再没有起来，赵相奎的媳妇吵着要老娘还她儿子，赵相奎的老娘受了打击就离家出走了，此后就再没有了赵相奎老娘的消息。村里人都知道赵相奎的媳妇虐待老娘，骂那个女人不是人。赵相奎以为老娘回了老家，来老家找过几回，可是老娘根本就没有回来。老家的木房子至今还锁着哩。

"昨天，我从他家屋当门过，见吊脚楼有个老女人，看上去好像是赵相奎他娘。"

妇联主任说。

“他老娘顶屁用，得通知赵相奎，让他马上回来刷白房子。一个有钱人更不能拖新农村建设的后腿！还告诉他，被他媳妇赶出家门的老娘回老家啦，让他带着媳妇回来认认！”赵长贵说。他吩咐会计打电话。

赵相奎和他妻子杨贵芳是在接到会计电话后的第二天天擦黑时赶回老家赵家坪村的。他俩是开一辆丰田来的，下了公路，拐上村里的马路，最后把车停到了自家老屋边的槐树下。赵相奎家的老屋在山羊嘴，属村民二组，与赵廷生的吊脚楼只有一箭之遥，站在这边吊脚楼上可以望见那边的吊脚楼。风水先生说赵家坪村就这两块地基是钱罐罐，专门聚财。老屋边的这棵槐树是赵相奎三岁那年他父亲栽下的，槐树栽下没几年，他父亲就病逝了，他和他娘相依为命。如今，几十年过去了，槐树已经长成了参天大树，他也成了全市的十大企业家。赵相奎和他妻子走进院坝，院坝里空空的，吊脚楼厢房和正屋黑灯瞎火，赵相奎上前推堂屋大门，没想到大门根本没有上闩，一推就开了。开了电灯，放下行李，赵相奎急不可待地朝里屋奔去，杨贵芳没有跟进去，她去了灶上烧水，煮东西吃，昏坐了一天的车，她的肚子早就咕咕叫了。

过了一会，赵相奎从里屋出来，颓丧地在板凳上坐下来，一个劲地唉声叹气。杨贵芳忍不住问：“你娘没事吧？”“娘认不得我了，我也认不出她。她比以前更加痴呆了，耳朵也不行了，唉，变化太大了。”赵相奎叹着气说。想象着娘这几年在外流浪，风餐露宿，吃苦受累，身为儿子，未尽孝道。赵相奎禁不住就流下了眼泪。“我去看看。”杨贵芳说着，向里屋走了去。从里屋出来，杨贵芳在赵相奎身边不声不响地坐了下来，她拉着赵相奎的手，隔了好一会，才说：“你这个娘跟以往不同了，大不同了。我简直怀疑…….”她心里有点忐忑。“她有病，你是晓得的。唉，都怪我……”赵相奎难过地说。

第二天早晨，赵相奎和他妻子杨贵芳回来的消息就传遍了赵家坪村。不一会儿，赵相奎家的院坝里就聚集了好些妇女和小孩。杨贵芳早起来了，屋里屋外忙着招呼客人，婆婆失踪后，家乡人说了她不少言语，传了不少流言，使她这几年都不敢回来，每年回乡上坟，也只是赵相奎一人回来。现在婆婆回家了，她想利用这个机会，好好表现一番，挽回家乡人对她的不良印象。她热情洋溢地分发着糖果，满脸堆笑地招呼着所有来到院坝里的人们，小孩们从她手中接过糖果迅速揣进荷包后又向她伸过手来。女人们则比较糖果的成色猜测价码，暗地里觑着杨贵芳的动静。

赵相奎的老娘还在睡，赵相奎在她床前站了会儿，没有叫醒她，转身出来帮着妻子招呼客人。赵相奎刚走进院里，就被几个老婆婆叫到一边。一个说，赵相奎你娘遭罪啦，出去的时候多硬朗，回来成了傻人。一个说，你是个大男人，你不能事事都由着你婆娘，让她糟蹋你娘。赵相奎谦恭地听她们唠叨着，数落着自己女人的各种不是。

就在这当儿，赵相奎听见了妻子杨贵芳一声惊呼，他还没有回过神儿，就看见人们刷刷地仰起头朝吊脚楼上看。吊脚楼上，赵相奎的老娘出现了，她双手抠着栏杆，俯出身子鸟一样地望着楼下。赵相奎拔腿向吊脚楼上奔去，一个纵步，从身后抱住了他的老娘。

赵长贵带着会计、妇联主任和民兵连长，是在早上十点半钟走进赵相奎家的院坝里的，他们是来向赵相奎交代刷白房子的事情的。作为村里出去的第一个大学生，国家干部，下海后成了全市十大企业家的赵相奎，他不能拖赵家坪村新农村建设的后腿，等支书说完后，赵相奎便立即表了态，说坚决按照村委会的安排去做。表态后，赵相奎对支书赵长贵说自己想摆一场酒宴，请村干部和左邻右舍的乡亲们吃一顿，一是庆贺老娘回来，二是为老娘出走向大家赔罪，三是感谢家乡父老乡亲对他的关爱，他说小时候村里每家的果树上都有他的脚印，他没有少给乡亲们增添麻烦。会计、妇联主任和民兵连长一听就笑了起来，连说了几声“要得，要得”。并主动承担了通知村民们的任务。赵长贵也开了笑脸，说：“请客，你赵相奎早就该请了！”

赵长贵等人走后，赵相奎就请人去村委会买了水泥、石灰，他打算等酒席办完后，请几个村民帮忙，把房子刷白之后，就接老娘一道回市里去。

刷白房子的事情赵长贵主动承担后，赵廷生成天都泡在果树林里，有看病的就到果树林里去找他，然后再回到诊所来诊断抓药。因此，赵廷生就没有跟着赵长贵去给赵相奎布置刷白房子的事。那天下午，他倒是去看了看赵相奎的老娘，看过后，他皱着眉头一句话没说并离开了赵相奎家，赵相奎跟他说请客的事，他也只是茫然地点头。回到家后，他在吊脚楼上的竹椅里坐下来，一边抽烟，一边想赵相奎老娘的前前后后，他十分纳闷，总是不能把赵相奎从前的娘和他现在的娘叠在一起，总觉得有些不对劲，到底是哪里不对劲，他也说不清楚。

杨贵芳不太赞成请客，“你这样去讨好他们，就像你欠了他们什么似的，你只欠你娘，不欠别人。”杨贵芳说。

“还是请，反正也不差这几个钱。”赵相奎说。

老娘在吊脚楼厢房上呆坐着。赵相奎来到她身边坐下。从回家到现在，赵相奎没有听到老娘说过一话，也没有见她正眼看过自己和杨贵芳。他和杨贵芳不止一次地叫她娘，她好像也没有听见一样。她的右脸已经变形，歪扯的眉眼和嘴让赵相奎和杨贵芳找不到半点以前的痕迹。她涣散的眼神，痉挛的脸，都让赵相奎和杨贵芳感到遥远和陌生。尤其是她陡然发出的莫名其妙的傻笑，简直叫赵相奎和杨贵芳心惊肉跳。赵相奎喃喃自语地对老娘说着话，说他和杨贵芳商量好了，等请了客，刷白了房子，就把她接回去，他和杨贵芳会好好孝敬她的，等等。老娘茫然地坐着，闭着眼，嘴里流着口涎，睡着了。赵相奎摇醒老娘，把她扶到了床上。然后便和杨贵芳去安排酒席的事。

十一

在乡下，办一场酒席并不是像城里酒店请客那么容易，不亲身经历是不晓得的。不要说杀猪宰羊烫鸡鸭买酒买菜，单是向邻里借桌子板凳锅瓢碗筷就是一个浩大的工程，东家借桌凳，西家借锅瓢，跑了十多家还借不齐需要的东西。杨贵芳走到哪里都有人指指点点窃窃私语，等到她走拢，人们的话头又戛然而止。杨贵芳知道他们说的是她虐待婆婆，把婆婆都虐待得不成人样，她多么希望他们能够当着她的面说出来，给她一个辩解的机会，她会当着他们的面表态，她过去没有对婆婆不好，她今后会对婆婆更好。她也知道他们对现在这个老娘有疑惑，他们的疑惑也正是她的疑惑。从一开始，她就觉得这个婆婆不对劲，但她又说不出哪里不对劲。村里的人们好像订下了什么盟约似的，大人娃崽都不当着她和赵相奎的面说。

杨贵芳打算去乡场上买烟和酒，赵相奎要她在村小学里的小卖部买，一来近些，二来留个人情，反正在哪里买都是付钱。杨贵芳想想也是，就到学校小卖部买了烟酒。结果，拿回来的烟酒全是假的。赵相奎息事宁人说："算啦，我们重新到乡场上去买。"杨贵芳不同意，说："凭哪样？明明是他理亏。"于是，杨贵芳就背着男人把假烟假酒拿回小卖部退货。

开小卖部的是赵长贵的儿子赵黑宝。赵廷生没有同意儿子赵相坤的对象王桂枝去学校开小卖部，赵长贵却让儿子赵黑宝去开了小卖部，他一边上课一边守小卖部，两不误。赵黑宝的脑子虽然不甚灵活，但对钱却是十分机灵，账也计算得很准确。从开张以来，在算账收钱上从没有出过半点差错。赵黑宝对赵相奎在村里大肆请客摆阔本来就看不顺眼，见杨贵芳要退货，气就不打一处来，便说："你神气哪样？不就是个假老娘吗？连自己的老娘也不知道在哪里讨饭当叫花子哩，摆哪门子阔。"

"你凭哪样说她是假的？"杨贵芳涨红着脸说。

"你自己最清楚！把老娘赶出家门，现在，拾到个老妇人就当老娘，还摆阔？有几个臭钱就了不起，还不是刮老百姓的钱！"赵黑宝说。他说这话时，正眼儿也没有看一眼杨贵芳，显得一点儿也不傻。

杨贵芳被呛得直瞪眼，过了一会，她说："好，你说得好，这个老娘是假的！你告诉你爹，这个客，不请了！"说后，愤愤地转身离开了小卖部。

"要出事！要出祸事啦！"赵廷生知道事情后，自言自语地说。杨贵芳退货后不到一个钟头，赵廷生就从会计口中知道了这件事，会计当时愤愤地对赵廷生说："赵廷生你评评理，都通知了，这请客哪有说不请就不请的，这不是拿咱们当猴子耍吗？"顿了顿，会计接着说道："这客不请，我们管不着。但这老娘不认，就不行！"会计走后，赵廷生在椅子上坐下来，一个劲地在心里责怪着赵相奎，"赵相奎呀赵相奎，你就扔掉几个钱免灾吧！难道你不晓得，你媳妇这句话，就像一颗炸弹，会把整个赵家坪村炸开花的。”责怪归责怪，着急归着急，赵廷生也拿这事没有办法。他只有静观其变。

最先来找赵相奎和杨贵芳的是村子里上了岁数的几位老太婆，她们一把鼻涕一把泪地数着赵相奎的老娘盘儿子的辛苦，赵相奎的忘恩负义和杨贵芳对婆婆的诸般虐待。接下来是赵姓两位德高望重的老人，论辈分，赵相奎得叫他们曾祖父。赵相奎先发制人，不待两位老人开口，就大声说：“你们扪心说句实话，她究竟是真是假。”两位老人愣怔了一下，慢吞吞地说：“确实不大像你老娘，一开始我们就纳闷。问题是，大老远的，她怎么唯独摸到赵家坪村来。”再接下来是妇联主任，村委会分工，她管村计划生育，管人口，管妇女工作，管村里婆婆妈妈所有的事。她说：“现在城里不是在讲公民道德吗？赵相奎你做人要讲良心啊，你从小没爹，你娘带你多辛苦啊。人都要老啊，你也在养儿育女……”说到这里，妇联主任停了下来，她知道自己说错了话。赵相奎的眼睛也开始发涩，他不知道是为老娘，为儿子，还是为自己。他说：“我和杨贵芳正考虑把她接到市里，过几天……”妇联主任打断了赵相奎的话，“不行。过几天，你们又会说她失踪了，你们不能出卖天良啊！”“你是说，他老娘是我们推出门的？”杨贵芳说。“那是你自己说的，我又不心虚。”妇联主任冷着脸说。最后，杨贵芳和妇联主任吵了起来。妇联主任起身时，对赵相奎说：“赵大老板，你可要想好，在赵家坪村，忘恩负义，以强欺弱，村民们是绝不会答应的。”她冷笑了一声，出了门。妇联主任走后不久，会计就铁着脸昂首挺胸地走进赵相奎家的院坝里，会计说话没有拐弯抹角，他直截了当地说：“不认这个老娘，你甭想走出赵家坪村！不要以为有几个钱，就能使鬼推磨，赵大老板你看着办吧！”会计甩下几句话后，虎着脸走了。

那天，赵廷生在诊所铡草药时，一位中年妇女来诊所打针，向赵廷生叙说了赵相奎家发生的事。赵廷生叹息了一声，喃喃自语道：“可惜那辆丰田了，今晚它要遭罪了呀……”中午妇女走后，赵廷生又坐下来，铡起了草药。赵廷生铡草药到深夜才离开诊所回家。

日上三竿，赵廷生才从睡梦里醒来，他洗了脸，便向诊所赶去。刚到诊所，昨天那位中年妇女就来打针了，中年妇女一进诊所就对赵廷生说：“赵医生，真让你说准了。赵相奎那辆车昨晚被人抹了狗屎，还砸了镜子。这赵相奎也是的，把这个老娘认下，请了客，不就没事啦！……”赵廷生没有搭理她，埋头给她打针。中年妇女离开后，赵廷生才在桌边坐下来，煮针消毒。一边煮针，一边为赵相奎惋惜。

中午，赵长贵来到诊所，赵廷生起身让座，给赵长贵泡了一杯梵净翠峰绿茶。这是赵廷生特地为赵长贵准备的，赵长贵每次来诊所，赵廷生给他泡的都是这种茶。只有这种茶，才对赵长贵的口味。

“你是代理村主任，你说说，这个老娘到底该不该认！你说该认，村委会就马上通知赵相奎，让他认下老娘！你说不该认，村委会也马上通知赵相奎，不让他认，就听你一句话。”赵长贵说。

认与不认的评判权一下子交到了赵廷生的手上，赵廷生不知如何是好，从赵长贵说话的语气和表情，赵廷生摸不透他是赞成赵相奎认下这个老娘呢，还是不赞成赵相奎认这个老娘？赵廷生犯了一会儿难，斩钉截铁地说：“人人都知道这是个假老娘，你让他怎么认！”赵长贵毫无表情地望了赵廷生一眼，放下茶杯，站起身，二话没说，毫无表情地离开了诊所。

接下来的故事，人人都会猜得到。赵相奎没有认下这个娘，也没有办酒席请客。赵相奎刷白房子是从乡场上请的打工仔，村里谁也没有去帮工。赵相奎离开村寨的前一天晚上，专门到赵廷生的家里拜访了这位德高望重的医生。赵相奎说：“赵医生，请你放心，这个假老娘我虽然没有认，但我不会扔下她不管。我明天就带她离开这里，我要帮助他寻找她的亲生儿女，如果找不着，我就把她当亲娘供养、孝敬！”

十二

秋收过后不久，乡里通知各村委会，换届选举村干部。

赵家坪村村主任人选只定了两个，一个是代理村主任赵廷生，另一个是第三村民组组长赵廷福。

赵长贵对赵廷生说：“赵廷福是个陪衬，选举时，得走这个过场。”

赵廷生给赵长贵沏了杯梵净翠峰绿茶。

赵长贵呷了口清香飘逸的绿茶，说：“你就先干你的村主任吧，等你入了党，我就退居二线。你就等等吧，赵家坪村最终是你的。”

赵廷生连连摆手，说：“我哪能当支书呢，当个村主任也力不从心。”

赵长贵说：“常规都是支书退了村主任上，我还能当一辈子支书？更何况你的畜牧养殖、经果林都成了样板工程，乡里都把材料报到县里去了。”

“你抓的新农村建设工程不也成了全县的样板工程嘛，真是好事成双，双喜临门。”赵廷生讨好似的说。

“对对，双喜临门。听说，每户一千块的补助都划拨下来了，这可是一笔不小的数。”赵长贵得意地说。

选举结果，赵廷生和赵廷福的得票半斤对半斤，每人的票都是百分之五十，每人都差一票过半，两个人都落选了。

半个月后，县里派了一位招考的大学生到赵家坪村任代理村主任和村两个公司的法人。支书仍然是赵长贵。

赵廷生绝对没有想到，赵家坪村的村民们会这样没良心。可事实是，没良心的赵家坪村村民，能把赵廷生推举成村主任，也能把他拉下来。后来赵长贵说，这就叫水能载舟也能覆舟。

这种结局，对赵廷生是一个沉重的打击。在他不愿干村主任的时候，这个村主任的大门却对他敞开着，并且生拉活扯把他拽进了门。现在，他适应了，愿意干这个村主任了，并且在立志要让全村都富裕起来奔小康的当口儿，这个门却向他关闭了，永远地，把他拒之在门外了。

赵廷生有什么话说？当会计神神秘秘地在他下台后告诉他，那次开党员会，赵长贵根本就没提他赵廷生入党的事情，倒是组织学习了胡锦涛总书记提出的“社会主义荣辱观”。会计痛心地说：“赵廷生，你好好的，想入什么党呀，你还不懂哪样叫政治。政治两个字看起来简单，可是够你玩味一辈子。我都后悔入党，不然，也不会一直让我当会计。我如果不入党，说不定，村主任还是我来当的。”

“赵相奎认老娘，赵长贵来问你，你就不该说那是个假老娘。赵长贵离开诊所后，逢人便说，赵廷生说的那是个假老娘，人们听了，都恨你！从头到尾都是赵长贵布的局，你偏偏不识相，硬往笼里钻。”会计说着，替赵廷生深深地叹了一口长气。

这回赵廷生才吃惊了，这到底是个什么事呀？赵长贵就这么阴险？回想起赵廷茂的结局，还有赵廷茂和其他人过去所说的一些话，赵廷生像做了一场梦。

赵廷生陷入了一种困惑之中。如果不接触这政治，他是一个遵守医德的好医生。可现在，他落了个什么下场？连一个受人尊敬的医生也不是了！

现在，赵廷生的心里是一片废墟，只有一缕缕痛楚在他心里缭绕着。

全家人心情都不好，尤其是赵相坤的心情坏到了极点，对象王桂枝和他吹了，弄得谁都不能和他说话，动不动他就发脾气。

春节说到就到了。

赵廷生心里发愁，这个年怎么过？尤其是儿子赵相坤，一见儿子的那副样子，赵廷生就恨过年。可日子不管你的情绪如何，该来的它一样来。

赵廷生考虑着，这样也不是个事，一家人哭丧个脸，过个什么年？最后，他叫儿子到省城贵阳去过年，儿子有个舅舅在省林业厅工作，儿子一直想去的。可现在他没心思去，赵廷生就逼着他去，赵相坤只好同意去贵阳过年。

这天，赵廷生在家实在是闷得慌，就硬着头皮去诊所开诊。晌午，赵廷茂来到诊所，对赵廷生说：“延生，你就这样认栽了吗？告他狗日的去呀！”

赵廷生望了赵廷茂一眼，没好气地说：“我还傻呀！”

赵廷茂没趣地离开了诊所。

过了正月十五，赵廷生开始和以前一样，在他的诊所里看病了。

赵廷生脸上很平静，好像什么事都没有发生过一样。只是，赵廷生给大姑娘小媳妇们打过针之后，她们都说，赵医生的手生了，打针没以前好了，并且药费比以前贵了些。有人问他药咋个贵了？他笑着解释，这年头哪样不涨价？一副不求人的样子，病人都很生气。生气也得看病，还得去他赵廷生的诊所。

赵长贵的老婆病了，要打针，这回叫赵廷生打了一针，疼得呲着牙回到家，对男人说，赵廷生变了，变狠了。

赵长贵冷笑了一声，没有吭气。

赵廷生的诊所还是原来的样子，闲人慢慢地多了，只是再没有人找赵廷生处理家庭矛盾了。为田边土角屋前屋后山林扯皮斗嘴打架的，都找那个大学生去了。人们私下都说赵廷生这个人不行，看病贵了，还对人不那么热情了。可赵家坪村就这么一个赤脚医生，一家诊所，要到乡卫生院去看病，太远，收费更高，没看病就得先交五块钱挂号费，县医院收得更高，光挂号费就是十块。住院得先交五百块哩，叫作“门槛费”。大家都想着找赵廷生看病，有人去了乡医院和县医院一次，第二次就坚决不去了，觉得还是找赵廷生看病划算。

何况赵廷生医术还不错，虽然现在欠他的医药费不像以前那样，可以长期拖欠了，但赵廷生看病还是看得准。

在这期间，赵廷生还大大地出了一次名。有一个老人，儿子在县房管局工作，别人给他送了几箱人参蜂王浆，他扛回来给老爹。他老爹把小瓶蜂王浆倒进碗里，喝糖水一样喝了，没想到没补身体，却落下了腹胀，茶饭不思。到县里、地区几家大医院去治疗，花了几万块治疗费也没治好，不知怎么打听到赵家坪村的赤脚医生赵廷生，不嫌远来这里找中医。赵廷生只给开了些泻药，也想着试试看，他心里也没底。老人曾吃过泻药不顶事，就按赵廷生的剂量服了，直拉得昏天黑地，半月后，病竟神奇地好了，老人的儿子特意做了“华佗再世”的锦旗，外加五千块钱，敲锣打鼓一路鞭炮地送来了。

在赵家坪村，赵廷生出了一次大风光。看病的人一下子就多了，大多都是外乡外县慕名而来的。赵廷生的诊所就很红火。

赵廷生一人有时忙不过来，给儿子做工作，赵相坤同意到诊所帮忙。赵廷生就对儿子说，你还不愿学我的手艺，行医这行当，到哪个时候都是个好行当，是个金饭碗哩！

儿子不吭声，也没说要从此学医。

赵廷生就对儿子说，我打算，今年下半年，把咱家房拆了，盖个五层楼，赵家坪村第一，把五楼收拾成新房，给你结婚用。

儿子赵相坤点了点头。

赵廷生就觉得儿子赵相坤懂事了。

十三

赵廷生为田贵生站长的母亲看完病，离开乡场上的时候，天已经完完全全地黑了下来。于是，他打着手电筒，加快脚步，沿着来时走过的那条石板路，急急忙忙地往村里赶。

雪地结冰了，脚踩下去，不再像来时那样，是软的、陷的，而是硬的、滑的。冰雪的寒光浮起来，和天上压下来的冷气结合，使得天地间格外的寒冷。寒冷无孔不入，银针似的顺着布眼、领口、袖口直往里钻，在心口那里集合。虽然在田贵生那儿喝了三杯烈酒，可那白酒在身上散发出来的热气在一点一点地冷掉，夜风一吹，赵廷生禁不住直打抖。他的牙齿开始打架，头好像要冻裂了，耳朵和鼻子也失去了知觉，仿佛已经不属于自己了。在结了冰的石板路上走，要有经验，也要用力，稍不小心，就会人仰马翻。走了好一段路，身子才缓过来了，背上才有了一些汗，但手脚还是冰冷的。

进村的时候，赵廷生已经走得热热的了。他解开领口，拉拉衣服，让冷气钻进去，胸口感受到一阵舒心的凉爽。快到诊所了，他有预感似的放慢脚步，人偏向一边，靠着树走。一个白色的影子闪向诊所的方向，他猛地停了下来，高声对路边的一幢房子说："赵贵，还在看电视？"

屋里先是"还在看还在看"的声音，接着门打开，一个三十多岁的男子一步跨到门外说："赵医生，快进屋来坐坐，《雄关漫道》打得可热闹啦！这片子写的就是曾经在我们这里打过仗的贺龙和肖克的故事哩。"那个叫赵贵的男人声音很大，每一个字都用笑包裹着。

"不了不了。"赵廷生面对着赵贵，眼睛却偏向自己的诊所，"我还要去诊所铡药。"他大声大气地说。

"啊？到现在还要去出诊啊？"赵贵语气很夸张地问。

"我刚出诊了回来。"赵廷生看到那个白色的影子飘似的走了，松了一口气，边走边说，"田贵生老娘的病，我保证两个月就能让她下地走路。"他站在诊所门前的地坝里，雪光里很容易就找到一块黑。他把那块黑捡起来，竟是一块大青砖。如果他回来早一点，或者晚一点，这块青砖都会像往常一样砸到诊所的窗玻璃上。他刚才高声说话，是怕和那人碰面，故意把那人吓走。雪地上，清晰地留下了那人来去的四行脚印，来时的脚印鬼鬼祟祟，去时的脚印慌慌张张。只要顺着它，就能找到那个人，但赵廷生没有这样做。想砸他诊所的不止一个人。自从他不当村主任，重操旧业行医看病，不再赊账，人们议论他看病"心黑"那时起，他的诊所被砸过好多次了，在天气恶劣的夜晚，说不定就有一块石头或砖头砸来，还有人曾将大粪倒在他诊所门口。今夜只是让他碰了巧。何况找到那个人又能怎么样呢？反而把脸面撕开了，做人就靠一张脸，脸面一撕开，这人就难做了。他不能学赵相奎，赵相奎是城里人，拉下脸后可以走人。他不能，大家都是乡里乡亲的，在一个村里，早上不见晚上见，抬头不见低头见，靠的就是一张脸面做人。

走进家门的时候，已经是十一点半了。赵廷生没有惊动家人，蹑脚蹑手地进了自己的卧室。他和赵相坤他娘已经分床十年了。赵廷生试了试被窝，电热毯很忠实地热着。他脱了外衣，像一条鱼似的滑进了被窝。柔软、温暖的被窝很自然地张开，充分给他钻的空间，却又紧贴着他，不留一点空余，使得他和被窝形成很融洽的一体。直到此时，赵廷生才腾出脑子想在田贵生站长家吃饭时向副书记所说的那些话，从向副书记的话里，他才确切地明白，他入不了党组织、当不了村主任，全都是支书赵长贵使的阴招，支书赵长贵跟的是王乡长，王乡长又和向副书记、田贵山书记不和。一团乱麻，理也理不清。不过，分手时，向副书记说了，他赵廷生群众基础还是好的，下一届还有机会。不管有没有机会，赵廷生都铁了心，不再去蹚那浑水。他赵廷生是个医生，一个给人治病打针的医生。

窗外，雪夜特别地安静，似乎连空气冷下去的声音都能听见。树上的积雪大概凝不住了，“噗”的一声掉下来，像一只大鸟落到地上。远处，谁家的狗不知受了什么惊吓，叫了两声，像两道闪电划过天空。接着，青水河河岸上的水泥平房里的牛们、猪们、羊们、鸡鸭们也跟着叫了起来，争先恐后，此起彼伏，打破了赵家坪村雪夜的宁静。

赵廷生竖起耳朵聆听着那有秩序的叫声，心里觉得很暖和。

（原载《山花》B版2014年第12期）

孟学祥

上面有人

一

开春后，事情突然变得多了起来，经常加班，动不动还要陪人下乡，一下去就是好几天，回家不光带回一身灰尘，还带回一身酒气。像汪品德这种挂个“副”字的部门领导，在一般职工的眼里是官，在领导的眼里就只是个兵，是代替领导领着大家干活的兵。

汪品德的妻子怀孕四个多月了，妻子怀孕以后，汪品德就一直无心工作，上班总是心不在焉。他计算着妻子的预产期，计算着孩子生下来后又要增加多少开支。这还不是汪品德想得最多的事情，汪品德想得最多的是，妻子生产后他该怎么办，在妻子生产期间谁来照顾她们娘俩？汪品德一天到晚就想着这些杂七杂八的问题。

组织部吴部长找到汪品德的时候，汪品德正在指挥几个工人在大会场挂布标。会场特大，能容纳一千人，来开会的人大代表只有两百多人，加上政协委员和一些旁听者，总共也才七百多人，为了便于电视台录像，布标不能挂靠会场的后墙，只能悬挂在会场中间。布标很长，二十米，悬挂起来就比较费劲。组织部部长与分管群团工作和组织人事的县委副书记一道走进会场，副书记来检查会场布置情况，组织部部长来找汪品德。见到汪品德时组织部部长说：

“汪部长，我一直在找你，已找了一个上午，打你电话不接，打单位的电话也没有人接，要不是碰到张书记（张副书记，称呼时大家习惯于把副字隐去），我还不知道到什么地方去找你呢。”

经吴部长这么一说，汪品德才想起自己的手机放在办公室充电，忘带出来了。吴部长把汪品德拉到一边，告诉汪品德，组织上决定安排他到市委党校去学习，而且是市委林书记的意思，是她在全市组织工作会上亲自点的名。汪品德盯着吴部长的脸看，见他一脸的高深莫测。汪品德说：

“去党校学习的名单不是没有我吗？”汪品德说这话是有根据的，一次在县委办办事，汪品德刚好看到一份文件，文件上是推荐到市委党校去学习的人员建议名单，这份名单上的三个名字中没有汪品德的名字。汪品德从未考虑过自己有到党校去学习的机会，去党校学习培训，就意味着是培养对象，意味着要有升迁的机会。吴部长接过汪品德的话说：

“以前没有，现在不是有了吗？”

汪品德对吴部长说他不想去。汪品德说这话是真心实意的，他的妻子怀孕了，在这样的情况下，他真的不想离开她，他想好好在家陪伴妻子，照顾妻子。但事情远没有汪品德想的那么简单，并不是说汪品德不愿去就可以不去了。汪品德的话刚说完，吴部长就用一种奇怪的眼光看着他，看得他浑身上下不自然。汪品德对吴部长说：

“吴部长，你别这样看我，你这样看我让我心里发慌。”

吴部长说：“我为什么不看你，我就是要好好看你，我看你为什么要对我说出那样的话，你为什么要说你不去党校学习，你为什么要拒绝组织对你的安排？”

吴部长的几个为什么，说得汪品德的心紧紧张张的，汪品德急忙对吴部长说：

“我有困难，确实走不开，我妻子怀孕了，我要在家照顾她。”

听完汪品德的话，吴部长说：

“我不管你有什么困难，我只按组织程序办事，我只知道执行组织做出的决定。我今天是代表组织找你谈话，是代表组织通知你组织上已经做出的决定。你不能因为家中的事说不去就不去了，不能因为家庭的困难说放弃就放弃，连组织原则也不要了。市委林书记做出的决定就是组织做出的决定，这就不是你个人想不想去的问题了，这就关系到我们县培养干部的原则和方向的问题了，这个问题你汪品德能够决定得了吗？”

吴部长的一席话把汪品德说得云里雾里的，但汪品德还是很佩服他那卓越的政治远见。很简单的一件事，汪品德并没有想得很多，一换到吴部长那里就考虑得比较长远了，既能说服人又能启发人。难怪吴部长的年龄比汪品德小但官却做得比汪品德大。

从办公室往家走的路上，汪品德看到街边又来了很多乞丐，这些乞丐就像是一夜间从地上冒出来的，好多都是陌生面孔。乞丐们尽管不停地伸手，不停地向路人乞讨，甚至死皮赖脸地跟着路人不停地哀求，不停地讨要，讨得的钱还是少得可怜。每次从这些乞丐面前经过，汪品德都是脚步匆匆，不想停下来。汪品德这人心特软，他怕一停下脚步，就会不由自主地掏钱给那些乞讨者。街上走着的很多人，也许都是害怕被乞丐们缠上，在经过这里的时候，才把脚步放得匆忙而紊乱。

在这些乞丐群中，汪品德发现了一个与众不同的乞讨者，他衣着很干净，怀里搂着一个五六岁的小孩，屁股底下垫着一张报纸，静静地坐着，既不向路人伸手乞讨，也不抬眼看过往的行人，只有怀里的孩子不停地眨巴着一双迷茫的眼睛，骨碌碌地注视着过往的行人。这位乞讨者的面前摆着一张红纸，红纸上写着什么“妻子被人拐骗，不知去向，为带儿辗转找妻，路费又被偷，没有钱返家……”等等之类的文字，红纸边摆着一个市面上已经不多见的但打开盖子的铝皮饭盒，饭盒里乱七八糟地摆着一些零星的纸币和硬币。

汪品德走过那里时，正好看见一个七八岁的小女孩向盒里扔了五毛钱。汪品德跟着路人在那里站了下来，看完那些红纸上的字，迟疑了一下，从身上找出一元钱的硬币，丢到盒子里。丢钱时，乞丐抬头看了他一眼，并说了一声谢谢。看到乞丐的脸，汪品德突然觉得这张脸好熟悉，似曾在哪里见过。汪品德刚想仔细辨认清楚，乞丐的脸已经别向了一边，汪品德歪到一边去看，乞丐又把脸别到另一边，汪品德转到另一边，乞丐把头低到胸前，汪品德低下头去看，乞丐立即把头抬起来，盯着汪品德恶狠狠地吼道：

“看什么看？你以为你是谁，你以为你给了一元钱就可以轻看人了吗？想看是不是，想看就多掏点钱出来，舍不得多掏钱就赶快走开，不要在这里作弄人，作弄他人就等于是在作弄自己！”

想不到一个乞丐还会这么凶，乞丐的几句话，就把汪品德唬得不知所措。汪品德走也不是，停也不是，在进退两难的时候，身边围着看热闹的人越来越多，那些认识和不认识汪品德的人，现在都不看乞丐了，都用一种复杂奇怪的目光盯着汪品德看，乞丐的目光也理直气壮地盯着汪品德的眼睛。汪品德的脑子已经成了一片空白，一句话都说不出，只好像做贼一样，低着头急急忙忙从乞丐身边走开。

被一个乞丐抢白一顿，这事一直让汪品德感到很窝囊，好在这种窝囊没过几天就在他的心中烟消云散了。在汪品德的潜意识中，乞丐就是社会生活的底层人，怎么能同他这样有身份的人相比呢。乞丐说话不讲艺术，理直气壮向别人要钱，不遮不掩，更没有半点的羞耻之心，这是有身份地位的人所不齿去做的事情。有身份地位的人，绝不会明目张胆为自己争利益。后来汪品德又想，这乞丐不简单，能够说出“作弄他人就是作弄自己”这样富有哲理的话来。事情过去了很多年，汪品德都还记得乞丐的这句话，以致后来汪品德经受许多波折，经历许多事，听来的很多话都被遗忘了，那句“作弄他人就是作弄自己”还一直清晰地回响在他的记忆中。

汪品德告诉妻子，他要到市委党校去学习。汪品德怕妻子不高兴，又连忙补充说：

“这是组织的决定，必须得去，是不能请假更不能推掉的。”

汪品德的妻子有点不高兴，但还是一边嘟着嘴，一边为汪品德准备学习所要带去的东西。

县委组织部按惯例，为去学习的人开欢送会。汪品德走进会场，寻到写有自己名字的桌边坐下不久，参加欢送会的领导就陆陆续续走了进来。领导们坐在对面，待主持会议的组织部吴部长宣布开会时，汪品德才注意到，来开会的领导比他们这边的人还要多：分管群团工作和组织人事的张副书记，人大的马副主任，政府的李副县长，政协的胡副主席，县委办的刘主任，组织部的吴部长、杨副部长、唐副部长。而汪品德他们这一排的桌子边，除汪品德他们去学习的三人（应是四人，有一人在乡镇还没有来）外，只多了一个组织部干部科田科长。欢送会会场布置得很有气氛，墙上挂着一条大大的横幅，横幅上的字遒劲有力，很有点书法的韵味。汪品德一看就认定是组织部田科长的杰作，田科长兼着县书法协会主席，在书法上很有造诣。

与其说是一个欢送会，还不如说是一个听训会，会上除了领导讲话，基本上就没有大家说话的机会。汪品德他们几个去学习的人来这里，就是为了听领导给他们训话，给他们交代政策。领导讲话是按顺序来的，先是县委张副书记，然后才是人大的马副主任，政府的李副县长，再然后……一直到所有到会的领导都讲完，吴部长最后做总结。本来在吴部长总结之前还有一个程序，就是由去学习的每一个人做一个表态，由于所有领导都讲完话，时间已经超过中午十二点钟，表态的程序就只能让县法院的刘副院长做代表了，在这之后还有一个最重要的议程就是吃饭。开会吃饭，吃饭开会，对于搞行政工作的人来说，开会和吃饭一直都是紧密联系在一起的。有会开就会有饭吃，有饭吃就得要开会，这已经形成了行政工作的一个惯例。大家在大街上碰面时，一句问候语就从嘴里自然而然地冒了出来“你参加开会了没有”，而不是问“你吃了没有”。言外之意，参加开会，你的吃喝问题就得到解决了。

二

那天阳光灿烂，但阳光灿烂并不代表汪品德的心情也很好。早上从县里出发去市委党校，宣传部的李部长没有来送汪品德，在这之前，汪品德去找他，希望部里能用单位的小车送他去学校报到。李部长说车不空，要下乡，叫汪品德自己想办法。这话让汪品德心中很不痛快，也感到很委屈。早上汪品德到部里去辞行，除了办公室的小郭，汪品德一个人都没有碰到。小郭对汪品德说部长下乡了，其他同志都出去办事了，部长叫他代表大家送汪品德。他正准备下楼给汪品德送行时，电话就来了，还没来得及下楼。汪品德对小郭说：

“你就不用下楼了，现在你看到我就表示已经为我送行了，回头你帮我给大家带个话，向大家问个好。市里离县里也不远，抽空我会经常回来看看大家，我不在时大家就多辛苦点，等我回来再感谢大家。”

乡镇去学习的两位同志都是一把手，出门用车自然没有问题。他们没有进县城，而是直接驱车去了市里。法院的刘副院长自己带得有车，没有车送的汪品德只好去搭刘副院长的车。开始汪品德以为送刘副院长的是法院的小车，待到上车时，汪品德才发觉他们坐的竟是法院的囚车。坐囚车去党校学习，心中总有一种说不出的味道，而且那天在这个车上坐着的，不光汪品德和刘副院长，还有法院的许多职工家属，有的到市里去买东西，有的去看在市里上学的儿女，不大的车子一下子就挤了近十个人。车上只有驾驶员、刘副院长以及汪品德是男性，其余都是一帮女将。汪品德和刘副院长被挤到了车子后边，蜗居在用铁条隔开的小小斗室里。斗室是平时押送犯人的囚室，很狭窄，在四周铁条的包围下，看着更像一个囚笼，坐上两个人，连身子都转不开。斗室里，汪品德和刘副院长面对面坐着，双手紧紧抓着横在他们面前的钢筋，脸上呈现着复杂的表情。囚室里空间本来就不大，加上窗子又不能打开，里边就愈发地让人感到很沉闷。坐在前边的一大帮女人高声谈论着，说着一些家长里短的话，时不时爆发出一阵哄笑声。而坐在斗室里的汪品德和刘副院长，屁股下的座凳太小，不好坐，再加上没有靠背的地方，为了找一个支撑点，只好用双手紧紧抓住身边的铁条，已经没有什么心情来说话聊天，即使偶尔说句把话，也显得无精打采。后来汪品德和刘副院长就干脆闭上眼睛假寐，任凭那群叽叽喳喳的女人去闹去吵。在囚车上坐着，本来就没有什么好心情可言，可气的是在下高速路时，为了节省过路费，驾驶员竟将押送证放到了车头的玻璃上，这样就给外人造成了这部车真的是在押送囚犯。收费站的工作人员还真就从窗子里把头伸出来，认真地看了看后面的囚室后才拉杆放行。她也把坐在车后囚室里的汪品德和刘副院长当成了真正的囚犯。

囚车到了市里后，汪品德和刘副院长离开囚车，离开那一大帮女人，打了一个出租车，直接去了市郊的党校。汪品德和刘副院长赶到党校，还未到上班时间，没有谁知道他们是打出租车来的，当然即使知道了也不会有谁说什么。但汪品德的心却很不平衡，总有一种被东西梗在喉间的感觉。随后陆陆续续来报到的人，都是有人开着好车，风风光光地赶来。那些从乡镇来的书记镇长，也有一台属于自己的本田或桑塔纳2000。党校学习，不光是比学习，更是比背景，比实力的场所，来这里学习的每一个人，都暗暗地较着劲。幸好汪品德和刘副院长有先见之明，比大家早到一个多小时，如果让别人知道他们是坐囚车、打出租车过来的话，在别人的眼里，他们就是那种最没有本事、最没有出息的人了。

来报到那天的不快，一直梗在汪品德的心中，让他好久都还觉得心里很不舒服。报到的第二天开学后，组织部的红头文件就下来了，这个红头文件是汪品德他们这届中青班班委组建的文件，在这个文件上，汪品德被任命为副班长，这个任命让汪品德激动了许久。要知道，从小学到大学，汪品德都没有当过班干，而今在书记副书记、乡（镇）长副乡（镇）长，以及科长副科长云集的地方，汪品德却做了班干，这能不让他激动，能不让他高兴吗？

开学典礼搞得很隆重。汪品德吃好早餐赶到阶梯教室，参加开学典礼的领导已经坐到主席台上。除了市委、市政府、市人大、市政协四家班子的领导，市委组织部、人事局、民政局、民宗局等部门的头头脑脑们，在主席台上坐了一大排。开学典礼由市委组织部陆部长主持，程序依然是一成不变的领导讲话，待坐在台上的领导们都按顺序把话讲完，一个上午的时间就这样结束了。从阶梯教室出来，汪品德刚走出礼堂门，一位年轻的女同志过来叫住他，她说她是市委林书记的秘书，林书记要见汪品德，叫汪品德同她一起过去。在同她往林书记所在地方走去时，汪品德发现许多认识和不认识的同学都在看着他，那个时候，他的心中充满了满足和得意。

虽然在电视上和各种会议上，经常出现林书记的身影，但同她面对面站在一起，汪品德还是第一次。来到林书记面前，汪品德有点紧张，不知道该说什么。还是林书记首先打破了僵局，她说：

“你就是汪品德？文章写得很不错嘛。你是第一个被抽到党校中青班来学习的作家。时代在不断地发展变化着，我们党培养干部的方针政策也在不断地改进。今天我们把你安排到这里来学习，就是希望你多学一些理论知识，把马列主义、毛泽东思想、邓小平理论和‘三个代表’重要思想学好，实践科学发展观，用学到的理论来指导你的创作，用你手中的笔和文字为我们党的事业服务，为我们市的经济发展服务。希望你到党校后要安心学习，把该学的理论知识学好，不要辜负党对你的培养。”

说完这几句话，还没有等汪品德回味过来，林书记就上车走了，把汪品德晾在那个地方愣了好久。要不是手上还有刚才同林书记握手时留下的余温，汪品德真怀疑刚才自己只是做了一场梦，这场梦直到老乡刘副院长来叫他去吃饭，他才醒过神来。

林书记的召见虽然很短暂，却给汪品德带来了好处，这种好处就是班上无论开展什么活动，班长和班主任老师都必须要找汪品德去商量，就连食堂伙食的好坏，管理员都要来征求汪品德的意见，只要汪品德说出某一个菜不太好吃，第二顿饭桌上就不会再见到这个菜。是林书记确立了汪品德在这一届中青班的地位，班上的很多同学都把汪品德当成了林书记的人，汪品德越否认，他们就越说汪品德城府深。大家说多了，汪品德也就持一种默认的态度了。有人说，搞政治的人都是被一根无形的线给拴起来的，只要依附的线不断，你就能够一帆风顺地走下去。所以行政上混的许多人，都自觉或不自觉地把自己往线上靠，即使拴不上，哪怕挨上边也是一种荣幸。汪品德虽然不是有意往林书记的这条线上靠，而且现在的情形是他自己不靠上去，但是却已经被别人给硬拴上去了。

林书记为什么会对汪品德这么好，汪品德同她连交道都没有打过，也仅仅是他到了党校后才真正第一次见面。汪品德带着问题问黔川日报副刊部主任王礼明，王礼明对汪品德说：

“这说明你在她的心中有地位。你用不着想这么多，这样的方式更好，她叫你来你就来，她叫你学你就学。既然到这里来了，你就安安心心学习。她关心你肯定有她的目的，你不知道就不要管，也不要去想，有事你也躲不过，该找你的时候，还自然会找上你。”

听了王礼明的话，汪品德想想也是，是福不是祸，是祸躲不过，一切就顺其自然吧。心里释然后，汪品德也就放松了许多，再加上党校学习没有多少压力，上课的间隙，汪品德又开始拿起笔，写起了自己的东西。

三

开学第一堂课，在没有任何征兆的情况下，上课老师就把一张测试卷发到了学员们的手里，说是要考试，这种突然袭击的考试方式搞得大家都措手不及。汪品德敢保证，不光是他自己，在座的很多人对这种考试方式早已经很陌生了。在工作岗位上，虽然有时也会对某一方面的知识进行考试，但谁都知道那种考试只是做做样子，试卷发到手里时，答案也发到了手里，只要花一点时间，把答案填到试卷上就行了。有的一把手领导，甚至连时间都不花，自有手下的工作人员把答案填好，连考试的内容他们都不需要知道。今天的考试却没有答案，没有答案不说，连书和资料都没有，学员们就是想翻书，也不知到哪里去翻。发试卷的老师说：

“这次考试只是一次测试，不算成绩，主要是检阅大家政治理论知识的掌握情况，大家不用紧张，能做多少就做多少，就是都不会做也没有关系。”话虽说得很轻松，但汪品德还是感到了紧张。汪品德相信，现场的各位也都与自己有着同样的感受，从每一张脸的表情上就可以看出来。刚才大家还是有说有笑的，一听到要考试后，教室里一下子就变得鸦雀无声了。试卷发到汪品德的手里，他看到有很大一部分题都不知道怎么做，只有少部分的时事题，还勉强能够凑合着答上来。把这些题做完后，汪品德就剩下干瞪眼的份了。汪品德抬头打量了一下教室，看到大家都是和自己差不多，都是把笔拿在手上，眼睛却如做贼，东瞧瞧西望望，还有的更是一副不知所措的样子。

好不容易熬过两小时的考试时间。本来汪品德是想早一点把试卷交上去，看到在场的所有人都还在座位上端坐着，汪品德也只好硬撑着。很多题汪品德都不会做，但也在那里装模作样地，把试卷翻过来复过去地看，试卷上的每一道题目，他都几乎可以把它们背下来了，它们的答案他还是想不起来。监考老师把试卷发到大家手上后，就走出去站到了走廊上，从始至终再没有踏进教室，那样子就好像在说：用不着监考，就是叫你们去作弊，你们也没地方可作，就你们那点水平，谅你们也考不出什么好成绩来。直到结束的铃声响过，监考老师才走进教室来收试卷，把试卷递到老师手里时，汪品德自嘲地说：

“这几年光是忙于工作，很多东西都几乎忘光了。”

从教室出来，大家的牢骚话也跟着出来了：从来没有像这样考试的，也不通知大家做准备，搞突然袭击，这不是诚心整人吗？

中午在食堂吃饭，班主任尹老师找到汪品德，叫汪品德到她的办公室去一趟。汪品德进去后，尹老师把上午测试的试卷拿给他看。汪品德看到，在这个满分一百分的卷面上，他只考了三十六分，距离及格还差很大一截。虽然对这次考试汪品德并没怎么放在心上，但这个分数还是让他的脸发烫。尹老师对汪品德说：

“这次虽然只是一个测试，但作为一个单位部门的负责人来说，政治理论基础知识应该掌握才行。我们这次考的都是一些最基础的基础，你看你才考那么一点分数，太不应该了吧。抛开你是班干不说，林书记亲自安排你进党校学习，林书记是我们党校的校长，考试的分数我们要报给林书记看，如果林书记看到你才考那么一点分数，不是让她对你很失望吗？”

汪品德对尹老师说：

“在基层一直忙于工作，没时间看书，考试的很多题都做不出来，就是叫我去翻书找，一下子也很难找得到答案。何况这次考试还是闭卷考试，能考到这点分数我已经很尽力了。”

尹老师没再说什么，她重新拿来一张试卷连同试卷上的答案，递到汪品德手上，叫汪品德去重新做一遍，她说：

“不要做完，估摸能得个七十分左右就行了，这样你也说得过去，我也好向林书记交代了。”

从尹老师的办公室出来，汪品德感到他已经身不由己了，更没有了先前别人把他说成是林书记的人时，生出的那种沾沾自喜劲，他已经感觉到了那根拴在脖子上的绳子，正一点一点地嵌进他的肉里，让他随时都紧张着，不敢有半点的马虎。汪品德来到教室外的草坪上，这个近两亩大的草坪此刻一个人也没有，大家都在寝室里睡午觉。初春的阳光暖融融地覆盖在草坪上，有几只小鸟在草坪的一边飞来飞去，互相追逐，嬉闹，一忽儿直插天空，一忽儿又从天空俯冲下来，落在草坪上，将细小的身子隐在草丛中。汪品德向着鸟儿落下的地方走过去，还没有等他靠近，鸟儿们又“轰”地从地上弹起来，振动双翅飞向了远处，只留下他一个人呆呆地站在原地。

党校一天六节课，上午四节，下午两节，每一节课五十分钟。汪品德他们却没有哪一节课是按五十分钟来完成，要么超时，要么就提前结束。其实大部分上课的老师都是提前结束课，只有上马列主义的郑老师，就像一台老是走不准的时钟，经常拖延下课时间。每次上课，他总是用一些很晦涩的理论来解释这主义那主义，时间一长，一到他的课，大家都变得昏昏沉沉，一副老是睡不醒的样子。汪品德最喜欢听的是领导科学，上领导科学的何老师是党校五个副校长中最年轻的一个，年龄比汪品德大不了多少，思想放得很开，上课也很活跃。他上课从不按书本上的内容去搬去讲，而是根据当今领导干部队伍中存在的一些现象，结合学员的实际情况，进行博引和佐证。这些现象平时大家都了解，有些甚至于就发生在大家身边，从他的嘴里说出来，大家还是很有新鲜感。听他的课就有了种意犹未尽的感觉，听了还想听，只要到他的课，教室里就很少有空出来的座位。

开始上课那几天，大家都还遵守上课纪律，按时上下课，按时休息。随着时间的推移，大家渐渐变得松懈起来，上课迟到早退的现象时有发生，特别是家住市区的同学，经常一放学后就往家跑，第二天上课好久了才慢腾腾推门进教室。除了班主任尹老师，一般上课的老师都不会管纪律，他们只管上课，不管谁迟到早退，更不管谁来没来上课，把一节课该讲的内容讲完，合上书本转身就跨出了教室，连眼皮子都懒得往那些空着的座位瞄。

党校的管理可以说是松得不能再松了，除了上课时间，平时都没有人来管这些学员，特别是一到晚上，老师们都要回到市区的家去，偌大的一个校园就成了学员们的天下。唱歌、跳舞、喝酒、打牌、下棋就成了大家打发时间的最好方法。这样的学习方式让汪品德感到很累也很无奈，看到别人都去玩时，汪品德也很想出去透透气，但他在市里没有多少朋友，更没有办法像市里的同学那样经常往家跑，只好打消了逃课出去玩的念头。好在很多从县里来的学员都同他一样，既无可奈何也没有办法，只好到教室里干坐着，遇到不想听的课，就放开心思去想一些杂七杂八的事情。

学校的图书室和阅览室开放后，学校还为每一个学员办了一个免费的借阅证，课余时间学员们就有了可去的地方。学校的图书室里藏书很丰富，藏书中文学艺术方面的书占了很大一部分，汪品德在县图书馆里没有看到的书籍，这里都能够找到。汪品德把大部分时间都用在了看书消遣上。到图书室去借书，汪品德不像别人那样，借阅那些枯燥乏味的理论书籍，他借的都是文学书。只要没别的事，汪品德都会抱着一本小说，躺在床上啃大半天。有时上课，老师在上边讲课，汪品德就在下边看小说。遇到那些不想听的课，汪品德就干脆躲到阅览室的一个角落去翻看杂志。

到党校学习已经两周，这两周的时间除了多认识几个人外，汪品德并没有感觉到有什么新的收获，上课的老师也不会很认真把他们所学到的知识传授给学员。在老师眼里，这些学员纯粹是一帮局外人，来这里不是来向老师们学知识，而是来“镀金”和休息玩耍的。基于此，大多数老师上课也就不是很认真。上美学的陈老师在课堂上就自嘲地对学员们说：

“给你们上课，我感觉到我不是在教书，而是在读书，把一本书翻过来复过去地读完，就完成任务了。”

上课没多久，陈老师就把汪品德请到他的宿舍去喝酒，他说他爱人还在县里没有调上来，想叫汪品德帮他到林书记那里去通融通融，希望尽快结束那种牛郎织女的生活。陈老师说：

“我很讨厌这种做法，但又没办法，为爱人调动的事，我花了许多冤枉钱，求了很多人，结果都没有办成。”

他告诉汪品德林书记是管人事的书记，只要林书记点头，事情就好办了。谈到上课的事，陈老师也恨自己上课时敷衍了事，但又不能不这样做，不这样做就领不到工资。他说党校刚开设培训班时，老师们都很认真上课，考试也很严谨，把来学习的人管得都很严，结果学员们都很有意见，并把这个意见反映到市委组织部，让很多老师都受到了批评。陈老师说：

“我知道，你们每一个人到这里学习，都只是来走个形式，回去后好有升职的资本，升职与学习成绩和知识的接受能力，在现实生活中又没有多大的联系。”

四

汪品德已经习惯于上课关手机了，这天上了两节课，课间休息时他打开手机，本想给妻子打个电话，问问她的情况。还没等他将号码拨出，组织部吴部长的电话就打了进来。吴部长略带不满地对汪品德说：

“哟，汪部长，怎么一大早就把手机关了？”

汪品德连忙说：

“对不起，刚才在上课……”

吴部长打断他的话，不高兴地说：“你是宣传部领导，不要动不动就关机。我知道党校的情况，一般都不会要求关机。上课你也可以把铃声调到振动啊，这样也不会影响你学习，是不是？”

吴部长的话让汪品德感觉总有什么地方不对味，好在吴部长没有多说，他叫汪品德赶回县里去接受任务。汪品德说我还要上课，请假会耽误学习进度，到时候难得补上来。吴部长在那头说：

“得了吧，汪部长，党校上的什么课我还不比你清楚，旷个十天半月的，也不会影响你学习，更不会影响你结业。”

吴部长还说，叫汪品德回去是市委组织部的决定，这个任务也是市委组织部安排的。最后吴部长也许是不耐烦了，对汪品德撂下一句分量很重的话：

“汪部长，你自己掂量掂量吧，回不回来你自己看着办。”还没等汪品德回过味来，那边的吴部长就把电话挂了。

回到教室，汪品德一直都在想着吴部长的电话，想着他说话时那种阴阳怪气的语调，汪品德就变得惴惴不安起来。来党校学习时汪品德不想来，吴部长说是组织的决定，现在叫汪品德回去，也说是组织的决定。在行政部门工作的人都知道，任何事情只要一说是组织决定的，其重要性就突现出来了，哪怕这个事情本来不是很重要，但是一和组织联系起来就是重要的了。久而久之，“组织决定”就变成了一个很有杀伤力的杀手锏，你就是对这样的安排持怀疑的态度，也要不折不扣地去完成。

下课了，不知怎么的，汪品德的心情还是轻松不起来，感觉大脑昏昏沉沉的。中午吃饭，尹老师来食堂找汪品德，告诉他，市委组织部有个通知，叫他下午赶到县里，去完成一个任务。至于是什么任务，汪品德问她她也不知道，她只告诉汪品德，吃好饭后在宿舍里等待，过一会市委组织部的车来接他去县里。

班长何申明问汪品德：

“你们县是不是在考察干部，这次叫你回去是不是要给你挪位置，或者给你再往上升一格。”汪品德说不可能。何申明说：

“不可能，组织部怎么中途叫你回去呢？而且还用车来接你。”

和汪品德玩得好的几个同学也说，组织部中途叫他回去肯定是好事，不然更不会用车来接他。大家都起哄说，有好事叫汪品德别忘了他们，回来后一定要请他们的客。有了林书记见面的经验后，汪品德也慢慢变得圆滑和事故起来，无论大家怎样说，他都不解释，让大家去猜，去想，大家的这种猜想，也同样让汪品德的虚荣心得到很大满足。其实，大家有这种猜想也无可厚非，对于走仕途的人来说，每跨一步都是和“组织”紧密联系在一起的，组织部只要找到谁的头上，就意味着这个人距离升迁的起点已经不远了。在别人的恭维声中，汪品德也飘飘然地认为这次机会来了，说不定组织要真的给自己换地方了。

下午快上课，组织部的车才来到党校，汪品德上车时，车上已经坐了两个人。副驾驶位置上的人是市委组织部的副部长，跟汪品德同姓，年龄比较长，看样子也快五十岁了。与汪品德坐后排的年轻小伙，看样子三十岁都不到，他自我介绍说他姓马，在组织部宣教科工作。前排的汪副部长接过小马的话说：“小马是我们组织部宣教科的科长。”

车子上路后，汪品德才知道，这次组织部用车把他拉回县里，并不是什么好事，而是叫他去帮他们写材料。汪副部长对汪品德说：

“这是一个先进典型材料，要交给省委组织部，因为要得很急，考虑到那个点原来一直都是汪部长你在挂职，你对那里的情况比较熟悉，这个材料组织上就交给你来完成。”末了汪副部长强调说：

“这是一个政治任务，是省委对我们的信任，我们一定要做好才能不辜负这种信任，一定要把这项任务完成好。”

把汪品德从党校叫回来，去帮写典型材料的村子叫满桶村。这个村种的桃子远近闻名，但在前几年，由于盲目扩大种植面积，加上周边村寨看到满桶种桃卖到钱后，也大力发展桃树种植，造成市场饱和，农户种出来的桃子卖不出去，损失很严重。特别是满桶的农户，所有的田土都用来种桃了，桃子卖不出去后没有钱来购粮食，致使当年的很多人家都没有米下锅。满桶本来不是汪品德挂职的点，前些年，县里对原来的挂钩帮扶点重新进行分配，分配汪品德所在的宣传部帮扶满桶，副科级以上领导干部挂点，也明确汪品德挂满桶。当时的县委书记叫金长华，在汪品德第一次去满桶时，找汪品德去谈了一次话。金书记对汪品德说：

“你们宣传部去那里帮扶挂点，不是叫你们去搞种植，而是要去帮他们搞宣传，要动用你们的宣传力量，把他们的桃子宣传出去，让外边的人都知道他们的桃子，都到那里去买桃子。”

初去满桶挂点时，汪品德虽然只是宣传部的一个副部长，部里的工作却是汪品德在主持。原来的部长调到邻县去当县委副书记后，上级就一直没有把部长派来。汪品德知道县里有很多人都在觊觎这个位置，宣传部虽然不是什么实权部门，但是部长却要进常委，进了常委部长就不光只是宣传部的部长，而是全县的部长了。汪品德一直心存幻想，希望有一天能够挤到部长的位置上去。汪品德也知道，凭竞争他是没有条件去和那么多对手硬拼的，就一直寄希望于能做出一件让人们对他刮目相看的事情，以此来确定地位，让自己从众多的竞争对手中脱颖而出，走上这个现在一直都还空着的位置。县里叫汪品德到满桶去挂职，汪品德认为是个千载难逢的机会。同金书记谈话后，汪品德立即安排人到满桶去了解情况，做好前期的准备工作。汪品德自己也不敢闲着，找了一辆车拉上大半车土特产，驱车驶往省城，去寻找突破口。在省城，汪品德找到自己的铁哥们，在黔城日报记者部当主任的赵良诚。听汪品德说明来意后，赵良诚拍着胸口说这是小事一桩，叫汪品德只管放心去叫大家种，到时由他来策划，保管让种出来的桃子卖得出去，并且还不够卖。汪品德说赵良诚是不是把牛吹得太大了。赵良诚说他这点能力还是有的，并说到时桃子卖完，只要提给他一点好处费就行了。

从省城回来，汪品德立即投入到满桶村去做群众工作。先前派去了解情况的同志回来对汪品德说，由于去年桃子卖不出钱，现在很多人家都不想种了，有一部分人家甚至还想把桃子树砍掉，腾出地来种庄稼。汪品德一听心就慌了，忙放下手中的工作带着部里的人马赶往满桶村。如果群众真把树砍了的话，汪品德的一切努力就白费了。

汪品德用部里的经费，请村组领导们海喝了一顿后，要村组领导同他们一道去做群众工作。他们一寨一寨地走，一户一户地去动员，费了许多口舌，并做了一些承诺，总算把一部分人动员起来了。一个正在土里砍树的大爷，在听汪品德费了一大堆口舌，讲了一大堆道理后放下斧头对他说：

“砍这些树我也心痛，这是我花了很多年时间才培养出来的啊，满指望挂果了就会有收成，日子就好过了，哪想到会是这样一个结局。”

汪品德对老大爷说：“我保证今年一定要帮您老把桃子卖出去。”

老大爷说："你是县领导，说话应该很管用，不会像乡领导那样又在哄我们吧？"

满桶村还是有部分人家不愿种桃，很多桃树被砍倒，被烧成木炭。望着那些在地埂边冉冉冒烟的土炭窑，汪品德的心有股说不出的辛酸。在汪品德老家那地方，父辈们一直都在地埂边栽种着许多果树，有的树已经有几十年甚至上百年的历史了，不大挂果或者挂的果又细又丑，但是一代一代的后代子孙却一直舍不得把它们砍掉。他们说那些果树长到现在这样的年龄不容易，留着也是一种期待和念想。现在看到农户们把亲手栽种出来的果树砍掉，汪品德想，群众如果不是很伤心，他们肯定不会下得了手。

赵良诚没有食言，满桶村的桃树刚刚开花，他就带着一大帮人来到了满桶，名义上是来春游，实际上是为满桶村做广告来了。赵良诚请来电视台的朋友，将满桶村那满坡满岭的桃花拍成一条新闻，不久，新闻在省电视台播了出来，中央电视台也随后转播，一下子就引起了很大反响。县委金书记在看到新闻后给汪品德打电话，赞扬汪品德的工作抓得不错，嘱咐汪品德好好干。这次为了接待赵良诚及他的朋友们，宣传部花去了两万多元的招待费。金书记的表扬让汪品德的内心涌出了一股满足感，这两万多元花得太值得了。

汪品德把心思全部放在了如何帮助满桶村把桃子卖出去的工作上，部里的工作就交给了部办公室去处理。好在宣传部干的都是一些务虚的工作，没有什么具体的工作任务指标，办公室王主任又是个很务实的人，工作兢兢业业，处事小心翼翼，为人谨谨慎慎，应酬到位得体，这样的办公室主任让汪品德省却了不少心思。桃子快成熟时，赵良诚和省电视台记者又来到满桶村，所拍摄的新闻又一次上了省台和中央台。这次赵良诚不光是来做新闻，还与满桶村群众签订了一份桃子销售合同，按合同，满桶村的群众要付给赵良诚一笔不菲的销售提成费。对这个合同，汪品德私下同赵良诚作了交流，汪品德认为不太合适。赵良诚说：

"有什么不合适的，我帮他们把桃子卖出去，他们就得付给我提成费，这是天经地义的事，到哪里都说得过去。"

桃子成熟季节，外地来收购桃子的车子也开进了满桶村，赵良诚通过他的朋友关系。拉来了省城几个搞水果批发的商贩，不到十天时间，整个满桶村近二十万斤鲜桃就全部售卖一空。汪品德在满桶村卖桃，县里的干部调整也没有闲着，就在满桶村的桃子售卖接近尾声时，一纸红头文件送来了汪品德所在宣传部的部长，等汪品德醒过神来时，部长已经到宣传部来上班了。

欢迎新部长上任那天晚宴，汪品德喝了很多酒。晚宴结束后，怎么回到家的汪品德都不知道了。第二天上班，分管人事的县委张副书记把汪品德叫到办公室，同汪品德谈了一个多小时。张书记告诉汪品德，新部长是市委下派的干部，叫汪品德要多支持他的工作。张书记说：

"汪部长，你在主持宣传部工作的这几年，做出的成绩组织是有目共睹的，至于干部的提拔和任用，不是哪一个人能说了算的事，要经过组织程序，要按组织原则。作为党员，作为国家公务员，我们只能服从组织的决定，服从组织的安排。”临出门，张书记告诫汪品德：

“以后少喝点酒，不要一喝醉后就控制不住自己，看看你昨晚的表现，哪里还是副部长？都跟大街上那些酒鬼没有什么区别了。知道你有情绪，有情绪也不能这样做，这不光有损你个人的形象，也有损我们党员领导干部的形象。”

带着一肚子委屈，从张书记的办公室出来后，汪品德就直接走上了回家的路。汪品德需要静静地去梳理自己的心情，不然他无法面对自己，也无法面对新来的部长。

卖桃结束后，赵良诚从满桶村拿了很大一笔钱。满桶村村主任把这笔钱交到赵良诚的手上，赵良诚没有任何推挡就揣进了腰包，末了，赵良诚从这些钱中抽出一万元给了汪品德，汪品德不想要，赵良诚说：

“哥们，这是你应该得的，我不能让你官没有当上而钱也捞不着，一点好处都没有吧。”

几番推让，汪品德把这笔钱揣进了自己的腰包。从那以后，赵良诚就再没有来过满桶村。那一年过后，满桶村出产的桃子，年年都是供不应求。

满桶村不光成了远近闻名的果蔬村，也成了汪品德他们县赫赫有名的小康村。就在满桶村的名声越来越响，生活越来越富裕时，汪品德和他所在的宣传部，被从满桶村抽出来。满桶村变成了县委组织部的帮扶点，也成了市委组织部刘部长的挂钩联系点。

五

回到县里，汪品德也没有机会和妻子在一起吃饭。当天赶到县里，先在组织部开了近一个小时的会，市委组织部汪副部长讲了为什么要写这个材料和如何写好这个材料的重要性，再一次强调了省委组织部的要求，以及市委组织部刘部长的要求，汪副部长说：

“这是政治任务，抽我们来完成这次任务是组织对我们几个人的信任，我们一定要把这个工作做好，把文章写好。”随后县委张书记也讲了话，他说为了完成这个艰巨的任务，县委专门成立了一个小组，由县委组织部的吴部长亲自挂帅，抽调精兵强将来做好这项工作。最后他说：

“宣传部的汪部长本来在市委党校学习，时间紧任务重，为了完成这项重要的工作，县委只好暂时委屈他把他请回来。汪部长长期在满桶挂钩帮扶，对那里的情况比较了解，很多工作都是他和宣传部的同志们一起，协助“村两委”班子开展起来的。加上有吴部长挂帅，有田科长、杨主任（县基层组织建设办公室副主任）的参与，完成这个任务应该不会有什么问题。”吴部长在张书记讲话过后也做了表态，他说：

“具体工作由杨主任负责安排，有什么困难尽管提出来，没钱给钱，没车给车，我们要保质保量地按时完成上级交给的任务。”

这种场面和这种做派汪品德已经司空见惯，在县里不管干什么事情，都要成立一个领导小组，领导小组从县领导到一般工作人员，一长溜的名字让人看得眼花缭乱，但在这个组里做事的却没有几个人。就拿这个“满桶村典型材料写作小组”来说吧，五个人中吴部长是组长，组长是不干事的，市委组织部的马科长虽是副组长，但他对情况不熟悉，也干不成什么事，副组长基层办的杨主任负责具体工作，既然负责那肯定也是不干事，这样算下来干事的就只有汪品德这个副组长和田科长这个组员了。会一散，田科长就对汪品德说：

“汪部长，那里的情况你熟悉，执笔的事恐怕就仰仗你了。”

取消宣传部在满桶的挂钩任务后，汪品德就再没来过满桶，细算起来也快两年时间了。再一次踏上满桶，汪品德立即感到了满桶前所未有的变化：公路边建起了崭新的办公房，通往各组的乡村公路都变成了硬化路面，村小学的操场也变成了水泥球场。村主任对汪品德说，这些变化都是市委组织部刘部长帮扶起来的。村主任还是汪品德在这里挂钩时的老主任，人没有变，思想却已经变了。几个果农悄悄对汪品德说，他们卖水果还是像原来那样向村里交提成费，村主任说是用来接待收水果的客商们吃饭、住宿以及外出联系业务打点用，可是一直也没见哪一个客商到他家去吃饭和住宿。至于外出联系业务的打点费用，大家光是听他说，也没见什么发票。汪品德问他们对这笔钱的使用大家有没有意见？很多果农都说有。汪品德问他们为什么不提，果农们都说不敢提，哪个提村主任就不让那些客商来收他家的水果，外来的客商也不敢得罪村主任。在满桶村，汪品德没有看到村支部书记，那个长得有点猥琐而又总是当老好人的小老头，村里人说他到外边打工去了，他的儿子大学毕业后，在外边修桥梁，他去帮儿子管工地去了。

不管村民们怎么有意见，也不管汪品德对村主任有怎样的看法，仍妨碍不了他口若悬河地向他们介绍情况。通过他的嘴一描绘，满桶村已经不是汪品德曾经待过的村了，满桶村已经变成了没有贫困、没有争吵、没有矛盾、没有偷盗、没有失学儿童、没有遗弃老人、没有脏乱差的十全十美的新农村了。要不是汪品德曾经在满桶村做过帮扶工作，要不是有村民悄悄向汪品德反映情况，汪品德真相信他所汇报的一切都是真实的。

汪品德虽然认为村主任的话至少有一半是假话，但在写这篇文章时，还得按他汇报的思路来写，而不敢私自把自己了解到的情况写到纸上，这就是汪品德作为一名政客文人的悲哀。汪品德一边做着假文章，一边又在心中狠狠骂着自己，同时也一边经受着良心的煎熬和谴责，这么多年来，汪品德一直都是在这种矛盾的日子中度过，假话听多了，假文章看多了他的心也麻木了，写假文章也就成了他的拿手好戏。汪品德花了整整一夜，写出了一万多字的文章，写完后汪品德又从头看了一遍，看完后连他自己都激动了：这样的村不是先进，哪个村还能算得上是先进？文章交上去后汪品德本想回家补瞌睡，组织部的吴部长却不让汪品德走，叫汪品德在组织部等，说等领导看过后，有什么意见要随时修改补充。在等待领导提意见的过程中，汪品德不知不觉睡着了，田科长把他叫醒时，汪品德一看时间，他竟扑在办公桌上睡了两个多小时。

文章基本通过，剩下的就是组织部的事了，汪品德才被允许回家看望妻子。走在回家的路上，汪品德突然感到头顶上的阳光特别刺眼。也许是熬夜的缘故，跨出组织部大门，汪品德一下子很难分辨出东西南北，站了好久才适应过来。回家的路上，几个不知从哪里冒出来的乞丐，死皮赖脸地跟在汪品德身后，一路哀求着随汪品德走了很远。拐上通往家门的那条街口，汪品德又看到了那个抱着孩子的乞丐，他的面前还是围着很多人。自从那次对汪品德说出“作弄他人就是作弄自己”后，他仿佛就成了这个小县城的明星，每天上班下班，汪品德都会看到很多人围着他，往他的铝盒里丢一些零钱，然后逗弄他，直到他说出“作弄他人就是作弄自己”之类的话后，丢钱的人才意犹未尽地散去。汪品德挤进人群中，看到乞丐正迅速地把铝盒里的一些整钱往身上揣，手法快得让人无法看清他是什么时候把那些钱揣到身上去的。汪品德向乞丐的铝盒里丢了一块零钱，还没有等他说谢谢就转身离开了。汪品德不知道自己离开后，乞丐还会不会说出“作弄他人就是作弄自己”这句话。

组织部请汪品德吃晚饭，饭后吴部长叫组织部的车把汪品德送回市委党校。从吃饭到送汪品德走，吴部长自始至终没有同汪品德谈文章的事，汪品德好几次忍不住想问，最终还是理智占上风，没有问出口。这么多年搞行政，汪品德已经学会了一点，意即领导交代的事要照办，领导说过的话要执行，领导不说的事绝不问。虽然嘴里没有问出来，心中还是充满着牵挂，文章虽然是假话连篇，但毕竟出自自己的手，就像自己养出一个儿子，虽是残疾但也还是自己的亲骨肉，想不牵挂都不行。直到汪品德上车时，吴部长才对他说：

“文章还要做一些修改，怎样修改得等领导定了再说。汪部长你先安心学习，领导有什么修改意见，到时候田科长会向你反馈。”

回到学校，有同学问汪品德是不是给挪地方了，汪品德说：

“狗屁，是叫我回去帮他们做文章。”听到汪品德的话，很多人的脸上露出了失望的表情。也有人对汪品德说：“现在没给你动，但是至少组织已经记住你了，叫你去做事情，说明你在组织部那里也挂了个号。等着吧，你的好运不久就来了。”

一切又都恢复到了懒散、清闲而又自在的日子里。汪品德又一头扎进校图书室，搜寻那些他以前没有看过的小说，心血来潮时偶尔也写一点小文章，投到市报的副刊上，混一点小钱，这样的日子过得既轻松又惬意。汪品德几乎把为组织部写文章一事淡忘了，直到有一天，汪品德在黔城日报上看到一整版写满桶的文章，才想起这文章是他写的。但是汪品德看到的署名却不是自己，而是某某组织部供稿。后来汪品德才知道，领导对他写的文章比较满意，没有做较大的修改，就交到了市委组织部，市委组织部又交到了省委组织部，省委组织部审查通过后，又从县里抽人到省委组织部去修改。县里派到省委组织部去修改的人，是县基层办的杨主任和组织部干部科的田科长。因了那篇文章，后来满桶村被评为“全国基层组织建设先进村”。这些都是汪品德从党校学习结束回去后，才了解到的情况。

六

接连下了几天雨，汪品德的心情郁闷到了极点，已经一个多月没有回家了。这期间，学校组织学员出去搞了一次调研，调研回来，班主任尹老师把写调研报告的任务交给汪品德，汪品德连着熬了几天几夜，才把报告写出来交给她。

窗户正对着的那棵大树上飞来了几只小鸟，一天到晚叽叽喳喳吵个不停。有两只居然飞到窗台上，对着窗玻璃滴溜溜转着眼珠往窗子里面看，正好汪品德也在透过玻璃观赏着室外的风景。见到站在窗台上的小鸟，汪品德做了一个挥手的动作，还没有站稳的小鸟一转身又飞离了窗子。汪品德突然想到有好多天都没有进图书室去看书了。晚饭后很多人都到附近的黔州大学去跳舞，那里不光有舞厅，还有很多年轻漂亮的女大学生，由于不会跳舞，跟着大家去玩了几次，汪品德感觉没有什么意思，也就没再去黔州大学。

汪品德走到开水房旁边，见到了张雅茜，她一脸晦气地站在路边，用纸巾死命在脸上揩擦。汪品德问她怎么了，她说她被鸟屎淋了。张雅茜本来是和几个同学一起出去玩的，刚走到这里，从天上飞过的一只小鸟撒下的鸟粪，不偏不倚正好打在她的鼻梁上，她就打消了跟大家出去玩的念头。

张雅茜是汪品德班上女生中最漂亮的一个，高挑的身材，饱满突出的乳房，很性感很吸引人眼球。已经三十四岁的人了，看上去却还像二十三四岁的女孩。她结婚比较早，女儿已经十四岁。张雅茜的老公是一个县上的副书记，听说最近和别人的老婆在床上被抓了现形，这件事不光在他所在的县闹得沸沸扬扬，全市各县的党政机关，也都在津津乐道地“传诵”着他和别人老婆的风流韵事。张雅茜最近一直都在和老公闹别扭，就在她来党校学习的这一段时间，她老公提出来和她离婚，信誓旦旦地对她说不是真离婚，是搞假离婚，主要是为了让她帮他躲过这一劫。他对张雅茜说：

“只要你帮我躲过这一劫，你想要什么我都可以帮你办，我也绝不再干涉你的私生活，即使你去找情人我也不会反对和吃醋。”

张雅茜一边用纸巾使劲擦着鼻梁，一边同汪品德说着她老公的事，她说：

“我坚决不离婚，就是拖也要把他拖到底。”张雅茜说她知道老公的心思，今天说是假离婚，只要把那一张纸哄到手，他就不会再回头了。她告诉汪品德，“他以前哄骗第一个老婆离婚，也是采用假离婚的手段，为此我们结婚后他的第一个老婆还来闹了好多次，最后闹去了我们一大笔钱才放手。”她问汪品德：

“我是不是很倒霉，这么多人都在路上走，为什么鸟偏偏只屙屎淋我一个人？”汪品德对她说这只是一种偶然，不必放在心上。张雅茜说：

“这绝不是偶然，这肯定是一种不好的预兆。”

张雅茜问汪品德到哪里去，汪品德说想到图书室去看书。汪品德随口问张雅茜想不想去看书，她沉默了几秒钟的时间，然后说她想出去走一走，并问汪品德愿不愿陪她走走，汪品德没有多想就答应了。

汪品德陪着张雅茜踏上通往校园深处的一条小路。张雅茜在前汪品德在后，若即若离地行走在由冬青树和一些叫不出名的小树点缀起来的石阶路上，不知不觉就走到了距离宿舍和教室很远的一片树林中。他们在林中的一个亭子中坐下来时，天色已经暗了下来，一切都在不知不觉的意识里，融进了暗夜的包裹中。此时，与党校一墙之隔的黔州大学，仿佛是一个青春靓丽的女孩，既明亮又鲜活。透过树林，不光看到黔州大学里闪烁的灯火，还能聆听到那种极具挑逗和诱惑的音乐。相比之下，与之一墙之隔的党校，就像是一个步入更年期的中年妇女，静如一潭死水，除了宿舍的窗户里，透出几缕半明半暗的灯光外，几乎看不到什么光亮。

张雅茜把汪品德当成了她倾诉的对象，从陪她走上小路的那一刻起，都是她在不停地诉说。除了偶尔“嗯，啊”的简单应答，汪品德一直没有找到说话的机会。汪品德没有想到这个平时看上去很能干也很快乐的女人，却有着那么多的苦水，骨子里透着太多的柔弱和无助。她说：

“我看过你写的小说，让我没有想到的是，我们俩居然成了同学。”张雅茜同汪品德说到了她的家庭，她的丈夫，她的女儿以及她的经历，她说她是在万不得已的情况下才嫁给她现在的丈夫。那时她刚参加工作，涉世不深，丈夫是她的顶头上司，由于年轻漂亮，常常被叫去参加应酬，一次他把她灌醉并弄到了床上。她丈夫原来有家庭，他们的女儿快出生了，他才离婚和她结的婚。让她没有想到的是，结婚后，张雅茜发现她丈夫在单位上不光和她有关系，还和很多个女人有关系。

婚后张雅茜丈夫爱拈花惹草的习性并没有多少收敛，新婚还不到一个月就常常不归家，并时不时地惹出一些花边新闻传到张雅茜耳中。张雅茜为此和丈夫闹了好多次，却没有什么效果。张雅茜对丈夫说要向组织部门检举他的行为，可是丈夫却对她说：

“把我告下来对你也没有什么好处，我倒了，你的日子也不会好过到哪里去，跟着我你有脸有面，别人拿你当人物敬，离了我你就是烂菜一叶，一文不值，不信你就去试?”

张雅茜说:“我们的女儿一天天长大了,为了孩子的前程,我一直都在忍让着。”张雅茜忍让的结果,是丈夫到县里去任职后,更加明目张胆和有恃无恐。张雅茜说:

“我一直都想不通,这种道德败坏的人,为什么不但不受处分,还不断地得到升官和重用?”

汪品德做了一个梦,梦中他和张雅茜躺在树林中的草地上,正要有进一步的动作时,张雅茜的丈夫向他们走了过来,汪品德一下子就被吓醒了。醒来后汪品德感觉他的下身胀得很难受。自从妻子怀孕后,他们已经有两个多月没有过性生活了,在这种懒散的学习环境中,汪品德已经感觉不到这方面的需要。想不到只和张雅茜去散了一次步,心中就又生出了久违的欲望。其实,和张雅茜散步去小树林,他们除了说话什么都没有做,甚至连手都没有碰一下,她却就这样走进了汪品德的梦中,把一个充满欲望的梦留给汪品德,让汪品德一直都在做梦和回味。

汪品德学过易经,能根据易经的八卦理论胡掐些算命的道理。班上一帮女同学来找汪品德,叫他帮她们算一算。当汪品德问她们要算什么时,很多人都说算前程。有人算自己的前程,有人算老公的前程,也有人算孩子的前程,只有张雅茜叫汪品德帮她算爱情,算她这一生会不会有婚外情,她的话让汪品德吓了一大跳。汪品德看了她一眼,看到她也在看着自己。幸好其他同学正在按汪品德的要求去做准备,没有注意到他们的表情。汪品德连忙收回目光,装模作样地为她们一个个算了起来。

汪品德原以为张雅茜还会来叫他陪她去散步,但那一晚后她就没有再找过他,就是白天见了面,也仅仅只是点一下头或打一声招呼就过去了。她越是这样,汪品德的心中就越憋得难受,要知道,自从第一次梦见张雅茜后,汪品德的梦中就经常出现她的身影,他的欲望一经她点着,就熊熊地燃了起来。

张雅茜问汪品德和林书记是什么关系,汪品德没有反应过来,随口说没有什么关系。张雅茜暧昧地笑了起来,她的笑让汪品德摸不着头脑,笑过后张雅茜低声对汪品德说:

“他们都说你和林书记是那种关系。”

话已经说到这个份上,汪品德仍然没有醒悟,汪品德傻傻地问她是哪种关系。张雅茜看了汪品德一眼,问汪品德是真不懂还是装傻。张雅茜说:

“没想到像你这样的人还学会作假和装深沉。”直到她的话说完汪品德才明白过来。明白过来后就挺生气,汪品德大声质问她:

“你把我看成什么样的人了?”

见汪品德真生气,张雅茜才停下脸上的笑。她说她刚才说的那些话不是凭空捏造出来的,是别人说给她听的,至于是哪一个“别人”,她一直不肯对汪品德说。张雅茜说她也不相信,但是很多人都这么认为。

张雅茜告诉汪品德，班上的许多同学都在背后议论他和林书记的关系，说的话比她刚才的话还要难听。大家认为汪品德一没有背景，二没有来历，三没有什么过硬的后台裙带关系，而能够让林书记青睐，就只有一种可能，那就是男女关系，否则林书记不会对他那么关照。

汪品德问张雅茜大家背后都还说了些什么，她却不说了，她只说从进校那一天，见到林书记那么关心他，学校那么看重他，就有人去把他的来历和背景调查得清清楚楚的了。至于是谁去调查，采用什么方式去做的调查，她一直没有告诉汪品德。末了她对汪品德说：

“行政工作一直都是一个勾心斗角的大舞台，害人之心和防人之心任何时候都不能丢，不要以为到了这里，披上学员的外衣，坐在教室里就可以两耳不闻窗外事了。我是看你书生气十足，才告诉你这些，不要一天到晚假装单纯，你的一举一动大家都看在眼里。”

张雅茜的话让汪品德吓出了一身冷汗。汪品德原以为他们这些在单位上被弄得身心疲惫的人，在摆脱单位的繁杂事后，就可以放松心思了。想不到进了党校，不但没有得到放松，还不可避免地陷进了那一潭又一潭的泥水中。

张雅茜再一次约汪品德陪她散步，汪品德喜出望外。她首次把汪品德心底的欲望逗起来后，有两个多星期都没有约汪品德了。见面时她就像对待其他人一样，只是一个简单的礼节性的招呼或点头，但却不妨碍她的身影经常出现在汪品德的梦中。好几次，汪品德冲动得想把她约出去，到一个僻静的地方，再次享受听她倾诉的感受，却总是找不出理由。张雅茜再次约汪品德时，汪品德正准备和大家到黔州大学去玩，一接到张雅茜发来的短信，汪品德立即找了个理由离开同伴，在半道上拐了回来。

还是在那片树林，还是在那个亭子里，汪品德和张雅茜相坐着，隔壁黔州大学传来的疯狂一阵又一阵地撞击他们的心扉，汪品德酝酿着，臆想着他和张雅茜今晚上是不是要发生点故事，并为此在心中进行了许多假设。正当汪品德在胡思乱想，预谋着怎样去开始他们的故事时，张雅茜就对汪品德说出了以上的那番话。

汪品德没有谋到美人，却谋到了美人给他带来的一肚子闷气。见汪品德不高兴，张雅茜说她并不是故意惹他不高兴，只是想把那些别人不肯对他说的话说出来，让汪品德早知道早掂量，以免长时间被蒙在鼓里，被人当猴耍了都还找不出根源在哪里。汪品德也知道大家都在议论自己，但是没想到会议论得这样难听，而且他根本就不是大家所说的那种人。

有人说，女人在糊涂时大脑中几乎没有智商，而女人在清醒时智商却比任何人都高。汪品德想这句话用在张雅茜的身上是最适合不过了。汪品德没想到张雅茜这样可怕，可怕得让人难以想象。

在经过了若干次的散步后，汪品德终于和张雅茜睡到了一起。那是在市区的一家宾馆里，汪品德在除了自己的老婆之外，第一次把另外一个女人压到了自己身下。让汪品德没想到的是，张雅茜在床上却是那样的笨拙、呆板，没有任何激情。完事后汪品德打开灯，张雅茜还直直地躺在床上，脸上没有任何表情。那双大睁着的眼里射出来的寒光，让汪品德感到了一种前所未有的恐惧。

汪品德胡乱给自己套上衣服，也叫张雅茜起来穿衣服，连催了几次，张雅茜都不理他。正当汪品德不知所措时，张雅茜却没头没脑地问出了一句让他大吃一惊的话，她说我和你的老婆比起来，哪个更好一些？汪品德还没想好如何回答，张雅茜在那里又自顾自地说：

"其实你们男人都是一个德性，家中的老婆再好，也总觉得还是不如别人的老婆，得到了占有了，还要不断挖空心思去打别人的主意。"

汪品德叫张雅茜不要把话说得这么难听，让人听起来不舒服，应该说一点高兴的事。张雅茜说：

"你以为我高兴得起来吗？你不要以为刚刚同我上床，就可以让我高兴，告诉你汪品德，我一点都不高兴。你的那个什么林书记，一直就不是什么好东西，我的老公要不是同她上床，也不会爬得这么快，也不会出了这么多事都还能够平安脱身。她到处物色男人，到处留情，原以为她看上的男人会有什么独到之处，想不到也是一个平庸之辈，还不是照样被我弄到床上来了。"

汪品德被张雅茜的话激怒了。"你到底想干什么？"汪品德问。

张雅茜说："我什么也不想干，我就是想让那个林书记看到，她所看上的男人都不是什么好东西。"末了张雅茜从床上跳起来，一丝不挂地站到汪品德面前，盯着汪品德说：

"你要知道，男人花心是会付出代价的，明天或者后天，就会有人把我们两个的事情传出去，传到那个林书记的耳中。"

张雅茜的话一直回响在汪品德耳边，让汪品德一直不敢去面对她。好在从那以后，张雅茜再也没有找过汪品德。除了上课，汪品德长时间地把自己关在学校图书室的一个角落，抱着一本杂志，仿佛在认真阅读。但很多时候，杂志上的字汪品德一个都没有看进去，他一直都在担心，害怕有人突然来找他谈话。如果像张雅茜说的那样，她和他的事一旦捅到林书记那里去，他的前程、他的家庭可能就会从此结束了。一想到因此而带来的各种压力，汪品德就特别后悔，很想用剪刀把自己那个惹事的东西剪下来，丢进垃圾沟里面去。

张雅茜出事了，她在市区横穿马路时，被一辆车撞飞到路边，当场就气绝身亡。汪品德和大家赶到殡仪馆时，入殓师已经为她整理好了遗容。张雅茜静静地躺在停尸床上，脸上没有任何表情，也看不出她临死时是欢乐还是痛苦。听说撞死张雅茜的是一辆外地牌照的车，撞人后，驾驶员弃车而逃，现正被通缉。交警上网查询，却发现那辆车的牌照是假的，这就增加了缉拿驾驶员的难度，也同时增加了张雅茜被撞的谜团。

汪品德不相信张雅茜的死会那么简单，但是又苦于找不到证据。张雅茜的死让汪品德感到遗憾的同时，也让他感到了一种解脱，张雅茜所带给他的那些压力，也随着她生命的消失，远离了他的噩梦和身体。

七

张雅茜的死对汪品德他们这一届中青班来说，是一个沉重的打击，眼看着三个月的学习时间就要结束了，很多人都在憧憬着学习结束后的升迁和换位，然而张雅茜却在这种憧憬中走上了一条不归路。参加完张雅茜的追悼会，汪品德一个人来到那片多次和张雅茜约会的小树林，坐在他和张雅茜曾经来过的小亭子里，回想着和张雅茜的交往。发现仿佛只是做了一场梦，梦醒后一切也就随之消失了，并且消失得干干净净，连一点回味都没有留下。

班上本来准备组织去春游，对于这种学生时代才有的活动，很多人为此而亢奋了好久，准备了好久。由于张雅茜的死，这个活动也被取消了。班主任尹老师到班上征求大家意见，很多人虽心有不甘，但大家还是异口同声决定不去春游。

班长何申明来找汪品德，商量在班上开展一个悼念张雅茜的活动。决定在这个活动上把张雅茜的爱人和女儿请来，班上的几个女同学也想在活动上认张雅茜的女儿做干女儿。何申明提出来，是不是征求大家的意见，号召大家出一点钱，为张雅茜的女儿设立一个基金，帮助她以后完成学业直到走入社会。汪品德也赞成这个想法，张雅茜死后，汪品德一直有一种愧疚感，借此机会他也想对她家人做一下表示，以减轻他心底的那份愧疚和压力。汪品德和班长何伸明把他们的想法汇报给尹老师，尹老师说她也赞成。尹老师说：

“最好还是先去向市委组织部干部培训科王科长汇报，他同意后这个活动才能开展。”尹老师带着汪品德和班长何申明找到王科长，没想到他们的这个想法立即被王科长否定了，王科长说：

“张雅茜只是党校的一个学员，而且是出车祸死的，既然已经给她开过追悼会，就没必要再搞什么纪念活动了。至于大家想帮助她女儿，那是大家的事，但是这种帮助必须要取得她监护人的同意，只要她的监护人同意，组织上也没有什么意见。”

不同意开展悼念活动也就罢了，让汪品德他们没有想到的是，张雅茜的丈夫也不同意他们帮助张雅茜的女儿，他说他还有能力来抚养女儿，不至于让孩子沦落到吃百家饭的地步。他的话让大家很气愤也很无奈，汪品德心想幸好他是在电话里说这番话，如果是当着大家的面说，班上的男同学肯定都想揍他一顿。

从市委组织部出来，尹老师没有和汪品德他们回学校。出了市委机关大院，班长何申明也借故同汪品德分了手。汪品德不想立即回到学校去，就一个人百无聊赖地走在市区的街道上。汪品德不知道自己该往哪里去，他站在一棵行道树下，看着大街上来来往往的行人，感觉到自己就像是多余的一分子，想融入到大众中间，而又不知道自己的路在哪里。就在那一刻，汪品德想到了死，汪品德感觉死是多么的残酷无情，人死了，所有的世事恩怨也就一了百了，所有的感情纠葛也一下子荡然无存了。张雅茜死了，她与她老公的感情纠葛也就从此结束了，她在她老公心中的地位也从此消失了，她曾经留给世人的一切印象也将从此不复存在了。是的，就像刚才王科长对汪品德他们所说的那样："张雅茜只是一个普通人，我们没有必要为此而打乱我们的学习和生活计划。"

汪品德一路走一路想，心中老是脱不开张雅茜的死和与她交往的前后经过。直到这时，汪品德才发现，其实他一直都在惦记着张雅茜，虽然她曾给他带来不快和恐惧，但是他骨子里还是没能够忘掉她。这几天汪品德一直都在想一个问题：假如张雅茜不死，他和她之间，究竟要发展到一个什么样的程度呢？她会真的把自己搞得声名狼藉吗？

周末，大部分同学都要回家去团聚，没有回家的同学也到市区找朋友玩去了，偌大的一个校园里，又只剩下汪品德他们少数几个不愿外出的人。中午饭时，走进食堂的汪品德看到了几个陌生女孩的面孔，她们都是黔州大学的学生，近来班上的男同学常常带黔州大学的女生到党校来吃饭，而且都千篇一律地说是老乡，这种解释大家都不相信，大家都心知肚明是怎么一回事，但是都没有去点破。

张雅茜点燃了汪品德的欲望，张雅茜又熄灭了汪品德的欲望。看到很多人都到黔州大学去找女大学生玩，汪品德的心也一直不安分着。但是一想到第一次同张雅茜上床时她说过的那些话，汪品德的心就不寒而栗，不敢再越雷池一步。

班主任尹老师不知从哪里打听到汪品德认识《理论研究》的副主编张吉万，就拿了一篇她写的论文给汪品德，叫汪品德帮她拿到《理论研究》去发表。她说她参评了两年的副教授都没有评上，关键就是缺一篇在核心期刊上发表的论文，她曾经把写好的论文投到一些核心期刊，都因为没有关系，人家要钱太多，一直没有发出来。尹老师在把论文交给汪品德时，对汪品德说：

"我一个教书的，就领那几个干巴巴的工资，爱人单位的效益又不好，孩子上学也要花钱，发一篇论文要几千元钱，我哪里能够承受得起，就只好一拖再拖，拖了这么多年副教授也没有评上。"

尹老师在交论文给汪品德时，也把两千元钱交到了汪品德手里，汪品德很为难，尹老师把钱塞进他手里，说：

"拿上吧，现在办什么事都讲究钱，没有钱是办不好事的。"

汪品德知道《理论研究》发一篇论文最低的收费都是五千元，文章质量差则还要加收改稿费，尹老师的两千元钱连最低的收费标准都没有达到。汪品德刚想对尹老师说这点钱不够，还没有等汪品德开口，尹老师又对汪品德说：

“我知道你和张主编的关系不错，但这钱你一定得拿，你拿去帮我请他吃一顿饭，文章发出来了我再好好感谢他。”

感情尹老师这钱不是给杂志社，而是拿给自己的。也许尹老师认为，凭汪品德的关系，发一篇文章是不会花什么钱的，于是就只把少量的钱花在了汪品德身上。尹老师的这个举动让汪品德挺为难，这两千元钱他要也不是，不要也不是。尹老师仿佛看出了汪品德的心思，把钱硬推进他的手里，叫他什么都不用说，说她知道规矩。其实她哪里知道现在的规矩，现在的理论刊物已经是只认钱不认人了。《理论研究》的张吉万副主编曾经应汪品德他们宣传部之邀，带着家人到汪品德他们县来玩了一趟，宣传部用公款好吃好喝招待了他们两天，走时还送了他一家许多土特产。临走时部长有事不能送他，汪品德就代表部里去送他，他拍着胸脯对汪品德说：

“以后你们如果要在《理论研究》上发东西，只要说一声就行了。”

不久，县委书记叫宣传部去联系，要到《理论研究》上去发一篇文章。部长把这个任务交给汪品德，汪品德找到张副主编，他却说他们刊物是主编说了算，他没有发稿权，但是他可以从中去找他们主编通融通融，象征性地收一点钱就行了。最后宣传部代交了四千元钱，县委书记的文章才在《理论研究》上发表出来。

汪品德拨通张副主编的电话，电话中，张副主编叫汪品德先把文章传真给他看。汪品德到学校办公室给张副主编发了一个传真，不一会他就回话了。张副主编说：

“文章质量太差，至少要收六千元。”

汪品德问能不能少一点，张副主编说六千已经是最少，不能再少了。汪品德告诉他：

“我们尹老师只给我两千元钱，您看能不能再少点？多了不好办。”

张副主编说：“两千元连改文章都不够，钱太少我这边也不好办。”

汪品德说：“尹老师是我的班主任，掌握着我的学习鉴定和评语什么的，她的话对我今后从党校出去，升迁或交流什么的有影响。”

汪品德还向张副主编暗示，他现在已经不能再问尹老师要钱了。沉吟了一会，张副主编终于对汪品德说：

“好吧，那就优惠你两千，一分都不能再少了，而且还不能开发票。你也知道，这已经是我们杂志的最低收费标准了。但有一点，你要负责把文章修改好，否则我也没办法。”汪品德问能不能再少一点，张副主编说不能再少了，再少主编就不会答应了。他说：

“你不好意思去问你们班主任要，你就帮她出一半吧，两千元钱对你来讲也不是什么大事，况且你帮她出钱了，她给你的鉴定写好一点，你今后的出路不是会更好吗？只要有好的出路，两千元钱要不了多长时间，你就可以捞回来了。”

挂上电话，汪品德骂了一句“操你妈的”，既是对尹老师的不满，更是对张副主编的愤恨。袋里揣着尹老师的两千元钱，手上拿着她写的论文，从学校办公室出来，走在路上心中很不是滋味。在通往寝室的路上，汪品德绕到一个水池边，把尹老师的论文拿出来看，一个字都看不进去。索性把手上的论文稿扔到一边，闭上眼睛靠着水池，想理清大脑中的思绪，却怎么也理不清尹老师、张副主编和自己的关系。在水池边想了许久，想想没有别的办法，汪品德只好把尹老师的论文从地上捡起来，往寝室走去。

汪品德花了近一个星期时间，查阅了大量资料，把尹老师的论文重新进行了修改。当汪品德把文章改好，拿来和尹老师的原稿进行比较，发现除了署名外，文章的内容已经不是尹老师的原文了。文章改好后，汪品德不敢拿给尹老师看，而是直接发给了《理论研究》的张副主编。收到稿件后的第三天，张副主编给汪品德来电话，说文章基本可以通过，叫汪品德把钱汇过去就行了。

汪品德从原来私存的稿费中，取出两千元钱，连同尹老师给的两千元，一起汇给了《理论研究》杂志社。钱汇出去后汪品德找到尹老师，对她说一切都办妥，文章可以发了。尹老师问汪品德钱够不够，汪品德不说够也不说不够，而是对她说把钱也汇给杂志社了，他们没有开发票。尹老师只是哦了一声，然后就什么也不说了。

汪品德当时并没有感觉到尹老师这个“哦”的背后有什么不妥，直到汪品德离开党校，尹老师评上副教授，汪品德都没有感到什么异样。汪品德一直都很心疼那付出去的两千元钱，这钱不光出得名不正言不顺，而且也没让他捞到什么好处。汪品德从党校学习期满回到单位上班后不久，一个党校同学从市里来出差，晚上汪品德请他到夜市上去喝酒，在他们两人都喝得差不多时，他大着舌头问汪品德，是不是在学习期间帮尹老师发过一篇论文，是不是拿了尹老师两千元的好处费。汪品德说：

“是有这么回事，那个钱是拿给杂志社的，尹老师给我的钱不够，我还帮她垫去了两千元。”同学说汪品德的心太黑了，连老师的钱都敢拿。拿了就拿了，还不承认，还说给了杂志社，编出什么帮垫去的借口。同学说：

“我原来也不相信你拿了尹老师的钱，今晚要不是你亲口说出来，我一直都还不会相信，想不到这却是真的。”汪品德问他这话是什么意思，他说：

“什么意思，就是你拿了尹老师的钱。”汪品德问他是谁跟他说这件事的，他说：

“没有谁跟我说，全班同学个个都知道，你汪品德拿了尹老师的两千元钱。”直到现在汪品德才意识到，为什么在他帮尹老师把论文拿去发表后，班上的同学个个都用异样的目光看他，让他感觉到特别别扭和不自在。

刚刚把尹老师论文的事处理完，汪品德就接到了市委办公室的电话，通知汪品德到市委办去参加一个会议，同汪品德一道接到电话的还有黔川日报副刊部的王礼明主任。汪品德问王礼明，市委办叫他们去开什么会，王礼明说他也不知道。随后王礼明打了一个电话，打完电话后他说：

“市委办是叫我们去写稿，写领导的稿子。”

汪品德说：“我最怕写领导的稿子，而且我一直都写不好。”

汪品德向班长何申明请假，班长说：

“我知道你是到市委办去开会，请什么假，想走就走，请不请假都一样。”

汪品德和王礼明来到市委办，见来开会的有近二十人。有些人汪品德认识，互相打过招呼后大家刚坐好，市委常委、市委秘书长吴可树端着一杯茶走了进来。吴秘书长在汪品德他们对面坐下，揭开杯盖喝了一口茶，然后又把杯子盖上。盖好杯盖后清咳了两声，才开始对着稿子讲话。

汪品德第一次参加这样的会，领导一讲话，就连忙打开笔记本准备做记录。可是听了大半天，也不知道这个吴秘书长到底在说什么，在布置什么工作。吴秘书长先从全市的建市之初谈起，谈到建市这么多年来所取得的成就，谈到市领导为推动全市的经济发展所做出的努力等，做了近半个小时的铺垫后，才谈到正事，才给在座的人布置任务。直到这时汪品德才明白，召集他们这些人来，就是来给市领导树碑立传的。大概意思是，今年是黔川市建市四十周年，市委办要在《中华儿女》杂志上推出建市以来的一批英才，叫汪品德他们这些人来，就是来写这批英才的文章。其中好多人是现任的市领导。

分配任务时，汪品德被安排专门写林书记，吴秘书长对汪品德说：

“我们征求了林书记的意见，她指名要你写。这是林书记对你的信任，也是组织上对你的信任，你一定不要辜负林书记和组织上对你的信任，要把这篇文章做好。”

汪品德知道，吴秘书长在和每一个人谈话时，肯定都把这句话重复了好多遍，因为写市领导文章的人不光汪品德一个。

这个任务让汪品德既惶惑也很激动，汪品德想，可以借采访的机会好好地接触林书记了。当吴秘书长叫办公室的一个工作人员，带汪品德去敲开林书记的门时，林书记却像不认识汪品德一样，公事公办地对汪品德说：

“采访的事我已经安排给王秘书，你直接去找王秘书就行了，王秘书会为你提供想要了解的一切资料。”从林书记办公室出来，带汪品德去的工作人员直接把汪品德带到了王秘书的办公室。见到汪品德，王秘书交给汪品德一个很大的文件袋，说要了解的资料都装在里面，叫汪品德先拿去看，有什么不清楚的再和她电话联系。汪品德看到在这个文件袋上有一个电话号码，王秘书说那是她的电话。交代完这些，王秘书就自顾自地去做她的事去了，连水都没有给汪品德倒一杯。

写人物通讯这一类文章，对汪品德来说是小菜一碟。但当汪品德看了王秘书提供的资料后，才发现这次的人物通讯，并不如他想象中的那么容易。首先林书记的材料除了一份详实的工作履历外，没有什么有价值的东西，她所做的那些工作从某种意义上来说，都是她分内的事。如慰问了多少贫困户，发现和培养了多少干部，到多少企业去帮助解决困难等，从她的工作范围来说，这简直太平常不过了，根本就谈不上什么闪光点。看完材料，汪品德准备给王秘书打电话，拿起电话的瞬间他突然改变了主意。汪品德拿着林书记的资料来找黔川日报的王礼明主任，王主任没有看林书记的资料，而是叫汪品德去找描写焦裕禄、孔繁森等典型人物的文章来看。他说：

“你可以从那些文章中去找领导的闪光点。”

汪品德说：“一个市领导本来就没做什么事，怎么可以同那些人比呢？”

王礼明说：“你只要把那些事迹写上去，她不是就同他们一样了吗？”

汪品德说这种文章我不写，也写不来。王礼明说：

“你现在不写也不行了，写不来也要慢慢学，只要你还想保住你现在的位置，想领你现在领的这一份工资，你就按我讲的去写，保证不会有错。”

思虑再三，汪品德还是不想放弃现在所享受的一切。他一个从农村走出来的农民后代，能走到今天已经很不容易了，如果仅仅只是为了不想去做自己不愿做的事，而因此丧失现在所拥有的一切，是相当不划算的。特别是一想到或许还会因此而回到山村里去，重新扛起锄头过日子，汪品德就不敢再想了。汪品德按王礼明主任教给的方法，东拼西凑，终于把第一稿弄了出来。稿子写好后，汪品德发现除了名字、工作简历是林书记资料上的外，其余的都换成了别人的事迹。

稿子出来后，汪品德惴惴不安地拿给了王秘书。第二天王秘书就给汪品德打来了电话，她说林书记看了，材料很充分很详实，也写得很不错，就是有的地方还写得不够到位。她叫汪品德认真把材料再看一遍，把材料精神都吃透后再修改一遍。汪品德把稿子拿回来，把林书记的材料又认真看了一遍，材料上还是没有什么值得参考的东西。汪品德只好又去找王礼明，王礼明把汪品德写的稿子一目十行看了一遍后，说的确不充分。他说汪品德写的太直白了，容易引起误解。他动手帮汪品德修改了其中的一些段落，然后又给汪品德提供了几篇描写英模人物的文章，叫汪品德把里面一些他画线地方的文字抄上去就行了。拿文章给汪品德的同时，王礼明还指出哪一段该放在什么地方，哪一段该加哪些。最后他说：

“只要你按我的这种写法改好，保证一定会通过。”

把文章改好后，汪品德没有急于拿给王秘书，而是先给王礼明看，王礼明帮汪品德在一些地方又稍作修改，说这次你交上去，肯定没问题了。把稿子交上去的第三天，王秘书打电话给汪品德，林书记已经把稿子看了，说写得很不错，可以定稿了。

汪品德从党校回到县里还不到一个月，汪品德写的歌颂林书记的文章就在《中华儿女》杂志上发了出来。看到杂志社寄来的样书，看到署有汪品德名字的文章，汪品德真的是百感交集。这篇文章不光让汪品德收到了一千八百元稿费，同时更加重了汪品德是“林书记的人”这一说法的筹码。还没有等汪品德从这种沾沾自喜的成就中自拔出来，林书记就得到提拔重用，调到另一个市任正职去了。

八

三个月的学习生活就快要结束时，党校一改往日的宁静，一下子变得热闹和喧哗起来，这中间，除了各县（市）组织部的领导到党校来探望在这里学习的学员外，学员所在单位的领导和部分同事，也开车到党校来看望本单位在这里学习的人。大家一来就把被看望的人请到外边去吃饭，同时还把上课的老师和班上的班干都捎带着请了去。

县委组织部的人来看过汪品德他们后的第四天，宣传部的同事在部长带领下也来到党校。见过面，部长在党校旁边最好的馨园酒家安排了四桌，不光请了汪品德他们上课的老师、班干以及汪品德他们县来学习的几个学员，还把党校能请到的校领导都请到宴席上来，给了汪品德一个很大的面子。去赴宴的路上，黔川日报的王礼明主任悄悄对汪品德说：

“你们的部长很会办事，人很精明能干。”他分析了汪品德他们部长精明能干的许多方面，然后问汪品德是不是这么回事。听了他的分析，汪品德感觉到他就像天天跟他们部长在一起一样，说的一点都没错。末了王礼明对汪品德说：

“说句你不爱听的话，在这样的领导手下工作，恐怕你很难有发展的机会。这种领导会用人，更会卡人，他会用你来帮他办事，却不会帮你升迁，因为他要依靠你来做他升迁的台阶。”

听了王礼明的话，汪品德慢慢地回味到宣传部来工作这么长时间所遇到的一切，感觉到他的话的确有几分道理。

宣传部的这次宴请，班主任尹老师没有参加，汪品德去请她时，她说不巧她正好有事，晚上要请人吃饭，已经和人约好。对于尹老师没有参加宣传部安排的宴会，汪品德并没有想得太多，谁都会有抽不开身的时候。要不是后来大家说他拿了尹老师的两千元钱，汪品德还真不会把尹老师没有出席宴会与论文发表的事联系起来看待。

要结业那一段时间，学校的管理更加松懈，家在市里的同学基本上是不到学校来住了，从县里来的同学也经常往市里跑，有的是去会朋友，有的是去请人吃饭拉关系，想等走出校门后能挪一挪地方，找一个好一点的位置。跟汪品德住一个寝室的刘副院长，也经常不在寝室里住，三天两头就往市里跑。见汪品德一天到晚待在寝室里没有什么行动，一天晚上，刘副院长开导汪品德，叫他也去走走。刘副院长说：

“我们来这里三个月，明着是说拿我们来‘镀金’，其实就是拿我们来消闲，我们如果不趁着现在的时间去走走路，认认门，等回到单位，要想来走走恐怕就没有这样容易了。”说过这些话，见汪品德还不开窍，刘副院长又说：

“难道你不想去看看林书记？”

汪品德说：“我不想去，我和林书记没有什么关系。”汪品德的这句话刘副院长当然不相信，他狐疑地看了汪品德一眼，然后去做他的事情去了。

对于大家的走走看看，汪品德一直都心知肚明，汪品德也想利用现在的机会去跑一跑，和上级领导联络联络感情。但听人说这走一走是要花一大笔钱的，没有强大的经济做支撑，光是走一走也没有什么作用。汪品德想到存折上也没有几个钱，妻子又快要生产了，必须要留下足够的钱做保证，让妻子能顺利地帮他把后代生下来。对于刘副院长的劝说，汪品德也曾心动过，但一想到自己去采访林书记时，她那种拒人于千里之外的姿态，汪品德就不敢轻举妄动。直到现在，汪品德都还不知道林书记对自己是什么态度，万一自己去时，她再一次将自己拒之门外，这不是拿着热脸去贴别人的冷屁股，自找霉头吗？为此汪品德也曾私下打听了一下，别人告诉他，如果要去走林书记那样大的官，进门费至少要五万元。五万元，像汪品德这样的小公务员，要近两年时间不吃不喝才能拿得出来。如果不花自己的工资，光是攒稿费，再勤奋也要近三年的时间才能攒足。

市财政局预算科的张科长还在学校学习，名字就出现在市报的公示栏里了，听说一出去后就任市财政局副局长。名字见报那天，张科长在班上说要请大家吃饭，大家原以为，他会把大家请到外边的酒家去，他却说就在学校食堂请。大家一听到张科长是在学校食堂请吃饭，都很泄气，有人说张科长毕竟是搞经济工作的，很会算计，请客也请出经济效益来了。但是谁也没有想到，晚上吃饭时，张科长一个电话，财政局的车一下子就给食堂拉来了八件茅台酒。张科长不光请了班上同学，还把上课的老师都请来了。茅台酒一搬进食堂，张科长吩咐搬酒进来的财政局办公室主任：

“每张桌子上先放四瓶，其余的都放到一边。”

茅台酒瓶盖一打开，一股醇香的酒味立即弥漫整个食堂大厅。酒倒好后，很多人还等不及张科长举杯，就自己端起杯子喝了起来。

敬酒时张科长对大家说：

“今晚上喝的茅台酒绝对是真酒，大家只管放心喝，一定要喝够，不够再去拿，保证决不会让大家喝杂酒。”这时已经没有人去注意他说什么样的话了，大家的注意力已经全部集中在酒杯上，集中在茅台的香味里，应和着他说话声音的，只有杯子与杯子的撞击声和一片吆喝的嘈杂声。

那天晚上，几乎所有人都喝醉了，就连平时很矜持的女同学，那天晚上都喝了不少酒，很多人的脸都喝得红扑扑的。财政局用车拉来的八件茅台酒，全部被喝得一瓶都不剩，过后有人算了一笔账，八件茅台酒一共是四十八瓶，市面上的茅台酒价是每瓶七百多元，即使拉关系去厂家拿，每瓶也要六百多元。也就是说，那天晚上张科长请客，光喝酒就花去三万多将近四万元人民币。有人说这个谱只有财政局能摆，任何单位任何个人都不敢这样请客的。

近一段时间以来，在食堂吃饭的人都很少，今天你请一顿，明天我请一顿，大家都在互相请客吃饭。原来很多人请吃饭都会邀上汪品德，有时汪品德不想去都还不行。后来也许是大家看汪品德这人，并不是如传言的那样是林书记的人，再加上那么多人请客，却一直没有见他回请大家，渐渐地，就没有人请他去吃饭了，这样倒省却了他的许多麻烦。汪品德本来就不擅长喝酒，每次别人请客喝酒，即使他使出浑身解数左推右挡，也还是要喝醉，醉后就很难受。汪品德本来也想回请那些请他吃饭的人去撮一顿，一想到请一次客，至少也得要花上四五千元钱，就迟迟没有动作。

请客吃饭的风气直到结业考试后才结束，持续了一个多星期的食堂冷清局面，在考试那一天早上开早餐时又热闹起来。那天汪品德走进食堂，看到所有的同学好像一下子是从地底下冒出来的，将原来很空旷的桌子都全部挤得满满当当。刚打好早餐，班长何申明就示意汪品德坐到他旁边去，坐下后，他对汪品德说：

"市委组织部叫我们写一个总结，尹老师和我商量，决定还是你这个'大文豪'来执笔，只有你写出的东西，才会镇住组织部那帮挑剔的人。"汪品德推脱说这几天要准备考试，不想写。何申明说：

"考试没什么可准备的，进考场照着书上抄就行了，你抽个时间赶一赶，最多一两个小时，这种公文式的文章不会让你很为难。"

汪品德建议他应该召开班委会，征求大家的意见。何申明说没有这个必要，这个事是他和尹老师共同决定的，并向学校领导做了汇报，学校领导也同意，其他班委肯定也没什么意见。

考试的确如班长何申明所说的一样，就是照书上抄，有的科目虽说是闭卷考试，但试卷一发下来，就根本看不到监考老师的身影了，只有在快要考试结束时，才看到他们走进教室来收试卷，根本就用不着担心和准备。汪品德花了一个中午，写好了班上的总结。写好后他没有急于交给班长何申明，直到考试结束，何申明问起时，才拿出来交给他。不知道何申明拿过去后还做不做修改，反正他一拿走后，就再也没有回到汪品德的手上，也没有人再来过问写总结的事。

妻子快要生了，从党校学习结业回单位后，汪品德把大部分心思都放在了妻子生产的准备工作上，部长也对汪品德说：

“这段时间部里的工作都有大家，你只要久不久来看一次就行了。”也许是汪品德这个人的政治敏感性太差，听了部长的话，还以为是领导对自己关心，心中还表示特别感激。心想待妻子生产结束，就回到单位上去上班，要好好抓工作，好好替领导分忧，要以努力干好工作来报答部长和大家对自己的关心。就在汪品德妻子生产期间，宣传部新任命了一名副部长，同时一纸红头文件将汪品德弄成了一个没有任何职务的主任科员。事后汪品德从组织部的朋友那里了解到，这是汪品德在党校学习时县委就做出的决定。朋友对汪品德说：

“虽然成了主任科员，但好歹还是一个正科级，工资也没有降多少，你就认命吧。”

汪品德就这样没有任何职务了。没有职务的汪品德开始一点都不习惯，原来的职务虽然只是个副职，但好歹还有个称呼，在部里还有自己说话的机会。如今成了主任科员，在部里就成了个可有可无的人物，工作分配上不光没有什么具体任务，就连上班去不去都很少有人过问。经过一段时间的适应后，汪品德慢慢也就释然了。上班没什么事可干，去不去上班也没人管，汪品德索性连班也很少去上了，每天到办公室去晃一下，然后就回到家里充当家庭妇男，照顾妻子怀孕期间的生活起居，这样的生活反而让汪品德感到越来越充实。

妻子每天饭后都要让汪品德陪她去散步，从汪品德家往大街走的这段路，汪品德还会经常碰到一些乞丐或站或坐在路边向路人乞讨，心情好的时候，汪品德也会从身上摸出一些零钱，丢到乞丐们用来乞讨的工具里，心情不好时，汪品德就会厌恶地把脸别向一边，然后搀扶着妻子匆匆向一边躲去。

从党校学习回来后，汪品德就没有再看到那个抱着孩子的乞丐了，陪妻子在街上散步，汪品德一直都在留意着，希望能再看见他，再听他说一次“作弄他人就是作弄自己”之类的话。汪品德一直都很愿意相信，乞丐用来做乞讨工具的那张纸上写的一切都是真的。想想一个有手有脚、肢体健全的大男子汉，不是在万不得已的情况下，是不会张口去向别人讨钱的，这一点不光汪品德做不到，和汪品德一样肢体健全的大部分人都做不到。汪品德时不时地还是从口袋里掏出一些零钱，递给伸手向他乞讨的乞丐。每当这个时候，汪品德就感到特别满足和骄傲，对此妻子也从未干涉和生出异议。一天，汪品德看到一个学生模样的小姑娘，在大街边跪着乞讨，便毫不犹豫地给了她十元钱。当汪品德把钱递到小姑娘手里换来一声“谢谢”时，妻子却自顾自地往前走了。汪品德在背后连叫好几声，妻子都没有回头，更没有应答。

[原载《章回小说（上旬刊）》2015年第5期]

钟华华

还魂记

一

西天的太阳病得不轻，直愣愣挂那儿，霜打过一样没精神。不觉之间，半空中突然伸出只巨手，一下子把病恹恹的太阳拽了个趔趄。

可能是风吹过草尖。我听到了一声低吟。角落里的蜘蛛网，不经意间颤抖了一下，把一只正打瞌睡的蜘蛛震落下来。月光裹在发亮的蛛丝上。蜘蛛惊醒过来之后，四肢并用，飞快地吞食着细长的蛛丝。不一会儿，蜘蛛就爬进了网的中心，它继续倒头大睡。紧接着，我嗅到了烟尘的味道。

这是一种历经年月，霉气很重的烟尘味。这些烟尘很轻，似乎轻得没有一丁点重量。外面风吹草动，很快把烟尘惊得四下飞扬。

烟尘扑进我鼻腔，我忍不住开始咳嗽。当然，谁也听不见我的咳嗽声。我的骨头也开始暗自作响。这一切，都是在无声中进行着。当咳嗽渐停，很快我就听到了桉树林里，传来一阵熟悉的走路声。

李铁一手举着一个人形纸片，一手扛着锄头，领着玫瑰，一瘸一拐地朝桉树林里走来。李铁腿脚的毛病，是小时候落下的。

想起李铁，我就忍不住流泪。我下手太重了，趁着酒劲，一巴掌打过去，他像根圆木，旋转着栽倒在门口的台阶上，并顺着台阶，飞快地滚到了院子的一个马槽边。随着"咚"的一声闷响，李铁肉乎乎的脑袋撞到了石马槽上。

就这样，他腿折了，脑袋也撞出了毛病。而这一切，全都是因为他偷吃我放在玉米面缸里的麻糖，不小心打碎了面缸。当时，我恨的是他撒谎。而且撒了个低级的谎言。他支支吾吾地给我说，是邻居家的老黑狗饿极了，跳到面缸里寻吃的，退出来时前爪掀翻了面缸。邻居家的老黑狗狡猾极了，它见我双眼瞪得通红，立即夹着尾巴，抖擞着身上的毛发，飞也似的逃跑了。

当时，我根本没有心情仔细分析，抬手就给了李铁一耳光。

后来，我才回想起，老黑狗边逃走，边抖擞身上的毛皮的时候，的确升腾起过一股烟尘般的玉米面粉。老黑狗真是不打自招。可我气得冲昏了头脑，再说老黑狗逃得飞快，过后明白时，已经追悔莫及。

玫瑰打着手电筒，给前面的李铁照路。手电筒的光柱又直又长。

玫瑰一会儿把手电筒指到天上，光立即就遁形了。她把手电筒对准地上，电筒光一下子就射进了地里，只留下齐整整一截，斜刺刺游弋着。

走在前面的李铁，被顽皮的玫瑰弄得踉跄不断。他的脚步声，变得纷乱不堪。我听见头顶的地面，如同滑稽的鼓手持着一支筷子和一把夯，交错着敲响。

李铁手中的人形纸片，随着渐次而起的风，不停晃荡着。

人形纸片一来，桉树林里，插在地上的其他人形纸片儿，也哗啦啦响成一片。这声音像河水响动，也像大风刮过村口的小树林。我总算看见了纸片上的人影。看见他的瞬间，我心跳明显加快。我想张张嘴，却无论如何也说不出话来。我的嘴巴上，像一头羊被主人戴了防止偷吃的铁笼子。我只能吐出谁也听不见，谁也听不懂的一连串音符。

纸片上的人影，我熟悉又陌生。他穿着陈旧的草绿色军装，双眼透露着无尽的愁苦。他的嘴角却微微扯动着，似乎在嘲笑着什么。这是另外一个我。我们曾经情同手足。可是现在，我躺在黑暗里，哑然无声。而他，也变成了人形纸片儿，在夜里的风中，踟蹰前行。

风渐渐弱了，它们滚过草尖的时候，慢慢变成了浅唱低吟。我听到有个声音升起，“他可就是我啊……”虽然不能开口，可是我明白这个声音在说些什么。

月亮在天空中行走，角落里忽明忽暗。我看见，打瞌睡的蜘蛛，一会儿跌落下来，很快，它又沿着裹满月光的蛛丝，爬到网中心去继续大睡。

桉树林里的人形纸片儿，几乎是一夜之间插起来的。

前些天，光滑洁白的桉树纷纷被锯倒运走之后，寂寥多年的墓地，一下子被砸得七零八落，面目不清。于是，东家迁了西家的老墓，西家迁了南家的新坟，而北家又迁了东家的荒冢，东家迁了南家的衣冠。村子一下子乱套了，人们一下子发疯了。于是，桉树林里打起架来。开始是单打，后来是群架。再后来，敌我不分，仇家不明。人们像团被莽撞的黄牛顶破的马蜂窝，互相打得头破血流。直到打得举不起拳头了，打得死了人，人们才坐在地上，呜呜地哭起来。

这时候，人们渐渐惊醒过来，发生的一切如同梦一样。可是唯一不同的是，本质上的梦，是一阵清风。而眼前的梦，是一场血雨。

都说李铁傻呢，可他一点也不傻。在发生打架之前，他早已去躲雨镇的广告公司里，放大了我的照片，做成写真，然后贴到一块平整的硬纸板上。他小心地顺着人形，把我从纸板上剪了下来。这样，我原本死气沉沉的面孔，就显得有些鲜活如初了。李铁把人形纸板，牢牢地绑在竹竿上，插到了桉树林里一个土堆前。这样一来，当桉树林里被砸得七零八落的时候，我却免遭涂炭。

村子里的人们，直到打死人，警车呼啸着把一些人拷走之后。留下的人，才猛然醒悟，也学着李铁的样子，翻箱倒柜，爬到香火旁边，把老相片取下来，做成了人形纸片儿，插到了亡魂坟头。这样，谁也掘不错墓地了。一夜之间，桉树林里“人头攒动”。不过，只有在有风的夜晚，才能听到这些人影点头交谈的声音。

李铁的主意，让村子里的一切，又都变得井然有序起来。

二

前些天，我遇上了一个叫芦苇的漂亮女人。

芦苇是躲雨镇老戏院里，曾经红极一时的旦角。那个时候，我偷偷地迷恋着她。可是追逐她的男人太多了。唱戏的日子里，她常常被苍蝇一样的男人们围得团团转。我痛苦地躲在最不起眼的角落里，忧伤地目送她远去。自始至终，我都没有勇气追求她。不承想，她被几个浪荡公子般的男人伤透心之后，嫁给了我们村子里一个相貌丑陋，身材五短的男人。

芦苇的遭遇令人唏嘘不已。只要想起她，我就彻夜难眠。

只要看见芦苇，我就会想起自己的女人秀莲。秀莲曾经是躲雨镇老戏院上最著名的丑角。她和芦苇是同事，却互不相干。秀莲把丑角演到了极致。她还活在老戏院戏台子上的时候，她演的角色常常气得戏迷们朝台上掷鞋子。可是当她卸了装，来到前台谢幕，出现在怒气冲天的人们面前的，却又是一个贤淑温和的女人。强烈的反差，让长相平平的秀莲，忽然绽放出别样的味道。

我就是那些愤怒的戏迷中的一位。许多年前的一天，她站在老戏台上演一个十恶不赦的丑角。她演得角色实在太令人痛恨了，我差点被这丑角气吐血，随手脱掉一只臭气熏天的鞋子掷向秀莲。没想到，谢幕完毕之后，她竟然在人群中找着我，并把鞋子塞进了我的怀里。就这样，她成了我的女人。

秀莲可真命薄，她刚生下玫瑰不久，去河边捞浮财，被1998年那场洪水冲得无影无踪。秀莲死后，我和芦苇就在背地里好上了。这是老早前的事。

我来到秀莲最后消失的河边左顾右盼，怎么也看不见秀莲的身影。

芦苇见我一副丧魂落魄的样子，忙安慰我说，秀莲是永远也不会回来了，不回来好呀，要是回来看见这一切，她又要气得吐血。

我也想，秀莲是不会回来了，洪水那么凶猛，她早已不知漂到了什么地方，即使她要回来，不知要在水面上行走多少天呢。再说，躲雨镇现在的样子，她就是千辛万苦回来，也不一定找得着路。

芦苇真是好女人。她见我面色愁苦，忙岔开话题，告诉我说，我养了个好儿子李铁。芦苇说，她回到村子里游荡的这些天，人们都在争相传颂他的仁义。芦花说，李铁把我从硬纸板上剪下来时，剪得特别认真。

别人笑话李铁说："剪你爹怎么剪得那么仔细？你脑子可是他亲手打的。"

李铁却说："他可是我爹呀，我都是他给的呢，他打一下我脑子，算个屁。"

芦苇说，她是闲得无聊了，去村子里闲逛，躲在角落里看见了这一切。

"当我听到李铁这么回答，眼泪一下子涌了出来，你养了个好儿子……"

芦苇这女人，说着说着，一下子就哭了起来。

我知道，芦苇的泪水，比秋天屋檐上的雨水还要多。

我认为自己从来就是个狠心的父亲。可是，听到芦苇说起这一切，我的泪水也止不住涌了出来。我呜呜地哭了。好几次，哭声把角落里的蜘蛛一次又一次地震落下来。

一些被细小孔洞筛落的月光，扑打在发霉的灰尘上，灰尘也轻盈地盘旋上升，然后在蜘蛛网上跌落，并被永世黏附在那儿。

李铁把人形纸片插到地上，我的心立即安稳得像夜里的一碗水。

李铁没有停歇，扭头就拉着玫瑰下跪。玫瑰已经出落得如同一棵水灵灵的玉米秆了。她鼻梁挺直，白乎乎的脸蛋上，双眼笑弯得像豆荚。没有抹口红，她的嘴唇也显得红嘟嘟的。谁也管不住她的胸脯和大腿了，一切都呼之欲出的样子。只有她的嘴角，如同人形纸片上的我一样，微微上挑，嘲讽着眼前的一切。

"玫瑰，准备挖爹了，快跪下。"李铁边说，边率先跪了下去。

玫瑰却不屑地举着手电筒，一会儿扫向天上，一会儿又扫向桉树林下面的村子。有时，她还久久地朝远处的躲雨镇上扫射。可是，没等笔直的电筒光到达那儿，远处似乎有头张着大嘴的饿鬼，早已把电筒光吞得一干二净。

玫瑰觉得很无趣，只好把电筒扫向对面的老戏院。

漆黑一片的瓦顶，遇上雪亮的电筒光，顿时看得清清楚楚。瓦顶上还在嘶叫的花猫，吓得一下子从屋脊的铁钟，纵到瓦顶上。紧接着，它嗖嗖几下，飞快地沿着老戏院外面的门楣，窜到了地上。这一切，都被桉树林里转悠的瘸腿狗看在眼里。它在桉树林里寻到了不少骨头，可是这些骨头早已布满青苔。它无功而返。

没等花猫落地，瘸腿狗就箭一般扑了过去。

很快，眼前恢复了平静。李铁拉着玫瑰，玫瑰极不情愿地给我磕了三个响头，李铁就心满意足了。他挽起袖口，朝手心吐了口口水，开始挖起来。李铁得在半夜之前，把我挖出来。然后，又要赶在天亮之前，和请来的匠人一道，把我送到谁也够不着的，长满青草的山岗。迁坟可是个神秘活儿。只能在夜里进行。

按照村子里千百年来的说法，要是在白天，死去多年的人，再次见到太阳光，亡魂就会被阳光刺醒，再次回到村子。

如此一来，亡魂就会变得居无定所，在这世界上游来荡去。

这样的结局，别说村子里的人，就是亡魂自己，也不愿意看见。

李铁可真是把好手。腿被我打折了，脑子被我打坏了。可是，他的心还在，双手也十分有力。他不停地挖掘着，一副非要把我挖出来的样子。头顶不时传来"咚咚咚"的敲击声。玫瑰玩够了电筒光，把注意力放到了墓地里。

墓地里，年深日久的尘土飞扬起来。玫瑰赶紧捂住嘴巴，好奇地催促着李铁，"李铁呀，使劲挖，我想看看他变成了什么样子。"

李铁扭头瞪了她一眼，气呼呼地骂她说："你能不能小点声？"

"怕个屁呀，他都死好些年了，再说他还揍过你，把你揍成了傻子。"

"可是，他没有揍过你，连根指头也没动过你。"

"我才不相信呢，连自己儿子都可以打折腿，何况一文不值的丫头？"

"说了你也不相信，我亲眼看见的，他从来没有揍过你，就连呵斥你，也特别小声。"李铁边说，边拄着锄把，朝人形纸板努了努嘴。"可不敢闹呀，他正盯着我们呢，玫瑰……"

"李铁呀李铁，谁说你被打傻了？我看你比鬼还精灵着呢。"

"想念他的时候，我的记忆比谁都清醒，只有忘记他的时候，我才会陷入无边黑暗……"李铁说着说着，眼角滚出了大颗的泪珠。玫瑰只好捂住了嘴。

听见兄妹的交谈，我忍不住抽泣起来。现在，我的身子比角落里的蜘蛛网还要单薄。身体里的最后一口气，也像缕丝一样，不停地被抽出体外。但魂魄的意识还在。我甚至想欠起身，看看外面的李铁和玫瑰。可是我知道，只要我欠起身，我仅剩的最后一口气，就会被夜风吹得无影无踪。

就在玫瑰沉默不语的时候，我听见外面，传来一支熟悉的歌谣。

这歌声，已经有不少年月了。当它升腾起来的时候，如同一阵微风，拂去铜管上的烟尘。又如一只大鸟的翅膀，扫过荒凉的山谷。这是支我唱了许多年的歌曲。在春天泥土泛起苦味的山岗上，在夏天沙滩涌动着洪水的大河边，在秋天的落满雨水的屋檐下，在冬天飘荡着白雪的绕村小路上，我都喜欢唱这首迷人的歌谣。记忆一下子如同受惊的蝴蝶，纷纷扑到我的跟前。

在许多泛黄的时间里，我喜欢让儿女们骑在我的脖子上，边哼着歌谣，边穿行在这些不停轮换的季节里。

骑在我肩头上的玫瑰很小，小得现在根本无法重返记忆。可是，李铁和李闯能记起这一切。兄弟俩一直在我的肩头上，骑了好些年。每次骑着，我就会唱这支歌谣。要是我不唱，兄弟俩就会威胁我，要把童子尿淋在我头顶。

这熟悉的歌谣，是李铁口袋里的手机铃声。这么多年过去了，只有李铁没有忘记我。这个被我打折了腿，还打坏了脑袋的儿子，压根儿没有忘记我。

他把我喜欢哼唱的一支歌谣，设置成了手机铃声。

三

电话是李闯打来的。李闯是我最鬼灵精怪的一个儿子。他成人之后，总是在村子里干偷鸡摸狗的坏事。这让村子里的人们对他又痛又恨。

今天正午时分，他对着屋檐下，正在一声不吭地整理挖掘工具的李铁说："李铁你就是不听话，你急着去挖鬼呀！"说着，他一把就夺下李铁手中的铁锹，随手丢到了院子里。

李铁带着哭腔，嚷叫着说："别人家的全迁走了，火烧屁股了，你就是不急。"

走到院门外的李闯，停住脚步拧过身子，伸出一根指头，指着李铁说："别以为你是家里的老大，你脑子有毛病，啥屎都不懂，我叫你别急，我到镇上活动一下，看能不能捞着点啥。"

李闯说着，狠狠地啐了一口。不解气，他又朝身后甩下一句："我看你就是头猪，啥屎都要我去操持，我简直成了你的爹。"

玫瑰站在院门口，也帮腔说："李铁，你别急，李闯生下来就比你聪明，这是天生的，没办法，你听他的就得了，就不会挨骂了。"

李铁再傻，也知道生气。他竟然在院子里呜呜大哭起来。边哭，边飞快地整理他的挖掘工具。李闯拿他没办法，只好把院门一摔，朝镇上走。

李闯一路朝镇上走，一路拨打着他的如意算盘。

镇上要修一座大型火电厂，许多村子都在拆迁范围内。镇上专门划了好些块地皮，用于村民修建拆迁安置房。李闯想去活动活动，弄几块地皮倒卖。他想联合村子里的几家人，摁住几座坟头不搬迁，以此要挟镇里。

李闯前脚刚走，李铁后脚又跑到了桉树林。他又在我的人形纸片儿前磕了三个响头。李铁甩开膀子，挖得十分卖力。不一会儿，手机铃声又起。

李铁刚把电话放到耳边，李闯就在电话里吼叫起来。

“李铁，李铁，你在干屌啥？”

“能干屌啥？别影响我挖爹。”

“你挖人还是挖鬼呀？你给我放下锄头，你懂根屌毛！”电话里，李闯暴跳如雷。他的吼叫声，连手机外面的人，也听得清清楚楚。李铁也是头倔驴，他猛一下摁了手机。“玫瑰，别管，给我照着墓地呀，我要加快进度。”

“李铁，你也真不听话，李闯那脑子，可比你好上十倍！听话，我们回家，明儿再挖爹吧，啊？”玫瑰早就想回家了，挖了半天工夫，墓里的棺材，才露出小小一角。她早已哈欠连天，等得不耐烦了。

手机转眼又叫了起来。这回，李铁接了手机，把手机丢在了一边。只听见手机里，李闯像吃了炸药一般，“李铁，你个蠢驴，停止挖爹，立马停马上停！不停，我……我……我回来掐死你。”

李闯骂完，玫瑰“咯咯咯”笑得喘不过气来。

玫瑰拧了拧屁股，把手电筒对着躺在地上的手机说：“李闯呀李闯，火气不要那么大，这儿有我，你放心打你的如意算盘吧，我现在就把李铁哄回家。”

也许是电筒光充满了神力，刺痛电话里李闯气鼓鼓的双眼。他的吼叫这才稍小了些。他最后嘀咕了一句“烂泥一辈子也扶不上墙”，接着嘟的一声，把手机掐断了。

不一会儿，玫瑰打着手电筒，把李铁像赶头牲口一样，不停地赶回了村子。

插在地上的人形纸板，被孤零零地留在了桉树林里。李闯突如其来的一通电话，给我酿成了难以言说的灾难。玫瑰和李铁刚走出黑压压的桉树林，一头饿得晕头转向的黄鼠狼就来光临了。

自从村子决定要搬迁之后，人们杀光了村子里的所有公鸡和母鸡，当然还有小鸡仔也没有放过。黄鼠狼饿得两眼昏花。它爬到裸露在外面的棺盖板上，费了半天劲，始终没有弄开半点缝隙。它只好灰溜溜地，趁着夜色朝远处游荡而去。

挨到天亮时分，瘸腿狗又折了回来，它又啃又咬，总算把朽败的棺盖弄出了一个破洞。可是，当它探出脑袋，朝墓地里瞧时，里面冷不丁扑出一股压迫了许多年的发霉的空气，把它呛得喷嚏连天。这时，桉树林里也渐渐响起了掘墓人的脚步声。它什么也没捞到，只好一瘸一拐地逃远了。

就这样，清晨的第一缕阳光，一下子穿过破洞，扫中了我的双眼。

来到村子的十字路口，我碰见了曾经的女人芦苇。

清晨的阳光十分强烈，把整个躲雨镇，罩得如同雾中湖泊。只有十字路口是熟悉的，其余全变成了陌生之境。这陌生之境，曾经在我的潜意识里出现过。眨眼之间，我活脱脱变成了一个外来人。谁也不认识我。他们既瞧不见我，也听不见我说话的声音。

我无声行走着，只有沿着村子游荡的瘸腿狗，在刺目的阳光里，对着我卖命地狂吠。

可怜的芦苇啊，她是得肺病死去的。她死之前，人已经被昼夜不停地咳嗽，折腾得像根鸡毛。她整日关在门内，坐在烟气缭绕的火塘前。她必须这样做。要不然，只要她不经意打开门，哪怕清晨的一阵风，都会把她吹到天上去。

现在，芦苇面容枯槁，比死之前还要可怜。她活在村子里的鳏夫男人和儿子，头天晚上就动手挖掘她了。可是李闯这机灵鬼，为了和村里镇里周旋，以获得利润颇丰的地皮，他硬是凭借三寸不烂之舌，还有他比川戏变脸还要高超的表演技巧，把村子里最横最赖的几户人家拉进了他的队伍，打上了他的旗号。

芦苇已经在躲雨镇上游荡了一天。她有气无力地看了我一眼，又低下头，用鞋尖拨弄地上的尘土。她总是这样，不管长到什么岁数，总是一副温顺可怜的样子。这就是当年我为什么着迷她，为什么不管人们说三道四，总是趁着月黑风高，偷偷和她幽会的原因。我张口想说些什么，她抬头叹了口气说：

“劝你别去游荡了，看到的一切，让我想死。”

“你不是已经死过了吗？为什么还要说这样的丧气话？”

“我宁愿死了，就不要再醒来，真是眼不见心不烦。”

“芦苇啊芦苇，你还是老脾气，什么不顺眼，什么就是你眼中钉。”

“哥哥哦哥哥……，你是不知道，我是没心思再游荡了，我回了，啊？”

芦苇说着，她瞅了我一眼。她的眼神，像秋天的湖泊。又像黎明时分，漆黑屋顶上方，对着天空的亮瓦。她边说，边叹息，一副十分绝望的样子。我知道，芦苇这个女人，要是没什么过不了眼过不了心的事，她才不会是这副丧魂落魄的样子呢。我张口想问点什么，比如，想念。比如，记忆。比如，曾经的欢愉。

可是她没给我机会。她抽身，一阵风一样，从我旁边飘然而去。

没走多远，她又扭过头来叮嘱：“你真要去，那你去看看你小儿子好了。”

说完，从沟谷里涌上来一阵风。把路上的尘土和草屑，当然还有可怜的芦苇，一下子就卷得无影无踪了。我看着芦苇去的方向，发了一会儿呆。在桉树林里，芦苇和我紧挨着。可是，不久之后，芦苇将被家人搬去村子后面，一个遥远的山头。到时候，我俩就真的永世不能见面了。难怪芦苇看见我的时候，眼神绝望得如同燃尽煤油后，回头奋力跳动的一盏灯。

镇上的老戏院，经受了两三百年的风吹雨打，早已破败不堪。它四周回廊环绕，塔楼高高。我偷偷爱着的女人芦苇，曾经就是这老戏院的戏台上，红极一时的旦角。我那时迷恋着芦苇婉转多情的唱腔，还有她款款而出的身姿。

不久之前，镇上赶走了老戏院里几个姿色荡无的老戏子。

虽然不是赶，却比赶还要难堪。先是挖断水，再截断电。紧接着，镇上又从邻近的四川，请了几个川剧演员，做了声势浩大的告别演出。这是镇上特意为依依不舍的老戏迷，送上的最后安慰。最后一次演出那天，镇上还杀了猪，买了酒，请了唱红白喜事的乐队。

人马一齐，立即就在老戏院空旷的院坝里，摆了几十桌流水席。最后的晚餐搞得喜气洋洋。镇上这么做，是一巴掌打哭孩子后，再往孩子嘴里塞颗糖。

对于那些风烛残年的老戏子们来说，这样的安慰，比赶还难受。

仅存的几个老戏子一走，围观的戏迷们，再怎么不舍，也只好一哄而散。第二天，这里就成了小偷的钱库，幽会者的乐园。当然，也有些装模作样的怀乡客，抱着手，或是披着衣，在破败不堪的老戏院四周，游荡上几圈，感叹上几声。然后走出大门，对着不远的河流撒一泡尿，之后，钻进轿车，一溜烟就跑掉了。

三天后，身处拆迁中心的村委会率先垂范，推倒办公大楼，搬进老戏院的回廊里临时办公。我就是在老戏院里，看见了小儿子李闯。他和村里、镇上的领导抽了一夜烟，打了一夜麻将，整个人熬得跟非洲人相差无几。他身上，简直只剩下了一块皮。不过，他的双眼圆鼓鼓的，依旧泛着鬼精灵一般的精光。

四

围着墙皮斑驳的老戏院回廊的墙根儿转了几圈，我在一扇窗户下站定了。

只稍伸伸头，我就看见了屋内的一切。屋子里的几只沙发上，横七竖八地躺着几个人。因为连续熬夜，他们累得像一头头酣然入睡的猪，发出既舒服又痛苦的哼哼声。他们一个个膘肥体壮。村长我认识，他就是化成灰我也认识。他嘴角长着长长的几根猫胡。他杀过猪，杀猪不行，可是当官还不错。

我死的那年冬天，他给我家杀年猪，出了一场意外。

就在众人把咕噜噜冒着鲜血的猪，往地上一丢，打下手的提了一壶开水正要从猪头开始烫它的毛的时候，被杀掉的猪竟然四蹄一甩，猛一下爬了起来，疯狂地朝村子的路上飞跑。当时，我卧床不起，看见带血的猪从门口一闪而过，我心里因为害怕死亡，而紧绷绷的一根弦，瞬间就断掉了。

猪是抓回来了，也杀死了。可是第二天，我两腿一蹬，也落了气。

村子里把我的死，怪到了这个杀猪匠的头上。可是他不以为然地说，不是他手艺差，而是我家喂的猪太瘦了。“太瘦的猪，最他妈不好杀，它命硬着呢，不剁掉它的猪头，你休想杀掉它！”他抖动着几根胡须，嘿嘿一笑，又说，“这还是两全其美嘛，杀猪过年，也杀猪送葬，齐刷刷就办下了，什么也不落下！”

就这样，屠户一下子失业了，却阴差阳错地进了村委会。

镇长我不认识。但我看见有个四十岁左右的中年男人，一只臭脚搭在村长的下巴上，另一只搭在村长的大肚皮上，我就认定他是镇长。另外还有两三个人，脖子上套着指头一样粗的金灿灿的拴链子，我就猜想他们是商人。几个大汉，全都掀衣敞怀，横七竖八，你搭我，我压你，纠缠不休。各种汗酸味和烟臭味，同样纠缠不休，在屋子里横冲直撞。

费了好大的劲，我才在人堆最底层，找着了李闯。他已经醒了，正奋力推开搭在他身上的好几条腿。亲眼看到这样的场景，我的泪水又一次淌了下来。好在这时起了一阵风，风把破败的雕花窗户撞得呼呼直响。

我站在窗户下，等着李闯站起身，然后随他回到村子里去。

李闯抽身起来的时候，惊醒了镇长和村长。镇长眼睛也没睁，咕哝着说："今天我四十五岁生日，晚上还是在这里！喝！不见不散，唔，不见不散，喝……"

村长一把抱住镇长的臭脚，赶紧附和说："镇长放心咧，几天前就为您老人家想好了，镇上办太张扬，你家里办太拘谨，我们就在老戏院里，给领导办一个热闹的生日宴。"

镇长又嚷了一句："那敢情好咧，敢情好咧，喝，不醉不休……"

虽然镇长是梦话，但听见的人，全都当真了。

村长等镇长睡死过去，他才皱着眉头，把他的臭脚轻轻推开，放了个安稳的地方。这时，李闯也走到窗户下，他压低声音，狠狠地清理了喉咙中的恶痰，一下子吐向我的脸，痰穿过我的脸，黏在旁边的空地上。紧接着，村长也来到了窗户边。他凑过嘴巴，对李闯说："今晚镇长生日，你小子可得想周全点，让他老人家吃好喝好玩好。陪好了镇长，别说一块地皮，就是十块地皮镇长也会同意！"

李闯一听，头都快捣到了裤裆里。

李闯走出老戏院，村长站在门口，又撂下一句："李闯啊，记得带个会烧菜的，镇长就喜欢家常菜……最好，把玫瑰这丫头给叫来。镇长就喜欢她烧的菜，镇长在我的耳朵边，念叨这丫头，都快念叨出病来啦。"

我紧跟在李闯身后。李闯走出去老远，才大声说："李闯办事，村长放心。"说完，他一张脸笑得差点儿掉到了地上。村长理了理他满脸横肉上的几根花猫胡，乐颠颠地骂了一句："嘿嘿，李闯，你真是个野狗日的！"

跟在李闯身后，我们走到了村子的十字路口。瘸腿狗追个强盗一样，龇着牙，从一条高高的田埂上扑了下来。李闯突然被吓了一跳。他满眼狐疑地盯着瘸腿狗。在村子里，李闯走路都带着风声，眼里也常常含着杀气。别说狗，就连人，也不敢在他的面前粗声大气。

面对凶猛扑来的瘸腿狗，愣怔了一下的李闯，立即缓过神来。他鼻腔里哼哼两声，

“杂种！眼瞎了呀？认不得李闯二爷了？”骂着，他就提起脚，迎着瘸腿狗来的方向，想踹上一脚。可是，令李闯纳闷的是，瘸腿狗竟然不是冲他而来。它绕过李闯，一个劲儿东咬咬西叫叫，像空中有个隐形的耍猴人在玩把戏。“嗨，这瘸子，你不仅腿瘸了，我看你是眼也斜了，要咬李闯二爷，你倒是对个准呀！”骂完，李闯倒是不怒了，一个人怪笑起来。

村口有人路过，笑着对李闯说：“这条瘸腿狗，一定是撞鬼了！”

我吓了一跳，这才发现，瘸腿狗是冲着我狂吠。由于我忽左忽右，忽前忽后地游走在李闯的身边。瘸腿狗也被我折腾得丢了魂儿。它没完没了地朝我扑来。可是，它常常不是扑个空，就是扑个狗啃泥。不幸的是，它还让李闯以为是在咬他。李闯等瘸腿狗走近的时候，提脚准备给它重重一击。瘸腿狗也实在灵巧，拧了一下腰身，躲过一劫，吓得屁滚尿流，摔到了田埂下放声哀叫。

五

李闯进村了，我却被瘸腿狗狂吠着，赶回了桉树林。

我在自己门口的人形纸片儿边上坐下来，很快就听到一旁传来低低的啜泣声。是女人芦苇在哭泣。她瘦弱的身子，靠在绑着她照片的筷子粗细的一根竹竿上。她身子真瘦啊。她几乎全身靠在纤细的竹竿上，而竹竿却纹丝不动。

狗咬不过百步远。瘸腿狗没有靠近我，但我还是吓得浑身发颤。

芦苇听到我磕牙齿的声音，她抬起头来看着我说：“别怕，狗就是扑到你身上，它也无法咬到你。”芦苇的眼神如烟。她看了我一眼，又低下头去继续啜泣。

我隔着三丈远的距离问她：“芦苇啊芦苇，你为什么哭得那么伤心？”

芦苇停了一下说：“小儿子死了，他才十二岁呢。”

“怎么死的？”

“他给我掘坟，让发霉的毒气，给熏死的。”

我赶紧问：“村里不是发了消毒液吗？”

芦苇一听，哭得更伤心了，她捶着胸脯说：“他哥把他害了啊，这个良心喂狗的，没给他消毒水，就指使他独自给我掘坟，掘到一半的时候，他就一个人倒在了半人深的墓坑之中。他还是个孩子啊，他哥把他害死了。明天赶着下葬呢，连给他哭坟的女人也没有一个，我就是为这事伤心呐……”

忽然听到这样的事，我吓了一跳。汗水顺着我的面颊，淌进了胸口。

可恶的瘸腿狗蹲在不远处，还在没完没了地叫。我隔着空气，呵斥了它一声：“你咬个屁呀咬，像我们这样的，你就是把我扒得精光，也别想寻得一根骨头！”

芦苇家里发生的事，让我特别害怕，李铁和李闯的样子，不断在脑海里浮沉。

我对芦苇说："你病得太严重了，躺下来歇歇，用不了两天，村子里的人，就会把你送到你想去的山头了，到时候，你就能睡个好觉，芦苇……"

芦苇抹了抹眼睛，抬起头来，伤心地对我说："可是，我们就要分别了，你去的是另一个山头，我们之间隔着几道明山几道水。"

我说："不就是几道明山几道水吗？如果想见了，也不是件难事。"

芦苇却哭出了声："这在人间，也用不了多少脚程，可是在我们那儿，却是八辈子也够不着的事儿呀。"

真不知芦苇哪儿打听到这么多新鲜事。在瘸腿狗停止狂吠的时候，我又安慰了芦苇一会儿。她才慢慢靠着她的人形纸片，渐渐酣睡过去。

我刚走进村子里，就听见了李铁和李闯的争吵。听了一会儿，我才知道，李铁不放心玫瑰去给镇长烧菜，他不允许李闯带着玫瑰去。可是，李闯偏不听。自从他们的妈妈走后，一切全乱了。老大李铁失去了一家之主的权利。原本乖巧听话的丫头玫瑰，也渐渐变成了野姑娘，她总是去躲雨镇上游荡，屁股后面常常跟着一群嘘声打哨的臭小子。

"镇长可坏了，尤其是酒足饭饱后的镇长，李闯……"

"李铁，我看你是爹妈下种的时候，给你搭错了根筋，瞎嚷个啥？镇长肚子里是长满了膘，但里面不是坏水。"

"要是你胆敢带走玫瑰，回头我告你的状！"

"李铁啊李铁，从小到大，你就是这点屌本事。给你说啊，我带玫瑰去，给镇长烧出好菜，等镇长高兴了，弄块地皮倒几下手，我们家的日子就好过了。你就给我乖乖在家，享兄弟赐的清福吧。"

李闯说着，拉着玫瑰就往外面走。李铁突然撒起泼来。他拉住玫瑰的衣服，死也不肯她出门半步。玫瑰倒是乐了，她噘了噘红嘟嘟的嘴唇，笑得细细的腰身和胀鼓鼓的胸脯直发颤："李铁，妹妹我又不是去卖身，你急个屁。再说，在躲雨镇上，要是我玫瑰不干，没谁能解下我的腰带！"

"拉个屎！滚回去，去挖爹，今晚大事说好了，明晚趁黑要把他老人家送上山咧！"李闯摆了摆手，一下子就挣脱了李铁的纠缠。李闯这招果然奏效。只要一听说让他去挖爹，李铁眨眼就忘掉了眼前的不快。

哎哟，李铁真是心善。他知道露出地面的棺材，已经被瘸腿狗扒出了一个窟窿。虽然瘸腿狗什么也寻不着，但李铁担心我着凉。他在堂屋里，翻箱倒柜地找了半天。他先是找到一条蛇皮口袋，跑进桉树林，跑到我的跟前，想把蛇皮口袋盖在透风的破洞上。可是，他瞅了半天，又嫌蛇皮口袋看上去麻呼呼，瘆人得慌。于是他又瘸着腿，还一路小跑呢，跑回家，寻得了一条厚厚的麻布口袋。他才心满意足地又跑了回来，小心地给我盖上。

“爹呀，可别着凉了，麻布盖在你身上，别说风和露水，就连邪恶的东西，也不敢再靠近您半步。”说着，他又朝着立在门口的人形纸板，磕了一个头，才吐几口口水，埋头挖掘起来。

李铁一片好心，却害苦了我。芦苇的话一点没错。当我回到村子，游走在躲雨镇上的时候，我发现世界全变了，变得我一点也不认识，变得没有一丝人世的温存，各种暴戾之声四起，差点儿把我折腾得快要疯掉。可是现在，当我绝望地想回到我的住所，准备来一次唤不醒的长睡时，我心善的儿子李铁，却阻挡了这微不足道的愿望。

李铁撅着屁股埋头挖掘。我在他身后长吁短叹，不知如何是好。三丈开外的人形纸片上，芦苇正用一双愁苦的双眼凝望着我。

芦苇说：“你就不担心一下女儿？”

我说：“担心有什么用？去也是白搭。”

“你瞅瞅，你眼皮在不停地跳呢，她可要遭遇不测啊……”芦苇幽幽说道。

我吓了一跳。我相信女人的第六感觉。尤其是芦苇。在我的记忆深处，她的告诫从来就比什么都灵验。

我只好立即返身，心急如焚地朝镇上的老戏院的方向赶去。

六

绕过爬满忍冬花的篱笆，我又一次来到墙壁斑驳的窗口。

窗口正对着一棵巨大的黄桷树。黄桷树枝繁叶茂，如同在我头顶上，凭空张开了一把乌黑的伞。天穹上的月光，无论有多明媚，仍被伞状树冠阻挡在外。屋子里的灯光，却显得十分刺眼。窗户敞开着，灯光不断从窗口涌出。不过，这些奔涌而出的灯光，像一匹匹徒劳的水，转眼就跌入了窗外无尽的深渊之中。

我站在窗外，可以看清屋子里正发生的一切。而屋子里的人们，根本不知道我的存在。只有当他们清理喉咙，或是玫瑰倾倒洗菜水，才会把这些东西倾倒在我的身上。不用担心，这一切，都会被我轻而易举地躲开。

各种酒水的气味，熏肉、腌肉的气味，不停地从窗口飘荡出来，弄得我喷嚏连连。瘸腿狗的鼻子十分灵验，它顾不上咬我了，已经从老戏院的门缝里，溜了进去。它正摇着尾巴，低声下气地站在餐桌下面，东寻寻，西嗅嗅。

狗就是这样，只要有人给它点东西，它就会变得一声不吭。

花猫也从老戏院的屋脊上溜了下来，从窗口一闪而过。它很快窜到后面的厨房里。玫瑰忙得像只陀螺。她每次端菜出去，镇长都会赞美她一通。腰再酸，腿再麻，也在所不惜了。玫瑰嘴巴里，情不自禁地哼出了歌声。边烧菜，细细的腰肢，摇摆如风。一颗欢快的心，也恨不得从胀鼓鼓的胸脯间蹦跳而出。

花猫挨了一捧水，那是玫瑰乐得逗它玩玩。很快，饥饿的花猫，获得了玫瑰的赏赐。它嘴里叼着一段鱼尾巴，正嚼得咔嚓直响。

酒已经过了三巡。玫瑰的菜不停地上着。她除了烧菜上菜，还要给镇长添酒。

坐在镇长对面的李闯，眼色递个不停，玫瑰手里的酒，就会倒个不停。屋子是老屋子，戏子们以前用餐的地方，沉积了太多孤寂清风，还有黯淡烟尘。不过，这些都不要紧。人是新人，有官员，有商人，有流氓，气氛自然就活跃了。渐渐地，清风和烟尘，全都被逼到了角落里，在角落里聚集成一团团的夜色。

条件有些破败，可镇长这是与民同乐。早先的时候，人们还在为破败的长条餐桌犯愁呢。这没什么打紧，镇长搔了搔他比灯泡还亮堂的秃顶，挤了挤他笑眯眯的大眼泡，指着墙上的一幅画说："扯下它，看上去活脱脱美气得死人。"

这幅画是老戏院人气鼎盛时期，一位慕名而来的年轻画家，花了三个月的时间，为当年著名的戏子们，画的油画。油画上扑满了烟尘，它纸张泛黄，已经显得年深日久了。在这幅画上，有我因为一只臭鞋牵了姻缘的女人秀莲，也有与我背地里好了许多年的心爱的女人芦苇。

真是一语解千愁，一美遮百丑。村长抖动着他横肉上的胡须，乐开了花。李闯急得抢火一样，慌忙搬了一把竹椅子，一步蹿上去。脖子上拴着粗项链的商人，赶紧搭了一把手，奋力把装在木框里的画摘了下来。

画框刚好和破败的餐桌一样齐整。掸掉灰尘，安放在镇长面前的餐桌上，就洋里洋气，物欲荡漾，气派非凡了。镇长又搔了搔秃顶，粗粗地骂了一句："妈逼，这就叫因地制宜嘛，天底下的事，只有鬼想不到的，没有人办不到的。"

"是咧是咧，要不然你怎么能当镇长，而我只能当跑堂？"

李闯真他妈的精灵，一句话引得镇长乐开了花。

这十里八乡，要数烧菜好手，真要数我的女儿玫瑰了。这些身手，这些手艺，全是她妈活着的时候，手把手教的。花围裙系在小腰上，把她的上身勒得绷绷紧。小花裙遮在了两腿之间，紧身裤下的屁股和长腿，却在灯影里晃花了镇长的肉泡眼。来来回回之间，她一下子烧了十道菜。

"上菜喽——"

随着她一声吆喝，一只只盛着菜的盘子，有长的有方的，有大的有小的，旋转着，奔跑着，接二连三地摆到了餐桌上。画上有十个人，玫瑰就烧了十个菜。这丫头的心思，谁也猜不透。女人的这些小心思，总会让男人搓手兴奋。镇长菜也懒得看了，一个劲儿盯着玫瑰看。玫瑰呢，不计较，抿着嘴儿，脸蛋红扑扑，嫩颤颤。镇长看得眼珠子都快掉碗里了，才想起来应该喝喝酒助助兴。于是，一群男人，咋咋呼呼地，开始还有些拘谨。几杯烧酒倒下肚，几只猪蹄塞满嘴，一切都和解了，大小不分，高低不计，全都称兄道弟。

摆在餐桌上的画框里的人，我全都认识。

就在推杯换盏之间，玫瑰侧身在变脸王陈伯清的胸口，摆了盘炸猪蹄。转眼在嗓子尖得如绣花针的旦角芦苇的双腿间，上了盘辣子鸡。弯腰在走上台来杨柳摆风般的小生王小水的脸上，放了盘蒸扣肉。单手在演丑角演得出神入化的秀莲双手上，稳了锅红烧牛肉。双手在唱腔幽幽怨怨的生角吴顺顺面前，捧了一盘烧鲫鱼……哎哟，风情万种的花脸马奎花也没落下。

镇长一看，乐了，烟熏得焦黄的食指，戳到了玫瑰光洁锃亮的脑门心上："玫瑰呀玫瑰，你这是在羞辱芦苇咧。"

村长一脸纳闷，问镇长说："领导呀，这是咋了？"

"咋了咋了？脑瓜就是不灵聪，思绪就是不活跃，说话就是不幽默。芦苇是曾经老戏院上的美人儿。这十里八乡，只有玫瑰她爹偷偷沾过她的身体。玫瑰给了她一盘辣子鸡，存心对她爹和芦苇那破事儿不满，骂她是只鸡嘛。"

我听得心头一惊，冰凉的汗水顺着脸膛淌到嘴角，我立即尝到了稀泥的味道。

村长开了窍，李闯开了窍，金项链们也开了窍。全都感叹镇长幽默，纷纷乐成一团，不停地喊着，敬镇长三杯。玫瑰也听到了心里去，镇长虽然脑袋大脖子粗，要人形没有人形，要鬼样没有鬼样。可就是这句表扬，让她心里甜得发慌。

十道菜齐整了。油画里外的人，人人都有份儿。不仅是这样，玫瑰这鬼丫头，又在十道菜之外，就着镇长，村长和一拨商人，为人人准备了一小碗排骨雪藕汤。

瘸腿狗歪着嘴，根本顾不上去追猫了，它拣着桌子下面的骨头，吃得"喀喀"作响。猫食量小，早已吃饱了，坐在废旧的烛台上，伸出长舌头，不停地洗脸。

我站在窗口下，看见李闯喝得舌头发麻，两眼充血。浓烈的油腥味，烧酒味，混杂着光膀子男人腋下的汗酸味，一股脑儿地涌向窗口，把我弄得喷嚏四起，脚下踉跄不堪。就在转眼之前，可恶的秃头镇长，已经把我女儿玫瑰，拉扯到了身边坐下，还颤抖着双手，解掉了她腰间的花围裙。这一来，在夜里，昏黄灯光下，冲天酒气中，坐在一群男人中间的玫瑰，就显得比一朵山坡上的花儿还要娇艳美丽。看见这一幕，我忍不住浑身发抖。

镇长劝玫瑰喝了一杯酒。开始时，玫瑰不喝，抿住嘴，死也不喝。可是镇长说，就喝一杯。李闯鼓着血红的双眼，朝玫瑰递了一个眼色，玫瑰推搡之间，被镇长扶着手儿，仰仰雪白的脖儿，一口喝了一杯。没等她酒下肚，镇长又举杯了。玫瑰呀，辛苦了，好事成双。玫瑰不喝。李闯又递了一个眼色。她又仰仰雪白的脖子，又喝了。有酒水洒下来，顺着脖子朝她胀鼓鼓的胸脯上淌。镇长的目光，就追随着正淌着的酒水不放。玫瑰手里的杯子还没有放下，镇长又举起了杯，玫瑰呀，是女人天生就有二两酒的酒量，刚才两杯，只是给你润润喉咙，来来来，再喝一杯，三杯之后，谁再让你喝，谁就是这条狗。

说着，镇长抬腿给了桌子下的瘸腿狗一下。

瘸腿狗疼得尖叫一声，一头朝门外撞去。玫瑰说，镇长呀，玫瑰不是女人，我还是姑娘呢。镇长一听，心里都差点儿被揉碎了。他醉醺醺地说，哎哟，躲雨镇人尖尖上的姑娘，喝下这杯酒，镇长在镇里给你寻份工作。

屋子里，立即鼓起掌来。大家齐声叫好。尤其是李闯，已经喜昏了头。

三杯酒下肚，玫瑰摇摇晃晃地站了起来，她嚷叫着，就冲镇长这句话，要去厨房给镇长煮碗银耳汤，让镇长喝了醒醒酒。

七

玫瑰起身去厨房，村长很快就把麻将桌子给支起来了。

站在窗口的我，暗自为玫瑰的机灵叫好。许多年没看见女儿玫瑰了，她一下子长大了。我想翻过爬满忍冬花的篱笆，到厨房后面的窗口上，去好好瞧瞧我的女儿玫瑰。翻过忍冬花篱笆，对于我来说不是难事。

当我稍稍放宽心，来到另一个窗口的时候，我才知道，老谋深算的镇长，借口解手，蹑手蹑脚跟在玫瑰屁股后面，像强盗一样溜进了厨房。而这个时候，村长也知趣地把醉醺醺的李闯按在了麻将桌上。村长满是横肉的脸上，胡须一刻不停地上下抖动着。他仗着酒劲，朝李闯和另两个男人瞎嚷嚷：

“来，开赌！不到尿泡胀破，不准下桌子。”

李闯瞪着喝得充血的醉眼，嚷着说：“镇长呢？不准镇长溜……溜……溜边儿。”

村长抽了他一下，“你管个屌哇，镇长爱干嘛干嘛，管他的人在县里，你狗日的就少管闲事，来来来，开赌，镇长酒醒了，自然会加入，他那德性！”村长说着，还摇摇晃晃站起身，把通往厨房的门关上了。

站在窗口下，我这才想起了芦苇的话。我心里喊着，“芦苇啊芦苇，既然你是先知，你为什么不早点告知我女儿玫瑰一声？”很快，我才想起，芦苇同我一样，有灵魂没有体魄，有嘴巴没有声音。她和我，都无法和人间交流。

屋子外面，四个赌鬼喊声震天。老式木房瓦口上的烟尘，也被他们的吆喝震得纷纷扬扬。厨房里，玫瑰和镇长，已经扭成了一团。无论玫瑰如何挣扎，她此刻就像正面对着恶狼的小羊，最多只能蹬蹬腿，咩咩叫唤几声。

“镇长呀，我还是姑娘……”

“玫瑰，我要的就是姑娘，你给我听话！”

“鬼才听你的话呢，听了你的话，天亮我就不是姑娘了……”

“玫瑰呀，你早晚都要变成女人，不过是早一天和晚一天。”

“镇长呀，地板脏……”

“要是你嫌脏，扯张画垫垫吧。”

我奔到窗口，看见镇长正骑在女儿玫瑰的身上，活像正在杀一头挣扎不已的猪。斑驳的西墙上，挂着一张扑满灰尘的单人油画。就在镇长一把掳下它的瞬间，我突然看见油画上的人，正是我那刚演完丑角，出来谢幕的女人秀莲。虽然我只瞟着了一眼，但我看见画面上的秀莲款款而出。戏台下面，前一秒还在纷纷扔鞋子的男人们，这一刻已经捂住嘴巴，对着台上的秀莲瞪大了眼珠子。

那位我素未谋面的年轻画家，真是好手笔。就在画面呈现的刹那，我仿佛听到一阵阵叫骂和口哨，全都停在了空中。落下来的，是一阵阵令人惊讶的赞叹，如同下雨一样从画面上席卷开来。

玫瑰也许是瞥见了油画上那个令她颤栗的面孔，她顿时尖叫起来：

“镇长呀，把它垫在我屁股下，我会有罪。”

“怕个屁呀，翻过面就是。”说着，镇长果然一手搂着玫瑰的腰身，一手毫不含糊地把油画上的秀莲翻了个面。

这样，画上的秀莲就面朝着地板，看不见眼前的一切了。

镇长酒量真好，行起事来身手利索。玫瑰的黑色紧身裤，瞬间被镇长扒到了大腿根。玫瑰的两条大腿，像两根修长雪白的萝卜。我赶紧扭过头去。

“镇长呀，你这是在杀姑娘，我怕疼！”玫瑰痛苦地叫。

“怕根屌毛呀……”一个男人说粗话的时候，就说明先前比登天还难的事情，已经进展很顺利了。

我听见玫瑰尖叫一声，倒头就快晕死过去。镇长像条狗，不停地附在玫瑰的耳边，一会儿喊女儿，一会儿喊玫瑰宝贝，喊得涎水四溅。

两窗破败的窗户，被一阵阵风吹来打去。那一刻，我的心也被风吹来打去。难以想象的是，玫瑰身下的秀莲，看见人间的女儿遭受的厄运，她心里怎么想的。

我愤怒得横冲直撞。我知道，那不是风在吹打它们，是我的愤怒和仇恨在吹打它们。我没有办法呀，只好扭着头，不去看地上啜泣的女儿，还有女儿身下渐渐喷出梅花鲜血的油画。我只在心里痛骂着镇长。我只希望脸朝着地板的秀莲，扭过头去看看她女儿遭了怎样的罪恶，然后在地狱深处，给镇长无尽的诅咒。

一阵风吹过，旁边缀满银色花朵的忍冬，在空气中泛着一阵阵的香甜。

玫瑰躺在油画上咬着指头啜泣。刚才的挣扎弄得她汗水淋淋，身体也疲惫不堪，她只好把身体丢在那儿，任凭镇长上下使劲儿。镇长活像条抽搐的狗，喘一通粗重的酒气之后，妈呀怪叫一声，翻身摔倒在玫瑰身边。玫瑰不闹了，也不跑了，一个劲儿咬着指头，嘤嘤地哭泣。镇长心满意足地舔舔嘴唇，秃顶心上洇满了豆大的汗珠。他毫无睡意，掏过一支烟点上之后，一手又搂过了玫瑰。

没隔多久，镇长又不顾玫瑰的反抗，又在她的身体上折腾了一通。这下，玫瑰总算恢复了气力，把体力透支的镇长，一下子掀翻在地。然后，她抹着泪水，哭哭啼啼地离开了老戏院。我只顾担心女儿玫瑰的遭遇去了，根本没在意厨房外面的赌鬼们。不知什么时候，赌鬼们早已没了吆喝声，一个个疲倦不堪，横七竖八靠在麻将桌子上昏睡过去。

玫瑰拉开门，不知被什么东西绊了一下。镇长连忙提上裤子，腰间的皮带也懒得系紧了，一路就要追上去。没想到，他刚跨过门槛，猛地被蜷缩在地的李闯绊了一跤。在镇长面前低眉顺眼的李闯，一下子换了副流氓的模样。

他恶狠狠地盯住镇长，低声嚷叫说："镇长，你个挨刀杀的，你杀了我妹妹，她可是个从没被男人碰过的黄花闺女！"

镇长目光追随着快要消失在老戏院回廊上的玫瑰，嘴里啧啧有声地说："是咧是咧，头道水的姑娘，就是好咧，哎哟哟，玫瑰的头道水呀，谁也没尝过那滋味，啧啧啧……"

镇长话音没落，李闯劈脸就骂了他一句："你放屁！好端端一个黄花闺女，岂有随便让你睡的？"镇长一下子惶然了。他赶紧伸出秃头，瞅了瞅蜷在地上的李闯，有点不敢相信似的："李闯，你眼睛戳瞎了？我是镇长呢。"

李闯一跳老高："我知道你是镇长，你干的坏事，我都看见了。"李闯啧了镇长一脸唾沫。镇长真是大度，他立即换了副皮笑肉不笑的表情，说："李闯呀李闯，有理不在声高，有话好好说，好好说，啊？"李闯一把抢过去，抓住镇长的衬衫领口说："怎么说？是公了还是私了？你当镇长的给个话。"

镇长这回真怒了，立即换了个架势，"公了私了都可以，要公了，公家就在你跟前，要私了，你狗日的不外乎要钱，啥屎都好办。"

玫瑰已经走远了，空中不断传来她伤心的哭泣。

八

我顾不上镇长和李闯争吵，我担心玫瑰想不通，半路跳河或是去林子里上吊。

没想到，李闯从腰间，抽出一个手机，对端着架势，不以为然地对镇长说："镇长，证据全在这儿呢，刚才我已经录了像，你不要鸭子死了嘴壳子硬！”

镇长一下子腿软了，又换了一副求爹爹告奶奶的表情。

眼看李闯占了上风，我心里再愤怒，也稍稍舒服了些。于是，我又翻过缀满银色花朵的忍冬篱笆墙，跑出了老戏院。一路上，刚才被我碰落的忍冬花，随风送来的味道全变成了苦涩。我的心，就是这样的味道。

难怪芦苇对我说，“要是你去看一遭，你又想死第二回”。

天还没有亮，蓝宝石般的星星，不知隐退到了哪儿。月亮就更不必说了，它被沉沉的乌云，裹进了黑暗之中。村子里黑压压一片。

玫瑰抱着李铁的肩膀，正在伤心地哭泣。我走进门时，屋子里猛地卷进去一阵风。愤怒得像头怪兽的李铁，被惊醒了，他呼地站起来，从门背后拎过一把铁锄，扭头就要朝老戏院跑。不知怎么地，他因为愤怒，嘴里发出呜呜的咆哮。像风吹过山口，又像一串呼啸的炮仗掠过水面。

从未有过的恐惧，突然袭上了我的心头。我抬头看看天，东边的天上，裂开了一道血红的口子。我感到厄运将要来临。玫瑰也追出门口，可是当她看见李铁的瘸腿瞬间获得了飞翔的力量，她只好绝望地喊了一声：“李铁呀，你不是他的对手……”说完，她就扭头倒在自己的床上，昏睡过去。

我走得飞快，来到村子路口。我又碰见了芦苇。芦苇低着头，瘦得似乎整个人只剩下一件单薄的灰衣。我瞅了她一眼，说：“你怎么又来了？”

芦苇苦笑了一声说：“我老远就听见了吵闹声，看来又要发生什么不测了。”

我有些狐疑，正要问问芦苇，眼前会发生什么不测，只见李闯一手护着一个胀鼓鼓的钱袋，一手推搡着李铁，朝村子里走来。

一起来的，还有嘴角抖动着猫儿胡的村长。

芦苇和我，赶紧朝边上闪了一下。其实，这一点也没必要。我和芦苇，即使挡在路的中间，行人也可以从我们的身体穿行。不过，我们还是垂手闪了一下，双眼盯着路上的行人。李闯现在的样子，我几乎认不出来了。我伸出手，在李闯的脸上摸了摸，告诉他说：“李闯呀，我是你爹呀。”李闯抹了一把脸上隔夜的露水，和脏得足以搅浑一盆水的臭汗，朝着我的方向死死瞪了我一眼。

李铁提着铁锄，在李闯和村长的推搡下，不依不饶地拼着命。

李闯哀叫了一声说：“爹咧，你是我的爹咧，你倒是听听话！”说着，他使使眼色，他和村长一人架着李铁一条胳膊，把他蹬踢不停的瘸腿架到空中，像架只去屠宰场下油锅的猴子，把呼天抢地的李铁，急匆匆架回了村子。

回到家，李铁把村里连夜发放给他的几捆赔偿款，猛地朝桌子上一拍。破败的桌子上，灰尘一蹦老高。村长呛得打了个喷嚏。

“你小点儿声。”村长笑嘻嘻地说。

李闯来了气，骂着李铁说：“你冲动个屁，你去把镇长杀了，你就没有桌上的这几捆钱，不仅这样，还有比桌上更多的钱，你也休想得到。”

从生下地起，李铁就没见过这么多钱。当昏暗的灯光下，一捆捆钱随着李闯的力道，掉到地上摔成黄花花、绿花花的一片。恍惚间，李铁觉得整间屋子都被钱给堆满了。就连破房子的墙壁上，仿佛也爬满了厚厚的一层。

李铁一屁股坐在地上。他的脑子又犯晕了。他感到眼前模糊一片，什么也记不起来。玫瑰的哭诉，他也记不起来。渐渐地，他看着眼前满屋子的钱，竟然张着嘴，傻笑起来。看见他这副样子，李闯松了一口气。村长也松了一口气。

村长说：“李闯，办法是我想的，到时倒腾地皮，二一添作五。”

“二一添作五，二一添作五，村长咧。”李闯赶紧说。

村长又吐了一口气，说：“狗日的，你拣了大便宜！”

李闯朝玫瑰的卧室瞅了瞅，说：“便宜是拣了，可镇长也没吃亏。”

“至于玫瑰嘛，镇长说了，风声一过，他就给玫瑰在镇里寻个工作。”村长又说，“镇长答应了，街边的一亩好地，从村民手里多少钱收购，他就多少钱卖给你李闯。李闯呀，你想想，一亩六百六十六平，镇长卖给才你三四万，你把一亩好地弄到手，截成七八十平的豆腐块，再倒卖给猴急着要去修住房的农民。一块豆腐块可以卖十万以上，眨眼工夫，你狗日的就会成为百万富翁！”

“托村长的福呢，托镇长的福。”

“你知道就好，倒卖了地，记得镇长有份儿，我村长的就不必说屁！”

“那是那是，我记着咧记着咧，我的好村长……”

裹着风声，我愤怒得紧走几步，伸出手去，狠狠抽了李闯几个耳光。李闯疼得“哎哟哟”怪叫：“谁打我？谁？谁？你个死鬼。”他满地团团找着。村长一下子乐了，他骂着说：“李闯，狗日的想钱想疯了吧，屋子里就我和你，谁会抽你耳光？”芦苇死死拉住我，我还是奋力上前，当胸又掏了李闯几拳。

李闯疼得满脸通红，黄豆大的汗珠子滚滚而下。

“村长，真有人打我呀……有本事，你站出来。”

“李闯，你狗日的醒醒，现在的李闯，谁还敢动你一根指头？”

村长拍了拍李闯的肩膀，说：“哄好玫瑰，用钱，记着，我走咧。”说着，村长边揉捏他几根抖动的胡须，边喜滋滋朝老戏院走。镇长心上的巨石，一下子在村长的心头落了地，他变得无比轻松。

九

这些天里，村子的路口又变得热闹非凡。搬迁的事情，很快谈妥了，钱的事情也解决好了。人们的心气，也变得顺顺畅畅。先前拗着没有搬迁的一拨拨人家，渐渐涌到了大路上。村子里像在办一场场喜事。

人形纸片儿，相约着上了路，纷纷在村口汇合，然后又在簇拥声中，一拔儿一拔儿地分开。人形纸片儿上，死去很久的人，又活回来了。他们满脸尘土，双眼愁苦。可是，经过清晨的阳光泼辣辣一照，又还阳了咧，脸上又堆出了笑，双眼又淌出了光。

很久不见，正着的、侧着的、歪着的、倒着的各种人形纸片儿，难免要指指戳戳，呼名道姓，你摸摸我的脸，我拉拉你的手，你拍我一把掌，我嬉笑着痛骂你几声。场面如同老同学见面，如同老战友死里逃生后相逢，如同老朋友相拥喜极而泣。于是，人形纸片儿，你碰我一下，我纠缠着你不放，他不准我走，我怕你匆匆离去。场面有些混乱，可是却没有发生任何仇怨。听见的只是尊重，道别，还有无尽的离愁。往后的日子，是恓惶不已，还是翻身歌唱，谁的心里都没有底。是啊，从村子的路口出发，所有的人形纸片儿，眼看就要各奔东西，朝着自己的山头进发……

人形纸片儿中，我没有看见芦苇。这下，我提在嗓子眼的心，总算舒坦些了。这些人形纸片儿，在村子路口告别之后，整个桉树林里，就只剩下我和她了。这些不肖子孙，怨他们有什么用？权利都掌握在他们的手里。现在，我和芦苇，手无缚鸡之力，什么时候轮到我们，完全要听候安排。不过，总算还有芦苇陪着我走完最后一程，我就不觉得世界上的孤独有多么可怕。

路口渐渐平息之后，干燥的荒野里，又传来了蝉儿熟悉的嘶鸣。

芦苇和我，在一处无风的角落里，又碰到了一起。

村子里，正在发生着不可预知的事儿。我不停地朝着芦苇诉苦，芦苇一声不吭，只是一个劲儿地抹着眼泪。我们就这样沉默地面对对方，一直从白天坐到夜晚，然后又从夜晚坐到第二天黄昏时分。

李闯在这两个白天和黑夜里，却不停地打着自己的如意算盘。

女儿玫瑰，一连在床上睡了三天，也哭了三天。她的双眼，肿得连走路也看不见了。可是当李闯把一捆新崭崭的钱，还有镇长的一纸承诺书，丢到玫瑰枕边时，她一下子不哭了，双眼也瞬间泛出了笑意。第二天，她就变了个人，瞧人的眼神儿，变斜了，胸脯里，也像装了两只鸡，成天在镇上来回晃荡。

病恹恹的太阳，离当天的死，还有一丈高咧。可是李闯等不及了。他心里激动，兴奋地搓着手。昨天夜里，他把一捆钱和镇长的承诺书，丢到玫瑰的枕边。之后，他溜了出来，坐在刺目的灯光下，和李铁协商咧。说是兄弟间协商，其实是李闯一个人说了算。谁要叫李铁脑子有毛病呢？谁要叫我当年就抽了他一耳光，摔断了他的腿不说，还撞伤了他聪明的脑瓜呢？

世上真没有后悔药可吃。我看见他一声不吭地坐在李闯面前，对李闯的协商言听计从，我的泪水就忍不住往下淌。我此刻的泪水，像秋天屋檐下的雨，秋天不去，它就永远不会有结束的一天。

没过多久，协商就结束了。李闯把房屋拆迁，土地占用的赔偿款，分了一半给李铁。这是我希望看见的。虽然在玫瑰的身子被镇长杀掉的夜晚，我恨透了李闯。可是，当他对着自己脑袋有毛病的兄长，还是很慷慨地把几捆钱推到兄长的面前时，我觉得李闯还是没有失去良心咧。

钱分了，家也是分了。李闯念着李铁脑子有病，李铁的一份儿，李闯也主动给他保管下了。李闯说："李铁，钱我替你管着，是你的一分都跑不了，你只消记个数，要花多少往我这儿取！"哎哟哟，李闯这鬼灵精，着实让我省心呢，这辈子，我从没见过这么多钱。当然，李铁也没见过。面前一下子堆这么多钱，不管是谁，都不知如何是好。这下倒好，李闯把一切都替李铁想好了。

多挨了两天，总算轮到我了。

"李铁呀，走走走，我们挖爹去！"

"走呀，挖爹！"

一听见要挖爹，李铁一蹦老高。他把什么事儿都忘了。我也只好赶紧走回桉树林里。儿女们要挖我，我总不能不在家吧。我得赶回去，躺在里面，舒服地听儿女们挖我的声音。

"玫瑰呀，你就别去了，你在家烧几个好菜。"

李闯提着铁锹，赶着李铁出门，他还没有忘记嘱咐玫瑰。玫瑰脆生生答应了一声。李闯和李铁，就朝桉树林里出发了。与此同时，芦苇的家人，也一同上了路。村子里就剩我和她没走了。用镇长的话说，再不走，就要成孤魂野鬼了。

刚躺下来不久，很快我就听到了挖掘的声音。开始时此起彼伏，李闯和李铁一齐站在坑道里，埋头挖着。听着外面铁锄和铁锹碰在厚土里呼呼作响的声音，我心里泛着一阵阵的甜蜜，像忍冬花高兴的时候泛出的香甜。

我一边听，一边搜寻着角落里分别了许多天的蜘蛛。令我失望的是，角落里只剩下一张网，空荡荡地悬浮着。而蜘蛛，早已不见了踪影。我抬头四下里寻找。我看见了头顶的破洞，穿过破洞还看见空空如也的天空。

空荡荡的天空里，月亮如同浮在河面上。这下，我才想起，蜘蛛可能是因为早已习惯了没有尽头的黑暗，当阳光来临之时，它不是融化消失，就是变成了一只什么飞蛾，早已扑向了另一个万劫不复的世界。

久久地，我凝视着空荡荡的蜘蛛网，看见尘土在破洞下方盘旋。

十

不知又过了多久，坑道里传来一阵单调的挖掘声。

一听这声音，我就知道只有李铁在挖掘。李闯累坏了，站在旁边瞅着。李闯浑身细皮嫩肉，他根本不是当掘墓人的好把式。果然，很快我听到李闯吆喝起来，“李铁呀，不要停，天眼看着要亮了。”

话音未落，李铁的挖掘声，立即又加快了一些。李闯又喊：“李铁呀，挖另一个角落，屁股对着我。”外面的挖掘声，很快又调了一个方向。

这个时候，外面的风全都停了。忽然，我嗅到了一股年代久远的霉味。这发霉的味道，令人心跳加快，我隐隐不安。左思右想之后，我总算想起了芦苇几天前说过的一个事件。我吓了一跳，身上的骨头纷纷散架。可是，刚才李铁怕我着凉，又将麻布挡住了破败的洞口。现在，我既无法起身，也无法看见外面正在悄然走来的厄运。我只好侧着耳朵，屏住呼吸，不放过外面的任何风吹草动。

果然，李铁的挖掘声，渐渐慢了下来。他的呼吸声，也越来越粗重。

“李铁，别调头，快挖呀。”

“唉，怎么回事？李闯啊，我总觉得口渴。”

“渴个屁呀，天都快亮了，赶紧挖爹咧。”

“李铁，你让我爬起来，我头晕得厉害，是不是中暑了？”

“你真是疯了，天上挂的是月亮，又不是太阳。”

“可是李闯啊，我鼻孔上，嘴巴上，都像堆满了土。”

“是不是累了？要是累了，你就躺在坑道里歇口气。”

“不是累啊，李铁，我是闷得慌，想爬上来喘口气。”

“别上来，给我好好在下面待着，你这懒鬼，上来就不会下去的。”

“李闯啊，你怎么用棍子捅我？我才爬起身，你就把我捅了下来。”

“鬼捅你呀，你真是渴得脑瓜里装满了糨糊。”

“腰窝上又挨了一下，快爬到坑顶咧，又捅了我个四脚朝天。”

“是你自己摔倒了，不信，你再试试！”

“是啊，李闯，哥渴，我听你话，我躺躺……”

“好啊，你躺下吧，但不准爬出来，爬出来，爹就会抓着你的脚，一道爬出来了，到时候，爹就不是爹，爹就会是个恶鬼了，村子里遭了难，人们会骂死你。”

“我听话，李闯，但你也得听我话，赶紧回家去，给我打水来……”

很快，我就听到了一堵墙倒下般的声音。李铁的呼喊渐渐小了，最后气息如同游丝，渐渐脱离了他的鼻孔。尔后，李铁的呼吸，越来越轻。在我看来，即使没有风，夜里飞过一只蛾，也足以刮跑他鼻翼的最后一缕气息。

差不多没了动静，李闯才高声叫着："李铁呀，你一定是累坏了，你等着，我跑回家给你取水……"李闯跑了，他的脚步声显得特别欢快。跑出去几步，我还听见他绊在一块石头上，踉跄着飞出去好远。

夏季旱得太久了，偏东雨说来就来。雨一来，我的脑袋就显得特别清醒了。

雨滴敲打在麻布上，发出刀子捅进鲜肉里般的声音。雨滴也敲打在铁锹上，声音清脆响亮，如同敲打着一只陶。只有我知道，外面发出的声音，那是我心口的血，正在滴向脚下的一口深井。

李铁躺在门口的案板上，浑身发紫。他的整个身子，比平时肥了一圈。他倔强的嘴角，愤怒地轻轻翘着。玫瑰哭得晕了过去。李闯也哭得哇哇大叫。

村子涌过来不少人。老婆子们，一个个像令人泼烦的乌鸦。

有个尖下巴的老婆子嚷着说："李铁死得惨咧，怕是中了墓道里的毒。"

旁边一位掉了牙的驼背，叹口气说："是呀是呀，我活了八十几，还从没瞧见像这样迁坟的阵仗，怕是要还魂咧！"

尖下巴老婆子突然把嘴凑到驼背的耳朵，压低声音说："真是奇了怪了，两兄弟一起去挖爹，一个死了，另一个却好端端活着。"

"是呀，你看看，他哭得呼天抢地，压根儿看不见眼里涌出泪水。"

"这事儿，怕是有蹊跷呢。"

"谁叫他脑子有毛病呢？活活像被整死的。"

李闯实在听不下去了，他站起身，冲着看热闹的人们挥了挥拳头。"瞎嚷嚷个啥？今天死的不是你爹，狗日的些倒是站干坎上沾不了泥！"李闯在村子里不好惹，多嘴舌们立即噤若寒蝉，一哄而散。

十一

白发人送黑发人——苦。亡灵送黑发人——绝望。

送黑发人走，自然比谁都重要。但镇里的拆迁指令，如同十万火急的鸡毛信，一道道催下来。时间紧迫，送葬的仪式自然少了许多。这是李闯最希望看见的。村子不知在多少年前，早已成了空村。年轻力壮的男人和女人，早已离开了村子，在外面四处谋生。李铁一走，村子里剩下的劳力，全都被召集在一起。于是，我的事儿就这样搁了下来。

村长急匆匆赶来了。他一来，天大的事，也就有了主意。村长把李闯家的事，简直看得比自己的事还要重要。镇长也来了。虽然李铁之死，明里摆着是意外，但镇长体恤民情。村长把情况报告了镇长，镇长二话没说，就朝李闯家直奔而来。

镇长的秃顶，在太阳下跳动着刺目的光。有个酒鬼瞅着镇长的秃顶，眯着眼打量了半晌。喷着酒气说："镇长咧，你头顶金光，怕是要高升。"镇长一听乐了。他赶紧对站在屋檐下还没吆喝上话的提调官，说："提调官赶紧安排呀，死人的事，要当大事！这是为人之道，也是为官之道！"

镇长一句话，把聚成一团的人们，激动得哇哇怪叫。

李闯大叫一声："镇长啊，你可得给我做做主，哥死得惨，全都是因为迁坟惹的祸……"见到镇长，李闯总算哭出了几颗黄豆大的泪珠。

镇长睃了李闯两眼，一把将他拉到一边，压低声音说："狗日的，哭个屎，你这戏在众人面前可以演，别在我镇长面前演，镇长既不耳聋，也不眼瞎！村长手里有录像呢，狗日的不知道吧？这就叫螳螂捕蝉——黄雀在后。"

李闯他吓得腿软，也不知镇长葫芦里卖的什么药，差点瘫到了地上去。镇长连忙一把扶住他，"李闯呀，捅棍子的时候，你狗日的咋心比石头还硬？现在要紧的，就是把死人的后事办妥……"镇长可真沉得住气，他扫视了张着嘴巴的人群，又说："乡亲们等着帮忙呢，快给我把哭腔止了，干正事！"

一个瘦小的女人忍不住哭了起来。她不是哭李铁死得惨，而是哭镇长仁义。

芦苇家男人也夹杂在人堆里，他当了好些年鳏夫，心情糟糕透顶。他本来已经计划好了，要赶在天亮之前，把芦苇送到选好地的山头。可半路杀出一个李铁，他觉得自己倒了血霉。芦苇的居所，已经从地里刨出来，如同一条大水中的船，不停地晃荡在他的胸口。他恼怒地对村长吼叫着说：

"办后事，也要有个先来后到吧？我女人芦苇，在露天地里等得不耐烦咧！"

满脸横肉的村长叉着腰，脸上的几根胡须，抖得万分激动。

"瞎闹个屎！死人重要还是亡魂重要？先给我埋死人，亡魂再给我搁一天！"

事儿就这样定下来了。芦苇家的所有劳力，也都被村长召集到了李闯家。一齐给李铁送葬。赶走了戏子，没办法请唱戏的来热闹了。但镇长拍了拍锃亮的秃顶，说："抬着灵柩，绕老戏院一圈，什么都齐整了。"

"是咧，好着咧嘛，镇长就是镇长，比谁都考虑得周全。"

李铁就这样上路了。我和芦苇，还要多拖延一天才能上路。虽然是一天，我和芦苇，都觉得比一年还要长。芦苇绝望得想再死一次。我何尝不是？为了消磨时间，我和她一道，夹杂在滚滚人流中，为我的儿子李铁送葬。队伍欢声笑语，走走停停，果然照镇长的吩咐，围着老戏院转了一圈。然后，队伍鞋也不脱，匆匆踩进河流里。过了河，很快就把李铁送到了遥远的阴山的背面。

芦苇不肯过河。芦苇说："过了河，就不知能不能回来了。"听她这么一说，我也有些惶然。于是，我们就站在河边，看见热闹的队伍消失之后，抽身沿着硬得发白的小路，回到了空荡荡的村子。

办妥了李铁的事，李闯和村长，跟在镇长的屁股后面，直接走进了破败的老戏院。三人坐在屋子里，没过多久，玫瑰不知从哪道门溜进来，笑吟吟地，把一盏盏热茶捧上来。她俨然变成了镇长的随身小秘。

李闯捧了茶，抢先说："镇长咧村长咧，现在，我们就是一根绳子上的蚂蚱。"

镇长噘着嘴吸了一口滚荡的茶，一口喷到了李闯的脸上，"狗日的李闯，谁和你是一根绳上的蚂蚱？你是什么？你他妈就是杀人犯！"

村长赶紧打圆场："镇长咧，小点声，小点声呀。"

镇长稍歇了一下，拍了拍桌子，骂李闯说："你这是杀人呢，杀人要抵命，你狗日的知道吗？"

李闯赶紧跪了下去，"镇长镇长，我知道，知道咧，你可得为我做主。"

镇长把头扭到一边，玫瑰赶紧从灯影里款步移了出来。镇长的怒火，瞬间消了大半。镇长戳着李闯的鼻子说："看在玫瑰的份上，饶了你，给他把手机没收，洗掉录我的像。"村长上前一步，杀猪般，手一探，手机眨眼落到了镇长的手里。

镇长又转过身，变得有些语重心长地说："李闯啊，我镇长和玫瑰那点事儿，算个屎毛，组织上，最多给我警告处分，怎么可以和你干的事相提并论？"

李闯见镇长撤了架在脖子上的刀，赶紧说："镇长，那你论处我。"

"论处个屎！倒腾地皮的事儿，你狗日的就取点跑路费得了，我还考虑着要给玫瑰一份儿咧。"灯影里的玫瑰一听，一屁股就坐到了镇长的大腿上。她看镇长的眼神儿，全变了。她的眼神儿，变得像铁条遇上炭火，又像杨柳遇上春风。

李闯气得吐血，可他还是一脸感激，满口应承下来。

十二

这一夜，我长吁短叹。直到黎明时分，我也无法安息。芦苇在我的不远处，不停地翻动着单薄的身子。她一会儿啜泣，一会儿又发出梦呓之语。

天快要亮的时候，总算轮到芦苇和我了。

孤独的两个人形纸片儿，来到村子的路口。芦苇摇晃着身子，盯着我，似乎要把我的身子盯穿。有风从村子里卷起来，扑倒在我和芦苇的人形纸片儿上。人形纸片儿左右摇晃。人们没有给我和芦苇太多时间。很快，人们就举着人形纸片儿，分别往不同的山坡走去。

瘸腿狗跟在人群后面，甩圆了尾巴，给我和芦苇送行。花猫没有这般仁义。

路越来越宽。风从山谷吹下来，遇上宽阔的大道，风就变得狂野起来。一路上，举着我的人形纸片儿，一会儿正着走，一会儿又侧着走。我一张模糊不清的脸，一会儿看看河流，一会儿又看看山头。一切景物，都无法存留于我的记忆里。

举着人形纸片儿的李闯，被我折腾得跳脚大骂："狗日的风，风好大呀！弄得我爹东倒西歪！"人流里，有人七嘴八舌接话茬了，"你爹生前就是个酒鬼，他一定又喝醉了。""屎，不是喝醉了，他是拼命想活回来咧。""哎呀呀，不是不是，全都不是，他是想芦苇了，芦苇去了另一个山头，他一定想跟着去。"

我听得心烦意乱，心又开始滴血，深井不断传来绝望的滴水之声。

于是，我跳回了属于自己的居所。我重重地躺下来，盯住角落里的蜘蛛网。

"哎呀，它妈的活见鬼了，灵柩一下子重得像块铁。"

"赶紧抬呀，狗日的些可别给老子偷懒。"

不一会儿，我什么也听不见了，只感觉自己行进在无声的河流之上。

我盯着角落里的蜘蛛网。空荡荡的蜘蛛网里，蜘蛛不知什么时候，去哪儿溜荡了一圈之后，又回到了网的中央。它又开始打瞌睡，惊醒后从裹满尘土的蛛丝上掉落下来，然后又飞快地爬上去。我发现，几日不见，蜘蛛的样子全变了，变得一身毫无血色。以前，我就听说过，从不见天日的东西，回到阳光里，就会通体变白，变透明。也许，几天里，蜘蛛也经过了这般变故。

角落里的蜘蛛，就这样滑下来又爬上去，爬上去又滑下来……

盯着与我相伴却无法言语的蜘蛛，我做起梦来。我梦见躲雨镇上画着各种脸谱的风筝，四下腾空而起。紧接着，我听见一阵阵罡风隐约吹来。罡风吹过躲雨镇，刮过老戏院漆黑的瓦顶，又吹过村子和山岗，朝病恹恹的天空席卷而去。

大风里，李闯举着我的人形纸片儿，行走得东倒西歪。他莫名其妙地，跳着脚痛骂了一句："他先人，全打水漂了，全打水漂了！日死他个先人咧……"

另一侧，玫瑰一手搭在我身上，一手触碰着别在头发上的一朵粉红花朵。

这朵花别在她乌云般蓬茂的秀发上，不知她在祭奠谁，还是在想念着谁。

（原载《芙蓉》2015年第5期）

2015年

曹　永

红骨髓

小马张

谁也没想到，小马张竟然会得白血病。

出事那天，小马张在工地搬水泥。他将水泥搂到大腿上，猛地朝上一甩，就把水泥甩到肩膀上了。用肩膀扛东西，腰不容易扭伤，小马张到建筑工地已经几年了，他知道这个技巧。热烘烘的风不时卷着灰尘，往他的鼻眼和牙缝里钻。牙齿嚼动时，嘴里就会磨出咯吱咯吱的响声。水泥沾在小马张的身上，让他看起来灰头土脸，就像刚从土里刨出来的。

建筑工地乱糟糟的，到处堆放着钢管、水泥、木板，还有砖块之类的东西。楼房已经有三十多层了，还没封顶。楼上布满绿色的安全网，看起来就像陡峭的山崖。有很多建筑工在楼上忙碌，他姐夫德元也在。德元腿脚不太灵活，但很勤快，包工头就让他带班。这几天，德元忙着带人扎钢筋。

工地左面是活动板房，那里是仓库。右面也是活动板房，建筑工吃住都在里面。他姐马线就在那里做饭。很多时候，马线都会挺着肚子在那边做事。小马张害怕看到马线。只要看到小马张，马线就喊他喝水，有时还会偷偷往他手里塞上两个煮熟的鸡蛋。

小马张感到丢脸，装作没听见，但马线跑过来说，茶水泡好了，赶紧喝几口。小马张不满地说，你看你，我忙着哩。马线说，再忙也要喝水吃东西，你还在长身体，需要营养哩。马线总是这样，小时候害怕他吃不饱穿不暖，长大了又担心他苦着累着。

小马张把肩上的水泥扔在墙脚，转身往回走。小马张抹着额头上的汗水，他有点疲倦。说不清怎么回事，最近一段时间，他老感到疲倦。前面还有几包水泥。前几天灌桩，还剩几包水泥，包工头怕落雨，让小马张把水泥搬到背雨的地方。

小马张全身汗渍渍的，风吹到脸上，就像火舔似的，隐隐疼痛。他抬头朝天空看了一眼，上面蓝幽幽的，啥也没有。街道上传来汽车的声音，他朝那边看，但视线被围墙挡住了。建筑工地虽然在省城，但跟村里差不多。那堵围墙把小马张和城市隔开了，只有远处的楼房，像竹笋那样戳向天空。

灰尘被汗水沾在脸上，好像糊着层什么东西，让小马张很不好受。他吐几口唾沫，想把里面的灰吐出来，但没有用。牙齿合拢时，仍然会磨出咯吱咯吱的声音。小马张打算赶紧把水泥搬完，然后找地方休息。小马张扛着水泥，刚走几步，突然感到眼前发黑，然后就栽倒在地上了。

小马张醒来的时候，眼前是一片模糊的白色，接着，他看到几粒圆圆的东西。小马张的眼珠转动几下，他终于看清了，白色的是天花板，圆圆的则是几粒脑袋。那些脑袋里，有一粒属于他的姐姐马线，还有一粒属于他的姐夫德元，剩余一粒属于穿白大褂的医生。

小马张发现自己躺在病床上，他的目光在屋里跑来跑去。马线和德元见他睁开眼睛，赶紧把头凑过来。小马张的眼珠还转来转去，他不明白自己怎么会躺在这个地方。马线抓着他手说，你看我是哪个？小马张说，姐，你说啥呢？马线把德元扯过来，说他呢，你说他是哪个？小马张有些奇怪，说姐夫嘛。马线捂住胸口说，还担心你认不出来咧。

小马张说，姐，我怎么躺在这里？马线说，你生病了。小马张说，我生什么病？马线的脸色有点不好看，吞吞吐吐地说，医生说你贫血。小马张撑起身说，水泥还没扛完，我要回工地。马线和德元赶紧把他按住。马线说，医生说你要多休息几天。

医生戴着口罩，看不出什么表情，他伸手拍拍马线和德元，然后离开病房。马线和德元给小马张盖好被子，跟着医生出去了。周围很安静，听不到半点声音。浓郁的药味不晓得从什么地方飘来，在病房里滚来滚去。

小马张想爬起来，但他的手上打着点滴，药水慢慢往下滴。小马张想，不天阴还好，要是下雨把水泥淋湿，肯定要被包工头臭骂，也许还会扣工资。包工头是个鼠脸，官不大，偏偏喜欢骂人。小马张不怕挨骂，但怕扣工资。

马线和德元进来了。小马张看到马线的眼圈红红的，他欠起身说，姐，我得的是啥病？马线说，没啥病，就是有点贫血，输几天液就好了。小马张说，你哄鬼。马线朝他笑了一下说，哄你干啥嘛，你听医生的话，好好休息几天就能出院了。小马张说，我啥时候回去上班？马线说，你莫操心工地，你姐夫已经给你请假了。

马线要回工地做饭，德元在医院陪他。小马张觉得事情有点不对劲，他不时往德元的脸上瞄，想从他脸上看出什么。但横竖看不出来，因为德元目光躲闪。德元仰着脖子看天花板，或者跑到窗口，看外面的树。那里有几棵樱桃树，嫩芽爬在枝头上，像些绿虫虫。

药水拢共有四瓶，有两瓶清汪汪的，另外两瓶颜色浊黄，就像尿水那样。想到那些尿水样的东西就要滴进自己的血管，小马张感到怪怪的。他从来没打过针，甚至很少吃药，没想到这次突然昏倒，醒来就躺在医院，手上扎着针管。他不清楚到底怎么回事。

躺在床上，小马张觉得很不自在。以前在工地，小马张总想偷懒，瞅住包工头不在，他就偷偷跑到床上躺着。有时候，甚至还会溜到街上，看路上的汽车。那些汽车亮闪闪的，光滑得苍蝇都站不稳。他还喜欢看女人。城里的女人就是不一样，衣服穿得少，舍得把白嫩嫩的身体露出来。当然，小马张只敢偷偷看，就像做贼，瞟两眼就脸上滚烫。

小马张不敢跑远，只在附近的街上瞎逛。没跑几次，他就把附近的街道逛熟了。街上其实没啥好逛的，但他偏偏想溜出来，只要跑出围墙，就算站在天桥上看车，或者数远处的楼层，他也会感到非常惬意。

药味凶猛地往鼻孔里钻，呛得小马张难受，他想把针拔掉，跑回建筑工地。原来在工地，他总想往外边跑，现在居然想回到那个地方。真是奇怪，怎么会有这种想法呢。小马张睁着眼睛，看着药水慢慢滴进自己的身体。这时候，他才发现，其实自己并不讨厌建筑工地。

在医院躺了几天，小马张实在憋不住了，嚷嚷着要回工地。但马线和德元不让，他们说，再过两天就能出院了。德元啥也不做，连续几天在医院陪他。马线已经怀孕几个月，但她舍不得辞工，仍然每天跑到工地做饭。小马张说，我能走能动，你们守着我干啥？

马线说，我们陪你说话，给你做伴。小马张说，那你们说，我得的到底是啥病？马线说，给你说过了，就是有点贫血。小马张瞪着眼说，你们打算瞒到什么时候？马线说，啧啧，你看你，我们瞒你干啥。小马张朝德元的脸上看，但看不出名堂，因为德元的眼睛不和他对光。

每次医生把马线和德元叫出去，回到病房，他们的脸色都很难看。小马张看到马线泪汪汪的，实在忍不住了，他猛地扯掉针管，掀开铺盖，站起来要往外走。药水从针管里淌出来，细细的一条。德元急忙把他搂住，叫着说，哎呀，你这是干啥？小马张挣扎着说，我要出院！

马线说，好端端的，你发什么疯？小马张说，你们不告诉我是啥病，我就不治了。马线央求说，你先躺着，让医生给你把针扎上。小马张蛮横地说，你们要是还瞒着，我说啥也不治！马线晓得他的性格，慌忙说，我的祖宗，只要你别闹，我们啥都依你。小马张看着马线，等她嘴里的话。

看到弟弟烦躁的样子，马线脱口说，医生说是血癌。小马张说，啥叫血癌？马线红着眼说，就是白血病。小马张说，我是不是活不成了？马线说，你莫乱想，医生说只要做骨髓移植，就能把病治好。小马张低头看针管，药水还在淌，淋湿一片地板。

马线看到弟弟的样子，有点害怕。她想安慰几句，但小马张忽然挥手说，你们出去，我想一个人待会儿。马线还想说话，但德元把她拽出去了。病房很安静，几乎能够听到药水淌在地上的声音。

小马张靠着床沿，两只眼睛不停地眨，吧嗒吧嗒。怎么也想不到，居然会得这种病。仿佛有什么东西堵在胸口，让他很不好受。他心酸地想，世上这么多楼房，没有一间是自己的；世上这么多汽车，也没有一辆是自己的；自己啥都没有，偏偏还得白血病。

小马张感到很委屈，他想敞开嗓子，吼叫几声。当然，他只是这么想。他靠在床头上，就像半截树桩。小马张的老家在格佬河。以前，小马张非常害怕格佬河，他觉得那是世界上最难待的地方。不知怎么回事，他现在竟然想起来了。

格佬河是个深山旮旯。两边是悬崖，中间有一条河。河的这边是贵州，那边是云南。河水在山沟里弯来拐去，慢慢冲出一片河滩。小马张家在河滩上。抬头往上看，天空窄窄的一条，就像磨快的镰刀。土地都在山坡上，陡得像楼梯。路也不好走，要从山沟沟里爬出来，几乎能把鞋底磨烂。

格佬河没学校。娃娃长大了，就送到河对岸的云南，要走十多里。由于路远，学生娃走得早，天蒙蒙亮就上路，跑到教室，累得只有半条命。河水浅的时候，学生娃就捞起裤子，从河里摸过去。早晨的河水很冷，差不多能冻到骨缝里去。

后来，马线嫁到野马冲。马线心疼弟弟，就让他转学到野马冲。小马张读书很用功，他想从书里读出名堂，再也不要回到格佬河。但野马冲教学质量差，从来没学生考到城里，小马张也不例外。初中毕业后，爹娘叫过几次，说既然不读书，就回家帮忙种地。小马张没办法，可怜巴巴地看着他姐。马线舍不得弟弟，就说，让他先待一阵子，玩够再回去。

再后来，马线跟着德元到省城打工，把小马张也带出来了。马线看到弟弟身体单薄，不忍心看他吃苦，就让德元找包工头说情，让小马张在工地上打杂。说是打杂，其实并不轻闲，不是在这边搬东西，就是往那边送工具。

这些年，小马张有烦躁的时候，也有高兴的时候。想来想去，还是顺心的事情多些。小马张拿定主意，在省城多拼几年，挣到钱就回去。他不想回格佬河，那里尽是山崖，憋得几乎喘不过气来。野马冲是个镇子，虽然也在山上，但地势没格佬河那吓人。小马张准备挣到钱，就在野马冲买个地基，建个店铺，做点什么生意。

很多格佬河的村民，生在山沟沟里，死也在山沟沟里。他们被大山囚禁几十年，最后给活活关死。小马张离开那个鬼地方，以为往后能够清清爽爽地过一辈子，没想到，竟得上这么个怪病。碰到这种事情，小马张简直有点不敢相信。

病房外面站着几棵树，摇头晃脑。小马张鼻梁酸酸的，说不出的绝望。他抬头看天花板，白晃晃的，越看越模糊。床头柜上放着一个水杯，上面有个怪模怪样的图案。小马张抓起水杯，猛然摔出去。咣当一声脆响，玻璃碎片溅得到处都是。马线和德元带着医生跑进来了，他们满脸吃惊。小马张没有理会他们。他把脸埋在手心里，肩膀抖动不止。

马线

事情有些麻烦，医生说小马张的造血机能坏了，需要移植骨髓。马线和德元催促说，那就赶紧，只要把病治好，花多少钱我们都愿意。医生说，骨髓库没有合适的骨髓，只能从直系亲属里面配型。马线让德元赶回格佬河，把爹娘接来。

听说儿子得病，两个老人急得火烧火燎，慌忙跟着姑爷跑。他们到医院配型，竟然都不成功。马线她爹给医生说，他是我儿哩，身上淌着我的血。医生说，我们晓得他是你儿。马线她爹瞪眼说，那你说配不成？医生说，确实没配成。马线她爹说，你们肯定弄错了。医生说，我们没弄错，直系亲戚配不成是常有的事。

马线她爹性格暴烈，就在那里跟医生吵架。医生看他胡闹，也生气了，站起来要叫保安。德元看到事态不好，赶忙把他拉出来。马线她爹说，你们这些医生，没有本事，还偏说胡话。德元劝导说，爹，我晓得你焦急，但再急也没用。马线她爹跺脚说，小马张是我儿，怎么就配不成嘛？

马线跟她娘靠在墙上。起先的时候，娘像棵庄稼似的站在那里，脸上没什么表情，后来她身体摇晃几下，就慢慢瘫坐在地上了。马线伸手去扶，但娘就像团稀泥，她拉扯几下，横竖扶不起来。娘坐在地上，脸上的肉乱颤，模样有点吓人。

马线把娘放开，她感到心里乱糟糟的。她扶着墙，慢慢坐在医院的花台上。马线仰着脸，在那里看天。她听到娘扯着嗓子，开始一声接一声地号。在格佬河，两边都是陡峭的悬崖，看起来，天空就像块搭在山尖上的瓦片。省城很宽敞，天就显得很高，也很远。

她娘用手拍地，身体颤动着，哭得厉害。德元刚把岳父劝住，又劝岳母，弄得手忙脚乱。马线她娘咧着嘴说，儿啊，你要是有个三长两短，我也活不成了。德元蹲在旁边说，我们先回去，再想其他办法。马线她娘抹着泪花花说，我的儿啊，你还没娶媳妇，咋就摊上这种事情呀，呜呜……

马线坐在那里，像个哑巴。她扯来几片树叶，使劲地揉，把几根指头染得绿莹莹的。娘还在地上哭，鼻涕抹得到处都是。有几个过路的围在旁边，不知说些什么。马线站起来，想往那些人的脸上啐唾沫。但她只是这样想，没有这样做。她去找医生做骨髓配型。

医生穿着白色的衣裳，还戴着白色的口罩。马线不明白他们为啥穿这种颜色，她想，要是在建筑工地，这衣裳得多难洗呀。医生抬起头，问她怎么又来了？马线说，我要做骨髓配型。医生瞟了一眼她的肚子，说我们把情况都给你说过了。马线说，我明白。医生说，那你还做？马线咬着嘴唇说，我就想试试。

马线做完配型出来，她娘拖着两管鼻涕，还在地上哭。那些围观的站成一个圈，在那里指指点点。马线朝他们翻白眼，她觉得城里人真讨厌，看到热闹就迈不动腿。马线感到泼烦，她真想骂几句。她爹蹲在树脚，伸手在地上抠，硬是抠出个拳头大的土坑。

马线顾不上有孕在身，从后面抱着娘，把她拖起来。她娘抹着鼻涕哭，我的儿啊，你好惨啊，呜呜。马线气冲冲地说，你号啥呀，你这样小马张就能好？她娘委屈地说，我心里难受嘛，我真不想活了。马线说，我们要照顾小马张，没时间和你折腾，你要是再闹，就把你送回去。她娘虽然没再哭出声音，却抽个不停，显得很痛苦。

马线把爹娘带到建筑工地。德元给包工头塞了条烟，在工地的活动板房里搭了张床，好歹让他们在省城落脚。连续几天，她爹都端着烟杆，吧嗒吧嗒地抽。烟雾浓得化不开，简直像个着火柴垛。娘在病房不敢闹，但回来就呜呜地哭，真让马线烦透了。

那天马线在医院做骨髓配型，只不过想试一下。谁都没想到，竟然就配成功了。得到消息的时候，马线正坐在床铺上陪娘说话。当德元拖着腿，急匆匆地跑来告诉她时，马线猛地站起来，她瞪着眼，好像看到什么东西。接着，她的骨头像被抽掉一样，两条腿又慢慢软下去。要不是她娘及时扶住，马线就滑到地上去了。

把爹娘接来之前，马线就跑到医院要做配型。医生看着她圆鼓鼓的肚子说，你不能做。马线说，我怎么就不能做？医生说，怀孕不能做骨髓移植，会影响骨髓质量，通常不会成功。马线焦急地说，那怎么办？医生说，即使配型成功，你想移植骨髓，也必须引产，所以最好先找其他直系亲属。

马线看到德元站在面前不停地说话，但她啥也听不见。马线有些恐惧，她想自己的耳朵是不是聋掉了。门开着，有风从外边灌进来。马线好像很冷，她缩成一团。马线怀孕以来，嘴巴就很少停过，德元老给她买好吃的。短短几个月，马线就明显胖起来了，特别是那张盘子脸，总是红扑扑的。但现在，马线的脸色白苍苍，很不好看。

马线和德元结婚八年，只生下一个女娃。德元当然还想再生，但生不出来。看到邻居家的男娃在村里跑来跑去，德元眼睛红通通的，他鼓着腮帮，好像牙齿疼得厉害。马线看到德元痛苦的样子，心疼说，都怨我没本事，没给你生个男娃。德元说，接着再弄，我就不信生不出来！

生下一个女娃过后，任凭德元怎么努力，马线的肚皮就是不见动静。德元总是趴在马线的身上，累得满头大汗。他把自己当成草药，在马线的肚子上熬啊熬，熬得像只猴。马线说，我真是一点办法也没有，要是从身上割块肉就能捏个男娃，我现在就割给你。

马线生不出男娃，公婆更着急。他们求神告菩萨，还请端公跳过几次神。每次端公来跳神，家里都会少掉一只母鸡。前前后后，他家总共少掉了六只母鸡，但马线的肚皮仍然没有半点鼓起来的意思。看到求神没用，公婆又找来许多草药，放在砂锅里熬，离家老远也能闻到药味。

马线和德元天天端着药吃，连续吃了好几年，硬是没效果。马线被灌怕了，闻到药味就想吐。她给德元说，让他们不要再鼓捣，越这样我越没脸见人。德元说，我们没做贼，怕啥嘛。马线自责说，我觉得自己把你拖累了，要是娶别的女人，也许就不会这样了。德元紧紧抱着马线，说我不怨你，但爹娘怕断掉血脉，我也没法子。

马线本来是个很有主张的人，但几年生不出男娃，就慢慢抬不起头来。马线不敢看公婆的眼睛，她觉得那里射出来的是几把刀子，差不多要把自己戳穿。马线曾想偷偷跑掉，但舍不得德元。她觉得德元是个好人。德元睡着的时候，马线总是悄悄往他怀里拱，恨不能钻到他的身体里边去。

德元有点瘸腿，但身上有使不完的劲，像头蛮牛。从地里回来，晚上就紧紧抱着马线，弄得汗淋淋的，然后才翻身睡觉。有时候，德元白天也弄，关上门，搂着马线就往床上按。马线真不明白，德元哪来这么多精力，都把自己折腾成骨架了，他还不停歇。

德元看到马线害怕，就给她鼓气说，我有把握，你能生第一个，就能生第二个。马线怯怯地说，你能保证第二个就是男娃？德元说，肯定，你看张发福家，第二个就是男娃，还有李金财家。马线泪汪汪地说，这种事情不能比。德元突然站起来说，应该有窍门，我去找张发福和李金财，看他们是怎么弄的。

请教回来，德元就找出一把刀子。马线鼓着眼说，你总不会把我杀掉吧？德元说，我要宰鸡。马线说，没逢年过节，你宰鸡干啥？德元说，我要给自己补身体。德元喝完一罐鸡汤后，开始一轮新的努力。

德元就像一个勤快的庄稼汉，把所有的精力和心血都洒在马线这块土地上。他辛勤耕种，竟然真的播种成功了。看到种子变成嫩芽，在马线的肚子里慢慢鼓起来，德元激动得上蹿下跳，恨不能架起高音喇叭告诉全世界，媳妇终于再次怀孕。

马线差不多哭起来了，她想，总算有个交代，要不然没法再过了。马线担心这次怀的还是女娃，就缠着德元，要他带自己去县城检查。他们就像两个逃出来的囚犯，偷偷坐上通往县城的客车。在医院做完B超后，医生说，两个胎儿的发育都很正常。马线说，两个？医生说，两个。

他们紧张又兴奋，想问胎儿的性别。但医生说，国家不允许鉴定胎儿性别，你们不要再问。还是马线头脑灵活，她跑到镇上的卫生院，找到里面的医生说，请帮忙看看这两个姑娘的情况。医生看着片，脱口说，谁说是两个姑娘？马线说，不是姑娘？医生打量着马线，没有说话。

马线由此拿准，自己怀的是双胞胎，两个男娃。憋屈几年，马线的棱角差不多被磨掉了。总算扬眉吐气，马线得意地抚摸着肚子，简直像个功臣。有时候，她甚至使唤德元给自己端洗脚水。公婆听到也不恼怒，脸上照样笑呵呵的。

马线在深山旮旯待够了。还在格佬河的时候，马线总觉得那面的山会突然挤过来，把她挤成个扁扁的肉饼。马线嫁到野马冲后，地势虽然平坦些，但她还是觉得不怎么顺心。眼前除开山梁梁，就是山沟沟。山上泥土薄薄的，经雨水冲刷，怪模怪样的石头就从里面钻出来，硬生生地往眼睛里钻，看着就难受。

马线原本很有主张，她想跟德元商量，到外边打工。但生下一个女娃后，她的肚子就迟迟不见动静。看着公婆的目光，她连头都不敢抬，更不敢打出门的主意。知道自己怀着两个男娃后，马线的脖颈也跟着硬起来了。她鼓动德元出门打工。

起初，德元有点不愿意，他说，人生地不熟。马线说，咦，你看你，一个大男人还怕饿死？德元说，你看我这腿。马线说，怕啥嘛，你有手艺。德元说，就当过两年泥水匠，算啥手艺。马线说，城里到处盖楼，你还怕找不到事做？德元说，就我们两个？马线说，还有小马张。

德元说，我们不在，缨缨怎么办？他们的姑娘叫缨缨。马线说，她在上学，总不能带出去。德元说，就把她一个扔在家里？马线说，还有两个老人嘛。德元说，我有点不放心。马线说，他们把缨缨当成宝贝，还能让她饿着？德元经不住缠磨，终究点头同意。

于是，他们跑到贵阳。省城就是不一样，几乎每条街道都是平展的，看起来很舒服。根本不像山里，到处是梁梁峁峁，目光伸出去就被弹回来，好像要把人顶个跟头。马线喜欢城市，她觉得这种地方宽敞。她希望肚里的两个孩子，睁开眼睛就能看到这个平坦的地方。

谁也没想到，小马张竟然会得白血病。要救小马张，就只能把肚里的双胞胎打掉。想到要打胎，马线像是拿刀割肉，快把泪花花痛出来了。但她只有这么个弟弟，实在不知怎么办。忽然间，马线啥也听不见，啥也看不清。马线感到说不出的寒冷，就像掉进冰窟里，她全身哆嗦。

爹娘

小马张是爹娘心尖上的肉，他生下来的时候，差点没活成。娘看到婴儿半天没动静，撑起汗淋淋的身体，紧张地问怎么回事。接生婆提着两条嫩腿，照着屁股连拍几巴掌。终于，婴儿慢慢张开嘴巴，哇哇地哭起来了。娘听到哭声，长长地松了口气，绷紧的身子随即松软下去了。

爹守着门外边，焦急得要命。他朝着门缝往屋里瞅，看见接生婆提着婴儿，就像提着块软绵绵的新鲜肉。他以为是个死胎，吓得差点昏过去。听到婴儿的哭声时，他顺着墙根瘫在地上。

也许是经过一劫，小马张就成了宝贝。他们争抱小马张，亲他的脸，亲他的手，还亲他的小屁股。边亲边说，我的心肝，我的小心肝哎。有时候，小马张把尿撒在他们的身上。他们就像看到神仙屙尿一样，兴奋地说，你看，你赶紧看，这会儿他又尿了。

河边的娃娃都会游泳。只有几岁，他们就爬到岸边的石头上，光着屁股，噗通噗通地往河里跳，溅起几片白晃晃的水花。小马张也想去河里玩，但爹娘不让，总让马线盯着弟弟。要是一会儿看不到小马张的踪影，马线保准挨巴掌。他们慌慌张张地顺着河边找。看到小马张，也不顾他挣扎哭闹，就像偷来的，抱着就往家里跑。

小马张一直没断奶。当然，他们想断，是小马张不愿意。每次不给奶吃，小马张就在地上滚来滚去，满身是灰，好像没奶他就活不成了。看到小马张难受的样子，他们叹息说，喝奶又不是喝血，既然要喝，就随他吧。于是，每到饭点，别人端碗，小马张却钻到娘的怀里，抱着奶头吸得滋滋响。

九岁那年，小马张去学校读书。学校离家远，格佬河的学生都不回家吃饭。他们各带一个饭盒，中午就跑到山上捡柴生火。他们把饭烧热，就蹲在山坡上吃。小马张不能吃饭，所以每天上学，娘都早早起来，跟他去学校。小马张在教室里上课，他娘就在外边等着。吃中午饭的时候，娘就把小马张带到偏僻地处，给他喂奶。

后来，老师总看到一个妇女坐在操场上，就问那是谁的家长？同学都说，是小马张的家长。老师问小马张，你怎么天天让家长陪着来？小马张捏着自己的手指头，不肯说话。同学哄笑说，他还在吃奶。小马张感到丢脸，就冲出教室，给娘说，你回去，我不吃你的奶了。

她不明白怎么回事，站在那里眨眼。小马张跺脚说，你再不回去，我就不帮你们念书了！她看到小马张生气，惶惶地走开了。她躲在远处，暗想，儿子饿了总会跑来找吃的。没想到，她等了很长时间，硬是没见小马张跑出来。

开始，小马张吃啥吐啥。她不忍心看到儿子受罪，就说，实在不行，你还是接着喝吧，又不是偷抢，没啥丢人的。小马张好像跟她有仇，气呼呼地说，我不要你管！她不敢再劝，只能站在旁边着急。小马张折腾几天，总算能把东西慢慢咽进喉咙。

以前小马张上学，都是她跟着去的。自从断奶后，小马张就不要她跟了。小马张跟着别的学生娃一起，天蒙蒙亮就上路。往下两里的地方，有座石桥，但学生娃不愿绕路，纷纷捞起裤筒从河里摸过去。每天早上，他们都会把小马张送到河边，看着小马张过河。回来的时候，他们也早早守在对岸，总担心小马张有啥三长两短。

后来，小马张转学到野马冲去了，就是马线嫁去的那个地方。小马张在他姐家住得自在，两年没有回家。家里只剩他们两个，就有点想念小马张。他们想见小马张，但不太容易见上。格佬河离野马冲有三十多里，路有点远，没事他们很少去那个地方。

他娘想看看儿子，嘴里念个不停。他爹就跑到野马冲，给小马张说，你有时间就回家一趟。小马张说，我要念书。他爹说，你放假回去。小马张说，假期还早哩。他爹就说，那周末回，周末又不上课。小马张还是没回去。他爹再次找来时，他看着天空，上面有几个移动的黑点点，像是几只鸟。

他爹哄骗说，你最好回去看看，你娘生病了。小马张不看天了，他把目光收回来，放在爹的脸上，紧张地说，病得严不严重？他爹说，你回去就晓得了。小马张跟着他爹往回走。他们走下几道陡坡后，野马冲就被甩在背后，啥也看不到了。

前边有堵灰扑扑的崖石，很陡峻，像是用刀切出来的。崖壁裂着缝隙，里面长着些树，弯来扭去，很痛苦的样子。有几只鸟在上面扯着嗓子叫，声音焦躁。雨水淋不到崖根，那里就空出一块，什么也没长。他们绕过崖石，顺着山沟往前走。

他爹走在前面，小马张走在后面。他爹穿着件瓦蓝色的对襟衣，不知穿多少年了，衣领早磨破了，背上也有几个补丁。小马张闻到衣服上的汗臭味，皱眉说，你总穿这件衣裳。他爹回头说，你说这话。小马张说，家里又不是穷得穿不起衣裳。他爹不晓得儿子哪里来的火气，没有吭声。

太阳挂在前面的山上，好像没怎么动，但过一会儿再看，它已经跑远。小马张说，还有别的衣裳，你偏要穿这件。他爹说，已经穿惯了。小马张说，我就不信它能穿一辈子。他爹说，你说话阴阳怪气的。小马张说，我觉得这件衣裳不顺眼。他爹说，好端端的，你嫌我的衣裳不顺眼。

拐过几道弯，他们看到前边有几只山羊。那些山羊撅着尾巴，亮出红屁股，它们啃着路边的草。那些树好不容易长出点嫩叶子，也被过路的牲口啃掉，于是就变成树团团，像剪过的一样。他们走过去的时候，山羊已经钻进树林去了。山羊在里面咩咩叫唤，把树拱得摇摇晃晃。

小马张嘀咕说，脚走疼了。他爹说，你好久没回家了。小马张说，我在读书。他爹说，以往放假，你也没回。小马张说，我在我姐家。他爹说，你不能老在她家。小马张说，她是我姐。他爹说，那也不能。小马张嘟着嘴说，他们又没嫌弃。

他们走出好远，还听到山羊叫唤的声音。风吹过来，像粗布那样擦在脸上。小马张说，我真是受够这个地方了。他爹说，有本事你好好读书，读到城里去。小马张不满地说，我在读书，你们偏要叫我回去。他爹说，你几年不回一次。小马张说，只有两年。他爹拧过脑袋说，你也晓得是两年？

太阳已经滚下来，挂在山尖尖上，像个熟透的柿子。小马张说，我看看就回来。他爹没说话。他们走进树林。树枝纠缠着，从树林里看去，太阳残破不全。太阳有的地方被树枝挡住，看起来就像几块碎片。

他们走到格佬河的时候，太阳已经落坡。崖上有些土地，像布条条那样挂在高处。小马张走到门口，看到他娘在追一只母鸡。那只母鸡很肥，跑动的时候屁股摇来摇去。小马张见母鸡跑过来，要从自己的腿缝里钻过。赶忙把两腿一夹，想把母鸡夹住。小马张夹空了，母鸡慌里慌张地从他的腿缝里跑掉了。

小马张转过身，追着母鸡跑。母鸡没有去路，只有钻进草垛。它想躲过灾难，但非常不幸，一只手从外边摸进来，抓着翅膀就把它揪出去了。小马张把鸡提回家，奇怪地说，你没生病？他娘看到儿子，激动得两眼放光，让他赶紧到屋里去。小马张说，我爹说你生病了。

他娘拿着菜刀利索地在母鸡的脖颈上抹，随即，鲜血噗噗地淌到碗里。鸡血终于滴完，他娘直起身子说，让你回来吃鸡肉。小马张瞪眼说，你们就喊我回来吃这个东西？他娘兴冲冲地说，这只鸡肥哩，过年都没舍得宰，就等你回来吃，你要是再不回家，它就成精了。

小马张说，大老远叫我回来吃鸡肉。他娘说，啧啧，莫非你还想吃龙肉？小马张很不高兴，在家里睡了个晚上，第二天早早就回野马冲了。他们以为小马张初中毕业，就会自己回家。没想到，他就像生了根，硬是看不到踪影。

听说小马张要跟着去省城打工，他们有点不忍心，害怕他吃不饱，穿不暖。他们真希望小马张还没长大，那样就能把他天天拽在身边。小马张出门后，他娘整天念叨，说也不晓得他在外边吃了多少苦。

知道小马张的病情后，他们急得要命。只要能救小马张，他们不消说捐骨髓，就是捐命都愿意，但却配型不成。于是，马线走到哪里，他们的目光就跟到哪里。他们都眼巴巴看着马线，盼她发话。马线像个闷葫芦，偏偏不表态，只是挺着肚子忙来忙去。

他爹碰到难题的时候，不喜欢说话，总是蹲在地上抽烟。到省城后，他天天抽烟。他抽的是土烟，就是自己栽的那种。土烟劲道足，只要抽上一根，就算躺在山上，蛇都不敢靠近。他爹摸出烟叶，掐断，把它卷到手指那么粗，塞进烟斗。然后端起烟杆，瘪起嘴巴吸，吧嗒吧嗒。

有工人想尝尝味道，跑来要烟抽。他爹也不说话，顺手把烟杆递过去。那抽烟的只咂两口，就呛得跳起来。那抽烟的吃惊地说，哎呀，呛得要命，你怎么敢抽这种烟？他爹没吭声，像只蛤蟆似的蹲在那里，继续端起烟杆吸。

他娘喜欢哭，稍不遂意，泪珠就在眼眶里打转。这段时间，她的眼睛被泪水沤红了，看起来像两只鸡屁股。她总是眼泪汪汪的，要是看到马线，她就扯开嗓子号：我的儿呀，你咋会这么命苦啊，你要是有啥三长两短，还让我怎么活呀，呜呜呜呜。

包工头听到她的哭声，跑来制止说，你不能这样，楼房还没盖好，你就在这里哭哭啼啼，有点不吉利。她抹着泪花花说，我也不想哭，但我儿快要活不成了，我实在忍不住呀，呜呜。包工头知道小马张的情况，觉得很可怜，也没再多管，劝慰几句就走掉了。

建筑工地老有机器响。机器响动时，总把她的哭声压下去。于是，只见她满脸鼻涕和泪水，嘴巴咧着，身体抽动不停，却听不见声音。大家看着她的模样，都感到鼻梁发酸。

马线

马线听到号啕的声音，她就知道，娘是故意哭给自己听的。她心里乱糟糟的，恨不得找个什么东西，把两只耳朵堵起来。马线后来找过医生。医生说，你配型虽然成功，但概率也不是很高。马线说，看中医会不会好得快些？医生说，这是唯一可能治愈的方法，仅仅使用中医治疗，通常只能缓解病情。

听说割掉一个肾，人还能活。如果弟弟得的是肾病，马线早就割一个给他了。但医生说要先引产，再移植骨髓，马线就感到恐惧，肚里怀的，毕竟是两条生命。马线就像突然掉进滚烫的油锅，根本不晓得往哪边挣扎，只能在里面熬啊熬，她实在痛苦极了。

晚上，马线有点不敢睡觉。马线常常梦到两个血淋淋的小东西，抱着她的脚，央求说，娘哎，我们是你的亲骨肉，你怎么忍心要我们的命呀。马线被噩梦吓醒，她想把德元摇醒，给自己做伴。但她只是这样想。德元最近两头跑，他忙着工地的事情，还要抽空去医院陪小马张，实在累坏了。

德元躺在马线的脊背后边，呼呼地打鼾。德元鼻孔里的两股气，吹着马线后脑勺，她感到那里热烘烘的。自从小马张住院，马线再也没有轻松过。配型成功后，她更是受尽煎熬，不知到底怎么办。身上的压力太大，马线有点承受不住，她觉得自己快要垮了。

这种事情，马线没法和爹娘说，更没法和德元说，她只能自己憋着。马线知道，爹娘希望自己打胎，但他们不敢说。马线摸不清德元的想法，但他盼了好多年，好不容易盼到男娃，还是对双胞胎。要是自己引产，德元肯定舍不得。

马线拿不准主意，她觉得胸口好像堵着什么东西，差点喘不过气来了。屋里黑漆漆的，但外边很吵。以前在农村，每天半夜都很安静，偶尔有几声狗叫，也不刺耳，悠长地传得老远。城里不同，任何时候都有动静，路上的汽车喇叭，从早到晚响个不停。

马线捂在被窝里，偷偷地哭。她怕自己哭出声音，就紧紧咬住被子。马线不晓得该选肚里的双胞胎，还是该选弟弟小马张。马线真是难受极了，她不知道，老天爷怎么会把这样残酷的难题，摆在自己的面前。

马线哭了半个晚上，第二天照镜子，她发现两只眼睛红红的。她把洗脸水泼在地上，开始往厨房走去。厨房有六七个人，都是女的。工地上吃饭的人多，所以做厨的就多。几个女的做完饭，没事就凑在一起取绰号。

走到水管边，马线看到白眼和蓝围巾翘着屁股，蹲在那洗土豆。白眼和蓝围巾仰着脸，看着马线走过来。她们眨着眼睛，没跟马线打招呼。建筑工都在楼上忙碌，这会儿看不到多少人。吃饭的时候，他们才像蚂蚁似的从各个地方冒出来。

马线跟叉嘴巴各拿一块抹布，她们忙着抹桌子。桌面上油腻腻的，抹起来有些黏稠。叉嘴巴年纪有点大，看起来有四十七八岁。她好像来自黔东南什么地方。叉嘴巴的话多，屁大点事情，她能传得到处都是，大家就这样叫她。马线把抹布放在水里搓揉几下，拧掉里面的水，开始擦第二张桌子。

叉嘴巴给马线说，气候有点凉。马线说，就是。叉嘴巴说，这种季节天还凉飕飕的。马线说，也不怪，三月刚过。叉嘴巴说，在农村，估计苞谷都长多高了。马线说，想家了？叉嘴巴说，想几个娃。马线说，几个？叉嘴巴说，三个。

马线顺嘴说，都成家了？叉嘴巴说，老大和老二是男娃，早成家了，老三是闺女，去年也嫁人了。马线说，现在还想？叉嘴巴说，哪能不想呀，他们就算六十岁，也是我的娃。马线说，噢，噢噢。叉嘴巴说，年轻时抚养儿女，年纪老了又要操心孙孙。

马线说，活这辈子，真没啥意思。叉嘴巴说，你不能这样说，人嘛，本来就是帮儿孙活的，甭管多苦，只要看到儿孙，心里就踏实。马线说，就踏实？叉嘴巴说，就踏实。马线说，不清楚怎么回事。她们嘴里说话，手没闲着。她们用抹布把桌面擦得油亮。

叉嘴巴说，以前生老大，可把我疼死，老想自己是不是要死了。马线说，第二胎就不疼？叉嘴巴说，再生就不怎么疼了，感到肚子一空，娃娃就生出来了。马线说，噢。叉嘴巴说，生老大时，我张嘴乱骂，再生老二老三，我就不想骂了。马线说，你怎么乱骂？叉嘴巴说，我就怨男人，他快活够了，就让我受罪。

马线想笑，但她没笑。她笑不出来。叉嘴巴说，人这几十年，活得造孽，要说有福，也只有儿孙福，你说是不是这个理？马线说，真不明白。叉嘴巴瞄着马线说，我给你说呀，这辈子，只有儿女最重要。

马线说，你说话有点怪。叉嘴巴说，看你说的。马线说，你尽跟我说这些。叉嘴巴说，过去也说。马线说，但今天觉得有点怪。叉嘴巴说，长着嘴，就要说话嘛，要是不说话，还不给活活憋死？马线不怎么想说话，她埋头擦桌子。

马线不想说话，但叉嘴巴憋不住。没安静多久，她又说，你看到没有，她们在水管边抬东西。马线直起身，她看到白眼和大八婆抬着口大锅，慢慢挪动。锅里装着圆滚滚的土豆。她们准备把洗干净的土豆，从水管边抬回厨房。土豆有好几十斤，她们弯着腰，抬得有些艰难。

叉嘴巴说，你看她们差点摔倒。马线说，嗯。叉嘴巴说，要是摔倒，她们就只有把土豆捡起来重新洗。马线没有说话，她在想土豆满地滚的情景。叉嘴巴说，她们真笨。马线说，怎么就笨？叉嘴巴说，实在抬不动，就多找两个锅嘛，多抬几次。马线说，也许她们嫌麻烦。

白眼和蓝围巾撅着屁股，走几步就把锅放在地上喘气。她们不知道叉嘴巴和马线在里面看着。叉嘴巴说，在厨房做事啥都好，就是水管离得有点远。马线说，就是。叉嘴巴说，以前没这样麻烦。马线说，嗯。叉嘴巴说，以前有小马张帮忙。马线咬着嘴唇，没言语。

叉嘴巴说，还没找到合适的骨髓？马线拿着抹布使劲拧，她拧出很多脏水。叉嘴巴说，你打算怎么办？马线说，我也不晓得。叉嘴巴说，你的脸色不好看。马线说，我自己看不到。叉嘴巴说，你的眼睛有点红。马线把头拧开，看着外边说，晚上没有睡好。叉嘴巴说，总要拿个主意。马线说，嗯。

透过窗口，马线看到远处有栋烂尾楼。她们刚来时，就有半截楼房戳在那里，很丑陋，硬生生地往眼睛里钻。叉嘴巴说，你舍得肚里的两个娃？马线说，我真不知道怎么办。叉嘴巴说，他们是你的亲骨肉。马线把抹布握在手里，紧紧地捏着，说，但我只有这么个弟弟。

叉嘴巴张着眼窝说，你还想着打胎？马线说，要是谁能救小马张，我愿意给他当牛做马。叉嘴巴说，你爹娘的骨髓都不合适，别人配型就更难成功了。马线痛苦地说，我真是没有半点法子。叉嘴巴说，你的肚里可是两条命，用两条命换一条命，划不着。马线没有说话，她把皱巴巴的抹布扔在桌子上，端着脏水往外走。叉嘴巴跺脚说，你怎么还不明白呀。

白眼和蓝围巾总算把土豆搬到门口，她们看到马线走出来。她们抹着额头上的汗水，没跟马线说话。马线端着盆朝围墙边走，盆里的水脏兮兮，上面还飘着一层油。马线站在那里倒水，她甩开胳膊，浑浊的脏水就从盆里泼洒出去。

马线感到手指头一滑，盆就跟着飞出去了，嘭的一声。马线盯着盆，看它在地上滚来滚去。终于，盆倒扣在地上不动了。马线过去捡盆，她伸手抓到盆沿，却没有直起身，跟着就蹲下去了。马线鼻梁酸酸的，说不出的难受。地上的灰尘被水淋湿，像块难看的疤。

马线在那里蹲了一会儿，摇摇晃晃地往回走。塔吊从楼房的另一边伸过来，像只怪模怪样的手臂。以前，马线常常害怕这个东西突然倒下来，砸在自己的身上，但现在她啥也不怕。她想，要是塔吊真把自己砸死，也就从此省心了。

马线提着盆回到厨房的时候，没想到自己会跟人吵架。她把盆放在碗柜上，准备帮忙切土豆。她刚捞起袖子，就发现大家盯着自己，目光有点怪。尤其是白眼，扯着两条眉毛，气冲冲的样子。马线有点不自在。

白眼咬牙切齿地说，你到底有没有良心？马线说，我没惹你。白眼说，你是不是石头缝里钻出来的？马线说，好端端的，你说这种难听的话。白眼说，我早几天就看你不顺眼，今天就想说个够！马线说，我怎么让你不顺眼了？

白眼说，我先问问，你是不是娘生的？马线反驳说，难道你不是？白眼说，既然这样，你硬得起心肠把胎打掉？马线涨红着脸说，这是我家的事情。白眼说，我就看不惯！马线说，啧啧，你看你。白眼愤愤地说，我真想把你的心掏出来，看看是不是黑透了？

白眼看人的时候，眼睛总是往上翻。这会儿，她就这么瞪着马线。马线说，我家的事情不要你管。白眼说，牲口都不会伤害自己的儿女，你还不如牲口！马线说，啧啧，你这个人。白眼说，你这个杀人犯！说完，她咧开嘴巴，忽然啐了一口。唾沫砸在地上，圆圆的，像枚五分硬币。

马线说，我不想跟你吵，我忙着做事。马线要走，但白眼抢在她的前面，拦住去路。马线看着叉嘴巴和蓝围巾，希望她们劝架。但她们不跟马线对视。白眼很泼辣，很少有人敢惹。她男人张铁锁也在工地。吵架的时候，总见她揪着张铁锁的耳朵打转。马线清楚白眼的性格，不知拿她怎么办。

马线说，你拦我干啥？白眼说，世上没你这样狠毒的人！然后，她们就吵起来了。要不是包工头，鬼知道她们会吵到什么时候。包工头听到声音，跑过来说，你们吵啥？她们不敢吭声，低头看自己的脚尖。包工头说，给你们工资，是让你们做饭，不是让你们来吵架的！

白眼说，我们没耽搁做事。包工头说，肯定是你惹的事，你都吵过好几次了。白眼嘀咕说，只怨我一个。包工头沉着脸说，懒得听你们的破事，要是再吵，就扣你们的工资！包工头训斥几句，就转身走了。马线发现包工头离开时，瞟了自己两眼。她觉得包工头的脸上怪模怪样。

马线不愿再跟大家切土豆，只想一个人去外边择菜，这样耳根清净。马线跟白眼吵架，是脸面上的事情，其实她不怨白眼。她知道白眼不坏。马线怨的是命，她不知道上辈子作了什么孽，老天会这样折磨自己。马线有点委屈，她拉条板凳坐在屋檐下面择菜。马线感到很累，她从来没有这么累。她想找个地方躲起来，啥都不想，好好捂着脑袋睡觉。

公婆

德元的爹娘听到风声，急匆匆赶到省城来了。德元在车站接着他们，然后朝建筑工地走。德元拖着腿走在前面，他们跟在后面。德元手里拎着个包袱，里面全是爹娘的衣裳。德元想不明白，他们怎么连衣裳都带来了。他娘埋怨说，这城里乱糟糟的，吵得要命。德元说，城里本来就乱糟糟的。他娘说，要是在乡下，耳朵能够闲出病来。

德元不想说话，他拎着包袱往前走。他娘说，你看这些人，统统板着脸，好像谁欠他们多少钱。德元看到前面有个瘪瘪的易拉罐，顺脚把它踢到路边。他娘说，在乡下，到处都是熟面孔，在城里鬼都不认识。德元说，城里就是这个样子。他娘说，好端端的，你们偏要跑出来。

德元说，我们出来挣钱，又不是玩耍。他娘说，你们啥时候回去？德元说，还没想。他娘说，莫非你们还想在这里待一辈子？德元没言语，他记得小时候爹曾讲过，祖上是从江西那边迁过来的。德元搞不懂，祖宗怎么会看上野马冲那个鬼地方，要是当年迁到贵阳，他们也算城里人了。

他娘说，既然早晚要回，你就带着马线回去算了。德元不耐烦地说，你们啥都想管！他娘觉得这是句糊涂话，张着眼窝说，哎嘿，家里只有你这么根独苗，我们不管你，还管哪个？德元说，你们管好自己就行了，别的不要操心。他娘说，只要我们还活着，你就算五六十岁，我们也得管。

看不到山梁，更看不到土地，满眼都是楼房和汽车。楼房很高，不知道有多少层，笔直地伸向天空。很多傍晚，德元都会仰着脑袋朝天上看，他觉得太阳像个什么东西，被楼房戳在顶上。

他娘说，还有多远？德元说，也没多远。他娘说，城里的路真不好走，踩在上面硬邦邦的，硌得脚疼。德元没说话。他娘说，她到底是啥意思？德元拖着一条腿，使劲朝前蹿。他娘快走几步，跟过来说，你倒是说个话嘛，你又不是哑巴。德元说，你让我说啥？他娘说，哎呀，你看你。

德元看着对面街道，那里有个大商场。德元曾经去过一次，里面什么东西都有，简直大得吓人。他娘说，马线是怎么说的？德元说，你甭问我。德元还在看着街道对面的商场，那里不时有人钻进去，也不时有人走出来。德元看不清他们的模样，但他在看他们。

他娘跟过来，埋怨说，走得这么快，像鬼在追你。德元拧过头，看到爹还在后面，离得有点远。德元皱着眉头，站在那里等。他没想到，大老远的，爹娘居然赶到省城来。他娘说，你给我说说，马线打啥主意？德元感到泼烦，说这事你问她去。

他娘鼓眼说，嘿，你就这样跟娘说话？德元说，真不晓得你们跑来干啥。他娘说，这种事情，我们怎么放得下心嘛？德元嘀咕说，你们把缨缨一个人丢在家里。他娘说，这个不要你操心，缨缨在你姑妈家，饿不着肚子。

他爹总算追上来了。他们继续往前走。他娘说，那你是怎么想的？德元说，我没怎么想。他娘不满地说，怎么问你都没个准话。德元说，你们待两天，就回家去。他娘说，我们不回。德元说，难道你们还想在这里安家？他娘说，你莫用这种口气说话，这事没个结果，我们就不回去。

路边种着两排树，不高，但很茂盛。德元带着爹娘，从喷水池顺着延安东路，往师范大学方向走，他们拐进文昌北路，然后就到建筑工地了。街道上干净得就像洗过的，但工地上就不一样了，遍地是钢材木板，还有砖块水泥之类的东西。有风吹来，就灰蒙蒙的，尘土卷得到处都是。

建筑工地没那么多房，德元只能给爹娘胡乱搭个铺，让他们和岳父岳母挤一个屋。以往，亲家见面很亲热。男的两个，总端着碗喝转转酒。他们把碗凑到嘴边，嗞得吸一口，然后把碗沿在衣服上抹一下，擦干净递过去。或者，他们把两根烟杆凑在一起，抽得烟雾腾腾。女的两个不沾烟酒，就手拉手聊天，热乎得像几辈子没见面了。

以前他们碰面总是很亲热，但这次怪怪的。吃饭的时候，他们都把脸埋到碗里。当他们的脸重新拔出来，碗里的饭已经扒光了。晚上，他们都听到对方在床铺上滚来滚去。墙壁有点薄，起风时，他们总感到房屋在摇晃。沙砾顺着房顶，从高处溜下来。

他们不怎么说话，但偏偏挤在一个屋，就多少有些尴尬。早晨起来，他们不咸不淡地说几句，然后各找去处。这会儿，德元的爹娘就坐在砖块上。他娘说，屁股有点凉。他爹说，早上潮湿，砖块就凉。他娘说，早上怎么就潮湿？他爹说，夜晚温度低，地上有湿气。他娘说，晚上怎么温度就低？他爹说，跟你讲话真他娘的费劲。他娘说，你看你。

他爹想抽烟，就掏出烟包，开始卷烟。他歪着脖子，卷得很仔细。时不时，他就用手蘸一下唾沫，很匀称地抹在烟叶上。她没看男人，但知道他在干啥。她说，你总把唾沫沾在烟上。德元他爹说，这样烟叶湿润，卷起来不脆。他娘说，也不嫌脏。他爹说，自己抽嫌啥。

他爹看着卷好的烟，感到有点满意。他把烟塞到嘴里，用火柴点着，然后瘪着嘴吸。他娘说，你吸烟真难听。他爹说，啧啧，你说这种话。他娘说，你吸烟总是吧嗒吧嗒。他爹说，吸烟当然是这种声音。他娘说，我听着泼烦。他爹说，好端端的，你说泼烦。他娘说，我就说。

他爹没有接话，他瘪起嘴吸，重重地吸。他张嘴的时候，就有青烟从里面腾出来。

那些烟慢慢散开，像虫子那样扭来扭去。他娘说，你早晚被烟烧死。他爹说，我这辈子，就好这个，无事抽几口，比神仙还舒坦。他娘说，年轻人都抽纸烟。他爹不屑地说，他们不懂，要抽就抽土烟，这种烟抽起来有劲道。

他娘在看前面的木材。马线的爹娘就坐在那堆木材上。他娘说，你看到没有？他爹把烟嘴抽出来，说看见啥？他娘说，他们坐在那边。他爹说，你就喜欢管闲事。他娘说，他们好像在说话。他爹说，他们不是哑巴，当然要说话。他娘说，你猜他们说啥？他爹说，要是闲得无聊，你搬砖去，好歹还能挣几个钱。

他娘说，真不想跟他们住一个屋，觉得有点不自在。他爹说，住店要钱，难道你还想去住？他娘说，我们有钱。他爹说，还不晓得要在省城待多久，你住得起？他娘说，我没说要住。他爹说，那你说这些话。他娘说，我只是顺嘴说说。他爹说，我听得耳朵难受。

他娘说，昨天晚上，我听到马线她娘想咳嗽。他爹忙着抽烟，吧嗒吧嗒。他娘说，她想咳嗽，但没咳出来，好像喉咙里堵着什么东西，我总感到她的喉咙堵着什么。他爹说，跟你讲话真费劲。他娘说，你老这么说。他爹说，你东拉西扯。他娘不在乎男人的话，接着说，我听到她挤喉咙，咕噜咕噜响。他爹皱眉说，我真不想和你说话。

他们都不说话了。他们坐在砖头上，就像两团什么东西。他爹含着烟杆，嘴巴咂个不停。他抽完烟，就在地上磕烟杆，把里面的烟灰抖出来。他摸出烟包，打算卷第二根，但女人跟他说话，他就把手放下了。德元他娘说，我总在想，他们到底说啥。他没有接嘴，他知道女人是个话痨。这么多年，他的耳朵简直磨出老茧了。

德元他娘又说，他们肯定缠着马线，要她打胎。他爹说，你晓得？他娘说，我有把握。他爹说，你又不是他们肚里的蛔虫。他娘说，我猜是这样。他爹用指头捏捏烟叶，说，也想得通，他们只有小马张这个儿子。他娘瞪着眼睛说，你也觉得马线应该打胎？他爹说，我没这么说。

他娘说，他们跑到省城来，就是这个意思，我们得防着。他爹说，看你说的，这种事情还能防？他娘说，我们不准马线去医院。他爹感到女人有点愚蠢，皱眉说，腿长在她的身上，总不能把她绑起来。半晌，他娘忽然说，反正，谁要敢碰我的两个孙子，我就跟他拼命！

他爹没说话，他重新卷烟。他爹慢慢地裹，时不时就用手蘸着唾沫，匀称地抹在烟叶上。他娘说，真恶心，你又在上面抹唾沫。他爹说，这是习惯。他娘说，这么多年，也不知道改。他爹说，好端端的，你让我改。他娘说，我看不顺眼。他爹说，你看啥都不顺眼。

他娘说，每次看到你往烟上面抹唾沫，我就想把烟抢过来，扔得远远的。他爹没当回事，自顾把烟塞进烟斗，把指头按紧。他娘说，全世界找不到比你更脏的。他爹说，就晓得你嫌弃。他娘说，我没嫌弃，只是看着不舒服，总觉得有点那个。他爹说，搞不明白你说的话。

他娘看着厨房说，马线在洗案板。这个地方看去，只能看见马线的脑袋。他爹瞥了一眼说，你晓得她在洗案板？他娘说，我晓得那里有这个东西。他爹说，那可不一定，也许她在揉面。他娘说，我就说她在洗案板！他爹说，你不想跟我说话，只是想跟我吵嘴。他娘说，我感到毛躁躁的，不怎么好受。他爹说，我就知道。

马线在里面忙碌，看不到她到底在做什么。他们只能看到她的脑袋，有时还能看到她的肩膀。如果不细看，也许会以为那是放在窗台上的盆。他娘说，你说，马线究竟是啥意思？他爹抽着烟说，我又不是神仙，搞不清楚她的想法。

他娘说，当年我就不同意这门亲事，要是德元娶别的女人，就不会出这种情况了。他爹说，这种事情，你挡不住的。他娘有点生气，愤愤地说，都怨你。他爹说，啧啧，德元自己看上的，你说怨我。他娘说，你要是顶死不点头，这门亲事就不成了。

他爹说，要是真把这门亲事搅黄，德元肯定怨我一辈子。他娘说，怨就怨。他爹说，你说得轻巧。他娘说，就算怨，也比现在好。他爹说，你尽说些没用的话。他娘说，马线进门时，我就觉得要出点什么不好的事。他爹翻着白眼说，跟你说话，真他娘的费劲。

他们坐在那里，没再说话。刚开始屁股有点凉，渐渐就不凉了。有风吹过，他娘感到鼻尖痒痒的，偶尔会伸手捏几下。他爹抽着烟杆，瘪着嘴吸，吧嗒吧嗒。他们不时朝厨房那边看。后来，他们发现马线不见了。窗户敞开着，空荡荡的，像张呼喊的嘴巴。

马线

马线去看弟弟小马张。刚迈进医院，药味就钻进她的鼻孔，像虫子那样拱来拱去，让她感到痒痒的。开始的几天，马线走进医院就害怕，她担心药的味道会浸到自己的骨头里去。她记得老家放着个酒坛，里面泡着两条老蛇。她想，自己跟蛇一样，早晚会变成药。

马线走进病房，看到小马张坐在床上，抱着膝盖，朝着窗口看。玻璃很干净，仿佛啥都没有。听到脚步声，小马张拧过脑袋，看不出什么表情。马线说，你今天没输液？小马张说，已经输完了。马线说，你想吃啥，我给你弄去。小马张摇头说，我啥都不想吃，我没胃口。

小马张原本长着茂密的头发，但不晓得医生给他用了什么药，头发就渐渐掉光了。看着小马张光秃秃的脑袋，马线说不出的难受。小马张嘴上长着胡须，毛茸茸的。要是不碰到这种情况，再过两年，小马张也该娶媳妇了。小马张本来挺英俊，但现在脸色不怎么好看。

病房离街道有点远，就显得很安静。小马张说，姐，我不想再输液了。马线说，看你说的，这是治病哩。小马线说，天天输液，看到盐水瓶，我都害怕了。马线说，把病医好，就不再输液了。小马张说，我手上的血管，都被医生扎坏了。马线低头看他的手，上面是密匝匝的黑点。

小马张说，两只手轮流扎，有时候还漏针。马线说，怎么漏针？小马张说，医生说血管细，稍不注意把针弄出来，药水就往肉里渗，你看手背全是青的。马线的鼻梁酸得厉害，她怕泪花花淌出来，就说，我陪你到外边转转，不要天天闷在屋里。小马张说，我有点不想动。马线说，应该出去透个气，你这样会憋坏的。小马张说，我真不想走。

马线没再说话，她坐在床沿上，挨着弟弟。小马张身体瘦削，隔着病服，差不多也能看到肩膀上的骨头。小马张盯着外边，不知在看什么东西。马线跟着往外边看，她觉得光线有点晃眼睛。窗户很大，所以光线就很亮。远处有片竹林，长得很茂盛，在风里摇来晃去。近处是几株樱桃树，它们弯拧着身子，很不舒服的样子。

小马张说，姐，你看那些樱桃树。马线看到树皮黑乎乎的，枝头上挂着些嫩叶，她不明白这有什么好看的。小马张说，我刚来的时候，樱桃树还没冒芽，现在树叶都长出来了。马线说，再过些日子，樱桃花就要开了。小马张说，每天早上，都有几只麻雀在叫。马线说，这里还有麻雀？小马张说，我亲眼看到的。马线说，城里到处是楼房，这里有树，它们就在这里做窝。

小马张说，六七点钟，它们就在树上叽叽喳喳地叫。马线说，麻雀当然这么叫。小马张说，小的时候，你常常带我去掏鸟窝。马线说，你还记得？小马张说，当然记得，我喜欢吃地瓜，你上山割草时，就趴在坡上摸地瓜。马线说，城里也有地瓜，碗口那么大，不是我们吃的那种。

小马张说，涨大水时，我想去河里摸鱼儿，但你不让，拽着我不放。马线说，爹娘不让，要是他们知道你玩水，非得揍我。小马张说，还有一次，你带我去找鸡枞菌，我不小心摔跟头，把脑袋摔破了，回到家，爹拿竹片往你屁股上抽，你疼得几天不能坐板凳。

马线说，爹娘把你当成宝贝疙瘩，八九岁还让你吃奶。小马张脸红，说后来我喜欢吃糕粑粑。马线说，那东西叫桃片糕。小马张说，我习惯叫它糕粑粑。马线说，爹娘去地里干活，也带着桃片糕，你饿了就坐在地埂上哭，嚷嚷着要吃糕粑粑。小马张说，你嘴馋，偷偷咽唾沫。

马线说，那会儿，姐是大人了。小马张说，也没多大。马线说，嗬嗬。小马张说，有我这么个弟，你处处遭罪。马线说，看你说的。小马张说，有啥好处都是我的，你这辈子太吃亏了。马线怜爱地看着弟弟，突然觉得他懂事了。

小马张说，你从来不敢跟我吵架，就怕爹娘听到。马线说，他们偏袒你哩。小马张愧疚地说，你就是个受气包。马线说，爹娘疼你，姐也疼你，大家都顺着你。小马张说，他们在工地？马线说，我让德元带他们去黔灵山。小马张说，黔灵山有啥好看的？马线说，上面有寺庙。小马张说，我去过弘福寺，不好玩。

马线说，他们急得不行，听说上面有座庙，想去烧香拜佛。小马张叹气说，我这个病，怕是神仙都治不好。马线刚刚有点轻松，听到这话，眼睛又红起来了，她说，你尽说糊涂话。小马张说，我知道自己的情况。马线说，姐会想法把你治好的。小马张说，姐，我有话想跟你说。马线说，你说，姐听着。

小马张说，刚晓得病情那几天，我不敢睡觉。马线说，怎么不敢睡觉？小马张说，我担心闭上眼睛，第二天会醒不过来。马线说，你偏要胡思乱想。小马张说，那些天，我很害怕，就偷偷地哭，这么年轻就活不成，我觉得自己太冤了。马线紧紧咬着嘴唇。小马张说，我真不想死。马线快把嘴唇咬出血来了。

小马张说，我以前害怕，现在不怎么怕了。马线的泪花花又涌出来了，她怕自己哭出来，赶紧把头拧开。小马张说，我亏欠你的，实在太多了。马线说，你跟姐说这种话。小马张说，姐，我知道移植骨髓，你就得打胎，我不能再毁你。

马线想忍，但硬没忍住，眼泪从脸上扑簌簌滚落。她从病房跑出来，对着院墙，肩膀抖个不停。医院门口栽着很多花草，但没人看。偶尔有人经过，也走得很急。他们不知道马线在哭，还以为她站在那里看啥东西。马线用手捂着脸，泪水从指缝里渗出来。

马线在那里哭了一会儿，抹掉眼泪往回走，她还要去工地做饭。医院前面的街道上，有几个卖东西的商贩，他们表情淡漠地守着摊位。风吹在马线的脸上，让她感到有点冷。她缩着脖颈往工地方向走。经过文昌阁的时候，她看到两个白发苍苍的老者，跪在路边乞讨。他们面前放着个破纸盒，里面放着几块零钱。

马线总想着弟弟小马张。本来小马张很好看的，自从住院，他就变瘦了。眼眶陷进去，颧骨鼓出来，脸上没多少肉。他的脸色也不好看，白苍苍的。想着小马张的样子，马线就想哭。马线真想跪在地上，要是有谁能救小马张的命，她就算给他做牛做马都愿意。

天色有点怪异，没有天阴，也看不到太阳。马线感到两条腿软绵绵的，就像没骨头似的。她费了好大的劲，才把自己搬回建筑工地。远处的烂尾楼还在，门窗的黑窟窿，就像几只狰狞的眼睛，看着就让人胆寒。

马线脑袋昏沉沉的，清醒过来的时候，她发现自己坐在水管边洗碗。太阳还是看不到踪影，也许被云遮住了。有几粒黑点，从远处划过来。好像是几只鸟。在城市看见鸟儿，可不是件容易的事情。但这会儿，马线确实看到几只鸟。鸟儿飞过头顶时，有团鸟屎砸在马线的鞋面上，叭的一声。

马线看着鞋上的鸟屎，感到眼窝发酸。都说鸟屎落在身上，肯定要走霉运。这次摊上的事情，简直让她活不成。马线正在难受，突然看到两只鞋子走过来。马线的目光顺着鞋子慢慢往上，她看到一个叫田墩墩的建筑工。田墩墩比小马张大不了几岁，他们总在一起玩耍。

田墩墩咬着嘴唇，站在那里不说话。马线不明白田墩墩跑来干啥，她有点诧异。最近这些日子，建筑工看到马线，脸上都怪怪的。他们明明有说有笑，但走到马线的面前，大家就阴沉着脸，不跟她说话。马线不知道怎么回事，她有点不好受。

马线感到胸口犯堵，硬着头皮想打招呼，但大家都回避她的目光。他们端着餐盘，打完菜就走。有时候马线走神，他们也不言语，就用餐盘在桌上磕两下。咣咣的，很刺耳朵。马线觉得铁勺沉甸甸的，差点抬不起来。

马线仰脸看着田墩墩，不知道他有什么事。田墩墩说，姐。田墩墩跟小马张关系非常好，所以他跟着喊姐。马线说，墩墩，有事你说。田墩墩说，姐，你打定主意了没有？马线眨着两个眼睛，没明白他的话。田墩墩说，你只有这么个弟弟。

马线没想到他说这个事情，手里的碗险些掉下去。田墩墩说，你就眼睁睁看着他死？马线说，我现在心里有点乱。田墩墩说，只有你能救小马张。马线说，医生说要引产。田墩墩说，那你就引。马线说，医生说这种手术成功的几率不怎么高。田墩墩说，他是你弟，就算只有一丝希望，也该试试。马线痛苦地说，手心手背都是肉。田墩墩说，他们还没生。马线说，没生也是我的亲骨肉。

田墩墩说，小马张时常给我说，他只有你这么个姐，他这辈子都要对你好。

马线说，我真不知道怎么办。田墩墩说，上次领工资，小马线拉着我满街跑，说要给你买件新衣裳。马线说，我晓得他对我好。田墩墩着急地说，那你赶紧救他。马线说，你让姐再想想。

田墩墩气愤地说，你明明不想救他！马线说，他是我弟。田墩墩说，既然认他这个弟，你还眼睁睁看着他死？马线红着眼说，大家再逼，我也不想活了。田墩墩说，真不明白你是怎么想的。马线说，墩墩，你走。田墩墩鼻孔喷着两条粗气，脸色涨红。

马线捂着胸说，墩墩，你啥都莫说了，姐真的难受。田墩墩说，没想到你是这号人。马线说，你这样说姐。田墩墩说，我没你这个姐！马线说，墩墩，你甭说这种话。田墩墩说，小马张也没你这个姐。马线张着嘴，她没想到田墩墩会这样说。

田墩墩伤心地说，小马张比我还年轻。马线说，你甭再说了。田墩墩说，你是个凶手！马线说，你说什么我听不懂。田墩墩恨恨地说，要是小马张死掉，你就是凶手！田墩墩怒气冲冲地往回走，他绕过搅拌机，从楼梯口跑进去了。

马线感到视线模糊不清，耳边的喧哗，也好像离她很远。马线想着田墩墩的话，她觉得那些话就像块石头，重重地压在身上，几乎要把自己碾到土里去。马线站起来往回走，她不想再洗碗。现在她啥都顾不上，只想找个地方躺着休息。她走得歪歪扭扭，差点摔倒在地上。

德元

根本想不到，他们会躲在这种地方喝酒。在外面挣钱不容易，每隔十天半月，他们就放松一下，找个地方喝上几盅。这会儿，他们就躲在楼上喝酒。他们的面前放着三个菜，半碗油炸花生米，半碗凉拌猪耳朵，还有几瓣咸鸭蛋。墙壁抹过一道灰浆，抹得不怎么匀称，灰扑扑的，看起来很丑陋。

板凳是砖砌的，桌子也是砖砌的。他们弄得有模有样。德元和曹明义的面前放着酒盅，张铁锁的面前放的是两瓶啤酒。德元和曹明义干杯的时候，张铁锁也把酒瓶递过来。他们喝得差不多了，脸上红彤彤的。

德元看着张铁锁，说你喝这种东西。张铁锁说，啤酒也是酒。德元说，扯卵蛋。张铁锁说，难道你敢说啤酒不是酒？德元说，要喝就喝白的，白的来劲。张铁锁说，我喝不惯白酒，喝两口就醉。德元说，明明是媳妇不让你喝。他们知道张铁锁是个软蛋，多少有点瞧不起。

曹明义把酒盅凑到嘴边，嗞地吸了一声。他咂着嘴，慢悠悠地说，城里的酒贵，但不怎么好喝。张铁锁说，城里的酒不好，农村的就好？曹明义说，我老家的酒比这个好。张铁锁说，苞谷酿的？曹明义说，当然是苞谷酿的。张铁锁说，我不相信。曹明义说，你不信什么？张铁锁说，我不信比城里的还好。曹明义说，你就喜欢抬杠。张铁锁说，我偏不信。曹明义说，不信你问德元。

德元跟曹明义是老乡，他们都是黔西北来的。这会儿，德元拿着块蛋壳，用指甲在上面刮。要是刮到东西，他就送到嘴里，慢慢地嚼。听到他们的话，德元说，各有各的味道。他们对这个答案很不满意，都说，你看你。

他们继续喝酒，喝得不怎么上心。楼房没装门窗，墙上尽是些大窟窿。有时候，风会从外面灌进来。 曹明义仰起脸，看着天花板说，我们那边有个草海湖。张铁锁说，湖里有啥？曹明义说，湖里有水。张铁锁皱眉说，你尽说废话。曹明义说，还有草。张铁锁说，啧啧。

曹明义说，夏天的时候，水底绿茵茵的全是草。张铁锁说，里面还有啥？曹明义说，还有黑颈鹤。张铁锁说，没见过。曹明义说，你当然没见过，只有冬天它们才跑到草海过冬。张铁锁说，热天呢？曹明义说，鬼晓得。

张铁锁拈了两片猪耳朵放在嘴里，嚼得咯吱咯吱响，嘴角油渍渍的。他喜欢吃猪耳朵上的脆骨，隔三差五就要买点来过嘴瘾。曹明义想吃花生米，但他拈不稳。他常喝酒，喝了几十年，手就有点抖，花生米在他的筷子尖滚来滚去。

好半晌没有拈起来，曹明义索性把筷子扣在碗上，他看着张铁锁说，你的脸上有几道痕迹。张铁锁说，铁丝划的。曹明义说，哄鬼！张铁锁有点脸红，说前天我拉铁网，不小心划着了。曹明义说，你胡扯，那天我在楼上，看到你媳妇跟你打架，就在库房后面。张铁锁看看旁边的德元，觉得有点丢脸。

德元的面前有堆蛋壳。他在倒酒，白酒眼看要从盅里溢出来，但偏偏没有。德元端起酒盅，慢慢往嘴边送。他们看到冒出来的酒罩在盅口上，微微晃悠。他们张着嘴，担心酒从里面洒出来。德元把嘴凑过去，嗞地一吸，酒盅就空了。

他们没再说话。周围有股灰浆味道，不怎么好闻。张铁锁嚼着猪耳朵，腮帮一鼓一鼓的。曹明义想吃花生米，仍然拈不起来，后来，他端起碗往手里倒。有几粒花生米滚到地上，也被他捡起来，慢慢搓掉皮，扔到嘴里。

德元不停地灌酒，好像喝了不少。他拿着酒瓶使劲摇，里面冒出很多细碎的酒花，他突然说，日他妈妈的。他们吓了一跳，都侧脸看他。德元红着眼说，我真想把酒瓶吞到肚里去。他们鼓着眼睛，没想到德元无端会说这种话。德元说，我憋得难受。他们知道德元碰到什么事情。

德元说，这个破城市，我有点不喜欢。他们说，噢。德元说，在城里总感到不踏实，我想回家种烟去。他们说，噢噢。德元说，前几年，我在家里种烤烟，虽然有点苦，但每年能卖几万块。他们说，那你还出来打工？德元说，我跟马线商量过，把娃娃生下来就回去，没想到会出这种事情。

他们不知道该怎么安慰，就说，喝酒，赶紧喝酒。他们把酒斟满，把酒盅凑到嘴边，嗞嗞地吸。当然，张铁锁没端盅子，他仰起脖子，拿着啤酒瓶咕嘟咕嘟地喝。他喝酒的时候，就像嘴里插着根驴鸡巴。

德元说，楼房建完就和自己没关系了，但烟不同，亲手把它栽到地里，亲眼看它长大，啧啧，那绿油油的烟叶粘在手上，黏稠得指头都快伸不开。张铁锁在嚼猪耳朵，曹明义端着碗往手里倒花生米。德元说，我当过几年泥水匠，本来想回去就把老宅推倒，自己动手修幢新房，没想到……哎呀，日他妈妈的！

他们说，花掉不少钱吧？德元说，积蓄花光了，还不够，到处东拼西凑。他们说，钱花完还可以再挣。德元说，钱是狗屎！他们瞪着眼睛看德元，没明白他的意思。德元说，我难受的不是钱。他们说，噢噢。德元晦气地说，我日他妈妈的！

他们劝德元喝酒，但德元不喝。德元说，看到马线受煎熬，我也跟着难受。他们说，你跟马线感情好。德元说，我啥都不怕，就怕马线过得不舒坦。他们说，马线是个好女人。德元说，很多时候，我都想跑到楼顶，敞开嗓子吼几声。他们看着德元，都有点同情。

德元痛苦地说，要是真的跑到楼顶乱吼，肯定会被别人当成疯子，我有苦没处说，只能硬生生憋着。曹明义嚼着嘴里的花生说，这种鬼事情。德元说，小马张到我家很多年了，我走到哪里，他都跟在屁股后面，我一直把他当成亲弟弟，我不能眼睁睁看他病死！

张铁锁说，你同意马线打胎？德元想说话，但好像嘴里挤不出东西。好半晌，他才说，马线怀的是我的亲骨肉，他们甚至还没出世，让我怎么忍心嘛。张铁锁说，搞不明白你到底怎么想的。德元说，我真不知道怎么办，我爹娘盼了这么多年，好不容易盼来两个男娃，要是把胎打掉，他们怕是要活活气死。张铁锁说，啧啧。德元喉咙滚动两下说，爹娘身体不好，我真怕他们有啥三长两短。

曹明义插嘴说，你究竟打算怎么办？德元说，鬼知道。曹明义说，你看你。德元说，我仔细想过，马线只有这么个弟弟，要是反对打胎，她肯定跟我过不下去。曹明义说，你总得拿个主张。德元沙着嗓音说，日他妈妈的，摊上这种事情，我真是无法了。

他们看到德元遭罪的样子，都劝他喝酒。曹明义没吃花生米，他吃猪耳朵。他鼓着腮帮，嚼得咯吱咯吱响。张铁锁把酒喝完，准备再开一瓶。他喝啤酒，从来不用开瓶器。他用牙齿咬着瓶盖，猛地使劲。嘭的一声，硬把瓶盖咬下来了，一团白烟从瓶嘴冒出来。

德元说，瞧你这副德性。张铁锁咧嘴笑，呵呵。德元说，早晚把你的牙齿撬下来。张铁锁说，我啥都不好，就是牙齿好。德元说，真想找个什么东西，把你的牙齿敲掉！张铁锁说，你说这话我可不爱听，平白无故，你说要把我的牙齿敲掉。德元说，你得意成这个样子，我真看不惯。张铁锁说，啧啧。

他们不说话的时候，屋里就有点安静。他们喝得很懒散。他们没想到，包工头居然会摸上来。光线暗了一下，然后，他们就看到包工头从外边把脑袋探进来了。包工头说，哎嘿，你们三个。他们说，我们喝酒哩。包工头说，你们躲在这个地方。他们说，过来喝几盅。

张铁锁把砖块让出来，自己盘腿坐在地上。他们拿瓶盖当酒盅，给包工头倒酒。包工头说，你们几个躲起来做神仙。他们说，你给我们讲点好玩的事。包工头见过世面，晓得许多稀奇事。包工头喝了一口，咂着嘴说，你们想听啥？他们说，你随便说。

包工头说，明朝的时候，贵州有个当官的，他女儿得怪病，找遍全省名医，没谁能够治好。当官的只好张榜贴榜文，说哪个能把他的女儿治好，赏金千两。十多天后，有个披袈裟的和尚跑来揭榜。和尚把脉后，开出药方说，吃这个药，会先泻后吐，吃完我再来。当官的女儿吃了药，果然连泻几天，接着又吐几天。当官的被吓坏了，看到他女儿渐渐好起来，才松了口气。

德元打着酒嗝说，究竟是什么药，会吃得先泻后吐？包工头愣了一下，说你甭管它什么药，反正就有这回事。德元说，我就不相信。包工头皱眉说，你莫插嘴，讲故事哩。德元还想说啥，但曹明义和张铁锁听得起劲，他们催包工头快讲。

包工头说，和尚跑到官府要钱，当官的耍赖不给，说害他女儿又泻又吐，分明就想害命，他让衙役抓住和尚，打了八十大板。挨完板子，和尚啥事都没有，拍拍屁股说，我在黔灵山落脚，你们有事就去上边找我。当官的挺高兴，以为赖掉笔大钱。没想到，家丁忽然跑来说，小姐又犯病昏过去了。当官的没办法，只好带人把黄金抬到黔灵山。那个和尚说，我们的债还没清。当官的急忙说，半两黄金都没少。和尚说，你还打我八十大板哩。当官的问怎么还？和尚说，我要一块袈裟大的地盘。当官的说，这个简单。和尚脱掉身上的袈裟，扔到天上，袈裟越变越宽，像云朵那样罩住整个黔灵山。后来，黔灵山就归和尚所有，听说那座弘福寺就是他建的。

德元站起来说，狗屁！包工头仰起脸看他，有点吃惊。德元老实，以前从来不敢顶嘴，没想到竟然蛮横起来了。德元说，你说的全是狗屁！包工头说，好端端的，你说这种话。德元说，我不信黔灵山的和尚会这样厉害。包工头解释说，我说的不是现在，是明朝的事情。德元说，我偏不信！包工头说，你看你。

德元手里攥着酒瓶，脸色不怎么好看，他说，你说和尚能治病，我看这是放狗屁。包工头说，我讲故事哩。德元说，就算是菩萨，我也不信会有这个本事。包工头笑了一下，说，我可没少照顾你。德元说，你偏要跑来胡扯！

曹明义和张铁锁看到事态不妙，赶紧起来劝架。德元说，你们让开，我今天想把他捶死！包工头见他满脸凶狠，怕他做出什么不好的事来，赶忙站起来，拍拍屁股上的灰尘说，发疯耍泼，跟你们几个喝酒真没意思。说完，包工头匆匆走了。

他们重新坐下来喝酒。他们喝得很沉闷，好半天没有吭声。德元端着酒盅，吸得嗞嗞响。他灌了几盅，突然抓起酒瓶朝自己的脑袋上砸。咚的一声，酒瓶没碎。德元伸手在额头上摸，他摸到个大包。曹明义和张铁锁有点慌张，担心德元还会乱来。幸亏没有。德元捂着脸，坐在那里呜呜地哭。

马线

医生催促说，病情加剧，已经不能再拖，要赶紧做化疗，准备配型。马线本想拖延时间。她想，也许再拖几天，就能找到合适的骨髓。没想到，事情终究还是逼上来了。医生见她拿不定主张，就说，你先回去，要是考虑好，明天就来医院引产。

回到建筑工地，马线就把自己捂进被窝。她躺在床上，想起以前的事情。马线家在格佬河，那里是条大峡谷。这边是贵州，那边是云南。两边的山使着劲，把河挤在中间。河水好像被云南的山挤疼了，拼命往这边滚。腾出来的河滩，被那边的人挖出来做地，种上庄稼。于是，贵州这边就有些可怜了，只能把房修在崖根。有几户人家实在找不到地盘，干脆建半个屋，直接把房顶搭在崖壁上。

格佬河到处是岩石，这里一堵，那里一堵，没有多少泥土，仿佛整个世界都是石头堆成的。石缝里偶尔长出几棵树，也都弯来扭去，活得很艰难。远看还好，近看就感到恐惧，总害怕山崖突然垮下来，把自己活生生埋在里面。

马线的娘家在格佬河，门口有条公路，往下走二里，有座老桥。有一次涨洪水，把老桥冲垮，政府找人修桥。德元的腿脚不灵活，但他是泥水匠，也跟着去挣钱。泥水匠在格佬河修桥，吃住都在帐篷里。有时候，他们会跑到附近的人家买粮食蔬菜。德元经常往马线家跑，他们渐渐混熟了。

那天晌午，马线坐在屋檐下面洗衣裳。德元又来了。马线甩着手，给他拉板凳。德元坐在场坝上说，怎么只有你一个？马线说，他们到崖上种地去了。德元说，这里山陡。马线说，河边没几块土地，崖再陡，也只能爬上去种庄稼。德元说，你们没想过搬走？马线说，看你说的。

德元说，刚到格佬河的时候，简直吓了一跳。马线说，怎么就吓了一跳？德元说，没想到，世上还有这样恶劣的地方。马线说，这地方也没啥不好。德元说，打死也想不到，这种鬼地方居然还住着十多户人。马线抬起头，山崖挡在前面，好像朝她慢慢压来。

马线说，以往跟你来的人呢？德元说，他们睡觉哩。马线说，啧啧，你们白天还睡觉，比神仙还好过。德元呵呵地笑，他有点得意。马线说，做泥水匠能挣不少钱吧？德元说，多少能够挣点。马线说，从来没听说白天睡觉。她搓着衣领，上面有层黑乎乎的东西，怎么也搓不干净。

阳光明晃晃的，能照的地方，它全都照到了。德元眯着眼说，你还有个弟弟。马线说，你说的是小马张。德元说，听说还在吃奶。马线说，不晓得是哪个嚼舌根。德元说，怎么没看到？马线说，我爹娘把他带到崖上去了。德元说，你留在家洗衣裳？马线说，噢，洗衣裳。德元说，你怎么不去河边洗？马线说，也没几件。

河水从高处来，往低处去，哗哗地淌。马线说，你家远不远？德元咽着唾沫，好像渴得厉害，他说，我家在野马冲。马线说，在街面上？德元说，离街不远。马线说，你家有多少土地？德元说，有好几亩。马线说，种些啥？德元说，种烤烟，也种点苞谷。马线说，那你还做泥水匠？德元说，我爹让我学门手艺。

马线说，你们那地方好。德元说，我没觉得。马线说，平坦嘛。德元有点激动，他不停地搓手。马线觉得他有点奇怪，问他到底有什么事？德元站起来说，我想跟你说个事。马线放下手里的衣裳，仰起脸看他。德元舔着嘴唇说，我有点喜欢你。马线说，你说啥？德元说，我想娶你做媳妇。马线站起来，脸上涨红。

德元颤着声音说，我晓得自己配不上，你就当猫狗叫。马线说，你说这种话。德元说，你莫生气，我胡说哩。马线跺脚说，你是牛马畜生！看到马线咧着嘴，要哭的样子，德元吓坏了，摆手说，你甭哭，我走，我这就走。德元怕她乱喊，赶忙拖着一条腿，慌慌张张地往回跑。

连续几天，马线都想起德元逃跑的情景。德元跑得很快，他的腿有点瘸，身体摇来晃去，就像骑着匹无形的马。想起德元的样子，马线觉得他有点可怜。马线总想德元的话。德元虽然腿脚不怎么好，但他是泥水匠，有手艺，更重要的是他家在野马冲，离街面不远。

格佬河有几个后生喜欢马线，但她不肯点头。马线不想嫁在格佬河，她在深山沟里熬怕了，活在这种地方，她觉得太造孽了。马线想看看德元，跟他说话，但好多天没看到踪迹。马线很有主张，盘桓几天后，让弟弟小马张去找德元，要他晚上去河边。

那天跑回帐篷，德元两腿打颤。他觉得做了丢脸的事，自己长得不好，还有残疾，不应该想这种好事。马线长得俏，简直就像嫩白菜。自己就是头猪，就是拱泥巴的命，怎么敢拱嫩白菜？德元越想越羞愧，恨不得抬手给自己几巴掌。

德元像个蔫巴茄子，好多天没去买东西。后来去买，也都绕着走，不敢从马线家门口经过。听说马线来找，他感到不安，拿不准马线到底找自己干啥。太阳先是挂在山尖上，慢慢往下滑，然后溜得不见踪影。德元朝河边摸去，他想自己做错事，躲是躲不掉的，马线想怎么做，就随她吧。

晚上看不清河，但能够听到声音，哗哗地响。河风像把刷子似的，在脸上刷来刷去。河里有股鱼腥味，飘出去老远。马线像个树桩，黑乎乎地坐在草地上。她能够看见德元，但看不清他的面目。马线说，我找你有事。德元赶忙说，我瞎说哩，你莫当真。马线嘤嘤地哭了，说，原来你说鬼话。德元没想到她会哭，急得不知怎么办。

马线捂着脸说，我就该知道，你是哄我的。德元说，我没哄你，我说的是真话，我晓得自己配不上你。马线说，怎么就配不上？德元说，我的腿有点不好。马线说，不靠腿吃饭。德元说，你长得好看。马线抹着眼泪说，那你还看不上？

德元用手在裤子上搓，低声说，我真的喜欢你，但晓得你不答应。马线说，我啥时候说过这话？德元脱口说，莫非你答应？马线说，我都想好了，只要你不是哄我玩，我就跟你走！德元激动地说，你没逗我吧？马线说，你看你。

接下来，他们常常溜到河边见面。他们说悄悄话，什么都说。马线拉着他的手说，你摸。德元摸到个温软的肉包，就像摸到块火炭，慌忙把手缩回来。马线又把他的手拉过去。后来，德元的胆量就大了，他不甘只摸两团软绵绵的东西。他要马线脱衣裳。

马线说，你让脱，我就脱，但你要想好。德元明白她的意思，催促说，你脱，你快脱。马线默默把衣裳脱掉，让月亮照着她的白身子。德元压在马线的身上，像虫虫那样拱。起先，马线用力推他，后来就不推了，两只手紧紧地抱着他。河风还像把刷子，在两段光溜溜的身体上刷来刷去。

修完桥，德元就把马线娶回家。马线喜欢用手在额头上搭个棚，站在门口张望。德元说，你看啥？马线说，我看山。德元说，山有啥好看的？马线说，这里地势平缓。德元说，搞不清你说什么。马线说，格佬河的山可不是这个样子。德元说，你的老家就是条地缝。马线说，格佬河两面是山，目光刚刚伸出去，就被挡回来，真的难受死了。德元说，你尽说些怪模怪样的话。

马线从深山沟里嫁出来，总算松了口气。要说还有什么不顺心的事情，就是老怀不上男娃。马线生个姑娘后，肚子再也不见鼓起来。德元焦急，两只手总在她的身上摸来摸去。好像非要搞清楚，怎么弄不出男娃。马线的肚皮被摸得光溜溜的，看到德元就觉得愧疚，恨不得用泥巴捏个男娃，悄悄装到自己的肚里。

每次德元靠过来，她都有点害怕。这样拼命折腾，马线有些招架不住。德元也遭罪，在马线的身上鼓捣一阵，翻倒就睡。他的身体还没躺平，鼾声就从鼻孔里跑出来了。有时候白天也弄，搞着全身汗水，就像两个刚刚逃生的落水者。

怀不上男娃，公公和婆婆目光就怪怪的。马线害怕他们说出什么不好听的话来，德元走到哪里，她就跟到哪里。折腾几年，马线自己都绝望了，没想到居然就怀上了，而且还是双胞胎。好像是老天爷看她可怜，索性多送一个。马线以为熬出头了，没想到会摊上这种事情。

马线实在拿不准主意，到底该保自己的骨肉，还是该保自己的弟弟。她在被窝里闻到股什么味道，好像是德元身上的汗味，也许还有些别的什么。胎儿在肚里动了一下。接着，又动了一下。马线想，这两个娃生出来，肯定调皮得像两只猴。马线有点迷糊，后来，她就睡着了。

第二天，马线出门的时候，大家早就守在门口了，全都眼巴巴地看着她。马线抬头远望，天上蓝得像块瓦片。塔吊坠着个什么东西，慢慢从头顶划过。马线把目光收回来，幽幽地说，我已经想过了。大家看着马线，都有点着急。马线咬牙说，就算天塌下来，我也要救小马张，我只有这么个弟弟！

德元的脸色很不好看，张着眼窝，好半天才转一下眼珠。公公的手抖了抖，烟杆差点掉在地上。马线她爹蹲在地上，看不出什么表情。她娘很激动，咧着嘴，像是要哭，但里面没有半点声音。

婆婆噗通一声，突然跪在地上。马线张着嘴，两个眼睛圆滚滚的。婆婆说，我活几十岁，从来没给谁跪过，我今天给你跪下。马线吓坏了，慌忙去扶，但扶不动。婆婆淌着泪花花说，盼了多少年，好不容易盼到两个男娃，看在我们两老的面上，你千万不能打胎，算我求你了。

马线把手松开，慢慢往后退。婆婆说，我们家只有德元这根独苗，要是这次把胎打掉，这条血脉就算断了。马线感到心里乱糟糟的，好像长着团野草。婆婆抹着鼻涕说，这两个男娃就是命根，你要是打胎，我们也活不成了。

婆婆还没到六十，但头发白得像柴灰。脸上挤满皱纹，看起来就像盘麻绳。马线眼窝酸酸的，啥也说不出来。婆婆说，如果保不住这条血脉，我就算死也闭不上眼睛，我没脸面去见列祖列宗啊。马线感到身上压着盘石磨，骨头差不多被压断了。

婆婆跪在地上磕头，脑袋磕得嘭嘭响。马线想把婆婆拖起来，但婆婆的两条腿好像在地上生了根，横竖拖不动。德元走过来，抱着他娘，使劲往屋里拖。马线慢慢往前走，她走出好远，还听到婆婆撕心裂肺的号啕声。

躺在手术台上，她忽然想起缨缨。女儿缨缨扎着小辫子，脸上有两个小酒窝。马线他们出门的时候，缨缨躺在地上，两只脚乱蹬。她哭得厉害，怎么劝都不听，非要跟着来。马线听着缨缨的哭声，眼窝酸酸的。马线在外面没多少牵挂，就是想念缨缨。她想，以后就好好带缨缨，她要啥，就给她买啥。

做完引产手术，马线只觉得自己身上很软，简直没有半点力气。身体里面空荡荡的，似乎啥也没有。她想赶紧救弟弟，但医生说，你刚做完引产，还不能做骨髓移植。马线说，怎么不能做？医生说，你身体虚弱，需要好好调理，现在做对你很危险。马线说，我不怕危险。

医生说，做骨髓移植，成功的几率本来就不是很高，要是现在做，会降低几率。马线没再说话，她慢慢闭上眼睛。马线明白，自己的生活彻底毁了。公婆盼望有个男娃能够传宗接代，好不容易怀上，还是双胞胎，偏偏要打掉。就算德元可以容忍，公婆也不会接纳，往后，自己无法再跨进家门了。

马线模样俊俏，刚嫁来时，常有人在背后指指点点。马线多少有些委屈，但她把想法压在心底，表现得很坦然。德元腿上残疾，长相也不算好，但处处顺着她。马线常常告诉自己，能够嫁出山旮旯，这辈子应该知足了。生下女儿缨缨后，马线确实安妥了，要说还有什么念想，那就是赶紧生个男娃，把香火传递下去。谁能想到，居然会是这个结果呢。

马线不敢再想以后的事情，她清楚，只要把胎打掉，所有的东西都没了。马线啥也顾不上了，她已经打定主意，就算拼掉命，也要把弟弟救活。好多天后，终于能做骨髓移植。马线躺在病床上，看到几个医生兑药水，准备给自己麻醉。那些医生全都戴着口罩，像是做贼，怕给认出来。

医生捞起马线的袖子，把一根黄色的胶管，扎在她的胳膊肘。马线看到医生拿针往自己的血管上戳，她感到有点疼。马线使劲睁眼，她想这样撑着，做完手术就去看小马张。马线想硬撑，但撑不住，两只眼皮轰地坠下来，然后就昏过去了。

马线醒来的时候，眼前围着几团黑影。渐渐，黑影清晰起来。马线看到爹娘，还有德元站在床边。马线微弱地说，小马张怎么样了？爹和德元就像两个哑巴，脸色难看。娘瘪着嘴，泪珠在脸上簌簌滚落。马线知道，最可怕的事情到底还是发生了。骤然间，她啥也听不见，啥也看不清。她说不出的寒冷，就像掉进冰窟里，她全身哆嗦。

[原载《北京文学（中篇小说月报）》2015年第12期]